国家哲学社会科学成果文库

NATIONAL ACHIEVEMENTS LIBRARY
OF PHILOSOPHY AND SOCIAL SCIENCES

中國古代小說文體史

（上）

譚帆 等 著

上海古籍出版社

責任編輯：鈕君怡
封面設計：嚴克勤
版式設計：隗婷婷
責任校對：羅思遠　沈息蘭

圖書在版編目（CIP）數據

中國古代小説文體史/譚帆等著. —上海：上海
古籍出版社,2023.5
ISBN 978-7-5732-0610-7

Ⅰ.①中…　Ⅱ.①譚…　Ⅲ.①古典小説－文體－小説
史－研究－中國　Ⅳ.①I207.409

中國國家版本館CIP數據核字（2023）第032094號

國家哲學社會科學成果文庫

中國古代小説文體史
（全三冊）

Genre, Style, and Literary Form: A History of Ancient Chinese Fiction

譚帆　等　著

上海古籍出版社出版發行
（上海市閔行區號景路 159 弄 1-5 號 A 座 5F　郵政編碼 201101）
（1）網址：www.guji.com.cn
（2）E-mail：guji1 @ guji.com.cn
（3）易文網網址：www.ewen.co
上海盛通時代印刷有限公司印刷

開本 710×1000　1/16　印張 80.75　插頁 18　字數 1,062,000
2023 年 5 月第 1 版　2023 年 5 月第 1 次印刷
ISBN 978-7-5732-0610-7

Ⅰ·3701　定價：398.00 元
如有質量問題，請與承印公司聯繫

目　録

第四編　宋元小説文體

CONTENTS

PART III　THE FICTIONAL GENRE IN THE TANG AND FIVE DYNASTIES

PART VI　THE QING FICTIONAL GENRE

序

吴承學

　　蕭子顯《南齊書·文學傳論》説：文章"彌患凡舊，若無新變，不能代雄"。這句話不僅適合文章創作，也適合理論研究，不僅適合古代，也適合當下。由於中國小説研究之悠久與研究人口之衆多，"新變"的難度也不斷被推高。這是中國小説研究者必須回應的學術挑戰。

　　譚帆教授成名於古代戲曲理論研究，20世紀90年代以後轉向古代小説理論與小説文體研究，他在2001年出版的《中國小説評點研究》，是學界較早系統研究古代小説評點的專著。2006年出版的《中國雅俗文學思想論集》，也涉及小説理論研究。2013年出版的《中國古代小説文體文法術語考釋》，考釋了"小説""寓言""志怪""稗官""筆記""傳奇""話本""詞話""平話""演義""按鑑""奇書""章回""説部""稗史"等小説文類、文體術語。同一年出版的《中國分體文學學史（小説學卷）》，研究中國古代小説學。2020年出版的《中國小説史研究之檢討》一書，勾勒了作者二十多年小説史研究之軌迹，也是對小説的研究觀念、方法、視角的全面梳理和思考。這部多卷本《中國古代小説文體史》（下簡稱《小説文體史》）更是譚帆教授及其團隊長期研究的成果，無論是對他自己的研究，還是對當前的小説文體史研究領域，某種程度上都有"集成"與"新變"的意義。

　　《小説文體史》以近百萬字的篇幅梳理中國古代小説文體的發展歷程，

以"還原歷史"的方法對中國古代小説文體的整體形態及各種文體類型的起源、演變進行全面系統的梳理；探討其發展演進的内在規律，並就其中較爲重要的現象和命題進行深入的專題研究；這不僅深化了對中國小説文體演變及其規律的認識，也彌補了學術界的一些不足和空白。譚帆教授的《小説文體史》和他此前幾部著作構成了有機的整體。可以説，以這樣系統的理論格局和宏大的篇幅來梳理中國古代小説文體史，在海内外學界尚不多見。

從中國古代文體學的角度看，古代小説是既簡單又複雜的文體。自西學東漸以來，小説文體剛好符合西方的文學觀念與文體分類，所以小説毫無疑問地具有合理性和獨立性。但如果按新文化以來形成的四大文體即詩歌、散文、小説、戲劇分類法的話，中國古代的詩歌、戲劇的形態是最爲明顯的，不難辨體。散文略爲複雜，但若用"文章"概念來代替，辨體也是清晰的。問題就在於，西方小説文體内涵與中國小説文體實際相差很遠，所以"小説"文體研究反而變得複雜。20 世紀以來，用以"西"釋"中"的研究方法和以"西"律"中"的價值標準來研究中國古代小説，是一個相當突出和普遍的現象，並造成一些困擾。

我和譚帆教授研究中國文體學的重點雖然不同，但研究理念頗爲契合。我多次提出，要回到中國文體的語境，發現中國文學自身的歷史。譚帆教授也主張"回到中國本土立場去研究中國古代小説文體"，當務之急是還原被"遮蔽"的中國古代小説，回歸中國傳統的小説語境。我非常贊同這種研究觀念。

那麼，如何回到"本土"立場去研究中國古代小説文體呢？所謂"本土化"，一方面是指研究對象的"本土化"，即儘量還原古代小説之"實際存在"；同時也指研究方法、價值標準之"本土化"，即在借鑒外來觀念和方法的同時，努力尋求藴含本土文化之内涵和符合本土"小説"之特性的研究視角、方法和評價標準，從而實現理論工具與研究對象的本土化。《小説文體史》力求用中國古代的小説觀念和價值標準去理解和把握古代的小説文體。主張要以貼近"古人"、貼近"歷史"、貼近"文體"自身爲原則，努力尋求"本土化"的理論方法和"西學"的本土化路徑，力圖回歸本原，探究梳理真正意義上的中國古代小説文體史。

《小説文體史》對中國古代小説觀念進行了深入細緻的探討，並以此作爲小説文體研究的基礎觀念。著者提出，從先秦兩漢到明清時期，"小説"概念的内涵經歷了明顯的演化過程，其指稱對象錯綜複雜，包括"小道""野史傳説""表演伎藝"和"虛構的叙事散文"等多方面内涵，大體呈現出"歷時態"的流變綫索，體現了小説文體自身的演化進程；同時，"小説"又是一個"共時性"的概念，"小説"觀念的演化主要是指"小説"指稱對象的變化，然這種變化並不意味著對象之間的不斷"更替"，而常常表現爲"共存"。如班固《漢書·藝文志》的小説觀一直影響到清代，《四庫全書總目》對"小説"的看法即與《漢志》一脈相承。所以，《小説文體史》認爲，《總目》所框範的"叙述雜事""記録異聞""綴輯瑣語"的著述和明清以來的通俗小説被同置於"小説"的名下，此一特性或即爲小説在中國古代歷史語境中的"本然狀態"。而這也是《小説文體史》所强調和遵循的歷史傳統。

受西方叙事理論的影響，現代小説理論往往將小説理解爲虛構的叙事文學文體，小説大致有虛構與叙事兩個基本維度。如果再細緻的話，還有人物塑造、故事情節、環境描寫等要素。如果僅用"虛構的叙事散文"這一小説概念衡量中國古代小説，至少是不普遍適合的。如用此概念來審視中國古代小説，那麼很多作品都不屬於小説。如程毅中先生在談到《酉陽雜俎》時，指出此書"内容很雜，其中只有一部分可算作小説"（《唐代小説史》）。可是在古人的觀念中，《酉陽雜俎》非但是小説，更稱其"自唐以來，推爲小説之翹楚，莫或廢也"（《四庫全書總目》）。對於小説文體理解的古今差異，的確值得關注。

在中國傳統小説語境中，既有符合虛構與敘事的，也有非虛構、非叙事的小説。因此，不能以虛構與叙事作爲衡量小説的唯一標準。如果按西方的小説定義，在筆記體、傳奇體、話本體與章回體四種文體中，多數的筆記體是不能列在"小説"之內的，因爲它往往既非虛構，又不叙事。但筆記體小説是中國古代數量最大、歷史最悠久的文體，也是俗文體中最爲高雅的文體。

中國古代小説不能完全用"虛構"來概括，這是比較好理解的。因爲古代大量的筆記小説，本來就標榜著"實錄"。"叙事"語義的古今差異非常之大，而釐清"叙事"的古今差異是爲了更好地把握中國古代小説文體的自身特性。對"叙事"的狹隘理解是 20 世紀以來形成的，與中國古代的"叙事"傳統，與"叙事"背後藴含的文本和思想更是相差甚遠。《小説文體史》的研究表明，"叙事"內涵在中國古代非常豐富，不是"講故事"所能限定的。這種豐富性既得自"事"的多義性，也來自"叙"的多樣化。就"事"而言，有"事物""事件""事情""事由""事類""故事"等多種內涵；而"叙"也包含"記錄""叙述""解釋""羅列""説明"等多重理解。《小説文體史》回到中國小説語境討論叙事，在研究觀念上深入梳理"叙事"在中國古代的實際內涵，打破傳統視叙事即爲講故事的現代認知，強調叙事在中國古代的多元屬性，尤其強調筆記體小説有別於其他小説文體的一種叙事特性。這種研究以多元化與特殊性的眼光，以變通與圓融的方式，大大拓展了"叙事"的內涵與表達形態，尤其爲中國古代大量的筆記小説争得了文體分類的正當性與合理性。這在小説文體學上，是一個理論拓展與貢獻。

《小説文體史》給我的啓發甚多。我對中國小説文體也曾有過粗淺思考，一直有點疑惑：中國小説存在很多表現博聞或情致的率意記錄，未必與叙事有什麼關係。在中國小説的語境中，可不可能存在不"叙事"的中國小説呢？我們仍以筆記小説爲例。從《世説新語》書名來看，它所關注與表現的重點是"説"與"語"，其中有些篇目，如"言語"篇就明確標示其重點在記録人物言語。"何平叔（晏）云：'服五石散，非唯治病，亦覺神明開朗。'""劉尹云：'清風朗月，輒思玄度。'"這兩則文字都非常簡短，只記人物的言語。這種情況在《世説新語》其他篇目中也是大量的存在。如"賞譽"篇："世目李元禮'謖謖如勁松下風'。""諺曰：後來領袖有裴秀。"這兩則簡短的小説文本也僅記言，一定要用"叙事"去解釋，會顯得有些牽強。除非我們把所有文字記録都解釋爲"事"的一部分，凡所記録，無非叙事。那反而證明西方的小説概念仍然是適用於中國古代小説文體。這個問題的本質是，除了研究中國古代小説叙事形態的多元性與特殊性之外，也許更要研究中國古代小説文體自身的特殊性。

學術創新，往往不是填補空白，而是對已有學術研究的開拓。高明者在人們所熟知處，下一轉語，即讓人看到柳暗花明之境，這也是一種學術功力與智慧。比如，學術界對古代小説的插圖與評點已有足夠的討論，《小説文體史》却將它們納入小説文體研究範疇之中，認爲對小説"文體"的理解，應該突破傳統的研究範式，從文本的叙述實踐、叙述的有效性等角度來觀照小説之"整體"，將小説的文體研究範圍拓展到全部的小説文本（包含正文、插圖、評點等）之中。中國古代小説的評點與插圖，雖分別具有文本批評與美術特性，但本質上仍是與小説正文融於一體的、供讀者閱讀的小説文本，而非游離於小説之外的附庸。中國古代小説之叙事實踐在整體上呈現出"正文、評點、插圖"三位一體的表現形態，而考察小説文體理應同時兼顧評點與插圖對小説文體的建構情況，用以考察"圖文評"三者的合力效果，從而盡可能還原評點、插圖參與小説文體建構的具體事實。

讀完這部書，我不禁掩卷遐想。

談到學術研究的"本土化"，讓人聯想到學術人才培育也有中國"本土化”的傳統，這就是一種注重師徒傳授、衣鉢相傳的培養方式。一個學者的學術成就，往往與其所處的學術環境與傳統有密切關聯。一個重要成果的產生，往往需要前輩的積澱和基礎。譚帆教授在小說學上取得的突出成就，在很大程度上得益於華東師範大學的學術傳統。華東師大研究中國古代小說的傳統源遠流長，早在其前身之一光華大學期間，著名史學家呂思勉先生就撰述了小說史（《宋代文學·宋之小說》）、小說理論（《小說叢話》）等作品。華東師大成立以後，中國古代小說研究代有人才，迄今爲止，大致可以分爲四代：徐震堮、施蟄存先生等前輩學者爲一代；陳謙豫、郭豫適教授等知名學者爲一代；陳大康、譚帆、竺洪波、程華平教授等學者爲一代；劉曉軍、王慶華教授等學者爲一代。可以説，這部《小説文體史》既凝聚了譚帆教授師徒兩代學者的心血，也積澱了前輩的優秀傳統。

　　一個傳承有序的學者群體和光有一兩位傑出學者還是不一樣的，就像一條延綿山脈和一座獨秀孤峰是不一樣的，一片森林和一棵大樹也是不一樣的。當我讀這部《中國古代小説文體史》時，不禁想到在小說研究領域，華東師大有這樣一個歷史悠久、傳承有序、實力雄厚的學者群體，那似乎是學術的森林、學術的山脈。

2022 年 10 月

寫於中山大學

導　論
研究史的回顧與檢討

從 20 世紀初開始，小説研究漸成爲中國古典文學研究之"顯學"，而自魯迅《中國小説史略》問世後，[1]"小説史"研究也越來越受到研究界之關注。近一個世紀以來，小説史之著述層出不窮，"通史"的、"分體"的、"斷代"的、"類型"的，名目繁多，蔚爲壯觀。而古代小説的文體研究也早在 20 世紀的二三十年代就引起了小説研究者的注意，如魯迅《中國小説史略》頗多關注小説文體的演進，提出了不少小説的文體或文類概念，對後世的小説研究影響深遠。胡懷琛《中國小説研究》單列專章《中國小説形式上之分類及研究》，將古代小説劃分爲"記載體""演義體""描寫體""詩歌體"四種體式。[2]鄭振鐸《中國小説的分類及其演化趨勢》則將古代小説分爲"筆記小説""傳奇小説""平話小説""中篇小説"和"長篇小説"五種形式。[3]而日本學者青木正兒在其《中國文學概論》中提出了"筆記小説""傳奇小

---

1 胡從經《中國小説史學史長編》（香港中華書局 1999 年版）認爲發表於《月月小説》第 11 期（1907 年）的天僇生《中國歷代小説史論》是"最早在理論上倡導小説史研究"的文章。而從現有論著來看，最早對中國小説史進行歷史清理的是日本學者笹川臨風的《支那小説戲劇小史》（東京東華堂 1897 年發行），國人的最早著述是張静廬的《中國小説史大綱》（泰東圖書局 1920 年版），魯迅《中國小説史略》於 1923—1924 年由北京大學新潮社出版。但從影響而言，開小説史研究之風氣者無疑是魯迅的《中國小説史略》。詳見黄霖、許建平等著：《20 世紀中國古代文學研究史·小説卷》第四章《"中國小説史"著作的編纂》，東方出版中心 2006 年版。

2 胡懷琛著：《中國小説研究》第三章《中國小説形式上之分類及研究》，上海：商務印書館 1929 年版。

3 鄭振鐸著：《中國小説的分類及其演化的趨勢》，《學生雜誌》1930 年 1 月第 17 卷第 1 號。

説""短篇小説""章回小説"的小説文體概念。[1]可見小説文體之分類已在當時成爲小説研究的重要内涵，並形成了相對統一的區分中國古代小説文體的核心概念。雖然這些概念折中於傳統與西學之間，帶有明顯的西方小説痕迹，如"短篇小説""中篇小説"等，但畢竟爲後世的小説文體研究奠定了基礎。一些在後世小説文體研究中已然固定的概念如"筆記小説""傳奇小説""話本小説"（"平話小説"）和"章回小説"等在此時期均已出現，且逐步爲學界所認同和接受，成爲中國小説史研究中約定俗成的概念術語。小説文體研究在以後的小説研究領域中曾經歷了一段頗爲漫長的沉寂階段，在相當長的時間内，古代小説研究主要是沿著作家作品考訂、思想藝術分析、題材類型和創作流派研究等方向展開，文體研究則停留在篇章體制特徵的介紹層面。學界重提小説文體研究大致是在 20 世紀八九十年代，其因緣主要有二：一是觀念的改變，學界反思以往"重内容輕形式"的研究格局，文體研究重新成爲大家關注的重要對象；二是西方小説研究"文體學""叙事學"等理論方法的引進。兩者合力促成了中國小説史研究從題材引向了文體，開拓了中國古代小説研究的視野和領域。如石昌渝《中國小説源流論》、董乃斌《中國古典小説的文體獨立》等專著均有開創之功。[2]同時，小説史研究中還出現了一批分體小説史專著，[3]但這些分體小説史或主要羅列作家作品，或主要概括幾個發展階段的創作態勢、題材主題、藝術特色，並未把小説文體從整個創作中獨立出來加以考察，只是以"分體"的形式按照傳統研究思路撰寫

---

1 〔日〕青木正兒著，隋樹森譯：《中國文學概説》，上海：開明書店 1938 年版。

2 石昌渝著：《中國小説源流論》，北京：三聯書店 1994 年版。董乃斌著：《中國古典小説的文體獨立》，北京：中國社會科學出版社 1994 年版。

3 浙江古籍出版社出版的"中國小説史叢書"，含苗壯著：《筆記小説史》，杭州：浙江古籍出版社 1990 年版；薛洪勣著：《傳奇小説史》，杭州：浙江古籍出版社 1998 年版；蕭欣橋、劉福元著：《話本小説史》，杭州：浙江古籍出版社 2003 年版；陳美林、馮保善、李忠明著：《章回小説史》，杭州：浙江古籍出版社 1998 年版。

小説史。進入 21 世紀以來，小説文體研究有了長足的發展，[1] 尤其值得注意的是出現了一批明確以"文體研究"爲標目的小説研究論著，[2] 相關論文更是舉不勝舉，借鑒西方"文體學""叙事學"理論研究中國古代小説文體也呈興旺之勢。所有這些都説明中國古代小説文體研究已進入一個新的階段。

一

中國古代小説文體研究首先要關注的是"中"與"西"的關係問題。這是一個"老生常談"但又無法"繞開"的問題，也是晚清以來一直延續、至今仍未能解決的問題，影響了一個世紀以來中國小説史學科的生成和學科内涵的構成。其中有兩個方面最爲人注目且影響深遠，一是關於"小説"的觀念，二是關於小説的研究方法和價值標準。

經由晚清的過渡，中國古代小説研究建立了"現代"學術框範和開啓了"全新"的"現代小説學術史"，而所謂"現代學術"的建立和開啓其實在很大程度上就是小説研究的"西化"——以西方的觀念和方法從事中國傳統小説的研究。

一般認爲，現代"小説"之觀念是從日本逆輸而來的，"小説"一詞的現代變遷是將"小説"與"novel"對譯的産物。近代以來，小説研究受日本影響顯而易見，其中最爲本質的即是小説觀念，而梁啓超和魯迅對後來的

---

1 劉勇强著：《中國古代小説史叙論》（北京：北京大學出版社 2007 年版）、林崗著：《口述與案頭》（北京：北京大學出版社 2011 年版）、陳文新著：《中國小説的譜系與文體形態》（北京：中國社會科學出版社 2012 年版）、李舜華著：《明代章回小説的興起》（上海：上海古籍出版社 2012 年版）等對小説文體都有比較深入的闡發。

2 王慶華著：《話本小説文體研究》（上海：華東師範大學出版社 2006 年版）、李軍均著：《傳奇小説文體研究》（武漢：華中科技大學出版社 2007 年版）、馮汝常著：《中國神魔小説文體研究》（北京：三聯書店 2009 年版）、劉曉軍著：《章回小説文體研究》（上海：華東師範大學出版社 2011 年版）、紀德君著：《中國古代小説文體生成方式及其他》（北京：商務印書館 2012 年版）。

小説研究影響最大。經過梁啓超等"小説界革命"的努力，小説地位有了明顯提升，雖然近代以來人們對傳統中國小説仍然頗多鄙薄之辭，但"小説"作爲一種"文體"的地位有了根本性的改變，"小説爲文學之最上乘"的言論在 20 世紀初的小説論壇上成了一個被不斷强化的觀念而逐步爲人們所接受。[1]而魯迅等的小説史研究更是以新的文學史觀念和小説觀念爲其理論指導，其中最爲主要的即是小説乃"虚構之叙事散文"這一特性的確立。故小説地位的確認和"虚構之叙事散文"特性的明確是中國古代小説研究形成全新格局的首要因素。這一新的研究格局對於中國小説史學科的構建意義是深遠的，其價值也毋庸置疑。但由此帶來的問題也不容忽視：將小説與"novel"對譯，其實只是汲取了中國古代"小説"的部分内核，它所對應的主要是元明以來的長篇章回小説。因爲"novel"本身就是指西方 18 世紀、19 世紀以來興起的長篇小説，它與章回小説有許多外在的相似點，如虚構故事、散體白話、長而分章等，故而如果僅將章回小説與"novel"比附而確認其特性和價值，尚情有可原。但問題是，20 世紀以來的中國小説史的學科構建從一開始就"放大"了與"novel"的比照功能，將其顯示的特性作爲觀照中國古代小説的準繩。

　　20 世紀以來對於中國古代"小説"觀的認識基本順循西人的路數。但人們也無法回避"小説"在中國古代的豐富内涵及其指稱對象的複雜性質，於是探尋"小説"的語源及其流變成了學術界綿延不絶的課題，尤其是近三十年來，考訂"小説"的文章充斥於報刊。但不無遺憾的是，人們雖然承認了"小説"在中國古代的豐富與複雜，然西人的"小説"觀仍然是横亘在絶大部分研究者心目中一根無可逾越的標尺。要麽是從"進化"的角度梳理"小説"的流變，探尋其最終符合西人"小説"觀的發展脈絡；要麽便乾脆

1　楚卿：《論文學上小説之位置》，載 1903 年 9 月 6 日《新小説》第 7 號，上海書店複印本，1980 年。

以“兩種小説觀”標目，認爲中國古代有小説家的“小説觀”和目錄學家的“小説觀”，前者是指“作爲散文體叙事文學的小説”，後者“並不是文學意義上的小説”，“是屬於子部或史部的一類文體”，而其中之“分水嶺就是實錄還是虚構”。更讓人遺憾的是，當人們區分了這兩類“小説”之後，研究的重心就自然轉向了前者，而僅將後者視爲“只是文學意義上的小説的胚胎形態”加以適當的追溯。[1] 不難看出，在這種研究路向中起決定作用的仍然是西人的小説觀。

頗具諷刺意味的是，當國人一個世紀以來熱衷於以西方小説觀念解讀中國小説時，海外漢學家對此却作出了無可奈何的解釋：“期望中國小説與其西方對應文類彼此相似的讀者，必然會感到吃驚。儘管翻譯家和漢學家慣常用‘novel’一詞稱中國的‘小説’，但這只是因爲没有更好的詞兒。”[2] 需要特别指出的是，此處“小説”是指元明以來的章回小説，章回小説尚且與“novel”難以“彼此相似”，更遑論其他了。

研究方法和價值標準的“西化”在 20 世紀以來的中國古代小説研究中也非常明顯。早在 1905 年，定一在分析中西方小説異同並以西方觀念評判中國小説時就説出了一句頗有經典意義的話：“以西例律我國小説。”[3] 這一非常精確的概括不幸“一語成讖”，成了 20 世紀以來中國古代小説研究的絶好“注脚”。自晚清以來，“西學東漸”是中國古代小説在研究方法和價值標準上的“常態”，雖然“西學”隨時代變化而有不同，但“東漸”始終如一。如在晚清時期，西方小説理論是梁啓超等提倡小説改良、小説革命的

1　石昌渝著：《中國小説源流論》第一章《小説與小説文體諸要素》，北京：三聯書店 1994 年版。特别指出的是，石昌渝的宏著是國内較早專門研究小説文體的論著，影響深巨。其中關於小説觀的論述代表了當時的主流看法。

2　周發祥：《西方的中國小説文體研究——關於“小説”文體的辨析》，見國學網 http://www.guoxue.com/xueren/sinology/wenzhang/xfdzgxs.htm。

3　定一：《小説叢話·定一十一則》，《新小説》1905 年第 2 年第 3 號，第 170 頁。

"利器"，西方的小説價值觀和小説類型觀不斷輸入，成爲評判中國小説的基本語彙。"五四"時期，隨著西方"文學觀念"的引進，小説成爲純文學之一種（詩歌、散文、小説、戲劇），西方以"人物""情節""環境"爲小説三元素的理論在當時頗有影響。"西方小説理論的興盛，意味著對中國小説的批評從思想層面向文體層面的深入，而古代小説一旦在文體層面納入了西方小説的分析與評價體系，它要得到客觀的認識勢必更加困難了。"[1]30 年代"典型理論的廣泛運用"，"表明以刻畫'人物'爲中心的寫實小説被視爲小説創作中的'正格'，而人物典型化的理論，環境與人物關係的理論，特別是恩格斯的'典型環境與典型性格'的理論也成爲最有影響力的小説理論。這一理論在此後的幾十年中幾乎成了評價中國古代小説的不二法門，小説人物論也成了小説研究的主流"。[2]一直到"改革開放"的新時期，隨著國門的重新打開，西方理論又呈興旺之勢，"文體學""叙事學"等大量引入，取代了以往以典型理論爲核心的現實主義小説理論，成了古代小説研究的思想"新貴"。

小説觀念的"西化"給中國小説文體研究的影響是顯見的。近年來，學界開始反思這一現象，提出了不少富有建設性的意見，對此，我們同意學者林崗的基本判斷："遮蔽"。在其《口述與案頭》一書中，著者分析了中國小説的兩大傳統——"口述傳統"與"案頭傳統"，認爲中國小説的重要源頭來自"文人的案頭世界"，即形成以"筆記"爲主流的小説文體，這種小説文體是中國小説的"正身"，但"西學東漸"遮蔽了"本土的小説概念"及小説文體。著者分析道："隨著小説觀念的西方化，中國漢語文學源遠流長的小説傳統逐漸沉入了文學邊緣的世界，從前是文學諸體裁裏的正宗……在一部煌煌的文學史裏，只處於被網羅的'放逸'的位置，其正面的名聲和顯

---

1 劉勇强：《一種小説觀及小説史觀的形成與影響——20 世紀"以西例律我國小説"現象分析》，《文學遺産》2003 年第 3 期。

2 劉勇强著：《中國古代小説史叙論》，北京：北京大學出版社 2007 年版，第 555 頁。

赫的身世一朝不再。西來小説觀念的普及的確遮蔽了中國古代語境下小説的真實面目。"並申言要"正本清源","重新探討作爲案頭文學傳統的古代小説及其觀念"。[1]

　　研究方法和價值標準的"西化"對中國小説文體研究的影響也是非常明顯的。我們僅舉一例：長期以來，我們對於古代小説的研究往往取用西方叙事文學的研究格局，持"思想""形象""結構""語言"的四分法來評價中國古代小説，且"思想"的深刻性、"形象"的典型性、"結構"的完整性和"語言"的性格化在古代小説研究中幾乎成了恒定的標尺，並由此判定其價值。這一評判路徑和價值尺度其實與古代小説頗多悖異。譬如，這一格局和路徑勉强適用於以"話本""章回"爲主體的白話小説領域，以此評判"筆記體小説"簡直無從措手，甚至對"傳奇小説"也並不適合。又如，中國古代的白話小説絶大部分是通俗小説，而通俗小説有自身的規範與追求，"思想"的深刻性、"形象"的典型性、"結構"的完整性和"語言"的性格化其實與通俗小説大多没有太大關係。在這一尺度的"篩選"和"過濾"下，符合標準的其實已寥寥無幾。人們感嘆，爲什麼 20 世紀的古代小説研究集中於《三國》《水滸》《紅樓夢》等少數幾部優秀作品，道理其實很簡單，真正"作祟"的、起決定作用的就是我們的研究路徑和價值標準。

　　由此可見，小説觀念的以"西"釋"中"和研究方法、價值標準的以"西"律"中"是 20 世紀以來中國古代小説研究中一個非常突出和普遍的現象，對中國古代小説文體研究已然產生了深遠的影響，而回顧、反思這一現象對促進中國古代小説文體研究的深入發展有重要意義。我們認爲，反省古代小説研究中的西來觀念，儘量還原被"遮蔽"的中國古代小説，回歸中國傳統的小説語境是古代小説研究的當務之急。落到小説文體研究領域，則要

---

　　1 此處的"小説"主要是指"筆記體小説"。見林崗著：《口述與案頭》第六章《小説家的興起與文人的案頭世界》，北京：北京大學出版社 2011 年版，第 166 頁。

拓寬小説文體的研究範圍，不再以"虛構的叙事散文"作爲衡量小説文體的唯一標準，尤其要加强"筆記體小説"的文體研究。在研究方法和價值尺度上，不能一味"西化"，而要以貼近"古人"、貼近"歷史"、貼近"文體"自身爲原則，努力尋求"本土化"的理論方法和"西學"的本土化路徑。同時，運用"分類指導"的原則，對不同的小説文體采用不同的研究方法和價值標準，從而梳理出符合中國古代小説"本然狀態"的文體史。

二

受西方小説觀之影響，"虛構的叙事散文"成了 20 世紀以來中國古代小説研究中"小説"觀念的基本内涵，並以此爲鑒衡追溯中國古代小説之源流。於是，"虛構"與"故事"成了梳理中國古代小説文體源流的核心，而"虛構"之尺度和"故事"之長度也便順理成章地成了考核小説文體"成熟"與否的首要標誌，在小説文體的源流問題上形成了一些頗爲流行的思想觀念。研究中國古代小説文體之源流首先得辨析這些思想觀念。

一是以"虛構"爲標尺，唐代傳奇是中國古代小説中最早成熟的文體。所謂小説的"文體獨立"、"小説文體的開端"、小説文體的"成熟形態"等都是在中國古代小説研究中耳熟能詳的表述，這種思想觀念已成爲中國古代小説文體研究中的"定論"。此論較早由魯迅所創立："傳奇者流，源蓋出於志怪，然施之藻繪，擴其波瀾，故所成就乃特異。其間雖亦或托諷喻以紓牢愁，談禍福以寓懲勸，而大歸則究在文采與意想，與昔之傳鬼神明因果而外無他意者，甚異其趣矣。"[1] 又謂："唐代傳奇文可就大兩樣了：神仙人鬼妖物，都可以隨便驅使；文筆是精細、曲折的，至於被崇尚簡古者所

1　魯迅著：《中國小説史略》，上海：上海古籍出版社 1998 年版，第 44—45 頁。

訴病；所叙的事，也大抵具有首尾和波瀾，不止一點斷片的談柄；而且作者往往故意顯示著這事迹的虛構，以見他想象的才能了。"[1] 然魯迅僅指出傳奇文體與志怪之區別，雖有"成就乃特異"、"見他想像的才能"等表述，但尚未把傳奇文體視爲最早成熟的小説"文體形態"，只是指出"虛構"是唐傳奇區別以往小説的一個重要標誌而已。後人據此延伸，進一步放大了"虛構"在小説文體構成中的地位，甚至視爲衡量小説文體的決定性因素，由此得出傳奇乃小説文體的"開端"等涉及小説文體源流的關鍵性結論。其實，中國古代小説本來就有兩種傳統，形成兩種"叙事觀"，兩者如清代紀昀所言有"著書者之筆"和"才子之筆"的差異，前者重在"記錄"，是"既述聞見，即屬叙事"，不可"隨意妝點"的筆記體小説的叙事特性。後者追求"虛構"，是可使"燕昵之詞，媟狎之態，細微曲折，摹繪如生"的傳奇體小説的叙事特性。[2] 兩者本各有其"體性"，無須强作比附，而以單一的"虛構"爲目標，判定其或爲"孕育"、或爲"成熟"更屬不倫不類。對此，浦江清的一段論述至今仍有意義："現代人説唐人開始有真正的小説，其實是小説到了唐人傳奇，在體裁和宗旨兩方面，古意全失。所以我們與其説它們是小説的正宗，無寧説是別派，與其説是小説的本幹，無寧説是獨秀的旁枝吧。"[3] 故筆記體和傳奇體是中國古代小説的兩種著述方式，體現了不同的叙事觀念。兩者之間雖有傳承關係，但不能以"虛構"作爲梳理小説文體源流關係的準則。

二是以"故事"爲基準，"故事"的長度和叙事的曲折程度是衡量小説文體"成熟"與否的標誌。於是"粗陳梗概"的筆記體小説自然與"叙述婉

---

1 魯迅：《六朝小説和唐代傳奇文有怎樣的區別？——答文學社問》，見魯迅著：《且介亭雜文二集》，《魯迅全集》第六卷，北京：人民文學出版社 1973 年版，第 321 頁。

2 （清）盛時彦：《〈姑妄聽之〉跋》，（清）紀昀著：《閱微草堂筆記》，上海：上海古籍出版社 1980 年版，第 472 頁。

3 浦江清：《論小説》，《浦江清文録》，北京：人民文學出版社 1958 年版，第 186 頁。

轉"的傳奇體小説分出了在文體上的"高下",傳奇體小説成了文言小説中最爲成熟的文體形態。此説的提出大概亦與魯迅相關。魯迅謂:"小説亦如詩,至唐代而一變,雖尚不離於搜奇記逸,然叙述宛轉,文辭華艷,與六朝之粗陳梗概者較,演進之迹甚明,而尤顯者乃在是時則始有意爲小説。"[1] 魯迅對筆記體小説和傳奇體小説在故事形態上的總結是精準的,"粗陳梗概"與"叙述宛轉"很好地概括了兩者在故事形態上的特性。而對於兩者之優劣對比,魯迅則比較審慎,僅以"演進之迹甚明"加以表述。今人對此的研究則又一次放大了魯迅的判斷,將"故事"及其長度曲折視爲判定文體高下的準則。甚至將兩者的演進過程比擬爲"猿進化爲人"的過程:"唐代小説絕非傳奇一體,仍還有'叢殘小語'式的古體小説——志怪小説和雜事小説。猿進化爲人,猿還存在,人猿共存是文學史上並不限於小説的現象。"而在以"故事"爲基準的視野下,甚至六朝志人小説也"不足與志怪匹敵",因爲它的簡短程度比志怪還甚,只是"切取生活的一個片段","很少能表現一個比較完整的叙事過程和形象結構"。[2] 這種以"故事"來判定小説文體的做法在當今小説研究中較爲普遍,甚至視爲定則。於是在這種觀念的指導下,人們追溯小説文體源流時首先認定傳奇乃中國古代小説文體最早的"成熟形態",而將以往的小説文體統統歸入尚在母體中孕育的小説文體"胚胎",並命之曰"古小説",從而完成了一次對中國古代小説文體的源流追溯。以"故事"的長度爲依據,20 世紀以來人們還習慣於用西方的"短篇小説""中篇小説"和"長篇小説"來爲古代小説分類,據此,那些"叢殘小語""比類爲書"[3] 且"粗陳梗概"式的筆記體小説則難以歸入,因爲無論是

---

1 魯迅著:《中國小説史略》,上海:上海古籍出版社 1998 年版,第 44 頁。

2 李劍國:《唐稗思考録(代前言)》,李劍國著:《唐五代志怪傳奇叙録》(增訂本),北京:中華書局 2017 年版,第 2、3 頁。

3 (清)章學誠《文史通義·詩話》"唐人乃有單篇,别爲傳奇一類"句後自注云:"專書一事始末,不復比類爲書。"見(清)章學誠著,葉瑛校注:《文史通義校注》卷五,北京:中華書局 2014 年版,第 650 頁。

"故事"的長度還是"叙述"的曲折，筆記體小説的絶大部分都難以滿足其
"要求"。誠然，"故事"是小説的基本屬性，但如何對待"故事"，不同的小
説文體有著相異的"體性"規範。在古代小説的諸種文體中，大致形成了兩
種"故事觀"：一種以筆記體小説爲代表，筆記體小説的所謂"故事"其實
是指某種"事件"，這種事件或是歷史人物的逸聞軼事，或是歷史人物的言
語行爲，或是得自傳聞的神怪之事。[1]而對這些"事件"的叙述方式，筆記
體小説采用的是"記録"——隨筆載録，不作點染。因而筆記體小説的所謂
"故事"不求完整曲折，往往是一個片段、一段言行、一則傳聞。另一種則
以傳奇、話本和章回體小説爲代表，所謂"故事"就是一個有"首尾"、有
"波瀾"的完整情節。兩者之差異可謂大矣！其實難以作相互比照，更不能
强分軒輊，以彼律此。故源流梳理要以各自的"體性"爲準的，故事完整但
冗繁拖沓者比比皆是，而"簡淡數言，自然妙遠"[2]的筆記體小説同樣顯示著
中國古代小説的精華。誰能説《世説新語》在文體上還不成熟而仍處於"孕
育"狀態呢！

三是從"虚構""故事"和"通俗"三方面立論，則以"章回體"爲主
的白話通俗小説是中國古代小説的主流文體，"它的創作業績，體現了中國
古代小説的主要成就，是中國文學史上具有代表意義的文體"。[3]並在"凡一
代有一代文學"觀念的影響下，構擬了"唐詩、宋詞、元曲、明清小説（指

1（唐）劉知幾《史通·雜述》劃分"偏記小説"爲十類，其中"逸事""瑣言""雜記"三類即爲
"筆記體小説"。"逸事"主要載録歷史人物逸聞軼事，如和嶠《汲冢紀年》、葛洪《西京雜記》等；"瑣言"
以記載歷史人物言行爲主體，如劉義慶《世説》、裴榮期《語林》等；"雜記"則主要載録鬼神怪異之事，
如祖台之《志怪》、劉義慶《幽明》等。胡應麟《少室山房筆叢·九流緒論》將"小説家"分爲六類，其
中"志怪"相當於劉知幾所言之"雜記"，"雜録"相當於劉知幾所言之"逸事""瑣言"，再加上"叢談"
中兼述雜事神怪的筆記雜著均可看作"筆記體小説"；《四庫全書總目提要》"小説家序"則歸入三派："迹
其流別，凡有三派，其一叙述雜事；其一記録異聞，其一綴輯瑣語也。"

2（清）紀昀：《姑妄聽之自序》，（清）紀昀著：《閱微草堂筆記》，上海：上海古籍出版1980年版，
第359頁。

3 陳美林、馮保善、李忠明著：《章回小説史》，杭州：浙江古籍出版社1998年版，第16頁。

白話通俗小説）"的"一代文學"之脈絡。而在中國古代小説文體源流的梳理中，循此又推演出中國古代小説文體實現了"由雅入俗"之變遷的結論——通俗小説由此成了中國古代小説的主流文體。這一觀念實際上促成了中國古代小説研究的"古今之變"：由"重文輕白"變爲"重白輕文"，白話通俗小説及其文體成了小説研究之主流。20世紀以來中國小説文體研究的這一"時代特性"是明顯的，而究其原因，一在於思想觀念，如梁啓超"小説界革命"看重的就是小説的"通俗化民"，以後，"通俗性""大衆化""民間性"等觀念始終是中國古代小説研究的價值"標籤"。一在於研究觀念，如"虛構之叙事散文"的小説觀念無疑更適合於白話通俗小説。那如何看待中國古代小説或小説文體研究的這一"古今之變"呢？誠然，我們無需重審通俗小説的歷史地位，通俗小説在中國古代文學史上所取得的成就已毋庸置疑。但由此所產生的"錯覺"——中國古代小説是以"通俗文學"爲主流的小説形態——則不能忽視，否則就不能"還原"歷史。我們且不説中國古代小説本身就源於兩個傳統：文人的"案頭"傳統和民間的"口述"傳統。文人小説和通俗小説一直並存於中國古代小説史上，其間地位成就之消長容或有之，但從没形成通俗小説一統天下的格局。故以"通俗"來看待小説文體不符合歷史實際，因爲文人小説本身"是歷代文人士大夫精神生活中高雅的玩意兒，絶不是下里巴人一類的俗物"。[1]而就通俗小説自身來看，其間之"文人化"或"雅化"的趨向也十分清晰，可以説，"文人化"是中國古代白話通俗小説發展中的一條明晰的綫索。而其關節點則在晚明，晚明文人高度關注通俗小説，且主要之關注點在文體，其目標是試圖改變通俗小説的"説話遺存"而將其變爲案頭的"文人小説"，這尤其表現在對明代"四大奇書"的改編整理。清代以來，通俗小説的文人化更成爲一個突出的現象，最終形

1　以上觀點參考林崗《口述與案頭》第六章《小説家的興起與文人的案頭世界》（北京：北京大學出版社2011年版）的相關論述。

成了《紅樓夢》《儒林外史》等高度文人化的小説巨著。[1]由此，我們不能過度放大通俗小説的文體地位，片面將通俗小説視爲中國古代小説的主流文體，更不能以"雅俗之變"來看待中國古代小説文體之源流。

辨析了上述在古代小説文體源流研究中的幾個流行觀念後，我們可以正面提出對小説文體源流研究的看法了：首先，中國古代小説文體之源流是一個"歷史存在"，小説文體源流研究就是要盡可能地理出這一個變化的綫索；但"變化的綫索"不等於古代小説文體就有一個"發展"的進程，"發展"的觀念是以"進化論"爲基礎的，它"先驗"地確認了歷史現象都有一個"孕育""產生""成熟""高潮""衰亡"等發展規律，這種"機械性"的觀念不利於"還原"古代小説文體源流的真實面貌。古代小説文體是一個複雜的"歷史存在"，它既是"歷時"的，"筆記體""傳奇體""話本體"和"章回體"等各有自己產生的時代，由此形成了一個流變的綫索。但同時它又是"共時"的，小説文體之間不是前後更替，而是"共存共榮"。故而"源流"研究不能等同於"發展"研究，而要以清理、還原爲首務。其次，古代小説文體的源流研究固然需要一定的思想觀念爲基礎，但不能以單一的觀念如"虛構的叙事散文"這一西來思想爲指導。以此爲指導必然會對小説文體之源流貼上"孕育""成熟"等價值標籤，這不符合歷史本然。因爲重視"虛構"的是小説，不重視甚至貶斥"虛構"的同樣也是小説，故而梳理古代小説文體源流的基礎觀念主要應是古人對於"小説"的認識觀念。再次，中國古代小説文體的"本源"是多元的，其形態也是多樣的，各文體形態之間其實絕大部分並無嚴格意義上的傳承關係，而維繫古代各小説文體之間的内在邏輯是中國古代小説貫穿始終的"非正統性"和"非主流性"。中國古代小説文體不是"一綫單傳"，也非"同宗變異"，因此，古代小説文體源流之

---

1 浦安迪曾將這一"文人化"進程中出現的優秀通俗小説單列，稱之爲"奇書文體"。詳見〔美〕浦安迪著：《中國叙事學》，北京：北京大學出版社 1996 年版。

研究應該在簡要梳理小説文體變化綫索的基礎上，將研究重心放在各文體形態自身的"追本清流"上，理出各小説文體自身的源流，從而揭示其各自的"體性"特徵。

三

　　中國古代小説文體研究在學術界已延續多年，成果也比較豐富，但如石昌渝《中國小説源流論》這樣有影響的論著還不多，突破性的成果更爲罕見。個中原因很多，其中最爲重要的或許還是兩個老生常談的問題——小説觀念的偏狹，及由此引發的對小説文本的遮蔽。如上所説，我們對於"小説"，對於"叙事"，持有的仍然是 20 世紀以來經西學改造的觀念，故小説文體研究要得到發展，觀念的開放、文本的完善和史料的輯録仍然是居於前列的重要問題。

　　本書以小説文體爲研究對象，以近百萬字的篇幅探討中國古代小説文體的發展歷程，涉及的文體内涵主要有"文體觀念""文體形態""叙述模式"和"語體特性"等諸方面。全書對中國古代小説文體的整體狀況及各種文體類型的起源、發展和演變進行了全面系統的梳理，探討其演進的内在規律，深化了對中國古代小説文體發展演變及其規律的認識。

　　全書共分六編，"總論"以下五編按照時間先後排列。第一編《總論》從宏觀角度論述了中國古代小説文體研究的若干核心問題，如小説的内涵與界域、小説文體觀念的古今演變、古代小説的叙事傳統、古代小説"圖文評"結合的文本形態等，以此作爲研究中國古代小説文體史的理論基礎。第二編至第六編以小説文體的歷史流變綫索爲經，以流變過程中重要的文體現象爲緯，采用點面結合的方式，探索了從先秦兩漢到晚清民初中國小説文體的發展歷程。五編分別爲：《先唐小説文體》《唐五代小説文體》《宋元小説文體》《明代小説文體》和《清代小説文體》，既宏觀梳理了古代小説文體的流變歷史，又分別清理了古代小説四種基本體式（"筆記體""傳奇體""話本體""章回體"）各自的演變進程。在具體的論述思路上，本書強調對各歷史時段的小説文體現象作專題性研究，以提升小説文體史研究的學術內涵。在論述對象的詳略上，我們也有所側重。如在對古代小説文體的整體研究上，我們相對重視古代小説文體史的"頭"和"尾"。就"頭"而言，《小説文體的起源》一章以"説、説體文與小説"和"史、雜史與小説"兩個視角詳細討論了中國古代小説與"子""史"之間的關係，爲追溯古代小説文體的起源確立理論基礎。在《"小説家"的文本與文體》一章中又深入考察了《漢書·藝文志》"小説家"的立意，並就傳世文獻中的"小説"文本作細緻的梳理，進而考訂"小説"的文類屬性與文體特徵。對於中國古代小説文體的"終結"，我們則以《傳統小説文體的終結與轉化》一加長版的章節對此作出詳細而又充分的討論。

在對中國古代小説四種文體的研究中，本書對筆記體小説的"額外"關注和擴大篇幅或許是一大特色，也是本書所要呈現的獨特價值。由於以往的研究大多強調小説的叙事文學屬性，又在觀念上認爲叙事即爲"講故事"，故筆記體小説的研究相比其他小説文體來説要薄弱得多。對此，我們一方面在研究觀念上深入梳理"叙事"在中國古代的實際內涵，打破傳統視叙事即爲"講故事"的認識，強調叙事在中國古代的多元屬性；同時依據傳統目録學對小説的分類，加大了"筆記體小説"在古代小説文體史研究中的分量。如在研究觀念上，我們在第一編《總論》之第二章《小説叙事的歷史傳統》中，詳細考證了"叙事"在中國古代的多重內涵；又在第三編《唐五代小説文體》之第六章《唐五代筆記小説的多元叙事》中，單列《描述説明與考證羅列：另一種"叙事"》一節，清理了"描述説明"與"考證羅列"在筆記體小説叙事中的獨特性，與上文相互印證。而在研究內涵上，筆記體小説更是我們撰寫小說文體史時最爲關注和傾力研究的對象。這不僅僅是有意識地"反撥"以往的研究格局，更是出於對中國古代筆記體小說的"尊重"和還原中國古代小說文體史的實際狀態。

本書爲團隊合作撰寫，具體分工如下（略以參與程度排序）：

譚帆（華東師範大學中文系）

負責全書的設計、整理、修訂、統稿等工作。《導論　研究史的回顧與檢討》，第一編《總論》之第一章《小說與文體》（與王瑜錦合作）、第二章《小說敘事的歷史傳統》、第三章《"圖文評"結合：古代小說的文本形態》之第一節《評改一體：小說評點的文本價值》，附錄一《論小說文體研究的三個維度》。

劉曉軍（華東師範大學中文系）

第二編《先唐小說文體》之第二章《"小說家"的文本與文體》（與李軍均合作），第五編《明代小說文體》之第一章《明代章回小說的文體流變》、第二章《圖文結合與明代章回小說文體》，第六編《清代小說文體》之《概述》、第一章《清代章回小說的文體流變》、第二章《報刊連載與章回小說文體的嬗變》。

李軍均（華中科技大學中文系）

第二編《先唐小說文體》之《概述》、第二章《"小說家"的文本與文體》（與劉曉軍合作）、第三章《"小說體"與"傳記體"》、第四章《〈世說新語〉的文體特性》、第五章《先唐小說的"史才"與"詩筆"》，第三編《唐五代小說文體》之《概述》、第一章《初唐傳奇小說文體的發生》、第二章《中唐傳奇小說文體的成熟》、第三章《晚唐傳奇小說的尊體與變體》，第四編《宋元小説文體》第五章《宋元傳奇小説的文體流變及特性》，第六編《清代小説文體》之第六章《清代傳奇小説的文體發展》。

任明華（曲阜師範大學文學院）

第五編《明代小説文體》之《概述》、第三章《〈剪燈新話〉與明代傳奇小説的詩文化》、第四章《小説選本對傳奇小説文體的改編》、第五章《〈六十家小説〉：話本小説的成型》、第六章《"三言"：案頭化的話本小説文體》、第七章《從〈拍案驚奇〉到〈鴛鴦針〉的文體探索》。

王慶華（華東師範大學中文系）

第四編《宋元小説文體》之《概述》、第三章《宋元筆記小説觀念：以小説入正史爲視角》、第四章《宋人對傳奇小説的文體定位與歸類》、第六章《宋元小説家話本的文體特徵》，第六編《清代小説文體》之第五章《清人對小説與正史、古文關係的認識》、第七章《清代話本小説的文體特徵》。

周瑾鋒（蘇州大學文學院）

第二編《先唐小説文體》之第一章《小説文體的起源》，第三編《唐五代小説文體》之第四章《唐五代筆記小説的文體雜糅》、第五章《唐五代筆記小説的體制特徵》、第六章《唐五代筆記小説的多元叙事》，第四編《宋元小説文體》之第一章《宋元筆記小説的成書方式及其文體意義》、第二章《宋元筆記小説的體制、叙事及審美特徵》。

毛傑（上海師範大學人文學院）

　　第一編《總論》第三章《"圖文評"結合：古代小説的文本形態》之第二節《插圖對小説文體之建構》、第三節《小説圖像的批評功能》。

岳永（山西財經大學文化旅游與新聞藝術學院）

　　第六編《清代小説文體》之第三章《清代筆記小説的文體特徵》、第四章《清代筆記小説的兼備衆體》。

張玄（揚州大學文學院）

　　第五編《明代小説文體》之第八章《明代筆記小説的文體特性》、第九章《明代筆記小説的文體新變》。

孫超（上海師範大學人文學院）

　　第六編結語《傳統小説文體的終結與轉化》

楊志平（江西師範大學文學院）

　　第一編《總論》第二章《小説叙事的歷史傳統》第六節《古代小説的博物叙事》

林瑩（同濟大學中文系）

　　第二編《先唐小説文體》第四章《〈世説新語〉的文體特性》第五節《以類爲評:〈世説新語〉分類體系的接受》

王瑜錦（南通大學文學院）

　　第一編《總論》之第一章《小説與文體》（與譚帆合作）

第一編　總　論

第一章
小説與文體

欲治中國古代小説文體史，必先釐清小説之界域，而釐清小説之界域，則又必先梳理作爲術語的"小説"之内涵。本書叙述小説文體史，即從清理"小説"之内涵與界域爲起始。"小説"一辭歧義叢生，乃古代文學文體術語中指稱範圍最爲複雜者之一。今人對"小説"一辭的析解或以今義爲準，以今律古；或以古義爲準，以古律古；或古今義折中。論述甚夥，歧異亦繁，尚有進一步探討梳理之必要。

第一節　"小説"之内涵與界域

"小説"之名歷來紛繁複雜，所指非一，清代劉廷璣即感嘆："蓋小説之名雖同，而古今之別則相去天淵。"[1] 但細繹其中，亦有綫索可尋，大別之，約有如下幾種最爲基本的内涵：

一是由先秦兩漢時期所奠定的有關"小説"的認識。衆所周知，"小説"之名最早見於《莊子·外物》，據現有資料大致考定，從先秦到兩漢，有關"小説"的材料主要有如下數則，《莊子》："飾小説以干縣令。"[2]《吕氏春秋·慎行論·疑似》："賢者有小惡以致大惡，褒姒之敗，乃令幽王好小説以

1（清）劉廷璣撰，張守謙校點：《在園雜志》，北京：中華書局 2005 年版，第 82—83 頁。

2（清）王先謙、劉武撰，沈嘯寰點校：《莊子集解》，北京：中華書局 1987 年版，第 239 頁。

致大滅。"[1] 張衡《西京賦》:"匪爲玩好,乃有秘術。小説九百,本自虞初。"[2]
桓譚《新論》:"若其小説家,合叢殘小語,近取譬論,以作短書,治身理
家,有可觀之辭。"[3] 班固《漢書·藝文志》:"小説家者流,蓋出於稗官。街
談巷語,道聽塗説者之所造也。"[4] 上述五種説法除《吕氏春秋》外均對後世產
生重要影響,並奠定了"小説"的基本義界:"小説"是無關於道術的瑣屑之
言;"小説"是一種源於民間、道聽塗説的"街談巷語";"小説"是篇幅短
小的"叢殘小語",但對"治身理家"有"可觀之辭"。這一"義界"對後世
的影響大致有二:確定了"小説"的基本範圍,"小説"是一種範圍非常寬泛
的概念,是相對於正經著作如經、史著作等而言的,大凡不能歸入這些正經
著作的歷史傳説、方術秘笈、禮教民俗,又以"短書"面目出現的皆稱之爲
"小説"。確認了"小説"的基本價值功能,從整體而言,此時期的"小説"
是一個基本呈貶義的"語詞",且不説《莊子》"飾小説以干縣令"的下句即
爲"其于大達亦遠矣"。所謂"叢殘""短書"亦均爲貶稱,王充《論衡·骨
相》云:"若夫短書俗記,竹帛胤文,非儒者所見,衆多非一。"[5]《論衡·書
解》又云:"古今作書者非一,各穿鑿失經之實,傳違聖人之質,故謂之叢
殘,比之玉屑。"[6] 而"街談巷語""道聽塗説"更是如此,唐人劉知幾對此一
語道破:"惡道聽塗説之違實,街談巷語之損實。"[7] 此一"小説"的内涵和外
延對後世小説觀念影響甚巨,爲以後"小説"進入史部和子部在觀念上奠定
了基礎。

1（秦）吕不韋編,許維遹集釋,梁運華整理:《吕氏春秋集釋》卷第二十二,北京:中華書局 2009
年版,第 608 頁。

2（梁）蕭統編,（唐）李善注:《文選·張衡〈西京賦〉》,上海:上海古籍出版社 1986 年版,第 68 頁。

3（漢）桓譚著,吴則虞輯校:《新論》,北京:社會科學文獻出版社 2014 年版,第 75 頁。

4（漢）班固撰,（唐）顏師古注:《漢書》,北京:中華書局 1962 年版,第 1745 頁。

5（漢）王充著,黄暉校釋:《論衡校釋·骨相》,北京:中華書局 1990 年版,第 112 頁。

6（漢）王充著,黄暉校釋:《論衡校釋·書解》,北京:中華書局 1990 年版,第 1157 頁。

7（唐）劉知幾著,（清）浦起龍通釋,王煦華整理:《史通通釋·採撰》,上海:上海古籍出版社 2009 年
版,第 109 頁。

　　二是"小説"是指有別於正史的野史、傳説。這一史乘觀念的確立標誌是南朝梁《殷芸小説》的出現，清姚振宗《隋書經籍志考證》卷三十二云："案此殆是梁武作通史時，凡不經之説爲通史所不取者，皆令殷芸別集爲小説，是小説因通史而作，猶通史之外乘。"[1]這是中國最早用"小説"一詞作爲書名的書籍。而在唐宋兩代，人們在理論上對此作出了闡釋。劉知幾謂："是知偏記小説，自成一家，而能與正史參行，其所由來尚矣。爰及近古，斯道漸煩，史氏流別，殊途並騖。權而爲論，其流有十焉：一曰偏記，二曰小録，三曰逸事，四曰瑣言，五曰郡書，六曰家史，七曰別傳，八曰雜記，九曰地理書，十曰都邑簿。"[2]"偏記小説"與"正史"已兩兩相對。以後，司馬光撰《資治通鑑》，明言"遍閲舊史，旁采小説"，[3]亦將小説與正史相對。宋人筆記中大量出現的有關"小説"的記載大多是指這些有別於正史的野史筆記。如陸游："《隋唐嘉話》云：'崔日知恨不居八座，及爲太常卿，於廳事後起一樓，正與尚書省相望，時號崔公望省樓。'又小説載：'御史久次不得爲郎者，道過南宫，輒回首望之，俗號拗項橋。如此之類，猶是謗語。'"[4]如沈括："前史稱嚴武爲劍南節度使，放肆不法，李白爲之作《蜀道難》。按孟棨所記，白初至京師，賀知章聞其名，首詣之，白出《蜀道難》，讀未畢，稱嘆數四。時乃天寶初也，此時白已作《蜀道難》，嚴武爲劍南，乃在至德以後肅宗時，年代甚遠。蓋小説所記，各得于一時見聞，本末不相知，率多舛誤，皆此文之類。"[5]至明代，更演化爲"小説者，正史之餘也"的觀念。[6]故在中國小説史

　　1（清）姚振宗：《隋書經籍志考證》，《二十五史補編》第四册，北京：中華書局1955年版，第5537頁。

　　2（唐）劉知幾著，（清）浦起龍通釋，王煦華整理：《史通通釋·雜述》，上海：上海古籍出版社2009年版，第253頁。

　　3（宋）司馬光編著，（元）胡三省音注：《資治通鑑·進書表》，北京：中華書局1956年版，第9607頁。

　　4（宋）陸游撰，李劍雄、劉德權點校：《老學庵筆記》卷四，北京：中華書局1979年版，第52頁。

　　5（宋）沈括著，胡道靜校證：《夢溪筆談校證》卷四，北京：中華書局1959年，第195頁。

　　6（明）笑花主人：《今古奇觀序》，（明）抱甕老人輯：《今古奇觀》，《古本小説集成》，上海：上海古籍出版社1994年版，第1頁。

上，將"小説"看成爲正史之外的野史傳説是一個延續長久的認識。

三是"小説"是一種由民間發展起來的"説話"藝術。這一名稱較早見於南朝宋裴松之注《三國志》所引《魏略》："太祖遣淳詣植。植初得淳甚喜，延入坐，不先與談。時天暑熱，植因呼常從取水自澡訖，傅粉。遂科頭拍袒，胡舞五椎鍛、跳丸擊劍、誦俳優小説數千言訖，謂淳曰：'邯鄲生何如耶？'"[1]"俳優小説"顯然是指與後世頗爲相近的説話伎藝。這種民間的説話在當時甚爲流行，如《陳書》載王叔陵"夜常不卧，燒燭達曉，呼召賓客，説民間細事，歡謔無所不爲"。[2]《魏書》載蔣少游"滑稽多智，辭説無端，尤善淺俗委巷之語，至可玩笑"。[3]至《隋書》卷五八言侯白"好俳優雜説"，《唐會要》卷四言韋綬"好諧戲，兼通人間小説"。唐段成式《酉陽雜俎》續集卷四記當時之"市人小説"，均與此一脈相承。宋代説話藝術勃興，"小説"一詞又專指説話藝術的一個門類，宋吳自牧《夢粱錄》卷二十《小説講經史》："説話者謂之'舌辯'，雖有四家數，各有門庭，且小説名'銀字兒'，如煙粉、靈怪、傳奇、公案、朴刀杆棒、發發蹤參（發迹變泰）之事。"[4]宋羅燁《醉翁談録·小説開闢》："夫小説者，雖爲末學，尤務多聞，非庸常淺識之流，有博覽該通之理。……有靈怪、煙粉、傳奇、公案，兼朴刀、杆棒、妖術、神仙。自然使席上風生，不枉教坐間星拱。"[5]此"小説"即指説話中篇幅短小的單篇故事，以別於長篇的講史，所謂"最畏小説人，蓋小説者，能以一朝一代故事，頃刻間提破"。[6]以"小説"指稱説話伎藝，還

1（晉）陳壽撰，（南朝宋）裴松之注：《三國志·魏書》卷二十一《王粲傳》，北京：中華書局1959年版，第603頁。

2（唐）姚思廉撰：《陳書》卷三十六《始興王叔陵傳》，北京：中華書局1972年版，第494頁。

3（北齊）魏收撰：《魏書》卷九十一《蔣少游傳》，北京：中華書局1974年版，第1971頁。

4（宋）吳自牧著：《夢粱録》，《東京夢華録（外四種）》，北京：文化藝術出版社1998年版，第306頁。

5（宋）羅燁著：《醉翁談録》，朱一玄編，朱天吉校：《明清小説資料選編》，天津：南開大學出版社2012年版，第234頁。

6（宋）灌園耐得翁著：《都城紀勝》，《東京夢華録（外四種）》，北京：文化藝術出版社1998年版，第86頁。

與後世作爲文體的"小説"有別，但却是後世通俗小説的近源。

四是"小説"是指虛構的有關人物故事的特殊文體。此一概念與近世的小説觀念最爲接近，亦與明清小説的發展實際最相吻合，體現了小説觀念的演化。這也有一個過程：首先是確認"人物故事"爲小説的基本特性，這在宋初《太平廣記》的編訂中已顯端倪，該書之收錄以故事性爲先決條件，以甄別前此龐雜的"小説"文類，但仍以"記事"爲準則。隨著宋元説話的興盛，尤其是通俗小説的勃興，這一在觀念上近於"實錄"的記事準則便逐漸被故事的虛構性所取代。於是"小説"專指虛構的故事性文體。這在明代已基本確立，如嘉靖年間洪楩編刊的話本小説集《六十家小説》即然，且純以娛樂爲歸，體現了小説文體向通俗化演進的迹象。天都外臣在《水滸傳叙》一文中亦專以"小説"指稱《水滸傳》等通俗小説："小説之興，始於宋仁宗。于時天下小康，邊釁未動，人主垂衣之暇，命教坊樂部纂取野記，按以歌詞，與秘戲優工，相雜而奏，是後盛行，遍於朝野。蓋雖不經，亦太平樂事，含哺擊壤之遺也。其書無慮數百十家，而《水滸》稱爲行中第一。"[1]明末清初的小説評點也屢屢出現"小説"一詞，而所謂"小説"即指通俗小説，如"這樣好小説替他流芳百世"，"要替做小説的想個收場之法耳"。[2]清羅浮居士《蜃樓志序》對"小説"一詞的界定更是明顯地表現出了這一特色："小説者何？別乎大言言之也。一言乎小，則凡天經地義，治國化民，與夫漢儒之羽翼經傳，宋儒之正心誠意，概勿講焉。一言乎説，則凡遷、固之瑰瑋博麗，子雲、相如之異曲同工，與夫艷富、辨裁、清婉之殊科，宗經、原道、辨騷之異製，概勿道焉。其事爲家人父子日用飲食往來酬酢之細故，是以謂之小；其辭爲一方一隅男女瑣碎之閑談，是以謂之説。然則最淺

1（明）天都外臣：《水滸傳叙》，（元）施耐庵著：《水滸全傳》附錄，北京：人民文學出版社 1954 年版，第 1825 頁。

2（清）李漁編，（清）睡鄉祭酒批評：《連城璧》外編卷之二總評，《古本小説集成》，上海：上海古籍出版社 1994 年版，第 942 頁。

易、最明白者，乃小説正宗也。"[1]

　　需要特別指出的是，"小説"既是一個"歷時性"的觀念，即其自身有一個明顯的演化軌迹，但同時，"小説"又是一個"共時性"的概念；"小説"觀念的演化主要是指"小説"指稱對象的變化，然這種變化並不意味著對象之間的不斷"更替"，而常常表現爲"共存"。如班固《漢志》的"小説"觀一直影響到清代，《四庫全書總目》對"小説"的看法即與《漢志》一脈相承，《總目》所框範的小説"叙述雜事""記録異聞""綴輯瑣語"和明清以來的通俗小説在清人的觀念中被同置於"小説"的名下。

第二節　古人的小説文體觀念

　　在古代小説研究中，對小説文體的認知決定了如何去構建小説史，即怎樣去認定小説的起源、歷史的分期和涵納的作品等。從古代到晚清民國，對於小説文體的認知一直在變動。古人以筆記體小説爲小説文體之主流，晚清以降，新的小説文體觀念被構建，呈現出與傳統分離的趨向，其中章回小説地位的不斷上升乃爲顯例，由此構建了"章回""筆記"二分的分體模式；隨之，依循文學觀念的轉變和小説文獻的發掘，原本包含於筆記體中的傳奇體和章回體中的話本體漸有獨立之趨勢，"筆記""傳奇""話本"和"章回"四分的觀念得以確立。此後，這一"四分"的分體模式爲文學史家和小説史家所接受，而現代學者也基本選擇了這一分體模式。

　　古人對文體頗爲重視，明代徐師曾就曾指出"體裁"之重要性，其云："夫文章之有體裁，猶宮室之有制度，器皿之有法式也。"[2]雖然古代小説常被視爲"小道"，然而這一觀念並不影響古人對小説文體的探究。古人常將

"體""體制""體例""體裁"等術語與"小説""説部"等聯繫在一起，稱之爲"小説體""小説體例""小説體裁"和"説部體"等。

明清時期，"小説體"常與"史體"一起出現，前者所記爲叢談瑣事，後者所記爲朝廷大政。《四庫全書總目》（下文簡稱"《總目》"）《南唐近事》條下："其體頗近小説，疑南唐亡後，文寶有志於國史，蒐采舊聞，排纂叙次。以朝廷大政入《江表志》，至大中祥符三年乃成。其餘叢談瑣事，別爲緝綴，先成此編。一爲史體，一爲小説體也。"[1] 記載"朝廷大政"的《江表志》和緝綴"叢談瑣事"的《南唐近事》出於一人之手，却形成了鮮明的對比。另外，"小説體"一詞常指含有神怪、諧謔内容的小説。如《總目》《曲洧舊聞》條下："《通考》列之小説家。今考其書，惟神、怪諧謔數條，不脱小説之體，其餘則多記當時祖宗盛德及諸名臣言行，而於王安石之變法，蔡京之紹述，分朋角立之故，言之尤詳。蓋意在申明北宋一代興衰治亂之由，深於史事有補，實非小説家流也。"[2]《四庫全書簡明目録》《中朝故事》條下云："上卷記君臣事迹、朝廷制度；下卷雜陳神怪，純爲小説體矣。"[3] "説部體"一詞較早見於清代，計東《説鈴序》云："説部之體，始于劉中壘之《説苑》、臨川王之《世説》，至《説郛》所載，體不一家。"[4]《總目》卷一四三"《客座贅語》"條下："是書所記，皆南京故實及諸雜事，其不涉南京者不載。蓋亦《金陵瑣事》之流，特不分門目，仍爲説部體例耳。"[5]

古人還常以"體裁""體例""體格"諸詞評價小説，多數情況下用來形容小説的成書體例。如明代郭一鶚《玉堂叢語序》："《玉堂叢語》一書，成於秫陵太史焦先生，先生蔚然爲一代儒宗，其銓叙今古，津梁後學，所

1（清）永瑢等撰：《四庫全書總目》，北京：中華書局 1965 年版，第 1188 頁。

2 同上，第 1039 頁。

3（清）永瑢等撰：《四庫全書簡明目録》，上海：上海科學技術文獻出版社 2016 年版，第 379 頁。

4（清）計東：《説鈴序》，轉引自丁錫根編：《中國歷代小説序跋集》，北京：人民文學出版社 1996 年版，第 450 頁。

5（清）永瑢等撰：《四庫全書總目》，北京：中華書局 1965 年版，第 1223 頁。

著述傳之通都鉅邑者，蓋凡幾種。是書最晚出，體裁仍之《世説》，區分準之《類林》，而中所取裁抽揚，宛然成館閣諸君子一小史然。"[1] 從焦竑《玉堂叢語》各條目命名來看，其與《世説新語》多有類似之處，如卷一含"行誼""文學""言語"三類名目。《總目》"《賀監紀略》"條下："徵引古書，每事必造一標題，尤類小説體例也。"[2]《總目》"《異林》"條下："此乃摘百家雜史中所載異事，分爲四十二目，頗爲雜糅。如防風僬僥之類，世所習聞，不足稱異，而他書稍僻者，仍不無掛漏。惟詳注所出書名，在明末説家中，體例差善耳。"[3] 上述《總目》諸條大多指其形式之特徵。黄丕烈《博物志序》："予家有汲古閣影鈔宋本《博物志》，末題云'連江葉氏'，與今世所行本夐然不同。嘗取而讀之，乃知茂先此書大略撮取載籍所爲，故自來目錄皆入之雜家。其體例之獨創者，則隨所撮取之書分別部居，不相雜厠。"[4] 此處"體例"指《博物志》之"隨所撮取之書分別部居"的形式特徵。

　　需要特別指出的是，上述"體""體制""體裁""體格"諸詞在與"小説"相連使用時均指筆記體小説，可以説，這種指稱筆記體小説爲"小説體"的文體觀念在古代是占據主流位置的。事實上，追溯"小説體"的發展源流也可以發現這一點。具體來説，從《漢書·藝文志》開始，"小説體"以"叢殘小語"爲外在形式，以"小道可觀"爲内在價值屬性。這兩方面規定的"小説體"從漢代以降不斷被闡釋，尤其在目錄學著作中被不斷確認，雖然内容時有變動，但其内在屬性則一以貫之。東漢桓譚所云"若其小

1（明）郭一鶚《玉堂叢語序》，（明）焦竑：《玉堂叢語》，北京：中華書局1981年版，序第3頁。

2（清）永瑢等撰：《四庫全書總目》，北京：中華書局1965年版，第544頁。此書有《四庫全書叢目叢書》本（據吉林大學藏清抄本影印），根據其内容和標題之體式，可知此處"小説"指的是筆記小説，參《四庫全書存目叢書》史部第86册，濟南：齊魯書社1996年版，第459—530頁。

3（清）永瑢等撰：《四庫全書總目》，北京：中華書局1965年版，第1230頁。

4（清）黄丕烈：《博物志序》，（晉）張華撰，范寧校證：《博物志校證》，北京：中華書局1980年版，第152頁。

説家，合叢殘小語，近取譬論，以作短書，治身理家，有可觀之辭”與《漢志》異曲同工，“合叢殘小語，近取譬論，以作短書”是小説形式與内容之規定，“治身理家，有可觀之辭”則爲價值之定性。[1] 阮孝緒《七録》的小説觀念與漢代小説文體觀一脈相承，所收以記言記事的“叢殘小語”爲主。[2] 至唐代，《隋書·經籍志》所反映的小説文體觀念在總體上仍然承接著《漢志》以來的傳統觀念，如其“小説家”小序所言的“街説巷語之説”，“過則正之，失則改之，道聽塗説，靡不畢紀”，“雖小道必有可觀者”，與《漢志》是相通的，即一方面强調小説是出於街談巷語，另一方面又强調其價值及功能。後晉劉昫的《舊唐書·經籍志》亦是如此。[3] 中唐劉知幾《史通·雜述篇》認爲“偏記小説，自成一家。而能與正史參行，其所由來尚矣”，同時又將“偏記小説”分爲十類，[4] 別傳、雜記兩類的加入使小説的史學意蘊大大增加，但從總體而言，劉氏仍本著《漢志》以來的傳統小説觀念。宋初編成的《崇文總目》和《新唐書·藝文志》一方面在“小説家”收録了大量雜傳類的圖書，但是其範圍仍在傳統小説觀念的界域之内。[5] 在南宋三種私家書目（晁公武《郡齋讀書志》、尤袤《遂初堂書目》、陳振孫《直齋書録解題》）

---

1 （南朝梁）蕭統著，（唐）李善注：《文選》卷三一江淹《李都尉從軍》李善注引《新論》佚文，上海：上海古籍出版社 1986 年版，第 1453 頁。

2 其書雖佚，但《廣弘明集》收阮氏此書序言，據此序所言其“小説部”含“十種，十二秩，六十三卷”。任莉莉《七録輯證》輯得六種四十四卷［見（南朝梁）阮孝緒著，任莉莉輯證：《七録輯證》，上海：上海古籍出版社 2011 年版，第 196—197 頁。按：任莉莉誤作四十五卷］。張莉、郝敬則通過考證與推斷將其補全，十種分別如下：《燕丹子》、《青史子》、《宋玉子》、郭頒《群英論》、裴啓《語林》、孫盛《雜語》、郭澄之《郭子》、劉孝標注《世説》、劉孝標《俗説》、殷芸《小説》（張莉、郝敬：《〈七録〉著録小説考》，《古籍研究》2016 年第 2 期）。

3 一般認爲《舊唐志》是由其作者後晉劉昫根據唐毋煚的《古今書録》改編而來，而《古今書録》完成於開元年間，故《舊唐志》“小説家”的小説觀毋寧説是盛唐時人的小説觀念。

4 （唐）劉知幾著，（清）浦起龍通釋，王煦華整理：《史通通釋》，上海：上海古籍出版社 2009 年版，第 253 頁。

5 如《崇文總目》小説類叙曰：“《書》曰‘狂夫之言，聖人擇焉’，又曰‘詢於芻蕘’，是小説之不可廢也。古者懼下情之壅于上聞，故每歲孟春，以木鐸徇于路，採其風謡而觀之。至於俚言巷語，亦足取也。今特列而存之。”見（宋）歐陽修著，李逸安校點：《歐陽修全集》，北京：中華書局 2001 年版，第 1893 頁。此段話可看作是《漢志》“小道可觀”一語的再次重申。

中，《新唐志》的這一小説觀基本得到了貫徹。至明代，楊士奇在《文淵閣書目》卷八"子雜類"收入了多種筆記小説，"詩詞類"和"史雜類"出現了一些通俗小説，從整體來看子部下的小説仍以傳統的"小説體"爲主。雖然明代中後期以及清初的諸多私家目録中著録了通俗小説，但是其文體自始至終並未被正統文人所接受。至乾隆朝編纂《四庫全書總目》時，通俗小説被摒除在外，"小説體"又一次得到了確認。可以説，從漢代至晚清，"小説體"爲主流的觀念不斷得到官方和正統文人的維護。

相對而言，近代以來被高抬的傳奇體小説在古人的小説文體觀念中並無太高的地位。"傳奇體"一詞最早出現於宋代，但最初並非指稱小説文體。[1]宋以來，傳奇通常被稱爲"傳記"和"雜傳記"，如《太平廣記》"雜傳記"類收唐人傳奇 13 篇，《郡齋讀書志》《直齋書録解題》《通志·藝文略》則將傳奇歸入"史部傳記類"。也有稱之爲"小説"的，如洪邁《容齋隨筆》："大率唐人多工詩，雖小説戲劇，鬼物假托，莫不宛轉有思致，不必專門名家而後可稱也。"[2]又云："唐人小説，不可不讀。小小情事，凄婉欲絶，詢有神遇而不自知者，與詩律可稱一代之奇。"[3]也正是從宋代開始，"傳奇體"以單篇流傳、完整叙述一人一事、情節之虛構、語言之綺麗等特徵使它始終與"小説體"保持著距離。[4]元代虞集《道園學古録》云："蓋唐之才人，於經藝道學有見者少，徒知好爲文辭。閑暇無可用心，輒想像幽怪遇合、才情恍惚之事，作爲詩章答問之意，傅會以爲説。盍簪之次，各出行卷以相娱

1（宋）陳師道《後山詩話》云："范文正公爲《岳陽樓記》，用對語説時景，世以爲奇。尹師魯讀之。曰：'傳奇體耳！'《傳奇》，唐裴鉶所著小説也。"見（清）何文焕輯：《歷代詩話》，北京：中華書局 1981 年版，第 310 頁。此處"傳奇體"之"傳奇"二字無疑指唐代裴鉶的《傳奇》，並無文體含義。"傳奇體"的這一使用近似於"世説體"，均用書名來命名體，其義指某一本書的體例和語言被後來者所模仿。如《郡齋讀書志》《唐語林》條下："右未詳撰人，效世説體，分門記唐世事新增嗜好等七十門餘，仍舊云。"見（宋）晁公武撰，孫猛校證：《郡齋讀書志校證》，上海：上海古籍出版社 2011 年版，第 559 頁。

2（宋）洪邁撰，孔凡禮點校：《容齋隨筆》卷一五，北京：中華書局 2005 年版，第 194 頁。

3《唐人説薈》例言引文，（清）陳世熙輯：《唐人説薈》，宣統三年掃葉山房石印本。

4 關於這一點亦可參看潘建國《中國古代小説書目研究》之論述，上海：上海古籍出版社 2005 年版。

玩。非必真有是事，謂之'傳奇'。"[1] 此處強調的都是"傳奇"在情節上的虛構、内容上的"幽怪恍惚"以及詞藻上的絢麗。明桃源居士《唐人小説序》云："唐三百年，文章鼎盛，獨詩律與小説，稱絶代之奇，何也？蓋詩多賦事，唐人於歌律以興以情，在有意無意之間，文多徵實；唐人於小説摘詞布景，有翻空造微之趣。至纖若錦機，怪同鬼斧，即李杜之跌宕、韓柳之爾雅，有時不得與孟東野、陸魯望、沈亞之、段成式蕫争奇競爽，猶耆卿、易安之於詞，漢卿、東籬之于曲，所謂厥體當行，別成奇致，良有以也。"[2] 此處以"傳奇"爲一"體"，此體之"奇致"在於語言詞藻的綺麗、情節的虛構與細緻描繪。至清代，與"小説體"相對比之下的"傳奇體"的體制特徵越來越明顯。盛時彦《姑妄聽之跋》謂紀昀嘗曰："《聊齋志異》盛行一時，然才子之筆，非著書者之筆也。虞初以下，干寶以上，古書多佚矣。其可見完帙者，劉敬叔《異苑》、陶潛《續搜神記》，小説類也；《飛燕外傳》《會真記》，傳記類也。《太平廣記》，事以類聚，故可並收。今一書而兼二體，所未解也。"紀昀又云："文章各有體裁，亦各有宗旨，區分畛域，不容假借於其間。"[3] 以此標準衡量，則其所分的小説與傳記亦各具嚴格之"畛域"。值得注意的是，當人們用"傳奇"一辭來指稱這一小説文體時，往往含有一種鄙視的口吻。上引元虞集之口吻明顯帶有鄙視之氣。而紀昀對"傳奇"之鄙視最爲徹底，一方面，《四庫全書總目提要》摒棄"傳奇"而回歸"子部小説家"之純粹；而在具體評述時，凡運用"傳奇"一辭，紀昀均帶有貶斥之口氣，如"小説家類存目一"著録《漢雜事秘辛》，提要謂："其文淫艷，亦類傳奇。"[4]《昨夢録》提要云："至開封尹李倫被攝事，連篇累牘，殆

1（元）虞集撰：《道園學古録》卷三八《寫韻軒記》，《景印文淵閣四庫全書》第1207冊，臺北：臺灣商務印書館1986年版，第544頁。

2（明）桃源居士編：《唐人小説》，上海：上海文藝出版社1992年版，第1頁。

3（清）紀昀著，孫致中等校點：《紀曉嵐文集》，石家莊：河北教育出版社1995年版，第492、149頁。

4（清）永瑢等撰：《四庫全書總目》，北京：中華書局1965年版，第1216頁。

如傳奇，又唐人小説之末流，益無取矣。"[1]而細味紀昀之用意，傳奇之"淫艷""冗沓"和"有傷風教"正是其摒棄之重要因素，其目的在於清理小説"可資考證""簡古雅贍""有益勸戒"之義例本色，從而捍衛"小説體"之正統。

對於古代非常流行的白話通俗小説，明以來一般也稱之爲"小説"，但更有自身獨特的稱謂——"演義"。嘉靖元年（1522），司禮監刊出的《三國志通俗演義》產生了很大反響，仿效者甚眾。而隨著通俗小説的繁興，人們在使用"演義"一詞時已出現明確的辨體意識，如在追溯通俗小説的文體淵源時，人們習慣地以"演義"一辭作界定，以區別其他小説。綠天館主人《古今小説序》："若通俗演義，不知何昉？……暨施、羅兩公，鼓吹胡元，而《三國志》《水滸》《平妖》諸傳，遂成巨觀。"[2]從小説文體角度言之，宋之説話對後世通俗小説文體之影響約在二端："講史"之於章回小説和"小説"之於話本小説，但在明清人的觀念裏，章回小説與話本小説尚未有明確的文體區別，而均包含在了演義小説的範疇之中。如天許齋《古今小説題辭》云："本齋購得古今名人演義一百二十種，先以三分之一爲初刻云。"睡鄉居士《二刻拍案驚奇序》亦云："至演義一家，幻易而真難，固不可相衡而論矣。即如《西遊》一記，怪誕不經，讀者皆知其謬。……即空觀主人者，其人奇，其文奇，其遇亦奇，因取其抑塞磊落之才，出緒餘以爲傳奇，又降而爲演義。"[3]而凌濛初亦將其《拍案驚奇》稱之爲"演義"："這本話文，出在《空緘記》，如今依傳編成演義一回，所以奉勸世人爲善。"[4]在清代，這一觀念仍較常見，觀海道人《金瓶梅序》中"客"有如下之語："余嘗聞人

1（清）永瑢等撰：《四庫全書總目》，北京：中華書局1965年版，第1217頁。又《總目》對傳奇之評價詳見潘建國著：《中國古代小説書目研究》，上海：上海古籍出版社2005年版，第57頁。

2 黃霖、韓同文選注：《中國歷代小説論著選》（修訂本）上，南昌：江西人民出版社2000年版，第225頁。

3 同上，第236、266頁。

4（明）凌濛初編著，尚乾、文古校點：《拍案驚奇》卷二〇，濟南：齊魯書社1995年版，第396頁。

言，小説中之有演義，昉於五代、北宋，逮南宋、金、元而始盛，至本朝而極盛。"[1] "演義"發端於宋代的説話使它明顯地具有通俗性的特點，這一通俗性使其受到了社會的歡迎，然而就演義體小説在明清的生存境況觀之，這種小説文體並未得到太多的承認，明清時期屢屢禁小説淫詞的法令便是明證。而在古人的觀念中，"演義"之價值仍然是有限的，雖然人們將"演義"視爲"喻俗書"，但在總體上没能真正提升白話通俗小説之地位，明胡應麟《莊嶽委談》下云："今世傳街談巷語有所謂演義者，蓋尤在傳奇、雜劇下。"又云："關壯繆明燭一端則大可笑，乃讀書之士亦什九信之，何也？蓋緣勝國末村學究編魏、吳、蜀演義，因傳有羽守邳見執曹氏之文，撰爲斯説，而俚儒潘氏又不考而贊其大節，遂致談者紛紛。案《三國志》羽傳及裴松之注，及《通鑑》《綱目》，並無其文，演義何所據哉？"[2] 其鄙視之口吻清晰可見。而清初劉廷璣的判定則更爲斬釘截鐵："演義，小説之别名，非出正道，自當凛遵諭旨，永行禁絶。"[3] 胡、劉二氏對小説（包括文言和白話）均非常熟悉，且深有研究，其言論當具代表性。[4]

綜上所述，古人將"小説"與"體"聯繫時，這種"小説體"通常用來代指筆記小説，而這一發源最早的小説文體也被看作是古代最正統的小説文體。相比較而言，對傳奇體與演義體的評價均不高。[5]

1　黄霖編：《金瓶梅資料彙編》，北京：中華書局1987年版，第11頁。

2　（明）胡應麟撰：《少室山房筆叢·莊嶽委談下》，上海：上海書店出版社2009年版，第436、432頁。

3　（清）劉廷璣撰，張守謙校點：《在園雜志》卷三，北京：中華書局2005年版，第125頁。

4　詳見譚帆：《術語的解讀：中國小説史研究的特殊理路》，《文藝研究》2011年第11期。

5　如章學誠《文史通義》卷五所云："小説出於稗官，委巷傳聞瑣屑。雖古人亦所不廢。然俚野多不足憑，大約事雜鬼神，報兼恩怨，《洞冥》《拾遺》之篇，《搜神》《靈異》之部，六代以降，家自爲書。唐人乃有單篇，别爲傳奇一類。專書一始末，不復比類爲書。大抵情鍾男女，不外離合悲歡。紅拂辭楊，繡襦報鄭；韓、李緣通落葉，崔、張情導琴心；以及明珠生還，小玉死報；凡如此類，或附會疑似，或竟托子虚，雖情態萬殊，而大致略似。其始不過淫思古意，辭客寄懷，猶詩家之樂府古豔諸篇也。宋、元以降，則廣爲演義，譜爲詞曲，遂使瞽史弦誦，優伶登場，無分雅俗男女，莫不聲色耳目。蓋自稗官見於《漢志》，歷三變而盡失古人之源流矣。"見（清）章學誠著，葉瑛校注：《文史通義校注》，北京：中華書局2014年版，第650頁。

第三節　晚清民初的小説文體"二分"

19 世紀以來，筆記體爲小説文體之正統的現象有所改變，章回體小説的生存狀況慢慢得以改觀，"小説之體"開始用於指代章回小説及其文體特性。這一現象較早可追溯至 19 世紀的傳教士小説，[1] 此類小説的出現是"爲了讓中國讀者更容易理解和接受基督教信仰，部分傳教士作者或譯者特別針對中國人的宗教信仰和文化背景，把中國文化和基督教思想相參照，嘗試尋找和突出其中的共通點"。[2] 而其中"共通點"的一個重要特性就是很多傳教士在寫作時所采用的章回體式。對此，西方漢學家偉烈亞力很早就意識到了這一點，1834 年，其《基督教新教傳教士在華名録》一書在介紹郭實臘《贖罪之道傳》時謂："在這部作品中，作者旨在采用叙事的方式來解説福音至關重要的信條；改作以小説的形式撰寫，共 21 章，有一篇序言和一份附録。"介紹郭氏《常活之道傳》時亦謂："這部作品同樣也以中國小説的文體（按：韓南教授在《中國近代小説的興起》中引文翻譯爲"中國小説的風格"）撰寫，在作品中，作者以個人叙述的形式努力向人們灌輸基督教信條。"[3] 此處所言的"小説形式"和"小説文體（風格）"便是指章回體小説，由此可以看出在當時漢學家和傳教士的認知中章回體小説完全可以代指小説。理雅各在其兩部作品（1852 年的《約瑟記略》和 1857 年的《亞伯拉罕紀略》所用同一序言）的序言中也有同樣的認識，其云："兹由聖經采出，略仿小説之體，編爲小卷。莫（無?）非因我世人，每檢聖經則厭其繁，一

---

1 韓南在《中國 19 世紀的傳教士小説》一文中限定的"傳教士小説"爲"基督教傳教士及其助手用中文寫的叙述文本（以小説的形式）"。見〔美〕韓南著，徐俠譯：《中國近代小説的興起》（增訂本），上海：上海教育出版社 2010 年版，第 55 頁。

2 黎子鵬編：《晚清基督教叙事文學選粹》，臺北：橄欖出版有限公司 2012 年版，導論第 4 頁。

3〔英〕偉烈亞力編：《基督教新教傳教士在華名録》，天津：天津人民出版社 2013 年版，第 68—69 頁。

展卷即忽忽欲睡，惟於小説稗官則觀之不倦、披之不釋。故仿其體，欲人喜讀，而獲其益，亦勸世之婆心耳；實與小説大相懸絶也，讀者幸勿視爲小説而忽之焉！"[1] 這裏的"小説之體"便是指章回體的形式特性。

除了傳教士用漢文所著的小説用章回體外，本土譯者也嘗試用章回體翻譯西方小説。1873 年，《申報》主辦的文藝刊物《瀛寰瑣記》連載了由"蠡勺居士"翻譯的英國小説《昕夕閑談》，這一小説也被學者稱之爲"第一部漢譯小説"。[2] 爲了適應報刊連載和大衆欣賞的方便，譯者對全文分節並采用了章回體，每次刊載兩節。在每節的結尾處也即故事發展的緊要關頭，譯者通常采用"要知後事如何，下回詳談"的用語，故章回體已成爲當時小説創作者常用的文體。而時人論小説也經常以"小説之體"代指章回體，平步青《霞外攟屑》卷九《小棲霞説稗》"一軍中有五帝"條："《殘唐五代傳》，小説與史合者十之一二，餘皆杜撰裝點，小説體例如是，不足異也。"[3]1882年《申報》刊載《野叟曝言》廣告云："《野叟曝言》一書，體雖小説，文極瑰奇，向只傳抄，現經排印……"此後《申報》刊載的諸多兜售小説的廣告中都有這種表達。[4]1897年康有爲《日本書目志》云："吾問上海點石者曰：

---

1 黎子鵬編：《晚清基督教叙事文學選粹》，臺北：橄欖出版有限公司 2012 年版，第 52 頁。

2 參〔美〕韓南著，徐俠譯：《中國近代小説的興起》（增訂本），上海：上海教育出版社 2010 年版，第 87—113 頁。

3 （清）平步青著：《霞外攟屑》，上海：上海古籍出版社 1982 年版，第 657 頁。按：平步青（1832—1896），1872 年棄官歸鄉，此書是其晚年所著《香雪崦叢書》中的一種。

4 如光緒十四年（1888）《申報》所刊的《重印〈風月夢〉告成》云："蓋體雖仿章回小説，而其遣詞命意，誠有非率爾可以操觚者。"光緒十六年七月二十二日《申報》關於《快心編》的廣告："《快心編》一書爲天花才子所著，描情寫景，曲曲入神。雖不脱章回小説體裁，而其叙公子之風流，佳人之妍慧，草寇之行兇作惡，老僕之義膽忠肝，生面別開，從不落前人窠臼。"光緒十七年二月十七日《申報》："《快心編》初、二、三集，爲天花才子所著。雖體例不離乎小説，而其言情寫景娓娓動人，實非俗手所能及。"光緒十八年十月初六《申報》刊《贈書志謝》云："昨承文宜主人介藜床舊主以《英雄俠義風月傳》見贈，披讀一過，覺體例雖不脱乎章回小説，而其中叙佳人才子、義僕忠臣、俠骨柔情惟妙惟肖，洵乎如原序所謂借紙上空談一吐其胸中錦繡者乎？爲跋數語以表謝忱。"光緒三十一年四月二十六日《申報》廣告《回頭看》條："是書以小説體裁發明社會主義，假托一人用催眠術致睡不死，亦不醒，沉埋地下石室之内一百餘年，經人發掘醒來，另是一番景象，其所紀述之工藝隊、公棧、房電、機樂部、公家膳堂、免除關税，改良訴訟。一切組織即歐美自號文明，其程度亦相去尚遠。試展讀之，真不殊置身極樂世界也。"

'何書宜售也？'曰：'書、經不如八股，八股不如小説。'宋開此體，通於
俚俗，故天下讀小説者最多也。"[1]小説的"體"通常用以指章回體，而"小
説體裁"也多指"章回體小説"的形式。從 20 世紀初開始，小説家在創作
或翻譯小説的時候已經對章回體都有明確的認識，他們通常會在序、楔子或
文中直言自己所作爲"小説體"。如 1903 年吳趼人《二十年目睹之怪現狀》
第一回："想定了主意，就將這册子的記載，改做了小説體裁，剖作若干回，
加了些評語，寫一封信，另將册子封好，寫著'寄日本横濱市山下町六十番
新小説社'。"[2]1904 年陳天華《獅子吼》："醒來原來是南柯一夢。急向身邊
去摸，那書依然尚在。仔細讀了幾遍，覺得有些味道。趁著閑時，便把此書
用白話演出，中間情節，隻字不敢妄參。原書是篇中分章，章中分節，全是
正史體載。今既改爲演義，便變做章回體，以符小説定制。因原書封面上畫
的是獅子，所以取名《獅子吼》。"[3]1905 年《新小説》："上海有著爲《官場現
形記》者。以小説之體裁，寫官場之鬼蜮。"[4]同年，血淚餘生在其《花神夢》
楔子中説到："在下百無一長，從小只好看幾部小説，這回辜負不得隱空
的美意，便將這本書編成了一部小説體裁，叫做《花神夢》刻出來。"[5]1905
年，周樹奎撰《新譯神女再世奇緣》自序："此篇以小説爲體，而奄有衆長。
蓋實兼探險、遊記、理想、科學、地理諸門，而組織一氣者也。"[6]上述所言
《二十年目睹之怪現狀》《獅子吼》《官場現形記》《花神夢》等書均爲章回體
小説，著者均以"小説體"稱之。

　　由於章回體小説地位的提升，以及與筆記體小説截然不同的發展路徑，

---

　　1 陳平原、夏曉虹編：《二十世紀中國小説理論資料》第 1 卷，北京：北京大學出版社 1989 年版，第
13 頁。

　　2 吳趼人著：《二十年目睹之怪現狀》，南昌：百花洲文藝出版社 1988 年版，第 4 頁。

　　3 過庭（陳天華）著：《獅子吼》，南昌：百花洲文藝出版社 1991 年版，第 36 頁。

　　4 則狷：《新笑史》"堂上親供"條，《新小説》第 2 年第 8 期，1905 年。

　　5 血淚餘生：《花神夢》，《繡像小説》第 56 期，1905 年。

　　6 周樹奎編：《新譯神女再世奇緣》，《新小説》第 2 年第 10 號，1905 年。

晚清民國學人逐漸嘗試章回、筆記"二分"的分體模式。高尚縉《萬國演義序》:"自隋以來,史志小説家列於子部,其爲體也或縱或橫,寓言十九,可以資談噱,不可爲典要。然以隋唐志所載僅數十部,宋《中興志》乃至二百三十二家,千九百餘卷。不知古之聞人,何樂輟其高文典册,而以翰墨爲遊戲也。其至於今,則《廣記》《稗海》之屬,庋之高閣,而偏嗜所謂章回小説,凡數十百種,種各數十百卷。其誨淫誨盜,及怪及戲,卑卑無足論已;或依傍正史撰爲演義,亦且點綴不根之談,崇飾過情之譽,既誤來學,又以自穢其書。"[1]此處即以"《廣記》《稗海》之屬"和"章回小説"相對。至 1912 年,管達如《説小説》一文按體制將小説分爲"筆記"與"章回"二體,其文如下:

一、筆記體 此體之特質,在於據事直書,各事自爲起訖。有一書僅述一事者,亦有合數十數百事而成一書者,多寡初無一定也。此體之所長,在其文字甚自由,不必構思組織,搜集多數之材料。意有所得,縱筆疾書,即可成篇,合刻單行,均無不可。雖其趣味之濃深,不及章回體,然在著作上,實有無限之便利也。

一、章回體 此體之所以異於筆記體者,以其篇幅甚長,書中所叙之事實極多,亦極複雜,而均須首尾聯貫,合成一事,故其著作之難,實倍蓰於筆記體。然其趣味之濃深,感人之力之偉大,亦倍蓰之而未有已焉。蓋小説之所以感人者在詳,必於纖悉細故,描繪靡遺,然後能使其所叙之事,躍然紙上,而讀者且身入其中而與之俱化。而描寫之能否入微,則與其所用之體制,重有關係焉。此章回體之小説,所以在小説界中占主要之位置也。凡用白話及彈詞體之小説,多屬此種。即傳奇,實亦屬此種。[1]

管氏簡要概括了兩種文體各自的體制特性，同時從體制的角度對兩種文體的優缺點給出了自己的看法，兩相對比無疑管氏對章回體小說更加青睞。

仔細考察當時學人之論述，可發現筆記體與章回體小說的“二分”與晚清民國時期的文體思想與文化觀念緊密相連。細言之，筆記、章回二分的分體模式實際受到了當時篇幅二分、語體二分、中西二分的影響。

首先，這種分體方式與晚清民國以來盛行的篇幅二分是相契合的，即長篇小說與章回體小說相對應，短篇小說與筆記體小說相對應。吳曰法《小説家言》曰：“小説之體派，衍自《三言》，而小説之體裁，則尤有別。短篇之小説，取法於《史記》之列傳；長篇之小説，取法於《通鑑》之編年。短篇之體，斷章取義，則所謂筆記是也；長篇之體，探原竟委，則所謂演義是也。”[2]吳氏直接稱筆記爲短篇之體，而演義爲長篇之體，由於明清時人所說的演義多指通俗小說，所以此處的演義大體可視爲章回小說。1929 年劉麟生在《中國文學 ABC》中云：“在中國小說史中，宋代是一個大關鍵。換一句話說，是由文言到白話，由筆記小說（短篇小說）到章回小說（長篇小說）的過渡時代。”[3]劉氏亦將筆記小説等同於短篇小説，將章回小説等同於長篇小説。陳彬龢《中國文學論略》：“又有長篇短篇之別；筆記章回之異。唐以前多文言、短篇；其後則尚長篇。《西遊記》八十一難，實即八十一短篇小說耳。筆記以短篇自具首尾；章回則訂定回目，分章爲書，實長篇中最善之體裁，沿襲至今，有未可廢者。”[4]此處認爲“筆記以短篇自具首尾”，而

1 管達如：《説小説》，《小説月報（上海 1910）》第 3 卷第 7 期，1912 年。

2 吳曰法：《小説家言》，《小説月報（上海 1910）》第 6 卷第 6 期，1915 年。

3 劉麟生著：《中國文學 ABC》，上海：世界書局 1929 年版，第 107—108 頁。

4 陳彬龢著：《中國文學論略》，上海：商務印書館 1931 年版，第 120 頁。

章回是“長篇中最善之體裁”，篇幅的長短之分成爲了筆記章回二分的内在區別。

其次，筆記、章回的二分也與語體二分相契合。晚清以來時人劃分小説多用文言和白話（俗語），而章回體小説很多便是采用白話，筆記體小説一般用文言寫就，故語體的二分强化了文體的二分。關於這一區別，管達如就曾指出：“（白話派小説）此派多用章回體，猶之文言派多用筆記體也。用此種文字之小説，於中國社會上勢力最大。中國普通社會，所以人人腦筋中有一種小説思想者，皆此種小説爲之也。”[1]毫無疑問，這裏强調的是“文言—筆記”與“白話—章回”相對應的關係。胡懷琛《短篇小説概説》謂：“演義是小説裏的一種，也有些人，以爲演義便是小説，小説便是演義。再有一種人，以爲白話是演義，文言是筆記。”[2]“白話是演義，文言是筆記”成爲了當時一些人的普遍看法。而吻雲1931年在《中國小説的系統》一文中也認爲：“中國小説的系統，可以分爲兩個系統：一是文言的記傳式小説；一是白話的章回體小説。”[3]在解釋時，他認爲前者“可稱爲古代的短篇小説”，具體來説就是漢魏六朝以來的筆記小説和唐代的傳奇，而後者則是以白話爲主的章回體小説，吻雲所言的“兩個系統”無疑是“語體＋文體”來劃分的，語體的劃分不斷地强化了文體的區别。

再次，20世紀以來中西二分的小説觀念也在不斷强化著文體二分的模式。20世紀初，梁啓超倡導“小説界革命”，以小説爲改良社會之武器，而後興起了翻譯西方小説的高潮，與此同時，西方的小説觀念漸漸傳入中國，

---

1 管達如：《説小説》，《小説月報（上海1910）》第3年第5期，1912年。
2 胡懷琛：《短篇小説概説》，《最小》第3卷第86期，1923年。
3 吻雲：《中國小説的系統》，《紅葉月刊》1931年第1期。1932年許嘯天在《中國文學史解題》中也有類似説法：“不妨將中國全部小説的統系説一説，中國小説的統系可以分爲兩個段落説：一是文言的紀傳式小説；而是白話的章回體小説。”參許嘯天著：《中國文學史解題》，上海：群學書社1932年版，第367頁。

而持"虛構之叙事散文"的小説定義去衡量，無疑章回體小説更貼近這一西方的含義。1924 年楊鴻烈在《什麽是小説》一文中認爲："中國舊時代"對於小説的定義是"凡是用典雅的駢文或散文來記録碎雜的可驚可愕的事情的，就是小説"，而新時代下的小説"是意味深長的事情之叙述。這個定義在形式方面是確定小説必須是叙述體的"，前者"斷不能做一般小説的定義"，要以後者來衡量一部作品是否爲小説。[1] 楊氏所言舊時代之小説略近於筆記體，新時代之小説近於章回體。1934 年劉麟生編著《中國文學概論》也明確認識到這一點："我們在討論小説的體裁之先，必須先明瞭中國舊時小説的涵義，與西洋的涵義不同。譬如劉義慶的《世説新語》，周密的《武林舊事》，所記的或爲名人雋語，或爲風俗閑談，我們都叫他做筆記小説，但是上面的記載完全没有小説上所謂布局的方法（plot），怎麽可以叫做小説？這因爲小説是一切非正式的簡短的記載，並不必一定是故事或神話，方才可以叫做小説，這是中國舊觀念與西洋小説的涵義根本不同的地方。（西洋的筆記不得謂之小説。）"[2] 劉氏此處便認識到古代的筆記小説完全没有西方小説的"布局的方法"，而唯一貼近西方小説内涵的只有明清的章回體小説，這種中西小説觀念的"不合"在一定程度上加劇了小説文體的二分。

"二分"的小説文體模式並非一成不變，其中也藴藏著多種可能性，20世紀 20 年代興起的"四分法"正是脱胎於"二分"。如俞平伯所言："其實（小説）大別只有兩項，一筆記體之文言小説，二話本體之白話小説。此兩端漸漸演進，逐漸脱離其本來幼稚面目而幾蜕化爲真的小説，其一爲傳奇文，其二爲較高等之白話小説。此即爲二千年來演化之最後成績。"[3]

1　楊鴻烈：《什麽是小説》，《京報副刊》，第 15、16 期，1924 年。

2　劉麟生著：《中國文學概論》，上海：世界書局 1934 年版，第 67 頁。

3　俞平伯：《談中國小説》，《燕大月刊》第 1 卷第 3 期，1927 年。

第四節　傳奇體與話本體的確立

除了筆記體與章回體的二分模式之外，當時還存在著其他分體方式及其思想觀念，其中三個現象尤爲值得注意。

其一，雜糅小説、戲曲和彈詞爲一體的小説文體觀念。1902年新小説報社《中國唯一之文學報〈新小説〉》將其辦報內容分爲十五類，涉及古代小説文體的有第3種、第11種和第12種，分別爲歷史小説、劄記體小説和傳奇體小説，其中"傳奇體"即指明清以來的戲曲文體。1904年俞佩蘭《女獄花叙》云："中國舊時之小説，有章回體，有傳奇體，有彈詞體，有志傳體，朋興焱起，雲蔚霞蒸，可謂盛矣。"[1] 而所謂"傳奇體"也指戲曲。1907年，王鍾麒在《中國歷代小説史論》中更提出了中國小説的所謂四種體式：

> 吾以爲欲振興吾國小説，不可不先知吾國小説之歷史。自黄帝藏書小酉之山，是爲小説之起點。此後數千年，作者代興，其體亦屢變。析而言之，則記事之體盛于唐。記事體者，爲史家之支流，其源出於《穆天子傳》《漢武帝內傳》《張皇后外傳》等書，至唐而後大盛。雜記之體興于宋。宋人所著雜記小説，予生也晚，所及見者，已不下二百餘種，其言皆錯雜無倫序，其源出於《青史子》。於古有作者，則有若《十洲記》《拾遺記》《洞冥記》及晉之《搜神記》，皆宋人之濫觴也。戲劇之體昌於元。詩之宮譜失而後有詞，詞不能盡作者之意，而後有曲。元人以戲曲名者，若馬致遠，若賈仲明，若王實甫，若高則誠，皆江湖不得

---

[1] 黃霖、韓同文選注：《中國歷代小説論著選》（修訂本）下，南昌：江西人民出版社2000年版，第142頁。

志之士，恫心於種族之禍，既無所發抒，乃不得不托浮靡之文以自見。後世誦其言，未嘗不悲其志也。章回、彈詞之體行於明清。章回體以施耐庵之《水滸傳》爲先聲，彈詞體以楊升庵之《廿一史彈詞》爲最古。數百年來，厥體大盛，以《紅樓夢》《天雨花》二書爲代表。其餘作者，無慮數百家，亦頗有名著云。[1]

王氏以記事體、雜記體、戲劇體、章回彈詞體來分我國小説，其中記事體多含雜傳，唐代傳奇小説包含在此體中；雜記體類似於今所言筆記小説；其餘兩體則較爲明確。1909 年報癖（陶佑曾）《中國小説之優點》："蓋吾國小説，發生最早，體裁亦素稱繁賾。有章回，有傳奇，有彈詞，有短篇，有劄記。"[2]此處傳奇亦指戲曲。1921 年胡惠生在《小説叢談》中按體裁將小説分爲"筆記體""演義體""傳奇體""彈詞體"四體，而將唐傳奇納入筆記體中，其言："此類小説，在宋以前，實可代表小説之全體。凡所稱小説均指此類小説而言，有一篇專叙一事者，如《南柯記》《長恨歌傳》等是也；有十數篇或數十篇共一總目者，如《博異記》《述異記》是也。"[3]無疑其所言"一篇專叙一事者"爲唐傳奇，而其劃分的傳奇體則指元明以來之戲曲，演義體和彈詞體並無歧義。胡懷琛則以記載體、演義體、詩歌體分之，1923 年，他在《中國小説考源》一文中對小説作如下分體："一曰記載體，即今人普通所謂筆記小説是也。大抵宋以前之小説只此一體。二曰演義體，即今人普通所謂章回小説是也。始于宋人。三曰詩歌體，即傳奇、彈詞等類是也。"[4]徐敬修《説部常識》采用與胡懷琛一樣的分體方式，只不過將胡氏所

1 天廖生：《中國歷代小説史論》，《月月小説》第 1 卷第 11 期，1907 年。

2 報癖：《中國小説之優點》，《揚子江小説報》第 1 期，1909 年。

3 胡惠生：《小説叢談》，《儉德儲蓄會月刊》第 3 卷第 3 期，1921 年。"演義體""傳奇體""彈詞體"內容見第 3 卷第 4 期。

4 胡懷琛：《中國小説考源》，《民衆文學》第 1 卷第 11 期，1923 年。

言的"演義體"變爲"章回體"。[1]1926年，沈天葆《文學概論》依文體也將古代小説分爲"記載體""章回體"和"詩歌體"。[2]1927年范煙橋《中國小説史》分小説爲五種："其後時代變遷，作者因環境之不同，小説之體裁屢變不一變，所得而概説者：雜記小説始於漢——散文，演義小説始於宋——白話，傳奇小説始於元——韻文，彈詞小説始於明——韻文，翻譯小説始於清——散文與白話。"[3]此處分體亦與前述諸觀點相近，除去翻譯小説，則古代小説仍爲這四種體裁。關於傳奇和彈詞，別士早在1903年就提出"曲本、彈詞之類與小説之淵源甚異"的觀點，[4]張静廬在《中國小説史大綱》也認爲前者"實在是曲的一種"，後者"似小説而又近傳奇的變態"。[5]故明清傳奇並不應該被視爲小説，彈詞則部分含有小説的特性。但這些觀點似乎並未産生多大影響。將小説、戲曲和彈詞雜糅在一起的小説分體現象植根於當時小説觀念的混沌不清，也源於這些文體的地位低下，它們與"小説"一樣同屬不登大雅之堂、無關政教的"小道"。因此，隨著小説觀念的進一步明確，20世紀30年代以後，這一分類方式和現象就逐漸消失了。

其二，"傳奇體"從筆記小説中析出，成爲獨立的小説文體，其文體地位得到了前所未有的提升。較早關注傳奇體小説的是別士，其《小説原理》強調了唐人小説"始就一人一事，紆徐委備，詳其始末"的特色以區别於筆記小説。[6]1918年，蔡元培評論清代三部小説《石頭記》《聊齋志異》《閲

1　徐氏從文體的角度作出如下劃分："1.記載體，此類小説，在我國小説進程中，占據時間較長，自周秦以至宋初，幾全乎此種體例，無論爲異聞，爲雜事，爲瑣語，爲别傳，皆用此種體例也。2.章回體，此種體例，始于宋代，而盛于元時，蓋有統系之記載小説也；其與記載體不同者，即分回目以叙事，而每回目必用七字標題，如《三國志》《西遊記》《金瓶梅》，即此體也。3.詩歌體，此種體例，即長短之記事詩，而爲'傳奇''彈詞'開山之祖也。如《孔雀東南飛》《上山采蘼蕪》《木蘭辭》等古詩，皆是也。"參徐敬修編著：《國學常識》，上海：大東書局1925年版，第8—9頁。

2　沈天葆著：《文學概論》，上海：新文化書社1935年版，第92—93頁。

3　范煙橋著：《中國小説史》，蘇州：蘇州秋葉社1927年版，第3頁。

4　別士：《小説原理》，《繡像小説》第3期，1903年。

5　張静廬著：《中國小説史大綱》，上海：泰東圖書局1921年版，第53、56頁。

6　別士：《小説原理》，《繡像小説》，1903年第3期。

微草堂筆記》時云："《石頭記》爲全用白話之章回體，評本至多而無待於
注；《聊齋志異》仿唐代短篇小説，刻意求工，其所徵引，間爲普通人所不
解，故早有注本；《閲微草堂筆記》則用隨筆體，信手拈來，頗有老嫗都解
之概，故自昔無作注者。"[1] 蔡氏此處大有以三部小説分三體之意，三體分別
是白話章回體、仿唐小説之聊齋體和隨筆體，除筆記、章回二體之外，蔡氏
對"唐代短篇小説"爲一體的體認也在加深。20世紀20年代以後，在鹽谷
温、魯迅、鄭振鐸等人的論述中，唐代傳奇體在小説史的地位漸漸清晰。日
本學者鹽谷温《支那文學概論講話》的"小説部分"最早由郭紹虞在1921
年編譯出版，命名爲《中國小説史略》。鹽谷温以先秦的神話傳説爲小説之
起源，又以時間順序述及兩漢六朝小説、唐代小説和宋代以降的譚詞小説。
在論及唐代小説時，[2] 鹽谷氏將其劃分爲三類，即別傳、異聞瑣語與雜事，別
傳是"關於一人一事之逸事奇聞"，也就是所謂的傳奇小説；異聞瑣語爲
"架空之怪談異説"；"雜事"爲那些"史外餘談，虛實相半"，可以"補實
録之缺"。鹽谷温認爲上述三類中，"第三類不足爲小説，第二類稍有小説的
材料，唐代小説之精華，全在第一類——別傳即傳奇小説"，並將傳奇小説
劃分爲四類：別傳、劍俠、艷情、神怪，舉作品一一詳加論述。[3] 鹽谷氏較
早認識到傳奇體的藝術特性，並自覺將其劃爲一體。綜觀鹽谷氏小説分體觀
點，唐前筆記小説、唐代傳奇小説、宋以來譚詞小説三體的分體模式較爲明

---

　　1 蔡元培：《詳注〈閲微草堂筆記〉序》，見（清）紀昀撰，謝璿、陸鍾渭注：《詳注閲微草堂筆記》，
上海：會文堂書局1918年版。
　　2 鹽谷温曰："小説與一般文章之發達都至唐代而達於絢爛之域，在唐代以前之小説，非神仙談則宮
闈之情話，都不過短篇的逸話奇聞，唐代小説雖有短篇而均爲關於一人一事者，加之當時作者如元稹、陳
鴻、楊巨源、白行簡、段成式、韓偓之流，多爲才子，其間出自假借者固或不免。而下第不達之秀才，藉
仙俠艷情以吐其無聊不平之感慨，事皆新奇，情主凄婉，文則典麗而饒風韻，故有一唱三嘆之妙。"見
〔日〕鹽谷温著，郭希汾譯：《中國小説史略》，上海：新文化書社1934年版，第36頁。
　　3 上述關於唐傳奇的論述，請參看〔日〕鹽谷温著，郭希汾譯：《中國小説史略》，上海：新文化書社
1934年版，第37—39頁。

顯。1923 年，葉楚傖《中國小説談》[1]同樣劃分小説爲三體，分別是筆記、章回、別傳，認爲："別傳或者可説是筆記小説的別派，所差不過別傳是整個的寫，不是別傳可分寫作幾起罷了。"又將別傳分爲"真人假事、真人真事和假人假事"三種。從所舉例子可以看出其所設別傳類還是較爲駁雜，只是部分包含唐人傳奇。[2]從 1923 年到 1924 年，魯迅出版了自己在北京高校講課時的講義，命名爲《中國小説史略》，[3]第八篇至十一篇用很大篇幅介紹了唐宋的傳奇文，他把傳奇文與六朝之鬼神志怪書鮮明地區別開來，其言："小説亦如詩，至唐代而一變，雖尚不離於搜奇記逸，然叙述宛轉，文辭華艷，與六朝之粗陳梗概者較，演進之迹甚明，而尤顯者，乃在是時則始有意爲小説。"魯迅以唐傳奇爲一體的意圖在之後其所選的《唐宋傳奇集》[4]一書中也得到了體現，此書與之前其所編的《古小説鉤沉》分別可視爲傳奇體與志怪體的作品選集，在魯迅這裏，傳奇體顯然成爲了一種獨立的小説文體。1925年鄭振鐸在《評日本人編的支那短篇小説》一文中認爲日人所編遺漏了好的作品，無趣味價值，同時他又提出中國的短篇小説分爲兩派："一派是'傳奇派'，即唐人所作的傳奇以及後人的類比作品；一派是'平話派'，即宋人所作的白話體的小説及明清人的仿作，日人顯然忽視了後一派。"[5]此後鄭振鐸決心自己編一部短篇小説集，在同年的《中國短篇小説集序》中他認爲："自唐以後我們中國的短篇小説可分爲兩大系：第一系是'傳奇系'，第二

1　此爲作者在上海暑期講習會的講演。參葉楚傖：《中國小説談》，《民國日報·覺悟》第 7 卷第 24 期，1923 年。

2　葉氏云："在'一'類裏的，像《穆天子傳》《白猿傳》等；在'二'類裏的，像《大鐵椎傳》《張夢晉崔瑩合傳》等；在'三'類裏的，像《毛穎傳》。"

3　詳見楊燕麗：《〈中國小説史略〉的生成與流變》，《魯迅研究月刊》1996 年第 9 期。

4　《唐宋傳奇集》的出版在 1927 年，關於其編訂和成書之過程可參顧農《關於〈唐宋傳奇集〉手稿》一文，載《魯迅研究月刊》1993 年第 4 期。1929 年汪辟疆編成《唐人小説》一書，與周氏所編之書相比，《唐人小説》突破了《唐宋傳奇集》將唐小説限定於單篇小説的局限，下卷收錄了 7 部傳奇集中的作品 38 篇。

5　鄭振鐸：《評日本人編的支那短篇小説》，《鑒賞週刊》第 1 期，1925 年。

系是‘平話系’。”[1]來年，鄭氏所編的《中國短篇小説集》第一集出版，其中收録的正是“傳奇系”的作品。1925 年，史學家張爾田在《史傳文研究法》中區分了史之叙事與小説之叙事的區別，其中提到小説的文體劃分，曰：“何謂不同小説傳記也。考小説傳記，其體不一。有雜記體，如干寶《搜神記》、徐鉉《稽神録》、洪邁《夷堅志》之類是也。有傳奇體，如《虬髯客傳》《李娃傳》《霍小玉傳》之類是也。有平話體，如《宣和遺事》《五代史平話》《唐三藏取經詩話》之類是也。雖流別不同，然大較不出二途，或實有其事而爲文人粉飾者，或本無其事而爲才士依托者。”[2]這裏的“傳奇體”顯然已就唐代小説而言。劉永濟《説部流別》分古代小説爲“兩漢六朝雜記小説”“唐代短篇小説”與“宋元以來章回小説”，[3]其中唐代短篇小説部分討論的就是傳奇體，可以説劉氏以筆記、傳奇、章回三分的觀點較爲明顯。至此，傳奇體作爲小説之一體基本成爲共識，此後的小説史和文學史著作在構建小説史脈絡時基本都單設傳奇一體。

其三，相較於傳奇體，“話本體”獨立的過程則與宋代小説文獻的發掘密切相關。《宣和遺事》《五代史平話》《大唐三藏取經詩話》《京本通俗小説》以及敦煌文獻中《唐太宗入冥記》《秋胡小説》等作品的發現使得話本小説漸漸得到了重視。1915 年，王國維在《宋槧大唐三藏取經詩話跋》中提到了“話本”一詞，曰：“又考陶南村《輟耕録》所載院本名目，實金人之作，中有《唐三藏》一本。《録鬼簿》載元吳昌齡雜劇有《唐三藏西天取經》，其書至國初尚存。……今金人院本、元人雜劇皆佚；而南宋人所撰話

1　鄭振鐸編：《中國短篇小説集》（第一集），上海：商務印書館 1926 年版，序第 6 頁。鄭氏此編較之魯迅《唐宋傳奇集》爲早，作爲專選唐傳奇的作品選，它無疑起到開創的作用。後來魯迅與汪辟疆之選都在此基礎上不斷完善，隨著唐傳奇文體觀念的確立，其作品的疆界也逐步得到廓清，由此唐傳奇文體在小説史上的地位真正確立。

2　張爾田：《史傳文研究法》，《學衡》第 39 期，1925 年。

3　劉永濟：《説部流別》，《學衡》第 40 期，1925 年。

本尚存，豈非人間稀有之秘笈乎？"[1]同年他出版了《宋元戲曲史》，在第三章"宋之小說雜戲"中，王國維初步對宋人小說的風格和家數予以了廓清，王氏首先認爲六朝和唐之小說與宋人小說不同之處乃前者爲"著述上之事"，後者"以講演爲事"，[2]從本質上區分了宋之小說的内涵。王氏又辨析了宋人說話的家數問題，最後得出"今日所傳之《五代平話》，實演史之遺；《宣和遺事》，殆小說之遺也"的論斷，實際上區分了講史話本與小説話本的差異。這一年，繆荃孫影印了被其稱爲"元人寫本"的《京本通俗小説》，對後來者影響甚大，學界幾乎都視其爲宋代小説家話本。1923 年，魯迅在《宋民間之所謂小說及其後來》一文中就以《京本通俗小説》爲宋民間小説之話本，並把"三言二拍"等作品視爲明人的擬作，初步提出了"話本"與"擬話本"的概念。稍後在《中國小説史略》中，魯迅綜合了多種之前發現的新小說文獻，賦予了其明確的文體内涵，曰："'說話'之事，雖在'說話人'各運匠心，隨時生發，而仍有底本以作憑依，是爲'話本'。"還繼承了王國維對話本家數之辨析，區別了"講史之體"和"小説之體"，[3]則魯迅所言的"話本"實際上指說話諸家之底本，這些作品有著濃厚的民間色彩，與明清文人所創作之長篇章回小説存在著顯著不同，宋人之話本作爲一種與章回小説不同的文體出現在了小説史中。1926 年，曹聚仁《平民文學概論》一書的小説部分基本繼承了魯迅的看法，以《大宋宣和遺事》《京本通俗小説》《五代史平話》等爲宋人平話，區分於明清"純文學的小説"。[4]1928 年，胡適在

---

1 李時人、蔡鏡浩校注：《大唐三藏取經詩話校注》，北京：中華書局 1997 年版，第 56 頁。

2 王氏曰："六朝時，干寶、任昉、劉義慶諸人，咸有著述；至唐而大盛。今《太平廣記》所載，實集其成。然但爲著述上之事，與宋之小說無與焉。宋之小説，則不以著述爲事，而以講演爲事。"參王國維著：《宋元戲曲史》，上海：商務印書館 1915 年版，第 39—40 頁。

3 魯迅在《中國小説史略》有如下概括："是知講史之體，在歷叙史實而雜以虛辭，小説之體，在説一故事而立知結局，今所存《五代史平話》及《通俗小説》殘本，蓋即此二科話本之流，其體式正如此。"魯迅著：《中國小説史略》，上海：上海古籍出版社 1998 年版，第 73—74 頁。

4 參曹聚仁著：《平民文學概論》，上海：上海梁溪圖書館 1926 年版，下篇第 13—16 頁。曹氏此書繼承了魯迅的四體劃分模式，在突出宋人平話體的同時，也將唐人傳奇立爲一體。

《宋人話本八種序》中分析了《京本通俗小説》中的八種作品，認爲其乃南宋時人説話人的底本，並認爲南宋時説話人有四大派，各有其話本。[1]1931 年，鄭振鐸《宋人話本》云："詩話、詞話、平話爲了方便也可以總稱'話本'，話本的一體在宋代是盛行於民間的。那時的話本不僅單本刊行，且復演之於口，大約總是口説在先，然後爲了喜愛者的衆多，印刷術的便利，復將所口説的筆之爲書。以其本爲'説話人'的本子，故雖有'詩話''詞話''平話'之分而總離不了'話'字；又其體裁也因了此故而具著充分的演説宣講的氣氛，其口吻也總離不了'説話人'對著聽衆説話時的樣子。"[2]這裏無疑明確了話本的本質屬性爲"話"。稍後他在《明清二代的平話集》一文認爲："'話本'爲中國短篇小説的重要體裁的一種，其與筆記體及'傳奇'體的短篇故事的區別在於：它是用國語或白話寫成的，而筆記體及傳奇體的短篇則俱係出以文言。"[3]鄭氏從語體區分了話本與筆記及傳奇之别。鄭氏上述兩文也詳細介紹了《京本通俗小説》等話本作品，由此，從 20 世紀初宋代小説的發現到 20 年代開始，魯迅、胡適、鄭振鐸等的闡釋，"話本"一詞最終成爲了小説文體名稱，指稱以小説家話本爲主體的宋代話本小説及其擬作。

　　從 20 世紀 30 年代開始，大部分小説史和文學史著作都以傳奇體和話本體爲單獨的小説之一體，加之原本存在的筆記與章回二體，"四分"的小説文體模式正式確立。1934 年，胡懷琛《中國小説概論》以"古代所謂小説""唐人的傳奇""宋人的平話"和"清人傳奇平話以外的創作"劃分章節。1935 年，譚正璧《中國小説發達史》除第一章爲"古代神話"外，其餘章節分別爲："漢代神仙故事""六朝鬼神志怪書""唐代傳奇""宋元話本""明清通俗小説"。1938 年，青木正兒《中國文學概説》述及小説時將

1　胡適著：《胡適古典文學研究論集》，上海：上海古籍出版社 2013 年版，第 568—582 頁。

2　鄭振鐸：《宋人話本》，《中學生》第 11 期，1931 年。

3　鄭振鐸：《明清二代的平話集》，《小説月報（上海 1910）》第 22 卷第 7、8 期，1931 年。

六朝小説稱爲筆記小説或劄記小説，將唐代小説稱爲傳奇或別傳小説，此兩者爲文言小説；而白話亦分爲兩系，一爲小説家話本，一爲講史家平話及後來之演義。此劃分亦是較爲明顯的四體之分。1939 年，郭箴一《中國小説史》同樣也是四體之劃分。1938 年到 1943 年，劉大杰《中國文學發展史》上下卷完成，[1] 此書在以時代爲中心的文學史體系構建中納入了小説，而小説的四體之分也顯得較爲明顯。在全書的 30 章中，魏晉南北朝與唐代小説部分被安排在專章之下的一節，宋代及之後則設專章予以論述，這一寫作模式對後來文學史家影響深遠。另一部影響較廣的是林庚《中國文學史》，[2] 其中"黑夜時代"部分很明顯的也是以四體描述小説的發展過程。可以說，從 20世紀 30 年代開始，小説文體"四分"的觀點已經趨於穩定。而明確將古代小説文體歸納爲筆記體、傳奇體、話本體、章回體四種文體類型的或許是施蟄存發表於 1937 年的《小説中的對話》一文，其曰：

> 我國古來的所謂小説，最早的大都是以隨筆的形式叙説一個尖新故
> 事，其後是唐人所作篇幅較長的傳奇文，再後的宋人話本，再後纔是宏
> 篇巨帙的章回小説。在這樣的發展過程中，小説的故事是由簡單而變爲
> 繁複，或由一個而變爲層出不窮的多個；小説的文體也由素樸的叙述而
> 變爲絢艷的描寫。[3]

綜上所述，古今小説文體觀念的發展明顯地經歷了從一元到二分再到四分的過程。在晚清以前，小説文體觀念基本以筆記體小説爲主流，發端於兩

---

1 此書上卷於 1938 年開始動筆，1939 年寫成。下卷於 1943 年寫成，因多方原因，直到 1949 年才出版。

2 是書爲林庚任教於廈門大學時撰寫，1941 年，前三編《啓蒙時代》《黃金時代》和《白銀時代》油印出版。1946 年，第四編《黑夜時代》撰成，1947 年 5 月全書出版。

3 施蟄存：《小説中的對話》，《宇宙風》第 39 期，1937 年。

漢的筆記小説傳統經過歷代目録學家的確認，其地位不斷穩固。19 世紀以來，章回體小説的地位不斷上升，並在 20 世紀初形成了章回、筆記二分天下的局面。傳奇成爲小説文體之一種明顯也是觀念主導下的産物，20 世紀 20 年代，小説是“美文學”、小説是“虛構的叙事散文”的觀念已得到大多數人的認同，故當魯迅提出唐人傳奇“叙述宛轉，文辭華艷，與六朝之粗陳梗概者較，演進之迹甚明”，便獲得了廣泛的認同。話本體的確立稍晚於傳奇體，與章回體的混雜使得宋元明清白話小説處於一種整體混存的狀態，隨著小説史和文學史的建構，“一代有一代之文學”的觀念深入人心，這一文體的獨立是必然的。20 世紀初葉宋代小説文獻的發掘，無疑爲此提供了一次重要的契機，使得“話本”作爲宋代白話短篇小説文體及其擬作的代名詞得以通用。

第二章
小説叙事的歷史傳統

　　研究古代小説文體，"叙事"是其中最爲重要的内涵之一，也是評判小説文體歧義最多的内涵之一。對叙事的不同理解既關乎對小説文體的擇取，更涉及對小説文體的評價。近年來，隨著西方叙事理論的引進，以叙事理論觀照中國古代小説的現象非常普遍，已然成了研究方法之"新貴"，對推進中國古代小説的研究起到了積極的作用。但無可否認，一種理論方法的引進必然要有一個"適應"和"轉化"的過程，它所能産生的實際效果取決於兩個基點的支撑：一是理論方法本身的精妙程度及其普適性，二是與研究對象的契合程度及其本土化。本章無意對近年來的叙事理論研究和運用叙事理論探究中國古代小説的現狀作出評價，我們僅關注如下問題：作爲一種理論學説標誌的術語對譯要充分考慮各自的内涵及其相互之間的關聯，否則難免圓鑿而方枘，而難以達到實際的效果。在古代小説研究領域，"叙事"與"narrative"的對譯同樣存在這一問題。由此，全面梳理"叙事"在古代的實際内涵，並進而歸納古代小説的叙事傳統，也是本書探究中國古代小説文體的一個重要前提和理論基礎。

第一節　"叙事"原始

　　"叙事"一詞乃中國固有之術語，語出《周禮》，後在史學、文學領域廣泛使用，成爲中國古代史學和文學的重要術語之一，尤其在小説等叙事文學發達的明清時期，有關叙事的討論更是創作者和批評者的常規話語。

　　"叙事"作爲語詞由"叙"和"事"二詞素構成。[1] "叙"之本意爲次第，即順序。《説文解字》："叙，次弟也。"[2] "叙"之表"叙述"之意較早見於《國語・晉語三》："紀言以叙之，述意以導之。"[3] 而"事"之最初含義既指職官，如《戰國策・趙策》："趙太后新用事，秦急攻之。"[4]《韓非子・五蠹》："無功而受事，無爵而顯榮。"[5] 故《説文解字》云："事，職也。"[6] 亦表"事件"，如《禮記・大學》："物有本末，事有始終。"[7] 在中國古代，將"叙"（"序"）與"事"連綴成"叙事"或"序事"者較早出現在《周禮》，凡六見，其指稱内涵雖與後世之"叙事"有一定差異，但也可以明顯感到其中所藴含的關聯。這是"叙事"（"序事"）最早的集中出現，其内涵在"叙事"語義流變中具有重要意義。其中值得注意者主要有三：

　　第一，《周禮》中有關"叙事"（"序事"）的材料，其内涵非常豐富，涉及祭祀、樂舞、天文、政事等多個領域和"小宗伯""樂師""大史""馮相氏""保章氏""内史"等多種職官。而就"叙事"（"序事"）所指涉的行爲而言，則主要包括兩個内涵：一是所謂"叙事"就是安排、安頓某種事情。如"小宗伯之職，掌建國之神位……掌衣服、車旗、宮室之賞賜，掌四時祭祀之序事與其禮"。何爲"序事"？鄭玄注曰："序事，卜日、省牲、視滌、

---

　　1 以下對"叙"與"事"的解釋可參閲楊義《中國叙事學》（北京：人民出版社1996年版）、傅修延《先秦叙事研究——關於中國叙事傳統的形成》（北京：東方出版社1999年版）、周建渝《"叙事"概念在史傳與文學批評中的運用》（李貞慧主編：《中國叙事學——歷史叙事詩文》，新竹：臺灣清華大學出版社2016年版）等相關論述。

　　2（清）段玉裁撰：《説文解字注》，上海：上海古籍出版社1981年版，第126頁。

　　3（吳）韋昭注：《國語》，王雲五主編：《國學基本叢書》，上海：商務印書館1935年版，第114頁。

　　4（清）程藔初撰：《戰國策集注》，上海：上海古籍出版社2013年版，第198頁。

　　5（清）王先慎撰：《韓非子集解》，《諸子集成》第5冊，北京：中華書局1954年版，第345頁。

　　6（清）段玉裁撰：《説文解字注》，上海：上海古籍出版社1981年版，第116頁。

　　7（清）孫希旦撰，沈嘯寰、王星賢點校：《禮記集解》卷二十四，北京：中華書局1989年1版，第658頁。

濯饔爨之事，次序之時。"[1]則所謂"序事"者，乃有序安排四時祭祀之事，包括卜取吉日（"卜日"）、省視烹牲之鑊（"省牲"）、檢查祭器洗滌及祭品烹煮（"視滌、濯饔爨"）等相關工作。又如"大史掌建邦之六典，以逆邦國之治……正歲年以序事。頒之於官府及都鄙，頒告朔於邦國"。何爲"正歲年"？鄭玄注："中數曰歲，朔數曰年。"賈公彥疏："云'正歲年'者，謂造曆正歲年以閏，則四時有次序，依曆授民以事，故云以序事也。"[2]通俗講，這裏的所謂"序事"是指大史要調整歲和年的誤差，按季節安排民衆應做的事，並把這種安排頒給各官府及采邑。二是所謂"敘事"明顯蘊含"敘述"某種"事件"的成分。如"保章氏掌天星，以志星辰日月之變動，以觀天下之遷，辨其吉凶……以詔救政，訪序事"。鄭玄注："訪，謀也。見其象則當豫爲之備，以詔王救其政，且謀今歲天時占相所宜，次序其事。"賈公彥疏："云'詔'者，詔，告也，告王改修德政。""云'訪序事'者，謂事未至者，預告王，訪謀今年天時也相所宜，次敘其事，使不失所也。"[3]此處所謂"序事"即據天文向王陳説吉凶並預先布置相關政事或農事。再如"內史掌王之八枋之法，以詔王治……掌敘事之法，受納訪，以詔王聽治。"鄭玄注："敘，六敘也。納訪，納謀于王也。"賈公彥疏："云'敘，六敘也'者，案《小宰職》有六序，六序之内云'六曰以序聽其情'，是其聽治之法也。"[4]則所謂"敘事"者，謂內史掌奏事之法，依次序接納群臣的謀議向王進獻。而其中對災異的辨析、"以詔王聽治"所接納的謀議，敘述事件的成分可謂

1（漢）鄭玄注，（唐）賈公彥疏：《周禮注疏·春官·大宗伯》，上海：上海古籍出版社2010年版，第704頁。

2（漢）鄭玄注，（唐）賈公彥疏：《周禮注疏·春官·大史》，同上，第997—1000頁。柳詒徵《國史要義》云："《周官》太史之職，眩之曰正歲年以敘事。此敘事二字，固廣指行政，而史書之以日繫月，以月繫時，以時繫年，所以紀遠近別同異者，亦眩括於其內矣。"見柳詒徵：《國史要義》，上海：上海古籍出版社2007年版，第12頁。

3（漢）鄭玄注，（唐）賈公彥疏：《周禮注疏·春官·保章氏》，上海：上海古籍出版社2010年版，第1019—1024頁。

4（漢）鄭玄注，（唐）賈公彥疏：《周禮注疏·春官·內史》，同上，第1024—1025頁。

無處不在。

　　第二，在《周禮》中，"叙事"（"序事"）所涉及的行爲具有明顯的空間性和時間性，强調以"時空"之秩序安排事物或安頓事件。[1]如"樂師，掌國學之政……凡樂，掌其序事，治其樂政"。鄭玄注："序事，次序用樂之事。"賈公彦説得更爲明白："云'掌其序事'者，謂陳列樂器，及作之次第，皆序之，使不錯謬。"[2]故所謂"序事"者，是謂"樂師"在用樂之時，負責在空間上陳列樂器和在時間上確定作樂之次第。又如"馮相氏，掌十有二歲、十有二月、十有二辰、十日、二十有八星之位，辨其叙事，以會天位"。鄭玄注曰："辨其叙事，謂若仲春辨秩東作，仲夏辨秩南訛，仲秋辨秩西成，仲冬辨在朔易。會天位者，合此歲日月辰星宿五者，以爲時事之候。"[3]"東作""南訛""西成""朔易"均指春夏秋冬相應之政事或農事，其中所體現的時間性清晰可見。同時，無論"叙"還是"序"，都包含了濃重的"秩序""規範"之意，而這正是後世"叙事"和"叙事學"最爲基本的要求。且看《周禮·天官·小宰》的一段表述：

　　　　以官府之六叙正群吏。一曰以叙正其位，二曰以叙進其治，三曰以叙作其事，四曰以叙制其食，五曰以叙受其會，六曰以叙聽其情。

鄭玄注："叙，秩次也，謂先尊後卑也。"賈公彦疏："凡言'叙'者，皆

---

　　1 楊義《中國叙事學》："在語義學上，叙與序、緒相通，這就賦予叙事之叙以豐富的内涵，不僅字面上有講述的意思，而且也暗示了時間、空間的順序以及故事綫索的頭緒。"（楊義：《中國叙事學》，北京：人民出版社1997年版，第11頁）周建渝《"叙事"概念在史傳與文學批評中的運用》："'叙'乃次叙之一種，'次叙'乃依次而叙，或按照所叙對象之順序進行叙述。這個順序，或指先後順序，此涉及時間性質；或指方位、等級、層次順序，此涉及空間性質。"（李貞慧主編：《中國叙事學——歷史叙事詩文》，第67頁）

　　2 （漢）鄭玄注，（唐）賈公彦疏：《周禮注疏·春官·樂師》，上海：上海古籍出版社2010年版，第863—867頁。

　　3 （漢）鄭玄注，（唐）賈公彦疏：《周禮注疏·春官·馮相氏》，同上，第1007頁。

是次叙。先尊後卑，各依秩次，則群吏得正，故云正群吏也。"[1]可見，所謂"次叙"雖然以"尊卑之常"爲基礎，但强調"秩序"和"次叙"是一致的。還需注意的是，在《周禮》中，涉及"叙事"（"序事"）的史料均在《春官宗伯第三》，如此集中恐怕並非無因。《周禮》分天、地、春、夏、秋、冬（冬官缺）六官，分掌治、教、禮、政、刑、事六典，春官是"禮官"，《叙官》云："惟王建國，辨方正位，體國經野，設官分職，以爲民極。乃立春官宗伯，使帥其屬而掌邦禮，以佐王和邦國。"[2]主要執掌"吉、凶、賓、軍、嘉"等五禮，而"秩序"正是"禮"最爲重要的内涵和追求。

第三，在《周禮》涉及"叙事"（"序事"）的六條材料中，有關"事"的内涵已呈現多樣化的特色。其中包括：事物（如陳列之樂器）、事情（如安排作樂之次序、檢查祭祀之工作）、事件（如災異吉凶之事）等。

第二節　作爲史學的"叙事"

《周禮》之後，"叙事"（"序事"）作爲一般用語的使用基本消失；代之而起的是"叙事"進入"文本"領域，用作"文本"寫作和評價的術語，這最初出現在史學領域，並伴生出"記事""紀事"等語詞。

"史"與"叙事"關係密切。"史""事"在《説文解字》中均隸"史部"，《説文》云："史，記事者也。"[3]可見"史"的最初含義即指史官，而其職責就是"記事"。當然，史官之職不限於"記事"，劉知幾《史通·史官建置》云："尋自古太史之職，雖以著述爲宗，而兼掌曆象、日月、陰陽、管數。"[4]

1（漢）鄭玄注，（唐）賈公彦疏：《周禮注疏》，上海：上海古籍出版社 2010 年版，第 76 頁。

2（漢）鄭玄注，（唐）賈公彦疏：《周禮注疏·春官·大宗伯》，同上，第 619 頁。

3（清）段玉裁撰：《説文解字注》，上海：上海古籍出版社 1981 年版，第 116 頁。

4（唐）劉知幾著，（清）浦起龍通釋，王煦華整理：《史通通釋》，上海：上海古籍出版社 2009 年版，第 284 頁。

王國維《釋史》云："史爲掌書之官，自古爲要職。"[1]可見，記載史事、掌管天文和管理文獻是"史"（"史官"）的三重職能。而落實到"文本"，"史"既以"著述爲宗"，則"記事"當然是其首務，故宋代真德秀直接將"叙事"之源頭引向"古史官"，其云：

> 按叙事起于古史官，其體有二：有紀一代之始終者，《書》之《堯典》《舜典》與《春秋》之經是也，後世本紀似之。有紀一事之始終者，《禹貢》《武成》《金縢》《顧命》是也，後世志記之屬似之。又有紀一人之始終者，則先秦蓋未之有，而昉于漢司馬氏，後之碑誌事狀之屬似之。[2]

以"叙事""序事"與"記事""紀事"兩組語詞評價史著文本最早大多出現在漢代。"紀事"出現於《史記·秦本紀》："十三年，初有史以紀事，民多化者。"[3]"叙事"見於揚雄《法言》："文麗用寡，長卿也；多愛不忍，子長也。"注曰："《史記》叙事，但美其長，不貶其短，故曰多愛。"[4]"記事"語出《漢書·藝文志》"小説家"注《青史子》："古史官記事也。"[5]"序事"則見於《後漢書》："若固之序事，不激詭，不抑抗，贍而不穢，詳而有體，使讀之者亹亹而不厭，信哉其能成名也。"[6]漢以來，"叙事"（"序事"）"記事"（"紀事"）在史著文本中廣爲運用，成爲史學批評的重要術語，且兩組

1 王國維：《觀堂集林》卷六《釋史》，謝維揚、房鑫亮主編：《王國維全集》第八卷，杭州：浙江教育出版社 2009 年版，第 175 頁。又《周禮》："府六人，史十有二人。"鄭注云："史，掌書者。"見（漢）鄭玄注、（唐）賈公彦疏：《周禮注疏·天官·序官》，上海：上海古籍出版社 2010 年版，第 9 頁。

2（宋）真德秀：《文章正宗·綱目》，元至正元年（1341）高仲文刻明修本。清代章學誠也有類似看法："古文必推叙事，叙事實出史學。"見（清）章學誠著，倉修良編：《文史通義新編·上朱大司馬論文》，上海：上海古籍出版社 1993 年版，第 637 頁。

3（漢）司馬遷撰：《史記·秦本紀》，北京：中華書局 1959 年版，第 179 頁。

4（漢）揚雄撰，汪榮寶注疏，陳仲夫點校：《法言義疏》，北京：中華書局 1987 年版，第 507 頁。

5（漢）班固撰，（唐）顏師古注：《漢書·藝文志》，北京：中華書局 1962 年版，第 1744 頁。

6（南朝宋）范曄撰，（唐）李賢等注：《後漢書·班彪列傳》，北京：中華書局 1965 年版，第 1386 頁。

四個語詞基本通用，未有太明顯之差別。[1]

"叙事"在史學中用分二途：一是作爲對史書和史家的評價術語，尤其針對史家。二是作爲史著寫作法則之術語。

作爲對史書和史家的評價術語，"叙事"是古代史學中判別一部史書或一個史家優劣的重要途徑和標準。劉知幾甚至認爲："夫史之稱美者，以叙事爲先。"[2] 故從"叙事"角度評價史書和史家者在中國古代不絕如縷，沈約《宋書》評王韶之《晉安帝陽秋》："善叙事，辭論可觀，爲後代佳史。"[3] 房玄齡等《晉書》評陳壽："時人稱其善叙事，有良史之才。"[4] 劉知幾《史通》謂："夫識寶者稀，知音蓋寡。近有裴子野《宋略》、王劭《齊志》，此二家者，並長於叙事，無愧古人。"[5] 評《左傳》："蓋左氏爲書，叙事之最。"[6]《新唐書》評吳兢："兢叙事簡核，號良史。"[7] 可見，所謂"善叙事""長於叙事"是具備"良史之才"和成爲"良史"的重要條件和標準。

作爲史著寫作法則之術語，古代史學中圍繞"叙事"而展開的討論主要涉及三個層面："實錄""勸善懲惡"和叙事形式。

先看兩則引文：

1　最爲典型者是唐代史學家劉知幾，其《史通》基本通用諸語詞作爲其史學評論的術語：如《春秋》則傳以解經，《史》《漢》則傳以釋紀。尋茲例草創，始自子長，而樸略猶存，區分未盡。如項王宜傳，而以本紀爲名，非惟羽之僭盜，不可同于天子；且推其序事，皆作傳言，求謂之紀，不可得也"，"觀丘明之記事也，當桓、文作霸，晉、楚更盟，則能飾彼詞句，成其文雅。及王室大壞，事益縱橫，則《春秋》美辭，幾乎翳矣。觀子長之叙事也，自周已往，言所不該，其文闊略，無復體統"。見（唐）劉知幾著，（清）浦起龍通釋，王煦華整理：《史通通釋》，上海：上海古籍出版社 2009 年版，第 41—42、154 頁。

2（唐）劉知幾著，（清）浦起龍通釋，王煦華整理：《史通通釋·叙事》，上海：上海古籍出版社 2009 年版，第 152 頁。

3（梁）沈約撰：《宋書》卷六〇《王韶之傳》，北京：中華書局 1974 年版，第 1625 頁。

4（唐）房玄齡等撰：《晉書》卷八二《陳壽傳》，北京：中華書局 1974 年版，第 2137 頁。

5（唐）劉知幾著，（清）浦起龍通釋，王煦華整理：《史通通釋·叙事》，上海：上海古籍出版社 2009 年版，第 154 頁。

6（唐）劉知幾著，（清）浦起龍通釋，王煦華整理：《史通通釋·模擬》，同上，第 206 頁。

7（宋）歐陽修、宋祁等撰：《新唐書》卷一三二《吳兢傳》，北京：中華書局 1975 年版，第 4529 頁。

司馬遷記事，不虛美，不隱惡。劉向、揚雄服其善叙事，有良史之才，謂之實録。[1]

"微而顯""志而晦""婉而成章""盡而不污""懲惡而勸善"。左氏釋經有此五體。其實左氏叙事，亦處處皆本此意。[2]

這兩則引文所涉及的内涵在史學叙事中至爲重要，是古代史學叙事的兩個重要原則，即："書法不隱"的"實録"和"勸善懲惡"的"史意"。

所謂"書法不隱"的"實録"準則最早見於《左傳》，《左傳・宣公二年》記載孔子針對晉國史官董狐所書"趙盾弑其君"一事評價道："董狐，古之良史也，書法不隱。"[3]"書法不隱"即指史官據事直書的記事原則，這一準則被後世奉爲作史之圭臬，所謂"不虛美，不隱惡""文直而事核"的"實録"境界，成爲中國古代史學叙事的一個重要標準。"勸善懲惡"的"史意"最早見於《左傳》對《春秋》一書的評價和《孟子》對《春秋》之"義"的揭示，《孟子・離婁下》："王者之迹熄而《詩》亡，《詩》亡而後《春秋》作……其事則齊桓、晉文，其文則史。孔子曰：'其義則丘竊取之矣。'"[4]何謂《春秋》之"義"？《左傳・成公十四年》作了總結："《春秋》之稱微而顯，志而晦，婉而成章，盡而不污，懲惡而勸善，非聖人誰能修之。"[5]被後人稱之爲《春秋》"五志"，劉熙載謂："其實左氏叙事，亦處處皆本此意。"可見，"勸善懲惡"的"史意"亦爲史家叙事的一個重要原則。

1（晉）陳壽撰，（南朝宋）裴松之注：《三國志・魏書・鍾繇華歆王朗傳》，北京：中華書局1959年版，第418頁。

2（清）劉熙載著，袁津琥校注：《藝概注稿》，北京：中華書局2009年版，第4頁。

3 楊伯峻編著：《春秋左傳注・宣公二年》，北京：中華書局1990年版，第663頁。

4（清）焦循撰，沈文倬點校：《孟子正義・離婁下》，北京：中華書局1987年版，第574頁。

5 楊伯峻編著：《春秋左傳注・成公十四年》，北京：中華書局1990年版，第870頁。

案“實録無隱”與“勸善懲惡”貌雖異而實一致，“實録無隱”是指秉筆直書，無所隱諱，所謂“南史抗節，表崔杼之罪；董狐書法，明趙盾之愆”。[1]故劉勰要求史家“辭宗丘明，直歸南、董”。[2]然南史、董狐之“實録”乃最終繋於政治道德評判，從而體現史家的“勸善懲惡”之旨。故“直筆”是“表”，“勸懲”是“實”，所謂“實録”是以“勸善懲惡”爲内在依據的，“勸善懲惡”是古代史家最崇高的理想和目的。

關於叙事形式，史學史上討論最爲詳備的是劉知幾，其《史通》單列《叙事》篇，專門探究史著的叙事形式，這是古代史學中一篇重要的叙事專論。細究劉知幾《史通》，關於叙事形式，有如下三點需要關注：

其一，《叙事》篇雖以“叙事”作爲篇名，但討論叙事形式之範圍並不寬廣，基本在叙事的語言修辭範疇。觀其論述之脈絡，此篇大致可分爲四段：開首以“夫史之稱美者，以叙事爲先”領起，以下則“區分類聚，定爲三篇”，即以三個專題分論叙事問題。計分：“尚簡”，闡釋“叙事之工者，以簡要爲主”的道理和實踐；“用晦”，説明“省字約文，事溢於句外”、“一言而巨細咸該，片語而洪纖靡漏”的叙事“用晦之道”；“戒妄”，指出史著叙事“或虚加練飾，輕事雕彩；或體兼賦頌，詞類俳優”的弊端。[3]故從語言修辭角度闡釋“叙事”是劉知幾《叙事》篇的基本脈絡，而綜觀《史通》，劉知幾將《叙事》與《言語》《浮詞》三篇合爲一組，實有意旨相近、互爲參見之意。又，劉氏雖以“尚簡”“用晦”“戒妄”分別論述叙事法則，而其核心乃在於“簡要”，故“簡要”是劉知幾《叙事》一篇之主腦。其對“簡要”之追求有時近乎嚴苛，“《漢書·張蒼傳》云：‘年老，口中無齒。’蓋於

1（唐）令狐德棻等撰：《周書》卷三八《柳虯傳》，北京：中華書局1971年版，第681頁。

2（南朝梁）劉勰著，范文瀾注：《文心雕龍注·史傳》，北京：人民文學出版社1958年版，第288頁。

3（唐）劉知幾著，（清）浦起龍通釋，王煦華整理：《史通通釋·叙事》，上海：上海古籍出版社2009年版，第167頁。

此一句之内去‘年’及‘口中’可矣。夫此六文成句，而三字妄加。”[1] 劉知幾以“簡要”爲叙事之綱符合中國古代史學之實際，縱觀歷來對史著叙事之評判，“簡要”之標準乃一以貫之，如《舊唐書·吳兢傳》：“叙事簡要，人用稱之。”[2] 趙翼《廿二史劄記》評《金史》：“行文雅潔，叙事簡括。”[3] 王鳴盛《十七史商榷》言：“史家叙事貴簡潔。”[4]《四庫全書總目》評《新安志》：“序事簡括不繁，（其序事）又自得立言之法。”[5] 不一而足。

其二，《史通》論述史著叙事尚有《書事》一篇，探討史家“書事之體”，可謂與《叙事》篇相表裏。浦起龍按：“《書事》與《叙事》篇各義。《叙事》以法言，《書事》以理斷。”[6] 前句言“各義”，確然；後句以“法言”“理斷”區分，則謬。其實，《叙事》篇重在“叙”，《書事》篇重在“事”，兩篇融和，方爲“叙事”之合璧。該篇詳細論述了史家對所叙之“事”的要求及歷來史著在叙“事”方面之弊端。就所叙之“事”而言，分析了荀悦“五志”：“達道義”“彰法式”“通古今”“著功勳”“表賢能”。干寶“釋五志”：“體國經野之言則書之”，“用兵征伐之權則書之”，“忠臣烈士孝子貞婦之節則書之”，“文誥專對之辭則書之”，“才力技藝殊異則書之”。再“廣以三科，用增前目”，“三科”謂：“叙沿革”“明罪惡”“旌怪異”，即“禮儀用舍，節文升降則書之；君臣邪辟，國家喪亂則書之；幽明感應，禍福萌兆則書之”，[7] 認爲“以此三科，參諸五志，則史氏所載，庶幾無闕”。可見，在劉氏看來，所謂“事”者非獨“事件”之謂也，至少還包括“體國經野之言”“文誥專

---

1 （唐）劉知幾著，（清）浦起龍通釋，王煦華整理：《史通通釋·叙事》，上海：上海古籍出版社 2009 年版，第 158 頁。

2 （後晉）劉昫等撰：《舊唐書》卷一二〇《吳兢傳》，北京：中華書局 1975 年版，第 3182 頁。

3 （清）趙翼著，王樹民校證：《廿二史劄記校證》卷三一，北京：中華書局 2013 年版，第 721 頁。

4 （清）王鳴盛著，黃曙輝點校：《十七史商榷》卷六八，上海：上海古籍出版社 2013 年版，第 955 頁。

5 （清）永瑢等撰：《四庫全書總目》，北京：中華書局 1965 年版，第 598 頁。

6 （唐）劉知幾著，（清）浦起龍通釋，王煦華整理：《史通通釋·書事》，上海：上海古籍出版社 2009 年版，第 217 頁。

7 同上，第 213 頁。

對之辭"及"禮儀用舍，節文升降"的制度沿革。

其三，劉知幾雖然以專文論述"叙事"，且從"尚簡""用晦""戒妄"三方面詳論叙事的特性，但其實，劉氏並不太爲看重叙事形式層面的内涵，嘗言："夫史之叙事也，當辯而不華，質而不俚，其文直，其事核，若斯而已可也。必令同文舉之含異，等公幹之有逸，如子雲之含章，類長卿之飛藻，此乃綺揚繡合，雕章縟彩，欲稱實録，其可得乎？"[1]從其"若斯而已也"、"欲稱實録，其可得乎"的語氣中不難看出其中所藴含的價值趨向。在他看來，一部史書的成功與否主要取決於歷史本身，所謂"言媸者其史亦拙，事美者其書亦工。必時乏異聞，世無奇事，英雄不作，賢俊不生，區區碌碌，抑惟恒理，而責史臣顯其良直之體，申其微婉之才，蓋亦難矣"。[2]故在"叙事"之兩端——"事"與"文"的關係上，劉知幾是"事""文"兩分，且明顯地"重事輕文"。[3]

其實，在中國傳統史學中，不獨"事""文"兩分，更爲典型的是"義""事""文"三分，並將對"史意"的追求看成爲史家叙事之首務。清代章學誠《文史通義·言公》上篇云："載筆之士，有志《春秋》之業，固將惟義之求，其事與文，所以藉爲存義之資也……作史貴知其意，非同於掌故，僅求事文之末也。"在《申鄭》篇中又進而指出："夫事即後世考據家之所尚也，文即後世詞章家之所重也。然夫子所取，不在彼而在此，則史家著述之道，豈可不求義意所歸乎！"[4]明確地以"求義意所歸"爲史學的最高目標。故在這種背景下，傳統史學對"叙事"的探究並不細密，所

1（唐）劉知幾著，（清）浦起龍通釋，王煦華整理：《史通通釋·鑒識》，上海：上海古籍出版社2009年版，第191頁。

2（唐）劉知幾著，（清）浦起龍通釋，王煦華整理：《史通通釋·叙事》，同上，第154頁。

3 章學誠也有類似看法："叙事之文，作者之言也。爲文爲質，惟其所欲，期如其事而已矣。"見（清）章學誠著，葉瑛校注：《文史通義校注》，北京：中華書局2014年版，第589頁。

4（清）章學誠著，葉瑛校注：《文史通義校注》，北京：中華書局2014年版，第201—202、538頁。

謂"叙事"的要求更多的落實於原則層面，這便是："實録""勸善懲惡"和"簡要"。

第三節　作爲文學的"叙事"

在中國古代，"叙事"内涵最爲豐贍的是在文學領域，對"叙事"問題討論最多的也是在文學領域，[1]且完成了一個重要轉折——對叙事形式的重視。其中有幾個節點值得重視：

首先，據現有史料，在文學領域比較集中地談論"叙事"大概是在齊梁時期。[2]以"叙事"評價各體文學者日趨豐富，"叙事"之指稱範圍也日益繁複，且在"辩體"過程中，逐漸凸顯了文學各體之叙事特性和風貌。先看引文：

> 傅毅所制，文體倫序；孝山、崔瑗，辨絜相參。觀其序事如傳，辭靡律調，固誄之才也。[3]

> 自後漢以來，碑碣雲起……其叙事也該而要，其綴采也雅而澤。清詞轉而不窮，巧義出而卓立。察其爲才，自然而至。[4]

---

1 此處所謂"文學"不取當今的純文學觀念，比較近似《文選》"事出於沈思，義歸乎翰藻"的文學觀念，亦與宋以來的文章概念相類似。

2 （西晉）孫毓評《詩經·大雅·生民》："《詩》之叙事，率以其次。既簸糠矣，而甫以蹂，爲蹂黍當先，蹂乃得春，不得先春而後蹂也。既蹂即釋之烝之，是其次。"其中已出現"叙事"，但尚不普遍，且從經學立論。引自（漢）毛亨傳，（漢）鄭玄箋，（唐）孔穎達疏，（唐）陸德明音釋：《毛詩注疏》，上海：上海古籍出版社 2013 年版，第 1546 頁。

3 （南朝梁）劉勰著，范文瀾注：《文心雕龍注·誄碑》，北京：人民文學出版社 1958 年版，第 213 頁。

4 同上，第 214 頁。

建安哀辭，惟偉長差善，《行女》一篇，時有惻怛。及潘岳繼作，實鍾其美。觀其慮膽辭變，情洞悲苦，叙事如傳，結言摹《詩》，促節四言，鮮有緩句：故能義直而文婉，體舊而趣新。[1]

次則箴興於補闕，戒出於弼匡，論則析理精微，銘則序事清潤，美終則誄發，圖像則讚興。[2]

上述四則引文及其相關文獻蘊含兩個共性：突出叙事文體的特性，注重叙事文體的形式。"誄""碑""哀""銘"均爲叙事文體，都體現了對某種事件的叙述，故以"叙事如傳""叙事也該而要"和"序事清潤"作描述性評價。而因各種文體之性質有不同，故又著重辨析其叙事個性，如"詳夫誄之爲制，蓋選言録行，傳體而頌文，榮始而哀終"，"夫屬碑之體，資乎史才，其序則傳，其文則銘"。"哀"則因其對象"不在黄髮，必施夭昏"（指年幼而死者），故所叙之事件有其特殊性，"幼未成德，故譽止于察惠；弱不勝務，故悼加乎膚色"。其形式，則"情主於痛傷，而辭窮乎愛惜"，"必使情往會悲，文來引泣，乃其貴耳"。以"潤"概言"銘"之叙事特色，不獨蕭統，陸機《文賦》"銘博約而温潤"，[3]劉勰《文心雕龍·銘箴》"銘兼褒讚，故體貴弘潤"。[4]"清潤""温潤""弘潤"基本同義，均指因"銘兼褒讚"而在叙事上體現的特殊品格，既指涉所叙之事件的選擇，也兼及語言、風格等形式内涵。齊梁時期對於叙事文的重視及其文體辨析對後世影響深巨，實則開啓了後代暢論叙事文體的傳統。唐宋以降，隨著文體的不斷豐富和文章學的成熟，叙事文體及其理論辨析得到了空前的重視和發展。

1（南朝梁）劉勰著，范文瀾注：《文心雕龍注·哀弔》，北京：人民文學出版社 1958 年版，第 240 頁。

2（南朝梁）蕭統編，（唐）李善注：《文選·序》，上海：上海古籍出版社 1986 年版，第 2 頁。

3（南朝梁）蕭統編，（唐）李善注：《文選·陸機〈文賦〉》，同上，第 766 頁。

4（南朝梁）劉勰著，范文瀾注：《文心雕龍注》，北京：人民文學出版社 1958 年版，第 195 頁。

此時期除直言"叙事"（"序事"）之外，蕭統《文選》在體制上還有一
特異之處，亦體現"叙事"的獨特内涵，這就是"《文選》在録入獨立文體
的作品時，一併'剪截'了史書所叙產生此作品之'事'，稱之爲'序'"。
如《文選》賦"郊祀類"録揚雄《甘泉賦》，其起首云："孝成帝時，客有薦
雄文似相如者。上方郊祀甘泉泰時、汾陰后土，以求繼嗣。召雄待詔承明之
庭。正月，從上甘泉還，奏《甘泉賦》以風。"此段文字即從《漢書·揚雄
傳》"剪截"而來，用於叙説《甘泉賦》產生之"事"。[1] 在此，所謂"叙事"
不過是陳説某種背景或緣起而已，而這種獨立的"序"對後世影響甚大，作
家在文學創作尤其是抒情文體創作中加"序"在後代蔚然成風。這在宋詞創
作中尤爲突出，宋詞小序，或鋪排背景，或陳述緣起，或介紹過程，或補足
本事，或議論抒情，體現了"叙事"的多樣性。[2]

其次，大約從唐代開始，文學批評已將"叙事"作爲文學的一大脈流與
"緣情"並列，《隋書》云："唐歌虞詠，商頌周雅，叙事緣情，紛綸相襲，
自斯已降，其道彌繁。"[3] 頗有意味的是，唐宋以來，素來被視爲"緣情"一
脈的詩歌領域也不乏以"叙事"評判詩歌的史料，《文鏡秘府論》謂："是故
詩者，書身心之行李，序當時之憤氣。氣來不適，心事或不達，或以刺上，
或以化下，或以申心，或以序事，皆爲中心不決，衆不我知。由是言之，方
識古人之本也。"[4] 其中有兩個現象值得關注：

一是在詩歌創作中直接以"叙事"名題，這在唐詩中就十分普遍。《全
唐詩》以"叙事"名題者不勝枚舉，如韓翃《家兄自山南罷歸獻詩叙事》、
杜牧《奉送中丞姊夫儁自大理卿出鎮江西叙事書懷因成十二韻》、趙嘏《叙

1 參見胡大雷：《"左史記言，右史記事"與文體生成——關於叙事諸文體録入總集的討論》，《中山大
學學報（社會科學版）》2015 年第 4 期。

2 參見趙曉嵐：《論宋詞小序》，《文學遺産》2002 年第 6 期。

3 （唐）魏徵等撰：《隋書·經籍志》，北京：中華書局 1973 年版，第 1090 頁。

4 〔日〕遍照金剛撰：《文鏡秘府論·論文意》，北京：人民文學出版社 1975 年版，第 132 頁。

事獻同州侍御三首》、鄭谷《叙事感恩上狄右丞》、韋應物《張彭州前與緱氏馮少府各惠寄一篇多故未答張已云没因追哀叙事兼遠簡馮生》、方干《自縉雲赴郡溪流百里輕棹一發曾不崇朝叙事四韻寄獻段郎中》等。其内容豐富，或記事，或追憶，均以叙事遣懷爲其特性。而所謂"叙事"者，非謂叙述一段史實，一個故事，或表現一個人物之行狀，而是借某事（或"某人"）爲事由，叙寫一個過程和一段情懷。試舉韋應物《張彭州前與緱氏馮少府各惠寄一篇多故未答張已云没因追哀叙事兼遠簡馮生》以證之，詩曰：

> 君昔掌文翰，西垣復石渠。朱衣乘白馬，輝光照里閭。余時忝南省，接謜愧空虚。一别守茲郡，蹉跎歲再除。長懷關河表，永日簡牘餘。郡中有方塘，凉閣對紅蕖。金玉蒙遠貺，篇詠見吹嘘。未答平生意，已没九原居。秋風吹寢門，長慟涕漣如。覆視緘中字，奄爲昔人書。髮鬢已云白，交友日凋疏。馮生遠同恨，憔悴在田廬。[1]

詩中所叙與詩題契合，其叙寫之人物（韋應物、張彭州、馮少府）和事件（未答張馮之書函、張亡故、與馮天各一方），其實都是韋氏表達其情懷（憶往事、悼亡友、嘆憔悴）的事由。

二是宋代的詩學批評對"叙事"内涵的重視，並直接提出詩歌的"叙事體"等概念：

> 劉後村云：《木蘭詩》，唐人所作也。《樂府》中，惟此詩與《焦仲卿妻詩》作叙事體，有始有卒，雖辭多質俚，然有古意。[2]

1（清）彭定求等編：《全唐詩》卷一九一，北京：中華書局1960年版，第1967頁。

2（宋）蔡正孫編：《詩林廣記》前集卷六，北京：中華書局1982年版，第121頁。

　　蔡寬夫《詩話》云：子美詩善叙事，故號詩史，其律詩多至百韻，本末貫穿如一辭，前此蓋未有。[1]

　　《生民》詩是叙事詩，只得恁地。蓋是叙，那首尾要盡。[2]

此處所謂"叙事體"專指那些叙寫事件"有始有卒""本末貫穿""首尾要盡"的詩歌作品，故其"叙事"與上文所述迥然相異。

　　再次，在中國古代，文學創作喜用故實和典故，稱之爲"事類"。[3]摯虞《文章流別論》云："古詩之賦，以情義爲主，以事類爲佐。"[4]劉勰《文心雕龍·事類》謂："事類者，蓋文章之外，據事以類義，援古以證今者也。"[5]而由對"事類"的重視出現了許多專供藝文習用的"類書"，如《北堂書鈔》《藝文類聚》《初學記》等。在這些類書中，有專門對"事類"的解釋，這種解釋有時徑稱爲"叙事"，值得我們充分注意。"類書"在中國古代源遠流長，一般認爲，由魏文帝曹丕召集群儒編纂的《皇覽》乃類書之始祖，歷代編纂不輟，蔚爲大觀。"類書"之功能或臨時取給用便檢索，或儲材待用備文章之助，還能輯録佚書，校勘古籍。"類書"之體例前後有異，大致而言，唐前類書，偏於類事，不重采文，歐陽詢《藝文類聚序》謂："前輩綴集，各抒其意。《流別》《文選》，專取其文；《皇覽》《遍略》，直書其事。文義既殊，尋檢難一。"《藝文類聚》乃開創新局，取"事居其前，文列其後"之

　　1（宋）胡仔纂集，廖德明校點：《苕溪漁隱叢話》前集卷一八，北京：人民文學出版社1981年版，第119頁。
　　2（宋）黎靖德編，王星賢點校：《朱子語類》卷八一，北京：中華書局1986年版，第2129頁。
　　3 一般而言，"事類"即指故實或典故，但劉勰《文心雕龍·事類》所述還包括引用前人或古書中的言辭。參見陸侃如、牟世金譯注：《文心雕龍譯注》（下），濟南：齊魯書社1982年版，第220頁。
　　4 郭紹虞主編：《中國歷代文論選》（上），北京：中華書局1962年版，第157頁。
　　5（南朝梁）劉勰著，范文瀾注：《文心雕龍注·事類》，北京：人民文學出版社1958年版，第614頁。

新例，"使覽者易爲功，作者資其用"。[1]《藝文類聚》先例一開，後起者仿效紛紛，"事""文"並舉遂成"類書"之常規，兼有"百科全書"與"資料彙編"之效。[2]

《初學記》乃唐玄宗李隆基命集賢學士徐堅等撰集，凡三十卷。體例祖述《藝文類聚》又有所推進，其每一子目均分"叙事""事對"和"詩文"三個部分，其中"事""文"並舉承續《藝文類聚》，"叙事"部分則更爲精細和條貫。胡道靜評曰："其他類書，只是把徵集的類事，逐條抄上，條與條之間，幾乎沒有聯繫，因此僅僅是個資料匯輯的性質。《初學記》的'叙事'部分，雖然也徵集類事，然而經過一番組造，把類事連貫起來，成爲一篇文章。"[3]故《四庫全書總目》評其"叙事雖雜取群書，而次第若相連屬"。[4]誠非虛譽！試舉"文章"之"叙事"爲例：

> 文章者，孔子曰：煥乎其有文章。子貢曰：夫子之文章，可得而聞也。（見《論語》）蓋詩言志，歌永言。（見《尚書》）不歌而誦謂之賦。古者登高能賦，山川能祭，師旅能誓，喪紀能誄，作器能銘，則可以爲大夫矣。三代之後，篇什稍多。又訓誥宣於邦國，移檄陳於師旅，箋奏以申情理，箴誡用弼違邪，讚頌美於形容，碑銘彰於勳德，謚册褒其言行，哀弔悼其淪亡，章表通於下情，箋疏陳於宗敬，論議平其理，駁難考其差，此其略也。[5]

《初學記》之"叙事"在"叙事"這一術語的語義源流中有著頗爲特殊

1（唐）歐陽詢編：《藝文類聚》，北京：中華書局1965年版，第27頁。

2 胡道靜著：《中國古代的類書》，北京：中華書局1982年版，第8頁。

3 同上，第96頁。

4（清）永瑢等撰：《四庫全書總目》，北京：中華書局1965年版，第1143頁。

5（唐）徐堅編：《初學記》卷二十一文部，北京：中華書局1962年版，第511頁。

的内涵。其可注意者在兩個方面：一爲"事"的事物性，二爲"叙"的解釋性（陳列所釋"事"之成説以解釋之）。故簡言之，類書之所謂"事"者，非故事、事件之謂也，乃事物之謂也；而所謂"叙事"者，亦解釋事物之謂也。胡道静評曰：《初學記》"的'叙事'部分似劉宋顔延之和梁元帝蕭繹的《纂要》"，"因爲它們富於對事物的解釋性。《纂要》並不是類書，但和類書接近，《隋書·經籍志》著録類書於子部雜家類，和《博物志》《廣志》《博覽》《古今注》《珠叢》《物始》等書列在一起，蓋視爲解釋名物之書"。[1]可謂切中肯綮。

復次，兩宋時期，文章總集勃興，不僅數量繁多，在文章收録方面也頗多新意，其中叙事文的大量闌入即爲一大特色。"《文苑英華》等宋人總集與《文選》相比，明顯多出傳、記二體"，宋代"文章學内部越來越重視叙事性，叙事性文章也大爲增多"。[2]而真德秀《文章正宗》將文章分爲"辭命""議論""叙事""詩賦"四大類，則標誌了以"叙事"作爲文類名稱的誕生，在"叙事"的語義流變史上具有重大意義。

《文章正宗》以"叙事"作爲文類，[3]體現了"叙事"的多樣性。全書"叙事"類共收録文章 123 篇，包括《左傳》《史記》等史傳文章，以及碑誌、行狀、記、序、傳等文體，基本籠括了"叙事"的相關文體，可見"叙事"作爲文章之一大類的概念和意識已經確立。而細審其具體篇目，更可看出"叙事"的多重内涵，且不論《左傳》《史記》之文，碑誌、行狀之篇，那些重在議論的如韓愈《送李愿歸盤谷序》，偏於寫景的如柳宗元《鈷鉧潭記》等，真德秀均一併收入，可見其對"叙事"認識的寬泛。尤可注意者，真德

---

1 胡道静著：《中國古代的類書》，北京：中華書局 1982 年版，第 94 頁。

2 吴承學著：《中國古代文體學研究》，北京：人民出版社 2011 年版，第 321 頁。

3 胡大雷將真德秀《文章正宗》之"叙事"看成爲文體，此説或可商榷，其實以"文類"看待或許更爲準確，《文章正宗》分各種文體爲"辭命""議論""叙事"和"詩賦"四類，其中"叙事"即相關叙事文體的文章"類聚"。

秀《文章正宗》以史入總集，消解了文章與史的區别，强化了史的"叙事文"性質。"史"入總集以兩宋爲始，而真德秀《文章正宗》更在觀念上加以確認，並在技術和體例上完成了"史"作爲"叙事文"的改造。胡大雷分析道：

> （《文章正宗》）解決了以往"記事之史，繫年之書"不成"篇翰"的問題。……破《左傳》以"年"爲單位的記事而以"叙事"爲單位，篇題爲"叙某某本末"，如第一篇《叙隱桓嫡庶本末》，或"叙某某"，如《叙晋文始霸》。這些"叙事"，或爲一年之中多種事的某一選録，或爲一事跨兩年度的合一，如"左氏"《叙晋人殺厲公》就是把成公十七年和成公十八年事合在一起爲一篇。又其破《史記》以"人"爲單位的"記事"，節録爲以"事"爲單位者，篇題爲"叙某某"，如《叙項羽救鉅鹿》《叙劉項會鴻門》。雖然其亦有"某某傳"，但却是拆《史記》合傳整篇而單録一人之傳者，如《屈原傳》，且删略了原文所録屈原的《懷沙》之賦以及篇末的"太史公曰"，即"贊"體文字。總之，其"叙事"的構成是一事一篇，或一人一事一篇，其"叙事"作爲文體可謂以"篇翰"方式生成。[1]

還可值得重視的是，真德秀《文章正宗》雖"以明義理、切世用爲主"，[2] 然亦以提供"作文之式"爲其目的，而這"作文之式"自然包括叙事之形式内涵。故"事文並舉"是真德秀在"叙事"領域的明顯追求，開啓了後世叙事文創作及其理論批評對叙事形式的重視。《綱目》云："獨取左氏、《史》、

1　胡大雷：《"左史記言，右史記事"與文體生成——關於叙事諸文體録入總集的討論》，《中山大學學報（社會科學版）》2015年第4期。

2　（宋）真德秀《文章正宗·綱目》謂："正宗云者，以後世文辭之多變，欲學者識其源流之正也。……夫士之於學所以窮理而致用也，文雖學之一事，要亦不外乎此。故今所輯以明義理、切世用爲主，其體本乎古，其指近乎經者，然後取焉，否則辭雖工亦不録。"元至正元年（1341）高仲文刻明修本。

《漢》叙事之尤可喜者，與後世記序傳志之典則簡嚴者，以爲作文之式。若夫有志于史筆者，自當深求《春秋》大義，而參之以遷、固諸書，非此所能該也。"[1]可見，真德秀並不排斥叙事形式，叙事之"可喜"和"典則簡嚴"也是其選文的重要標準。尤其是"史"，其所擇選者更是爲作文之用，而非"有志于史筆者"，"史"之文本遂成文章之軌範。宋明以來，史著之叙事尤其是《左傳》和《史記》成爲了各體文學共同的叙事典範和仿效對象，在日益繁盛的文章學中談論叙事文體和叙事法則更是常規，而在這一格局的形成過程中，《文章正宗》可謂功莫大焉。

第四節　小説"叙事"的獨特内涵

宋以後，有關"叙事"的討論仍在繼續，但作爲一個概念術語，其思想内涵和論述思路在此前已基本奠定。"叙事"的語義源流實際構成了如下格局：一是關於史學的；二是關於文章的，涉及碑誌、行狀、記、序等諸叙事文體，亦包括文章化的"史著"；三是關於詩的，有涉及抒情詩的，如詩中以"叙事"名題的詩，也有涉及"有始有卒""本末貫穿"的"叙事體"的；四是《初學記》中的"叙事"，此雖不普遍，但其隱性影響不容忽視。[2]檢索宋以後有關"叙事"的史料，此時期對"叙事"的討論正是接續了這一内涵

1（宋）真德秀：《文章正宗·綱目》，元至正元年（1341）高仲文刻明修本。

2《初學記》中的"叙事"強化"事"的事物性和"叙"的解釋性（陳列所釋"事"之成説以解釋之），將"叙事"視爲對於事物的解釋，這在古代"叙事"語義流變中是個特例。但其隱性影響值得重視，即唐以後雖然很少再這樣使用"叙事"一詞，但"叙事"的事物解釋性内涵已在具體的創作中得以體現，尤其在小説領域，如"博物性"是筆記體小説的重要特性，其成因或許與此相關，而近代以來對筆記體小説"博物性"的詬病乃囿於對"叙事"的狹隘理解。另外，白話小説家習慣於（且喜好）在章回小説中鋪陳事物，這在《金瓶梅》《紅樓夢》《鏡花緣》《野叟曝言》等文人化程度較高的小説中表現得尤爲強烈。這種鋪陳事物或作叙述事件之延伸和補充，或僅爲"炫才"，但濃重的"博物性"構成了這類小説的一個重要特性，也成爲小説"叙事"的一個有機組成部分，或可稱之爲"博物叙事"。這是古代小説叙事的一個重要傳統，值得加以重視。限於篇幅和本文性質，筆者對此將另文專門申述，此不贅。

和格局。但變化也是明顯的，而其中最爲重要的是小説成了"叙事"討論的中心文體，"叙事"的傳統內涵在小説中得以融合和發展。

比如在史學領域，"叙事"仍然作爲一個評價和寫作的術語加以使用，在大量的史學及目録學著作中屢屢出現；其中"叙事"的基本內涵和原則未有太大改變，但也出現了不少有意味的變化。如"簡要"一直是史學叙事之不二標尺，此時期則略有異議，趙翼提出："凡叙事，本紀宜略，列傳宜詳。"[1] 王鳴盛則提醒："史家叙事貴簡潔，獨官銜之必不可削者，任意削之則失實。"[2] 更有意思的是，對一向尊榮謹嚴的史家叙事，黃宗羲以有"風韻"來評價史著列傳："叙事須有風韻，不可擔板。今人見此，遂以爲小説家伎倆。不觀晉書、南北史列傳，每寫一二無關係之事，使其人之精神生動，此頰上三毫也。史遷伯夷、孟子、屈、賈等傳，俱以風韻勝。"[3] 這或許是宋以來史著"文章化"的結果。

文學領域亦然，文章學中談論叙事者日益深入和細密，並進一步凸顯了《左傳》《史記》等經典作品的叙事典範性；詩歌領域中則仍然關注抒情詩中的"叙事"問題和"叙事體"詩的叙事特性。如茅坤在《唐宋八大家文鈔》中喜用"叙事"評價文章，稱"宋諸賢叙事，當以歐陽公爲最，何者？以其調自史遷出"，而"蘇氏兄弟議論文章，自西漢以來當爲天仙，獨於叙事處不得太史公法門"。[4] 盧文弨亦謂："夫善叙事者，莫過於馬班，要在舉其綱領，而於糾紛蟠錯之處，自無不條理秩如。"[5] 又如在詩歌領域，自唐詩中出現大量以"叙事"名題的作品後，所謂"抒情詩中的叙事"成爲了"叙事"語義場域中的一個獨特內涵。此內涵在宋以後的詩歌創作中得以延續，

1（清）趙翼撰：《陔餘叢考》卷一三，北京：中華書局 1963 年版，第 238 頁。

2（清）王鳴盛著，黃曙輝點校：《十七史商榷》卷六八，上海：上海古籍出版社 2013 年版，第 955 頁。

3（清）黃宗羲著，陳乃乾編：《黃梨洲文集·雜文類·論文管見》，北京：中華書局 1959 年版，第 481 頁。

4（明）茅坤編：《唐宋八大家文鈔》，上海：上海古籍出版社 1987 年版，第 14 頁。

5（清）盧文弨撰：《抱經堂文集》卷四《皇朝武功紀盛序》，上海：商務印書館 1937 年版，第 40 頁。

明清詩歌中以"叙事"名題者亦屢屢出現。如《秋夜得李叔賓書見慰叙事感懷》《退齋左轄招飲雲居古衝適轉右轄復招宗陽之燕即叙事和韻各一首》《宜晚社成長句叙事》《浙江試竣叙事抒懷六首》《與張芥航河帥叙事抒懷》《與內子瑞華叙事抒懷八章》等，[1] 其"叙事"內涵與唐詩並無二致。[2] 這些論述雖然在"叙事"語義的認識上殊少歧義，但也提出了不少有價值的新見。如劉熙載《藝概》對"叙事"的探討更爲細密："叙事有特叙，有類叙，有正叙，有帶叙，有實叙，有借叙，有詳叙，有約叙，有順叙，有倒叙，有連叙，有截叙，有豫叙，有補叙，有跨叙，有插叙，有原叙，有推叙，種種不同。惟能綫索在手，則錯綜變化，惟吾所施。"[3] 王夫之對詩歌"叙事"與"比興"的關係也有精彩認識，其評庾信《燕歌行》云："句句叙事，句句用興用比，比中生興，興外得比，宛轉相生，逢原皆給。"[4] 而納蘭性德對詠史詩中"叙事"與"議論"關係的闡發更顯獨特："古人詠史，叙事無意，史也，非詩矣。唐人實勝古人，如'江流石不轉，遺恨失吞吳''武帝自知身不死，教修玉殿號長生''東風不假周郎便，銅雀春深鎖二喬''此日六軍同駐馬，當時七夕笑牽牛'，諸有意而不落議論，故佳。若落議論，史評也，非詩矣。宋已後多患此病。愚謂唐詩宗旨斷絕五百餘年，此亦一端。"[5]

此時期有關"叙事"的討論最值得關注的是小說領域。

以"叙事"評價小說和分析小說創作始於明代。在白話小說領域，較早

---

1 以上詩見：（明）彭凱諭撰：《西園前稿》卷之一，明刻本，第 22 頁 b。（明）邵經濟撰：《泉厓詩集》卷一〇，明嘉靖張景賢、王詢等刻本，第 9 頁 a。（明）朱樸撰：《西村詩集》卷上，清文淵閣四庫全書本，第 36 頁 a。（清）穆彰阿撰：《澄懷書屋詩抄》卷一，清道光刻本，第 11 頁 a。（清）穆彰阿撰：《澄懷書屋詩抄》卷三，第 14 頁 a。（清）湯鵬撰：《海秋詩集》卷一九，清道光十八年刻本，第 1 頁 b。

2 茲舉《與內子瑞華叙事抒懷八章》之一以概之："瘦影伶俜怯見秋，西風吹雨上簾鉤。手調藥裹元多病，面對菱花只解愁。雲滿一枝簪影活，天寒九月杵聲柔。流傳只有詩家婦，每誦秦徐句未休。"見（清）湯鵬撰：《海秋詩集》卷一九，清道光十八年刻本，第 1 頁 b。

3（清）劉熙載著，袁津琥校注：《藝概注稿》，北京：中華書局 2009 年版，第 190 頁。

4（清）王夫之編：《古詩評選》卷一，上海：上海古籍出版社 2011 年版，第 68 頁。

5 康奉、李宏、張志主編：《納蘭成德集》卷一八《淥水亭雜識》，北京：北京古籍出版社 2006 年版，第 561 頁。

以"叙事"("序事")評價作品的史料見於李開先《詞謔》:"《水滸傳》委曲詳盡,血脈貫通,《史記》而下,便是此書。且古來更無有一事而二十冊者,倘以奸盜詐偽病之,不知序事之法,史學之妙者也。"[1]在文言小説領域較早出自謝肇淛《五雜組》:"晉之《世説》,唐之《酉陽》,卓然爲諸家之冠,其叙事文采足見一代典刑,非徒備遺忘而已也。"[2]胡應麟《少室山房筆叢》則同時以"叙事"評價文言和白話小説,如評《夷堅志》"其叙事當亦可喜",評《水滸傳》"述情叙事,針工密緻",[3]都把"叙事"看成爲評價小説的重要徑路。而其興盛則始於小説評點,小説評點在晚明興起,其因繁多,但明代以來文章學的影響不容忽視,文章學重視文法,小説評點接續之,以叙事文法爲主體,實際開創了小説批評之新路。"容本"和"袁本"《水滸傳》評點是其開端,"容本"回評:"這回文字没身分,叙事處亦欠變化,且重複可厭,不濟,不濟。"[4]而"袁本"是小説評點史上較早歸納小説文法的批評著作,其提出的諸如"叙事養題""逆法""離法"等可視爲小説評點史上文法總結之開端。以後相沿成習,對於小説叙事的評價和文法總結在小説評點中蔚然成風,並逐漸延伸至文言小説領域。有意味的是,小説家們也常常用"叙事"一詞穿插其創作之中,兹舉幾例:

說話的,你以前叙事都叙得入情,獨有這句説話講脱節了。[5]

這也是天霸見第二人來,滿想"一箭射雙雕",因又祭上一鏢,不

1 (明)李開先著,卜鍵箋校:《李開先全集·詞謔》,北京:文化藝術出版社2004年版,第1276頁。

2 (明)謝肇淛撰:《五雜組》,上海:上海書店出版社2001年版,第264頁。

3 (明)胡應麟撰:《少室山房筆叢》,上海:上海書店出版社2009年版,第286、437頁。

4 《容與堂李卓吾先生批評忠義水滸傳》,上海:上海人民出版社1975年版,第543頁。

5 (清)李漁著,李聰慧點校:《十二樓》,《拂雲樓》第二回,北京:中華書局2004年版,第102頁。

意智明躲得快，不曾打中，只在肩頭上擦了一下，依舊被他逃走。這就是智亮被擒，施公免禍的原委。若不補説明白，看官又道小子叙事不清了，閑話休提。[1]

晚明以來，對於"叙事"的理論探討主要集中在兩個時段，各針對兩部作品。一是明末清初，金聖歎於崇禎年間完成《水滸傳》評點，對小説"叙事"問題作出了深入解析，其以叙事爲視角、以總結文法爲主體的評點方式和思路在小説評點史上產生了深遠影響。清初毛氏父子評點《三國演義》，"仿聖歎筆意爲之"，直接繼承了金聖歎評點《水滸傳》的傳統，在《三國演義》的評點中廣泛探討了小説的叙事問題，提出了諸多有價值的見解。金聖歎、毛氏父子的評點傳統以後在張竹坡、脂硯齋等小説評點中得以延續，形成了小説史上談論"叙事"問題的一脈綫索。二是清代乾隆以來，隨著《聊齋志異》的風行和《閲微草堂筆記》的問世，紀昀提出"小説既述見聞，即屬叙事"的命題，批評《聊齋志異》的叙事特性，由此引發對筆記體小説"叙事"問題的爭執和討論。這一場討論由紀昀發端，其門下盛時彦鼓動，而以嘉慶年間馮鎮巒評點《聊齋志異》對紀昀的反批評作結。而其中對於"叙事"問題討論最爲深入，在"叙事"語義流變中最值得重視的是金聖歎和紀昀的相關論述。

金聖歎對"叙事"問題的貢獻主要在三個方面：一是明確認定"叙事"是小説的本質屬性，他稱小説爲"文章"其實就是指"叙事文"，故其評點就是從"叙事"角度批讀《水滸傳》、評價《水滸傳》，而其所謂"叙事"即指"叙述事件或故事"。二是在《水滸傳》評點中總結了大量的叙事法則，諸如"倒插法""夾叙法""草蛇灰綫法""背面鋪粉法"等，歸納總結的叙事法則在古代小説史上最爲詳備。三是在"事""文"二分的前提下，明顯

1　佚名著，固亮校點：《施公案（續）》，北京：中國戲劇出版社1993年版，第140頁。

表現出"重文輕事"的傾向。[1] 在金聖歎看來，小説創作"無非爲文計不爲事計，但使吾之文得成絶世奇文，斯吾之文傳而事傳矣"。[2] 因此，小説之叙事應專注於"文"，務必寫出"絶世奇文"，故在"事"與"文"的關係上，金聖歎明顯地傾向於後者，而小説叙事之本質即在於寫出一篇有"故事"的絶世奇文。金聖歎的上述觀點在叙事理論史上是有其獨特價值的，從劉知幾的"重事輕文"，到真德秀的"事文並舉"，再到金聖歎的"重文輕事"，叙事形式日益受到了重視。而就古代小説史而言，這種觀點也合轍於明末清初文人對通俗小説叙事形式的改造，甚至可視爲這一"改造"行爲的理論綱領，故而也是古代通俗小説文人化進程中的重要一環。

紀昀有關"叙事"的論述緣於對《聊齋志異》的批評，語出其門下盛時彦的《〈姑妄聽之〉跋》，在其中由盛時彦轉述的一段文字中，集中體現了紀昀對小説"叙事"的認識。首先，紀昀所謂"小説"是指筆記體小説，與"傳記"（即"傳奇"）相對，認爲"小説"有其自身的文體規範，與"傳記"在表現內涵（即"事"）方面並無嚴格的區分，其區別之關鍵在於"叙事"。其次，紀昀提出了小説"叙事"的特性："小説既述見聞，即屬叙事，不比戲場關目，隨意裝點。"[3] 其中"述見聞"，明確了小説的表現內涵在於記錄見聞。而觀其"既述見聞，即屬叙事"之語序，尤其是"既述""即屬"之關聯詞，則"叙事"似有特指。此"叙事"何指？紀昀並未明説，實則即是古代延續長久的筆記體小説的叙事傳統，其特性即爲上句之"述見聞"和下句之"不比戲場關目，隨意裝點"。故簡言之，在紀昀看來，所謂筆記體小説

1　參見高小康：《中國古代叙事觀念與意識形態》之《金聖歎與叙事作品評點》，北京：北京大學出版社 2005 年版。

2（明）施耐庵著，（清）金聖歎批改：《第五才子書水滸傳》第二十八回回評，上海：上海古籍出版社 1994 年版，第 1560 頁。

3（清）盛時彦：《〈姑妄聽之〉跋》，見（清）紀昀著：《閱微草堂筆記》，上海：上海古籍出版社 1980 年版，第 472 頁。

之“叙事”即爲“不作點染的記錄見聞”。並以此爲準繩，對《聊齋志異》作出了批評，認爲其“隨意裝點”違背了筆記體小説“述見聞”的叙事本質：“今燕昵之詞、媟狎之態，細微曲折，摹繪如生。使出自言，似無此理；使出作者代言，則何從而聞見之？”[1]紀昀對小説叙事的認識有其合理性，他實際所做的是對小説（筆記體小説）叙事傳統的“捍衛”和正統地位的確認，以反撥唐代以來“古意全失”[2]的傳奇（傳記）對筆記體小説叙事的“侵蝕”。

第五節　古代小説的叙事傳統

至此，對於古代範疇的“叙事”的歷史梳理和理論辨析大致可以告一段落。而在上述梳理和辨析的基礎上，我們擬對古代小説的叙事傳統作出簡要的描述。所謂“古代小説的叙事傳統”有兩個含義，從外部而言，是指古代小説所接續的是怎樣的叙事傳統；而就内部來看，則指古代小説形成了怎樣的叙事傳統。中國古代小説大致可以分爲“筆記體”“傳奇體”“話本體”和“章回體”四大文體，而檢索古代小説史料，有關“叙事”的討論很少關注“傳奇體”和“話本體”小説，主要涉及的是“筆記”和“章回”兩種小説文體，故以下的討論主要涉及以“章回體”爲代表的白話小説和以“筆記體”爲代表的文言小説。又，古代小説的叙事傳統是一個極大的論題，非本章所能涵蓋，學界對此也論述頗多，毋庸重複。故本章僅就與“叙事”史料相關的問題作一簡要梳理。

筆記體小説的叙事傳統頗爲明晰。從叙事的精神層面而言，筆記體小説接過了史學的叙事傳統，即“實錄”“勸善懲惡”和“簡要”的叙事原則，

1（清）盛時彦：《〈姑妄聽之〉跋》，見（清）紀昀著：《閲微草堂筆記》，上海：上海古籍出版社1980年版，第472頁。

2 浦江清云：“現代人説唐人開始有真正的小説，其實是小説到了唐人傳奇，在體裁和宗旨兩方面，古意全失。”參見浦江清：《論小説》，《浦江清文録》，北京：人民文學出版社1958年版，第186頁。

但又有所變異。如"實録"在筆記體小説多表現爲"據見聞實録"的記述姿態，這些耳聞目睹的傳聞，雖不免虚妄，但只要"據見聞"，即屬"實録"。李肇《唐國史補》自序："因見聞而備故實。"[1]洪邁《夷堅乙志序》："若予是書，遠不過一甲子，耳目相接，皆表表有據依者。"[2]均表明了記録見聞的寫作態度，故筆記體小説之"實録"在於叙述過程的真實可靠與否，而不在於事件本身之真實。又如"勸善懲惡"亦爲筆記體小説之叙事宗旨，但又不拘于此，曾慥《類説序》："可以資治體，助名教，供談笑，廣見聞。"[3]《四庫全書總目》"小説家叙"："中間誣謾失真，妖妄熒聽者，固爲不少，然寓勸戒、廣見聞、資考證者，亦錯出其中。"[4]而"簡要"的要求則與史學一脈相承，叙事"簡要""簡潔""簡净"的評語在筆記體小説的評論中隨處可見。就叙事範圍層面來看，筆記體小説可謂容納了"叙事"語義幾乎所有的内涵，記録故事、陳説見聞、叙述雜事，乃至綴輯瑣語、解釋名物均爲筆記體小説的叙事範圍，形成了筆記體小説無所不包的叙事特性，故"叙事的多樣性"是筆記體小説叙事的重要特性和傳統。清劉廷璣《在園雜志》謂："自漢魏、晉、唐、宋、元、明以來，不下數百家，皆文辭典雅。有紀其各代之帝略官制，朝政宮幃，上而天文，下而輿土，人物歲時，禽魚花卉，邊塞外國，釋道神鬼，仙妖怪異，或合或分，或詳或略，或列傳，或行紀，或舉大綱，或陳瑣細，或短章數語，或連篇成帙，用佐正史之未備，統曰歷朝小説。讀之可以索幽隱，考正誤，助詞藻之麗華，資談鋒之鋭利，更可以暢行文之奇正，而得叙事之法焉。"[5]劉氏以"得叙事之法"作爲筆記體小説的特性之一，而所

1（唐）李肇等撰：《唐國史補 因話録》，上海：上海古籍出版社 1979 年版，第 3 頁。

2（宋）洪邁：《夷堅志·夷堅乙志序》，北京：中華書局 1981 年版，第 185 頁。

3（宋）曾慥：《類説序》，（宋）曾慥編纂，王汝濤校注：《類説校注》，福州：福建人民出版社 1996 年版，第 1 頁。

4（清）永瑢等撰：《四庫全書總目》，北京：中華書局 1965 年版，第 1182 頁。

5（清）劉廷璣撰，張守謙校點：《在園雜志》，北京：中華書局 2005 年版，第 83 頁。

謂"叙事之法"包括上述"或列傳，或行紀，或舉大綱，或陳瑣細，或短章數語，或連篇成章"的所有内涵，可謂深得筆記體小説叙事之奧秘。今人治小説者，以"叙事"劃定筆記體小説之疆域，又囿於對"叙事"内涵的狹隘理解，對筆記體小説的"雜"多有貶斥，殊不知筆記體小説的"雜"正是其"叙事"多樣性的自然結果。

學界論及章回小説的叙事傳統，一般都以"史"和"話"爲觀照視角，認爲章回小説接續了"史"和"話"的叙事傳統並形成了以"史"和"話"爲根柢的叙事特性。此説在學界頗爲流行，亦無異議，是確然不易之論。但細審之，實際還有可議之處。一者，史著例分"編年""紀傳"二體，而章回小説除歷史演義尤其是"按鑑演義"一脈在叙事體例上承續編年之外，一般都與編年體史書無關，然《左傳》又向來被看成"小説之祖"，其何以影響章回小説之創作？其説不明。二者，將"話"視爲章回小説之源起有三個因素：章回小説起源於"講史"、"説話"體制的延續、叙事方式上的説話人"聲口"。此三個因素亦確然無疑，深深影響了章回小説叙事特性的生成。然細考之，亦有説焉，"話"誠然是影響章回小説叙事的重要因素，"話"之"遺存"也固然無處不在，但縱觀章回小説的發展史，"去説話化"却是章回小説發展中一個不容忽視的重要現象，可以説，章回小説叙事的成熟過程正是與"去説話化"的過程相重合的。晚明以來，文人對章回小説的改造大多是以去除章回小説的説話"遺存"爲首務，這其中當然也包括叙事形式。而到了清代《紅樓夢》《儒林外史》等小説的崛起，所謂"説話"已不再是小説叙事的主流特徵，故"説話"對章回小説的影響主要是外在的"叙事體制"。"史"影響章回小説叙事也確乎無可非議，但不是原汁原味的"史"，而是經過"改造"的"史"。上文説過，南宋以來的文章總集大量選入史著文本，包括以"事"爲核心的編年體和以"人"爲核心的紀傳體，其中以《左傳》和《史記》最得青睞。史著文本遂得"改造"，包括觀念上的"文章化"和操作上的"節錄",其目的在於作文之用,而其核心即爲展示事件叙述和人物紀傳的種種"文法"。這一觀念爲小説評點者所繼承,並付諸實踐,晚明以來文人對章回小説改造的另一重要工作就是以史著之文章標準批改小説,一方面他們把章回小説也稱之爲"文章",與史著文本一樣看待,又把章回小説之叙事與史著相比附,更以史著叙事文法之精神改造章回小説。而這一過程正是章回小説叙事走向成熟的關捩:弱化"説話"的叙事體制,强化文章化的"史著"叙事,並由此劃出了章回小説叙事的新階段,故"史"影響章回小説叙事最爲重要的是宋以來史著的"文章化"。

以上我們對"叙事"的語義源流作了比較詳盡的梳理,也涉及相關叙事文本和叙事理論。通過梳理和辨析,我們大致可以得出如下結論:(一)"叙事"在《周禮》中是作爲一般用語加以使用的,自史學用爲專門術語後,"叙事"的這一用法已基本消失。但《周禮》中"叙事"的精神内核已融入了作爲史學和文學專用術語的基本内涵之中,如"叙事"的"秩序性""時空性"和"事"的多義性等都是後來討論"叙事"的重要内涵,尤其在文學領域。故《周禮》的"叙事"與史學、文學之"叙事"在精神内核上乃一脈相承。(二)"叙事"在史學和文學領域呈"分流"而又"融和"之勢,"分流"者,畢竟史學和文學分屬不同領域,其差異顯而易見;"融和"者,一源於文學中碑誌、行狀、記、序等諸體乃史之餘緒,與史有千絲萬縷的關係,二緣於自《文選》以來的"史"入文章,尤其是《文章正宗》的"史""文"一體。(三)"叙事"内涵絶非單一的"講故事"可以涵蓋,這種豐富性既得自"事"的多義性,也來自"叙"的多樣化。就"事"而言,有"事物""事件""事情""事由""事類""故事"等多種内涵;而"叙"也包含"記録""叙述""解釋"等多重理解。對"叙事"的狹隘理解是20世紀以來形成的,並不符合"叙事"的傳統内涵,與"叙事"背後藴含的文本和思想更是相差甚遠。在對古代小説的認識上，“叙事”理解的狹隘直接導致了認識的偏差，這在筆記體小説的研究中表現尤爲明顯。（四）“叙事”語義的古今差異可謂大矣，故“叙事”與“narrative”的對譯實際“遮蔽”了“叙事”的豐富内涵，而釐清“叙事”的古今差異正是爲了更好地把握中國古代小説的自身特性。

第六節　古代小説的博物叙事

“博物”是當下較爲熱門的文化關鍵字，不過從本質上而言，古今“博物”内涵有著明顯不同。通常意義下的“博物”内涵多具有西方博物學色彩，即偏重於指涉地理、生物等自然科學背景下的廣博知識及現象的呈露，而中國古代的“博物”則更偏重指涉在人與外界之關係框架下的奇異世界書寫，具備更强的人文屬性。所謂“博物君子”“博物洽聞”云云，其實都是古代士人孜孜以求的精神目標。在這種情形下，古代文學中的博物叙事大多可看成士人精神世界的延伸，其中的博物叙事多與作品的主體意趣存在有機關聯，並不像西方文學世界那樣成爲疏離於主體内容之外的“物自身”。正是在這個意義上，古代小説在産生之初即與博物叙事關聯密切（甚至可説以博物叙事呈現其原初形態），並且在文言小説領域與白話小説領域均形成了典型的博物叙事特徵。本節擬在追溯“博物”意涵的前提下，結合具體作品，就此問題加以相關論述。

一、“博物”辨義

“博物”一詞的本義殆指通曉萬事萬物，亦可形容萬物齊備，進而引申爲對全知全能式的品格之褒揚。按，“博”字最早見於金文，從“十”與

"傳"，有四方齊備、寬廣宏大之義，《說文解字》釋爲"大通"。"物"字在甲骨文中即可見到，"牛"爲形旁，"勿"爲聲旁。許慎《說文》云："物，萬物也。牛爲大物，天地之數，起於牽牛，故從牛，勿聲。"[1]王國維、商承祚認爲"物"的本義是指"雜色的牛"。[2]張舜徽對此進一步補充道："數，猶事也，民以食爲重，牛資農耕，事之大者，故引牛而耕，乃天地間萬事萬物根本。"[3]結合相關文獻，可知古人對"博物"的認識主要包含以下兩個方面：

1."博物"：辨識名物與通達義理的融合

作爲一種體認世界的辨識能力，古人普遍重視與推崇"博物"在個人知識素養結構中的分量，進而將"博物"視爲識見過人的判斷尺度。在古人看來，"博物"之祖應屬孔子。孔子有云："小子，何莫學夫詩？詩，可以興，可以觀，可以群，可以怨。邇之事父，遠之事君；多識於鳥獸草木之名。"[4]"識名"的背後顯然是直指博物的詩教追求，即學詩可以廣博見識，這對於有心向學者而言是十分有益的。因此，宋人王十朋評價道："多識鳥獸草木之名，可以博物而不惑，兹其所以爲百代指南歟！"[5]四庫館臣則認爲："《三百篇》經聖人手訂，魯《論》云：'多識於鳥獸草木之名'，是已爲後世博物之宗。"[6]在孔子之後，以辨識殊方異物、通曉古今事典爲風尚的"博物"之舉日受尊崇，"博物洽聞""博物君子"與"博物多藝"成爲士人的普遍追求（這種情形在文化昌明的兩宋尤爲明顯）：

1（漢）許慎撰，（清）段玉裁注：《說文解字注》，上海：上海古籍出版社1981年版，第53頁。

2 王國維著：《觀堂集林》，北京：中華書局1959年版，第287頁。商承祚著《殷虛文字類編》卷二，收錄於《甲骨文研究資料彙編》，北京：北京圖書館出版社2000年版，第40頁。

3 張舜徽著：《說文解字約注》第一冊，武漢：華中師範大學出版社2009年版，第287—288頁。

4 楊伯峻譯注：《論語譯注》，北京：中華書局1980年，第185頁。

5（宋）王十朋著：《梅溪前集》卷十五，文淵閣《四庫全書》本。

6（清）愛新覺羅·弘曆著：《（乾隆）御製詩五集》卷九十一，文淵閣《四庫全書》本。

君應期挺生，瑰偉大度，黃中通理，博物多識。[1]

博物君子耻一事之不知，窮河源，探禹穴，無所不至。[2]

博物強記，貫涉萬類，若禮之制度，樂之形聲，《詩》之比興，《易》之象數，天文地理，陰陽氣運，醫藥算數之學，無不究其淵源。[3]

博物君子識鑒精，包羅錯綜能成文。[4]

何當喚起博物者，共騎黃鵠凌昆侖。[5]

可見，"博物"本身即是士人厚學養、廣見聞的切實體現，是士人生活情趣與自我修養的内在要求。大凡辨識名物、暢曉性理、熟知源流、明乎利害等義項，皆構成了"博物"的内涵所在，所謂"博物君子耻一事之不知"，即是生動寫照。當然，博物之可貴惟有身歷其境約略可以感受一二，恰如古人所云："物不受變，則材不成人，不涉難則智不明，'蒹葭蒼蒼，白露爲霜'，此博物君子所由賦也。"[6]稱譽"博物"之意顯而易見，此自不必多論。

由此可知，辨識名物是"博物"的核心義旨，"博物"的立足點在於通過士人自身閱讀視野的開拓、知識涵養的積累，進而達到辨認名物之目的。不過，在真正有識之士看來，"博物"固然要求遍識名物，但是"博物"仍

1（漢）蔡邕著：《蔡中郎集》卷六《劉鎮南碑》，文淵閣《四庫全書》本。

2（宋）崔敦禮著：《宮教集》卷七，文淵閣《四庫全書》本。

3（宋）程顥撰：《明道文集》卷四《華陰侯先生墓誌銘》，文淵閣《四庫全書》本。

4（宋）王栢撰：《魯齋集》卷二《再詠番陽方節士》，文淵閣《四庫全書》本。

5（元）范梈撰：《范德機詩集》卷四《古杉行》，文淵閣《四庫全書》本。

6（宋）釋道璨著：《雙竹記》，曾棗莊主編《全宋文》第349冊，上海：上海辭書出版社2006年版，第357頁。

應以物"理"感悟爲根本。唐代劉知幾有云："魏朝之撰《皇覽》，梁世之修《遍略》，務多爲美，聚博爲功，雖取悦小人，終見嗤于君子矣。"[1] 所論雖並不專指《博物志》之類的著作，但貶抑博物的傾向還是較爲明顯的。此外，宋人歐陽修也論及其"博物"觀："蟪蛄是何棄物，草木蟲魚，詩家自爲一學。博物尤難，然非學者本務。"[2] 顯然，在歐陽修看來，"博物""非學者本務"，能"博物"者固然可喜，未能"博物"者亦不必自賤。與之相類似，元人劉因對"博物"境界亦有持平之論："嗚呼！人之于古器物也，强其所不可知而欲知之，則爲博物之增惑也。"[3] 古往今來，因種種原因確實會導致某些名物難以辨識，在此情形下，出於博物的動機去追求所謂"知其不可辨而辨之"，這對於"博物"本身而言實是無謂的。正如元人吳海所述：

> 其言（指諸子百家雜言邪説）或放蕩而無涯，或幽昧而難窮，或狎志易入，或近利而有功，故世鮮有不好之者。至其詼諧鄙俚，隱謬神怪之淺近可笑，誕妄不足信者，則俗儒賤士又争取以爲博物洽聞。[4]

正是出於同樣的考慮，明人方孝孺亦反對以多聞多識爲旨歸的"博物"之舉："君子之學貴乎博而能約，博而不得其要，則涣漫而無歸。徒約而不盡乎博，則局滯而無術。……士不知道而多聞之爲務，適足以禍其身而已。"[5] 很明顯，方孝孺推崇的並不是物本身，而是物"理"。

應該説，此類論説是古代"博物"觀念的精髓所在。若止步於辨識殊

1（唐）劉知幾著，（清）浦起龍注釋，王煦華整理：《史通通釋》，上海：上海古籍出版社1978年版，第117頁。

2（宋）歐陽修撰：《博物説》，李之亮箋注：《歐陽修集編年箋注》，成都：巴蜀書社2007年版，第157頁。

3（元）劉因著：《静修先生文集》，北京：中華書局1985年版，第47頁。

4（元）吳海著：《聞過齋集》卷八，文淵閣《四庫全書》本。

5（明）方孝孺著：《方孝孺集》，杭州：浙江古籍出版社2013年版，第142頁。

方異物、稽古考訂之類的"博物"層面，那勢必物於物而難以物物。真正的"博物君子"應以通達義理爲要。這種以"理"爲上的"博物"觀念，顯然更爲通透。

2."博物"：尚奇呈異的虛擬叙事

如上所言，"博物"重在日常生存中的識見辨認與義理審問，因此"博物君子"備受尊崇。受其影響，古代士人往往通過虛擬構建的文學世界，來呈現自身的廣博見識，以期赢得"博物洽聞"的美譽。在此情形下，作爲文學叙事形態的"博物"即得以形成。

從源頭而言，古人眼中的"博物"與"叙事"有著天然的密切關聯，甚至可説構成一種彼此互訓的關係。一方面，作爲叙事形態的"博物"，對於慣常舞文弄墨並且擅於想像之輩而言，應該並非難事，當中關鍵在於撰述與構思之"物"須以奇異爲準的，惟此方可得到世人之關注。明代胡應麟指出："怪力亂神，俗流喜道，而亦博物所珍也。"[1]認爲奇異之物方可成爲博物者重視的對象，非此不能體現博物之意趣。此論實際上是對"博物"作爲文學書寫内涵的確認。結合古代文學著述而言，此論亦大體符合實際情形。另一方面，作爲内藴複雜的"叙事"概念，其實也含有以奇異爲旨歸的文學書寫意味。這點在以《初學記》爲代表的古代類書那裏有切實體現。"其他類書，只是把徵集的類事，逐條抄上，條與條之間，幾乎没有聯繫，因此僅僅是個資料匯輯的性質。《初學記》的'叙事'部分，雖然也徵集類事，然而經過一番組造，把類事連貫起來，成爲一篇文章。"[2]《初學記》中的'叙事'強化'事'的事物性和'叙'的解釋性（陳列所釋'事'之成説以解釋之），將'叙事'視爲對於事物的解釋，這在古代'叙事'語義流變中是個特例。

1（明）胡應麟撰：《少室山房筆叢·九流緒論下》，上海：上海書店出版社 2009 年版，第 235 頁。

2 胡道静著：《中國古代的類書》，北京：中華書局 2002 年版，第 130 頁。

但其隱性影響值得重視，即唐以後雖然很少再這樣使用‘叙事’一詞，但‘叙事’的事物解釋性内涵已在具體的創作中得以體現。”[1]作爲以資料齊備著稱的典籍形式，類書本身即帶有奇異趣味，因而對其中相關事物有必要作解釋性説明（只不過《初學記》因“次第若相連屬”的解釋性文字而彰顯文學意味），此舉即促成了古代“叙事”解釋事物的語義生成。毋庸置疑，平常所見之物，顯然不需解釋，惟有奇異難辨之物，需加解釋性説明。在這個意義上説，“叙事”確實與“博物”之義極爲相通，古代文言小説與白話小説的“博物性”特徵大抵因此而形成，古代小説的“博物叙事”意味亦由此而呈現。

需要注意的是，我們翻看《博物志》與《金瓶梅》等古代小説，其中的博物叙事又往往體現出奇異的方術色彩。對此，我們要關注的是，博物叙事爲何是此種奇異之態，而非別種奇異之態？我們認爲，這與博物者的思想背景與身份特徵相關聯。可以説，早期博物者普遍受到當時方術、神話以及陰陽五行思想的影響，使得《山海經》《博物志》《玄中記》等早期小説呈現出想像奇異的著述特點。明人胡應麟認爲：“古今稱博識者，公孫大夫、東方待詔、劉中磊、張司空之流尚矣。……兩漢以迄六朝，所稱博洽之士，于數術方技靡不淹通。”[2]王瑶在《小説與方術》中指出：“無論方士或道士，都是出身民間而以方術知名的人……利用了那些知識，借著時間空間的隔膜和一些固有的傳説，援引荒漠之世，稱道絶域之外，以吉凶休咎來感召人；而且把這些來依托古人的名字寫下來，算是獲得的奇書秘笈，這便是所謂小説家言。”[3]王昕認爲：“古代博物之學並非科學的自然史知識，而是建立在方術基礎上的，包含著人文性和實用性的一套價值系統和認識方式。”[4]可見，包括

1　譚帆：《“叙事”語義源流考》，《文學遺産》2018 年第 3 期。
2（明）胡應麟撰：《少室山房筆叢·九流緒論下》，上海：上海書店出版社 2009 年版，第 147 頁。
3　王瑶著：《中古文學史論》，北京：北京大學出版社 1986 年版，第 103 頁。
4　王昕：《博物之學與中土志怪》，《文學遺産》2018 年第 2 期。

《山海經》《博物志》在内的早期小説與方術有著密切關聯,方術的呈現方式與内容選擇等因素決定了博物者相應的表達形態與著述取向。在此情形下,博物色彩鮮明的《博物志》等文人著述,大體即呈現出與方術等門類相似的奇異風貌,而《金瓶梅》與《紅樓夢》等小説的博物叙事則可謂其餘波。

"博物"概念在古代文獻中的主要意涵大體如上,有側重現實語境而著眼的,有側重義理評判而定性的,有側重奇特書寫形式而立論的,語義雖經過衍生,但基本内涵還是較爲穩定的,那即是以奇爲上、以廣爲求、以通爲的。據此而展開有關奇異物象與物事的知識性與藝術性叙寫,即本文所謂"博物叙事"。"博物"的内涵雖大體有别,但其實是歷時共存的。作爲一種叙事形態的"博物叙事",在中國古代小説史上則一直貫穿始終。换言之,並不是所有的小説皆屬博物小説,但古代小説普遍皆有博物叙事的屬性。以下我們即選取文言小説與白話小説相關經典作品,對古代小説的博物叙事加以討論。

二、文言小説與博物叙事:以《山海經》《博物志》爲例

作爲古代博物類典籍的兩部經典之作,《山海經》與《博物志》的博物叙事有著密切關聯。宋代李石在《續博物志》中即指出兩書有著緊密的承傳關係:"張華述地理……華仿《山海經》而作",清代汪士漢《〈續博物志〉序》有言:"華所志者,仿《山海經》而以地理爲編。"[1]當下也有不少研究者認爲"《山海經》就是一部原始的《博物志》,是中國博物學的源頭"。[2]因此,我們以《山海經》與《博物志》作爲早期文言小説代表,來考察其中的博物叙事意味。

1　(宋)李石撰,(清)陳逢衡疏證,唐子恒點校:《續博物志疏證》,南京:鳳凰出版社2017年版,第13、3頁。

2　劉宗迪《〈山海經〉:並非怪物譜,而是博物志》,《中華讀書報》2015年12月2日。

1. 博物叙事之內容：廣博化而非精深化

如上所言，"博物"在古代文人著述語境中，本身就有備陳萬物之義。因而，追求記載內容的廣博化，即是《山海經》與《博物志》之爲"博物書"的基本要義。作爲早期小説形態的兩部博物典籍，題材內容上確實相對廣博，豁人心胸不少，但却並非散漫蕪雜。從載述形式上看，《山海經》仿照古代地理書的體例，以諸如"南山經第一""西山經第二"……"海內經第十八"的樣式來分領全篇，各篇亦分別記録遠方珍異、他國奇俗等內容，無論是形狀、性質、特徵還是成因、功用，大抵均有詳略不等的描述，內容確實非常駁雜。先秦時期民衆的世界圖景，藉此得到大致呈現。就《博物志》而言，情況亦是基本如此。現今所見十卷《博物志》中，大體也是載録山川、物産、人民、異類、鳥獸、物性、物理、方士、典制、異聞、雜説等奇異內容，同樣十分繁富。雖撰述次序較之《山海經》相對更爲理念化，但實質內容却從形式上看與《山海經》差別不大。從全書整體來看，雖然胡應麟有"《博物》,《杜陽》之祖也"（即《杜陽雜編》）之論，但有關地理博物方面的內容仍占突出地位，這與《山海經》是類似的。與此同時我們還應看到，正是由於《山海經》與《博物志》的叙事內容偏重於廣博，因而未能在精深維度上用力掘發。例如，兩書均載述了不少奇珍異俗，相較之下其實還是有類同之處的，而晚出的《博物志》在相應叙事中顯然未有歷時比較進而加以推論的寫作意識，仍然僅是將一人一時的博物所見呈列叙事而已，换言之，小説家熱衷於面上的視野炫呈，而不深耕於點上的精細推導。這一博物叙事特點，在此後的文言小説中體現得十分鮮明。

必須指出的是，《山海經》與《博物志》的內容廣博性，固然是作者追求"博物君子"所致，不過就各自內容來源來説則不盡相同。通常認爲，《山海經》的廣博內容源自於先民當時的實際認知狀況，所載內容即是先民有關世界認識的知識性反映，現實指向性較強，虛構意味並不明顯。而《博物志》的相關内容除了承襲包括《山海經》在内的之前典籍載録之外，還吸納了不少當時的民間傳説、方術伎藝甚至街談巷語等内容，書齋趣味較濃厚。换言之，《博物志》刻意“博物”的主觀色彩更爲明顯，秦漢之前那種古樸活脱的博物意味淡化不少。這也反映了博物叙事的文人化意味，後世文人主撰小説的博物叙事特徵於此初露端倪。

2. 博物叙事之旨趣：奇異性而非故事性

好奇尚異，自古皆然。在今人看來，追求與呈現奇異之美亦是普通民衆崇尚博物與博物者熱衷博物的初衷與目的所在，而奇異之質往往又成爲有無故事性的重要評判基石，因此研究者往往將兩者關聯一體。就《山海經》與《博物志》來看，作者是否“作意好奇”，那倒值得深究。《山海經》中“精衛填海”（《北山經》）、“黄帝戰蚩尤”（《大荒北經》）等相關載述，《博物志》中《八月槎》（卷十）、《東方朔竊桃》（卷八）等有關篇章，以神話思維講述離奇情節，故事意味極强，讀者往往視之爲志怪小説。不過，在作者看來，奇則奇矣，未必可做小説看。這與當時人們的認識水準與作者的創作觀念密切相關。

在人類早期社會中，對宇宙自然的認識較爲蒙昧而混沌，諸多難以解釋的現象往往皆以神話思維去對待，並且將其作爲實踐行動中的信念教條。而在此後的社會變化與發展過程中，此前難以理解的認知盲區逐漸得以合理解釋，因而相關怪異記載相對減少。對此，針對人們以奇異眼光來看待《山海經》的現象，晉人郭璞有較爲深刻的認識：“世之所謂異，未知其所以異；世之所謂不異，未知其所以不異。何者？ 物不自異，待我而後異，異果在我，非物異也。”[1] 也就是説，審視者主體是否意識到“奇異”，是《山海經》

1（晉）郭璞撰：《山海經序》，丁錫根編著：《中國歷代小説序跋集》（上），北京：人民文學出版社1996年版，第5頁。

"奇異"能否成立的關鍵。若閲讀者眼界顯豁，就不必將"精衛填海"之類的記載以奇異眼光而看待，所謂故事性那就無從談起。另外，《山海經》的奇異之感可能與書中大量象喻化叙事有關。因在早期社會，諸多事物尚難以確切辨別與命名，因而與當時的思想認識産生隔閡，故此要叙述外在對象時往往用熟悉而又生硬的喻詞來加以總體呈現，後世讀者對書中所要叙述之對象産生奇異之感就在所難免了（但事實上對當時的民衆而言可能至爲熟悉不過）。例如，《山海經·南山經》有言："又東三百里柢山。多水，無草木。有魚焉，其狀如牛，陵居，蛇尾有翼，其羽在魼下，其音如留牛，其名曰鯥，冬死而夏生。食之無腫疾。"此"鯥"在當下不少學者看來，其實並不奇異，就是平常所説的穿山甲而已，但這種叙事方式使得讀者感覺奇異罷了。

至於《博物志》的奇異意味，因其"剌取故書"的創作方式，魯迅即嚴加質疑："（《博物志》）殊乏新異，不能副其名，或由後人綴輯複成，非其原本歟？"[1] 言外之意，《博物志》實在缺乏稱奇之處，以致悖離了"博物志"這一名稱。我們認爲，這一問題需要回到作者張華的創作實際去理解。翻開《博物志》，我們可以看到諸多類似的載述形式："《河圖括地象》曰：……""《史記·封禪書》云：……""《周書》曰：……""《神農經》曰：……"顯然，這種叙事形式反映了張華的"怪異"觀：是否怪異，應以典籍作爲評判依據；縱然有所怪異，因其載籍的經典性也不應以之爲怪。這與同時期王嘉的看法有相似之處："故述作書者，莫不憲章古策，蓋以至聖之德列廣也。是以尊德崇道，必欲盡其真極。"[2] 綜合而論，可以看出張華創作《博物志》的初衷就不是炫奇呈異，其僅僅是在展現被時人普遍接受的具有神怪意味的博物知識而已，而不是將其作爲神怪故事來津津樂道。只不過物轉星移之下，今人覺之爲奇，並以爲故事罷了。

1　魯迅著：《中國小説史略》，上海：上海古籍出版社 1998 年版，第 25 頁。

2　（晉）王嘉著，蕭綺録，齊治平校注：《拾遺記》，北京：中華書局 1981 年版，第 72 頁。

　　據此而言，《山海經》與《博物志》或許確有不少載述奇異之處，但這只是時人認識水準與對待過往態度之反映，而在今人小說觀念與敘事觀念主導之下，研究者往往推崇《山海經》與《博物志》中故事性較強的篇什，這種理念實在不得兩書趣味之三昧。要之，兩書雖有奇異之風，但並不絕然存在故事趣味。

　　早期小說的博物敘事特徵大抵如上，其以"博物"的原初語義爲核心，通過對成序列的個體之物進行整體炫奇呈異式地敘寫，給人以極爲震撼的博物洽聞之感。從具體敘事形態而言，總體上呈現小說與非小說、現實載述與虛幻衍生等屬性相容的趨向，呈現出怪奇與尋常、整飭與個性之對立轉化的格局。就實際敘事價值來看，博物敘事本身即是目的所在，敘述對象各自爭奇而彼此互不干涉，有效地從廣度上爲何以博物提供了正名。這種博物敘事特徵在《山海經》與《博物志》等典型的博物小說中有鮮明體現，在《拾遺記》《搜神記》《玄中記》等非博物小說中同樣有生動體現，至於諸如《酉陽雜俎》《清異録》《續博物志》《博物志補》等同類博物小說更有明顯烙印。可以說，博物敘事是中國古代文言小說敘事傳統中極爲突出的敘事特徵。

三、白話小說與博物叙事：以《金瓶梅》爲例

　　在《山海經》《博物志》等早期小說之後，博物敘事傳統仍得以演進，只不過那種通過集中成規模的方式來展現博物的樣式不占主導，取而代之的是以博物視角來聚焦於某個物象、某個場景與某種格調。例如唐人小說的名篇《古鏡記》中的"古鏡降妖"敘事、明代話本《蔣興哥重會珍珠衫》中的"珍珠衫"敘事、小說《西遊記》中諸種寶物敘事，其實都可以感受到早期小說博物敘事的些許印迹。不過，在後世小說中，相對而言還是《金瓶梅》《紅樓夢》與《鏡花緣》等作品的博物敘事最令人稱道。出於論述充分之考慮，

以下我們即以《金瓶梅》爲例，來感受古代小説博物敘事的另一重韻味。[1]

1.博物敘事之内涵：鋪陳名物與誇飾方術

作爲一部反映晚明人情世態爲主的世情小説，物象鋪陳與名物辨識成爲《金瓶梅》常見的博物敘事形態，一改此前文言小説大肆概陳物事的單一形態，豐富了博物敘事的樣貌。例如第四十回西門慶叫裁縫替吳月娘裁衣服，以此反映西門家族的奢華：“先裁月娘的：一件大紅遍地錦五彩妝花通袖襖，獸朝麒麟補子段袍兒；一件玄色五彩金遍邊葫蘆樣鸞鳳穿花羅袍；一套大紅緞子遍地金通麒麟補子襖兒，翠藍寬拖遍地金裙；一套沉香色妝花補子遍地錦羅袄兒，大紅金枝綠葉百花拖泥裙。”再如第六十七回有關“衣梅”的聚焦敘事，反映的則是西門慶個人的誇耀姿態：“伯爵才待拿起酒來吃，只見來安兒後邊拿了幾碟果食，内有一碟酥油泡螺，又一碟黑黑的團兒，用桔葉裹著。伯爵拈將起來，聞著噴鼻香，吃到口猶如飴蜜，細甜美味，不知甚物。西門慶道：‘你猜？’伯爵道：‘莫非是糖肥皂？’西門慶笑道：‘糖肥皂那有這等好吃！’伯爵道：‘待要說是梅酥丸，裏面又有核兒。’西門慶道：‘狗才過來，我說與你罷，你做夢也夢不著，是昨日小價杭州船上捎來，名喚做衣梅。都是各樣藥料和蜜煉製過，滾在楊梅上，外用薄荷、桔葉包裹，才有這般美味。每日清晨噙一枚在口内，生津補肺，去惡味，煞痰火，解酒克食，比梅酥丸更妙。’”借此“衣梅”敘事，我們看到的不只是一個怎樣精緻美味的食物，而是在西門慶的“你猜”和應伯爵的“猜不著”的互動之中，見到了一個涎臉蹭吃的幫閑人物應伯爵，還有一個帶著得意與炫耀心理的西門慶。除此之外，諸如元宵節放煙花、燈節掛花燈、人際往來贈送的禮品、西門慶幫韓愛姐準備的嫁妝等物象，雖然不再像《博物志》《山海經》

1　下引《金瓶梅》，均出自（清）張竹坡評點，王汝梅校點：《張竹坡批評金瓶梅》，濟南：齊魯書社2014年版。

當中那樣直白的"科普"化表述，甚至鋪陳的物象屬性也發生了改變——由此前人間罕見的異物變成了更加生活化的常物，但是我們仍舊能明顯地感覺到《金瓶梅》對早期博物小説傳統的繼承——物象鋪陳的形式本身就是明顯佐證。如果説《山海經》《博物志》中的博物叙事是以奇異之廣度引人注目，那麼《金瓶梅》的物象鋪陳與名物辨識則更主要以奇異之密度而自我敞亮。

此外，在《金瓶梅》中有許多博物叙事是以方術知識爲基礎的。如果説此前在《山海經》與《博物志》中方術叙事略顯琵琶半遮，那麼在《金瓶梅》中，方術叙寫終於得以正大光明地出現於博物形態之列。例如第二十九回吳神仙給西門慶相面，即是整部書的"大關鍵"處："神仙道：'請出手來看一看。'西門慶伸手來與神仙看。神仙道：'智慧生於皮毛，苦樂觀於手足。細軟豐潤，必享福禄之人也。兩目雌雄，必主富而多詐；眉生二尾，一生常自足歡娛；根有三紋，中歲必然多耗散；奸門紅紫，一生廣得妻財；黄氣發于高曠，旬日内必定加官；紅色起于三陽，今歲間必生貴子。又有一件不敢説，淚堂豐厚，亦主貪花；且喜得鼻乃財星，驗中年之造化；承漿地閣，管來世之榮枯。'"在這樣的方術叙事中，西門慶仿佛預見了自己的命定一般，讀者藉此也可預先感受到整部小説相關人物的命運走向。除相術之外，《金瓶梅》中還有圍繞巫醫巫術的詳細叙寫，這其實也屬於博物叙事。例如王姑子和薛姑子是巫醫的典型，月娘求的坐胎符藥、西門慶求的梵僧藥是巫藥的典型，李桂姐爲報復潘金蓮將其頭髮踩在鞋底、劉理星給潘金蓮回背，則是巫術的典型。它們在小説博物叙事中也起到了特定作用。

2. 博物叙事之趣味：故事背後的價值追求

同早期博物類小説相比，《金瓶梅》博物叙事的價值功用發生了明顯變化。如果説早期的博物類小説更注重博物叙事的知識性功能，那麼《金瓶梅》的博物叙事則更具藝術性功能。可以説，"蘭陵笑笑生"在展現"煙霞滿紙"的奇異世界之時，將此琳瑯觸目的奇物異象、奇觀異境真正融入了小説主體叙事的有機鏈條之中。換言之，《金瓶梅》在擴充小説知識性内涵的同時，也使得博物書寫真正内化爲小説意趣，進而實現了博物叙事的雙重價值。這在以下三方面體現得尤爲鮮明：

作爲古代世情小説的典範之作，博物叙事在《金瓶梅》叙寫世情的過程中起著牽引、綰合情節的微妙作用。不妨看看孫雪娥和龐春梅的"恩怨史"。第九十四回孫雪娥與潘金蓮、春梅這一對主僕結下了仇怨，後來春梅進了守備府得寵，正遇孫雪娥與來旺拐財被抓，要被發賣。春梅抓住機會將她買進守備府，然後伺機報復，讓她做鷄尖湯兒。這當中就有一段博物叙事，演繹了一段絶妙情節："原來這鷄尖湯，是雛鷄脯翅的尖兒碎切的做成湯。這雪娥一面洗手剔甲，旋宰了兩隻小鷄，退刷乾净，剔選翅尖，用快刀碎切成絲，加上椒料、葱花、芫荽、酸筍、油醬之類，揭成清湯。盛了兩甌兒，用紅漆盤兒，熱騰騰，蘭花拿到房中。"這一段描寫照映小説開篇所説孫雪娥擅作湯肴，鷄尖湯的做法確實令人眼界大開。然而，無論此時孫雪娥將鷄尖湯做得美味與否都是無謂的——它本來就只是春梅用以懲戒孫雪娥的一個藉口。當然，這裏把鷄尖湯兒換成別的食物也是一樣的，但無論是什麽食物，如果缺少了此類博物叙事，都會減少情節的生動而奇異之感。與此同時，又因此"鷄尖湯"終被棄置，使得孫雪娥"用心在做"與龐春梅"存心不吃"之間形成了絶妙的叙事張力。在前後映照的博物叙事中，小説那種"千里伏脈"的深悠之感油然而現。此類博物叙寫的存在使得《金瓶梅》絶非"閒閒之作"。

《金瓶梅》的博物叙事對於小説人物塑造也起著獨特作用，讀者從相關博物叙事中不難感受人物的審美品味與性格特徵。這點也是此前小説博物叙事不曾出現的。且看第六十一回西門慶附庸風雅般地賞花叙寫："西門慶到於小捲棚翡翠軒，只見應伯爵與常峙節在松牆下正看菊花。原來松牆兩邊，擺放二十盆，都是七尺高各樣有名的菊花，也有大紅袍、狀元紅、紫袍金帶、白粉西、黃粉西、滿天星、醉楊妃、玉牡丹、鵝毛菊、鴛鴦花之類……
伯爵只顧誇獎不盡好菊花，問：'哥是那裏尋的？'西門慶道：'是管磚廠劉
太監送的。這二十盆，就連盆都送與我了。'伯爵道：'花到不打緊，這盆正
是官窯雙箍鄧漿盆，都是用絹羅打，用脚跐過泥，才燒造這個物兒，與蘇州
鄧漿磚一個樣兒做法。如今那裏尋去！'"菊花名目繁多，賞菊本爲文人雅
事，談遷《棗林雜俎》載録了諸多菊花名貴品種，如金鶴頂、銀鶴頂、絳紅
袍、紅鵝毛、狀元紅、白鵝毛、銀蜂窩、金盞銀臺、荔枝紅、大粉息、小粉
息等衆多品種，[1] 與小説此回所述大體相似，相形之下，《金瓶梅》確實堪稱
博物之書。不同的是，賞花自古即爲雅事，而在西門慶及其幫閑這裏，貌似
賞花，其看重的只不過是花盆罷了，確可謂暴殄天物。因而，張竹坡譏諷他
們賞花"反重在盆，是市井人愛花"。西門慶的俗氣與無趣，也就通過這買
櫝還珠般的形式表現出來，名爲賞花，實則辱花。藉此，西門慶的市井混混
的形象再次得到確認——小説博物叙事的反諷意味亦不難想見。

　　《金瓶梅》的總體叙事格調呈現出大道幽微、艷歌當哭的趨向。耐人尋
味的是，這種趨向同樣在博物叙事中有突出體現。透過種種博物書寫，讀者
不免有愈精緻、愈驚奇却愈哀憫、愈絶望之感。例如，宋惠蓮是小説中頗具
争議的女性形象，其卑微出身與非分之想，使其遭致滅頂之災。第二十三回
爲挪揄此人之出身，刻意叙寫其在潘金蓮要求之下施展厨藝絶活"豬頭肉"，
確實堪稱奇特："惠蓮笑道：'五娘怎麽就知我會燒豬頭，栽派與我？'於是
起身走到大厨灶裏，舀了一鍋水，把那豬首、蹄子剃刷乾净，只用的一根長
柴禾安在灶内，用一大碗油醬，並茴香大料，拌的停當，上下錫古子扣定。
那消一個時辰，把個豬頭燒的皮脱肉化，香噴噴五味俱全。將大冰盤盛了，
連姜蒜碟兒，教小廝兒用方盒拿到前邊李瓶兒房裏，旋打開金華酒。"聯繫

<hr />

1（清）談遷著：《棗林雜俎》，北京：中華書局 2006 年版，第 468 頁。

前後相關情節，這段博物叙事其實飽含深意。一方面意在暴露其此前委身于厨子的底色，另一方面宋惠蓮却要同潘金蓮等人爭風吃醋，去贏得主子寵幸。這實在是癡心妄想，此後悲劇結局的確屬於咎由自取，"猪頭"的隱喻意味可以想見。這顯然反映了小説作者對此哀其不幸、怒其不識的無奈，由此也不難看出小説博物叙事的背後所隱含的悲憫情懷。再如，第四十九回圍繞梵僧和梵僧藥而展開的大段雙關叙寫，與其説是博物叙事，不如説是深刻的隱喻。西門慶沉溺於梵僧藥，猶如被動物本能支配一般，喪失了人的理性，最終不可避免地走向了滅亡。這顯然不是作者的惡作劇，而是對縱欲之惡的直白訓誡。這確如論者所説："看官睹西門慶等各色幻物，弄影行間，能不憐憫，能不畏懼乎？"[1]博物叙事背後的艷歌當哭意味躍然紙上。

以上我們對《金瓶梅》博物叙事作了粗略勾勒。可以發現，以《金瓶梅》爲代表的古代白話小説的博物叙事在總體上是從屬於表現"人情世態之歧"這一旨趣的，其中的博物叙事與小説整體命意有機關聯，在古代小説博物叙事形態演進歷程中有著特殊意義。從形式上看，《金瓶梅》的博物叙事雖亦具有古代小説炫奇呈異這一固有特徵，但實際上，小説有意與《山海經》《博物志》之類的博物叙事傳統拉開了距離——"博物"是人情世態視域下的可能性"博物"，而非超脱於情理事理之外的無解性"博物"[2]——從而使得小説博物叙事既在尋常耳目之外，又在現實情理之中，實現了古代小説博物叙事的截然轉變，推動了古代小説叙事理念的演進。如果站在古代小説博物叙事傳統宏觀視角來看，以《金瓶梅》爲代表的博物叙事形態相較於早期小説，其有意"博物洽聞"的意圖已然淡化不少，而作爲叙事方式或修

1（清）謝頤撰：《〈金瓶梅〉序》，丁錫根編著：《中國歷代小説序跋集》，北京：人民文學出版社1996年版，第1082頁。

2 學者余欣指出："中國博物學的本質，不是'物學'，而是'人學'，是人們關於'人與物'關係的整體理解。"據此看來，確爲妙説。參見余欣：《中國博物學傳統的重建》，《中國圖書評論》2013年第10期。

辭手法的博物意味倒是一直留存，並在相當程度上更爲彰顯。換言之，《金瓶梅》的博物叙事由因其題材本身的價值敞亮轉變爲作爲一種叙事理念與形式的傳達，這一概念本身在審美意義上發生了由實轉虚、由奇而常的漸變。

　　經由以上三部分論述，我們可以得出下列認識：其一，中國傳統文化語境中的"博物"大不同於西方學界所謂的"博物"，它並不像"地理大發現"那樣絕緣於人們生活世界。雖有作意好奇進而辨識萬物的思維印迹，但是總體上還是具有"反求諸己"的色彩。義理識見的探求是古人"博物"的出發點與落脚點，盡可能去探尋未知之物與自得於至明之理，兩者並行不悖，"博""約"關係的處理是至爲通達的。其二，作爲著述形態與文學構思的"博物"，在古代小說發展歷程中產生了深遠影響。"博物"與"叙事"有原初語義下的互訓關聯，"博物"與"辨奇""尚奇"之風同樣有著天然的密切關聯，兩方面均對古代小說中博物書寫的發生與演進有推動作用。其三，以《山海經》《博物志》爲代表的早期小說，是古代文言小說博物叙事傳統的典範代表，其中的博物叙事是先民思想認識的反映，也是相關早期典籍的實録體現，當中如何看待奇異之風，是研究者審視博物叙事時需審慎對待的。文言小說中的博物叙事因其自身叙事的奇異意趣，使得博物叙事本身即彰顯了非同尋常的文學價值。其四，以《金瓶梅》爲代表的古代白話小說，接續了博物叙事傳統，其聚焦於單個物象與場景的奇異叙寫，並將之與小說主體意蘊有機結合，成爲看似游離於情節演進之外的贅餘書寫，實則暗合於小說作者的創作命意，進而成爲小說不可或缺的重要組成部分。相較於文言小說那種簡短而繁多的奇異叙事形態，白話小說的博物叙事在單個叙事客體的叙寫密度與深度上更勝一籌，同樣達到了文言小說那種豁人耳目的叙事意圖。藉此一脈相承的博物叙事傳統，或許一定程度上有益於彌合中國古代文白兩種小說系統叙事隔閡的固有認識。

第三章
"圖文評"結合：古代小説的文本形態

在中國古代，小説的重要體貌特徵之一便是正文之外附有豐富的評點與圖像，"圖文評"結合是古代小説常規的文本形態，也是研究小説文體必不可少的重要内涵。[1]對於這一現象，學界已有所關注，然就研究思路而言，態度却頗顯曖昧：一方面對插圖與評點的主體性、功能、價值等予以深入研究與較高評價，另一方面却又往往偏向在整體認知上割裂它們與小説正文的統一性，而將其排除在小説文體研究範疇之外。這種做法實則遮蔽了評點和插圖在小説文體建構過程中具備"能動性"這一重要的歷史事實。有鑒於此，本章擬從小説文體建構的視角重建關於古代小説評點和插圖的認知。命題的展開基於如下思考：對小説文體的理解，不應拘於小説正文，而是應該從文本的叙述實踐、叙述的有效性等角度來觀照小説之"整體"，既要對小説的體制、風格、語體等方面予以關注，更要建立一個以小説整體文本形態爲觀照對象的文體學研究新維度，將小説的文體研究範圍拓展到小説文本（包含正文、插圖、評點等）之全部。故評點與插圖雖分别具有文本批評與美術屬性，但本質上仍是與小説正文融於一體，而非遊離於正文之外的附庸。

---

1 本文以"圖像"一詞統稱古代小説中的各類木刻、石印、手繪圖像、表譜，包括被冠以"全相""出像""連像""繪圖"名稱的各類人物圖、事件圖、景物圖、輿圖等，它們或位於卷首、卷中，或單獨成册，畫面往往附帶題榜、印章等，是古代小説版本的重要組成部分。

第一節　評改一體：小説評點的文本價值

所謂小説評點的文本價值是指評點者對小説文本所作出的增飾、改訂等藝術再創造活動，從而使評點本獲得了自身的版本價值和文學價值。這一現象如果衡之以當今的文學批評觀念乃不可思議，因爲這已越出了文學批評的職能範圍；而在中國古代也並不多見，古代詩文在其流傳過程中隨著歷史年代的變遷，其版本歧異容或有之，但同一作品經批評者的手定更易而廣爲流傳却是罕見的現象。但在古代通俗小説領域，這種現象却屢見不鮮，且幾乎與通俗小説的發展歷史相始終。

小説評點的文本價值就其歷史演化而言，經歷了三個階段：明萬曆年間、明末清初和清乾隆以降。在表現形態上則構成了三個層面：作品情感主旨的强化或修正、作品藝術形式的加工和增飾、作品體制和文字的修訂。

就現存資料而言，通俗小説的評點萌生於明萬曆年間，在此時期存留的二十餘種評本中，體現文本價值的主要有如下幾種：

《三國志通俗演義》（萬卷樓刊本）

《水滸志傳評林》（雙峰堂刊本）

《李卓吾批評忠義水滸傳》（容與堂刊本）

《新鐫李氏藏本忠義水滸傳》（袁無涯刊本）

《繡榻野史》（醉眠閣刊本）

在上述五種刊本中，對文本的修訂大多出自書坊主及其周圍的下層文人之手，雖然後三種評本均署"李卓吾批評"，但真正出自李氏之手的實屬少數，《繡榻野史》之評點則顯係僞托李卓吾。[1] 因此顯而易見，這五種評本

大多是在書坊主的控制下從事的，其文本價值主要體現爲對小説文本的修訂。如刊行《三國志通俗演義》的書坊主周曰校"購求古本，敦請名士，按鑑參考，再三讎校"。[1]如《水滸志傳評林》余象斗的"改正增評"，[2]如袁無涯本《水滸傳》的改訂詩詞、修正文字等都體現了這一特色。值得注意的是，此時期的小説評點也開始出現了對小説内容的增删，余象斗《水滸辨》云："今雙峰堂余子改正增評，有不便覽者芟之，有漏者删之，内有失韻詩詞欲削去，恐觀者言其省漏，皆記上層。"在《繡榻野史》評本中，評點者將"品評""批抹""斷略"融爲一體，其中"批抹"是對文本的某些删改，"斷略"則是評點者綴於篇末的勸懲性文字。[3]

尤可注意的是容與堂本《水滸傳》，此書之評者在對文本作賞評的同時，對作品情節也作了較多改定，但在正文中不直接删去，而是多設擬删節符號，或上下鉤乙，或句旁直勒，並刻上"可删"字樣，這一改訂對後世的《水滸》刊本也有較大影響。其所作的主要工作有：（一）對作品中一些與小説情節無關的詩詞建議删去，並標上"要他何用""無謂""這樣詩也罷""極俗""可删"等字樣。（二）對作品中過繁的情節和顯屬不必要的贅語作删改，使叙述流暢，文字潔浄。（三）對作品中一些不符合人物身份、性格的行爲和言語作修改。如三十二回《武行者醉打孔亮，錦毛虎義釋宋江》，武松在孔家莊上重逢宋江，作品中武松有這樣一段話："只想哥哥在柴大官人莊上，却如何來在這裏？兄弟莫不是和哥哥夢中相會？"評點者在"兄弟莫不是和哥哥在夢中相會"一句加删節符，並夾批云："不象！"（四）對作品中顯有評話痕迹的内容作删節。如第十回《林教頭風雪山神廟，陸虞候火燒草料場》，林冲殺了陸虞候諸人，投東而去，於草屋中吃了半甕

<hr>

1（明）周曰校：《新刊校正古本大字音釋三國志通俗演義》封面"識語"，萬曆十九年（1591）萬卷樓刊本。

2（明）余象斗：《水滸辨》，《水滸志傳評林》萬曆二十二年（1594）雙峰堂刊本。

3（明）憨憨子：《繡榻野史序》，《繡榻野史》萬曆年間醉眠閣刊本。

酒，脚步踉蹌，醉倒在山澗旁。作品中有這樣三句：“凡醉人，一倒便起不得，醉倒在雪地上。”這三句，前兩句屬評話中的“插入”叙述，後一句屬贅語，評點者建議一並删去。

明末清初是小説評點實現文本價值的重要時期，也是小説評點最爲興盛、成就最爲卓越的階段。其中體現文本價值最爲重要的作品是一組明代“四大奇書”的評點本，主要有：

《第五才子書水滸傳》（明崇禎刊本）

《新刻繡像批評金瓶梅》（明崇禎刊本）

《西遊證道書》（清初黄周星定本）

《三國志演義》（清康熙年間毛氏評本）

《皋鶴堂批評第一奇書金瓶梅》（清康熙年間張竹坡評本）

以上五種評本的一個明顯變化是：小説評點已從書坊主人逐步轉向了文人之手。這一變化使得小説評點在整體上增强了小説批評者的主體意識，表現在評點形態上，則是簡約的賞評和單純的修訂已被對作品的整體加工和全面評析所取代。此時期小説評點的文本價值表現在如下幾個方面：

第一，評點者對小説作品的表現内容作出了具有强烈主體特性的修正。這突出地表現在金聖歎對《水滸傳》的改定和毛氏父子對《三國演義》的評改之中。金聖歎批改《水滸傳》體現了三層情感内涵：一是憂天下紛亂、揭竿斬木者此起彼伏的現實情結；二是辨明作品中人物忠奸的政治分析；三是區分人物真假性情的道德判斷。由此，他腰斬《水滸》，並妄撰盧俊義“驚惡夢”一節，以表現其對現實的憂慮。突出亂自上作，指斥奸臣貪虐、禍國殃民的罪惡。又“獨惡宋江”，突出其虚僞不實，並以李逵等爲“天人”。這三者明顯地構成了金氏批改《水滸》的主體特性，並在衆多的《水滸》刊本中獨樹一幟，表現出了獨特的思想與藝術個性。毛氏批改《三國演義》最爲明顯的特性是進一步强化“擁劉反曹”的正統觀念，其《讀法》開首即云：

"讀《三國志》者，當知有正統、閏運、僭國之別。正統者何？蜀漢是也；僭國者何？吳魏是也；閏運者何？晉是也。……陳壽之《志》，未及辨此，余故折中紫陽《綱目》，而特於演義中附足之。"[1] 本著這種觀念，毛氏對《三國演義》作了較多的增删，從情節的設置、史料的運用、人物的塑造乃至個別用詞（如原作稱曹操爲"曹公"處即大多改去），毛氏都循著這一觀念和精神加以改造，[2] 從而使毛本《三國》成了《三國演義》文本中最重正統、最富文人色彩的版本。

第二，評點者對小説文本的形式體製作了整體的加工和清理，使通俗小説（主要指長篇章回小説）在形式上趨於固定和完善。古代通俗小説源於宋元話本，因此在從話本到小説讀本的進化中，其形式體制必定要經由一個逐漸變化的過程。明末清初的小説評點者選取在通俗小説發展中具有典範意義的明代"四大奇書"爲評點對象，故他們對作品形式的修訂在某種程度上即可視爲完善和固定了通俗小説的形式體制，並對後世的小説創作起了示範作用。如崇禎本《金瓶梅》删去了"詞話本"中的大量詞曲，使帶有明顯"説話"性質的《金瓶梅》由"説唱本"演爲"説散本"。再如《西遊證道書》對百回本《西遊記》中人物"自報家門式"的大量詩句作了删改，從而使作品從話本的形式漸變爲讀本的格局。對回目的修訂也是此時期小説評改的一個重要方面，這一工作明中葉就已開始，至此時期漸趨完善。如毛氏批本《三國演義》"悉體作者之意而連貫之，每回必以二語對偶爲題，務取精工"。[3] 回目對句，語言求精，富於文采，遂成章回小説之一大特色，而至《紅樓夢》達峰巔狀態。

第三，評點者對小説文本在藝術上作了較多的增飾和加工，使小説文

1（明）羅貫中著，（清）毛宗崗批評，齊煙校點：《毛宗崗批評三國演義·讀三國志法》，濟南：齊魯書社 2014 年版，第 1—2 頁。

2 參見秦亢宗：《談毛宗崗修訂三國志通俗演義》，《三國演義研究論文集》，北京：中華書局 1991 年版。

3《三國志演義·凡例》，《三國志通俗演義》，明萬曆十九年（1591）萬卷樓本刊本。

本益愈精緻。這主要包括三個方面：一是補正小説情節之疏漏。通俗小説由於其民間性的特色，其情節之疏漏可謂比比皆是，評點者基於對作品的仔細批讀，將其一一指出，並逐一補正。二是對小説情節框架的整體調整。如金聖歎腰斬《水滸》而保留其精華部分，雖有思想觀念的制約，但也包含藝術上的考慮。又如崇禎本《金瓶梅》將原本首回"景陽岡武松打虎"改爲"西門慶熱結十兄弟"，讓主人公提早出場，從而使情節相對地比較緊凑。再如《西遊證道書》補寫唐僧出身一節而成《西遊記》足本等，都對小説文本在整體上有所增飾和調整。三是對人物形象和語言藝術的加工，此種例證俯拾皆是，此不贅述。

　　總之，此時期的小説評點對明代的通俗小説，尤其是"四大奇書"作了一定程度的總結，這種總結既表現在理論批評上，也體現在小説文本上。在某種程度上我們可以這樣認爲：此時期的小説評點是明代通俗小説的真正終結。同時，它也使"世代累積型"這一明代通俗小説編創方式的主體形式在整體上趨於收束。

　　乾隆以降，由於通俗小説"個人獨創型"編創方式的日益成熟，也因爲通俗小説中最富民間色彩的"歷史演義""神魔小説""英雄傳奇"等的創作和傳播地位逐漸被富於個體創作特色的言情小説所取代，小説評點者對文本的增飾也相應減弱，小説評點的文本價值又恢復到了以文字和形式的修訂爲其主流。如乾隆以來，《紅樓夢》與《西遊記》曾一度成爲小説評點之熱門，但在衆多的《西遊記》評本中，唯有《西遊真詮》（乾隆刊本，陳士斌評點）一書，評點者對小説原文稍加壓縮，而壓縮之内容也僅是書中之韻語和贊語。在《紅樓夢》的諸多評本中，亦僅有《增評補圖石頭記》（光緒年間刊王希廉、姚燮合評本）一種對小説文本較多指謬，但評點者不對文本作直接修訂，而僅於書前單列"摘誤"一段特加指出。此時期小説評本有一定文本價值的還有兩種：一是刊於乾隆年間署"秣陵蔡元放批評"的《東周列國志》，此書乃蔡氏據馮夢龍《新列國志》稍加潤色增删，並修訂其中錯訛而成；二是刊於同治十三年（1874）的《齊省堂增訂儒林外史》，然所謂"增訂"也大多屬形式層次，如"改訂回目""補正疏漏""整理幽榜""删潤字句"等。因此從整體上看，小説評點的文本價值經由明末清初之高峰後，乾隆以來已漸趨尾聲。

從小説評點的文本價值而言，此時期出現的一個新現象倒值得注意，這便是小説評點對"續書"的影響。如道光年間的《三續金瓶梅》，據該書作者訥音居士所云，其創作受張竹坡評本《金瓶梅》的影響，該書又名《小補奇酸志》，"奇酸志"一語即出自張竹坡評本中《苦孝説》一文。又如道光年間俞萬春之《蕩寇志》，其創作也明顯受金批《水滸傳》之影響。小説評點與"續書"之關係是小説評點史上又一值得考察的現象，也是小説評點文本價值的又一表現形態，在古代小説發展史上也有重要地位。

小説評點在小説自身的發展中能獲得文本價值，其生成原因是多方面的，而最主要的因素約有三端：

在中國古代文學發展史上，小説尤其是通俗小説是一種地位卑下的文體，雖然數百年間小説創作極爲繁盛且影響深遠，但這一文體始終處在中國古代各體文學之邊緣，而未真正被古代正統文人所接納。這一現象對通俗小説發展的影響有二：一是流傳的民間性，二是創作隊伍的下層性。而這些又使得通俗小説始終未能得到社會的真正重視，也未能在創作者的觀念中真正作爲正宗的事業加以從事。就是在通俗小説進入文人獨創時期的乾隆年間，人們猶然對吳敬梓發出這樣的嘆惋："《外史》紀儒林，刻畫何工妍。吾爲斯人悲，竟以稗説傳。"[1]通俗小説流傳的民間性使其從創作到刊行大多經歷了一段漫長的抄本流傳階段，這樣輾轉流傳，小説在文本上的變異十分明顯。而最終得以刊行的小説，由於基本以"坊刻"爲主，其商業營利性又使小説

1（清）程晉芳著，魏世民校點：《勉行堂詩文集》，合肥：黃山書社 2012 年版，第 68 頁。

的刊行頗爲粗糙。這種流傳上的特色使通俗小說評點在某種程度上就成了一種對小說重新修訂和增飾的行爲。而創作者地位的下層性又使這種行爲趨於公開和近乎合法。古代通俗小說有大量的創作者湮没無聞，而其作品在很大程度上也就成了書坊能任意翻刻和更改的對象。因此小說評點能獲取文本價值，其首要因素在於小說地位之卑下，可以說，這是通俗小說在其外部社會文化環境影響下所形成的一種並不正常的現象。

　　小說評點之能獲得文本價值與古代通俗小說獨特的編創方式也密切相關。通俗小說的編創方式在其發展進程中體現了一條由"世代累積型"向"個人獨創型"發展的演化軌迹。而所謂"世代累積型"的編創方式是指有很大一部分通俗小說的創作在故事題材和藝術形式兩方面都體現了一個不斷累積、逐步完善的過程，因此這種小說文本並非是一次成型、獨立完成的。在明清通俗小說發展史上，這種編創方式曾是有明一代最爲主要的創作方式，進入清代以後，通俗小說的編創方式雖然逐步向"個人獨創型"發展，但前者仍未斷絶。"世代累積型"編創方式的形成有種種因素，但最爲根本的還在於通俗小說的民間性。明清通俗小說承宋元話本而來，因此宋元話本尤其是講史在民間的大量流傳便成了通俗小說創作的一個重要源泉。或由雪球般滚動，經歷了由單一到複雜，由簡約到豐滿的過程，最終成一巨帙，如《三國演義》《西遊記》等。或如百川歸海，逐步聚集，最後融爲長篇宏制，如《水滸傳》等。這種在民間流傳基礎上逐步成書的編創方式爲小說評點獲取文本價值確立了一個基本前提，這我們可以簡單地表述爲"通俗小說文本的流動性"。正因是在"流動"中逐步成書的，故其成書也並非最終定型，仍爲後代的增訂留有較多餘地。同時，正因其本身始終處於流動狀態，故評點者對其作出新的增訂就較少觀念上的障礙。雖然評點者常常以得"古本"而爲其增飾作遮眼，如金聖歎云得"貫華堂古本"，並妄撰施耐庵原序，如毛氏父子云"悉依古本改正"等，但這種狡獪其實是盡人皆知的，評點者對此其實也並不太在意。這一基本前提就爲評點者在對小說進行品評時融入個人的藝術創造提供了很大的空間和便利，而小説評點本的文本價值也便由此生成。

　　小説評點之獲得文本價值與評點者的批評旨趣也有著深切的關係。評點作爲一種文學批評方法本無對文本作出增飾的功能，但因了上述兩層因素，故小說評點在批評旨趣上出現了一種與古代其他文學批評形態截然不同的趨向，即：評點者常常將自己的評點視爲一種藝術再創造活動。金聖歎曾宣稱："聖歎批《西廂》是聖歎文字，不是《西廂記》文字。"[1]他批《水滸》雖無類似宣言，然旨趣却是同一的，他腰斬、改編《水滸》並使之自成面目，正強烈地體現了這種批評精神。張竹坡亦謂："我自做我之《金瓶梅》，我何暇與人批《金瓶梅》也哉！"[2]哈斯寶更明確倡言："曹雪芹先生是奇人，他爲何那樣必爲曹雪芹，我爲何步他後塵費盡心血？那曹雪芹有他的心，我這曹雪芹也有我的心。"因此"摘譯者是我，加批者是我，此書便是我的另一部《紅樓夢》"。[3]以上言論在小説評點中有一定的代表性，雖然在整體上小説評點並非全然體現這一特色，但在那些成功的小説評點本中，這却是共同的旨趣和精神。小説評點正因有了這一種批評精神，故評點便逐漸成了批評者的立身事業，他們將自己的思想感情、審美趣味乃至生命體驗都融入到批評對象之中，而當作品之内涵不合其情感和審美需要時，便不惜改編作品。於是，作品文本也在這種更改中體現出了批評者的主體特性，從而確立了小説評點的文本價值。

　　小説評點體現文本價值，這在中國古代文學批評中確是一個獨特的現象。作爲一種批評形態，小説評點"介入"小說文本實已超出了它的職能範

1（清）金聖歎：《貫華堂第六才子書西廂記・讀法》，陸林輯校整理：《金聖歎全集（貳）》修訂版，南京：鳳凰出版社 2016 年版，第 865 頁。

2（清）張竹坡：《竹坡閑話》，《張竹坡批評金瓶梅》，濟南：齊魯書社 2014 年版，第 11 頁。

3（清）哈斯寶著，亦鄰真譯：《〈新譯紅樓夢〉回批・總録》，呼和浩特：内蒙古人民出版社 1979 年版，第 135 頁。

圍，故而可以說，這是一種並不正常的現象。但評價一種文化現象不應脫離特定的歷史環境，如果我們將這一現象置於中國古代俗文學的發展長河中加以考察，那我們對小説評點的文本價值就有另一番評判了。宋元以來，中國古代之雅俗文學明顯趨於分流，從邏輯上講，所謂雅俗文學之分流是指俗文學逐漸脫離正統士大夫文人之視野而向民間性演進。宋元時期，這種演進軌迹是清晰可見的，宋元話本講史、宋金雜劇南戲、諸宮調等，其民間色彩都十分濃烈，且在元代結出了一朵奇葩——元代雜劇。因而從分流的態勢來看待俗文學的這一段歷史及其所獲得的傑出成就，那我們完全有理由這樣認爲：中國俗文學的成就是文學走向民間性和通俗化的結果。然而，我們也應看到，民間性和通俗化誠然是俗文學在宋元以來獲得其價值的一個重要因素，但雅俗文學之分流在很大程度上也會使俗文學逐漸失却正統士大夫文人的精心培育，而這無疑也是俗文學在其發展過程中的一大損失。因此，如何在保持其民間性和通俗化的前提下求得其思想價值和審美品位的提升，是俗文學在發展過程中所面臨的一個重要課題。宋元以後，俗文學的發展在整體上便是朝這一方向發展的，尤其是作爲俗文學主幹的戲曲和通俗小説，但兩者的發展進程並不完全同步和平衡。對此，我們不妨對兩者的文人化進程作一比較，並在這種比較中來確立小説評點文本價值的歷史地位。

　　不難發現，中國古代戲曲自元代雜劇以後並未完全循著民間性和通俗化一路發展，而是比較明顯地顯示了一條逐漸朝著文人化發展的創作軌迹。這裏所說的“文人化”有兩個基本内涵：一是戲曲創作中作家“主體性”的强化，也即作家創作戲曲有其明確的文人本位性，突出表現其現實情思、政治憂患和文人使命。二是在藝術上追求穩定、完美的藝術格局和相對雅化的語言風格。這種進程就其源頭而言發端於元代，這便是馬致遠劇作對於現實人生的憂患意識和高明劇作中重視倫常、維持風化的教化意識。這兩種創作意識爲明代傳奇作家所普遍接受，丘濬《五倫全備記》、邵璨《香囊記》等將高明《琵琶記》之風化主題引向極端，而在《寶劍記》《浣紗記》《鳴鳳記》等劇作中，則是對現實人生的憂患意識作了很好的延續。由此以後，傳奇文學在表現内容和形式格局等方面都順此而發展，至萬曆年間，文人化傾向更爲濃郁，湯顯祖“臨川四夢”爲其代表。入清以後，文人化進程猶未終止，而在“南洪北孔”的筆下，這一文人化進程終於推向了高潮。當然，明清傳奇文學的發展是一個複雜的現象，但以上簡約的描述却是傳奇文學發展中一條頗爲明晰的主綫，這條主綫構成了中國古代戲曲文學中的一代之文學——文人傳奇時代。與戲曲相比較，通俗小説的文人化程度在整體上要比戲曲來得薄弱，其文人化進程也比戲曲來得緩慢。一方面，作爲明清通俗小説之源頭的宋元話本講史，其本身就没有如元雜劇那樣，在民間性和通俗化之中包涵有文人化的素質，基本上是一種出自民間並在民間流傳的通俗藝術。故而緣此而來的明清通俗小説就帶有其先天的特性，文人化程度的淡薄乃並不奇怪。同時，明清通俗小説與戲曲相比較，其文藝商品化的特性更爲强烈，這種特性也妨礙了通俗小説向文人化方向發展。因此，上文所説的通俗小説“流傳的民間性”和“創作隊伍的下層性”無疑是一個必然的現象。當然，綜觀通俗小説的發展歷史，其文人化進程還是有迹可尋的，尤其是它的兩端：元末明初的《三國演義》《水滸傳》和清乾隆時期的《紅樓夢》《儒林外史》，通俗小説的文人化可説是有一個良好的開端和完滿的收束。但在這兩端之間，通俗小説的文人化却經歷了一段漫長且緩慢的進程。

正是在這種背景下，小説評點所體現的文本價值便有了突出的地位。首先，在通俗小説的文人化過程中，小説評點者充當著一個重要的角色，這是通俗小説在很大程度上脱離正統文人精心培育之下的一種補償，是通俗小説在清康乾時期迎來小説藝術黄金時代的一次重要準備。在中國俗文學的發展中，明萬曆年間至清初是通俗小説和戲曲發展的一個重要階段，而這一階段正是小説評點體現文本價值的一個重要時期。尤其是明末清初，大量出色的小説評點家和小説作家一起共同完成了通俗小説藝術審美特性的轉型，他們改編、批評、刊刻通俗小説一時競成風氣，這大大提高了通俗小説的思想和藝術價值。這種階段性且集合性的小説評改使通俗小説的發展邁上了一個新的臺階，可以説，通俗小説至此劃出了一個新的時代。其次，在通俗小説的發展中，明代"四大奇書"有著特殊的意義，這是一組具有典範性的小説作品，在小説史上有著深遠的影響。然而，"四大奇書"的文化品位也是在不斷累積中逐步形成的，而在這一過程中，小説評點所起的作用毋庸低估。清人黃叔瑛對此評價道："信乎筆削之能，功倍作者！"[1] 雖有所誇大，但也並非全然虛言，清初以來，"四大奇書"以評點家之"點定本"流行便是一個明證。

第二節　插圖對小説文體之建構

　　我們之所以要把插圖對小説文體的建構予以單獨探討，基於如下兩點認識：第一，插圖（包括圖像與表譜）既可能在形而下層面改變小説的外在形態、叙述方式，又可能在形而上層面對小説自身的價值表達與風格塑造產生干預，當圖與文之間所形成的表意結構在小説編創、閱讀接受過程中成爲慣例時，插圖與小説正文的結合就有了體式的意味。第二，"圖文並茂"是小説重要的呈現方式，這種方式並非全是爲了照顧識字不多的讀者，或是在審美層面吸引受眾，而是與中國傳統的圖譜之學一脈相承，小説插圖本中幾乎全部的圖文結合體制都來源於文史典籍中既有的"程式"，它們源流有自，形式多樣，功能各異，因而在研究插圖對文體建構的作用時，與其套用西方理論，孤立地將全部著眼點放在插圖畫面上，毋寧將中國傳統的圖譜學作爲研究起點予以探討。

　　1（清）黃叔瑛：《第一才子書三國志·序》，雍正十二年（1734）郁郁堂本《官板大字全像批評三國志》卷首。

一、圖文結合：插圖影響小説體式的歷史脈絡

插圖參與小説文體建構的重要方式之一便是促成了小説外在形態的圖文結合，並形成了多種程式化的圖文表意結構。插圖對小説體式的影響主要表現在通俗小説領域，受出版文化及市場需求的影響，元代以降，小説出版者開始依據其時特有的插圖體例爲小説配圖，功能上以娛悦讀者爲主。在其後的小説史發展進程中，爲小説加像逐漸成爲了小説編創的慣例，至清康熙年間，小説中主要的圖文結合體式已悉數登場。我們大致將元代至清康熙間圖文本小説體式的演進分爲如下三個階段：

第一階段，從元至治到明正德時期。至遲在元代建安虞氏刊"全相平話五種"時，[1] 通俗小説插圖已登上了歷史舞臺；成化至正德時期，又有永順堂刊諸種説唱詞話、清江堂刊《新增補相剪燈新話大全》《新增全相湖海新奇剪燈餘話大全》等。它們大體能反映出此一階段圖文本小説的主要插圖意圖與體式特徵：

第一，對於"全相"的追求成爲這個時期小説出版的重要標榜。此時的帶圖小説，在標題中時常插入"全相"字樣，需要注意的是，所謂"全相"，是指圖像的完整不缺，[2] 而非"上圖下文"等特殊圖文排布樣式。第二，上圖下文的插圖版式成爲了此時期小説體貌的重要特徵，此種版式往往"按頁選圖"（亦有不少圖文相悖的情況），故客觀上形成了一種略具分節形制的式樣。第三，入明後，一些小説開始尋求適合自身的新插圖體式，小説圖文編

1　有學者以爲最早的小説插圖爲宋代所刻之《列女傳》，但歷代書目基本將《列女傳》列入雜史雜傳，而不將其録入小説家類，出於嚴謹考慮，本文以"全相平話五種"作爲通俗小説插圖的開端。

2　魯迅、戴不凡等曾經對"全相"等語詞做過解釋，將"全相"視爲特定排版形式的稱謂，學界多從其説，然而從今天可見的諸多公私藏書來看，此一結論需要推翻，"全相"之"全"，當視爲"以偏概全"之"全"，即完整之意，而非"上圖下文"等特殊圖文排布樣式。

排版式開始趨於多元。北京永順堂所刊刻的《新刊全相説唱開宗義富貴孝義傳》《新刊全相鶯哥孝義傳》等諸多詞話，已采用了整面插圖的版式，使得小説插圖不再囿於每頁必圖的體例。第四，在這一時期，已經出現了小説封面圖，如建安余氏所刊《至治新刊全相平話三國志》《新刊全相平話武王伐紂書》《新刊全相秦併六國平話》《新刊全相平話前漢書續集》，永順堂刊《新刊全相唐薛仁貴跨海征遼故事》《新刊全相鶯哥孝義傳》《新編説唱全相石郎駙馬傳》等，皆隨書附有封面圖。

第二階段，從嘉靖至萬曆時期。此時建安地區與江南地區成爲了插圖本小説的兩個刊刻中心。建安地區的小説插圖依舊以上圖下文版式爲主，如余象斗所刊《音釋補遺按鑑演義全像批評三國志傳》《京本增補校正全像忠義水滸志傳評林》之類。江南諸地的小説插圖則多爲大開本的半頁一圖，或兩個半頁合成一圖，如金陵世德堂本《新刻出像官板大字西遊記》、三山道人繡梓《新刻全像三寶太監西洋記通俗演義》、萃慶堂余泗泉刻本《新鍥晉代許旌陽得道擒蛟鐵樹記》等。此階段插圖（包括表譜）對小説體式的影響在於：

第一，爲小説加像逐漸成爲一種常態，甚至成爲了與校讎、圈點、音注、釋義、考證並列的小説例則與優劣評價標準。周曰校曾在《新刊校正古本大字音釋三國志通俗演義》封面“識語”中稱：“敦請名士按鑑參考，再三讎校。俾句讀有圈點，難字有音注，地里（理）有釋義，典故有考證，缺略有增補，節目有全像，如牗之啓明，標之示準。此編之傳，士君子撫卷，心目俱融。”[1] 足見加像成爲小説編撰的内在要求和慣例，這一定程度上培養了讀者閲讀圖文本的習慣，使圖文結合成爲了一種相對固定的小説體式。

第二，通俗小説文本中出現了表曆譜牒。表曆譜牒本是史傳之制，而早期的歷史演義曾一度借用其體，内容多以表譜的形式列舉人物或朝代更迭。

---

[1]（明）周曰校撰：《新刊校正古本大字音釋三國志通俗演義》封面“識語”，（明）羅貫中著：《新刊校正古本大字音釋三國志通俗演義》萬曆十九年（1591）周曰校刊本。

在嘉靖壬午本《三國志通俗演義》中，已經出現了展示人物關係的《三國志宗僚表》，此譜表有三個特點需要我們關注：（一）譜表大體抄撮於史傳，但新添了如周倉等正史中沒有但小説中存在的人物；（二）除《三國志通俗演義》人物外，還列有嵇康、阮籍、阮瑀等許多小説中沒有，但歷史上存在的人物；（三）《宗僚表》以蜀爲正統，改變了正史中魏國的正統地位。不難看出，《宗僚表》的設置，一方面使得小説具備了史傳的某些特性，甚至能流露出小説編者的某些歷史觀，另一方面其將虛構的人物添入歷史人物表譜的編輯手法，保持了演義的似真性，成爲小説混淆虛構與真實的手段。此類小説人物表譜的編撰方式在明代《三國志演義》版本中頗爲流行，萬卷樓本、評林本、湯學士本、鄭世容本、喬山堂本都有類似人物表譜存在。其所標名目略有變化，或稱爲《君臣姓氏附録》，或稱爲《君臣姓氏附》，幾乎成爲明代《三國志演義》的"標配"。除《三國志演義》外，夷白堂主人重修《新鐫東西晉演義》有《東西晉帝紀》，人瑞堂刊本《新鐫全像通俗演義隋煬帝艷史》有《隋艷史爵里姓氏》，《鐫李卓吾批點殘唐五代史演義傳》有《五代紀》，鍾惺編輯的《按鑑演義帝王御世盤古至唐虞傳》有《歷代統系圖》《歷代帝王歌》《曆數歌》，龔紹山梓《鐫楊升庵批點隋唐兩朝史傳》有《君臣姓氏》，萬曆乙卯本《新鐫陳眉公先生批評春秋列國志傳》有《列國源流總論》，求無不獲齋刊《臺灣外記》有《鄭氏世次》，它們都使用了此類表譜。至明末，隨著人物繡像套圖出現，歷史演義中的人物表譜纔趨於減少，在《鐫李卓吾批點殘唐五代史演義傳》中尚見人物表譜與人物繡像並存的情況，而入清後，此類表譜漸趨消亡，取而代之的正是大量的人物繡像。

第三，小説中出現了"圖像綱要"。讀者面對《三國演義》這類大部頭小説時，常常會出現"鮮於首末之盡詳"的情況，[1] 書坊主便仿照其時諸多

1（明）元峰子：《三國志傳加像序》，（明）羅貫中編次，〔日〕井上泰山編：《三國志通俗演義史傳》，上海：上海古籍出版社 2009 年版，第 5 頁。

“綱鑑體”通俗史書的編撰體例爲小說標注提綱並配上插圖，使讀者只需看圖像綱要便可知曉文本的主要内容。這類插圖，沿用了元代“上圖下文”的版式，但它們多采用半葉一圖的形式，與“全相平話五種”常用的那種兩個半葉合爲一圖的情況（也有例外）有顯著不同，從題畫文字來看，這一階段的上圖下文本小說已將“全相平話五種”插圖中的簡短圖目拓展爲略具形制的小說提綱。此類插圖的編撰，大約始於嘉靖間葉逢春父子對《三國志演義》的圖像化改造。葉氏父子對《三國志演義》圖像化編排，基本遵循了每半頁一圖的體例，圖繪内容大多以本頁事爲主，並附有提綱。萬曆以後，葉氏父子所使用的這套圖像提綱系統，逐漸成爲了建安地區小說的重要編纂方式。除《三國志演義》外，余世騰梓《京本通俗演義按鑑全漢志傳》、余文台梓《新刊八仙出處東遊記》、楊閩齋刊《鼎鐫京本全像西遊記》、聚奎齋刊《新刻全像廿四尊得道羅漢傳》、詹秀閩刊《京板全像按鑑音釋兩漢開國中興傳誌》、熊龍峰梓《新刊出像天妃濟世出身傳》、余成章刊《新刻全像牛郎織女傳》等大量“上圖下文”本小說都使用了這種圖像綱要，其形制一直沿用到清代，成爲了我國古代小說的重要的文本形態。

　　第四，論贊與楹聯大量羼入插圖，使插圖具備了一定的批評功能。小說插圖中常常有一些題畫文字，在此階段，人物像贊和楹聯是其主要形式。嘉靖間清江堂刊本《新刊大宋演義中興英烈傳》和隆慶間刊行的《錢塘湖隱濟顛禪師語録》較早在插圖中使用了人物像贊，它們對小說人物生平做出了概括與評價。萬卷樓本《新刊校正古本大字釋三國志通俗演義》、三山道人刊本《三寶太監西洋記通俗演義》、萃慶堂刊本《咒棗記》《鐵樹記》《飛劍記》、佳麗書林刊本《新刻全像音詮征播奏捷傳通俗演義》、卧松閣刊本《鐫出像楊家府世代忠勇演義志傳》則在插圖中插入了楹聯格式的圖贊，其楹聯文字，大多夾叙夾議，風格上偏向於世俗化、民間化。它們集中出現在萬曆中後期，萬曆以後則近於消亡。

　　第三階段，從明天啓至清康熙間。就小說插圖加像觀念而言，此時已經出現了講求神韻、意境的審美要求，插圖以"詞家韻事，案頭珍賞"[1]爲歸趣，使得插圖創作走上了雅化精工的道路。此時，古代小說插圖的繪畫内容也開始明顯轉型，插圖創作題材從以事件圖爲主逐漸轉換爲人物圖爲主，過去一書只畫一兩個人物，變成了畫人物群像，一些後來通行的《三國志演義》《西遊記》《水滸傳》的人物繡像多在此時成型。上圖下文版式的小說逐漸消亡，楹聯體式的圖贊也幾近絶迹，詩、詞、曲、散論大量介入小說插圖之中，成爲了題畫文字的主流。與此同時，在插圖正圖之外另配副圖的情况也逐漸增多，同一事件、人物，有時會配上一正一副兩幅圖。明刊《西遊補》與《七十二朝人物演義》是較早使用副圖的小說版本，至清代以後，爲小說同時配正圖與副圖成爲了一種較爲流行的插圖編撰方式。

　　雖然中國古代小說並非所有的版本都有插圖，但從小說史的整體發展來看，圖文結合一直是小說編創的可選體式之一，也是小說的重要呈現方式。在小說史上，"繡像""全相""繪圖"等指涉圖像的語詞一度進入了小說書名、目録之中，在諸多序跋、凡例、識語裏，插圖成爲與音注、釋義、評點等小說要素並列的重要内容。數百年間書坊所熟用的圖文表意結構，架構了圖文本小說的諸種形態，在同一時段、同一地域的小說中，插圖可能表現出風格、形式近似的特性，因而具備一定穩定性。有時爲了維持小說圖文結合的體式，一些並不完全具備刊刻圖像條件的書坊，不惜勉爲其難地刊刻大量粗製濫造、毫無美感的圖像，既無法吸引讀者，更不能幫助識字不多的讀者閱讀文本，其價值僅在於對體式的勉强維持。插圖對小說體式的影響，由此可見一斑。[2]

　　1《艷史凡例》，（明）齊東野人編演：《隋煬帝艷史》，《古本小説集成》，上海：上海古籍出版社1994年版，第6頁。

　　2 鄭振鐸曾批評這類插圖"人不像人，獸不像獸"，可參考鄭振鐸《插圖之話》，《鄭振鐸全集》第14卷，石家莊：花山文藝出版社1998年版，第16—17頁。

二、插圖對小説内涵的影響

如果我們要從一個寬泛的文體視野來看待插圖與小説文體的關係，那麼除了考慮插圖對小説體式的影響外，還需要進一步考察插圖對小説的表意效果、價值預設、風格品質等内涵的影響。就插圖行爲而言，在圖像選編、題榜、排序、鈐印等諸多環節中，作圖者或有意、或無意地憑藉各自不同的才氣、學識、閲讀體驗、插圖目的來發表評論、抒發情感，一旦這些插圖與正文粘合成共同的表意結構來呈現給讀者，便有可能左右小説的價值預設、表意效果和風格品質。從小説史實際來看，插圖對於小説内涵的影響通常有以下幾種方式：

第一，圖像作者可能通過插圖的選編、題榜、人物繡像的排序、鈐印等行爲，對小説的人物和情節予以批評，使得具備不同插圖的文本有可能被賦予不同的價值判斷。我們以程甲本、三讓堂本、光緒丙子聚珍堂排印本這三種《紅樓夢》的插圖爲例，簡要説明它們對於寶釵這一人物形象的塑造所顯示出的不同判斷與邏輯。

版本	圖像選編	圖贊	排序	鈐印
程甲本	繡鴛鴦夢兆絳雲軒	宜爾室家，多藉閨中弱息；無違夫子，何殊林下高風。庭閑鶴夢，知午睡之初長；繡並鴛衾，感霜翎之忽鍛。	14/24	蘅蕪君
三讓堂本	寶釵撲蝶	同"程甲本"	11/15	無
光緒丙子聚珍堂排印本	單人像，另配有副圖"玉蘭"	全不見半點輕狂	4/64	貞彭

如上表所示，在圖像的選編上，程甲本選擇"繡鴛鴦夢兆絳雲軒"這個情節繪圖，圖繪寶玉卧床，面向裏而睡，寶釵坐於床邊面露笑意。原書情節

主要講薛寶釵探望寶玉，見寶玉已睡，便坐在床邊爲寶玉繡兜肚，不料寶玉説起了夢話，極力否定"金玉姻緣"，並表露出對"木石姻緣"的嚮往，寶釵因之遭受到了入賈府後最大的心理打擊。三讓堂本則根據"寶釵撲蝶"這一情節繪圖，畫面看似閑適，實則隱伏滴翠亭竊聽嫁禍之事。從圖贊來看，程甲本、三讓堂本的圖像贊語相同，雖有"宜爾室家""無違夫子"之論，却也有"繡並鴛衾，感霜翎之忽鍛"之譏，對寶釵愛情追求的一廂情願及其爲人處世充滿了諷刺。從人物排序來看，在程甲本二十四幀繡像中，寶釵排第十四，在三讓堂本的十五幀繡像中，寶釵排行第十一，寶玉、元春、迎春、探春、惜春、王熙鳳、巧姐等人皆排其前，體現出作圖者一定的家族觀、正統觀，也表現出對人物持部分否定的態度。

聚珍堂排印本《紅樓夢》中的寶釵插圖則沿襲了道光間《新評繡像紅樓夢全傳》的圖像系統，以白描的手法畫寶釵。畫中寶釵持扇而立，但並未"撲蝶"，圖中鈐印"貞彰"一枚，圖贊則摘《西廂記》句"全不見半點輕狂"，繡像之外另配有一幀"玉蘭"副圖。從人物排序看，在此書所繪六十四個人物中，寶釵位居第四，警幻、寶玉、黛玉列於其前，這種對主要人物的重視及以感情親疏來排列人物的方式，與前兩種版本有了明顯的不同。整體上，圖繪內容對寶釵基本持肯定的態度。

從上例不難看出，作圖者完全可以通過圖贊、排序、鈐印等手段表達批評，誠如道光間藏德堂鐫《閨孝烈傳》書首《序》所稱："因寫圖系詩，以寄慨焉。……乃以拙作圖詠付弁簡端，而識其緣起如是。"[1]顯然，這些由插圖諸要素所建構的批評，藴含較强的主體性，也足以對深諳繡像閲讀門徑的古代讀者形成價值判斷方面的影響。

第二，插圖對小説思想主旨、情感取向施以影響，進而干預小説的整體

---

1 （清）張紹賢著：《北魏奇史閨孝烈傳》，《古本小説集成》，上海：上海古籍出版社1994年版，第2—3頁。

表意效果。插圖對於小說整體思想情感的調控，主要有兩種手段：其一，插圖者會根據自己的好惡與價值觀從整體上對小說的全部人物和情節表現出强烈一致的情感傾向性，其强烈程度有時足以改變整部小說的精神面貌。以兩種《水滸傳》插圖爲例，在清末民初排印本《評論出像水滸傳》中，[1] 插圖作者對絕大多數梁山好漢都持否定態度，其論宋江“上不蕭曹，下者爲巢，爾義徒高”，論吳用“晁氏危，劉氏安，中士殺人用舌端”，論公孫勝“不學無術，大盜之賊”，論柴進“我哀王孫徒區區，柴也愚”，論李逵“祖褐暴虎，毋破我斧”。在插圖者眼中，一百零八人皆是“賊”。而在清刻本《漢宋奇書》中，其插圖作者對人物的評價則走向另一個極端，贊語對全部梁山好漢幾乎都保持肯定的態度。其論宋江：“一代大俠，起刀筆吏。疇驅迫之，縱橫若是。或曰奸民，或曰忠義。青史不誣，付之公議。”論盧俊義：“燕趙慷慨徒，江湖識名姓。胡不守三關，能使烽煙净。”甚至名聲不好的時遷亦有贊曰：“鷄鳴狗盜，卒出孟嘗。士在所取，得失何常。”兩種《水滸》插圖人物總體評價如此大相徑庭，勢必影響到兩種《水滸》版本的表意效果與思想情感，這也是插圖對小說内涵影響的重要方式。其二，插圖作者借助具備“總括”功能的插圖直接表現主旨。同一部書的插圖，“權重”並不一樣，一些特殊位置的圖有時具備總括主旨的功能。主要包括：（一）正文前後單幀的情節圖、器物圖、人物圖、地圖。如藜光堂劉榮吾刊本《精鐫按鑑全像鼎峙三國志傳》首有桃園結義圖一幅，清江堂刊《新刊大宋中興通俗演義》卷首的岳飛像贊，正氣堂藏板《精訂綱鑑廿一史通俗衍義》卷首的《大清定鼎圖》，佳麗書林刊《新刻全像音詮征播奏捷傳通俗演義》卷首的《播州方輿一覽圖》等，這些單幀的插圖，有時附有論贊，有時采用譬喻象徵，有時繪製典型的人物、情節，具備明顯的總括主旨功能。（二）小說各卷（或各

1（明）施耐庵著，（清）金聖歎等評：《評論出像水滸傳》，華東師範大學藏清末民初鉛印本。

册）中的第一幅圖，如明代陳懷軒刊本《杜騙新書》，卷一繪"燃犀照怪"，題"水族多妖，一點犀光照破；心靈有覺，百般騙局難侵"；卷二繪"明鑒照心"，題"心隱深奸，妄作多端詭道；手持玄鑒，灼見五蘊奸萌"；卷三殘，其文僅剩"我願君王心，化作光明燭"一句，卷四繪"心如明鑒"，題"身似菩提樹，心如明鑒臺，時時勤拂拭，勿使惹塵埃"，就圖繪内容和所題文字來看，皆非原書故事情節，而是通過隱喻加强對該書"杜騙"主旨的强調。（三）小說中自成體系的插圖群，如《新鐫出像古本西遊記證道書》卷首有"仙詩繡像"十六幅，[1]每幀繡像後題"悟真詩"一首，它們聯合成一個整體，共同呈現"證道"這一主旨，使得圖像、正文、評點之間形成了言理的"互文"。

　　第三，小說插圖一度參與到小說的通俗化、文人化進程，這是小說文體在傳播與自我定位方面的内在需求，也使得小說讀本在整體上呈現出某些特殊的風格特質。

　　自宋元至明萬曆間，小說刊刻一度將上圖下文或雙面相聯的"綱目圖""節目圖"一類故事性插圖運用到史傳通俗化的過程，這一做法無疑使得相對嚴肅無趣的歷史小說獲得了最爲廣泛的農、工、商及婦女孩童的支持。如葉盛《水東日記》所載："今書坊相傳射利之徒僞爲小說雜書……農工商販，鈔寫繪畫，家畜而人有之；癡騃女婦，尤所酷好……"[2]萬曆十六年（1588），書林余氏克勤齋梓《全漢志傳》時亦稱："遂請名公，修輯《西漢志傳》一書，加之以相，刊傳四方，使懵然者得是書而嘆賞曰：'西漢之出處如此。'"[3]圖像的插入，無疑爲小說帶來了更爲廣泛的讀者，也讓小說叙事行爲本身展現出明白曉暢的通俗化風格。

1（清）汪憺漪箋評，（清）黄笑蒼印正：《新鐫出像古本西遊記證道書》，《明清善本小說叢刊初編》第五輯，臺北：天一出版社1985年版。

2（明）葉盛撰：《水東日記》，北京：中華書局1980年版，第213—214頁。

3《叙西漢志傳首》，（明）熊鍾谷編次：《全漢志傳》，《古本小說集成》，上海：上海古籍出版社1994年版，第2頁。

　　萬曆到崇禎間，那些用以"通俗"的插圖却又常被斥爲"不過略似人形，止供兒童把玩"，[1]"非失之穢褻，即失之粗率，穢褻既大足污目，而粗率又不足以悦目，甚無取焉"，[2]致使小説插圖中的一支主動走上了"文人化"的道路。如畫面有了精美、雅化的追求，插圖被打造成"詞家韻事，案頭珍賞"。插圖作者借助圖贊開始表達觀點，圖贊、集句詩、副圖、篆書隸字等具備文人特質的元素也在此時進入小説插圖，部分小説插圖的表意方式由通俗直白轉向了"陌生化"。插圖的文人化，在一定程度上可能改變小説的整體風貌，所以即便是《醋葫蘆》一類格調不高的作品，一經與這類插圖結合，亦可能呈現出"雅化"的傾向。

　　光緒以後，隨著社會的劇烈變革和小説地位的提升，改變插圖形制與内容又成爲小説走上現代化道路的重要手段之一。如《新小説》《小説林》及《月月小説》等小説期刊，完全没有像《海上奇書》《繡像小説》一樣走傳統插圖體制的老路，而是形成了嶄新的風格：首先，《小説林》《新小説》《月月小説》等小説期刊都在篇首設立"圖畫"專欄，圖畫成爲專門的一個閱讀類目；其次，在技術層面，一些小説期刊的圖像改爲以照片爲主，而不再需要畫圖者的參與，求真求實成爲此種圖畫的重要要求；再次，小説期刊中的照片以海外小説家、女優、風景、王妃、詞曲家、奇聞異事、戲院、公園、博物院等具備廣見聞性質的内容爲主，而較少涉及小説正文本身的内容。

三、自成一格的"圖説體"小説

　　在諸種小説體例中，有一類小説在叙述方式上表現出"看圖説話"的形

1《艷史凡例》，（明）齊東野人編次：《隋煬帝艷史》，《古本小説集成》，上海：上海古籍出版社 1994 年版，第 6 頁。

2（清）四雪草堂主人：《四雪草堂重編隋唐演義發凡》，（清）褚人穫彙編：《隋唐演義》，《古本小説集成》，上海：上海古籍出版社 1994 年版，第 2 頁。

制，其圖文結合的方式一般爲“以説繫圖”，即以圖爲核心，以“説”爲從屬，文字用以描述圖像内容。我們將這類“看圖説話”的小説文體稱爲“圖説體”，而這種“以説繫圖”的編創小説方式則是圖像參與古代小説文體建構的最早方式，也是學界較少關注的一個小説文體學現象。

“圖説體”小説之形制，遠源或可追溯到“河圖”“洛書”“鑄鼎象物”以及“左圖右書”的圖譜傳統，[1] 近源當出於與經史注疏中的“圖説”之制。經史典籍中諸如《毛詩名物圖説》《書經圖説》《六經圖》《三禮圖》《易圖》之類皆屬此制。章學誠在《和州志輿地圖序例》一文中對“圖説體”典籍做過概括性描述：“圖不能不繫之説，而説之詳者，即同於書……雖一尺之圖，繫以尋丈之説可也。既曰圖矣，統謂之圖可也。圖又以類相次，不亦繁歟？曰：非繁也。圖之有類别，猶書之有篇名也。以圖附書，則義不顯，分圖而繫之以説，義斯顯也。”[2] 强調了典籍中“圖説”形制的叙述價值，顯然，在此表意機制中，圖、説一體不可分割。[3] 其基本特徵在於：第一，强調了文字對圖像的説明性；第二，圖像本身也是“正文”，而非“正文”之外的附庸；第三，早期“圖説”類典籍偏重於實用性、釋義性、學術性，而非以圖像的藝術審美爲核心價值；第四，涉及圖譜的典籍既有經學、史學，亦包括天文、地理等百科及小説、日用類書籍。

小説史上有過按圖徵文的案例，[4] 也有過據圖寫作的傳説，[5] 但真正在體制

1（宋）鄭樵《通志》立《圖譜》爲單獨一門，提到了必須要使用圖譜的十六類情況，並指出“河出圖，天地有自然之象。洛出書，天地有自然之理，圖，經也，書，緯也，一經一緯，相錯而成文”。

2（清）章學誠著，葉瑛校注：《文史通義校注》，北京：中華書局 1985 年版，第 636 頁。

3（清）徐鼎《毛詩名物圖説發凡》曾説：“圖説二者，相爲經緯，古人左圖右書良有以也。”見（清）徐鼎輯：《毛詩名物圖説》，乾隆三十六年刊本。

4 光緒三年（1877）十月十七日，寓滬遠客曾在《申報》發布《〈有圖求説〉出售》啓事，並進行過一次徵文活動。參見《〈申報〉影印本》，上海書店 1983 年，第 11 册第 495 頁。

5 解弢《小説話》云：“聞之故老云：施耐庵之作《水滸》也，先圖一百八人之象，黏之屋壁，顧其面貌，揣摩其言行，然後落筆，故能一絲不走。是誠作小説之妙訣也。”見解弢《小説話》，黃霖編著：《歷代小説話》，南京：鳳凰出版社 2018 年版，第 3172 頁。

上形成"看圖説話"的小説，有如下三類：

　　其一，文言小説系統中的"圖説體"。"圖説體"小説最早出現在文言小説系統中，形制大多與圖記、圖考、圖傳類同。較早出現在史志目録中的"圖説體"小説是《隋書·經籍志》中著録的《魯史欹器圖》與《器準圖》。[1]依《隋書·經籍志》所録，《魯史欹器圖》題"儀同劉徽注"，《器準圖》題"後魏丞相士曹行參軍信都芳撰"，《魏書》卷二十稱："又以河間人信都芳工算術，引之在館。其撰古今樂事，《九章》十二圖，又集《器準》九篇，芳別爲之注，皆行於世。"《魏書》卷九十一云："（延明）又聚渾天、欹器、地動、銅烏漏刻、候風諸巧事，并圖畫爲《器準》。並令芳算之。會延明南奔，芳乃自撰注。"[2]又《北齊書》載："芳又撰次古來渾天、地動、欹器、漏刻諸巧事，並畫圖，名曰《器準》。"[3]從所列史料來看，這兩部成書於魏晉南北朝時期的小説，其"圖説體"特徵主要有如下幾點：（一）以"圖"爲名；（二）在體制上或同時兼具"圖"與"説"，且可能具備注釋；[4]（三）圖繪内容皆爲被文字所説明的器物；（四）篇幅短小，《魯史欹器圖》僅一卷，《器準圖》僅三卷九篇；（五）從内容來看，二者都不是叙事類小説，《魯史欹器圖》應當與《荀子·宥坐》篇所述孔子觀魯桓公之廟見欹器有關，《器準圖》應當是與器物、器準有關，内容偏重於實用性、釋義性、學術性，而非以藝術審美、叙事當做核心價值。《隋書》取其語含勸諫、小道可觀之意，將二者録入"小説家"，至《新唐書》《舊唐書》，史家因《魯史欹器圖》内容與孔子相關，便將其轉録於"儒家"。唐宋以後，這種"圖説體"小説的内容不斷拓展，《宋史》小説家類著録小説 359 部，"圖説體"小説除《欹

　　1《舊唐書》將《魯史欹器圖》列入儒家，《器準圖》失録。《新唐書》將《魯史欹器圖》列入儒家，將《器準》列入曆算類。至《宋史》，《欹器圖》則又重回小説家類，《器準圖》則自此不見著録。

　　2（北齊）魏收撰：《魏書》，北京：中華書局 1974 年版，第 530、1955 頁。

　　3（唐）李百藥撰：《北齊書》，北京：中華書局 1972 年版，第 675 頁。

　　4 在史志目録中，以"某某圖"爲命名規則的書籍，大多都是有圖（或表）且有文的作品，而非純粹的圖畫書。

器圖》外，還著録有《靈異圖》《貫怪圖》《八駿圖》《異魚圖》等，它們的
體制大概與《魯史欹器圖》《器準圖》相似，但内容已兼涉志怪、博物。至
明清時期，此類在標題上即注明"圖"的小説逐漸失録於《明史·藝文志》
《欽定四庫全書總目》等史志目録中的小説家類，而舊志所録相關書籍也
大多佚失，但"圖説體"文言小説依舊有市場，其小説標題未必一定注明
"圖""圖説"，但大多具備一事（一人）一圖的編例，圖繪内容以繪事（如
《後聊齋志異圖説》）、繪人（如《仙佛奇蹤》）爲主。值得注意的是，明代的
通俗小説中也可能存在此種體例。俞樾在《九九銷夏録》"圖説如平話體例"
條中曾説："明楊東明所繪《河南饑民圖》……圖凡十有四。前十三圖繪饑民
之狀，各繫以説。末一圖乃東明拜疏之象，亦有説曰'這望闕叩頭的就是刑
科右給事中小臣楊東明。'諸説皆俚俗之語，冀人主閲之，易於動聽，亦深費
苦心矣。明薛夢李《教家類纂》一書，首以圖説繪畫故事，而繫之以説云：
'這一個門内站的人，是某朝某人'云云。疑明代通行小説平話有此體也。"[1]

其二，"看圖説話"形式的講唱小説。唐五代以降的説經、轉變等口頭
表演伎藝中可能存在著看圖講故事的表演形制，此類研究頗多。[2]僅就可見
文本來看，這些説唱文本保留了"看……處"、"看……處，若爲陳説"等不
少慣用句式，有學者認爲："這些慣用句式都是用來向聽衆表示即將由白轉
唱，並有指點聽衆在聽的同時'看'的意圖。"[3]

其三，晚清民國出現的諸種"小説畫報"與"連環圖畫小説"。晚清以
降，《瀛寰畫報》《畫圖新報》《飛影閣畫報》《小説畫報》等一系列雜糅小説
的畫報、畫刊逐漸興起，這類刊物在體例上皆是以畫爲核心，其所附畫，形
式與内容皆紛雜不一，但圖像成爲了"畫報"之必須。陳平原的《左圖右史

---

1 （清）俞樾撰：《九九銷夏録》，北京：中華書局 1995 年版，第 141 頁。

2 可參考吉師老《看蜀女轉昭君變》等史料以及胡士瑩《話本小説概論》、梅維恒《繪畫與表演——
中國繪畫叙事及其起源研究》等專著與論文。

3 白化文：《什麽是變文》，《敦煌變文論文録》，上海：上海古籍出版社 1982 年版，第 435—437 頁。

與西學東漸——晚清畫報研究》等專著對此類畫報曾做過詳細的研究，不再贅述。除了小説畫報外，晚清興起的諸種連環圖畫亦可算做"圖説體"小説之變體，茅盾曾在《連環圖畫小説》一文中將舊上海"小書"定性爲"連環圖畫小説"，認爲這些書"大多數是根據了舊小説的故事而改制成的節本……這些圖畫的體裁正像從前《新聞報》上《快活林》内的諷刺畫，除有十數字説明那圖中人物的行動外，又從每個人的嘴邊拖出兩條綫，綫内也寫著字，表明這是那人所説的話"。[1]

從整體看來，此類"圖説體"小説總量不大。但自魏晉南北朝至清代，其發展却從未斷絶，文言小説中的"圖説"，講唱類小説中的"看圖説書"，晚清畫報與連環圖畫，無論它們的圖像今天是否存在，它們存留下來的文本都或多或少地表現出對圖像的依附性、解釋性，因而在叙述方式上都有著"釋圖"的特性，這也是"以説繫圖"類小説最主要的特徵。

四、插圖成爲"正文"的兩種特殊方式

中國古代小説插圖參與小説文體建構最爲直接的途徑便是圖像成爲小説不可分割的"正文"。它們與小説中的文字形成了一種同體共構的關係，圖像不再是由正文所派生的"副文本"，[2]而是成爲了小説原生的"正文"本身，它們與小説中的文字部分具備同等的文本地位。

---

1 茅盾：《連環圖畫小説》，張靜廬輯注：《中國出版史料補編》，北京：中華書局 1957 年版，第290頁。

2 在熱奈特《隱迹稿本》一文梳理的五種跨文本關係中，提到了文學作品中正文與副文本間所維持的關係，並對副文本概念做出了簡要定義："副文本如標題、副標題、互聯型標題；前言、跋、告讀者、前邊的話等；插圖；請予刊登類插頁、磁帶、護封以及其他許多附屬標誌，包括作者親筆留下的還是他人留下的標誌，它們爲文本提供了一種（變化的）氛圍，有時甚至提供了一種官方或半官方的評論，最單純的、對外圍知識最不感興趣的讀者難以像他想像的或宣稱的那樣總是輕而易舉地占有上述材料。"見〔法〕熱奈特著，史忠義譯：《熱奈特文集》，南昌：百花文藝出版社 2001 年版，第71頁。

　　插圖成爲"正文"的第一種方式是"圖文互嵌"。此類插圖往往具備三種特質：圖像與文本以"文内相聯"的形式構成正文的局部細節，其圖多繪正文中所出現的器物、地圖等内容，起到説明、圖示的作用。正文有明確提示讀者"看圖"的提示文字。圖像删除後，相關文字無法完整叙事。

　　此類插圖較常出現在清代的章回小説中，僅就所見而言，較早採用此類體式的小説是《紅樓夢》，以庚辰本《石頭記》爲例，其書第八回有寶玉圖及金鎖圖，圖像之前的正文對讀者發出了讀圖的提示："寶玉忙托了鎖看時，果然一面有四個篆字，兩面八個，共成兩句吉讖。亦曾按式畫下形相。"此句之後，即空行繪製金鎖圖，圖上鎪"不離不棄，芳齡永繼"八字，圖後又叙："寶玉看了也念了兩遍，又念自己的兩遍。因笑問姐姐：'這八個字到真與我的是一對。'"[1]此處金鎖上所鎪八字，皆因圖而出，若無此圖示，則關目盡失，我們亦無從得知寶釵金鎖之文，故而《紅樓夢》實際已經主動採用了圖文共同叙事的表現方式。[2]

　　繼《紅樓夢》之後，又有《鏡花緣》沿用其體，如第四十一回"觀奇圖喜遇佳人"一段，在唐小山看璇璣圖時，小説正文寫道："小山接過，只見上面寫著。"接下來使用了數頁的篇幅，繪《蘇氏蕙若蘭織錦回文璇璣圖》數頁以示讀者。[3]此外，在同書第七十九回談到"算籌"等物，也都是以圖爲討論對象，圖文之間互相指涉。

　　至晚清，又有於一處集匯衆圖之例，楊味西應傅蘭雅徵文所著《時新小説》，其書第二回"李夫人評論金蓮"中有一段李夫人關於婦女纏足的議

　　1（清）曹雪芹著，（清）脂硯齋評：《脂硯齋重評石頭記》，北京：人民文學出版社1975年版，第181頁。

　　2《紅樓夢》諸稿本的第八回雖圖像有簡有略，但大體多用此例，部分刻本去掉了圖像，因而相應地調整了原文，如嘉慶丙寅寶興堂藏板《繡像紅樓夢》所載："寶玉忙接在手中細看，果然一面有四個字，兩面八個字，共成兩句吉讖，鎪的是'不離不棄，芳齡永繼'。"已非原筆。

　　3（清）李汝珍撰：《鏡花緣》，《古本小説集成》，上海：上海古籍出版社1994年版，第723—737頁。

論：“李夫人道：‘纏足乃是婦女要緊的事……合觀婦女之脚，其式樣亦不一……也有一種稱爲假脚，假脚者，脚不甚小，謬托極小，鞋内裝木底，名爲高底板，假裝作小脚是也。’”在李夫人説完之後，作者緊接著補叙“夫人所説各處女人的脚，式樣不一，稗官因描畫成圖，以證明各處脚樣”。[1] 並在其後配圖四面，每面繪“脚樣”兩種，圖上方題“脚樣”之名，其目爲“三寸小足式”“未纏之足式”“裝鞋底式”“半籃足”“寧波足”“清江足”“湖北足”“削木爲足式”，除前兩圖外，餘圖下各附説明。此類“内嵌”的“圖文結構”並不如“圖説”般具備“體例”意義。這種“圖文”互嵌的文本，最大的文體價值在於讓我們明確認識到，小説作者會主動使用圖文“互嵌”的結構進行叙事，古代小説中存在著真正叙事意義上的“圖文體”。

　　插圖成爲“正文”的第二種方式是小説作者的“以圖謀篇”。小説作者會直接將插圖（包括圖像與表譜）設爲完整、獨立的小説叙述單元（條目、章回）。此種情況以文言小説中所列表譜最爲常見，[2] 作者常常將家譜、世系設定爲獨立的條目，如元陶宗儀所著《南村輟耕録》即以《大元宗室世系》等表譜構成獨立的文本條目，表譜即文本本身，且無法删除。

　　以畫像作爲獨立的小説叙事單元的情況較爲少見，康熙間蘇庵主人編《新鐫移本評點小説繡屏緣》是目前在古代小説中僅見的一例。小説叙書生趙雲客與五位女子的風月故事，語涉穢褻，文學性並不高，但就小説體例而言，該書最具特色之處便在於將圖像設定爲獨立篇章。原書共有二十回，其第十八回末叙主人公在五花樓上極盡歡愉之事：“趙雲客自上五花樓，便把此道看做第一件正經事……所以盡極歡娱，不分晝夜，風花雪月，時時領略佳趣。一舉一動，皆自己把丹青圖畫了，粘在五花樓繡屏之上。擇其中尤美

1（清）楊味西：《時新小説》，周欣平編：《清末時新小説集》，上海：上海古籍出版社 2011 年版，第 225—227 頁。

2 在諸種歷史演義篇首中，常常有大篇幅的《宗僚》之類表譜，它們的文本價值亦值得討論，在此，本文只討論能獨立建構小説叙事單元且不可删除的表譜。

者，標題成帙，爲傳世之寶。五位美人更相唱和，彈琴讀書，賦詩飲酒，時常把幾幅美圖流連展玩。”然而行文至此，作者便將故事戛然中止，稱："若是要看趙家的結果，還在末回（第二十回），若是要知幾幅美圖，但看下回。”[1]於是在緊隨其後的第十九回《繡屏前粉黛成雙　花樓上畫圖作對》中，僅繪製“美圖”七幅，並配有《駐雲飛》詞八首，[2]内容如下：

圖	《駐雲飛》詞
繪琵琶	昨夜飛雲，暫向陽臺寬繡裙。花照羅幃近，酒泛瓊巵穩。親簫史正留秦，多嬌聰俊。錦帳香濃，月透珠樓潤，一半鮮明一半昏。
繪屏風，上繪鴛鴦一隻，並有“情榜花主”鈐印	情榜掄元，種玉迷香總是緣。年少潘安面，錦繡陳思儔。仙亭畔戲雙鴛，百花開遍。滿座瓊姿，齊把金樽勸，一半長酣一半淺。（印署：雲客）
繪屏風，上繪連環雙扣，並題“堅潔不渝，始終不絕”	白玉無瑕，一朵千金龍綃紗。羞比行雲化，遠效瓊漿話。他夢裏抱琵琶，崔徽初畫。粉黛餘香，繡得湘裙衩，一半題詩一半花。（印署：玉環私印）
繪屏風，上繪花木、石頭，題“美人縈之兮”	羅幕雙棲，鏡掩迴鸞香暗低。歸鳳終成對，小燕添嬌媚。奇花裏定佳期，全憑夫婿。今世良緣，前世紅絲繫，一半相思一半喜。（印署：季苕氏）
繪屏風，上繪佛珠，題“佞佛”	睡損紅妝，風韻依稀似海棠。嬌怯情初放，引動魂飄蕩。郎曾記鳳求凰，銀河相望。歸夢同圓，始得圖歡暢，一半清閑一半忙。
繪屏風，上繪菊花，並題“夕餐”	暮雨溫柔，被蟾影分明照畫樓。眉掃雙蛾秀，鬢掠單蟬瘦。幽燈下更風流，並肩攜手。小篆香低，暫且鬆金扣，一半追歡一半羞。（詞末有“印章”字樣）
繪屏風，上繪草木	風韻難描，似映水芙蓉初放稍。隨葬花堆俏，楚岫雲光耀。嬌相會在藍橋，風流年少。這段姻緣，總是紅鸞照，一半多情一半巧。（印署：一名英）
無圖	瑶島仙娥，暫往人間附女蘿。千尺情牽墮，五夜花相和。哥春酒醉顏酡，倚樓同坐。兩袖溫香，繡下昭陽唾，一半遮藏一半拖。（印署：名花傾國）

1（清）蘇庵主人編次：《繡屏緣》，《古本小説集成》，上海：上海古籍出版社 1994 年版，第340—341 頁。

2 同上，第343—351 頁。

此一回小説，全篇不涉敍事，僅以器物圖像和詩詞支撐全篇，其圖即爲第十八回中所謂"傳世之寶"的"美圖"。細考其圖、其詞，内容有相互關合之處，如第二圖屏風上繪鴛鴦二隻，與其詞中"仙亭畔戲雙鴛，百花開遍"相應，詞後署名"雲客"，圖中"情榜花主"鈐印，所指都是主人公趙雲客。從鑒賞角度來看，其圖與詞皆非佳構，但其體例意義却頗值得一提。該書《凡例》云："小説前每裝繡像數葉，以取悦時目，蓋因内中情事，未必盡佳，故先以此動人耳。然畫家每千篇一列，殊不足觀，徒災梨棗，此集詞中有畫，何必畫中有形？一應時像，概不發刻。"[1]可見小説作者對其時流行的小説繡像其實多有不滿，但他又主動使用這種圖文"文内相聯"的模式進行創作，甚至用以占據完整的一個章回，足見作者有著大膽的創體意識。限於所見，中國古代似《繡屏緣》這般以圖像爲章回的小説，僅此一部，因而實際影響有限。

第三節　小説圖像的批評功能

在小説繡像編纂過程中，圖像作者的"加像"行爲不僅只是一種對文字的忠實描摹和再現，更是一種基於理解的表達。這樣的表達一方面表現在圖像作者會依據自己的認知、信仰、想像和閱讀體驗對小説文本意義（包括事件、人物、場景等）進行有選擇、有意圖的具象化操作；另一方面則表現爲他們可能會通過小説繡像獨特的表意機制發表評論、宣洩情感，從而將他們的主體意識滲透到繡像之中。如果從一個寬泛的文學批評視野來審視這一現象，這些具備"畫外之音"的小説繡像實際上已具備了一定的批評功能。而其圖繪内容的選編、題榜、排序、鈐印正是"加像"程序中具備批評"行

1《繡屏緣凡例》，（清）蘇庵主人著：《繡屏緣》，《古本小説集成》，上海：上海古籍出版社1994年版，第1頁。

爲"與"內核"的四種方式。

一、圖繪内容的選編：基於認知的回應

在學界，小説繡像多被視作文字的輔助和表現手段，而較少重視繡像選編過程中編者對於圖繪内容的裁斷和選擇。而恰恰正是這種並不太爲人關注的篩選、建構行爲，實際上成了一種具備文本鑒賞和價值判斷的批評，因而或多或少地能體現出編者的傾向性。從繡像生成的實際來看，這樣的選編行爲存在一些較爲基本的操作模式，它們指向不同，功能各異，却都表現出圖像編者對小説文本的"回應"。

在古代小説繡像的表現體系中，從來没有産生能夠真正承擔全部叙事任務的圖像表現程式，在有限的篇幅裏，繪事的繡像往往只會通過情節發展中的一瞬表現最爲典型的場景，而繪人的繡像也同樣只會選取典型的人物作爲描摹的對象，這客觀上要求圖像編者對文本細節進行區別對待，因而選出最爲典型的情節片段和人物以繪成圖像成爲圖像選編的内在要求。無論是按頁選圖、按章回選圖，還是以整本小説爲取材範圍進行選圖，這三種選編繡像的方式都與生俱來具備了選菁舉要的特性。從内容上看，雖然它們都是對文本的"再現"，但實際上已經成爲經由選擇後的一種表達，大體能反映出繡像編者對於小説典型情節和典型人物的判斷和把握，而這恰恰是文學批評中的一項重要任務。

繡像作者對文本的"回應"還表現在他們有時會爲小説文本提供注解性質的圖像，其出發點不在於情節的展開，而是側重於對小説的認知功能進行拓展。在小説諸版本中，這樣的繡像通常包括：1. 輿圖，多出現在歷史演義、時事小説及帶有地域特性的小説集之中。2. 器物圖，描繪小説中出現的各類器物，具體可細分爲"博古"與"用今"兩類，前者如明刊《七十二朝

人物演義》中所繪製的"瑟""屈盧之矛，步光之劍""合卺杯""爰居""琴書""玉璧""玉兔""虎符"等，重在挑選博物性質的題材以資考證、鑒賞。後者如崇禎間雲林聚錦堂刊本《西湖二集》中刊刻的"埋火藥桶""滿天煙噴筒""飛天噴筒""大蜂窠""火磚""火妖"等諸種海防武器圖，圖旁附有詳細的製作説明。3. 勝景圖，如清康熙金陵王衙精刊本《西湖佳話》、乾隆五十六年自愧軒所刻《西湖拾遺》，二書都繪有"西湖十景圖"。其中《西湖佳話》中的繡像用五色板套印而成，是古代小説中少見的彩色繡像，其序稱"今而後有慕西子湖而不得親睹，庶幾披圖一覽，即可當卧遊云爾"，[1]顯然具備增廣見聞、娛人耳目之功能。4. 天文術數，如民國十三年上海大成書局印《三教一原西游原旨》中"伏羲六十四卦圓圖""太陽平面之圖"等。5. 春宮秘戲，如《素娥篇》一類淫邪小説所繪春宮圖等。

　　在一些小説版本中，圖像作者所繪繡像有時並不直接描摹情節片段和人物，而是以比喻、象徵的方式對情節與人物進行模擬。以光緒三年（1877）龍藏街翰苑樓藏版《新評繡像紅樓夢全傳》爲例，[2]該書繡像采用雙圖版式，版心上題"紅樓夢像"，魚尾下題人物姓名，前半頁繪人物，後半頁繪各式花木用以關合人物，其所繪人物與花木名稱對應如下：

人名	植物	人名	植物	人名	植物	人名	植物	人名	植物	人名	植物
警幻	凌霄	寶玉	紫薇	黛玉	靈芝	寶釵	玉蘭	可卿	海棠	元春	牡丹
迎春	女兒花	探春	荷花	惜春	曼陀羅	史湘雲	芍藥	薛寶琴	梅花	邢岫煙	野薇
妙玉	水仙	李紈	梨花	李紋	李花	李綺	蘭花	熙鳳	妒婦花	尤氏	含笑花
尤二姐	桃花	尤三姐	虞美人	夏金桂	水木樨	傅秋芳	瓊花	巧姐	牽牛	嬌杏	杏花

　　1（清）古吳墨浪子：《西湖佳話・序》，（清）古吳墨浪子搜輯：《西湖佳話》，《古本小説集成》，上海：上海古籍出版社 1994 年版，第 12 頁。

　　2（清）王希廉評本：《新評繡像紅樓夢全傳》，清光緒三年刊本，龍藏街翰苑樓藏版。

續　表

人名	植物	人名	植物	人名	植物	人名	植物	人名	植物	人名	植物
佩鳳	鳳仙	偕鸞	青鸞花	香菱	菱花	平兒	夾竹桃	鴛鴦	女貞	襲人	刺蘼
晴雯	曇花	紫鵑	杜鵑	鶯兒	櫻桃	翠縷	翠梅	金釧	金絲桃	玉釧	玉竹
彩雲	金絲荷葉	彩霞	向日葵	司棋	夜合花	侍書	玫瑰	入畫	淡竹葉	雪雁	雁頭花
麝月	茉莉	秋紋	蓼花	碧痕	碧桃	柳五兒	夜來香	小紅	月季	春燕	燕尾草
四兒	香結	喜鸞	（缺）	寶蟾	楊花	傻大姐	薺菜	萬兒	萬壽菊	文官	丁香
齡官	孩兒蓮	芳官	素馨	藕官	蝴蝶花	蕊官	玉蕊	藥官	白藥	葵官	蜀葵
艾官	艾花	豆官	紅豆	智能	西番蓮	劉姥姥	醉仙桃				

從上表看，該套繡像取象的規則主要有三：一是選取與人物命運、身份、性格相關合的花，如以靈芝配黛玉（仙草）、西番蓮配智能（僧人）、妒婦花配熙鳳、女貞配鴛鴦、刺蘼配襲人、夾竹桃配平兒等。二是選取典型情節中出現過的花，如史湘雲配芍藥、薛寶琴配梅花等。三是與人物姓名相關取象，如蕊官、藥官、葵官、艾官則分別取玉蕊、白藥、蜀葵、艾花等，完全是姓名語詞粘合產生的聯想，並不具備什麼内涵。

二、題榜：圖像中的文字批評

題榜，通常用以指代繡像中的各類文字，它既是中國古代小説繡像的基本組成要素，也是繡像體制中最爲直接的批評形式。在小説繡像中，題榜主要有兩類：一類是釋圖的標目，另一類是題圖的論贊。二者雖都是緣畫而作，但指向有所不同，前者以明代上圖下文本小説的圖目爲代表，其功能在於説明圖像所繪内容，本質上無關批評而僅僅只是一種標識。而後者則表現爲論贊、詩詞、楹聯等多種文體形式，甚至包羅短句、雜言等隨意性的評點，其主要功能在於因圖發論、抒發主體情感，因而實際上構成了一種文字批評。

　　從已有的資料看，以論贊題小説繡像大約始於明嘉靖間，至明末，小説繡像題榜的諸種批評形態皆已登場，大致有詩贊（包括像贊、詩、詞、曲等）、楹聯、散論三體，它們形式不一，功能也不盡相同。以詩贊爲繡像題榜，始於小説繡像中人物像贊的羼入。嘉靖三十一年（1552）建陽楊氏清江堂刊《大宋中興通俗演義》，刻岳飛像一幀，同時題有像贊一篇，這或許是現存小説版本中有確切年代可考的最早一篇人物像贊。贊曰："維武穆王，天錫勇智。氣吞强胡，力扶宋季。桓桓師旅，元戎是寄。行將恢復，遭讒所忌。生既無怍，死亦何愧。萬古長存，惟忠與義。"[1]此類題榜的"史評"特性十分明顯，主要用以稱述人物生平，並對人物一生做出總括性的概括。

　　除人物像贊外，萬曆以後在繪事繡像中出現的詩、詞、曲也是重要的詩贊類題榜形式。這些題畫的詩詞，雖主要用以對小説人物和情節直接進行詮解和判斷，但有時却表現出與人物像贊截然不同的秉性，流露出"逞才"的傾向。最具代表性的例子就是小説繡像中出現的"集句"詩詞。以明刊本《隋煬帝艷史》爲例，圖像編者采選前人既成之詩詞曲賦爲版畫題詠，其編輯方式有以下三種：（一）采用現成詩詞，如"文帝帶酒幸宮妃"圖，采王昌齡詩"火照西宮知夜飲，分明復道奉恩時"爲題榜。（二）集同一作者不同詩詞合爲新句，如"蓄陰謀交歡楊素"圖，集李白"就中與君心莫逆（《憶舊遊寄譙郡元參軍》），却來請謁爲交歡（《贈從弟南平太守之遥二首》）"二句，以爲新詩。（三）集不同作者詩詞合爲新句，如："黄金盒賜同心"

1（明）熊大木編：《大宋中興通俗演義》，《古本小説集成》，上海：上海古籍出版社1994年版，繡像第1頁。

圖，集"黄金合裏盛紅雪（花蕊夫人），見此躊躇空斷腸（李白）"二句等。編輯者以這種選集前人詩句的方式來爲版畫題詞，雖可露才，但内容極其空泛，不過文人遊戲而已。

楹聯式的題榜與上述詩贊類題榜有很大不同，相比之下，它與建陽本上圖下文小説中那種釋圖的標目更具親緣關係。[1] 楹聯原本就是介於雅俗之間的一種文學樣式，明以來，統治者帶頭興起了楹聯之風，[2] 因而吟詠楹聯一度成爲這一時代的風氣。反映在小説領域，楹聯大約在萬曆時期進入到小説繡像之中並形成固定的批評範式。以萬卷樓本《三國志通俗演義》爲個案，[3] 可以發現這些楹聯式的題榜兼具闡釋和評論雙重批評特性：一方面，題榜對圖繪情節進行延伸性的闡釋，使繡像、文字、題榜之間形成了一種"互釋"關係。如："董卓火燒長樂宫"題聯"紅焰冲天長樂宫中開火樹，黑煙鋪地洛陽城内列烽堠"，"袁術七路下徐州"題聯"七路雄兵處處鈴傳明月夜，一班健將人人劍倚白雲天"，"曹操會兵擊袁術"題聯"大將森森白鳥影移江樹没，强兵密密青萍光射野雲寒"。這類聯語與建陽上圖下文本小説中作爲圖名的題榜有著很大不同，我們來看余象斗評林本《三國志傳》，[4] "祭天地桃園結義"一節的繡像題榜："靈帝登位青蛇繞殿"，"張角采藥偶遇仙傳"，"張角甦民欲思謀反"，"劉備與朋友游李定相貴"，"劉備店遇關羽張飛"，"桃園結義聚衆滅寇"，"張世平等獻馬助金"。此類題榜篇幅較短，徒具骨鯁而血肉不足，楹聯題榜篇幅較長，可塑性相對較强，它們重在對小説關鍵情節進行渲染和鋪叙，本質上是一種對情節的複寫延伸而非圖目式的標識。另一

---

1 嘉靖以來建陽地區"上圖下文"版式的小説繡像，標題目時已用雙行楹聯式邊框，但除了萬曆間熊龍峰刊本《天妃娘媽傳》外，大多只具楹聯之形，而無楹聯之實。

2《簪雲樓雜説》載："春聯之設，自明孝陵昉也。帝都金陵，於除夕前忽傳旨：'公卿士庶家門上須加春聯一副。'帝親微行出觀，以爲笑樂。"見（清）陳尚古編：《簪雲樓雜説》，《叢書集成續編》第96册，上海：上海書店出版社1994年版，第531—532頁。

3（明）羅貫中編次：《三國志通俗演義》，《古本小説集成》，上海：上海古籍出版社1994年版。

4（明）羅貫中撰：《三國志傳評林》，《古本小説叢刊》第二三輯，北京：中華書局1991年版。

方面，楹聯題榜有時還會因事而發，對文本內容展開評論、抒發情感，論事者如萬卷樓本《三國志通俗演義》中"祭天地桃園結義"題聯"萍水相逢爲恨豺狼當道路，桃園共契頓教龍虎會風雲"，"李催郭汜亂長安"題聯"漢室傾頹一木有誰支大廈，長安毀裂二軍無復築堅城"，"蜀後主輿櫬出降"題聯"輿櫬出降四野好花閑白畫，封疆失守滿庭芳草憶黃昏"等。論人者如"呂布刺殺丁建陽"題聯"半世稱侯自是不仁還不義，三家作子敢於無父必無君"，"呂子明智取荆州"題聯"計出陰謀犬吠鷄鳴非將帥，兵行詭道獐頭鼠耳豈男兒"等，已明顯具備了批評的意味。然而，值得一提的是，這種具備批評性質的楹聯題榜，在小說繡像圖贊發展過程中只是一個階段性的存在，相關的小說版本主要集中在萬曆時期，入清後，此類楹聯式樣的題榜已極爲少見。

最後我們來看以散論爲題榜的情況。僅以明末《二刻英雄譜》（《精鐫合刻三國水滸全傳》）爲例，[1]該書成於明末最爲動蕩的時期，遼東後金未平，李自成、張獻忠兵亂又起，編者極其關注動蕩的社會現實，於是將《三國》《水滸》合刻爲《英雄譜》以振奮人心。在該書繡像中，已出現了關注歷史、社會的散論，如"鞭撻督郵"一圖，圖後有署名爲"黃道周"的散論："嚴氏父子當國時，鄢懋卿以假子得婿，奉敕查理八省鹽課，所過虎喝，每出必攜妻子，州縣盛彩輿以四十女子舁之，獨海剛峰不奉檄，更加摧抑竟欽影而過，聲息俱無，論者謂庶幾督郵之鞭。"對明朝鄢懋卿這一禍國殃民的人物做出猛烈鞭笞。又"李逵壽昌縣高坐衙"一圖，題榜曰："李逵不讀書、不讀律，天生仙吏，案牘一清，今之爲吏者能不愧此？當署上上考。"以李逵這一莽漢形象對"今之爲吏者"做出了形象的反諷。這類借事諷時的題榜，雖在小說繡像中並不多見，但却實實在在爲圖像中的批評開闢了一種關注現

1《精鐫合刻三國水滸全傳》，《明清善本小說叢刊》，臺北：天一出版社1985年版。

實的風氣，在小説批評史上理應占有一席之地。另一方面，在小説繡□題榜
中，還出現了圍繞小説章法結構而展開的分析。以圖像題榜來討論□説結
構及如何作文，這看似不可思議，却切實地出現在這一時期的繡像□榜之
中。在題署爲"馮夢龍增編"的《增補批點圖像燕居筆記》中，[1]有圖□十八
幅，題榜十六則，其中署名爲"鄒迪光"的題榜對《鍾情集三》中的□□做
出評價，稱"情真誼殷，局鍊機融，補叙得古文之梗概，措詞皆時藝□尖
巧"，並認爲"讀之實可助文人之筆趣"。而另一則題名爲"馮夢龍"的□榜
評《雙雙傳》曰："此傳後半本來面目頓改，貫錯綜處，則條理分明。"□對
文本結構做出了極有見地的分析。客觀地説，此類圖像題榜的出現，在□□
史中基本屬於"異類"，因並不常見，故影響有限。

三、排序：作爲批評的圖像序列

在中國古代小説觀念中，"排序"是一個重要的範疇，如《水滸傳》
的"排座次"、《隋唐演義》中的"第幾條好漢"、《三國志演義》前附列
《三國志宗僚》表、小説評點中金聖歎、葉晝等爲小説人物的"定品"等□
小説繡像也有類似的排序。

從迄今可見資料看，人物繡像至遲在明嘉靖間就已出現，但在繡像□
前發達的明代，小説中的人物繡像却在很長一段時間内遵循每書繪一人的□
例。[3]直至明末，這種體例纔被逐漸打破，多幅人物繡像的小説版本漸次□

1（明）馮夢龍編：《燕居筆記》，《古本小説集成》，上海：上海古籍出版社1994年版。

2 如金聖歎評《水滸》人物爲上上、上中、中上、中下、下下五品，"定考武松上上，時遷、宋江□一流人，定考下下"等。

3 明代的繡像以繪事者居多，純粹的人物繡像並不多見。從可見資料來看，嘉靖三十一年（1552）陽楊氏清江堂刊《大宋中興通俗演義》是最早出現人物繡像的小説版本，該書人物繡像僅有一幀，但繪的繡像却有多幀。此後，如《錢塘湖隱濟顛禪師語録》《咒棗記》《海剛峰先生居官公案》《韓湘子全傳》都繪有人物繡像，但都遵循每書一幀的體例。

場，並在清代繁盛壯大。[1]人物繡像從一幅擴展到多幅，如何排列這些繡像的先後次序，是編者常常要考慮的問題。一般而言，人物繡像的排序大致遵循如下的幾條基本規則：（一）尊者在前，其他人物在後。以此爲標準，排在前列的人物通常包括帝王將相，如《混唐後傳》中游地府的太宗、《七俠五義》中的宋仁宗等。師長，如《西遊真詮》中的唐僧、《鐵花仙史》中的蔡其志、《白圭志》中的張衡才、《鬼谷四友志》中的鬼谷子等。神佛仙道，如《西遊真詮》中的如來佛、李老君以及前文提到光緒三年龍藏街翰苑樓藏板《新評繡像紅樓夢全傳》中的警幻仙子等。男在前、女在後，如《白圭志》中張庭瑞與菊英、夏建章與蘭英等。帝位正統在先，僭國者在後，如《繡像第一才子書》中蜀、魏、吳之排列順序。（二）善在前，惡在後。如《西遊真詮》中的牛魔王、鐵扇公主、紅孩兒、黃袍怪、獅子精、蜘蛛精、犼精，《鐵花仙史》中夏元虛、畢純來，《白圭志》中的張宏，《嶺南逸史》中諸葛同以及《七俠五義》中的龐吉、襄陽王、神手大聖鄧車、花胡蝶花冲，這些反面人物和妖魔鬼怪一般都排在正面人物之後。（三）主要人物在前，其他人物在後。如《嶺南逸史》人物排列順序爲黃逢玉、張貴兒、梅映雪、李公主、明神宗、石禪師、吳桂芳、諸葛同，其中明神宗即排在小說主人公之後。（四）關係相近者排列一起。如《七俠五義》中的"五鼠"、《西遊真詮》中的唐僧師徒、《白圭志》中張庭瑞、菊英、夏建章、蘭英兩對夫妻，《繡像粉妝樓全傳》中的反面人物沈謙、沈廷芳、錦上天，《繡像第一才子書》中魏、蜀、吳各國勢力等。（五）以時間爲序。如老會賢堂藏板《繡像東周列國全志》中的諸人物，總體上以人物出場先後爲序。

　　在具體的一個小說版本中，人物繡像並不依據唯一的標準來進行排列，而往往是多重標準的綜合。如果我們將這種依據尊卑、善惡、主次、親疏、

---

　　1 較早出現多幅人物繡像的小說版本是明末的《殘唐五代史演義傳》，該書繪人物繡像十二幅，開一書繪多人的風氣。入清後，人物繡像逐漸增多，至清芥子園刊《鏡花緣》，肖像畫已超百幅。

時序五類關係對小説人物進行的綜合排列視爲一種批評，那麼其批評的有效性並不在於以唯一的標準判定人物，而往往表現爲通過序列將人物置身於多組關係之中，藉以從多組關係中托現出人物的定位。以《西遊真詮》繡像中的孫行者爲例，編者對於這一人物的定位具備著多重視角：以尊卑分，他位居如來佛、李老君、唐太宗、魏徵、唐僧之後，八戒、沙僧之前；以善惡分，列於牛魔王、鐵扇公主、紅孩兒、黃袍怪、獅子精、蜘蛛精、犼精之前；以親疏分，則與唐僧、豬八戒、沙僧這師徒三人並列。從這種看似混雜的序列中，我們却能看到編者對孫行者有著相對明晰的定位：地位不高，善良，與唐僧、八戒、沙僧有密切關係。這種以排序爲批評的人物評判方式，實際上是通過其他人物來"反觀"批評對象自身，維繫之基在於編者對文本的理解及小説人物間諸多關係的把控，故而若編排視角和文本理解之不同，同一小説完全可能表現出不同的排序方式。誠然，如上五條人物排序的基本規則絕非定則，規則之間甚至也會存在無法調和的衝突，但在面對人物繡像的排序問題時，繡像編者却總會有意、無意地遵從這些規則對人物關係進行一定程度的梳理，雖然這樣的排序遠遠談不上精準，但絕不妨害我們從中讀出編圖者的用心與偏好。

四、鈐印："煉意立骨"式的表達

小説繡像中的鈐印有時也可能成爲批評的媒介。在明以來的小説繡像中業已出現了印章這一書畫形式，它們一般位於圖題或題榜之末，所刻內容多爲圖像作者，題贊者，小説人物的姓名、別號、齋名等，用以維繫書畫章法布局、昭示身份，大多並無深意。入清後，小説繡像中"以印爲評"的現象多了起來，一些印文中漸次夾入制印者對文本的理解。如下兩種小説版本中的印章頗能説明問題：

光緒二年北京聚珍堂活字印本《繡像紅樓夢》繡像中的部分鈐印[1]

人物繡像	鈐印	人物繡像	鈐印	人物繡像	鈐印
寶玉	玉壺	黛玉	玉人	元春	清高
迎春	温甘如玉	惜春	齋心	史湘雲	臨風
妙玉	行雲	熙鳳	多情	尤二姐	流水
尤三姐	洗心	夏金桂	小窗	鴛鴦	清貞

光緒十四年上海大同書局石印本《圖繪五才子奇書》前十回"回目圖"鈐印[2]

回目圖	鈐印	回目圖	鈐印
王教頭私走延安府 九紋龍大鬧史家村	法師	史大郎夜走華陰縣 魯提轄拳打鎮關西	真性
趙員外重修文殊院 魯智深大鬧五臺山	静動	小霸王醉入銷金帳 花和尚大鬧桃花村	二醉
九紋龍剪徑赤松林 魯智深火燒瓦罐寺	暗明	花和尚倒拔垂楊柳 豹子頭誤入白虎堂	大力
林教頭刺配滄州道 魯智深大鬧野猪林	伴道	柴進門招天下客 林冲棒打洪教頭	後來好
林教頭風雪山神廟 陸虞候火燒草料場	一冷一熱	朱貴水亭施號箭 林冲雪夜上梁山	逼上

　　這兩例展示的是兩種不同類型的印文，前者印文因人而生，爲人而立，其文法主要可分如下幾類：一是直書評語。印文直接對人物進行總括式的判斷，如直接評鴛鴦以"清貞"、評元春以"清高"、評熙鳳以"多情"等，給予人物明晰的評論。二是以物喻人。印文通過某一具體意象來比況人物，如以"玉壺"喻寶玉、以"行雲"喻妙玉、以"流水"比喻尤二姐等。三是點

　　1（清）王希廉評：《繡像紅樓夢》，清光緒二年聚珍堂活字印本。
　　2（明）施耐庵著，（清）金聖歎評：《圖繪五才子奇書》，上海大同書局清光緒十四年（1888）石印本。

染描摹。指印文對繡像中環境情態進行附加描摹，使人物形象更爲生動。如史湘雲一圖，鈐印者營造出"臨風"的情境，使畫中湘雲貪涼醉臥芍藥裀之憨態顯得更爲生動。四是借物指事。指印文借小説中既有之物用來指代人物，如夏金桂繡像中的鈐印爲"小窗"，點出了《紅樓夢》九十回、九十一回夏金桂、寶蟾窗外誘惑薛蝌之事。五是以事代人。印文直接截取人物的重要行爲以指代小説人物，如尤三姐之"洗心"、惜春之"齋心"等。後者印文因事而立，它們對回目圖和回目本身進行一定程度的總括，如"史大郎夜走華陰縣，魯提轄拳打鎮關西"，鈐印爲"真性"；"林教頭風雪山神廟，陸虞候火燒草料場"，鈐印爲"一冷一熱"；形成了一種類似評點話語的"斷語"。這種具備評論內涵的印文，雖可看做是文字批評的變體，但其依然具備了自身的特性，它一方面要求作者煉意立骨，以極簡的文字捉住批評對象最主要的特徵；同時在表現形態上還要求制印者能恪守章法布局，帶給讀者美感，因而是一種同時具備批評性和觀賞性的書畫因素，在整個文學批評史上都可算得上是一種較爲獨特的批評形式。

第二編　先唐小説文體

概　述

　　討論先唐小説文體的源流，要注意兩種路徑的分野：一是依據"小説"（"小説家"）這一語詞所指稱的對象進行文體溯源；一是從作爲文學文體之一的小説文體的角度加以追溯。前者歸類的依據是言説方式、言説内容、言説價值和文本載體等；後者則是從文學的屬性來界定，有叙事、情節、人物、虚構等方面的基本軌範。對先唐小説文體的溯源，則需依循第一種路徑。

　　先唐小説的文體現象，就古代話語中"小説"（"小説家"）這一語詞所指稱的對象而言，可以發現這樣的事實，即先唐時期小説文體的生成，與先唐時期學術的發展和文獻載體的演進密切相關。近代學人陸紹明曾論述小説的源流與分期，言："往古小説之發達，分五時代（見《畫墁瑣記》）：一曰口耳小説之時代，虚飾之言，人各相傳；二曰竹簡小説之時代，各執異説，刻於竹簡；三曰布帛小説之時代，書於紳帶，以資悦目；四曰謄寫小説之時代，奇異新説，謄寫相傳；五曰梨棗小説之時代，付梓問世，博價沽譽。"[1]陸紹明所謂古小説的"五時代"，是從文獻載體和編撰方式而言的，雖然五個時代的標準并不一致，但與先唐時期小説的狀態却也吻合。如"口耳小説之時代"，《漢書·藝文志》"小説家"所著録之《伊尹説》《鬻子説》，班固

---

　　1 陸紹明：《〈月月小説〉發刊詞》，慶祺編輯：《月月小説》（第3號），月月小説社1906年，第2頁。轉引自陳平原、夏曉虹編：《二十世紀中國小説理論資料》第一卷（1987—1916），北京：北京大學出版社1997年版，第195頁。

認爲皆後世之人所僞托，後人以伊尹和鬻子爲僞托之對象，大概是因二人多有口耳相傳之小說。[1] 所謂"竹簡小說之時代"，大體即桓譚所謂的"短書"時代，其《新論》言："若其小說家合叢殘小語，近取譬論，以作短書。治身理家，有可觀之辭。"[2] 桓譚言小說家綴合"叢殘小語"[3] 以成"短書"，所謂"叢殘"，即"殘＝殘缺＝斷片；叢＝細的或雜的東西"。[4] 所謂"短書"，即書寫之竹簡或木牘尺寸短。王充《論衡·骨相篇》言："斯十二聖者，皆在帝王之位，或輔主憂世，世所共聞，儒所共說，在經傳者較著可信。若夫短書俗記，竹帛胤文，非儒者所見，衆多非一。"[5] 此段文字雖非直言小說家，但其義與桓譚《新論》所言無差。又王充《論衡·謝短篇》引儒生言："二尺四寸，聖人文語，朝夕講習，義類所及，故可務知。漢事未載於經，名爲尺籍短書，比於小道，其能知，非儒者之貴也。"[6] 漢制規定，凡經、律等官書，用二尺四寸竹簡書寫，官書以外包括子書等，均以短於二尺四寸竹簡書寫，此種竹簡約長一尺二寸至八寸不等，故稱爲"短書"。至於"布帛小說之時代""謄寫小說之時代"，《世說新語》《搜神記》等這類抄撮之小說堪稱這兩種時代的典範之作。史官的分化和史學的演化也是考察小說起源的一個重要途徑。《新唐書·藝文志》即認爲小說之源就是史官，其序言："至於上古三皇五帝以來世次，國家興滅終始，僭竊僞亂，史官備矣。而傳記、小說，外暨方言、地理、職官、氏族，皆出於史官之流也。"[7] 何以小說、傳記、

---

　　1 伊尹，一名摯，相傳其在夏桀時耕於有莘之野，湯使人聘迎之，五反而從湯，相湯伐桀救民；或傳言伊尹爲有莘氏媵臣，負鼎俎，以滋味說湯，致於王道。關於伊尹的兩種說法，都具有傳奇性，誠爲口耳相傳之小說也。

　　2《文選》卷三一江文通（淹）《擬李都尉從軍詩》李善注引。見（南朝梁）蕭統編，（唐）李善注：《文選》，上海：上海古籍出版社 1986 年版，第 1453 頁。

　　3《太平御覽》卷六〇二引桓譚《新論》又有"叢殘小論"一語，和"叢殘小語"意思相同。

　　4 魯迅 1933 年 6 月 25 日致增田涉信，《魯迅全集》第十三卷，北京：人民文學出版社 1981 年版，第 528 頁。

　　5（漢）王充著，黃暉撰：《論衡校釋》，北京：中華書局 1990 年版，第 112 頁。

　　6 同上，第 557—558 頁。

　　7（宋）歐陽修等撰：《新唐書》，北京：中華書局 1975 年版，第 1421 頁。

方言、地理、職官、氏族等皆出於史官？蓋因史官的職掌有其相應的才學識之要求，即《隋書·經籍志》"史部總序"所謂："夫史官者，必求博聞强識，疏通知遠之士，使居其位……是故前言往行，無不識也；天文地理，無不察也；人事之紀，無不達也。内掌八柄，以詔王治；外執六典，以逆官政。書美以彰善，記惡以垂戒，範圍神化，昭明令德，窮聖人之至賾，詳一代之典章。"[1] 從知識的角度來看，史官的博聞强識、疏通知遠，正是先唐小説的重要特色。

　　從文體表現而言，先唐小説大體可分爲兩個階段。第一階段是先秦兩漢，這一時期小説體式並不明晰，如前引陸紹明言吟於草野的《詩》有小説野史之義，好言災異的《周易》《春秋》有小説野史之旨。而小説不過是一種基於價值判斷、以説理爲旨歸的言説，如《漢書·藝文志》諸子略所著録之小説家。這一類小説的文體形態，因小説文本散佚過多而難以釐析，然則兩漢在文獻學上有卓越之成就的劉向，其所編次之《説苑》大體可視爲《漢書·藝文志》小説家的摹本。第二階段是漢末至隋，以類相從的小説編撰觀念逐漸明晰，促進了小説文本文體特徵的生成。

　　漢晉時期，知識累積的豐厚與類別意識的發展，形成了按圖書文獻的内容和性質進行整理編目的目録學知識譜系，在撰著方面也有了相對明晰的文類界域。劉向、劉歆父子《别録》《七略》及在其基礎上增删而成的班固《漢書·藝文志》，將文獻典籍"剖析條流，各有其部"，[2] 分爲六藝、諸子、詩賦、兵書、數術、方技等六略。劉向等校書工作的開展，《漢書·藝文志》有記載，言："詔光禄大夫劉向校經傳諸子詩賦，步兵校尉任宏校兵書，太史令尹咸校數術，侍醫李柱國校方技。每一書已，向輒條其篇目，撮其指意，録而奏之。"[3] 由此可推知，劉向等人乃是按照圖書文獻的内容和性

1（唐）魏徵、令狐德棻撰：《隋書》，北京：中華書局 1973 年版，第 992 頁。

2 同上。

3（漢）班固撰：《漢書》，北京：中華書局 1962 年版，第 1701 頁。

質進行整理編目的。[1]《漢書·藝文志》的分類雖存在標準不一的弊端，[2]但依然 "有比較嚴密的分類系統，通過分類，能夠反映學術的變遷，橫觀可以看出學術的異同，縱觀可以看出學術的發展"。[3]《漢書·藝文志》是删削《七略》而成，也應沿承了《七略》按圖書文獻内容和性質進行整理編目的特徵。西晉荀勗據曹魏時鄭默《中經》，撰《中經新簿》，總括群書，分爲四部："一曰甲部，紀六藝及小學等書；二曰乙部，有古諸子家、近世子家、兵書、兵家、術數；三曰丙部，有史記、舊事、皇覽簿、雜事；四曰丁部，有詩賦、圖贊、《汲冢書》。"[4]此種分類，雖然也存在標準不一的實情，但亦是按照文獻的文本内容和性質而進行的。另有南朝齊王儉《七志》、南朝梁阮孝緒《七録》等目録學典籍，依據其時的知識譜系，對圖書文獻進行了類分編目。在這一階段，對文體特徵的認知和界域的劃分也逐漸明晰。如曹丕《典論·論文》中 "奏議宜雅，書論宜理，銘誄尚實，詩賦欲麗" 的總結，[5]即在界分文體的基礎上提出了不同文體的體式特徵。劉勰《文心雕龍》中的文體界分的論析，更是體大思精。此外，對文獻文本的分類輯集整理，如摯虞《文章流别集》、昭明太子蕭統《文選》等，也體現了强烈的文體特徵的認知和文體界域。

這一階段小説文本的編撰，一般依循明晰的類型意識，表現出一定的文體認知。如王嘉《拾遺記》、殷芸《小説》、劉義慶《世説新語》、干寶《搜神記》等書的編撰，皆是以類相從，並具有一定文體標識性的特徵。從作爲

1　王重民著：《中國目録學史論叢》，北京：中華書局1984年版，第17—18頁。

2　姚名達指出《漢書·藝文志》分類法因 "標準不一"，造成 "有聚傳習一部古典之書爲一類者" "有聚學派相同之書爲一類者" "有聚研究一種專門學術之書爲一類者" "有聚文章體裁相同之書爲一類者" 等四種錯亂弊端，因此認爲 "其法草創，前無所承，原無深義"。見姚名達：《中國目録學史》，上海：上海古籍出版社2005年版，第49頁。

3　程千帆、徐有富著：《校讎廣義·目録編》，濟南：齊魯書社2001年版，第110頁。

4　（唐）魏徵、令狐德棻撰：《隋書》，北京：中華書局1973年版，第906頁。

5　（南朝梁）蕭統編，（唐）李善注：《文選》，上海：上海古籍出版社1986年版，第2271頁。

書名的"小説"和"志怪"來考察，魏晉南北朝時期小説的類型觀念尤爲鮮明。南北朝時期，至少有南朝宋劉義慶《小説》、南朝梁殷芸《小説》和南北朝無名氏《小説》三書以"小説"一詞命名。[1] 劉義慶《小説》與無名氏《小説》已佚。殷芸《小説》，現有魯迅、余嘉錫、周楞伽、王根林等人輯本，大體可據之來考證"小説"之特性。清人姚振宗稱殷芸《小説》："殆是梁武帝作《通史》時事，凡此不經之説爲通史所不取者，皆令殷芸別集爲《小説》。是此《小説》因《通史》而作，猶《通史》之外乘也。"[2] 雖有研究者認爲姚振宗此言乃臆斷，然姚振宗所言也可能符合事實。[3] 觀殷芸《小説》體例、内容與所徵引書目，確實是有別於正史的野史、傳説。三部《小説》是"偏記小説"，不同於先秦兩漢所謂"小説"之言理説道的子書特性，另具有徵實與勸懲之史書屬性，[4] 因而被論定爲"自成一家，而能與正史參行"。[5] 這一時期，以"志怪"爲書名者亦數量繁夥，如《隋書・經籍志》著録有殖氏《志怪記》《孔氏志怪》《祖台之志怪》，另《玉燭寶典》引《志怪》《雜鬼怪志》，《法苑珠林》引《志怪傳》，《北堂書鈔》引《志怪集》，《太平御覽》引《志怪》《志怪集》《許氏志怪》，《太平廣記》引《志怪》《志

1　劉義慶《小説》見《舊唐書・經籍志》和《新唐書・藝文志》"小説類"，殷芸《小説》、無名氏《小説》皆見《隋書・經籍志》"小説類"。

2　(清)姚振宗撰：《隋書經籍志考證》，《二十五史補編》，北京：中華書局 1955 年版，第 5537 頁。

3　羅寧、武麗霞《〈殷芸小説〉考論》認爲《殷芸小説》成書於大通三年（中大通元年，529）之前，而《通史》在中大通二年尚未完成。見《華中科技大學學報》(社科版) 2004 年第 1 期。然據《梁書・吳均傳》載，梁武帝使吳均撰《通史》，"起三皇，訖齊代，均草本紀、世家功已畢，唯列傳未就。普通元年（520）卒，時年五十二。"余嘉錫《四庫提要辨證》詳考吳均、殷芸二人事迹及生卒年斷限，吳均長殷芸二歲，"二人仕同朝，同以博學知名"。(余嘉錫《四庫提要辨證》卷十七，北京：中華書局 1980 年版，第 1013 頁。) 另余嘉錫《殷芸小説輯證》云："考芸所纂集，皆取之故書雅記，每條必注書名，與六朝人他書隨手抄撮不注出處者不同。"(余嘉錫《余嘉錫論學雜著》，北京：中華書局 1963 年版，第 280—281 頁) 故吳均奉旨撰《通史》，殷芸奉旨撰《小説》，極可能是實際情況。

4　據劉義慶《世説新語・輕詆》載，裴啓《語林》因録謝安語不實而廢。裴啓《語林》與劉義慶《世説新語》乃同性質之著述，與殷芸《小説》雖有差別，但裴啓《語林》因不徵實而廢之案例，可略見當時"小説"徵實與勸懲（或教化）之價值追求。

5　(唐)劉知幾著，(清)浦起龍通釋，王煦華整理：《史通通釋》，上海：上海古籍出版社 2009 年版，第 253 頁。

怪録》，文廷式《補晉書藝文志》子部小説家類著録有《曹毗志怪》等。這一時期以"志怪"爲書名的群體現象，表明這個語詞已具有一定的普遍意義。綜觀魯迅《古小説鉤沉》所輯《祖台之志怪》《孔氏志怪》《殖氏志怪記》《曹毗志怪》四書，[1]可以發現"志怪"的内容大體爲人世異事，且具有"傳聞異辭"的特徵。[2]魯迅《中國小説的歷史的變遷》第二講題爲"六朝時之志怪與志人"，正文中也是分述"志怪"與"志人"兩類。後之學者遂有以志怪體和志人體爲六朝及此後之文言小説的文體分類。就一書中之單章而言，志怪體或志人體或可成立；但就一書之整體而言，言志怪體或言志人體則會以偏概全，因爲志怪體和志人體常常並存於一書之中。

根據文本的性質與篇幅，先唐小説之文體大體可分爲"叢殘短語"之"小説體"和雜史雜記之屬的"傳記體"。"叢殘短語"之"小説體"主要指《漢書·藝文志》《隋書·經籍志》"小説家"所著録諸家。這一類文體的抽繹，大體要按照兩個階段進行。第一個階段是先秦兩漢，僅有屬於諸子性質的"小説"對象，這一類小説的文本大多已經佚失或爲後人偽作，然依據現有各類文獻典籍，以"説"之言語行爲及其相關文字書事文本，可以推演小説文體的生成，是"小説體"的發生階段。第二個階段是兩漢至隋朝時期，分別有兩類對象：一類是先秦"小説體"的沿承，可分爲兩種，一種是以《笑林》《語林》《世説新語》《啓顔録》等爲典範的"小説體"，這一種從其文本内容、性質和編撰體制，姑且以"世説體"命名；一種是以《古今藝術》《座右方》《器準圖》《魯史欹器圖》等爲典範的"小説體"，就現有資料

1　魯迅《古小説鉤沉》輯《祖台之志怪》共十五條，第128—131頁；輯《孔氏志怪》共十條，第132—135頁；輯《殖氏志怪記》共兩條，第210頁；《曹毗志怪》共一條，第242頁。魯迅校録：《古小説鉤沉》，濟南：齊魯書社1997年版。

2　(南朝梁)劉勰《文心雕龍·史傳》："若夫追述遠代，代遠多偽，公羊高云'傳聞異辭'，苟況稱'録遠略近'，蓋文疑則闕，貴信史也。然俗皆愛奇，莫顧實理。傳聞而欲偉其事，録遠而欲詳其迹，於是棄同即異，穿鑿傍説，舊史所無，我書則傳。此訛濫之本源，而述遠之巨蠹也。"見(南朝梁)劉勰著，范文瀾注：《文心雕龍注》，北京：人民文學出版社1958年版，第286—287頁。

而言，這一種的文本基本佚失，僅從書名可知與前一種並不相同，但無法考察其體式，故存而不論。一類是雜史雜記之屬的"傳記體"，指向《山海經》《穆天子傳》《洞冥記》《拾遺記》《殷芸小説》等類。這一類小説多具有地志的特徵，并在地志空間書寫中呈現了豐厚的博物知識建構。這一類小説，即便如《殷芸小説》以年表繫事，有一定的史性特質，但仍呈現了博物觀念和相應的内涵。

　　關於先唐小説文體的研究，還有一問題要特爲表出，即小説文本的完整性與真實性問題。小説文體的研究必然依賴文本，文本的完整性和真實性不僅影響對小説原始文體的辨識，還會影響到對一個時代小説文體現象的認知。然傳統史志目録中著録的先唐小説，其原始文獻大多已佚失；所能見之文本，大多亦非完帙，且多有賴後世以考據、辨僞之方法輯佚、補正而成。而考據、辨僞、輯佚、補正最終成效的高低，既取決於文獻典籍的豐沛充實，也受限於文獻整理者的識見及其作出的取捨。就先唐小説而言，其編排體例、文本結構等都會影響到文體的判斷。如《搜神記》的汪紹楹校注本與李劍國新輯本即有異文，此種異文尚未影響到整體的文體判斷。六卷本《穆天子傳》則不然，《穆天子傳》本是晉太康時從先秦墓中出土之蝌蚪文古文獻，後經荀勖、和嶠等人校訂整理爲隸書之文本，最後由郭璞將汲冢竹書中歸入"雜書十九篇"之一的"周穆王美人盛姬死事"附於卷末。因蝌蚪文之原本已佚，經荀勖、郭璞等整理之《穆天子傳》，其成書真偽及其文體屬性便多有爭議。如童書業《穆天子傳疑》云："疑《穆天子傳》爲晉人雜集先秦散簡，附益所成；其間固不無古代之材料，然大部分皆晉人杜撰之文。"[1]

---

[1] 童書業：《漢代以前中國人的世界觀念與域外交通的故事》附録《穆天子傳疑》，《中國古代地理考證論文集》，北京：中華書局 1962 年版，第 42 頁。另黎光明《〈穆天子傳〉研究》也有相近之看法，云："今之《穆天子傳》一書，其中有一部分的材料，或係從汲冢中得來者。而其中大部分的材料，則爲荀勖、郭璞之所依附上去的，而尤以郭璞的依附爲最多。"見《國立中山大學語歷所週刊》1928 年 4 月第 2 卷，第 23—24 期。

關於該書的文體屬性，亦有究屬小説之書還是起居注之史書的辨析。此外，如被胡應麟譽爲"傳奇之首"的《趙后別傳》（一般題署漢代伶玄，後世一般稱《飛燕外傳》《趙飛燕外傳》），顯係僞書，且其成書時間也是衆説紛紜，既有東漢説，也有宋代説。如認同《趙后別傳》成書東漢並以之爲傳奇之首，則必然要重估東漢的小説文體及該時期的小説史定位。

第一章
小説文體的起源

　　探索中國古代小説文體的起源，實際追溯的是筆記體小説的源起。作爲中國傳統小説的代表，筆記小説"是小説家的貢獻，它使得中國小説具有一種最恰當表達其内容的文體"。[1] 它孕育於中國獨特的文化傳統，其中子、史傳統是孕育傳統小説的兩大源頭。子學孕育了傳統小説的思想觀念和概念範疇，因子書對知識、經驗的追求而演化出博物、考證一路，又因"治身理家"的要求而發展爲對人情物理、日常生活的關注，使得小説具備了子書的屬性，確立了"子之末"的基本定位。强大的史學傳統對小説也具有重大影響，史書的分化造成一部分雜史雜傳向小説轉移，充實了小説的陣容，也將史書撰寫的原則引入小説的創作中。其中最爲突出的影響是"勸善懲惡"的"史意"和"書法無隱"的"實録"，[2] 使得小説具備了史書的性質，確立了"史之餘"的基本格局。[3] 中國古代小説一直遊移於子部與史部之間，或者説古代小説的屬性爲子和史共構，故對先唐小説文體的追溯，應從小説與子、史的關係中加以考察。

1　林崗著：《口述與案頭》，北京：北京大學出版社 2011 年版，第 191 頁。

2　譚帆：《小説學的萌興——先唐時期小説學發覆》，《中國雅俗文學思想論集》，北京：中華書局 2006 年版，第 140 頁。

3　關於筆記小説的子史性質，明代胡應麟有所論述，其《少室山房筆叢・九流緒論下》云："小説，子書流也，然談説理道或近於經，又有類注疏者；紀述事迹或通於史，又有類志傳者。……至於子類雜家，尤相出入。"見（明）胡應麟撰：《少室山房筆叢》，上海：上海書店出版社 2009 年版，第 283 頁。

第一節　説、説體文與小説

　　學界追溯小説之本源，大多注意"小説"一詞中之"小"字，如《莊子·外物》中與"大達"對立之"小説"，桓譚《新論》所謂"叢殘小語""短書"，《漢書·藝文志》論小説出於"稗官"等，都指出"小説"之"小"，是無關大道的瑣屑之言，是篇幅短小的"叢殘小語"。其實，小説除"小"之外，"説"字也極其重要。"小説"是一個偏正短語，"小"是修飾詞，中心詞是"説"，"小"是對"説"之規定。"小説"之本質和指稱對象，乃由"小"和"説"兩者共同構成，即小説乃"説"之小者。故從語源的角度探討"説"及其作爲行爲的話語，或可解釋小説文體的起源。

　　在"説"之眾多義項中，[1]有一項指稱文體，即後世所謂的"説體文"。"説體文"以"説"字爲紐帶而與"小説"產生聯繫，如含蘊在先秦諸子言説及其文字載録的説體文，多寓道理於生動形象的叙事中，並運用譬喻、誇飾等修辭手法。説體文有多種類型，諸類型有各自的文體形態，且有不同之功能。其中以"言事説理"爲特徵的説體文，是從"説"到"小説"之過渡；其文體内涵和特徵，對小説的觀念、文體、素材和編撰方式，産生了深遠的影響。

　　1　查閲《漢語大字典》，"説"（shuō）有十一種義項，分別是講述、解釋、評議談論、道理學説、告訴、勸告責備、説合介紹、以爲、墨家推理名詞（推理）、古文體之一、周代祭祀名；"説"（shuì）有兩種義項，分別是勸説、通"税"；"説"（yuè）有一種義項，即同"悦"，分別有高興喜悦、喜愛、取悦三個子義項；"説"（tuō）有一個義項，即通"脱"，解脱、脱下。這些説的義項，有不少和小説的内涵有淵源關係，而這些義項的出現，也大多在先秦時期的諸子散文中。

一、"説"之語義源流 [1]

"説"由"言""兑"組合而成，未見於甲骨文和金文，而"言""兑"則見於甲骨文和金文。[2]解釋"説"之語義的合理路徑之一，即從考察"言""兑"之含義著手。

"言"之字形，甲骨文中爲𠙵與𠂹，像舌從口中伸出，説明"言"與口舌有關。《説文》"言"部云："言，直言曰言，論難曰語。從口辛聲。凡言之屬皆從言。"[3]鄭樵《通志》云："言，從二、從舌。二，古文上字。自舌上而出者，言也。"[4]説明"言"與話語行爲相關。郭沫若《釋龢言》云："《爾雅》云'大簫謂之言'。案此當爲言之本義。"又云："言之本爲樂器，此由字形已可得充分之斷定，其轉化爲言説之言者蓋引申之義也。原始人之音樂即原始人之言語，於遠方傳令每藉樂器之音以藏事，故大簫之言亦可轉爲言語之言。"[5]在郭氏看來，最初的音樂等同最初的言語，"言"（樂聲）中能"藏事"，是一種傳達信息的話語行爲。"言"在後世發展爲多種義項，但都離不開語言、言辭這一基本含義。

據現有材料可知，"兑"字主要有四種含義，一是"閱"之初文。魯實先《殷契新詮之一》云："兑於卜辭有二義：其一爲閱之初文……凡此諸辭

1　關於"説"的含義，已有較爲詳細的論述，相關論著有王齊洲《説體文的產生及其對中國傳統小説觀念的影響》（王齊洲：《稗官與才人——中國古代小説考論》，長沙：岳麓書社 2010 年版）、邱淵的《"言""語""論""説"與先秦論説文體》（昆明：雲南人民出版社 2009 年版）、張端的《説煒曄而譎誑——先秦説體文叙事傳統研究》（北京師範大學文藝學專業 2008 年博士學位論文）、柯鎮昌的《戰國散文文體研究》（上海大學古代文學專業 2011 年博士學位論文）等，可參看。

2　李圃主編：《古文字詁林》（第二册），第 712—713 頁；（第七册），第 737—738 頁，上海：上海教育出版社 2002 年版。

3（漢）許慎撰，（清）段玉裁注：《説文解字注》，上海：上海古籍出版社 1981 年版，第 89 頁。

4（宋）鄭樵撰，王樹民點校：《通志二十略》，北京：中華書局 2009 年版，第 254 頁。

5　郭沫若著：《甲骨文字研究》，《郭沫若全集》考古編第一卷，北京：科學出版社 1982 年版，第 98、100 頁。

之兑並讀如春秋桓公六年‘大閲’之閲……兑之第二義乃鋭之初文。”[1] “閲” 讀如 “大閲” 之 “閲”，指 “檢閲師旅因以田獵”。二是兑可表示鋭利。如 《墨子·備蛾傳》：“木長短相雜，兑其上。” 清人蘇時學釋云：“兑同鋭。”[2] 《荀子·議兵篇》有言 “兑則若莫邪之利鋒”，清人王先謙釋云：“兑，讀爲 鋭。謂直擣則其鋒利遇之者潰也。”[3] 三是兑用作副詞，表急速之意。如《殷 契粹編》第 1154 號：“戊申卜，馬其先，王兑從。” 其中 “兑” 即此義。[4] 四 是兑可表示喜悦。《周易》有 “兑” 卦，卦辭云：“兑。亨利貞。”《象》曰： “兑，説也。剛中而柔外，説以利貞，是以順乎天而應乎人。” 三國吳人虞翻 注云：“兑口，故説也。” 又《序卦》言：“入而後説之，故受之以兑。兑者， 説也。” 清人李道平釋云：“虞注云‘兑爲講習，故 “學而時習之，不亦説 乎”’，義尤精確。” 又 “兑” 卦的《象》曰：“麗澤，兑。君子以朋友講習。” 虞翻注和孔穎達疏皆對 “麗澤”“兑” 和 “朋友講習” 有相應之解釋，可與 前引之説呼應。[5] 故 “兑” 之喜悦意義明矣。又甲骨卜辭和金文中皆有 “兑” 字，兩者字形相近，現有相關研究亦大體認爲 “兑” 的本義爲喜悦，意像爲 人開口笑之形。如林義光《文源》卷十云：“仚非聲。兑即悦之本字。古作 兊（師兑敦）。從人口八。八，分也。人笑故口分開。” 高田忠周、商承祚對 “兑” 之考釋結論，大體與此相同。[6] 五是談説。高亨認爲：“説既從言，當 以談説爲本義。……兑即説之古文，從人，從口，八象氣之分散……《象 傳》等訓兑爲説，當取談説之義，非喜悦之悦也。本卦兑字皆謂談説。”[7]

1　李圃主編：《古文字詁林》（第七册），上海：上海教育出版社 2002 年版，第 739 頁。

2　吴毓江撰，孫啓治點校：《墨子校注》，北京：中華書局 1993 年版，第 882、890 頁。

3　（清）王先謙撰，沈嘯寰、王星賢點校：《荀子集解》，北京：中華書局 1988 年版，第 268 頁。

4　趙誠《甲骨文虛詞探索》：“兑……卜辭用爲鋭，有急速、趕快之意”，所舉例證即爲 “戊申卜，馬其 先，王兑從”。見陝西省考古研究所等合編：《古文字研究》（第十五輯），北京：中華書局 1986 年版，第 277 頁。

5　（清）李道平撰，潘雨廷點校：《周易集解纂疏》，北京：中華書局 1994 年版，第 502、503 頁。

6　李圃主編：《古文字詁林》（第七册），上海：上海教育出版社 2002 年版，第 738 頁。

7　高亨著：《周易古經今注》（重訂本），北京：中華書局 1984 年版，第 331 頁。

梳理了"言""兌"之義項,再結合先秦兩漢典籍中"説"之語用,可以基本明確"説"之含義。

首先,"説"字從"言",因此"説"具有"言"之含義,有"言説""談説"之義。楊樹達《釋説》一文認爲談説是"説"字始義,言:"談説乃造文之始義,許以説釋爲正義,殆非也……談説者,説之始義也。由談説引申爲説釋之説,又引申爲悦懌之悦。……大抵談説者,言之慷慨激昂者也,而論議則樸實説理者也。"[1]又許慎《説文解字》釋"説"有二義,其第二義是"談説",然段玉裁"疑後增此四字"。[2]不過,据王齊洲《説體文的産生及其對中國傳統小説觀念的影響》一文的統計,"説"爲"言説"義者,在《論語》中出現 4 次,在《墨子》中出現 160 次,在《孟子》中出現 10 次,在《莊子》中出現 24 次,在《荀子》中出現 107 次,在《韓非子》中出現 176 次,在《吕氏春秋》中出現 208 次,在《商君書》中出現 23 次,在《列子》中出現 6 次,遠高於"説"字其他語義之用。[3]"説"字此種語用現象,應可説明在諸子百家騰躍的時代,其"言説""談説"語義已泛化,不再是一種特殊現象,故無論"説"之始義爲何,應不至於影響到諸子時代"小説"一詞的本體語義。

其次,"説"由"言説"引申出"道理""學説"之義。"言"在先秦有道理之義。如《論語·衛靈公》:"子貢問曰:'有一言而可以終身行之者乎?'子曰:'其恕乎!已所不欲,勿施於人。'"[4]孔子回答子貢所問即"恕道"。"言"在先秦還有學説之義。如《孟子·滕文公下》:"楊朱墨翟之言盈天下。天下之言,不歸楊則歸墨。"[5]"言"指楊朱、墨翟之學説。受其影響,

---

1 楊樹達著:《積微居小學金石論叢(增訂本)》,北京:科學出版社 1955 年版,第 37—38 頁。

2 (漢)許慎撰,(清)段玉裁注:《説文解字注》,上海:上海古籍出版社 1981 年版,第 93 頁。

3 王齊洲著:《中國文學觀念論稿》,武漢:湖北教育出版社 2004 年版,第 356—392 頁。

4 程樹德撰,程俊英、蔣見元點校:《論語集釋》,北京:中華書局 1990 年版,第 1106 頁。

5 (清)焦循撰,沈文倬點校:《孟子正義》,北京:中華書局 2017 年版,第 491 頁。

"説"字也可指道理、學説，如《尚書·康誥》："王曰：'封，予惟不可不監，告汝德之説於罰之行。'"孔安國傳云："我惟不可不監視古義，告汝施德之説於罰之所行。"[1]"説"指"施德之説"，即施行德政的道理或理論。《周易·繫辭上》："原始及終，故知死生之説。"[2]"死生之説"可解釋爲關於死生的道理或學説。

再次，"説"釋爲"脱"，有"解脱""開解""解説"之義。此義在《周易》中較多。如"蒙"初六："發蒙，利用刑人，用説桎梏，以往吝。"清人焦循《易章句》卷一注云："説，讀如脱去之脱。"[3]"遯"六二："執之用黄牛之革，莫之勝，説。"高亨云："説借爲挩。説文：'挩，解挩也。'""睽"上九："睽孤見豕負塗，載鬼一車，先張之弧，後説之弧，匪寇，婚媾，往遇雨則吉。"高亨云："説猶弛也，字借爲挩，《説文》：'挩，解挩也。'解挩與弛義相近。"[4]由"脱"可引申出"開解""解説"之義。馬叙倫認爲"説"的本義是"解"，即"解説"，"談説"是後增之義，戰國時才生成；説爲兑之後起字，而兑有喜悦之義，故"説"又借指爲喜悦，是訢的轉注字。[5]《論語·八佾》："成事不説。"東漢人包咸即以"事已成，不可復解説"釋此句。[6]

1　（漢）孔安國傳，（唐）孔穎達正義，黄懷信整理：《尚書正義》，上海：上海古籍出版社 2007 年版，第 545 頁。

2　（清）李道平撰，潘雨廷點校：《周易集解纂疏》，北京：中華書局 1994 年版，第 554 頁。

3　（清）焦循著，陳居淵校點：《雕菰樓易學》，北京：北京大學出版社 2012 年版，第 5 頁。

4　高亨著：《周易古經今注》（重訂本），北京：中華書局 1984 年版，第 255、273 頁。

5　馬叙倫《説文解字六書疏證》卷五：席世昌曰：《易·小畜》：輿説輻。《釋文》引《説文》曰：'説，解也。'"按説訓解，故説輻之説其義本通，後人誤改作脱，非古義也。今本"説釋"字當是"説解"之誤。段玉裁曰："一曰談説者。本無二義二音。疑後增出。"翟云升曰："説釋即《詩·靜女》'説懌女美'之説懌也。"倫按説字乃隸書複舉字也。説爲兑之後起字，從音，兑聲。喜而發音也。故説次訢後，而不與議論字同列。蓋爲訢之轉注字。訢音曉紐，説音喻四，同爲摩擦次清音。訢聲真類，説聲脂類，脂真對轉也。《詩》《書》《易》諸經無以説爲談説者。《國語》中説字有可以爲解義者。《墨子》經始言："説，所以明也。"蓋戰國時始以説爲談説字。談説字當爲兑，或曰也，兑爲曰之異文。此訓釋也者或非本訓，釋借爲譯，譯者，解也。今言解説，説釋雙聲。釋也即譯字義。古借説爲譯耳。轉引自李圃主編：《古文字詁林》（第三册），上海：上海教育出版社 2001 年版，第 29 頁。

6　程樹德撰，程俊英、蔣見元點校：《論語集釋》，北京：中華書局 1990 年版，第 204—205 頁。

“説”即解説之意。

最後，受“兑”字影響，“説”有“言之鋭利者”“言之使人喜悦者”之義。《説文》釋“説”云：“從言兑聲。”[1]可見“説”與“兑”可通。楊樹達認爲“説”不是簡單的言説，而是“言之鋭利者”。[2]因“兑”即“鋭”，又“兑”“説”相通，則“説”可通“鋭”。如《墨子·備蛾傅》“城下足爲下説鑱杕”句中，[3]“説”即假借爲“鋭”。“説”因“兑”而有“喜悦”之義。《説文解字》釋“説”第一義爲：“説，説釋也。”段玉裁注：“説釋，即悦懌。説、悦，釋、懌，皆古今字。許書無悦懌二字也。説釋者，開解之意，故爲喜悦。”[4]“説”與“悦”可互通互換，此種現象在古籍中很常見。如《詩經·召南·草蟲》：“未見君子，憂心惙惙。亦既見止，亦既覯止，我心則説。”[5]《論語·學而》：“子曰：‘學而時習之，不亦説乎？’”由“喜悦”可引申出“取悦”“討好”之義，如《論語·子路》：“君子易事而難説也……小人難事而易説也。”[6]《潛夫論·明暗》：“趙高入稱好言以説主，出倚詔令以自尊。”[7]“説”即以言説來取悦、討好對方之義。

通過以上論析，我們對“説”字含義有了較爲清晰的認識：“説”的核心義（言）是“言説”“道理”“解説”，附加義（兑）是“鋭利”“喜悦”，引申義是“言之鋭利者”“言之使人喜悦者”。這些含義對説體文的文體内涵和特徵都具有決定性作用。

1（漢）許慎撰，（清）段玉裁注：《説文解字注》，上海：上海古籍出版社1981年版，第93頁。

2 楊樹達《釋説》：“蓋兑者鋭也。《史記·天官書》曰：‘三星隨，北端兑。’以兑爲鋭，《説文》十四篇上金部云：‘鋭，芒也。從金，兑聲。’蓋言之鋭利者謂之説，古人所謂利口，今語所謂言辭犀利者也。”楊樹達著：《積微居小學金石論叢（增訂本）》，北京：科學出版社1955年版，第37頁。

3 吳毓江撰，孫啓治點校：《墨子校注》，北京：中華書局1993年版，第881頁。

4（漢）許慎撰，（清）段玉裁注：《説文解字注》，上海：上海古籍出版社1981年版，第93頁。

5（漢）毛亨傳，（漢）鄭玄箋，（唐）孔穎達疏，十三經注疏整理委員會整理：《毛詩正義》（十三經注疏），北京：北京大學出版社2000年版，第84頁。

6 程樹德撰，程俊英、蔣見元點校：《論語集釋》，北京：中華書局1990年版，第1106、937—938頁。

7（漢）王符著，（清）汪繼培箋，彭鐸校正：《潛夫論箋校正》，北京：中華書局1985年版，第58頁。

二、"説"作爲一種文體

先秦文獻中，無論"説"之"言論""道理""解説"之義，還是"説"之"鋭利""喜悦""取悦"之義，構成了説體文的基本類型和文體特徵。[1]具有"説體文"特徵之"説"，主要有三類：在祭祀場合的鋭利言説、解説經義之論説文、言事説理之論説文。

作爲祭祀場合鋭利之言説的"説"，具體表現爲"責讓"。如《周禮·春官·大祝》："掌六祈，以同鬼神示，一曰類，二曰造，三曰禬，四曰禜，五曰攻，六曰説。"賈公彦疏云："鄭司農云：'類、造、禬、禜、攻、説，皆祭名也。'……玄謂類造，加誠肅，求如志。禬禜，告之以時有災變也。攻説，則以辭責之。……董仲舒救日食，祝曰'炤炤大明，瀸滅無光，奈何以陰侵陽，以卑侵尊'。是之謂説也。"又《周禮·秋官·庶氏》："庶氏，掌除毒蠱，以攻説禬之，嘉草攻之。"[2]這裏的"説"首先是一種祭祀活動的名稱，祭祀中會宣讀祭祀文，表示對上天的責備。就現有可查證資料而言，無法確定在進行祭祀活動的"説"時是否有名爲"説"的文本出現，如果有，則這種文體的特徵就是"以辭責之"，是用責備的語氣來書寫的。《吕氏春秋·勸學》云："凡説者，兑之也，非説之也。今世之説者，多弗能兑，而反説之。夫弗能兑而反説，是拯溺而硾之以石也，是救病而飲之以菫也，使世益亂，不肖主重惑者從此生矣。"[3]楊樹達認爲此文中"兑"與《周禮》攻説之義相近，而與"説"（通"悦"）爲對文，因此"凡説人者，在以辭相攻責，非謂

1　王齊洲在《説體文的産生及其對中國傳統小説觀念的影響》一文中總結説體文的文體特徵有五點：解説性、譬喻性、誇飾性、情感性、靈活性。見王齊洲著：《中國文學觀念論稿》，武漢：湖北教育出版社2004年版，第356—392頁。

2　（漢）鄭玄注，（唐）賈公彦疏：《周禮注疏》，上海：上海古籍出版社2010年版，第954、1424頁。

3　許維遹撰，梁運華整理：《吕氏春秋集釋》，北京：中華書局2009年版，第90頁。

使人悦懌也"。[1]表明"説"在當時是一種言論、説辭，特點是以言辭攻擊或責備，與祭祀中的"説"類似。

作爲解説經義之論説文的"説"，大體出現在戰國時期，是一種與"經"相對的論説文體，如同"注""傳"一樣，用於對經的解釋、解説，賦予了説體文"解説性"的文體内涵。先秦古書本無"經"之稱，只有在出現解説這些古書的"傳""記"之後，才有"經"之名稱，其本義是使這些解説能先後相條貫，從而形成"若網在綱，有條而不紊"[2]的效果。"傳""記"等在當時比附於"經"，用於解説經文，而"説"即其中一種解説方式。[3]《墨子》中的《經説上》《經説下》是早期以"説"名篇者。《經説》依附於《經》，如《經上》："慮，求也。"《經説上》作解説："説慮。慮也者，以其知有求也，而不必得之，若睨。"[4]由此可見，每一"經説"並不能獨立，必須依附於每一"經文"後，一如《春秋》之"經傳"與"經文"的關係。[5]漢代經學大盛，"説"類著作相繼而出，如《漢書·藝文志》的《六藝略》中"易"

1　楊樹達著：《積微居小學金石論叢（增訂本）》，北京：科學出版社 1955 年版，第 37 頁。

2　（漢）孔安國傳，（唐）孔穎達正義，黃懷信整理：《尚書正義》，上海：上海古籍出版社 2007 年版，第 342 頁。

3　錢穆《國學概論·孔子與六經》："'經'者，對'傳'與'説'而言之，無'傳'與'説'，則不謂'經'也。《説文》：'經織也。'《左氏》昭十五年《傳》：'王之大經也。'《疏》：'經者，綱紀之言也。'古者於書有'記''傳''故訓'，多離書獨立，不若後世章句，即以比厠本書之下，故其次第前後，若不相條貫，而爲其經紀者，則本書。故謂其所傳之本書曰'經'，言其爲'傳'之綱紀也。讀《墨子·經説》者，必比附於經而讀之，則若網在綱，有條不紊矣。此古書稱'經'之義。《書》有'傳'，《詩》有'故訓'，故亦得稱'經'。……故'經'名之立，必在'傳''記'盛行之後。墨家既稱之，諸家沿用之，而《詩》《書》亦得是稱也。墨家之辨有説，故《墨辨》稱'經'。"見錢穆著：《國學概論》，上海：商務印書館 1935 年版，第 25—26 頁。筆者對前引文標點略有調整。蔣伯潛云："《六藝略》所著録之'傳''記''説''故'雖爲私家著述，但均所以釋經，亦是'述'而非'作'。"見蔣伯潛著：《諸子通考》，長沙：岳麓書社 2010 年版，第 3 頁。

4　吳毓江撰，孫啓治點校：《墨子校注》，北京：中華書局 1993 年版，第 468 頁。

5　梁啓超《讀墨經餘記》認爲："至《經説》與《經》之關係，則略如《公羊傳》之於《春秋》。欲明《經》，當求其義於《經説》，固也。然不能徑以《經説》與《經》同視。《經説》固大半傳述墨子口説，然既非墨子手著，自不能謂其言悉皆墨子之意，後學引申增益，例所宜有。"見梁啓超撰：《墨經校釋》，上海：商務印書館 1922 年版，第 4 頁。轉引自吳毓江撰，孫啓治點校：《墨子校注》，北京：中華書局 1993 年版，第 1032 頁。

類有《略説》，"書"類有《歐陽説義》，"詩"類有《魯説》《韓説》，"禮"
類有《中庸説》《明堂陰陽説》，"論語"類有《齊説》《魯夏侯説》《魯安昌
侯説》《魯王駿説》《燕傳説》，"孝經"類有《長孫氏説》《江氏説》《翼氏
説》《后氏説》《安昌侯説》，這些著述皆爲解經而作。東漢班固曾論"六藝"
云："後世經傳既已乖離，博學者又不思多聞闕疑之義，而務碎義逃難，便
辭巧説，破壞形體；説五字之文，至於二三萬言。"[1] 雖然持批評態度，但也
從側面反映出秦漢以來"説經"之繁盛。其實不僅《六藝略》，《漢志·諸子
略》中所收以"説"命名的作品，如"儒家"類的《虞丘説》，"道家"類的
《老子傅氏經説》、《老子徐氏經説》、劉向《説老子》，也是釋經之作。[2]

　　作爲言事説理的論説文之"説"，"言事説理"是其最突出的特徵，這
是由"説"使人愉悦這一含義引發的。"説"要使人愉悦，就不能過於抽
象、呆板，使人感到枯燥。現存戰國子部著作中，除《墨子·經説》之外，
還有不少以"説"名篇的文章，如《莊子》中有《説劍》篇，《韓非子》中
有《説難》、《説林》（上下）、内外《儲説》、《説疑》、《八説》等篇，《吕氏
春秋》中有《順説》篇，《商君書》中有《説民》等。《莊子·説劍》篇寫
趙文王因好劍而使國衰，莊子往説之，論劍有三種：天子之劍，諸侯之劍，
庶人之劍，勸文王當好天子之劍。《説劍》篇是一篇説體文，但莊子没有徑
直陳説道理，而是用講故事的方式，將道理蘊含在故事中，以此成功勸説
了文王。王先慎釋《韓非子·説難》之篇名，云："夫説者有逆順之機，順

1（漢）班固撰：《漢書·藝文志》，北京：中華書局 1962 年版，第 1723 頁。

2 先秦至西漢，説體文基本上是依經而作，是經之附庸，文體尚未完全獨立。到了東漢，一些學者開
始呼籲論説文擺脱經、子的束縛，其代表爲王充。王充在《論衡·佚文篇》中論道："文人宜遵五經六藝
爲文，諸子傳書爲文，造論著説爲文，上書奏記爲文，文德之操爲文。立五文在世，皆當賢也。造論著説
之文，尤宜勞焉。何則？發胸中之思，論世俗之事，非徒颺古經、續故文也。論發胸臆，文成手中，非説
經藝之人所能爲也。周、秦之際，諸子並作，皆論他事，無頌主上，無益於國，無補於化。造論之人，頌
上恢國，國業傳在千載，主德參貳日月，非適諸子書傳所能並也。"見（漢）王充著，黄暉撰：《論衡校
釋》，北京：中華書局 1990 年版，第 867 頁。

以招福，逆而制禍。失之毫釐，差之千里，以此説之，所以難也。"[1] 故"説難"是指"説"之難，"説"在這裏是進言、勸説的意思。《韓非子·説難》開頭云："凡説之難，非吾知之有以説之之難也；又非吾辯之能明吾意之難也；又非吾敢橫失而能盡之難也。凡説之難：在知所説之心，可以吾説當之。"[2] "所説之心"是指所要陳説的道理，説之難就在於如何將這些道理陳説出來，而不至於招來禍患。對《韓非子·説疑》篇的解釋，衆説紛紜，[3] 綜合來看，該篇是講人主對臣子的駕馭問題，從反面來闡述臣子奸賢難辨，人主當有所警惕。《吕氏春秋·順説》開頭云："善説者若巧士，因人之力以自爲力，因其來而與來，因其往而與往，不設形象。與生與長，而言之與響；與盛與衰，以之所歸。力雖多，材雖勁，以制其命。順風而呼，聲不加疾也；際高而望，目不加明也，所因便也。"[4] 接著便舉例説明"順説"是一種論説方式，是用引導、勸誘的方式加以論説。

　　因爲"説"要言事以説理，就需要大量生動有趣、蘊含道理的故事，諸子作品中以《韓非子》最爲典型。《韓非子》有内外《儲説》和《説林》篇，司馬貞釋之曰："《内儲》言明君執術以制臣下，制之在己，故曰'内'也；《外儲》言明君觀聽臣下之言行，以斷其賞罰，賞罰在彼，故曰'外'也。儲畜二事，所謂明君也。《説林》者，廣説諸事，其多若林，故曰'説

---

1 （清）王先慎撰，鍾哲點校：《韓非子集解》，北京：中華書局 1998 年版，第 85 頁。

2 同上，第 85—86 頁。

3 顧廣圻認爲"疑"讀爲擬。見（清）王先慎撰，鍾哲點校：《韓非子集解》，北京：中華書局 1998 年版，第 400 頁。陳奇猷云："顧説非是。本篇皆言人主當疑奸人之説，故曰説疑。顧氏僅以篇末有'四擬'之語，遂以此疑當讀擬。殊不知篇末所言'四擬'之事，乃説明説者爲奸，將成四擬，人主當引爲警惕。"見（戰國）韓非著，陳奇猷校注：《韓非子新校注》，上海：上海古籍出版社 2000 年版，第 965 頁。梁啓雄云："'疑'借爲'儗'。《説文》：'儗，僭也。'《禮記·曲禮》'儗人必於其倫'，注：'儗猶比也。'説疑，是論説奸臣僞裝好人來比擬賢臣的問題。篇中'言是如非，言非如是，内險以賊，其外小謹，以徵其善'，即奸臣僞裝好人來比擬賢臣的描寫。"見梁啓雄著：《韓子淺解》，北京：中華書局 2009 年第 2 版，第 411 頁。李祥俊認爲"疑"指臣下各種難於分辨是非善惡的行爲。見李祥俊注釋：《韓非子》，北京：新華出版社 2003 年版，第 341 頁。

4 許維遹撰，梁運華整理：《吕氏春秋集釋》，北京：中華書局 2009 年版，第 378 頁。

林'也。"[1] 王先慎云："'儲'，聚也。謂聚其所説，皆君之内謀，故曰《内儲
説》。"[2] 太田方云："儲，偫也。《前漢・揚雄傳》注：'有儲畜以待所用也。'
説者，篇中所云'其説在'云云之'説'，謂所以然之故也，言此篇儲若是
之説而備人主之用也。"[3] 概括而言，"儲説"即"儲存諸説"，先列出一個主
題，然後舉出簡單的故事來闡釋它。[4] 就内容而言，《説林》猶如故事集，司
馬貞稱其"廣説諸事，其説若林，故曰'説林'也"的説法，大體符合《説
林》的實際。[5]《説林》應該是韓非子所搜集資料的彙編，内容是歷史故事，
用於遊説之用。這種彙集故事用於遊説的方式，對後世有一定示範效應，如
劉安的《淮南子・説林訓》、劉向的《説苑》，其編輯和命名大概都受到《韓
非子・説林》的影響。[6]

---

1 （漢）司馬遷著：《史記》，北京：中華書局 1973 年版，第 2148 頁。

2 （清）王先慎撰，鍾哲點校：《韓非子集解》，北京：中華書局 1998 年版，第 211 頁。

3 轉引自梁啓雄著：《韓子淺解》，北京：中華書局 2009 年第 2 版，第 226 頁。

4 梁啓雄云："《内外儲説》的内容包括'經'和'説'兩部分。（一）'經'的部分首先概括地指出所
要説的事理，然後用'其説在某事、某事'的簡單詞句，在歷史上約舉歷史故事以爲證。（二）'説'的部
分，把《經》文中所約舉的歷史故事逐一詳明地來叙説一些，有時還用'一曰'的體裁作補充叙説，或保
存不同的異説。"見梁啓雄著：《韓子淺解》，北京：中華書局 2009 年第 2 版，第 226 頁。

5 太田方云："劉向著書名《説苑》，《淮南子》亦有《説林》，皆言有衆説，猶林中之有衆木也。"轉引
自梁啓雄著：《韓子淺解》，北京：中華書局 2009 年第 2 版，第 184 頁。陳奇猷云："梁啓超云：《説林》二
篇似是預備作《内外儲説》之資料。奇猷案：《索隱》説是。梁説誤，此蓋韓非搜集之史料備著書及遊説之
用。"見（戰國）韓非著，陳奇猷校注：《韓非子新校注》，上海：上海古籍出版社 2000 年版，第 461 頁。

6 説體文的文體形態和特徵也並非一成不變，隨著時代的發展會有所變化。從總的趨勢看，一是由體
裁、題材上相對寬泛，寫法上相對自由，發展爲要求相對嚴格，體裁單一；一是論説由形象愈趨抽象，尤
其宋以後理學大興，説體文大多是對義理的闡述，是純粹的理論思辨，很少有叙事性的文字，即不再借事説
理。如宋人張表臣《珊瑚鉤詩話》云："正是非而著之者説也。"見（清）何文焕輯：《歷代詩話》，北京：中
華書局 1981 年版，第 476 頁。元人郝經《續後漢書》論"説"云："説自孔子爲説卦，六經初有説，以宓
犧之易有畫而無文，故於八卦位序，體用意象，申而爲之説，以文王之易有繇，祇明其入用之位而已，（原
注：自'帝出乎震'，至'成言乎艮'是也。其餘皆説宓犧八卦。）則其爲説，有不得已焉者也。戰國諸
子，遂騰口説，而又著書名篇，如《説劍》《説難》等，非聖人意也，後世遂爲辭章之文矣。"見（元）郝
經撰：《郝氏續後漢書》，《景印文淵閣四庫全書》第 385 册，臺北：臺灣商務印書館 1983 年版，第 609
頁。（元）陳繹曾《文章歐冶・古文譜三》論"説"云："評説其事可否，是非自見言外。"同書附《古文
矜式》論"説"云："以説理，貴明白而不煩解注。"見王水照編：《歷代文話》第二册，上海：復旦大學
出版社 2007 年版，第 1241、1295 頁。明人吳訥云："説者，釋也，述也，解釋義理而以己意述之也。"
（明）吳訥著，凌郁之疏證：《文章辨體序題疏證》，北京：人民文學出版社 2016 年版，第 172 頁。因此
有人認爲説體文的文體内涵存在過"斷裂"："在歷代説體文研究中，存在著一個内涵的斷裂，（轉下頁）

言事以説理，除了以事之形象生動而生發"譬喻性"特徵外，還會運用誇張的修辭手法，使其具有"誇飾性"的文體特徵。誇飾性是指講求語詞修飾、辭藻豐富誇張。《文心雕龍・夸飾篇》云："神道難摹，精言不能追其極；形器易寫，壯辭可得喻其真；才非短長，理自難易耳。故自天地以降，豫人聲貌，文辭所被，夸飾恒存。"范文瀾釋云："至飾之爲義，則所喻之辭，其質量無妨過實，正如王仲任所云：'譽人不增其美，則聞者不快其意；毀人不益其惡，則聽者不愜於心。聞一增以爲十，見百益以爲千。'……夸飾之文，意在動人耳目，不必盡合論理學，亦不必盡符於事實，讀書者不以文害辭，不以辭害意，斯爲得之。"[1]説體文的"誇飾性"，主要特徵是對所講述的故事作一定程度的誇張、變形，不拘泥於事實與虛構，能運用想像，突破時空限制，從而達到"動人心目"的言説效果，既説服了對方，又給人留下鮮明深刻的印象。

説體文的文體特徵，在一些理論著作和文學選本中也有論及。陸機《文賦》論十種文體，"説"即其中一種，陸機曰："説煒曄而譎誑。"李善注曰："説以感動爲先，故煒曄譎誑。"方廷珪注曰："説者，即一物而説明其故，忌鄙俗，故須煒曄。煒曄，明顯也。動人之聽，忌直致，故須譎狂。譎狂，詼諧也。解人之頤，如淳于髡之笑，而冠纓絶；東方朔之割肉，自數其美也。"[2]皆指明説體文要有感染力，忌平鋪直叙的刻板叙述，講求語言的生動詼諧。劉勰《文心雕龍・論説》分別論述了"論""説"兩種文體，在論述"説"體時云："説者，悦也。兑爲口舌，故言諮悦懌；過悦必僞，故舜驚

（接上頁）先秦説體文與魏晉以後的説體文，在論述者那裏，有不同的文章爲代表，代表著兩種不同的文章體制。"張端：《説煒曄而譎誑——先秦説體文叙事傳統研究》，北京師範大學文藝學專業 2008 年博士學位論文，第 23—24 頁。有人認爲存在兩種説體文："在我國散文史上，'説'曾經代表了兩種不同的文體，好在它們分別産生與使用於不同的時期，不曾相互打擾。"侯迎華：《以韓愈爲例論我國古代論辯文的幾種文體》，載《河南師範大學學報（哲學社會科學版）》2006 年第 4 期。

1（南朝梁）劉勰著，范文瀾注：《文心雕龍注》，北京：人民文學出版社 1958 年版，第 608、610 頁。

2（晉）陸機著，張少康集釋：《文賦集釋》，北京：人民文學出版社 2002 年版，第 99、118 頁。

讒説。"[1] 劉勰肯定了"説"體具有使人悦懌的特徵，但也指出不能過分，否
則便流於虛僞的讒説。劉勰對"説"體有所規範，言："凡説之樞要，必使
時利而義貞；進有契於成務，退無阻於榮身。自非譎敵，則唯忠與信，披肝
膽以獻主，飛文敏以濟辭，此説之本也。"[2] 蕭統《文選序》中也提及了"説"
類文章，認爲這類文字"蓋乃事美一時，語流千載，概見墳籍，旁出子史，
若斯之流，又亦繁博，雖傳之簡牘，而事異篇章"。[3]

綜上，先秦説體文的首要品性是言説方式，即爲達到某種目的的話語
行爲。這種言説方式有不同的表現形態。用於祭祀活動的"説"，具有"語
氣尖鋭""以辭責讓"等特徵，並爲後世説體文有所繼承，如後世説體文之
"言辭犀利""雄辯""利口"等特徵。"解説經義"的"説"與"言事説理"
的"説"在先秦諸子説體文中較爲普遍，兩者都用於闡釋道理，但運用的話
語却截然相反，前者抽象古板、形式單一，後者形象活潑、靈活多變。如果
要將兩種説體文與小説聯繫起來，毋庸置疑，以"言事説理"的説體文與小
説的聯繫更爲密切。

三、説體文與小説

説體文與小説的關係，大致表現在如下四個方面。

第一，表現在小説觀念上。就現有資料而言，"小説"這一語詞最早出
現於《莊子·外物篇》，這並非偶然現象，而是説體文盛行時的必然結果。
遊士的馳騖奔競，使得説體文成爲遊説的最佳選擇。[4] 莊子所謂的"小説"，

1（南朝梁）劉勰撰，范文瀾注：《文心雕龍注》，人民文學出版社 1958 年版，第 328 頁。

2 同上，第 329 頁。

3（南朝梁）蕭統編，（唐）李善注：《文選》，上海：上海古籍出版社 1986 年版，第 3 頁。

4 楊樹達《釋説》："戰國之世，遊士或主連横，或主合縱，騰其口舌以折服人主，謂之遊説。"楊樹
達著：《積微居小學金石論叢（增訂本）》，北京：科學出版社 1955 年版，第 37—38 頁。

所指即説體文，只不過是價值"小"的説體文，《荀子·正名篇》所言"小家珍説"與之大抵相同。遊士遊説人主，便有了説體文；遊士互相攻擊貶低，便有了"小説"。"説"是"大道"還是"小説"，取決於評斷者的價值判定，與"説"的内容無關。"小説"是説體文的一種，其目的是通過言説達到説服、取悦對方，其被接受者從價值上判定爲"小"，從而被類分。在先秦國家分裂的背景下，"説"要求説服、取悦；在國家統一、儒學成爲主導思想以後，説服、取悦逐漸演變爲勸誡、教化，原來"衆口膳説""取合諸侯"的説體文，被賦予了宣傳儒家思想政治教化的功能，并影響了"小説"觀念的演化。

　　"説"用於勸誡、教化，如劉向的《説苑》《新序》《列女傳》，《列女傳》"採取《詩》《書》所載賢妃貞婦，興國顯家可法則，及孽嬖亂亡者，序次爲《列女傳》，凡八篇，以戒天子"。[1] 桓譚的"治身理家"説已經涉及小説的教化功能，小説之所以有"可觀之辭"，是因爲其能夠"治身理家"，與儒家追求的"修身齊家"思想相一致。此後如《拾遺記》"言乎政化"、《大唐新語》"事關政教"、《卓異記》"無害於教化"、《類説》"資治體，助名教"、《雲溪友議》"街談巷議，倏有裨于王化"等，都表明"小説"應具備政治教化功能的觀念。同時，説體文要具備説服、取悦的功能，講故事成爲一種有效的途徑，這就使"説"這一文體具有某種娛樂效果，這也影響了後世的小説觀念。張衡《西京賦》云："匪唯玩好，乃有秘書。小説九百，本自虞初。"[2] "玩好"並非直接指小説，而是指可供賞玩娛樂的東西，但將其與小説並舉，證明小説具有"玩好"的功能，即娛樂功能。小説的娛樂功能在後世得到繼承，如干寶《搜神記》指出小説具有"遊心寓目"的功能。魏晉以降的志怪、志人小説，無論搜奇記異還是掇拾舊聞，正如魯迅所言，皆爲"賞心而作""遠實

1（漢）班固撰：《漢書》，北京：中華書局 1962 年版，第 1957—1958 頁。
2（南朝梁）蕭統編，（唐）李善注：《文選》，上海：上海古籍出版社 1986 年版，第 68 頁。

用而近娛樂"，[1] 而"供談笑""廣見聞"成爲大多數文言小説具有的價值功能。

　　第二，表現在文體特徵上。説體文的文體特徵可概括爲"譬喻""誇飾""詼諧""動人"，這對"小説"的影響至爲深遠。班固《漢書·藝文志》言："小説家者流，蓋出於稗官。街談巷語，道聽塗説者之所造也。……閭里小知者之所及，亦使綴而不忘。或如一言可采，此亦芻蕘狂夫之議也。"[2] 此語認爲"小説"的來源具有民間性、傳聞性的特點。因爲出自民間，所以詼諧、生動、活潑；因爲來自傳聞，所以雜有神話傳説，甚至虛構的寓言。《漢書·藝文志》著録的十五家小説，多爲"淺薄""依托""迂誕"之作，淺薄可見其層次低下，無關大道，而流於道聽塗説；依托可見其假托人物、引述傳聞、造作故事；迂誕可見其語言誇張、荒誕不經。這些特徵，與説體文"譬喻""誇飾""詼諧""動人"的文體特性一致。魏晉以降，志怪、志人小説十分興盛，其中志怪小説"張惶鬼神，稱道靈異"，所述皆神鬼怪異之事、物；志人小説掇拾舊聞，記述人間言動。而從文體性質看，兩者都是記事性文體，這與説體文的"譬喻性"之以事言理的記事相關聯。志怪小説因講述怪誕之事物，經常運用誇張的描寫，這體現了説體文的"誇飾性"；志人小説記人間瑣事，其中不乏滑稽、諧謔之事，這體現了説體文的"詼諧性"。總體上看，志怪、志人小説記録傳聞、瑣事，無論是怪異誇張還是輕快詼諧，都具有"遊心寓目"的娛樂效果，因此，小説亦具有"動人"的文體特性。

　　第三，説體文與"小説"在題材上的關係也至爲密切。先秦説體文是後世文言小説的母體，尤其是先秦説體文"記事"的題材、修辭方式等，爲後世文言小説所承繼。《莊子·天下》中所謂的"謬悠之説，荒唐之言，無端崖之辭"，[3] 蘊含了許多神話傳説、寓言故事，《吕氏春秋》《淮南子》《列子》等

---

1 魯迅著：《中國小説史略》，上海：上海古籍出版社1998年版，第37頁。

2（漢）班固撰：《漢書》，北京：中華書局1962年版，第1745頁。

3（清）郭慶藩撰，王孝魚點校：《莊子集釋》，北京：中華書局2012年第3版，第1091頁。

亦如此，[1]故胡應麟稱《莊子》《列子》爲"詭誕之宗"。這些神話傳説和寓言
雖然被用於説理，但其中奇異、詭怪、誇張、變形的人物或事迹，在"世好
奇怪，古今同情"[2]"俗皆愛奇，莫顧實理"[3]的古代社會，激起了人們的好奇
心、想像力和創造力，影響了中國人的宇宙觀、世界觀，確立了古人對萬物、
對神鬼的觀念，從而不斷激發後世小説作者的創作靈感，開創了一個以神、
鬼、仙、怪爲主題的志怪傳統。明人胡應麟稱"古今志怪小説，率以祖夷堅、
齊諧"，[4]緑天館主人稱"韓非、列禦寇諸人，小説之祖也"，[5]謝肇淛稱"《夷
堅》《齊諧》，小説之祖也"，[6]都是就此而論的。先秦説體文的寓言叙事，確
實以自覺的想像虛構、擬人化的手法，爲後世小説提供了有益的藝術借鑒。[7]
説體文中衆多的神話傳説、歷史傳聞、寓言故事，爲後世小説提供了很好的
素材和文本，被後世小説吸納和改編。另外，説體文中的故事文本，在後世
被收録到各類小説選本中時，其用以説理的功能已被小説選本所有意消解，

---

1 今本《列子》雖是晉人僞作，但其中的材料並非杜撰，部分在一定程度上保留了先秦時之舊貌，馬
叙倫《列子僞書考》云："蓋《列子》書出晚而亡早，故不甚稱於作者。魏晉以來，好事之徒，聚斂《管
子》《晏子》《論語》《山海經》《墨子》《莊子》《尸佼》《韓非》《呂氏春秋》《韓詩外傳》《淮南》《説苑》
《新序》《新論》之言，附益晚説，成此八篇，假爲向叙以見重。"楊伯峻撰：《列子集釋》，北京：中華書局
1979 年版，第 305 頁。故《列子》一書具有子書性質。《淮南子》乃"采儒墨之善，撮名法之要"而成，
是先秦諸子材料聚合的產物。諸子中被後人視爲小説的大多是一些神話傳説和寓言的片段，這些零星片段，
有的僅有概括性描寫，有的較爲完整。其中，保存神話比較多的是《淮南子》和《列子》，保存寓言較多的
是《莊子》《韓非子》《呂氏春秋》。可參看相關論著：袁珂著《中國神話史》，袁珂、周明編《中國神話資
料萃編》，胡懷琛著《中國寓言研究》，王煥鑣著《先秦寓言研究》，陳蒲清著《中國古代寓言研究》。

2（漢）王充著，黃暉撰：《論衡校釋》，北京：中華書局 1990 年版，第 164 頁。

3（南朝梁）劉勰撰，范文瀾注：《文心雕龍注》，人民文學出版社 1958 年版，第 287 頁。

4（明）胡應麟撰：《少室山房筆叢》，上海：上海書店出版社 2009 年版，第 362 頁。

5（明）緑天館主人：《古今小説叙》，魏同賢主編：《馮夢龍全集》卷一《古今小説》，南京：鳳凰出
版社 2007 年版，第 2 頁。

6（明）謝肇淛撰：《五雜組》，上海：上海書店出版社 2001 年版，第 264 頁。

7 吳志達《中國文言小説史》第一編第一章對此有所歸納：首先，寓言開了自覺虛構故事的先例，這對
唐人傳奇及後來的小説，起了積極的推動作用；其次，擬人化、誇張、對比等多種藝術表現技法的運用，爲
後世小説特別是神魔小説的創作所繼承；在簡短的篇幅中，以簡潔、犀利而有幽默意味的語言，叙述故事，
刻畫人物，展開矛盾衝突等藝術手段，爲後來諷刺小説的發展，提供了良好的範例；還有，許多寓言故事的
題材，爲後世小説作者所汲取，推陳出新。六朝文言小説中以奇異虛幻爲特色的志怪小説，及以傳神寫照見
長的志人小説，實際上都發端於先秦寓言。見吳志達著：《中國文言小説史》，濟南：齊魯書社 1994 年版。

成爲一般意義上的小説文本。

　　最後，説體文的編纂方式對後世小説產生了重要影響。説體文言説的思維邏輯之一是象類思維，[1] 如《孟子》《莊子》《荀子》《韓非子》《吕氏春秋》等，其以物（或單一的事）象言理的話語和類事（一系列相同、相近或相反的事）象以言理的模式，是以“萬殊”之表象來闡明“一本”，皆内藴着象類思維。[2] 尤其是《韓非子》《吕氏春秋》二書的綱目式的編次方式，對後世説體文中之小説書“以類相從”“條別篇目”的編撰，有直接影響。如漢代劉向雜采前代文獻中的文本，編次《説苑》《新序》《列女傳》三書，三書之體例即爲在沿承《韓非子》《吕氏春秋》基礎上的推進。《説苑》《新序》《列女傳》仍屬於説體文，其所編次之文本，因“以類相從”，其論説色彩已然褪去，具備了一定的作爲文學文本的小説質素，[3] 故唐代史學家劉知幾譏其“廣陳虚事，多構僞辭”。[4] 至魏晉六朝，志怪志人小説繁夥，其編次之

---

　　1 象類思維是源於中國古代先民的一種認知自然和社會的思維方式，如《周易·繫辭下》云：“其稱名也小，其取類也大。其旨遠，其辭文，其言曲而中，其事肆而隱。”見（清）李道平撰，潘雨廷點校：《周易集解纂疏》，北京：中華書局 1994 年版，第 659 頁。又《漢書·魏相丙吉傳》“贊”云：“古之制名，必有象類，遠取諸物，近取諸身。故經謂君臣‘元首’，臣爲‘股肱’，明其一體，相待而成也。”見（漢）班固撰：《漢書》，北京：中華書局 1962 年版，第 3150—3151 頁。

　　2 上舉諸書，其記事（或造事）以言理的方式雖有差異，但就思維模式而言則是相通的。如《孟子·梁惠王上》，無論是整篇還是篇中某一章，皆是類象思維模式。茲舉《梁惠王上》第 2 章以證：孟子見梁惠王，王立於沼上，顧鴻雁麋鹿，曰：“賢者亦樂此乎？”孟子對曰：“賢者而後樂此，不賢者雖有此不樂也。《詩》云：‘經始靈臺，經之營之，庶民攻之，不日成之。經始勿亟，庶民子來。王在靈囿，麀鹿攸伏，麀鹿濯濯，白鳥鶴鶴。王在靈沼，於牣魚躍。’文王以民力爲臺爲沼，而民歡樂之，謂其臺曰靈臺，謂其沼曰靈沼，樂其有麋鹿魚鼈。古之人與民偕樂，故能樂也。《湯誓》曰：‘時日害喪？予及汝偕亡！’民欲與之皆亡，雖有臺池鳥獸，豈能獨樂哉！”見（清）焦循撰，沈文倬點校：《孟子正義》，北京：中華書局 2017 年版，第 48—53 頁。此種言説模式的認知邏輯起點，即《孟子·滕文公上》所謂“且天之生物也，使之一本”。見（清）焦循撰，沈文倬點校：《孟子正義》，北京：中華書局 2017 年版，第 433 頁。

　　3 劉向《説苑》所輯錄文本的小説性，前人已有指明。趙善詒《説苑疏證·前言》：“書中輯録之傳説與寓言，其中有不少故事生動，意味深長者。如師經援琴而撞魏文侯章（《君道篇》）、師曠對晉平公問學章（《建本篇》）、孔子拜受漁者獻魚章（《貴德篇》）……均有相當之文學意味，是爲魏晉小説之先聲。”見（漢）劉向撰，趙善詒疏證：《説苑疏證》，上海：華東師範大學出版社 1985 年版，第 2 頁。屈守元《説苑校證·序言》：“從它的寫作形式看，頗具故事性，多爲對話體，甚至還有些情節出於虛構，可以認爲其中有些作品屬於古代短篇小説。”見（漢）劉向撰，向宗魯校證：《説苑校證》，北京：中華書局 1987 年版，第 4 頁。

　　4（唐）劉知幾著，（清）浦起龍通釋，王煦華整理：《史通通釋》，上海：上海古籍出版社 2009 年版，第 482 頁。

方式大多爲分類、分篇。如干寶《搜神記》原書分門別類編爲《感應》《神化》《變化》《妖怪》等篇，劉義慶《世説新語》亦是按一定主題編爲"德行""言語""政事""文學"等三十六門。宋代被稱作"小説家之淵海"[1]的《太平廣記》、洪邁所編之志怪小説集《夷堅志》，所收故事和編纂體例也同《説苑》等書，與更早的《韓非子》《吕氏春秋》一脈相承。至明代，專題性的小説類書大量涌現，如馮夢龍所編的《古今譚概》《智囊》《情史》，皆先確立一個主題，然後搜集前代與主題相關之文本，其中收録了不少先秦子書中的傳説故事和寓言。[2]徐元太所編《喻林》一百二十卷，"采摭古人設譬之詞"，收録了大量先秦子書中寓言故事，是專題性小説類書中的上乘之作。[3]至於清代，此類作品更是舉不勝舉。

第二節　史、雜史與小説

小説學史上，關於小説與史部關係的探討，並無一定之論，但皆認可小

1（清）永瑢等撰：《四庫全書總目》"史部·雜史類"序，北京：中華書局 1965 年版，第 1212 頁。

2 以《古今譚概》爲例，其《癡絕部》"嗔癡·賓卑聚"條見《吕氏春秋·離俗》；《專愚部》"蠢文蠢子·東家母死"條見《淮南子·説山訓》，"宋人鄭人等"中"强取人衣"條見《吕氏春秋·淫辭》、"買豚"條見《韓非子·外儲説左下》、"鄭人買履"條見《韓非子·外儲説左上》、"卜妻爲褲"和"有得車軛者"條亦見《韓非子·外儲説左上》、"其父善泅"和"刻舟求劍"條見《吕氏春秋·察今》，"楚王"條見《淮南子·泛論訓》；《癡嗜部》"愛醜·激洽"條見《吕氏春秋·遇合》；《鷙忍部》"勇士相咥"條見《吕氏春秋·當務》；《闡戒部》"不樂富貴"條見《韓非子·内儲説下》；《委蜕部》"面狹長·公孫吕"條見《荀子·非相》；《機警部》"晏子"二條分見於《晏子春秋·外篇》和《内篇雜下》、"晏子馬氏語相似·晏子"條見《晏子春秋·内篇雜下》；《塞語部》"祠竈山河伯"條見《晏子春秋·内篇諫上第一》、"駱猾犛好勇"條見《墨子·耕柱》、"列子辨日"條見《列子·湯問》；《微詞部》"支解人"條見《韓非子·難二》；《非族部》"輆沐"條見《墨子·節葬》和《列子·湯問》。

3《四庫全書總目》卷一三六《子部·類書類二》："是書採摭古人設譬之詞，彙爲一編，分十門，每門又各分子目，凡五百八十餘類，歷二十餘年而後成。用心頗爲勤至，其引書用程大昌《演繁露》之例，皆於條下注明出處，並篇目卷第一一臚載，亦迥異明人剿竊捃摭之習……然自六經以來，即多以况譬達意，而自古未有彙爲一書者，元太是編，實爲創例，其蒐羅繁富，零璣斷璧，均足爲綴文者沾丐之資，是亦不可無一之書矣。"見（清）永瑢等撰：《四庫全書總目》，北京：中華書局 1965 年版，第 1154 頁。

説與史部有著或深或淺的關係。[1] 小説的記事屬性，固然可推源於子書，但亦可歸因於史書，尤其是後世小説成熟的叙事性，更與史書叙事的胎孕相關。此外，隨著史學的發展及史書的丰富，一部分"小説化"史書逐漸爲正統史學所排斥，進而被歸類爲小説。同時，傳統文言小説爲自抬身價，以史書所標榜之"實録""勸懲"等原則自詡，主動附庸史學。史書的小説化和小説向史書的攀附，從而産生兼具史料價值和小説叙事特性的雜史。廣義的雜史包括一般意義上的"雜史""雜傳""雜記"等，它們是史書與小説偶合和分衍的關捩。據此，考察小説與"史"的關係，應著重探討小説與史官、史書、史學三者之關係。

一、"史"之内涵

"史"之含義甚廣，既可泛稱一般的歷史，也可實指具體的對象，如史官、史籍、史學等。"史"之最初含義，前人一致認爲是指史官，由史官引申爲史官所寫之史書。史書逐漸增多，體例漸繁，關於史官和史書有了相應的觀念和理論，於是就有了史學。"史"與小説之關係，可分別從史官、史書、史學三方面來展開。

---

1 唐代史學家劉知幾指出先秦兩漢時之偏記小説能"自成一家"，又以《吕氏春秋》《抱朴子》等書爲例，揭明子史雖兩歧，却有"叙事爲宗"的共性。見劉知幾《史通·雜述》言："是知偏記小説，自成一家。而能與正史參行，其所由來尚矣"。又言："子之將史，本爲二説。然如《吕氏》《淮南》《玄晏》《抱朴》，凡此諸子，多以叙事爲宗，舉而論之，抑亦史之雜也。但以名目有異，不復編於此科。"見（唐）劉知幾著，（清）浦起龍通釋，王煦華整理：《史通通釋》，上海：上海古籍出版社 2009 年版，第 253、257 頁。又有認爲小説爲"史之餘"者，如明人緑天館主人既稱"史統散而小説興"，又言"韓非、列禦寇諸人，小説之祖也"。（明）緑天館主人：《古今小説叙》，見魏同賢主編：《馮夢龍全集》卷一《古今小説》，南京：鳳凰出版社 2007 年版，第 2 頁。當今學界也認可小説和史部的關係，如李劍國指出"小説也是史乘支流之一"，"小説又是史流的進一步分流"。見李劍國著：《唐前志怪小説史》（修訂本），天津：天津教育出版社 2005 年版，第 73 頁。譚帆《小説學的萌興》："'小説學'之在先秦時期呈現爲一種依附狀態，對於小説的研究和評判主要是在史學和哲學領域，這一狀態與小説在先唐時期的生成與發展一致。"見譚帆著：《中國雅俗文學思想論集》，北京：中華書局 2006 年版，第 142 頁。

　　"史"之本義，據許慎《説文解字》釋"史"云："記事者也。從又持中。中，正也。"[1]認爲"史"是指記事者，即史官。關於所持之"中"爲何物，學界有爭議，[2]但可確定的是，"史"最早是指史官，其本職工作是記事。即如李宗侗所云："無論以中象簡形，或象盛簡抑盛策之器，其爲象所手持記事用簡策之形則一。故史之初義確爲掌史之官（手持簡策記事的人），而非史書（簡策），明矣。"[3]保存、掌管史料文獻是史官另一重要職責。[4]先秦之史雖名稱各異，職責各有不同，但都要掌管從中央到地方的法令、檔案、史志，包括"書""典""志""治令"等。[5]春秋戰國以降，王官失守，典籍散佚四方，史官地位雖逐漸下降，[6]而史官職掌文獻典籍之使命未曾改移。[7]

1（漢）許慎撰，（清）段玉裁注：《説文解字注》，上海：上海古籍出版社1981年版，第116頁。

2 有謂"中"爲簡册、簿書者，如戴侗《六書故》、吳大澂《説文古籀補》皆認爲"中"爲簡册，江永、章太炎也認同此論。江永《周禮疑義舉要》云："凡官府簿書謂之中，故諸宫言治中、受中，小司寇斷庶民獄訟之中，皆謂簿書，猶今之案卷也。此中字之本義，故掌文書者謂之史也。"章太炎《文始》云："中本册之類，故《春官·天府》'凡官府、鄉州及都鄙之治中，受而藏之'。鄭司農云'治中，謂其治職簿書之要'……漢官亦有治中，猶主簿耳。史字從中，謂簿記書也；自大史、内史以至治史，皆史也。"以上皆轉引自朱希祖：《中國史學通論　史館論議》，北京：中華書局2012年版，第5—6頁。有謂"中"爲"箭中舍籌"，即盛籌之器者。參王國維《釋史》，《觀堂集林》第一册，北京：中華書局1961年版，第263—274頁。〔日〕内藤湖南著，馬彪譯：《中國史學史》第一章《史的起源》，上海：上海古籍出版社2008年版，第1—5頁。

3 李宗侗著：《中國史學史》，北京：中華書局2010年版，第2頁。又《禮記·曲禮上》曰："史載筆，士載言。"孔穎達疏云："史，謂國史，書録王事者。王若舉動，史必書之；王若行往，則史載書具而從之也。"見（清）孫希旦撰，沈嘯寰、王星賢點校：《禮記集解》，北京：中華書局1989年版，第83頁。《漢書·藝文志》云："古之王者世有史官，君舉必書，所以慎言行，昭法式也。"見（漢）班固撰：《漢書》，北京：中華書局1962年版，第1715頁。

4 王國維《釋史》云："史爲掌書之官，自古爲要職。"見王國維著：《觀堂集林》第一册，北京：中華書局1959年版，第269頁。又《周禮·天官冢宰》："府六人，史十有二人。"鄭注云："史，掌書者。"

5《周禮·春官》有大史、小史、内史、外史、御史之名，其中大史"掌建邦之六典，以逆邦國之治"、小史"掌邦國之志"、外史"掌四方之志，掌三皇五帝之書"，御史"掌邦國都鄙及萬民之治令"。"典"即法令，《周禮》有"六典"："治典""教典""禮典""政典""刑典""事典"；"志"即各國之史書："志謂記也，《春秋傳》所謂《周志》，《國語》所謂《鄭書》之屬是也。"

6 李宗侗云："蓋時代愈後史官之權愈小，愈古權愈廣……即以地位而言，亦最初極尊，而後傳卑。"見李宗侗著：《中國史學史》，北京：中華書局2010年版，第5頁。

7《史記·太史公自序》云："自曹參薦蓋公言黄老，而賈生、晁錯明申、商，公孫弘以儒顯，百年之間，天下遺文古事靡不畢集太史公。"見（漢）司馬遷撰：《史記》，北京：中華書局1973年版，第3319頁。又裴駰集解《太史公自序》引如淳曰："《漢儀注》太史公，武帝置，位在丞相上。天下計書先上太史公，副上丞相，序事如古《春秋》。"見（漢）司馬遷撰：《史記》，北京：中華書局1973年版，第3287頁。

當然，史官的職能並不僅限於以上兩種，《史通·史官建置》云："尋自古太史之職，雖以著述爲宗，而兼掌曆象、日月、陰陽、筭數。"[1]《漢書·司馬遷傳》云："僕之先人非有剖符丹書之功，文史星曆近乎卜祝之間，固主上所戲弄，倡優蓄之，流俗之所輕也。"[2] 可見除了記載史事和掌管文獻，史官還精通辭令、卜筮、祭祀、典禮等知識。[3] 倉修良認爲古代史官的職能主要關乎人事與天道（即宗教迷信）兩方面，"不過隨著時代的發展，這兩個方面的比重在不斷地起著變化，人事活動的内容逐步超過了天道"。[4] 總之，史官的記載範圍是極其廣泛的，除了人君言動，還包括一切天人之事。以《左傳》爲例，人事之外的内容可以劃分爲天道、鬼神、災祥、卜筮、夢等五類。[5] 隨著史官職務範圍的逐漸縮小和史學觀念的進步，史書記載的内容基本限於人事。

史官與小説的關係，可從史官的職能中窺得大概。史官作爲早期擁有書寫文字及保存文獻典籍職能的群體，在周室東遷王官失守前，是作爲學術和文化的代表而存在的，[6] 擁有影響社會政治的權力。如在甲骨文中可考之商代"作册""史""尹"等史官，與"卜""巫""祝"等宗教職官，皆是神權掌控者，固有巫史同源之説。西周時期的史官，史官的政治權力可能有所減

1　（唐）劉知幾著，（清）浦起龍通釋，王煦華整理：《史通通釋》，上海：上海古籍出版社 2009 年版，第 284 頁。

2　（漢）班固撰：《漢書》，北京：中華書局 1962 年版，第 2732 頁。

3　除了記載史事和保存文獻的職能之外，史官還有"宣達王命"、爲統治者提供諮詢、祭祀與卜筮、掌天象曆法等職能。參看林曉平：《春秋戰國史官的職責與史學傳統》，《史學理論研究》，2003 年第 1 期。

4　倉修良著：《中國古代史學史》，北京：人民出版社 2009 年版，第 10—11 頁。

5　〔日〕內藤湖南著，馬彪譯：《中國史學史》，上海：上海古籍出版社 2008 年版，第 30 頁。（清）汪中《述學·〈左氏春秋〉釋疑》："問者曰：'道、鬼神、災祥、卜筮、夢之備書於策者，何也？'曰：此史之職也。"內藤氏之觀點與此略同。見（清）汪中撰，戴慶鈺、涂小馬校點：《述學》，瀋陽：遼寧教育出版社 2000 年版，第 25 頁。

6　劉師培《古學出於史官論》云："有官斯有法，故法具於官；有法斯有書，故官守其書。（原注：會稽章氏説。）是則史也者，掌一代之學者也。一代之學，即一國政教之本，而一代王者之所開也。"見劉師培著，李妙根編，朱維錚校：《劉師培辛亥前文選》，上海：中西書局 2012 年版，第 176 頁。

弱，但依然承擔了規訓天子的職責。[1] 史官不僅承擔著溝通神人的巫祝之職能，還擔負著記載時王活動和天地人事的職責，因此擁有對相關文字的處理、編纂甚至解釋的權力。至漢代，有兩大類史官，一類專掌史料圖籍，一類專掌疏記撰述。[2] 從先秦兩漢史官制度的演變而言，早期文獻典籍的編撰與史官關係密切，故後人有"六經皆史"的説法。如此，被後世視爲"小説"的文字及相關文獻典籍，自然也與史官制度關係密切。《漢書·藝文志》指出小説家出於"稗官"，歷來對於稗官的確切含義説法不同，但稗官是"小説"的著錄者，這是可以確定的。魯迅指出稗官"職惟采集而非創作"，[3] 所謂采集即是對"小説"的記録和整理（包括口頭傳聞以及形成文字的零碎片段）。稗官被稱作小説家，蓋因稗官的這一職能："他雖然不是'小説'的來源，却是這種'小説'之書的來源，故而才會被賦予'小説家'的稱號。"[4] 將稗官與史官相對比，發現兩者在職能上有所分工：稗官處於社會職官系統的基層，常行走於民間，熟悉地方的風俗民情、傳聞軼事，負責采集"街談巷語""道聽塗説"，並獻諸掌管相關工作的職官。而史官則是這些被采集材料的接收者、保管者、編纂者，如漢代的太史公即是範例。考察歷代小説的作者，可發現不少人身兼史職，或者參修史書：被稱作"鬼之董狐"的干寶，出身魏晉時史官世家；唐五代的劉餗、牛僧孺曾監修國史，張薦、裴廷裕、柳璨、尉遲偓都曾擔任史職；宋代的宋祁、歐陽修、司馬光、洪邁也都曾擔任史官。擴展來看，即使未曾擔任史官，古代小説家也常會以史官自居，在其作品中往往流露出濃

1《國語·周語上》云："故天子聽政，使公卿至於列士獻詩，瞽獻曲，史獻書，師箴，瞍賦，矇誦，百工諫，庶人傳語，近臣盡規，親戚補察，瞽、史教誨，耆、艾修之，而後王斟酌焉，是以事行而不悖。"《國語·楚語上》云："在輿有旅賁之規，位寧有官師之典，倚几有誦訓之諫，居寢有褻御之箴，臨事有瞽史之導，宴居有師工之誦。史不失書，矇不失誦，以訓御之，於是乎作《懿》戒以自儆也。"（舊題）左丘明撰，鮑思陶點校：《國語》，濟南：齊魯書社 2005 年版，《周語上》第 5 頁，《楚語上》第 269—270 頁。

2 姜義華：《從"史官史學"走向"史家史學"：當代中國歷史學家角色的轉換》，《復旦學報（社科版）》1995 年第 3 期。

3 魯迅著：《中國小説史略》，上海：上海古籍出版社 1998 年版，第 6 頁。

4 譚帆等著：《中國古代小説文體文法術語考釋》，上海：上海古籍出版社 2013 年版，第 68 頁。

厚的"史官意識",反映出"史官文化"對小説創作所産生的深遠影響。

　　史書與小説之關係表現在内容和形式兩方面。内容方面,在唐代以前,史書的内容涵蓋了天地間一切現象,不管人事還是鬼神、災異、卜筮,都是史書記録的對象。即便被後世視爲小説源頭的神話和傳説,也經歷了從口頭到文字的歷史化過程。因此可以説,最早的小説都是存在於史書中的。正是因爲早期史書中有鬼神、災異等内容,後人在追溯小説發展時,往往從古史中發掘材料,甚至將古史等同於小説。[1]在史書中雜有小説内容,越是早期其現象越明顯。劉知幾《史通·採撰》對此有所論述,史有闕文,故需徵求異説、采摭群言以補其遺逸。《史記》采《世本》《國語》《戰國策》《楚漢春秋》,《漢書》采《新序》《説苑》《七略》,都屬此種情况。而如果苟出異端、虛益新事,或朱紫不别、故造奇説,則所謂史書也會近於小説。魏晉時期所撰史書,多采《語林》《世説》《幽明録》《搜神記》中"詼諧小辯""鬼神怪物"等内容,更是爲正經史家所鄙薄。[2]史書中的内容,也往往爲小説所直接采用。以唐代筆記小説爲例,周勛初、嚴傑等在論及唐代筆記小説的材料來源時指出,對唐修《國史》的剪裁利用,是《大唐新語》《譚賓録》《隋唐嘉話》《朝野僉載》《大唐傳載》等筆記小説的突出特點。特别是以朝廷舊事、宮闈秘聞爲内容的筆記小説,很多材料源自國史。[3]

　　小説對史在形式上的借鑒,首先表現在記事體、傳記體的文本形式。李宗侗云:"以中國史言之,約可分爲三類:一曰編年,二曰記事,三曰傳記。或獨用一體,或綜合衆體,史書大約不出此範圍。"[4]筆記小説中甚少使

---

　　1 參馬振方著:《中國早期小説考辨》,北京:北京大學出版社 2014 年版。

　　2(唐)劉知幾著,(清)浦起龍通釋,王煦華整理:《史通通釋》,上海:上海古籍出版社 2009 年版,第 106—109 頁。

　　3 周勛初著:《唐人筆記小説考索》,《周勛初文集》第五卷,南京:江蘇古籍出版社 2000 年版,第 72—83 頁。另參嚴傑《唐五代筆記考論》上編《唐代筆記對國史的利用》,北京:中華書局 2009 年版,第 16—27 頁。

　　4 李宗侗著:《中國史學史》,北京:中華書局 2010 年版,第 10 頁。

用“編年體”形式，雖然一部分筆記小説以時間順序記録，或者逐日隨筆記録而成，但在體例上較爲隨意，不似“編年體”那般整齊嚴謹。對筆記體小説影響最大的是“記事體”和“傳記體”。“記事體”以事爲主，不限於年代，遇事則記，可長可短，可詳可略，較爲隨意；“傳記體”以人爲主，可專寫一人，也可寫多人，是爲單傳、類傳之分。“記事體”的筆記小説，早期可以《西京雜記》爲代表，多采用介紹性的文字，記事較爲簡略，有的甚至寥寥數語，在後世演化爲記録典章制度、草木蟲魚、風俗民情、逸聞瑣事的雜記類小説。這類小説缺乏故事性，甚至無故事可言，多爲“殘叢小語”。“傳記體”的筆記小説以記人物爲主，其人物可以是歷史人物，也可以是神仙精怪、僧道異人，它模仿正史傳記的寫法，開頭介紹人物的姓名、籍貫，接著叙述人物的經歷，一般只選取一兩個片段，通常以“怪”“奇”爲特色。史的形式還體現在“篇末議論”的運用上，史傳在叙述完成後會發表議論，評論人物事件，加以褒貶，這是史官的職責之一。《史記》有“太史公曰”、《漢書》有“贊曰”、《資治通鑑》有“臣光曰”，這種形式經常爲筆記體小説所采用，如唐代的《唐闕史》用“參寥子曰”、《雲溪友議》用“雲溪子曰”、《鑒戒録》用“議者曰”、《唐摭言》用“論曰”，宋代的《青瑣高議》用“議曰”、《雲齋廣録》用“評曰”等。

　　既有史官與史籍，則有相應之觀念、理論，而“實録”和“勸懲”是中國史學理論中産生最早、影響最大的觀念，也是對小説創作和理論具有深遠影響的觀念。“實録”即直書其事、書法無隱，是身爲史官的最高標準，只有做到實録才可稱爲良史。實録精神具體影響到史書的叙事風格，既然是實録，就排斥過度的辭藻修飾以及虚構、誇張等手法的使用，追求平易簡潔的叙事風格，力求叙事的簡約、平淡和客觀，這種叙事手法也對小説的叙事有很大的影響。“勸善懲惡”突出了“小説”應具有教化的功能，這在歷代筆記體小説中都有所表現。六朝時期以鬼神報應爲主要內容的“釋氏輔教之書", 如《冤魂志》《宣驗記》《冥祥記》等, 其特徵是"大抵記經像之顯效, 明應驗之實有, 以震聳世俗, 使生敬信之心"。[1] "輔教之書"雖然爲擴大影響而自神其教, 但其重要目的之一是勸人爲善, 宣揚善惡必報之理。唐宋時期宣揚"勸懲"思想的筆記體小説不在少數, 如范攄《雲溪友議序》: "諺云: 街談巷議, 倏有裨於王化。野老之言, 聖人採擇。孔子聚萬國風謠, 以成其《春秋》也。"[2] 陳翱《卓異記序》云: "且神仙鬼怪, 未得諦言, 非有所用, 俾好生不殺, 爲人一途, 無害於教化, 故貽自廣, 不俟繁書以見意。"[3] 張邦基《墨莊漫録自跋》云: "稗官小説雖曰無關治亂, 然所書者必勸善懲惡之事, 亦不爲無補於世也。"[4] 王明清在其《揮麈後録》和《玉照新志》中分別指出其著書之目的是使"善有可勸, 惡有可戒", [5] "爲善者固可以爲韋弦, 爲惡者又足以爲龜鑑"。[6]

二、雜史與小説

"雜史"有廣義與狹義之分。廣義的"雜史"可指正史以外所有的史料史籍, 它可指具體的作品, 也可指某一類作品。"雜"體現一種價值判斷, 即駁雜、龐雜、雜糅, 凡是自認爲體制不經、内容駁雜的作品皆可稱爲"雜史"。唐代劉知幾提出"偏記小説"概念: "是知偏記小説, 自成一家。而能與正史參行, 其所由來尚矣。爰及近古, 斯道漸煩。史氏別流, 殊途並

---

1 魯迅著:《中國小説史略》, 上海: 上海古籍出版社 1998 年版, 第 32 頁。

2 (唐) 范攄:《雲溪友議》, 上海: 古典文學出版社 1957 年版, 第 3 頁。

3 陶敏主編:《全唐五代筆記》, 西安: 三秦出版社 2008 年版, 第 1108 頁。

4 (宋) 張邦基撰:《墨莊漫録》, 孔凡禮點校:《墨莊漫録 過庭録 可書》,《唐宋史料筆記叢刊》, 北京: 中華書局 2002 年版, 第 281 頁。

5 (宋) 王明清:《揮麈後録・自跋》,《全宋筆記》第六編 (一), 鄭州: 大象出版社 2013 年版, 第 233 頁。

6 (宋) 王明清:《玉照新志・序》,《全宋筆記》第六編 (二), 同上, 第 124 頁。

鷔。"[1] 劉氏將"偏記小説"分爲十類，指出"偏記小説"乃"史氏別流"，與正史相對而能參行。張舜徽認爲劉氏的"偏記小説"即"雜史"："唐人以紀傳、編年爲正史。知幾於論述正史之餘，復釐雜史爲十科。有郡書、地里，則方志入史矣。有家史、別傳，則譜牒入史矣。有瑣言、雜記，則小説入史矣。於是治史取材，其途益廣。"[2] 此處將"十科"視作雜史，就是使用了廣義的概念，將正史以外的各類史書統稱作"雜史"。劉氏不僅將"十科"視作"史之雜名"即雜史，甚至將子部中的《呂氏》《淮南》《玄晏》《抱朴》等子書也視作"史之雜"，[3] 可見在劉氏觀念中雜史的涵蓋範圍極廣。

　　狹義的"雜史"即目録學意義的"雜史"，其出現是由於目録學的發展。漢代班固依劉歆《七略》編成《漢書・藝文志》，未立史部，史籍附在"六藝略"之"春秋類"下。此後史籍日繁，"不能悉隸以《春秋》家學"，[4] 目録中單獨設立了"史部"，又進一步對"史部"再分類，遂有了正史、雜史、雜傳等名目。《隋志》將"史部"分爲十三類：正史、古史、雜史、霸史、起居注、舊事、職官、儀注、刑法、雜傳、地理、譜系、簿録，其中"雜史"位居第三，這是首次在目録中出現"雜史"之名，故四庫館臣稱"雜史之目，肇於《隋書》"。[5] 此外，與"雜史"較爲接近的是"雜傳"。目録學中論述的"雜史"和"雜傳"在産生的原因、發展興盛的過程、内容特點等方面，有很多相似點：兩者都是因史官失其守的情況下，由下層人士"率爾而

<hr>

　　1（唐）劉知幾著，（清）浦起龍通釋，王煦華整理：《史通通釋》，上海：上海古籍出版社 2009 年版，第 253 頁。

　　2 張舜徽著：《史學三書平議》，北京：中華書局 1983 年版，第 96 頁。

　　3《史通》卷十《雜述》云："於是考茲十品，徵彼百家，則史之雜名，其流盡於此矣。……又案子之將史，本爲二説。然如《呂氏》《淮南》《玄晏》《抱朴》，凡此諸子，多以叙事爲宗，舉而論之，抑亦史之雜也，但以名目有異，不復編於此科。"見（唐）劉知幾著，（清）浦起龍通釋，王煦華整理：《史通通釋》，上海：上海古籍出版社 2009 年版，第 256—257 頁。

　　4（清）章學誠：《校讎通義・宗劉》，（清）章學誠著，葉瑛校注：《文史通義校注》，北京：中華書局 1985 年版，第 956 頁。

　　5（清）永瑢等撰：《四庫全書總目》"史部・雜史類"序，北京：中華書局 1965 年版，第 460 頁。

作"，與正史相對。因爲是"率爾而作"，所以會"迂怪妄誕、真虛莫測"，
"雜以虛誕怪妄之說"。然而兩者也並非沒有區別，最明顯的區別是體制上的
不同，馬端臨云："按雜史、雜傳皆野史之流，出於正史之外者。蓋雜史紀
志編年之屬也，所紀者一代或一時之事；雜傳者列傳之屬也，所紀者一人之
事。"[1]焦竑亦云："雜史、傳記皆野史之流，然二者體裁自異。雜史紀志編年
之屬也，紀一代若一時之事；傳記列傳之屬也，紀一人之事。"[2]將雜史和雜
傳（傳記）都目爲野史之流，主要是基於內容的虛誕怪妄，兩者的區別在於
"體裁"，雜史是紀志編年之屬，而雜傳（傳記）是列傳之屬。

　　從史到雜史的演變過程，是史書（主要指正史）"正統""嚴謹""真
實"等品格不斷流失的過程，即不斷"虛化"的過程。在這一過程中，"史
性"逐漸減少，"小說性"逐漸增加，而"雜史"正處於由史到小說的中間
狀態，具有史書與小說的雙重特性。明人陳言云："正史之流而爲雜史也，
雜史之流而爲類書、爲小說、爲家傳也。"[3]由於相似點頗多，前人常將雜史
（包括傳記）與小說聯繫起來，如馬端臨轉引《宋兩朝藝文志》曰："傳記之
作……根據膚淺，好尚偏駁，滯泥一隅……而通之於小說。"[4]明人焦竑《國史
經籍志》云："前志有雜史，蓋出紀傳編年之外，而野史者流也……但其體
制不醇，根據疏淺，甚有收摭鄙細，而通於小說者，在善擇之而已矣。""雜
史、傳記皆野史之流，然二者體裁自異……外此若小說家，與此二者易溷而
實不同，當辨之。"[5]前人將雜史、傳記視作野史，野史等同於稗史，而小說
因出自稗官而被稱作"稗官小說"。元人徐顯《稗史集傳·序》云："古者
鄉塾里閭，亦各有史……庶民之有德業者，非附賢士大夫爲之紀，其聞者蔑

　　1（元）馬端臨撰：《文獻通考》，北京：中華書局1986年版，第1647頁。
　　2（明）焦竑撰：《國史經籍志》，北京：書目文獻出版社1993年版，第287頁。
　　3（明）陳言撰：《潁水遺編·說史中》，《叢書集成初編》，上海：商務印書館1939年版，第31頁。
　　4（元）馬端臨撰：《文獻通考》，北京：中華書局1986年版，第1647頁。
　　5（明）焦竑撰：《國史經籍志》，北京：書目文獻出版社1993年版，第263、287頁。

焉……野史者，亦古閭史之流也歟……竊志其所與遊及耳目所聞見者，叙而錄之，自比於稗官小説……或有位於朝、法當入國史者，此不著。"[1] 又明人王圻《稗史彙編·引》云："正史具美醜、存勸戒，備矣。間有格於諱忌，隘於聽睹，而正史所不能盡者，則山林藪澤之士復搜綴遺文，別成一家言而目之曰小説，又所以羽翼正史也者，著述家寧能廢之？"[2] 從中可以看出雜史、稗史（野史）、稗官小説三者之間的關係是極爲密切的，某些時候是相通的。

正因爲雜史具有兩重性，使得雜史（包括雜傳）與小説的界限十分模糊，不少作品可以在兩者之間流動，這在歷代目錄中表現得十分明顯。這種流動性也造成了歷代目錄學家的困惑，如馬端臨《文獻通考》引鄭樵語曰："古今編書所不能分者五：一曰傳記，二曰雜家，三曰小説，四曰雜史，五曰故事。凡此五類之書足相紊亂。"馬氏接著評論道："然愚嘗考之經録，猶無此患，而莫謬亂于史。蓋有實故事而以爲雜史者，實雜史而以爲小説者。又有《隋志》以爲故事，《唐志》以爲傳志，《宋志》以爲雜史者。"[3] 馬氏指出目錄中以史部最爲混亂，其實在五類中僅傳記、雜史、故事屬於史部，而雜家、小説屬於子部。鄭樵指出五類之書容易紊亂，在歷代目錄中都有所反映，不少作品因其性質難以確定而游走於子史各類目之間。《西京雜記》就是典型的例子：此書在《隋書·經籍志》入"舊事類"，在《舊唐書·藝文志》轉入"起居注"類，在《新唐書·藝文志》是"故事類"和"地理類"互見，到了《郡齋讀書志》轉入"雜史類"，而《直齋書録解題》又將其歸入"傳記類"，最後到《四庫全書總目》才進入"小説家·雜事之屬"。類似《西京雜記》這樣的書籍仍有不少，比較突出的是《隋志》"雜傳類"的作品如《宣驗記》《列異傳》《搜神記》《齊諧記》《幽明録》等，在《新唐志》被

1（元）徐顯：《稗史集傳·序》，《説庫》本第二十八冊，上海：文明書局1915年版。

2（明）王圻纂集：《稗史彙編》，北京：北京出版社1993年版，第19頁。

3（元）馬端臨撰：《文獻通考》，北京：中華書局1986年版，第1648頁。

轉入了"小説家類";另外如《新唐志》"雜史類"的《拾遺録》《大唐新語》《國史補》《明皇雜録》《開天傳信記》《次柳氏舊聞》,《郡齋讀書志》"雜史類"的《桂苑叢談》《南部新書》《中朝故事》等作品,在《四庫全書總目》都轉入了"小説家類"。

雜史與小説聯繫如此緊密,在於它們都是史乘分化的産物。雜史既名爲"史",自不必説。小説雖不爲史,也不入史部,但其具有史的特性,而前人也經常將小説與史聯繫起來。因爲是史乘分化的産物,故雜史與小説都有補史的功能,一些如今被視爲筆記小説的作品,如《新唐志》"雜史類"中的《淮海亂離志》《大業雜記》《大唐新語》《國史補》《補國史》《傳載》《史遺》《明皇雜録》《開天傳信記》《次柳氏舊聞》《金鑾密記》等,"雜傳記類"中的《朝野僉載》《國朝傳記》《尚書故實》等,在當時都作爲史部書籍被著録。且不論《國史補》《補國史》《史遺》等在命名上就有補史之意,其他作品也多有補史之目的,如:

　　臣伏念所憶授,凡有十七事,歲祀已久,遺稿不傳。臣德裕非黄瓊之達練,習見故事;愧史遷之該博,唯次舊聞。懼失其傳,不足以對大君之問。謹録如左,以備史官之闕云。[1]

　　竊以國朝故事,莫盛於開元、天寶之際。服膺簡策,管窺王業,參於聞聽,或有闕焉。承平之盛,不可殞墜,輒因簿領之暇,搜求遺逸,傳於必信,名曰《開天傳信記》。[2]

1（唐）李德裕:《次柳氏舊聞・序》,陶敏主編:《全唐五代筆記》,西安:三秦出版社 2008 年版,第 1006 頁。

2（唐）鄭綮:《開天傳信記・序》,同上,第 2246 頁。

這些雜史、雜傳作品因記載了朝野軼事，因而可以補正史之闕，但又因雜有虛誕怪妄之說，不少作品往往被視作小說。如高彥休《唐闕史·序》云："故自武德、貞觀而後，呢筆爲小説小録、稗史野史、雜録雜紀者，多矣。"[1] 又如李肇《唐國史補·序》云："昔劉餗集小説，涉南北朝至開元，著爲《傳記》。予自開元至長慶，撰《國史補》。慮史氏或闕則補之意，續《傳記》而有不爲。"[2] 都將雜史（稗史野史）、雜傳和小説等同起來。

雜史與小説聯繫緊密，但也有所區別。《隋書·經籍志》指出"雜史"所記雖有"委巷之說"，但"大抵皆帝王之事"，而"小説"則是"街説巷語之説"，對二者已經有所區分。此後晁公武也指出《藝文志》以書之紀國政得失、人事美惡，其大者類爲雜史，其餘則屬之小説"，[3] 認爲雜史是記載"國政得失、人事美惡"中之"大者"，其餘内容才屬於小説，思路與《隋志》一致，都是從内容上將兩者區分。到了清代的《四庫全書總目》，其"史部·雜史類"序云："雜史之目，肇於《隋書》。蓋載籍既繁，難於條析，義取乎兼包衆體，宏括殊名……然既繫史名，事殊小説，著書有體，焉可無分……大抵取其事繫廟堂、語關軍國，或但具一事之始末，非一代之全編，或但述一時之見聞，祇一家之私記。要期遺文舊事，足以存掌故、資考證，備讀史者之參稽云爾。若夫語神怪、供詼嘲，里巷瑣言、稗官所述，則別有雜家、小説家存焉。"又"小説家類·雜事之屬"篇末云："案紀録雜事之書，小説與雜史最易相淆，諸家著録亦往往牽混。今以述朝政軍國者入雜史，其參以里巷閑談、詞章細故者則均隸此門。《世説新語》古俱著録於小説，其例明矣。"[4] 可以看出，四庫館臣對"雜史"和"小説"有著較爲嚴格

1（唐）高彥休：《唐闕史·序》，陶敏主編：《全唐五代筆記》，西安：三秦出版社2012年版，第2329頁。

2（唐）李肇：《唐國史補·序》，同上，第800頁。

3（宋）晁公武撰，孫猛校證：《郡齋讀書志校證》，上海：上海古籍出版社2011年版，第359頁。

4（清）永瑢等撰：《四庫全書總目》，北京：中華書局1965年版，第460、1204頁。

的區分，兩者在内容和來源上有所不同，雜史"事繫廟堂、語關軍國"，"述朝政軍國"，而小説"語神怪""里巷瑣言、稗官所述""里巷閑談、詞章細故"。此外還指出雜史"既繫史名，事殊小説，著書有體，焉可無分"，所謂"但具一事之始末，非一代之全編，或但述一時之見聞，衹一家之私記"，著眼點已不限於内容方面，而已經擴展到了體制。最後，還分別强調雜史可"存掌故、資考證"，小説可"供詼啁"，則已經在價值功能上有所區分。這體現出四庫館臣對雜史和小説的認識比前人更進了一步。

綜上所述，我們從語源學的角度梳理了"説"的基本含義，論述了由"説"字含義引發生成的説體文的類型和各自的文體内涵和特徵。自《漢書·藝文志》設立"小説家"開始，中國古代小説在歷代目錄中就一直處於"子之末"的位置，直到清代《四庫全書總目》也未曾改變。諸子説體文以"説"爲紐帶，對小説文體内涵、特徵產生了影響，"説"從根源上規定了"小説"的内涵和文體特徵，這體現了"説"在小説研究中的重要性，也證實了"小説家"之"小説"具有的子書特徵以及"小説家"居於子之末的歷史合理性。史、雜史、小説之間也有複雜的淵源關係，"史"所蘊含的史官、史書、史學三大内涵，都對小説的創作和觀念產生了深遠的影響。"雜史"有廣狹二義，各自與小説有所聯繫，作爲史書分化的產物，雜史是史與小説之間的橋梁，其所具有的"小説性"使得史與小説的聯繫更爲緊密。"史之餘"是史學對小説產生影響的重要理論觀念，而所謂"史之餘"者，一是指小説在"勸善懲惡"這一功能上與"史學"同旨，二是指小説在表現範圍和表現方式上可補正史之不足。小説在記載的内容上可以廣見聞、補史闕，這是歷代筆記小説作者們創作小説的重要目的之一。古人創作小説往往是爲了保存知識和史料，以增加讀者的見聞閱歷，或者以備修史之用，補史之闕，這在筆記小説中表現得最爲明顯。

第二章
"小説家"的文本與文體

作爲現存最早著録小説的書目文獻,《漢書·藝文志》無疑是中國古代小説最基本的"法典"。它對小説概念的界定、小説價值與地位的評估以及小説文本的確認等諸方面,一直影響著古代小説觀念與小説生産。這樣一部反映小説原貌與主流小説觀念的書,理應在古代小説研究方面擁有足夠的話語權。但20世紀以來,在中國文論研究集體患上"失語症"的大環境下,小説理論研究難以"獨善其身",包括《漢書·藝文志》在内的小説目録總體處於"失位"狀態。然而《漢書·藝文志》所著録小説畢竟屬於歷史存在,不會隨著時代變遷而改變其屬性。在漢人的觀念裏,這種文獻就叫"小説",無論今人是否承認其爲小説,此類文獻作爲"小説"被著録、被認可,甚至被仿作了上千年,這是無法抹去的歷史事實。《漢書·藝文志》所著録小説及其體現出來的小説觀念是認知古代小説及其文體流變的邏輯起點。

第一節 《漢書·藝文志》"小説家"的立意

《漢書·藝文志》"小説家"的産生,出於"辨章學術,考鏡源流"的需要,這種分類思想始自劉向、劉歆父子對書籍的分類整理。

劉向校理群書時,爲每書撰寫叙録,叙述學術源流,辨别書籍真僞。阮孝緒云:"昔劉向校書,輒爲一録。論其指歸,辨其訛謬,隨竟奏上,皆載在本書。"[1] 劉向的校理以學術思想爲依據，按照學説體系編定羣籍。余嘉錫云："劉向校書，合中外之本，辨其某家之學，出於某子，某篇之簡，應入某書。遂删除重復，别行編次，定著爲若干篇。蓋因其學以類其書，因其書以傳其人，猶之後人爲先賢編所著書大全集之類耳。"[2] 劉向又將所有叙録結集成書，是爲《别録》。劉歆以《别録》爲基礎總括羣篇，撮其指要，撰成《七略》。姚名達認爲《七略》開啓了古代的文獻分類，他以《漢書》卷三十六載劉歆"復領'五經'，卒父前業，乃集'六藝'羣書，種别爲《七略》"爲據，認爲"所謂種别者，即依書之種類而分别之"，故《七略》爲文獻分類之始。[3]《七略》的分類標準較爲駁雜，但總體上仍然以學術性質與思想派别爲準。班固删節《七略》舊文，參以己意，略加注釋，遂成《漢書·藝文志》。其中"諸子"一略，包括儒家、道家、陰陽家、法家、名家、墨家、縱横家、雜家、農家、小説家共十家。"諸子略"的設立，是典型的學術系統分類。班固認爲，儒、道等九家的學術思想出於王官，"皆起於王道既微，諸侯力政，時君世主，好惡殊方，是以九家之術蜂出並作，各引一端，崇其所善，以此馳説，取合諸侯。……若能修六藝之術，而觀此九家之言，舍短取長，則可以通萬方之略矣"。[4] 而小説家"蓋出於稗官。街談巷語，道聽塗説者之所造也。……閭里小知者之所及，亦使綴而不忘。如或一言可采，此亦芻蕘狂夫之議也"。[5] 學術淵源不同，價值地位也存在巨大差别。

1（南朝梁）阮孝緒：《七録序》，武漢大學圖書館學系編：《目録學研究資料匯輯》第二分册《中國目録學史》，武漢：武漢大學出版社 1983 年版，第 42 頁。

2 余嘉錫著：《目録學發微　古書通例》，北京：中華書局 2009 年版，第 275 頁。

3 姚名達：《中國目録學史》，上海：上海古籍出版社 2005 年版，第 35 頁。所謂"略"者，即簡略之意。《七略》摘取《别録》以成書，《七略》較簡，故名略；《别録》較詳，故名録。參見姚名達：《中國目録學史》，上海：上海古籍出版社 2005 年版，第 34 頁。

4（漢）班固撰，（唐）顔師古注：《漢書》，北京：中華書局 1962 年版，第 1746 頁。

5 同上，第 1745 頁。

　　以"小説家"稱引文獻類目，劉向、劉歆之後，班固之前，還有桓譚；了解桓譚對"小説家"的認識，有助於明確《漢志》"小説家"的内涵。桓譚《新論》云："若其小説家，合叢殘小語，近取譬論，以作短書，治身理家，有可觀之辭。"[1] 除了從理論上總結"小説家"的形式與價值，桓譚還以實例爲證，進一步明確了"小説家"的内涵："莊周寓言，乃云堯問孔子；《淮南子》云'共工争帝，地維絶'，亦皆爲妄作。故世人多云短書不可用，然論天間莫明於聖人，莊周等雖虚誕，故當采其善，何云盡棄耶？"[2] 桓譚認爲，《莊子》中"堯問孔子"之類寓言與《淮南子》中"共工争帝"之類神話皆不本經傳，乃虚誕妄作，故皆屬短書，即小説也。然此類文獻亦有可觀之處，不可盡棄。桓譚對"小説家"的理解，乃其學術立場使然。《後漢書·桓譚傳》言桓譚"博學多通，遍習《五經》，皆詁訓大義，不爲章句"。[3] 桓譚曾官拜議郎給事中，上疏力陳時政，其學術立場於此可見一斑：

　　　　凡人情忽於見事而貴于異聞，觀先王之所記述，咸以仁義正道爲本，非有奇怪虚誕之事。蓋天道性命，聖人所難言也。自子貢以下，不得而聞，况後世淺儒，能通之乎！今諸巧慧小才伎數之人，增益圖書，矯稱讖記。（李賢注：伎謂方伎，醫方之家也。數謂數術，明堂、羲和、史、卜之官也。圖書即讖緯符命之類也。）以欺惑貪邪，註誤人主，焉可不抑遠之哉！臣譚伏聞陛下窮折方士黄白之術，甚爲明矣；而乃欲聽納讖記，又何誤也！其事雖有時合，譬猶卜數隻偶之類。（李賢注：言

---

1 （後漢）桓譚著，吳則虞輯校：《新論》，北京：社會科學文獻出版社 2014 年版，第 75 頁。

2 同上。吳則虞認爲，桓譚這兩條論述文氣似相連接，疑出自一篇。此説頗有見地，且前後連讀，桓譚所言"小説家"便有了實指對象，即莊周寓言與《淮南子》中的神話故事之類。

3 （南朝宋）范曄撰，（唐）李賢注：《後漢書》，北京：中華書局 1965 年版，第 955 頁。

偶中也。）陛下宜垂明聽，發聖意，屏群小之曲説，述《五經》之正義，略雷同之俗語，詳通人之雅謀。[1]

不難發現，桓譚固守儒家學説，以尊經明道爲要務，諫言皇上遠離黄白之術與讖緯之説。所言“巧慧小才伎數之人”，即方士與史卜之官，是“小説家”的主要來源；所言“群小之曲説”“雷同之俗語”，指“奇怪虛誕之事”，是“小説家”的主要内容。桓譚要求皇上遠離的，正是儒家强調的“君子不學”的“小道”，此一觀念，又是漢人對“小説家”的普遍認識。桓譚與揚雄過從甚密，服膺揚雄，曾言：“通才著書以百數，惟太史公爲廣大，餘皆叢殘小論，不能比之。子雲所造《法言》《太玄》也，人貴所聞賤所見，故輕易之。若遇上好事，必以《太玄》次五經也。”[2]其持論以五經爲本，視他説爲“叢殘小論”的立場，與揚雄幾乎一致。揚雄《法言》云：“或問：五經有辯乎？曰：惟五經爲辯。説天者莫辯乎《易》，説事者莫辯乎《書》，説體者莫辯乎《禮》，説志者莫辯乎《詩》，説理者莫辯乎《春秋》。舍斯辯亦小矣。”宋咸注曰：“舍五經皆小説也。”[3]所謂“叢殘小論”即“叢殘小語”，指不本經傳的“街談巷語”與“道聽塗説”，價值低下，時人視爲“短書”。作爲一種學説或觀點，“小説”是形而上、抽象的；作爲學説或觀點的表達，“小説”又是形而下、具體的，呈現爲某種獨特的載體。周秦時期，“小説”一詞主要指不合己意的學説或觀點，立場不同，對象便各異；到了兩漢時期，“小説”一詞已有明確的指稱對象，指那些不本經典、價值低下、品格卑微的書籍篇目。

1（南朝宋）范曄撰，（唐）李賢注：《後漢書》，北京：中華書局1965年版，第959—960頁。

2（後漢）桓譚著，吳則虞輯校：《新論》，北京：社會科學文獻出版社2014年版，第79頁。

3（漢）揚雄撰：《法言》卷五“寡見”，北京：國家圖書館出版社2018年版，第181頁。

第二節　《漢書·藝文志》"小説家"文本考辨

關於《漢書·藝文志》所著録先秦兩漢小説十五家，魯迅據班固注概述其特徵，言："諸書大抵或托古人，或記古事，托人者似子而淺薄，記事者近史而悠繆者也。"又在文獻考辨基礎上，言"其（筆者注：《漢志》）所録小説，今皆不存，故莫得而深考，然審察名目，乃殊不似有采自民間，如《詩》之《國風》者。其中依托古人者七，曰：《伊尹説》《鬻子説》《師曠》《務成子》《宋子》《天乙》《黄帝》。記古事者二，曰：《周考》《青史子》，皆不言何時作。明著漢代者四家：曰《封禪方説》《待詔臣饒心術》《臣壽周紀》《虞初周説》。《待詔臣安成未央術》與《百家》，雖亦不云何時作，而依其次第，自亦漢人。"[1]魯迅此論中小説語詞，所指爲史志目録之類目。後世研究《漢志》小説家及先秦兩漢"小説"，大體依循魯迅此論，却多忽略魯迅此論中小説之所指。對《漢書·藝文志》所著録十五家小説順次做考辨，應可進一步明晰《漢書·藝文志》"小説"的意涵，進而釐定十五家小説可能的文體史意義。

1.《伊尹説》二十七篇

班固注云："其語淺薄，似依托也。"[2]班固之意，蓋指該書可能是後人僞托，張舜徽《漢書藝文志通釋》認同此説，[3]余嘉錫則直指該書是六國時人僞托。[4]

1　魯迅著：《中國小説史略》，上海：上海古籍出版社 1998 年版，第 2—3、13 頁。

2　（漢）班固撰，（唐）顔師古注：《漢書》，北京：中華書局 1962 年版，第 1744 頁。

3　張舜徽："伊尹有書五十一篇，見前道家。與此不同者，一則發攄道論，一則薈萃叢談也。所記皆割烹要湯一類傳説故事，及其他雜説異聞。書乃僞托，早亡。"見張舜徽著：《廣校讎略　漢書藝文志通釋》，武漢：華中師範大學出版社 2004 年版，第 340 頁。

4　余嘉錫《小説家出於稗官説》："惟吕覽之爲采自伊尹説，固灼然無疑。他若韓非子難言篇、史記殷本紀之出吕覽後者，又不待論也。吕氏著書於始皇八年，（見吕覽序意篇注。）此書尚在其前，當是六國時人合此類叢殘小語，托之伊尹。其所言水火之齊，魚肉菜飯之美，真閭里小知者之街談巷語也，雖不免於淺薄，然其書既盛行一時，未必無一言之可采，故劉、班雖斥其依托而仍著於録，視爲芻蕘狂夫之議而已。"見《余嘉錫論學雜著》，北京：中華書局 1963 年版，第 272 頁。

相關伊尹的生平與言論，多見於先秦漢魏時各類典籍，如甲骨文和《尚書》《墨子》《莊子》《孟子》《文子》《孫子》《竹書紀年》《帝王世紀》《楚辭・惜往日》《魯連子》《韓非子》《戰國策》《呂氏春秋》《晏子春秋》《汲冢瑣語》《史記》《論衡》《博物記》等。綜合上述文獻，大略可理出伊尹有關生平如下。伊尹，夏末商初人，名阿衡，[1] 或以阿衡爲官名，實名摯；[2] 生於空桑，有莘之君命烰人養之；[3] 長而善烹調，以滋味説商湯，至於王道；[4] 或否認伊尹善烹調，言其爲商湯時處士；[5] 作有《汝鳩》、《汝方》（或《女鳩》《女房》）、《咸有一德》、《伊訓》、《肆命》、《徂后》、《太甲》，[6]《咸有一德》《伊訓》《太甲》三篇尚存於《尚書》，其他或已佚。或認爲《呂氏春秋・本味篇》即劉自《伊尹説》，[7] 陳奇猷對此有較詳辨析，言：

1（漢）司馬遷著：《史記》，北京：中華書局1959年版，第94頁。

2《史記・殷本紀》司馬貞《索引》不同意司馬遷説法："《孫子兵書》：伊尹名摯。孔安國亦曰‘伊摯’，然解者以阿衡爲官名。……非名也。"見（漢）司馬遷著：《史記》，北京：中華書局1959年版，第94頁。又孔穎達《毛詩正義・商頌・長發》引鄭玄《尚書》注云："伊尹名摯，湯以爲阿衡，至太甲改曰保衡。阿衡、保衡皆公官。"見李學勤主編《毛詩正義》，北京：北京大學出版社1999年版，第1461頁。

3（戰國）呂不韋著，陳奇猷校釋《呂氏春秋新校釋》，上海：上海古籍出版社2002年版，第744頁。

4《墨子・尚賢中》："伊尹，有莘氏女之私臣，親爲庖人。湯得之，舉以爲相，與接天下之政，治天下之民。"《史記・殷本紀》：伊尹"負鼎俎，以滋味説湯，致于王道"。

5《孟子・萬章上》：萬章問曰："人有言伊尹以割烹要湯，有諸？"孟子曰："否，不然。伊尹耕於有莘之野，而樂堯舜之道焉。……湯使人以幣聘之，囂囂然曰：‘我何以湯之聘幣爲哉？……’湯三使往聘之，既而幡然改曰：‘與我處畎畝之中，由是以樂堯舜之道，吾豈若使是君爲堯舜之君哉？吾豈若使是民爲堯舜之民哉？’……吾聞以堯舜之道要湯，未聞以割烹也。"《史記・殷本紀》："伊尹處士，湯使人聘迎之，五反然後肯往從湯，言素王及九主之事。"

6《尚書・胤征》："伊尹去亳適夏，既醜有夏，復歸於亳。入自北門，乃遇汝鳩、汝方，作《汝鳩》《汝方》。"《史記・殷本紀》："伊尹去湯適夏。既醜有夏，復歸於亳。入自北門，遇女鳩、女房，作《女鳩》《女房》。""伊尹作《咸有一德》，咎單作《明居》。""帝太甲元年，伊尹作《伊訓》，作《肆命》，作《徂后》。""帝太甲修德，諸侯咸歸殷，百姓以寧。伊尹嘉之，乃作《太甲訓》三篇，褒帝太甲，稱太宗。"

7（清）嚴可均《全上古三代秦漢三國六朝文》叙錄云："此（《呂氏春秋・本味篇》）疑即小説家之一篇。《孟子》‘伊尹以割烹要湯’，謂此篇也。"北京：中華書局1958年版，第15頁。余嘉錫《小説家出於稗官説》引王應麟《漢志考證》及翟灝《四書考異・條考三十一》"所謂《本味篇》乃劉自《伊尹説》中"之説，以爲："然謂《呂氏春秋・本味篇》，爲出於小説家之《伊尹説》，則甚確。""當是六國時人合此類叢殘小語，托之伊尹。其所言水火之齊，魚肉菜飯之美，真閭里小知者之街談巷語也，雖不免於淺薄，然其書既盛行一時，未必無一言之可采，故劉、班雖斥其依托而仍著於錄，視爲芻蕘狂夫之議而已。"見《余嘉錫論學雜著》，北京：中華書局2007年版，第271、272頁。劉汝霖《〈呂氏春秋〉之分析》也認爲《本味》"當即采自《伊尹書》也"。見顧頡剛編：《古史辨》第六册，上海：上海古籍出版社1982年影印本，第356頁。

伊尹之出身既有兩説，故托之伊尹而建立其學派者亦分爲二：一派則藉"伊尹處士，從湯言素王九主之事"立説，即《漢書·藝文志》道家《伊尹》五十一篇及本書《先己》《論人》之内容，余稱其爲"道家伊尹學派"，詳《先己》"注一"。另一派則藉"伊尹負鼎俎以滋味説湯，致於王道"立説，即《漢志》小説家《伊尹説》二十七篇及本書此篇之内容，余因稱之爲"小説家伊尹學派"。本篇述伊尹説湯以種種至味，與各書言"執鼎俎爲庖宰"、《史記》言"以滋味説湯"正合；本篇下文云"己成而天子成，天子成則至味具"，與《史記》所云"以滋味説湯，致於王道"正合，亦即本篇下文所謂"審近所以知遠也"；故本篇出於小説家伊尹學派無疑。《漢志》之所以列《伊尹説》二十七篇於小説家者，蓋以其既不能列入儒墨名法等九流之中，又以其言滋味不言養生，亦不能列入方技之屬。良以其所言係美味之食物，近於"街談巷語，道聽塗説"（語見《漢志》小説家序）；又以其借滋味而説王道，則是"雖小道必有可觀者焉"（語見同上）；與班固所訂小説家之標準亦合，故即以之列入小説家也。[1]

從伊尹兩種出身的説法切入，陳奇猷辨析後世依托伊尹以立説的兩派學術路徑與文獻，一派是道家學派的《伊尹》五十一篇，一派是小説家的《伊尹説》二十七篇，進而解釋《本味篇》與《伊尹説》的關係、班固《漢書·藝文志》將《伊尹》二十七篇列入小説家的原因。其説可取。《説文》中引有兩則"伊尹曰"：一爲木部櫨字引，"伊尹曰：'果之美者，箕山之東，青鳧之所，有甘櫨焉，夏熟也。'"一爲禾部秏字引，"伊尹曰：'飯之美者，玄山之禾，南海之秏。'"兩則材料皆見於《吕氏春秋·本味篇》，但有異文；

1（戰國）吕不韋著，陳奇猷校釋：《吕氏春秋新校釋》，上海：上海古籍出版社 2002 年版，第 747 頁。

前一材料或蓋許慎引自司馬相如《上林賦》，司馬相如或則引自《伊尹説》，後一材料引自《伊尹書》。[1] 段玉裁注"櫨"云："《漢志》道家者流，有《伊尹》五十一篇，小説家者流，有《伊尹説》二十七篇，許萆下、耗下、魳下及此，皆取諸伊尹書。"[2] 檢《説文》，如上引"伊尹曰"者另有兩處，即艸部葿字之"菜之美者，雲夢之葿"和魚部魳字之"魚之美者，東海之魳"，皆未注出處，但應如段玉裁所言出於《伊尹》。這四則都見於《本味篇》。《説文》中"伊尹曰"的内容，適可印證陳奇猷釋《本味篇》之義。

　　今人有認爲《本味篇》主體部分出自小説家《伊尹説》者，如李劍國《唐前志怪小説史》，[3] 李劍國和孟昭連著《中國小説通史》（先唐卷）；[4] 更有直接以《本味篇》爲中國最早之小説文獻者，如王利器言："中國小説，遠在先秦就已經出現，現在完完整整保存在《呂氏春秋·孝行覽》的《本味篇》，應當是《漢書·藝文志·諸子略》小説家著録的第一種《伊尹説》二十七篇中的一篇，這是中國小説現存最早的一篇，因之，本書即以之爲選首，此亦'開宗明義'之意也。"[5] 將《本味篇》視爲小説或將其主體部分視爲《伊尹説》之一部分，固然對研究先秦兩漢小説有一定積極意義，但如果以之爲先秦兩漢小説，則必然產生認知與研究的錯位。《呂氏春秋》的成書方式，決定了該書不可能保存其所引書的文本原貌。《史記·十二諸侯年表》："呂不韋者，秦莊襄王相。亦上觀尚古，删拾《春秋》，集六國時事，以爲'八覽''六論''十二紀'爲《呂氏春秋》。"又《史記·呂不韋列傳》言："呂不韋乃使其客人人著所聞，集論以爲'八覽''六論''十二紀'，二十餘萬言。以爲備天地萬物古今之事，號曰《呂氏春秋》。布咸陽市門，懸千金其上，延諸

1　馬宗霍著：《説文解字引群書考》卷一"伊尹"條，北京：科學出版社1959年版，第17—19頁。
2　（漢）許慎撰，（清）段玉裁注：《説文解字注》，上海：上海古籍出版社1981年版，第254頁。
3　李劍國著：《唐前志怪小説史》（修訂本），天津：天津教育出版社2005年版，第116—117頁。
4　李劍國、孟昭連著：《中國小説通史》（先唐卷），北京：高等教育出版社2007年版，第88—89頁。
5　王利器著：《古代小説拾遺》，《王利器推薦古代文言小説》，揚州：廣陵書社2004年版，第1頁。

侯游士賓客有能增損一字者予千金。"[1]由上述材料中之"删拾""集論"等關鍵字語,可知《吕氏春秋》的成書方式是編述,其内容"是從别的書内取出來的","經過了細密的剪裁、加工,把舊材料變成更適用的東西"。[2]《本味篇》自然經過剪裁和加工。

2.《鬻子説》十九篇

班固注:"後世所加。"即言是後人僞托之書。又《漢書·藝文志》道家類著録《鬻子》二十二篇,班固注云:"名熊,爲周師,自文王以下問焉。周封爲楚祖。"[3]或班固認爲《鬻子》即鬻熊之作。《隋書·經籍志》子部道家類、《舊唐書·經籍志》丙部小説家類、《新唐書·藝文志》子部道家類皆著録"《鬻子》一卷",又《新唐書·藝文志》子部道家類著録逢行珪注《鬻子》一卷;《直齋書録解題》道家類著録陸佃校《鬻子》一卷、逢行珪《鬻子注》一卷;《宋史·藝文志》子部雜家類著録《鬻熊子》一卷,題下無注,又子部小説家類著録逢行珪《鬻子注》一卷。《隋書·經籍志》以來諸志,著録《鬻子》皆未見"説"字。嚴可均釋此言:"隋唐人所見皆道家殘本,其'小説家'本梁時已佚失。劉昫移道家本當之,非也。"[4]《新唐書·藝文志》子部道家類著録《鬻子》和逢行珪注《鬻子》各一卷,兩書皆係毋煚《古今書録》著録之書,可見二書在初盛唐時期並行流傳。至於《宋史·藝文志》雜家類所著録《鬻熊子》,在宋代當有是書流傳,如宋代建安人章定編《名賢氏族言行類稿》卷一引《熊克家譜》曰:"鬻熊爲文王師,著書一

1 (漢)司馬遷著:《史記》,北京:中華書局1959年版,第510、2510頁。

2 張舜徽認爲,書籍的成書方式,"從寫作的内容來源加以區别",可以分爲著作("是專就創造性的寫作説的")、編述("是在許多可以憑藉的資料的基礎上,加以提煉製作的功夫,用新的義例,改編爲另一種形式的書籍出現")、鈔纂("憑藉已有的資料,分門别類鈔下來,纂輯成一部有條理有系統的寫作")三類。見張舜徽著:《中國文獻學》,武漢:華中師範大學出版社2004年版,第13—14頁。

3 (漢)班固撰,(唐)顔師古注:《漢書》,北京:中華書局1962年版,第1744、1729頁。

4 (清)嚴可均著,孫寶點校:《嚴可均集》,杭州:浙江古籍出版社2013年版,第173頁。

卷，號《鬻熊子》。"[1] 由此可見，《鬻熊子》與小説家類逢行珪注《鬻子》在宋代並行於世。現流傳《鬻子》乃逢行珪注一卷十四篇本，多以該書爲僞。[2] 嚴可均辨僞言："《鬻子》非專記鬻熊之語，故其書于文王、周公、康叔皆曰'昔者'。'昔者'，後乎鬻子言之也。古書不必手著，《鬻子》蓋康王、昭王後周史臣所録，或鬻子子孫記述先世嘉言爲楚國之令典，即《史記·序傳》所謂'重黎業之，吴回接之，殷之季世，鬻熊牒之，周用熊繹，熊渠是續'者也。昭十二年《左傳》楚靈王曰：'昔我先王熊繹跋涉山林，以事天子。'是楚之始封爲熊繹，非鬻熊，與《楚世家》正同。劉向博極群書，《周本紀集解》引《別録》乃言'鬻子名熊，封于楚'，與《左傳》《史記》違異，不若《漢志》'周封爲楚祖'之無語病也。"又言："諸子以《鬻子》爲最早，神農、黄帝、大禹、伊尹等書疑皆依托，今亦不傳。"[3] 今本《鬻子》，並非如嚴可均所言保留原貌，逢行珪應有損益。《文獻通考》卷二一一云："石林葉氏曰：世傳《鬻子》一卷，出祖無擇家，漢《藝文志》本二十二篇，載之道家；鬻熊，文王所師，不知何以名道家。而小説家亦別出十九卷，亦莫知孰是，又何以名小説？今一卷止十四篇，本唐永徽中逢（筆者注："逢"應爲"逢"）行珪所獻，其文大略。古人著書不應爾。庾仲容《子抄》云六篇，馬總《意林》亦然，其所載辭略與行珪先後差不倫，恐行珪書或有附益云。"[4]

　　1（宋）章定編：《名賢氏族言行類稿》，《景印文淵閣四庫全書》第 933 册，臺灣：商務印書館 1986 年版，第 29 頁。

　　2 姚際恒言："世傳子書，始於《鬻子》。《漢志》道家有《鬻子》二十二篇，小説家有《鬻子説》十九篇。……今一卷，止十四篇，唐逢行珪所上。案《史（記）·楚世家》熊通曰：吾先鬻熊，文王之師也，蚤終。叙稱見文王時，行年九十，非矣。又書載三監、曲阜事，壽亦不應如是永也，是其人之事，已謬悠莫考，而況其書乎。論之者葉正則、宋景濂，皆以兩見《漢志》爲疑，莫知此書誰屬。胡元瑞則以屬小説家，亦臆測也。高似孫以爲漢儒綴緝，李仁父以爲後世依托，王弇州疑其七大夫之名，楊用修歷引賈誼《書》及《文選注》所引《鬻子》，今皆無之，此足以見大略矣。"見姚際恒著：《古今僞書考》，北京：中華書局 1985 年版，第 12—13 頁。

　　3（清）嚴可均著，孫寶點校：《嚴可均集》，杭州：浙江古籍出版社 2013 年版，第 173—174 頁。

　　4（元）馬端臨著：《文獻通考》，北京：中華書局 1986 年影印《萬有文庫》十通本，第 1729 頁。

劉勰以《鬻子》爲諸子之始，[1] 後世多類此説。[2] 現傳《鬻子》之文，有不類道家言者。如：

> 《鬻子》曰：武王率兵車以伐紂，紂虎旅百萬，陣于商郊，起自黃鳥，至於赤斧，三軍之士，靡不失色。武王乃命太公把旄以麾之，紂軍反走。[3]

> 《鬻子》曰：武王伐紂，虎旅百萬，陳于商郊，起自黃鳥，訖於赤甫，走如疾風，聲如震霆。武王乃使太公把旄以麾之，紂軍反走。[4]

兩段文字有異文，但紀事之主幹相同，載記周武王與商紂王之間率兵大戰的戰争場景。嚴可均結合其他材料，綴合如下：

> 武王率兵車以伐紂。紂虎旅百萬，陣于商郊，起自黃鳥，訖于赤斧，走如疾風，聲如振霆。三軍之士，靡不失色。武王乃命太公把旄以麾之，紂軍反走。（《文選·任彦昇〈宣德皇后令〉》注，史孝山《出師頌》注，范蔚宗《光武紀贊》注，《御覽》三百一）[5]

1 《文心雕龍·諸子》："至鬻熊知道，而文王諮詢，餘文遺事，録爲《鬻子》。子自肇始，莫先於茲。"（南朝梁）劉勰著，范文瀾注：《文心雕龍注》，北京：人民文學出版社 1958 年版，第 308 頁。

2 唐人逢行珪《〈鬻子〉序》："實先達之奥言，爲諸子之首唱。"見鍾肇鵬著：《鬻子校理》，北京：中華書局 2010 年版，第 45 頁。南宋高似孫《子略》卷一引唐貞元間柳伯存言："子書起于鬻熊。"見（宋）高似孫著：《子略》，北京：中華書局 1985 年版，第 13 頁。明人宋濂《諸子辨》："《鬻子》一卷，楚鬻熊撰。熊爲周文王師，封爲楚祖。著書二十二篇，蓋子書之始也。"見（明）宋濂著：《諸子辨》，上海：樸社 1926 年版，第 2 頁。明人楊慎："鬻子，文王時人，著書二十二篇，子書莫先焉。"見（明）楊慎撰，王大淳箋證：《丹鉛録箋證》，杭州：浙江古籍出版社 2013 年版，第 452 頁。明人胡應麟《少室山房筆叢·九流緒論下》："今子書傳於世而最先者，惟《鬻子》。"見（明）胡應麟著：《少室山房筆叢》，上海：上海書店 2009 年版，第 280 頁。清人俞樾《諸子平議補録》："《鬻子》一書，爲子書之祖。"見（清）俞樾著：《諸子平議補録》，北京：中華書局 1956 年版，第 1 頁。楊伯峻《列子集釋》引清人梁章鉅言："諸子書以《鬻子》爲最古。"見楊伯峻著：《列子集釋》，北京：中華書局 2013 年版，第 30 頁。

3 （南朝梁）蕭統編，（唐）李善注：《文選》，上海：上海古籍出版社 1986 年版，第 1638 頁。

4 （宋）李昉等：《太平御覽》卷三〇一，北京：中華書局 1960 年版，第 1385—1386 頁。

5 （清）嚴可均校輯：《全上古三代秦漢三國六朝文》，北京：中華書局 1958 年版，第 67 頁。

　　嚴可均所綴合的文字，從紀事而言，更加完備，其中的誇飾手法與突轉情節更爲合理，頗具故事性。

　　《鬻子》的文獻整理，有鍾肇鵬撰《鬻子校理》和張京華《鬻子箋證》較爲完備。各本《鬻子》皆係鈔纂而成，已不復原貌。楊伯峻即言："今本《鬻子》一卷，自宋人葉夢得以來多疑其僞，而《四庫全書提要》疑其爲'唐以來好事之流，依仿賈誼所引，撰爲贋本'，蓋可信。"[1]

3.《周考》七十六篇

　　班固注："考周事也。"章學誠將《周考》與《青史子》歸類考察，言："小説家之《周考》七十六篇，《青史子》五十七篇，其書雖不可知，然班固注《周考》，云'考周事也'。注《青史子》，云'古史官紀事也'。則其書非《尚書》所部，即《春秋》所次矣。觀《大戴禮·保傅》篇，引青史氏之記，則其書亦不儕於小説也。"[2]章學誠認爲《周考》應屬記言記事的史書。張舜徽則認爲《周考》確屬班固《漢書·藝文志》"小説家"，言："此云《周考》，猶言叢考也。周乃周遍、周普無所不包之意。《漢志》禮家之《周官》，儒家之《周政》《周法》，道家之《周訓》，皆當以此解之，已具論於前矣。小説家之《周考》，蓋雜記叢殘小語、短淺瑣事以成一編，故爲書至七十六篇之多。其中或及周代軼聞者，見者遽目爲專考周事，非也。下文猶有《周紀》《周説》，悉同此例。"[3]《説文解字》中有兩個周字：一是周密之義的"周"，二是周至、周遍的"𠈇"。依據"𠈇"之義，張舜徽認爲《周考》一書乃雜記叢殘小語、短淺瑣事之書，故《漢書·藝文志》歸類爲小説家。該書已佚，無從窺一斑。

1　楊伯峻著：《列子集釋》，北京：中華書局2012年版，第30頁。

2（清）章學誠著，葉瑛校注：《文史通義校注》，北京：中華書局2014年版，第1221頁。

3　張舜徽著：《廣校讎略　漢書藝文志通釋》，武漢：華中師範大學出版社2004年版，第340頁。

4.《青史子》五十七篇

班固注："古史官記事也。"上文《周考》條中引章學誠語認爲,《青史子》"不僭於小説",[1] 應屬《尚書》《春秋》類書。姚振宗則否定章學誠之論,言:"據劉勰言'曲綴以街談',此其所以爲小説家言。安得以殘文斷其全書乎!"[2]

《青史子》已佚,賈誼《新書·胎教》引有一則:

> 《青史氏之記》曰:"古者胎教之道,王后有身,七月而就蔞室,太師持銅而御户左,太宰持斗而御户右,太卜持蓍龜而御堂下,諸官皆以其職御於門内。比三月者,王后所求聲音非禮樂,則太師撫樂而稱不習。所求滋味者非正味,則太宰荷斗而不敢煎調,而曰不敢以侍王太子。太子生而立(筆者注:"立"假借爲"泣"),太師吹銅曰聲中某律。太宰曰滋味上某。太卜曰命云某。"[3]

《大戴禮記·保傳篇》篇亦引此則,有異文:

> 《青史氏之記》曰:"古者胎教,王后腹之七月,而就宴室,太史持銅而御户左,太宰持斗而御户右。比及三月者,王后所求聲音非禮樂,則太師緼瑟而稱不習,所求滋味者非正味,則太宰倚斗而言曰:'不敢以待王太子。'太子生而泣,太師吹銅曰:'聲中某律。'太宰曰:'滋味上某。'"[4]

---

1 (清)章學誠著,葉瑛校注:《文史通義校注》,北京:中華書局2014年版,第1221頁。

2 (清)姚振宗:《漢書藝文志條理》諸子卷二下,《續修四庫全書》第914册,上海:上海古籍出版社2002年版,第78頁。

3 (漢)賈誼撰,閻振益、鍾夏校注:《新書校注》,北京:中華書局2000年版,第390—391頁。

4 (清)王聘珍撰,王文錦點校:《大戴禮記解詁》,北京:中華書局1983年版,第59—60頁。

另應劭《風俗通義》亦引一則，云：

> 《青史子》書説："雞者，東方之牲也，歲終更始，辨秩東作，萬物觸户而出，故以雞祀祭也。"[1]

《青史氏之記》與《青史子》是一書二名，[2] 兩則材料都關乎禮，符合班固"古史官記事"的説法。既然是古史官記事之書，班固何以之入小説家？清人何琇解釋言："賈誼《新書》引《青史氏之記》，言太子生事，其文與《禮經》相表裏。《漢志》《青史子》五十七篇，乃列小説家，疑其他文駁雜也。"[3] 何琇推測，《青史子》中已經佚失的其他記事之文駁雜，因而班固以之入小説家。張舜徽則釋云："《隋書·經籍志》云：'梁有《青史子》一卷，亡。'是其書早佚。馬國翰有輯本。或謂世以史書總謂之青史，其説蓋起於此。斯言非也。古人以竹簡寫書，新竹滑，必先去其青，謂之殺青；又用火炙之，令汗出以防蠹，謂之汗青。故總稱史册爲青史耳。與此《青史子》不相涉也。"[4] 張舜徽認爲此《青史子》並非是次於《尚書》《春秋》一類的史書，而是諸子之書。又劉勰《文心雕龍·諸子》中論及七國時諸子蜂起時言："青史曲綴以街談。"[5] 張舜徽可能據此認爲《青史子》是諸子中的街談巷語。

魯迅《古小説鉤沉》輯《青史子》三條，第二條"古者年八歲而出就外

1（漢）應劭撰，王利器校注：《風俗通義校注》，北京：中華書局 2010 年第 2 版，第 374 頁。

2 北周盧辯注《大戴禮》認爲是一書而二名。見（清）王聘珍撰，王文錦點校：《大戴禮記解詁》，北京：中華書局 1983 年版，第 59 頁。

3（清）何琇：《樵香小記》卷上，《叢書集成新編》第 13 册，臺灣：新文豐出版社 1985 年版，第 500 頁。

4 張舜徽著：《廣校讎略　漢書藝文志通釋》，武漢：華中師範大學出版社 2004 年版，第 340 頁。

5 劉勰《文心雕龍·諸子》："逮及七國力政，俊乂蜂起。孟軻膺儒以磬折，莊周述道以翱翔，墨翟執儉確之教，尹文課名實之符，野老治國於地利，騶子養政於天文，申商刀鋸以制理，鬼谷脣吻以策勳，尸佼兼總於雜術，青史曲綴以街談，承流而枝附者，不可勝算。並飛辯以馳術，饜禄而餘榮矣。"見（南朝梁）劉勰著，范文瀾注：《文心雕龍注》，北京：人民文學出版社 1958 年版，第 308 頁。

舍”，並不一定出於《青史子》。[1]

5.《師曠》六篇

班固注：“見《春秋》，其言淺薄，本與此同，似因托之。”張舜徽釋班固注，云：

> 師曠有書八篇，在《兵書略》陰陽家。標題雖同，所言各異也。《春秋》襄公十四年《左傳》：“師曠侍于晉侯。”杜《注》云：“師曠，晉樂太師子野。”而《孟子·離婁篇》稱“師曠之聰。”趙《注》云：“師曠，晉平公之樂太師也，其聽至聰。”其他行事，散見於《周書》《國語》《韓非》《呂覽》者尚多。是固周末聞人也，故造偽書者依托之。書亦早亡。[2]

偽托師曠之書多有。《漢書·藝文志》兵書略陰陽家類著録《師曠》八篇，班固注云：“晉平公臣”。范曄《後漢書》卷三〇上《蘇竟楊厚列傳》云：“論者若不本之於天，參之於聖，猥以《師曠雜事》，輕自炫惑，説士作書，亂夫大道，焉可信哉？”李賢注云：“《師曠雜事》，雜占之書也。《前書》曰陰陽書十六家，有《師曠》八篇也。”[3]《後漢書》卷八十二上《方術列傳》李賢于《師曠之書》下注云：“占災異之書也，今書《七志》有《師曠》六篇。”[4] 故《師曠雜事》和《師曠之書》可能爲一書，也被稱作《師曠》，亦僅存六篇，但並非小説家《師曠》六篇。[5]《隋書》、兩《唐書》、《宋史》中皆著録有和師曠相關之書。如《隋書·經籍志》“歷數類”著録“《師曠書》

1 王齊洲著：《稗官與才人——中國古代小説考論》，長沙：岳麓書社 2010 年版，第 17—18 頁。

2 張舜徽《廣校讎略 漢書藝文志通釋》，武漢：華中師範大學出版社 2004 年版，第 341 頁。

3 （宋）范曄撰，（唐）李賢等注：《後漢書》，北京：中華書局 1965 年版，第 1043 頁。

4 同上，第 2704 頁。

5 （宋）王應麟《漢藝文志考證》卷八《師曠》八篇條下云：“又小説有《師曠》六篇。”見（宋）王應麟著，張三夕、楊毅點校：《漢志考 漢藝文志考證》，北京：中華書局 2011 年版，第 264 頁。

三卷"，又於《雜占夢書》一卷下注云："梁有《師曠占》五卷……亡。"《舊唐書·經籍志下》和《新唐書·藝文志》著録"《師曠占書》一卷"。《宋史·藝文志》著録"師曠《禽經》一卷"。又據晉人王嘉《拾遺記》，師曠還著有《寶符》百卷，[1] 但未見後世書録提及。《師曠雜事》《師曠之書》《師曠占》《師曠書》《師曠占書》或即一書四名，且係後人據《漢書·藝文志》僞作，或傳於漢唐間，或爲漢唐間人僞托。

至於《禽經》，應也是藉師曠僞作。章學誠分析此種現象言：

> 又如《漢志》以後，雜出春秋戰國時書，若師曠《禽經》，伯樂《相馬》之經，其類亦繁，不過好事之徒，因其人而附合，或略知其法者，托古人以鳴高，亦猶儒者之傳梅氏《尚書》，與子夏之《詩大序》也。[2]

章學誠之言應是的論。後人托名師曠撰序此類書的緣由，從散見於《春秋左氏傳》《韓非子》《逸周書》《國語》《呂氏春秋》《史記》《新序》等書之相關師曠的記載，或亦可解釋。唐代陸德明《經典釋文》卷二七《莊子音義》釋《駢拇》"師曠"，云："司馬云：晉賢大夫也，善音律，能致鬼神。《史記》云：冀州南和人，生而無目。"[3] 這段文字未見於司馬遷《史記》，但陸德明引之以釋師曠，與師曠形象"神化"已久有關。如《韓非子·十過》篇載：

> 晉平公觴之於施夷之臺。酒酣，靈公起曰："有新聲，願請以示。"平公曰："善。"乃召師涓，令坐師曠之旁，援琴鼓之。未終，師曠撫止之，曰："此亡國之聲，不可遂也。"平公曰："此道奚出？"師曠曰："此

1（晉）王嘉撰，（南朝梁）蕭綺録，齊治平校注：《拾遺記》，北京：中華書局1981年版，第78—79頁。

2（清）章學誠著，葉瑛校注：《文史通義校注》，北京：中華書局2014年版，第121頁。

3（唐）陸德明著：《經典釋文》，上海：上海古籍出版社1985年版，第1460頁。

師延之所作，與紂爲靡靡之樂也。及武王伐紂，師延東走，至於濮水而自投。故聞此聲者必於濮水之上。先聞此聲者其國必削，不可遂。"平公曰："寡人所好者音也，子其使遂之。"師涓鼓究之。平公問師曠曰："此所謂何聲也？"師曠曰："此所謂清商也。"公曰："清商固最悲乎？"師曠曰："不如清徵。"公曰："清徵可得而聞乎？"師曠曰："不可。古之聽清徵者，皆有德義之君也。今吾君德薄，不足以聽。"平公曰："寡人之所好者音也，願試聽之。"師曠不得已，援琴而鼓。一奏之，有玄鶴二八，道南方來，集于郎門之堍；再奏之，而列。三奏之，延頸而鳴，舒翼而舞，音中宫商之聲，聲聞於天。平公大説，坐者皆喜。平公提觴而起，爲師曠壽，反坐而問曰："音莫悲於清徵乎？"師曠曰："不如清角。"平公曰："清角可得而聞乎？"師曠曰："不可。昔者黄帝合鬼神於西泰山之上，駕象車而六蛟龍，畢方並鎋，蚩尤居前，風伯進掃，雨師灑道，虎狼在前，鬼神在後，騰蛇伏地，鳳皇覆上，大合鬼神，作爲清角。今主君德薄，不足聽之。聽之，將恐有敗。"平公曰："寡人老矣，所好者音也，願遂聽之。"師曠不得已而鼓之。一奏，而有玄雲從西北方起；再奏之，大風至，大雨隨之，裂帷幕，破俎豆，隳廊瓦。坐者散走，平公恐懼，伏於廊室之間。晉國大旱，赤地三年。平公之身遂癃病。[1]

又，《太平廣記》録王嘉《拾遺記》亦載晉平公使奏清徵和清角曲之事，文字大略相同。唯《拾遺記》中另叙有師曠相關情況，言："師曠者，或出於晉靈之世。以主樂官，妙辨音律，撰兵書萬篇。時人莫知其原裔，出没難詳也。晉平公之時，以陰陽之學顯於當世。燻目爲瞽人，以絶塞衆慮。專心於星算音律之中，考鐘吕以定四時，無毫釐之異。《春秋》不記師曠出何帝

1（清）王先慎撰，鍾哲點校：《韓非子集解》，北京：中華書局 2013 年版，第 67—70 頁。

之時。曠知命欲終，乃述《寶符》百卷。至戰國分爭，其書滅絶矣。"[1]由此可見，師曠不僅"善音律，能致鬼神"，還善兵謀，撰兵書，能以"陰陽之學，顯於當世"。漢代桓寬《鹽鐵論·相刺》亦有相關記載，言："師曠鼓琴，百獸率舞。"[2]或因此種認知，遂有兵書略陰陽家之《師曠》八篇。

此外，漢代劉向《説苑·辨物》載師曠預言晉平公之死，與《韓非子》所載殊異。《説苑·辨物》所載如下：

　　晉平公出畋，見乳虎伏而不動，顧謂師曠曰："吾聞之也，霸王之主出，則猛獸伏不敢起。今者寡人出，見乳虎伏而不動，此其猛獸乎？"師曠曰："鵲食蝟，蝟食鵕鸃，鵕鸃食豹，豹食駁，駁食虎；夫駁之狀有似駁馬，今者君之出，必驂駁馬而出畋乎？"公曰："然。"師曠曰："臣聞之，一自誣者窮，再自誣者辱，三自誣者死。今夫虎所以不動者，爲駁馬也，固非主君之德義也，君奈何一自誣乎？"平公異日出朝，有鳥環平公不去，平公顧謂師曠曰："吾聞之也，霸王之主，鳳下之；今者出朝，有鳥環寡人，終朝不去，是其鳳鳥乎？"師曠曰："東方有鳥名諫珂，其爲鳥也，文身而朱足，憎鳥而愛狐。今者吾君必衣狐裘以出朝乎？"平公曰："然。"師曠曰："臣已嘗言之矣，一自誣者窮，再自誣者辱，三自誣者死。今鳥爲狐裘之故，非吾君之德義也。君奈何而再自誣乎？"平公不説。異日，置酒虒祁之臺，使郎中馬章布蒺藜於階上，令人召師曠。師曠至，履而上堂。平公曰："安有人臣履而上人主堂者乎？"師曠解履刺足，伏刺膝，仰天而嘆。公起引之，曰："今者與叟戲，叟遽憂乎？"對曰："憂。夫肉自生蟲，而還自食也；木自生蠹，而

1（晉）王嘉撰，（南朝梁）蕭綺録，齊治平校注：《拾遺記校注》，北京：中華書局1981年版，第78頁。

2（漢）桓寬著，王利器校注：《鹽鐵論校注》，上海：古典文學出版社1958年版，第143頁。

還自刻也；人自興妖，而還自賊也。五鼎之具，不當生藜藋，人主堂廟不當生蒺藜。"平公曰："今爲之奈何？"師曠曰："妖已在前，無可奈何。入來月八日，修百官，立太子，君將死矣。"至來月八日平旦，謂師曠曰："曳以今日爲期，寡人如何？"師曠不樂，謁歸。歸未幾而平公死。乃知師曠神明矣！[1]

又，《逸周書》卷九《太子晉解》載師曠自請與周太子晉交談，並預言太子晉不壽之事。[2]兩段文字皆涉及觀象知事，如就《論語》中記載孔子觀象知事篇而言，並不能就此遽斷師曠此種言行入陰陽家，而更近儒家。

再如《左傳》襄公十四年載師曠與晉侯的一段對話，云：

師曠侍於晉侯。晉侯曰："衛人出其君，不亦甚乎？"對曰："或者其君實甚。良君將賞善而刑淫，養民如子，蓋之如天，容之如地。民奉其君，愛之如父母，仰之如日月，敬之如神明，畏之如雷霆，其可出乎？夫君，神之主而民之望也。若困民之主，匱神乏祀，百姓絶望，社稷無主，將安用之？弗去何爲？天生民而立之君，使司牧之，勿使失性。有君而爲之貳，使師保之，勿使過度。是故天子有公，諸侯有卿，卿置側室，大夫有貳宗，士有朋友，庶人、工、商、皂、隸、牧、圉皆有親昵，以相輔佐也。善則賞之，過則匡之，患則救之，失則革之。自王以下，各有父兄子弟，以補察其政。史爲書，瞽爲詩，工誦箴諫，大夫規誨，士傳言，庶人謗，商旅於市，百工獻藝。故《夏書》曰：'遒人以木鐸徇於路。官師相規，工執藝事以諫。'正月孟春，於是乎有之，

1（漢）劉向撰，向宗魯校證：《説苑校證》，北京：中華書局 1987 年版，第 467—469 頁。

2 黃懷信、張懋鎔、田旭東撰，李學勤審定：《逸周書匯校集注》，上海：上海古籍出版社 1995 年版，第 1084—1103 頁。

諫失常也。天之愛民甚矣。豈其使一人肆於民上，以從其淫，而棄天地之性？必不然矣！"[1]

此載師曠言論所含蘊的思想，更具儒家色彩。

今人盧文暉輯《師曠》一册，言稱"古小説輯佚"，分正文和附録兩部分，附録爲歷代文獻中關於師曠和《師曠》的資料，正文所輯三十三條，實則《逸周書》《左傳》《國語》《吕氏春秋》《韓非子》《汲冢瑣語》《禮記》《史記》《新序》《説苑》《説文》《宋書》中記載的師曠言行。其中《説文》鳥部鷩字釋文："師曠曰：南方有鳥名曰羌鷩，黄頭赤目，五色皆備。"段玉裁注云："《藝文志》小説家有《師曠》六篇，豈許所稱與？今世有《禽經》繫之師曠。其文理淺陋。蓋因説文此條而僞造。"[2]段玉裁懷疑許慎所引"師曠曰"來自《漢書·藝文志》小説家《師曠》六篇。綜合考察盧文暉所輯三十三條及相關師曠的記載，師曠是一個博聞之人，其學説也駁雜陰陽家與儒家思想，或不能純粹歸入某一學派。至於小説家《師曠》六篇，或已完全佚失，或《説苑》所載之師曠言論、《説文》許慎所引"師曠曰"即小説家《師曠》中之内容的抄撮。

6.《務成子》十一篇

班固注："稱堯問，非古語。"清人錢大昭懷疑《漢書·藝文志》所著録《務成子》《務成子災異應》《務成子陰道》三書皆係後人僞托。[3]對此，張舜

---

1 十三經注疏整理委員會整理，李學勤主編：《十三經注疏 春秋左傳正義》，北京：北京大學出版社1999年版，第926—929頁。

2（漢）許慎撰，（清）段玉裁注：《説文解字注》，上海：上海古籍出版社1981年版，第150頁。

3（清）錢大昭《漢書辨疑》卷十六："《荀子·大略篇》云：'舜學于務成昭。'楊倞《注》引《尸子》曰：'務成昭之教舜曰：避天下之逆。從天下之順，天下不足取也；避天下之順，從天下之逆，天下不足失也。'大昭按五行家有《務成子災異應》十四卷，房中家有《務成子陰道》三十六卷，疑皆後世依托。"見《續修四庫全書》第267册，上海：上海古籍出版社2002年版，第364頁。

徽有更爲詳盡之解釋，言：

> 務成子乃遠古傳説中之人物。《荀子·大略篇》以爲舜師，而《韓詩外傳五》又云："堯學于務成子。"是堯舜之師，集於一人，蓋上世之有道術者。故言五行，房中者皆得爲書以依托之。此書十一篇，列在小説，蓋叢談雜論之類耳。《隋志》已不著録，書已早佚。[1]

張舜徽明確指出務成子係傳説中有道術的人物，故後世多托其名成書。漢代有關於務成子的各種傳説，其中一説即務成子是太白星精的變身，在漢代時變身爲東方朔。[2]此外，歷代典籍中也有務成子的記載，或言其爲堯之師，[3]或言爲舜之師。[4]如此恰能證明務成子係傳説中之人，故《務成子》顯係偽托之書。

7.《宋子》十八篇

班固注："孫卿道宋子，其言黄老意。"清人馬國翰《玉函山房輯佚書》子編小説家類自《莊子·雜篇》輯録五條，其題跋云：

1 張舜徽著：《廣校讎略　漢書藝文志通釋》，武漢：華中師範大學出版社 2004 年版，第 341 頁。

2 應劭《風俗通義·正失》："俗言：東方朔太白星精，黄帝時爲風后，堯時爲務成子，周時爲老聃，在越爲范蠡，在齊爲鴟夷子皮。言其神聖能興王霸之業，變化無常。……朔之逢占射覆，其事浮淺，行於衆，僮兒牧豎，莫不眩燿，而後之好事者，因取奇言怪語附著之耳，安在能神聖歷世爲輔佐哉？"見（漢）應劭撰，王利器校注：《風俗通義校注》，北京：中華書局 2010 年第 2 版，第 108—111 頁。

3《吕氏春秋》："務成子，堯師也。"今各本《吕氏春秋》未見，但《元和姓纂·十遇》《通志·氏族五》等引。參見王利器：《吕氏春秋注疏》第 4 册，巴蜀書社 2002 年版，第 3180 頁。《白虎通·辟雍》："帝堯師務成子"。見（清）陳立撰，吴則虞點校：《白虎通疏證》，中華書局 1994 年版，第 255 頁。王符《潛夫論·贊學》："堯師務成"。見（漢）王符著，（清）汪繼培箋，彭鐸校正：《潛夫論箋校正》，北京：中華書局 1985 年版，第 1 頁。《韓詩外傳》卷五："堯學乎務成子附"。見（漢）韓嬰撰，許維遹校釋：《韓詩外傳集釋》，北京：中華書局 1980 年版，第 195 頁。

4《荀子·大略篇》："舜學于務成昭。"見（清）王先謙撰，沈嘯寰、王星賢點校：《荀子集解》，北京：中華書局 2012 年版，第 578 頁。《新序·雜事篇》："舜學乎務成跗。"見（漢）劉向：《新序》，上海：商務印書館 1936 年版，第 71 頁。吴兢《貞觀政要·尊敬師傅》："舜學務成昭。"見（唐）吴兢編著：《貞觀政要》，上海：上海古籍出版社 1978 年版，第 117 頁。

　　（宋）銒，宋人，《莊子》《荀子》並言其人；《孟子》作宋牼，《韓非》作宋榮子，要是一人也。《漢志》小説家《宋子》十八篇，注孫卿道宋子其言黃老意。隋唐志不著目，佚已久。《莊子·天下篇》載其禁攻寢兵之事，並述其言。案：莊子雖與尹文並稱，今尹文子書尚存，無莊子所述之言，且以孟荀書證，知皆述銒語。……夫牼以利爲言，孟子以爲不可；異懸君臣，荀子以爲非。然其持之有故而言之成理者，亦自以其術鳴也。[1]

　　馬國翰認爲宋子自成一説。柳詒徵也指出宋子“救民之鬥，禁攻寢兵，似與墨同矣，而其以心爲主與墨異。……以利爲言與孟異”。[2]如此，宋子入小説家之因則需探求。余嘉錫《小説家出於稗官説》文有所解釋，云：

　　夫宋子之學，刻苦救世，内則情欲寡淺，外則禁攻寢兵，在戰國諸子之間，猶當嶢然而出其類，必非街談巷語之比，且班固既謂“其言黃老意”，顧何以不入道家而入小説家，度《七略》《別錄》，當必有説，今不可考。意者宋子“率其群徒，辯其談説，明其譬稱”，不免如桓譚所謂“合叢殘小語，近取譬論，以作短書”歟。蓋宋子之説，強聒而不舍，使人易厭，故不得不於談説之際，多爲譬喻，就耳目之所及，摭拾道聽塗説以曲達其情，庶幾上説下教之時，使聽者爲之解頤，而其書遂不能如九家之閎深，流而入於小説矣。若其明見侮不辱而以人之情欲爲寡，則桓譚所謂“治身理家有可觀之辭”也。古人未有無所爲而著書者。小説家雖不能爲“六經之支與流裔”（《漢志》論九流語），然亦欲因小喻大，以明人事之紀，與後世之搜神志怪，徒資談助者殊科，此所以得與九流同列諸子也。[3]

　　1（清）馬國翰：《玉函山房輯佚書》“宋子跋”，《續修四庫全書》第1204 册，上海古籍出版社 2002 年版，第437 頁。

　　2 柳詒徵：《中國文化史》，上海：上海古籍出版社 2001 年版，第320 頁。

　　3 余嘉錫：《余嘉錫論學雜著》，北京：中華書局 2007 年版，第275—276 頁。

余嘉錫之言，建立在宋子是戰國可信之書的前提下，[1] 固然是推測之言，但提供了一種可能的緣由。

張舜徽則認爲《宋子》是托名之書，言：

> 考《莊子·天下篇》，以宋鈃與尹文並論；《荀子·非十二子》，將墨翟與宋鈃同譏；是宋子在戰國時，固一大名家也。故孟子與之對語，稱之爲先生；而《荀子》書中，兩引宋子，又兩引子宋子；其爲人尊重復如此。不解其十八篇之書，何以入之小説？此殆後人所撰集而托名于宋子者，其言淺薄雜亂，不主一家，故歸諸小説家耳。使果如班注所云"言黄老意"而甚專深，則必入道家矣。[2]

筆者贊同張舜徽以《宋子》爲"後人所撰集而托名於宋子者，其言淺薄雜亂，不主一家，故歸諸小説家耳"説，而馬國翰所輯佚《宋子》之文，則頗爲可疑。

8.《天乙》三篇

班固注："天乙謂湯，其言非殷時，皆依托也。"天乙是商湯之號，[3] 其言論見於《尚書》《賈誼新書·修政上》《史記·殷本紀》等。該書已佚。顧實認爲，如果賈誼、司馬遷所記載商湯之言論，"使亦在此《天乙》書中者，班氏之注，爲不辭矣"。[4] 李劍鋒認爲上述諸書中商湯之言論可能有《天乙》

---

1 余嘉錫言："先秦諸書既多依托，其可信者《周考》《青史子》《宋子》三家而已。"見《余嘉錫論學雜著》，北京：中華書局 2007 年版，第 272 頁。

2 張舜徽著：《廣校讎略 漢書藝文志通釋》，武漢：華中師範大學出版社 2004 年版，第 341—342 頁。

3《荀子·成相》："契玄王，生昭明，居于砥石遷于商，十有四世，乃有天乙是成湯。"見（清）王先謙撰，沈嘯寰、王星賢點校：《荀子集解》，北京：中華書局 2012 年版，第 548 頁。《史記·殷本紀》："主癸卒，子天乙立，是爲成湯。"見（漢）司馬遷著：《史記》，北京：中華書局 1959 年版，第 92 頁。

4（漢）班固編撰，顧實講疏：《漢書藝文志講疏》，上海：上海古籍出版社 2009 年版，第 163 頁。

的内容。[1]二者皆爲假設之辭。班固直指該書"其言非殷時"，並判定《天乙》全爲後人依托之書，應是確論。

9.《黄帝説》四十篇

班固注："迂誕依托。"黄帝是被神化的歷史人物，被尊爲世系之始，故前人多托名爲説。《漢書·藝文志》所著録書名中有"黄帝"者另有十九種，依次爲《黄帝四經》四篇、《黄帝銘》六篇、《黄帝君臣》十篇、《雜黄帝》五十八篇、《黄帝太素》二十篇、《黄帝》十六篇（圖三卷）、《黄帝雜子氣》三十三篇、《黄帝五家曆》三十三卷、《黄帝陰陽》二十五卷、《黄帝諸子論陰陽》二十五卷、《黄帝長柳占夢》十一卷、《黄帝内經》十八卷、《泰始黄帝扁鵲俞拊方》二十三卷、《神農黄帝食禁》七卷、《黄帝三王養陽方》二十卷、《黄帝雜子步引》十二卷、《黄帝岐伯按摩》十卷、《黄帝雜子芝菌》十八卷、《黄帝雜子十九家方》二十一卷等。對此，張舜徽辨之甚明，言：

> 司馬遷撰述《五帝本紀》，雖以黄帝居首，而是篇《贊》中即云："百家言黄帝，其文不雅馴，薦紳先生難言之。"可知其于諸子中所稱頌之黄帝，視爲神聖化人物，大半不以爲可信。而傳説之辭，誇飾過甚。至將遠古事物發明，如養蠶、造字、音律、舟車、醫學、算數等，皆謂創始于黄帝之時，又稱其人上登於天以神其事，荒遠無稽，大抵皆神話也。《漢志》著録之《黄帝説》四十篇，蓋出戰國時人之手，實集神話之大成。其時道家又以黄老連稱，故言道術者，必溯源于黄帝。《漢志》道家，著録《黄帝四經》四篇，《黄帝銘》六篇；又《黄帝君臣》十篇，則注云"起六國時，與老子相似"；《雜黄帝》五十八篇，注云"六國

1　李劍鋒著：《唐前小説史料研究》，濟南：山東教育出版社2016年版，第46頁。

時賢者所作"。可知後世依托其名以闡發道術者,其書甚多。此四十篇《黃帝説》中,又必有道論存焉。顧雜陳廣采,語多迂誕,故班氏直斥之爲依托也。書亦早亡。[1]

一如張氏之言,《黃帝説》必僞書,且"雜陳廣采,語多迂誕"。漢末人應劭《風俗通義》引有兩則和《黃帝説》可能相關之材料,書名爲《黃帝書》,今人多疑爲一書二名。

《風俗通義》卷六《聲音》引:"《黃帝書》:太帝使素女鼓瑟而悲,帝禁不止,故破其瑟爲二十五弦。"[2]吳樹平認爲此條可能出自《黃帝》十六篇。[3]《史記·封禪書》亦引此事,言:"或曰:'太帝使素女鼓五十弦瑟,悲,帝禁不止,故破其瑟爲二十五弦。'"[4]觀《史記》引此語之上文,此語應是當時在朝公卿中某人語。如此,應劭所引《黃帝書》所載此事,在《史記》修撰時還僅是一種不足徵的説法。

《風俗通義》卷八《祀典》引:"《黃帝書》:上古之時,有茶與鬱壘昆弟二人,性能執鬼,度朔山上立桃樹下,簡閲百鬼,無道理,妄爲人禍害,茶與鬱壘縛以葦索,執以食虎。"其中《黃帝書》,王利器注認爲,《續漢書禮儀志》注、《歲時廣記》五、《群書類編故事》二所引俱没有"書"字,《鼠璞》引有"書"字。[5]王充《論衡·訂鬼》引《山海經》亦載記此事,文字較詳,録引如下:

---

1 張舜徽著:《廣校讎略　漢書藝文志通釋》,武漢:華中師範大學出版社2004年版,第342頁。

2（漢）應劭撰,王利器校注:《風俗通義校注》,北京:中華書局2010年第2版,第285—286頁。又應劭引此書前,另引《世本》,言:"《世本》:'宓羲作瑟,長八尺一寸,四十五弦。'"見同書第285頁。《爾雅·釋樂疏》、《廣韻·七櫛》、《書鈔》一〇九、《通志·樂略》、《路史·後紀》十二注、《古今事物考》五俱引與此兩引文相近之語。

3（漢）應劭撰,吳樹平校釋:《風俗通義校釋》,天津:天津人民出版社1980年版,第231頁。

4（漢）司馬遷著:《史記》,北京:中華書局1959年版,第1396頁。

5（漢）應劭撰,王利器校注:《風俗通義校注》,北京:中華書局2010年第2版,第367、368頁。

　　《山海經》又曰："滄海之中，有度朔之山，上有大桃木，其屈蟠三千里，其枝間東北曰鬼門，萬鬼所出入也。上有二神人，一曰神荼，一曰鬱壘，主閲領萬鬼。惡害之鬼，執以葦索，而以食虎。於是黄帝乃作禮以時驅之。立大桃人，門户畫神荼、鬱壘與虎，懸葦索以禦。"[1]

　　此段文字今本《山海經》已佚。南朝宋裴駰《史記·武帝紀集解》、南朝梁劉昭《續漢書·禮儀志注》引此事，僅文字有異同。據此，袁行霈提出"方士常依托黄帝，執鬼又屬方術範圍，此書應是方士之書"的結論。[2]羅寧則提出"《黄帝説》即公孫卿於元鼎四年獻給漢武帝的'劄書'"。[3]王齊洲根據《論衡》引《山海經》中"荼與鬱壘"事，認爲："《漢志》小説家多爲方士之書，此《黄帝書》疑即小説《黄帝説》也，荼與鬱壘之類故事定當不少。此類書在漢初也頗有影響。隨著漢武帝'罷黜百家，獨尊儒術'，黄老之言逐漸不爲社會所重，除醫經等實用性的部分作品流傳下來外，《漢志》所著録的托名黄帝的作品大多失傳矣。小説家《黄帝説》也不例外。"[4]三人説法皆係推測之詞，並無直接史料甚或是間接史料佐證。但綜合考察《風俗通義》所引兩則《黄帝書》及相關史料，可知《黄帝書》必然是集録漢代和此前所流傳的黄帝"小説"，故班固注言《黄帝説》"迂誕依托"。

　　10.《封禪方説》十八篇

　　班固注："武帝時。"班固注僅交代了成書的時代，其他情況皆無。封禪，古代帝王在泰山上築壇祭天爲"封"，在泰山下梁甫山除場祭地爲

　　1（漢）王充著，黄暉撰：《論衡校釋》，北京：中華書局 1990 年版，第 938—939 頁。

　　2 袁行霈：《〈漢書·藝文志〉小説家考辨》，《當代學者自選文庫·袁行霈卷》，合肥：安徽教育出版社 1999 年版，第 47 頁。

　　3 羅寧：《〈黄帝説〉及其他〈漢志〉小説》，《四川師範大學學報》第 26 卷第 3 期，1999 年 7 月。

　　4 王齊洲著：《稗官與才人——中國古代小説考論》，長沙：岳麓書社 2010 年版，第 40 頁。

"禪"；至於 "方説"，楊樹達釋曰："方説者，《史記·封禪書》記李少君以祠竈、穀道、却老方見上，亳人謬忌奏祠太一方，齊人少翁以鬼神方見上，膠東宫人欒大求見言方之類是也。"[1] 從書名及班固注推測，至少應該是漢武帝時祭祀天地場合方士的言説，甚至是漢武帝時用事鬼神的論説，雖被方士所重，但遭儒家所擯，故其書不傳。[2]

11.《待詔臣饒心術》二十五篇

班固注："武帝時。" 待詔是一種政治身份，《漢書·哀帝紀》中 "待詔夏賀良等言赤精子之讖" 語，顔師古注引應劭曰："諸以材技徵召，未有正官，故曰待詔。"[3] 據《漢書》，武帝時有姓或名的 "待詔"，即東方朔、公孫弘、枚皋、吾丘壽王、蔡義、聊蒼、饒、安成等八人。據《經典釋文·序録》，"犍爲郡文學卒史目舍人，漢武帝時待詔"，有《爾雅注》三卷。[4]《漢書·董仲舒傳》載漢武帝制書董仲舒，其中言及待詔，云："今子大夫待詔百有餘人，或道世務而未濟，稽諸上古之不同，考之于今而難行，毋乃牽于文繫而不得騁與？將所繇異術，所聞殊方與？各悉對，著于篇，毋諱有司。明其指略，切磋究之，以稱朕意。"[5] 據此可知，上述武帝時八名待詔，確實是以 "材技徵召" 者，但待詔者要出人頭地，則需具備 "高材通明"，[6] 如東方朔、公孫弘、枚皋、吾丘壽王等人。至於饒、安成諸人，則可能一直都是待詔身份，因他們並非 "高材通明" 之輩。故顔師古注《待詔臣饒心術》云："劉向《別録》云：饒，齊人也，不知其姓。武帝時待詔，作書名曰

---

1 楊樹達著：《漢書窺管》，北京：科學出版社 1955 年版，第 184 頁。

2 張舜徽著：《廣校讎略 漢書藝文志通釋》，武漢：華中師範大學出版社 2004 年版，第 343 頁。

3 （漢）班固撰：《漢書》，北京：中華書局 1962 年版，第 340 頁。

4 （唐）陸德明著：《經典釋文》，上海：上海古籍出版社 1985 年版，第 68 頁。

5 （漢）班固著：《漢書》，北京：中華書局 1962 年版，第 2507 頁。

6 據《漢書》本傳，吾丘壽王 "年少，以善格五召待詔。詔使從中大夫董仲舒受《春秋》，高材通明。遷侍中中郎。"（漢）班固撰：《漢書》，北京：中華書局 1962 年版，第 2794 頁。

《心術》。"[1] 何謂"心術"？張舜徽釋云：

> "心術"二字，猶言主術、君道，謂人君南面之術也。《管子》有《心術》上下篇，即爲闡發君道而作，余已有《疏證》專釋之矣。《管子·心術上篇》開端即曰："心之在體，君之位也。"可知以心比君，由來已舊。此二十五篇之書題爲《心術》，意固在此。蓋其書重在闡明君道，而亦雜以他説，爲書不純，故不列之道家，而竟歸於小説，與伊尹、鬻子、黄帝諸《説》並叙，非無故矣。自來疏釋《漢志》者，不解"心術"爲何物，故特爲發明之。[2]

張舜徽認爲是"人君南面之術"，並以《管子·心術》爲證，很有説服力。《管子》卷二《七法》云："實也，誠也，厚也，施也，度也，恕也，謂之心術。"房玄齡注曰："凡此六者，皆自心術生也。"[3]《漢書》卷二二《禮樂志第二》云："夫民有血氣心知之性，而無哀樂喜怒之常，應感而動，然後心術形焉。"顏師古注云："言人之性感物則動也。術，道徑也。心術，心之所由也。"[4] 由這幾則材料可知，《心術》當是以心爲主的"人君南面之術"。先秦孔子、孟子、荀子、墨子、宋子等諸人皆有基於心的理論言説，《漢書·藝文志》著録有《黄帝内經》、《宋子》（小説家）等僞書，也托名前人而造論，故饒之《心術》二十五篇應是雜糅不純之"小説"，不然饒不會僅止於待詔身份，以博聞之劉向，不會不知饒之姓，饒之《心術》也就不會佚失。

1（漢）班固撰：《漢書》，北京：中華書局 1962 年版，第 1745 頁。
2 張舜徽著：《廣校讎略　漢書藝文志通釋》，武漢：華中師範大學出版社 2004 年版，第 343 頁。
3 舊題（周）管仲撰：（唐）房玄齡注：《管子》，《景印文淵閣四庫全書》第 729 册，臺灣：商務印書館 1986 年版，第 27 頁。
4（漢）班固撰：《漢書》，北京：中華書局 1962 年版，第 1037 頁。

12.《待詔臣安成未央術》一篇

應劭曰：“道家也，好養生事，爲未央之術。”[1]張舜徽對“未央術”有充分解釋，云：“‘未央’二字，乃長樂無極之意。漢初蕭何營未央宫，即取義於此。《漢志》著録之《未央術》一篇，蓋專言養生之道以致健康長壽者。姚振宗疑與房中術相類，非也。《急就篇》末句云：‘長樂無極老復丁。’即祝願人皆永壽，未央意也。”[2]一如饒與《待詔臣饒心術》，安成不得用於世，其《未央術》不得行於世。

13.《臣壽周紀》七篇

班固注：“項國圉人，宣帝時。”姚振宗認爲本書書名可能缺“待詔”二字，言：“此次待詔臣饒、臣安成之後，或蒙上省文，亦官待詔者，當時皆奏進於朝，故稱臣饒、臣安成、臣壽。”[3]如姚振宗之言成立，則壽及其《周紀》佚失之由，應同於《待詔臣饒心術》《待詔臣安成未央術》。

14.《虞初周説》九百四十三篇

班固注：“河南人，武帝時，以方士侍郎，號黄車使者。”張舜徽釋書名及班固注云：“此乃漢代虞初所輯小説叢談之彙編也。篇數近千，非彙編而何。卷帙繁重，尤易散失，故其書亡佚亦早。據《文選·西京賦》李《注》所引《漢書》，知今本《漢志》自注‘號黄車使者’上，尚有‘乘馬衣黄衣’五字，宜據補。”[4]據《史記·封禪書》，（漢武帝）曾“予方士傳車及閒使求僊

---

1 （漢）班固撰：《漢書》，北京：中華書局1962年版，第1745頁。

2 張舜徽著：《廣校讎略　漢書藝文志通釋》，武漢：華中師範大學出版社2004年版，第343頁。

3 （清）姚振宗著：《漢書藝文志條理》，《續修四庫全書》第914册，上海：上海古籍出版社2002年版，第79頁。

4 張舜徽著：《廣校讎略　漢書藝文志通釋》，武漢：華中師範大學出版社2004年版，第344頁。

人以千數"。[1] 又,《史記》載虞初在太初元年（前 104），曾以以方祠詛匈奴、大宛。[2] 因此,虞初的方士身份是確鑿無疑的了。孔德明在綜合考察各種史料和諸家説法後,認爲:"虞初就是一個在漢武帝巡守時夾王車、挾秘書、待上所求問的侍郎小官,故稱之爲'黄車使者'。"[3]

《虞初周説》是一部關於"秘術"的知識性小説。張衡《西京賦》有"匪唯玩好,乃有秘書。小説九百,本自虞初。從容之求,寔俟寔儲"句,將《虞初周説》與"秘書"勾連,《文選》卷二《西京賦》注引三國時吴人薛綜之言曰:"小説,醫巫厭祝之術,凡有九百四十三篇。言九百,舉大數也。持此秘術,儲以自隨,待上所求問,皆常具也。"[4] 觀薛綜之言,"秘書"因"秘術"才成其爲"秘書",不僅可以備皇帝隨時之問,也可以呈現知識的"所緐異術,所聞殊方"。[5] 此書與《待詔臣饒心術》《待詔臣安成未央術》《臣壽周紀》具有相同的性質,其内容皆應與"秘術"相關,故其性質都是"秘書"。所不同者在於《待詔臣饒心術》《待詔臣安成未央術》爲較爲單一的"秘術",《臣壽周紀》《虞初周説》則爲較爲周遍駁雜的"秘術"。

《文選》注又引東漢末應劭之言曰:"其説以《周書》爲本。"[6] 應劭所説《周書》既可能是《尚書》之《周書》,也可能是《逸周書》。宋人王應麟《玉海》卷三七有所考證,云:"漢小説家《虞初周説》,應劭謂以《周書》爲本。《説文》《爾雅注》引《逸周書》,楊賜修德修政之言,《馮衍傳》注《小開篇》,《司馬相如傳》注王季宅程,《唐大衍曆議》維元祀二月丙辰

1（漢）司馬遷撰:《史記》,北京:中華書局 1959 年版,第 1397—1398 頁。

2 司馬遷《史記·封禪書》:"（太初元年）西伐大宛。蝗大起。丁夫人、洛陽虞初等以方祠詛匈奴、大宛焉。"見（漢）司馬遷撰:《史記》,北京:中華書局 1959 年版,第 1402 頁。

3 孔德明:《〈虞初周説〉文體性質考辨》,張三夕主編《華中學術》第 7 輯,武漢:華中師範大學出版社 2013 年,第 65 頁。

4（南朝梁）蕭統編,（唐）李善注:《文選》,上海:上海古籍出版社 1986 年版,第 68 頁。

5（漢）班固撰:《漢書》,北京:中華書局 1962 年版,第 2507 頁。

6（南朝梁）蕭統編,（唐）李善注:《文選》,上海:上海古籍出版社 1986 年版,第 68 頁。

朔武王訪于周公，又《竹書》十一年庚寅周始伐商，《文選》注周史梓闕之夢，皆是書也。"[1] 王應麟認爲《虞初周説》所本即是又名《逸周書》或《周志》[2]的《周書》。清人朱右曾認爲《山海經》郭璞注、《文選》顏延年《赭白馬賦》李昉注所引兩條《周書》，與《逸周書》不類，可能是《虞初周説》；此外，朱右曾還認爲《太平御覽》卷三引《山海經》一則也可能出自《虞初周説》。[3] 兹將三文録如下：

> 《周書》云：天狗所止，地盡傾，餘光燭天爲流星，長十數丈，其疾如風，其聲如雷，其光如電。(《山海經》卷一六郭璞注引)[4]

> 《古文周書》曰：穆王田，有黑鳥若鳩，翩飛而跱於衡，禦者斃之以策，馬佚不克止之，躓於乘，傷帝左股。(《文選》卷一四顏延年《赭白馬賦》李善注引)[5]

> 岭山，神蓐收居之。是山也，西望日之所入，其氣圓，神經光之所司也。(《太平御覽》卷三引《山海經》)[6]

又，今人王齊洲《〈漢書·藝文志〉著録之〈虞初周説〉》一文認爲："從唐宋人所引《周書》來看，其不明來歷的部分，多具解説性、傳奇性和故事性。……這些知識或傳説都或多或少具有傳奇性，不僅能夠彰顯擁有者

1（宋）王應麟纂：《玉海》，南京：江蘇古籍出版社 上海：上海書店 1987 年版，第 700 頁。

2《左傳·文公二年》載晉狼瞫語："《周志》有之：'勇則害上，不登於明堂。'"狼瞫語又見於《逸周書·大匡》。

3（清）朱右曾著：《逸周書集訓校釋》，上海：商務印書館 1937 年版，第 178 頁。

4（清）郝懿行撰，沈海波校點：《山海經箋疏》，上海：上海古籍出版社 2019 年版，第 290—291 頁。

5（梁）蕭統編，（唐）李善注：《文選》，上海：上海古籍出版社 1986 年版，第 628 頁。

6（宋）李昉等撰：《太平御覽》，北京：中華書局 1960 年版，第 17 頁。

的文化身份，而且能夠提升他們爲政治服務的能力。這些奇聞逸事不見於《尚書·周書》或《逸周書》，其來源當爲與《周書》相關的記録周代奇聞逸事的別一部書，而以‘其説以《周書》爲本’的小説總集《虞初周説》的可能性最大。”“唐宋人所引不明來歷之《周書》更多爲具傳奇性和故事性之短篇……而很有可能就是‘其説以《周書》爲本’的小説總集《虞初周説》。”[1]如王齊洲所言成立，則《虞初周説》應還有較多遺存內容。

15.《百家》百三十九卷

劉向《説苑序奏》言及《百家》之編撰情況，言：“所校中書《説苑雜事》，及臣向書、民間書、誣校讎。事類衆多，章句相溷，或上下謬亂，難分別次序，除去與《新序》復重者，其餘者淺薄不中義理，別集以爲《百家》，後令以類相從，一一條別篇目。更以造新事十萬言以上，凡二十篇七百八十四章，號曰《新苑》，皆可觀。”[2]劉向之言，表明《百家》編集是出於其手，且內容是“淺薄不中義理”者。該書有一定的編例，即“以類相從”和“條別篇目”。劉向是漢朝具有代表性的思想家。宋人晁公武評價漢代思想人物，言：“自秦之後，綴文之士有補於世者，稱向與揚雄爲最。雄之言，莫不步趨孔、孟；向之言，不皆概諸聖，故議者多謂雄優於向。考其行事，則反是。何哉？今觀其書，蓋向雖雜博，而自得者多，雄雖精深，而自得者少故也。然則向之書可遵而行，殆過於雄矣。學者其可易之哉！”[3]晁公武認爲劉向與揚雄皆是有補於世的思想家，在兩漢思想人物中是傑出者，而兩人中又以劉向爲優。錢穆認爲所留存之秦漢著述，可分爲三等，其中上等是“通博而好深沈之思”，代表人物是賈誼、董仲舒、揚雄、劉向、劉歆、

1　王齊洲著：《稗官與才人——中國古代小説考論》，長沙：岳麓書社 2010 年版，第 65—66 頁。

2　（漢）劉向撰，向宗魯校證：《説苑校證·説苑序奏》，北京：中華書局 1987 年版，第 1 頁。標點有調整。

3　（宋）晁公武撰，孫猛校證：《郡齋讀書志校證》，上海：上海古籍出版社 2011 年版，第 435—436 頁。

桓譚等人。最推許的則是既極博洽，又能爲深沈之思的揚雄、劉向父子。[1]
劉向所謂“淺薄不中義理”，並不一定完全沒有義理，可能僅僅是淺薄而不
精深而已。應劭《風俗通義》引有二則《百家書》（今本已佚），可證實之，
引述如下：

> 公輸班之水，見蠡，曰：“見汝形。”蠡適出頭，般以足畫圖之。蠡
> 引閉其户，終不可得開。般遂施之門户，云人閉藏如是，固周密矣。
> （《藝文類聚》卷七十四引《百家書》）[2]

> 宋城門失火，因汲池水以沃灌之，池中空竭，魚悉露死。喻惡之
> 滋，並中傷量謹也。（《藝文類聚》卷九十六引《百家書》）[3]

第三節 “小説”的文類屬性與文體特徵

按照《漢書·藝文志》“小説家”的立意命名，結合《伊尹説》《鬻子
説》《黄帝説》之類命篇思路，可從三個方面入手分析《漢書·藝文志》“小
説家”的文類屬性與文體特徵，進而考察小説的形式。

首先考察小説的來源。班固認爲前九家周秦小説來歷不明，多爲“依
托”。九家小説中，班固注明“依托”者有《伊尹説》《天乙》《黄帝説》三
家；未注明“依托”，但實際是“依托”者有《鬻子説》《師曠》《務成子》
三家，《鬻子説》注言“後世所加”，後二者注明“非古語”，意即此三家小

1　錢穆：《秦漢史》，上海：上海古籍出版社 1983 年版，第 768 頁。

2　（唐）歐陽詢撰，汪紹楹校：《藝文類聚》，上海：上海古籍出版社 1982 年新 1 版，第 1269 頁。
《太平御覽》卷一八八、卷七五〇等亦引。

3　（唐）歐陽詢撰，汪紹楹校：《藝文類聚》，上海：上海古籍出版社 1982 年新 1 版，第 1672 頁。該
條在《藝文類聚》卷八十“火部”亦引，但文字有異，兹録之：“宋城門失火，自汲池中水以沃之，魚悉露
見，但就把之”。見同書 1365 頁。《太平御覽》卷八六九、卷九三五等亦引。

説皆後人所撰而依托古人。[1]何謂依托？余嘉錫從學術發生與傳承的角度作了解釋：

> 况周、秦、西漢之書，其先多口耳相傳，至後世始著竹帛。如公羊、穀梁之《春秋傳》，伏生之《尚書大傳》。故有名爲某家之學，而其書並非某人自著者。惟其授受不明，學無家法，而妄相附會，稱述古人，則謂之依托。如《藝文志·文子》九篇，注爲依托，以其與孔子並時，而稱周平王問，時代不合，必不出於文子也。[2]

余嘉錫指出，後人著書立説，或“托之古人，以自尊其道”，或“造爲古事，以自飾其非”，至“方士説鬼，文士好奇，無所用心，聊以快意，乃虚構異聞，造爲小説”，[3]便有了《伊尹説》《黄帝説》這類小説。爲何依托？梁啓超從古書辨僞的角度進行分析：

> 研究《漢志》之主要工作，在考證各書真僞。……雖然，本志自身，其所收僞書正自不少。其故，一由戰國百家，托古自重，（例如“有爲神農之言者許行”）炎黄伊吕，動相援附；二由漢求遺書，奬以利禄，獻書路廣，蕪穢亦滋；三由輾轉傳鈔，妄有附益，或因錯糅，汩其本真；四由各家談説，時隱主名，讀者望文，濫爲擬議。以此諸因，訛僞稠疊，辨別綦難。志中本注言“似依托”、言“六國時依托”之類，頗不少。[4]

---

1 《漢書·藝文志》“兵書略”中注明“依托”者還有“兵陰陽”之《封胡》《風后》《力牧》《鬼容區》等。

2 余嘉錫著：《四庫提要辨證》“子部·法家類·管子”，北京：中華書局 1980 年版，第 608 頁。

3 余嘉錫著：《目録學發微　古書通例》，北京：中華書局 2009 年版，第 252—264 頁。

4 梁啓超著：《〈漢書·藝文志·諸子略〉考釋》，《梁啓超全集》第八册，北京：北京出版社 1999 年版，第 4708 頁。

由此可知，"依托"既是小説發生的重要動因，又是劉、班等人甄別小説文本的重要依據。又"周秦古書，皆不題撰人。俗本有題者，蓋後人所妄增"，[1] 故周秦九家小説題爲《伊尹説》《鬻子説》《黃帝説》等，實皆後人所作而附會于伊尹、鬻子、黃帝等人。以《鬻子》爲例，《意林》卷一引《鬻子》云："昔文王見鬻子年九十，文王曰：'嘻，老矣。'鬻子曰：'若使臣捕虎逐麋，臣已老矣；坐策國事，臣年尚少。'"[2]《史記·楚世家》云："周文王之時，季連之苗裔曰鬻熊。鬻熊子事文王，蚤卒。"[3]《漢書·地理志下》云："周成王時，封文、武先師鬻熊之曾孫熊繹於荊蠻，爲楚子，居丹陽。"[4] 據此可知周文王時鬻子年事已高，不久即逝；周成王時鬻子已卒。而《漢書·藝文志》"諸子略·道家"著録《鬻子》二十二篇，班固自注云："名熊，爲周師。自文王以下問焉，周封爲楚祖。"[5] 賈誼《新書·修政語下》亦引有鬻子與文王、武王、成王的問對七則，與班固自注相合。無論是道家《鬻子》還是小説家《鬻子》，皆爲依托，故黃震認爲"此必戰國處士假托之辭"。[6] 嚴可均認爲"蓋康王、昭王後周史臣所録，或鬻子子孫記述先世嘉言爲楚國之令典"。[7] 四庫館臣認爲該書乃"裒輯成編，不出熊手。流傳附益，或構虛詞，故《漢志》別入小説家歟"。[8] 正因爲周秦九家小説爲依托之作，缺乏可信度，實乃"街談巷語、道聽塗説"之類，故班固定性爲"淺薄""迂誕"。

後六家漢代小説，班固大多注明何時所作，源自何人。如《封禪方説》《待詔臣饒心術》《虞初周説》皆云"武帝時"，《臣壽周紀》云"宣帝時"。

---

1 余嘉錫著：《目録學發微 古書通例》，北京：中華書局 2009 年版，第 202 頁。

2 王天海、王韌撰：《意林校釋》，北京：中華書局 2014 年版，第 3 頁。

3 （漢）司馬遷撰：《史記》，北京：中華書局 1959 年版，第 1691 頁。

4 （漢）班固撰：《漢書》，北京：中華書局 1962 年版，第 1665 頁。

5 同上，第 1729 頁。

6 （宋）黃震撰：《黄氏日鈔》卷五五"讀諸子"，錢塘施氏傳鈔小山堂本。

7 （清）嚴可均撰，孫寶點校：《嚴可均集》，杭州：浙江古籍出版社 2013 年版，第 173 頁。

8 （清）永瑢等撰：《四庫全書總目》，北京：中華書局 1965 年版，第 1006 頁。

饒爲齊人，壽爲項國人，虞初爲河南人。時年既晚，作者已明，小説真假不
成問題。但據作者身份來看，小説内容皆不本經傳。六家小説，除《百家》
爲劉向自撰，[1] 其他作者皆爲方士或待詔臣。虞初爲方士侍郎，《封禪方説》
雖未明言何人所作，但既言"方説"，或即方士所説，當亦方士所爲。沈欽
韓云："此方士所本，史遷所云'其文不雅馴'。"[2] 楊樹達云："方説者，《史
記·封禪書》記李少君以祠竈、穀道、却老方見上；亳人謬忌奏祠太一方，
齊人少翁以鬼神方見上，膠東宮人樂大求見言方之類是也。"[3] 饒與安成爲待
詔臣，"臣壽"位次"待詔臣饒""待詔臣安成"之後，或爲承前省所致，亦
可作"待詔臣壽"。[4] 方士本指自稱能尋訪仙丹以長生不老之士，後泛指從事
醫、卜、星、相等職業者。漢代以才技徵召士人，使隨時聽候皇帝詔令，謂
之待詔。顏師古注《漢書·哀帝紀》"待詔夏賀良等言赤精子之讖"引應劭
語曰："諸以材技徵召，未有正官，故曰待詔。"[5] 漢代自武帝迷信神仙方術，
方士大行其道，多有待詔乃至身居高位者。如漢光武帝以《赤伏符》拜王梁
爲大司空，以讖文拜孫咸爲大司馬。[6] 又漢成帝時，匡衡奏議精簡祠置，致
"候神方士使者副佐、本草待詔七十餘人皆歸家"，其中"本草待詔"，顏師

1　詳見（漢）劉向：《説苑序奏》，（漢）劉向撰，向宗魯校證：《説苑校證》，北京：中華書局 1987
年，第 1 頁。

2　（清）沈欽韓撰，尹承整理：《漢書藝文志疏證》，王承略、劉心明主編：《二十五史藝文經籍志考補
萃編》第二卷，北京：清華大學出版社 2011 年版，第 114 頁。

3　楊樹達著：《漢書窺管》，北京：科學出版社 1955 年版，第 184 頁。

4　（清）姚振宗撰：《漢書藝文志條理》："案此次待詔臣饒、臣安成之後，或蒙上省文，亦官待詔者，
當時皆奏進於朝，故稱臣饒、臣安成、臣壽。"見王承略、劉心明主編：《二十五史藝文經籍志考補萃編》
第三卷，北京：清華大學出版社 2011 年版，第 303 頁。

5　（漢）班固撰：《漢書》，北京：中華書局 1962 年版，第 340 頁。

6　《後漢書·方術列傳》云："漢自武帝頗好方術，天下懷協道藝之士，莫不負策抵掌，順風而屆焉。
後王莽矯用符命，及光武尤信讖言，士之赴趣時宜者，皆馳騁穿鑿，爭談之也。故王梁、孫咸名應圖籙，
越登槐鼎之任，鄭興、賈逵以附同稱顯；桓譚、尹敏以乖忤淪敗，自是習爲内學，尚奇文，貴異數，不乏
于時矣。是以通儒碩生，忿其妖妄不經，奏議慷慨，以爲宜見藏擯。"見（南朝宋）范曄撰，（唐）李賢
注：《後漢書》，北京：中華書局 1965 年版，第 2705 頁。所謂"懷協道藝之士"即方士，如王梁、孫咸、
鄭興、賈逵諸輩。

古認爲是"以方藥本草而待詔者";但"成帝末年頗好鬼神，亦以無繼嗣故，多上書言祭祀方術者，皆得待詔，祠祭上林苑中長安城旁"。[1] 故《漢書·藝文志》"小説家"中，方士與待詔名雖有異，實則相同，方士即待詔，待詔即方士。換言之，漢代六家小説，除《百家》外，皆出方士之手。方士爲干謁人主而"奸妄不經"，迂誕怪異之詞充斥其間。王瑤説："他們爲了想得到帝王貴族們的信心，爲了干禄，自然就會不擇手段地誇大自己方術的效益和價值。這些人是有較高的知識的，因此志向也就相對地增高了；於是利用了那些知識，借著時間空間的隔膜和一些固有的傳説，援引荒漠之世，稱道絶域之外，以吉凶休咎來感召人；而且把這些來依托古人的名字寫下來，算是獲得的奇書秘笈，這便是所謂小説家言。"[2] 從這個角度來看，出自方士的六家漢代小説與出於依托的九家周秦小説性質一樣，皆"淺薄""迂誕"，不本經傳。

接著考察小説的内容。傳世文獻中的小説如《吕氏春秋》所引"伊尹以至味説湯"與《逸周書》所引"師曠見太子晉"兩篇篇幅較爲長大，結構也頗爲完整，當能較好地體現《伊尹説》與《師曠説》的原貌。出土文獻中的小説，則可重點分析放馬灘秦簡《泰原有死者》與北京大學藏秦牘《志怪故事》。

"伊尹以至味説湯"開篇闡述了一個道理：賢主要想建立功名，必須得到賢人的幫助；而要想讓賢人盡忠職守，賢主必須待賢人以禮。爲了讓説理更加形象生動，説者以"湯得伊尹"這個故事爲例説明賢主與賢人之間的傾慕；以"伯牙與子期"的故事爲例説明賢主與賢人之間的契合。表述這層意思之後，説者開始闡述另外一個道理：要想成就偉業，賢主必須成爲天子。爲了説明這個道理，説者借賢人伊尹之口以"至味"之道爲例，鋪陳天下至

1（漢）班固撰：《漢書》，北京：中華書局 1962 年版，第 1258、1260 頁。

2 王瑤著：《中古文學史論》，北京：北京大學出版社 2014 年版，第 118—119 頁。

美之物，如肉之美者、魚之美者、菜之美者、飯之美者、和之美者、果之美者、馬之美者等，闡明只有成爲天子，方才具備享受天下至味的條件。篇末再次闡述道理：要想成爲天子，必須修成“聖人之道”。在這篇文獻中，闡述道理是最主要的目的，是全篇的靈魂；叙述故事乃爲闡述道理服務，是全篇的血脈；伊尹爲“至味”鋪陳的名物長單，則是全篇的肌肉。“師曠見太子晉”全文設置了一個簡單的故事框架：叔譽在與太子晉的論辯中落荒而逃，建議晉平公臣服於周，歸還聲就及與田兩地；師曠不信邪，決定親自去見太子晉一決高下。師曠與太子晉你來我往，坐而論道。兩人一見面便唇槍舌劍，長達五個回合的辯難之後方才落座（“師曠……稱曰”與“王子應之曰”凡五見）。入座之後，兩人又注瑟放歌，仍然暗藏機鋒，之後師曠開始服軟，主動告退。告退之前師曠投石問路，想探尋太子晉是否有光復周王朝的野心，却得到了太子晉明確的否認。篇末話鋒一轉，以師曠給太子晉卜命而結束全篇，頗具戲劇性。不難看出，“師曠見太子晉”這個故事本身不是全文的中心，兩人之間的論難才是全文的重點。説者借叙述故事以闡述道理的思路清晰可辨，爲了生動形象地闡述觀點，借助於叙述故事的手段，在娓娓道來的叙事中讓觀點自然呈現。同樣是闡述道理，也有不借助故事而直接陳述的。如《鬻子》兩則“政曰”引用古代政典説明選舉官吏的道理。前者説民衆是衡量賢或不肖的尺度，賢人能得到百姓擁戴，不肖者則被廢除；後者説民衆的地位是最低下的，但民衆可以用作選擇衡量官吏的標準，即官吏必須受民衆喜愛。

　　除了爲闡述道理而叙述故事之外，也有爲考辨名物制度而作的叙事。《風俗通義》卷六所引《黄帝書》，叙述的是泰帝因見素女鼓瑟而悲，故改變了瑟的弦數的故事。卷八所引《黄帝書》，叙述的是門神神荼與鬱壘的來歷。《新書・胎教》與《大戴禮記・保傳》所引“青史氏之記”，記叙古代的幾種禮儀：胎教之道、養隱之道和巾車教之道。胎教之道，重點在於諸官各司其職，叙事非常詳細；養隱之道，重點在於懸弧之禮，名物非常瑣細；巾車教之道，重點在於養成教育，鋪叙相當完備。《逸周書》所引《虞初周説》"羿射十日""峚山""天狗""穆王田"四條，全爲遠古神話故事。這幾篇小説中的叙事，目的不在於闡明何種道理，而在於解釋某些事物的由來，考證考辨名物制度的真相。

以上是傳世文獻中的小説，接下來再看出土文獻中的小説。

《志怪故事》與《泰原有死者》記載的是人死而復生的故事，反映了周秦時期的宗教信仰與方術習俗。《志怪故事》中的"司命史""白狐""白茅"與《泰原有死者》中的"黄圈""黍粟""白菅"等名物以及死人的好惡與祠墓者的禁忌等行爲，體現了周秦時期的喪葬制度。司命是掌管人的生死壽命的神祇，《莊子·至樂》篇中莊周問骷髏曰："吾使司命復生子形，爲子骨肉肌膚，反子父母妻子閭里知識，子欲之乎？"[1]可見司命具有使人死而復生的能力。《志怪故事》中的司命史公孫强不是神祇，應當是一個欲自神其説而依托爲司命的人，他熟知方術神迹或自稱有通靈的本領，乃巫師或方士之流。白狐是古代靈獸，也是祥瑞之兆。《穆天子傳》云："甲辰，天子獵于滲澤。於是得白狐、玄貊焉，以祭于河宗。"[2]白狐打通洞穴進入墓室，使丹重返人世，寓意著白狐具有溝通冥界與人間的神力。白茅是古代喪葬常見的祭品，周秦祭祀禮制中大量使用白茅獻祭禮神，方士亦將白茅視爲召神降真與驅鬼除邪的法器。《晏子春秋》記載柏常騫替齊景公施展法術時"築新室，爲置白茅"，[3]睡虎地秦簡《日書甲種》"詰"篇亦曰："人毋故室皆傷，是棨迓之鬼處之，取白茅及黄土而西之，周其室，則去矣。"[4]黄圈即黄豆芽。東漢靈帝熹平二年（173）張叔敬朱書陶否鎮墓文記載了類似的助葬之物："上

1（清）郭慶藩輯：《莊子集釋》，北京：中華書局 1961 年版，第 619 頁。

2（晉）郭璞注，洪頤煊校：《穆天子傳》卷一，上海：商務印書館 1937 年版，第 2 頁。

3（周）晏嬰撰：《晏子春秋》卷六"内篇·雜下"，北京：中華書局 1985 年版，第 53 頁。

4 王子今著：《睡虎地秦簡〈日書〉甲種疏證》，武漢：湖北教育出版社 2003 年版，第 391 頁。

黨人參九枚，持代生人；鈆人持代死人，黃豆瓜子，死人持給地下賦。"[1] 説明黃圈可供死人在地府中繳納賦税之用。白菅即白茅，《志怪故事》説"死人以白茅爲富"，説明白茅是財富的象徵。《泰原有死者》説"白菅以爲繇"，是説白菅可以抵充徭役。"繇"即繇，即徭役。據此可知，"黃圈""黍粟""白菅"等物品，均具有象徵財富的意義，死者擁有這些物品，便可以在冥間過上富足的生活，還可以繳納賦税，抵充徭役。[2] 除了涉及喪葬儀式中的名物，兩篇小説還談及祠墓的行爲規範與禁忌事項。值得關注的是，二者有不少相同之處，除前面提及的死人都以白茅（白菅）作爲財富的象徵外，都忌諱祠墓者在祭祀前哭泣（《志怪故事》"祠墓者毋敢哭"，《泰原有死者》"祭死人之冢，勿哭"），都忌諱祠墓者把湯羹澆灌到祭品上（《志怪故事》"毋以羹沃脤上"，《泰原有死者》"毋以酒與羹沃祭"）。《志怪故事》出土於西北，《泰原有死者》則可能出自南方，[3] 不同地域中的復生故事有著如此衆多的巧合，這是否恰好説明此類文獻都出自相同身份、職業的説者——方士或巫祝之手？薛綜注《文選·西京賦》之"小説九百，本自虞初"云："小説，醫巫厭祝之術，凡有九百四十三篇。"[4] 這兩個復生故事顯然屬於"醫巫厭祝之術"，是地地道道的小説。

　　《赤鵠之集湯之屋》没有出現"伊尹"之名，但簡文情節與"伊尹以至味説湯""伊尹去湯適夏"等傳説相符，又與《楚辭》"緣鵠飾玉，后帝是饗"[5]

　　1　轉引自陳直《漢張叔敬朱書陶瓶與張角黃巾教的關係》，陳直著：《文史考古論叢》，天津：天津古籍出版社 1988 年版，第 392 頁。

　　2　參見姜守誠：《放馬灘秦簡〈志怪故事〉中的宗教信仰》，《世界宗教研究》2013 年第 5 期；姜守誠：《北大秦牘〈泰原有死者〉考釋》，《中華文史論叢》2014 年第 3 期。

　　3　李零：《北大秦牘〈泰原有死者〉簡介》："種種迹象表明，這批簡牘中的地名多與南方有關。如果這批簡牘真的是從南方出土，則文中死者不一定是隨葬簡牘的墓主。"《文物》2012 年第 6 期，第 84 頁。

　　4　（南朝梁）蕭統編，（唐）李善注：《文選》，上海：上海古籍出版社 1986 年版，第 68 頁。

　　5　《楚辭》："緣鵠飾玉，后帝是饗。何承謀夏桀，終以滅喪？"朱熹注曰："言伊尹始仕，因緣烹鵠鳥之羹、修玉鼎以事湯，湯賢之，遂以爲相，承其謀而伐夏桀，終以滅桀也。此即《孟子》所辨'割烹要湯'之説，蓋戰國遊士謬妄之言也。"見（宋）朱熹撰：《楚辭集注》，上海：上海古籍出版社 1979 年版，第 63 頁。

的記載吻合，故整理者認爲簡文中的小臣即伊尹。又，本篇與《湯處於唐丘》《湯在啻門》出自同一批簡，都是依托伊尹表達説者的思想學説，或許即《漢書・藝文志》所録《伊尹説》二十七篇之軼文。該文有兩個顯著的特點，體現了小説"街談巷語、道聽塗説"的特徵。一是濃厚的巫術色彩。赤鵠做成的羮能讓紝亢與小臣視通萬里；小臣被湯詛咒之後便昏睡路旁，口不能言；烏巫能知天命，可治療疾病，這些情節同樣屬於"醫巫厭祝之術"，因此簡文開頭"曰"前省略的説者身份當爲巫祝。二是鮮明的民間色彩。商湯貴爲君王，伊尹亦是大臣，但簡文中的湯與小臣完全没有爲君爲臣者應有的格調，充滿著十足的世俗氣，如君王之小氣與暴虐，王后之貪吃與狡黠，小臣之卑微與怯懦，這比較符合民間視野中的君臣形象；小臣悲慘的遭遇與喜劇性的結局，也是民間喜聞樂見的格套。

上博簡《彭祖》是有關彭祖的早期文獻。《彭祖》記耈老與彭祖對話。耈老本泛指長壽之人，並無確指，簡文作爲專名，顯係依托古人。耈老的身份似乎是大臣，奉"寡君"之命向彭祖請教治國方略。彭祖先答以"天道"，耈老以"未則於天"爲由避談天道，而"敢問爲人"，請談人道。彭祖認爲天、地、人三者彼此關聯，互爲經緯，意即天道與人道密不可分。耈老堅持"三去其二"，只談人道。於是彭祖分別"告汝人倫""告汝□""告汝咎""告汝禍"，從人倫、□、休咎、禍福等方面系統闡述了他的人道思想。

最後考察小説的形式。總體而言，《漢書・藝文志》"諸子略"的分類標準偏重於文獻的思想內涵，形式特徵非其關注的重點。但"説什麼"往往會影響到"怎麼説"的選擇，所以"小説家"的歸類，理應也有其形式特徵的趨同性。梁啓超就主張"小説之所以異於前九家者，不在其函義之內容，而在其所用文體之形式"。他指出："諸書與別部有連者，道家有伊尹五十一篇，鬻子二十二篇，此復有伊尹説、鬻子説；兵陰陽有師曠八篇，此復有六篇；五行家有務成子災異應十四卷；房中家有務成子陰道三十六卷，此復有務成子十一篇，考其區别所由，蓋以書之内容體例爲分類也……道家之伊尹、鬻子蓋以莊言發攄理論，小説家之伊尹説、鬻子説，則叢殘小語及譬喻短篇也。"[1] 梁啓超此説的確能啓人深思，考察《漢書·藝文志》所録小説的形式，不僅是可能的，而且是必要的。

根據前文可知，《漢書·藝文志》"小説家"所録小説大致包括説理、叙事、博物三種類型，而《伊尹以至味説湯》三者兼而有之，且篇幅頗爲長大，結構亦相對完整，故以此篇爲主，分析小説的形式。

從文體屬性來看，這是一篇論説文。全篇共四段，進行了四層論述。第一層，説者提出賢主建立功名的根本在於得到賢人。第二層，説者首先叙述賢人伊尹的出身以及賢主湯得到伊尹的經過，然後進一步深化前層觀點，强調賢主與賢人之間"相得然後樂"是建立功名的關鍵。第三層，説者進而以伯牙與子期的故事爲例，强調賢人與賢主的關係應當像伯牙與子期，賢主應當禮遇賢人。第四層，説者首先叙述湯在朝禮遇伊尹，接著伊尹爲湯講述天下最美的味道，並乘勢提出，只有做了天子才能享受天下最美的味道；最後更進一步，强調要想成爲天子，必須修成聖人之道。不難發現，四層論述步步爲營，層層遞進，從第一層闡述賢主求得賢人的重要性，到第四層强調天子修成聖人之道的必要性，境界與格調已有很大提升。再從論述的手段來看，説者融説理、叙事與博物於一爐，而將三者統攝成一個整體的方式，便是桓譚所言"近取譬論，以作短書"的"譬論"。所謂譬論，指用打比方的方式説理，使道理明白易懂。説者在論述事理的過程中，采用切近事理内涵的道理、故事或事物作比，以期形象生動地闡述事理。段玉裁《説文解字注》云："凡曉諭人者，皆舉其所易明也。……曉之曰諭，其

---

[1] 梁啓超著：《〈漢書·藝文志·諸子略〉考釋》，《梁啓超全集》第八册，北京：北京出版社1999年版，第4706、4726—4727頁。

人因言而曉亦曰諭。諭或作喻。"[1]王符《潛夫論》云:"夫譬喻也者,生於直告之不明,故假物之然否以彰之。物之有然否也,非以其文也,必以其真也。"[2]諸子說理,大多以譬論方式,舉具有關聯性的道理、故事或事物類比。《管子》云:"召忽曰:'不可。吾三人者之于齊國也,譬之猶鼎之有足也,去一焉則必不立矣。'"[3]《墨子》云:"程繁問於子墨子曰:'……今夫子曰聖王不爲樂,此譬之猶馬駕而不稅,弓張而不馳,無乃非有血氣者之所不能至邪?'"[4]前者以鼎之三足譬管仲、鮑叔與召忽三人對於齊國的重要意義,後者以馬駕而不稅、弓張而不馳譬聖王不喜好音樂的不良後果。就論述的策略而言,《伊尹以至味說湯》通篇采取了譬論的方式,且使用了兩層譬論,層累推進。外層的譬論是說者以湯得伊尹一事譬賢者得賢人之助,裏層的譬論是伊尹以天下之至味譬聖王之道。在具體的論述過程中,說者借助於敘事,敘述了湯得伊尹的經過及伯牙與子期的相知;伊尹則借助於博物,鋪陳天下至美之物。就論述的效果而言,經過兩層譬論,原本抽象的道理(如功名與賢良的關係、天子與聖人之道的關係),借助於敘事(如湯得伊尹、伯牙與子期)與博物(如肉之美者、魚之美者),變得形象生動,明白易懂。

實際上,"譬論"是《漢書·藝文志》"小説家"普遍使用的論述方式,除《伊尹以至味說湯》外,其他篇目中亦有迹可循。如《師曠見太子晉》師曠云"吾聞王子之語,高於泰山",王子云"夫木當時而不伐,夫何可得"。《天乙》云"學聖王之道者,譬其如日;靜思而獨居,譬其若火"。《百家》以"城門失火,殃及池中魚"的故事"喻惡之滋,並中傷良謹"的道理等。

1 (漢)許慎撰,(清)段玉裁注:《説文解字注》,上海:上海古籍出版社1981年版,第91頁。

2 (漢)王符著,(清)汪繼培箋,彭鐸校正:《潛夫論箋校正》,北京:中華書局2014年版,第427頁。

3 (唐)房玄齡注,(明)劉績補注,劉曉藝校點:《管子》,上海:上海古籍出版社2015年版,第115頁。

4 (清)畢沅校注,吳旭明校點:《墨子》,上海:上海古籍出版社2014年版,第24頁。

其他幾篇小説因不見全帙，只剩殘篇，無從判斷總體的形式特徵；但據現存的條目來看，也大致可以歸於論説體（如《鬻子説》"政曰"論民與吏之關係）、故事體（如《黄帝説》記"泰帝破瑟"與"荼與鬱壘執鬼"，《虞初周説》記"羿射十日"等，皆屬神話故事）與博物體（如《青史子》所記胎教之道、養隱之道與巾車教之道皆屬名物制度考辨）。

以上從來源、内涵與形式三個方面考察了《漢書·藝文志》"小説家"的名與實，最後稍作總結。

第一，"小説家"的得名出於文獻分類著録的需要，主要依據爲諸子學説的劃分，凡不便歸入九流者皆入小説家。這造成了小説雖位列諸子十家，却不登大雅之堂的尷尬，"棄之如或可惜，存之又恐不經"。[1]如《百家》是劉向編校《説苑》等書的副産品，因品質與《説苑》不符而被剔除在外，別集爲一書。姚振宗以爲《百家》"蓋《説苑》之餘，猶宋李昉等既撰集爲《太平御覽》，復裒録爲《太平廣記》"。[2]這決定了小説家來源多樣、内容駁雜與體例繁蕪的本質特徵。明乎此，方可談小説。

第二，班固以"小説家"作爲文獻類目，承續了儒家、道家、墨家等九流的分類思想。余嘉錫云："若夫諸子短書，百家雜説，皆以立意爲宗，不以叙事爲主；意主于達，故譬喻以致其思；事爲之賓，故附會以圓其説；本出荒唐，難與莊論。"[3]這決定了小説以闡述思想學説爲主，説者爲闡明己意，會使用多種表達方式，如説理、叙事、博物，後人著述輯録，各有偏重，遂衍生了小説家的三種體例，即論説體、故事體、博物體。

第三，"小説家"的作者身份卑微，如稗官、方士、待詔臣之流，不爲世人所重，不比九流作者身份顯赫，多爲王官，如儒家出於司徒之官、道家

1（唐）房玄齡等撰：《晉書·藝術傳》"序"，北京：中華書局1974年版，第2467頁。

2（清）姚振宗撰，項永琴整理：《漢書藝文志條理》，王承略、劉心明主編：《二十五史藝文經籍志考補萃編》第三卷，北京：清華大學出版社2011年版，第304頁。

3 余嘉錫著：《目録學發微　古書通例》，北京：中華書局2009年版，第253頁。

出於史官；小説内容淺薄、迂誕，不本經傳，不比儒家、道家等高文典册可以"助人君順陰陽、明教化"，爲"君人南面之術"，故人微言輕，價值低下，被視作小道，君子不爲。

第四，"小説家"雖是君子不爲的小道，但也有其價值功能。王者借助小説，可以觀風俗之盛衰，考朝政之得失。歐陽修云："《書》曰：'狂夫之言，聖人擇焉'，又曰：'詢于蒭蕘'，是小説之不可廢也。古者懼下情之壅於上聞，故每歲孟春以木鐸徇於路，采其風謡而觀之。至於俚言巷語，亦足取也。"[1]歐陽修將稗官采集小説比諸采詩官收集民情民意，大體不差，傳統小説也確實仰仗這種實用的價值功能，才得以厠身於歷代官私書目之中。

1（宋）歐陽修著，李逸安點校：《崇文總目叙釋》，《歐陽修全集》，北京：中華書局 2001 年版，第 1893 頁。

第三章
"小説體" 與 "傳記體"

自《漢書·藝文志》至《四庫全書總目》，"小説家"皆置於子部，可見史志目録特別尊重小説家之"説"，故以"小説體"指稱《漢書·藝文志》所著録十五家小説家文體。此種"小説體"，在兩漢魏晉南北朝間有所演化，舉其大端而言，可分爲以《語林》《世説新語》爲典範的"世説體"和以《博物志》《搜神記》爲典範的"博物傳記體"。《漢書·藝文志》十五家小説佚失嚴重，然與《百家》關係密切之《説苑》，却可以爲考察子部"小説家"提供範本。

首先，《説苑》雖在歷代史志書目中大多著録於子部儒家（《宋書·藝文志》著録於子部雜家），但與子部小説家之《百家》同源，皆出於《説苑雜事》，可見二書僅存價值判斷之高低，而無文體之别。其次，《説苑》中劉向所"造新事十萬言以上"，皆能與來源於《説苑雜事》者以類相從，並無文體之違和。

再次，據劉向《説苑序奏》，《説苑》原本收録各類文獻七百八十四章，流傳至今已佚失一百多章，仍留存六百多章。[1]"然謂（《説苑》）非完書，則無可疑。今本雖無闕篇，而篇有佚章，章有佚句。以宋本校今本，《復恩》篇有'蘧伯玉得罪於衛君'一章，而今本無之，是篇有佚章也；北宋本《復

---

[1] 因《説苑·談叢》各章條目分合在不同版本中有不同意見，難以確定具體篇目。

恩》篇'陽虎得罪'條有'非桃李也'句，咸淳本《立節》篇有'尾生殺身以成其信'句，而今本皆無之，是章有佚句也。（説詳《校證》。）自宋至今，刊本相沿，猶有此失，則天水以前，傳録之本，遞有佚脱，無足怪矣。"[1]則《説苑》原編撰體例，可在今本《説苑》的基礎上，綜合以往各種相關文獻，大體得窺原貌。[2]

　　復次，《説苑》現存各章，"内容涉及《漢書·藝文志》中的六藝、儒家、道家、陰陽家、法家、名家、雜家、小説家、兵家、數術等很多方面"，"這些材料中近一半與其他早期典籍有不同程度的互見"，[3]即今本《説苑》在一定程度上仍然保存了先秦兩漢"説"之體式。而《説苑》之體式，爲《語林》《世説新語》等後世之書所延承，故此以《説苑》爲例，追溯兩漢魏晉南北朝時期"小説體"之源，以《世説新語》爲例確證"世説體"之成熟。

第一節　《説苑》：“小説體”之範本

　　屈守元曾概括《説苑》一書有三個特點：一是薈萃成書。好爲直言極諫的劉向，爲規勸"優柔不斷"（《漢書·元帝紀·贊》）的元帝、"湛於酒色"

1（漢）劉向撰，向宗魯校證：《説苑校證》，北京：中華書局1987年版，第531頁。

2（清）周中孚《鄭堂讀書記》云："《説苑》二十卷，漢劉向撰。……《漢志》總載於'劉向所序六十七篇'中。《漢書》本傳則與《新序》合稱五十篇。《新序》凡三十篇，則是書二十篇也。《隋志》《郡齋讀書志》《直齋書録解題》《文獻通考》《宋志》俱作二十卷。《新》《舊唐志》則俱作三十卷，字之誤也。"見周中孚撰：《鄭堂讀書記》卷三六"子部·儒家類"，北京：中華書局1993年版，第663頁。（南宋）晁公武《郡齋讀書志》云：《説苑》二十卷，"劉向撰。以君道、臣術、建本、立節、貴德、復恩、政理、尊賢、正諫、法誡、善説、奉使、權謀、至公、指武、談叢、雜言、辨物、修文爲目。鴻嘉四年上之。闕第二十卷。曾子固校書，自謂得十五篇于士大夫家，與《崇文》舊書五篇合爲二十篇而叙之。然止是析十九卷，作《修文》上、下篇耳。"見（宋）晁公武撰，孫猛校證：《郡齋讀書志校證》，上海：上海古籍出版社2011年版，第437頁。《郡齋讀書志》將《敬慎》作《法誡》，《群書治要》亦作《法誡》，皆避宋孝宗諱而改。今本爲《修文》後有《反質》篇，南宋陸游《跋〈説苑〉》載："李德芻云：'館中《説苑》二十卷，而闕《反質》一卷，曾鞏乃分《修文》爲上、下，以足二十卷。後高麗進一卷，遂足。'"見（南宋）陸游撰：《渭南文集》卷二七《跋〈説苑〉》，北京：中國書店1986年版，第164頁。

3 徐建委著：《〈説苑〉研究——以戰國秦漢之間的文獻累積與學術史爲中心》，北京：北京大學出版社2011年版，第2—3頁。

（《漢書·成帝紀·贊》）的成帝，編《説苑》《新序》《列女傳》等書作諫。劉向博學廣聞，其編書時，"左右采獲，並蓄兼收。《説苑》之作倒近乎'兼儒、墨，合名、法'，'街談巷語，道聽塗説'（並《漢書·藝文志》語）的雜家和小説家"。二是"《説苑》的取材，十分廣博，上自周秦經子，下及漢人雜著，'以類相從，一一條別篇目'（見《序録》），很象後代的類書。其中十之八九，還可在現存典籍中探討源流，互相參證"。三是"名之爲《説苑》，使我們很自然地聯想到《韓非子》的《儲説》和《説林》，劉向所序六十七篇中就還有《世説》。這些以'説'爲名的典籍、篇章，它的特點，往往近於講故事。《説苑》除《談叢篇》以外，大多數的章節都具有一定的故事性。通過故事講明道理，一般還多采用相與往復的對話體。不僅有首有尾，而且短短一段文字，往往波瀾起伏，出現高潮。這可以説是頗具中國特色的古代'説話'形式"。[1] 屈守元所概括的第三個特點，點明了《説苑》具有子部小説家之"小説體"特徵，而第一、二個特點，則是《説苑》的成書方式，此正是後世模仿之所在。故不妨循屈守元所總結的三個特點進一步探討《説苑》的體例。據劉向《説苑序奏》，劉向校序《説苑》，其材料來源有中書《説苑雜事》、劉向自己的藏書和民間書三種。劉向所面對的這些材料，"事類衆多，章句相溷，或上下謬亂，難分別次序"。[2] 具體而言，劉向做了如下五方面的工作：

　　一是"誣校讎"。[3] 劉向校書，博求衆本以相校讎。如《晏子叙録》："所校中書《晏子》十一篇，臣向謹與長社尉臣參校讎，太史書五篇，臣向書一篇，參書十三篇，凡中外書三十篇，爲八百三十八章。除復重二十二篇六百三十八章。定著八篇二百一十五章。外書無有三十六章。中書無有七十一章。"[4]

1 屈守元：《〈説苑校證〉序言》，（漢）劉向撰，向宗魯校證：《説苑校證》，北京：中華書局1987年版，第1—4頁。

2 （漢）劉向：《説苑序奏》，同上，第1頁。

3 同上。

4 （清）嚴可均校輯：《全上古三代秦漢三國六朝文》，北京：中華書局1958年版，第332頁。

《説苑序奏》雖未交代具體搜羅了多少種異本，但其校讎必然是擇善而從，且有意保存文獻的原貌。

二是"除去與《新序》復重者"。[1]如《孫卿書録》言："所校讎中孫卿書凡三百二十二篇，以相校，除復重二百九十篇，定著三十二篇，皆以定殺青，簡書可繕寫。"[2]劉向諸人校它書所撰叙録，屢有"除復重"等類字眼。[3]與校他書去重復者不同的是，《説苑》是除去與《新序》重復者。《新序》也是劉向所序之書，成書之目的與《説苑》相同，皆擬作爲諫書，可見劉向序《説苑》，有與《新序》互爲參見、互爲補充之目的。

三是依據一定的義理來安排材料。"除去與《新序》復重者"後，又將"淺薄，不中義理，別集以爲《百家》"，[4]則《説苑》所收材料皆是"中義理者"。劉向所持"義理"，《漢書·楚元王傳》所附本傳中有交代，言："向睹俗彌奢淫，而趙、衛之屬起微賤，踰禮制。向以爲王教由内及外，自近者始。故采取《詩》《書》所載賢妃貞婦，興國顯家可法則，及孽嬖亂亡者，序次爲《列女傳》，凡八篇，以戒天子。及采傳記行事，著《新序》《説苑》凡五十篇奏之。數上疏言得失，陳法戒。書數十上，以助觀覽，補遺闕。"[5]由此可知，劉向持義理序書的目的，是要刺"奢淫"、助"王教"、正"得失"、陳"法戒"、"助觀覽，補遺闕"，其所持義理是鑒戒的觀念。劉向此種義理觀，不僅規製所序《説苑》，也規約了諸子書的分類，如《漢書·藝文志·諸子略》"小説家"的著録，大體即此種義理觀念使然。此種義理觀念，在一定程度上影響

1（漢）劉向：《説苑序奏》，（漢）劉向撰，向宗魯校證：《説苑校證》，北京：中華書局 1987 年版，第 1 頁。

2（清）嚴可均校輯：《全上古三代秦漢三國六朝文》：北京：中華書局 1958 年版，第 332 頁。

3 嚴可均《全上古三代秦漢三國六朝文·全漢文》收録 10 篇劉向所撰叙録，徐興無認爲《戰國策書録》《管子書録》《晏子叙録》《孫卿書録》《列子書録》《鄧析書録》《説苑叙録》等 7 篇可信。參見徐興無：《劉向評傳》，南京：南京大學出版社 2005 年版，第 207 頁。

4（漢）劉向：《説苑序奏》，（漢）劉向撰，向宗魯校證：《説苑校證》，北京：中華書局 1987 年版，第 1 頁。

5（漢）班固撰：《漢書》，北京：中華書局 1962 年版，第 1957—1958 頁。

了後世對"小説體""資治體、助明教、供談笑、廣見聞"功能的定位。

　　四是將文獻材料"以類相從，一一條別篇目"。[1]劉向序《説苑》，所面對的是"事類衆多，章句相混，或上下謬亂，難分別次序"的初始材料。劉向刪除重復，擇善而從，或重分章節，編訂篇章，擬定篇題，終成"凡二十篇，七百八十四章"的《説苑》。據嚴可均《書〈説苑〉後》統計，今本《説苑》有《君道》三十八章、《臣術》二十二章、《建本》二十七章、《立節》二十一章、《貴德》二十八章、《復恩》二十四章、《政理》四十一章、《尊賢》三十四章、《正諫》二十五章、《敬慎》三十章、《善説》二十四章、《奉使》十九章、《權謀》四十四章、《至公》二十一章、《指武》二十五章、《叢談》（案：嚴可均原文如此，應爲《談叢》）七十二章、《雜言》五十二章、《辨物》三十一章、《修文》三十八章、《反質》二十三章，共六百三十九章；《群書拾補》有二十四事，當是二十四章。[2]章目數量有差別，但二十篇之數吻合。劉向對《説苑》各章的分類，皆有一定之義理，其所擬定的每一篇題，即是該篇分類所依據的義理。徐復觀認爲，從《君道》到《反質》二十篇的篇題，都是由劉向所遭遇的時代問題而來的，故二十篇構成了劉向的思想系統。[3]此外，今本《説苑》，除《君道》《談叢》外，其餘十八篇，篇首皆有一章總論性文字，以貫穿全篇，而《談叢》篇首總論性文字可能是流傳過程中佚失了；篇中有些章有劉向的依事立論，以呼應篇首

1（漢）劉向：《説苑序奏》，（漢）劉向撰，向宗魯校證：《説苑校證》，北京：中華書局1987年版，第1頁。

2（清）嚴可均撰，孫寶點校：《嚴可均集》，杭州：浙江古籍出版社2013年版，第269—270頁。

3 徐復觀言："更就《説苑》二十卷而言，其篇題由《君道》而至《反質》，反映出劉向的時代，並組成一個思想系統，此已可見其經營構造的苦心。且除《君道》外，其餘十九篇，篇首皆有劉向所寫的總論性的一段文章，以貫穿全篇；篇中也和韓嬰《詩傳》一樣的，加入了許多自己的議論，此非有計劃的著書而何？《君道》篇之所以缺少篇首的總論，我推測，這是他對成帝説話的技巧；君道應如何？只讓歷史講話，不把自己的話擺在當頭，致毀損了皇帝的自尊心。但收尾兩段的意思，是劉向固根本、抑外戚的奏疏的提要，總言之，每一篇皆有由劉氏所遭遇的時代問題而來的特別用心，而二十篇又構成一個思想系統。"見徐復觀著：《兩漢思想史》（第三卷），上海：華東師範大學出版社2001年版，第41頁。

總論性文字，這是劉向有意識建構思想系統的表徵。關於這一思想系統，徐興無就今本二十篇的次序，提出"相鄰的類名義項接近"的看法，並根據所凝練的主題思想分為九組，分別是：

第一組義項（論君臣之道）：《君道》（卷一） 臣術（卷二）

第二組義項（論君子立身之本）：建本（卷三） 立節（卷四）

第三組義項（論君主臣民以德相感召）：貴德（卷五） 復恩（卷六）

第四組義項（論王霸之政及尊賢成功之理）：政理（卷七） 尊賢（卷八）

第五組義項（論進諫敬慎、存身全國之道）：正諫（卷九） 敬慎（卷十）

第六組義項（論知言善說及行人之辭）：善說（卷十一） 奉使（卷十二）

第七組義項（論權謀公正、慎兵備戰之道）：權謀（卷十三） 至公（卷十四） 指武（卷十五）

第八組義項（匯纂修身治國之言）：談叢（卷十六） 雜言（卷十七）

第九組義項（論辨物達性、文質相用之道）：辨物（卷十八） 修文（卷十九） 反質（卷二十）[1]

徐復觀與徐興無的觀點都切合今本《說苑》的特徵。又劉向校《說苑》等書，在文獻學史上具有很高的典範價值。姚名達曾概述劉向校書"以類相從，條別篇目"的文獻學史價值，言："凡古書有不分篇章，原無一定目次者，至向等始依類分篇，如標篇目，確定次序。又有原有篇章目次而不甚合

---

1 徐興無著：《劉向評傳》，南京：南京大學出版社 2005 年版，第 411 頁。

理者，至向等始整理删定，使有倫理，而免凌亂。此種化零爲整，分疆劃域
之工作，實使流動不居，增減不常之古書，凝固爲一定之形態。"[1] 姚名達所
舉例子之一即是《説苑》，而《説苑》也確實是經劉向編校後，由"流動不
居，增減不常"的凌亂文獻材料，"凝固爲一定之形態"。而這種形態，對後
世"小説體"的編撰思想，有著深遠影響。

五是"造新事十萬言"。[2] 新事與故事相對，劉向序《説苑》，並未停留在
對舊有材料的整理，而是根據舊有材料和他自己的義理觀，針對其所認知的
時代問題，進行了新事（已有材料的增删修訂或漢代之事的新造）的編述。[3]
因爲劉向的"造新事"和"以類相從，條別篇目"，故《説苑》的成書方式
糅合了著作、編述與鈔纂三者。[4] 這種成書方式也爲後世"小説體"繼承。

就單篇而言，今本《説苑》二十篇，除《君道》《談叢》外，其餘十八
篇篇首都有一章總論性文字作爲全篇之綱，篇首這一章不妨命名爲主題章，
其後各章的"説"或事都與篇首總論主題相關。每一篇中，都有某些章在
"言"與事後，據之而直接生發議論，以和篇首主題章相呼應。這種篇的結
構方式，後世"小説體"小説和類書多有繼承。

《説苑》二十篇，《談叢》《雜言》兩篇所匯纂者大體爲修身治國之言。
除此兩篇之外的十八篇，大體以言説故事（西漢前之事）或新事（西漢之
事）來闡釋義理，形成叙事（或叙"言"，概稱爲事）與議論相雜的特徵。
以事言理，是將事具體到一定的歷史人物，以往復對話的方式將事建構成能

---

1 姚名達：《中國目録學史》，上海：上海古籍出版社 2005 年版，第 28 頁。
2（漢）劉向：《説苑序奏》，（漢）劉向撰，向宗魯校證：《説苑校證》，北京：中華書局 1987 年版，
第 1 頁。
3 徐建委認爲劉向所謂"造新事"之"新"，指西漢王朝的當代。見徐建委著：《〈説苑〉研究——以
戰國秦漢之間的文獻累積與學術史爲中心》，北京：北京大學出版社 2011 年版，第 84—85 頁。
4 張舜徽認爲，書籍的成書方式，"從寫作的内容來源加以區别"，可以分爲著作（"是專就創造性的
寫作説的"）、編述（"是在許多可以憑藉的資料的基礎上，加以提煉製作的功夫，用新的義例，改編爲另一
種形式的書籍出現"）、鈔纂（"憑藉已有的資料，分門别類鈔下來，纂集成一部有條理有系統的寫作"）三
類。見張舜徽著：《中國文獻學》，武漢：華中師範大學出版社 2004 年版，第 13—14 頁。

完整闡釋一定義理的結構，並達到觀覽和鑒戒的意義。這十八篇中的言事説理，多有主要對話人物相同（或義理相同相近）的章連綴而成叢蕆的現象。如《君道》篇，開篇無總論性文字，以三章君臣之間關於"君道"的往復對話，正面言明"君道"之内涵，從而形成全篇的總綱；接下以"陳靈公不君"事這一反例來言明和强調人君行"君道"的意義。

就章之叙事和叙"言"兩種偏重而言，《説苑》主要以叙"言"爲主，即便是叙事，也是以"言"爲中心進行結構，且"言"是義理的載體。叙"言"各章，所叙之"言"，不僅爲各篇之義理服務，也符合人物的身份、性格和心理特徵，具有辯説道理的邏輯。如《反質》篇：

> 秦始皇既兼天下，大侈靡，即位三十五年，猶不息。治大馳道，從九原抵雲陽，塹山堙谷，直通之。厭先王宫室之小，乃於豐鎬之間，文武之處，營作朝宫。渭南山林苑中，作前殿阿房，東西五百步，南北五十丈。上可以坐萬人，下可建五丈旗。周爲閣道，自殿直抵南山之嶺，以爲闕。爲復道，自阿房渡渭水，屬咸陽，以象天極閣道，絕漢抵營室也。又興驪山之役，錮三泉之底。關中離宫三百所，關外四百所，皆有鐘磬帷帳，婦女倡優。立石闕東海上胊山界中，以爲秦東門。於是有方士韓客侯生、齊客盧生，相與謀曰："當今時不可以居。上樂以刑殺爲威，下畏罪持禄，莫敢盡忠。上不聞過而日驕，下懾伏以慢欺而取容。諫者不用，而失道滋甚。吾黨久居，且爲所害。"乃相與亡去。始皇聞之，大怒，曰："吾異日厚盧生，尊爵而事之，今乃誹謗我。吾聞諸生多爲妖言，以亂黔首。"乃使御史悉上諸生。諸生傳相告，犯法者四百六十餘人，皆坑之。盧生不得，而侯生後得。始皇聞之，召而見之。升東阿之臺，臨四通之街，將數而車裂之。始皇望見侯生，大怒曰："老虜不良，誹謗爾主，迺敢復見我！"侯生至，仰臺而言曰："臣

聞知死必勇。陛下肯聽臣一言乎?"始皇曰:"若欲何言? 言之!"侯生
曰:"臣聞禹立誹謗之木,欲以知過也。今陛下奢侈失本,淫泆趨末。
宮室臺閣,連屬增累;珠玉重寶,積襲成山;錦繡文綵,滿府有餘;婦
女倡優,數巨萬人;鐘鼓之樂,流漫無窮;酒食珍味,盤錯於前;衣服
輕暖,輿馬文飾,所以自奉,麗靡爛漫,不可勝極。黔首匱竭,民力單
盡。尚不自知。又急誹謗,嚴威克下。下喑上聾,臣等故去。臣等不惜
臣之身,惜陛下國之亡耳。聞古之明王,食足以飽,衣足以煖,宮室足
以處,輿馬足以行。故上不見棄於天,下不見棄於黔首。堯茅茨不翦,
采椽不斲,土階三等,而樂終身者,以其文采之少,而質素之多也。丹
朱傲虐,好慢淫,不修理化,遂以不升。今陛下之淫,萬丹朱而十昆吾
桀紂,臣恐陛下之十亡也,而曾不一存。"始皇默然久之,曰:"汝何不
早言?"侯生曰:"陛下之意,方乘青雲,飄摇於文章之觀。自賢自健,
上侮五帝,下凌三王。棄素樸,就末技。陛下亡徵見久矣。臣等恐言之
無益也,而自取死,故逃而不敢言。今臣必死,故爲陛下陳之。雖不能
使陛下不亡,欲使陛下自知也。"始皇曰:"吾可以變乎?"侯生曰:"形
已成矣,陛下坐而待亡耳!若陛下欲更之,能若堯與禹乎? 不然,無冀
也。陛下之佐又非也,臣恐變之不能存也。"始皇喟然而嘆,遂釋不誅。
後三年,始皇崩,二世即位,三年而秦亡。[1]

　　這一章叙事性較强。與《史記·秦始皇本紀》相關段落比較可知,此章
叙事情節更爲集中和詳盡,有一定的波瀾起伏,尤其是對秦始皇的語態、神
態刻畫和行爲交代,更爲細緻和具有叙事之事理邏輯,從而使得秦始皇的性
格更鮮明生動。然《説苑》中如此章之叙事者,僅少量存在。

　　《説苑》中多是僅叙人物之"言"者,其特徵是語言簡質,具有辯駁性

---

1 (漢)劉向撰,向宗魯校證:《説苑校證》,北京:中華書局1987年版,第516—518頁。

且觀點鮮明，即便是往復對話者也缺少故事性。如《反質》篇：

　　禽滑釐問於墨子曰："錦繡絺紵，將安用之？"墨子曰："惡，是非吾用務也！古有無文者，得之矣。夏禹是也。卑小宫室，損薄飲食，土階三等，衣裳細布。當此之時，黼黻無所用，而務在於完堅。殷之盤庚，大其先王之室，而改遷于殷。茅茨不翦，采椽不斲，以變天下之視。當此之時，文采之帛，將安所施？夫品庶非有心也，以人主爲心。苟上不爲，下惡用之？二王者以化身先於天下，故化隆於其時，成名於今世也。且夫錦繡絺紵，亂君之所造也。其本皆興於齊。景公喜奢而忘儉，幸有晏子，以儉鎬之。然猶幾不能勝。夫奢，安可窮哉？紂爲鹿臺、糟丘、酒池、肉林，宫牆文畫，彤琢刻鏤，錦繡被堂，金玉珍瑋，婦女優倡，鐘鼓管絃，流漫不禁，而天下愈竭，故卒身死國亡，爲天下戮。非惟錦繡絺紵之用耶？今當凶年，有欲予子隨侯之珠者，曰：'不得賣也，珍寶而以爲飾。'又欲予子一鍾粟者，得珠者不得粟，得粟者不得珠，子將何擇？"禽滑釐曰："吾取粟耳，可以救窮。"墨子曰："誠然，則惡在事夫奢也。長無用，好末淫，非聖人所急也。故食必常飽，然後求美；衣必常暖，然後求麗；居必常安，然後求樂。爲可長，行可久，先質而後文，此聖人之務。"禽滑釐曰："善。"[1]

　　此章篇幅相對較長，但純爲兩人間往復對話的記載，除兩人言語之觀點明確，符合兩人的身份與思想外，並無情節結構，更勿談符合現代文學學科的小説藝術特徵。

　　綜觀《説苑》各章，可以發現《説苑》的敘"事"與敘"言"，更注重事理邏輯，而非事實真實與否。如上引《反質》篇中兩章，"秦始皇既兼天

____

1　（漢）劉向撰，向宗魯校證：《説苑校證》，北京：中華書局1987年版，第515—516頁。

下"章中秦始皇坑儒後與侯生之間的往復交談,《史記·秦始皇本紀》並未涉筆。"禽滑釐問於墨子"章,畢沅輯《墨子》佚文亦收録此章,但孫詒讓認爲此文可能爲僞,言:"《節用》諸篇無與弟子問答之語,畢説未確。"[1]由此兩則材料,可推測劉向在校訂序次《説苑》各章時,其所謂"造新事十萬言",除造西漢的新事外,更可能有對已有材料的增删修訂,以符合其所要傳達之義理。故唐人劉知幾批評劉向《説苑》"皆廣陳虚事,多構僞辭。非其識不周而才不足,蓋世人多可欺故也"[2]。劉知幾是從史學實録的角度來批評劉向,而此種批評却足以進一步驗證《説苑》的子書屬性。至於《説苑》中劉向之"廣陳虚事,多構僞詞",嚴可均有所解釋,言:"向所類事,與《左傳》及諸子間或時代抵牾,或一事而兩説、三説兼存,《韓非子》亦如此。良由所見異詞、所聞異詞、所傳聞異詞,不必同李斯之法,别黑白而定一尊。淺學之徒少所見,多所怪,謂某事與某書違異,某人與某人不相值。生二千載後,而欲畫一二千載以前人之事,甚非多聞闕疑之意。"[3]嚴氏之解釋,確實是有一定道理的。但嚴氏忽略了劉向以《説苑》爲諫書的目的。明人董其昌曾譽劉向校序《説苑》爲傳統儒家"立德、立功、立言"中之"立言",並指出劉向校序《説苑》有"裨用""述聖""獻讜"三特質合於立言之指。[4]何以"裨

<hr>

[1]（清）孫詒讓撰,孫啓治點校:《墨子閒詁》,北京:中華書局2001年版,第656頁。向宗魯《説苑校證》引上述諸説。（漢）劉向撰,向宗魯校證:《説苑校證》,北京:中華書局1987年版,第516頁。

[2]（唐）劉知幾著,（清）浦起龍通釋,王煦華整理:《史通通釋》,上海:上海古籍出版社2009年版,第482頁。

[3]（清）嚴可均撰,孫寶點校:《嚴可均集》,杭州:浙江古籍出版社2013年版,第270頁。

[4]（明）董其昌《劉向〈説苑〉序》云:"向之此書,其合于立言之指者有三,而文詞之爾雅不與焉。裨用一也,述聖一也,獻讜一也。有一於此,皆可傳也,矧兼至焉者乎。夫語稱公輸子巧以爲舟車而拙於爲木鳶,以非所常禦也。顧長康易以貌神鬼而難於貌狗馬,以衆所習見也。向之《説苑》自《君道》《臣術》迄于《修文》《返質》,其標章持論,鑿鑿民經,皆有益天下國家,而非雕塵鏤空、縱談六合之外,以動睹聽者,是爲裨用,可傳也。漢承秦後,師專異道,人異學,自仲舒始有大一統之説,然世猶未知宗趣。向之此書,雖未盡洗戰國餘習,大都主齊魯論家語,而稍附雜以諸子,不至逐流而忘委,是以獨列於儒家,是爲述聖,可傳也。元成間,中官外戚株連用事,向引忠臣大義、身攖讒吻,顧所謂三獨夫者,其憂社稷,懷忠不效,又進《説苑》以見志,吾讀其《正諫》一篇,蓋論昌陵論外戚封事之餘音若縷焉,是爲獻讜,可傳也。"見（明）董其昌撰:《容臺文集》,《四庫全書存目叢書》集部第171册,濟南:齊魯書社1997年版,第258頁。

用"？乃是以"衆所習見"、關乎衆庶、"有益天下國家"的"事"與"言"來闡明義理，治身理家，有可觀之辭。何謂"述聖"？就《説苑》而言，雖然雜糅諸子，但終以儒家思想爲旨歸，如此以達到向皇帝獻正直美善之讜言（"獻讜"）的目的。事實上，《説苑·善説》首章已經表明了劉向對"説"的態度，有言："昔子産修其辭而趙武致其敬，王孫滿明其言而楚莊以慙，蘇秦行其説而六國以安，酈通陳其説而身得以全。夫辭者，乃所以尊君、重身、安國、全性者也。故辭不可不修，而説不可不善。"[1]職是之故，劉向校序故事、自造新事時，必然是按照儒家思想和各篇之主旨義理，對"事"與"言"作適度的修辭，以符合法度，於是就有了劉知幾所謂的"虚事""僞詞"。

綜上，《説苑》是一部子書，是劉向針對時代現實問題的立言之書；其各章有劉向所"造新事"和原來之故事，但故事多係對已有材料的修辭而成，無論新事和故事，多具有"叢殘小語"的特徵；劉向序次這些故事和新事，是按一定的義理"以類相從，一一條別篇目"的，從而成爲一部具有系統結構的文獻。該書的文體是典型的子部"小説體"。

第二節 "傳記體"：史書分流與小説新譜系

魯迅在《中國小説的歷史的變遷》第二講"六朝時之志怪與志人"中言："六朝人並非有意作小説，因爲他們看鬼事和人事，是一樣的，統當作事實；所以《舊唐書》《藝文志》，把那種志怪的書，並不放在小説裏，而歸入歷史的傳記一類，一直到了宋歐陽修才把它歸到小説裏。"[2]魯迅對魏晉南北朝時期小説的這一概括，大體是符合歷史實際的。"傳記體"小説諸書大體即《隋書·經籍志》著録於雜史雜傳而《新唐書·藝文志》著録於小説家者。

1（漢）劉向撰，向宗魯校證：《説苑校證》，北京：中華書局1987年版，第267頁。

2 魯迅著：《魯迅全集》第九卷，北京：人民文學出版社2005年版，第321頁。

據現有可查閱資料，"傳記"一詞最初出現在漢代。如《漢書·楚元王傳》言劉向"及采傳記行事，著《新序》《説苑》凡五十篇奏之。數上疏言得失，陳法戒"；言劉歆"受詔與父向領校秘書，講六藝傳記、諸子、詩賦、數術、方技，無所不究"。[1] 此"傳記"指"依經起義""附經而行"的"記所聞""傳其説"的文字記録。[2] 劉勰《文心雕龍·史傳第十六》對"傳記"之"傳"的源流與内涵有界定，云："然（《春秋》）睿旨幽隱，經文婉約，丘明同時，實得微言，乃原始要終，創爲傳體。傳者，轉也；轉受經旨，以授於後，實聖文之羽翮，記籍之冠冕也。"[3] 所謂"原始要終"，即《漢書·藝文志》所謂："（《春秋》）有所褒諱貶損，不可書見，口授弟子，弟子退而異言。丘明恐弟子各安其意，以失其真，故論本事而作傳，明夫子不以空言説經也。"[4] 故清人趙翼曾追源溯流道："惟列傳叙事，則古人所無。古人著書，凡發明義理，記載故事，皆謂之傳。……是漢時所謂傳，凡古書及説經皆名之，非專以叙一人之事也。其專以之叙事而人各一傳，則自史遷始，而班史以後皆因之。"[5] 由此可見，早期"傳體"本子家説經之産物，因而具有子家之特性。同時，早期"傳記"也具有史學特性，且常與"小説"一語並用。如沈約《宋書·裴松之傳》云：裴松之奉命注《三國志》，即"鳩集傳記，增廣異文"。[6] 此"傳記"，有"小家珍説""短書"之意，然偏重史性叙事。此一意義爲後世所常用。如唐人李肇《〈唐國史補〉自序》云："昔劉餗

---

1 （漢）班固撰：《漢書》，北京：中華書局 1962 年版，第 1958、1967 頁。班固之前亦有"傳記"一詞的使用，如《史記·三代世表》言："張夫子問褚先生曰：'《詩》言契、后稷皆無父而生。今案諸傳記咸言有父，父皆黃帝子也，得無與《詩》謬乎？'"（漢）司馬遷撰：《史記》，北京：中華書局 1973 年版，第 504 頁。王充《論衡·對作篇》言："聖人作經，藝者傳記。"見（漢）王充著，黃暉撰：《論衡校釋》，北京：中華書局 1990 年版，第 1177 頁。

2 （清）章學誠著，葉瑛校注：《文史通義校注》，北京：中華書局 2014 年版，第 290 頁。

3 （南朝梁）劉勰撰，范文瀾注：《文心雕龍注》，北京：人民文學出版社 1958 年版，第 284 頁。

4 （漢）班固撰：《漢書》，北京：中華書局 1962 年版，第 1715 頁。

5 （清）趙翼著：《陔餘叢考》，北京：商務印書館 1957 年版，第 85—86 頁。

6 （梁）沈約撰：《宋書》，北京：中華書局 1974 年版，第 1701 頁。

集小説，涉南北朝至開元，著爲《傳記》。"[1] 宋人陳振孫《直齋書録解題》言《南唐近事》"泛記雜事，實爲小説傳記之類耳"。[2] 對此，歐陽修有所説明："古者史官，其書有法，大事書之策，小事載之簡牘。至於風俗之舊，耆老所傳，遺言逸行，史不及書。則傳記之説，或有取焉。然自六經之文，諸家異學，説或不同。況乎幽人處士，聞見各異，或詳一時之所得，或發史官之所諱，參求考質，可以備多聞焉。"[3] 歐陽修所言"傳記"，就如傳統史家小説觀一樣，其材料來源是正史所不取者，其學術地位能與正史"參求考質，可以備多聞"，是爲正史之補的雜史。如此，可從雜史定位傳記體小説。

雜史之名，就現有可查資料而言，最早見於《隋書·經籍志》。雜史的屬性，《隋書·經籍志》"雜史"序言：

> 自秦撥去古文，篇籍遺散。漢初，得《戰國策》，蓋戰國遊士記其策謀。其後陸賈作《楚漢春秋》，以述誅鋤秦、項之事。又有《越絶》，相承以爲子貢所作。後漢趙曄，又爲《吳越春秋》。其屬辭比事，皆不與《春秋》《史記》《漢書》相似，蓋率爾而作，非史策之正也。靈、獻之世，天下大亂，史官失其常守。博達之士，愍其廢絶，各記聞見，以備遺亡。是後群才景慕，作者甚衆。又自後漢已來，學者多鈔撮舊史，自爲一書，或起自人皇，或斷之近代，亦各其志，而體制不經。又有委巷之説，迂怪妄誕，真虛莫測。然其大抵皆帝王之事，通人君子，必博采廣覽，以酌其要，故備而存之，謂之雜史。[4]

1（唐）李肇等撰：《唐國史補　因話録》，上海：上海古籍出版社 1979 年版，第 3 頁。

2（宋）陳振孫撰，徐小蠻、顧美華點校：《直齋書録解題》，上海：上海古籍出版社 1987 年版，第 136 頁。

3（宋）歐陽修著，李逸安點校：《崇文總目叙釋》"傳記類"，北京：中華書局 2001 年版，第 1890 頁。

4（唐）魏徵、令狐德棻撰：《隋書》，北京：中華書局 1973 年版，第 962 頁。

這一段文字提煉出雜史文體屬性的三要素：（一）“屬辭比事”，“率爾而作，非史册之正”，即語體與序事皆草率而爲，與《史記》《漢書》等正史之紀、傳、表、志謹嚴體系不類；（二）“多鈔撮舊史，自爲一書”，且“各其志，而體制不經”，即鈔撮已有之史籍，雖鈔撮者有一定之主觀目的，但不本經典，亦不會被視作經典；（三）“委巷之説，迂怪妄誕，真虛莫測”，“大抵皆帝王之事”，即此類並非鈔撮史籍者，而是來源於街談巷語，内容不合常理，無法判斷其真僞，但也大體關涉治國理道。

相比於《隋書·經籍志》，四庫館臣對雜史的文體定位則更爲明確，《四庫全書總目·雜史類》卷五十一言：“雜史之目，肇於《隋書》。蓋載籍既繁，難於條析，義取乎兼包衆體，宏括殊名。故王嘉《拾遺記》《汲冢瑣語》得與《魏尚書》《梁實録》並列，不爲嫌也。然既繫史名，事殊小説。著書有體，焉可無分？今仍用舊文，立此一類。凡所著録，則務示別裁。大抵取其事繫廟堂，語關軍國。或但具一事之始末，非一代之全編。或但述一時之見聞，衹一家之私記。要期遺文舊事，足以存掌故、資考證、備讀史者之參稽云爾。若夫語神怪、供詼啁，里巷瑣言，稗官所述，則別有雜家小説家存焉。”[1] 四庫館臣所言“仍用舊文，立此一類”及“務示別裁”，是本書以“傳記體”名雜史之屬小説文體名的依據。[2]

1（清）永瑢等撰：《四庫全書總目》，北京：中華書局 1965 年版，第 460 頁。

2 在書志目録上，有雜史與傳記並列之説，如鄭樵《通志·校讎略》“編次之訛論十五篇”：“古今編書所不能分者五：一曰傳記，二曰雜家，三曰小説，四曰雜史，五曰故事。凡此五類之書，足相紊亂。又如文史與詩話，亦能相濫。”然則此處“傳記”與“雜史”實可視爲一類，如劉餗之《傳記》、道世《法苑珠林》之“傳記篇”；“雜家”則可視爲“小説”之一種，“故事”則又爲一類。又元人馬端臨《文獻通考》卷一百九十五《經籍考二十二》有云：“《宋三朝藝文志》曰：傳記之作，蓋史筆之所不及者，方聞之士，得以紀述而爲勸戒。《隋志》曰雜傳，《唐志》曰雜傳類，有先賢、耆舊、孝友、忠節、列藩、良吏、高逸、科録、家傳、文士、仙靈、高僧、鬼神、列女之别。今總爲傳記，事涉道、釋者，各具於其事。”“《宋兩朝藝文志》曰：傳記之作，近世尤盛，其爲家者，亦多可稱，采獲削稿，爲史氛傳。然根據膚淺，好尚偏駁，滯泥一隅，寡通方之用，至孫沖、胡訥，收摭益細，而通之於小説。”“雜史、雜傳，皆野史之流，出於正史之外者。蓋雜史，紀、志、編年之屬也，所紀者一代或一時之事；雜傳者，列傳之屬也，所紀者一人之事。然固有名爲一人之事，而實關係一代一時之事者，又有參錯互見者。前史多以雜史第四，雜傳第八，相去懸隔，難以參照，今以二類相附近，庶便檢云。”此處“傳記”，應包含“雜史”“雜傳”。

需説明的是，闡釋漢魏南北朝時期"傳記體"小説之文體，即便可以根據相關記載從理論上推導出一部分文體特徵，如上述相關"傳記"和"雜史"的分析，但就具體的某一"傳記體"小説書而言，却面臨驗證的難題，因爲現存"傳記體"諸書，大體是"皆經後人竄改，已非原書"[1]的再造文本，即便懸置其成書年代與撰著者不能確定的難題，也面臨何以判斷現存文本在何種程度上保存了文體原貌的難題。譬如張華《博物志》，最初成書有四百卷，後因晉武帝詔詰云"驚所未聞，異所未見，將恐惑亂于後生，繁蕪于耳目，可更芟截浮疑"，張華才删削爲十卷。[2]十卷本與四百卷之別，可能並非僅是卷帙多寡而已。但今本與張華所定之十卷本，則有根本不同，如四庫館臣通過較爲詳實的考證，認爲今本"非宋、齊、梁時所見之本"，"亦非唐人所見之本"，"並非宋人所見之本"，"或原書散佚，好事者掇取諸書所引《博物志》，而雜采他小説以足之。故證以《藝文類聚》《太平御覽》所引，亦往往相符。其餘爲他書所未引者，則大抵剽剟《大戴禮》《春秋繁露》《孔子家語》《本草經》《山海經》《拾遺記》《搜神記》《異苑》《西京雜記》《漢武内傳》《列子》諸書，餖飣成帙，不盡華之原文也"。[3]而且今本《博物志》"不僅散佚嚴重，還存在語意疏漏舛誤、將多條合二爲一、將一條析分爲二，及條目重復等文獻問題"。[4]此種現象也不同程度地存在於《搜神記》《拾遺記》等書。有鑒於此，漢魏南北朝期間"傳記體"小説諸書的文體抽繹，只能是有限度的，大體是以當時雜史、傳記等文體内涵和諸小説的文獻記載爲主，從理論上闡釋原本之文體，並以今本爲輔進行文本的驗證。漢魏南北朝時的"傳記體"小説，具有該時代小説短書的文體共性，大體如下：

1（清）永瑢等撰：《四庫全書總目》，北京：中華書局1965年版，第774頁。

2（晉）王嘉撰，（梁）蕭綺録，齊治平校注：《拾遺記》，北京：中華書局1981年版，第210—211頁。

3（清）永瑢等撰：《四庫全書總目》，北京：中華書局1965年版，第1213—1214頁。

4 王媛：《〈博物志〉文獻問題及其原因》，《古籍整理研究學刊》2013年第4期。

一、鈔撮舊説與自造新事相結合的成書方式

如《搜神記》所輯即"有承於前載者"和"采訪近世之事"者。[1]張華《博物志》之成書，據王嘉《拾遺記》，是因爲張華"好觀秘異圖緯之部，捃采天下遺逸，自書契之始，考驗神怪，及世間閭里所説，造《博物志》四百卷"。[2]可見有鈔撮舊説，又該書通行本和士禮居本皆載有"武帝泰始中武庫火，積油所致"事，[3]晉武帝泰始年號是公元265年至274年，於張華（232—300）而言乃是近事，或即張華所造新事。王嘉《拾遺記》，"文起羲、炎已來，事訖西晉之末……憲章稽古之文，綺綜編雜之部"，[4]也是舊説與新事俱存。《殷芸小説》，宋人陳振孫《直齋書録解題》卷十一"小説家類"録《殷芸小説》十卷，解題云："今此書首題秦、漢、魏、晉、宋諸帝，注云齊殷芸撰……故其序事止宋初，蓋于諸史傳記中鈔集。"[5]余嘉錫《殷芸小説輯證・序言》認爲："考其所纂集，皆引之故書雅記，每條必注書名，體例謹嚴，與六朝人他書隨手抄撮不著出處者不同。援據之博，蓋不在劉孝標《世説》注以下，實六朝人所著小説中之較繁富者。"[6]余嘉錫《殷芸小説輯證》卷十即輯宋事一條。周楞伽則認爲："殷芸編撰這部《小説》，雖然大部分材料取自故書雜記，但也並不全是述而不作的稗販，有些確是他自己的創作，而且是他親自調查得來。"[7]周楞伽所輯《殷芸小説》卷十則輯有宋、齊事各

1　（晉）干寶撰，汪紹楹校注：《搜神記》，北京：中華書局1979年版，第2頁。
2　（晉）王嘉撰，（梁）蕭綺録，齊治平校注：《拾遺記》，北京：中華書局1981年版，第210—211頁。
3　後人有疑該條係誤輯入者，范寧考證通行本和士禮居本皆載其事。（晉）張華著，范寧校證：《博物志校證》，北京：中華書局1980年版，第164—165頁。
4　（梁）蕭綺序，（晉）王嘉撰，（梁）蕭綺録，齊治平校注：《拾遺記》，北京：中華書局1981年版，第1頁。
5　（宋）陳振孫撰，徐小蠻、顧美華點校：《直齋書録解題》，上海：上海古籍出版社1987年版，第316頁。
6　余嘉錫著：《余嘉錫論學雜著》，北京：中華書局1963年版，第280—281頁。
7　周楞伽著：《殷芸小説・前言》，（南朝梁）殷芸編撰，周楞伽輯注：《殷芸小説》，上海：上海古籍出版社1984年版，第10頁。

一條。由此可見《殷芸小説》也是舊説與新事俱存。

二、以類相從與條別篇目

傳記體小説"以類相從"的標準不一，或較爲複雜，如張華《博物志》的分類系統則較爲複雜，既有地理方位、物類等，也有"雜説"這一綜雜的類別；或相對單一，如干寶《搜神記》現存以類相從的"感應""神化""妖怪""變化"等篇目。[1] 傳記體小説的内容多與地理相關，而其分類思維和觀念，是一種較爲原始的科學觀念，大體爲相關知識點的集合，相對龐雜且籠統，欠缺學術性，如張華《博物志》、郭璞《玄中記》、王嘉《拾遺記》、任昉《述異記》《十洲記》《洞冥記》等即如此。至於《殷芸小説》，則以國別和年表爲類，呈現出史書屬性。

三、叙事以狀物爲主書事爲輔

傳記體小説的狀物，以記載和描述遠方異物的形狀、特徵、性質、關係、功能、成因等爲主，大體以地理空間方位的轉換爲依托，缺少時間和事件等叙事因素，且形制主要爲叢殘短語，僅少數篇目篇幅相對略長。[2] 如《博

---

1 《水經注》卷二十一"汝水"條引王子喬事，結尾云："是以干氏書之於《神化》。"卷三十九"廬江水"引吴郡太守張公直事，結尾云："故干寶書之於《感應》焉。"見（北魏）酈道元著，（清）王先謙校《合校水經注》，北京：中華書局 2009 年版，第 324、562—563 頁。二事見今本《搜神記》卷一"漢王喬"、卷四"張璞"條。《法苑珠林》卷三十一《妖怪篇》首引："妖怪者，干寶記云。"卷三十二《變化篇》引："故干寶記云：天有五氣，萬物化成……"見（唐）道世編撰：《法苑珠林》，上海：上海古籍出版社 1991 年版，第 237、245 頁。今本《搜神記》卷六首條云："妖怪者，益精氣之依物者也。"卷十二收後一條。今本《搜神記》四條分見第 7、49、67、146—147 頁。（晉）干寶撰，汪紹楹校注：《搜神記》，北京：中華書局 1979 年版。

2 李劍國認爲這類小説"通常很少記述人物事件，缺乏時間和事件的叙事因素，它主要是狀物，描述奇境異物的非常表徵；即便也有叙事因素（如《洞冥記》），中心仍不在情節上而在事物上。因此它是一種特殊的叙事文體"。見李劍國著：《唐前志怪小説史》（修訂本），天津：天津教育出版社 2005 年版，第 23 頁。陳文新從創作目的、題材、體例、寫法和故事性等五方面定義博物體小説，與此大體相近。見陳文新著：《文言小説審美發展史》，武漢：武漢大學出版社 2007 年版，第 13 頁。

物志》是此類小説的典型。與《博物志》有所不同的是，干寶《搜神記》、《殷芸小説》書事相對增多，且較爲詳盡，如《搜神記》中"李寄""弦超""胡母班""三王墓""韓憑夫婦"等條，故事性較强，篇幅也相對較長，但總體而言，二書仍然是狀物叙事爲主。

四、書的編撰總體而言是博物觀念的體現

傳記體小説總體是以叢殘短語形式纂録知識，是碎片化的知識呈現，因此需按照一定的知識標準進行分類。傳統經史之學發展的早期，即已形成博物觀念。如所謂伏羲"仰則觀象於天，俯則觀法於地，觀鳥獸之文與地之宜，近取諸身，遠取諸物，於是始作八卦，以通神明之德，以類萬物之情"；[1] 如孔子言學《詩》"多識於鳥獸草木之名"，言人生益者三友有"友多聞"，[2] 評價子産"於學爲博物"；[3] 如分門別類、"正名命物，講説者資之"[4] 的《爾雅》，從漢至南北朝間，多有注疏者，並被認爲是博物之書，如郭璞評價《爾雅》云："若乃可以博物不惑，多識於鳥獸草木之名者，莫近於《爾雅》。"[5] 漢代士人對知識之博物甚爲推崇，甚至以之爲一種品格。[6] 魏晉南北朝時期，博物、博學、博聞更是士人階層的知識底色，[7] 傳記體小説的編撰者也多以博物稱名。如張華被譽爲"博物洽聞，世無與比"，郭璞被譽爲"博

1（清）李道平撰，潘雨廷點校：《周易集解纂疏》，北京：中華書局 1994 年版，第 621—623 頁。

2（魏）何晏注，（宋）邢昺疏：《論語注疏》（十三經注疏），北京：北京大學出版社 1999 年版，第 237、226 頁。

3（魏）王肅注：《孔子家語》，《景印文淵閣四庫全書》第 695 册，臺北：商務印書館 1983 年版，第 34 頁。

4（宋）歐陽修著：《歐陽修全集》，北京：中華書局 2001 年，第 1884 頁。

5（晉）郭璞注，（宋）邢昺疏：《爾雅注疏》（十三經注疏），北京：北京大學出版社 1999 年版，第 4 頁。

6 參見徐公持：《漢代文學的知識化特徵——以漢賦"博物"取向爲中心的考察》，《文學遺產》2014 年第 1 期。

7 許聖和：《"博物思維"與六朝文學》，中國臺灣東華大學 2016 年碩士學位論文。

學有高才",[1] 任昉被譽爲"博學,於書無所不見"。[2] 他們所編撰的傳記體小説也多有博物的閱讀視野,如張華期待《博物志》能被"博物之士,覽而鑒焉",[3] 干寶自稱《搜神記》"考先志於載籍,收遺逸於當時",[4] 蕭綺言王嘉《拾遺記》"妙萬物而爲言,蓋絶世而弘博"。[5]

五、博物思維決定了傳記體小説搜奇記逸的特徵

從知識的歷史層累進程可知,知識累積到一定程度後一般會出現三種現象:一是在既有知識基礎上的創新,即新認知的發生;一是知識的推陳出新而導致某些知識的致用性逐漸減弱,進而與現世脱節,因此被淘汰而陌生化;一是既有知識被普遍所接受,並呈現在世俗日常生活的行爲準則、價值標準或認知邏輯中,即知識的常識化。此外,還有一種現象是,在知識的傳承過程中,因爲各種外力因素而導致知識傳承的斷裂,此種傳承的斷裂,在後世會緣於機緣巧合而重生,如甲骨文即是一例。如此,後世對知識的接受,就會形成如干寶所言"群言百家,不可勝覽;耳目所受,不可勝載"[6] 的局面。在博物思維的導引下,傳記體小説所纂輯之内容,大體以"奇""異""怪"等爲旨歸,以此作爲常識和常規途徑知識接受的補充。此外還需交代的是,在漢魏南北朝時期,無論是編撰者還是接受者,大體是從史學的角度認知此類小説的。

1（唐）房玄齡等撰:《晉書》,北京:中華書局 1974 年版,第 1074、1899 頁。

2（唐）李延壽撰:《南史》,北京:中華書局 1975 年版,第 1455 頁。

3（晉）張華撰,范寧校證:《博物志校證》,北京:中華書局 1980 年版,第 7 頁。

4（晉）干寶撰,汪紹楹校注:《搜神記》,北京:中華書局 1979 年版,第 2 頁。

5（晉）王嘉撰,（南朝梁）蕭綺録,齊治平校注:《拾遺記校注》,北京:中華書局 1981 年版,第 1 頁。

6（晉）干寶撰,汪紹楹校注:《搜神記》,北京:中華書局 1979 年版,第 2 頁。

第四章
《世説新語》的文體特性

東漢至隋朝，出現了一批如《説苑》"小説體"的小説，尤其是以《世説新語》爲典範的"世説體"，既繼承了《説苑》的某些文體特徵，又有自具符合它們所成書時代的文體特徵。[1] 史志書目中所著録這一時期的"世説體"小説書，除《世説新語》外，還有邯鄲淳《笑林》、裴啓《語林》、郭澄之《郭子》、顧協《瑣語》、《笑苑》、陽玠松《解頤》、蕭賁《辯林》、席希秀《辯林》、侯白《啓顔録》等。這一時期的"世説體"小説書，在流傳的過程中大多佚失，雖有輯佚本，但僅是佚文的整理，已不復原貌，故不能從其體例上來考察其文體。而《世説新語》在流傳的過程中，其文本原貌雖也有一定程度的失真，但不是根本性的，後世整理本《世説新語》大體維繫了原貌的特徵，故《世説新語》可作爲範例來考察"世説體"的文體特徵。

第一節　《世説新語》概説

南朝宋劉義慶《世説新語》，又名《世説》《世説新書》，此外還有《世記》《世紀》《世統》《劉義慶記》《晉宋奇談》等數種題名。《世説》應該是

1　楊義認爲："在小説依附子書發展的過程中，最值得注意的兩部書是漢劉向編撰的《説苑》和宋臨川王劉義慶的《世説》。前者代表小説在子書中寄生的狀態，後者代表小説從子書（狹義）脱胎的狀態。"見楊義：《漢魏六朝"世説體"小説的流變》，《中國社會科學》1991年第4期。

本名，如《隋書·經籍志》子部小説類云："《世説》八卷，宋臨川王劉義慶撰。"該志又著録有"《世説》十卷，劉孝標注"。[1]藤原佐世《日本國見在書目録》"小説家"著録爲"《世説》十，宋臨川王劉義慶撰，劉孝標注"。[2]《舊唐書·經籍志》子部小説家類著録有："《世説》八卷，劉義慶撰"，"《續世説》十卷，劉孝標撰"。[3]《新唐書·藝文志》子部小説家著録有："劉義慶《世説》八卷，又《小説》十卷"，"劉孝標《續世説》十卷"。[4]《文選》李善注、《北堂書抄》、《藝文類聚》等類書引《世説新語》，皆作《世説》；《南史》劉義慶本傳作《世説》，《晉書·律曆上》《隋書·律曆上》亦作《世説》；[5]劉知幾《史通》也多稱《世説》。[6]更爲重要的是南朝宋齊梁間學者注《世説》，也用此書名。如《世説新語·尤悔》第四條："敬胤案：……《世説》苟欲愛奇，而不詳事理也。"宋人汪藻《世説叙録》卷上《考異》存史敬胤注《世説》五十一事，然未交待史敬胤爵里等信息。汪藻依據敬胤注之內容，認爲史敬胤早于劉孝標。[7]今人楊勇認爲史敬胤是晉豫章太守史疇六世孫，史敬胤注《世説》應在永明中，公元485年、486年前後。[8]稍晚於史敬胤的劉孝標

1（唐）魏徵、令狐德棻撰：《隋書》，北京：中華書局1973年版，第1011頁。

2〔日〕藤原佐世撰：《日本國見在書目録》，《古逸叢書》本。

3（後晉）劉昫等撰：《舊唐書》，北京：中華書局1975年版，第2036頁。

4（宋）歐陽修、宋祁撰：《新唐書》，北京：中華書局1975年版，第1539頁。

5《晉書》與《隋書》原文相同："《世説》稱：有田父于野地中得周時玉尺，便是天下正尺，荀勖試以校己所治金石絲竹，皆短校一米。"此處標點筆者有校改。分別見（唐）房玄齡等撰：《晉書》，北京：中華書局1974年版，第491頁。（唐）魏徵、令狐德棻撰：《隋書》，北京：中華書局1973年版，第403頁。

6 劉知幾《史通》多稱《世説》，如卷一《六家》稱"臨川《世説》"，卷五《采撰》稱"《世説》《幽明録》"，卷八《書事》稱"《世説》《俗説》"，卷十《雜述》稱"劉義慶《世説》"，卷十四《申左》稱"《語林》《世説》"。唯有《雜説》中有一段文字稱《世説新語》："近者臨川王義慶著《世説新語》，上叙兩漢三國及晉中朝江左事，劉峻注釋，摘其瑕疵，偽迹昭然。"程千帆認爲：《史通》宋本，此文正作'新書'，不作'新語'。其諸本作'新語'者，乃後人習於新起之名而妄加改易者也。"見程千帆著：《史通箋記》，北京：中華書局1980年版，第295頁。

7（宋）汪藻《世説叙録》言："其所載以宋齊人爲今人，則敬胤者，孝標以前人也。"（南朝宋）劉義慶撰，（南朝梁）劉孝標注：《世説新語》，上海：上海古籍出版社1982年版，第619頁。

8 楊勇撰：《世説新語校箋》（修訂本），臺北：正文書局有限公司2000年版，第807—808頁。

注《世説》，共有十處用《世説》書名。[1]由此可以斷定《世説》乃本名。

　　《世説新書》之名，大概出現在隋及初唐間。如《新唐書·藝文志》子部小説家類著録有王方慶《續世説新書》十卷。據兩《唐書》，王方慶乃東晉丞相王導之後，家中藏書豐富，以博學名世，武周時曾官鸞台侍郎、同鳳閣鸞台平章事，進鳳閣侍郎，並曾修國史。杜佑《通典》、[2]段成式《酉陽雜俎》[3]皆稱《世説新書》，唐寫本《世説新書》殘卷也作《世説新書》。[4]此後，劉知幾《史通·雜説》中云："近者臨川王義慶著《世説新語》，上叙兩漢三國及晉中朝江左事，劉峻注釋，摘其瑕疵，僞迹昭然。"[5]此處"新語"，在宋本中爲"新書"。[6]由此可見，《世説新書》書名約在隋至初唐間出現。

　　《世説新語》的書名，北宋時開始流行。[7]宋太宗太平興國三年（978）

1　參見楊勇：《〈世説新語〉'書名''卷帙''版本'考》，楊勇編著：《〈世説新語校箋〉論文集》，臺北：正文書局有限公司 2003 年版，第 37—53 頁。參見范子燁《魏晉風度的傳神寫照——〈世説新語〉研究》，西安：世界圖書出版西安有限公司 2014 年版，第 9—10 頁，第 113—115 頁。

2　杜佑《通典》卷一五六："《世説新書》：曹公軍行失道，三軍皆渴。公令曰：'前有大梅林，饒子酸，可以解渴。'士卒聞之，口皆水出，乘此及前水。"見（唐）杜佑撰，王文錦等點校：《通典》，北京：中華書局 1988 年版，第 4014 頁。

3　段成式《酉陽雜俎》續集卷四："近覽《世説新書》云：'王敦初尚公主，如廁，見漆箱盛幹棗。本以塞鼻，王謂廁上下果，食至盡。既還，婢擎金漆盤貯水，琉璃椀進藻豆，因倒著水中。既飲之，群婢莫不掩口。'"見（唐）段成式撰，方南生點校：《酉陽雜俎》，北京：中華書局 1981 年版，第 234 頁。

4　關於唐寫本《世説新書》的抄寫時間，范子燁依據殘卷中諱字，考證殘卷"系劉孝標（462—521）以後、蕭方智以前的抄本。其抄寫時間在梁武帝普通三年（522）至大同流年（540）之間。"參見范子燁著：《魏晉風度的傳神寫照——〈世説新語〉研究》，西安：世界圖書出版西安有限公司 2014 年版，第 141—143 頁。白化文、李明辰等認爲殘卷"避諱止於'治'字，估計爲高宗時代的抄本"。參見白化文、李明辰：《〈世説新語〉的日本注本》，《文史》第 6 輯。〔日〕神田醇《唐寫本世説新書跋》稱："管寧文草有《相府文亭始讀〈世説新書〉詩》"，丁錫根編：《中國歷代小説序跋集》上册，北京：人民文學出版社 1996 年版，第 271 頁。

5　（唐）劉知幾著，（清）浦起龍通釋，王煦華整理：《史通通釋》，上海：上海古籍出版社 2009 年版，第 450—451 頁。

6　程千帆認爲："《史通》宋本，此文正作'新書'，不作'新語'。其諸本作'新語'者，乃後人習於新起之名而妄加改易者也。"見程千帆著：《史通箋記》，北京：中華書局 1980 年版，第 295 頁。

7　（唐）劉肅撰有《大唐新語》（《宋史·藝文志》作《唐新語》），其自序云："今起自國初，迄於大曆，事關政教，言涉文詞。道可師模，志將存古，勒成十三卷，題曰《大唐世説新語》。聊以宣之開卷，豈敢傳諸奇人。時元和丁亥歲有事於圜丘之月序。"其中《大唐世説新語》之"世説"乃明人刻本所加。見（唐）劉肅撰，許德楠、李鼎霞點校：《大唐新語》，北京：中華書局 1985 年版，第 1—2 頁。

成書的《太平廣記》，其《引用書目》列有《世説》和《世説新語》兩書，據《太平廣記索引》注出《世説》39 次、出《世説新書》6 次、出《世説新語》6 次、出《世説雜書》1 次，[1]另正文中出現"《世説》云"3 次。[2]由此可見宋初三書名同時使用的狀況，但以《世説》爲主。《宋史·藝文志》子部小説家類著録有"劉義慶《世説新語》三卷"。宋人黄伯思《東觀餘論》卷下《跋世説新語》云："'世説'之名肇劉向，六十七篇中已有此目。其書今亡。宋臨川孝王因録漢末至江左名士佳語，亦謂之《世説》。梁豫州刑獄參軍劉峻注爲十卷，采摭舛誤處，大抵多就證之。與裴啓《語林》近，出入皆清言林囿也。本題爲《世説新書》，段成式引王敦説澡豆事以證陸暘事爲虚，亦云'近覽《世説新書》'；而此本謂之《新語》，不知孰更名之，蓋近世所傳。"[3]黄伯思是宋徽宗時人，其所言近世，當是北宋初期。在這一時期《世説新書》《世説新語》二名並行，清人沈濤對此有論述，言："《太平廣記》引王導、桓温、謝鯤諸條，皆云出《世説新書》，則宋初本尚作《新書》，不作《新語》。然劉義慶書但作《世説》，見《隋書·經籍志》。《藝文類聚》《北堂書抄》諸類書所引，亦但作《世説》。《新書》《新語》皆後起之名。"[4]

　　余嘉錫認爲《世説新書》才是本名，《隋書·經籍志》以下稱《世説》者，皆是《世説新書》的省文。余嘉錫云："沈氏引《太平廣記》，可爲黄氏説添一佐證。至其謂義慶本名《世説》，其《新書》之名亦後起，則非也。劉向校書之時，凡古書經向別加編次者，皆名新書，以别於舊本。故

1《太平廣記索引》，北京：中華書局 1982 年版，第 4 頁。

2（宋）李昉等編纂：《太平廣記》，北京：中華書局 1962 年版。

3（宋）黄伯思撰：《東觀餘論》，《叢書集成新編》第 51 冊，臺北：新文豐出版公司 1985 年版，第 270 頁。

4（清）沈濤撰：《銅熨斗齋隨筆》，《續修四庫全書》第 1158 冊，上海：上海古籍出版社 2002 年版，第 676 頁。

有《荀卿新書》（見《荀子》後劉向叙）、《晁氏新書》（見《隋志》）、《賈誼新書》（見《新唐志》）之名。《漢書·藝文志》有左丘明《國語》二十一篇，又有《新國語》五十四篇，注云：'劉向分《國語》。'又《説苑叙録》云：'臣向所校中書《説苑》，更以造新事十萬言，號曰《新苑》。'（見宋本《説苑》後）皆其證也。劉向《世説》雖亡，疑其體例亦如《新序》《説苑》，上述春秋，下紀秦、漢。義慶即用其體，托始漢初，以與向書相續，故即用向之例，名曰《世説新書》，以别於向之《世説》。其《隋志》以下但題《世説》者，省文耳。猶之《孫卿新書》，《漢志》但題《孫卿子》；《賈誼新書》，《漢志》但題《賈誼》，《隋志》但題《賈子》也。"¹ 此外，余嘉錫還否定了敬胤注的真實性，他認爲敬胤注是宋代人附會的。余嘉錫箋疏《世説新語·尤悔》第四條時，按語曰："嘉錫案：汪藻《考異録》第十卷五十一事，與《世説》多重出，惟有三事爲今本所無。其注則與孝標注全不同，多自稱'敬胤案'。汪藻云：'其所載以宋、齊人爲今人。則敬胤者，孝標以前人也。'嘉錫又案：孝標並不采用敬胤注，而獨有此一條，蓋宋人所附入也。"² 固然，《隋書·經籍志》以下稱《世説》者，有可能是《世説新書》甚至是《世説新語》的省文，且即便否定了敬胤注的真實性，但劉孝標注《世説新語》也用《世説》書名，却不是省文能夠解釋的了。故余嘉錫以《世説新書》爲原書名之説，證據不夠充分。至於《世記》《世紀》《世統》《劉義慶記》《晉宋奇談》等名，其中《世記》《世紀》《世統》可能是《世説》之字形的訛誤，而《劉義慶記》《晉宋奇談》應是後世抄録刊刻者或藏書家、書賈所有意爲之者。

《世説新語》的卷數，汪藻《世説叙録》有較爲詳盡的載録：

1　余嘉錫著：《四庫提要辨證》，北京：中華書局1980年版，第1018—1019頁。
2（南朝宋）劉義慶著，（南朝梁）劉孝標注，余嘉錫箋疏：《世説新語箋疏》，北京：中華書局2007年第2版，第1053頁。

兩卷，章氏本跋云：癸巳歲借舅氏本，自"德行"至"仇隟"三十六門，釐爲上下兩篇。

三卷，晁氏本以"德行"至"文學"爲上卷，"方正"至"豪爽"爲中卷，"容止"至"仇隟"爲下卷。又李本云：凡稱《世説新書》者，皆分卷爲三。

八卷，《隋經籍志》《唐藝文志》並八卷。

十卷，《南史·劉義慶傳》著《世説》十卷。錢晏黄王本並十卷，而篇第不同。

十一卷，顔氏張氏本三十六篇外，更收第十卷，無名，只標爲第十卷。[1]

此外，明人李栻《歷代小史》本有一卷本《世説新語》，清人王仁俊《玉函山房輯佚書補編》本有題作《説苑》的《世説新語》一卷本等，諸子集成有《世説新語》六卷本。上述諸本，以八卷本、十卷本和三卷本爲主，其他各卷本皆是此三本的不同抄録整理本。

八卷本和十卷本，源於《隋書·經籍志》、兩《唐志》等書志之著録，三書志著録有《世説》八卷，同時也著録有十卷本劉孝標注本。南宋人晁公武認爲八卷本《世説》是原本，劉孝標注八卷本《世説》時，釐而爲十卷本。[2] 汪藻《世説叙録》懷疑八卷本《世説》爲劉義慶原本，十卷本則由劉義慶原書與劉孝標注合而爲一，十卷本不是劉義慶原本。[3] 事實上，兩《唐

1（南朝宋）劉義慶撰，（南朝梁）劉孝標注：《世説新語》，上海：上海古籍出版社1982年版，第613—614頁。

2（宋）晁公武《郡齋讀書志》卷十三"小説類"著録《世説新語》，云："《唐藝文志》云：'劉義慶《世説》八卷，劉孝標《續》十卷。'而《崇文總目》止載十卷，當時孝標續義慶元本八卷，通成十卷耳。家本有二：一極詳，一殊略。未知孰爲正，未知誰氏所定，然其目則同。劉知幾頗言非其實録，予亦云。"

3（南朝宋）劉義慶撰，（南朝梁）劉孝標注：《世説新語》，上海：上海古籍出版社1982年版，第614—615頁。

志》著録劉孝標十卷本注本時，誤以爲是續書，誤注爲《續世説》十卷本。[1]
劉盼遂以唐寫本《世説新書》殘卷後題《世説新書第六》，認爲此殘卷應
爲十卷本；該殘卷中的文本信息足以證明"《世説》臨川王本，原分八卷，
孝標作注，以其繁重，釐爲十卷"。[2]至於二卷本和十一卷本，則是宋代人
抄録。

　　三卷本是兩宋間形成的刻本。宋高宗紹興八年（1138）董弅刻三卷本，
其跋云："右《世説》三十六篇，世所傳釐爲十卷，或作四十五篇，而末卷
但重出前九卷中所載。余家舊藏，蓋得之王原叔家，後得晏元獻公手自校
本，盡去重復，其注亦小加剪截，最爲善本。"[3]據董弅跋語，則今世所傳三
卷本，是晏殊校理而成，已不是原本。首先是分卷的不同，無論是就八卷本
還是十卷本而言，三卷本的編例已經大不相同；其次是對劉孝標注的增删，
以唐寫本《世説新書》殘卷校今傳三卷本《世説新語》，除文字異同外，今
三卷本確實多有對劉孝標注的增删。不過，晏殊應未對正文做删改。唐寫本
殘卷存《規箴篇》二十四事、《捷悟篇》七事、《夙惠篇》七事、《豪爽篇》
十一事，凡五十一事，內容及次序與今三卷本相同，可見晏殊可能未删改正
文。[4]南宋孝宗淳熙十五年（1188）陸游曾刻《世説新語》，明嘉靖間吳郡袁
褧（尚之）嘉趣堂重雕，分三卷，亦從晏殊校理本出，不同處在於陸游刻本
每卷分上下。

　　今傳三卷本《世説新語》分門別類爲三十六門（或作篇、類），另還

　　1（清）王先謙《世説新語考證》云："按新舊兩《志》云劉撰《續世説》與《隋志》《世説》注本差
次同，此《唐志》誤以劉注爲劉續也。"見（南朝宋）劉義慶撰，（南朝梁）劉孝標注：《世説新語》，上
海：上海古籍出版社1982年版，第600頁。

　　2 劉盼遂著：《劉盼遂文集》，北京：北京師範大學出版社2002年版，第201—203頁。

　　3（南朝宋）劉義慶著，（南朝梁）劉孝標注，余嘉錫箋疏：《世説新語箋疏》，北京：中華書局2007
年第2版，第1093頁。

　　4 蕭虹認爲："將唐卷正文與今本的相應部分比較，雖字面小有出入，但未包含更多材料。即使考慮
到殘卷在整部著作中僅占很小比例，但我們仍然可以將它作爲《世説新語》正文未受到大面積删除的旁
證。"見蕭虹著：《世説新語整體研究》，上海：上海古籍出版社2011年版，第103頁。

有三十八門、三十九門、四十五門之分。據董弅跋語，分四十五門者是十卷本，但末卷與前面各卷内容重復，被晏殊删去，厘爲三卷本。又，汪藻《〈世説〉叙録》云："三十八篇：邵本于諸本外，别出一卷；以《直諫》爲三十七，《奸佞》爲三十八。唯黄本有之，它本皆不録。三十九篇：顔氏、張氏又以《邪諂》爲三十八，别出《奸佞》一門爲三十九。按二本於十卷後復出一卷，有《直諫》《奸佞》《邪諂》三門，皆正史中事，而無注。顔本只載《直諫》，而餘二門亡其事。張本又升《邪諂》在《奸佞》上，文皆舛誤不可讀，故它本削而不取。然所載亦有與正史小異者，今亦去之，而定以三十六篇爲正。"[1] 據此可知，三十八門本和三十九門本中，最後二或三門皆爲正史中事，無注，且皆舛誤不可讀，又兼它本皆無，故汪藻將最後二或三門皆删去，成三十六門。

第二節 《世説新語》的編例

上述對《世説新語》書名、卷數、分門的清理，爲探討《世説新語》的文體表現之一——編例，提供了文獻基礎。《世説新語》的成書，應是劉義慶集衆人之功，纂輯舊文而成。魯迅即曾言："然《世説》文字，間或與裴郭二家書所記相同，殆亦猶《幽明靈》《宣驗記》然，乃纂輯舊文，非自由造：《宋書》言義慶才詞不多，而招聚文學之士，遠近必至，則諸書或成於衆手，未可知也。"[2] 魯迅"纂輯舊文"之説，可由劉孝標注《世説》引書多達400多種證實。但劉義慶纂輯舊文以成《世説》，也有一定的編例。

---

1 （南朝宋）劉義慶撰，（南朝梁）劉孝標注：《世説新語》，上海：上海古籍出版社1982年版，第616—617頁。

2 魯迅著：《中國小説史略》，上海：上海古籍出版社1998年版，第38—39頁。

　　《世説新語》編例最鮮明的特徵是"以類相從，條別篇目"。今本《世説新語》有三十六門，每一門都有篇目名，分別是：

　　"德行第一""言語第二"（以上上卷上）

　　"政事第三""文學第四"（以上上卷下）

　　"方正第五""雅量第六""識鑒第七"（以上中卷上）

　　"賞譽第八""品藻第九""規箴第十""捷悟第十一""夙惠第十二""豪爽第十三"（以上中卷下）

　　"容止第十四""自新第十五""企羨第十六""傷逝第十七""棲逸第十八""賢媛第十九""術解第二十""巧藝第二十一""寵禮第二十二""任誕第二十三""簡傲第二十四"（以上下卷上）

　　"排調第二十五""輕詆第二十六""假譎第二十七""黜免第二十八""儉嗇第二十九""汰侈第三十""忿狷第三十一""讒險第三十二""尤悔第三十三""紕漏第三十四""惑溺第三十五""仇隙第三十六"（以上下卷下）

　　此種纂輯舊文的方式，是對漢代劉向校書的模仿。劉向校書，如校序《戰國策》《説苑》《新序》《百家》《世説》等，是將雜亂的文獻材料按照一定的義理觀念，進行"以類相從，一一條別篇目"的整理工作，從而使之固態化爲一種有系統結構的文獻。劉義慶集衆人之功纂輯舊文成《世説》，是對劉向校序《世説》《説苑》《新序》等書的模仿，所不同者在於劉義慶《世説》之舊文來源於文本已經相對穩定的文獻。蔡元培爲易宗夔《新世説》作跋，指出劉義慶《世説》模仿劉向《世説》之實，曰："昔漢魏之際，漸尚清談，逮晉宋而極盛。臨川王義慶，乃仿劉子政《世説》之例而作新書，務以標領新異已耳。得博聞强記之孝標爲之作注，而其書始有裨於掌故焉。"[1]

1　周駿富輯：《清代傳記叢刊》第 18 册，臺灣：明文書局 1985 年版，第 799 頁。

向宗魯也曾指出劉義慶《世説》模仿劉向《説苑》之處，言：

> 予謂《世説》即《説苑》，原注《説苑》二字，淺人加之，考《御覽》三十五引《世説》（湯之時大旱七年云云），不見義慶書而見《説苑·君道篇》。《書鈔》百四十一引《世本》（載雍門伏事，"伏"乃"狄"之譌），其文與《世本》不類；"《世本》"乃"《世説》"之譌，今見《説苑·立節篇》。……此所引皆中壘《世説》也。《初學記》十七引劉義慶《説苑》（人餉魏武云云），今見《世説·捷悟篇》。又卷十九引劉義慶《説苑》（鄭玄家奴婢皆讀書云云），今見《世説·文學篇》。黎刊《太平寰宇記》一百十八引劉義慶《説苑》（晉羊祜領荊州云云），今略見《世説·排調篇》。此所引皆臨川《説苑》也。是則臨川之《説苑》即《世説》，而中壘之《世説》即《説苑》，審矣。（中壘之與臨川，一則推本經術，一則祖尚玄虛，其旨異。一則辭多繁博，一則言歸簡要，其文異。所以得同名者，以其分門隸事，體制相類也。）[1]

向宗魯所謂"臨川之《説苑》即《世説》，而中壘之《世説》即《説苑》，審矣"，劉義慶《説苑》即《世説》自是無可厚非，但言劉向之《世説》即《説苑》，却稍顯理據不足。然其指出的劉義慶《世説》沿襲劉向《世説》書名，模仿劉向《説苑》之"分門隸事"而"體制相類"，却是有道理的。

《漢書·藝文志》云："劉向所序六十七篇。"原注："《新序》《説苑》《世説》《列女傳頌圖》也。"可知《世説》之書名，肇自劉向。劉向《新序》《説苑》《世説》是性質相同的書。劉義慶以《世説》爲書名，顯係對劉

向《世説》的承襲。又，劉義慶《世説》亦被稱爲《説苑》，初唐徐堅等編《初學記》，其中卷十七"題酪"條和卷十九"鄭泥中"條引"劉義慶《説苑》"，[1] 所引之文分別是今三卷本《世説新語》中《捷悟》第 2 條和《文學》第 3 條。[2] 余嘉錫懷疑劉義慶《説苑》爲他書之誤名，"隋唐志皆不著録，亦不見他書引用，恐是《寰宇記》之誤"。[3] 如無其他證據謂"劉義慶《説苑》"係他書之誤名，則劉義慶《世説》又名《説苑》。如此，劉義慶《世説》之書名，不僅承襲劉向《世説》，還承襲劉向《説苑》。

除承襲書名外，劉義慶《世説新語》還模仿劉向《説苑》《世説》諸書，按照一定的義理來"條別篇目"和結構篇類。今本《世説新語》的篇目名，如"德行""言語""政事""文學""汰侈"等，類似於《説苑》的"貴德""善説""理政""修文""刺奢"等篇目名，又《説苑》與今本《世説新語》兩書都有"正諫"篇。或謂漢魏南北朝時有以二字爲篇目名的風習，如今本《春秋繁露》中有"玉杯""竹林""玉英""精華""王道""滅國""奉本""觀德""郊義""郊祭""順命""正貫""十指""重政""二端""符瑞""實性""天容""基義"等二字篇目名，[4] 王符《潛夫論》有"贊學""務本""考績""思賢""忠貴""浮侈""慎微""明忠""本訓""德化"等二字篇目名，[5] 今本揚雄《法言》、今本王充《論衡》、今本應劭《風俗通義》則全

---

1 （唐）徐堅等著：《初學記》，北京：中華書局，1962 年，第 429、464 頁。

2 （南朝宋）劉義慶撰，（南朝梁）劉孝標注：《世説新語》，上海：上海古籍出版社 1982 年版，第 313、115 頁。

3 （南朝宋）劉義慶著，（南朝梁）劉孝標注，余嘉錫箋疏：《世説新語箋疏》，北京：中華書局 2007 年第 2 版，第 955 頁。

4 徐復觀認爲《春秋繁露》應成書在東漢明德以後："我推測《春秋繁露》十七卷，是在東漢明德馬後以後，《西京雜記》成書以前，有人刪繁輯要，重新編定而成。《西京雜記》'董仲舒夢蛟龍入懷，乃作《春秋繁露》詞'，是葛洪成此書時，《春秋繁露》之名早巳出現。"見徐復觀著：《兩漢思想史》第二卷，上海：華東師範大學出版社 2001 年版，第 191 頁。有關《春秋繁露》的真僞及其版本流傳問題，可參見崔濤著：《董仲舒的儒家政治哲學》附録，北京：光明日報出版社 2013 年版，第 178—198 頁。

5 《潛夫論》的相關問題，可參見劉文英《王符評傳　附崔寔、仲長統評傳》，南京：南京大學出版社 1993 年版。

以二字爲篇目名,郭頒《魏晉世語》、[1]干寶《搜神記》、[2]荀氏《靈鬼志》[3]等亦皆有"以類相從"、以二字爲篇目名的現象。然從書名的承襲與結構模式而言,劉義慶《世説新語》更應該追源到劉向《説苑》。

就今本劉義慶《世説新語》而言,其結構模式可從三方面來考察。

首先是三十六門的整體結構。饒宗頤在《世説新語校箋序》中指明《世説新語》的體例,言:"《世説》之書,首揭四科,原本儒術。中卷自《方正》至《豪爽》,瑾瑜在握,德音可懷。下卷之上,類指偏激者流;下卷之下,則陳險征細行。"[4]所謂四科,上卷之"德行""言語""政事""文學"也,其篇目名與次第,與"孔門四科"相同,故云"原本儒術";中卷"方正"等九門,皆爲褒揚人物,但特徵不同,故云"瑾瑜在握,德音可懷";下卷二十三門,則分爲"偏激者流"與"險征細行"兩大類以區分。饒宗頤

1《三國志》卷二十三《裴潛傳》裴注云:"案本志,(韓)宣名都不見,惟《魏略》有此傳,而《世語》列於名臣之流。"此條引文或可説明《魏晉世語》有分類,且以二字爲篇目名。郭頒《魏晉世語》,劉孝標注《世説》引述14次。葉德輝《世説新語佚文·序》云:"《世説新語》佚文引見唐、宋人類書者(《太平御覽》三百五十三引……),往往與《世語》相出入。按《世語》晉郭頒撰,見《隋志》雜史類。孝標作注,時亦援引以證異同,則臨川此書,或即以之爲藍本也。"見(南朝宋)劉義慶撰,(梁)劉孝標注《世説新語》,上海古籍出版社1982年版,第541頁。范子燁早期認爲《魏晉世語》有分類,後認爲《魏晉世語》没有分類。其言:"《三國志》卷四《三少帝紀·高貴鄉公》裴注:'……虞溥、郭頒皆晉之今史……溥著《江表傳》,亦粗有條貫。惟頒撰《魏晉世語》,蹇乏全無宫商,最爲鄙劣,以時有異事,故頗行於世。'據此則《世語》本無分類,斷然可知。"范子燁著:《魏晉風度的傳神寫照——〈世説新語〉研究》,西安:世界圖書西安出版公司2014年版,第38頁。

2 目前可查《搜神記》以類相從的篇目名有"感應""神化""妖怪""變化"。如《水經注》卷二十一"汝水"條引王子喬事,結尾云:"是以干氏書之於《神化》。"卷三十九"盧江水"引吳郡太守張公直事,結尾云:"故干寶書之於《感應》焉。"見(北魏)酈道元著,(清)王先謙校:《合校水經注》,北京:中華書局2009年版,第324、562—563頁。二事見今本《搜神記》卷一"漢王喬"、卷四"張璞"條。《法苑珠林》卷三十一《妖怪篇》首引:"妖怪者,干寶記云。"卷三十二《變化篇》引:"故干寶記云:天有五氣,萬物化成……"見(唐)道世編撰《法苑珠林》,上海古籍出版社1991年版,第237、245頁。今本《搜神記》卷六首條云:"妖怪者,益精氣之依物者也。"卷十二收條。今本《搜神記》四條分見第7、49、67、146—147頁。見(晉)干寶撰,汪紹楹校注:《搜神記》,北京:中華書局1979年版。

3 劉孝標注《世説》,今本《方正》篇第37條引荀氏《靈鬼志》,云:"《靈鬼志·謡征》曰:'明帝初,有謡曰:"高山崩,石自破。"高山,峻也。碩,峻弟也。後諸公誅峻,碩猶據石頭,潰散而逃,追斬之。'"(南朝宋)劉義慶撰,(南朝梁)劉孝標注,余嘉錫箋疏:《世説新語箋疏》,北京:中華書局2007年第2版,第376頁。

4 楊勇撰:《世説新語校箋》(修訂本)"饒序",臺北:正文書局2000年版,第1頁。

如此點出《世説新語》的整體結構模式，是慧識，惜乎未能展開。傅錫壬則認爲："余以爲《世説新語》之首四篇，實爲全書之中心思想，亦即所謂本體論者也。而其他三十二篇均循此主體而演繹之，或可目爲批評論。批評論者，就當時文人、仕宦、談士之言行逸事，就其德行才能之優劣予以批判，當亦有二途：一爲贊賞，自‘方正第五’迄‘寵禮第二十二’諸篇屬之；一爲貶斥，自‘任誕第二十三’迄‘仇隙三十六’諸篇屬之。"[1] 傅錫壬以首四門爲本體論，以後三十二門爲批評論，對理解劉義慶《世説新語》的結構系統有裨益，但如此分剖則略顯牽強。范子燁將今本《世説新語》三十六門與"九品官人之法"結合考察，認爲三十六門中，由"德行"到"仇隙"是一個由褒到貶的序列，即上上品是"德行""言語""政事""文學"，上中品是"方正""雅量""識鑒""賞譽"，上下品是"品藻""規箴""捷悟""夙惠"，中上品是"豪爽""容止""自新""企羨"，中中品是"傷逝""棲逸""賢媛""術解"，中下品是"巧藝""寵禮""任誕""簡傲"，下上品是"排調""輕詆""假譎""黜免"，下中品是"儉嗇""汰侈""忿狷""讒險"，下下品是"尤悔""紕漏""惑溺""仇隙"。范子燁認爲這種結構模式不僅與班固《古今人表》吻合，而且與晉人常璩《華陽國志》卷十一原附《士女目録》也有相關性。[2] 范子燁的這一推論是符合實際的。其實，劉義慶如此結構《世説新語》，不僅僅是"九品官人法"等文化制度的原因，更有社會現實問題的因素，余嘉錫箋疏《任誕》篇目名時云："國於天地，必有興立。管子曰：‘四維不張，國乃滅亡。’自古未有無禮義，去廉恥，而能保國長世者。自曹操求不仁不孝之人，而節義衰；自司馬昭保持阮籍，而禮法廢。波靡不返，舉國成風，紀綱名教，蕩焉無存。以馴致五胡之亂，不惟亡國，且幾亡種族矣。君子見微而知著，讀《世説》‘任誕’之篇，亦千古之殷鑒

1　傅錫壬：《世説四科對論語四科的因襲與嬗變》，《淡江學報》1974 年第 12 卷。
2　范子燁著：《魏晉風度的傳神寫照——〈世説新語〉研究》，西安：世界圖書西安出版公司 2014 年版，第 39—48 頁。

也。"[1]劉義慶是一個具有較高政治才能和軍事才能的人，且是一個有政治情懷的人，因此個人與時代之間會有衝突；但劉氏家族的政治傾軋和殘酷鬥爭，也讓劉義慶采取了韜晦的安身之道。[2]如此，則《世説新語》三十六門的現實意義自然凸顯，而三十六門的安排，自然含蘊著劉義慶的價值觀念，並形成爲一個有機的系統。

其次是每一門中各章具有獨立性，但各章之序次存在一定的規律，即"以時序事"和"以人（或主題）隸事"相結合的序次模式。[3]具體而言，每一門的各章大體依據人所處或事之發生時代先後排序，如果人所處或事之發生歷史時代相同，則以個體的人或者事之主題相同或相近來安排各章的序次。依時代先後序次各章的模式，毋庸多言。以個體的人或者事之主題相同或相近來序次各章，此可舉例證之。凌濛初評《世説新語·方正》第三十五條時指出，此條中"鍾"之省稱承第三十四條中的人物"侍中鍾雅"全稱，因此不言名字，進而指出"《世説》原有斷而不斷之意，不得擅攪改"。[4]又如《世説新語·文學》，第一至四條爲經學主題，第五至六十五條爲玄學、佛學主題，第六十六至一百四條爲文章主題。王世懋批第六十五條曰："以上以玄理論文學，文章另出一條，從魏始。蓋一目中復分兩目也。"[5]李慈銘在第六十六條批云："案臨川之意分此以上爲學，此以下爲文。然其所謂學者，清言、釋、老而已。"[6]所謂"一目中復分兩目"，"分此以上爲學，此以

1（南朝宋）劉義慶著，（南朝梁）劉孝標注，余嘉錫箋疏：《世説新語箋疏》，北京：中華書局2007年第2版，第852—853頁。

2 關於這一方面的論述，可參見曹之：《〈世説新語〉編撰考》，《河南圖書館學刊》1998年第1期。

3 范子燁總結《世説新語》每一門各章的序次規則是"首先是以時代先後爲序"，"其次是在以時代先後爲序的前提下，集中寫某一人物或同一家族之人物"。見范子燁著：《魏晉風度的傳神寫照——〈世説新語〉研究》，西安：世界圖書西安出版公司2014年版，第19—23頁。

4 魏同賢、安平秋主編：《凌濛初全集》第七冊《世説新語鼓吹》，南京：鳳凰出版社2010年版，第164頁。

5 徐震堮撰：《世説新語校箋》上冊，北京：中華書局1984年版，第134頁。

6（南朝宋）劉義慶著，（南朝梁）劉孝標注，余嘉錫箋疏：《世説新語箋疏》，北京：中華書局2007年第2版，第289頁。

下爲文”，則是以事之主題的不斷而斷。

最後是各章之結構。一如魯迅指出，《世説新語》或是劉義慶集衆人之力纂輯舊文而成，故劉義慶序次各章時，存在著對各章材料原貌的態度。南宋高似孫《緯略》卷九曾評價劉義慶《世説新語》和劉孝標注，云：“宋臨川王義慶采擷漢、晉以來佳事佳話爲《世説新語》，極爲精絶，而猶未爲奇也。梁劉孝標注此書，引援詳確，有不言之妙。如引漢、魏、吳諸史及子、傳、地理之書，皆不必言；只如晉氏一朝史及晉諸公別傳、譜録、文章凡一百六十六家，皆出於正史之外。紀載特詳，聞見未接，實爲注書之法。”[1]“采擷”與“引援”是對待材料的兩種態度。《世説新語》之“采擷漢、晉以來佳事佳話”，有或多或少增删潤飾之功，故有“精絶”之譽；劉義慶注之“引援”各書，大體忠於材料，因而有“詳確”之謂。劉義慶增删潤飾原材料的方法，王能憲總結爲“簡化”“增添”“潤飾”三法，[2]范子燁則總結出“簡擇法”“增益法”“拆分法”“兼存法”“附注法”五種。[3]二人分析極爲詳盡，此不贅述。相較而言，范子燁所總結五種“采擷”之方法的前兩種即是王能憲所總結之法。而劉義慶增删潤飾材料，是以符合門類主旨爲目的。

第三節　《世説新語》的語體

宋朝人劉應登《世説新語序》曾評價《世説新語》，云：“晉人樂曠多奇情，故其言語文章，别是一色，《世説》可睹已。《説》爲晉作，及于漢、魏者，其餘耳。雖典雅不如左氏《國語》，馳騖不如諸《國策》，而清微簡遠，居然玄勝。概舉如衞虎渡江，安石教兒，機鋒似沈，滑稽又冷，類入人夢思，

1（宋）高似孫著：《緯略》，《叢書集成初編》，上海：商務印書館 1939 年版，第 133 頁。

2　王能憲著：《世説新語研究》，南京：江蘇古籍出版社 1992 年版，第 44—63 頁。

3　范子燁：《魏晉風度的傳神寫照——〈世説新語〉研究》，西安：世界圖書西安出版公司 2014 年版，第 23—33 頁。

有味有情，咽之愈多，嚼之不見。……臨川善述，更自高簡有法，反正之評，
戾實之載，豈不或有？亦當頌之，使與諸書並行也。"[1]劉應登所言"清微簡遠"
可謂是對《世説新語》言語特徵的高度概括；所謂"高簡有法""反正之評""戾
實之載"，則是從文章學的角度概括《世説新語》的特徵。將兩者結合起來，
可概括《世説新語》的語體特徵主要有兩個方面，即言簡意豐與以形寫神。

所謂言簡意豐，即是語言簡約而含蘊豐富。今本劉義慶《世説新語》各
章，無論是記言、記事或事言兼記，大體是"叢殘短語"的模式。今本《世
説新語》36 門 1 130 章，篇幅長者 200 餘字，短者不足 10 字，其中記言
者相對篇幅短小，尤其是"言語""賞譽""品藻"諸門。如"言語"第 73
章："劉尹云：'清風朗月，輒思玄度。'""言語"第 87 章："林公見東陽長
山曰：'何其坦迤！'""賞譽"第 14 章："武元夏目裴、王曰：'戎尚約，楷
清通。'""賞譽"第 42 章："庾公目中郎：'神氣融散，差如得上。'""品藻"
第 59 章："孫承公云：'謝公清于無奕，潤于林道。'""品藻"第 66 章："蔡
叔子云：'韓康伯雖無骨幹，然亦膚立。'"記事或事言兼記者也有短小者，
如"企羨"第 5 章："郗嘉賓得人以己比符堅，大喜。""賞譽"第 53 章：
"胡毋彦國吐佳言如屑，後進領袖。""品藻"第 11 章："庾中郎與王平子雁
行。"少數記言和事言兼記者篇幅較長，如"文學"第 53 章：

張憑舉孝廉，出都，負其才氣，謂必參時彦。欲詣劉尹，鄉里及
同舉者共笑之。張遂詣劉。劉洗濯料事，處之下坐，唯通寒暑，神意不
接。張欲自發無端。頃之，長史諸賢來清言。客主有不通處，張乃遥於
末坐判之，言約旨遠，足暢彼我之懷，一坐皆驚。真長延之上坐，清言
彌日，因留宿至曉。張退，劉曰："卿且去，正當取卿共詣撫軍。"張還

1（南朝宋）劉義慶著，（南朝梁）劉孝標注，余嘉錫箋疏：《世説新語箋疏》，北京：中華書局 2007
年第 2 版，1091 頁。

船，同侣問何處宿？張笑而不答。須臾，真長遣傳教覓張孝廉船，同侣
愱愕。即同載詣撫軍。至門，劉前進謂撫軍曰："下官今日爲公得一太
常博士妙選！"既前，撫軍與之話言，咨嗟稱善曰："張憑勃窣爲理窟。"
即用爲太常博士。[1]

此章篇幅也僅 209 字，故《世説新語》之記言，雖如諸子語録體（尤其是
《論語》），[2] 但並未如諸子語録以思想學説爲主導邏輯辯論，而是"因事觸發、
片言破的的斷語和因題研討、辭理並重的評判"，[3] 追求語言自身含藴的豐富性。
至於記事，雖以人之行動爲核心，且以真實性爲價值評判標準之一，但不求事
之完整與宏大，而是以生活瑣細片斷書寫突顯人物的精神世界，如上舉"張憑
舉孝廉"章即是如此。此種言語形式和内容側重，一如前述，是劉義慶有意爲
之，形成了"形式向内容顯示出自身的獨立性和主動性"的效果。[4]

所謂以形寫神，是指不拘泥於人物外在形貌的描畫，不拘泥於所記之言
與事完整性。"省略掉無關'神明'的部分，選取對象最富於'玄韻'之處"，[5]
通過片言隻語和瑣細生活片斷載記，刻畫出内在神情，與魏晉六朝的繪畫思

1（南朝宋）劉義慶著，（南朝梁）劉孝標注，余嘉錫箋疏：《世説新語箋疏》，北京：中華書局 2007
年第 2 版，第 279 頁。

2 張海明《〈世説新語〉的文體特徵與清談的關係》（《文學遺產》，1997 年第 1 期）提出："儘管《論
語》的篇章劃分並未依從孔門四科，與《世説》不類，但在記載人物言行及偏於語録體等方面，或許對
《世説》不無影響。"石昌渝説："志人小説這種題材類型最早可以追溯到先秦諸子散文，《論語》和《孟子》
記載了孔丘和孟軻的某些言行，許多片斷言論和行爲彙集成書，這種言行録方式成爲志人小説文體的基本特
徵之一。"見石昌渝著：《中國小説源流論》，北京：生活·讀書·新知三聯書店 1994 年版，第 112 頁。

3 劉偉生著：《世説新語藝術研究》，長沙：湖南大學出版社 2008 年版，第 41 頁。

4 關於此點，陳文新概述道：《世説新語》是紀實的（少數與事實不符，係因傳聞異詞，不是作者有
意的虛構），故其記載多爲唐人修《晉書》時取用，如《德行》之"管寧華歆共園中鋤菜"、《言語》之"過
江諸人"等，但《世説新語》的審美指向却大異於《晉書》，前者被譽爲"簡約玄澹"，後者則予人凝重之
感。這是由於，講究淡化的《世説新語》，其文體有著獨特的風味，由情節化走向情緒化，經驗世界的人爲
的完整性消失了，取而代之的是活躍的"玄韻"。而在《晉書》中，"玄韻"却被人爲的完整性和莊重風格
所窒息。見陳文新著：《文言小説審美發展史》，武漢：武漢大學出版社 2007 年版，第 160 頁。

5 陳文新著：《文言小説審美發展史》，武漢：武漢大學出版社 2007 年版，第 160 頁。

想相同。今本《世説新語·巧藝》中有多章記當時人關於繪畫的言和事，如第 8、9、11、13、14 章：

> 戴安道中年畫行像甚精妙。庾道季看之，語戴云：“神明太俗，由卿世情未盡。”戴云：“唯務光當免卿此語耳。”

> 顧長康畫裴叔則，頰上益三毛。人問其故，顧曰：“裴楷俊朗有識具，正此是其識具。”看畫者尋之，定覺益三毛如有神明，殊勝未安時。

> 顧長康好寫起人形。欲圖殷荆州，殷曰：“我形惡，不煩耳。”顧曰：“明府正爲眼爾。但明點童子，飛白拂其上，使如輕云之蔽日。”

> 顧長康畫人，或數年不點目精。人問其故，顧曰：“四體妍蚩，本無關於妙處。傳神寫照，正在阿堵中。”

> 顧長康道畫：“手揮五弦易，目送歸鴻難。”[1]

《世説新語》以形寫神的書寫，著力於通過“形”尤其是富有特性的、具有代表性的“形”來傳達人物之“神”，形成了與史傳書寫並不相同的文體特徵。如“言語”中的“新亭對泣”、“任誕”中的“雪夜訪戴”、“文學”中的“孫安國往殷中軍許共論”、“忿狷”中的“王藍田性急”等，通過采摭一事一言，讓人物躍然紙上。前人對《世説新語》語體特徵評價頗高，如南宋人劉辰翁評價《世説新語》此一特徵言：“晉人崇尚清談，臨川王變史家

---

[1]（南朝宋）劉義慶著，（南朝梁）劉孝標注，余嘉錫箋疏：《世説新語箋疏》，北京：中華書局 2007 年第 2 版，第 846、847、848、849 頁。

爲説家，撮略一代人物於清言之中，使千載而下，如聞謦欬，如睹鬚眉。"[1]
劉辰翁直言《世説新語》是説體文，但劉辰翁強調的並不是《世説新語》
"清言"的學理性，而是能傳人物之神情，是千載之後都能"如聞謦欬，如
睹鬚眉"。清人毛際可則云："昔人謂讀《晉書》如拙工繪圖，塗飾體貌；而
殷、劉、王、謝之風韻情致，皆於《世説》中呼之欲出，蓋筆墨靈雋，得其
神似，所謂頰上三毫者也。"[2]毛際可通過與《晉書》的對比，凸顯出《世説
新語》以"頰上三毫"之筆傳神的特徵。

第四節 "世説體"的形成與影響

魏晉南北朝時期，在劉義慶《世説新語》之前，代表性的"世説體"小
説有邯鄲淳《笑林》、裴啓《語林》、郭澄之《郭子》等；《世説新語》之後，
代表性的"世説體"小説有沈約《俗説》、侯白《啓顔錄》等。這些"世説
體"小説皆已亡佚，根據現存之佚文，可以發現它們或與《世説新語》整
體相類。而先於《世説新語》的《語林》《郭子》等書，也是《世説新語》
的材料來源，如《語林》之於《世説新語》、[3]邯鄲淳《笑林》之於《世説新

---

1 錢曾《讀書敏求記》引劉辰翁語。（清）錢曾撰：《讀書敏求記》，北京：書目文獻出版社 1984 年
版，第 78 頁。

2（清）毛際可：《今世説序》，（清）王晫撰：《今世説》，上海：古典文學出版社 1957 年版，第 5 頁。

3 劉孝標注《世説》，直接注明出《語林》者有《任誕》第 43 章注引作"裴啓《語林》"，《德行》第
31 章等 35 處劉《注》引作"《語林》"，《方正》第 31 章注、《容止》第 32 章注、《輕詆》第 21 章注等 3
處引作"裴子"，直接注明出《郭子》者有《任誕》第 34 章注引作"《郭子》"，而《惑溺》第 5 章注則似
劉孝標概括自《郭子》。魯迅云："然《世説》文字，間或與裴郭二家書所記相同，殆亦猶《幽明錄》《宣
驗記》然，乃纂緝舊文，非由自造。"見魯迅著：《中國小説史略》，北京：人民文學出版社 1973 年版，第
47 頁。周楞伽《第一部志人小説——裴啓〈語林〉》統計爲："現存於唐宋類書中經馬國翰和魯迅先後采輯
的除兩條係議論，七條只有三字至十餘字，似非《語林》原文者不計外，有一百七十六條志人記事的小説。
與今本《世説新語》相核，有八十二條相同，幾達《語林》佚文半數之多，可見《世説新語》采襲《語林》
的廣泛。"見《文史知識》編輯部編：《怎樣讀文學古籍》，北京：中華書局 1994 年版，第 50 頁。甯稼雨
則認爲："如果拿《語林》現存佚文和《世説新語》的文字作一對比，可以發現《語林》一百八十多條佚文
中，大約有一半以上爲《世説新語》所襲用。"見甯稼雨著：《魏晉士人人格精神：〈世説新語〉的士人精神
史研究》，天津：南開大學出版社 2003 年版，第 13 頁。

語·排調》。

邯鄲淳《笑林》原本三卷，最早著録於《隋書·經籍志》小説家類，兩《唐志》同，已佚。魯迅《古小説鈎沉》輯佚文二十九則，稱其"舉非違，顯紕繆，實《世説》之一體，亦後來誹諧文字之權輿也"。[1] 以魯迅《古小説鈎沉》所輯《笑林》佚文爲據，該書也應是纂輯舊文而成，或記言，或記事，具有諧謔性，也屬於"叢殘短語"。如："甲買肉過都，入厠，掛肉著外。乙偷之，未得去，甲出覓肉，因詐便口銜肉云：'掛著門外，何得不失？若如我銜肉著口，豈有失理。'"[2] 這些佚文雖具有諧謔性，但其諧謔主要體現在人之言或行爲的拙與笨，所記之言和事多膚淺，和《世説新語·排調》中語言的機鋒和鋭敏並不相同。故有認爲《笑林》並非"世説體"者。[3] 據文獻記載，曹丕、陸機、陸雲皆可能著有此類書。而晚於《世説新語》的笑話書，"《隋志》有《解頤》二卷，楊松玢撰，今一字不存，而群書常引《談藪》，則《世説》之流也。《唐志》有《啓顏録》十卷，侯白撰。白字君素，魏郡人，好學有捷才，滑稽善辯，舉秀才爲儒林郎，好爲誹諧雜説，人多愛狎之，所在之處，觀者如市"，《啓顏録》"上取子史舊文，近記一己之言行，事多浮淺。又好以鄙言調謔人，誹諧太過，時復流於輕薄矣。其有唐世事者，後人所加也；古書中往往有之，在小説尤甚"。[4]

裴啓《語林》，《隋書·經籍志》是在小説家類《燕丹子》下附注中提及，云："梁有《青史子》一卷；又《宋玉子》一卷，《録》一卷，楚大夫宋玉撰；《群英論》一卷，郭頒撰。《語林》十卷，東晉處士裴啓撰。亡。"[5]

1 魯迅著：《中國小説史略》，上海：上海古籍出版社1998年版，第41頁。

2 魯迅校録：《古小説鈎沉》，濟南：齊魯書社1997年版，第43頁。

3 持不同意見者，如王恒展認爲："從現存佚文看，所述當爲當時流行民間的笑話，作品中人物多屬下層，無名無姓，但故事情節詼諧幽默。人物形象滑稽可笑，行文簡明直捷．與後出之'世説體'志人小説有明顯的區別。"見王恒展著：《中國文言小説發展研究》，濟南：山東教育出版社2016年版，第173頁。

4 魯迅著：《中國小説史略》，上海：上海古籍出版社1998年版，第41—42頁。

5 （唐）魏徵、令狐德棻撰：《隋書》，北京：中華書局1973年版，第1011頁。

魯迅《古小說鉤沉》輯佚文一百七十九條。劉義慶《世説新語》有兩處提及裴啓及其《語林》。一是《文學》第 90 章：

　　裴郎作《語林》，始出，大爲遠近所傳，時流年少，無不傳寫，各有一通。載王東亭作《經王公酒壚下賦》，甚有才情。

劉孝標注此章云：

　　《裴氏家傳》曰："裴榮，字榮期，河東人。父稚，豐城令。榮期少有風姿才氣，好論古今人物。撰《語林》數卷，號曰《裴子》。"檀道鸞謂裴松之，以爲啓作《語林》，榮儻別名啓乎？[1]

一是《輕詆》第 24 章：

　　庾道季詫謝公曰："裴郎云：'謝安謂裴郎乃可不惡，何得爲復飲酒！'裴郎又云：'謝安目支道林如九方皋之相馬，略其玄黄，取其俊逸。'"謝公云："都無此二語，裴自爲此辭耳。"庾意甚不以爲好，因陳東亭《經酒壚下賦》。讀畢，都不下賞裁，直云："君乃復作裴氏學。"于此《語林》遂廢。今時有者，皆是先寫，無復謝語。

劉孝標注此章云：

　　《續晉陽秋》曰："晉隆和中，河東裴啓撰漢、魏以來迄於今時，言

　　1（南朝宋）劉義慶著，（南朝梁）劉孝標注，余嘉錫箋疏：《世説新語箋疏》，北京：中華書局 2007年第 2 版，第 318 頁。

語應對之可稱者，謂之《語林》。時人多好其事，文遂流行。後說太傅事不實，而有人于謝坐叙其黃公酒壚，司徒王珣爲之賦，謝公加以與王不平，乃云：‘君遂復作裴郎學。’自是衆咸鄙其事矣。安鄉人有罷中宿縣詣安者，安問其歸資。答曰：‘嶺南凋弊，唯有五萬蒲葵扇，又以非時爲滯貨。’安乃取其中者捉之，於是京師士庶競慕而服焉。價增數倍，旬月無賣。夫所好生羽毛，所惡成瘡痏。謝相一言，挫成美於千載，及其所與，崇虛價于百金。上之愛憎與奪，可不慎哉！”[1]

由上述材料可見，裴啓《語林》曾甚爲流行。據《續晉陽秋》《語林》所載，係“漢、魏以來迄於今時，言語應對之可稱者”。據魯迅《古小説鉤沉》所輯《語林》佚文而言，《世説新語》之“分門别類”結構模式除外的其他文體特徵，皆存在于《語林》中，所不同者在於《語林》不及《世説新語》“記言玄遠冷俊，記行則高簡瑰奇”。[2] 而據劉孝標引《裴氏家傳》記載，裴啓《語林》在當時應有數卷規模，可能也有“分門别類”的結構模式。

與《語林》相類的郭澄之《郭子》，《舊唐書·經籍志》著録爲“《郭子》三卷，郭澄之撰，賈泉注”，[3]《新唐書·藝文志》則是“賈泉注《郭子》三卷，郭澄之”。[4] 賈泉，本名淵，唐人避李淵諱改爲泉，《南齊書》卷五二《文學傳》有傳。《郭子》已佚，魯迅《古小説鉤沉》輯佚文八十四則。裴啓曾以其《語林》名《裴子》，郭澄之則是《郭子》，顯係同類之作。又據魯迅《古小説鉤沉》所輯佚文，《世説新語》之“分門别類”結構模式除外的其他文體特徵，皆存在於《郭子》中，其記言記行，差可與《世説新語》媲美。

1（南朝宋）劉義慶著，（南朝梁）劉孝標注，余嘉錫箋疏：《世説新語箋疏》，北京：中華書局 2007年第 2 版，第 990—991 頁。

2 魯迅著：《中國小説史略》，上海：上海古籍出版社 1998 年版，第 38 頁。

3（後晉）劉昫等撰：《舊唐書》，北京：中華書局 1975 年版，第 2036 頁。

4（宋）歐陽修、宋祁撰：《新唐書》，北京：中華書局 1975 年版，第 1539 頁。

　　沈約《俗説》，最早著録於《隋書·經籍志》雜家類，云："《俗説》三卷，沈約撰。梁五卷。"又小説類著録劉孝標注《世説》十卷後，附注云："梁有《俗説》一卷，亡。"[1] 由此可知，《俗説》早期流傳，就已經有分卷的不同，但不同之原因未見史料記載。魯迅《古小説鈎沉》輯佚文五十二條。相較於《世説新語》，沈約《俗説》所記之言與事，不及《世説新語》靈動，且有部分記事偏重於博物（或博知），如："晉哀帝王皇后有一紫磨金指環，至小，可第五指著。""京下劉光禄養好鵝，劉後軍從京還鎮尋陽，以一隻鵝爲後軍別，純蒼色，頸長四尺許，頭似龍。此一隻鵝，可堪五萬，自後不復見有此類。"[2]

　　綜合上述漢末至隋朝"世説體"小説的清理，有如下文體共性：（一）大體皆是叢殘短語；（二）大體皆是以編次舊文爲主，另有一定量的自造新事；（三）大體皆以類相從，條別篇目；（四）大體皆有一定的結構系統。上述四種文體特徵，與《説苑》所呈現的"小説體"相類，但"小説體"《説苑》的結構系統是以儒家政治思想爲核心進行結構，且記事是實現説理的途徑；而以《世説新語》爲代表的"世説體"雖也有一定的結構系統，但其核心是一種知識趣味而非某種思想，且記言記事已成爲目的而不是途徑。

　　"世説體"的形成，固然在於《世説新語》的出現，但如無後代豐富之評點和仿擬之作，亦不能形成爲一種獨特的小説文體。清人劉熙載曾指出："文章蹊徑好尚，自《莊》《列》出而一變，佛書入中國又一變，《世説新語》成書又一變。此諸書，人鮮不讀，讀鮮不嗜，往往與之俱化。惟涉而不溺，役之而不爲所役，是在卓爾之大雅矣。"[3] 因爲對《世説新語》之愛好，歷代皆有仿擬之書。唐宋元時期有記載和流傳的並不多，典範之作主要有張鷟《朝野僉載》、劉肅《大唐新語》、王讜《唐語林》、孔平仲《續世説》、李垕

1（唐）魏徵、令狐德棻撰：《隋書》，北京：中華書局1973年版，第1007、1011頁。

2 魯迅校録：《古小説鈎沉》，濟南：齊魯書社1997年版，第46、51頁。

3（清）劉熙載撰：《藝概》，上海：上海古籍出版社1978年版，第9頁。

《南北史續世説》、闕名《大唐説纂》等書。明清及近代時期則有數十種"世説體"小説，可謂蔚爲大觀。代表性之作，"明有何良俊《何氏語林》，李紹文《明世説新語》，焦竑《類林》及《玉堂叢話》，張墉《廿一史識餘》，鄭仲夔《清言》等；然其纂舊聞則別無穎異，述時事則傷於矯揉，而世人猶復爲之不已。至於清，又有梁維樞作《玉劍尊聞》，吳肅公作《明語林》，章撫功作《漢世説》，李清作《女世説》，顏從喬作《僧世説》，王晫作《今世説》，汪琬作《説鈴》而惠棟爲之補注，今亦尚有易宗夔作《新世説》也"。[1]

第五節 以類爲評：《世説新語》分類體系的接受

《世説新語》分門隸事，以類相從。在南宋紹興八年（1138）董弅嚴州校本出現之前，此書的流傳全賴抄本，且各本門數略異。除三十六門定本外，還曾有三十八門本和三十九門本存世。[2] 前者如汪藻《世説叙録》載"邵本於諸本外別出一卷，以《直諫》爲三十七，《奸佞》爲三十八"，[3] 又王應麟《玉海》引"宋劉義慶《世説新語》八卷"，小字注曰"分三十八門"。[4] 後者如顏本、張本二種，"有直諫、奸佞、邪諂三門，皆正史中事而無注。顏本只載《直諫》，而餘二門亡其事；張本又升《邪諂》在《奸佞》上。文皆舛誤不可讀，故它本皆削而不取，然所載亦有與正史小異者"。[5] 此二三之後出門類或

---

1 魯迅著：《中國小説史略》，上海：上海古籍出版社1998年版，第43頁。

2 或謂有四十五門本，所據即董弅本跋語："右《世説》三十六篇，世所傳釐爲十卷，或作四十五篇，而末卷但重出前九卷中所載。"潘建國據汪藻《叙録》引劉本跋語指出，"所云'四十五篇'，當指第十卷所載四十五事，而非指《世説新語》全書分爲四十五門"，參見潘建國《日本尊經閣文庫藏宋本〈世説新語〉考辨》，《中國典籍與文化》2012年第1期。

3（宋）汪藻：《世説叙録》，（南朝宋）劉義慶撰，（南朝梁）劉孝標注：《世説新語》，上海：上海古籍出版社1982年版，第616頁。

4（宋）王應麟：《玉海》，南京：江蘇古籍出版社、上海：上海書店1987年版，第1048頁。

5（宋）汪藻：《世説叙録》，（南朝宋）劉義慶撰，（南朝梁）劉孝標注：《世説新語》，上海：上海古籍出版社1982年版，第616頁。

摘自正史，"顯示了六朝以降文人對《世説新語》的增補擬作情形"。[1]

雖云各本略異，但堪稱《世説新語》主體的始終是此三十六門：德行、言語、政事、文學、方正、雅量、識鑒、賞譽、品藻、規箴、捷悟、夙惠、豪爽、容止、自新、企羨、傷逝、棲逸、賢媛、術解、巧藝、寵禮、任誕、簡傲、排調、輕詆、假譎、黜免、儉嗇、汰侈、忿狷、讒險、尤悔、紕漏、惑溺、仇隙。這是古代小説較早的分類兼標目，以"孔門四科"開篇，樹立了道可師模的地位，[2]繼而伴隨卷次的遞增，大抵呈現出立意從褒到貶、[3]容量由豐入儉的趨勢。

正因分門設類不乏主觀意味，分類標準爲何、條目如何歸屬，可以大致反映編者的關注重點和價值立場，此即"以類爲評"。從評家的實踐來看，他們也將某一類目視爲一個整體，如元刻本中署名劉辰翁者之評曰："《世説》之作，正在《識鑒》《品藻》兩種耳。餘備門類，不得不有，亦不儘然"；[4]冰華居士《合刻三志序》亦曰："義慶撰《世説》，妙在《言語》《賞譽》諸條，其他《方正》《文學》，寥寥不足録也。"[5]就具體條目而言，任何一種歸置都難以被所有人認同，王思任《世説新語序》便直言："門户自開，科條另定，其中頓置不安，微傳未的，吾不能爲之諱。"[6]可以説，關於這一

1　潘建國：《〈世説新語〉在宋代的流播及其書籍史意義》，《文學評論》2015 年第 4 期。

2　今人趙西陸評曰："孔門以四科裁士，首列德行之目《世説》分門，蓋規此。"參見周興陸輯著：《世説新語彙校彙注彙評》，南京：鳳凰出版社 2017 年版，第 1 頁。

3　有學者以"價值遞減"概括排序原則，參見駱玉明《〈世説新語〉精讀》，上海：復旦大學出版社 2007 年版，第 8 頁。

4　見《品藻》首條批語，明末凌瀛初刊四色套印本《世説新語》，八卷，國家圖書館藏。此書匯有劉應登、劉辰翁、王世懋三家評。最早録有二劉之評的《世説新語》，當爲元至元二十四年八卷本，日本内閣文庫藏，然彼處未載此評。爲行文簡便，本節所引評點本於首次援引時注明出處。

5　（明）潘之恒：《合刻三志序》，載《合刻三志》，美國國會圖書館藏明刻本。

6　轉引自周興陸輯著：《世説新語彙校彙注彙評》，南京：鳳凰出版社 2017 年版，第 1644 頁。今人論之者如《世説新語》以記人爲主，記事爲副，故其分門亦以人爲準。然細别之，其分類之標準，甚不一致。有以人之行爲爲準者，如德行門、言語門、政事門、文學門等；有以人之性情爲準者，如方正門、雅量門、豪爽門、任誕門等；有以人與人之關係爲準者，如規箴門、寵禮門、輕詆門、惑溺門等。頭緒紛紜，界域混淆，故事中多有分置不當之處"，參見馬森《世説新語研究》，臺灣師範大學國文所 1959 年碩士論文。

話題的紛争經久不衰。在明中後期小説選集和《世説新語》風行的背景下，《世説新語》條目不斷被擮拾、編入他書，又不可避免地面臨編者對原書歸類的重審與改造。而隨時間推移，《世説新語》的"以類爲評"逐漸顯現出標杆效應，爲其續作乃至其他更多作品所借鑒。由此可知，《世説新語》分類體系雖非盡善，然其首創的"以類爲評"範式在接受史上影響深遠。恰因"以類爲評"難平衆議，持續數百年的觀念交鋒不斷累積，客觀上促使原書的批評思路得以持續深化和開拓，成爲一種開放式的、生長型的批評框架。因此，這一特質應當作爲"世説學"的重要組成部分，得到關注、梳理和探究。

一、由"類"致"評"：歷代評者商榷條目歸類的批評傳統

條目歸置妥當與否，是歷代《世説新語》評者聚訟紛如的重要場域。在這方面，元代付梓的首部評本已肇其端。《賢媛》"王右軍妻郗夫人""王凝之謝夫人"二條，分叙郗氏不滿夫家對待自家兄弟的態度、謝道蘊不滿丈夫的氣度，劉應登對此評道："此二則皆婦人薄忿夫家之事，不當並列《賢媛》中。"此書中劉辰翁之評更著意於此，他評《德行》"晉簡文爲撫軍時"條"復何足于'德行'"；《政事》"賈充初定律令"條"亦非'政事'"，"何驃騎作會稽"條"語甚是，然亦非所謂'政事'"；《雅量》"庾小征西嘗出未還"條"顏色之厚耳，非'雅量'"；《方正》"向雄爲河内主簿"條"憾而已，非'方正'之選"，"王太尉不與庾子嵩交"條"似狷爾，非'方正'也"。這些言辭説明評者心存有關類目定義與範疇的既定認知。如果説《世説新語》的類目設置和條目歸屬代表了劉義慶的批評眼光，那麼評者所論就是對這種眼光的重審。在此過程中，劉辰翁的批評可謂"破立結合"。除了上述指瑕言論，他也爲部分歸類建言，如舉《政事》"嵇康被誅後"條"也是'語言'，不當入《政事》"，《雅量》"王戎七歲嘗與小兒游"條"當入《夙惠》"。

劉辰翁的批評思路爲其後的評本所繼承，並逐漸形成一種專屬於《世說新語》的批評範式，其中以凌濛初、王世懋之評最爲典型。劉應登認爲安置不妥的《賢媛》"王凝之謝夫人"條，凌濛初提出"《忿狷》爲是"，[1] 這無疑與劉應登所言"婦人薄忿夫家之事"的"薄忿"一詞隔空呼應。《言語》"會稽賀生"條全文爲"會稽賀生，體識清遠，言行以禮。不徒東南之美，實爲海内之秀"，[2] 凌濛初評其"甚似'賞譽'"，亦有其理。《任誕》"王子猷詣郗雍州"條記叙王徽之在郗恢處獲見氄毼，下令左右送歸己家，"郗出覓[3]之，王曰：'向有大力者負之而趨。'郗無忤色。"劉義慶原是看重王徽之的率性而爲，因此歸於《任誕》；王世懋評曰"此見《雅量》乃可耳"，顯然偏愛郗恢的不慍自若。劉、王二氏在歸類上的分歧，顯示了對於人物品性的趣尚之異。

比上述諸家走得更遠的是王世貞。王氏爲實現全書自漢至明的貫通，擇取《世說新語》十之七八，與《何氏語林》十之二三合成一部《世說新語補》。他在《世說新語補》裏重置了部分歸類，如將《規箴》"羅君章爲相"條改隸《寵禮》，與劉義慶的闡釋角度截然不同。由於歸類行爲的主觀性，重新歸類往往不僅無從消解歧見，反而時常導致更多爭論。以《世說新語·賞譽》"王藍田拜揚州"條爲例，此條曰：

> 王藍田拜揚州，主簿請諱，教云："亡祖先君，名播海内，遠近所知。内諱不出於外，餘無所諱。"

王世貞認爲王述的陳言浩然正直、合乎禮節，遂改屬《方正》，[4] 凌濛初

---

1 魏同賢、安平秋主編：《凌濛初全集》第七册《世説新語鼓吹》，南京：鳳凰出版社 2010 年版，第352頁。

2 （南朝宋）劉義慶著，（南朝梁）劉孝標注，余嘉錫箋疏：《世説新語箋疏》，北京：中華書局 2007 年版，第113—114頁。以下如無説明，《世説新語》原文均引自此版本。

3 覓，余嘉錫箋疏本作"見"。此據明嘉趣堂本。

4 （明）王世貞删定《世説新語補》，國家圖書館藏明萬曆十三年張文柱刊本。

頗不以爲然，堅守劉義慶的歸類，曰："此因有'名播海内，遠近所識'，故入《賞譽》耳,《方正》不類。"[1] 清人李慈銘不贊同劉義慶及其擁蠆者凌濛初將其置於"賞譽"的做法，也不支持王世貞的"方正"觀。在他眼中，此乃"六朝人矜其門第之常語耳，所謂專以冢中枯骨驕人者也。臨川列之《賞譽》，謬矣"！[2] 再以《世說新語·輕詆》"庾道季詫謝公"條爲例。此條叙裴啓嘗云"謝安目支道林，如九方皋之相馬，略其玄黄，取其俊逸"，謝安澄清"無此二語，裴自爲此辭耳"。王世貞重視謝安對支道林的欣賞，將之從《輕詆》調入《賞譽》；凌濛初則聚焦裴氏語，評曰："'目支'一段，弇州采入《賞譽》，此既是裴郎誑托，不足復存"，徹底駁斥了這一調整。

歷代評者圍繞歸類問題爭論不休，本質上是以這一共識爲基礎的，即歸類繆亂不僅是一種誤讀條目的表現，而且會妨害類目範疇的純净清晰，甚至導致條目内容與設類標準的兩傷。因此，王世懋評判"羊綏第二子"條歸隸情况云"此等語，亦傷雅量"，[3] 凌濛初也批評"晉明帝欲起池台"條"乃亦溷《豪爽》之科"。在這方面，陳夢槐的評語尤具識見，當他看到王世貞《世說新語補》將原屬《世說新語·言語》的"未若柳絮因風起"條歸入《賢媛》時，徑斥之曰："太傅閑懷遠韻，晉人中第一品流。當其燕居，問子弟欲佳，車騎答甚雅雋，問白雪何似，道藴對更娟美。士女風流作家庭笑樂，千載艷人也。弇州以此入《賢媛》，即兩傷。"[4] 王世貞將謝家風采限於道藴一人並施以道德視角，確有不妥之處，陳夢槐的批評切中肯綮。另外，對於《世說新語》將"杜預之荆州"條置於《方正》的舉措，王世懋早就抱有異議："杜元凱千載名士，楊濟倚外戚爲豪，此何足爲'方正'？"陳夢槐

1 魏同賢、安平秋主編:《凌濛初全集》第七册《世說新語鼓吹》，南京：鳳凰出版社 2010 年版，第 234 頁。

2（南朝宋）劉義慶著，（南朝梁）劉孝標注，余嘉錫箋疏:《世說新語箋疏》，北京：中華書局 2007 年第 2 版，第 551 頁。

3 周興陸輯著:《世說新語彙校彙注彙評》，南京：鳳凰出版社 2017 年版，第 653 頁。

4 同上，第 233 頁。

對此的評價更加激進，大有寧爲玉碎、不爲瓦全之意："搴楊濟雄俊不肯下人數語，的的如畫。入《方正》，則弇州删去便不足惜。"陳夢槐認爲，儘管此條筆法甚爲可取，但放錯類别，以致題意侵損、類目混淆，即便棄之亦無憾。觀此種種可知，歷代評者是以極爲審慎的姿態對待歸類的，相關異見的浮現和交匯，既顯示了不同的批評角度，也對反觀編者觀念、豐富條目意涵大有裨益。

二、因"編"審"類"：明末小説編選對分類的調整和開拓

明代中後期，出版業蓬勃發展，小説集的編刊迎來熱潮，而彼時也正值《世説新語》因契合晚明世風、得到主流認可而廣泛流播的關鍵時期。[1] 職是之故，嘉靖、萬曆以降的小説集多采擷《世説新語》條目，《舌華録》《初潭集》《情史》《智囊》《古今譚概》《機警》便是其中的典型。對於手握編選權力的文人而言，他們的輯采、標類行爲，無不昭示著對《世説新語》分類的重審。《世説新語》一書雖合叢殘小語，然闡釋維度甚多，頗難概論其偏重言、事、人三者之何端。劉知幾《史通·雜述》將其定位爲"瑣言"，胡應麟《少室山房筆叢·九流緒論》視之爲"雜録"，四庫館臣歸之於"雜事之屬"，魯迅則以之爲"志人"小説的開山之作。正因如此，它爲彼時小説集的編纂提供了多種定位的可能。總體而言，《舌華録》偏於采"言"，餘者重在輯"事"。可以説，這些小説集對《世説新語》條目的重新發掘、歸類及評點，構成了"以類爲評"的二次實踐。

先以萬曆年間曹臣編纂的《舌華録》爲例，此書"所采諸書，惟取語不取事"（《凡例》），所引包括以《世説新語》爲首的近百部書，由吳苑分類並撰類目小序，復倩袁中道批評。吳苑對《世説新語》分類的改造體現在兩個

1　劉天振：《論明代"世説體"小説之蜕變》，《明清小説研究》2017 年第 4 期。

方面，而這兩個方面皆有袁氏評點與之呼應。一方面，吳苑細化了《世說新語》的分類，如《排調》的條目大多分流至諧語、謔語，《言語》一門分作慧語、名語、狂語、豪語、傲語、冷語、諧語、謔語、清語、韻語、俊語、諷語、譏語、憤語、辯語、穎語、澆語、淒語等十八類。[1] 無論袁評是否認可這種歸類方式，對《世說新語》原有分類體系來說，《舌華錄》分類的細化確已引發了認知的深化。如"徐孺子"條載：

> 徐孺子年九歲，嘗月下戲。人語之曰："若令月中無物，當極明邪？"徐曰："不然。譬如人眼中有瞳子，無此必不明。"

此條收入《慧語》，袁評曰"若以此入'辯語'，則無佳致矣"，[2] 大有贊賞之態。"孔融之被收"條，敘孔融之子臨危道出名言"豈見覆巢之下復有完卵"，《舌華錄》將此置於《慧語》，袁評則目之以"丈夫淒語"，與"慧語"的歸類相去甚遠。在這兩例中，吳苑和袁中道對辯語、慧語、淒語三種類別的辨察以及對相關條目的評析，深化了關於《世說新語》"言語"一類的見解。

另一方面，吳苑把《世說新語》"言語"之外更多門類的條目，放在《舌華錄》"言"的維度下看待，以此碰撞出新的思想火花。譬如《傷逝》"王戎喪兒萬子"條入《韻語》，舍去王戎的悲戚，唯取山簡"情之所鍾，正在我輩"的清韻；《容止》"謝車騎道謝公"條入《俊語》，原書重在謝安"恭坐捻鼻顧睞"之神采，雖說袁評也稱此"形肖略盡"，但吳苑"俊語"的歸類多少稀釋了這一細節的重要性，而把讀者的注意力轉移到謝玄的品評上

---

1 此舉不免有分類過細之嫌，誠如《穎語》小序所言："穎之於語，無類不有，惟諧、謔、譏、辯之類居多。然四語已有部領，即四語中有具穎者而穎部無與焉。以其有四部也，惟其不能入諧、謔、譏、辯之語，斯成穎語矣"，參見（明）曹臣撰，陸林校點：《舌華錄》，合肥：黃山書社 1999 年版，第 210 頁。

2（明）曹臣撰，陸林校點：《舌華錄》，合肥：黃山書社 1999 年版，第 4 頁。

來。值得留心的是，袁氏僅偶對《舌華録》的細分歸類表示贊同——如《舌華録》將《德行》"陳元方子長文有英才"條收入《慧語》，袁評"此處極難轉語，非慧口不能"；在更多時候，他往往提出迥異的觀點。這從書前《凡例》所云"其中分類有小出入者，袁已筆端拈出，今仍不疑"即可窺見一斑。《舌華録》的編者曹臣一方面尊重吳氏的分類，一方面也邀請讀者參閱袁評的觀點。如此一來，如果説《舌華録》以"言"的眼光看待《世説新語》，是對其條目內涵的一次開掘，那麼《舌華録》裏袁中道的評語，則是通過對《舌華録》的批判，起到了二次開掘的作用。具體而言，《世説新語·言語》"孔文舉年十歲"條入《舌華録·謔語》，袁氏駁曰"此段乃'慧語'"，提示讀者在謔、慧之間細品"言語"的真意；《世説新語·輕詆》"王丞相輕蔡公"條入《舌華録·謔語》，袁評曰"可入《譏語》"，其解讀路徑異于吳苑，而更接近劉義慶；《世説新語·捷悟》"人餉魏武一杯酪"條記楊修著名的釋"合"字事，《舌華録》歸置《慧語》，袁評曰"不成語"，暗駁了二書給定的正面標籤"慧語"和"捷悟"。至於《世説新語·容止》"庾太尉在武昌"條入《舌華録·韻語》，袁評曰"事更韻"；《世説新語·任誕》"劉公榮與人飲酒"條入《舌華録·韻語》，袁評曰"慧人"：此二評語無疑令《舌華録》"惟取語不取事"的理念得以擴容，間接豐富了《世説新語》原書條目的內涵。

同樣，其他小説選本亦對《世説新語》內涵的擴充有所助益。如前所述，《初潭集》《情史》《智囊》《機警》諸書若渾言之，均從"事"的維度選編《世説新語》條目；若析言之，則各有切入點和立足點，如《初潭集》以"理"爲綱，《情史》以"情"爲旨，《智囊》《機警》則展現出以史爲鑒的智書風範。這些小説集各自強調的理、情、智主題，不盡合於《世説新語》原來的歸類，但也因此使其解讀空間更爲深廣。

"理"的主旨見於李贄《初潭集》。此書是對王世貞《世説新語補》與焦竑《焦氏類林》的選輯，由於《世説新語補》有相當部分源自《世説新語》，

《初潭集》也就間接選入不少《世説新語》的條目。李贄將這些條目依照夫婦、父子、兄弟、師友、君臣五倫重新分類，每類之下根據内容或價值判斷再作細分。大體上，原書《品藻》一門歸於《師友·論人》，《任誕》一門歸於《師友·酒人》《師友·達者》，《容止》一門分爲《父子·貌子》《師友·令色》《君臣·貌臣》等小類，《傷逝》《汰侈》分别移入《師友·哀死》和《君臣·侈臣》。這種歸納方式對《世説新語》原本的設類來説，既有縱向的細化，也有横向的擴張。例如，《德行》"荀巨伯遠看友人疾"條劃歸《師友·篤義》，在"德行"的範疇内深究"義"的一端，更爲精準；《捷悟》所載楊德祖三事歸於《君臣·愚臣》，可見李贄對楊修的敏思毫不欣賞，反貶之爲"愚"。諸如此類的思路拓展，當歸功於李贄關注重心的偏移。《簡傲》"謝公嘗與謝萬共出西"條，記述謝安勸謝萬不必拜訪王恬，謝萬執意而行，果然遭受冷遇。李贄將此收於《師友·知人》，其所謂"知人"重在謝安，而《世説新語》的類目標籤"簡傲"則重在王恬。《容止》"魏武將見匈奴使"條即曹操床頭捉刀事，劉義慶的歸類突出曹操風貌雅望之不凡，李贄置之《君臣·英君》，强調的是曹操對有識人之才的使臣的追殺，他評"馳遣殺使於途"句曰"不得不殺"，[1]觀察重心顯然已從外在氣度移至思維決策。《黜免》"殷中軍被廢"條載殷浩書空事，原本重在"黜免"事件，此處歸入《君臣·癡臣》，實以"癡"字評價了殷浩應對"黜免"的態度。《世説新語補·雅量》"劉越石爲胡騎所圍數重"條寫劉琨清嘯吹笳退敵事，李贄評曰"此非雅量，退胡之計也，琨本善嘯"，並將之收入《師友·音樂》，這一分類顯示了他與王世貞的觀點大相徑庭。

李贄的歸類極具個性，但不可否認的是，他的一些歸類失於牽强，無益於對《世説新語》條目的解讀。如將《世説新語·德行》"華歆、王朗俱乘

1（明）李贄：《初潭集》，張建業主編，王麗萍、張賀敏整理：《李贄文集》第 5 卷，北京：社會科學文獻出版社 2000 年版，第 260 頁。

船避難”條改隸《君臣・正臣》，此條内容本與君臣關聯無多，只因其從華、王行爲之異看出“君子、小人之所以分也”，便引申至國家用人的高度，“小人舉事不顧後，大率難以準憑，若此，國家將安所用之乎？”他又將《汰侈》“石崇厠常有十餘婢”條、《紕漏》“王敦初尚主”條、《容止》“潘岳妙有姿容”條和《排調》“劉真長始見王丞相”條，分別置於《夫婦・勇夫》《夫婦・賢夫》《夫婦・賢夫》《君臣・賢相》，皆不知何據。

　　相較而言，馮夢龍《情史》的設類以“情教”貫通全書，更成體系。書中把《任誕》“阮仲容”條置於《情私》，並在該類結語中宣揚“私而終遂”之可嘉。又把記録韓壽與賈充之女賈午私會偷香的“韓壽美姿容”條歸入《情私》，[1] 還特在篇末評賈午的追愛之舉，甚至宣稱父親爲女擇婿不如女兒自擇其夫，“充女午已筓矣。充既才壽而辟之舍，壽將誰婿乎？亦何俟其女自擇也！雖然，賈午既勝南風（原注：充長女，即賈后），韓壽亦强正度（原注：晉惠帝字也），使充擇婿，不如女自擇耳”。[2] 此語持論超越，不隨俗同聲，恰好與《世説新語》所繫“惑溺”的貶斥姿態南轅北轍。最可佐證這種“尚情”觀的是《汰侈》“武帝嘗降王武子家”條，馮夢龍從“帝怪而問之”的關鍵處腰斬，僅保留如下文字，並收於《情豪》一門：

　　　　晉武帝嘗降王武子家。武子供饌，並用琉璃器。婢子百餘人，皆綾羅綺褶，以手擘飲食。

　　這一歸類所指的評判立場可以説是“斷章取義”了，有趣的是，此舉倒也帶來了一種新奇觀點，即王武子之奢，乃其性情使然。該類結語所言“丞相布被，車夫重味。奢儉殆天性乎！然於婦人尤甚。匹夫稍有餘貲，無不市

1　此處實則直録自《晉書・賈充傳》，《晉書》又從《世説新語》而來。
2（明）馮夢龍：《情史》，魏同賢主編：《馮夢龍全集》第 7 册，南京：鳳凰出版社 2007 年版，第 88 頁。

服治飾、以媚其内者。况以王公貴人，求發攄其情之所鍾，又何惜焉"，更是細緻地論證了這一觀念。

《情史》立意在"情"，馮夢龍編纂的《智囊》及王文禄輯録的《機警》則重"智"。這類智書對《世説新語》條目的重新分類也頗有興味。《智囊》卷二十七《雜智部·狡黠》録入的曹操四事均源自《世説新語·假譎》。[1] 馮氏《雜智部》小序曰："智何以名雜也？以其黠而狡，慧而小也。正智無取於狡，而正智或反爲狡者困；大智無取於小，而大智或反爲小者欺。破其狡，則正者勝矣，識其小，則大者又勝矣。况狡而歸之於正，未始非正，小而充之於大，未始不大乎！"[2] 原書類目名爲"假譎"，《論語》有曰"晉文公譎而不正"，"譎"即欺詐之意。馮夢龍易"假譎"爲"雜智"，固然涵括了"假譎"、"正智無取於狡"的消極面，却不擯棄"正智或反爲狡者困"、"况狡而歸之於正，未始非正"的積極面，可見他對於"智"認識周全，運籌有道。嘉靖時期王文禄編《機警》一書，自述"生也樸室，見事每遲"，故將"書史中應變神速、轉敗爲功者，録以開予心"，另於"各條末贅數言以自警"。[3] 其書同樣收録了《世説新語·假譎》的條目：

> 王羲之幼時，江州牧王敦甚愛之，恒置之帳中眠。敦嘗先出，羲之猶未起。錢鳳入，敦屏人言逆節謀，忘羲之在帳。羲之覺，備聞知無活理，乃佯吐污頭面被褥，詐熟睡。敦言畢方悟，相與大驚曰："不得不除之。"及開帳見吐，信之，乃得全。沂陽子曰：羲之早慧，故能脱虎

---

1 《世説新語》中另有一則曹操事，馮氏認爲不足采信而未録入正文。他在此四則後注曰：《世説》又載，袁紹曾遣人夜以劍擲操，少下不著，操度後來必高，因帖卧床上，劍至，果高，此謬也。操多疑，其儆備必嚴，劍何由及床？設有之，操必遷卧，寧有復居危地以身試智之理！參見（明）馮夢龍：《智囊》，魏同賢主編：《馮夢龍全集》第 5 册，南京：鳳凰出版社 2007 年版，第 648 頁。

2 （明）馮夢龍：《智囊》，魏同賢主編：《馮夢龍全集》第 5 册，南京：鳳凰出版社 2007 年版，第 643 頁。

3 （明）王文禄：《機警》，《叢書集成初編》，上海：商務印書館 1936 年版，第 1 頁。

口，至親何益哉？是以君子貴豫遠惡人也。[1]

　　篇末"沂陽子曰"便是王文禄的評論。正如馮夢龍對曹操的"雜智"有所肯定，王文禄對王羲之的"急智"也擊節贊嘆，譽之爲"早慧"，録之以"自警"。馮、王二氏之説與《世説新語》的歸類指向相去甚遠，構成了一種對話。

　　明末諸書從"言""理""情""智"等角度，對《世説新語》條目展開重新審讀。諸書不約而同加以選評的少許條目，是值得深究的絕佳樣本，兹舉三例予以説明。其一，《世説新語·汰侈》"石崇每要客燕集，常令美人行酒。客飲酒不盡者，使黃門交斬美人"條，原本歸類意在批評石崇的奢靡作風。《古今譚概》將此收入《鷙忍》，首要斥責石崇的冷酷殘暴，鋪張問題倒在其次。不同於劉義慶、馮夢龍的負面視角，《舌華録》將之改隸《豪語》，評價對象不再是石崇，而代之以後半段"固不飲，以觀其變"的王敦。主人勸酒不成連斬三人，王導勸王敦從命，後者却大言不慚道："自殺伊家人，何預卿事！"在吳苑眼中，這樣的灑脱是最大的亮點，當以"豪語"之稱爲其加冕。有趣的是，袁中道的評語"有此主人，亦有此客"，則兼顧了石、王二氏的言行，意味深長。其二，《世説新語》"王安豐婦"條寫王戎妻以"卿卿"相稱，原歸《惑溺》，顯然蘊含道德上的指責。《舌華録》《情史》與此迥異，前者入《諧語》，付之以輕鬆活潑的心態；後者歸《情愛》，並在結語裏大贊王戎之妻云："情生愛，愛復生情。情愛相生而不已，則必有死亡滅絶之事。其無事者，幸耳！雖然，此語其甚者，亦半由不善用愛，奇奇怪怪，令人有所藉口，以爲情尤。情何罪焉？"進而借題發揮，嘆惋史上爲污名所困的紅顔，劍指亡國的真正原因："桀、紂以虐亡，夫差以好兵亡，而使妹喜、西施輩受其惡名，將無枉乎？"[2]這類崇尚情愛、爲情脱罪的言論，

　　1（明）王文禄：《機警》，《叢書集成初編》，上海：商務印書館 1936 年版，第5—6頁。
　　2（明）馮夢龍：《情史》，魏同賢主編：《馮夢龍全集》第 7 册，南京：鳳凰出版社 2007 年版，第 217 頁。

與最初的"惑溺"説針鋒相對。其三,《世説新語·言語》"禰衡被魏武謫爲鼓吏"條,原書"言語"的歸類重在孔融對禰衡罵曹的評論,"禰衡罪同胥靡,不能發明王之夢"。《初潭集》改入《師友·豪客》,重點移至禰衡,並含欽慕揄揚之意。《古今譚概》編進"矜嫚部",結合部首小序所云"謙者不期恭,恭矣;矜者不期嫚,嫚矣。達士曠觀,才亦雅負,雖占高源,亦違中路。彼不檢矜,揚衡學步。自視若升,視人若墮。狎侮詆諆,日益驕固。臣虐其君,子弄其父。如癡如狂,可笑可怒。君子謙謙,慎防階禍",[1] 可知馮夢龍並不關心孔融言語,亦不贊賞禰衡舉止,僅舉之以爲鑒,勸誡君子謙恭爲本,切莫恃才輕慢、招惹禍端。

綜上所述,明末小説集在編選過程中,實際上借用了《世説新語》"以類爲評"的範式,與《世説新語》"以類爲評"的既定面貌進行了充分的對話。其結果是,原書的分類體系在衆聲喧嘩的評點或以行代言的分類中得到新的開拓,其條目的内涵也收穫了角度各異、別出心裁的闡釋空間。

三、"以類爲評":對於"世説體"及其他更多小説的標杆效應

評者圍繞《世説新語》歸類的爭鳴之多、諸書對《世説新語》分類的改造之盛,無不説明了《世説新語》分類體系的影響之大。而作爲這種影響源頭的"以類爲評"特質,反過來又成爲影響的表徵之一,隨著時間的推移,顯示出强大的標杆效應。

其一,"以類爲評"的標杆效應最直觀地體現在"世説體"小説在設目和歸類上的追摹。有學者指出,"世説體"小説對《世説新語》分類體系的效法,包括"完全模仿"(如明代《蘭畹居清言》《明世説新語》,清代《明

1(明)馮夢龍:《古今譚概》,魏同賢主編:《馮夢龍全集》第6冊,南京:鳳凰出版社2007年版,第232頁。

語林》《玉劍尊聞》《明逸編》，民國初年《新世説》《新語林》）、"基本依托"（宋代《唐語林》《續世説》《南北史續世説》，明代《何氏語林》）、"門類生發"（明代《兒世説》，清代《女世説》）和"作者自創"（明代《南北朝新語》）四種類型。[1] 這批小説直至民國初年猶延綿不絕，其中不乏《西山日記》《玉堂叢語》《琅嬛史唾》《芙蓉鏡寓言》《異聞益智叢録》等未在書名上透露規摹意圖的作品，可謂不遑枚舉。"世説體"的研究成果已蔚爲大觀，此處僅從"以類爲評"的角度，略陳一二例證。

　　崇禎朝張墉編纂的《竹香齋類書》，又名《廿一史識餘》，取《史記》以下二十一史之佳事雋語成書。此書近仿《焦氏類林》，遠承《世説新語》，對《焦氏類林》五十九類"或仍或去，數衷于焦。而獨詳政事、幹局、兵策、拳勇者，愧世所應有而不有，補癡頑、鄙暗、俗佞、貪穢者，惡人所應亡不應亡也"。此書分類不止步于形式上的效法，書前《發凡》中的"分部"一條，對《世説新語》的條目歸置提出了批評，"臨川《世説》，以謝公妒婦側《賢媛》，甘草醜人列《容止》"。卷四《長厚》"趙諮以敦煌太守免選"條記述盜賊爲孝所感、慚嘆跪辭事，眉端綴評曰："辰翁有言：'兩賊亦入《德行》之選。'"[2] 觀此可知，無論是編者張墉，還是評者項聲國，均對隱藏於這一分類體系背後的"以類爲評"範式相當熟稔。茅坤評《何氏語林》"言語"上"何義方言不虛妄"條亦曰："可入《方正》。"[3] 而前述合《世説新語》《何氏語林》二書爲一的《世説新語補》也承襲有迹。在此書中，新録的非《世説新語》條目同樣得到了與《世説新語》原文同等的待遇，印證了本節前面所論的雙重"軌道"——因具體歸類而引發紛爭，借小説編選而調整分類。"梁伯鸞少孤"條曰：

1　林憲亮：《"世説體"小説文體特徵論》，《文藝評論》2011 年第 8 期。

2　（明）張墉輯：《廿一史識餘》，《四庫全書存目叢書史部》第 150 册，濟南：齊魯書社 1996 年版，第 624 頁。

3　參見（明）茅坤評本《何氏語林》，中國科學院文獻情報中心藏明天啓四年刻本。

　　　　梁伯鸞少孤，嘗獨止，不與人同食。比舍先炊，已。呼伯鸞及熱釜

炊，伯鸞曰："童子鴻不因人熱者也。"滅灶，更燃之。

　　此條被何良俊歸入《德行》，王世貞保留了這一分類。李贄却在"滅灶，

更燃之"之旁批"無理，醜甚"，[1] 待其編寫《初潭集》，便順手將之調入《夫

婦·合婚》類。再對比其他小説集的處理方式，《舌華録》收歸《狂語》，袁

中道評曰"有道學氣"，分類者强調的"狂"和評者提點的"道學氣"如同

小徑分岔，並不一致。《古今譚概》却視其爲迂，入"迂腐部"。這些評論無

一與何良俊最初歸類時所持的嘉獎態度相同，均以崇真袪腐爲底色，挖掘出

條目的全新内涵。

　　其二，從傳統上並不認爲屬於"世説體"的作品來看，"以類爲評"的

標杆效應亦不容小覷。明人祝彦輯《祝氏事偶》，自叙"自正史外旁及稗編，

惟據事同耳，但錯出無倫"，因此"姑取《世説》諸目分隸之，'目'所不

該，復括之曰'部'，以隸其後"。[2]《王太蒙先生類纂批評灼艾集》一書是王

佐將《灼艾集》的嘉靖初刻本重新分類而成，書中分類體系效法《世説新

語》由褒到貶的"價值遞减"原則，並直接采用識鑒、雅量、文學、棲逸、

容止、企羨、賞譽、品藻、箴規、巧藝、輕詆、忿狷、惑溺等部分《世説

新語》類目。《古今譚概》[3] 分迂腐、怪誕、癡絶、專愚、謬誤、無術、苦海、

不韻、癖嗜、越情、佻達、矜嫚、貧儉、汰侈、貪穢、鷙忍（附"絶力"數

---

　　1 李贄批閲王世貞删定本《世説新語補》，並選取部分條目與《焦氏類林》的一部分合編成《初潭集》。帶有李贄批語的《世説新語補》後被他人改題《李卓吾批點世説新語補》出版，書中批語確出其手，然非本人授意刊行。

　　2（明）祝彦輯：《祝氏事偶》，《四庫全書存目叢書子部》第 196 册，濟南：齊魯書社 1995 年版，第 209 頁。

　　3 此書也受到《太平廣記》分類的影響，《太平廣記》的 92 大類中除了以事件分類外，已有以人性缺陷爲綱目的較多内容，如奢侈、諂佞、謬誤、詼諧、嘲誚、哇鄙、酷暴等門類"，參見徐振輝《編纂高手　評論大師——從〈古今譚概〉看馮夢龍的編輯成就》，《河南大學學報》（社會科學版）1993 年第 3 期。

則）、容悅、顏甲、閨誡、委蛻、譎知、儇弄、機警、酬嘲、塞語、雅浪、文戲、巧言、談資、微詞、口碑、靈迹、荒唐、妖異、非族、雜誌等三十六部，不僅其數量與《世說新語》相同，部分類名亦有《世說新語》類目的印記。並且，此書所選《世說新語》條目的歸類去向，也能清晰地映射出沿襲路徑——原屬《紕漏》的内容入"謬誤部"；劉伶脱衣裸形、王徽之雪夜訪戴、桓伊橫笛三弄等原書《任誕》名段，一併匯入"越情部"。

其三，更爲抽象也更爲重要的標杆效應體現在"以類爲評"思想的内化。古代文學的類分思想萌蘗於漢賦，設目分類的實踐經由《文選》肇始、《皇覽》等類書奠定，[1] 但多以題材類型作爲分類依據，不具備價值評判的性質。及至《世說新語》成書，受其成書時代評騭風潮的影響，才另闢蹊徑，開啓了這種暗寓批評的分類方式。"以類爲評"基於兩個前提：一是認同書籍的設類立目包含了價值判斷，二是認定條目的歸類方式蘊藏了編者深意。前論"世說體"和"非世說體"諸書當中模仿《世說新語》分類體系而新設的門類，就是經由形式上的效法，自覺或不自覺地傳承了"以類爲評"的精神實質。

實際上，"以類爲評"的思想影響更爲深遠，這值得引起學界的關注。浙江圖書館藏本《智囊補》作爲《智囊補》原刻本的增訂版，於"發凡"處有曰："各條有原刻在某卷，今移載某卷者，皆出先生評定。即同卷中前後，亦多所更置。讀者將前刻細心對閱，應知自有經緯。"[2] 這般"移載更置"的"經緯"，即"以類爲評"理念之所在。馮夢龍也曾在《笑府》卷三"吏借卓"的條末評道："或謂余曰：'古稱四賤，曰娼優隸卒，吏不與也。子伸丞史于《古艷》，而附吏書於《世諱》，有説乎？'余應之曰：'有，無官不貴，

1　王立：《類書與中國傳統文學中的主題類分》，《上海師範大學學報》（哲學社會科學版）1999 年第 1 期。

2（明）馮夢龍：《智囊》，魏同賢主編：《馮夢龍全集》第 5 册，南京：鳳凰出版社 2007 年版，第 4 頁。

無役不賤。'"[1] 如是自述，足證這般歸類之婉而多諷，僅在歸類之舉中便暗藏指斥貴官賤吏的微言大義，不著一字，而盡得風流。前引王佐《批評灼艾集》一書，爲《識鑒》類的"正統中"條附眉批云："此條應在《相術》。"[2] 此評表明，關於識鑒、相術的分野及條目的真正指向，評者胸有成竹。清人曾衍東所撰小説集《小豆棚》，在卷十四"郝驥"條之末出自評曰："此當入《果報》類。存之實，則删之更净。"[3] 此書編次者項震新將此條歸在"淫昵類"，作者特地在評語裏提出調整歸類的建議，是因爲"淫昵"太過强化艷情意味，很可能令讀者忽視其寓勸懲於果報的初衷。諸如此類重視歸類、寓以批評的舉措，都可追溯至且歸功於《世説新語》首創的"以類爲評"範式。

在有明一代對《世説新語》和"世説體"作品的大力推崇與梓行之下，明清兩代小説集中的這類例子還有不少。雖然"以類爲評"終究無法一統衆議，也不盡是得宜且有益的（如王金範删定《聊齋志異》，將原書之大半分爲孝、悌、智、貞、義等二十五類，[4] 總體上即無甚可觀），但應强調的是，這一範式爲尋繹作者或編者心目中最爲關鍵的觀看角度和批評立場提供了有效的路徑。後世的評者議論和編者重審，贊同也好，駁斥也罷，不斷交匯，推動了批評視角的深化與開拓，豐富了最初批評思路的既定面貌，推動"以類爲評"成爲《世説新語》分類體系的重要特質和重大貢獻。"以類爲評"既是一種開放式的批評框架，不斷邀請異代讀者走進跨時空的對話，也是一種生長型的理論範式，容許文本的意涵在時間的河流中得到滋養，漸次充盈，與古爲新。

1（明）馮夢龍：《笑府》卷三，《明清小説善本叢刊》初編第六輯，臺北：天一出版社，第16—17頁。

2（明）王佐：《王太蒙先生類纂批評灼艾集》，國家圖書館藏明刻本。

3（清）曾衍東著，盛偉校點：《小豆棚》，濟南：齊魯書社2004年版，第240頁。

4 陳乃乾：《談王金範刻十八卷本〈聊齋志異〉》，《文物》1963年第3期。

第五章
先唐小説的"史才"與"詩筆"

魯迅認爲唐傳奇的題材來源於先唐小説，曾言："傳奇者流，源蓋出於志怪，然施之藻繪，擴其波瀾，故所成就乃特異。其間雖亦或托諷喻以紓牢愁，談禍福以寓懲勸，而大歸則究在文采與意想，與昔之傳鬼神明因果而外無他意者，甚異其趣矣。"[1] 在《六朝小説和唐代傳奇文有怎樣的區别？》一文中，魯迅又概括了唐傳奇與先唐小説的文體之别，言："武斷的説起來，則六朝人小説，是没有記叙神仙或鬼怪的，所寫的幾乎都是人事；文筆是簡潔的；材料是笑柄、談資；但好象很排斥虚構，例如《世説新語》説裴啓《語林》記謝安語不實，謝安一説，這書即大損聲價云云，就是。""唐代傳奇文可就大兩樣了：神仙人鬼妖物，都可以隨便驅使；文筆是精細、曲折的，至於被崇尚簡古者所詬病；所叙的事，也大抵具有首尾和波瀾，不止一點斷片的談柄；而且作者往往故意顯示著這事迹的虚構，以見他想象的才能了。"[2] 魯迅此言，指出了先唐小説總體的文體特徵是"簡短的叢殘小語"；而唐傳奇的文體特徵，"大歸則究在文采與意想"，"大率篇幅漫長，記叙委曲"，"叙述宛轉，文辭華艷"。魯迅所概括，實可與宋朝人趙彦衛所提出的"史才""詩筆""議論"相合。故不妨循此以探求先唐小説與唐傳奇在文體上的關聯性。

---

1 魯迅著：《中國小説史略》，上海：上海古籍出版社 1998 年版，第 44—45 頁。
2 魯迅著：《且介亭雜文二集》，《魯迅全集》第六卷，北京：人民文學出版社 1973 年版，第 321 頁。

第一節　先唐小説的"史才"

先唐小説，特别是魏晉南北朝小説的總體特徵是"簡短的叢殘小語"，但其中有一部分小説表現出作者的"史才"，這部分小説從篇幅、叙事等文體内涵上與傳奇小説相類。王國良對此有過論述，其言：

本期（指魏晉南北朝）志怪小説，大都以直叙手法，描述人物與事迹，簡單明瞭，緊凑細密，絶不浪費無謂之筆墨。唐代以後，如唐段成式《酉陽雜俎》，宋李石《續博物志》、洪邁《夷堅志》，元沈氏《鬼董》，明祝允明《志怪録》，清紀昀《閲微草堂筆記》等書，俱爲魏、晉、南北朝志怪之嫡親也。

至於小部分作品，若《搜神記》之《弦超》《韓憑妻》《崔少府墓》《李寄》《白水素女》，《拾遺記》之《竺鑢》《翔風》，《幽明録》之《劉晨阮肇》等篇，由於作者偶然致力經營，在人物性格之描寫、内容之安排上，均極精彩突出，已漸啓唐代傳奇小説之先聲，意義尤其重大。[1]

對於先唐小説的這種漸趨文學化的叙事，可以從正史、文言小説和白話小説中關於左慈之事的叙事文體作比較分析。左慈戲曹操的故事，今本干寶《搜神記》卷一、范曄《後漢書·方術列傳·左慈》、《三國演義》卷六十八都有較爲詳細的叙事。干寶《搜神記》是博物傳記體小説，范曄《後漢書》是正史，《三國演義》是章回體小説，在三種叙事文體的對比分析中，應可以見出以《搜神記》爲代表的文學化叙事傾向。

---

[1] 王國良著：《魏晉南北朝志怪小説研究》，臺灣：文史哲出版社1984年版，第102頁。

《搜神記》卷一"左慈":

　　左慈字元放,廬江人也。少有神通。嘗在曹公座,公笑顧衆賓曰:"今日高會,珍羞略備。所少者,吴松江鱸魚爲膾。"放云:"此易得耳。"因求銅盤貯水,以竹竿餌釣於盤中,須臾,引一鱸魚出。公大拊掌,會者皆驚。公曰:"一魚不周坐客,得兩爲佳。"放乃復餌釣之。須臾,引出,皆三尺餘,生鮮可愛。公便自前膾之,周賜座席。公曰:"今既得鱸,恨無蜀中生薑耳。"放曰:"亦可得也。"公恐其近道買,因曰:"吾昔使人至蜀買錦,可敕人告吾使,使增市二端。"人去,須臾還,得生薑。又云:"於錦肆下見公使,已敕增市二端。"後經歲餘,公使還,果增二端。問之,云:"昔某月某日,見人於肆下,以公敕敕之。"後公出近郊,士人從者百數。放乃賚酒一罌,脯一片,手自傾罌,行酒百官,百官莫不醉飽。公怪,使尋其故。行視沽酒家,昨悉亡其酒脯矣。公怒,陰欲殺放。放在公座,將收之,却入壁中,霍然不見。乃募取之。或見於市,欲捕之,而市人皆放同形,莫知誰是。後人遇放於陽城山頭,因復逐之。遂走入羊群。公知不可得,乃令就羊中告之,曰:"曹公不復相殺,本試君術耳。今既驗,但欲與相見。"忽有一老羝,屈前兩膝,人立而言曰:"遽如許。"人即云:"此羊是。"競往赴之。而群羊數百,皆變爲羝,並屈前膝,人立,云:"遽如許。"於是遂莫知所取焉。老子曰:"吾之所以爲大患者,以吾有身也;及吾無身,吾有何患哉。"若老子之儔,可謂能無身矣。豈不遠哉也。[1]

《後漢書·方術列傳·左慈》中此故事的叙事與《搜神記》有兩處較大

---

1 (晉)干寶撰,汪紹楹校注:《搜神記》,北京:中華書局1979年版,第9—10頁。

差異，一處是曹操要左慈取"蜀中生薑"，《後漢書》爲："語頃，即得薑還，並獲操使報命。後操使蜀反，驗問增錦之狀及時日早晚，若符契焉。"[1]一處是曹操遣人追殺左慈，《後漢書》爲："後人逢慈於陽城山頭，因復逐之，遂入走羊群。操知不可得，乃令就羊中告之曰：'不復相殺，本試君術耳。'忽有一老羝屈前兩膝，人立而言曰：'遽如許。'即競往赴之，而群羊數百皆變爲羝，並屈前膝人立，云：'遽如許'。遂莫知所取焉。"[2]此外，還有些許微小差異，構不成兩者叙事屬性的不同。兩者叙事大體相同的原因，應是范曄《後漢書》取資於《搜神記》，[3]但又做了一定的删改，這種删改所形成的細節描述上之詳略不同，正是兩書屬性不同之所在。左慈戲曹操故事，《搜神記》比《後漢書》約多百字左右，《後漢書》之簡略是遵循正史規範的"史才"，《搜神記》之詳細，則是文學性的表現。作爲史學家的干寶，在史學領域自也是崇尚簡約，如干寶稱譽《左傳》而貶抑《史記》，原因就是干寶以爲《左傳》更簡約。[4]而《搜神記》左慈戲曹操叙事的相對繁富，是文學化的。至於徹底的文學性叙事則是《三國演義》。《三國演義》第六十八回《甘寧百騎劫魏營　左慈擲杯戲曹操》：

少刻，庖人進魚膾。慈曰："膾必松江鱸魚者方美。"操曰："千里

1　（宋）范曄撰，（唐）李賢等注：《後漢書》，北京：中華書局1965年版，第2747頁。

2　同上，第2747—2748頁。

3　范曄《後漢書》的修撰特點，誠如劉知幾《史通·書事》的概括："范曄博采衆書，裁成漢典，觀其所取，頗有奇工。"干寶約生於晉武帝太康（280—289）中，卒於晉穆帝永和（345—356）年間。參李劍國著：《唐前志怪小説輯釋》，上海：上海古籍出版社1986年版，第208頁。范曄的生卒年則爲398—445年。范曄具備修史能力時，干寶早已聲名籍籍了。如《南史》卷三三《徐廣傳》云："時有高平郗紹亦作《晉中興書》，數以示何法盛。法盛有意圖之，謂紹曰：'卿名位貴達，不復俟此延譽。我寒士，無聞於時，如袁宏、干寶之徒，賴有著述，流聲於後。宜以爲惠。'紹不與。"且干寶《搜神記》出來後即爲時人所重視，干寶亦因此而被譽爲"鬼之董狐"（見劉義慶著：《世説新語·排調》）。

4　（唐）劉知幾著《史通·二體篇》載："晉世干寶著書，乃盛譽丘明而深抑子長。其義云能以三十卷之約括囊二百四十年事，靡有遺也。"同書《煩省篇》："及干令升史議，歷詆諸家而獨歸美《左傳》。云丘明能以三十卷之約，括囊二百四十年之事，靡有孑遺。斯蓋立言之高標，著作之良模也。"

之隔，安能取之？"慈曰："此亦何難取！"教把釣竿來，於堂下魚池中釣之。頃刻釣出數十尾大鱸魚，放在殿上。操曰："吾池中原有此魚。"慈曰："大王何相欺耶？天下鱸魚只兩腮，惟松江鱸魚有四腮：此可辨也。"衆官視之，果是四腮。慈曰："烹松江鱸魚，須紫芽薑方可。"操曰："汝亦能取之否？"慈曰："易耳。"令取金盆一個，慈以衣覆之。須臾，得紫芽薑滿盆，進上操前。操以手取之，忽盆内有書一本，題曰《孟德新書》。操取視之，一字不差。操大疑，慈取桌上玉杯，滿斟佳釀進操曰："大王可飲此酒，壽有千年。"操曰："汝可先飲。"慈遂拔冠上玉簪，於杯中一畫，將酒分爲兩半；自飲一半，將一半奉操。操叱之。慈擲杯於空中，化成一白鳩，繞殿而飛。衆官仰面視之，左慈不知所往。左右忽報："左慈出宮門去了。"操曰："如此妖人，必當除之！否則必將爲害。"遂命許褚引三百鐵甲軍追擒之。褚上馬引軍趕至城門，望見左慈穿木履在前，慢步而行。褚飛馬追之，却只追不上。直趕到一山中，有牧羊小童，趕著一群羊而來，慈走入羊群内。褚取箭射之，慈即不見。褚盡殺群羊而回。牧羊小童守羊而哭，忽見羊頭在地上作人言，喚小童曰："汝可將羊頭都凑在死羊腔子上。"小童大驚，掩面而走。忽聞有人在後呼曰："不須驚走，還汝活羊。"小童回顧，見左慈已將地上死羊凑活，趕將來了。小童急欲問時，左慈已拂袖而去。其行如飛，倏忽不見。[1]

以《三國演義》和《搜神記》作比較，則《搜神記》左慈戲曹操之叙事，仍囿于史學範疇，即其文學化傾向是不自覺的，正因爲這種不自覺，爲唐傳奇文體的誕生提供了叙事的準備。

1《增像全圖三國演義》，北京：中國書店 1985 年影印上海鴻文書局石印本。

第二節　先唐小説的“詩筆”

先唐小説中“詩筆”對史性的消解，對唐傳奇亦有範本意義。唐傳奇的“詩筆”，可歸納爲兩大點：一是詩入文的直觀形式；一是敘事詩化的審美形式。以詩入文的形態是唐傳奇文體中“詩筆”最外在的表現形態，如《遊仙窟》《鶯鶯傳》《長恨歌傳》等小説詩文互滲，且這些詩歌大多出自作品中敘事人物（包括神仙鬼怪妖等）之口。唐傳奇中詩歌與小説配合的方式和作用，王運熙、楊明兩位學者概括爲三種：“第一種方式：一篇小説與一篇詩歌敘述同一故事”，如《鶯鶯傳》等；“第二種方式：撰文中穿插詩歌”，如《遊仙窟》《東陽夜怪録》等；“第三種方式：以小説記載詩人及其創作的傳聞和故事”，如許堯佐《柳氏傳》。[1] 唐傳奇詩歌與小説配合的方式和作用，有唐詩風行的間接影響，是詩人借小説以傳詩的間接結果。而詩人之所以借小説以推動詩歌的流傳，有兩個方面的原因：一是唐代小説，特別是唐傳奇，以其藝術魅力使接受者衆，並風行於世，從而吸引了詩人的注意，並因此而引發更多的文人參與傳奇小説的創作；[2] 一是在當時的傳奇小説中已經存在詩入小説並因此而相互輝映之例，如白居易的《長恨歌》和陳鴻的《長恨歌傳》。因此，詩歌的傳播選擇小説作爲一種載體，並因此而進一步促進詩入小説的現象。事實上，唐傳奇詩意化的直接原因，應是先唐小説詩化敘事的傳統。

先唐小説雖然形制簡短，但都有比較多的詩化現象，既有詩入小説的直觀形式，也有敘事詩化的審美形式，與上述唐傳奇中小説和詩歌配合的方式

1　王運熙、楊明：《唐代詩歌與小説的關係》，《文學遺産》1983 年第 1 期。

2　程毅中在《唐宋傳奇本事歌行拾零》一文中對唐宋傳奇與詩歌相輔而行的事實多有考證，可參。文載《文學評論》1978 年第 3 期。

和作用相近。就詩入小説而言，《齊諧記》《續齊諧記》《搜神記》《搜神後記》《還冤記》《拾遺記》《殷芸小説》《孔氏志怪》《述異記》《幽明録》《甄異傳》《世説新語》等小説中都存在這種現象，而且數目比較多。如劉義慶《幽明録》中有數十篇小説中有如郭長生歌、陳阿登歌、方山亭魅歌、水底弦歌、費升所逢狐狸歌等詩筆。《搜神記》中《吳王小女》《杜蘭香》《弦超》《紫玉》《崔少府墓》等十多篇也采用詩文融合的筆法，《續齊諧記》所載桓玄遇兩小兒歌、趙文韶與青溪小姑宴寢等，《拾遺記》卷五漢武帝所賦《落葉哀蟬曲》、卷六漢昭帝使宮人所唱《臨池歌》和漢靈帝奏《招商》歌、卷九石崇愛婢翔風作五言詩等，《世説新語·文學》第四中"鄭玄家婢"引《詩經》中的詩句相戲等，《孔氏志怪》中的《盧充》篇中崔女臨別贈詩："煌煌靈芝質，光麗何猗猗！華艷當時顯，嘉異表神奇。含英未及秀，中夏罹霜萎。榮曜長幽滅，世路永無施。不悟陰陽運，哲人忽來儀。會淺離別速，皆由靈與祇。何以贈余親，金盌可頤兒。愛恩從此別，斷絶傷肝脾！"《述異記》中一犬遍視朱氏兄弟而搖頭歌曰："言我不能歌，聽我歌梅花，今年故復可，奈汝明年何？"《甄異傳》中的《楊醜奴》獺女歌："我在西湖側，日暮陽光頹；托蔭遇良主，不覺寬中懷。"[1]如此等等，則是"撰文中穿插詩歌"，如《世説新語·文學》第66條載録曹植的"七步詩"，《世説新語·豪爽》第13條桓玄聞聽"外白司馬梁王奔版"，遂"高詠云：'蕭管有遺音，梁王安在哉？'"[2]這些是"以小説記載詩人及其創作的傳聞和故事"。以上例子並非先唐小説中詩入小説現象的全部，只是比較著名且有代表性的一小部分。

　　先唐小説文體中詩歌的穿插，基本是一種内容上的需要，是爲載録而載録，而非文體叙事的自覺需求。但正因爲有這些詩歌的融入，使得先唐小説

　　1　魯迅校録：《古小説鉤沉》，濟南：齊魯書社1997年版，第133、111、98頁。
　　2（南朝宋）劉義慶著，（南朝梁）劉孝標注，余嘉錫箋疏：《世説新語箋疏》，北京：中華書局2007年第2版，第288—289、712頁。

具有一種不自覺的文學性。如《搜神記》中《紫玉》篇敘紫玉歌時的情景：

> 玉乃左顧宛頸而歌曰：“南山有鳥，北山張羅。鳥既高飛，羅將奈
> 何！意欲從君，讒言孔多。悲結生疾，没命黄壚。命之不造，冤如之
> 何！羽族之長，名爲鳳凰。一日失雄，三年感傷。雖有衆鳥，不爲匹
> 雙。故見鄙姿，逢君輝光。身遠心近，何當暫忘。”歌畢，歔欷流涕，
> 要重還冢。[1]

以“左顧，宛頸而歌”，形象地描畫出紫玉少女的羞澀之美，而“歌畢，歔欷流淚”，則突出紫玉明白“陰陽路隔”的無奈與哀傷。同時，此種描述與餘音嫋嫋的《紫玉歌》的情深而婉轉悲怨的意境相結合，爲讀者營造出一個通篇的美麗意境。

又如《拾遺記》中《少昊》篇敘皇娥倚瑟清歌的情景：

> 帝子與皇娥並坐，撫桐峰梓瑟。皇娥倚瑟而清歌曰：“天清地曠浩
> 茫茫，萬象回薄化無方。浛天蕩蕩望滄滄，乘桴輕漾著日傍。當其何所
> 至窮桑，心知和樂悦未央。”[2]

其中所描寫的情景，亦是一幅郎情妾意的甜蜜圖。此外如《孔氏志怪》中的《盧充》、《齊諧記》中的《清溪廟神》、《甄異傳》中的《楊醜奴》和《幽明錄》中的《費升》《陳阿登》等，這些情節簡單篇幅短小的小説，因爲詩歌的融入而平添幾分婉曲和詩意美。

在先唐時期小説還不發達的時候，出現這麼多詩入小説的現象，雖然不

1（晉）干寶撰，汪紹楹校注：《搜神記》，北京：中華書局 1979 年版，第 200 頁。

2（晉）王嘉撰，（南朝梁）蕭綺録，齊治平校注：《拾遺記》，北京：中華書局 1981 年版，第 13 頁。

能説已經是一種固定的文體特性，但不能不説是一種潮流，這種潮流對唐傳奇詩入小説的影響是不言而喻的。

先唐小説中詩化的叙事也比較多，大體有二：一是小説叙事中詩的功能定位，一是小説叙事的詩化語言。在先唐小説中，小説叙事中詩的功能定位，大致可以分爲三個方面：一是引詩以叙事。如《世説新語·文學》中鄭玄家婢引《詩經》句子相戲。這種形式與唐傳奇中《長恨歌傳》引《長恨歌》《南柯太守傳》引李肇的贊等相同。二是人物吟詩以表明身份。如《幽明録》中的《郭長生歌》《陳阿登歌》等。《陳阿登歌》爲：“連綿葛上藤，一援復一纏；欲知我名姓，姓陳名阿登。”《郭長生歌》爲：“閑夜寂已清，長笛亮且鳴；若欲知我者，姓郭字長生。”[1]特別是《郭長生歌》在自我介紹時以擬聲、諧聲的隱語形式來雙重表明自己的姓名，“郭”擬鷄鳴聲，“長生”諧“長聲”。這種形式與《東陽夜怪録》等小説中的人物詩作用一樣。三是叙事人物吟詩以抒發情感。如《搜神記》中《杜蘭香》《弦超》《紫玉》《崔少府墓》等篇的詩入小説，《孔氏志怪·盧充》篇中崔女臨別贈詩等。這種詩入小説的現象是先唐小説的主流，也是唐傳奇中詩歌的主流，兩者一脈相承，都是突現人物的“情”。唐傳奇的“情”的作用已經爲歷來讀者所感受，如洪邁所謂“唐人小説，不可不熟，小小情事，凄惋欲絶”，[2]已是古往今來的共識。先唐小説中“情”的意義，大抵也是如此，“‘文以情動人’，‘情’的表現在很大程度上提高了唐前小説的美學品位。比如《列仙傳》裏，鄭交甫表達自己戀情的方式是賦詩；又如《搜神記》中，神女與凡人相會、離别時也常常贈詩（如《盧充》《弦超》《杜蘭香》等）。如果把這些小説中的韻文抽出來，所看到的不過是很簡單的叙事，這些叙事能吸引人的地方也

1　魯迅校録：《古小説鉤沉》，濟南：齊魯書社1997年版，第151、158頁。

2　轉引自明桃源居士《唐人小説序》，（明）桃源居士編：《唐人小説》，上海：上海文藝出版社1992年影印掃葉山房本，第1頁。

不過就是所叙之事比較離奇。可是，有了韻文效果就不一樣了，那些韻文是作品中主人公表情達意的載體，能夠把讀者的審美對象由外在的‘事’轉移到内在的‘情’，使讀者由欣賞外在的‘事’之奇轉移到欣賞内在的‘情’之美，審美品位於是也就由‘悦耳悦目’提升到了‘悦心悦意’‘悦神悦志’的層次。……以《還冤記》中的《徐鐵臼》爲例，這篇作品叙述了這樣一個故事：徐鐵臼被繼母虐待至死，後來，他的鬼魂還家，得以復仇。徐鐵臼還家時唱了這麼一首歌：‘桃李花，嚴霜落奈何？桃李花，嚴霜早已落。’可以想見，在小説中，由鬼來唱一首哀傷的歌是非常凄涼、甚至有些恐怖的，效果強烈，能夠很好地抒發徐鐵臼的‘自悼’之情，也更能引發人們對徐鐵臼不幸命運的同情”。[1]對於唐傳奇與先唐小説中詩歌對“情”的叙事作用，以《孔氏志怪·盧充》篇與張鷟《遊仙窟》、許堯佐《柳氏傳》作比較就可以知道。

《孔氏志怪·盧充》篇中崔女臨別贈詩：“女抱兒還充，又與金碗別，並贈詩曰……充取兒碗及詩，忽不見二車處。”[2]張鷟《遊仙窟》“余”與“十娘”的告別：

十娘報詠曰：“他道愁勝死，兒言死勝愁。愁來百處痛，死去一時休。”又詠曰：“他道愁勝死，兒言死勝愁。日夜懸心憶，知隔幾年秋。”……十娘詠曰：“天涯地角知何處，玉體紅顏難再遇；但令翅羽爲人生，會些高飛共君去。”下官不忍相看，忽把十娘手子而別。[3]

許堯佐《柳氏傳》中韓翊與柳氏的詩詞互寄：

1 王冉冉：《“詩文小説”溯源》，《南陽師範學院學報》（社會科學版）2003 年第 5 期。

2 魯迅校錄：《古小説鉤沉》，濟南：齊魯書社 1997 年版，第 133 頁。

3 （唐）張文成著：《遊仙窟》，上海：古典文學出版社 1955 年版，第 31 頁。

泊宣皇帝以神武返正，翊乃遣使間行求柳氏，以練囊盛麩金，題之曰："章台柳，章台柳，昔日青青今在否？縱使長條似舊垂，亦應攀折他人手。"柳氏捧金嗚咽，左右淒憫，答之曰："楊柳枝，芳菲節，所恨年年贈離別。一葉隨風忽報秋，縱使君來豈堪折。"[1]

在《孔氏志怪·盧充》中，崔女與盧充雖陰陽路隔，但兩個人的相遇依然是因夫妻之情，而相逢即離別，崔女與盧充及其子將永不相見。這個痛徹的事實只有崔女知道，崔女的哀婉淒惻自是不言而喻。然崔女的這種哀婉淒惻非一般文字所能表述，中國抒情文學傳統中，詩歌最切合表情達意，因此作者選擇一首綺艷、低沉而哀怨的詩，以"靈芝質""金碗"等爲意象，表達崔女此際的情感，不僅恰切，而且營造了淒美動人的意境。張鷟《遊仙窟》中，"余"與"十娘"的告別是生離，而且這種生離也注定了是永不再會的離別。兩人的相逢雖然是意外，但從小說中的描述可看出兩人是情深意重的。張鷟選擇詩歌來表達兩人之間生離，一方面固然是小說敘事風格的同一，另一方面也是因爲詩歌最適合於此情此景。兩首離別詩，也確實寫出了"十娘"對"余"的深情厚意。許堯佐《柳氏傳》中韓翊與柳氏之間是生不能逢的悲哀，兩個人以"章台柳""楊柳枝"的意象隱喻各自的情感與思念，也非常切合兩個人的身份、環境和思想感情，且"章台柳""楊柳枝"的意象還成爲流傳後世的情感意象。這三者中的詩，雖然《遊仙窟》中的詩文辭意境稍遜一疇，但他們的作用無疑是相同的，由此不難看出兩者間的繼承性。此外如《搜神記》中"吳王小女"和韓重相互的詩詞傳情模式，與《遊仙窟》中的"余"與"十娘"、《鶯鶯傳》中的張生與鶯鶯等的詩詞傳情的模式可謂異曲同工。

1　魯迅輯：《唐宋傳奇集》，《魯迅全集》第十冊，北京：人民文學出版社 1973 年版，第 228 頁。

至於小説中的詩化語言的形成，一般是運用中國傳統詩學的方法，如“比”“興”等，在小説叙事中營造詩化的意象和意境。如《搜神記·韓憑妻》篇，描述了韓憑夫妻二人殉情後的意境：“宿昔之間，便有大梓木生於二家之端，旬日而大盈抱，屈體相就，根交於下，枝錯於上。又有鴛鴦，雌雄各一，恒棲樹上，晨夕不去，交頸悲鳴，音聲感人。”[1]再如《世説新語》“言語”篇中桓温“見前爲琅邪時種柳，皆已十圍，慨然曰：‘木猶如此，人何以堪！’”又有支道林見“鶴軒翥不復能飛，乃反顧翅，垂頭。視之，如有懊喪意。林曰：‘既有陵霄之姿，何肯爲人作耳目近玩！’養令翮成，置使飛去”。“識鑒”中張季鷹“在洛見秋風起，因思吴中菰菜羹、鱸魚膾，曰：‘人生貴得適意爾，何能羈宦數千里以要名爵？’遂命駕便歸。俄而齊王敗，時人皆謂爲見機”。[2]特別是《世説新語》中品評人物用語亦十分詩化，如喻人或“蒹葭倚玉樹”，或“朗朗如日月之入懷”，或“蕭蕭肅肅，爽朗清舉”，或“面如凝脂，眼如點漆，此神仙中人”，或“飄如遊云，矯若驚龍”，又或“濯濯如春月柳”。劉知幾曾言：“昔文章既作，比興由生，鳥獸以媲賢愚，草木以方男女，詩人騷客，言之備矣。”[3]以此衡諸先唐小説中以“鳥獸”“草木”喻人寓情的現象，則不得不認爲它們是“詩人騷客”的“詩心”表現。

唐傳奇的特點是“叙述宛轉，文辭華艷”，[4]浦江清曾指出：“唐人所最重視的文學是詩，唐代的文人無不能詩，以詩人的游狹的風度來摹寫史傳的文章，於是産生了唐人傳奇。”[5]也就是説，唐傳奇的文采是出於唐人“詩心”。然而，唐人在唐傳奇中傾注的“詩心”固然與有唐一代上至最高統治者下至

1　（晉）干寶撰，汪紹楹校注：《搜神記》，北京：中華書局1979年版，第142頁。

2　（南朝宋）劉義慶著，（南朝梁）劉孝標注，余嘉錫箋疏：《世説新語箋疏》，北京：中華書局2007年第2版，第135、161、467頁。

3　（唐）劉知幾著，（清）浦起龍通釋，王煦華整理：《史通通釋》，上海：上海古籍出版社2009年版，第165頁。

4　魯迅著：《中國小説史略》，上海：上海古籍出版社1998年版，第44頁。

5　浦江清著，浦漢明、彭書麟選編：《無涯集》，南昌：百花文藝出版社2005年版，第104頁。

"五尺童子"都熱衷於詩歌，以能詩爲榮，[1] 並形成"一種崇尚文辭，矜誇風流之風氣"[2] 的社會風習有關，但如果没有先唐小説的詩化借鑒，唐人的"詩心"融入唐傳奇中亦不會那麽徹底。至於趙彦衛所謂唐傳奇的"議論"，在先唐小説中雖偶有出現，然没有形成一種風尚，也就構不成爲唐傳奇的傳統，在此不作贅述。

1（唐）杜佑《通典》卷十五有唐傳奇作者沈既濟一段話："太后君天下二十餘年，當時公卿百群，無不以文章顯。因循遅久，寢以成風。……五尺童子，耻不言文墨焉。"

2 陳寅恪著：《元白詩箋證稿》，上海：上海古籍出版社 1978 年版，第 87 頁。

第三編　唐五代小説文體

概　述

在唐五代這個歷史時段中，小説不僅數量繁富，文體也是多樣態的。一般而言，學界大體認定這是中國小説史發展的轉折時期。如明朝人胡應麟言："凡變異之談，盛於六朝，然多是傳録舛訛，未必盡幻設語。至唐人乃作意好奇，假小説以寄筆端。"[1] 清人西湖釣叟言："小説始于唐宋。"[2] 魯迅云："小説亦如詩，至唐代而一變，雖尚不離於搜奇記逸，然叙述宛轉，文辭華艷，與六朝之粗陳梗概者較，演進之迹甚明，而尤顯者乃在是時則始有意爲小説。"[3] 上述觀點大體可代表學術界對這一時期小説發展轉型意義的認知，其立論依據是唐代傳奇體小説的文體表現，尤其是魯迅特別强調唐代傳奇體小説與唐前小説在文體和觀念上的"演進"邏輯。但唐五代時期的小説文體，不僅僅是傳奇體小説，還有同樣發達的筆記體小説，甚至還有"市人小説"等的記載，故這一階段的小説觀念和小説文體現象並不能以"演進"一語概括。

唐五代的筆記體小説，其文本畛域相對明晰。筆記體小説的著述體式與筆記類同，而其目録學的類屬則爲小説或小説家類，即中國小説之筆記一體乃以"小説"爲體，"筆記"爲用。何謂"小説"爲體？即在内容功能上自成一格。陳振孫《直齋書録解題》卷十一《夷堅志》："稗官小説，昔人固有爲之者矣。遊戲筆端，資助談柄，猶賢乎已可也。"[4] 胡應

1（明）胡應麟撰：《少室山房筆叢》卷三十六，上海：上海書店 2009 年版，第 371 頁。

2 侯忠義、王汝梅編：《金瓶梅資料彙編》，北京：北京大學出版社 1985 年版，第 459 頁。

3 魯迅著：《中國小説史略》，上海：上海古籍出版社 1998 年版，第 44 頁。

4（宋）陳振孫撰，徐小蠻、顧美華點校：《直齋書録解題》，上海：上海古籍出版社 1987 年版，第 336 頁。

麟《少室山房筆叢‧九流緒論》:"小説者流……其善者,足以備經解之異
同,存史官之討核,總之有補於世,無害于時。"[1]《四庫全書總目》"子部總
叙":"稗官所述,其事末矣,用廣見聞,愈於博弈,故次以小説家。"[2]何
謂"筆記"爲用?則爲記録見聞之寫作姿態,以及隨筆雜記、簡古雅贍之
篇章體制。以此爲標準,在唐及以後的官私目録中即可大體圈定筆記體小
説的範圍。成書於五代的《舊唐書‧經籍志》(以下簡稱《舊唐志》)乃依
毋煚成稿於唐開元年間的《古今書録》改編而成,"小説家"僅著録隋人侯
白《啓顔録》。相比於《舊唐志》,成書於宋代的《新唐書‧藝文志》(以後
簡稱《新唐志》),著録唐五代小説數量激增。《新唐志》"小説家"小序言:
"右小説家類三十九家,四十一部,三百八卷。失姓名二家,李恕以下不著録
七十八家,三百二十七卷。"所謂"李恕以下不著録七十八家,三百二十七
卷",是《舊唐志》未著録而《新唐志》新增著録者,皆是唐五代時所作。[3]

1(明)胡應麟撰:《少室山房筆叢‧九流緒論下》,上海:上海書店出版社 2009 年版,第 283 頁。

2(清)永瑢等撰:《四庫全書總目》,北京:中華書局 1965 年版,第 769 頁。

3《新唐志》小説家類補《舊唐志》的七十八家分別是:李恕《誡子拾遺》四卷,《開元御集誡子書》
一卷,王方慶《王氏神通記》十卷,狄仁傑《家範》一卷,盧僎《盧公家範》一卷,蘇瑰《中樞龜鏡》一
卷,姚元崇《六誡》一卷,劉孝孫、房德懋《事始》三卷,劉睿《續事始》三卷,元結《猗玕子》一卷,
趙自勉《造化權輿》六卷,《通微子十物志》一卷,吳筠《兩同書》一卷,李涪《刊誤》二卷,李匡文《資
暇》三卷,王叡《炙轂子雜録注解》五卷,蘇鶚《演義》十卷、又《杜陽雜編》三卷,柳珵《柳氏家學要
録》二卷,盧光啓《初舉子》一卷,劉訥言《俳諧集》十五卷,陳翽《卓異記》一卷,裴紫芝《續卓異記》
一卷,薛用弱《集異記》三卷,李玫《纂異記》一卷,李亢《獨異志》十卷,谷神子《博異志》三卷,沈
如筠《異物志》三卷,《古異記》一卷,劉餗《傳記》三卷(一作《國史異纂》),牛肅《紀聞》十卷,陳鴻
《開元升平源》一卷,張薦《靈怪集》二卷,陸長源《辨疑志》三卷,李繁《説纂》四卷,戴少平《還魂
記》一卷,牛僧孺《玄怪録》十卷,李復言《續玄怪録》五卷,陳翰《異聞集》十卷,鄭遂《洽聞記》一
卷,鍾輅《前定録》一卷,趙自勤《定命論》十卷,吕道生《定命録》二卷,温畲《續定命録》一卷,胡
璩《譚賓録》十卷,韋絢《劉公嘉話録》一卷,《戎幕閑談》一卷,趙璘《因話録》六卷,袁郊《甘澤謡》
一卷,温庭筠《乾𦠆子》三卷、又《采茶録》一卷,段成式《酉陽雜俎》三十卷,《廬陵官下記》二卷,康
軿《劇談録》三卷,高彦休《闕史》三卷,盧子《史録》卷亡、又《逸史》三卷,李隱《大唐奇事記》十
卷,陳劭《通幽記》一卷,范攄《雲溪友議》三卷,李躍《嵐齋集》二十五卷,尉遲樞《南楚新聞》三卷,
張固《幽閑鼓吹》一卷,柳珵《常侍言旨》一卷,《盧氏雜説》一卷,馮翊子《桂苑叢譚》一卷,《樹萱録》
一卷,《會昌解頤》四卷,《松窗録》一卷,《芝田録》一卷,玉泉子《見聞真録》五卷,張讀《宣室志》十
卷,柳祥《瀟湘録》十卷,皇甫松《醉鄉日月》三卷,何自然《笑林》三卷,焦璐《窮神秘苑》十卷,裴
鉶《傳奇》三卷,劉軻《牛羊日曆》一卷,《補江總白猿傳》一卷,郭良輔《武孝經》一卷,陸羽《茶經》
三卷,張又新《煎茶水記》一卷,封演《續錢譜》一卷。

《舊唐志》著録於史部雜傳類的侯白《旌異記》、唐臨《冥報記》，在《新唐志》中也位移到子部小説家類。[1] 此外，在《舊唐志》中被著録在史部傳記類的干寶《搜神記》等書，在《新唐志》中也改入子部小説家類。新舊《唐志》的這些變化，蓋因《新唐志》之修撰者較《舊唐志》修撰者更爲博識，所據材料更爲豐富全面，[2] 因此，劃定唐五代筆記小説的範圍，不妨以《新唐志》爲準，輔以《四庫全書總目》及現代學術研究的相關成果，則畛域自明。

在唐五代，唐人自編小説集或由他人編訂小説集時，有將筆記體小説和傳奇體小説混雜編集的現象。面對此種現象，如要作出兩者之區別，不妨參考章太炎《與友人書》中的如下一段話：

> 小説者，列在九流十家，不可妄作。上者宋鈃著書，上説下教，其意猶與黃、老相似，晚世已失其守。其次曲道人物、風俗、學術、方伎，史官所不能志，諸子所不能録者，比於拾遺，故可尚也。宋人筆記尚多如此，猶有江左拾遺。其下或及神怪，時有目觀，不乃得之風聽，而不刻意構畫其事，其辭坦迤，淡乎若無味，恬然若無事者，《搜神記》《幽明録》之倫，亦可以貴。唐人始造意爲巫蠱媟嬻之言，（符秦王嘉作《拾遺記》已造其端。嘉本道士不足論。唐時士人乃多爲之。）晚世宗之，亦自以小説名，固非其實。夫蒲松齡、林紓之書得以小説署者，亦

---

1 唐臨《冥報記》在《新唐志》中既著録於子部小説家，又著録於史部雜傳類。

2 如參撰《新唐書》的呂夏卿在《唐書直筆》中評價《新舊唐書》修撰之別："《唐書》著於五代幅裂之際，成篇迫遽，殊未詳悉，故有詔纂緝十餘年矣。今廣内藏書之盛，傳記可以質據者，得《大衍》《景福》之曆而《律曆志》可完矣；得《職該》《六典》之書而《百官志》可完矣；得開元《曲臺禮》《郊祀録》而《禮樂志》可完矣。"見（宋）呂夏卿撰：《唐書直筆》，北京：中華書局 1985 年版，第 54 頁。又清代學者趙翼言："觀《新唐書·藝文志》所載唐代史事，無慮數十百種，皆五代修《唐書》時所未嘗見者，據以參考，自得精詳。又宋初續學之士，各據所見聞，别有撰述。"見（清）趙翼著，王樹民校證：《廿二史劄記校證》（訂補本），北京：中華書局 1984 年版，第 342 頁。

猶大全講義諸書，傳於六藝儒家也。[1]

　　章太炎指出了筆記小説與傳奇小説的主要區別：從著述主體而言，筆記小説帶有子書性質，著述者的價值取向是知識，所以“不刻意構畫其事”。而傳奇小説之著述則是“造意”爲之，有爲文之價值取向。從書寫語體而言，筆記小説“其辭坦迤，淡乎若無味，恬然若無事”，傳奇小説則並非如此。此外，周勛初在《唐人筆記小説考察》中提出：“不管作品的性質屬於志人、志怪，抑或屬於學術隨筆性質的著作，在古人看來，中間還是有其相同的地方，即對正經而言，都屬於‘叢殘小語’；對正史而言，大都出於‘街談巷語，道聽塗説’；學術隨筆，則大都爲糾正歷代相傳之訛誤而作。因此這些著作都可在‘小説’名下統一起來。”“因此，唐人或將小説往雜史方面靠，或將雜史往小説裏面塞。但他們都還沒有把談學問的隨筆一類著作安排妥當。後代所以出現‘筆記小説’一名，當是由於此類困難難以解決而有此一説的。看來這一名詞的覆蓋面比較大，既可以稱《國史補》之類叙述史實的‘雜史類’著作，也可稱《杜陽雜編》之類侈陳怪異的‘小説類’著作，也可稱《資暇集》之類考訂名物隨筆似的著作，也可稱《酉陽雜俎》之類包羅萬象類書似的著作。只是傳奇作品與此距離較遠，似不宜以‘筆記小説’呼之。”“因爲從源流上看，篇幅短的傳奇即是筆記小説，篇幅長而帶有故事性的筆記小説也就是傳奇。”[2]綜合起來，可以解釋筆記小説和傳奇小説雜糅編集的問題。

　　當然，面對筆記小説與傳奇混雜編集的現象，也有學者將傳奇欄入筆記。如劉葉秋認爲“從發展上談，傳奇爲筆記小説的一類”，故其所論列的“筆記”範疇，包含了小説史上一般認爲是傳奇集的《玄怪録》《甘澤謡》和

1　章太炎著：《太炎文録初編》，上海：上海人民出版社 2014 年版，第 172 頁。
2　周勛初著：《周勛初文集·唐人筆記小説考察》，南京：江蘇古籍出版社 2000 年版，第 23—24 頁。

裴鉶《傳奇》。[1] 又如林崗認爲傳奇小説僅僅爲筆記小説之"變體"："無論怎樣特殊，它還是屬於筆記小説這個大類裏面的作品，它與其他筆記小説的不同之處並不足以使它溢出這個大類的範圍，而成爲另一個種類的叙事之作。"[2] 此種認知，至少有兩方面的疏忽：一是疏忽了傳奇體小説作爲一種有別於筆記體小説的文體生成特徵；一是唐五代人編集叙事性文本時，較少考慮文體，而是以功能相區别。

唐五代的筆記體小説不但基本承繼先唐小説的風貌，更使先唐小説"形式短小、内容瑣雜和雜記體的叙述方式"的文體形態固化，成爲中國古代小説四種主要文體之一。劉葉秋對唐代筆記的歷史面貌有過評價與概括："我們可以説唐代是筆記的成熟期，一方面使小説故事類的筆記增加了文學成分，一方面使歷史瑣聞類的筆記增加了事實成分，另一方面又使考據辯證類的筆記走上獨立的發展路途。這三種筆記的類型，從此就大致穩定下來。"[3] 劉葉秋雖是從筆記這一角度來考察，但就《隋志》、劉知幾《史通》和《舊唐志》中對小説的分類和著録而言，這段話亦可謂是對唐五代筆記體小説的小説史意義的精當概括與評價。

唐五代小説的小説史意義，不僅僅因爲傳奇體與筆記體這兩類深具"文人性"的"雅"小説，還在於與"雅"小説在文化上互補之"俗"小説的出現爲中國小説的發展所帶來的二脈傳承。先唐的"俳優小説"和佛、道二教的"俗講""道情"是唐代"俗"小説發生的淵源，娛樂性是前者的本質，通俗性（或"民間性"）是後者的本質，然兩者共同具備"懲勸"之目的。於是，兩者結合所産生的唐代"俗"小説，兼具娛樂性、通俗性（或"民間性"）、懲勸性三種特性，"而尤以勸善爲大宗"。[4]

1　劉葉秋著：《歷代筆記概述》，北京：北京出版社 2003 年版，第 4—5 頁。
2　林崗著：《口述與案頭》，北京：北京大學出版社 2011 年版，第 227 頁。
3　劉葉秋著：《歷代筆記概述》，北京：北京出版社 2003 年版，第 92 頁。
4　魯迅著：《中國小説史略》，上海：上海古籍出版社 1998 年版，第 71 頁。

　　先唐時期，小説的誕生與發展始終融合於傳統學術文化之中，唐五代小説雖亦未脱此窠臼，但唐五代小説於傳統學術文化中呈現出獨立自足的姿態，並對其他學術門類與社會思潮形成一定影響。唐五代時期，以筆記體小説與傳統學術文化最爲相融，傳奇體小説和“俗”小説則漸顯與傳統學術分道揚鑣的態勢。具體表現在：（一）唐五代小説在依傍與借鑒史學範式時對史學形成反動。在先唐小説的孕育母體——中國史學傳統——的深厚積累的影響下，唐五代的文言“雅”小説並不能完全擺脱史學的影響，如《新唐書·藝文志序》所謂：“傳記、小説外，暨方言、地理、職官、氏族，皆出於史官之流也。”此論雖足以概括先唐小説與史學之血緣與歸屬關係，然於唐五代小説而言則並不盡然。譬如其外在形式借鑒於傳記史體的傳奇體小説，董乃斌從叙事文學的六個基本方面總結出它對史傳文的超越，[1]並認爲它“具備並充分顯示了小説文體的基本規範”，從而論證了傳奇體小説文體的獨立。[2]同時，小説（特別是筆記體小説）之“道聽塗説，靡不畢記”的文化品格使之成爲唐五代人修史的取資對象，如長孫無忌等人修《晉史》、李延壽修南北二史等。唐五代“俗”小説則已逸出史學範式影響之所及，“俗”小説中的歷史人物已經不再遵循史家“實録”原則，而是根據小説叙事的需要來塑造虛構性人物。（二）唐五代小説與宗教之間一改先唐子體與母體關係，表現爲互動的關係。佛、道二教始盛於六朝，至唐臻於極盛。佛、道二教對唐代小説的影響，主要是其靈奇幻邈的故事性爲唐代小説提供了學習對象；同時，佛、道二教則借助於小説“入人也深，化人也速”的特性以廣其教。敦煌變文體小説的宗教與世俗題材可爲此證。（三）唐五代小説，特別是傳奇體小説，在與其他社會思潮的關係中也體現出其文學的獨立品性。如傳奇體小説被用以“行卷”，蓋因其可以見史才、詩筆、議論。以“文備衆

1　參見董乃斌著：《中國古典小説的文體獨立》，北京：中國社會科學出版社1994年版，第5頁。
2　董乃斌著：《中國古典小説的文體獨立》，北京：中國社會科學出版社1994年版，第10頁。

體”概括傳奇體小説，正反映了與其他文學和史學文體相異的文體獨立性。[1]
（四）唐五代小説在審美情趣上表現出融對立之“雅”與“俗”二而爲一的
態勢。張鷟《遊仙窟》是爲文體之“雅俗”合流的明證，白行簡《李娃傳》
則直承“新昌宅説一枝花話”而成，[2] 更多的傳奇體小説則爲“宵話徵異”的
文言記載。（五）唐五代小説與文學思潮關係密切。譬如傳奇體小説對唐代
古文運動發展的推動，中唐古文家的散文創作多有借鑒傳奇小説之處，如韓
愈的諸多碑誌“其實是用傳奇文筆法來寫碑誌的”，其散文“《進學解》和
《送窮文》雖似各有所本，實則都是在傳奇文的影響下，一種故事化、自嘲
自誇的描寫”。[3] 而“前代之文，有近於小説者，蓋自柳子厚始，如《河間》
《李赤》二傳，《謫龍説》之屬亦然”。[4]（六）唐五代出現了小説選本這一獨
特的文體現象。就選本而言，晚唐陳翰《異聞集》是最早的傳奇體小説總
集。現可考知陳翰《異聞集》所收作品約 40 篇，其中初盛唐傳奇小説 2 篇，
中唐傳奇小説 25 篇，晚唐有陸藏用《神告録》《冥音録》等 7 篇，另有佚名
《獨孤穆》《王生》《白皎》《賈籠》《劉惟清》《周頌》等不能確定年代。[5] 浦
江清曾定位唐傳奇爲“別派”“獨秀的旁枝”，由《異聞集》所收篇目來看，
陳翰可説是敏鋭地捕捉到傳奇小説這一“別派”“獨秀的旁枝”所呈現的共
同審美特性，並非常重視，因而全文選編唐傳奇。

---

1 唐代小説與行卷的關係可參見程千帆《唐代進士行卷與文學》第八章（上海：上海古籍出版社
1980 年版）。戴偉華《唐代幕府與文學》（北京：現代出版社 1990 年版）一書對唐代小説與幕府的關係有
詳細論述，此不贅。

2（唐）元稹《元氏長慶集》中《酬翰林白學士代書一百韻》“光陰聽話移”句下原注：“嘗於新昌宅
説一枝花話，自寅至巳，猶未畢詞也。”説明“説一枝花話”的故事情節非常曲折和豐富。

3 季鎮淮：《〈韓愈詩文評注〉前言》，張清華評注，季鎮淮審閱：《韓愈詩文評注》，鄭州：中州古籍
出版社 1991 年版，第 15 頁。

4（清）汪琬撰：《鈍翁類稿》卷四八《跋王于一遺集》，《四庫全書存目叢書》集部第 227 册，濟南：
齊魯書社 1997 年版，第 785—786 頁。

5《異聞集》中還有《相如琴挑》《解褚人》《漕店人》和《雍州人》等篇，程毅中認爲這幾篇都“只能
作爲存目待考”。參見程毅中編：《古小説簡目》附録二《〈異聞集〉考》，北京：中華書局 1981 年版。

第一章
初唐傳奇小説文體的發生

關於唐五代傳奇小説的發展分期，學界有不同看法，比較有代表性的有李宗爲《唐人傳奇》、李劍國《唐五代志怪傳奇叙録》和吴志達《中國文言小説史》等論著中的分期，就唐五代傳奇文體的發展而言，大體上可以分爲三個時期，即初盛唐（618—765）的文體發生期，中唐（766—835）"有意爲之"的定體期，晚唐五代（836—960）"尊體和變體"交織的嬗變期。如同其他文學發展期之劃分一樣，這三期的劃分並非絶對，但却大體上體現出唐五代傳奇小説文體的發展軌迹。

第一節　傳奇體小説的生成

關於傳奇小説文體的生成特徵，章學誠曾言：

> 小説出於稗官，委巷傳聞瑣屑，雖古人亦所不廢。然俚野多不足憑，大約事雜鬼神，報兼恩怨；《洞冥》《拾遺》之篇，《搜神》《靈異》之部，六代以降，家自爲書。唐人乃有單篇，别爲傳奇一類。（專書一事始末，不復比類爲書。）大抵情鍾男女，不外離合悲歡。紅拂辭楊，繡襦報鄭，韓、李縁通落葉，崔、張情導琴心，以及明珠生還，小玉死報，凡如此類，或附會疑似，或竟托子虚，雖情態萬殊，而大致略似。

其始不過淫思古意，辭客寄懷，猶詩家之樂府古艷諸篇也。[1]

　　此段文字指出傳奇體小説的出現，是唐人有意爲單篇，且最初是"專書一事始末，不復比類爲書"。而筆記體小説則多以叢殘之形制存在。又古人編叙事文本爲集時，多慣於以類相從。如漢人王充言："儒生……或抽列古今，紀著行事，若司馬子長、劉子政之徒，累積爲篇第，文以萬數，其過子雲、子高遠矣。"[2] 至唐五代，這種編集方式已成爲一種有著典範意義的傳統方式。如清人阮葵生云："《唐志》，類事之書，始於《皇覽》。《通考》，類事之書，始於梁元帝《同姓名録》。晁氏亦云：'齊梁喜徵事，類書當起於此時。'"[3] 因此，不應將傳奇體小説定位爲筆記體小説的一類。就現代學術史而言，關於傳奇體小説也存歧見，主要有二：

　　一是以魯迅《唐宋傳奇集》和汪辟疆《唐人小説》的選篇作爲傳奇體小説討論的基本框架，並在衡定傳奇體小説的範疇時，以魯迅和汪辟疆依據二書所得出關於唐代小説的認知作爲理論的生發點。魯迅特別强調唐代傳奇體小説與唐前小説在文體和觀念上"演進"的邏輯，[4] 故就《唐宋傳奇集》《中國小説史略》的編排與論述而言，則《古鏡記》《補江總白猿傳》等是爲傳奇體小説的開端。依汪辟疆的《唐人小説》，則《古鏡記》《遊仙窟》爲傳奇體小説的開端。如此，則傳奇體小説始於初盛唐之際。

　　一是陳寅恪從史學的角度探討古文與小説兩種文體的關係，認爲："貞元元和時代古文運動鉅子如韓昌黎、元微之之流，以太史公書，左氏春秋之文體試作《毛穎傳》《石鼎聯句詩序》《鶯鶯傳》等小説傳奇者"，"今日所謂

1（清）章學誠著，葉瑛校注《文史通義校注》，北京：中華書局 2014 年版，第 650 頁。

2（漢）王充著，張宗祥校注，鄭紹昌標點：《論衡校注》，上海：上海古籍出版社 2013 年版，第 279 頁。

3（清）阮葵生撰：《茶餘客話》，上海：上海古籍出版社 1959 年版，第 498 頁。

4 魯迅著：《中國小説史略》，上海：上海古籍出版社 1998 年版，第 44 頁。

唐代小説者，亦起於貞元、元和之世，與古文運動實同一時，而其時最佳小説之作者，實亦即古文運動中之中堅人物是也。……而古文乃最宜於作小説者也"。[1] 與陳寅恪有相同之認知者還有范文瀾、鄭振鐸等。范文瀾提出"古文直接產生小説傳奇，即短篇小説"之論斷；[2] 鄭振鐸則認爲唐傳奇的興起，"古文運動'與有大力焉'"，"'傳奇文'的運動，我們自當視爲古文運動的一個別支"，"由附庸而蔚爲大國"。[3]

關於傳奇體小説的認知，因爲學術路徑的不同而使文體發生與文本認知也顯見不同。本書的著力點在於小説文體的歷史樣態的揭櫫，故不擬對此二種學術路徑做優劣之判斷，而是整合此二種路徑，確定傳奇體小説的文本與文體現象。

傳奇體小説文本的搜集整理，20 世紀上半葉即有典範之作，如魯迅《唐宋傳奇集》、汪辟疆《唐人小説》等。[4] 21 世紀則有袁閭琨等主編的《唐宋傳奇總集·唐五代傳》、李劍國編著的《唐五代傳奇集》等。兩個世紀的搜集整理，呈現了兩種不同的傾向：20 世紀選文謹慎，所選文本大體爲傳奇體小説的典範之作，如魯迅《唐宋傳奇集》收唐五代傳奇體小説文本 31 篇，汪辟疆《唐人小説》收小説文本 29 篇；21 世紀選文則呈現竭澤而漁式的輯集整理傾向，如李劍國《唐五代傳奇集》收文 692 篇。數量上的巨大差距，反映了對傳奇體小説文體認知的不同。

---

1 陳寅恪著：《元白詩箋證稿》，上海：上海古籍出版社 1978 年版，第 121、2 頁。陳寅恪在《韓愈與唐代小説》一文（載《陳寅恪集·講義及雜稿》，北京：三聯書店 2001 年版，第 440—443 頁）中也闡釋了相同之觀點。近來雖有否定陳氏觀點之論，但從唐傳奇文本與古文文本的對讀等角度研究，皆可證明陳氏觀點。相關論證可參見陳玨《中唐傳奇文"辨體"——從"陳寅恪命題"出發》（2007 年 12 月《漢學研究》第 25 卷第 2 期）、康韻梅《唐代古文與小説的交涉——以韓愈、柳宗元的作品爲考察中心》（載《臺大文史哲學報》第六十八期，2008 年 5 月，第 105—133 頁）、倪豪士《〈南柯太守傳〉〈永州八記〉與唐傳奇及古文運動的關係》（載《傳記與小説——唐代文學比較論集》，北京：中華書局 2007 年版，第 83—91 頁）。

2 范文瀾著：《中國通史》（第四册），北京：人民出版社 2004 年版，第 358 頁。

3 鄭振鐸著：《插圖本中國文學史》，上海：上海人民出版社 2005 年版，第 400—401 頁。

4 相比於魯迅使用"傳奇"概念，汪辟疆審慎地使用了"唐人小説"這一概念。

就傳奇體小説文體的定體而言，中唐時期單篇流傳的傳奇小説是定體的典範之作。[1] 初盛唐時期的相關文本，所呈現的文體應是“神遇而不自知”。[2] 一般認爲，傳奇體小説的開山之作爲隋末唐初王度的《古鏡記》。[3] 以《飛燕外傳》爲傳奇體小説開山之作的説法也流傳悠久。《古鏡記》之後，有無名氏《補江總白猿傳》、張鷟《遊仙窟》、劉氏《猿婦傳》、張説《梁四公記》《鏡龍圖記》、唐昄《唐昄手記》等作品，這些是初盛唐時較符合傳奇體小説文體規範的作品。[4]

第二節　早期傳奇小説的叙述特性

以相對嚴格的文體規範和文本傳存的完整度爲標準，本節所謂早期傳奇小説，是指《古鏡記》《補江總白猿傳》《遊仙窟》三種爲典範的小説。《古鏡記》和《補江總白猿傳》爲“述異志怪之體”與“家世仕履”之年表叙事體的結合，雖前者被譽爲“藻麗之體”，[5] 但兩者實則是著書者之筆。《遊仙窟》是才子之筆，“通篇用駢體，唐傳奇中罕有此格”，“非小説正格”。[6]

《古鏡記》是一篇單篇小説，其叙事可以分爲兩個層次：一個正文的叙

1　參見李軍均：《論中唐單篇傳奇的文體建構》，《文藝理論研究》2007 年第 1 期。

2　轉引自明桃源居士《唐人小説序》，（明）桃源居士編：《唐人小説》，上海：上海文藝出版社 1992 年影印掃葉山房本，第 1 頁。

3　有人認爲《古鏡記》是中唐時人的作品，如段熙仲撰有一組文章以證此説（《〈古鏡記〉的作者及其他》，《文學遺産增刊》第 10 輯，中華書局，1962 年）、《〈王度古鏡記〉是中唐小説》（載 1984 年 4 月 17 日的《光明日報》）。然據各種史料來看，《古鏡記》確爲隋末唐初人王度的著述，其誕生年代也確實早於唐初的其他幾篇作品，如無名氏《補江總白猿傳》、張鷟《遊仙窟》等。關於《古鏡記》的作者和其年代的史料，可參見李劍國《唐五代志怪傳奇叙録》（增訂本）“古鏡記”條，北京：中華書局 2017 年版，第 1—15 頁。

4　參見李劍國《唐五代志怪傳奇叙録》、程毅中《古小説簡目》、甯稼雨《中國文言小説總目提要》等書。

5　汪辟疆編：《唐人小説》，上海：上海古籍出版社 1978 年版，第 10 頁。

6　李劍國撰：《唐五代志怪傳奇叙録》（增訂本），北京：中華書局 2017 年版，第 43 頁。

述層，即王度與王勣攜鏡遊歷的叙事，[1] 此爲正叙述層；一個就是開頭一段交代著述因由的叙述層，[2] 此爲超叙述層。同時，以古鏡爲綫索，兩個叙述層融爲一體，但都有自己的起首。因爲是"述異志怪之體"，《古鏡記》的叙事爲增加真實感，在起首既交代時代，也交代人物身份；同時因爲古鏡的神異，不能有一實在之著落，故文本的結尾是謎幻式結尾，從而製造了故事懸念，使叙事形成一種開放式的想像空間。據現有研究，《補江總白猿傳》是一篇具有政治意味的小説，是爲侮辱歐陽詢而作。[3] 爲增加叙事的真實性，《補江總白猿傳》采用了"家世仕履"之年表叙事體，故其起首直接進入叙事，將所叙之事發生的時代背景、起因和主要人物都交代清楚。至於結尾，《補江總白猿傳》是史實性結尾，以增強叙事的真實性。《遊仙窟》非小説正格，然其起首以詩賦語體交代故事發生的地點和緣由，其結尾也是詩賦形式，書寫離別後"余"之情緒。

宋趙彦衛《雲麓漫鈔》謂唐傳奇的文體"可以見史才、詩筆、議論"，[4] 於傳奇體小説而言，"史才"應是叙事，"詩筆"爲詩化語言，在此將詩、

1　王勣即王績。參見汪辟疆編：《唐人小説》，上海：上海古籍出版社 1978 年新 1 版，第 9 頁；魯迅編：《唐宋傳奇集·稗邊小綴》《古鏡記》條，《魯迅全集》第十卷，北京：人民文學出版社 1973 年版，第 475—476 頁。

2　王度《古鏡記》起首一段爲："隋汾陰侯生，天下奇士也。王度常以師禮事之。臨終，贈度以古鏡曰：'持此則百邪遠人。'度受而寶之。鏡横徑八寸，鼻作麒麟蹲伏之象。繞鼻列四方，黽龍鳳虎，依方陳布。四方外又設八卦，卦外置十二辰位由具畜焉。辰畜之外，又置二十四字，周繞輪廓。文體似隸，點畫無缺，而非字書所有也。侯生云：'二十四氣之象形。'承日照之，則背上文畫，墨入影内，纖毫無失。舉而扣之，清音徐引，竟日方絕。嗟乎，此則非凡鏡之所同也，宜其見賞高賢，自稱靈物。侯生常云：'昔者吾聞黄帝鑄十五鏡。其第一横徑一尺五寸，法滿月之數也。以其相差，各校一寸。此第八鏡也。'雖歲祀攸遠，圖書寂寞，而高人所述，不可誣矣。昔楊氏納環，累代延慶。張公喪劍，其身亦終。今度遭世擾攘，居常鬱怏。王室如毁，生涯何地。寶鏡復去，哀哉！今具其異迹，列之於後。數千載之下，尚有得者，知其所由耳。"這一段文字與下文形成兩個叙事格局，本段文字交代古鏡的來歷與神異功能以及王度著述此文的終極目的，自身構成一個自足的叙事結構。下文則以具體事例來表現古鏡的神異，如没有起首這一段文字，下文叙事則剛好形成一個自足的叙述層。因爲起首段是交代叙事背景，所以稱之爲超叙述層，而下文則爲正叙述層。

3　參見李劍國撰：《唐五代志怪傳奇叙録》（增訂本）"補江總白猿傳"條，北京：中華書局 2017 年版，第 15—23 頁。

4　（宋）趙彦衛撰：《雲麓漫鈔》，北京：中華書局 1996 年版，第 135 頁。

賦、雜文等文體亦增入“詩筆”範圍；“議論”包含兩者，一是小説中叙述者對人、物或事情等的評判，一是作者跳出叙事情節框架而發表的全知性的感慨、評價等。又魯迅曾概括傳奇小説的特徵有“大率篇幅曼長，記叙委曲”、“文采與意想”，[1] 其中“篇幅”“文采”也是傳奇小説文體的外在特徵之一。這五個方面基本能夠代表傳奇小説的文體特徵。

叙事（“史才”）是傳奇體小説的文體根本特質，初唐三種傳奇皆具有此種特質；“詩筆”存於《古鏡記》《遊仙窟》文體中，而“議論”僅在《古鏡記》中略有，三種傳奇皆具“文采”。至於篇幅，據李劍國所整理之《唐五代傳奇集》進行統計，該書所收録的初盛唐時傳奇小説，絶大多數篇幅在800字至2 000字間，《補江總白猿傳》篇幅亦如此，《古鏡記》《遊仙窟》則超過2 000字，大抵可算“篇幅曼長”。

傳奇體小説之“詩筆”和“議論”，爲歷來論者所推重；特別是“詩筆”，被視爲傳奇體小説最主要特徵的文體。然而，《古鏡記》《補江總白猿傳》的“詩筆”並不多，僅《古鏡記》有四言八句斷章一首。《遊仙窟》是特例，單詩歌就有88首之多，且這些詩歌大多爲人物對話中的贈答，從而形成該文本韻散交錯的文體形式，另有書信一篇和謡諺十首。《遊仙窟》這種歌行對話文體的形成，研究者多致力於從文體自身發展歷史中尋找原因。如程毅中指出：“像《遊仙窟》這樣大量地用詩唱和，恐怕還是模仿民間對歌的習俗。”[2] 石昌渝亦云：“敦煌石室所藏《下女夫詞》用男女酬答方式寫男女偶然的一次歡會，男女飲酒對詩，情漸綢繆，似與《遊仙窟》同出一轍。男女酬答以言情，是南方民歌中古老的傳統，樂府詩中的吳聲《子夜歌》就是這類民歌，這個男女贈答的方式至今還保留在南方少數民族的民歌中。”[3]《遊仙

---

1 魯迅著：《中國小説史略》，上海：上海古籍出版社1998年版，第44、45頁。

2 程毅中著：《唐代小説史》，北京：人民文學出版社2003年版，第112頁。

3 石昌渝著：《中國小説源流論》，北京：三聯書店1994年版，第166頁。

窟》中的贈答詩運用了雙關、諧音等修辭手法，這顯然受到民歌的影響。程毅中、石昌渝兩位學者的結論大體符合張鷟《遊仙窟》文體誕生的原因。

王度《古鏡記》和張鷟《遊仙窟》都按客觀時間進行順時叙述。《古鏡記》講述了關於古鏡的十二件奇異之事，以王度得鏡——王度攜鏡遊歷——王勣攜鏡遊歷——王勣失鏡爲叙事主綫，以王度、王勣的兄弟關係來榫合前後兩部分。《古鏡記》每一奇異之事皆繫以日、月、年的時間限定，形成十二個情節單元。對此種叙事方式，袁宏道曾評曰："自照老狸後，歷叙鏡之奇處凡十二見，使人洞心駭目，是此鏡歷年譜。"又評曰："歷歷顯奇，叙人周悉。鏡是物外奇珍，文是簡中實録。"[1]袁宏道以"年譜"和"實録"來評價《古鏡記》的叙事，實則緣於《古鏡記》所采取的順叙叙事方式，即故事時間與叙事時間大體吻合。如此則可以認爲，"年譜"是繫之以時序的故事時間，但以"實録"的方式記録本事。《古鏡記》當然不是"年譜"，其叙寫古鏡怪異性能的故事當然也不是"實録"，但《古鏡記》由年譜式時間叙事所生成的文體，與史傳的編年體是異質同構。不過，《古鏡記》年譜式文體結構，不僅超越了先唐小説各自獨立的短章形式，也超越了編年體史書的叙事模式，成爲傳奇叙事的先驅。劉開榮對此有過闡述，云：

> 它（《古鏡記》）的形式尤其是六朝小説與唐傳奇小説中間的橋梁。在唐以前的小説，素來只是直綫式的筆記體，一條一段，各不相屬，無結構無組織，仿佛編年史一樣。《古鏡記》的形式，也一方面保有極濃厚的六朝小説的氣息，依着年月平鋪下去。如從大業七年五月説起，按着時間先後説"古鏡"的靈驗和神異，中間經過大業七年五月、六月，大業八年四月一日，八月十五日，其年冬，大業九年正月朔旦，其年

1《虞初志》卷六《古鏡記》眉批，北京：中國書店 1986 年版，第 16 頁。

秋，大業十年其弟王勣罷官歸來後，復攜此鏡出外雲遊，此後便依所遊
地點先後排叙，直到大業十三年夏六月，鏡還作者，七月十五日便飛
去，不知所在爲止。但另一方面却又反六朝小説排列法，不依年月各自
爲段地排列，而一氣連下去，像一篇小説的情節。[1]

劉開榮此論揭示了《古鏡記》由先唐小説到唐傳奇文體成立的過渡意義。
《古鏡記》開啓的年譜式文體，後來成爲一種相對穩定的文體形態，中唐傳
奇小説定體時多有單篇流傳之傳奇小説，如白行簡《三夢記》等，即襲用此
文體，而"年譜"式的時間叙事也固化爲傳奇小説潛在的文體叙事模式，常
見於後世傳奇小説中。

　　張鷟的《遊仙窟》書寫了他和崔十娘等的"一夜風流"。通篇大體爲駢
文，且穿插大量主客對答的五言詩。一夜雖短，但張鷟充分運用時間的叙
事功能，把"一夜風流"的進程以時序彰明，如"須臾之間""片時""讀
詩訖""之後""少時""然後""遂""次""又次""其時""于時""當
時""忽""天曉以後"等時間語詞，從叙事而言是"風流事"綫性時間表
達，但在一夜之間相對短暫的時段裏，分理出如此多的時間節點，實際蘊含
發生風流事的兩者之情感發展的細微歷程。《遊仙窟》將張崔兩人在"一夜"
間的每件事都繫以時間節點，使得叙事細膩委婉而篇幅漫長。盛中唐時的傳
奇小説，如《蘭亭記》《鏡龍圖記》《梁四公記》等，大抵如此。

　　《補江總白猿傳》是按事件的發展來結構故事，劉開榮曾評價其小説史
價值言："在藝術上的價值却是偉大的，在中國小説史上可以説是一顆初熟
的果實，第一篇完成近代短篇小説主要條件的作品。"[2]關於《補江總白猿傳》
所涉歐陽詢與長孫無忌互嘲的本事，劉餗《隋唐嘉話》、孟棨《本事詩》等

1　劉開榮著：《唐代小説研究》，北京：商務印書館1956年版，第49頁。

2　同上，第60頁。

皆有記載。劉餗《隋唐嘉話》卷中載：

> 太宗宴近臣，戲以嘲謔，趙公無忌嘲歐陽率更曰：“聳髆成山字，埋肩不出頭。誰家麟閣上，畫此一獮猴？”詢應聲云：“縮頭連背暖，俛襠畏肚寒。只由心溷溷，所以面團團。”帝改容曰：“歐陽詢豈不畏皇后聞？”趙公，后之兄也。[1]

孟棨《本事詩》所載大體相同。相比於《補江總白猿傳》，這些記載極爲簡略，可視作本事。《補江總白猿傳》之作，將隋唐時所傳此事嬀和先唐猿猴攫人之傳説敷演而成。[2] 先唐所載猿猴攫人事，更爲簡略。相比之下，《補江總白猿傳》叙事婉曲詳盡，可拆分爲如下五個叙事情節單元：

> 背景：藺欽南征——→起因：歐陽紇失妻——→發展：歐陽紇尋妻——→高潮：歐陽紇發現妻並殺猿救妻——→尾聲：紇妻生子，“及長，果文學善書，知名于時”。與此相對應的叙事時間結構如下：“梁大同末”（時間大背景）——→“夜”…→“爾夕”…→“至五更”…→“忽”…→“即”——→“迫明”…→“日往四退”——→“既逾月”…→“又旬餘”…→“如期而往”（以十日爲期）…→“日晡”…→“少選”…→“既”…→“又”…→“良久”——→“周歲”…→“及長”。[3]

1（唐）劉餗著，程毅中點校：《隋唐嘉話》，《隋唐嘉話　朝野僉載》，北京：中華書局1979年版，第23頁。

2 漢朝焦延壽《易林》（坤之剥）有“南山大獲，盜我媚妾”一説。又（晉）張華《博物志》卷三“異獸”類載：“蜀山南高山上，有物如獮猴。長七尺，能人行，健走，名曰猴玃，一名馬化，或曰猳玃。伺行道婦女有好者，輒盜之以去，人不得知。行者或每遇其旁，皆以長繩相引，然故不免。此得男子氣，自死，故取女不取男也。取去爲室家，其年少者終身不得還。十年之後，形皆類之，意亦迷惑，不復思歸。有子者輒俱送還其家，產子皆如人，有不食養者，其母輒死，故莫敢不養也。及長，與人無異，皆以楊爲姓，故今蜀中西界多謂楊率皆猳玃、馬化之子孫，時時相有玃爪也。”

3 實綫箭頭如“——→”者表示由一個叙事情節單元進入另外一個叙事情節單元，虛綫箭頭如“…→”表示在同一叙事情節單元内的歷史時間的推移。

在《補江總白猿傳》的這個時間結構中，客觀時間和心理時間的反復切換，營造了叙事節奏舒緩、緊湊的交疊，提升了叙事張力。如開篇作爲叙事背景的藺欽南征并不展開，此後詳述歐陽紇妻在嚴密防守中神秘失蹤的過程，接下歐陽紇的尋妻過程則略叙，但設置叙事的懸念，進而是發現妻子並殺猿救妻，最後以歐陽詢"及長"的事實證實叙事的真實性。此一叙事進程，張弛有度，既有小説審美的情節張力，又有閱讀史傳文學的真實性感受。此種叙事藝術的生成，受益於文本細膩的時間叙事。

就文體而言，《補江總白猿傳》應承襲自六朝雜傳。《補江總白猿傳》又名《續江氏傳》或《續江氏白猿傳》，曰"補"或"續"，蓋指先有六朝江總之《白猿傳》，此特補充江總《白猿傳》所未及耳。此言"補"或"續"，則文體自是承續六朝傳體（尤其是雜傳），無關江總《白猿傳》的真實存在與否。程千帆曾概括漢魏六朝雜傳的四個特徵：雜傳專以傳主一人爲對象，所取資有存汰，但與史傳標準有異；雜傳以單行爲主，不獨傳主在所詳叙，即有關諸人，亦皆旁及，在所不遺；雜傳褒貶之例不甚謹嚴；雜傳雜以虛妄之説，故傳主個性反或近真。[1] 以此四種雜傳特徵衡諸《補江總白猿傳》，亦甚相符。《補江總白猿傳》的此種相符，也印證了程千帆言雜傳"其體實上承史公列傳之法，下啓唐人小説之風"[2]之斷語。

《古鏡記》《遊仙窟》和《補江總白猿傳》以順叙爲主，但是倒叙、插叙、補叙、預叙等叙事方式也融匯到叙事之中，並爲之帶來文體上的變化。如《古鏡記》，雖然以順叙爲主，但也運用了倒叙、插叙的方式。順叙是故事時間與小説叙事時間相吻合，而插叙、倒叙、預叙、補叙等則是故事時間和小説叙事時間相錯亂而形成。三種傳奇體小説以順序爲主，或多或少使用了插叙、倒叙、預叙、補叙等方式，多種叙事方式的交織所形成的時代錯

1　參見程千帆著：《閑堂文藪》，濟南：齊魯書社 1984 年版，第 163 頁。

2　同上，第 162 頁。

亂，爲傳奇小説借助虚構擺脱傳統史法的束縛提供了想像的空間。如時代錯亂的叙事，即便是"依托真人，即使事迹之犖犖大者，文獻有徵，抑或人出虚構，仍繫諸某朝某代，而道後世方有之事，用當時尚無之物"，而傳奇小説是"以文爲戲"之作，"既'明其爲戲'，于斯節目讀者未必吹求，作者無須拘泥"。[1]如此，時代錯亂的叙事與詩筆融合，則形成小説的意趣。譬如《補江總白猿傳》的時代錯亂叙事，在貌似真實的時代背景中隱藏著歷史時間、歷史人物、歷史地點等的錯亂。[2]至於《古鏡記》《遊仙窟》，時代錯亂的叙事模式亦無可争議地存在。

　　傳奇小説時代錯亂的叙事特徵，必然導致叙事空間騰挪置換的自如。如《古鏡記》以漫遊之蹤來設置古鏡奇異之事發生的地理空間，實則是按照叙事人物主動或被動改换所處空間的經歷來叙事。《古鏡記》中，作爲作者的"王度"，既是叙述者，文本的建構是作爲作者的"王度"親身經歷，包含在文本中傾聽其弟王勣講述六件古鏡的奇異之事，也因此，"王度"在王勣講述時也就成爲了受述者；而作爲故事人物的王勣，因爲他對其兄——作爲作者的"王度"——講述攜鏡遊歷所發生的事，成爲了次叙述層的叙述者。因爲這種叙事設計，所述古鏡的十二件奇異之事，由兩位叙述者在相對廣泛的地理空間見證，符合古人"遠方殊俗"的普遍認知，增添了叙事的真實性。當然也有消極的影響，即造成小説文體結構的鬆散。如袁宏道評《古鏡記》云："勣持此鏡遍歷多方，叙其神奇處若斷若續，或數語則竟，或連章不盡，是隨筆鋪叙，若無意成文者。"[3]"隨筆鋪叙""無意成文"，所指無疑都是小説文體叙事相對鬆散的缺點，好在《古鏡記》將事繫以"時、日、月、年"，以年譜結構爲一體。

1　錢鍾書著：《管錐編》第四册，北京：中華書局 1986 年第 2 版，第 1299、1302 頁。

2　詳細考證可參見陳珏：《〈補江總白猿傳〉"年表錯亂"考》，《漢學研究》第 20 卷第 2 期（2001 年 12 月）。

3《虞初志》卷六《古鏡記》眉批，北京：中國書店 1986 年版，第 21—22 頁。

　　《補江總白猿傳》的空間敘事，以歐陽紇略地（大地理空間）、匿妻（室内）、尋妻（爬山越嶺）、殺猿（山洞）和夫妻團聚（室内）結構，形成空間的轉換，但也符合人情物理。與《古鏡記》相比，《補江總白猿傳》的此種敘事環環緊扣，脈絡清晰。爲建構敘事的真實性，特意將故事背景設置爲梁大同末平南將軍藺欽南征至桂林。歷史上的桂林地理，柳宗元有“桂州多靈山，發地峭豎，林立四野”[1]的概括，此種地理空間與征戰的活動結合，爲故事生發做了合理鋪墊。其後略地長樂，至於失妻、尋妻、救妻、夫妻團聚等，都發生在長樂這個更小的地理空間，避免了空間轉換的漫延。又，從失妻到夫妻團聚的空間敘事，隱含著一個圓環結構：由“室内”失蹤，最終回到“室内”，即便兩個“室内”可能並不相同，也並不影響這種空間的圓環，其間尋妻的爬山越嶺、殺猿的山洞只是這個圓形上的兩個支撐點。敘事更巧妙的是設置了一個空間連續的敘事之“眼”——紇妻的繡履，使得爬山越嶺和發現山洞水到渠成。袁宏道評此“眼”道：“得一繡履，漸有頭路。此履是無雙之明珠，樂昌之破鏡矣！”[2]

　　《補江總白猿傳》的白猿洞是一險惡之地，《遊仙窟》中的“神仙窟”則是浪漫邂逅的美好空間。《遊仙窟》中，張鷟路經“積石山”，偶遇“神仙窟”，由此邂逅一夜風流旖旎的艷情。《遊仙窟》的敘事空間，“積石山”僅僅是爲了區隔世俗的設置，不影響一夜風流的邂逅，倒是“神仙窟”的營造，形成了一個完全閉合的空間敘事，如故事情節和人物的情感變化，是按“余”（張鷟）在“門側草亭”“門内”“中堂”“園内”“十娘房室”等空間的轉換來設置。將《補江總白猿傳》和《遊仙窟》的空間敘事作比較，應可發現，《補江總白猿傳》是追求歷史真實的人物傳記式結構，《遊仙窟》則形成

　　1（唐）柳宗元：《桂州裴中丞作桂林訾家洲亭記》，《柳河東集》，上海：上海人民出版社1972年版，第451頁。

　　2《虞初志》卷七《補江總白猿傳》眉批，北京：中國書店1986年版，第24頁。

抒情性的個人化俗賦體。

　　唐五代傳奇小説中的人物，大多是生活中真實人物。初盛唐三種傳奇小説也是以真實人物爲主，如《古鏡記》中的王度、王勣兄弟，《補江總白猿傳》中的歐陽紇和歐陽詢父子，《遊仙窟》中的"余"更是如此。然人物身份的真實，並不決定小説中以人物爲依托所述之事必須客觀真實，或者小説中的人物和所述之事皆是真實的，但可以張冠李戴或時代錯亂的叙事模式，是真實的人和真實的事糅合一體，從而建構"人"與"事"之間互動的關係，[1] 形成所謂"事隨人俱起，人隨事俱去"的叙事藝術。如《古鏡記》中的王勣，是歷史人物王績"棄官歸龍門後，史不言其遊涉，蓋度所假設也"。[2] 小説中真實人物在叙事中的虛實交錯，是小説文體叙事的需要。於"性躁卞，儻蕩無檢"[3] 的張鷟而言，《遊仙窟》可能就是他某次艷遇的記載；[4]《補江總白猿傳》虛構出一白猿，則是爲了達到"不唯誣詢兼以誣總"[5] 的目的。

　　唐五代傳奇小説的叙事人物，還有一類是非人的異物或妖鬼等，如《古鏡記》中的古鏡，《補江總白猿傳》中的白猿等。《古鏡記》以古鏡作爲叙事的對象，有其淵源。如先唐時期，既有較多關於鏡的奇異事的記載，這些奇異事大抵不符正統，因此以"殘叢短語"存之。[6]《古鏡記》以綫性時間貫串遊歷空間，十二件異事將古鏡的奇能異迹書寫得淋漓盡致，從而"變叢殘之

1　"人"指小説在叙事過程中承擔叙事功能的人與物，但非叙述者和作者。

2　魯迅著：《中國小説史略》，上海：上海古籍出版社 1998 年版，第 45 頁。

3　（宋）歐陽修撰：《新唐書》卷一六一，北京：中華書局 1975 年版，第 4979 頁。

4　劉開榮《唐代小説研究》下篇《論遊仙窟》中有考證，並附有一張"積石山"地理圖。商務印書館 1947 年版。

5　（明）胡應麟撰：《少室山房筆叢》卷三十六《四部正譌下》，上海：上海書店出版社 2009 年版，第 320 頁。

6　如東漢郭憲《洞冥記》卷一："有金鏡，廣四尺，照見魑魅，不獲隱形。"張衡《西京雜記》卷一："宣帝被收繫郡邸獄，臂上猶繫帶史良娣合采婉轉絲繩，係身毒國寶鏡一枚大如八銖錢。舊傳此鏡見妖魅，得佩之者爲天神所福，故宣帝從危獲濟。及即大位，每持此鏡感咽移信。常以琥珀笥盛之，緘以戚里織成錦，一曰斜文錦。帝崩不知所在。"陶淵明《搜神後記》卷九："淮南陳氏，于田中種豆，忽見二女子，姿色甚美，著紫纈襦，青裙，天雨而衣不濕。其壁先掛一銅鏡，鏡中見二鹿，遂以刀斫獲之，以爲脯。"

貌而鑄偉辭"。[1]《補江總白猿傳》中的白猿，是"人性""神性"和"物性"的合一，大抵符合"圓形人物"的形象塑造；而晉張華《博物志》中的"蜀山獼猴"僅僅具有"物性"，更不用談形象塑造了。又《古鏡記》中的鸚鵡，是一個閃現性的次要敘事人物，但其形象也是鮮活的。如鸚鵡因古鏡而被逼"復故體"，乞求王度緘鏡"盡罪而終"，但王度顧慮緘鏡後鸚鵡逃竄，鸚鵡此時"笑曰：……"。這一"笑"字，既有鸚鵡對自己命運的無奈，也有對王度多慮的訕笑，非常符合此時已認命的鸚鵡心境。

　　無論實有或虛構的人物，依賴於"事"而合理，脫離了"事"，敘事人物也就不能稱之爲敘事人物。《古鏡記》《遊仙窟》《補江總白猿傳》的敘事模式以故事爲中心，展現出"事奇"的審美追求。如《古鏡記》，曾被目爲類書，[2]其原因在於小說中有十二個古鏡的故事，這些故事基本上都可以獨立爲筆記體小說。然《古鏡記》並非類書，而是一篇結構完整的傳奇小說，因爲這十二個故事被王度和王勣這兩個敘事人物串連爲一體。特別是後六個故事，在《古鏡記》中是一個融爲一體的情節，是王勣與王度兩個人物間的情節活動。《古鏡記》中"事"與"人"的關係，是"事"爲主"人"爲輔。這可從它的敘事分層和敘述者的設置來考察。《古鏡記》的敘事分爲三層，即超叙述層、正叙述層和次叙述層。超叙述層是小說叙事的起首，其中涉及兩個敘事人物：王度和侯生。這個叙述層的設置，不僅交代古鏡的來龍去脈和著述《古鏡記》的目的，同時也讓主要叙述者王度出場。正叙述層由十二個故事組成，是著述者王度自述得古鏡後親身經歷和親耳聽聞的古鏡奇事。作爲敘事人物的王度同時承載了通貫全篇的叙述者功能，所有的故事都是由王度來完成叙述，且以王度這一敘事人物爲綫索而結構成一篇傳奇小說。但著述者王度爲了增強以古鏡爲中心的叙事之奇的真實性，不僅讓作爲

　　1 李劍國撰：《唐五代志怪傳奇敘錄》（增訂本），北京：中華書局 2017 年版，第 13 頁。
　　2 晁公武《郡齋讀書志》將《古鏡記》放在"類書類"。

叙述者的王度叙述自身所經歷的六件古鏡之奇事，並從中引出由在主叙述層中屬於被叙述者的叙事人物來叙述親歷的古鏡奇事，由此形成次叙述層。作爲叙述者的王度實質上就是著述者，因此《古鏡記》的叙事視角可以認爲是第一人稱叙事。同時，在叙事的過程中，作爲著述者的王度采取了限知叙事的模式，即便是交代故事叙事的終極目的的超叙述層——起首，其叙事模式也是第一人稱的限知叙事。而在正叙述層和次叙述層中，多位叙述者叙述的所有故事，全部采用嚴格的第一人稱限知叙事。主叙述層的叙事完全限制在主叙述者王度的感知範圍内，全部次叙述層的故事都是主叙述者王度所没有親身經歷的，他只能親耳聽聞次叙述層的故事講述者的講述。對於聽聞的故事，史傳模式的全知叙事一般采用間接引語的模式轉述，但作爲叙述者的王度采用了直接引語的模式引述。這樣，由次叙述層的幾位叙述者提供的在不同時間、不同地點親歷的幾件古鏡奇事，對主叙述者王度的講述起到補充證實的作用。如程雄家婢鸚鵡，在主叙述層中它是一個被叙述對象，是古鏡魔力的被降服者，但作爲主叙述者的王度，並没有自己來叙述古鏡對鸚鵡的魔力，而是以鸚鵡自述的方式來叙事，這樣就增强了説服力。豹生的叙述，見證了古鏡在蘇綽與王度手中的魔力以及蘇綽對古鏡下落預卜的應驗。再如張龍駒的叙述，則讓鏡精以托夢自述的方式來證實魔力的實有。最後，又讓王勣自述攜鏡所親身經歷的六件奇事，顯示了古鏡降妖伏魔的威力，再次證實古鏡的奇能異迹。由此可以得出，《古鏡記》中叙事人物的設置，是爲了增强叙事之“事”的真實性，並因爲這種需要而采取了第一人稱限知叙事的視角，對故事作分層叙述。這是史傳叙事法中所没有的，它表明此時的小説叙事文體已與史著叙事文體分道揚鑣。

在《古鏡記》《補江總白猿傳》和《遊仙窟》中，叙事人物活動場景的設置極爲豐富。如《古鏡記》所叙的十二個故事就是十二個叙事人物活動場景。《補江總白猿傳》中歐陽紇守妻、失妻、尋妻、殺猿等系列情節也是叙事人物活動的系列場景，《遊仙窟》的場景設置也較爲豐富。場景設置的叙事方式基本上可分爲概述式和呈現式兩種方式。概述式大多用第三人稱（也可用第一人稱），多適用於社會場景的描述，也可以用於事件的描述。事件中有人物，但人物可以没有對話、賓白，一切都由叙述者來講述。呈現式大多適用於叙事人物活動場景，没有人稱叙事的限制，有叙述者的講述，但事件中的人物各有在一定的時空中進行的適如其人的對話和獨白。概述式的場景描寫在小說文體中的作用一般是交代社會背景、叙事的過渡、叙事人物或事件的補充等。概述式叙事人物活動場景較爲簡單樸素，如《古鏡記》中王勣攜鏡於玉井池伏蛟和以鏡平濤驅獸即是對古鏡奇能異迹的補充，《補江總白猿傳》中歐陽紇攜妻掠地至長樂的概述乃是叙事展開的背景。呈現式的叙事人物活動場景是小說文體叙事的基本特徵，能夠使叙事人物的“燕昵之詞，媟狎之態，細微曲折，摹繪如生”。[1] 如《古鏡記》中王度攜鏡伏程雄家婢鸚鵡的場景，《遊仙窟》中張鷟和崔十娘等人步步深入的調情及一夜旖旎風流。自然場景的設置以《補江總白猿傳》爲代表，云：“南望一山，蔥秀迥出。至其下，有深溪環之，乃編木以度。絶巖翠竹之間，時見紅彩，聞笑語音。捫蘿引絙，而陟其上，則嘉樹列植，間以名花，其下緑蕪，豐軟如毯。清迥岑寂，杳然殊境。”[2] 如此精細緻密的景色描寫使人如臨其境。此外還有如王度《古鏡記》中對揚子江風高浪惡的描繪、張鷟《遊仙窟》中對積石山崔十娘居所周邊環境的描寫等等，也是呈現式的自然場景設置。可以説，正是因爲錯落有致的場景設置，才使《古鏡記》《遊仙窟》《補江總白猿傳》的著述脱離和超越了先唐小說“粗陳梗概”的文體藩籬，形成“叙述宛轉”“篇幅曼長”的文體形態，也爲中唐傳奇小說的興盛提供了文體的模仿和經驗的借鑒。

1　此段評述原爲紀昀評《聊齋》之語。見（清）盛時彦《姑妄聽之跋》，（清）紀昀撰：《閲微草堂筆記》，上海：上海古籍出版社 1980 年版，第 472 頁。

2　魯迅輯：《唐宋傳奇集》，《魯迅全集》第十卷，北京：人民文學出版社 1973 年版，第 204—205 頁。

第二章
中唐傳奇小説文體的成熟

　　關於中唐時期傳奇小説的著述，魯迅概括道："惟自大曆以至大中中，作者雲蒸，鬱術文苑，沈既濟、許堯佐擢秀於前，蔣防、元稹振采於後，而李公佐、白行簡、陳鴻、沈亞之輩，則其卓異也。"[1]中唐時期傳奇小説的著述呈現了三種值得注意的現象：一是一批具有集團性知名文人參與了經典傳奇小説的著述，二是此時期多數優秀的傳奇小説以單篇的形式流傳，三是傳奇小説形成了相對統一的文體外在特徵和内在叙事規範。因此，可以説中唐時期是傳奇小説文體的定體時代。中唐時期的單篇傳奇小説有五十餘篇，但於後世廣爲流行者其實不多。影響較大的名篇有：《離魂記》《任氏傳》《枕中記》《李娃傳》《柳毅傳》《柳氏傳》《南柯太守傳》《廬江馮媪傳》《謝小娥傳》《鶯鶯傳》《李章武傳》《長恨歌傳》《東城老父傳》《毛穎傳》《湘中怨解》《馮燕傳》《秦夢記》《霍小玉傳》《東陽夜怪録》《周秦行紀》《上清傳》等。探討中唐時期傳奇小説文體的整體特徵，應以這些名篇爲主要對象。另外，此時期的傳奇不僅以"著書才至一篇"[2]的單篇形式出現，還開始在小説集中出現，如牛僧孺《玄怪録》、張薦《靈怪集》和薛用弱《集異記》，其編集也體現了傳奇小説的時代風貌，這類小説集也應欄入中唐傳奇小説文體考

---

　　1 魯迅著：《唐宋傳奇集》序例，《魯迅全集》第十卷，北京：人民文學出版社1973年版，第190頁。
　　2（唐）劉知幾著，（清）浦起龍通釋，王煦華整理：《史通通釋》，上海：上海古籍出版社2009年版，第530頁。

察的範疇，特別是《玄怪録》，魯迅評曰："造傳奇之文，會萃於集者，在唐代多有，而煊赫莫如牛僧孺之《玄怪録》。"[1]

第一節　傳奇小説的形式

一、起首和結尾

中唐時期傳奇小説的起首有三種基本形式：一是交代人物姓名、籍貫、先世父祖以及時代和故事發生的時間、地點等基本情況的史傳方式，且采用史傳慣常的陳述式句式，這種形式在之後的傳奇小説中經常被采用。二是直接進入情節叙事，此種形式與諸子叙事散文起首模式相同。[2]以上這兩種起首方式最爲常見。另外，此時期傳奇小説還有一種講述式起首，一般是簡單陳説叙述人講述的現象，如《玄怪録》中的《張佐》，起首爲："前進士張佐，常爲叔父言：……"《李沕言》起首爲："漢中從事李沕言：……"有唐一代，傳奇小説的此種起首形式並不多見，其結構功能與中唐時期傳奇小説點出"宵話徵異"的結尾相似。

中唐時期傳奇小説的結尾，主要有"結構性結尾"和"情節性結尾"兩種。[3]"結構性結尾"一般存在於單篇傳奇小説中，有三種方式：一是以"傳論"結尾，著述者主動站出來根據小説内容發表一通有"教育"意義的文字，如《柳氏傳》《馮燕傳》《毛穎傳》等；二是著述者交代叙事之"故事"

1　魯迅著：《中國小説史略》，上海：上海古籍出版社1998年版，第58頁。

2　如《莊子·盗跖》開頭："孔子與柳下季爲友，柳下季之弟名曰盗跖。盗跖從卒九千人，横行天下，侵暴諸侯。穴室樞户，驅人牛馬，取人婦女。貪得忘親，不顧父母兄弟，不祭先祖。所過之邑，大國守城，小國入保，萬民苦之。"如《墨子·公輸》："公輸盤爲楚造雲梯之械，成，將以攻宋。"如《伊尹説·伊尹生空桑》："有侁氏女子采桑，得嬰兒於空桑之上，獻之其君。"

3　李劍國曾總結出唐傳奇的結尾説："所謂結尾有兩種：一是結局性結尾，即事止而文終，或可叫情節性結尾；一是附加性結尾，即事止而文不終，在人物事件的結局之後再加上一段結束語，或可叫結構性結尾。"見李劍國《唐五代志怪傳奇叙録》（增訂本）之"代前言"《唐稗思考録》，北京：中華書局2017年版，第111頁。

來源和著述目的，如《離魂記》《鶯鶯傳》《廬江馮媪傳》《湘中怨解》《長恨歌傳》等；三是綜合式結尾，即既有"傳論"，又交代"故事"來源與著述目的，如《謝小娥傳》《柳毅傳》《任氏傳》《李娃傳》等。"情節性結尾"則主要出現在小説集中的傳奇小説中，可分爲兩種情況：一是史實印證型的結尾，即以史實性事迹的陳述作爲結尾以印證敘事的真實性；二是仿《桃花源記》式的結尾，製造謎幻式的故事懸念，從而使敘事形成一種開放式的想像空間。如《玄怪録》所能確定的 24 篇傳奇小説中，有 17 篇是"情節性結尾"，其中史實印證型的結尾有 9 篇，《桃花源記》式的謎幻式結尾有 8 篇；6 篇是"結構性結尾"。張薦《靈怪集》中的傳奇小説《郭翰》《李令問》《姚康成》《王生》等篇、薛用弱《集異記》中的絶大多數傳奇小説，也是"情節性結尾"。

二、"史才""詩筆""議論""文采"與"篇幅"

中唐時期的單篇傳奇小説和小説集中的傳奇小説都有"史才"，絶大多數具有"文采"，僅少數幾篇文采匱乏，在"詩筆""議論"和"篇幅"方面則有不同的文體表現。在前述 21 篇單篇傳奇小説名篇中，有 13 篇雜有詩、詞、謡、疏、詔、表、信、奏等文體；有 14 篇有爲"結構性結尾"的"議論"；有 10 篇"篇幅曼長"，7 篇篇幅處於中間狀態，5 篇篇幅較短。小説集中的傳奇小説，以無"詩筆""議論"爲主流，且"篇幅曼長"者稀少。如《玄怪録》24 篇傳奇小説中，僅 8 篇雜有詩、詞等韻文；僅 5 篇有"結構性結尾"的"議論"，且其中《尹縱之》篇僅最後一句爲"議論"，《董慎》的結尾雖基本以"議論"爲主，但其"議論"是借助敘事人物的對話發表，而非敘述者的直接叙述；24 篇傳奇小説中没有"篇幅曼長"者，而一般狀態者則有 17 篇，另有 7 篇篇幅短小。張薦《靈怪集》中可考知的傳奇小説，僅

《郭翰》和《姚康成》兩篇有詩；僅《郭翰》等極少傳奇小説於敘事人物的對話中雜有一點議論，且沒有"結構性結尾"。薛用弱《集異記》中，也只有《蔡少霞》等少數幾篇雜有詩文類文體，僅《丁岩》等少數傳奇小説是由"議論"組成的"結構性結尾"。張薦《靈怪集》、薛用弱《集異記》、陳劭《通幽記》、戴孚《廣異記》等小説集中的傳奇小説，"篇幅曼長"者稀少，一般以篇幅處於中間狀態的傳奇小説爲主。

中唐時期的傳奇小説中唐時期代表性傳奇體小説的具體情況見下表：

單篇傳奇小説"史才""詩筆""議論""篇幅""文采"一覽表

篇名	史才	詩筆	議論	篇幅	文采	題材
離魂記	有	無	無	較短	有	情愛
任氏傳	有	無	有	漫長	有	情愛
枕中記	有	疏、詔 1	無	一般	有	夢幻
李娃傳	有	無	有	漫長	有	節行
柳毅傳	有	歌詩 3	有	漫長	有	神仙
柳氏傳	有	詞 2	有	一般	有	情愛
東城老父傳	有	謠 1	有	一般	有	歷史
南柯太守傳	有	表 2	有	漫長	有	夢幻
鶯鶯傳	有	人物詩 3、信 1、引詩 2	有	漫長	有	情愛
飛燕外傳	有	奏 1	無	漫長	有	情愛
李章武傳	有	詩 8	無	漫長	有	情愛
長恨歌傳	有	無	無	一般	有	情愛
廬江馮媼傳	有	無	有	較短	無	冥魂
毛穎傳	有	無	有	一般	有	志傳
謝小娥傳	有	隱語 4	有	一般	有	復仇
湘中怨解	有	歌詩 2	有	較短	有	精怪

續　表

篇名	史才	詩筆	議論	篇幅	文采	題材
馮燕傳	有	無	有	較短	無	俠義
東陽夜怪録	有	詩 14	無	漫長	有	精怪
上清傳	有	無	有	較短	無	俠義
秦夢記	有	詩 4	有	一般	有	夢幻
霍小玉傳	有	無	無	漫長	有	愛情
周秦行紀	有	詩 7	無	漫長	有	冥魂

《玄怪録》"史才""詩筆""議論""篇幅"和"文采"一覽表

篇名	史才	詩筆	議論	篇幅	文采	題材
杜子春	有	無	無	一般	有	道教
裴諶	有	無	有	一般	有	道教
韋氏	有	無	有	較短	有	道教
郭代公	有	無	有	一般	無	志人
來君綽	有	無	無	較短	有	志怪
崔環	有	無	無	一般	有	冥迹
柳歸舜	有	詞 1、詩 1	無	一般	有	志怪
崔書生	有	無	無	一般	有	情愛
曹慧	有	無	無	較短	有	志怪
滕庭俊	有	詩 3	無	較短	有	志怪
顧總	有	詩 3	無	一般	有	夢幻
居延部落主	有	無	無	較短	有	志怪
劉諷	有	詩 3	無	一般	有	志怪
董慎	有	判 2、符 2	有	一般	無	冥迹
袁洪兒誇郎	有	詩 7	無	一般	有	冥迹
張佐	有	占詞 1、詩 1	無	一般	有	志怪

續　表

篇名	史才	詩筆	議論	篇幅	文采	題材
蕭志忠	有	詩 1	無	一般	有	志怪
李汭言	有	無	無	較短	有	神仙
古元之	有	無	無	一般	有	夢幻
掠剩使	有	無	有	一般	無	社會
華山客	有	無	無	一般	有	志怪
尹縱之	有	無	略有	較短	有	志怪
王煌	有	無	無	一般	有	志怪
李沈	有	無	有	一般	有	冥迹

　　中唐時期單篇傳奇小説中"詩筆"與"議論"的大量增多，其原因除傳奇小説的文體淵源之外，與其著述者的身份和時代風氣息息相關。單篇傳奇小説的著述者一般屬於進士文人集團，如沈既濟、韓愈、許堯佐、白行簡、李公佐、元稹、李景亮、陳鴻、沈亞之、蔣防、柳珵、王洙、韋瓘等人都曾進士擢第，[1] 此外如柳珵、李朝威等人則有家學淵源。[2] 小説集的著述者也大抵如此，如牛僧孺、薛用弱、張薦等人或曾擢進士第，或有家學淵源。[3] 可見此期傳奇小説的著述者大部分是進士文人，故其傳奇小説之作，多表現其

　　1《新唐書》中，《沈既濟傳》載沈既濟"經學該明"，《韓愈傳》載韓愈"擢進士第"，《許康佐傳》載許堯佐"擢進士第"，《韋瓘傳》載韋瓘"及進士第"。《唐會要》卷七十六載李景亮"貞元十年詳明政術可以理人科及第"。杜光庭《神仙感遇傳》載李公佐"舉進士"。《舊唐書·敬宗紀》和《唐詩紀事》載蔣防"元和中，李紳……薦之。以司封郎中知制誥，進翰林學士"。兩唐書《白行簡傳》言白行簡"貞元末登進士第"。《唐文粹》卷九十五載陳鴻《大統紀序》載陳鴻"貞元丁酉歲登太常第"。《唐會要》卷七十三載元稹"元和元年才識兼茂明於體用科及第"。晁公武《郡齋讀書志》載沈亞之"元和十年登進士第"。《東陽夜怪錄》載王洙於元和十三年進士及第。

　　2（宋）晁公武撰：《郡齋讀書志》卷十三小説類《家學要錄》叙曰："唐柳珵采其曾祖彥昭、祖芳、父冕家集所記累朝典章因革……"見（宋）晁公武撰，孫猛校證：《郡齋讀書志校證》，上海：上海古籍出版社 2011 年版，第 570 頁。卞孝萱認爲李朝威可能是唐室蜀王房後裔，參見《卞孝萱文集》第三卷，南京：鳳凰出版社 2010 年版，第 641—642 頁。

　　3《舊唐書·牛僧孺傳》載牛僧孺曾"擢進士第"。《新唐書·藝文志》"小説家類"中注薛用弱"字中勝，長慶光州刺史"。

實際生活狀態。唐朝進士文人多工詩，且"以詩取士"科舉制度也促成整個文人階層的詩心、詩興和社會"一種崇尚文辭，矜詡風流之風氣"，[1]有所謂"開元以後，四海晏清，士無賢不肖，恥不以文章達"。[2]而"以文章達"的追求，催生了詩文結合的文學習慣，自然就有了小説和詩歌的"聯姻"，因此出現了傳奇小説辭章化的文體表現，如沈既濟就主張傳奇小説的著述要有"著文章之美，傳要妙之情"的審美追求。傳奇小説與詩歌的聯姻，首先表現在詩文互傳以及由此引起的以文傳詩，如白行簡《李娃傳》、元稹《鶯鶯傳》、陳鴻《長恨歌傳》《馮燕傳》、沈亞之《湘中怨解》、南卓《煙中怨解題辭》等，都有歌詩與之相配；或者以文配詩，如《長恨歌傳》之於白居易《長恨歌》，沈亞之《湘中怨解》之於韋敖《湘中怨歌》的"牽而廣之，以應其詠"；或者以詩配文，如元稹《李娃行》、李紳《鶯鶯歌》因《李娃傳》《鶯鶯傳》而歌詠。其次是傳奇小説叙事的詩意化，在細節、環境諸方面創造詩的意境。如《湘中怨解》中洞庭湖上氾人作歌，抒發別後相思，"風濤崩怒"的景物動態化描寫，"翔然凝望"的人物神情靜態描寫，都令人在夢幻般的意境中體悟情感上淒婉哀怨的失落與迷惘；《鶯鶯傳》中特意書寫了雖"顏色艷異，光輝動人"但遭張生離棄後的鶯鶯給張生的回覆之信；[3]《霍小玉傳》中霍小玉與李益最後相見一節，場面淒楚，語言激越，令人感同身受。[4]

中唐時期具有"議論"的單篇傳奇小説增多，與當時社會價值追求有關。中唐時期傳奇小説的著述者多爲進士文人，他們是當時社會價值標準的

---

1 陳寅恪著：《元白詩箋證稿》，上海：上海古籍出版社1978年版，第87頁。

2 （唐）杜佑撰：《通典》卷十五《選舉（三）》，北京：中華書局1988年版，第357頁。

3 信中有"淚痕在竹，愁緒縈絲，因物達情，永以爲好耳。心邇身遐，拜會無期，幽憤所種，千里神會。千萬珍重！春風多厲，強飲爲嘉。慎爲自保，無以鄙爲深念"等語。

4《霍小玉傳》該節描述：玉沉綿日久，轉側須人，忽聞生來，欻然自起，更衣而出，恍若有神。遂與生相見，含怒凝視，不復有言，羸質嬌姿，如不勝致，時復掩袂，返顧李生。感物傷人，坐皆欷歔。……因遂陳設，相就而坐。玉乃側身轉面，斜視生良久，遂舉杯酒酬地，曰："我爲女子，薄命如斯；君是丈夫，負心若此。韶顏稚齒，飲恨而終；慈母在堂，不能供養；綺羅弦管，從此永休。征痛黃泉，皆君所致。李君李君，今當永訣！我死之後，必爲厲鬼，使君妻妾，終日不安！"乃引左手握生臂，擲杯於地，長慟號哭數聲而絶。

追求者、承載者和踐行者。中唐進士文人的價值標準承初盛唐而來，主要有三種：一是如上所言“以文章達”的文學價值標準，一是史學價值標準，一是儒學價值標準。關於史學價值標準的社會影響，劉知幾《史通・史官建置》有所記録，言：“近代趨競之士，尤喜居於史職，至於措辭下筆者，十無一二焉。既而書成繕寫，則署名同獻；爵賞既行，則攘袂争受。遂使是非無準，真偽相雜。生則厚誣當時，死則致惑來代。而書之譜傳，以爲美談，載之碑碣，增其壯觀。”[1]中唐傳奇小説的著述者大多身歷史職。如沈既濟，在德宗大歷時召爲左拾遺、史館修撰，撰有《建中實録》十卷、《選舉志》十卷。陳鴻《大統紀序》中自言：“臣少學乎史氏，志在編年，貞元丁酉歲登太常第，始閑居遂志，乃修《大紀》三十卷。”[2]韓愈在元和八年（813）改比部郎中、史館修撰，與沈傳師、宇文籍等修《順宗實録》五卷。韋瓘在元和十五年（820）任右補闕、史館修撰。同時，唐朝時史學與文學並非畛域分明，文學也影響著史學領域。如劉知幾《史通・叙事》云：“自五經已降，三史而往，以文叙事，可得言焉，而今之所作，有異於是。其立言也，或虛加練飾，輕事雕彩；或體兼賦頌，詞類俳優。”[3]因此，吸收史學養分成長起來的傳奇小説，在中唐傳奇小説著述者的觀念中，自然而然地承載了史傳“勸善懲惡”的傳統功能。[4]

　　此外，儒學在當時社會已發展爲社會的基本價值標準，[5]儒學思想滲透入

1（唐）劉知幾著，（清）浦起龍通釋，王煦華整理：《史通通釋》，上海：上海古籍出版社 2009 年版，第 302 頁。

2（清）董誥等編：《全唐文》卷六一二，上海：上海古籍出版社 1990 年版，第 2738 頁。

3（唐）劉知幾著，（清）浦起龍通釋，王煦華整理：《史通通釋》，上海：上海古籍出版社 2009 年版，第 167 頁。

4《左傳・成公十四年》所謂：“《春秋》之稱微而顯，志而晦，婉而成章，盡而不污，懲惡而勸善，非聖人誰能修之。”《左傳・昭公三十一年》又云：“《春秋》之稱，微而顯，婉而辨。上之人能使昭明，善人勸焉，淫人懼焉。是以君子貴之。”此即爲史傳“勸善懲惡”傳統的淵源。

5《唐語林》卷二《文學》載：“（唐宣宗）嘗構一殿，每退朝，必獨坐内觀書，或至夜中燭炧委地，禁中謂上爲‘老儒生’。”《太平廣記》卷二百二“田遊巖”條載：“唐田遊巖初以儒學累徵不起，待其母隱嵩山。甘露中，中宗幸中嶽，因訪其居。遊巖出拜。詔命中書侍郎薛元超入問其母，御題其門曰：‘隱士田遊巖宅。’徵拜弘文館學士。”《太平廣記》卷四九九“皮日休”條：“咸通中，進士皮日休上書兩通。其一，請以孟子爲學科。其略云：臣聞聖人之道，不過乎經，經之降者，不過乎史，史之降者，（轉下頁）

精神文化和物質文化的各個領域，"經術之外，略不嬰心"[1]是一種普遍的士人態度，導致文學著述"操道德爲根本，總禮樂爲冠帶，以《易》之精義、《詩》之雅興、《春秋》之褒貶屬之於辭"的德性目的。[2]如此種種教化的文學觀念，亦滲透到中唐傳奇小説著述之始終，形成主觀上"有益於世"[3]的著述功能。

中唐單篇傳奇小説大多具有史家"勸善懲惡"傳統和儒家教化意識相結合的特點，表現就是"議論"的增多，且這些"議論"往往是著述者顯身申述，史家"傳論"性的"結構性結尾"應是一種最佳選擇。如李公佐聲言著述《謝小娥》是因爲謝小娥"誓志不捨，復父夫之仇，節也。傭保雜處，不知女人，貞也。女子之行，唯貞與節能終始全之而已，如小娥，足以儆天下逆道亂常之心，足以觀天下貞夫孝婦之節"，且"知善不録，非《春秋》之義，故作傳以旌美之"。陳鴻撰《長恨歌傳》則是爲"懲尤物，窒亂階，垂於將來者也"，[4]白行簡則是因李娃"節行瑰奇"而著《李娃傳》。

不過，如屬於進士文人階層的牛僧孺、張薦、薛用弱等人所撰著小説集，雖多"以傳奇爲骨"，[5]但其中的傳奇小説却較少"詩筆"和"議論"，其原因在於這類小説集的題材與先唐的志怪和志人一脈相承，其文體規範主要源於筆記體。單篇傳奇小説文體更多來自先唐史傳與詩賦類文學文體的影

（接上頁）不過乎子。子不異道者，孟子也。捨是而諸子，必斥乎經史，聖人之賊也，文多不載。請廢莊列之書，以孟子爲主，有能通其義者，科選請同明經。其二，請以韓愈配饗太學。其略曰：臣聞聖人之道，不過乎求用。用于生前，則一時可知也；用于死後，則萬世可知也。又云：孟子、荀卿，翼輔孔道，以至于文中子。文中子之道曠矣。能嗣其美者，其唯韓愈乎。"以上幾則材料可見唐朝儒家傳統的社會影響力。

1 （唐）蕭穎士：《贈韋司業收》，（清）董誥等編《全唐文》卷三二三，上海：上海古籍出版社 1990年版，第1449頁。

2 （唐）梁肅：《常州刺史獨孤及集後序》，（清）董誥等編：《全唐文》卷五一八，上海：上海古籍出版社 1990年版，第2329頁。

3 （唐）柳宗元著：《柳河東集》卷二十一《讀韓愈所著〈毛穎傳〉後題》，上海：上海人民出版社1974年版，第367頁。

4 魯迅輯：《唐宋傳奇集》，《魯迅全集》第十卷，北京：人民文學出版社 1973年版，第270、286頁。

5 魯迅著：《中國小説史略》，上海：上海古籍出版社 1998年版，第60頁。

響，較少受到筆記體傳統的影響。因此，單篇傳奇小説在"擴其波瀾"之際，能夠自由地融入著述者的詩心與教化。這大體可以解釋單篇傳奇小説和小説集中傳奇小説文體差異的成因。

綜上可知，中唐時期傳奇小説的文體形式其實並不統一，雖仍處多元化狀態，但已經具有規律性的模式。如元和進士王洙的《東陽夜怪錄》明顯借鑒《毛穎傳》，而《毛穎傳》卻是取法《靈怪集》中的《姚康成》，此即爲中唐傳奇小説文體模範的顯例。又，在文體外在形態上，單篇傳奇小説和小説集中的傳奇小説所呈現出來的差異，是中唐傳奇小説"定體則無"的概貌，但在整體上，兩類不同流傳方式的傳奇小説則又各自"大體則有"。如此等類，從外在形式上揭示了中唐傳奇小説的文體已是"有意爲之"。

第二節　傳奇小説的叙事

從整體而言，中唐時期傳奇小説的時間叙事和空間叙事有較大發展，其最大特徵就是叙事時空的生活化。

中唐時期傳奇小説叙事時間的生活化已非常普遍。大部分傳奇小説叙事時間的展開，起首雖多繫以歷史年表，但僅是叙事慣例地交代歷史時代背景，並不能在叙事進程中支配情節的構造，而具體情節的展開則是生活化的叙事時間。如《離魂記》起首有"天授三年"的歷史年表，但貫串叙事情節的時間概念："日暮"→"夜方半"→"須臾"→"數月"→"凡五年"→"既至"→"後四十年"，則全爲生命時間。又如《霍小玉傳》，起首有"大曆中"的歷史年表，但貫串叙事情節的時間概念："經數月"→"申末間"→"其夕"→"遲明"→"亭午"→"中宵之夜"→"如此二歲"→"其後年春"→"至四月"→"更數日"→"自秋至夏"→"其年臘月"→"時以三月"→"先此一夕"→"凌晨"→"後月餘"→"夏五

月"→"後旬日"等，與《離魂記》的叙事時間在性質上一般無二。其他如
《任氏傳》《李娃傳》《柳毅傳》《柳氏傳》《謝小娥傳》等，叙事時間無不如
此。需補充的是，初盛唐時期張鷟的《遊仙窟》，其叙事時間基本也是生活
化的，可以説是中唐傳奇小説叙事時間生活化的先聲。

傳奇小説叙事時間生活化的形成原因，在於中唐傳奇小説的叙事中心由
"事"轉向了生活化的"人"，生活化叙事人物的基於生命體驗的時間感受，
順理成爲叙事情節結構的時間依據，生命體驗的時間感受必然與宏大歷史書
寫的年表相背離。如《霍小玉傳》中大部分叙事時間概念與叙事人物私人
性生命體驗相對應："經數月"→"申未間"→"其夕"→"遲明"→"亭
午"→"逡巡"，這一段是李益的個人感受，特別是後四個叙事時間，在客
觀中融入了李益強烈的主觀感受；[1]"中宵之夜"→"如此二歲"→"其後年
春"→"至四月"→"更數日"，這一段爲李益和霍小玉兩個人的感受，以
霍小玉的喜和憂爲主；"自秋至夏"→"其年臘月"→"時以三月"→"先
此一夕"→"凌晨"→"後月餘"→"夏五月"→"後旬日"，這一段則既
有李益和霍小玉的感受，也是叙述者的設定。此外，中唐傳奇小説叙事人物
的生活化，還表現在各個人物的生命體驗與性格的差異，因此私人化生命體
驗時間也是各不相同的。如《霍小玉傳》與《鶯鶯傳》中霍小玉、崔鶯鶯兩
人對愛情的態度，前者剛烈大方，後者柔婉羞澀，因此蔣防用"須臾""即"
等短時時間概念來表現霍小玉對愛情的處處主動，而元稹則用"久之，辭
疾""久之，乃至"等延長時間概念來表現崔鶯鶯在愛情上的被動。

中唐時期傳奇小説叙事空間的生活化表現在兩個方面：一是叙述者叙述
空間的生活化，一是叙事人物空間活動的生活化。叙述者的叙述空間主要指

---

1 李益因爲"每自矜風調，思得佳偶，博求名妓，久而未諧"，故聞知霍小玉之後，心情急迫，然而
時間是恒定不變的，因此以"其夕"→"遲明"→"亭午"這一組詳細的時間概念來體現李益的急迫心情，
但到霍小玉家後，因爲"本性雅淡，心猶疑懼，忽見鳥語，愕然不敢進"，所以有"逡巡"這一表示心情猶
豫的時間概念。

叙述者在叙述中表明自己所處的空間，叙述者的叙述空間性質由叙述者所處的實際空間和叙述者爲自己玄想的叙事空間綜合決定。一般而言，叙述者所處的實際空間只有在著述者與叙述者身份重合時才存在，否則就只有叙述者爲自己玄想的叙事空間，而叙述者爲自己玄想的叙事空間又是由著述者主觀設置的。在魏晉六朝形成的文言小説的叙事傳統中，著述者的著述空間一般默認爲“史官”空間，即不管著述者身處何處，他假定了自己的“史官”身份，從而使他所處的著述空間具有“史官”屬性，簡稱之爲“史官”空間，其特點是“宏大化”。中唐時期傳奇小説的叙述者與著述者常常身份分離，蓋因中唐時期傳奇小説的著述，或出於友朋相遇，“晝宴夜話，各徵其異説”（《任氏傳》），或“會於傳舍，宵話徵異，各盡見聞”（《廬江馮媪傳》），“話及此事”（《長恨傳》），有感於斯，推舉長於叙事者整理成篇，録而傳之。因此，中唐時期的傳奇小説普遍具有“宵話徵異”的娛樂性，逐步回歸到小説“街談巷語”“不經之説”的民間傳統，從而擺脱魏晉六朝時形成的文言小説著述者的“史官”空間意識，使中唐傳奇小説叙述者的叙述空間嬗變爲具有民間性的“私人化”空間。

　　叙事人物空間活動的生活化，表現在生理活動空間的私人化、生活化和心理活動的空間化。中唐的傳奇小説開始書寫叙事人物不爲外人所知的閨閣樂趣，多通過私密空間的言行以刻畫人物形象。中唐傳奇小説閨閣情事的書寫，綽有情致，如《離魂記》《任氏傳》《李娃傳》《柳毅傳》《柳氏傳》《鶯鶯傳》《霍小玉傳》《李章武傳》《玄怪録·尹縱之》等即是典範。叙事人物生理活動空間生活化的表現，是將異域（指冥界、仙界等）社會化，而非脱離塵俗，如《玄怪録·崔環》《廬江馮媪傳》《秦夢記》《南柯太守傳》《三夢記》《枕中記》。中唐傳奇小説中叙事人物心理活動的空間化“摹繪”，具體來説是一種對個人化心理的描摹，雖然還比較粗淺，但相對於中國古代小説發展實際來説，確實是一個了不起的進步。如《霍小玉傳》中，霍小玉的出場從李益的感覺著筆："小玉自堂東閣子中而出，生即拜迎，但覺一室之中，若瓊林玉樹，互相照耀，轉盼精彩射人。"[1]一"覺"字，如同"詩眼""詞眼"，引領出李益初見霍小玉時驚艷的主觀心理感受，同時，在李益的主觀感受中也凸顯了霍小玉的美艷。此是直接呈現心理活動。此外還有一種空間化的心理呈現，即通過人物的空間活動來表現心理，而且這種空間活動非常切合敘事人物的個人身份。如《霍小玉傳》中李益前後兩次去霍小玉住所的情形很有代表性，第一次以"浣衣沐浴""修飾容儀""喜躍交並""通夕不寐""引鏡自照""徘徊之間"等空間化的生理動作，表現李益"自矜風調，思得佳偶，博求名妓，久而未諧"之際，猝然遇到霍小玉的興奮又激動的忐忑不安心理，第二次的"便托事故""欲回馬首""生神情恍惚""鞭馬欲回"等空間化生理動作則表現了李益負心後的心虛。

當然，中唐時期傳奇小說中敘事時空的生活化，並不是真實的客觀再現，而是一種模擬的虛構，並在此基礎上有意識地對敘事時空結構進行重建。其表現之一就是空間"大與小"和時間"長與短"的對比，[2]如中唐部分寫夢傳奇小說對敘事時空界限的打破即爲顯證，如《枕中記》《南柯太守傳》等。這部分寫夢傳奇小說中，夢幻與真實悖謬的形成及其所帶來的反諷效果，一般而言是通過小的現實空間與大的夢幻空間對比、短暫的現實時間與漫長的夢幻人生對比來達到的。沈亞之《秦夢記》中自述沈亞之在橐泉一宿之夢中，去遠隔近千年的秦國輔佐秦穆公，並於秦國遍歷寵辱進退，特別是結尾崔九萬印證橐泉即秦穆公墓地，歷史故實、傳說與奇思妙想的虛構融貫一體，在時空錯亂中構造出淒婉瑰奇的情節。又如《南柯太守傳》、《枕中記》、《集異記·李清》、《周秦行紀》、《玄怪錄》中的《張佐》《居延部落

1　魯迅輯：《唐宋傳奇集》，《魯迅全集》第十卷，北京：人民文學出版社 1973 年版，第 246—247 頁。標點符號有調整。

2　陳文新在《文言小說審美發展史》一書中提出這兩個概念並略有論述，武漢：武漢大學出版社 2002 年版，第 244 頁。

主》等篇，皆運用"大與小"的空間對比和"長與短"的時間對比。其表現之二是以一元化的時間貫串二元化的空間。如《離魂記》的叙事空間是兩個並存的生活空間，即倩娘肉身所在的張鎰家與倩娘魂魄和王宙在蜀共同生活的家。在倩娘身魂合一的時候，張鎰家是顯性空間；當倩娘身魂分離時張鎰家就變爲隱性空間，而倩娘之魂與王宙在蜀生活的家就是顯性的，且這個空間只存在於倩娘身魂分離之時。叙事空間的轉換又是以倩娘愛情與親情的需求爲綫索貫穿在時間之軸上，且每一個空間都强調其真實性。陳玄祐在兩個倩娘合爲一體時特别交代："室中女聞，喜而起，飾妝更衣，笑而不語，出與相迎，翕然而合爲一體，其衣裳皆重。"[1]點出"衣裳皆重"這一事實，强調兩個倩娘的真實性，從而使叙事婉曲和情節構造自然而妙絶。因此鍾惺譽之曰："詞無奇麗，而事則微茫有神，至翕然合爲一體處，萬斛萬想，味之無盡。"[2]此外《三夢記》《異夢録》《柳毅傳》，以及《玄怪録》中的《裴諶》《蕭志忠》等篇亦是如此。

因爲中唐傳奇小説叙事時空的生活化，故叙事模式由以"事"爲中心轉向以"人"爲中心。當然以"人"爲中心的叙事模式並不排斥情節，而以情節爲中心的叙事模式則是"叙一事之始末者"。[3]大體來説，中唐時期的"傳體"傳奇小説以"人"爲中心展開叙事，"記體"傳奇小説則以情節爲中心展開叙事。

中唐傳奇小説中叙事人物的身份大多是常人或寓意化的象徵人物，而歷史人物則大大減少，即便是歷史人物，其歷史真實性也大爲減弱。在前述22篇單篇傳奇小説中，有11篇的叙事人物爲歷史人物，但這些叙事人物的真實性並不强，大致可分爲三種情況：一是基本忠實於歷史，如《柳氏傳》

1　魯迅輯：《唐宋傳奇集》，《魯迅全集》第十卷，北京：人民文學出版社1973年版，第209頁。

2　《虞初志》卷一《離魂記》鍾惺尾批，北京：中國書店1986年版，第30頁。

3　（清）永瑢等撰：《四庫全書總目》，北京：中華書局1965年版，第530頁。

《飛燕外傳》和《長恨歌傳》；二是因傳奇小説而入史傳，如《謝小娥傳》中的謝小娥、段居貞，因爲謝小娥的貞烈而被收入《新唐書·烈女傳》；三是叙事人物雖爲歷史人物，但僅其身份真實，圍繞其展開的情節則都是虛構的，如《離魂記》中的張鎰、《任氏傳》中的韋崟、《李章武傳》中的李章武、《霍小玉傳》中的李益、《上清傳》中的相國竇公、《秦夢記》中的弄玉、《周秦行紀》中的牛僧孺和薄太后等人。就第一種情況而言，即便其故事的主幹基本真實，在叙事的過程中也增添了著述者的想像與虛構，如《長恨歌傳》中楊貴妃出浴的描述、《柳氏傳》中柳氏對韓翊的閨房私語。小説集中如《玄怪錄》中的傳奇小説只有《郭代公》一篇以歷史人物郭元振爲叙事人物，但圍繞其展開的故事則是想像或虛構的。寓意化的象徵人物增多可以説是中唐傳奇小説有意虛構的一個顯著特徵。如牛僧孺《玄怪錄》中，24篇傳奇小説竟有11篇叙事人物具有寓意和象徵性。中唐傳奇小説中還有一些叙事人物，如《任氏傳》中的任氏、《柳毅傳》中的龍女、《湘中怨解》中的艷女，《玄怪錄》中《崔書生》中的玉厄娘子、《顧總》中的嬌羞娘子等，雖然沒有寓意和象徵性，但顯然是憑空虛構出來的。魯迅曾贊嘆《玄怪錄》的虛構藝術："造傳奇之文，會萃爲一集者，在唐代多有，而煊赫莫如牛僧孺之《玄怪錄》。……其文雖與他傳奇無甚異，而時時示人以出於造作，不求見信；蓋李公佐李朝威輩，僅在顯揚筆妙，故尚不肯言事狀之虛，至僧孺乃並欲以構想之幻自見，因故示其詭設之迹矣。"[1]

中唐傳奇小説中叙事人物的身份如同常人者更多。即便是各種精、妖、狐、鬼、仙等人物，如《任氏傳》中的任氏、《柳毅傳》中的龍女、《南柯太守傳》中的槐安國人、《湘中怨解》中的艷女、《玄怪錄·崔書生》中的玉厄娘子等，也是常人性情。這些如同常人的叙事人物，有兩個方面的變化：首

1　魯迅著：《中國小説史略》，上海：上海古籍出版社 1998 年版，第 58 頁。

先是叙事人物的真實性與虛構性的統一。中唐時期傳奇小説中如同常人的叙事人物，大多刺取一點生活的影子進行藝術加工，似真而非真，似幻而非幻，真實性與虛構性交織在一起。如《鶯鶯傳》中的張生與崔鶯鶯。其次是在叙事人物的關係中設置"人物對"以形成對立互補，從而達到豐滿叙事人物形象和推動情節發展的效果。此種情形在愛情題材的傳奇小説中尤爲明顯。如《李娃傳》中"人物對"關係的複雜和多變，滎陽公子與李娃之間經歷了初次見面的一見鍾情、滎陽公子訪李娃後的兩情相悦、滎陽公子"資財僕馬蕩然"後的遺棄、李娃救助滎陽公子、最後"遂如秦晉之偶"，其間穿插著李娃之姥與李娃的合作與分離關係、李娃之姥對滎陽公子的逢迎和遺棄關係、滎陽公對滎陽公子由寄望到鞭捶到相認等關係。正是因爲這些"人物對"之間錯綜複雜的關係，使得《李娃傳》的叙事情節波瀾起伏，而在這些複雜的"人物對"中所展現出的真實而複雜的人物性格，以及由"人物對"之間複雜關係形成的環扣式的大團圓結局，都在中國文學史上占據了重要的地位。

當然，以"人"爲叙事模式中心的傳奇小説，並不排斥情節的複雜與豐富，如《李娃傳》《鶯鶯傳》《柳毅傳》等傳奇小説，都善於選擇有典型意義的事件展開矛盾衝突。其中《柳毅傳》尤爲離奇曲折：柳毅爲龍女傳書，使命完成後準備離開龍宮，錢塘君突然逼婚，使得波瀾再起；柳毅與龍女本有意，但錢塘君的逼婚激使柳毅抗婚，柳毅回家後娶妻兩次均夭折，第三次與盧氏成婚，當讀者爲他的第三次婚姻擔憂時，盧氏生子並自曝身份，正是龍女的化身。情節安排環環相扣，一轉再轉，既出人意料，又在情理之中。

記體傳奇小説的叙事模式，是以情節爲中心"叙一事之始末"。[1]先唐小説，基本上是記體小説，以簡短的筆墨載録真實事件，其目的乃補史之缺而

1（清）永瑢等撰：《四庫全書總目》，北京：中華書局 1965 年版，第 530 頁。

非著述小説。到初盛唐時，在先唐小説的基礎上"施之藻繪，擴其波瀾"，
著述了一批小説，這些小説雖然塑造了一些叙事人物形象，但相對於它們傳
"事"的巨大功利目的，這些形象顯得輕微模糊，如《古鏡記》即如此。中
唐的記體傳奇小説雖然也有記"事"的目的，但隨著傳奇小説家對傳奇小説
本體性的認識增強，他們自覺在記體傳奇小説中融入詩思意想，因而叙事的
情節性在記體傳奇小説中超過記"事"的目的性。如《離魂記》即以情節取
勝，"顯示出作家在小説寫作上有了較高的自覺性和創造性"，可以"看作唐
代小説成熟的起點"。[1] 另如沈既濟《枕中記》，更能清楚地看出唐傳奇在情
節創造上的自覺追求。《枕中記》以"人生之適"猶如"夢寢"爲主題，以
旅邸主人"蒸黄粱"這一細節爲綫索，構建一個精巧而波折的情節，使它當
時就爲時人所稱贊。[2]

第三節　傳奇小説的定體意義

中唐時期傳奇小説文體的定體意義主要有如下四點：

一、傳奇小説文體"虚構"特質的確認

中唐時期，虚構叙事已自覺地融入傳奇小説的著述之中，并成爲本體
特徵。李肇《唐國史補》云："沈既濟撰《枕中記》，莊生寓言之類；韓愈
撰《毛穎傳》，其文尤高，不下史遷。二篇真良史才也。"李肇稱譽沈既濟
爲"良史才"，是從《枕中記》中所表現出的小説叙事技巧的高超角度來立

---

1 程毅中著：《唐代小説史》，北京：人民文學出版社 2003 年版，第 116 頁。
2 （唐）李肇《唐國史補》卷下："沈既濟撰《枕中記》，莊生寓言之類；韓愈撰《毛穎傳》，其文尤
高。二篇真良史才也。"見《唐國史補　因話録》，上海：上海古籍出版社 1979 年版，第 55 頁。

論的。"史才"即叙事，本來"史才"是著述歷史的才能，但謂《枕中記》
爲"莊生寓言之類"，即爲《莊子》"空言無事實"之"指事類情"[1]的叙事方
法是一種虚構，因此李肇所謂"良史才"已非專指高超的修史能力，而是指
《枕中記》的虚構叙事。中唐傳奇小説大多和《枕中記》一樣進行虚構，如
《離魂記》《任氏傳》《魂遊上清記》《柳毅傳》《李章武傳》《湘中怨解》《秦
夢記》《霍小玉傳》《鶯鶯傳》《南柯太守傳》《東陽夜怪録》等。特別是牛僧
孺《玄怪録》中的傳奇小説以整體面貌出現，所形成的虚構叙事的衝擊影響
無疑是深遠的。《玄怪録》"欲以構想之幻自見"與"故示其詭設之迹"[2]等特
徵，正是傳奇小説文體回歸自身的本體特徵，對後來傳奇小説之著述也有巨
大的示範意義。

二、傳奇小説文體"情"與"美"的追求

中唐傳奇小説的著述，體現了自覺追求"情""美"兼具的文體觀念，
如沈既濟《任氏傳》所言"著文章之美，傳要妙之情"。傳奇小説中的"傳
要妙之情"，一方面是傳叙事人物個體的情感，另一方面又是著述者主體情
感的滲透。自晉陸機《文賦》提出"詩緣情而綺靡"後，"情"對文學著述
的影響是巨大的，它促成文學對"美"的追求自覺，如所謂"當這種情感表
現於藝術（詩）時，就要求有與之相應的美的形式，使之得到充分感人的、
能唤起人的審美感受，叫人玩味不盡的抒發表現。'情'既然已是屬於審美、
藝術之情，那麽它的形式也應是具有美的藝術的形式"。[3]小説的著述亦是如
此，有所謂"小説始於唐宋，廣於元，其體不一。田夫野老能與經史並傳

---

1 （漢）司馬遷撰：《史記》卷六十三《老莊申韓列傳》，北京：中華書局 1959 年版，第 2144 頁。

2 魯迅著：《中國小説史略》，上海：上海古籍出版社 1998 年版，第 71 頁。

3 李澤厚、劉綱紀著：《中國美學史》（魏晉南北朝編上），合肥：安徽文藝出版社 1999 年版，第
261 頁。

者，大抵皆情之所留也。情生，則文附焉，不論其藻與俚也"。[1] 初盛唐時期
傳奇小說，雖在某些方面突破了先唐史傳與小說的藩籬，但並沒有意識到傳
奇小說作爲文學本體的情感意義，因而其文體形式多借鑒於史傳敘事模式。
到了中唐，傳奇小說家對"情"的自覺追求，造就了中唐傳奇小說文體"美
的藝術的形式"。陳鴻《長恨歌傳》借王質夫之口，道出著述之主張，云：
"夫希代之事，非遇出世之才潤色之，則與時消没，不聞於世。樂天深於詩，
多於情者也。試爲歌之，如何？""情"與"美"並重的著述主張，使中唐
傳奇小說達到了"語淵麗而情凄惋"[2] 的藝術境界，取得與詩律並稱一代之奇
的藝術成就。所謂"小說至唐，鳥花猿子，紛紛蕩漾"、"小小情事，凄惋欲
絶，詢有神遇而不自知者"、[3] "鬼物假托，莫不宛轉有思致"[4] 等贊譽，雖是針
對唐傳奇整體而言，究其實，只有中唐傳奇小說及晚唐五代的部分傳奇小說
才當得上這種評價。

三、傳奇小說的語體特徵

關於唐傳奇的語體特徵，前人多有論述。如鄭振鐸認爲傳奇小說是"以
典雅的古文或文章寫的"。[5] 胡懷琛認爲傳奇小說"詞藻很華麗，很優美"。[6]
劉上生則認爲唐傳奇的語體"雜而文"，"在博采交匯基礎上形成的唐傳奇的

---

1 （清）西湖釣叟：《續金瓶梅集・序》，黃霖編：《金瓶梅資料彙編》，北京：中華書局 2004 年版，第
15 頁。

2 （清）周克達：《唐人説薈序》，轉引自丁錫根編《中國歷代小説序跋集》，北京：人民文學出版社
1996 年版，第 1795 頁。

3 轉引自（明）桃源居士《唐人小説序》，（明）桃源居士編：《唐人小説》，上海：上海文藝出版社
1992 年影印掃葉山房本，第 1 頁。

4 （宋）洪邁《容齋隨筆》卷十五"唐詩人有名不顯者"條，上海：上海古籍出版社 1996 年版，第
192 頁。

5 鄭振鐸著：《西諦書話》，北京：三聯書店 1983 年版，第 9—10 頁。

6 劉麟生主編：《中國文學八論》中之胡懷琛著《中國小説概論》，北京：中國書店 1985 年版，第 15 頁。

文言語體，是一種以史傳語體爲基礎的富有容受性的叙事語體。總的來説，它的容受性包括兩個方面：一是活的口語和民間語言，一是典雅華美的書面語言，這兩種吸收是同時進行而並不互相排斥的"。[1] 劉上生把唐傳奇文體成熟的語體概括爲"雜而文"，基本兼顧了成熟傳奇小説語體類型的諸方面。不過劉上生認爲唐傳奇"雜而文"的語體特徵在初盛唐時期就已經確立，但實際上確立於中唐。因爲初盛唐時期小説的語體大多師法史傳語體，如《補江總白猿傳》，《遊仙窟》則師法民間俗賦，爲駢儷體。而中唐時期的傳奇小説在語言、辭采等方面則取得了突出的綜合性成就，其語體已轉向多樣性的叙述語言。

四、傳奇小説文體形式的模式化

中唐時期的傳奇小説以"人"爲中心和以情節爲中心的叙事模式，改變了初盛唐時期小説以"事"爲中心的叙事模式，與六朝志怪小説和史傳以"事"爲中心的叙事模式漸行漸遠。中唐傳奇小説以"人"爲中心的叙事模式大體爲傳體傳奇小説，以情節爲中心的叙事模式大體爲記體傳奇小説，這兩種傳奇文體至此已基本模式化。一般而言，傳奇小説的結構模式可分爲三部分，即起首、叙事中心和結尾，以此爲基礎，可以清晰地分析出中唐時期傳奇小説結構的模式化。傳體傳奇小説的結構模式大致如下：起首，以簡潔的語言介紹人物姓名、籍貫、先世父祖以及時代和故事發生的時間、地點等基本情況，多用判斷句式；叙事中心，叙述主要叙事人物不同尋常的一生或相對完整的一段奇異的生活經歷，在奇異瑰麗的叙事中著重表現主要叙事人物的個性與命運；結尾，交代主人公的結局，著述者多在篇末抒發感慨或議

---

1 劉上生著：《中國古代小説藝術史》，長沙：湖南師範大學出版社 1993 年版，第 376—378 頁。

論。中唐時期的傳體傳奇小説在叙述情節之時，叙事人物形象的塑造擺在了非常重要的地位。從形式上看，傳體傳奇小説一般用主要叙事人物的姓名作爲篇名。中唐時期 53 篇單篇傳奇小説中，有 33 篇以主要叙事人物姓名命篇的傳體傳奇小説。從叙事人物塑造的具體情況看，中唐時期優秀的傳體傳奇小説人物形象豐富多樣而栩栩如生，如任氏、崔鶯鶯、柳毅、李娃、霍小玉等。記體傳奇小説的結構模式大致如下：起首，以簡潔的語言介紹故事時間、地點以及主要叙事人物的身份，交代叙事緣由；叙事中心，圍繞一件或幾件相關聯的事或者叙事人物的某一生活側面展開情節，將故事推向高潮；結尾交代叙事的結局，結束故事，部分小説交代故事的出處或闡發寓意。如《離魂記》《枕中記》《秦夢記》《三夢記》等記體傳奇小説是其代表。此外，中唐時期傳奇小説的篇幅趨向穩定，單篇流傳的傳奇小説大多篇幅較長，小説集中的傳奇小説篇幅也主要以常規爲主，且中唐時期大多傳奇小説都具有文采等特徵。因此，在總體上來説，中唐時期傳奇小説奠定了傳奇體小説在小説文體史上的地位。

第三章
晚唐五代傳奇小説的尊體與變體

　　晚唐五代，傳奇小説的創作依然繁盛，其中單篇傳奇小説約有 34 篇，純粹的傳奇小説集有 4 部，雜有傳奇小説的小説集有 28 種，[1] 可見傳奇創作還是比較豐富的。上文説過，中唐時期已確立了傳奇小説的文體模式，但晚唐五代傳奇小説並没有走向因襲之路，而是在繼續發展。概言之，晚唐五代傳奇小説文體的發展，既有對中唐時期傳奇小説藝術的繼承，也有對中唐時期傳奇小説文體形態的變革。

---

　　1 其中存有完帙的有：劉無名《劉無名傳》、曹鄴《梅妃傳》、柳珵《鏡空傳》、佚名《大業拾遺記》、佚名《后土夫人傳》、陸藏用《神告錄》、佚名《冥音錄》、薛調《無雙傳》、羅隱《中元傳》、佚名《靈應傳》、佚名《隋煬帝海山記》、佚名《隋煬帝迷樓記》、佚名《隋煬帝開河記》、佚名《鄴侯外傳》、《玄門靈妙記》、李琪《田布神傳》、王仁裕《蜀石》等；節存者有：鄭潔《鄭潔妻傳》、張文規《石氏射燈檠傳》、佚名《華嶽靈姻傳》、佚名《余媚娘叙錄》、佚名《雙女墳記》、焦隱黃《鄭鶴傳》、沈彬《張懷武死義記》、佚名《張建章傳》等；已佚的則有：李紳《謝小娥傳》、《真珠叙錄》、《亭亭叙錄》、《靈鬼錄》、羅隱《仙種稻》《高僧懶殘傳》、劉谷神《葉法善傳》等。純粹的傳奇小説集有四部：李玖《纂異記》、袁郊《甘澤謠》、裴鉶《傳奇》、陳翰《異聞集》等。小説集中雜有傳奇小説者有：李復言《續玄怪錄》、張讀《宣室志》、薛漁思《河東記》、皇甫氏《原化記》、鄭還古《博異志》、鍾輅《前定錄》、韋絢《劉賓客嘉話錄》、盧肇《逸史》、段成式《酉陽雜俎》、温庭筠《乾𦠆子》、佚名《陰德傳》、江積《八仙傳》、蘇鶚《杜陽雜編》、高彦休《闕史》、李隱《大唐奇事記》、柳祥《瀟湘錄》、康軿《劇談錄》、劉山甫《金溪閑談》、皇甫枚《三水小牘》、佚名《五陵十仙傳》、沈汾《續仙傳》、杜光庭《神仙感遇傳》《仙傳拾遺》《墉嶺會真王氏神仙傳》《墉城集仙錄》，隱夫王簡《疑仙傳》、劉崇遠《耳目記》、佚名《燈下閑談》等。已佚小説集，如裴約言《靈異志》、吕道生《定命錄》、温奢《續定命錄》、佚名《會昌解頤》、陸勳《陸氏集異記》、佚名《靈驗傳》、佚名《女仙傳》、林登《續博物志》、佚名《騰聽異志錄》、何光遠《賓仙傳》等，其中也雜有少部分傳奇小説。需補充説明的是，小説集中的傳奇小説有些在結集之前也曾以單篇的形式流傳過，如裴鉶《鄭德璘傳》《蚪髯客傳》，皇甫枚《非煙傳》《玉匣記》等。

第一節　傳奇小説的尊體

晚唐五代時期，傳奇小説對中唐傳奇小説文體的繼承，主要表現在傳奇小説外在結構形態和内在文體結構方式上。中唐文人創作的傳奇小説，叙事時空模式基本趨於定型化，且已經形成以人爲中心或以情節爲中心的叙事模式。就整體而言，晚唐五代時期傳奇小説文體，大體上是對之前傳奇小説的繼承。能代表晚唐五代藝術水準的單篇傳奇小説和傳奇小説集，如《劉無名傳》《梅妃傳》《鏡空傳》《大業拾遺記》《后土夫人傳》《神告録》《冥音録》《中元傳》《靈應傳》《隋煬帝海山記》《隋煬帝迷樓記》《隋煬帝開河記》《鄴侯外傳》《田布神傳》《傳奇》《纂異記》《甘澤謡》等，充分體現了中唐傳奇小説所確立的文體規範。[1] 晚唐五代傳奇小説的尊體大致可以歸納爲三個方面：

一、對中唐及以前傳奇小説的有意模仿

晚唐五代傳奇小説的著述，存在著對中唐及以前傳奇小説的有意模仿，大體可以區分爲兩種模式形式：一是單篇傳奇小説的仿作，二是以傳奇小説爲主體的小説集的續書與仿作。晚唐五代單篇傳奇小説對中唐及以前傳奇小説的模仿，最明顯的例子是《梅妃傳》對《長恨歌傳》的模仿、《靈應傳》對《梁四公記》《柳毅傳》的模仿、《無雙傳》對《霍小玉傳》《柳氏傳》的模仿。《梅妃傳》對《長恨歌傳》的模仿，如同李劍國所云："唐人傳奇，傳文與論贊每不相切，本傳一似《長恨傳》，贊諷明皇之失政而傳頌帝妃之情，

---

1 可參見吴志達著：《中國文言小説史》第二編第十章，程毅中著：《唐代小説史》第八章，李宗爲著：《唐人傳奇》第五章，侯忠義著：《隋唐五代小説史》第四章。

乃又以其情掩其過矣。"[1]《靈應傳》對《梁四公記》《柳毅傳》的模仿，主要是化用後兩傳中的傳奇事。《靈應傳》中稱九娘子"家世會稽之鄮縣"、"梁天監中，武帝好奇，召人通龍宫"等，即化用《梁四公記》；"涇陽君與洞庭外祖，世爲姻戚。後以琴瑟不調，棄擲少婦，遭錢塘之一怒，傷生害稼，懷山襄陵，涇水窮鱗"等，則是化用了《柳毅傳》。

晚唐五代除單篇傳奇小説的仿作之外，還出現了對中唐時期以傳奇小説爲主體的小説集的仿作。中唐時牛僧孺《玄怪録》是一部以傳奇小説爲主體的小説集，其中所包含的傳奇小説，可以稱之爲中唐小説集中傳奇小説的典型代表，其所體現出來的文體特徵，雖與中唐單篇流傳的傳奇小説有差別，但其虛構的自覺性，却是對中唐單篇傳奇小説的有益補充。同時，牛僧孺《玄怪録》問世後，文以人傳，盛行一時。晚唐時期對《玄怪録》的續書和仿作，以李復言《續玄怪録》、薛漁思《河東記》、張讀《宣室志》等爲典型代表。《郡齋讀書志》卷十三云："《續玄怪録》十卷，右唐李復言撰，續牛僧孺之書也。"[2]據《新唐書·藝文志》丙部小説家著録，《續玄怪録》原有五卷，宋以來《續玄怪録》曾與《玄怪録》合刻，有些篇目已經混淆，如果不從小説文本自身所表明的年代辨別，兩者風格實難區分。由此也可見《續玄怪録》一書對《玄怪録》的模仿，何況《續玄怪録》由原名更改爲此名，即表明續《玄怪録》之意。薛漁思的《河東記》，據《郡齋讀書志》卷十三云："右唐薛漁思撰，亦記譎怪事，序云續牛僧孺之書。"[3]《宣室志》[4]著者張讀，是《遊仙窟》著者張鷟的後裔，其祖父爲《靈怪集》作者張薦，外祖父爲《玄怪録》著者牛僧孺。張讀《宣室志》正是在這種家學淵源中耳濡目染

1　李劍國撰：《唐五代志怪傳奇叙録》（增訂本），北京：中華書局 2017 年版，第 695 頁。

2　（宋）晁公武撰，孫猛校證：《郡齋讀書志》，上海：上海古籍出版社 2011 年版，第 551 頁。

3　同上，第 553 頁。

4　《宣室志》書名"宣室"，"蓋取漢文帝宣室受釐，召賈誼問鬼神事"，"皆鬼神靈異之事"。見（清）永瑢等撰：《四庫全書總目》，北京：中華書局 1965 年版，第 1210 頁。

下的著述。《續玄怪録》《宣室志》和《河東記》三書中傳奇小説的文體，基本上都是"用傳奇法，而以志怪"，"這種寫作方法可以説從《玄怪録》就已經開端了"。[1]此外，晚唐五代還存在小説集中傳奇小説對晚唐以前單篇流傳傳奇小説的模仿，如李復言《續玄怪録·尼妙寂》對李公佐《謝小娥傳》的模仿，皇甫枚《三水小牘·步飛煙》對蔣防《霍小玉傳》的模仿，李隱《大唐奇事記·管子文》對韓愈《毛穎傳》的模仿等。

二、傳奇小説集的出現標誌著唐人對傳奇小説文體的自覺體認

晚唐五代傳奇小説集並不多，僅有李玖《纂異記》、袁郊《甘澤謡》、裴鉶《傳奇》、佚名《燈下閑談》等四部，傳奇小説選集則有陳翰《異聞集》一部。總體而言，正是這數量不多的傳奇小説集和選集，表明了晚唐五代人對傳奇小説文體體認的自覺。中唐以前的小説，單純的筆記體總是向史學傳統靠攏，定位於補史之闕。[2]牛肅《紀聞》、陳劭《通幽記》、薛用弱《集異記》等小説集，其中雖然雜有傳奇小説，但其主體仍然是"叢殘小語"體的雜事軼事志怪類筆記體小説，其著述之目的或是"慮史氏或闕則補之意"，或是"釋教推報應之理"而"言報應，叙鬼神，徵夢卜，近帷箔"。[3]牛僧孺《玄怪録》是中國小説史上第一部以傳奇小説爲主的小説集，且有意幻設，顯揚筆妙，然就小説集的整體面貌而言，《玄怪録》中夾雜筆記體小説，仍然説明其所代表的並不是純粹的傳奇小説文體意識。

李玖《纂異記》成書於大中（847—859）中，袁郊《甘澤謡》成書於咸通九年（869），裴鉶《傳奇》成書於咸通（860—874）中，至於陳翰《異聞

1 程毅中著：《唐代小説史》，北京：人民文學出版社 2003 年版，第 192 頁。

2 參見韓雲波《唐代小説觀念與小説興起研究》第四章，成都：四川民族出版社 2002 年版。

3 （唐）李肇撰：《唐國史補》"自序"，《唐國史補　因話録》，上海：上海古籍出版社 1979 年版，第 3 頁。

集》則成書於乾符二三年至五六年間（875—879）。[1]李玖《纂異記》原書一卷，《新唐書・藝文志》小説家類、《崇文總目》小説類、《宋史・藝文志》小説類等均著錄。原書已佚，《太平廣記》注"出《纂異記》"者凡十四篇，其中《僧晏通》純爲筆記體志怪小説，乃薛用弱《集異記》之一篇，故現可考者共十三篇。關於《纂異記》所載傳奇小説文體形式，列表如下：

《纂異記》傳奇小説文體外在特徵一覽表

篇名	起首	結尾	史才	詩筆	議論	篇幅
嵩岳嫁女	交代人物背景型	印證型情節性結尾	有	表1　歌章12	無	漫長
陳季卿	交代人物背景型	謎幻型情節性結尾	有	詩5	無	一般
劉景復	交代歷史背景型	印證型情節性結尾	有	詩1	無	較短
張生	交代人物背景型	印證型情節性結尾	有	詩7	無	較短
蔣琛	交代人物背景型	印證型情節性結尾	有	詩11	無	漫長
三史王生	交代人物背景型	印證型情節性結尾	有	無	無	較短
張生	交代人物背景型	印證型情節性結尾	有	詩1	無	較短
韋鮑生妓	交代人物背景型	謎幻型情節性結尾	有	詩6	無	一般
許生	直接進入故事型	印證型情節性結尾	有	詩8	無	一般
浮梁張令	交代人物背景型	印證型情節性結尾	有	函書1	無	一般
楊禎	直接進入故事型	印證型情節性結尾	有	詩3	無	一般
齊君房	交代人物背景型	詩歌型情節性結尾	有	詩1	無	較短
徐玄之	直接進入故事型	印證型情節性結尾	有	書表4	無	一般

由上表所顯示，《纂異記》的起首與之前的傳奇小説沒有明顯的區別，就結尾而言，《纂異記》的結尾全部是"情節性結尾"，亦與中唐小説集中的

1　分別參見李劍國《唐五代志怪傳奇叙錄》（增訂本）"《纂異記》"條、"《甘澤謠》"條和"《異聞集》"條；另參見周楞伽輯注《裴鉶傳奇》"前言"（上海古籍出版社1980年版）。

傳奇小説呈現的以"情節性結尾"的發展趨勢相符合。至於"詩筆"，現存
《纂異記》的十三篇傳奇小説中只有《三史王生》一篇没有"詩筆"，《嵩岳
嫁女》《張生》《蔣琛》和《許生》諸篇，"詩筆"甚至占篇幅大半，與中唐
單篇流傳傳奇小説的文體特徵相類。就"議論"而言，《纂異記》没有"結
構性結尾"，也就没有著述者直接站出來發表道德箴誡的現象。同時，《纂異
記》中傳奇小説的篇幅也符合小説集中傳奇小説篇幅的一般模式。對於李玖
《纂異記》的價值，李劍國評之云："李玖此書，乃唐説部絶佳之作。文均
長，一兩千字者幾占一半，短者亦六七百字，純爲傳奇之體，悉心構撰，全
除志怪餘氣。諸篇皆出自創，非依傍聞見。蓄憤懣以發，出以牛鬼蛇神，説
部之《離騷》也。……蓋以情生事，非徒肆齊諧之思，此其別乎他書而自張
異幟者也。至布局謀篇皆有法度，筆墨酣暢淋漓，辭采俊麗老健，排偶成文
不失逶迤之韻，歌詩連篇亦無堆垛之憾。詩皆清婉深雋，足生意境……著意
爲文，逞才抒懷，康駢云'苦心文華'，誠是矣。"[1]此論洵不爲過。

　　《甘澤謡》，陳振孫《直齋書録解題》小説家類著録稱："唐刑部郎中袁
郊撰。所記凡九條，咸通戊子自序，以其春雨澤應，故有甘澤成謡之語，以
名其書。"[2]晁公武《郡齋讀書志》亦云其"載譎異事九章"。[3]《甘澤謡》原
書已佚，現可確定爲其篇目者有《魏先生》《素娥》《陶峴》《懶殘》《韋騶》
《圓觀》《紅綫》和《許雲封》八篇。與《纂異記》相比，《甘澤謡》中的傳
奇小説以叙事爲主，其中"詩筆"所占比重極少，僅有四篇雜有詩，其他方
面與《纂異記》大體相同。其成就與《纂異記》一樣，自出機杼，成就特異。
"袁郊八篇傳奇，篇篇皆佳，唐稗第一流也。……其旨乃傳奇人奇事，傳奇而
不嗜奇……人事既富異采，文復冷峻健拔。叙事言不絮絮而細處能佳，平緩

1　李劍國撰：《唐五代志怪傳奇叙録》（增訂本），北京：中華書局 2017 年版，第 908—909 頁。
2　（宋）陳振孫撰，徐小蠻、顧美華點校：《直齋書録解題》，上海：上海古籍出版社 1987 年版，第
320 頁。
3　（宋）晁公武撰，孫猛校證：《郡齋讀書志校證》，上海：上海古籍出版社 2011 年版，第 553 頁。

之後陡生曲折；議論則長篇大口，時出駢儷以增雄韻；真善爲文者也。"[1]

　　裴鉶《傳奇》，《新唐書・藝文志》小説家類著録三卷，《太平廣記》引《傳奇》佚文二十九條，鄭振鐸曾據此輯録，但僅二十四篇。北京圖書館藏清抄本《傳奇》共三十篇。[2]周楞伽所稽考《傳奇》共三十一篇，被譽"最爲完備"者。[3]以周楞伽輯注的裴鉶《傳奇》所收三十篇完帙爲標準，其文體形式如下表：

《傳奇》所載傳奇小説文體一覽表

篇名	起首	結尾	史才	詩筆	議論	篇幅
孫恪	直接進入故事型	史實陳述型情節性	有	詩2	無	一般
昆侖奴	交代人物背景型	印證型情節性	有	詩2	無	一般
鄭德璘	交代人物背景型	印證型情節性	有	詩5	無	一般
崔煒	交代人物背景型	謎幻型情節性	有	詩2	無	漫長
聶隱娘	交代人物背景型	謎幻型情節性	有	無	無	一般
許棲巖	交代人物背景型	史實陳述型情節性	有	無	無	一般
韋自東	交代人物背景型	謎幻型情節性	有	詩1	無	一般
周邯	交代人物背景型	印證型情節性	有	無	無	一般
樊夫人	交代人物背景型	史實陳述型情節性	有	無	無	一般

　　1　李劍國撰：《唐五代志怪傳奇叙録》（增訂本），北京：中華書局2017年版，第1107—1108頁。

　　2　參見程毅中著：《古小説簡目》，北京：中華書局1981年版，第73—74頁。

　　3　周楞伽考《傳奇》三十一篇篇目分別是《孫恪》《昆侖奴》《鄭德璘》《崔煒》《聶隱娘》《許棲巖》《韋自東》《周邯》《樊夫人》《薛昭》《元柳二公》《陳鸞鳳》《高昱》《裴航》《張無頗》《馬拯》《封陟》《蔣武》《鄧甲》《趙合》《曾季衡》《蕭曠》《姚坤》《文簫》《江叟》《金剛仙》《盧涵》《顏浚》《桃尹二君》《甯茵》《王居貞》。不過，李劍國《唐五代志怪傳奇叙録》"《傳奇》"條輯考爲三十四篇，除周楞伽的三十一篇外，另有《楊通幽》《紅拂妓》與《杜秋娘》。上海古籍出版社《唐五代筆記小説大觀》本《傳奇》共三十三篇，比周楞伽多出《金釵玉龜》和《紅拂妓》兩篇。李時人《全唐五代小説》輯録《傳奇》三十四篇，比周楞伽多出《虬須客傳》《張不疑》《楊通幽》三篇。李宗爲則認爲《金釵玉龜》《紅拂妓》爲《傳奇》中之作品，而《聶隱娘》則應爲《甘澤謠》中作品。見李宗爲《唐人小説》，北京：中華書局2003年新1版，第139—140頁。

續　表

篇名	起首	結尾	史才	詩筆	議論	篇幅
薛昭	交代人物背景型	印證型情節性	有	詩 5	無	一般
元柳二公	交代人物背景型	謎幻型情節性	有	詩 1	無	一般
陳鸞鳳	交代人物背景型	史實陳述型情節性	有	無	無	一般
高昱	直接進入故事型	史實陳述型情節性	有	無	無	一般
裴航	直接進入故事型	謎幻型情節性	有	詩 1	無	一般
張無頗	直接進入故事型	謎幻型情節性	有	詩 1	無	一般
馬拯	交代人物背景型	史實陳述型情節性	有	詩 1	無	一般
封陟	交代人物背景型	史實陳述型情節性	有	詩 3	無	一般
蔣武	交代人物背景型	史實陳述型情節性	有	無	無	一般
鄧甲	交代人物背景型	印證型情節性	有	無	無	較短
趙合	交代人物背景型	印證型情節性	有	無	無	一般
曾季衡	直接進入故事型	印證型情節性	有	詩 2	無	一般
蕭曠	直接進入故事型	謎幻型情節性	有	詩 3	無	一般
姚坤	交代人物背景型	印證型情節性	有	詩 1	無	一般
文簫	交代人物背景型	印證型情節性	有	詩 2	無	一般
江叟	交代人物背景型	印證型情節性	有	無	無	一般
金剛仙	交代人物背景型	謎幻型情節性	有	無	無	一般
盧涵	交代人物背景型	印證型情節性	有	詩 1	無	一般
顏浚	直接進入故事型	印證型情節性	有	詩 4	無	一般
桃尹二君	交代人物背景型	印證型情節性	有	詩 2	無	一般
甯茵	直接進入故事型	印證型情節性	有	賦詩 3、引詩 1	無	一般

上表很直觀地揭示出裴鉶《傳奇》的著述遵循著比較整一的文體規範，如篇幅基本保持在一定的範圍内，全部采用情節性結尾，後世所謂傳奇小説

文體的“詩筆”特徵，也可以裴鉶《傳奇》爲證明。故此，有學者稱裴鉶《傳奇》爲“傳奇體小説的正宗”。[1]

三、傳奇小説叙事藝術的進一步成熟

在尊重中唐傳奇小説所確立的文體特徵的基礎上，晚唐五代的傳奇小説文體進一步走向成熟。這主要表現在傳奇小説文體中傳體與記體的融合，中唐時期傳奇小説文體，大體可以分爲傳體傳奇小説和記體傳奇小説兩種，而在晚唐五代，傳體與記體呈現出融合趨向，主要表現在記體向傳體的靠攏。李宗爲曾以《纂異記》爲典型分析這種趨向：“它（《纂異記》）在藝術形式上的最大特點是：其中有些作品在保持並突出‘記’類傳奇集中描寫具有神奇色彩的一個事件、一個場面的基礎上，吸收了‘傳’類刻畫人物形象的某些方法。如其中《嵩岳嫁女》《蔣琛》二文，都詳盡細膩地描寫了一個神仙神鬼宴會的場面，而對宴會上出現的許多人物又通過其對話和所酬唱的詩歌來揭示了他們的思想感情和性格特徵。這樣以不下於那些最長的‘傳’類作品的篇幅來集中描寫一個富有戲劇性的場面，從而同時刻畫出好幾個人物形象的寫作方法，使它們突破了‘傳’那種集中描寫一個主要人物的格式，又彌補了以往‘記’類作品人物形象單薄抽象的缺陷，並使傳奇的樣式進一步地獨立於史傳或志怪之外。”[2]事實上，如《傳奇》中的《陳鸞鳳》《蔣武》《趙合》等，《西陽雜俎》中的《盧山人》，以及《隋煬帝海山記》《隋煬帝迷樓記》和《隋煬帝開河記》等傳奇小説，都體現了這種特徵。而傳體和記體的融合，實則是以人物爲中心和以情節爲中心兩種叙事模式的融合，同時兩者的融合又在一定的場景叙事中完成。

1　吳志達著：《中國文言小説史》，濟南：齊魯書社 1994 年版，第 457 頁。
2　李宗爲著：《唐人傳奇》，北京：中華書局 2003 年新 1 版，第 128 頁。

第二節　傳奇小說的變體

與尊體相反，晚唐五代傳奇小說創作的另一種現象就是變體，表現爲對傳奇小說文體特性的消減。這種變體現象可以歸納爲三個方面：

一是傳奇小說文體的小品化。晚唐五代傳奇小說的小品化，源於傳奇小說的"寓言"性。中國古代小說中有一種傳統的"寓言"意識，如胡應麟說："古今志怪小說，率以祖《夷堅》《齊諧》，然《齊諧》即《莊》，《夷堅》即《列》耳。二書固極詼詭，第寓言爲近，記事爲遠。"[1] 又洪邁《夷堅志·乙志序》云："干寶之《搜神》，奇章公之《玄怪》，谷神子之《博異》，《河東》之記，《宣室》之志，《稽神》之錄，皆不能無寓言於其間。"[2] 就唐代傳奇小說而言，晚唐之前具有"寓言"性質的傳奇小說，也非常重視記事，並在記事中通過塑造人物來發展傳奇小說文體的傳奇性。如初盛唐時期的王度《古鏡記》，"托神鏡出没言隋室氣數，鏡亡隋亡，一泄黍離之恨"；[3] 中唐時期如《枕中記》《南柯太守傳》等諷世"寓言"傳奇小說，表現著述者對人生的體悟和脱俗的願望。至於牛僧孺《玄怪錄》，"多造隱語，人不可解"，[4] 其中也融入了著述者對人生和社會的看法和評價。晚唐五代時期也有這類諷世"寓言"傳奇小說，如李復言《續玄怪錄》、張讀《宣室志》、李玖《纂異記》等。以《纂異記·徐玄之》爲例，其脱胎於《南柯太守傳》，但擴大了蟻國君臣昏聵糊塗、是非不分的朝政狀況，勾勒出當時社會政治現實的縮影，並以蟻國的最終毀滅喻示了唐王朝必將崩潰的下場，有意識地對社會

---

1 （明）胡應麟撰：《少室山房筆叢》卷三十六《二酉綴遺中》，上海：上海書店出版社 2001 年版，第 362 頁。

2 （宋）洪邁撰，何卓點校：《夷堅志》，北京：中華書局 2006 年版，第 185 頁。

3 李劍國撰：《唐五代志怪傳奇叙錄》（增訂本），北京：中華書局 2017 年版，第 11 頁。

4 （唐）李德裕：《周秦行紀論》，傅璇琮、周建國校箋：《李德裕文集校箋》外集卷四，石家莊：河北教育出版社 2000 年版，第 703 頁。據（南唐）張泊：《賈氏談錄》，該文作者可能爲李德裕門人韋瓘。

和政治現象加以譏刺。李玖《纂異記》等，與中唐諷世"寓言"傳奇小説一樣，構設了較爲豐富的叙事情節，塑造了較爲豐滿的叙事人物形象。晚唐五代還有另外一些諷世"寓言"傳奇小説，如李隱《大唐奇事記》，已失去中唐時期傳奇小説的"傳奇性"色彩，更多的是傳達著述者對現實社會和人生的思索和評判，且這種思索和評判是以概念化神怪人物的議論方式出現；從文體而言，逐漸接近當時的諷刺小品文，如陸龜蒙《記稻鼠》《野廟碑》，羅隱《説天鷄》《英雄之言》等一樣，"隨所著立名，而無一定之體"。[1]

　　二是傳奇小説文體的雜史雜傳化。晚唐五代傳奇小説文體的雜史雜傳化，有兩種表現：一是稗史化，二是宗教傳記化。晚唐五代傳奇小説文體的稗史化，以薛用弱《集異記》、盧肇《逸史》、皇甫枚《三水小牘》、蘇鶚《杜陽雜編》、康軿《劇談録》和高彦休《闕史》等中的傳奇小説爲典型代表。這批小説集之作，乃是緣於"簿領之暇，搜求遺逸，傳於必信"，[2]"以備史官之闕"。[3]如盧肇《逸史序》言："盧子既作《史録》畢，乃集聞見之異者，目爲《逸史》焉。其間神仙交化，幽冥感通，前定升沉，先見禍福，皆摭其實，補其缺而已。凡紀四十五條，皆我唐之事。"[4]雖然其中的傳奇小説仍然帶有搜奇志異的"傳奇性"色彩，但已經失去中唐時傳奇小説文體的情趣和結構，走向稗史化道路，如《逸史》中的《李林甫》《劉晏》《盧杞》，《三水小牘》中的《王知古》《殷保晦妻》《魚玄機》等。晚唐五代傳奇小説文體的宗教傳記化，集中體現在杜光庭、沈汾等人編撰的《神仙感遇傳》《仙傳拾遺》《續仙傳》等小説集中。這些小説集對中晚唐那些傳神仙異人奇情奇事的傳奇小説進行改寫，與其他神仙傳記一起編撰成道教神仙傳

1（明）吴訥撰：《文章辨體序説・雜著》，北京：人民文學出版社 1962 年版，第 45—46 頁。

2（唐）鄭綮：《開天傳信記》"自序"，（五代）王仁裕等撰，丁如明輯校：《開元天寶遺事十種》，上海：上海古籍出版社 1985 年版，第 49 頁。

3（唐）李德裕：《次柳氏舊聞》"自序"，同上，第 1 頁。

4 陶敏主編：《全唐五代筆記》，西安：三秦出版社 2012 年版，第 1362 頁。

記集。[1] 杜光庭、沈汾等人在改寫過程中，注重的是 "事"，而忽略了傳奇小説如文采、情節等本體性的要求。

　　三是傳奇小説語體的騈儷化。以裴鉶《傳奇》最爲突出，陳振孫《直齋書録解題》中記載的尹師魯評價范仲淹《岳陽樓記》爲所謂 "《傳奇》體"，就是指裴鉶《傳奇》用穠麗典雅之 "對語"（騈語）描繪時景、以散文進行論與叙的亦騈亦散的表現形式。裴鉶《傳奇》中確實存在大量的騈儷化的語句，如《孫恪》《鄭德璘》《文簫》等篇中對女性容貌的描寫，《元柳二公》中對大海風浪的描述，特別是《封陟》中不僅環境描寫用對偶句，而且對話也用騈體。《傳奇》語體的騈儷化特點突出，晚唐五代時期很多其他傳奇小説語體亦是如此。如《續玄怪録·張逢》對張逢化虎的描寫，《續玄怪録·裴堪》對神仙之境的描寫，《纂異記·嵩岳嫁女》對神仙嫁女盛會環境的描寫，《甘澤謠·紅綫》對藩鎮的傾軋、薛嵩的憂悶、紅綫盜合的經過、田承嗣的情況、餞別紅綫的悲泣場景的描寫，幾乎都是騈體文字。當然，語體中雜有騈偶句是傳奇小説文體與生俱來的，但大量運用騈偶句則是晚唐五代傳奇小説的一個突出特徵。對小説而言，大量運用騈偶句並不是其發展方向，然於傳奇小説文體而言，却使其進一步與史傳叙事語體相分離，并增强了文學性。

第三節　《異聞集》的文體意義

　　陳翰的《異聞集》是流傳下來的唐人選唐代傳奇小説的唯一選集。晁公武《郡齋讀書志》評其 "以傳記所載唐朝奇怪事，類爲一書"，從文體和題材兩個方面概括了《異聞集》的特徵，即以 "傳記" 的文體撰寫 "奇怪事"。[2] 陳翰

1　可參見李劍國《唐五代志怪傳奇叙録》（增訂本）"《神仙感遇傳》""《仙傳拾遺》""《續仙傳》" 等條，北京：中華書局 2017 年版。

2（宋）晁公武撰，孫猛校證：《郡齋讀書志校證》，上海：上海古籍出版社 2011 年版，第 548 頁。

《異聞集》的傳奇小説文體意義，體現在如下三個方面：

　　一是保存了唐代特別是中唐時期絶大多數具有文體典範意義的傳奇小説文本。陳翰以一個具有一定社會地位的文人身份編輯《異聞集》，[1] 對唐代傳奇小説的保存及後代傳奇小説選集的編撰，無疑具有極大的開拓與示範意義。《異聞集》相當完整地保存了原著的面貌，從而也方便了後代小説的編輯，如《紺珠集》卷十摘録三十五條，《類説》卷二十八節録二十五篇，《太平廣記》引二十餘篇。清顧千里《重刻古今説海序》謂："説部之書盛於唐宋，凡見著録，無慮數千百種，而其能傳者，則有賴匯刻之力居多。蓋説部者，遺聞軼事、叢殘瑣屑，非如經義史學諸子等，各有專門名家，師承授受，可以永久勿墜也。獨匯而刻之，然後各書之勢，常居於聚，其於散也較難。儲藏之家，但費收一書之勞，即有累若干書之獲，其搜求也較便。各書各用，而用乎此者，亦不割棄乎彼，牽連倚毗，其流布也較易。"[2] 此言驗之陳翰《異聞集》也毫不爲過。

　　二是《異聞集》擴展了具有文體典範意義的傳奇小説的傳播。《異聞集》所收作品可分爲三類：一類是主要描寫神仙靈鬼精怪的作品，如《神告録》《神異記》《鏡龍記》《古鏡記》《韋仙翁》《柳毅傳》《離魂記》《韋安道》《周秦行記》《任氏傳》等二十多篇。一類是主要描寫現實人事的作品，如《上清傳》《柳氏傳》《李娃傳》《霍小玉傳》《鶯鶯傳》《謝小娥傳》《東城老父傳》等十多篇。一類是藉故事闡明某種道理，具有寓言性質的作品，如《枕中記》《南柯太守傳》和《櫻桃青衣》。這些傳奇小説題材的共同特徵是"異聞"。唐人傳奇小説興盛的一個原因就在於文人集團的"宵話徵異"愛好，而其本質則是"俗皆愛奇"[3] 社會習俗的縮影。《異聞集》對"異聞"傳奇小

　　1　關於陳翰事迹記載的史料很少，現有材料能證明陳翰曾官屯田員外郎等職，參見李劍國《唐五代志怪傳奇叙録》（增訂本）《異聞集》條。

　　2（明）陸楫編：《古今説海》，上海：上海文藝出版社 1989 年版，第 1 頁。

　　3（梁）劉勰著，范文瀾注：《文心雕龍注·史傳》，北京：人民文學出版社 1958 年版，第 287 頁。

説的輯集，正滿足了"俗皆愛奇"的社會習俗，因而推動了傳奇小説的傳播。同時，《異聞集》中以"異聞"爲旨歸的傳奇小説的傳播，也進一步確立了傳奇小説以"奇"爲美的文體特徵。

　　三是固化了中唐時期傳奇小説文體的定體特徵。《新唐書·藝文志》著録《異聞集》十卷，已佚，現可考知《異聞集》中的傳奇小説大約有四十篇，其中屬於初盛唐的小説有兩篇，即王度《古鏡記》、張説《鏡龍記》；屬於中唐的傳奇小説有二十五篇，即柳珵《上清傳》、沈既濟《枕中記》、許堯佐《柳氏傳》（《柳氏述》）、白行簡《李娃傳》（《汧國夫人傳》）、李朝威《柳毅傳》（《洞庭靈姻傳》）、蔣防《霍小玉傳》、沈亞之《感異記》、陳玄佑《離魂記》、元稹《鶯鶯傳》（《傳奇》）、李公佐《南柯太守傳》、鄭權《三女星精》、李公佐《謝小娥傳》、李景亮《李章武傳》（《碧玉欄葉》）、韋瓘《周秦行紀》、沈亞之《湘中怨解》（《湘中怨》）、沈既濟《任氏傳》、李吉甫《梁大同古銘記》（《鐘山壙銘》）、沈亞之《秦夢記》（《沈亞之》）、陳劭《僕僕先生傳》、佚名《秀師言記》、沈亞之《異夢録》（《邢鳳》）、李公佐《廬江馮媼傳》、李公佐《古岳瀆經》、薛用弱《韋仙翁》、陳鴻《東城老父傳》；晚唐的有陸藏用《神告録》《神異記》、温畬《穭桑老人》、佚名《華嶽靈姻》、佚名《后土夫人傳》（《韋安道》）、佚名《櫻桃青衣》、《冥音録》等；不能確定年代的有佚名《獨孤穆》《王生》《白皎》《賈籠》《劉惟清》《周頌》等。[1]魯迅《唐宋傳奇集》所選唐人作品，有二十二篇見於《異聞集》，可見陳翰《異聞集》的選擇非常具有藝術水準和代表性。且《異聞集》中，中唐時期傳奇小説的入選比例占有絶對優勢，而這些入選的中唐時期傳奇小説基本可以代表中唐乃至整個唐朝傳奇小説的實績，因此它對進一步鞏固中唐傳奇小説文體的定體規範有著不一般的意義。

　　1《異聞集》中還有《相如琴挑》《解襪人》《漕店人》和《雍州人》等篇，程毅中認爲這幾篇都"只能作爲存目待考"，參見程毅中《古小説簡目》附録二《〈異聞集〉考》，北京：中華書局1981年版。

第四章
唐五代筆記小説的文體雜糅

筆記小説經歷了魏晉至六朝時期的初步發展，到此一階段（尤其是唐代）迎來了第二個快速發展期。除了作品、作者的數量增加這些外在表現之外，更爲重要的是筆記小説文體的逐步成熟。古代學者對於文言小説文體有兩個著名論斷："文備衆體"與"一書而兼二體"。前者出自宋代趙彦衛的《雲麓漫鈔》卷八，後者出自清代紀昀的《閲微草堂筆記》卷十八《姑妄聽之》"盛時彦跋"。兩者雖所處時代不同，所論對象亦不同，然都指出了小説中的"文體雜糅"這一現象。具體來説，前者是指唐代小説容納或吸收了其他文體，如詩歌、辭賦、史傳，甚至論説文、書牘、公牘等，使之成爲小説的有機組成部分；後者是指《聊齋志異》融合了"筆記體"與"傳奇體"兩種小説文體，或如魯迅所云"用傳奇法，而以志怪"。[1]其實，"文體雜糅"亦適用於唐五代筆記小説。觀唐五代筆記小説之實際，筆記小説文體形成了多元格局，具體而言，主要有"詩話體""説話體""雜俎體""傳奇體"四種體式。

第一節 "詩話體"的産生與"説話體"的變異

"詩話體"筆記小説是唐代筆記小説中特殊的類型，其産生與唐代詩歌

---

1 魯迅著：《中國小説史略》，上海：上海古籍出版社 1998 年版，第 147 頁。

創作的繁盛密不可分。苗壯的《筆記小説史》對此類小説論述道："唐代爲詩歌創作的黄金時代，唐人小説中亦每每穿插詩歌，其中的志人小説更多記詩人軼事及關於詩歌創作的'本事'，尤以《本事詩》《雲溪友議》爲集中。論者或稱之爲'記事體詩話'，或稱爲'詩話體小説'，成爲志人小説的一格。"[1] 顧名思義，"詩話體"筆記小説其與"詩話"關係緊密，因此討論"詩話體"，不得不先簡單介紹一下"詩話"的概念及其著述形式。關於"詩話"的概念，據學者概括有廣狹之分，其中狹義的"詩話"與小説關係較爲密切：

> 詩話者何也？……狹義者，乃詩歌之話也。"話"者何也？故事也，與宋代話本小説之"話"者同義，即口舌之言者曰"話"，就是講故事。依其内容而言，詩話則詩歌故事；依其體裁而言，詩話則論詩隨筆。此乃詩話之本義也。故歐陽修詩話之作"以資閑談"而已矣。此類詩話者，蓋以"論詩及事"爲本，凡詩歌本事、詩人軼事、詩壇趣聞、名篇佳句之述，以記事爲主，寓論詩之見於詩本事之中。[2]

以上關於"詩話"的論述有幾個關鍵點：（一）詩話是"詩歌之話"，而"話"之含義乃故事，因此"詩話"的概念即是"關於詩歌的故事"；（二）"詩話"的體裁是"論詩隨筆"，而"隨筆"與"筆記"含義相當，因此"詩話"可歸入筆記小説中；（三）"詩話"的内容以"論詩及事"爲主，除了有詩歌，凡是與詩歌相關的本事、軼事、趣聞等，都可容納，且"以記事爲主"。從這幾點來看，狹義的"詩話"與筆記小説幾乎没有區别，可以説它是筆記小説中的特殊類型。

關於"詩話"的起源，學界有不同的看法，有的認爲始於上古"三代"，

---

1 苗壯著：《筆記小説史》，杭州：浙江古籍出版社 1998 年版，第 238 頁。

2 蔡鎮楚、龍宿莽著：《比較詩話學》，北京：北京圖書館出版社 2006 年版，第 24—25 頁。

有的認爲始於鍾嶸《詩品》，有的認爲始於詩律之"細"，[1] 羅根澤則認爲"詩話"始於《本事詩》：

> 《本事詩》是"詩話"的前身，其來源則與筆記小説有關。唐代有大批的記録遺事的筆記小説，對詩人的遺事，自然也在記録之列。就中如范攄的《雲溪友議》，王定保的《唐摭言》，其所記録，尤其是偏於文人詩人。由這種筆記的轉入純粹的記録詩人遺事，便是《本事詩》。我們知道了"詩話"出於《本事詩》，《本事詩》出於筆記小説，則"詩話"的偏於探求詩本事，毫不奇怪了。[2]

這裏所謂的"本事詩"也可稱"詩本事"，並不限於《本事詩》一書，其他作品中記録的有關詩歌之本事的内容都可歸入，如《雲溪友議》《唐摭言》等。羅根澤還强調了"本事詩"源自於筆記小説，則可以推論"詩話"源自於筆記小説。

既然"詩話"源自於筆記小説，則"詩話體"亦源自於"筆記體"，屬於"筆記體"中的特殊類型，既具備筆記小説的一般特徵，也因其專門記録"詩之本事"而具有文體的特殊性。前人論"詩話"只是泛泛談到其與小説關係密切，如明代胡應麟云："他如孟棨《本事》、盧瓌《抒情》，例以詩話、文評，附見集類，究其體制，實小説者流也。"[3] 清代丘仰文的《五代詩話序》云："史記事，詩言志，詩話當如説部之類，特有韻語。事之互見，則亦補史之闕。"[4]

1　參見蔡鎮楚著：《中國詩話史》第一章第二節《詩話溯源》，長沙：湖南文藝出版社 2001 年版，第 7—26 頁。

2　羅根澤著：《中國文學批評史》，上海：上海書店 2003 年版，第 540 頁。

3　（明）胡應麟撰：《少室山房筆叢》，上海：上海書店出版社 2009 年版，第 283 頁。

4　（清）王士禎原編，鄭方坤刪補，戴鴻森校點：《五代詩話》，北京：人民文學出版社 1998 年版，第 2 頁。

四庫館臣云："孟棨《本事詩》，旁採故實；劉攽《中山詩話》、歐陽修《六一詩話》，又體兼説部。"[1]又章學誠《文史通義·詩話》云："唐人詩話，初本論詩，自孟棨《本事詩》出，乃使人知國史叙詩之意；而好事者踵而廣之，則詩話而通於史部之傳記矣。間或詮釋名物，則詩話而通於經部之小學矣。或泛述聞見，則詩話而通於子部之雜家矣。"[2]由以上論述可知，"詩話體"的題材與筆記小説相同，有記事、記人，特別之處是加入了韻語，也即詩歌，而所記人事圍繞詩歌展開，即"詩之本事"，其代表作即是《本事詩》。

　　除了《本事詩》這樣專門收録詩歌本事的作品，唐五代筆記小説中載入詩歌的作品數量甚多；[3]然並非載入詩歌即屬於"本事"，還要看詩歌與事之間的關係。早期一些作品如《朝野僉載》，其記録詩歌多屬於民謡，叙事簡略，屬於"描述説明"體，且載入詩歌的目的出於預言，而非記録本事，如下列三則：

　　　　唐神龍已後，謡曰："山南烏鵲窠，山北金駱駝。鎌柯不鑿孔，斧子不施柯。"此突厥强盛，百姓不得斫桑養蠶、種禾刈穀之應也。

　　　　唐景龍中謡曰："可憐聖善寺，身着緑毛衣。牽來河裏飲，踏殺鯉魚兒。"至景雲中，譙王從均州入都作亂，敗走，投洛川而死。

　　　　唐明堂主簿駱賓王《帝京篇》曰："倏忽搏風生羽翼，須臾失浪委

1（清）永瑢等撰：《四庫全書總目》，北京：中華書局 1965 年版，第 1779 頁。

2（清）章學誠撰，葉瑛校注：《文史通義校注》，北京：中華書局 1985 年版，第 559 頁。

3 邱昌員《詩與唐代文言小説研究》第一章第一節所附表二，對唐代文言小説融入詩歌數量有詳細統計，可參看。邱昌員著：《詩與唐代文言小説研究》，北京：中國社會科學出版社 2008 年版，第 48—60 頁。

泥沙。"賓王後與徐敬業興兵揚州，大敗，投江水而死，此其讖也。[1]

　　這幾則嚴格説來不屬於詩歌本事，而是"詩讖"，與前所述預言類似，只是這種預言是以民謡或詩歌的形式展現。此後一些作品開始有所變化，如《隋唐嘉話》所記薛道衡事曰："薛道衡聘陳，爲《人日》詩云：'入春纔七日，離家已二年。'南人嗤之曰：'是底言語？誰謂此虜解作詩？'及云'人歸落雁後，思發在花前'，乃喜曰：'名下固無虛士！'"[2]又如《靈怪集》"郭翰"寫郭翰與織女分别後以書翰互贈，以慰相思，書末附以詩歌；《廣異記》卷三"王法智"寫神人滕傳胤與僧人及作者本人等以詩歌互相贈答；《通幽記》"唐晅"寫唐晅因妻子亡故，悲慟而賦悼亡詩二首；《集異記》卷中"王之涣"寫歌妓吟唱王昌齡、高適、王之涣的名作等，詩歌已經融入故事的叙述中，且對於情節的推進具有一定導向作用。此後《玄怪録》《博異志》《河東記》《纂異記》《瀟湘録》《宣室志》等作品沿著這一方向繼續發展，且數量逐漸增多，"詩話體"筆記小説的叙事模式此時也大致得以建立，而《本事詩》的出現則標誌"詩話體"筆記小説的獨立。

　　《本事詩》的作者孟棨（一作啓）是中晚唐時人，唐僖宗乾符二年（875）進士，累官至尚書司勳郎中，賜紫金魚袋。光啓二年（886）集詩人"緣情感事"之作，叙其本事，撰爲此書。其自序云："詩者，情動於中而形於言，故怨思悲愁，常多感慨。抒懷佳作，諷刺雅言，著於群書。雖盈厨溢閣，其間觸事興詠，尤所鍾情，不有發揮，孰明厥義？因采爲《本事詩》，凡七題，猶四始也。情感、事感、高逸、怨憤、徵異、徵咎、嘲戲，各以其類聚之。"[3]可知此書在整體上采用類書體的形式，將全數内容分爲七類，即

1　陶敏主編：《全唐五代筆記》，西安：三秦出版社 2008 年版，第 147—148 頁。

2　同上，第 308 頁。

3　同上，第 2375 頁。

七個故事類型。從叙事結構來看，所有故事都以"本事"爲叙述的核心，而以詩歌爲綫索，起串聯事件的作用。有學者將《本事詩》的文本結構概括爲兩種形式：一種是將詩附著於事的發展脈絡上的"事—詩—事"連綴式結構；另一種是在叙事完畢後將詩作補充入文本的"事—詩"後綴式結構。[1]這一概括基本符合實際，以前一種模式爲例，此種模式一般會先在開頭交代故事的背景，也即詩歌産生的緣由，接著叙述詩歌導致的結果，故事也隨之結束。如"情感"類"喬知之"這一則：

> 唐武后載初中，左司郎中喬知之有婢名窈娘，藝色爲當時第一。知之寵愛，爲之不婚。武承嗣聞之，求一見，勢不可抑。既見，即留，無復還理。知之痛憤成疾，因爲詩，寫以縑素，厚賄閽守以達。窈娘得詩悲惋，結三章於裙帶，赴井而死。承嗣見詩，遣酷吏誣陷知之，破其家。詩曰："石家金谷重新聲，明珠十斛買娉婷。昔日可憐君自許，此時歌舞得人情。君家閨閣不曾難，好將歌舞借人看。富貴雄豪非分理，驕奢勢力横相干。別君去君終不忍，徒勞掩袂傷紅粉。百年離別在高樓，一旦紅顔爲君盡。"時載初元年三月也。四月下獄，八月死。[2]

此則故事開頭交代了詩歌産生的背景：喬知之婢女窈娘藝色雙絶，被武承嗣覬覦，後强行霸占，"知之痛憤成疾，因爲詩"。接著寫詩歌導致的結果：（一）窈娘之死，"窈娘得詩悲惋，結三章於裙帶，赴井而死"。（二）喬知之受冤而死，"承嗣見詩，遣酷吏誣陷知之，破其家"，"四月下獄，八月死"。整則故事圍繞一首詩叙述了一段凄慘動人的愛情慘劇，詩歌是導致悲劇發生的直接原因，而其深層原因則是武承嗣的霸道狠毒。在這則故事中，

---

1 鄒福清著：《唐五代筆記研究》，北京：中國社會科學出版社 2013 年版，第 263 頁。

2 陶敏主編：《全唐五代筆記》，西安：三秦出版社 2008 年版，第 2376 頁。

詩歌僅僅是情節發展中的關鍵綫索，構成故事主要矛盾的還在於正反人物的情感立場，詩歌起到了勾連情節、渲染氣氛、深化主題的作用，是爲故事服務的。此外如"韓翊""張郎中"等則，皆情節曲折，詩歌鑲嵌其中，作爲人物之間表情達意的工具，成爲故事的有機組成部分，而非主體。而在另外一些故事中，詩歌的比重增多，占據主要地位，故事的展開是爲詩歌服務的，如下面兩則：

> 顧況在洛，乘間與詩友遊於苑中，坐流水上，得大梧葉，上題詩曰："一入深宫裏，年年不見春。聊題一片葉，寄與有情人。"況明日於上游，亦題葉上，放於波中，詩曰："花落深宫鶯亦悲，上陽宫女斷腸時。帝城不禁東流水，葉上題詩欲寄誰？"後十餘日，有客來苑中尋春，又於葉上得詩以示況，詩曰："一葉題詩出禁城，誰人酬和獨含情？自嗟不及波中葉，蕩漾乘春取次行。"

> 劉尚書禹錫罷和州，爲主客郎中、集賢學士。李司空罷鎮在京，慕劉名，嘗邀至第中，厚設飲饌。酒酣，命妙妓歌以送之，劉於席上賦詩曰："鬢鬢梳頭宫樣妝，春風一曲杜韋娘。司空見慣渾閑事，斷盡江南刺史腸。"李因以妓贈之。[1]

以上兩則故事情節都較爲簡單，没有任何衝突和矛盾，而且情節的展開主要是爲了引出詩歌，停留在詩歌"本事"的層面。

與《本事詩》幾乎同時問世的《抒情集》同樣記録詩歌本事，被後世視爲詩話濫觴。此書早已亡佚，原貌已不可知，據後人所輯佚文看，大部分叙

---

[1] 陶敏主編：《全唐五代筆記》，西安：三秦出版社 2008 年版，第 2378、2381 頁。

事較《本事詩》稍顯簡略，有的甚至没有情節，只剩下詩歌的羅列。如："羅
鄴工詩，《春遊鬱然有懷》云：'芳草如煙處處青，閑門要地一時生。年來檢
點人間事，惟有春風不世情。'《春雨》詩云：'兼風颯颯灑皇州，能帶輕寒阻
勝遊。昨夜五侯池館裏，佳人驚覺爲花愁。'"[1]也有叙事較爲委曲者，如：

> 薛宜僚會昌中爲左庶子，充新羅册贈使，由青州泛海。船頻阻惡風
> 雨，至登州却漂迴，淹泊青州郵傳一年，節使烏漢貞尤加待遇。籍中飲
> 妓段東美者，薛頗屬情，連帥置於驛中。是春薛發日，祖筵嗚咽流涕，
> 東美亦然。乃於席上留二詩曰："經年郵驛許安棲，衡命他鄉別恨迷。
> 今日海帆飄萬里，不堪腸斷對含啼。""阿母桃花方似錦，王孫草色正如
> 煙。不須更向滄溟望，惆悵歡情恰一年。"薛到外國，未行册禮，旌節
> 曉夕有聲。旋染疾，謂判官苗甲曰："東美何故頻見夢中乎？"數日而
> 卒，苗攝大使行禮。薛旋櫬迴及青州，東美乃請告至驛，素服執奠，哀
> 號撫柩，一慟而卒。情緣相感，頗爲奇事。[2]

至唐末五代，記録詩歌本事者仍絡繹不絶，如《劇談録》《桂苑叢談》
《三水小牘》《唐摭言》《鑑誡録》《北夢瑣言》等，其中尤以《雲溪友議》最
具代表。《雲溪友議》以記載晚唐文壇逸聞趣事爲主，而詩話占十之七八，
魯迅對其評價道："范攄《雲溪友議》之特重歌詠，雖若彌近人情，遠於靈
怪，然選事則新穎，行文則逶迤，固仍以傳奇爲骨者也。"[3]其所記故事大多
情節完整，曲折有致，其中《苧蘿遇》《題紅怨》《閨婦歌》等被後世傳爲文
壇佳話，《題紅怨》所寫顧況、盧渥紅葉題詩事流傳頗廣，文字如下：

1　陶敏主編：《全唐五代筆記》，西安：三秦出版社 2008 年版，第 2371 頁。

2　同上，第 2369 頁。

3　魯迅著：《中國小説史略》，上海：上海古籍出版社 1998 年版，第 60 頁。

　　明皇代，以楊妃、虢國寵盛，宮娥皆願衰悴，不備掖庭。常書落葉，隨御溝水而流，云："舊寵悲秋扇，新恩寄早春。聊題一片葉，將寄接流人。"顧況著作聞而和之。既達宸聰，遣出禁内者不少。或有五使之號焉。和曰："愁見鶯啼柳絮飛，上陽宮女斷腸時。君恩不禁東流水，葉上題詩寄與誰？"盧渥舍人應舉之歲，偶臨御溝，見一紅葉。命僕塞來，葉上乃有一絶句，置於巾箱，或呈於同志。及宣宗既省宮人，初下詔，許從百官司吏，獨不許貢舉人。渥後亦一任范陽，獲其退宮人，睹紅葉而吁怨久之，曰："當時偶題隨流，不謂郎君收藏巾篋。"驗其書，無不訝焉。詩曰："水流何太急，深宮盡日閑。殷勤謝紅葉，好去到人間。"[1]

　　這一則内容實際包含兩段故事，第一段顧況紅葉題詩事在《本事詩》也有記載，而内容有所不同，此處在開頭有背景的介紹，交代了紅葉題詩的原因，且寫到了顧況和詩之後的結果。後一段盧渥事發生在宮女被遣出之後，在時間上可承接上一段，在敘事上較爲巧妙，盧渥在御溝獲得紅葉時並未直接展示詩歌内容，如同設置了懸念，將其延宕至盧渥在范陽任官時，宮人再次見到了紅葉，而此紅葉正是當年自己所提，最後才引出詩歌的内容，構思巧妙，極富戲劇性。

　　在《本事詩》之後還出現了幾部模仿此書的續作，羅根澤對此有作介紹，[2]其中處常子的《續本事詩》和羅隱的《續本事詩》可確定是唐末五代人作品，聶奉先的《續廣本事詩》因作者年代無從考察，羅根澤推測是宋初人。其中處常子的《續本事詩》今已亡佚，《郡齋讀書志》"總集類"有著録，曰："右僞吳處常子撰。未詳其人。自有序云：'比覽孟初中《本事詩》，

1　陶敏主編：《全唐五代筆記》，西安：三秦出版社 2008 年版，第 1511 頁。
2　羅根澤著：《中國文學批評史》，上海：上海書店 2003 年版，第 540—541 頁。

輒搜篋中所有,依前題七章,類而編之.'然皆唐人詩也."[1] 據此可知完全依照
孟書體例分爲七類,具體形式亦當類同.羅隱的《續本事詩》今未見,亦不
見著錄,惟《詩話總龜》引數條,其内容與形式當與《本事詩》大體一致.

　　我們再來看"説話體",所謂"説話",是以口語爲主的方式説故事,有
時候會穿插韻語演唱,講唱結合."説話"淵源頗早,在古代是一種長期流
行的口説技藝,三國時期即有過"俳優小説"[2]的説法,到了唐五代已發展爲
一門較爲成熟的表演形式,段成式《酉陽雜俎》續集卷四對此曾有所記錄:
"予大和末,因弟生日觀雜戲.有市人小説呼扁鵲作褊鵲,字上聲,予令座
客任道昇字正之."[3] 由於佛教的傳播,唐代還出現了演説佛經的唱導、俗講
等説話形式,對後世小説文體的發展影響深遠.到了宋代,"説話"技藝已
經完全成熟,不僅分工愈加細緻,有所謂"四家數"之分,且體制規範也趨
於定型,其與後世話本、章回小説的關係已經成爲學界常識,毋庸多言.在
傳統觀念中,"説話"與白話小説的産生與發展關係十分密切,可以説白話
小説的源頭之一即是"説話",由此受到較多關注.而對於文言小説與"説
話"的關係則關注較少.實際上,真正的白話小説要到宋代才出現,宋代以
前雖然有"説話"技藝的存在,然其内容與形式已無法確切知曉,只有在筆
記小説中才有一些殘存的内容.換言之,筆記小説吸納並轉化了"説話"的
内容,使之成爲書面化的小説,是"説話體"小説的變異形式.

　　唐五代時期"説話"一直流行於社會的各個階層,各種民間傳説、逸聞
趣事、噱頭笑話在口頭間傳播,這些民間故事大多脱去了原始神話的神秘色

　　1（宋）晁公武撰,孫猛校證:《郡齋讀書志校證》,上海:上海古籍出版社 2011 年版,第 1061 頁.
　　2《三國志·魏志》卷二一《王衛二劉傳》裴松之注引《魏略》云:"會臨菑侯植亦求淳,太祖遣淳詣
植.植初得淳甚喜,延入坐,不先與談.時天暑熱,植因呼常從取水自澡訖,傅粉.遂科頭拍袒、胡舞五
椎鍛,跳丸擊劍,誦俳優小説數千言訖,謂淳曰:'邯鄲生何如耶?'"（晋）陳壽撰,陳乃乾校點:《三國
志》,北京:中華書局 1959 年版,第 603 頁.
　　3 陶敏主編:《全唐五代筆記》,西安:三秦出版社 2008 年版,第 1716—1717 頁.

彩，比較貼近世俗生活，形象也較爲生動，娛樂性較强，可稱之爲“口傳小説”。這些“口傳小説”被文人所采集、加工爲書面形式的小説，是筆記小説重要的素材來源。唐五代文人所喜歡的劇談是“口傳小説”傳播的重要方式，所謂“劇談”，即暢談，或快速之言談。在魏晉六朝時指玄學家之清談，清談的特點是反應敏捷、旨趣玄遠。到了唐代，劇談主要指文人間的諧謔談論，以消閑、娛樂爲目的，是文人聚會交往時重要的娛樂項目。劇談的内容十分廣泛，包括詩文創作、聞見知識、朝野軼事、歷史掌故、民間傳説、鬼神精怪等。如韋絢《劉賓客嘉話録》自序所云，劉禹錫與諸子起居宴坐，所談除了“解釋經史”，“偶及國朝文人劇談，卿相新語，異常夢話，若諧謔卜祝，童謡佳句”。[1] 而且劇談的對象也不限於文人，如《灌畦暇語》自序云劇談之人“或童顛之叟，或粗有知識之少年”，[2] 蘇鶚撰《杜陽雜編》曾“訪問博聞强識之士或潛夫輩”，[3] 王仁裕爲撰《開元天寶遺事》而“詢求軍實，採摭民言”等。[4] 因此，與六朝時的劇談相比，唐五代文人的劇談在内容上大爲開拓，已經不限於談玄説理或笑話諧謔之類。[5]

正如《常侍言旨》《戎幕閑談》《佐談》《譚賓録》[6]《劉賓客嘉話録》《灌畦暇語》《劇談録》《桂苑叢談》《玉堂閑話》《賈氏談録》等書名所展現的那樣，唐五代不少筆記小説是劇談、客話、閑談的産物。另外一些作品雖在書名上没有顯現，實際上也是由劇談産生，如《尚書故實》《稽神録》等。

---

1 陶敏主編：《全唐五代筆記》，西安：三秦出版社 2008 年版，第 1424 頁。

2（唐）佚名撰：《灌畦暇語》（及其他一種），《叢書集成初編》，北京：中華書局 1991 年版，第 1 頁。

3 陶敏主編：《全唐五代筆記》，西安：三秦出版社 2008 年版，第 2189 頁。

4 同上，第 3156 頁。

5 劉知幾《史通·雜述》論“偏記小説”有“瑣言”類，舉劉義慶《世説》、裴榮期《語林》、孔尚思《語録》、陽玠松《談藪》爲例，且云瑣言“多載當時辨對，流俗嘲謔，俾夫樞機者藉爲舌端，談話者將爲口實。及蔽者爲之，則有詆訐相戲，施諸祖宗，褻狎鄙言，出自床第，莫不昇之紀録，用爲雅言，固以無益風教，有傷名教者矣”，可見此時劇談還局限於辨對、諧謔之類。見（唐）劉知幾著，（清）浦起龍通釋，王煦華整理：《史通通釋》，上海：上海古籍出版社 2009 年版，第 254—255 頁。

6 周勛初《唐代筆記小説叙録》云：“‘譚’當作‘談’。‘談’改作‘譚’，乃避武宗諱……‘談賓’即是‘談笑之賓客’意。”見周勛初著：《唐代筆記小説叙録》，南京：鳳凰出版社 2008 年版，第 57 頁。

這些作品中，《常侍言旨》《戎幕閑談》《劉賓客嘉話録》《尚書故實》《賈氏談録》是單獨記録某一人物談話而成，其"劇談"的性質尤其突出。其中，《常侍言旨》乃作者柳玭記録其伯父柳登談話而成，原書已佚。《戎幕閑談》和《劉賓客嘉話録》的作者都是韋絢，前者是其在李德裕劍南西川節度使幕府時記録李德裕談話而成。其自序云："贊皇公博物好奇，尤善語古今異事。當鎮蜀時，賓佐宣吐，亹亹不知倦焉。"[1] 後者是其整理劉禹錫的談話記録寫成，其自序曰："或因宴命坐與語論，大抵根於教誘，而解釋經史之暇，偶及國朝文人劇談，卿相新語，異常夢話，若諧謔卜祝，童謡佳句。即席聽之，退而默記，或染翰竹簡，或簪筆書紳。"[2]《尚書故實》是作者李綽避黃巢兵亂寓居圃田佛寺時，記録同避難的張賓護尚書談話而寫成，其自序云："叨遂迎塵，每容侍話。凡聆徵引，必異尋常，足廣後生，可貽好事。"[3]《賈氏談録》是作者張洎記録賈黃中所述唐代逸聞瑣事而成，其自序云："左補闕賈黃中，丞相魏公之裔也，好古博學，善於談論，每款接，常益所聞。"[4] 這些作品所記録的談話對象都是著名的飽學之士，喜愛劇談，且長期在朝廷擔任要職，熟知歷史掌故、朝野逸聞，所談内容也是以這些爲主。從叙述方式來看，這些作品大多較爲隨意，隨聽隨記，没有嚴格的體例，符合"劇談"的特點。大體可概括爲如下幾點：

1. 直接以談話人的口吻記録所談内容，如同"語録"

如《戎幕閑談》中有些以"贊皇公曰""公又曰"爲開頭，《劉賓客嘉話録》中有些以"劉禹錫曰""公曰"開頭，《尚書故實》以"公云""又云"開頭，《賈氏談録》以"賈君云"開頭。兹各舉一例：

---

1 陶敏主編：《全唐五代筆記》，西安：三秦出版社 2008 年版，第 926 頁。

2 同上，第 1424 頁。

3 同上，第 2278 頁。

4 同上，第 3402—3403 頁。

　　贊皇公曰："余昔爲太原從事，睹公牘中文水縣解牒，稱武士襄墓前有碑，元和中，忽失龜頭所在。碑上有'武'字凡十處，皆鐫去之。其碑高大於《華嶽碑》，且非人力拔削所及。不經半年，武相遇害。"

　　劉禹錫曰：韓十八愈直是太輕薄，謂李二十六程曰："某與丞相崔大羣同年往還，直是聰明過人。"李曰："何處是過人者？"韓曰："共愈往還二十餘年，不曾共説著文章，此豈不是敏慧過人也？"

　　公云：舒州灊山下有九井，其實九眼泉也。旱即煞一犬投其中，大雨必降，犬亦流出。

　　賈君云，僖、昭之時，長安士族多避寇南山中，雖荐經離亂，而兵難不及。故今衣冠子孫出居鄠杜間者，室廬相比。又説，京兆户民尚鬬鷄走犬之戲，習以爲業，罕有勤稼者。蓋豪蕩之俗，猶存餘態爾。[1]

有些還以對話的形式記録，如《劉賓客嘉話録》《賈氏談録》所記：

　　公曰："諸葛亮所止，令兵士獨種蔓菁者何？"絢曰："莫不是取其纔出甲者可生啖，一也；葉舒可煮食，二也；久居則隨以滋長，三也；棄去不惜，四也；回則易尋而採之，五也；冬有根可劚食，六也。比諸蔬屬，其利不亦博乎？"曰："信矣。三蜀之人，今呼蔓菁爲諸葛菜，江陵亦然。"

---

　　1 陶敏主編：《全唐五代筆記》，西安：三秦出版社 2008 年版，第 926—927、1436—1437、2288、3408 頁。

予問賈君："中土人每日火麪而食，罕致壅熱之患，何也？"賈君曰："夾河風性寒，故民多傷風。河洛以東地鹹，水性冷寒，故民須哺粟食麥而無熱疾。"又曰："滑臺風水性寒冷尤甚，士民雖在羈丱，其啗附子，如啗芋栗。"[1]

2. 轉述談話者的談話内容，屬於間接引述

如《尚書故實》所記：

公自言四世祖河東公爲中書令，著緋。又説，傅遊藝居相位，著緑。

公嘗於貴人家見梁昭明太子腦骨，微紅而潤澤，抑異於常也。

又説表弟盧某，一日碧空澄澈，仰見仙人乘鶴而過。別有數鶴飛在前後，適睹自一鶴背遷一鶴背，亦如人换馬之狀。[2]

3. 記録談話者轉述他人所見聞之事，以"某某曰"開頭，也屬於間接引用

如《劉賓客嘉話録》所記：

刑部侍郎從伯伯芻嘗言：某所居安邑里巷口有鬻餅者，早過户，未嘗不聞謳歌，而當爐興甚早。一旦召之與語，貧窘可憐，因與萬錢，令多其本，日取餅以償之。欣然持鏹而去。後過其户，則寂然不聞謳歌之聲，謂其逝矣。及呼，乃至。謂曰："爾何輟歌之遽乎？"曰："本流既

1 陶敏主編：《全唐五代筆記》，西安：三秦出版社 2008 年版，第 1432、3411 頁。
2 同上，第 2280、2281、2282 頁。

大，心計轉粗，不暇唱《渭城》矣。"從伯曰："吾思官徒亦然。"因成
大噱。[1]

又如《賈氏談録》所記：

　　賈君云，長安老婦説：曲江池，天祐初，因大風雨，波濤震蕩，累
日不止，一夕無故而其水盡竭。自後宮闕成荆棘矣。今爲耕民畜作陂
塘，資澆漑之用。每至清明節，都人士女猶有泛舟宴賞於其間者。九龍
池，上巳日亦爲士女泛舟之所。[2]

4. 不作引述而直接記録談話内容

這種形式數量較多，與其他記録雜事的筆記小説無甚區别，其中有些以
談話者的評論爲結尾，具有"劇談"的特色。如《劉賓客嘉話録》記張巡、
許遠守睢陽事，事末引述了劉禹錫的評述：

　　劉禹錫曰：此二公天贊其心，俾之守死善道。向若救至身存，不過
是一張僕射耳，則張巡、許遠之名，焉得以光揚於萬古哉！巡性明達，
不以簿書介意。爲真源宰，縣有豪華南金，悉委之。故時人曰："南金
口，明府手。"及巡聞之，不以爲事。[3]

又如《尚書故實》對京城佛寺有假僧人的評述：

---

1 陶敏主編：《全唐五代筆記》，西安：三秦出版社 2008 年版，第 1426 頁。

2 同上，第 3407 頁。

3 同上，第 1425 頁。

　　京城佛寺，率非真僧，曲檻回廊，户牖重複。有一僧室，當門有櫃，扃瑣甚牢。竊知者云，自櫃而入，則别有幽房邃閣，詰曲深嚴，囊囊奸回，何所不有！ [1]

　　由以上例子可知，唐五代"説話體"筆記小説的變異，除了"説話"内容相較於魏晉六朝大爲拓展外，其具體形式也發生了改變。魏晉六朝小説的"説話體"主要體現在對人物言語辯對的記録，其描繪的對象以説話人的言語、神情、外貌爲主；而唐五代"説話體"作品則轉而以記録説話人的内容爲主，前者的關注點在人，而後者的關注點在事。此外，由於"口傳小説"具有易變性和流動性特點，且口説過程中隨意性較大，一則故事在流傳過程中常常扭曲變形，人物張冠李戴，情節此消彼長，如果被多位文人記録，就會出現多個版本，這也是"説話體"小説的變異性所在。試以下列三則故事爲例：

　　太宗使宇文士及割肉，以餅拭手，帝屢目焉。士及佯爲不悟，更徐拭而便啖之。（《隋唐嘉話》卷上）

　　蕭宗爲太子時，嘗侍膳。尚食置熟俎，有羊臂臑，上顧使太子割。蕭宗既割，餘污漫在刃，以餅潔之。上熟視，不懌。蕭宗徐舉餅啖之，上甚悦，謂太子曰："福當如是愛惜。"（《次柳氏舊聞》）

　　相傳云，德宗幸東宮，太子親割羊脾，水澤手，因以餅潔之，太子覺上色動，乃徐捲而食。司空贊皇公著《次柳氏舊聞》，又云是蕭宗。

劉餗《傳記》云：太子使宇文士及割肉，以餅拭手，上屢目之，士及佯不語，徐捲而啖。(《酉陽雜俎》續集卷四)[1]

這三則記載的故事框架基本相同，而故事人物發生了變化，情節的詳略也有所改變。由段成式的記載可知，相關的傳聞已經流傳甚久，且在流傳過程中發生了變異，如果没有被記録成文字，這一變異或將一直延續而不被知曉。當文人將"説話"轉化爲文字後，形成了固定的文本。

第二節　"博物體"的壯大與"傳奇體"的融入

"博物體"之得名，除了與張華《博物志》有直接關係外，還與古代中國悠久的博物觀念以及隨之産生的"博物學"有著深層的連接。中國古代很早就有"博物"的觀念，知識分子普遍以博識多聞、通曉古今爲崇高追求，"博物君子"成爲其最高的評價。在博物觀念的影響下形成了一門學問，即"博物學"，"博物"之"物"並不限於自然物，而是包羅萬有，除了自然現象、物質，還包括手工製品、人文知識，以及精神現象（如夢）、超自然現象（如鬼神、精怪）、哲學倫理概念（如忠孝）等，是人們所見所聞的各種知識的匯總。[2]"博物學"與小説有著天然的契合，最早的小説也多産自於博物類作品，古人也往往將小説與博物聯繫起來。明代胡應麟曾云：

子之爲類，略有十家，昔人所取凡九，而其一小説弗與焉。然古今著述，小説家特盛；而古今書籍，小説家獨傳，何以故哉？怪、力、

---

1 陶敏主編：《全唐五代筆記》，西安：三秦出版社 2008 年版，第 315、1011、1708 頁。
2 有關中國古代 "博物學 "之特點，可參看周遠方的《中國傳統博物學的變遷及其特徵》，《科學技術哲學研究》2011 年第 5 期，第 79—84 頁。

亂、神，俗流喜道，而亦博物所珍也；玄虛、廣莫，好事偏攻，而亦洽
聞所眄也。談虎者矜誇以示劇，而雕龍者閑掇之以爲奇；辯鼠者證據以
成名，而捫蝨類資之以送日。至於大雅君子心知其妄而口競傳之，旦斥
其非而暮引用之，猶之淫聲麗色，惡之而弗能弗好也。夫好者彌多，傳
者彌衆，傳者日衆則作者日繁，夫何怪焉？[1]

　　早期的小說家與博物家都具有博物的觀念，所關注和記錄的對象幾乎是
一致的，這也導致後來博物學著作與小說的合流，諸如《禹貢》《山海經》
之類的作品既被視爲地理著作，也被視作小說的源頭。伴隨地理知識的豐
富，對遠國異民的想象也不斷增加，加之與神話、巫術、方術的結合，導致
地理博物學的志怪化，可以說地理博物傳説的産生和流傳，直接導致了地理
博物體志怪的産生。[2]
　　博物風尚延續至西晉，則出現了張華的《博物志》，這是首次以“博物”
爲名的小說作品。由於《博物志》在内容和形式上的特殊性，已經無法冠以
傳統的志人小說或志怪小說之名，而“博物”一詞最能概括其特點，故用
“博物體”來命名最爲恰當。“博物體”小說的最大特點就是内容廣博，如
《博物志》的内容已不限於地理知識，涉及山水物産、遠國異民、鳥獸蟲魚、
巫醫方術、器物制度、文化學術等，如同一部百科全書，具有很强的知識性
和學術價值，最爲符合“博物學”之内涵。繼《博物志》之後具有“博物”
特色的小說作品有崔豹的《中華古今注》、劉敬叔的《異苑》、郭璞的《玄中
記》及任昉的《述異記》等。到了唐五代時期，隨著生產力的不斷發展，疆
域的不斷開拓，中外交流的日趨頻繁，人們的認識能力、認識範圍有了大幅
度的提升，加上以往知識的不斷積累，使得這時期人們掌握的知識範圍和種

1　（明）胡應麟撰：《少室山房筆叢》，上海：上海書店 2009 年版，第 282 頁。
2　參見李劍國著：《唐前志怪小說史》（修訂本），天津：天津教育出版社 2005 年版，第 56—71 頁。

類已經大大超過先唐。在這一背景下，唐五代時期的筆記小説在廣博的程度上，也大大超過了先唐作品，顯示出更爲强烈的"博物"特性。這可以從兩方面來説明：首先，唐五代時期具有"博物"特性的作品數量超過了前代，且涵蓋的知識門類也有大幅度拓展。其次，從單個作品來看，以《酉陽雜俎》爲代表的博物體小説也在知識覆蓋的廣度上超過了唐前的代表作品《博物志》。

　　根據唐宋書目"小説（家）"的著録，具有"博物"性質的作品按照内容性質可分爲以下幾類：1. 博物志系列，作品包括《酉陽雜俎》《封氏聞見記》《録異記》等。2. 地理、異物系列，作品包括《嶺南異物志》《北户録》《嶺表録異》《南方異物志》等。3. 名物訓詁、考訂系列，作品包括《事始》《續事始》《炙轂子雜録》《刊誤》等。4. 譜録系列，作品包括《煎茶水記》《醉鄉日月》《茶經》等。5. 家範類，作品包括《開元御集誡子書》《狄仁傑家範》《盧公家範》《六誡》等。此外，具有"博物"傾向的作品還有《廣異記》《杜陽雜編》《劉賓客嘉話録》《戎幕閑談》《尚書故實》《桂林風土記》《資暇集》《蘇氏演義》《因話録》《開元天寶遺事》《唐摭言》《北夢瑣言》《雲麓漫鈔》等，這些作品也摻雜各類博物内容，如地理動植、遠國異民、奇風異俗、名物制度等。[1] 以《杜陽雜編》爲例，此書多載各地供奉的奇珍異寶，如卷上異國所獻"軟玉鞭"，日林國所獻"靈光豆""龍角釵"，新羅國所獻"五彩氍毹"，南方所獻"朱來鳥"，蜀地所獻"瑞鞭"，吳明國所獻"常燃鼎""鸞蜂蜜"，卷中拘弭國所獻"却火雀""履水珠""常堅冰""變晝草"，南海所獻"奇女盧眉娘"，大軫國所獻"重明枕""神錦衾""碧麥""紫米"，南昌國所獻"玳瑁盆""浮光裘""夜明犀"，浙東國所

1《中國文言小説總目提要》將著録之文言小説分爲五類，其中就有"雜俎類"，其中唐五代"雜俎類"著録《事始》等作品計四十種，可參看。甯稼雨撰：《中國文言小説書目提要》，濟南：齊魯書社1996年版，第103—111頁。

獻舞女二人"飛鸞""輕鳳"，卷下夫餘國所獻"火玉""松風石"，他國（亡其國名）所獻"玳瑁帳""火齊床""龍火香""無憂酒"，渤海所獻"馬腦樻""紫瓷盆"，日本國所獻"寶器音樂"等，這些物品皆名目新奇、功能神異，可謂争奇鬥艷、炫人耳目。

就單個作品來看，唐五代"博物體"小説的代表作當屬段成式的《酉陽雜俎》，此書卷帙浩繁，徵引廣博，受到古代學者的高度評價。明代胡應麟云："自《神異》《洞冥》下，無慮數十百家，而獨唐段成式《酉陽雜俎》最爲迥出。"[1] 清代李慈銘稱其"采取甚博，遺聞佚事，往往而存，實小説之淵藪"。[2] 所謂"雜俎"，乃是以味喻書，其自序云："無若詩書之味大羹，史爲折俎，子爲醯醢也。"[3] 可見此書的特點一是"雜"，一是"異"，凡事與經史等無關之内容皆可收容。魯迅稱其"源或出於張華《博物志》"，[4] 的爲確論。而實際較《博物志》更爲博雜，光看其所分類目便覺目眩，宋代周登對其評價道："其書類多仙佛詭怪、幽經秘録之所出。至於推析物理，《器奇》《藝絶》《廣動植》等篇，則有前哲之未及知者。"[5] 明代李雲鵠亦云："至於《天咫》《玉格》《壺史》《貝編》之所賅載，與夫《器藝》《酒食》《黥盜》之瑣細，《冥迹》《尸穸》《諾皋》之荒唐，《昆蟲》《草木》《肉攫》之汗漫，無所不有，不所不異。使讀者忽而解頤，忽而髮沖，忽而目眩神駴，愕眙而不能禁。"[6] 具體分析此書之内容，其所涉及的知識範圍極爲廣博，李劍國按照現代學科分類統計道："而奇博又遠勝《博物》，本書凡涉佛、道、數術、天

1（明）胡應麟：《增校酉陽雜俎序》，（唐）段成式撰，許逸民校箋：《酉陽雜俎校箋》附録二，北京：中華書局 2015 年版，第 2191 頁。

2（清）李慈銘撰：《越縵堂讀書記》，北京：中華書局 1963 年版，第 931 頁。

3（唐）段成式：《酉陽雜俎自序》，丁錫根編著：《中國歷代小説序跋集》，北京：人民文學出版社 1996 年版，第 301 頁。

4 魯迅著：《中國小説史略》，上海：上海古籍出版社 1998 年版，第 60 頁。

5（宋）周登：《酉陽雜俎後序》，同上，第 301 頁。

6（明）李雲鵠：《刻酉陽雜俎序》，同上，第 304 頁。

文、地理、生物、醫藥、文學、法律、歷史、語言、繪畫、書法、音樂、建築、魔術、雜技、飲食、民俗等等，直是百科全書型小説也。"[1] 正因爲此書内容過於博雜，以至於後世學者難以將其歸於某一類小説，魯迅在《中國小説史略》第十篇單獨爲其設立"雜俎"一體，這種做法與將《博物志》及其續作歸於"博物體"小説的原因是一致的。

　　《酉陽雜俎》之後的"博物體"小説在規模上已經無法與其比肩，然在内容上亦有其特色，其中比較突出的是五代著名道士杜光庭編撰的《録異記》。從體例上看，《録異記》與《酉陽雜俎》有相似之處，二者皆采用了類書體式，並各自展現了二人的身份及知識譜系。段成式乃"博物君子"，在類目安排上，前三卷展現其博通儒道釋三家的知識格局，其他類目紛繁奪目、不拘一格；而杜光庭乃羽流，在類目安排上便有鮮明的道教色彩：將"仙""異人"放在"忠""孝"之前，顯示出道家的立場，也表明其融合三教的企圖，卷五以下雜記自然界的動物、洞穴、河流、岩石等，皆事涉怪異，用以佐證其陰陽五行運行變化的觀念："至於六經、圖緯、河洛之書，別著陰陽神變之事，吉凶兆朕之符，隨二氣而生，應五行而出，雖景星甘露，合璧連珠，嘉麥嘉禾，珍禽珍獸，神芝靈液，卿雲醴泉，異類爲人，人爲異類，皆數至而出，不得不生，數訖而化，不得不没。"[2] 然亦稍具科學價值者，如"異石"類首載帝堯時五星隕石，分別爲"土之精""歲星之精""火星之精""金星之精""水星之精"，雖事涉荒誕，但對研究古代隕石有所幫助。

　　"博物體"小説在叙事方式上也呈現出"雜糅"的特點，作者會根據所寫内容的特點采用相應的叙事方式。以《酉陽雜俎》爲例，此書采用的叙

　　1　李劍國著：《唐五代志怪傳奇叙録》（增訂本），北京：中華書局 2017 年版，第 987 頁。

　　2（五代）杜光庭：《録異記序》，陶敏主編：《全唐五代筆記》，西安：三秦出版社 2008 年版，第2930 頁。

事方式有多種，其中"描述説明、考證羅列"的叙事方式占據了較大的比例，這源於此書具有濃厚的"知識性"，而一些寫人事的軼事小説和志怪小説則采用了史傳筆法和傳奇筆法。具體來看，前集前三卷除了"天咫""玉格""壺史"中部分内容采用了史傳筆法，其他都采用了"描述説明、考證羅列"的叙事方式，如"忠志"類有對骨利幹國獻馬、睿宗時内庫所藏"鞭"、交趾國進貢"龍腦"、代宗時楚州獻定國寶一十二的描述説明，有對安禄山所受賞賜物的羅列，"禮異"類有對禮節物品、程式的描述説明，"玉格"有對道教理論、名物、洞天的描述説明，有對道教仙藥、藥草異號、符圖的羅列，"貝編"類有對佛教名目、典故的描述説明，有對"二十八宿"的羅列與説明等；前集卷四至卷二十中，"描述説明""考證羅列"的叙事方式也占據主流。其中對遠國異民、徵兆之事、物變之事、奇特技藝、奇特器具、音樂之事、酒食之事、醫藥之事、雷之事、夢之事、喪禮墓葬之事、猛禽之事等設立專類加以"描述説明"。"酒食"類對食物名稱加以"羅列考證"，"異物"類羅列並描述各種奇特物品，間有考證，"廣知"類雜列各類知識，間有考證，也有對各種書體的羅列，"廣動植"類羅列草木禽魚蟲等植物動物，全用"描述説明"體，間雜考證。"怪術"類記僧道異人方術、"黥"類記有關刺青之事、"盜俠"類記劍士刺客之事、"語資"類記南北朝隋唐名人軼事、"諾皋記"記鬼神怪異之事，部分采用了史傳筆法，"諾皋記"中有幾則篇幅漫長、叙述宛曲，具有傳奇意味；續集基本延續了前集的叙事格局，其中"支諾皋"（上中下）、"支動"、"支植"（上下）承接前集，叙事方式也與之相同，"貶誤"類皆屬於考證，"寺塔記"雜記寺廟見聞，間雜典故，屬於"描述説明"體，"金剛經鳩異"記佛教感應事，多用史傳寫法。

　　從總體上看，唐五代"博物體"小説在規模和内容廣博程度上超越了前代同類作品，在叙事方式則並未有大的改變，即以"描述説明"和"羅列考證"爲主，間用史傳筆法，而傳奇筆法的運用則顯示出唐代"博物體"小説的新面貌。此外，同樣是對知識、現象的描述説明，唐五代時期的“博物體”小説也有一定的開拓性，這表現在描述説明的方式和深度有了較大提升，已經不再滿足於知識的羅列或簡單的介紹，而轉向更加深入細緻的探求，甚至通過實地觀察、親自試驗得出準確的結論。這已經不同於以往“博物體”小説僅停留在炫人耳目的趣味，而是具有了某種“科學”意識。在唐五代“博物體”小説中，考證、辨析的成分大大增加，除了專門的名物訓詁和考證作品外，一般作品中也屢見不鮮。如段成式對自然界的各種現象有濃厚興趣，曾多次實地觀察，《酉陽雜俎》卷十七“蟲篇”就詳細記録了對蟻、蠅、蠮螉、顛當、天牛、異蜂、白蜂、蠍的觀察，玆舉三例：

蟻，秦中多巨黑蟻，好鬬，俗呼爲馬蟻。次有色竊赤者。細蟻中有黑者，遲鈍，力舉等身鐵。有竊黄者，最有兼弱之智。成式兒戲時，常以棘刺標蠅，置其來路，此蟻觸之而返，或去穴一尺，或數寸，纔入穴中者如索而出，疑有聲而相召也。其行每六七有大首者間之，整若隊伍。至徙蠅時，大首者或翼或殿，如備異蟻狀也。元和中，成式假居在長興里，庭中有一穴蟻，形狀如竊赤之蟻之大者，而色正黑，腰節微赤，首鋭足高，走最輕迅。每生致蠖及小蟲入穴，輒壞垤窒穴，蓋防其逸也。自後徙居數處，更不復見此。

蠅，長安秋多蠅。成式蠹書，常日讀百家五卷，頗爲所擾，觸睫隱字，毆不能已。偶拂殺一焉，細視之，翼甚似蜩，冠甚似蜂。性察於腐，嗜於酒肉。按理首翼，其類有蒼者，聲雄壯，負金者，聲清聑。其聲在翼也。青者能敗物，巨者首如火。或曰，大麻蠅，茅根所化也。

天牛蟲，黑甲蟲也。長安夏中，此蟲或出於離壁間，必雨，成式七度驗之，皆應。[1]

　　前兩則對蟻和蠅的觀察極爲仔細，不僅從外觀上對其作了細分，而且對其習性特點有詳細的描述，而這些都得自作者長期的觀察，第三則對天牛與下雨關係的觀察稱“七度驗之”即是如此。除了動物，還有對自然現象的觀察，如封演在《封氏聞見記》中記載了對潮汐的觀察：

　　　　余少居淮海，日夕觀潮。大抵每日兩潮，晝夜各一。假如月出潮以平明，二日三日漸晚，至月半則月初潮飜爲夜潮，夜潮飜爲早潮矣。如是漸轉至月半之早潮復爲夜潮，月半之夜潮復爲早潮。凡一月旋轉一帀，周而復始。雖月有大小，魄有盈虧，而潮常應之，無毫釐之失。月，陰精也，水，陰氣也，潛相感致體於盈縮也。[2]

　　潮汐運動的産生同太陽、月球的引力有直接關係，封演通過實際的觀察分析，指出潮汐“每日兩潮，晝夜各一”、“凡一月旋轉一帀，周而復始。雖月有大小，魄有盈虧，而潮常應之，無毫釐之失”的規律，表明其具有很強的探索精神和科學精神。這種叙事方式一方面增加了内容的科學性和可信度，另一方面也使“描述説明”的叙事方式從以往的簡略直白增加了一點人物和情節，從而變得更爲生動。

　　唐五代筆記小説與傳奇小説的關係十分密切，兩者有融通之處。就傳奇小説的角度來看，在其孕育到成熟的過程中，與筆記小説特別是志怪小説有著千絲萬縷的聯繫，故魯迅云：“傳奇者流，源蓋出於志怪。”[3]光就題材來

---

1 陶敏主編：《全唐五代筆記》，西安：三秦出版社 2008 年版，第 1656、1657 頁。

2（唐）封演撰，趙貞信校注：《封氏聞見記校注》，北京：中華書局 2005 年版，第 64 頁。

3 魯迅著：《中國小説史略》，上海：上海古籍出版社 1998 年版，第 44 頁。

説，傳奇小說乃是筆記小說的分化與演進，所謂"小說亦如詩，至唐代而一變"就是這種分化與演進的結果。從作品文本來看，傳奇小說與筆記小說也處在混雜之中，所謂"一書而兼二體"是很常見的現象，明代胡應麟就注意到這一點："至於志怪、傳奇，尤易出入。或一書之中二事並載，一事之内兩端俱存，姑舉其重而已。"[1] 後世視爲傳奇小說的作品，其中有相當數量寄寓在筆記小說作品集中，導致後人在判斷作品性質時猶疑不決、莫衷一是，或舉其一端，不及其餘，或根據所占比重分爲傳奇集、志怪集、志怪傳奇集、傳奇志怪集、志怪傳奇雜事集等。[2] 而在當時，作者本人並未作區別對待，統一視之爲"小說"。人們之所以對一些小說集（如《玄怪録》《續玄怪録》《集異記》《三水小牘》等）的性質難以判斷，或持有不同見解，乃是判斷的標準和角度有所不同，有的從著述體例的角度出發，有的則從"叙事"的角度出發。

古人從著述體例的角度區分筆記小說與傳奇小說，將單篇作品與集合多篇作品爲一編者分開，如紀昀批評《聊齋志異》云："劉敬叔《異苑》、陶潛《續搜神記》，小說類也；《飛燕外傳》《會真記》，傳記類也。《太平廣記》，事以類聚，故可並收。今一書而兼二體，所未解也。"[3] 章學誠亦云："《洞冥》《拾遺》之篇，《搜神》《靈異》之部，六代以降，家自爲書。唐人乃有單篇，別爲傳奇一類。專書一事始末，不復比類爲書。大抵情鍾男女，不外離合悲歡。"[4] 都將小說集（所謂比類爲書者）與單篇傳奇（所謂專書一事始末者）相區别。從著録與選編情況看亦是如此，如《新唐書·藝文志》《崇文總目》《郡齋讀書志》《文獻通考·經籍考》等書目將《玄怪録》《甘澤謡》《傳奇》等小說集著録於"小說家"，而將《補江總白猿傳》《虬髯客傳》《緑珠傳》

---

1 （明）胡應麟撰：《少室山房筆叢》，上海：上海書店出版社 2009 年版，第 282—283 頁。

2 李劍國著：《唐五代志怪傳奇叙録》（增訂本）"凡例"，北京：中華書局 2017 年版，第 122 頁。

3 （清）紀昀著，汪賢度校點：《閲微草堂筆記》，上海：上海古籍出版社 1980 年版，第 472 頁。

4 （清）章學誠撰，葉瑛校注：《文史通義校注》，北京：中華書局 1985 年版，第 560 頁。

等以單篇流行的傳奇著録於"史部·傳記"類,《太平廣記》"雜傳記"類專收唐代單篇傳奇如《李娃傳》《鶯鶯傳》《霍小玉傳》等。可見在某些嚴格區分著述體例的人看來,單篇流傳之傳奇與收入小説集中的小説在性質上不同,哪怕被收入的小説具備傳奇特點。被收入小説集的作品從著述體例上判斷,仍然屬於"小説"(即筆記小説),而非傳奇。

後世在小説集(即筆記小説)中挑選出傳奇小説的做法,其根源在於人們不再從著述體例著眼,而是從叙事學的角度出發,將符合"傳奇體"叙事特點的作品與"記事平實,少幻設之趣,殊乏小説意味"[1]者區別對待。宋人對此已有所察覺,趙彦衛指出《幽怪録》《傳奇》有"史才、詩筆、議論",其中的"史才""議論"在傳統的筆記小説中都已具備,唯獨"詩筆"與史傳筆法所追求的簡約平實有所不同。所謂"詩筆",在後世看來不僅是行文中有詩歌的穿插,還在於叙事具有詞藻富麗、情意動人、曲折離奇、富有詩意的效果。後人在評價唐人小説的突出之處時,也多從"詩筆"這一層著眼。元代虞集《道園學古録》卷三八《寫韻軒記》云:"蓋唐之才人,於經藝道學有見者少,徒知好爲文辭。閑暇無可用心,輒想像幽怪遇合、才情恍惚之事,作爲詩章答問之意,傅會以爲説。盍簪之次,各出行卷以相娱玩。非必真有是事,謂之'傳奇'。元稹、白居易猶或爲之,而况他乎!"[2]從"好爲文辭""幽怪遇合,才情恍惚""詩章答問""以相娱玩""非必真有是事"等描述中即可知傳奇小説有別於筆記小説之處。明人所編《五朝小説·唐人小説》收録的唐代作品包含了筆記小説與傳奇小説,其序言對唐人小説有如下評價:"唐人於小説摘詞布景,有翻空造微之趣。至纖若錦機,怪同鬼斧……洪容齋謂:'唐人小説,不可不熟,小小情事,淒婉欲絶。'劉貢父

---

1 李劍國著:《唐五代志怪傳奇叙録》(增訂本)"凡例",北京:中華書局 2017 年版,第 121 頁。

2 (元)虞集撰:《道園學古録》卷三八,王雲五主編:《萬有文庫》,上海:商務印書館 1937 年版,第 645 頁。

謂：‘小説至唐，鳥花猿子，紛紛蕩漾。’”[1] 這裏對唐人小説的描述無疑更符合傳奇小説的特點。此後胡應麟稱唐人小説“紀述多虛而藻繪可觀”，“作意好奇，假小説以寄筆端”，[2] 直到魯迅《中國小説史略》第八至十篇專論唐代的傳奇文和傳奇集，對唐代傳奇的文體特點作了全面的概括，諸如“叙述婉轉，文辭華艷”、“篇幅曼長，記叙委曲”、“施之藻繪，擴其波蘭”、“大歸則究在文采與意想”等，[3] 都體現出與筆記小説不同的叙事特徵。

正因爲有了“傳奇體”的融入，使得唐五代筆記小説呈現出文體的“雜糅”，即“一書而兼二體”的面貌。不僅如此，一些原本應該歸入筆記小説的作品，因其沾染了某些傳奇筆法，也使其在叙事過程中突破了以往筆記小説簡潔明快、質樸自然、不事藻繪的限制，隱約具有了一些“詩筆”的色彩，陳文新對此有所論述：“我們説唐代筆記小説以傳奇爲骨，是指傳奇精神和傳奇風度濡染了筆記。”而所謂“傳奇精神”和“傳奇風度”，分別指“一種浪漫情懷”和“與傳奇小説相對應的才情和藻思”。[4] 從是否濡染了“傳奇精神”和“傳奇風度”這一角度審視唐五代筆記小説，會發現有不少作品符合這一情況。其中，出現較早的《紀聞》從題材看是標準的志怪小説，多記神仙釋道、妖鬼精怪、卜祝徵驗之事，而其叙事則多有篇幅曼長、情節曲折、文筆細膩者，如《洪昉》《裴伷先》《吳保安》等篇，故有“志怪集中多見傳奇之體，此書爲首焉”[5] 的評價。此後的《靈怪集》《廣異記》皆屬志怪小説，而其中傳奇小説也屢屢出現，如《靈怪集》中《郭翰》采用紀傳體形式，開頭介紹郭翰姓名籍貫、品貌性格，接著便接入與織女的遇合：

1（明）桃源居士：《唐人小説序》，黃霖、韓同文選注：《中國歷代小説論著選》（修訂本）上，南昌：江西人民出版社 2000 年版，第 257 頁。

2（明）胡應麟撰：《少室山房筆叢》，上海：上海書店出版社 2009 年版，第 283、371 頁。

3 魯迅著：《中國小説史略》，上海：上海古籍出版社 1998 年版，第 44—45 頁。

4 陳文新著：《文言小説審美發展史》（第二版），武漢：武漢大學出版社 2007 年版，第 311 頁。

5 李劍國著：《唐五代志怪傳奇叙録》（增訂本），北京：中華書局 2017 年版，第 249 頁。

　　仰視空中，見有人冉冉而下，直至翰前，乃一少女也，明艷絶代，光彩溢目，衣玄綃之衣，曳霜羅之帔，戴翠翹鳳凰之冠，躡瓊文九章之履。侍女二人，皆有殊色，感蕩心神。翰整衣巾，下床拜謁，曰："不意尊靈迥降，願垂德音。"女微笑曰："吾天上織女也。久無主對，而佳期阻曠，幽態盈懷。上帝賜命遊人間，仰慕清風，願托神契。"翰曰："非敢望也。"益深所感。女爲敕侍婢净掃室中，張霜霧丹縠之幬，施水晶玉華之簟，轉會風之扇，宛若清秋。乃攜手昇堂，解衣共卧。其襯體輕紅綃衣，似小香囊，氣盈一室。有同心龍腦之枕，覆雙縷鴛文之衾，柔肌膩體，深情密態，妍艷無匹。欲曉辭去，面粉如故，爲試拭之，乃本質也。翰送出户，凌雲而去。[1]

　　人神相戀本是傳統志怪小説常見題材，然此篇作者想象更爲大膽，將神女設定爲神話故事中的織女，其因與牛郎長期分離，導致"佳期阻曠，幽態盈懷"，又因仰慕郭翰"有清標，姿度美秀"而主動下凡自薦枕席。故事從一開始就營造詩意的意境，辭藻華美，駢散結合，並伴有心理活動，後文還有二人的詩歌往還，已經是較爲標準的傳奇作品。又如《廣異記》卷帙頗豐，所記皆傳統志怪題材，神鬼、冥報故事尤多，其中體近傳奇者有四五十篇，約占全書七分之一。其中《三衛》寫三衛替華嶽第三新婦傳書，訴説自身所遭虐待，三衛後至北海送書，北海王得書大怒，隨即出兵討伐華山，其情節與後出的《柳毅傳》頗爲相似，後者當直接受此篇影響。此篇叙事亦可觀，如北海王討伐華山一幕：

　　至十五日，既暮，遥見東方黑氣如蓋，稍稍西行，雷電震掣，聲聞

1　陶敏主編：《全唐五代筆記》，西安：三秦出版社 2008 年版，第 433 頁。

百里。須臾，華山大風折樹，自西吹雲，雲勢益壯，直至華山，雷火喧薄，遍山涸赤，久之方罷。及明，山色焦黑。[1]

作者並未從正面直接描寫討伐場面，而采用第三者的視角，從遠處加以渲染，讀者跟隨視角的移動會感受到戰鬥場面的聲勢浩大，多用四字句，也具有節奏感。

盛唐至中唐以後筆記小説集增多，其中所載"傳奇體"比重亦漸大。較爲突出者有《玄怪録》，此書被視爲傳奇集，魯迅云："造傳奇之文，會萃爲一集者，在唐代多有，而煊赫莫如牛僧孺之《玄怪録》。"[2]可見此書傳奇所占比重之大。此後《續玄怪録》《河東記》《宣室志》可視爲《玄怪録》的續作，其他"傳奇體"占比較大者還有《博異志》《纂異記》《三水小牘》等。《本事詩》《抒情集》《雲溪友議》因其多記詩歌本事，叙事多穿插詩歌等"詩筆"，自然具有傳奇意味。此外還有《通幽記》《原化記》《逸史》《酉陽雜俎》《乾𦠆子》《瀟湘録》《劇談録》《唐闕史》等，"傳奇體"所占比例不一。不少作品史傳筆法與傳奇筆法摻雜互融，有些作品雖篇幅較大，但叙事平直，有些作品描摹較爲細緻，但缺少韻味。也有些作品雖結構簡單，題材也較常見，但文辭優美，善於營造氣氛，頗具傳奇筆意，如《通幽記》中《陸憑》一則即較爲突出，其文曰：

吴郡陸憑，少有志行，神彩秀澈，篤信謙讓。家於湖州長城，性悦山水，一聞奇麗，千里而往，其縱逸未嘗寧居。貞元乙丑歲三月，遊永嘉，遘疾而殁。憑素與吴興沈萇友善，萇夢憑顔色憔悴，曰："我遊至永嘉，苦疾將困。君爲知我者，願托家事。"萇悲之。又叙舊歡，宴語

---

1 陶敏主編：《全唐五代筆記》，西安：三秦出版社 2008 年版，第 472 頁。

2 魯迅著：《中國小説史略》，上海：上海古籍出版社 1998 年版，第 58 頁。

久之。因述文章，話虛無之事，乃謂萇曰："贈君《浮雲詩》一篇，以寄其懷。"詩曰："虛虛復空空，瞬息天地中。假合成此像，吾亦非吾躬。"悲吟數四。臨去曰："憑船已發來，明日午時到此。"執手而去。及覺，所記甚分明，乃書而録之。如期而憑喪船至，萇撫孤而慟，賻助倍禮。詞人楊丹爲之誌，具旌神感，銘曰："篤生府君，美秀而文。没而不起，寄音浮雲。"[1]

　　此則記夢中與朋友鬼魂交接，題材已屬老套，但描繪夢中場景頗爲生動，在宴語贈詩過程中渲染出淒迷哀傷的氛圍，頗具感染力。語言也頗爲秀雅流暢，結尾的銘文也有意蘊悠長之感。有些作品題材較爲新穎，如《原化記》多載豪俠故事，對其高超技能的表現十分生動，如《太平廣記》所引《嘉興繩技》對獄囚繩技的描寫：

　　　　遂捧一團繩，計百餘尺，置諸地，將一頭，手擲於空中，勁如筆。初拋三二丈，次四五丈，仰直如人牽之，衆大驚異。後乃拋高二十餘丈，仰空不見端緒。此人隨繩手尋，身足離地，拋繩虛空，其勢如鳥，旁飛遠颺，望空而去。脱身行狴，在此日焉。[2]

　　一連串的動詞如捧、置、將、擲、拋等將耍繩的技巧和過程表現得引人入勝，最後引繩逃脱的場面全以四字句而出，節奏感十足，獄囚如鳥一般"旁飛遠颺，望空而去"，具有强烈的畫面感，使讀者在吃驚之餘生起無限遐想。《酉陽雜俎》也有"盜俠"類記載俠客故事，較爲出色的有《韋行規》和《黎幹》，前者寫韋行規不聽老者勿夜行的警告，被人尾隨，場面驚險而奇特：

1　陶敏主編：《全唐五代筆記》，西安：三秦出版社 2008 年版，第 592 頁。
2　同上，第 1155 頁。

行數十里，天黑，有人起草中尾之，韋叱不應。連發矢中之，復不退。矢盡，韋懼，奔焉。有頃，風雷總至，韋下馬，負一大樹，見空中有電光相逐如鞠杖，勢漸逼樹杪，覺物紛紛墜其前。韋視之，乃木札也。須臾，積札埋至膝，韋驚懼，投弓矢，仰空乞命。拜數十，電光漸高而滅，風雷亦息。韋顧大樹，枝幹童矣。鞍馱已失，遂返前店。[1]

此處對遇險場面的描寫既誇張又真切，韋行規從進攻抵擋到躲避求饒一系列動作，伴隨著無形處不知何人的步步緊逼，營造出異常緊張的氛圍。此外還設下懸念，引發讀者對這位高人的猜測，直到韋行規回到旅店，通過先前老者的言行才解開懸念，而老者的安閑慈祥與之前的高超武藝產生鮮明反差，更加襯托出世外高人的變幻莫測。後者寫黎幹遇一老人精通劍術，對其舞劍場面的描寫十分精彩：

遂入，良久，紫衣朱鬢，擁劍，長短七口，舞於庭中，迸躍揮霍，搖光電激，或橫若裂盤，旋若規尺。有短劍二尺餘，時時及黎之衽，黎叩頭股栗。食頃，擲劍於地，如北斗狀，顧黎曰：“向試黎君膽氣。”[2]

場面描寫出色者還有《逸史》中《李謩》吹笛一幕：

到會所，澄波萬頃，景物皆奇。李生拂笛，漸移舟於湖心。時輕雲朦朧，微風拂流，波瀾陡起。李生捧笛，其聲始發之後，昏曀齊開，水木森然，髣髴如有神鬼之來。坐客皆更贊詠之，以爲鈞天之樂不如也。[3]

---

1 陶敏主編：《全唐五代筆記》，西安：三秦出版社 2008 年版，第 1593—1594 頁。

2 同上，第 1594 頁。

3 同上，第 1397 頁。

這一段對環境的渲染較爲出色，一開始描寫夜晚湖面的廣闊、平静與朦朧，當笛聲響起後周邊的景物似乎隨之而動，通過景物的烘托與想象，表現出笛聲的優美動聽與技藝的高超。

《酉陽雜俎》整體上被視爲“博物體”小説，其中也有不少類目雜有“傳奇體”，除以上提到的“盜俠”類外，還有“天咫”“玉格”“壺史”等類也雜有叙事委曲、描寫細膩者，而以《諾皋記》《支諾皋》最爲明顯，這兩類可單獨列出作爲志怪小説，而“傳奇體”雜居其間，多受後人稱道，如明代顧元慶《博異志跋》云：“唐人小史中，多造奇艷事爲傳志，自是一代才情，非後世可及。然怪深幽渺，無如《諾皋》《博異》二種，此其厥體中韓昌黎、李長吉也。”[1]今人李劍國亦云：“《諾皋》之記，皆以瑰麗驚兀之筆述天地之奇，篇幅雖大都不及《玄怪》《傳奇》之長，然巧爲幻設，工事藻繪，自非六朝志怪可比，至盡委曲之韻者亦多，則儼然傳奇之體。昔人之譽，非虛美也。”[2]唐五代筆記小説的“雜糅性”，至《酉陽雜俎》已達極致，而正是有了“傳奇體”的融入，才能在博雜之外顯示出“傳奇精神”與“傳奇風度”，從這一角度來看，“小説亦如詩，至唐代而一變”的意義才更爲真切。

---

1 丁錫根編著：《中國歷代小説序跋集》，北京：人民文學出版社 1996 年版，第 551 頁。
2 李劍國著：《唐五代志怪傳奇叙録》（增訂本），北京：中華書局 2017 年版，第 988 頁。

第五章
唐五代筆記小說的體制特徵

與傳奇、話本、章回體小說相比，筆記小說在體制上最突出的特點是以
"殘叢小語"的方式呈現，即將一個個單獨的故事片段、日常見聞、感想心
得、隻言片語聚合而成爲一部作品。正因爲筆記小說內容駁雜短小，且以聚
合的形態呈現，其體制特徵要從宏觀和微觀兩種視角來分析：從宏觀上要看
作品總體的風貌，即作者如何安排數量衆多的條目，作品的體例、秩序有何
特點；從微觀上要看每一則具體的文字在題材內容、語言表達、敘述方式等
方面的特點。

第一節　標題的出現及其文體意義

標題（或稱標目）是筆記小說宏觀特徵的一個要素，這一要素在唐代正
式出現，是唐代筆記小說文體成熟的標誌之一。[1]

標題在筆記小說作品中何時出現？形式如何？如何發展演變？似乎於
筆記小說的文體特徵無甚關係，故常常爲研究者所忽略。在現有的筆記小說
研究論著中，對於標題的討論並不多見。從一般常識來看，標題的有無對筆

---

[1] 唐五代筆記小說中一大批已經在流傳過程中亡佚，今所見最早刊本不早於宋代，且已經過重新整理
編輯，其標題不少爲後世書賈或文人所加。現存明清各叢書、類書中所收的唐五代筆記小說其標題也有不
少爲後人所加，有些則無法確定。此處所討論的筆記小說標題乃是能夠大致確認爲原本所有者，爲明清人
及今人所加者不在討論之列。

記小説的文體形態似乎影響不大，就讀者來説，閱讀筆記小説作品不太會注意是否有標題，即使是作者本人，也很少將擬標題作爲筆記小説創作的必要步驟。筆記小説的撰寫本就比較隨意，並無固定之規範，且大多數內容是因見聞而記録，非有意之創作，擬定標題在筆記小説創作過程中也非必要。對此，有學者論述道："實則無題目正是筆記小説乃至大部分筆記的重要形態特徵。這種隨事而述的文體形式並非圍繞某個預設的主題而進行著意的創作，故而一般不擬定題目，此特點正是其與傳奇'有意爲小説''主動傳情'之不同處。"[1] 縱觀古代筆記小説作品，不擬標題者占大多數，剩下少數會給每一則內容擬定標題，從這個角度看，標題似乎只能稱之爲筆記小説的"次要特徵"。然而，標題從唐代開始出現，畢竟從總體上呈從無到有、由少變多的趨勢，顯示出筆記小説作者對標題的日漸重視。因此，標題之無，固然體現出筆記小説的文體特徵，而標題之有，也是筆記小説發展過程中一個重要的現象，值得對此加以梳理和分析。

　　標題在唐五代筆記小説中何時出現已無法確證，就存世作品來看，擬定標題大概較早出現於考證類作品，如封演《封氏聞見記》、李匡文《資暇集》、段公路《北户録》、丘光庭《兼明書》、李涪《刊誤》等。其中，《封氏聞見記》問世最早，作者封演生卒年未詳，據相關史料可知爲唐玄宗、代宗、德宗時人，此書《新唐書·藝文志》"雜傳記類"有著録，此後《崇文總目》"傳記類下"、《通志·藝文略》"雜史類"、《郡齋讀書志》"小説類"、《直齋書録解題》"小説家類"、《宋史·藝文志》"小説類"皆有著録，諸家著録有五卷本、二卷本，今存版本較多，有十卷本和一卷本。今十卷本[2]存101則，每則皆有標題，每則標題名稱見下表：

1　劉正平：《筆記辨體與筆記小説研究》，《杭州師範大學學報》（社會科學版）2013 年第 6 期。

2　（唐）封演撰，趙貞信校注：《封氏聞見記校注》，北京：中華書局 2005 年版。

卷數	標題名稱
卷一	道教　儒教
卷二	文字　典籍　石經　聲韻
卷三	貢舉　科制　銓曹　風憲
卷四	尊號　運次　降誕　金鷄　露布　匭使　定謐　明堂　武監　漳瀆
卷五	鹵簿　公牙　官銜　頌德　壁記　豹直　燒尾　花燭　第宅　巾幞　圖畫　長嘯
卷六	飲茶　打毬　拔河　繩妓　石誌　碑碣　羊虎　紙錢　道祭　忌日
卷七	視物遠近　海潮　北方白虹　西風則雨　松柏西向　蜀無兔鴿　月桂子　石鼓　弦歌驛　高唐館　温湯
卷八	歷山　二朱山　繹山　羑里城　文宣王廟樹　孟嘗鑊　佛圖澄姓　巨骨　大魚腮　竅蟲　霹靂石　魚龍畏鐵
卷九	剛正　淳信　端愨　貞介　謇諤　抗直　忠鯁　誠節　任使　禮遣　遷善　惠化　推讓　奇政　掩惡　解紛　陵墢　除蠱
卷十	矜尚　諷切　歡狎　袪悇　修復　贊成　討論　穎悟　敏速　避忌　戲論　失誤　謬識　查談　嘲玩　懟悚　狂譎　侮譴

由以上列表可知,《封氏聞見記》的標題總體上較爲整齊,大部分爲兩個字,僅卷七、卷八中有三字、四字、五字標題。從性質來看,這些標題有名詞、動詞和形容詞,也有短語,大部分爲名詞和形容詞。從這些標題的排列及分布來看,標題的擬定最直觀的好處是能讓作品眉目更爲清晰,通過標題可以讓讀者很快了解每一則文字的主題,此外也能夠將衆多的內容安排有序,形成一個相對明晰而緊密的秩序,比起沒有標題而造成的散亂、駁雜的觀感有明顯的進步。具體考察《封氏聞見記》的標題分布,可知作者在編訂成書時態度較爲嚴謹,且有整體上的考慮,每一卷安排的內容、卷次的前後順序都有細心的安排。如卷一只列《道教》《儒教》兩條,是對當時主要思想流派的梳理,卷二所列《文字》《典籍》《石經》《聲韻》,是關於文字典籍的記錄,此外如卷三記載科舉和選官制度,卷四記載朝廷制度,卷五記載

名物等，可謂類例清晰。《郡齋讀書志》稱此書“分門記儒道、經籍、人物、地里、雜事”，[1] 似將此書視作類書，也是因爲此書標題的分布秩序井然的緣故。此外，《封氏聞見記》的標題還有兩點值得注意：一是此書卷七、卷八有幾則的標題，如《視物遠近》《西風則雨》《松柏西向》《蜀無兔鴿》《魚龍畏鐵》等是短語結構，其與内容的關係較名詞或形容詞性短語更爲貼近，概括性也更强；二是卷九、卷十的内容與前八卷有所不同，前八卷都屬於考證類，此二卷則都是記載人物事迹，標題的擬定較爲一致，皆是對人物德行、品格或行爲的概括，比較泛化，標題的屬性較弱，更接近類名，或許是受到《世説新語》中類名的啓發。由此可見，《封氏聞見記》的標題還處於早期階段，具有標題和類名的雙重屬性，不妨視作過渡時期的産物。

《封氏聞見記》之後出現的一些考證性筆記小説，諸如《資暇集》《北户録》《兼明書》《刊誤》《桂林風土記》等，都擬有標題。從總體上看這些標題的擬定還比較隨意，多數據考證之對象擬定。以《北户録》[2] 和《桂林風土記》[3] 最爲典型，前者以考證嶺南名物爲主，標題皆爲動植物名稱，如卷上的《通犀》《孔雀媒》《鸐鴣》《鸚鵡瘴》《赤白吉了》等；後者考證桂林地區的地理古迹，標題多爲古迹名稱，如《舜祠》《雙女冢》《伏波廟》《東觀》《越亭》等。有些以考證的現象爲標題，如《資暇集》[4] 卷一的《車馬有行色》《不拜單于》《非五臣》，《兼明書》[5] 卷一的《放勳重華文命非名》，卷二的《密雲不雨》，卷三的《劉子玄誤説周之諸侯用夏正》《荆敗蔡師於莘》，

1（宋）晁公武撰，孫猛校證：《郡齋讀書志校證》，上海：上海古籍出版社 2011 年版，第 563 頁。

2 此書《新唐志》“地理類”、《崇文總目》“小説類”、《通志·藝文略四》有著録，今存最早版本爲《十萬卷樓叢書》（三卷）本（據汲古閣毛氏影抄宋臨安太廟前尹家書籍鋪本校刻）。

3 此書《新唐志》“地理類”、《崇文總目》“小説類”、《通志·藝文略四》、《直齋書録解題》“地理類”有著録，今存最早版本爲《四庫全書》本。

4 此書《新唐志》“小説家類”、《崇文總目》“小説類”、《通志·藝文略六》、《郡齋讀書志》“小説類”、《直齋書録解題》“小説家類”有著録，今存最早版本爲《顧氏文房小説》（三卷）本。

5 此書《通志·藝文略》、《直齋書録解題》“雜家類”有著録，今存最早版本爲《寶顔堂秘笈》本。

《刊誤》[1]卷一的《二都不並建》《春秋仲月巡陵不合擊樹》《士大夫立私廟不合奏請》《宰相不合受節察防禦團練等使橐鞬拜禮》等，標題字數長短不一，但從發展趨勢來看，標題的結構日漸複雜，對內容的概括日漸具體，與內容的關聯度日漸提高。

除了以上提到的幾部作品外，目前所見唐五代筆記小説中擬有標題的作品還有如下這些：《唐國史補》《集異記》《前定録》《玄怪録》《卓異記》《博異志》《續玄怪録》《雲溪友議》《唐闕史》《北里志》《劇談録》《道教靈驗記》《桂苑叢談》《三水小牘》《鑑誡録》《開元天寶遺事》《北夢瑣言》《賈氏談録》等。這些擬有標題的作品不排除有一部分出自後人所補擬，但從總體上呈現出兩大趨勢：一是擬有標題的作品逐漸增多，表明標題日益成爲筆記小説重要的組成部分；二是有些作品的標題在前人的基礎上有明顯的提高，顯示出唐五代筆記小説在體制上的日趨成熟。綜合來看這些標題，其形式大致可分爲兩大類，即名詞型和短語型，其中名詞型以人名、物名爲主，短語型主要由名詞＋動詞構成。從標題的發展趨勢來看，顯然短語型標題因其結構更複雜，包含內容要素更多，且具有一定的叙事性，體現了"標題"這一文體要素發展的較高層次及其方向。以下就兩種標題類型略作梳理和分析。

先談名詞型標題。受到史傳文學的影響，在志怪、志人類小説中，標題以人名（一般是主人公）爲主，如薛用弱《集異記》[2]卷上的標題有《徐佐卿》《王積薪》《裴珙》《蕭穎士》《韋宥》《蔡少霞》等；鍾輅《前定録》[3]的標題有《鄭虔》《裴諝》《劉邈之》《武殷》《豆盧署》《喬琳》《韓晉公》《李

1　此書《新唐志》"小説家類"、《崇文總目》"小説類"、《通志・藝文略》"小説類"、《直齋書録解題》"小説家類"有著録，今存最早版本爲《百川學海》本。

2　此書《新唐志》"小説家類"、《崇文總目》"小説類"、《通志・藝文略》"傳記・冥異"、《郡齋讀書志》"小説類"有著録，今存最早版本爲《顧氏文房小説》本。

3　此書《新唐志》"小説家類"、《崇文總目》"小説類"有著録，今存最早版本爲《百川學海》本。

相國搎》《延陵包隰》《沙門道昭》等；牛僧孺《玄怪録》[1]卷一的標題有《杜子春》《張老》《裴諶》《韋氏》《元無有》《郭代公》《來君綽》等；鄭還古《博異志》[2]的標題有《敬元穎》《許漢陽》《王昌齡》《張竭忠》《崔玄微》《陰隱客》《岑文本》《沈亞之》《劉方玄》《馬侍中》等；李復言《續玄怪録》[3]卷一的標題有《楊敬真》《辛公平上仙》《涼國武公李愬》《薛中丞存誠》《麒麟客》等；孫棨《北里志》[4]的標題有《天水仙哥》《楚兒》《鄭舉舉》《牙娘》《顔令賓》《楊妙兒》等。志怪、志人或軼事類小説是圍繞人物、事件展開故事情節的，以主人公的姓名爲標題是最爲直接的做法，略有變化之處是在姓名前後加入謚號、官名、地名、身份等限定稱呼。這種擬定標題的方式最爲簡單直接，因而最爲普遍，直到宋初《太平廣記》而蔚爲大觀。

再談短語型標題。短語型標題的形式結構相較名詞型標題要複雜很多，比較常見的是名詞＋動詞、名詞＋形容詞結構，形成一個主謂短語，其他還有偏正短語、動賓短語等，總體上比較隨意多樣，個别作品則在標題的整齊化上有突出的表現。其中，標題呈短語形式，然尚未整齊化的作品有《卓異記》《唐闕史》《劇談録》《桂苑叢談》《三水小牘》《開元天寶遺事》《北夢瑣言》《賈氏談録》等。《卓異記》[5]出現較早，作者陳翱生卒年未詳，序言作於唐文宗開成五年（840），《郡齋讀書志》稱此書“記唐室君臣功業殊異者二十七類”，今本僅存二十六則。此書標題不出現人名，而以事迹爲主，突

1　此書《新唐志》“小説家類”、《崇文總目》“小説類”、《通志·藝文略》“傳記·冥異”、《郡齋讀書志》“小説類”、《直齋書録解題》“小説家類”有著録，今存最早版本爲明書林陳應翔刻《幽怪録》四卷（“幽”乃避宋諱改），《四庫存目叢書》影印。

2　此書《新唐志》“小説家類”、《崇文總目》“小説類”、《通志·藝文略》“傳記·冥異”、《郡齋讀書志》“小説類”、《直齋書録解題》“小説家類”有著録，今存最早版本爲《顧氏文房小説》本。

3　此書《新唐志》“小説家類”、《通志·藝文略三》、《郡齋讀書志》“小説類”有著録，今存最早版本爲宋臨安府太廟前尹家書籍鋪刻本（《四庫存目叢書》影印）。

4　此書《郡齋讀書志》“小説類”、《直齋書録解題》“小説家類”有著録，今存最早版本爲《古今説海》本。

5　此書《新唐志》“小説家類”、《通志·藝文略》“傳記·冥異”、《郡齋讀書志》“小説類”、《直齋書録解題》“小説家類”有著録，今存最早版本爲《顧氏文房小説》本。

出主人公之功業，如《兩即帝位》《平賊同日月》《三代爲相》《三拜中書》
《二十三年居相位》等，有些標題具備人物、事件、地點等元素，如《兄弟
三人爲禮部侍郎》《子弟四人皆任節度使》《父子皆自揚州再入爲相》《門生
爲翰林學士撰座主白麻》等，較爲具體。此後出現的幾部作品標題形式上趨
於一致，多爲主人公姓名＋事件或主人公姓名＋人物評價，而以前者最爲普
遍，如高彦休《唐闕史》[1]卷上標題有《丁約劍解》《郗尚書鼠妖》《丞相妻命
朱衣吏引馬》《周丞相對敭》《李文公夜醮》等，康軿《劇談録》[2]卷上標題有
《宣宗夜召翰林學士》《劉平見安禄山魑魅》《王鮪活崔相公歌妓》《渾令公李
西平熱朱泚雲梯》《潘將軍失珠》等，嚴子休《桂苑叢談》[3]標題有《太尉朱
崖辯獄》《崔張自稱俠》《班支使解大明寺語》《杜可均却鼠》《李將軍爲左
道所惺》等，皇甫枚《三水小牘》[4]卷上標題有《趙知微雨夕登天柱峰玩月》
《韓文公從大聖討僓》《元稹烹鯉得鏡》《王玄沖登華山蓮花峰》等。後者較
少，如《唐闕史》卷上標題有《滎陽公清儉》《裴晉公大度（皇甫郎中褊直
附）》，《劇談録》卷上標題有《孟才人善歌》，《桂苑叢談》標題有《張綽有
道術》等。

　　五代時出現的《開元天寶遺事》《北夢瑣言》《賈氏談録》在標題形式
上呈現出融合的趨勢。王仁裕的《開元天寶遺事》[5]現存一百四十六則，每則
皆有標題，此書雜記唐玄宗宫廷内外名物、風俗、異聞等，故標題有名詞型

1　此書《新唐志》"小説家類"、《崇文總目》"小説類"、《通志·藝文略》"雜史類"、《直齋書録解題》
"小説家類"有著録，今存最早版本爲《知不足齋叢書》本。

2　此書《新唐志》"小説家類"、《崇文總目》"小説類"、《通志·藝文略六》、《郡齋讀書志》"小説類"
有著録，今存最早版本爲《稽古堂叢刻》本，另據《四庫全書總目提要》所知《四庫全書》本源出於宋本。

3　此書《新唐志》"小説家類"、《崇文總目》"小説類"、《通志·藝文略六》、《郡齋讀書志》"雜史類"
有著録，今存最早版本爲《寶顏堂續秘笈》本。

4　此書《崇文總目》"傳記類"、《直齋書録解題》"小説家類"有著録，今存最早版本爲《抱經堂叢
書》本。

5　此書《郡齋讀書志》"傳記類"、《直齋書録解題》"傳記類"有著録，今存最早版本爲《顧氏文房小
説》（二卷）本。

如《記事珠》《遊仙枕》《記惡碑》《自暖杯》《辟寒犀》，也有短語型如《玉有太平字》《步輦召學士》《截鐙留鞭》《慚顏厚如甲》《掃雪迎賓》等，整體上較爲隨意。張洎的《賈氏談錄》[1]全書三十一則，標題有名詞型如《盛世錄》《贊皇公莊》《含元殿》《貢院牓》等，也有短語型如《李公尚仙》《牛李相善》《劉趙誑感》《胥徒儆書》《曲江變異》等。孫光憲的《北夢瑣言》[2]規模頗大，原本三十卷，今存二十卷，逸文四卷（繆荃孫從《太平廣記》中所輯，見《雲自在龕叢書》），然繆刻本未見標題，有標題者見於《雅雨堂叢書》刊本。[3]此書雜記唐末五代雜事，內容廣泛，故標題形式也融合多種形式，其中姓名＋事件型短語占絕大多數，如卷一的《宣宗稱進士》《鄭光免稅》《鄭氏女盧墓》《李太尉抑白少傅》，卷二的《皮日休獻書》《駱山人告王庭湊》《高駢開海路（王審知開海附）》《文宗重王起》等，也有以一般短語爲標題，如卷一的《駁杜預》《再興釋教》，卷二的《授任致寇》《放孤寒三人及第（科松蔭花事附）》，卷三的《戲改畢諴相名》等，還有一些以人名、物名爲標題者，如卷一的《日本國王子棋》《禿角犀》《魏文貞公笏》，卷三的《陳會螳蜋賦》《劉僕射荔枝圖》等，卷四的《趙令公紅拂子》等，此前所有的標題形式在此書中幾乎都能找到。

　　相較上述作品，在標題整齊化上作出貢獻的作品更值得被關注。顧名思義，標題整齊化就是將標題的字數固定，使標題呈現整齊劃一的面貌，這種做法改變了以往擬定標題較爲隨意的態度，是作者精心結撰的成果，具有較

　　1　此書《郡齋讀書志》“小說類”、《直齋書錄解題》“傳記類”有著錄，今存最早版本爲曾慥《類說》本，而沈曾植海日樓鈔本（藏中國國家圖書館）最爲完整。

　　2　此書《郡齋讀書志》“小說類”、《直齋書錄解題》“小說家類”有著錄，今存最早版本爲明萬曆刻本（藏中國國家圖書館，中有傅增湘校語）。另繆荃孫據吳翊鳳、劉喜海兩家鈔本，刻入《雲自在龕叢書》。

　　3　據傅增湘考證，《雅雨堂叢書》所刊本卷二十的標題乃盧見曾刻書時“以意標舉”“與原本格格不相入”。因此，20世紀80年代上海古籍出版社出版的《北夢瑣言》將傅氏所校本卷二十的標題錄出，作爲附錄（參見林艾園《北夢瑣言·前言》，上海：上海古籍出版社1981年版）。此處標題據（五代）孫光憲撰，賈二強點校：《北夢瑣言》，北京：中華書局2002年版。

高的創造性與審美價值，因而大大推進了擬定標題的水平。

《唐國史補》[1]是較早在標題整齊化上作出努力的作品，此書約撰於唐敬宗寶曆元年（825），原名《國史補》作者李肇時任左司郎中。全書共 309 條，分上中下三卷，李肇在自序下詳細列出了每一條的標題，且標題都是五字短語，如下所示（卷上前二十則標題）：

魯山乳兄子	崔顥見李邕	張説西嶽碑	兗公答參軍	劉迅著六説
玄宗幸長安	西國獻獅子	裴旻遇真虎	僞撰庚桑子	李白脱靴事
張均答弟垍	王維取嘉句	張旭得筆法	李陽冰小篆	絳州碧落碑
胡雛犯崔令	王積薪聞棋	房氏子問疾	王摩詰辨畫	張果老衣物[2]

如此整齊劃一的標題在唐五代筆記小説作品中是絕無僅有的，從這些標題的形式可以看出，作者是對每則故事的内容用五字短語加以概括。在這五字標題中濃縮了故事的主人公及主要事件，如《魯山乳兄子》《崔顥見李邕》《張説西嶽碑》《兗公答參軍》《劉迅著六説》《玄宗幸長安》等。因其以人名、動詞與賓語組成完整的陳述句，從而顯示出一定程度的叙事性。從這種對標題整齊性、功能性的努力來看，李肇撰此書以"補史"爲目的，著述的態度是十分嚴謹的。《唐國史補》這種標題的擬定顯然是作者著意追求、精心擬定的結果，受到今人的高度評價："這種整齊劃一之標目方式的意義極爲重大，因爲此前的小説標目多依事而定，或多或少，或事或地或人，體既不一，形制也各異，事實上還處於不自覺的狀態中"，而《唐國史補》的出現則"把豐富的與貧瘠的、完整的與片段的、史實的與虛構的所有内容都裝

---

1 此書《新唐志》"小説家類"、《崇文總目》"小説類"、《通志·藝文略三》、《郡齋讀書志》"雜史類"、《直齋書録解題》"雜史類"有著録，現存最早版本爲《津逮秘書》本。

2 此處標題據（唐）李肇撰，聶清風校注：《唐國史補校注》，北京：中華書局 2021 年版。

到這五個字的叙事句中，呈現出一種叙事綱目的面貌。更爲重要的是，它把
中國古典小説創作的領地延伸到分段的標目中來——此前的創作是不包括標
目的，因爲紀傳體直接以傳主爲題，信手即得；從這裏開始，標目也成爲創
作，作品藝術世界的展現也自然要從標目開始"。[1] 從這一評論來看，可以説
《唐國史補》的出現使得筆記小説中"標題"這一文體要素向前跨越了一大
步，如果説唐人"有意爲小説"還有所爭議，那麽唐人"有意爲標題"就筆
記小説這一領域來看是毫無爭議的。

　　《雲溪友議》[2]和《鑑誡録》[3]是另外兩部具有整齊化標題的作品，且標題都
是三字，標題形式較爲類似。前書作者范攄生卒年不詳，大約是唐宣宗、僖
宗時人，書中記中晚唐文壇軼事，今存六十五則，其中三卷本每則各以三字
標題，現列舉卷上標題如下：

　　名儒對　南陽録　苧蘿遇　魯公明　真詩解　毗陵出　巫詠難　靈
丘誤　襄陽傑　馮生佞　江都事　南海非　四背篇　嚴黄門　哀貧誠
古製興　夷君誚　餞歌序　宗兄悼　夢神姥　玉泉祠　舞娥異 [4]

　　後書作者何光遠是五代時人，生卒年不詳，生前長期仕宦於蜀中。書中多
載蜀中君臣事迹、詩文本事、傳説軼聞，體例與《雲溪友議》相近，今存十卷
本及一卷本，十卷本共六十六則，各以三字標題，現列舉前五卷標題如下：

　　瑞應讖　誅利口　知機對　九轉驗　金統事　走車駕（卷一）

1　李小龍著：《中國古典小説回目研究》，北京：北京大學出版社 2012 年版，第 59 頁。

2　此書《新唐志》"小説家類"、《崇文總目》"小説類"、《通志·藝文略三》、《郡齋讀書志》"小説
類"、《直齋書録解題》"小説家類"有著録，今存最早版本爲明刊三卷本（《四部叢刊續編》影印）。

3　此書《祕書省續編到四庫闕書目》"小説類"、《郡齋讀書志》"小説類"有著録，今存最早版本爲
《知不足齋叢書》（十卷）本。

4　此處標題據（唐）范攄撰，唐雯校箋：《雲溪友議校箋》，北京：中華書局 2017 年版。

御賜名　逸士諫　判木夾　鬼傳書　耽釋道　灌鐵汁　前定錄（卷二）

語忌誠　餌長虹　落韻貶　蜀上醫　妖惑衆（卷三）

蜀門諷　斥亂常　許墓靈　輕薄鑒　危亂黜　得夫地（卷四）

徐后事　帝贈別　容易格　高尚士　禪月吟　因詩辱　武金山（卷五）[1]

　　綜合分析兩書標題，從結構上看這些標題運用了多種短語形式，偏正短語、主謂短語、動賓短語等，還有一些屬於名詞型標題。雖然結構有所不同，但作者有意識將内容各不相同的故事濃縮成三字標題，顯然是出於形式統一、美觀的考慮，具有一定的創作與審美意識。

　　與上述幾部作品相比，杜光庭的《道教靈驗記》[2]顯得更爲獨特，其標題的整齊化主要體現在宗教意識方面。此書作者杜光庭爲晚唐五代著名道士，所記皆爲道教靈驗之事，將道門事務中顯靈應驗之事分爲“宮觀靈驗”“尊像靈驗”“老君靈驗”“天師靈驗”“真人王母將軍神王童子靈驗”“經法符籙靈驗”“鐘磬法物靈驗”“齋醮拜章靈驗”等八類，每類卷數不一，每則皆有標題。形式皆以道教名物、人物或儀式後＋“驗”字構成，如“宮觀靈驗”類有《饒州開元觀驗》《興元北逢山老君觀驗》《洋州素靈宮驗》《上都昭成觀驗》等，“尊像靈驗”類有《南平丹竈臺金銅像驗》《蜀州天尊碑驗》《唐興堰石天尊驗》《常道觀鐵天尊驗》等，“鐘磬法物靈驗”類有《青天縣清溪觀鐘驗》《玄宗觀鐘驗》《太平觀鐘驗》《眉山彭山觀鐘驗》等，這種標題形式是在宗教意識主導下，在“靈驗”這一主題統攝下的結果，雖然字數不一，但仍然具有某種整齊性效果。

　　綜上所述，對於唐五代筆記小説的標題形式及其文體意義，可總結爲以

---

1 此處標題據（五代）何光遠撰，鄧星亮、鄔宗玲、楊梅校注：《鑑誠錄校注》，成都：巴蜀書社2010年版。

2 此書《祕書省續編四庫闕書目》“仙家類”、《通志·藝文略五》、《直齋書錄解題》“神仙類”有著錄，今存最早版本爲《正統道藏》本（“洞神部·傳記類”存十五卷）。

下幾點：（一）在晚唐之前，擬定標題的基本方式是以事、地、人爲題，形制體例尚不統一，總體上比較隨意，還處在“不自覺”的狀態；到了晚唐五代，標題的形式已經比較成熟與完整，尤其是《唐國史補》《雲溪友議》等作品的出現改變了此前標題擬定“不自覺”的局面，使得標題的擬定成爲作者創作的一部分，具有了“自覺”意識。（二）標題的擬定與作品的題材有直接關係，如考證名物類作品主要以名詞型（物名）標題爲主，志怪、志人類作品則主要選擇名詞型（人名）和短語型（人名＋事件）標題。（三）此後的筆記小説雖在整體上未能徹底走上自覺擬定標題這一道路，但畢竟開闢出一條新路，推動著筆記小説體制的進一步成熟。

第二節　分類的成熟及其文體價值

在筆記小説的體制特徵中，“分門別類”也是較爲突出的方面。筆記小説的取材、成書方式以記錄見聞、鈔撮摘録、最終加以整理編纂爲主；而筆記小説的内容又往往數量衆多而駁雜不純。作者在處理紛繁複雜、性質各異的材料時，爲了使作品具備類例清晰、便於檢閲的面貌，“分類”是容易想到也便於著手的方法。在唐前筆記小説發展的初期，分類即被一些作品所運用，隨著筆記小説逐漸走向成熟和繁榮，按門類編排内容被廣泛接受，成爲筆記小説的一個重要標誌。“分門別類”當然無法概括所有筆記小説的體制特徵，但這一形式特徵在唐五代筆記小説中占據了相當的地位，也是筆記小説區分於其他小説文體的重要特徵之一。

“分類”並非筆記小説所獨有，先秦子書即已孕育這一形式，漢代劉向所編《説苑》《新序》等書也采用分類形式。到了魏晉時期，分類被運用到小説的編纂中，出現了最早一批“分類”的筆記小説。“分類”有不同的層級：大層級如志怪、志人、雜記；小層級如志人中可細分爲君、臣、仙、佛、俠、盜等，大層級可包含小層級。劉知幾於《史通》提出所謂的"偏記小説"十家，包含了"逸事""瑣言""別傳""雜記"四類，其中"逸事"即雜記，"瑣言""別傳"可歸爲"志人"，"雜記"即志怪。"志人"類中，"瑣言"偏向記録瑣屑言談，"別傳"則接近正史的人物傳記，劉知幾論述此類道："賢士貞女，類聚區分，雖百行殊途，而同歸於善。則有取其所好，各爲之録，若劉向《列女》、梁鴻《逸民》、趙采《忠臣》、徐廣《孝子》。"[1]將各種人物按性别、階層、道德評價等不同標準劃分，所謂"類聚區分"，分爲不同的類别，這是志人小説經常采用的手法。《隋書·經籍志》"雜傳"類著録了各式傳記，大多屬於"類傳"，冠以"列仙""列士""列女""耆舊""先賢""高士"等名目；此外還著録了"序鬼物怪奇之事"的志怪作品，可見志怪小説最初也是"雜傳""別傳"中的一類。志怪小説中還可細分爲"神""鬼""怪""魂""符讖""冥異""感應"等類目。由傳記或別傳細分爲"志怪""志人"，再細分爲各種名目，顯示出從高層到低層的類目劃分的遞進過程。

　　綜合來看傳統史學著作和目録對小説的分類，可知對小説的"分類"可采用不同的標準：有的以事物性質分，有的以價值判斷分，不同的分類標準各自有其發展的脈絡和特點。唐五代筆記小説的分類，大體依循《博物志》和《世説新語》的分類標準。《博物志》的内容特點在"博"，具有明顯的知識主義傾向；《世説新語》與崇尚人物品評的社會背景密切相關，具有明顯的價值判斷傾向；前者可反映出作者的"知識譜系"，後者則反映出作者的"價值譜系"。下文對唐五代筆記小説"分類"這一體制特徵的分析，將從這兩種分類模式分别展開。

---

1 （唐）劉知幾著，（清）浦起龍通釋，王煦華整理：《史通通釋》，上海：上海古籍出版社 2009 年版，第 254 頁。

一、"知識譜系"之分類

筆記小説中"知識譜系"的分類模式源自於魏晉時期，張華的《博物志》是其代表。《博物志》的類目呈現包羅萬象的特點，[1]類目的具體設置和分布呈現由粗到細、由總體到分散的面貌，體現了對世界萬物一切知識的劃分標準和層次，反映出當時的讀書人所構建的一種知識"譜系"。唐五代時期的"博物體"小説，在類目劃分上基本遵照著《博物志》所立的標準，按知識的"譜系"來構建作品，段成式的《酉陽雜俎》是典型代表。《酉陽雜俎》的内容較《博物志》更爲博雜，除了各種地理、動植、礦産知識外，還雜有不少"詭怪不經之談，荒渺無稽之物"，[2]故魯迅稱此書"或録秘書，或叙異事，仙佛人鬼以至動植，彌不畢載，以類相從，有如類書"。[3]與《博物志》相比，《酉陽雜俎》的類目更加繁雜，《郡齋讀書志》稱其"分三十門"，[4]名稱也更加炫人眼目，現將其類目按卷數列表如下：[5]

卷數	類目
前集卷一	忠智　禮異　天咫
前集卷二	玉格　壺史
前集卷三	貝編
前集卷四	境異　喜兆　禍兆　物革

1 如卷一的地、山、水、山水總論、五方人民、物産都是概括性的類目，卷二外國、異人、異俗、異産，是具體談遠方異民及其風俗物産，卷三異獸、異鳥、異蟲、異魚、異草木，是具體談各種動植物，卷四物性、物理、物類、藥物、藥論、食忌、藥術、戲術，是具體談各種物質的物理、化學特性，卷五方士、服食、辨方士，是具體談方士，卷六則雜談人名、文籍、地理、典禮、服飾、器名等。類目據（晉）張華撰，范寧校證：《博物志校證》，北京：中華書局1980年版。

2（清）永瑢等：《四庫全書總目》，北京：中華書局1965年版，第1214頁。

3 魯迅：《中國小説史略》，上海：上海古籍出版社1998年版，第60頁。

4（宋）晁公武撰，孫猛校證：《郡齋讀書志校證》，上海：上海古籍出版社2011年版，第554頁。

5 類目據（唐）段成式撰，許逸民校箋：《酉陽雜俎校箋》，北京：中華書局2015年版。

續　表

卷數	類目
前集卷五	詭習　怪術
前集卷六	藝絶　器奇　樂
前集卷七	酒食　醫
前集卷八	黥　雷　夢
前集卷九	事感　盜俠
前集卷十	物異
前集卷十一	廣知
前集卷十二	語資
前集卷十三	冥迹　尸穸
前集卷十四	諾皋記上
前集卷十五	諾皋記下
前集卷十六	廣動植之一：羽篇　毛篇
前集卷十七	廣動植之二：鱗介篇　蟲篇
前集卷十八	廣動植之三：木篇
前集卷十九	廣動植之四：草篇
前集卷二十	肉攫部
續集卷一	支諾皋上
續集卷二	支諾皋中
續集卷三	支諾皋下
續集卷四	貶誤
續集卷五	寺塔記上
續集卷六	寺塔記下
續集卷七	金剛經鳩異
續集卷八	支動
續集卷九	支植上
續集卷十	支植下

　　由這些類目可直觀地看出段成式對知識掌握的廣博程度，但不足之處是體系稍欠嚴密。段成式首要展示其"該悉内典""博涉三學"的優點，故其書前三卷列"忠智""禮異""天咫"（儒）；"玉格""壺史"（道）；"貝編"（釋）等類目；卷四至卷十三，除了"語資"一類，皆雜録各種怪異事物、故事；卷十四、十五"諾皋記"上下單列一類，專載志怪小説；卷十六至十九"廣動植"一至四亦爲單獨一類，下分禽、鳥、魚、蟲、木、草六小類；卷二十"肉攫部"，專述猛禽。由這些類目可以看出段成式博學多識、好奇尚怪的一面，而類目的分布也顯示出段成式所持有的知識譜系：三教知識提綱挈領，其中又以儒家占據首要地位，以下各種奇聞異説、地理動植則是補充和豐富，處於次要地位。《酉陽雜俎》的知識譜系反映了各類知識的地位高低和接受的先後順序，這在段成式的《好道廟記》的論述中可以得到印證：

　　　　予學儒外，遊心釋、老，每遠神訂鬼，初無所信，常希命不付於管輅，性不勞於郭璞。至於夷堅異説，陰陽怪書，一覽輒棄。自臨此郡，郡人尚鬼，病不呼醫，或拜饐墦間，火焚楮鏹。故病患率以釣爲名，有天釣、樹釣、簷釣，所治曰吹，曰方，其病多已，予曉之不迴。抑知元規忘解牛，太真因爨犀，悉能爲禍，前史所著。以好道州人所嚮，不得不爲百姓降志枉尺，非矯舉以媚神也。[1]

　　文中指出作者本人接受知識首重儒學，其次爲佛、道，而對鬼神怪異之説本持排斥之態度，因所治之郡人"尚鬼"而"病不呼醫"，"曉之不回"，故對鬼神之説有所涉獵，但又强調是爲百姓而"降志"，並非"媚神"，侈談鬼神怪異而未沉溺其中，始終站在儒家立場來看待。

1　（清）董誥等編：《全唐文》卷七八七，北京：中華書局 1983 年版，第 8236 頁。

如果説《博物志》《酉陽雜俎》類目設置反映的是作爲博物家、學問家的知識譜系，是站在儒家立場上對世界萬物的關照，那麼五代杜光庭所編《録異記》的類目設置和排列則反映了作爲一位曾吸收儒家知識的道人的知識譜系。《録異記》[1]今存八卷，作者杜光庭是唐末五代著名的宮廷道士，在道教史及道教文學史上都占有重要地位；他早年學儒，參加科舉，落第後棄儒入道，致力於道家經典的整理編纂，受到皇室的寵信。[2]《録異記》是杜光庭所編衆多道教小説之一，與其他所編各仙傳相比，此書之體例和内容更接近《博物志》。其自序云：

> 怪力亂神，雖聖人不語，經誥史册往往有之。前達作者《述異記》《博物志》《異聞集》，皆其流也。至於六經、圖緯、河洛之書，別著陰陽神變之事，吉凶兆朕之符……異類爲人，人爲異類……亦由田鼠爲駕，野鷄爲蜃，雀化爲蛤，鷹化爲鳩……爲災爲異……大區之内，無日無之。

作者對《述異記》等志怪小説頗爲熟悉，尤其是《博物志》對《録異記》的體例内容影響頗深，這從類目編排可以看出：

卷數	類目
卷一	仙
卷二	異人
卷三	忠孝　感應　異夢
卷四	鬼神

---

1 此書《崇文總目》"小説類"有著録，今存最早版本爲《道藏》本。

2 參見羅争鳴著：《杜光庭道教小説研究》，成都：巴蜀書社 2005 年版，第 22—72 頁。

續　表

卷數	類目
卷五	龍異虎　異龜異　黿異蛇　異魚
卷六	洞
卷七	異水　異石
卷八	墓

　　從類目的設置可排列出杜光庭的知識譜系，即"仙—人（異人、人）—鬼—動物—自然"，由自然逐漸向上攀升，從人到異人，最終成仙，達到最高的層次。在這一個過程中，"自然"處在基礎的位置，仙、人、鬼、動物都屬於大自然中的一部分，由自然衍化而出，反映出道家崇尚自然的觀念；而仙處在最頂端的位置，反映出道家的終極追求。另一方面，凡人處在鬼神和異人、仙人之間，以忠孝爲先，又體現了儒家思想的要求。總之，由《錄異記》類目之設置安排，結合自序所論，明顯看出作者知識譜系之儒道結合，又以道爲主的特點。

二、價值譜系之分類

　　《世説新語》被後世稱作"名士底教科書"[1]"人倫之淵鑒""言談之林藪"，[2]其產生於注重人物品評的魏晉六朝時期，所謂"聲名成毀，決於片言"，[3]人物品評能影響到士人的社會聲譽和仕途。[4]從《世説新語》的類目設置和排

1　魯迅：《中國小説的歷史的變遷》，《魯迅全集》第九卷，北京：人民文學出版社 2005 年版，第 319 頁。

2　饒宗頤：《世説新語校箋·序》，楊勇著：《世説新語校箋》，臺北：正文書局 1999 年版，第 1 頁。

3　魯迅著：《中國小説史略》，上海：上海古籍出版社 1998 年版，第 37 頁。

4　徐震堮《世説新語校箋·前言》云："漢代郡國舉士，注重鄉評里選，所以漢末郭泰號稱有人倫之鑒，許劭有'汝南月旦評'；魏晉士大夫好尚清談，講究言談容止，品評標榜，相扇成風，一經品題，身價十倍，世俗流傳，以爲美談。"（南朝宋）劉義慶撰，徐震堮著：《世説新語校箋》，北京：中華書局 1984 年版，第 1—2 頁。

列可以看出，此書具有濃厚的價值評判色彩，可以將其視作品評魏晉士人之範本。饒宗頤曾云：

> 《世説》之書，首揭四科，原本儒術。中卷自"方正"至"豪爽"，瑾瑜在握，德音可懷。下卷之上，類指偏激者流；下卷之下，則陳險徼細行。清濁有禮，良莠昈分，譬諸草木，既區以別。[1]

楊勇對此也有相同的觀點："書以孔門四科居首，而附以'輕詆''排調'之篇，獎善退惡，用旨分明。導揚諷喻，主文傳譎諫之辭；托意勸懲，南史凜風霜之筆。"[2]饒、楊二人都將《世説新語》看作將人物品質行爲作類聚區分的手册，通過對人物作善惡高低之評判，達到勸善懲惡的效果。

《世説新語》全書分爲三十六類，以儒家正統觀念對人物品評的標準，由高到低進行排列，顯示出作者的價值譜系。唐五代模仿《世説新語》的"世説體"小説在繼承這一價值譜系之分類方法的同時，也有了不少改變。如劉肅的《大唐新語》仿《世説新語》體例，記載唐代人物言行故事，分爲三十類，但在類目設置上與《世説新語》有很大不同，顯示出不同的價值取向，現將類目列表如下：[3]

卷數	類目
卷一	匡贊　規諫
卷二	極諫　剛正

1　饒宗頤：《世説新語校箋·序》，楊勇著：《世説新語校箋》，臺北：正文書局1999年版，第1頁。

2　楊勇：《世説新語校箋·自序》，同上，第5頁。

3　類目據（唐）劉肅撰，許德楠、李鼎霞點校：《大唐新語》，北京：中華書局1984年版。

續　表

卷數	類目
卷三	公直　清廉
卷四	持法　政能
卷五	忠烈　節義　孝行
卷六	友悌　舉賢
卷七	識量　容恕　知微
卷八	聰敏　文章
卷九	著述　從善　諛佞
卷十	釐革　隱逸
卷十一	褒錫　懲戒
卷十二	勸勵　酷忍
卷十三	諧謔　記異　郊禪

　　這些類目與《世説新語》的類目有明顯的區别，《世説新語》的類目反映了在魏晉時期崇尚品評人物和清談風氣下，對名士的品格、舉止、趣味、好尚作出高低區分。持褒揚態度的有“方正”“雅量”“識鑒”“賞譽”“品藻”“豪爽”“容止”等類，持貶低態度的有“任誕”“簡傲”“儉嗇”“汰侈”“忿狷”“讒險”等類。《大唐新語》反映了在封建王朝統治下，以及儒家正統思想籠罩下，士大夫和官僚應遵守的道德規範、行爲準則，這從“匡贊”“規諫”“極諫”“剛正”“公直”“清廉”“持法”“政能”“忠烈”“節義”“孝行”“友悌”“舉賢”“識量”“容恕”“知微”等類目中有明顯反映。作者劉肅在自序中談到編纂宗旨時云：“事關政教，言涉文詞，道可師模，志將存古。”[1] 希望此書能夠有裨於勸誡教化。如果説，《世

1（唐）劉肅：《大唐世説新語原序》，（唐）劉肅撰，許德楠、李鼎霞點校：《大唐新語》，北京：中華書局 1984 年版。

説新語》可作爲名士教科書的話，那麼，《大唐新語》則可視作唐代官僚的指導書。劉肅身處中唐元和時期，官僚制度和科舉制度日益成熟，劉肅作爲官僚體系中的一員，深受儒家倫理、忠孝思想、君臣道義的浸染，其《大唐新語》一書突出反映了其作爲官僚所具有的價值譜系。此種以價值評判作爲類目排列標準的做法在劉璘的《因話録》[1]上也有所反映，此書按"宫""商""角""徵""羽"五音分爲五部分，五音有各自屬性，故每部所記各有側重點。"宫"部爲君，記帝王；"商"部爲臣，記王公貴族和百官；"角"部爲人，記凡人不仕者；"徵"部爲事，記典故；"羽"部爲物，記見聞雜物。君—臣—人—事—物的排列方式從高到底，反映出封建時期人的等級劃分，也具有價值譜系特徵。

　　筆記小説内容豐富，涉獵廣泛，分類方式並不限於上述兩種，針對具體内容的特色，可以設置相應的類目系統。如五代王定保的《唐摭言》主要記載唐代科舉制度及相關的軼聞瑣事、文士風習，《郡齋讀書志》稱其"分六十三門"，[2]其所列類目如"起自苦寒""好放孤寒""升沉後進""爲鄉人輕視而得者""以賢妻激勸而得者""反初及第""反初不第"等也是按情節屬性分類。類似的作品還有孟獻忠的《金剛般若經集驗記》，作者自序云："今者取其靈驗尤著，異迹剋彰，經典之所傳，耳目之所接，集成三卷，分爲六篇。"[3]"六篇"即六類，分別爲"救護篇第一""延壽篇第二""滅罪篇第三""神力篇第四""功德篇第五""誠應篇第六"。竇維鋆的《廣古今五行記》據《玉海》卷五引《書目》云："集歷代五行咎變，叙其證應，類例詳備。今本止二十六卷，缺'水行'一門。"[4]推測原書大概按"金""木""水""火""土"等劃分門類。句道興的《搜神記》現存鈔卷有

　　1 據陶敏主編：《全唐五代筆記》，西安：三秦出版社 2008 年版。

　　2（宋）晁公武撰，孫猛校證：《郡齋讀書志校證》，上海：上海古籍出版社 2011 年版，第 568 頁。

　　3 陶敏主編：《全唐五代筆記》，西安：三秦出版社 2008 年版，第 114 頁。

　　4（宋）王應麟撰：《玉海》（合璧本），京都：中文出版社 1977 年版，第 137 頁。

"行孝第一"字樣,[1] 可知原書也有分類。張詢（一作絢）的《五代新説》"以梁、陳、北齊、隋君臣雜事,分三十門纂次"。陳翱的《卓異記》"記唐室君臣功業殊異者,二十七類"。李復言的《續玄怪録》"分'仙術''感應'三門"。張鷟的《朝野僉載》"分三十五門,載唐朝雜事"。[2] 杜光庭的《道教靈驗記》分爲"宫觀靈驗""尊像靈驗""老君靈驗""天師靈驗""真人王母將軍神王童子靈驗""經法符籙靈驗""鐘磬法物靈驗""齋醮拜章靈驗"等八類。這些作品大致也以故事情節或屬性來分類。

1 陶敏主編:《全唐五代筆記》,西安:三秦出版社 2008 年版,第 282 頁。

2（宋）晁公武撰,孫猛校證:《郡齋讀書志校證》,上海:上海古籍出版社 2011 年版,第 243、547、551、564 頁。

第六章
唐五代筆記小説的多元敘事

　　筆記小説作爲敘事性文體的一種，概括其文體特徵繞不開對其敘事特徵的分析與梳理。而前人對筆記小説敘事特徵的概括，似乎一句“粗陳梗概”即已道盡。然事實遠非如此簡單，尚需更爲細緻深入的考察。

　　從整體上看，大部分筆記小説的敘事呈現出簡短、粗略、平淡的面貌，缺少精巧的構思、細膩的描寫和完整的結構，稱之爲“粗陳梗概”似乎並不冤枉。魯迅將六朝小説與唐傳奇作比較，指出前者“文筆是簡潔的”，“好象很排斥虚構”，而後者“文筆是精細的，曲折的”，“所叙的事，也大抵具有收尾和波瀾，不止一點斷片的談柄”，“作者往往故意顯示著這事迹的虚構”。[1] 故筆記小説的敘事被概括爲“文筆簡潔”“排斥虚構”這兩點，再加上“粗陳梗概”，基本上可以代表現有對筆記小説敘事特徵的一般認識。正由於筆記小説的簡短、粗略和平淡，談不上“叙述婉轉、文辭華艷”，與今人心目中的“小説”相去甚遠，故而長期以來得不到重視和公允的評價。

　　其實，筆記小説有其自身的叙述策略、表現手法和語言特色，形成了具有中國本土特色的小説敘事特徵。唐五代時期作爲筆記小説發展史上的重要階段，筆記小説一方面繼承了先唐以來形成的敘事傳統，另一方面受到新的文化因素的影響，産生了諸多變化，對後世的筆記小説文體産生了深遠的影

　　1　魯迅：《六朝小説和唐代傳奇文有怎樣的區別？——答文學社問》，見魯迅著：《且介亭雜文二集》，《魯迅全集》第六卷，北京：人民文學出版社1973年版，第321頁。

響。在近代小説觀念中，叙事和虛構是兩個核心要素，同時虛構包含於叙事中，小説"叙事"即虛構叙事，兩者是一體兩面、不可分割的，"叙事"乃小説之靈魂。如董乃斌在《中國古典小説的文體獨立》一書中指出："事"是構成小説内容的根本和基礎，没有一定的"事"，就没有小説，"述事"是小説的基本特徵。[1] 李劍國也在多篇文章中强調叙事原則和虛構原則是界定小説的重要因素。[2] 反觀中國傳統的小説觀念，虛構叙事却從來不是核心要素，特别是在筆記小説的觀念構成中，一方面叙事不是構成小説的必要條件，小説中存在大量非叙事成分，另一方面虛構更是被小説及小説家們所排斥，不管這種排斥是否是名義上的，事實上在絶大多數筆記小説作品中，作者總是千方百計證明自己記録的每一則故事都是真實可信的。爲何會出現這種情况？如果單看"虛構"還好解釋，魯迅對此曾有所論述，[3] 他將原因歸結於一種思想觀念，即"鬼神觀念"，指出六朝志怪小説作者的觀念中鬼神仙怪是實際存在的，因此他們是把鬼神仙怪作爲事實來記録，同撰寫史書一樣，是據實書寫的"實録"，並無虛構的意識。然而到了唐五代時期，志怪小説依然存在，而這時的作者記録鬼神仙怪是受怎樣的鬼神觀念支配呢？這時期的鬼神觀念是依舊延續自六朝，還是發生了改變？假設發生了改變，是何種改變？事實上，由於年代久遠加上小説作者的思想觀念各不相同的原因，我們已經無法確知唐五代志怪小説是出於虛構還是實録。我們不能以先

1　董乃斌著：《中國古典小説的文體獨立》，北京：中國社會科學出版社 1994 年版，第 12 頁。

2　參看《文言小説的理論研究和基礎研究——關於文言小説研究的幾點看法》《早期小説觀與小説概念的科學鑒定》《小説的起源與小説獨立文體的形成》，俱收録於李劍國著：《古稗斗筲録·李劍國自選集》，天津：南開大學出版社 2004 年版。

3 "文人之作……然亦非有意爲小説，蓋當時以爲幽明雖殊途，而人鬼乃皆實有，故其叙述異事，與記載人間常事，自視固無誠妄之别矣。"（魯迅著：《中國小説史略》，上海：上海古籍出版社 1998 年版，第 24 頁。）"但須知六朝人之志怪，却大抵一如今日之記新聞，在當時並非有意做小説。"（魯迅著：《中國小説的歷史的變遷》，《魯迅全集》第九卷，北京：人民文學出版社 2005 年版，第 318 頁。）"那時（案：指六朝）還相信神仙和鬼神，並不以爲虛造，所以所記雖有仙凡和幽明之殊，却都是史的一類。"（魯迅：《六朝小説和唐傳奇有怎樣的區别？——答文學社問》，見魯迅著：《且介亭雜文二集》，《魯迅全集》第六卷，北京：人民文學出版社 1973 年版，第 320 頁。）

入爲主的觀念去看那時的小説作品，指出何者是虛構的産物，虛構的成分有多少。因此，從"虛構"這一角度去考察唐五代筆記小説的叙事勢必忽略"非虛構"的内容，形成某種"遮蔽"，從而無法真正揭示出其叙事特徵。爲了避免這種"遮蔽"，還原唐五代筆記小説的本來面目，我們必須用"回歸文本"和"還原歷史"的角度去考察作品文本，即"基本尊重古代小説固有的文體規範、傳統和文體觀念，大體遵循古人對該文體的認識和理解"。[1]本著這一思路，我們將在全面考察唐五代筆記小説文本的基礎上，概括其所運用的叙事方式，進而總結各自的叙事特徵。

第一節　描述説明與考證羅列：另一種"叙事"

如果用"虛構的叙事散文"這一小説概念來審視唐五代的筆記小説，很容易得出一個結論，即很多作品不屬於小説，至少很多作品中的一部分内容不屬於小説。這是很多當代學者持有的基本觀點，如程毅中在其《唐代小説史》中談到《酉陽雜俎》，指出此書"内容很雜，其中只有一部分可算作小説"。[2]又如寧宗一主編的《中國小説學通論》指出郡書、家史、地理書、都邑簿等作品"既無故事情節，又不塑造人物形象，更不講究虛構想象，與小説没有共同之處，所以肯定不是小説"。[3]可是在古人的觀念中，《酉陽雜俎》非但是小説，更稱其"自唐以來，推爲小説之翹楚，莫或廢也"。[4]而郡書等被視作非小説的作品也往往被著録在古代官私書目的"小説家類"，或在一些著述中被稱爲小説。既然如此，這部分如今不被人視爲小説的内容，其形態

1　譚帆、王慶華：《中國古代小説文體流變研究論略》，吳承學、何詩海編：《中國文體學與文體史研究》，南京：鳳凰出版社 2011 年版，第 46 頁。

2　程毅中著：《唐代小説史》，北京：人民文學出版社 2003 年版，第 249 頁。

3　寧宗一主編：《中國小説學通論》，合肥：安徽教育出版社 1995 年版，第 364 頁。

4　（清）永瑢等撰：《四庫全書總目》，北京：中華書局 1965 年版，第 1214 頁。

究竟是如何，它是否屬於"叙事"，是值得細細考察的問題。

　　先從唐宋書目的著録開始説起。在《隋書·經籍志》"小説家類"中，除了著録了《郭子》《瑣語》《笑林》《世説》等瑣言類作品，這些作品如今勉强被納入到叙事的範圍，但《隋志》還著録了《古今藝術》《器準圖》《水飾》等作品，這些作品已經亡佚不存，從書名及後世輯録的佚文可判斷其與如今所謂"叙事"的小説完全不同。宋代官私書目如《新唐書·藝文志》《崇文總目》《郡齋讀書志》《直齋書録解題》等"小説（家）類"著録的作品中，非叙事、非小説的作品充斥其中，被後世視爲"雜考""雜説""雜纂""雜記"，總之不算作小説。再看唐前的小説作品，自被視爲"小説之最古者"的《山海經》，到後來的《神異經》《博物志》《十洲記》《西京雜記》，乃至於《搜神記》《搜神後記》等，其中都包含了大量非叙事的内容，尤其是所謂"博物體"小説，更是如此。這一類型的小説直到唐五代仍不斷出現，諸如《封氏聞見記》《投荒雜録》《南方異物志》《嶺南異物志》《南海異事》《酉陽雜俎》《獨異志》《大唐傳載》《資暇集》《炙轂子雜録》《北户録》《杜陽雜編》《蘇氏演義》《兼明書》《桂林風土記》《刊誤》《嶺表録異》《唐摭言》《録異記》《開元天寶遺事》等，其内容都有非"叙事"成分，這些内容從表述方式上可概括爲以下兩點：描述説明與考證羅列。

　　所謂描述説明，是指用客觀理性的語氣對某一物或事進行描述説明，如同現代的説明文，使人們對該物或事有所了解，在描述説明中會涉及事物的形態、構造、性質、種類、成因、功能、特點、來源、演變等元素。這種表述方式意在傳遞知識，這種知識包括"物"和"事"兩方面。對"物"的描述説明在"博物體"小説中最爲常見，《投荒雜録》《南方異物志》《嶺南異物志》《南海異事》《北户録》《桂林風土記》《嶺表録異》等作品記録南方地區的山川地理、氣候環境、自然物産、古迹名勝、風土民俗等，兹各舉數例如下：

山川地理類：

　　唐羅州之南二百里，至雷州，爲海康郡。雷之南瀕大海，郡蓋因多雷而名焉。其聲恒如在簷宇上。雷之北高，亦多雷，聲如在尋常之外。（《投荒雜録》）

　　灘山。在城南二里灘水之陽，訾家洲西，一名沈水山，以其山在水中，遂名之。其山孤拔，下有澄潭，上高三百餘尺。旁有洞穴，廣數丈，南北直透。上有怪石欹危，藤蘿榮茂。世亂，民保以避寇。古老相傳，龍朔中曾降天使，投龍於此。今每歲旱請雨，潭中多有應。前政元常侍以其名與昭應驪山音同，故遂改爲儀山。近歲於此置温靈廟，廟中時産青蛇，號爲“龍駒”，翠色，或緣人頭頂手中，終無患害。（《桂林風土記》）[1]

氣候環境類：

　　嶺南方盛夏，率一日十餘陰，十餘霽。雖大雨傾注，頃即赫日，已復驟雨。大凡嶺表，夏之炎熱，甚於北土，且以時熱，多又蒸鬱，此爲甚惡。自三月至九月皆蒸熱。（《投荒雜録》）

　　南海秋夏間，或雲物慘然，則見其暈如虹，長六七丈。比候，則颶風必發，故呼爲“颶母”。忽見有震雷，則颶風不能作矣。舟人常以爲候，豫爲備之。（《嶺表録異》）[2]

---

1 陶敏主編：《全唐五代筆記》，西安：三秦出版社 2008 年版，第 1099、2563 頁。
2 同上，第 1102、2599 頁。

自然物産類：

雷郡有鹿，腥無味，不可食，俗云海魚所化。郡人嘗見魚首而身爲鹿者，斯信矣，與鷹鳩雀雉之化奚異哉！（《投荒雜録》）

嶺表有樹如冬青，實生枝間，形如枇杷子。每熟即坼裂。蚊子羣飛，唯皮殼而已。土人謂之"蚊子樹"。（《嶺南異物志》）

瀧州山中多紫石英，其色淡紫，其質瑩徹，隨其大小皆五棱，兩頭如箭鏃。煮水飲之，暖而無毒，比北中白石英，其力倍矣。（《嶺表録異》）[1]

古迹名勝類：

舜祠在虞山之下，有澄潭，號皇潭。古老相承言，舜南巡曾遊此潭。今每遇遂旱，張旗震鼓，請雨多應。中有大魚，遇洪水泛下，至府東門河際，有停客巨舫，往往載起，然終不爲人之害。舊傳舜葬蒼梧丘，在道州江華縣九疑山也。（《桂林風土記》）

堯山廟。在府之東，北隔大江，與舜祠相望，遂名堯山。山有廟，極靈，四時公私饗奠不絶。北接湖山，連亘千餘里。天將降雨，則雲霧四起，遂巡風雨立至。每歲農耕候雨，輒以堯山雲卜期。（《桂林風土記》）[2]

風土民俗類：

---

1 陶敏主編：《全唐五代筆記》，西安：三秦出版社 2008 年版，第 1100、1132、2602 頁。
2 同上，第 2561、2563 頁。

南荒之人娶婦，或有喜他室之女者。率少年，持刀挺，往趨虛路以偵之。候其過，即擒縛，擁歸爲妻。間一二月，復與妻偕，首罪於妻之父兄，常俗謂"縛婦女婿"。非有父母喪，不復歸其家。(《投荒雜錄》)

交趾人多養孔雀，或遺人以充口腹，或殺之以爲脯臘。人又養其雛以爲媒，傍施網罟，捕野孔雀。伺其飛下，則牽網橫掩之。採其金翠毛裝爲扇拂。或全株生截其尾，以爲方物，云生取則金翠之色不減耳。(《嶺南異物志》)[1]

對"事"的描述説明則多見於志怪、志人類小説作品，雖然所寫對象也有時間、人物、事件等要素，但由於其所記之事僅僅是一個片段，並非"因果畢具的完整故事"，更缺乏"細緻宛曲的描寫"，文字也十分樸素平直，遠遠談不上"文辭華艷"，所以不被視爲"叙事"的小説。如《朝野僉載》中就有不少這樣的"片段"，兹舉卷一中數則爲例：

商州有人患大風，家人惡之，山中爲起茅舍。有烏蛇墜酒罌中，病人不知，飲酒漸差。罌底見蛇骨，方知其由也。

永徽中，有崔爽者，每食生魚，三斗乃足。於後飢，作鱠未成，爽忍飢不禁，遂吐一物，狀如蝦蟆。自此之後，不復能食鱠矣。

廣州録事參軍柳慶，獨居一室。器用食物，並致卧内。奴有私取鹽一撮者，慶鞭之見血。

---

1 陶敏主編：《全唐五代筆記》，西安：三秦出版社 2008 年版，第 1097、1134 頁。

夏侯彪夏月食飲生蟲，在下未曾歷口。嘗送客出門，奴盜食鸞肉。彪還，覺之，大怒，乃捉蠅與食，令嘔出之。[1]

這幾則文字都十分簡略，前兩則寫人得病後皆因偶然情況病愈，後兩則寫主人公吝嗇，因小事而虐待奴僕，在敘述過程中，作者沒有意圖作詳細的描寫，用語平直不帶感情，僅僅是對事件的忠實記錄。

對"物"與"事"的描述說明，在許多作品中是混合運用的。如《桂林風土記》除了對桂林地區古迹名勝的記錄外，還記錄了與桂林有關的人物事迹。又如王定保的《唐摭言》記載唐代科舉制度的種種規定，以及與之相關的逸聞瑣事，卷一至卷三對科舉制度的記錄屬於對"物"的描述說明，而大部分逸聞瑣事則是對"事"的描述說明。再如王仁裕的《開元天寶遺事》雜記唐代開元、天寶年間的宮廷瑣事、民間習俗，其中有對"物"的記載，如"遊仙枕""自暖杯"兩則：

龜茲國進奉枕一枚，其色如碼碯，溫潤如玉，其製作甚樸素。若枕之而寐，則十洲三島，四海五湖，盡在夢中所見，帝因立名爲"遊仙枕"。後賜與楊國忠。

內庫有一酒杯，青色而有紋如亂絲，其薄如紙。於杯足上有縷金字，名曰"自暖杯"。上令取酒注之，溫溫然有氣相次如沸湯，遂收於內藏。[2]

此外也有對"事"的記載，如"掃雪迎賓""隨蝶所幸"兩則：

---

1 陶敏主編：《全唐五代筆記》，西安：三秦出版社 2008 年版，第 143、144、150 頁。
2 同上，第 3158、3159 頁。

　　巨豪王元寶，每至冬月大雪之際，令僕夫自本家坊巷口掃雪爲徑路。躬親立於坊巷前，迎揖賓客，就本家具酒炙宴樂之，爲"暖寒之會"。

　　開元末，明皇每至春時，旦暮宴於宫中。使嬪妃輩争插艷花，帝親捉粉蝶放之，隨蝶所止幸之。後因楊妃專寵，遂不復此戲也。[1]

　　除了"描述説明"的叙述方式，唐五代筆記小説中還有"考證羅列"的叙述方式。"考證"是通過追溯、比較的方式，考察各類事物的源流，並論證其真僞。《酉陽雜俎》《資暇集》《炙轂子雜録》《北户録》《蘇氏演義》《兼明書》《刊誤》等作品多采用這種叙述方式。如《資暇集》卷上對"行李"的考證：

　　行李。"李"字除果名、地名、人姓之外，更無别訓義也。《左傳》："行李之往來。"杜不研窮意理，遂注云："行李，使人也。"遂俾今見遠行結束次第，謂之"行李"，而不悟是行使爾。按舊文，"使"字作"𠵽"，傳寫之誤，誤作"李"焉。[2]

又如《北户録》卷上對"金龜子"的考證：

　　金龜子，甲蟲也。五六月生於草蔓上，大於榆莢，細視之，真金帖龜子。行則成雙，類璧龜耳。（事見《洞冥記》）其蟲死，則金色隨滅，如熒光也。南人收以養粉，云與養粉相宜。按竺法真《登羅山疏》曰：

---

1 陶敏主編：《全唐五代筆記》，西安：三秦出版社 2008 年版，第 3158 頁。

2 同上，第 1876 頁。

"金光蟲大如斑貓，形色文彩全是龜。"余偶得之，養玩彌日，疑此是也。又《南雍州記》曰："石橋水經南陽，結爲池，出靈龜，色如金縷也。"[1]

又如《刊誤》卷上對"棘卿"的考證：

> 九寺皆爲棘卿。凡言九寺，皆曰"棘卿"。《周禮》："三槐九棘。"槐者懷也，上佐天子，懷來四夷。棘者，言其赤心以奉其君。皆三公九卿之任也。近代唯大理得言棘卿，下寺則否。九卿皆樹棘木，大理則於棘下訊鞫其罪，所謂"大司寇聽刑於棘木之下"。[2]

"考證"與上文的"描述説明"在叙述方式上有某些類似之處，都含有對事物作客觀描述説明的成分，區別在於"考證"還得有辨析、論證、下結論的過程，期間還有字詞的分析、制度的梳理，還需徵引典籍進行證明，如上舉三例徵引了《左傳》《登羅山疏》《南雍州記》《周禮》等典籍。

"羅列"是指圍繞某一主題，將符合主題的相關事物一一呈現。魯迅在其《中國小説史略》第十篇《唐之傳奇集及雜俎》中所舉之《義山雜纂》就是一部典型的以"羅列"爲叙述方式的作品，魯迅稱此書"皆集俚俗常談鄙事，以類相從，雖止於瑣綴，而頗亦穿世務之幽隱，蓋不特聊資笑噱而已"。[3]並列舉了"殺風景""惡模樣""十誡"三則内容：

殺風景

松下喝道　看花淚下　苔上鋪席　斫却垂楊

1　陶敏主編：《全唐五代筆記》，西安：三秦出版社 2008 年版，第 2138 頁。

2　同上，第 2580 頁。

3　魯迅著：《中國小説史略》，上海：上海古籍出版社 1998 年版，第 62 頁。

花下曬裩　遊春重載　石筍繫馬　月下把火

步行將軍　背山起樓　果園種菜　花架下養鷄鴨

惡模樣

作客與人相爭罵……做客踏翻臺桌……

對丈人丈母唱艷曲　嚼殘魚肉歸盤上　對衆倒臥　橫箸在羹碗上

十　誡

不得飲酒至醉　不得暗黑處驚人　不得陰損於人　不得獨入寡婦人房

不得開人家書　不得戲取物不令人知　不得暗黑獨自行

不得與無賴子弟往還　不得借人物用了經旬不還（原缺一則）[1]

段成式的《酉陽雜俎》作爲"雜俎體"小説，其内容包羅萬象，而叙述形式也多種多樣，其中就有"羅列"這一形式。

有對道教諸神之名稱、職責和成仙途徑等的羅列：

夏啓爲東明公，文王爲西明公，邵公爲南明公，季札爲北明公，四時主四方鬼。至忠至孝之人，命終皆爲地下主者，一百四十年，乃授下仙之教，授以大道。有上聖之德，命終受三官書，爲地下主者，一千年，乃轉三官之五帝。復一千四百年，方得遊行太清，爲九宫之中仙。[2]

有對道教神仙品名層級的羅列：

1　魯迅著：《中國小説史略》，上海：上海古籍出版社1998年版，第62頁。

2　陶敏主編：《全唐五代筆記》，西安：三秦出版社2008年版，第1538頁。

　　鬼官有七十五品。仙位有九：太帝二十七，天君一千二百，仙官
二萬四千，靈司三十二。司命三品、九品、七城、九階、二十七位，
七十二萬之次第也。[1]

有對仙藥的羅列：

　　仙藥有：鍾山白膠　閬風石腦　黑河蔡瑚　太微紫蘇　太極井
泉　夜津日草　青津碧荻　圓丘紫奈　白水靈蛤　八天赤薤　高丘餘
糧　滄浪青錢　三十六芝　龍胎醴　九鼎魚　火棗交梨　鳳林鳴醋　中
央紫蜜　崩丘電柳　玄郭綺葱　夜牛伏骨　神吾黄藻　炎山夜日　玄
霜絳雪　環剛樹子　赤樹白子　個水玉精　白琅霜　紫醬　月醴　虹
丹　鴻丹[2]

　　以上所探討的幾種叙述方式不僅沒有故事情節，有些甚至連人物、事件
都沒有，只有對物、事的描述說明或考證羅列，其目的僅在於傳遞知識，或
者是炫耀博識而已，它與現在的“叙事”觀念相去甚遠，却與傳統的小說
觀念和叙事觀念十分契合，所謂“資治體，助名教，供談笑，廣見聞”，[3]“寓
勸戒，廣見聞，資考證”。[4]“廣見聞”“資考證”原本就是古代小說的題中之
義。元代楊維禎《說郛序》曾如此評價《說郛》：

　　閱之經月，能補予考索之遺。學者得是書，開所聞擴所見者多矣。
要其博古物，可爲張華、路、段；其覈古文奇字，可爲子雲、許慎；其

---

1 陶敏主編：《全唐五代筆記》，西安：三秦出版社 2008 年版，第 1539 頁。

2 同上，第 1540 頁。

3（宋）曾慥：《類說序》，（宋）曾慥輯：《類說》，北京：書目文獻出版社 2000 年版，第 6 頁。

4（清）永瑢等撰：《四庫全書總目》，北京：中華書局 1965 年版，第 1182 頁。

索異事，可爲贊皇公；其知天窮數，可爲淳風、一行；其搜神怪，可爲鬼董狐；其識蟲魚草木，可爲《爾雅》；其記山川風土，可爲《九丘》；其訂古語，可爲鈐契；其究諺談，可爲稗官；其資謔浪調笑，可爲軒渠子。[1]

明代胡應麟將小説分爲六類，其中就有"叢談""辨訂"兩類，並且説道："小説，子書流也，然談説理道或近於經，又有類注疏者。"[2]所謂"注疏"，其叙述方式就是描述説明、考證羅列。清代劉廷璣在《在園雜志》中所云："蓋小説之名雖同，而古今之別則相去天淵……有紀其各代之帝略官制，朝政宮幃，上而天文，下而輿土，人物歲時，禽魚花卉，邊塞外國，釋道神鬼，仙妖怪異……讀之可以索幽隱，考正誤，助詞藻之麗華，資談鋒之鋭利，更可以暢行文之奇正，而得叙事之法焉。"[3]總之，古人對於小説内容"廣見聞""資考證"的認識是一以貫之的。

第二節　"史官化"叙事：傳統的延續

唐五代筆記小説與史的關係極爲密切，這種密切關係一方面繼承自前代的傳統，另一方面受到唐代自身史學觀念、史官制度新變化的影響。在中國的傳統觀念中，"叙事"的權力一直掌握在史官的手中，從"史"字在《説文解字》中的解釋爲"記事者"[4]即可見一斑。古人對史官的稱贊，也往往著眼其善於"叙事"，如班彪評價司馬遷云："善述序事理，辯而不華，質而

1（元）楊維禎：《説郛序》，（明）陶宗儀纂：《説郛》，北京：中國書店1986年版。

2（明）胡應麟撰：《少室山房筆叢》，上海：上海書店出版社2009年版，第283頁。

3（清）劉廷璣撰，張守謙點校：《在園雜志》，北京：中華書局2005年版，第82—83頁。

4（漢）許慎撰，（清）段玉裁注：《説文解字注》，上海：上海古籍出版社1988年版，第116頁。

不野，文質相稱，蓋良史之才也。"[1] 又如《晉書·陳壽傳》稱讚陳壽道："時人稱其善叙事，有良史之才。"[2] 唐代劉知幾亦言："夫史之稱美者，以叙事爲先。"[3] 因此，"叙事"一直是史家所應具備的基本技能，而關於"叙事"的諸種觀念、理論、標準等最早也出自於史官的論述。自小説産生伊始，其與"史"的互動關係便延續下來，這種互動是雙向的，而史對小説的影響無疑更大。其中影響較大的主要有兩方面：一是史學觀念中的"勸懲"和"實録"致使小説對"寓勸戒"和"直書其事"的强調；一是在小説家的書寫過程中，有意無意對歷史叙事體例的效仿。這兩部分影響在唐五代筆記小説中都有顯著的表現，且分别内化爲小説"叙事"的體制特徵，成爲筆記小説文體重要的組成部分。這種"叙事"特徵可稱作爲"史官化"叙事，即小説家在寫人記事過程中，自覺不自覺地站在史官的立場，從史官的角度，用史官的筆法來進行。以下分别述之。

一、"勸懲"與"實録"的叙事目的

"勸懲"與"實録"觀念是一體之兩面，勸懲要以實録作爲基礎，而實録的目的之一即在於"勸善懲惡"。劉知幾曾云："苟愛而知其醜，憎而知其善，善惡必書，斯爲實録。"[4] 受這兩種觀念的指引，唐五代筆記小説在叙事過程中每每加入道德説教的成分，以及强調故事來源有據、真實可靠。道德説教在唐五代小説中可謂比比皆是，一部分來自於受宗教影響之作品，即所謂的"輔教小説"，另一部分即來自於受史家意識影響的作品，主要包括

1（南朝宋）范曄撰，（唐）李賢等注：《後漢書》，北京：中華書局 1965 年版，第 1325 頁。

2（唐）房玄齡等撰：《晉書》，北京：中華書局 1974 年版，第 2137 頁。

3（唐）劉知幾撰，（清）浦起龍通釋，王煦華整理：《史通通釋》，上海：上海古籍出版社 2009 年版，第 152 頁。

4 同上，第 374 頁。

以"補史"爲目的的一批作品。高彦休在《唐闕史》自序中言："故自武德、貞觀而後，吮筆爲小説小録、稗史野史、雜録雜紀者，多矣。貞觀、大曆已前，捃拾無遺事。大中、咸通而下，或有可以爲誇尚者，資談笑者，垂訓誡者，惜乎不書於方册，輒從而記之。其雅登於太史氏者，不復載録。"[1] 表明從初唐開始以"補史"爲名撰寫的各種作品數量已十分可觀，所謂的"小説小録、稗史野史、雜録雜紀"，都可歸於筆記小説名下。而這些作品的功能之一即是"垂訓誡"。如《唐闕史》，其行文中的道德説教就不在少數，卷上"丁約劍解"一則有末尾之議論：

> 參寥子曰：上古以前，帝王將相得仙道者，往往有之，近代則無聞焉。蓋羽化屍解，脱略生死之事，所得何常其人！愚常思之，得非名與利善桎縛其身乎？富與貴能膠黐其心乎？噫，内膠黐而外桎縛，是以仙靈之風，清真之氣，無從而入也。[2]

這則故事講述修道者丁約道術頗高，韋子威因"耽玩道書，溺惑神仙修煉之術"，與之頗相契合，兩人有五十年之約。後丁約因參與叛軍將被施刑，却在揮刃之際劍解而出，成仙而去。作者在議論中指出近代得仙道者少於過去，其原因在於名利、富貴對身心的束縛與侵擾，具有一定的批判意味。除了直接以"參寥子"之名在文末發表議論，[3] 作者有時會直接接入議論，如卷下"李可及戲三教"一則就李可及戲論三教以取悦玄宗評論道："今可及以不稽之詞，非聖人之論，狐媚於上，遽授崇秩，雖員外環衛，而名品稍

---

1 陶敏主編：《全唐五代筆記》，西安：三秦出版社 2008 年版，第 2329 頁。

2 同上，第 2331 頁。

3 全書以"參寥子曰"作爲結尾的有《丁約劍解》《滎陽公清儉》《郗尚書鼠妖》《裴晉公大度（皇甫郎中褊直附）》《秦中子得先人書》《齊將軍義犬》《趙江陰政事》《渤海僧通鳥獸言》《王居士神丹》《賤買古畫馬》《韋進士見亡妓》《丞相蘭陵公晚遇》《薛氏子爲左道所誤》《軍中生餤》等。

過。時非無諫官，竟不能證引近例，抗疏論列者，吁。"[1]又如卷下"迎佛骨事"一則針對京城迎接佛骨致使民衆騷動，作者表達不滿曰："此乃上之風行，下則草偃，固其宜也。然有鶴盤其上，牛跪於下，又何情哉！"[2]這些議論直接針對所寫之事得出，從是非善惡的道德角度切入加以評斷，帶有明顯的"史官意識"。

《唐闕史》文末"參寥子曰"的形式明顯有模仿《史記》"太史公曰"的痕迹。由司馬遷開創的這種論贊形式，目的是對歷史人物作出道德評價，以達到警示、教化世人的目的。此後歷代史書都有沿用，如《漢書》有"贊曰"，《資治通鑑》有"臣光曰"等。唐代筆記小説除了《唐闕史》外，模仿這一形式的還有《雲溪友議》的"雲溪子曰"、《鑑戒録》的"議者曰"、《北夢瑣言》的"葆光子曰"、《唐摭言》的"論曰"等。這些作品都用這種方式對故事人物、事件進行褒貶，達到勸善懲惡的效果，有些還對故事材料來源加以説明，或對故事的出處真僞加以考證，這些同樣是"史官意識"的體現。

由於"史官意識"的制約，唐五代筆記小説中強調"實録"的表述所在多有，尤其是在那些以"補史"爲目的，或以歷史爲題材的作品中更爲常見。爲了證明所寫内容真實可靠或者有所依憑，一些作者在序言中就作出説明。如劉餗《隋唐嘉話》自序云："釋教推報應之理，余嘗存而不論。若解奉先之事，何其明著！友人天水趙良玉睹而告余，故書以記異。"[3]不僅強調文中没有寫佛教報應之事，更針對"解奉先之事"因事涉怪異而作出解釋，強調是友人"睹而告余"。又如李肇《唐國史補》自序云："慮史氏或闕則補之意，續《傳記》而有不爲。言報應，叙鬼神，徵夢卜，近帷箔，悉去之；

---

1 陶敏主編：《全唐五代筆記》，西安：三秦出版社 2008 年版，第 2350 頁。

2 同上，第 2355 頁。

3 同上，第 308 頁。

紀事實，探物理，辨疑惑，示勸誡，採風俗，助談笑，則書之。"[1] 又如李德裕在《次柳氏舊聞》自序中不厭其煩地講述書中内容的來歷，以及從柳芳到李德裕之間的傳承經過，强調此書乃高力士"目睹""非出傳聞"，故"信而有徵"，目的在於證明所述之事的真實性，"以備史官之闕"。[2]

　　除了在序言中强調"實録"外，在行文中也常常點出故事的"出處"，以此來證明所寫之事有源可溯、真實可信。以皇甫枚的《三水小牘》爲例，此書卷上"元積烹鯉得鏡"一則文末曰："光啓丁未歲，於鄴下與河南元恕遇，因話焉。"同卷"王知古爲狐招婿"文末曰："余時在洛敦化里第，於庠集中博士渤海徐公讜爲余言之。豈曰語怪，以摭奇聞，故傳言之。"又卷中"殷保晦妻封氏罵賊死"文末曰："辛丑歲，遐構兄出自雍，話兹事，以余有《春秋》學，命筆削以備史官之闕。"同卷"鄭大王聘嚴郜女爲子婦"文末曰："嚴公夫人，即余室之諸姑也，姑得其實而傳之。"[3] 將獲得故事的時間地點、取自誰、爲何記録等交待得十分詳細。唐代小説家出於"史官意識"而對歷史題材有所偏好，但小説畢竟不同於歷史，其所關注的對象不能不溢出歷史的範圍，在軍國大事、朝廷軼事、歷史人物之外，還對鄉間閭里的瑣聞逸事，以及奇人逸士、神仙鬼怪頗感興趣；而由於這些内容自身多涉怪異，不能爲人所信，作者更要强調其出處，力證其真實。以戴孚的《廣異記》爲例，此書卷一"劉清真"事，文末云："中山張倫，親聞清真等説云然耳。"又同卷"袁晁寇永嘉誤入仙境"事，文末云："數日至臨海，船上沙塗，不得下，爲官軍格死，唯婦人六七人獲存，浙東押衙謝詮之配得一婢，名曲葉，親説其事。"[4] 通過"親聞""親説其事"等字眼，强調所述異事的真實性。除了交代故事的出處，小説作者還在故事結尾補充交代事件中出現的

1　陶敏主編：《全唐五代筆記》，西安：三秦出版社 2008 年版，第 800 頁。

2　同上，第 1005—1006 頁。

3　同上，第 2755、2764、2768、2770 頁。

4　同上，第 448 頁。

人物、物品等，來顯示作品的真實性。典型如《通幽記》"趙旭"一則寫趙旭與仙女的遇合，最後仙女飛升，旭"恍然自失"，結尾交代道：

> 旭大曆初猶在淮泗，或有人於益州見之，短小美容範，多在市肆商貨，故時人莫得辨也。《仙樞》五篇，篇後有旭紀事，詞甚詳悉。[1]

通過對旁人、故事中書籍的補充説明增加了故事的可信度。其他如《廣異記》卷一"僕僕先生"事，寫僕僕先生升仙後，州司爲其畫圖、立廟，結尾稱"今見在"。又卷二"僧道憲"事，寫聖善寺僧道憲墮入江中，因念佛而得救，文末云："憲天寶初滅度，今江州大雲寺七菩薩見在，兼畫落水事云耳。"[2]總之，無論用何種方式證明其真實性，其根源依然是小説家的"史官意識"。

二、對"歷史叙事"體例的模仿

所謂"歷史叙事"，即是歷代史官在撰寫史書過程中，逐漸形成的叙述方式，以及編纂史書的形式原則。隨著時代的推移，史籍逐漸增多，於是就有各種類型的史書産生，其名目可見於歷代官私書目"史部"所列，毋庸多言。從形式上看，史書也可分爲不同類型。[3]史學家李宗侗謂："以中國史言之，約可分爲三類：一曰編年，二曰記事，三曰傳記。或獨用一體，或綜合衆體，

---

1 陶敏主編：《全唐五代筆記》，西安：三秦出版社 2008 年版，第 579 頁。

2 同上，第 446、459 頁。

3 唐代劉知幾曾提出史書有"六家""二體"之説，其中"六家"即劉氏所認爲之正史，"二體"則是劉氏認爲六家中之善且可行於後世者。所謂"六家"，浦起龍曰：《尚書》，記言家也；《春秋》，記事家也；《左傳》，編年家也；《國語》，國別家也；《史記》，通古紀傳家也；《漢書》，斷代紀傳家也。""二體"專論編年、紀傳二體，各有優缺點。見（唐）劉知幾撰，（清）浦起龍通釋，王煦華整理：《史通通釋》卷一《六家》、卷二《二體》，上海：上海古籍出版社 2009 年版。

史書大約不出此範圍。"[1]在這三類中，"編年"和"記事"二體淵源較早，漢代以前史書主要采用此二種模式。第三類"傳記"體則始於司馬遷的《史記》，此後歷代正史皆沿用此體。李氏還指出三種體式可單獨使用，也可綜合使用，基本上不出此範圍。以下即分述這三種體式在唐五代筆記小説中的運用。

　　所謂"編年體"即以時間爲順序，按照"以事繫日，以日繫月，以月繫時，以時繫年"[2]的模式記録一國之事，其代表著作是《春秋》。這種叙述模式的最大特點是以時間的推移爲綫索，勾連起諸多的事件，優點是脈絡清晰，缺點是記事過於簡略，只有事件骨幹，缺少細節渲染。《春秋》即嚴格按照時間順序記録魯國的重大的歷史事件，用筆十分簡潔，含蓄凝練而語含褒貶，後世稱爲"春秋筆法"。"編年體"形式與筆記小説的叙事原則從根本上格格不入，"編年體"叙事要求逐年記録，體例結構嚴密整齊，而筆記小説則是隨筆記録，形式上十分自由。因此唐五代筆記小説中甚少采用"編年體"叙事形式，雖然一部分作品以時間順序記録，或者逐日隨筆記録而成，但在體例上較爲隨意，不似"編年體"那般整齊嚴謹。如《隋唐嘉話》主要記録唐太宗一朝軼事，武后時期也略有涉及。《朝野僉載》歷記太宗、高宗、武后、中宗、睿宗、玄宗諸朝雜事，其中尤以武后時期記述最多。《大唐新語》作者自序稱"今起自國初，迄於大歷"，可知内容自唐初至代宗時期。《開天傳信記》從書名可知記開元、天寶事。《明皇雜録》主記玄宗朝事。《大唐傳載》主記中唐時事。《闕史》作者自序稱"大中、咸通而下"，《通志·藝文略》稱此書"記大歷以後至乾符事"。《北夢瑣言》前十六卷記晚唐事，後四卷記五代事。《開元天寶遺事》以"開元""天寶"分上下兩

---

1 李宗侗著：《中國史學史》，北京：中華書局2010年版，第10頁。
2 （周）左丘明傳，（晉）杜預注，（唐）孔穎達正義：《春秋左傳正義》，北京：北京大學出版社2000年版，第3頁。

卷。等等。這些作品只能大致看出時間綫索，但都較爲粗略，無法與體系嚴密的"編年體"相比。

"記事體"顧名思義是以"事件"爲中心的叙事體式，這種叙事體式不限於年代，遇事則記，可長可短，可詳可略，較爲隨意，有些事件具有起因、經過、結果，有一定的完整性，有些則只有片段，比較簡略，甚至寥寥數語，屬於典型的"叢殘小語"。"記事體"在後世演化爲記録典章制度、草木蟲魚、風俗民情、逸聞瑣事的雜記類小說，"事"的内涵已經不限於事件，而擴大到世間萬物，叙事方式以描述説明、考證羅列爲主，在上文已有論述，不再贅述。"記事體"的筆記小說早期可以《西京雜記》爲代表，到了唐五代時期數量逐漸增多，除了"博物""雜俎"體小說中一些内容采用外，歷史瑣聞類作品，如《朝野僉載》《隋唐嘉話》《天寶故事》《唐國史補》《大唐説纂》《明皇雜録》《逸史》《雲溪友議》《大唐傳載》《開天傳信記》《尚書故實》《唐闕史》《補國史》《唐摭言》《中朝故事》《開元天寶遺事》《北夢瑣言》等也多采用這一叙事體式。如《朝野僉載》中有大量"記事體"内容，以卷一幾則爲例：

> 唐趙公長孫無忌，以烏羊毛爲渾脱氈帽，天下慕之，其帽爲"趙公渾脱"。後坐事長流嶺南，"渾脱"之言，於是效焉。

> 唐魏王爲巾子，向前踣，天下欣欣慕之，名爲"魏王踣"，後坐死。至孝和時，陸頌亦爲巾子，同此樣，時人又名爲"陸頌踣"。未一年而陸頌殞。

> 唐永徽後，天下唱《武媚娘》歌，後立武氏爲皇后。大帝崩，則天臨朝，改號"大周"。二十餘年，武氏强盛，武三王梁、魏、定等並開府，自餘郡王十餘人，幾遷鼎矣。

唐魏僕射子名叔璘。識者曰："叔璘，反語'身戮'也。"後果被羅織而殺之。

梁王武三思，唐神龍初改封德靖王。識者言："'德靖'，'鼎賊'也。"果有窺鼎之志，被鄭克乂等斬之。[1]

以上幾則都具備時間、人物、事件等元素，事件發生、經過和結果的過程也大致完整，然而對於事件的描寫都十分簡略，幾乎沒有叙事性，而且在事件因果的連接中受到了"讖緯"思想的影響，使叙事具有一定的神秘色彩。再舉《隋唐嘉話》卷一中幾則爲例：

隋文帝夢洪水没城，意惡之，乃移都大興。術者云："洪水，即唐高祖之名也。"

平陽公主聞高祖起義兵太原，乃於鄠司竹園召集亡命以迎軍，時謂之"娘子兵"。

秦王府倉曹李守素，尤精譜學，人號爲"肉譜"。虞秘書世南曰："昔任彦昇善談經籍，時稱爲'五經笥'，宜改倉曹爲'人物志'。"

隋司隸薛道衡子收，以文學爲秦王府記室。早亡，太宗追悼之，謂梁王曰："薛收不幸短命，若在，當以中書令處之。"

---

1 陶敏主編：《全唐五代筆記》，西安：三秦出版社 2008 年版，第 148—149 頁。

　　太宗將誅蕭墻之惡，以匡社稷，謀於衛公李靖，靖辭。謀於英公徐
勣，勣亦辭。帝以是珍此二人。

　　太宗燕見衛公，常呼爲兄，不以臣禮。初嗣位，與鄭公語，恒自
名，由是天下之人歸心焉。

　　太宗每見人上書，有所裨益者，必令黏於寢殿之壁，座臥觀覽焉。[1]

　　以上幾則所叙之"事"都屬於歷史的片段或概述，目的在於留存史料，
而非講述故事，是典型的"殘叢小語"或"斷片的談柄"。這種叙事方式同
史籍中的"記事體"有顯著的區别，表明小説與史在性質上的不同。

　　"傳記體"是歷代正史中主要采用的叙事模式，"傳記體"以人物爲中
心，可專寫一人，也可寫多人，是爲單傳、類傳之分，叙事按照一定的模式
進行。張新科《唐前史傳文學研究》對此概括道："作爲叙述模式、史傳開
頭一般都寫傳主的姓字籍貫；然後叙其生平事迹，多是選擇幾個典型事例，
表現人物的個性特徵；最後寫到傳主之死及子孫的情况。篇末另有一段作者
的話，或補充史料，或對傳主進行評論，或抒發作者感慨。"[2]這種叙事模式
可概括爲"某人在某時某地做了某事"或"某時某地某人發生了某事"。自
漢魏六朝以來，筆記小説便自覺采用了"傳記體"的叙事模式，持續到唐五
代時期。唐五代筆記小説采用"傳記體"叙事模式，其"人物"不限於歷
史人物或凡人，而包括神仙精怪、僧道異人。在寫法上，一方面模仿史傳寫
法，開頭介紹人物的姓名、籍貫、職位（一部分省略籍貫和職位），接著叙

1　陶敏主編：《全唐五代筆記》，西安：三秦出版社 2008 年版，第 309—310 頁。
2　張新科著：《唐前史傳文學研究》，西安：西北大學出版社 2000 年版，第 14 頁。

述人物的經歷，一般只選取一兩個片段。表現人物以白描爲主，較少心理描寫，叙述事件大多粗陳梗概，語言平實、簡約，較少細節描寫。如張讀的《宣室志》多記鬼神精怪、夢徵休咎、佛道靈異之事，雖内容多涉荒誕，所用叙事則模仿史傳，每一則開頭都介紹時間、地點、人物。舉卷一數則開頭如下：

> 有石憲者，其籍編太原，以商爲業，常行貨於代北。

> 寶曆初，長沙有民王叟者，家貧，營田爲業。

> 吳郡陸顒，家於長城之東，其世以明經仕。[1]

在介紹完主人公的基本情況之後，便直接講述主人公經歷的一件奇異之事，事情的經過或粗陳梗概，或曲折委曲，語言都較爲平實，簡單夾雜人物的語言、動作、表情，最後一定要交待故事的結局，以顯示故事的完整性。如以上所引三則故事主人公的結局分別爲：石憲將蛙怪“盡殺之”、王叟因蚯蚓螫其臂而卒、陸顒因結交胡人而“甲於巨室”。與正史列傳不同的是，筆記小説所關注的是故事的完整性，而非人物生平的完整性，因此不會將人物從出身到死亡的整個經歷完整呈現，而只對某一兩個具體事件作詳細的記録，很多時候事的重要性超過人物本身。究其原因，在於筆記小説所記人物大部分是名不見經傳的鄉人凡夫、野人處士，即使是被人熟知的著名人物，讀者對於其生平也並無興趣，感興趣的僅僅是其奇特的經歷，這一情形在志怪類小説中尤其突出。如《通幽記》“哥舒翰”一則：

---

[1] 陶敏主編：《全唐五代筆記》，西安：三秦出版社 2008 年版，第 2019—2020 頁。

　　哥舒翰少時有志氣，長安交遊豪俠，宅新昌坊。有愛妾曰裴六娘者，容範曠代，宅於崇仁，舒翰常悦之。居無何，舒翰有故，遊近畿，數月方回。及至，妾已病死，舒翰甚悼之。既而日暮，因宿其舍。尚未葬，殯於堂奧。既無他室，舒翰曰："平生之愛，存没何間？"獨宿繐帳中。夜半後，庭月皓然，舒翰悲嘆不寐。忽見門屏間有一物，傾首而窺，進退逡巡。入庭中，乃夜叉也，長丈許，著豹皮裩，鋸牙披髮。更有三鬼相繼進，及拽朱索，舞於月下，相與言曰："床上貴人奈何？"又曰："寢矣。"便昇階，入殯所，拆發，舁櫬於月中，破而取其尸，麋割肢體，環坐共食之，血流於庭，衣物狼藉。舒翰恐怖，且痛之，自分曰："向叫我作'貴人'，我今擊之，必無苦。"遂潛取帳外竿，忽於暗中擲出，大叫擊鬼。鬼大駭走，舒翰乘勢逐之西北隅，逾垣而去。有一鬼最後，不得上，舒翰擊中流血，乃得去。家人聞變亂，起來救之，舒翰具道其事。將收餘骸，及至堂，殯所儼然如故，而噉處亦無所見。舒翰恍忽，以爲夢中。驗其牆有血，其上有迹，竟不知其然。後數年，舒翰顯達。[1]

　　此則故事寫哥舒翰夜見夜叉啃食愛妾尸體，是典型的志怪小説，而主人公哥舒翰是唐玄宗時名將，開疆拓土，屢建功勛，封"凉國公""西平郡王"，[2]是當時烜赫一時的人物。正因爲主人公哥舒翰如此有名，故事開頭對其介紹十分簡單，沒有遵循"傳記體"常規的寫法。且此事乃哥舒翰少年時事，此時哥舒翰還未顯達，所述之事也並非軍國大事，且事涉怪異，因此才會被作爲小説記録。正史載哥舒翰"家富於財，倜儻任俠，好然諾，縱蒱酒""好飲酒，頗恣聲色"，[3]與小説中"交遊豪俠"的描述頗爲契合，故事

1　陶敏主編：《全唐五代筆記》，西安：三秦出版社 2008 年版，第 595 頁。
2　《舊唐書》列傳第五十四、《新唐書》列傳第六十有傳。
3　（後晉）劉昫等撰：《舊唐書》，北京：中華書局 1975 年版，第 3211、3213 頁。

最後留下"後數年，舒翰顯達"這一尾巴，是想將小説與正史相勾連，顯示作者既要與正史相區別，又要補史之闕的意圖。

上述哥舒翰的故事在形式上借用了"傳記體"的模式，然此模式僅存一外殼；内容則與正史中的記載大異其趣，在題材上已經屬於小説範疇；叙事上也頗爲細膩，對夜叉啃食尸體的場面描寫得十分生動，有對話和細節描寫，而且還有哥舒翰的心理描寫，這已跟正統的史傳"筆法"拉開了距離，屬於小説"筆法"。也顯示出唐五代筆記小説的作者兼容了"小説家"與"史家"兩種身份及其心態，他們既能借鑒史傳的叙事模式，又不被史傳的叙事要求所框範，正是因爲對史傳叙事堅持借鑒的同時不失去取材與書寫自由的原則，小説的獨立地位才得以體現。

第三節　"類型化"叙事：宗教意識影響下的叙事模式

所謂"類型化"，是指在小説的題材演進過程中，由於受到某種意識形態和傳播形態的影響，圍繞某些主題形成了固定的故事類型。由於主題相似，表達的思想内涵也趨同，導致每一種類型的故事也遵循某一固定的叙事模式。因此，可以説導致叙事類型化的源頭就是題材的類型化，它是題材類型固化的結果。題材類型的固化首先發生在"口傳小説"中，在"口傳小説"的傳播過程中，某些題材未能受到歡迎，傳播範圍有限、時間短暫，逐漸被遺忘和湮没，其成爲"書面小説"的機會就小，也就無法成爲固定的題材。有些題材受到歡迎，傳播廣泛、歷久不衰，且在傳播過程中具體的人物和細節發生改變，而大體的情節框架則保留下來。這些情節框架大體相同，具體人物和細節有變化的"口傳小説"被不同的文人記録成文字，成爲"書面小説"，就形成了同一故事類型的多種版本。人物和細節變異越多越頻繁，版本就越多，將各種具有相同情節框架的版本集合起來，就形成了一種固定的故事類型。"口傳小說"類型衆多，大的類別如神話、傳說、民間故事。各大類下又可細分，如民間故事可分爲"動物故事和寓言""幻想故事""生活故事""笑話"等類；"幻想故事"下又可分爲"超自然形象的故事""神奇寶物的故事""'難題'和法術故事""鬼狐精怪故事"；"鬼狐精怪故事"中的鬼故事又可分爲"途中見鬼""凶宅鬧鬼""報冤報德""顯形兆示""人鬼婚戀""不怕鬼"等類。[1] 其中每一種故事類型都具備類似的叙事模式。

　　綜合考察唐五代筆記小說的"類型化"叙事，可以得出以下結論：唐五代筆記小說的"類型化"叙事主要受到宗教意識的影響，其宗教意識主要包含佛教、道教及受傳統陰陽五行、讖緯思想影響的民間宗教。魯迅在論及宗教思想對小說的影響時云："肖語支言，史官末學，神鬼精物，數術波流；真人福地，神仙之中馹，幽驗冥徵，釋氏之下乘。人間小書，致遠恐泥，而洪筆晚起，此其權輿。"[2] 其中所列的"數術""神仙""釋氏"就分別代表了以上三種宗教意識，而"神鬼精物""真人福地""幽驗冥徵"就是筆記小說在上述三種宗教意識影響下所形成的故事題材。在小說作者實際的書寫中，每一種故事題材下又可細分成一些不同的故事類型，遵循一定的叙事模式。以下試分別述之。

一、佛教叙事類型

　　在佛書及佛教意識影響下形成的"釋氏輔教之書"，自魏晉六朝興起，作品有《應驗記》《宣驗記》《冥祥記》等，其特點是"大抵記經像之顯效，明應驗之實有"。[3] 此風自唐初依然熾盛，作品大量出現，如《金剛般若經靈

---

1 參見許鈺著：《口承故事論》，北京：北京師範大學出版社 1999 年版，第 3—13 頁。

2 魯迅：《〈古小說鉤沉〉序》，《魯迅全集》第十卷《古籍序跋集》，北京：人民文學出版社 2005 年版，第 3 頁。

3 魯迅著：《中國小說史略》，上海：上海古籍出版社 1998 年版，第 32 頁。

驗記》《冥報記》《冥報拾遺》《地獄苦記》《金剛般若經集驗記》等專載冥報
故事。此後雖稍有消歇，仍時有一見，如盧求的《金剛經報應記》，段成式
的《金剛經鳩異》（收入《酉陽雜俎》），而在《紀聞》《廣異記》《通幽記》
《玄怪録》《續玄怪録》《酉陽雜俎》《因話録》《宣室志》等作品中也能零星
看到。"釋氏輔教小説"的故事模式基本上有兩種，一是因果報應，一是入
冥。李劍國評《冥報記》云："所記專明報應，大抵因果地獄之説，叙事幾
成定式。"[1] 這類作品源自六朝，唐臨《冥報記序》中提到了《觀世音應驗記》
《宣驗記》《冥祥記》，"皆所以徵明善惡，勸戒將來，實使聞者深心感寤"。[2]
報應故事中最普遍的是所謂"應驗""靈驗"故事，《太平廣記》有"釋證"
一類，大抵是應驗故事。其故事模式相類：因信奉佛教而避免了災禍的降
臨，或在危急關頭念誦佛經而轉危爲安。如唐太宗時蕭瑀因篤信佛法，"八
日念《金剛經》七百遍"而"桎梏忽自脱"，免於重罰，感於此而著《般若
經靈驗》；[3] 又如段成式《酉陽雜俎續集·金剛經鳩異序》載其父因持誦《金
剛經》而得庇護，又稱"先君受持此經十餘萬遍，徵應孔著"，且"觀晉、
宋已來，時人咸著傳記彰明其事"，故鳩集《金剛經》感應事爲此書。[4] 應驗
故事除了集中在"輔教之書"外，其他作品中也偶有一見，如趙璘《因話
録》"羽部"記載了一則故事：

　　博陵崔子年出書一通示余曰："劉逸准在汴時，韓弘爲右厢虞候，
王某爲左厢虞候，與弘相善。或譖二人取軍情，將不利於劉，劉大怒，
俱召詰之。弘即劉之甥，因控地叩首，大言數百，劉意稍解。王某年
老，股戰不能自辯。劉叱令拉坐，杖三十。時新造赤棒，頭徑數寸，固

1　李劍國著：《唐五代志怪傳奇叙録》（增訂本），北京：中華書局 2017 年版，第 167 頁。
2　陶敏主編：《全唐五代筆記》，西安：三秦出版社 2008 年版，第 12 頁。
3　（宋）李昉等編：《太平廣記》卷一〇二引《報應記》，北京：中華書局 1961 年版，第 688 頁。
4　陶敏主編：《全唐五代筆記》，西安：三秦出版社 2008 年版，第 1734 頁。

以筯漆，立之不仆，數五六當死矣。韓意其必死，及昏，造其家，怪無哭聲。又謂其懼不敢哭，訪其門卒，即言大使無恙。弘素與某熟，遂至臥內問之。王曰：'我讀《金剛經》四十年矣，今方得力。記初被坐時，見巨手如簸箕，吸然遮背。'因袒示韓，都無撻痕。韓舊不好釋氏，由此始與僧往來，日自寫十紙。及貴，計數百軸矣。後在中書，盛暑時，有諫官因事謁見，韓方洽汗寫經。諫官怪問之，韓乃具道王某事。予職在集仙，常侍柳公常爲予説。"[1]

這則故事中王某讀《金剛經》四十年，是虔誠的佛教信徒，其被上司懷疑而受杖刑，却因信佛而受到神力的保護，而令不好釋氏的韓弘因此轉而信奉了佛教，是典型的應驗故事。既有信佛而受善報，當然就有因不信佛而受惡報，唐佚名《大唐傳載》就有一則故事：

　　賈至常侍平生毁佛，嘗假寐廳事，忽見一牛首人，長不滿尺，攜小鍋而燃薪於床前。公驚起而訊之，對曰："所謂鑊湯者，罪其毁佛人。"公曰："小鬼何足畏耶？"遂伸足床下，其湯沸，忽染於足，涌然而上，未幾，烘爛而卒。[2]

除了"應驗"故事外，報應還有不少類型，《太平廣記》"報應類"分爲"金剛經""法華經""觀音經""崇經像""陰德""異類""冤報""婢妾""殺生""宿業畜生"等小類，其中前三類專講誦經念佛而應驗故事，後幾類泛述善惡報應事。入冥故事也十分典型，可視作報應故事中特别的一類，其特點是因某事而入地獄，羅列所見種種恐怖景象，以及受惡報之人的

1 陶敏主編：《全唐五代筆記》，西安：三秦出版社 2008 年版，第 1937—1938 頁。
2 同上，第 1847 頁。

種種慘像，以證明佛經的正確；故事簡單，模式雷同，僅有篇幅長短、叙述詳略的不同，長者如《玄怪録》"崔紹"條長達三千五百餘字，情節曲折，描寫細緻，人物對話頻繁，有性格刻畫。對地獄情景描繪較爲詳細的如《冥報記》"李山龍"條：

　　吏即引東行百餘步，見一鐵城，甚廣大，城旁多小窗，見諸男女，從地飛入窗中，即不復出。山龍怪問之，吏曰："此是大地獄，中有分隔，罪計各隨本業，赴獄受罪耳。"山龍聞之悲懼，稱南無佛，請吏求出院。見有大鑊，火猛湯沸，旁有二人坐卧。山龍問之，二人曰："我罪報入此鑊湯，蒙賢者稱南無佛，故獄中諸罪人，皆得一日休息疲睡耳。"山龍又稱南無佛。[1]

　　入冥故事的結構也較爲簡單，即某人因某種原因暫時死去，進入冥界接受審判，又因某種原因（或因冥司弄錯，或因其在世奉佛有善舉）而放回，在放回前冥司會帶其遊歷一番，見到地獄中各類報業的慘狀。基本結構爲"暫死——入冥——復蘇"，其中入冥是故事的主體，在此期間入冥之人會遇見冥界的各層官吏，遊歷冥府各個機構，其中或有某些插曲，使故事突生波瀾、增加懸念。如李劍國所云："然《眭仁蒨》《柳智感》《兗州人》等篇，文筆曲折細緻，乃見傳奇之意，《冥祥》地獄之作已尚形容，至此尤劇矣。而眭仁蒨之交鬼，兗州人之友神，柳智感之判冥，皆前所未見，較之呼佛免難，誦經消災，入冥證罪，復生修福之類，殊稱新異也。"[2]但大體上不會超越上述這一基本結構。[3]

　　1（宋）李昉等：《太平廣記》卷一百九，中華書局 1961 年版，第 744—745 頁。又見陶敏主編：《全唐五代筆記》，西安：三秦出版社 2008 年版，第 33 頁。文字略有異。

　　2 李劍國著：《唐五代志怪傳奇叙録》（增訂本），北京：中華書局 2017 年版，第 167 頁。

　　3 參見鄭紅翠：《中國古代遊冥故事的分布及類型特徵探析》，《學術交流》2009 年第 3 期。

二、道教叙事類型

　　道教小説的代表是仙傳，《隋書·經籍志》"雜傳類"序稱漢時阮倉作《列仙圖》，劉向始作《列仙傳》，是爲仙傳之始。後葛洪《神仙傳》繼之，爲仙傳樹立榜樣，至唐宋而大盛，出現各類仙傳，其基本模式是人物傳記。除此之外，非仙傳類道教小説也主要以人物傳記爲主，如《玄怪録》《續玄怪録》《杜陽雜編》《博異志》《傳奇》《宣室志》等。在故事模式方面，可分爲修道模式、濟世模式、遊仙模式、謫仙模式、輔教模式等。[1]其中，"修道模式"是修道者通過種種考驗（宗教考驗、倫理考驗等）、克服磨難、鍛煉意志，希圖修道成仙，結果是成功或失敗。其中以《玄怪録》"杜子春"、《河東記》"蕭洞玄"、《傳奇》"韋自東"、《酉陽雜俎·貶誤》"顧玄續"一組情節結構類似的作品較爲典型：給道士或神仙守藥鼎丹爐的主人公們在經受了種種考驗之後終因闖不過最後一關——多數是"愛"——而功敗垂成。[2]在這一過程中描寫最爲細緻、最具情節張力的是主人公受到的種種考驗，如"蕭洞玄"中的描寫：

　　　　遂十日設壇場，焚金爐，飾丹竈，洞玄繞壇行道步虚，無爲於藥竈前端拱而坐，心誓死不言。一更後，忽見兩道士自天而降，謂無爲曰："上帝使問爾，要成道否。"無爲不應。須臾，又見群仙，自稱王

―――――――――――

[1]　黄勇在其《道教筆記小説研究》中按表達道教思想分爲五種類別，即"修道體道教筆記小説""濟世體道教筆記小説""遊仙體道教筆記小説""謫仙體道教筆記小説""輔教體道教筆記小説"。此處借用其分類方法而將故事模式分成五類。見黄勇著：《道教筆記小説研究》，成都：四川大學出版社 2007 年版，第 35—38 頁。另萬晴川《宗教信仰與中國古代小説叙事》第六章《宗教主題》將道教小説分爲"道教考驗主題""道教濟世主題""天書崇拜主題""仙凡艷遇主題""仙境遊歷主題""道教修行主題""神仙降世主題"七大主題，每一類主題具備相應的叙事模。杭州：浙江大學出版社 2013 年版。

[2]　李劍國著：《唐五代志怪傳奇叙録》（增訂本），北京：中華書局 2017 年版，第 84 頁。

喬、安期等，謂曰："適來上帝使左右問爾所謂，何得不對？"無爲亦不言。有頃，見一女人，年可二八，容華端麗，音韻幽閑，綺羅繽紛，薰灼動地，盤旋良久，調戲無爲，無爲亦不顧。俄然有虎狼猛獸十餘種類，哮叫騰擲，張口向無爲，無爲亦不動。有頃，見其祖考父母先亡眷屬等，並在其前，謂曰："汝見我，何得無言？"無爲涕淚交下，而終不言。俄見一夜叉，身長三丈，目如電艶，口赤如血，朱髮植竿，鋸牙鉤爪，直沖無爲，無爲不動。既而有黃衫人，領二手力至，謂無爲曰："大王追，不願行，但言其故即免。"無爲不言。黃衫人即叱二手力可拽去，無爲不得已而隨之。須臾，至一府署，云是平等王，南面憑几，威儀甚嚴，厲聲謂無爲曰："爾未合至此，若能一言自辨，即放爾回。"無爲不對。平等王又令引向獄中，看諸受罪者，慘毒痛楚，萬狀千名。既回，仍謂之曰："爾若不言，便入此中矣。"無爲心雖恐懼，終亦不言。平等王曰："即令別受生，不得放歸本處。"無爲自此心迷，寂無所知，俄然復覺，其身托生於長安貴人王氏家。初在母胎，猶記宿誓不言。既生，相貌具足，唯不解啼。三日滿月，其家大會親賓，廣張聲樂，乳母抱兒出。衆中遞相憐撫。父母相謂曰："我兒他日必是貴人。"因名曰貴郎，聰慧日甚，祇不解啼。纔及三歲便行，弱不好弄。至五六歲，雖不能言，所爲雅有高致。十歲操筆，即成文章，動靜嬉遊，必盈紙墨。既及弱冠，儀形甚都，舉止雍雍，可爲人表，然自以喑瘂，不肯入仕。其家富比王室，金玉滿堂。婢妾歌鐘，極於奢侈。年二十六，父母爲之娶妻。妻亦豪家，又絶代姿容，工巧伎樂，無不妙絶。貴郎官名慎微，一生自矜快樂，娶妻一年，生一男，端敏惠點，略無倫比。慎微愛念，復過常情。一旦妻及慎微，俱在春庭遊戲，庭中有磐石，可爲十人之坐，妻抱其子在上，忽謂慎微曰："觀君於我，恩愛甚深，今日若不爲我發言，便當撲殺君兒。"慎微爭其子不勝，妻舉手向石撲之，腦髓迸出，慎微痛惜撫膺，不覺失聲驚駭，恍然而寤，則在丹竈之前，而向之磐石，乃丹竈也。時洞玄壇上法事方畢，天欲曉矣。俄聞無爲嘆息之聲，忽失丹竈所在。二人相與慟哭，即更煉心修行，後亦不知所終。[1]

　　蕭洞玄與終無爲二人爲修道成仙，設立法壇修煉，而最爲關鍵處即要接受諸種考驗而不能出言，期間無爲按照時間順序逐步接受道士、群仙、美女、猛獸、祖考父母、夜叉、黃衫人、平等王的層層考驗，無爲始終不言，顯示出强大的意志。最後一層考驗讓無爲托生人間，經歷一番富貴生活，娶妻生子，終於在愛子命喪磐石之際“失聲驚駭”，而後“恍然而寤”，功虧一簣。

　　“濟世模式”的故事情節一般是：某位神仙或修道者對人間自然災害、社會災難的拯救，對害人邪魔的鎮壓，以及解救人世厄運，接引、度脱凡人成仙，顯示道術的神通廣大。如《紀聞》卷上“邢和璞”[2]開頭寫邢和璞“善方術”，有多種神通，“能增人算壽，又能活其死者”，接著就叙述其救活友人及少妾二事：

　　　和璞乃出亡人，寘於床，引其衾，解衣同寢，令閉户，眠熟。良久起，具湯，而友人猶死。和璞長嘆曰：“大人與我約而妄，何也？”復令閉户。又寢，俄而起曰：“活矣。”母入視之，其子已蘇矣。母問之，其子曰：“被錄在牢禁繫，栲訊正苦，忽聞外曰：王唤其人。官不肯，曰：‘訊未畢。’不使去。少頃，又驚走至者曰：‘邢仙人自來唤其人。’官吏出迎，再拜恐懼，遂令從仙人歸，故生。”又有納少妾，妾善歌舞而暴死者，請和璞活之。和璞墨書一符，使置妾卧處。俄而言曰：“墨符無益。"又朱書一符，復命置於床。俄而又曰："此山神取之，可令追之。"
又書一大符焚之。俄而妾活，言曰："爲一胡神領從者數百人拘去，閉
官門，作樂酣飲。忽有排户者曰：'五道大使呼歌者。'神不應，頃又
曰：'羅大王使召歌者。'方駭，仍曰：'且留少時。'須臾，數百騎馳入
官中，大呼曰：'天帝詔，何敢輒取歌人！'令曳神下，杖一百，仍放歌
人還，於是遂生。"

文中通過友人及少妾親述死後所見，將邢和璞解救自己的過程描繪得
一波三折，十分具體生動，又通過陰間官吏的反映及遭遇，諸如"再拜恐
懼""方駭""杖一百"等，顯示出邢和璞道術之高明。

"遊仙模式"講述凡人進入仙境遊歷的故事，最常見的情節模式有誤入
仙境、由神仙引導進入仙境、修道者求仙訪道進入仙境、夢遊仙境四種，在
遊歷過程中會對仙境作細緻的描繪。以"遊"爲綫索，進入仙境、遇仙、服
食、傳法、與仙女遇合、得道成仙（或回到凡間）是主要的情節構成。這種
模式在六朝小說中便較爲常見，尤以《搜神後記》"袁相、根碩入赤城"和
《幽冥録》"劉晨、阮肇入天台"最爲著名。唐五代筆記小說中也時有記録，
如《博異志》"陰隱客"、《續玄怪録》"裴諶"、《逸史》"盧李二生"、《杜陽
雜編》"元藏幾"、《原化記》"裴氏子"、《仙傳拾遺》"薛肇""唐若山"、《神
仙感遇傳》"李師稷""崔生""韋弇""宋文才"等。在這些作品的叙述中，
不管進入仙境的方式如何，描寫的重點都在仙境的神聖與美好，以"陰隱
客"一則爲例：

　　……俄轉會有如日月之光，遂下。其穴下連一山峰，工人乃下於
　　山，正立而視，則別一天地日月世界。其山傍向萬仞，千巖萬壑，莫非
　　靈景，石盡碧琉璃色，每巖壑中，皆有金銀宮闕。有大樹，身如竹有

節，葉如芭蕉，又有紫花如盤。五色蛺蝶，翅大如扇，翔舞花間。五色鳥大如鶴，翱翔乎樹杪。每巖中有清泉一眼，色如鏡；白泉一眼，白如乳。工人漸下至官闕所，欲入詢問。行至闕前，見牌上署曰“天桂山宫”，以銀字書之。門兩閣内，各有一人驚出，各長五尺餘，童顔如玉，衣服輕細，如白霧緑煙，絳脣皓齒，鬢髮如青絲，首冠金冠而跣足。……[1]

作者通過主人公的視角，大肆渲染仙境的山水風光、奇花異草、珍禽異獸、良田美舍、珍饌美酒、絲竹歌舞，以及仙境中仙女容貌之嬌艷、服飾之華美，總之充滿了凡人嚮往的所有美妙事物，與凡間濁世形成鮮明的對比，激起人們對道教彼岸世界的神往和修道之心。

“謫仙模式”與遊仙模式正好相反，情節模式一般是某位神仙因犯錯被貶謫凡間，在凡間遊歷，與凡人遇合，最後重回仙界。與之類似的還有“神仙降世”的叙事模式，一般寫某人仰慕道術或潛心修道，神仙主動降臨與之交談，授予其修仙方法或秘訣。前者例子有《仙傳拾遺》的“陽平謫仙”，[2]寫一對少年男女自願爲張守珪摘茶，並結爲夫婦，後因展現道術暴露身份，遂自道身份曰：“我陽平洞中仙人耳，因有小過，謫於人間，不久當去。”接著向守珪描述洞府景象。同書還有“萬寶常”“馬周”等屬於謫仙故事。《太平廣記》引《廣異記》“李仙人”[3]寫謫仙與凡人的情緣，李仙人乃天上謫仙，娶高五娘爲妻，恩愛和睦，過了五六載，天上召還李仙人，感念夫妻恩情授予高五娘黄白術，後高五娘貪得無厭，大練金銀，最後遭天罰而死。此外還有《通幽記》“妙女”[4]寫妙女本是提頭賴吒天王小女，“爲泄天門間事，故

1（宋）李昉等編：《太平廣記》卷二十，北京：中華書局1961年版，第134頁。另見陶敏主編：《全唐五代筆記》，第1190頁。文字略異。

2（宋）李昉等編：《太平廣記》卷三十七，北京：中華書局1961年版，第235頁。

3（宋）李昉等編：《太平廣記》卷四十二，北京：中華書局1961年版，第264頁。

4 陶敏主編：《全唐五代筆記》，西安：三秦出版社2008年版，第579—581頁。

謫墮人世"；《仙傳拾遺》"楊通幽"[1]寫楊貴妃乃上元女仙太真，"偶以宿緣世念，其願頗重，聖上降於世，我謫於人間，以爲侍衛耳"。後者比較典型的是《靈怪集》"郭翰"[2]和《通幽記》"趙旭"，[3]前一則寫郭翰"少簡貴，有清標，資度美秀，善談論，工草隸"，某晚一少女降臨，自道曰："吾天上織女也。久無主對，而佳期阻曠，幽態盈懷。上帝賜命遊人間，仰慕清風，願托神契。"於是兩情相悦，夜夜歡會，後因帝命而訣别，别後仍以書函互寄，言辭清麗纏綿；後一則寫趙旭"孤介好學，有資貌，善清言，習黄老之道"，女仙主動下凡追求，自稱是上界仙女，因"聞君累德清素，幸因寤寐，願托清風"，由此展開一段仙凡情緣。

"輔教模式"與釋氏輔教小説類似，即通過各種應驗、靈驗故事凸顯神仙的神奇，宣揚教義，取得讀者的信奉。采用此種模式的唐五代筆記小説以杜光庭的《道教靈驗記》爲代表，此書以道教靈驗爲主題，分爲"宫觀靈驗""尊像靈驗"等八類，所記均屬於以靈驗自神其教、震悚人心，使讀者敬信仰慕。此外如《宣室志》"尹君"[4]和《録異記》"仙人許君"[5]均屬於道教靈驗小説。

三、民間宗教叙事類型

在佛道二教之外，唐五代筆記小説中受民間宗教影響而形成的作品數量也較多，是志怪小説中的重要一支。而對於叙事的"類型化"貢獻較大者，則要屬受陰陽五行、讖緯影響下的"命定"思想。命定即"命數天定"，指

1（宋）李昉等編：《太平廣記》卷二十，北京：中華書局 1961 年版，第 138—139 頁。

2 陶敏主編：《全唐五代筆記》，西安：三秦出版社 2008 年版，第 433—434 頁。

3 同上，第 578—579 頁。

4 同上，第 2023—2024 頁。

5 同上，第 2933—2934 頁。

人的“命”是由某種神秘的力量——通常是天所決定，或者某種現象必然會發生，不以人的意志爲轉移。與命定相似的説法有符命、徵應、感應、定數、讖應等，基本上是在“天人感應”的理論基礎上發展變化而來的。中國自上古時期就有“天命”觀念，所謂“命”涵蓋個人的生死壽夭貴賤，以及國家王朝的興衰與更替。[1] 古人認爲“天命”不可違，只能順應，否則就有災禍降臨。到了漢代，董仲舒、揚雄、王充等不斷闡述“天命”思想，其中王充的論述較爲充分：

　　凡人遇偶及遭累害，皆由命也。有死生壽夭之命，亦有貴賤貧富之命。自王公逮庶人，聖賢及下愚，凡有首目之類，含血之屬，莫不有命。命當貧賤，雖富貴之，猶涉禍患矣；命當富貴，雖貧賤之，猶逢福善矣。故命貴從賤地自達，命賤從富位自危。[2]

　　此處的“命”似乎是擁有無限威力的神，可以任意主宰人的命運，人在其面前只能順應，而不能違逆。因此，人在命定思想的影響下有了畏命、信命、認命等觀念，所謂命由天定、聽天由命，命數在中國人的思維中占據了十分重要的位置。

　　以“命定”爲主題的小説在唐前還不多見，至唐代而大量出現，《太平廣記》有“徵應”“定數”“感應”“讖應”“卜筮”“相”等類目，以及“夢”類中的“休徵”“咎徵”等，基本上屬於命定小説，或稱“宿命小説”“符命小説”。其所徵引的小説大部分來自唐代，如《廣古今五行記》《祥異集驗》

1 相關論述有《尚書·皋陶謨》：“天命有德，五服五章哉；天討有罪，五刑五用哉。”又《湯誓》：“有夏多罪，天命殛之。”《易·乾·彖》：“乾道變化，各正性命。”孔穎達釋“命”曰：“命者，人所稟受，若貴賤壽夭之屬是也。”《論語·顏淵》：“死生有命，富貴在天。”《論語·堯曰》：“不知命，無以爲君子。”

2（漢）王充著，張宗祥校注，鄭紹昌標點：《論衡校注》，上海：上海古籍出版社 2013 年版，第12 頁。

《夢雋》《夢書》《夢記》《夢苑》《夢系》《定命録》《續定命録》《前定録》
《感定録》等，此外還有未徵引的《定命録》《知命録》《廣前定録》等。除
了以"命定"爲主題的作品之外，宣揚命定觀念的故事在其他筆記小説中隨
處可見，如《朝野僉載》《明皇雜録》《玄怪録》《續玄怪録》《逸史》《酉陽
雜俎》《杜陽雜編》《玉堂閑話》《聞奇録》等，命定觀念在唐五代瀰漫之廣，
影響之深，可見一斑。

　　在"命定"類小説的叙事模式中，"言語應驗"模式較爲常見，其結構
大致爲某某人能預言未來，對人預測將來之事，包括壽夭、貴賤、吉凶，乃
至國家大事等，此後通過實踐一一應驗。如《獨異志》"歷陽嫗"寫一少年
通過預言教人避禍：

　　　　歷陽縣有一嫗，常爲善。忽有少年過門求食，待之甚恭。臨去謂嫗
　　日："時往縣，見門閫有血，即可登山避難。"自是嫗日往之。門吏問其
　　狀，嫗答以少年所教。吏即戲以雞血塗門閫。明日，嫗見有血，乃攜雞
　　籠走上山。其夕，縣陷爲湖，今和州歷陽湖是也。[1]

　　又如鍾輅《前定録》"鄭虔"[2]寫鄭虔從子鄭相如自稱能預測未來，鄭虔
"大異之，因詰所驗，其應如響"，之後作出如下預測：（一）後七年，（自
己）選授衢州信安縣尉，秩滿當卒；（二）自此五年，國家當改年號。又
十五年，大盜起幽薊。叔父（指鄭虔）此時當被玷污。如能赤誠向國，即可
以免遷謫。接下來寫道：

　　　　明年春，果明經及第。後七年，調授衢州信安縣尉。將之官，告以

　　1 陶敏主編：《全唐五代筆記》，西安：三秦出版社 2008 年版，第 1793 頁。
　　2 同上，第 910—911 頁。

永訣，涕泣爲別。後三年，有考使來，虔問相如存否，曰："替後數月，暴終於佛寺。"至二十九年，改天寶。十五年，安禄山亂東都，遣僞署西京留守張通儒至長安，驅朝官就東洛。虔至東都，僞署水部郎中，乃思相如之言，佯中風疾，攝市令以自污，而亦潛拜章疏上肅宗。肅宗即位靈武。其年，東京平，令三司以按受逆命者罪，虔以心不附賊，貶台州司户而卒。

通過事實的展示，一一驗證了鄭相如的預測，呼應了"命定"的主題。此外"做夢應驗"模式的結構也較爲固定，大致爲某某人做夢，夢中一番經歷在夢醒後成爲現實，證明了夢的正確預測。如《酉陽雜俎》"楊元慎能解夢"一則：

　　魏楊元慎能解夢。廣陽王元淵夢著袞衣倚槐樹，問元慎。元慎言，當得三公。退謂人曰："死後得三公耳，槐字木傍鬼。"果爲爾朱榮所殺，贈司徒。[1]

雖然故事情節簡單，却包含了三個部分：（一）做夢→夢著袞衣倚槐樹；（二）解夢→死後得三公；（三）應驗→果爲爾朱榮所殺，贈司徒。有些故事在應驗過程中會增加波折，或者延長應驗的過程，或者補充了應驗後的應對。前者如《冥報記》"戴胄"寫戴胄夢到死去的朋友沈裕相告將得五品官："君今自得五品，文書已過天曹，相助欣慶，故以相報。"然而之後此夢並未立刻應驗，而是經過兩次波折：

1　陶敏主編：《全唐五代筆記》，西安：三秦出版社 2008 年版，第 1589 頁。

言畢而寤，向人説之，冀夢有徵。其年冬，裕入京參選，爲有銅罰，不得官。又向人説所夢無驗。九年春，裕時歸江南，行至徐州，忽奉詔書，授裕五品，爲婺州治中。[1]

戴胄夢後兩次向人説所夢之事，皆無驗，之後到達徐州才被授予五品，從貞觀八年八月做夢，到九年春應驗，經過了半年左右才應驗，可謂一波三折。後者如《朝野僉載》"天后"寫武則天夢一鸚鵡，"羽毛甚偉，兩翅俱折"，詢問群臣，獨狄仁傑爲之解夢道："鵡者，陛下姓也。兩翅折者，陛下二子盧陵、相王也。陛下起此二子，兩翅全也。"後契丹圍幽州，檄文曰："還我盧陵、相王來。"果然應驗。故事並未在此作結，接著寫了武則天通過立盧陵王爲太子，充元帥，天下群起響應朝廷募兵，最後"賊自退散"，是爲應驗之後的解救過程。[2]

---

1 陶敏主編：《全唐五代筆記》，西安：三秦出版社 2008 年版，第 23 頁。

2 同上，第 171 頁。

国家哲学社会科学成果文库
NATIONAL ACHIEVEMENTS LIBRARY
OF PHILOSOPHY AND SOCIAL SCIENCES

中國古代小說文體史

（中）

譚帆 等 著

上海古籍出版社

第四編　宋元小説文體

概　述

宋代文化之發達，可謂是中國古代社會的高峰。王國維《宋代之金石學》評價道："故天水一朝人智之活動與文化之多方面，前之漢唐，後之元明皆所不逮也。"[1] 陳寅恪也這樣評價："華夏民族之文化，歷數千載之演進，造極於趙宋之世。"[2] 內藤湖南則説："唐和宋在文化的性質上有著顯著差異：唐代是中世的結束，而宋代則是近世的開始。"[3] 從中國古代社會文化發展演化的軌跡來看，宋元社會文化的發展確實處在轉型階段，由中古走向近世。例如，隨著科舉制度、文官制度的發展，庶族士人取代門閥士族，科舉選拔促進社會階層流動，造就了數以百萬計的新型士人階層。伴隨新興士人群體的形成和發展，一種新型的士人文化也孕育而生，形成新型士人階層和士人文化。城市經濟與城市文化的繁榮、市民階層興起，特別是勾欄瓦舍娛樂業的興盛，直接促進了市民文化的繁榮。印刷術的提高與普及、書肆圖書刊刻業的盛行繁榮，有力促進了文化傳播和學術、文化、藝術的發展。書院教育的發達提升了社會教育的整體水準，推動了文化的普及。以社會文化轉型爲背景，宋元時期的中國小説文體發展出現了重要的歷史性變遷。筆記小説和傳奇小説文體在繼承前代著述傳統的基礎上，出現了一系列新的文體演化，形成了自身的時代特色。同時，話本小説和章回小説文體的起源，開啓了白

1　王國維：《宋代之金石學》，傅傑編校：《王國維論學集》，北京：中國社會科學出版社 1997 年版，第 201 頁。

2　陳寅恪著：《金明館叢稿二編》，北京：三聯書店 2001 年版，第 277 頁。

3〔日〕內藤湖南著：《中國史通論》，北京：社會科學文獻出版社 2004 年版，第 323 頁。

話通俗小説創作的新潮流，形成了中國古代小説文體發展的新格局。中國小説文體發展的歷史性變遷與宋元社會文化發展的諸多因素也有直接關聯，筆記小説、傳奇小説與新型士人階層和士人文化密不可分，話本小説和章回小説的起源則直接源於城市娛樂業的盛行和市民文化的繁榮。

宋元時期，筆記小説無疑稱得上是一種頗爲盛行的著述類型，在文人士大夫著述體系中占據重要位置，作品數量和作者規模遠超唐五代，出現了空前繁榮的新局面。文人士大夫不僅普遍喜閲、喜著小説，甚至以博覽小説爲標榜，以編纂小説爲志業。宋人普遍將筆記小説看做載録歷史人物軼聞瑣事和鬼神怪異之事的一種文類，其取材和成書方式延續傳統，主要是采自見聞和前人書籍，但具體形態有所變化。隨著新型士人階層人際交往關係和交遊範圍的拓展、社會活動活躍度的提升，筆記小説載録見聞所依托之途徑也進一步豐富；包括文人劇談、遊歷、回憶、訪求、搜集等，不同的途徑常常對應不同的記載動機和記録方式，載録內容也有所不同，這種新變進一步發展了筆記小説的內部類型。相對唐人而言，宋人借助圖書刊刻流播更容易閲讀到大量典籍，在多種因素綜合作用下，宋代士人的總體學術水準、文化素養達到了一個新高度，這爲筆記小説取材前籍創造了前所未有的條件支撐。宋人也更加喜好以取材舊籍的方式鈔撮、編纂小説，而且越到後期其風越盛。這種成書方式主要包括讀書筆記、輯録摘鈔兩種類型，或爲平時的讀書摘抄、隨筆記録，或專門就某一主題鈔撮群書。宋元文人士大夫具有鮮明而自覺的主體意識，作爲一種案頭化的小説文體，筆記小説反映的是新型士人階層的生活情趣和價值追求，既儒雅內斂又風流灑脱，語言質樸而雅潔，敘事平實而簡練，總體呈現雅致、平淡的美學風格。與此相關，宋元筆記小説之體制形態也出現了一些新變。例如，每則載録冠以標題，呈由無到有、由少變多的趨勢，顯示出作者對標題的日漸重視。內部分類則在延續知識譜系分類方式和價值譜系分類方式的基礎上，出現了新的發展。小説語言平實，融入較多俗詞俚語，部分作品具有一定的口語化色彩。一些作品受到雅俗兩種文化浸染，融入講唱文學元素，呈現通俗化特徵。

就傳奇小説而言，一般認爲是唐宋並列，遼金元三朝的傳奇小説附屬其中。[1] 這種格局的實質源於學術界長期以來所判定的所謂古代小説發展的兩大變遷：小説至唐因傳奇體小説的出現而宣告獨立，是爲中國小説發展史上之一大變遷；至宋，“其時社會上却另有一種平民底小説”出現，與筆記體和傳奇體的文言小説相較，“這類作品，不但體裁不同，文章上也起了改革，用的是白話，所以實在是小説史上的一大變遷”。[2] 就唐宋兩代傳奇小説而言，其實兩者有繼承，也有較大的變革，如唐代傳奇小説文體的“婉轉思致”和宋傳奇小説文體的“平實而乏文采”。同時，唐宋兩代傳奇小説在存在形態和傳播方式上也有較大的差異：在唐代，主要依靠口耳相傳而後筆録，一般是單篇流傳，只是在唐後期才依靠小説集的編訂以整體的面貌流傳；在宋代，傳奇小説則從一開始就出現了多種存在形態與傳播方式並存的局面，從存在形態而言，有單篇、小説專集、小説選本和類書四種形態，從傳播方式而言，有口頭、抄本和刊本三種方式。宋元傳奇小説文體特徵也迥然有别於唐傳奇。宋代傳奇小説文體形成了“多言古事”“文約而事豐”的文體規範，“論次多實，而彩艷殊乏”的叙事語體特徵；慣於拾掇舊聞，引傳聞入叙事的“薈萃成文”。另外，宋元傳奇小説文體還出現了鮮明的俗化傾向，這種俗化的文體嬗變主要體現爲“以俗爲雅”和“化雅入俗”。前者大體表現爲語體的通俗性、題材的世俗性、思想情感的大衆性以及接受者的廣泛性。後者集中體現於南宋中後期出現的《緑窗新話》和《醉翁談録》，這兩部作品的文體特徵都體現了迎合大衆審美需求的簡約性和模式化。宋

1　元代宋遠的《嬌紅記》因爲篇幅漫長，多達一萬多字，研究者往往以之與明代那些融合文言與白話（或者説介於文言與白話之間的）而篇幅長達兩三萬字甚至四五萬字的愛情小説並列。

2　魯迅：《中國小説的歷史的變遷》第四講，《魯迅全集》第九卷，北京：人民文學出版社 2005 年版，第 329 頁。

代傳奇小説的存在形態與傳播方式的豐富與發展顯然與當時圖書刊刻出版業的繁榮密不可分，而傳奇小説文體的俗化傾向則與宋代文化重心的下移有關，傳奇小説的創作主體擴大到了下層文人，其創作動機帶有一定的文化商品化色彩，讀者接受群體也超越文人士大夫階層而拓展到了普通市民和社會大衆。

宋元時期，中國古代小説文體最重要的發展演化自然是源於"説話"伎藝的話本小説之發生。中國古代的"説話"伎藝由來已久，從現存史料來看，漢代至魏晉南北朝，俳優或士人中一直存在講説故事的"雜戲""雜説""俳優小説"，唐代開始出現獨立的、職業化的"説話"伎藝。宋代城市的人口規模和手工業、商業活動迅速發展，伴隨著城市的人口集聚、經濟繁榮、商業發達，市民階層的文化娛樂消費業也應運而生，出現了專門的瓦舍勾欄等市井娛樂場所。"説話"伎藝在這些充滿競爭的市井娛樂場所獲得巨大發展，出現了"四家數"之分，其體制軌範也逐漸成熟、定型，也成爲當時最受歡迎的伎藝形式之一。

中國古代職業化的講唱伎藝與其"話本"大體具有一種共生性，話本的體制結構隨著伎藝形式的變化而改變，在"説話"伎藝走向成熟和定型的過程中，與之共生的話本也隨之發展成熟、定型。宋元小説家話本的文本性質基本可界定爲：一種由"説話"伎藝轉化而來的書面文學讀物，基本可看作口頭伎藝的書面替代品，具有濃厚的商品性，主要滿足下層市井細民娛樂消遣的需要。一般説來，作爲口頭文學向書面文學讀物轉化的產物，宋元小説家話本更可能是口頭文學演出內容的整理，應爲"録本"而非"底本"。當然，這裏講的"録本"並非指對口頭文學演出內容的直接記録，應更多地看作對口頭文學演出內容的書面化複述。因此，從某種意義上説，話本小説的濫觴——宋元小説家話本，本身就是爲了閱讀目的而存在的，是一種口頭文學案頭化的結果。當然，話本小説作爲一種通俗書面文學讀物的問世，離不開發達的書坊出版業。宋代書坊遍布全國，汴梁、臨安及成都、眉山、福州、建陽等地更是書坊林立，適應市民大衆文化娛樂消遣的需要，刊刻作爲現場"説話"伎藝替代品的話本小説文本自然成了書商們的一種市場化逐利之選。宋元小説家話本奠定了話本小説基本的文體形態、文體規範，可看作話本體的濫觴。這些作品由口頭文學的演出内容整理加工而來，所以，其文體的主要特性實際上還是由口頭文學確立的。當然，在整理加工過程中，既有種種案頭化的處理，又有局部的再創造，也會在一定程度上影響文體特性的形成。總體看來，在口頭文學伎藝向案頭閱讀話本的轉化過程中，"小説"伎藝的演説程式、叙事模式確立了小説家話本之篇章體制和叙事方式，並賦予其鮮明的口頭文學性和民間性，同時，也將"小説"伎藝具有濃厚民間和市井趣味的叙事文化精神帶入了話本中。例如，宋元小説家話本將叙事焦點集中於故事本身，更多關注叙事材料的故事價值，注重故事的奇異性、驚奇性、趣味性、香艷性、怪誕性，乃至恐怖性、刺激性等特性的展示，而相對忽視了人物價值和主題價值。這種叙事價值取向本身就是文本之娛樂性和民間性的突出表現。

　　章回小説文體的產生則是多種俗文學文體合力的結果，其中單個力量的影響或許並不全面，但多種因素匯合在一起就催生了章回小説文體的起源。俗講變文對章回小説文體之影響頗爲全面，如其以押座文開講、以解座文結束的講經程式影響到章回小説以詩起、以詩結的結構體制。其"散文與詩歌互用"的説唱方式影響到章回小説韻散交錯的語體模式。其"變文"與"變相"相結合的表演形式影響到章回小説圖文結合的叙述方式。話本小説對章回小説的影響最爲直接，從題材類型來看，"説話"四家的話本與章回小説的四大類型之間大致存在對應關係：講史話本發展演變爲歷史演義，小説話本之煙粉類發展演變爲世情小説，靈怪類發展演變爲神魔小説，傳奇、公案、朴刀、杆棒類發展演變爲英雄傳奇。從文體形態來看，話本小説對章回小説文體的影響是全方位的，章回小説的文體形態特徵幾乎都能在話本小説中找到自己的遺傳基因。講史話本（平話）的文體形態與章回小説已經非常接近，因此有人認爲《大宋宣和遺事》等平話乃章回小説之祖或章回小説的雛形。如果從小説的結構體制來説，則無論"講史"平話還是"小説"話本，都與章回小説存在傳承關係。章回小説沿用了話本小説的叙述方式，除了歷史演義中因爲史官聲口的存在而沖淡了説書人聲口之外，英雄傳奇、神魔小説與世情小説中説書人聲口都非常明顯。

作爲新型的白話通俗小説，話本小説和章回小説在宋元時期的孕育濫觴，開創了中國古代小説演化的新格局，至明清則進一步發展成爲蔚爲大觀的重要小説文體。如果説，筆記小説和傳奇小説的主體基本可看做文人士大夫文化與雅文學的範疇，其作者、讀者、主體精神、審美趣味、文體形態主要屬於文人士大夫階層，那麼，話本小説和章回小説的主體基本可看做市民文化與俗文學範疇，其作者多爲市井文人、書會才人、書坊編輯等以文謀生的下層讀書人，讀者多爲文化層次較低的市井細民。文本商品化突出，人物情節、題材主旨、叙事方式、文體語言也充滿了民間色彩和市井趣味。當然，文人士大夫文化、雅文學與市民文化、俗文學之間，既有格局有別之對峙，也有相互的交融、滲透、交叉。例如，新型士人階層有著大批庶族精英，他們成長於社會下層，不可避免地受到市民文化與俗文學的浸潤，文人士大夫主體精神中不可避免會有"俗"的一面；投射到筆記小説和傳奇小説創作中，自會形成部分"俗化"之傾向。許多處於社會下層的市井文人、書會才人、書坊編輯原本就屬於落第士子，他們身上依然保留著鮮明的士人主體意識，也會或多或少的體現於白話通俗小説等俗文學創作。雅俗對峙與交融的新格局無疑是宋元小説文體演化最重要的歷史文化語境，它不僅架構起筆記小説、傳奇小説與話本小説、章回小説雅俗文體二水分流的總體框架，而且規定了小説各文體類型內部諸多具體而微的文體現象。

第一章
宋元筆記小說的成書方式及其文體意義

宋元筆記小說直接承繼自唐五代，在文體上基本延續了唐五代筆記小説所建立的諸種規範。以往對唐宋小說的評價主要著眼於兩者之"異"，[1] 容易忽視兩者之"同"。客觀地説，宋代筆記小說在其題材、體裁，以及創作觀念和目的方面，無不繼承自唐五代筆記小說。正如有學者指出的那樣："作爲中國文言小說正宗的志怪小説，從唐到宋，並未發生文體意義上的根本性變化，大體上繼續保持魏晉六朝及唐代志怪小說的特點，篇幅短粹，文字平實簡率，講求信實而不以文采見長。"[2] 這樣的判斷擴大到筆記小説依然適用。

---

1 明代胡應麟曾論及唐宋小説之差異："小説，唐人以前紀述多虚而藻繪可觀，宋人以後論次多實而彩艷殊乏。蓋唐以前出文人才士之手，而宋以後率俚儒野老之談故也。"又云："至唐人乃作意好奇，假小説以寄筆端……宋人所記乃多有近實者，而文彩無足觀。"見（明）胡應麟撰：《少室山房筆叢》，上海：上海書店出版社 2009 年版，第 283、371 頁。這種將唐宋小説互爲參照，並且"尊唐抑宋"的做法和評價標準影響十分深遠，一直延續至近現代的小説學界，如魯迅在《中國小説史略》中對宋代志怪小説的評價，論《稽神錄》曰："其文平實簡率，既失六朝志怪之古質，復無唐人傳奇之的纏綿，當宋之初，志怪又欲以'可信'見長，而此道於是不復振也。"論《乘異記》《括異志》《祖異志》《洛中紀異》《幕府燕閑録》等作品曰："諸書大都偏重事狀，少所鋪叙，與《稽神錄》略同。"稍後又從總體上評價宋代文言小説："宋一代文人爲志怪，既平實而乏文彩，其傳奇，又多托往事而避近聞，擬古且遠不逮，更無獨創之可言矣。"以上引文見魯迅著：《中國小説史略》，上海：上海古籍出版社 1998 年版，第 64、65、70 頁。這樣的評價又影響到此後的小説學界，乃至於有關筆記小説的論著亦是如此，如劉葉秋在《略談歷代筆記》一文中云："宋人筆記小説，較唐代大有遜色。"（《天津社會科學》1987 年第 5 期）又如苗壯的《筆記小説史》論宋代筆記小説云："唐人筆記小説在傳奇的影響刺激之下，而有尚奇、尚虚、尚豔等特點。在文言小説領域，宋代每與唐代並稱，仍然保持旺盛勢頭，却出現尚平實、少文采、多議論的不同之處，需要研究探討。"苗壯著：《筆記小説史》，杭州：浙江古籍出版社 1998 年版，第 246 頁。

2 凌郁之著：《走向世俗——宋代文言小説的變遷》，北京：中華書局 2007 年版，第 13 頁。

第一節　編述與鈔纂：筆記小説成書的兩種類型

　　筆記小説的文體形成與其成書的方式有十分緊密的聯繫。所謂成書方式即以某種方式撰寫、編纂書籍，具體包括兩個過程，一是前期的準備，即搜集獲取材料的過程，一是運用某種方式、遵循一定的體例進行撰寫或編纂的過程。中國古代的著述方式可分爲三類，分別爲著作、編述和鈔纂。張舜徽對此有所論述：

　　　　綜合我國古代文獻，從其内容的來源方面進行分析，不外三大類：第一是"著作"，將一切從感性認識所取得的經驗教訓，提高到理性認識以後，抽出最基本最精要的結論，而成爲一種富於創造性的理論，這才是"著作"。第二是"編述"，將過去已有的書籍，重新用新的體例，加以改造、組織的功夫，編爲適應於客觀需要的本子，這叫做"編述"。第三是"鈔纂"，將過去繁多複雜的材料，加以排比、撮録，分門別類地用一種新的體式出現，這成爲"鈔纂"。三者雖同是書籍，但從内容實質來看，却有高下淺深的不同。[1]

　　三種著述方式各有特點，體例也各不相同，對於已有典籍的依賴程度也有高低之別。"著作"注重思想的表達，原創性最高，對已有典籍的依賴程度

―――――――――

　　1　張舜徽著：《中國文獻學》，鄭州：中州書畫社 1982 年版，第 32 頁。同書第 17 頁也有相似的論述："（書籍）從寫作的内容來源加以區別，又可分爲著作、編述、鈔纂三大類。由於作者所投下的勞動不同，書的價值和作用，也就不同。所謂'著作'，在古代要求很高，是專就創造性的寫作說的。無論它的内容是抒情，是紀實，還是說理，但它們都要有一個條件，便是這些内容，都是前人没有說過或記載過的，第一次在這部書内出現，這才算得上'著作'。所謂'編述'，是在許多可以憑藉的資料的基礎上，加以提煉製作的功夫，用新的義例，改編爲另一種形式的書籍出現。儘管那裏面的内容，不是作者的創造，而是從別的書内取出來的，但是經過了細密的剪裁、加工，把舊材料變成更適用的東西，這便是'編述'。至於鈔纂，則是憑藉已有的資料，分門別類鈔下來，纂輯成一部有條理有系統的寫作。"

最低。"鈔纂"以繼承性爲特點，按照一定的體例摘鈔、輯録、排比已有文獻，具有匯集和總結的性質，對已有典籍的依賴程度最高。"編述"介於"著作"和"鈔纂"之間，它既不同於"著作"的憑空創造，也不同於"鈔纂"的專事鈔撮而不作任何改變，"乃是將那些來自不同時間和不同空間的資料，經過整理、熔化的工作，使成爲整齊劃一的文體，以嶄新的面貌出現。那末，這些材料，既已由各自分立的舊質變爲綜合統一的新質了，用不著再來標明它的出處"。[1]"編述"所依據的是一定的想象和創造，將前人所留下的書籍文獻，甚至是各種口傳的故事傳説，整理、改編、熔鑄成爲一個有一定體系的作品，使原本紛雜散亂的資料，被賦予新的生命和意義。在行文方面，自然也會沿用已有的文字，但基本是以自己的語言組織材料，按照自己的理解寫作。

在筆記小説的發展過程中，"編述"和"鈔纂"是主要的寫作或著述方式，在體制面貌方面對形成其文體特徵產生了重要影響。在文獻典籍數量有限的先秦時期，"編述""鈔纂"因資料的缺乏而難以進行。隨著文化的積累，各類書籍數量逐漸增加，尤其是子、史二部，至魏晉時期已經極爲豐富，出於對已有知識的總結歸納，出現了"編述""鈔纂"等著述方式，其中尤以"鈔纂"的成果最爲明顯。小説作爲子部之一家，又兼有史書的某些特點，故能橫跨子史，於二部中兼收並蓄，筆記小説就是在這一背景下繁榮起來的。與史部中大量的史鈔類似，魏晉時期的大部分小説都帶有"鈔纂"的痕迹，這種著述方式一直延續至清代，可謂長盛不衰。張舜徽對此有很精到的論述：

　　子部之有小説，猶史部之有史鈔也。蓋載籍極博，子史尤繁，學者率鈔撮以助記誦，自古已然，仍世益盛。顧世人咸知史鈔之爲鈔撮，而不知小説之亦所以薈萃群言也……故小説一家，固書林之總匯，史部之

1　張舜徽著：《中國文獻學》，鄭州：中州書畫社 1982 年版，第 36 頁。

　　　　支流，博覽者之淵泉，而未可以里巷瑣談視之矣。[1]

　　此處將小説與史鈔相提並論，很明顯是出於兩者在著述方式、著述體例的
相似處。可以看出，小説（筆記體）在古代不是"著作"的對象，而通常
是"薈萃群言"的産物。而在經史子集四部之著述中，史部書籍對故有之典
籍文獻依賴程度最高，因而史部的編述、鈔撮之作數量最夥。小説之所以同
史鈔相似，正是在成書方式上亦具編述、鈔撮之特點，其體例容易與其互相
混淆，不少作品在歷代書目的子部小説家和史部的史鈔、雜史等部類前後移
動，也有此方面之原因。

　　雖然筆記小説采用"編述""鈔纂"的著述方式淵源頗早，但真正普遍
化，並在很大程度上影響到筆記小説文體，還要等到宋元時期。這一方面得
益於雕版印刷技術的發展，出版業因此走向繁榮，書籍數量和種類急劇增
加，另一方面得益於宋代文人高昂的藏書熱情，兩者都成爲筆記小説繁榮的
基礎。當筆記小説發展到宋元時期，其面對的是前人留下的豐厚的文化學術
遺産，四部典籍數量已十分浩博。僅看官方藏書，根據宋元國史、書目的記
載，北宋時藏書至少有 6 705 部 73 877 卷，南宋時藏書至少有 59 429 卷，元
代至正二年統計秘書庫藏書有 2 390 部 24 008 册，翰林國史院、弘文院、集
賢殿亦各有藏書。[2] 私家藏書的數量亦相當可觀，《宋代藏書家考·緒論》云：
"宋初承五代搶攘之後，公家藏書零落，反有賴於私人之藏。加以雕版流行，
得書較易，藏書之家，指不盛屈，士大夫以藏書相夸尚，實開後世學者聚書
之風。"[3] 可見藏書風氣自宋初時已經十分興盛。宋代藏書家遠超前代，《宋代
藏書家考》介紹五代至宋的著名藏書家超過 128 人，《中國藏書家辭典》[4] 著録

　　1 張舜徽著：《四庫提要叙講疏》，臺北：臺灣學生書局 2002 年版，第 175—176 頁。
　　2 杜澤遜撰：《文獻學概要》，北京：中華書局 2001 年版，第 76—77 頁。
　　3 潘美月著：《宋代藏書家考》，臺北：學海出版社 1980 年版，第 2 頁。
　　4 李玉安、陳傳藝編：《中國藏書家辭典》，武漢：湖北教育出版社 1989 年版。

宋元藏書家 196 人，其中宋代藏書家占絕大部分。藏書家兼小説作者（包括撰寫、編纂）也有不少，其中較爲有名的有李昉、張君房、文瑩、歐陽修、宋敏求、晁説之、葉夢得、張邦基、王銍、周煇、王明清、周密等，他們廣泛搜羅奇書秘籍，其藏書固然以經史諸子文集爲主，然各類釋道野史、小説雜記之書也當占有一定比例。如余靖"自少博學强記，至於歷代史記、雜家、小説、陰陽、律曆，外暨浮屠、老子之書，無所不通"，[1] 王安石"自百家諸子之書至於《難經》《素問》《本草》、諸小説無所不讀"，[2] 張淏"雖陰陽方伎、種植醫卜之法，輶軒稗官、黃老浮圖之書，可以娛閑暇而資見聞者，悉讀而不厭"，[3] 王明清"《齊諧》志怪，縣古至今，無慮千帙，僕少年時唯所嗜讀，家藏目覽，麟集麕至，十逾六七"，[4] 等等。小説已是文人書案常備之書，小説的嗜好對形成"尚博""好奇"的學術氛圍有重要的推動作用。

　　除了收藏、閱讀小説，藏書家還利用其豐富的藏書編纂小説，這成爲宋代筆記小説著述的突出現象。如文瑩所撰《玉壺清話》乃從其藏書中輯史聞雜事而成。[5] 張君房的《搢紳脞説》《儆戒會最》《科名定分録》《麗情集》皆采摭前代小説匯聚成篇，這與其藏書豐富也不無關係，其中《搢紳脞説》六十事中許多故事取材宋前古書，[6] 且引録前人材料可能都注明

　　1（宋）歐陽修：《贈刑部尚書余襄公神道碑銘》，《歐陽修全集》卷二十三，北京：中華書局 2001 年版，第 366 頁。

　　2（宋）王安石：《答曾子固書》，《臨川先生文集》卷七十三，《宋集珍本叢刊》第十三册，北京：綫裝書局 2004 年版，第 632 頁。

　　3（宋）張淏撰，李國强整理：《雲谷雜記》，《全宋筆記》第七編（一），鄭州：大象出版社 2015 年版，第 80 頁。

　　4（宋）王明清撰，燕永成整理：《投轄録》，《全宋筆記》第六編（二），鄭州：大象出版社 2013 年版，第 78 頁。

　　5 此書自序云："君臣行事之迹，禮樂憲章之範，鴻勳盛美，列聖大業，關累世之隆替，截四海之見聞，惜其散在衆帙，世不能盡見，因取其未聞而有勸者，聚爲一家之書。"見《全宋筆記》第一編（六），鄭州：大象出版社 2003 年版，第 86 頁。

　　6 此書取材對象基本爲宋前小説，如《樂府雜録》《盧氏雜説》《漢武帝内傳》《聞奇録》《稽神録》《玄怪録》《紀聞》《河東記》《玉溪編事》《瀟湘録》《廣異記》《王氏見聞》《玉堂閑話》《尚書故實》《抒情詩》《異夢録》《本事詩》等。參見李劍國著：《宋代志怪傳奇叙録》（增訂本），北京：中華書局 2018 年版，第 103—104 頁。

出處；[1]與《搢紳脞説》博采衆取不同，另外三書皆先選定主題，然後選擇材料，《儆戒會最》專叙善惡報應，《科名定分録》專説科第功名有定分，而《麗情集》專叙情感事，三書多取材前代書籍，尤其是唐人小説。宋代志怪、志人小説多有纂集前代小説、或大量采摭古書中材料而成者，如《通籍録異》《搜神總記》《窮神記》《唐宋遺史》《唐語林》《獨異志》《至孝通神集》《群書古鑒》《吉凶影響録》《勸善録》《禁殺録》《古今前定録》《歷代神異感應録》《綠窗新話》《樂善録》《古今分門類事》《續博物志》《勸戒別録》《夷堅志》等。其中《古今分門類事》引書多達一百三十多種。這些作品有的采用類編形式，除《古今分門類事》外，還有《通籍録異》《唐語林》《窮神記》《至孝通神集》《禁殺録》《勸戒別録》等；[2]其他則多爲專主一類，如勸善、靈驗、命定等。所采摭的材料包括了大量小説，尤其是唐代小説，也有少量引用宋代作品。如李昌齡的《樂善録》即大量引用《湘山野録》《類苑》《七朝事林》等宋代作品；署名皇都風月主人的《綠窗新話》引書多達七十餘種，大部分是宋前作品，宋人作品約有二十七八種，《麗情集》《青瑣高議》被采録最多，其他還有《南部新書》《唐宋遺史》《玉壺清話》《冷齋夜話》《紀異録》《聞見録》《翰府名談》等；洪邁的《夷堅志》大量鈔録前人時人現成作品，包括小説、筆記、傳記、文集等，據統計這些現成作品多達七十餘種，其中時人作品有劉名世《夢兆録》、吳良史筆記、李子永（泳）《蘭澤野語》、陳莘《松溪居士徑行録》、王灼《頤堂集》等。宋代還有一種節録各種小説作品，具有叢書性質的小説總集，如晁載之的《談助》《續談助》，朱勝非的《紺珠集》，曾慥的《類説》等。《談助》《續談助》收録《十

　　1《詩話總龜》前集卷四二云："《搢紳脞説》載《盧氏雜記》曰：'歌曲之妙……'"可爲例證。（宋）阮閱編，周本淳校點：《詩話總編》，北京：人民文學出版社 1987 年版，第 404 頁。

　　2《通籍録異》入《秘書省續編到四庫闕書目》"類書類"，《窮神記》入《宋史·藝文志》"小説類"，"類事類"重出，《至孝通神集》入《宋史·藝文志》"類事類"，《禁殺録》入《郡齋讀書志》"類書類"，《勸戒別録》入《宋史·藝文志》"類事類"，又入《直齋書録解題》"小説家類"，題《鑑誡別録》。

洲記》《洞冥記》《牛羊日曆》《三水小牘》《殷芸小説》《綠珠傳》等小説
二十種，《紺珠集》收錄《穆天子傳》以下小説雜書達一百三十三種（另附
三種）。《類説》更是收書達二百五十二種，自序稱 "集百家之説"，上至先
秦，下迄北宋，舉凡雜史、傳記、小説、道書、佛典、兵法、樂書、地志、
農書、醫書、相經、辭書、詩話、文論、書畫以至茶酒、花香、文房四寶
等，無不備載，堪爲《太平廣記》之後又一小説之淵海。縱觀南北宋三百餘
年，藏書之風未曾斷絶，有力支撐了宋代的學術文化，對藏書的利用有力促
進了筆記小説的繁榮。宋代繼承了前代尤其是唐代小説的豐碩成果，宋代小
説家得以廣徵博取、匯聚改編，開創了筆記小説發展的新局面。

　　宋元筆記小説的取材方式延續自前代，大致可分爲兩種方式，一者得自
訪談或見聞，一者得自於前代或當代典籍，在具體作品中或偏於一方，或兼
而用之，取材方式的不同會導致著述方式的不同，形成相應的體制面貌。分
別來説，取材自訪談或見聞者多采用 "編述" 的方式成書，態度相對隨意，
大多隨筆記錄、任意編次，不講求體例的嚴謹和統一。當然，也不能排除有
些作者在記錄過程中會有所發揮，甚至有虛構和想象的成分，這就使作品具
有了 "著作" 的色彩。取材自前代或當代典籍者多采用 "鈔纂" 的方式成書
（也有采用 "編述" 者），態度較爲嚴謹，一般具有明確的編纂意圖，遵循
一定的思路和統一的體例，因而作品在體制上較爲規整。作者在編纂過程中
一般不會對原文作改寫，儘量維持原貌，有些還會注明出處。同時因作者挑
選、剪裁和編排的功夫，使作品呈現出新的面貌。

第二節　取材自見聞的筆記小説及其文體特徵

　　材料取自見聞者，即所謂得之於 "耳聞目睹"。在耳聞目睹得來的故事
中，親見或親歷者占少數，多數乃得之於 "耳聞"，所謂 "街談巷議""道聽

塗説”，成爲小説主要的來源途徑。張端義《貴耳集》自序云：“耳爲人至貴，言由音入，事由言聽，古人有入耳著心之訓，又有貴耳賤目之説。”[1]可見宋代小説家依然對耳聞之事特別重視。所謂“耳聞”，即由他人向作者講述一則故事或傳聞，此講述者或是故事的親歷者，或是故事的旁觀者，或是得自“耳聞”的另一位轉述者，其大致可分爲文人劇談、遊歷所得、回憶往昔、主動訪求等方式，各自的動機和記錄方式也有所不同。

一、劇談型

劇談是小説作者獲取素材的重要方式，一般出於娛樂休閑之目的，也有些意在保存史料，内容大多散漫，記錄方式也較爲隨意。唐代文人即喜劇談，不少筆記小説就是劇談的產物，内容涉及文史知識、朝野軼聞、民間傳説等，以知識性、故事性、趣味性爲主要特色，前文已有論述。宋代文人的劇談風氣更甚，内容範圍更廣，幾乎無所不包，這從筆記小説的命名即可見一斑，諸如“劇談”“譚賓”“閑談”“閑話”“客話”“談録”“談圃”“談苑”“燕語”“燕談”“叢談”“雅言”“雅談”等，多爲劇談之記録，足見劇談風氣之濃厚。劇談風氣之盛在作者自序中也有所反映，兹舉數例：

　　李太尉鎮蜀日，巡盜官韋詢編《戎幕閑談》，冀釋其所聞，用資談話。洎余燈下與二三知己談對外，語近代異事。(《燈下閑談序》)[2]

　　每接縉紳先生首閫名輩，劇談正論之暇，開尊抵掌之餘，或引所

1（宋）張端義撰，許沛藻、劉宇整理：《貴耳集》，《全宋筆記》第六編（十），鄭州：大象出版社2013年版，第282頁。

2（宋）佚名撰，唐玲整理：《燈下閑談》，《全宋筆記》第八編（八），鄭州：大象出版社2017年版，第140頁。

聞，輒形紀録，並諧辭俚語，非由臆説，亦綜緝之，頗盈編簡。(《友會談叢序》)[1]

太宗時守郡，與僚佐話及南唐野逸賢哲異事佳言，輒疏之於書，凡五十六條，以資雅言。(《郡齋讀書志》"小説類"《郡閣雅言》叙録)[2]

記祕閣同僚燕談。(《郡齋讀書志》"小説類"《祕閣雅談》叙録)[3]

茅亭其所居也。暇日，賓客話言及虛無變化、謠俗卜筮，雖異端而合道，旨屬懲勸者皆，録之。(《郡齋讀書志》"小説類"《茅亭客話》叙録)[4]

《澠水譚》者，齊國王闢之將歸澠水之上，治先人舊廬，與田夫樵叟閑燕而譚説也。(《澠水燕談録序》)[5]

故人親戚時時相過，周旋嵁巖之下，無與爲娛，縱談所及，多故實舊聞，或古今嘉言善行，皆少日所傳於長老名流，及出入中朝身所踐更者；下至田夫野老之言，與夫滑稽諧謔之辭，時以抵掌一笑。窮谷無事，偶遇筆札，隨輒書之。(《石林燕語序》)[6]

1（宋）上官融撰，黃寶華整理：《友會談叢》，《全宋筆記》第八編（九），鄭州：大象出版社2017年版，第5頁。

2（宋）晁公武撰，孫猛校證：《郡齋讀書志校證》，上海：上海古籍出版社2011年版，第582頁。

3 同上，第583頁。

4 同上，第590頁。

5（宋）王闢之撰，金圓整理：《澠水燕談録》，《全宋筆記》第二編（四），鄭州：大象出版社2006年版，第5頁。

6（宋）葉夢得撰，徐時儀整理：《石林燕語》，《全宋筆記》第二編（十），同上，第5頁。

從這些序言可以推知作者劇談對象多爲同僚知己、田夫野老，内容多爲無關
政教之舊聞故實、歷史掌故、諧謔趣聞，加上劇談多在公事之餘、閑暇之
時，故狀態都比較輕鬆，充滿文人之雅趣。當然也有些作者態度較爲正經，
意在保存舊史、勸善懲惡，如張齊賢的《洛陽搢紳舊聞記》記録作者早年洛
陽城中搢紳舊老所説唐、梁及五代間事，以及親所見聞者，態度比較嚴謹，
其自序云：“摭舊老之所説，必稽事實；約前史之類例，動求勸誡。鄉曲小
辨，署而不書，與正史差異者，並存而録之，則別傳、外傳比也。”[1]可見是
將此書作爲史書來對待的。

　　劇談型作品在文體上的特點表現在加入了一些“語録體”的形式。如王
得臣的《麈史》乃作者致仕後回憶遊宦之見聞，其自序云：“已而宦牒奔走，
轍環南北，而逮歷三紀。故自師友之餘論、賓僚之燕談與耳目之所及，苟
有所得，輒皆記之。”[2]作品中往往直接以“某某言”“某某説”“某某曰”呈
現，如卷上有“鄭毅夫嘗説”“中書許冲元嘗對客言”“内侍陳處約嘗與客
言”“協律郎陳沂聖與謂予曰”“予嘗問聖與曰”“富鄭公嘗爲予言”，卷中有
“王侍郎古説”“潞公嘗爲予言”“王銍性之嘗爲予言”“令狐先生曰”“吾友頓
隆師嘗言”，卷下有“蘇子容言”“趙孝廉令時景睨言”“山中人説”“前廣西
漕李朝奉湜，江寧人，言”“人有言曰”等。又如晁説之的《晁氏客語》多
用語録體，言及義理最多，引言對象多爲當時著名文人學者，如以下幾則：

　　　　張乖崖戲語云：“功業向上攀，官職直下覷。”似爲專意於卜數者
　　言也。

　　1（宋）張齊賢撰，俞鋼整理：《洛陽搢紳舊聞記》，《全宋筆記》第一編（二），鄭州：大象出版社
2003 年版，第 147 頁。
　　2（宋）王得臣撰，黃純艷整理：《麈史》，《全宋筆記》第一編（十），鄭州：大象出版社 2003 年版，
第 5 頁。

鄒至完云："以愛己之心愛人，則仁不可勝用矣；以惡人之心惡己，則義不可勝用矣。"

陳囊述古云："人之所學不可爲人所容。爲人所容，則下矣。"

徐仲車云："做仁且做仁，未到得能反處。仁到盡處，然後可以言能反。"

游定夫云："血氣之剛，能得幾時。"[1]

又如李廌的《師友談記》"多記蘇子瞻、范淳夫及四學士所談論"，[2] 書中多語録體，以"少遊言""東坡云""豐甫言"等形式出之。與之類似的還有吕本中的《師友雜志》，此書記與師友言説及交往事迹，其記言形式與《師友談記》亦類似，如"止叔嘗説""汪信民嘗言""晁以道自言"等。又如陳鵠的《耆舊續聞》捃拾汴京故事及南渡後名人言行，其條目有些以語録出之，如"中書待制公翌新仲嘗言""吕伯恭先生嘗言"等，另外在每條末尾注明出處，如"叔暘云""曾原伯云""子逸云"等。此外還有單獨記録某人之言行，集爲一書者，此在唐五代已較多見，如《戎幕閑談》《劉賓客嘉話録》《尚書故實》《賈氏談録》等，宋代筆記小説中亦常見，所談内容多爲朝廷隱秘、文人軼事、傳聞怪談、細碎掌故，而被視作小説。如《楊文公談苑》[3] 專記楊億談論，宋庠在序中稱楊億"文辭之外，其博物殫見又絶

1（宋）晁説之撰，黄純艷整理：《晁氏客語》，《全宋筆記》第一編（十），鄭州，大象出版社 2003 年版，第 91—92 頁。

2（宋）晁公武撰，孫猛校證：《郡齋讀書志校證》，上海：上海古籍出版社 2011 年版，第 587 頁。

3 此書先由門人黄鑒筆録，名爲《南陽談藪》，後經宋庠删訂改編，易名《楊公談苑》，後世以楊億謚"文"而稱爲《楊文公談苑》。

人甚遠。故常時與其遊者，輒獲異聞奇説。門人故人往往削牘藏弄，以爲談助”；[1]《丁晉公談録》以旁觀者的口吻記録丁謂談話内容及行事，[2] 記録丁謂言論以“晉公嘗云”出之；《王氏談録》乃作者王欽臣記録其父王洙言論而成，書中多以“公言”“公曰”起首；《欒城先生遺言》乃作者蘇籀記録其祖父蘇轍言論而成，亦多以“公言”“公曰”起首；《孫公談圃》由孫升口述，劉延世記録，其自序稱孫升被貶至臨汀，作者與其往來，“聞公言，皆可以爲後世法”，[3] 因此退而筆之；《丞相魏公譚訓》乃蘇象先記録其祖父蘇頌“平日教誨之言”，[4] 故文中多“祖父云”“祖父言”等形式；《過庭録》作者乃范仲淹後人，“過庭”典出《論語·季氏》，寓意内容皆聞之其父，然非直録其言，而以轉述形式出之。

二、遊歷型

取材自遊歷的筆記小説，一般是記録在旅途中的所見所聞，類似遊記。遊歷可分爲幾種，一是宦途，一是避難，一是出使。其所記内容也較廣，其中有些具有小説意味。有些記録沿途所見聞之傳説逸事，如張世南的《遊宦紀聞》記作者隨其父遊宦四川等地之見聞，涉及風土人情、人物軼事、詩文賞析、文物考古、神怪異聞等。有些記録沿途或所居地的山川物産、風俗民

1（宋）黄鑒筆録，（宋）宋庠重訂，李裕民整理：《楊文公談苑》，《全宋筆記》第八編（九），鄭州：大象出版社 2017 年版，第 33 頁。

2《郡齋讀書志》“雜史類”著録稱“皇朝丁謂撰”，又曰：“每章之首皆稱‘晉公言’，不知何人爲潤益。初，董志彦得之洪州潘延之家。延之，晉公甥，疑延之所爲。”認爲此書乃丁謂撰，其甥潘延之潤益。《直齋書録解題》“傳記類”著録稱“不知何人作。”《四庫全書總目》“小説類”存目稱“即未必延之所作，其出於丁謂之餘黨，更無疑義也”。

3（宋）孫升撰，趙維國整理：《孫公談圃》，《全宋筆記》第二編（一），鄭州：大象出版社 2006 年版，第 139 頁。

4（宋）蘇象先撰，儲玲玲整理：《丞相魏公譚訓》，《全宋筆記》第三編（三），鄭州：大象出版社 2008 年版，第 41 頁。

情，如洪皓的《松漠紀聞》主要記録金朝的歷史發展和制度沿革，間及民情風俗，有些内容是怪異傳聞。尤以范成大所撰《攬轡録》《驂鸞録》《吴船録》《桂海虞衡志》四部遊歷型筆記小説最爲典型，其中《攬轡録》是使金之行程記録，《驂鸞録》是由蘇州赴廣西帥任的行程記録，《吴船録》是在蜀地任滿後，由蜀歸吴之行程記録，《桂海虞衡志》是由桂林赴四川帥任旅途期間"追記其登臨之處與風物土宜……蠻陬絶徼，見聞可紀者"[1]的記録。四部作品在體制上有所不同，前三部采用行程録形式，按時間順序依次記録沿途見聞，包含風土人情、物産及各地古迹、典故等，可稱之爲"行程録體"，以《吴船録》卷下幾則爲例：

甲戌，泊沙頭。

乙亥，移舟出大江，宿江瀆廟前。

丙子，發江瀆廟，七十里至公安縣。登二聖寺。二聖之名，江湖間競尚之。即在處佛寺門兩金剛神也。此則遷之殿上，傳記載發迹靈異，大略出於夢應云。是千佛數中最後者，一名妻至德，一名青葉髻。江岸喜隤，或時巨足迹印其處，則隤止。百二十五里至石首縣對岸宿。縣下石磯，不可泊舟。[2]

《桂海虞衡志》則采用類書體形式，分爲"志山""志金石""志香""志酒""志器""志禽""志獸""志蟲魚""志花""志果""志草木""雜志""志蠻"

<hr />

1（宋）范成大撰，方健整理：《桂海虞衡志序》，《全宋筆記》第五編（七），鄭州：大象出版社2012年版，第98頁。

2（宋）范成大撰，方健整理：《吴船録》，同上，第81—82頁。

等十三類，可稱爲"博物體"小説，與唐代的《嶺表録異》《桂林風土記》
相類。采用"行程録體"的作品較爲著名的還有陸游的《入蜀記》，記録自
山陰赴夔州任通判途中見聞，此外還有樓鑰的《北行日録》、程卓的《使金
録》、方鳳的《金華遊録》、路振的《乘軺録》、張舜民的《郴行録》、周必大
的《泛舟遊山録》、吕祖謙的《入越録》等。而采用"類書體"的作品還有
周去非的《嶺外代答》，此書記作者在桂林任上見聞，"蓋長邊首尾之邦，疆
場之事、經國之具、荒忽誕漫之俗、瑰詭譎怪之産，耳目所治，與得諸學士
大夫之緒談者"，[1]模仿《桂海虞衡志》分爲二十門。[2]

三、回憶型

通過記録回憶所得而成書者，一般是在作者的中晚年，爲消遣餘暇而
作，而其回憶之内容大多亦來自過去之見聞，這是宋代筆記小説一個突出
特點。有學者對此論道："毫無疑問，注重回憶是軼事小説作家帶總體特色
的傾向，宋代更是如此。"[3]書名中帶有"舊聞""舊事""舊話"者多因回憶
而寫成，如《家世舊事》《曲洧舊聞》《桐蔭舊話》《家世舊聞》《舊聞證誤》
《武林舊事》等。此外如張世南《遊宦紀聞》載其宦遊時見聞，乃作者回憶
所得："紹定改元，適有令原之戚，閉門謝客。因追思捉筆紀録，不覺盈軸，
以《遊宦紀聞》題之，所以記事實而備遺忘也。"[4]除了假期可回憶撰書外，

1（宋）周去非撰，查清華整理：《嶺外代答》，《全宋筆記》第六編（三），鄭州：大象出版社 2013 年
版，第 86 頁。

2 今有類名者十九，一門但存子目而無類名，現存類名爲"地理門""邊帥門""外國門""風土
門""法制門""財計門""器用門""服用門""食用門""香門""樂器門""寶貨門""金石門""花木
門""禽獸門""蟲魚門""古迹門""蠻俗門""志異門"。

3 陳文新著：《文言小説審美發展史》（第二版），武漢：武漢大學出版社 2007 年版，第 345 頁。

4（宋）張世南撰，李偉國整理：《遊宦紀聞》，《全宋筆記》第七編（八），鄭州：大象出版社 2015 年
版，第 31 頁。"令原之戚"指兄弟去世，語出《詩經·小雅·常棣》："脊令在原，兄弟急難。每有良朋，
況也永嘆。"可知作者因兄弟去世而守喪。

爲官致仕、晚年閑居也是回憶的重要契機，一方面有閑置時間，一方面有足夠的人生經歷可供回憶並記録，這樣的作品在宋代不在少數，如歐陽修的《歸田録》乃作者致仕後居潁州所撰，故以"歸田"爲名；范鎮的《東齋記事》乃作者謝事之後，"追憶館閣中及在侍從時交遊語言，與夫里俗傳説"，[1]纂集而成；魏泰的《東軒筆録》乃作者晚年僻居漢陰鄧城縣，追憶少年時"力學尚友，遊於公卿間，其緒言餘論有補於聰明者"，[2]故叢摭成書；蘇轍的《龍川略志》乃作者晚年居龍川時"老衰昏眩"，"乃杜門閉目，追思平昔"，[3]由其子蘇遠執筆記録而成；周煇的《清波雜志》《別志》乃作者晚年居清波門時回憶早年"侍先生長者，與聆前言往行，有可傳者"，[4]筆而記之，等等。由於是閑暇回憶的産物，作者在撰寫過程中的心態與創作詩文可謂大異其趣，大部分是隨憶隨記，狀態是輕鬆而隨意的。最後將材料編訂成書後，其内容和體例也大多較爲鬆散，看不出有統一的思路和目的，只是作者回憶片段的集合。

當然，回憶著書並不完全爲了"消遣餘暇"，很多時候是出於追念美好的過往，具有感傷的意味。如南宋時期有些作品因追念故國、感懷往昔而作，如《昨夢録》《東京夢華録》《夢粱録》等。這些作品以"夢"爲名，乃是在國破家亡、流離失所之餘，出於對故國繁華的追憶，如《東京夢華録》自序云：

　　　　近與親戚會面，談及曩昔，後生往往妄生不然。僕恐浸久，論其風俗者，失於事實，誠爲可惜，謹省記編次成集，庶幾開卷得覩當時之

1（宋）范鎮撰，汝沛永成整理：《東齋記事》，《全宋筆記》（第一編）（六），鄭州：大象出版社 2003年版，第 194 頁。

2（宋）魏泰撰，燕永成整理：《東軒筆録》，《全宋筆記》（第二編）（八），鄭州：大象出版社 2006 年版，第 4 頁。

3（宋）蘇轍撰，孔凡禮整理：《龍川略志》，《全宋筆記》（第一編）（九），鄭州：大象出版社 2003 年版，第 255 頁。

4（宋）周煇撰，劉永翔、許丹整理：《清波雜志》，《全宋筆記》（第五編）（九），鄭州：大象出版社 2012 年版，第 4 頁。

盛。古人有夢遊華胥之國，其樂無涯者。僕今追念，回首悵然，豈非華
胥之夢覺哉！目之曰《夢華録》。[1]

此外還有《都城紀勝》《繁盛録》《武林舊事》等作品雖不以"夢"名書，而
撰書旨意和内容基本相同，如《武林舊事》自序云：

> 予囊於故家遺老得其梗概，及客脩門，閑聞退璫老監談先朝舊事，
> 輒耳諦聽，如小兒觀優，終日夕不少倦。既而曳裾貴邸，耳目益廣，朝
> 歌暮嬉，酣玩歲月，意謂人生正復若此，初不省承平樂事爲難遇也。及
> 時移物換，憂患飄零，追想昔遊，殆如夢寐，而感慨係之矣。[2]

這幾部作品在内容、體例上有某些一致性，内容上都以描繪記録兩宋都
城各種景象與事物爲主，涉及城市的布局結構、官府衙門、街道景點、商鋪
買賣、商品百貨、民情風俗、四季節日等，體例上采用空間鋪展與時間推移
的結構方法，構成一個完整的體系，其中以《東京夢華録》最爲典型。《東
京夢華録》通過回憶詳細記録了東京汴梁的繁華景象，描繪了一幅民豐物
阜、多姿多彩的城市畫卷，在叙述的整體結構上以空間與時間爲主：從卷一
到卷四以城市的空間布局爲結構，以某一地點爲中心向四面鋪展，描繪主
要街道，在具體叙述中圍繞重要的地點展開，如卷二的御街、宣德樓、朱雀
街、州橋、東角樓、潘樓，卷三的馬行街、大内西右掖門、大内前州橋、相
國寺、寺東門、上清宮等，串聯起街道上的各色酒樓商鋪、娛樂場所、商品
貨物、民俗活動等，通過閱讀可以勾勒出一個較爲清晰的地理方位和種種

1（宋）孟元老撰，伊永文整理：《東京夢華録》，《全宋筆記》（第五編）（一），鄭州：大象出版社
2012年版，第114頁。

2（宋）周密撰，范熒整理：《武林舊事》，《全宋筆記》（第八編）（二），鄭州：大象出版社2017年
版，第5頁。

繁華場景；從卷六到卷十則是以時間爲綫索，按照時間推移，記録一年四季的重要節日，包括正月、元旦、立春、元宵、清明、端午、七夕、中元、立秋、中秋、重陽、天寧節、立冬、冬至、除夕等，圍繞節日叙述與之有關的朝廷禮節、民俗活動等。除了運用空間和時間的叙述結構，《東京夢華録》還采用了“因事命篇”的叙述模式，以及“描述説明”和“鋪陳羅列”等叙述手法。“因事命篇”是指以城市中實際存在的事件、活動、場景、物品爲記録對象，如卷四記録了“皇太子納妃”“公主出降”“皇后出乘輿”“雜賃”“修整雜貨及齋僧請道”“筵會假賃”等活動與事件，還記録了食店、肉行、餅店、魚行的經營場景及諸色商品。“描述説明”和“鋪陳羅列”是筆記小説常用的叙述手法，與描寫都市的作品最爲契合，如《東京夢華録》對“魚行”的描述説明：

> 賣生魚則用淺抱桶，以柳葉間串，清水中浸，或循街出賣。每日早惟新鄭門、西水門、萬勝門，如此生魚有數千檐入門。冬月，即黄河諸遠處客魚來，謂之“車魚”，每斤不上一百文。[1]

又如“飲食果子”一則對“茶飯”的羅列：

> 所謂茶飯者，乃百味羹、頭羹、新法鵪子羹、三脆羹、二色腰子、蝦蕈、鷄蕈、渾砲等羹，旋索粉玉碁子、群仙羹、假河魨、白渫齏、貨鱖魚、假元魚……[2]

《東京夢華録》的結構方式和叙述方式在此後的同類作品中得以繼承。

1（宋）孟元老撰，伊永文整理：《東京夢華録》，《全宋筆記》第五編（一），鄭州：大象出版社2012年版，第146頁。

2 同上，第131頁。

如《武林舊事》主要運用了"因事命篇"的叙述模式，卷二和卷三穿插了
按節日順序爲綫索的叙述模式，《都城紀勝》則以"因事命篇"的叙述模式
爲主，《夢梁録》則仿照《東京夢華録》而稍有調整，卷一至卷六以時間綫
索爲結構，卷七至卷十二以空間布局爲結構，卷十三至卷末則運用"因事命
篇"的叙述模式。而"描述説明"和"鋪陳羅列"的叙述方式則在這幾部作
品中都被普遍采用。

四、主動訪求型

主動訪求型即通過探訪、詢問的方式徵求材料，通常具有明確的動機，
或補史，或好奇，或傳教，記録方式相對嚴謹。出於補史之目的以徵求材
料，通常是在史官心態的驅使下搜集朝野遺佚，以保存史料，或備將來修史
之需，在朝代更替之際表現得尤其明顯。如唐末五代時期出現了一批記載盛
唐至中唐雜事的作品，包括《唐摭言》《開元天寶遺事》《金華子雜編》《中
朝故事》《北夢瑣言》等。這種風氣延續至宋初，一些筆記小說記載唐末五
代雜事，包括《三楚新録》《洛陽搢紳舊聞記》《南唐近事》《江表志》《江
南餘載》《江南野史》《五國故事》《南部新書》《近事會元》《江南別録》《釣
磯立談》等，這些作品性質内容相近，其内容材料來源不一，有大量摘録
自前代稗官野史，但仍有不少來自於親自訪求獲取的口頭材料。如《三楚新
録》載唐末史事，清代四庫館臣稱其内容與史牴牾不合者甚多，而其原因乃
在於作者所憑材料來自訪求："蓋羽翀未覩國史，僅據故老所傳述，纂録成
書，故不能盡歸精審。"[1]《洛陽搢紳舊聞記》專記唐、梁已還五代間事，乃
是作者訪求於洛城搢紳舊老所得。錢易的《南部新書》記載唐及五代時朝
章國典、軼聞瑣語，關於此書的材料來源，清代李慈銘曾云："希白世據吳

1（清）永瑢等撰：《四庫全書總目》，北京：中華書局1965年版，第586頁。

越，唐之故老，多居其國，故承平文獻，述之尤詳。"[1]可見作者在搜集材料時曾向唐時故老多所訪求，不少記述才得以比較翔實。出於好奇之動機以徵求材料，乃是文人撰寫筆記小説的常見現象，宋元時期一批好奇尚怪之士如樂史、徐鉉、章炳文、蘇軾、尹國均、洪邁、王質、王明清等輩無不在平時留心於奇説異聞、狐妖鬼怪之事，如章炳文曾云："苟目有所見，不忘於心，耳有所聞，必誦於口。稽靈朗冥，搜神纂異。遇事直筆隨而記之……每開談較議，博采妖祥。"[2]有些作者如徐鉉、洪邁因好談鬼神，廣爲徵求，有人投其所好，藉此攀附巴結。如徐鉉撰《稽神録》，《郡齋讀書志》引楊大年（億）云："江東布衣蒯亮好大言夸誕，鉉喜之，館於門下，《稽神録》中事，多亮所言。"[3]又如洪邁自謂"好奇尚異"，人聞其名，"每得一説，或千里寄聲"，其所撰《夷堅志》卷帙浩繁，材料多來自平時有意徵求，其徵求的對象上至賢卿士夫，下至寒人、野僧、山客、道士、瞽巫、俚婦、下隸、走卒，"凡以異聞至，亦欣欣然受之"。[4]更有甚者如蘇軾聚客談異而"強人説鬼"，留下"姑妄言之"的佳話。[5]出於傳教之目的以徵求材料，即以小説來宣揚某種

1（清）李慈銘著：《越縵堂讀書記》，上海：上海書店出版社 2000 年版，第 854 頁。

2（宋）章炳文撰，儲玲玲整理：《搜神秘覽》，《全宋筆記》（第三編）（三），鄭州：大象出版社 2008 年版，第 108 頁。

3（宋）晁公武撰，孫猛校證：《郡齋讀書志校證》，上海：上海古籍出版社 2011 年版，第 555 頁。按徐鉉好談鬼神及撰《稽神録》經過，《宋朝事實類苑》引《楊文公談苑》記載頗詳，兹引如下："徐鉉不信佛，而酷好鬼神之説……後嘗與近臣通佛理者説以爲笑，專搜求神怪之事，記於簡牘，以爲《稽神録》。嘗典選，選人無以自通，詭言有神怪之事，鉉初令録之，選人言不閑綴緝，願得口述。亟呼見，問之，因以私禱，罔不遂其請。歸朝，有江東布衣蒯亮，年九十餘，好爲大言夸誕，鉉館於門下，心喜之。《稽神録》中事，多亮所言。亮嘗忤鉉，鉉甚怒，不與話累日。忽一日，鉉將入朝，亮迎呼爲中闈，云：'適有異人，肉翅自廳飛出，升堂而去，亮目送久之，方滅。'鉉即喜笑，命紙筆記之，待亮如故。"（宋）江少虞撰：《宋朝事實類苑》卷六五，上海：上海古籍出版社 1981 年版，第 868—869 頁。

4（宋）洪邁撰，何卓點校：《夷堅志》，北京：中華書局 1981 年版，第 185、537 頁。

5 按此事載於《石林避暑録話》卷一、《何氏語林》卷十一、《宋稗類鈔》卷四等，原文如下："子瞻在黄州及嶺表，每旦起，不招客相與語，則必出而訪客。所與遊者，亦不盡擇，各隨其人高下，談諧放蕩，不復爲畛畦。有不能談者，則強之使説鬼。或辭無有，則曰'姑妄言之'。於是聞者無不絶倒，皆盡歡而去。設一日無客者，則欵然若有疾。"周勛初主編，葛渭君、周子來、王華寶編：《宋人軼事彙編》，上海：上海古籍出版社 2014 年版，第 1610 頁。

宗教理念，借助奇聞異事來"明神道之不誣"，這從魏晉六朝以來的"輔教"小說開始就未曾間斷，宋元時期這類小說數量不在少數，所宣揚的理念儒釋道三家皆有，如有宣揚孝道觀念的《孝感義聞録》《至孝通神集》，有宣揚命定觀念的《科名定分録》《唐宋科名定分録》《古今前定録》等，有宣揚懲惡揚善、輪迴報應觀念的《吉凶影響録》《勸善録》《幽明雜警》《樂善録》《勸戒別録》等。這些作品的材料有的取自於前代書籍，也有部分來自作者的見聞，如《郡齋讀書志》著録《吉凶影響録》云："象求，熙寧末閑居江陵，批閱載籍，見善惡報應事，輒删潤而記之。間有聞見者，難乎備載，亦采摘著於篇。"[1] 又如《宋代志怪傳奇叙録》引《朱君墓誌銘》云："又取近世禍福之應、其理可推者百餘事次之以警世，謂之《幽明雜警》云。"[2] 推測此書材料也多得自作者的主動徵求。

第三節　取材自前代書籍的筆記小説及其文體特徵

宋元筆記小説的取材除了口傳之外，還有一部分直接取材自書面：有的是平時的讀書摘鈔、隨筆記録；有的是專門就某一主題鈔撮群書。讀書、鈔書、著書，伴隨著古代文人的整個科舉仕宦生涯。由於書籍與文化學術、仕途經濟有著極爲密切的聯繫，古人對書籍有著無比的崇奉，而對於口頭傳聞與書面文字之間的關係及可信程度之高低，古人也有較爲清晰的認識。宋代楊萬里在爲曾敏行的《獨醒雜志》所作序中討論了言與書的關係：

　　古者有亡書，無亡言。南人之言，孔子取之；夏諺之言，晏子誦　焉。而孔子非南人，晏子非夏人也。南北異地，夏、周殊時，而其言猶

1（宋）晁公武撰，孫猛校證：《郡齋讀書志校證》，上海：上海古籍出版社 2011 年版，第 593 頁。
2 李劍國著：《宋代志怪傳奇叙録》（增訂本），北京：中華書局 2018 年版，第 274 頁。

傳，未必垂之策書也，口傳焉而已矣。故秦人之火能及漆簡，而不能及伏生之口。然則，言與書孰堅乎哉？雖然，言則堅矣，而言者有在亡也。言者亡，則言亦有時而不堅也，書又可廢乎！書存則人誦，人誦則言存，言存則書可亡而不亡矣。書與言其交相存者歟！[1]

楊氏對言和書持有並重的態度，指出在遠古時期，書寫困難，口傳之言"未必垂之書策"，此時口傳相對更顯寶貴。隨著書籍數量的增加，"言"的保存日趨簡便，而口述傳言的準確性相對降低了，"書存則人誦，人誦則言存"，一切文化知識皆可憑藉書籍而流傳後世。因此，隨著時代的發展，書籍的重要性日益彰顯。文人對書籍的信任度勝過了口傳，"道聽塗説"在他們看來是難登大雅之堂的。基於此，小説作者在徵求"道聽塗説"的材料之外，也從各類書籍中摘取、搜集小説材料，加以整理、彙集和潤飾，由此，筆記小説有了新的、更爲廣闊的材料來源。

一、讀書筆記型

材料源自書面材料的筆記小説中有一類可稱爲"讀書筆記"，[2]是文人學者日常讀書時隨筆記録的産物："凡讀書有疑，隨即疏而思之，遇有所得，質之於師友而不謬也，則隨而録之。積久成編。"[3]明代胡應麟將小説分爲六類，其中有"叢談"和"辨訂"兩類，所列舉的作品基本可視爲"讀書筆記"。[4]

1（宋）楊萬里：《獨醒雜志序》，（宋）曾敏行撰，朱傑人整理：《獨醒雜志》，《全宋筆記》第四編（五），鄭州：大象出版社 2008 年版，第 117 頁。

2 此類作品與今所謂"考據辨證類"筆記大體相合。參見劉葉秋著：《歷代筆記概述》，北京：北京出版社 2011 年版，第 4 頁。

3（宋）史繩祖撰，湯勤福整理：《學齋佔畢》，《全宋筆記》第八編（三），鄭州：大象出版社 2017 年版，第 43 頁。

4（明）胡應麟撰：《少室山房筆叢》，上海：上海書店出版社 2009 年版，第 282 頁。

這類作品没有嚴格的規範與體例，都是即興思考所得，隨讀隨記，集摘鈔、議論、考辨爲一體，議論間雜有作者耳聞目睹之逸聞瑣事，既有學術性、知識性，也有較强的娛樂性和趣味性。同時，這類作品又都是作者讀書之餘的產物，是文人學者發揮其才學的園地，隨作者趣味好尚的不同而風格各異，又因其與書籍有緊密的關係，具有濃厚的書卷氣、學者氣。可以説，離開了文人和書籍，就不會有這類作品的出現。

讀書筆記型作品孕育頗早，先秦諸子是其濫觴，正式發端於漢魏六朝，至唐代已經較爲成熟，發展至宋代而蔚爲大觀，成爲筆記小説中之大宗。[1]唐宋時期基本處於經濟發展、社會穩定狀態，朝廷提倡文教，科舉取士的範圍不斷擴大，造就了良好的文化學術環境。雕版印刷業的出現使得書籍的出版量有了極大的增加，書籍流通也更爲便利，私人藏書更加普遍。以上各種原因，爲讀書人讀書、鈔書、著書奠定了良好的環境和物質基礎。

古人因重視讀書而發展出名目不同的讀法，其中有所謂"鈔讀法""思讀法""博讀法"等。[2]"鈔讀法"是采用邊鈔邊讀的辦法閱讀書籍，細分爲全鈔、節鈔、類鈔三種；"思讀法"即邊讀邊思考，對書中的叙述、觀點等進行辨析，提出疑問，是一種批判性閱讀；"博讀法"即泛讀，泛覽博取，上至經書、下至小説，不拘於一隅。讀書筆記可視作以上三種讀書法結合使用的產物，"鈔讀"需引用書中文字，或直接鈔録原文，"思讀"是對所引文

---

1 《四庫全書總目》"雜家類·雜考之屬"云："案考證經義之書，始於《白虎通義》，蔡邕《獨斷》之類，皆沿其支流。至唐而《資暇集》《刊誤》之類，爲數漸繁。至宋而《容齋隨筆》之類，動成巨帙。其說大抵兼論經史子集，不可限以一類，是真出於議官之雜家也。"又"雜說之屬"云："案雜說之源，出於《論衡》。其說或抒己意，或訂俗譌，或述近聞，或綜古義，後人沿波，筆記作焉。大抵隨意録載，不限卷帙之多寡，不分次第之先後。興之所至，即可成編。故自宋以來，作者至夥。"見（清）永瑢等撰：《四庫全書總目》，北京：中華書局 1965 年版，第 1032、1057 頁。

2 前人總結古人讀書法種類各異，隋唐宋元時期是成熟時期，計有"勤讀法""精讀法""背誦法""鈔讀法""思讀法""博讀法""定讀法""列表法""聽讀法""保護法""出入法"等十一種。參看書之《中國古代圖書史》第六章《古代圖書的閱讀》，武漢：武漢大學出版社 2015 年版，第 489—507 頁。又參張明仁《古今名人讀書法》，北京：商務印書館 1998 年版。

字進行辨析與議論，"博讀"則建立在平時廣泛閱讀、日積月累的基礎上，三種讀法的共同使用構成了讀書筆記的體制、内容上的特點。

唐代較有名的讀書筆記型筆記小説有《資暇集》《刊誤》等，都是探究考訂風俗典故之作，以證世俗之訛。到了宋代，以考據辨證爲主要内容的筆記大量出現，以宋祁《筆記》爲肇端，"筆記"首次被用於書名，除了"筆記"之名，還有"隨筆""隨録""漫筆""漫録""漫志""筆札""札記""雜記""雜誌""叢談""叢説""雜鈔""雜説"等命名方式，可視爲"筆記"的異名，明人曹學佺《緯略序》云："予謂前人讀書，率有私記，浸淫成帙，臚而列之，則爲彙書。若雜亂無序，則曰聞、曰記、曰録云爾。"[1]其創作方法不脱"隨筆記録"一途，如《容齋隨筆》卷一小序所云："予老去習懶，讀書不多，意之所之，隨即記録，因其後先，無復詮次，故目之曰《隨筆》。"[2]宋代學者龔頤正曾撰《芥隱筆記》一書，劉董在爲此書所作跋中，對文人何以喜撰筆記以及"筆記"命名之意加以解釋道：

> 士非博學之難，能審思明辨之爲難。古人固有耽玩典籍，涉獵書記，窮年皓首，貪多務得者矣。然履常蹈故，誦書綴文，趣了目前，不求甚解。疑誤相傳，莫通倫類，漫無所考按也。檢討龔公，以學問文章知名當世，諸公要人争欲令出我門下。自六藝、百家、諸史之籍，無所不讀；河圖洛書、山鑱冢刻、方言地志、浮屠老子、騷人墨客之文，無所不記。至於討論典故，訂正事實，辨明音訓，評論文體，雖片言隻字，必欲推原是正，俾學者知所依據。此其閑居暇日，有得於一時之誦覽者，隨而録之，故號曰"筆記"。[3]

1 （宋）高似孫撰，儲玲玲整理：《緯略》，《全宋筆記》第六編（五），鄭州：大象出版社 2013 年版，第 132 頁。

2 （宋）洪邁撰，孔凡禮點校：《容齋隨筆》，北京：中華書局 2005 年版，第 1 頁。

3 （宋）龔頤正撰，李國强整理：《芥隱筆記》，《全宋筆記》第五編（二），鄭州：大象出版社 2012 年版，第 121 頁。

　　序言指出士人讀書，在博覽的基礎上還要做到“審思明辨”，不盲從古人，對疑誤之處要指出，加以考訂，所謂“退原是正，俾學者知所依據”。可見到了宋代，在讀書誦覽的同時，隨筆記録、編纂筆記已經成爲文人學者的習慣，而“筆記”也因其簡單易解而被用作此類作品的名稱。

　　讀書筆記因其是讀書、摘鈔的産物，其作者大部分是博覽群書的飽讀之士，撰《宜齋野乘》的吳枋自稱“自四十歲以來，縈念已絶，獨於嗜書一事，如饑之於食，渴之於飲，未嘗一日忘情也”；[1]《雲谷雜記》的作者張淏“自幼無他好，獨嗜書之癖，根著膠固，與日加益。每獲一異書，則津津喜見眉宇，意世間所謂樂事，無以易此”。他們讀書博雜，不拘一隅，張淏自稱：“雖陰陽方伎、種植醫卜之法，輶軒稗官、黄老浮圖之書，可以娱閑暇而資見聞者，悉讀而不厭。”[2]程大昌自稱“間因閲古有見，不問經史、稗説、諧戲，苟從疑得釋，則遂隨所遇縑簡，亟疏録以備忽忘”。[3]是以能旁徵博引，時出異説：“窮經考古，砭劑疵病，校量草木蟲魚，上揮騷雅，旁弋史傳，證引竺乾龍漢諸章，下及瑣録稗説，左掇右劘，悉爲吾用。”[4]又能令讀者感到新奇可喜、妙趣橫生：“貫穿經史百氏之説，開抉古人議論之所未到，求而讀之，中心躍然，如入武庫，且喜且愕。”[5]

　　讀書筆記除了廣徵博引，還需長期積累，非一朝一夕之功可成，少則三五年，多則數十年。朱翌撰《猗覺寮雜記》歷經“五閏”；洪邁撰《容齋

1（宋）吳枋撰，李國强整理：《宜齋野乘》，《全宋筆記》第七編（二），鄭州：大象出版社 2015 年版，第 90 頁。

2（宋）張淏撰，李國强整理：《雲谷雜記》，《全宋筆記》第七編（一），鄭州：大象出版社 2015 年版，第 80 頁。

3（宋）程大昌撰，許沛藻、劉宇整理：《演繁露》，《全宋筆記》第四編（八），鄭州：大象出版社 2008 年版，第 141 頁。

4（宋）洪邁：《猗覺寮雜記序》，（宋）朱翌撰，朱凱、姜漢椿整理：《猗覺寮雜記》，《全宋筆記》第三編（十），鄭州：大象出版社 2008 年版，第 5 頁。

5（宋）陳益：《捫蝨新話序》，（宋）陳善撰，查清華整理：《捫蝨新話》，《全宋筆記》第五編（十），鄭州：大象出版社 2012 年版，第 4 頁。

隨筆》《續筆》《三筆》《四筆》，前後花費近三十七年；吴坰《五總志》、俞成《螢雪叢説》、張淏《雲谷雜記》、史繩祖《學齋佔畢》皆自年少時即爲之。作者起初並無意於著述，只是興之所至、隨筆記録，經多年的累積，集腋成裘，融爲一編。所成作品之内容、形式、規模不拘一格，清人所謂"不限卷帙之多寡，不分次第之先後，興之所至，即可成編"，正可概括其特點。

讀書筆記型筆記小説的體制特徵可用幾字來概括：博、雜、散。讀書筆記的内容涵蓋經史子集，十分廣泛，因此"博"是其最大特徵，加上大部分讀書筆記不拘體例，成書較爲隨意，又呈現"雜"和"散"的特徵。從叙述角度考察讀書筆記的特徵，其較常采用的是摘録引用、考證辨析、分析評論等叙述方式，一般的模式是先摘録所讀書中的内容，然後針對此内容加以考證辨析或分析議論，以《雲谷雜記》卷一中的一則爲例：

> 太史公《管仲贊》曰：吾讀管氏《牧民》《山高》《乘馬》《輕重》《九府》，詳哉其言之也。司馬貞《索隱》曰：皆管氏著書篇名。九府，蓋錢之府藏，其書論鑄錢之輕重，故云《輕重九府》。予按《輕重》與《九府》，自是兩篇名，貞但見李奇以圜法爲錢，故指九府爲錢之府藏，謂輕重爲論錢之輕重，遂合輕重於九府，非也。《九府》篇，劉向時已亡，而《輕重》篇，今固存也。貞略不致審，何其疎之如是耶？[1]

此則内容從開頭至"故云《輕重九府》"爲摘録引用部分，從"予按"至"今固存也"爲考證辨析部分，從"貞略不致審"至最後爲分析評論部分。一則完整的讀書筆記的叙述會包含以上三個部分，而在有些叙述中會忽

---

[1]（宋）張淏撰，李國强整理：《雲谷雜記》，《全宋筆記》第七編（一），鄭州：大象出版社2015年版，第11頁。

略"考證辨析"或"分析評論"部分。因此，讀書筆記的叙述模式可具體分爲"摘録引用＋考證辨析""摘録引用＋分析評論""摘録引用＋考證辨析＋分析評論"三種類型。

二、輯録摘鈔型

輯録摘鈔是筆記小説取材的重要方式之一，且自魏晉以來便被小説家們廣泛應用。唐五代小説家通過輯録摘鈔方式撰寫小説的情形逐漸增多，有大量作品取材自唐前或同時期的典籍。隨著印刷出版業的進步，書籍逐漸普及與易得，輯録摘鈔取材方式也越來越普遍。輯録摘鈔型作品一般會在收集材料之前設定某些主題，在限定主題範圍内選擇材料，較爲常見的主題包括歷史掌故、朝野軼事、神仙靈怪等。如魏晉以來的佛教徒和道教徒爲擴大自身影響而編纂的所謂"輔教之書"，其材料有不少來自於佛書、道書及前代類似作品，與佛教有關的有冥報、報應、地獄、靈驗等主題的作品，與道教有關的有各類神仙靈異故事集。唐末五代的著名道士杜光庭可謂編纂"輔教小説"的集大成者，其所編纂的道教小説有《墉城集仙録》《仙傳拾遺》《王氏神仙傳》《神仙感遇傳》《録異記》《道教靈驗記》等六部，[1] 這些作品的材料鈔撮自前代書籍者所占比例較大。到了宋元時期，隨著書籍流通的進一步擴大，文人藏書熱潮的興起，以及對前代小説作品豐厚遺産的繼承，小説家們得以在更爲豐富的書籍資料中獲取小説材料。除了"輔教之書"，設定命定、前定、夢兆、五行爲主題，從前代書籍中輯録相關材料編輯成書的做法在宋元時期頗爲引人注目。這類作品數量較多，規模也較大，如宋人尹國均的

1　除此六部作品外，還有《歷代崇道記》《洞天福地嶽瀆名山記》《天壇王屋山勝迹記》《毛仙翁傳》也有不少内容屬於道教小説。參羅爭鳴《杜光庭道教小説研究》第一章第四節《道教小説創作概况》，成都：巴蜀書社 2005 年版。

《古今前定録》雜録前代書籍中有關命定者輯爲一編，《郡齋讀書志》著録此書云：

> 右皇朝尹國均輯經史子集、古今之人興衰窮達，貴賤貧富，死生壽夭，與夫一動静，一語默，一飲一啄，定於前而形於夢，兆於卜、見於相貌，應於讖記者，凡一門，以爲不知命而躁競者之戒。至若裴度以陰德而致貴，孫亮以陰譴減齡之類，又別爲二門，使君子不以天廢人云。[1]

此後南宋委心子在尹書基礎上擴編而成《分門古今類事》，將前定事按類由原先三門擴爲十門，每門下排列故事，並注明出處，引書多達一百三十多種，經史子集佛典道藏均有采獵，大部分是志怪小説和軼事筆記，上起漢魏，而以唐宋居多，達九十餘種。

宋人編撰筆記小説喜采前人書，這從《通籍録異》《群書古鑒》等書名即可見其端倪。又由於時代接近，宋人尤好撝拾唐人遺事，故於唐人所著小説采擷特多。宋初張君房編筆記小説多種，包括《乘異記》《摭紳脞説前後集》《儆誠會最》《科名定分録》《麗情集》，除《乘異記》載五代宋初傳聞異事外，其餘多取材於宋前古書，如《摭紳脞説前後集》中不少故事取自前代小説，其中大部分爲唐人作品；[2]《儆誠會最》據書名推測可能是歷代善惡報應事的彙編；《科名定分録》全載唐朝科名分定事，估計是纂輯唐人小説中科名前定事而成；[3]《麗情集》則是以唐人傳奇爲主的彙編之作。鈔撮舊籍可

1（宋）晁公武撰，孫猛校證：《郡齋讀書志校證》，上海：上海古籍出版社 2011 年版，第 581 頁。

2 引書包括《樂府雜録》《盧氏雜説》《漢武帝内傳》《聞奇録》《稽神録》《玄怪録》《紀聞》《河東記》《玉溪編事》《瀟湘録》《廣異記》《王氏見聞》《玉堂閑話》《尚書故實》《抒情詩》《異夢録》《本事詩》等。據《詩話總龜》前集卷四〇云：“《摭紳脞説》載：《盧氏雜記》曰：‘歌曲之妙……’”據此推測《脞説》凡引録前人書有可能都注明了出處。參李劍國：《宋代志怪傳奇叙録》，北京：中華書局 2018 年版，第 104 頁。

3 李劍國著：《宋代志怪傳奇叙録》（增訂本），北京：中華書局 2018 年版，第 66 頁。

以基於不同的目的，唐人從事鈔撮其目的或是炫技逞博，或是好奇尚怪，或是保留史事，而宋人除了以上目的之外，還有休閑、自娱的目的。如陸游的《避暑漫鈔》乃是其避暑閑居時觀書鈔録而成，[1]而内容均爲唐宋間趣聞軼事；吕祖謙的《卧遊録》是其晚年自娱之作，王深源爲其作序云："太史東萊先生晚歲卧家，深居一室，若與世相忘，而其周覽山川，收拾人物之意未能已也。因有感於宗少文卧遊之語，每遇昔人記載人境之勝，輒命門人隨手筆之，而目之曰《卧遊録》，非直以爲怡神玩志之具而已。"[2]"卧遊"取典自南朝劉宋宗炳之事，[3]名其書爲"卧遊"，自寓有一種閑情雅致在内。[4]此後周密撰《澄懷録》，亦取典宗炳之卧遊，其自序云：

> 澄懷觀道，卧以遊之，宗少文語也，東萊翁用以名書，蓋取會心以濟勝，非直事遊觀也。惟胸中自有丘壑，然後知人境之勝，體用之妙，不在兹乎？余凤好遊，幾自貽戚，晚雖懲創，而煙霞之痼不可針砭，每聞一泉石奇、一景趣異，未嘗不躍然喜，欣然往。愛之者警以曩事，則悚然懼，慨然嘆曰：人生能消幾兩屐？司馬子長豈直以遊獲戾哉！因拾古今高勝、翁所未録者，附於卷末，名之曰《澄懷》，亦"高山""景行"之意也。[5]

---

1 所傳鈔之書目:《明皇雜録》《群居解頤》《獨見録》《中興紀事》《衷異記》《唐史》《大唐遺事》《嶺蘂集》《清異録》《鐵圍山叢談》《秘史》《春渚紀事》《廣異記》《仇池筆記》《中興筆記》《番禺雜記》《聞見録》。

2 （宋）吕祖謙撰，趙維國整理:《卧遊録》,《全宋筆記》第六編（三），鄭州：大象出版社 2013 年版，第 306 頁。

3 《宋書·宗炳傳》："（宗炳）好山水，愛遠遊……有疾還江陵，嘆曰：'老疾俱至，名山恐難徧覩，唯當澄懷觀道，卧以遊之。'凡所遊履，皆圖之於室，謂人曰：'撫琴動操，欲令衆山皆響。'"見（梁）沈約撰:《宋書》，北京：中華書局 1974 年版，第 2279 頁。

4 此書《顧氏文房小説》本四十六則，前二十一則録選《世説新語》，後十九則選自《蘇軾文集》，四則選自《陶淵明集》，兩則記宋人田畫、隱者辛前葷事。《説郛》本、《寶顏堂秘笈》本、《金華叢書》本，無王深源序，録文一一七則，前二十一則與《文房小説》本同，後九十六則出自《晉書》《廣弘明集》及六朝以來文集等，皆前代關於遊歷山水勝景之事迹。

5 （宋）周密輯，黄寶華整理:《澄懷録》,《全宋筆記》第八編（一），鄭州：大象出版社 2017 年版，第 91 頁。

此書乃爲續呂祖謙《卧遊録》而作，二人皆好遊，有所謂的"煙霞之痼"，至晚年而不熄。周氏纂此書之用意與呂祖謙也大抵相同，即通過拾取古書成説中遊觀山水之事迹，表達内心的情志以及高雅的生活趣味。

輯録摘鈔型筆記小説在體制上有兩個明顯特徵，一是摘録之内容多標明出處，一是編纂體例常常采用"類編"形式。輯録前代書籍並注明出處，且采用類編形式者，宋初《太平廣記》即是典型，其對宋元筆記小説的編創當有典範意義。標明出處有兩種形式，一種是在正文中標明，即每一則開頭列出書名，接著摘録内容；一種是在正文摘録内容，文末標明來源。如李石的《續博物志》步武張華《博物志》，廣徵博引，專事搜羅異書秘籍，此書開頭云："余所志，視華歲時綿歷，其有取於天，而首以冠其篇。次第倣華，説一事，續一事，不苟於搜索，與世之類書者小異，而比華所志加詳。"[1]此書内容絶大多數摘自古書，大多未注明出處，注明出處的有六十餘則，且采用在正文注明出處的方式，如：

> 《山海經・東荒經》曰："大荒之中，有山名曰大言，日月所出。有波谷山者，有大人之國。"又云："大荒之中，有山名曰合虚，日月所出。有中容之國。"

> 《河圖括地象》云：二儀氣分，伏者爲天，偃者爲地。

> 《物理論》云：水土之氣升爲天。

> 《廣雅》云：東方蒼天，東南陽天，南方炎天，西南朱天，西方成

---

[1]（宋）李石撰，燕永成整理：《續博物志》，《全宋筆記》第四編（四），鄭州：大象出版社 2008 年版，第 162 頁。

天，西北幽天，北方玄天，東北變天，中央鈞天。[1]

此書摘録對象大部分是唐前書，其中以摘録《酉陽雜俎》最多，宋事亦多引據前人書，如《該聞録》《香譜》《硯譜》《子華子》《子程子》《邇齋閑覽》《集仙傳》《埤雅》《江淮異人録》等。[2]

采用文末標明出處的作品也較爲常見，《太平廣記》即采用這種形式，其他比較典型的有《宋朝事實類苑》《樂善録》《分門古今類事》等，其中《宋朝事實類苑》彙集宋代著述中朝野軼事，《四庫全書總目》稱其“所引之書，悉以類相從，全録原文，不加增損，各以書名注條下，共六十餘家”，[3]《樂善録》彙集舊籍中勸善懲惡之事，“出處大都在條末用小字注明，或在文中揭出”，[4]《分門古今類事》摘録四部典籍中命定之事，每則下皆注明出處。

“類編”形式來自類書，將其運用自小說者最遠可追溯至漢代劉向編纂的《説苑》《新序》，而更明顯的仿效對象則是劉義慶的《世説新語》。《世説新語》將搜集之材料分門別類，體例清晰，便於觀覽，且語言簡潔雋永，頗富興味意趣，故自唐以來模仿之作甚多。宋代的《唐語林》《續世説》雖於門類、取資皆有所出入，其用意規制皆本自《世説新語》。此外采用類編形式的作品還有不少，如《通籍録異》《窮神記》《至孝通神集》《禁殺録》《古今前定録》《宋朝事實類苑》《分門古今類事》《勸戒別録》等都爲類編之書，[5]

1（宋）李石撰，燕永成整理：《續博物志》，《全宋筆記》第四編（四），鄭州：大象出版社 2008 年版，第 164—165 頁。

2 李劍國著：《宋代志怪傳奇叙録》（增訂本），北京：中華書局 2018 年版，第 528 頁。又今人李之亮對此書材料來源作有詳細考證，指出此書“幾乎全部是鈔録而成。書中一些條目他注明了出處，更多的條目却未注明出處。粗看上去，似是他記録當時的俗傳，但一經檢查，便發現多是從他書轉録來的”。見李之亮：《〈續博物志〉前言》，《續博物志》前附，成都：巴蜀書社 1991 年版，第 3 頁。

3（清）永瑢等撰：《四庫全書總目》，北京：中華書局 1965 年版，第 1061 頁。

4 李劍國著：《宋代志怪傳奇叙録》（增訂本），北京：中華書局 2018 年版，第 507 頁。

5《通籍録異》入《秘書省續編到四庫闕書目》“類書類”，《窮神記》入《宋志》“類事類”，《至孝通神集》入《宋志》“類事類”，《禁殺録》入《郡齋讀書志》“類書類”，《勸戒別録》入《宋志》“類事類”。

且隨著時間推移，分類越來越繁，采書也越來越廣，如《宋朝事實類苑》分爲二十四類，[1] 引書超過五十種；《唐語林》分爲五十二類，引書達五十種；《續世説》分爲三十八門；《古今分門類事》引書超過一百三十種。

　　綜上所述，自唐至宋，小説作者取材範圍基本上來自口説見聞和遺書舊編兩方面。隨著時間的推移，新的傳聞故事不斷產生，成爲小説取材的對象，因此口説見聞在筆記小説的材料來源中始終占有十分重要的地位。與此同時，鈔撮舊籍的比重也越來越大，特別是到了宋代，經過唐代小説的繁榮發展，需要對已有的作品作一番梳理和總結，故而出現了如《太平廣記》這樣官方編纂的大型書籍和如《紺珠集》《類説》《續談助》這樣私人編纂的小説總集、叢集。宋人"崇實"的治學風氣也致使其對書面材料的偏好，加上良好的文化環境，出版繁榮、書籍易得，爲宋人讀書、鈔書、編書打下了堅實基礎。宋人好鈔撮、編纂小説，越到後期其風越盛，其好處在於能夠廣收博取，保存大量珍貴的小説作品，且很多作品分門別類、注明出處，較爲嚴謹，便於閲覽和取資。當然，也不乏粗製濫造，所謂"擇材濫而不精，信手鈔録，鷄零狗碎，不成大觀"[2] 者。

---

1 今存二本，一本六十三卷，分二十四類，一本七十八卷，分二十八類。

2 李劍國著：《宋代志怪傳奇叙録》（增訂本），北京：中華書局 2018 年版，第 528 頁。

第二章
宋元筆記小說的體制、叙事及審美特徵

唐五代筆記小説某些作品因"傳奇筆法"的滲入而呈現"以傳奇爲骨"的面貌，與傳統的筆記小説有所區別，這不得不説是唐五代筆記小説的獨特之處。但正如浦江清所説，傳奇在唐代的出現是"獨秀的旁枝"，[1] 雖然奪目耀眼，却並未扭轉小説發展的主幹。到了宋元時期，隨著傳奇小説的衰落，筆記小説也重新回到了尚實黜虚、尚質黜華的老路上來。那宋元筆記小説的文體形式較唐五代筆記小説有哪些變化呢？我們認爲，宋元筆記小説的這些變化是建立在繼承原有文體形式的基礎上的，表現爲某些文體要素在程度、範圍上的提升或擴大；同時，它又是時代差異的産物，即宋元時期的宗教思想、政治制度、社會形態、文化風氣、學術趣味等較唐五代有顯著的不同，並曲折地反映在宋元文人的著述中，而筆記小説即是其一。

第一節　體制的繼承與發展

宋元筆記小説在總體上延續了自唐五代以來形成的體制形態，同時也有所發展。首先，宋元筆記小説沒有改變其"殘叢小語"的基本樣貌，即整體上的博雜、叢聚和單則内容的短小、簡潔。某些重要的體制特徵如標題和

1　浦江清：《論小説》，浦江清著：《浦江清文録》，北京：人民文學出版社 1958 年版，第 186 頁。

分類等，宋元筆記小説依然沿用，並呈現逐漸增多的趨勢。其次，宋元筆記小説的體制特徵在繼承的基礎上有所强化，具體表現在采用擬定標題和類編形式的作品逐漸增多，在標題的整齊化、叙事化和分類的多樣化、細緻化方面，都有很大程度的提升，並具有很高的自覺性，這一發展推動了筆記小説在體制上進一步走向成熟。

一、“標題”的繼承與發展

在論述唐五代筆記小説的標題特點時，我們有過以下一些觀點：首先，擬定標題的做法在唐五代筆記小説中雖意義重大，但並不普遍，總體還處在起步階段；其次，標題的類型主要有“名詞型”和“短語型”兩種，前者簡單，後者則具有一定的叙事性，且以前者爲主；第三，在擬定標題的作品中，除了《唐國史補》《雲溪友議》等少數作品外，大部分作品的標題乃是“不自覺”意識下的産物。到了宋元時期，以上情況有了明顯的變化：無論是自撰還是編纂，筆記小説作者擬定標題的“自覺”意識大爲提高，具有標題的作品數量有了明顯的增加。在標題的類型中，“短語型”標題的比重有所上升，其中有些標題的結構較一般短語更爲複雜，叙事性大爲提高。這種變化一方面提高了擬定標題的水平，增强了標題的文學性、藝術性，另一方面也進一步鞏固了筆記小説的體制特徵。

宋元筆記小説的“名詞型”標題延續了唐五代筆記小説的“人物名”和“事物名”兩種類型。“名詞型”標題的代表作品當屬宋初的《太平廣記》，此書規模龐大，雖爲搜集整理之作，非出自撰，但在編訂舊作過程中，無論原作是否有標目，都給每一則故事重新擬定了標題，所擬定之標題以“人物名”居多，“事物名”標題數量也不少。其中，“人物名”標題可細分爲多種形式，有的是人物姓名，如“郭璞”“杜子春”“徐福”“孫思邈”等，有的是名號尊稱，如"老子""廣成子""鬼谷先生""南嶽真君"等，有的是代稱，如"泰山老父""衡山隱者""麒麟客""陽平謫仙"等，有的是間接稱呼，如"王母使者""魏方進弟""韓愈外甥""程偉妻""安禄山術士"等，有的是帝號，如"漢武帝""周穆王""燕昭王""唐憲宗皇帝"等，有的是一般稱呼，如"張老""王老""黑叟""裴老""賣藥翁"等，有的人物名稱前會加上地名、籍貫、國籍或職業，如"嵩山叟""益州老父""番禺書生""天毒國道人""道士王纂""女巫秦氏"等。"事物名"標題主要出現於物類類目中，包括非生物、植物、動物幾大類目中，標題也涵蓋了這幾大類目中的各種事物，如"山"類中的"玉笥山""太翩山"，"石"類中的"黄石""馬肝石"，"寶"類中的"玉辟邪""軟玉鞭"，"草木"類的"夫子墓木""五柞"，"畜獸"類的"周穆王八駿""漢文帝九逸"，"禽鳥"類的"飛涎鳥""細鳥"，"水族"類的"東海大魚""鯨魚"等。此外，《太平廣記》的標題中也夾雜了一些"短語型"標題，如卷五十中的"嵩岳嫁女"，卷二百八十九中的"魚目爲舍利""目老叟爲小兒""捉佛光事"等。《太平廣記》之外采用"名詞型"標題的作品仍有不少，如《江淮異人録》《括異志》《搜神秘覽》大多數爲人名標題，《清異録》人名、物名兩種標題皆有。此外如《茅亭客話》《桯史》《四朝聞見録》《清波雜志》《宋朝事實類苑》《夷堅志》《齊東野語》《癸辛雜識》等作品雖然融合了其他標題類型，標題形式逐漸多樣化，其中以人物、事物名稱爲標題仍占據相當比例。雖然有人認爲這種擬題方式是一次"復古的倒退"，[1] 但不可否認，"名詞型"標題在宋元筆記小説中仍占據重要地位，這是由筆記小説自身特點所決定的。

宋元筆記小説的標題相對於唐五代的發展主要體現在兩點：一是"短語型"標題比重增加，標題的"叙事性"逐漸增強；一是標題的"整齊性"進一步提升。同樣是爲前人作品擬定標題，南宋時期的一批諸如《類説》《紺

---

1 李小龍著：《中國古典小説回目研究》，北京：北京大學出版社 2012 年版，第 61 頁。

珠集》《新編分門古今類事》《宋朝事實類苑》這樣的小説叢書、類書，以及一批收録小説内容的普通類書如《孔帖》《海録碎事》《錦繡萬花谷》等，突破了《太平廣記》的擬題方式，同一則内容所擬的標題形式從之前的"名詞型"轉變爲"短語型"。如薛用弱《集異記》被《廣記》中所引的"徐佐卿"條，《類説》題"孤鶴中箭"，《分門古今類事》題"佐卿留箭"，《錦繡萬花谷》題"沙苑射雁"；《廣記》所引"王積薪"條，《類説》題"王積薪聞婦姑圍棋"，《孔帖》《古今事文類聚》《錦繡萬花谷》各題"婦姑弈棋""婦姑手談""可教常勢"；《廣記》所引"凌華"條，《錦繡萬花谷》《古今事文類事》各題"病見吏鑿玉枕骨""玉枕骨亡"。又如徐鉉《稽神録》曾被《廣記》大量摘録，又被《類説》删摘二十二條，兩者共同摘録的故事標題有很大不同，《廣記》的"鄭就""茅山牛""江西村嫗""僧瑝楚""浦城人"等條在《類説》中分别爲"廉頗寶劍""汗衫自牛口出""蚯蚓覆誤死人臍中""揚州掠剩鬼""有金何不供母"。通過比對，可以發現《廣記》所摘録故事的標題到了《類説》等類編、叢編中都作了重新的擬定，且多以短語、短句爲主，叙事性有了明顯的增强。此外，在標題的整齊化方面，委心子所編的《新編分門古今類事》十分突出，此書每則故事皆以四字標目，如"周武得璽""趙軼病瘳"等，僅極少數例外。[1]

除了類編、叢編，標題"叙事性""整齊性"的强化在《青瑣高議》《緑窗新話》《醉翁談録》等通俗化的筆記小説中表現得更加明顯。早在宋初張齊賢所撰的《洛陽搢紳舊聞記》中，這種迹象已經有所顯露，此書 21 則，每則皆有標題，標題有長有短，大部分屬"短語型"標題，其中幾則標題達到了七字、八字的長度，[2] 有些標題如"梁太祖優待文士""陶副車求薦見

---

1 計有"一殿三天子""城下三天子""張君房靈夢志""先大夫龍泉夢記""蒲教授荆山夢記"等五則。

2 分别爲"梁太祖優待文士""陶副車求薦見忌""泰和蘇揆父鬼靈""齊王張令公外傳""衡陽縣令周妻報應""張相夫人始否終泰""田太尉候神仙夜降""宋太師彦筠奉佛""水中照見王者服冤""洛陽染工見冤鬼"等。

忌”“宋太師彦筠奉佛”等，屬於三二二式，與後世話本、章回小説的回目已十分類似，故有人稱其爲“開後世小説七字標目之先河”。[1]《青瑣高議》是北宋劉斧所編的“傳奇志怪雜事小説集”，此書《郡齋讀書志》《通志·藝文略》《宋史·藝文志》等書目皆著録爲十八卷，今存本爲前後集各十卷，別集七卷，故知爲後世重編本。[2]《青瑣高議》標題的特點是使用了正、副二重標題，即每一則有兩個標題，在正式標題下附有一個副標題。正式標題比較隨意，有人名如李相、許真君、顔魯公等，有東巡、善政、明政、議醫這樣的詞語，有些則更像書名或篇名，如“彭郎中記”“紫府真人記”“書仙傳”“名公詩話”“驪山記”等，標題的混雜與此書内容的龐雜當有很大關係。[3]不過值得注意的是附於正標題下的副標題，這些副標題明顯經過精心的擬定，大多爲七字，少數爲六字或八字，如上述“李相”的副標題是“李丞相善人君子”，“顔魯公”的副標題是“顔真卿羅浮屍解”，“議醫”的副標題是“論醫道之難精”，“東巡”的副標題是“真宗幸太岳異物遠避”，這些副標題的叙事化、整齊化在以往筆記小説中極爲罕見，却與後世話本、章回小説的回目極爲類似，故有人認爲其“完全受當時説話的影響”，“全仿效話本”。[4]目前學界對於《青瑣高議》的副標題是否原本即有還存在爭議，[5]但可

1　李劍國著：《宋代志怪傳奇叙録》（增訂本），北京：中華書局 2018 年版，第 71 頁

2　參見李劍國著：《宋代志怪傳奇叙録》（增訂本），北京：中華書局 2018 年版，第 283—289 頁。

3　李劍國《宋代志怪傳奇叙録》指出此書“作爲小説集，既不同於一般創作集，也不同於《異聞集》《麗情集》之類小説選集及宋代常見之鈔撮前人故事的雜纂雜編，乃集三者爲一書之混合型小説集”，内容的龐雜以及自撰、選編、摘鈔的成書方式，使其標題也呈現多種形式混合的狀態。參見李劍國著：《宋代志怪傳奇叙録》（增訂本），北京：中華書局 2018 年版，第 295 頁。

4　胡士瑩著：《話本小説概論》，北京：中華書局 1980 年版，第 148—149 頁。

5　李劍國指出今本《青瑣高議》乃南宋書賈之重編本，七字標目非劉斧原書所有，乃是重編者所爲，“南宋紹興間皇都風月主人編《緑窗新話》全用七字標目，此殆仿之”。參見李劍國：《宋代志怪傳奇叙録》（增訂本），北京：中華書局 2018 年版，第 289 頁。凌郁之認同李劍國的觀點，認爲《青瑣高議》《緑窗新話》的七字標題“很可能是南宋以後書坊所擬加”“未必是宋人舊觀”，“其七言係爲標題而標題，爲求整齊劃一而刻意做成七言形式，有的殆同累贅，有的形同虚設，多數並不具有標題的意義”，凌氏進一步懷疑七字題與宋代説話之間的關係，《青瑣高議》的七言標題“本不屬於口語之説話，而更可能出於追求書面語言之美感”，又指出“話本七字標目到了明代才形成風氣，在宋元均未發現更多例證。我們很難説，到底是後來（轉下頁）

以確定的是，這種"類回目"的出現，同筆記小説的趨俗有著緊密關係：一方面考察作者劉斧的身份可知其並非傳統的士大夫，而是處於社會中下層的一般文人，或是"一個以舌辯見長的説話人"，"正和隋代的侯白秀才一樣"，[1] 既具備傳統士大夫的文采學識，也熟悉世俗社會，了解底層民衆的文學喜好；另一方面考察此書内容，可知此書具有從傳統筆記小説向通俗小説過渡的性質，"是文言小説通俗化過程中的關鍵性作品：有著文言小説的面貌，却反映著白話小説的内容；在形式上對文言小説有所突破，在内容上成爲宋元話本取材之淵藪"。[2]

在《青瑣高議》之後，尤其到了南宋，類似的通俗性筆記小説逐漸增多，在標題的整齊化、通俗化方面有突出表現，其中整齊化的代表是《緑窗新話》，而通俗化的代表是《醉翁談録》。《緑窗新話》的成書方式和内容都與《青瑣高議》頗爲類似，從書名及作者署名可以看出此書也與《青瑣高議》的性質相近，程毅中在論述《緑窗新話》時指出："從書名看，二者（按：指《青瑣高議》和《緑窗新話》）就是一副很好的對子。它輯録的故事一律用七言句的標題，連原題也不要了，就比《青瑣高議》更進一步地走向了世俗化。"[3]《緑窗新話》一律以七字爲標題，七字標題成爲正式標題，而非附屬，且作者在排列篇目時以類相從，前後兩篇構成對偶形式，如"劉阮遇天台女仙""裴航遇藍橋雲英"；"漢成帝服謹䘏膠""唐明皇咽助情花"等，

（接上頁）話本小説模仿了《緑窗新話》，還是《緑窗新話》本無此七字標題，而爲後世坊賈所添加"。參見凌郁之：《走向世俗——宋代文言小説的變遷》，北京：中華書局 2007 年版，第 268—284 頁。凌氏傾向認爲《青瑣高議》《緑窗新話》的七字標題並非原書所有，而出自宋以後之明代書賈之手，其理由是"七字標題應屬於民間説話體制，而不是文人筆記或類書的慣例"。故《青瑣高議》《緑窗新話》本非話本，七字標題亦非宋時原貌，而後世書賈曾將其改編，説話人亦曾視其爲話本，用作話本使用，七字標題亦在此時被添加到原書中。李小龍對李、凌二人的觀點有所辯駁，參見《中國古典小説回目研究》，北京：北京大學出版社 2012 年版，第 65—68 頁。

1 程毅中著：《宋元小説研究》，南京：江蘇古籍出版社 1999 年版，第 100—101 頁。

2 李小龍著：《中國古典小説回目研究》，北京：北京大學出版社 2012 年版，第 64 頁。

3 程毅中著：《宋元小説研究》，南京：江蘇古籍出版社 1999 年版，第 184 頁。

這種標題形式是前所未有的，在中國古代小説史上具有重要意義，“成爲後來擬話本短篇小説和演義體長篇小説運用對偶回目的先驅”。[1] 南宋後期羅燁所編的《新編醉翁談録》較《青瑣高議》《緑窗新話》具有更强的通俗性，與説話聯繫也更爲緊密，李劍國指出此書是“書會才人”專門“編與説話人用作參考之資料書，多採‘風月’故事也”，[2] 從所設諸如“私情公案”“煙粉歡合”“婦人題詠”“嘲戲綺語”“煙花品藻”這樣的名目來看，其明顯迎合了市民、市井等下層人民的喜好，而且此書在取材上也不同於《青瑣高議》《緑窗新話》收取、摘録前代作品，而大量收録了當代作品，如《張氏夜奔吕星哥》《林叔茂私挈楚娘》《静女私通陳彦臣》《柳耆卿以詞答妓名珠玉》《杜正倫譏任瓌怕妻》《王魁負心桂英死報》《紅綃密約張生負李氏娘》《華春娘題詩遇君亮成親》等，[3] 多爲男女離合悲歡的艷情故事，其標題雖不如《緑窗新話》整齊，而通俗性却大爲增强。

二、“分類”的繼承與發展

前文將唐五代筆記小説的分類方式主要分爲“知識譜系”和“價值譜系”兩種，這兩種分類方式在宋元筆記小説中都得到了繼承，並有了一定程度的變異。此外，宋元筆記小説的分類方式相較於唐五代更加靈活和多元，並受到這一時期社會思潮和文化趣聞的影響，具有較爲鮮明的時代特色。

專門采用“知識譜系”分類方式的宋元筆記小説數量不多，最具代表性的作品是北宋陶穀所編的“博物體”小説《清異録》。此書采摭群書，分類編纂成三十七門（類），其類目按天、地、君、臣、民的順序依次排列，接

---

1 （宋）皇都風月主人編，周楞伽箋注：《緑窗新話》“前言”，上海：上海古籍出版社1991年版，第3頁。

2 李劍國著：《宋代志怪傳奇敍録》（增訂本），北京：中華書局2018年版，第656頁。

3 以上標題據（宋）羅燁著：《醉翁談録》，上海：古典文學出版社1957年版。

著是佛、道，接著是草、木、果、疏、藥、禽、獸、蟲、魚，接著是有關
人之衣食住行各類雜目，如居室、衣服、陳設、器具、酒漿、饌羞等，最
後是鬼、神、妖門，這一類目排列體現了北宋初期儒家知識份子的知識譜
系，首重天地，次重人事，人事中首重儒家君臣民入世之義，次重釋道出世
之説；草木蟲魚諸類顯示出儒家博物洽聞的趣味；衣食住行各類反映儒家
對世俗社會的關注；鬼神妖三類處於最後，表明儒家重人事、遠鬼神的入世
態度。除了《清異録》，宋代還有《續博物志》《廣博物志》，李石的《續博
物志》卷首稱其書"次第仿華，説一事，續一事，不苟於搜索，與世之類書
者小異，而比華志加詳"，[1] 顯然是步武《博物志》之作。事實上《續博物志》
並未分類，只是各卷有所側重，譚獻稱其"推廣前《志》，差有條理"，[2] 而以
天象爲首，與《清異録》類似，反映出宋代此類作品的一致性。此外，陳善
的《捫蝨新話》也是一部按照"知識譜系"分類的作品，内容多爲考論經
史、評論詩文，兼及人間雜事。此書原本未分類，據後人考證分類乃出自元
人所爲。[3] 此書的類目能充分體現出宋代儒家士大夫所涉及的知識廣度，所
謂"貫穿經史百氏之説，開拔古人議論之所未到"[4] 正體現出這一點。從類目
的編排上也能反映出某些宋元士人關於知識的價值判斷與分布情況，此書首
先按"經類""史類""子類"到"文章類""詩類""詩文類""詩詞類""詞
曲類""書畫""識類"的順序排列，與傳統書目中的四部分類法基本一致；
接著是"聖賢類""異端類""儒釋類""老氏類""佛氏類""佛老類""神仙

1（宋）李石撰，燕永成整理：《續博物志》，《全宋筆記》第四編（四），鄭州：大象出版社 2008 年版，
第 161 頁。

2（清）譚獻著，范旭侖整理：《復堂日記》卷五，石家莊：河北教育出版社 2000 年版，第 111 頁。

3 案此書原名《窗間紀聞》，《直齋書録解題》"小説家類"著録爲一卷，題陳子兼撰，未云分類，今
所見分類本乃明代毛氏汲古閣刊十五卷本，據涵芬樓藏版夏敬觀跋云："明毛氏汲古閣刊十五卷分類本，與
《敏求記》所稱影宋標題《朝溪先生捫蝨新話》者同出一源，殆爲元人所分類析卷歟？"由此推測此書之分
類乃元人所爲。

4（宋）陳益：《捫蝨新話序》，（宋）陳善撰，查清華整理：《捫蝨新話》，《全宋筆記》第五編（十），
鄭州：大象出版社 2012 年版，第 4 頁。

類”，體現出作者的“三教”觀念，即“三教”並重，又以“儒家”爲中心；接著從“學校類”到“誅殺類”是對人物的分類，這些類目體現出作者對人才的重視，如“用人類”“設官類”“人才類”“人事類”等，以及對人物忠奸善惡的區分，如“功過類”“朋黨類”“忠義類”“奸佞類”等，具有價值判斷的意味；接著是“夢寐類”“變化類”“死生類”“鬼神類”，是關於未知領域的知識；最後是“花木類”“蟲魚類”“山川類”“古迹類”，是關於自然名物的知識。《捫蝨新話》的類目排列對《清異録》有所繼承，如對人事、“三教”的重視，博物的趣味等，也有所區別，而最大的不同在於經、史、子、詩文等類目的位置大爲提前，體現出對古代經典的重視以及“右文”傾向。

宋元時期采用“價值譜系”分類方式的筆記小説有《續世説》《唐語林》《南北史續世説》《澠水燕談録》《麈史》和《皇宋事實類苑》等幾種。其中前三種都是模仿《世説新語》的“世説體”小説，作者從前代舊籍中摘録人物事迹加以分類編排，類目較《世説新語》有所增損。[1] 由於這些作品都是取材自前代書籍，類目大半繼承自《世説新語》，新意不足，新設類目又顯得雜亂而無章法，雖爲宋人所撰，而内容缺乏時代特色，與《大唐新語》相比大爲遜色。能夠體現宋代特色及其價值譜系的作品當屬王辟之的《澠水燕談録》、王得臣的《麈史》和江少虞的《皇宋事實類苑》。首先，三書皆以記録當代事迹爲主，集中體現了宋代政治、文化特色。《燕談録》和《麈史》記録師友、賓佐之談論，皆爲當時朝廷州里之事；《皇宋事實類苑》冠以

1　其中，《續世説》分爲三十八類，三十五類仍《世説新語》之舊，未列“豪爽”一類，新增“直諫”“邪諂”“奸佞”三類；《唐語林》分爲五十二類，其中三十五類仍《世説新語》之舊，未列“捷悟”一類，新增“嗜好”“俚俗”“記事”“任察”“誤佞”“威望”“忠義”“慰悦”“汲引”“委屬”“砭談”“僭亂”“動植”“書畫”“雜物”“殘忍”“計策”等十七類；《南北史續世説》分爲四十七類，《四庫全書總目》提要云：“今考其書，惟取李延壽南北二史所載碎事，依《世説》門目編之，而增以博洽、介潔、兵策、驍勇、遊戲、釋教、言驗、志怪、感動、癡弄、凶悖十一門，别無異聞可資考據。”四庫館臣更懷疑此書爲明代僞書，今人考訂爲南宋作品，參見甯稼雨著：《中國志人小説史》，瀋陽：遼寧人民出版社1991年版，第230—231頁。

"皇宋"，不同他書鈔録前代書籍，而專録當代朝野事迹。汪俣在爲此書作序時引述作者語云："古之述世説者多矣，與其有述於古，孰若有述於今？非今之言勝，今之時勝也。"[1]表明其有很强的時代意識。在類目設置和排列上，三者亦有異曲同工之處。《澠水燕談録》全書分爲"帝德"、"讜論"、"名臣"、"知人"、"奇節"、"忠孝"、"才識"、"高逸"、"官制"、"貢舉"、"文儒"（附"書籍"）、"先兆"、"歌詠"、"書畫"、"事志"、"雜録"、"談謔"等十八類；《麈史》分上中下三卷，卷上分爲"睿謨""國政""朝制""國用"等十二類，卷中分爲"賢德""志氣""度量""知人"等十七類，卷下分爲"姓氏""古器""風俗""奇異"等十五類，全書共分爲四十四類；《皇宋事實類苑》全書分爲"祖宗聖訓""君臣知遇""名臣事迹""德量智識""顧問奏對""忠言讜論""典禮音律""官政治績""衣冠盛事""官職儀制""詞翰書籍""典故沿革""詩歌賦詠""文章四六""曠達隱逸""仙釋僧道""休祥夢兆""占相醫藥""書畫伎藝""忠孝節義""將帥才略""知人薦舉""廣知博識""風俗雜誌""談諧戲謔""神異幽怪""詐妄謬誤""安邊禦寇"等二十八類。[2]三書的類目大致都按君、臣、民、僧、道的順序排列，將有關君臣事迹、朝制國政、制度禮儀等類目置於前列，次之以官僚準則、科舉制度、文士修養等類，而將隱逸、僧道、風俗、醫卜、談謔、怪異等類置於最後。可以看出，三者都是按事物價值、地位的高低進行排列，反映出作者作爲封建官僚和儒家學者的價值譜系。在儒家思想占據主導地位的古代，這一價值譜系具有普遍性。正如江少虞在自序中所云："聖謨神訓，朝事典物，

1　（宋）汪俣：《皇宋事實類苑後序》，（宋）江少虞撰：《宋朝事實類苑》附録，上海：上海古籍出版社1981年版，第1029頁。

2　《宋朝事實類苑》今存兩個版本，一是日本木活字本，稱《皇宋事實類苑》，七十八卷，分爲二十八類；一是《四庫全書》本，稱《事實類苑》，六十三卷，分爲二十四類。江少虞於紹興十五年自序稱"釐爲二十八門"，又於紹興戊寅（二十八年）自序稱"始於本朝祖宗聖訓，終於風土雜志，總六十三卷"，考七十八卷本"祖宗聖訓"至"風俗雜誌"正爲二十四門，而多出"談諧戲謔""神異幽怪""詐妄謬誤""安邊禦寇"四門。推測此書原本爲七十八卷二十八門，後經作者重新整理，删爲六十三卷二十四門。

與夫勳名賢達前言往行，藝術仙釋神怪之事，夷狄風俗之殊，纖悉備有。"[1]
既是對作品内容的概括介紹，也反映出各類目在作者心目中價值之高低。

宋元筆記小説中運用分類編排内容的作品數量較唐五代有所增加，除
了以上兩種分類方式，還有一些特殊的分類方式，這顯示出宋元筆記小説體
制在繼承中有所發展。有些作品因規模龐大，一種分類方式無法涵蓋所有
内容，因此采用多種分類方式，其中以《太平廣記》最爲典型。由於收録作
品數量衆多，且性質各異，《太平廣記》的分類呈現多層次混合的狀態，其
類目設置和安排整體上按照"道—釋—儒"三教的順序排列，其中道、釋
兩大宗教類目占有較大比重，一方面展現出宗教觀念對筆記小説强大的影
響力，另一方面也表明宋初在思想觀念領域的寬鬆。具體來看《太平廣記》
的類目編排和分布，其分類方式具有兩大特點，一是其類目分布的"多層
次性"，一是其類目呈現混合狀態。所謂"多層次"是指其分類按照多個層
次，並呈現由上往下、由粗趨精的態勢。其中，類目排列的最高層次是道
教類目、佛教類目、儒家類目、名物類目、其他類目，在儒家類目下又分
爲人事類目、神怪類目，名物類目下又分非生物類目、植物類目、動物類
目，人事類目下又分爲德行類目、道藝類目、戒行類目、婦僕類目，神怪類
目下分爲夢幻類目、鬼神類目、死亡類目，由此可以看到整體的類目可劃分
爲三個層次。所謂類目的"混合"是指類目的擬定和劃分采用了不同的標
準，使其整體上呈現出混合的狀態。例如，"神仙""女仙""方士""異人"
是按人物屬性分；"報應""徵應""定數""讖應""感應"是按情節屬性
分；"諷諫""廉儉""吝嗇""氣義""知人""精察""俊辯"是按價值屬性
分；"文章""樂""畫""書""醫""相""器玩""夢""鬼神""幻術""妖
怪""精怪"是按事物屬性分；"雷""雨""風""虹""山""石""金""草

1（宋）江少虞：《皇宋事實類苑原序》，《宋朝事實類苑》附録，上海：上海古籍出版社 1981 年版，
第 1027—1028 頁。

木""龍""虎""畜獸""水族""昆蟲"是按知識屬性分。洪邁所編《夷堅志》規模宏大而不分類，後世有好事者摘録其内容分類編排，南宋時即有陳日華選本、[1] 何異選本、[2] 葉祖榮選本三種類編本，陳、何二本已佚，葉祖榮的《分類夷堅志》則較爲流行。[3]《分類夷堅志》共分三十六門，門下設類，共一百一十三類，其分門方式頗同《太平廣記》，如甲集的"忠臣""孝子""節義"門是按價值屬性分；乙集至戊集的"陰德""陰遺""冤對報應""欠債""妬忌""貪謀""詐謀騙局""前定"等門是按情節屬性分；乙集的"禽獸"門、戊集的"夫妻"門、己集至癸集的"神仙""釋教""神道""鬼怪""醫術""卜相""雜藝""妖巫""夢幻""奇異""精怖""墳墓""設醮""冥官"等門是按事物屬性分。除了《太平廣記》《分類夷堅志》外，規模較大的分類作品還有《二百家事類》六十卷，《郡齋讀書志》"小説類"著録，稱其"分門編古今稗官小説成一書"，[4] 性質與《太平廣記》類似，其具體類目已不可知，推測其大致亦與《廣記》相類。除了采用混合分類方式外，宋元筆記小説還有一種專題分類方式，即圍繞某一專題作細分，如《丞相魏公譚訓》《朝野類要》《古今前定録》《分門古今類事》等。《丞相魏公譚訓》是作者蘇象先追述其祖父蘇頌事迹遺訓的作品，是以蘇頌爲中心記録其言行的雜録，作者將這些言行細分爲二十六類，這些類目涵蓋了主人公的日常生活，既有涉及家國大事的"國論""國政""家世"等

---

1 何異《容齋隨筆序》云："僕又嘗於陳日華嘩，盡得《夷堅十志》與《支志》《三志》及《四志》之二，共三百二十卷，就摘其間詩詞、雜著、藥餌、符呪之屬，以類相從，編刻於湖陰之計臺，疏爲十卷，覽者便之。"見（宋）洪邁撰，孔凡禮點校：《容齋隨筆》附録，北京：中華書局 2005 年版，第 980 頁。又《直齋書録解題》"小説家類"著録陳昱日華《夷堅志類編》三卷，稱"取《夷堅志》中詩文、藥方類爲一編"。見（宋）陳振孫撰，徐小蠻、顧美華點校：《直齋書録解題》，上海：上海古籍出版社 2015 年版，第 337 頁。

2 何異《容齋隨筆序》云："僕因此搜索《志》中，欲取其不涉神怪，近於人事，資鑒戒而佐辯博，非《夷堅》所宜收者，別爲一書，亦可得十卷。"見（宋）洪邁著：《容齋隨筆》，上海：上海古籍出版社 2015 年版，第 1 頁。

3 葉祖榮《分類夷堅志》五十一卷，從甲至癸，分十集，嘉靖二十五年（1546）洪楩清平山堂刻本。

4（宋）晁公武撰，孫猛校證：《郡齋讀書志校證》，上海：上海古籍出版社 2011 年版，第 594 頁。

類，也有關於日常瑣事的記録如"恬淡""器玩""飲膳""疾醫""卜相"
等，且按照類目重要程度進行排列。《朝野類要》主要記録宋朝的典章制度
及習俗，是對制度習俗名稱的講解與介紹，圍繞這一主題分成"班朝""典
禮""故事"等二十類。《古今前定録》和《分門古今類事》都是以"前定"
爲主題的故事類編，後者在前者的基礎上增編而成，分爲"帝王運兆""異
兆""夢兆""相兆""卜兆""讖兆""祥兆""婚兆""墓兆""雜誌""爲善
而增""爲惡而削"等十二類，是將前定之事按情節類型細分的結果。其他
如宋庠編《楊文公談苑》分爲二十一類，畢仲詢的《幕府燕閑録》分爲二十
類，陳正敏的《遯齋閑覽》分爲十類，其分類方式大要不出《太平廣記》之
範圍。至於像宋代錢民逸的《南部新書》按天干順序分爲"甲"至"癸"十
部分，各部分内容無側重，類別特徵不明顯，這種劃分與分卷無異，嚴格意
義上已不屬於分類。

第二節　叙事的繼承與發展

在上一編中，我們對唐五代筆記小説的叙事特徵作了細緻的概括，如
"描述説明、考證羅列"的叙事方式、"史官化""類型化"的叙事以及叙事
的"雜糅性"等，這些叙事特徵在宋元筆記小説中都有著不同程度的繼承，
某些部分在繼承中有所發展。此外，由於政治經濟等因素導致的社會文化背
景的差異，宋元筆記小説的叙事方式和語言運用産生了諸多新變，其中最爲
突出的是受到通俗小説、民間口語的影響，出現了一批融合雅俗、具有強烈
世俗趣味的作品，體現出宋元筆記小説叙事逐漸走向通俗化和日常化。

唐五代筆記小説的"史官化"叙事體現方式之一是篇末議論的運用，
而好議論則是宋元文人普遍的特點，他們在撰寫筆記小説過程中也好發議
論。王季思就曾指出宋人筆記小説的特點之一是"每節故事下面常附以

議論"，[1] 尤其涉及歷史興亡、倫理道德，結尾往往發表議論，用以垂戒。這些議論大部分也出現在篇末，直接承接在所記之事後，有些議論也如唐五代筆記小説有諸如"某某曰"的標誌，如《釣磯立談》篇末有"叟曰""叟嘗曰"，《青瑣高議》有"議曰"，《雲齋廣録》有"評曰"等。在議論的内容和形態上，宋元筆記小説不局限於針對事件本身發表看法，而是從事件出發，用更高遠的眼光來揭示事件所藴含的意義與道理。《釣磯立談》的議論就具備這一特點，此書記述南唐興亡事迹，作者未署名，而《宋史·藝文志》著録爲史虚白，乃五代南唐人。[2] 正因爲作者歷經朝代更替，對所記史事有切身的體會，其所發表議論常常寄寓禍福交替、興亡迭代的感嘆。此書第一則議論即屬此類：

　　叟曰：禍福之來，雖各象德；而事有機會，皆相憑藉。是以風旋而上升，水激則彌悍。有情之所忘，每爲無情之所轉，大空之中，夫疇覺之哉。嚮若義祖本無歆羨金陵之心，則烈祖不得徙鎮矣。又烈祖以梅冶自乞，或如其欲，則亦無因而至京口矣。京口之不至，則廣陵之亂孰恃而弭，廣陵之功不在烈祖，則霸圖亦無自而托業矣。吁，夫豈人謀之所及邪？非人謀之所及，然後有以知天命之至，不可以幸而冀也。昔者伊摯以媵女而相成湯，百里奚鬻羊而見知於秦，竇姬行號而母漢室，袁婦伏膝而媿曹宗。是故非意之意，嘗爲事之基胎。一日之濩落，君子不以爲病焉，知卒業之有所在故也。[3]

　　1　王季思：《中國筆記小説略述》，《王季思學術論著自選集》，北京：北京師範學院出版社 1991 年版，第 262 頁。

　　2　案因此書末署名，今人關於此書作者有所爭議，有學者根據此書内容分爲南唐史事及冠以"叟曰"的評論兩大部分，又據序言中所提到的"先校書"，推測此書作者爲兩人，史事部分爲"先校書"所爲，議論部分是作序者所爲，即自稱爲"叟"者。參見（宋）史□撰，虞雲國、吳愛芬整理：《釣磯立談》"點校説明"，《全宋筆記》第一編（四），鄭州：大象出版社 2003 年版，第 213 頁。

　　3　（宋）史□撰，虞雲國、吳愛芬整理：《釣磯立談》，《全宋筆記》第一編（四），鄭州：大象出版社 2003 年版，第 217 頁。

這一大段議論内容豐富，既有對史事的評説，歷史典故的羅列，也有事理的抽象提煉，抒情意味的感嘆。除了這種態度嚴肅、語言典正的議論，宋元筆記小説的議論更常見的是較爲隨意的見解與感想，作者更樂意發出自己的聲音，從自己的角度出發記録人事，表達好惡和意見，以此來顯示作者對文藝、學術、時事、人事的見識。舉《東坡志林》兩則文字爲例：

　　余嘗寓居惠州嘉祐寺，縱步松風亭下，足力疲乏，思欲就林止息。望亭宇尚在木末，意謂是如何得到？良久忽曰："此間有甚麽歇不得處！"由是如挂鈎之魚，忽得解脱。若人悟此，雖兵陣相接，鼓聲如雷霆，進則死敵，退則死法，當甚麽時也不妨熟歇。（《記遊松風亭》）

　　己卯上元，余在儋耳，有老書生數人來過，曰："良月佳夜，先生能一出乎？"予欣然從之。步城西，入僧舍，歷小巷，民夷雜糅，屠酤紛然，歸舍已三鼓矣。舍中掩關熟寢，已再鼾矣。放杖而笑，孰爲得失？問先生何笑，蓋自笑也，然亦笑韓退之釣魚，無得更欲遠去。不知釣魚者，未必得大魚也。（《儋耳夜書》）[1]

這兩則文字都是記事記言加議論的結構，所謂議論，都非經過深思熟慮的大道理，而是日常生活中的片段感悟，没有多麽深刻的含義，却能見出作者的智慧和情趣。

"類型化"叙事在宋元筆記小説中的表現也頗爲明顯。宋元時期宗教發展繼續繁榮，小説創作受宗教觀念的影響也得以延續。宋元筆記小説的"類型化"叙事除了存在於一些專門的"輔教之書"外，還蔓延至非宗教性作品

1（宋）蘇軾撰，王松齡點校：《東坡志林》，北京：中華書局1981年版，第4—5頁。

中。以佛教報應故事中的入冥類爲例，在《夷堅志》中即有不少記載，這些故事長短不一，短者如《夷堅乙志》"變古獄"條："大觀初，司勳郎官郭權死而復生。言遍至陰府，多見近世貴人。其間一獄囚繫甚衆。問之，曰：'此新所立變古獄也。'陳方石説。"[1]故事簡短，對地獄的描寫甚爲簡略。長者如《夷堅乙志》卷四"張文規"條，[2]將近兩千一百字，情節曲折，描寫細緻，人物對話頻繁，有性格刻畫。此外，道教仙傳小説在《江淮異人録》《稽神録》《搜神秘覽》《茅亭客話》《投轄録》《陶朱新録》《夷堅志》等作品中也較爲常見，宣揚"前定""命定"觀念的故事在志怪類作品中更是屢見不鮮。

叙事的"雜糅性"在宋元筆記小説中表現最爲突出的是"詩話"比重大爲增加，而"詞話""文話"也同樣出現在不少作品中。"詩話"孕育雖早，而其體之正式確立並進而大盛則始於宋代。清代息翁云："詩之有話，自趙宋始，幾乎家有一書。"[3]據胡震亨《唐音癸籤》著録，凡以"詩話"命名的宋人作品有三十六種，《四庫全書總目》著録的宋人詩話有三十二種，《中國叢書綜録》所載的宋人詩話爲六十七種，郭紹虞撰《宋詩話考》收録的宋人詩話多達一百三十九種。[4]除了專門的詩話作品，筆記小説中摻入詩話內容也十分常見，如《丞相魏公譚訓》卷三"詩什"（另有"文學"）、《春渚紀聞》卷七"詩詞事略"、《澠水燕談録》卷七"歌詠"、《猗覺寮雜記》上卷、《履齋示兒編》"詩説"（另有"文説"）、《麈史》"詩話"、《捫蝨新話》"詩類""詩文類"（另有"文章類"）、《雲齋廣録》卷二"詩話録"等，皆屬於詩話。此外如《西溪叢語》《步里客談》《過庭録》《墨莊漫録》《邵氏聞見後録》《甕牖閑評》《澗泉日記》《桯史》《能改齋漫録》《清波雜志》等作品

1（宋）洪邁撰，何卓點校：《夷堅志》，北京：中華書局1981年版，第190頁。

2 同上，第211—215頁。

3（清）息翁：《蘭叢詩話序》，郭紹虞編選，富壽蓀點校：《清詩話續編》，上海：上海古籍出版社1983年版，第769頁。

4 參見蔡鎮楚著：《中國詩話史》，長沙：湖南文藝出版社2001年版，第53—54頁。

中皆雜有數量不等的詩文評内容。正因爲撰寫詩話風氣之盛，宋代開始出現專門整理詩話的彙編，較著者有阮閱的《詩話總龜》、胡仔的《苕溪漁隱叢話》、魏慶之的《詩人玉屑》等，這些詩話彙編除了收録專門的詩話作品，另外重要的材料來源即是宋人的筆記小説。四庫館臣評價《詩話總龜》和《苕溪漁隱叢話》云：“二書相輔而行，北宋以前之詩話大抵略備矣。然閲書多録雜事，頗近小説；此則論文考義者居多，去取較爲謹嚴。”[1]宋代詩話與筆記小説關係之密切，由此可見一斑。[2]

宋元筆記小説在叙事上相較於前代的新變之處主要有兩點：一是叙事語言的通俗化，一是叙事内容的生活化。叙事語言的通俗化主要表現在對民間口語的吸收。在宋代，一方面是接續傳統筆記小説的特性，所運用的語言皆爲書面語（文言），儘管不少作品的來源是民間，如《澠水燕談録》《石林燕語》所載録的内容來自“田夫樵叟”或“田夫野老”，有不少諧辭俚語、謠俗異説，充滿鄉野氣息，然而作者在書寫過程中總會將原本樸素、粗鄙、諧謔的口語轉化爲規範典雅的書面語。以洪邁的《夷堅志》爲例，此書收録了大量民間故事，這些故事的講述者常常來自民間：“寒人、野僧、山客、道士、瞽巫、俚婦、下隸、走卒，凡以異聞至，亦欣欣然受之。”[3]但看其叙事語言，可知無論所描寫之人物來自哪個階層，都操著熟練的文言來對話，滿口之乎者也。這些對話若是出自貴族官僚、文人士子還情有可原，但若出自販夫走卒、商賈鄉民，乃至妓女乞丐、妖精鬼魅之口，則顯得文雅有餘而質樸不足，人物身份與語言之間扞格疏離，不夠真切自然。另一方面則與一味追求文雅的做法相對，有些作者也不時向來自民間的語言取資學習，吸收

1（清）永瑢等撰：《四庫全書總目》，北京：中華書局1965年版，第1787頁。

2 可參看吳文治：《宋詩話全篇·前言》，吳文治主編：《宋詩話全編》，南京：江蘇古籍出版社1998年版。

3（宋）洪邁：《夷堅丁志序》，（宋）洪邁撰，何卓點校：《夷堅志》，北京：中華書局1981年版，第537頁。

口語中的詞彙和表達方式，融俗入雅。宋元時期社會較唐五代更貼近“平民社會”，不少文人士大夫的出身較爲普通，甚至有的來自社會底層；他們通過參加科考走上仕途，對下層的民俗風情較爲了解，也有天然的親近感，故而樂於在叙事語言中融入民間的俚語俗詞。此外，由於城鎮經濟的繁榮，城鎮中的文化娛樂活動，包括各種口頭講唱文學的影響日益增强，文人受其熏染，也會在筆記小説有所體現。比較典型的就有《雲齋廣録》《緑窗新話》《青瑣高議》《醉翁談録》等作品，這些作品的作者都是下層文人，受到雅俗兩種文化的浸染，故在作品中融入不少講唱文學的元素。宋代筆記小説中甚至還有全部使用口語的例子，如王明清《揮麈録餘話》卷二“王俊首岳侯狀”一則，所記爲王俊自陳受審狀詞，其中王俊與張太尉之對話即全用口語，對話頗長，此摘録其中一段：

> 俊於張太尉面前唱喏，坐間，張太尉不作聲，良久問道：“你早睡也，那你睡得着。”俊道：“太尉有甚事睡不着？”張太尉道：“你不知自家相公得出也。”俊道：“相公得出，那裏去？”張太尉道：“得衢、婺州。”俊道：“既得衢州，則無事也，有甚煩惱？”張太尉道：“恐有後命。”俊道：“有後命如何？”張太尉道：“你理會不得？我與相公從微相隨，朝廷必疑我也。朝廷交更飜朝見，我去則不必來也。”俊道：“向日范將軍被罪，朝廷賜死。俊與范將軍從微相隨，俊元是雄威副都頭，轉至正使，皆是范將軍，兼係右軍統制，同提舉一行事務。心懷忠義，到今朝廷何曾賜罪？太尉不須別生疑慮。”[1]

狀詞中的對話前後長達數千字，且所用皆爲口語，與文言文之簡潔文雅

　　1（宋）王明清撰，燕永成整理：《揮麈録餘話》，《全宋筆記》第六編（二），鄭州：大象出版社2013年版，第54—55頁。

大異其趣，故王明清稱其“甚爲鄙俚之言”。孫犂閱後認爲此條“全用口語，
叙述描繪，與宋人話本同。互相對證，確係當時市井語言也”。[1]可見民間口
語和説話藝術確實對宋代筆記小説産生了一定的影響。

　　宋元文人常常關注日常生活中的點滴瑣事，在筆記小説中記録衣食住
行等小事，並融入自己的審美趣味和感受；這種日常化的書寫，叙事語言較
爲平淡閑適，有較强的抒情意味，性質與小品文較爲接近。除了前面引用的
《東坡志林》，還有《涑水記聞》《仇池筆記》《歸田録》《龍川略志》《老學庵
筆記》《入蜀記》《吴船録》《碧鷄漫志》《鶴林玉露》等。如《老學庵筆記》
卷三記黄庭堅貶謫宜州後至過世的一段經歷：

　　　　范廖言，魯直至宜州，州無亭驛，又無民居可僦，止一僧舍可寓，
　　而適爲崇寧萬壽寺，法所不許。乃居一城樓上，亦極湫隘。秋暑方熾，
　　幾不可過。一日忽小雨，魯直飲薄醉，坐胡牀，自欄楯間伸足出外以受
　　雨。顧謂廖曰：“信中，吾平生無此快也！”未幾而卒。[2]

　　黄庭堅晚年遭誣陷先後被貶，最後貶至廣西宜州，可謂晚境凄涼，幾
乎跌到人生谷底。文中對其去世前境遇之描寫更是令人唏嘘傷懷，而其本人
却充滿達觀與瀟灑，尤其在城樓上醉後淋雨一幕的描繪，既有悲劇意味，又
顯示出歷經磨難後的超脱，語言簡潔雅緻，意境深遠，富於美感。這一類筆
記作品的另一特點是叙述的個人化和抒情性，如《鶴林玉露》丙編卷四所記
“山静日長”一則：

---

1 孫犂著，劉宗武編選：《書衣文録》（增訂版），北京：人民文學出版社 2013 年版，第 100—101 頁。
2 （宋）陸游撰，李昌憲整理：《老學庵筆記》，《全宋筆記》第五編（八），鄭州：大象出版社 2012 年
版，第 34 頁。

唐子西詩云："山静似太古，日長如小年。"余家深山之中，每春夏之交，蒼蘚盈階，落花滿徑，門無剥啄，松影參差，禽聲上下。午睡初足，旋汲山泉，拾松枝，煮苦茗啜之。隨意讀《周易》《國風》《左氏傳》《離騷》《太史公書》及陶杜詩、韓蘇文數篇。從容步山徑，撫松竹，與麛犢共偃息於長林豐草間。坐弄流泉，漱齒濯足。既歸竹窗下，則山妻稚子，作筍蕨，供麥飯，欣然一飽。弄筆窗間，隨大小作數十字，展所藏法帖、墨迹、畫卷縱觀之。興到則吟小詩，或草《玉露》一兩段。再烹苦茗一杯，出步溪邊，邂逅園翁溪友，問桑麻，説粳稻，量晴校雨，探節數時，相與劇談一餉。歸而倚杖柴門之下，則夕陽在山，紫緑萬狀，變幻頃刻，恍可人目。牛背笛聲，兩兩來歸，而月印前溪矣。[1]

文中是對作者個人日常生活的書寫，抒情意味濃厚，充滿詩意和美感，展現了文人具有的閑情雅緻。正如郁達夫所評價的那樣："看了這一段小品，覺得氣味也同袁中郎、張陶庵等的東西差不多。大約描寫田園野景，和閑適的自然生活，以及純粹的情感之類，當以這一種文體爲最美而最合。"[2]這樣清新優美的文字即使放在晚明小品文中也毫不遜色，足以證明宋元筆記小説叙事上的獨特價值，而這種發展與宋元筆記小説叙事的生活化是密不可分的。

第三節　筆記小説的審美特徵

在古代小説的各類體式中，筆記體最具有"案頭化""文人化"的特點。筆記小説無論在作者的身份方面，還是在題材和體裁特徵方面，以及在語體

1（宋）羅大經撰，王瑞來整理：《鶴林玉露》，《全宋筆記》第八編（三），鄭州：大象出版社 2017 年版，第 385 頁。

2 郁達夫：《清新的小品文字》，《郁達夫文集》第六卷，花城出版社、生活・讀書・新知三聯書店香港分店 1983 年版，第 189 頁。

和叙事風格方面，都具有濃厚的案頭特色。從字面上看，案頭僅僅指文人閲讀寫作的書案，"案頭化"的小説是指在案頭上所撰寫的小説。其實不然，"案頭化"除了字面上所顯示的環境特點外，其内在還有更爲豐富的内涵。對於"案頭化"的内涵，林崗有如下定義："所謂案頭，不僅僅是指一几一案、紙硯筆墨、書籍等物品，它當然是書齋生活，但更重要的是它意味著一種生活態度。這生活態度不僅關涉書齋生活，而是要通過書齋生活體現一脈相傳的精神、趣味、激情和雅致。"[1] 如上所述，"案頭化"除了表明寫作的環境——書齋之外，更藴含了一種生活態度，具體説是文人的生活態度。文人的書齋生活除了表面化的琴棋書畫、筆墨紙硯、吟詩作賦，其深層意味著一種文人精神和價值，一種文人化的審美追求和文學旨趣。

書齋與案頭是文人主要的活動場所之一，既是人生目標的起點，寄托了文人的夢想，也是文人心靈安頓之所。無論是否取得功名，無論仕途順利還是遭遇坎坷，文人的最終歸屬還是書齋中、案頭前。與外界的紛繁喧囂相比，書齋是相對隔離的僻静場所，是屬於文人的個人空間，身處其中能免於被打擾，能夠自由思考、閲讀和寫作。文人在書齋又可以突破空間時間的限制，思接千載，視通萬里，可以與古人對話，與天地精神相往來。在這裏，文人可以毫無顧忌地吟詩作文，享受創作帶來的快感，而筆記小説雖然在文人的文化生活序列中處於低端，却仍然是其不可或缺的閲讀、撰述對象。

宋元筆記小説作爲一種案頭化的小説文體，是文人獨立思考和撰述的産物，具有獨立真切的美學風格。雖然筆記小説的素材中有很大一部分來自他人的口頭撰述，或者來自前人的書籍，但作者不是單純的記録，而要經過一番深入的改造和修飾。與其他小説文體相比，筆記小説最不需要考慮寫作的對象，在選材、組織和編寫中更能融入自己的思想觀念和審美趣味，體現作

---

1 林崗著：《口述與案頭》，北京：北京大學出版社 2011 年版，第 192 頁。

者的獨立個性。即使到了南宋時期，由於印刷技術、傳播手段的提高，使得文言小説的創作有了市場化的傾向，但這種傾向也是極爲輕微的，大部分作者不會在意，不必考慮市場的接收度而迎合普通讀者的閱讀口味。筆記小説作爲一種案頭文學，其"潛在讀者"是"那些被認爲具有相同趣味的小圈子讀者"，因此是"文學諸類裏媚俗程度最低的一類"。[1]

　　筆記小説能夠使作者表達真實的見解，抒發真摯的情感，見解的真實表現在所述之事都是有所依據，不違背事實。這一點從唐至宋漸趨明顯，而由宋代筆記小説中考證之語大爲增加可知。情感的真摯則表現在筆記小説能夠表達作者真實的意趣，正如洪邁所描述的那樣："於寬閑寂寞之濱，窮勝樂時之暇，時時捉筆據几，隨所趣而志之，雖無甚奇論，然意到即就，亦殊自喜。"[2]由於筆記小説是消遣的讀物，不必承載過多的道德意涵，更利於真實的表達，可以"想到什麽寫什麽，知道什麽寫什麽，了解什麽寫什麽"，正統文學裏"不敢説、不敢寫的寫了説了"，"'呵天罵地'，'箴君議臣'，'評人論事'，'指桑罵槐'，甚至於'滑稽諷刺'，'嘲笑幽默'，甚至於'周公説夢'，'王婆祝鷄'，'襴言長語'，'翻是弄非'無所不可，亦無所不有，同時也容許'寓箴規於諷刺'，'言者無罪，聞者有戒'，'顯事象於片言'，'食之無味，去之可惜'"。[3]

　　李劍國曾如此評價文言小説："文言小説基本屬於由正統文人創作的士人文學，突出反映著士人意識和士人生活，與文人詩文具有相同的文學淵源以及相通的文化精神與藝術精神。"[4]以此來評價宋代筆記小説也頗爲貼切。

---

　　1 林崗著：《口述與案頭》，北京：北京大學出版社 2011 年版，第 204 頁。

　　2（宋）洪邁：《容齋三筆序》，（宋）洪邁撰，孔凡禮點校：《容齋隨筆》，北京：中華書局 2005 年版，第 425 頁。

　　3 姜亮夫：《〈筆記選〉序：筆記淺説》，《姜亮夫全集》第二十一冊，昆明：雲南人民出版社 2002 年版，第 624—625 頁。

　　4 李劍國：《文言小説的理論研究與基礎研究——關於文言小説研究的幾點看法》，《古稗斗筲録——李劍國自選集》，天津：南開大學出版社 2004 年版，第 6 頁。

宋代筆記小説作爲一種案頭化的小説文體，反映的是文人的生活情趣和價值追求，既儒雅内斂又風流灑脱，語言質樸而雅潔，叙事平實而簡練，總體呈現雅致、平淡的美學風格。朱自清在《文學的標準與尺度》中對文學中"儒雅"與"風流"兩種風格有如下描述：

> 載道或言志的文學以"儒雅"爲標準，緣情與隱逸的文學以"風流"爲標準。有的人"達則兼濟天下，窮則獨善其身"，表現這種情志的是載道或言志。這個得有"正其誼不謀其利，明其道不計其功"的抱負，得有"怨而不怒""溫柔敦厚"的涵養，得用"熔經鑄史""含英咀華"的語言，這就是"儒雅"的標準。有的人縱情於醇酒婦人，或寄情于田園山水，表現這種種情志的是緣情或隱逸之風。這個得有"妙賞""深情"和"玄心"，也得用"含英咀華"的語言，這就是"風流"的標準。[1]

筆記小説不見得會寄寓作者多大的抱負，也很少對社會或人生發表深刻的思想見解，更多的是一些"不繫人之利害"的瑣事和談謔。筆記小説樂於傳遞一種平易溫和的觀點，激烈的批判、惡意的攻訐是很難見到的，筆記小説的作者總是從容不迫、和顏悦色，最多可稱爲"溫和的反對派""人生經驗的調侃者"或"社會的嘲弄者"，[2]儘量做到理智與情感的和諧統一。由此看來，筆記小説亦可視作"儒雅"與"風流"的集合體。

筆記小説無論是劇談還是訪求，其所述内容無論發生於朝廷廟堂還是山間鄉野，都是以口語傳播，故其語言具有口語的特色。而當這些内容被文人

---

1 朱自清：《文學的標準與尺度》，蔡清富、孫可中、朱金順編選：《朱自清選集》第一卷，石家莊：河北教育出版社 1989 年版，第 430—431 頁。

2 林崗著：《口述與案頭》，北京：北京大學出版社 2011 年版，第 233 頁。

所記録成文字，其語言就轉化成書面語，從口傳的故事轉化爲用文言書寫的筆記小説。雖然大部分的筆記小説作者都標榜"實録"，但所謂的實録是指內容有所依據，不是憑空虛構，實録的是情節、人物，而非語體。在筆記小説中，最能夠體現從口語到書面語（文言）巨大變化的是人物的對話。

正如林崗所云："書寫既有脱離口頭語言獨自發展出只供閲讀不供聽聞的特殊書面語的傾向，又有靠近口頭語言貼近口語來組織書面語的傾向。書寫語言的這種複雜演變全在於運用書寫的人的趣味。如果是那些傾向於下層趣味的人在運用書寫，他們就會使得書面語向口頭表達的方向傾斜。"這一傾斜造成的結果便是"口頭表達的趣味、風格和修辭融入書寫表達中來"。[1]宋代較唐代更貼近"平民社會"，在以文治國、大興科舉的政策下，文化更加普及，大批來自民間的讀書人通過科舉走上仕途，這些文人對下層的風俗民情十分了解，有天然的親近感，故而在文字書寫中樂於使用具有鄉野民間色彩的俚語俗詞。

在宋代文人的人生道路和規劃中，從"兼濟天下"的功名事業回到"獨善其身"的個人生活，才有可能在悠閑自得的心態下操起筆，撰寫筆記小説以"消遣歲月"。

在宋代文人的文章體系中，小説雖勉强擠入雅文學的圈子，却從來處在邊緣地位。在唐宋文人的爲文生涯中，大部分時間都在撰寫正經規範的廟堂文章，要求不偏不倚、平實雅正，心態總是嚴謹小心、戰戰兢兢。有些空餘時間，則以創作詩文爲主，除了歌功頌德的館閣體、相互吹捧的唱和體，也有部分抒發真情實感的作品。相對於廟堂文章和正統的詩文，筆記小説由於地位低下，歷來不受重視。即使頗受唐宋文人的喜愛，在其撰述活動中也僅占據極爲狹小的空間，許多作品都是在作者被"閑置"的貶謫、致仕、野處

1　林崗著：《口述與案頭》，北京：北京大學出版社 2011 年版，第 57—58 頁。

時期寫成。此時，作者常常已是風燭殘年，歷經了人事的變遷、歲月的洗禮，心態已歸於平静淡薄。他們或者閑坐終日、追憶往事，或者會友聚談、搜怪徵奇，將這些有趣的回憶和見聞記録成文，彙聚成編，不求文字之工，不求議論之正，在平淡的叙述中見出智慧和灼見，文意嫻雅而感情真摯。筆記小説在這種狀態和心態下完成，擺脱了道德功業的束縛，體現了宋代文人士大夫在人生道路上的另一種審美趣味和追求。

　　形成筆記小説上述美學趣味的要素，同作者的撰述狀態有密切關係。如上官融撰《友會談叢》乃是因爲科舉失利："今年春策不中，掩袂東歸，用舍行藏……身閑晝永，何以自娱？因發篋所記之言百餘紙。"[1]或遭遇貶謫，如蘇轍的《龍川略志》及《别志》都是在謫居龍川時所撰：

　　　　乃杜門閉目，追思平昔，怳然如記所夢，雖十得一二，而或詳或略，蓋亦無足記也。（《龍川略志·自引》）[2]

　　　　今謫居六年，終日燕坐，欲追考昔日所聞，而炎荒無士大夫，莫可問者，年老衰耄，得一忘十，追惟貢父之言，慨然悲之，故復記所聞。（《龍川别志·自序》）[3]

　　或是年老致仕，歸居鄉里，最爲典型的即歐陽修的《歸田録》，從"歸田"之書名可知是退休後所撰。又如范鎮《東齋記事》、沈括《夢溪筆談》、葉夢得《巖下放言》等：

　　1（宋）上官融撰，黄寶華整理：《友會談叢》，《全宋筆記》第八編（九），鄭州：大象出版社 2017 年版，第 5 頁。

　　2（宋）蘇轍撰，孔凡禮整理：《龍川略志》，《全宋筆記》第一編（九），鄭州：大象出版社 2003 年版，第 255 頁。

　　3（宋）蘇轍撰，孔凡禮整理：《龍川别志》，同上，第 313 頁。

予既謝事，日於所居之東齋燕坐多暇，追憶館閣中及在侍從時交遊語言，與夫里俗傳説，因纂集之，目爲《東齋記事》。(《東齋記事·自序》)[1]

予退處林下，深居絶過從，思平日與客言者，時紀一事於筆，則若有所晤言，蕭然移日。所與談者，唯筆硯而已，謂之《筆談》。(《夢溪筆談·自序》)[2]

念掛冠以來，口固未嘗言世務。然親友往來，兒輩環繞，耳目所及，何能自苦至於不言，亦任之耳。時時或自記録，因目之爲《巖下放言》云。(《巖下放言·自序》)[3]

有些筆記小説是作者年老時所爲，如洪邁《容齋隨筆》和《夷堅志》：

予老去習懶，讀書不多，意之所之，隨即記録，因其後先，無復詮次，故目之曰《隨筆》。(《容齋隨筆》卷一小序)[4]

老矣，不復著意觀書，獨愛奇習氣猶與壯等。(《夷堅支乙集序》)[5]

1（宋）范鎮撰，汝沛永成整理：《東齋記事》，《全宋筆記》第一編（六），鄭州：大象出版社2003年版，第194頁。
2（宋）沈括撰，胡靜宜整理：《夢溪筆談》，《全宋筆記》第二編（三），鄭州：大象出版社2006年版，第7頁。
3（宋）葉夢得撰，徐時儀整理：《巖下放言》，《全宋筆記》第二編（九），鄭州：大象出版社2006年版，第319頁。
4（宋）洪邁撰，孔凡禮點校：《容齋隨筆》，北京：中華書局2005年版，第1頁。
5（宋）洪邁撰，何卓點校：《夷堅志》，北京：中華書局1981年版，第795頁。

　　宋元時期，作者撰寫筆記小説時還大多身處山林野地或鄉間湖畔，這些偏僻、幽静之所爲作者回憶、創作提供了良好的環境，使作者保持閑適、安定的心態。魏泰的《東軒筆録》、葉夢得的《石林燕語》和《避暑録話》、釋曉瑩的《羅湖野録》和《雲卧紀談》等都是在這種環境下撰寫的，其書名中的“東軒”“石林”“羅湖”“雲卧”等已經點出了撰述地點的特色。在作者的自序中也都對撰寫作品時所處的環境有詳細的描繪。

　　有些作者描繪自己所居之地的偏僻，如魏泰在《東軒筆録》自序中記叙其居於漢陰之鄧城縣，“縣非驛傳之所出，而居地僻絶，其旦暮之所接者，非山林之觀，則田畯之語，捨此無復見聞矣”。[1] 又如蘇轍貶謫至龍川，所居極爲簡陋，“大小十間，補苴蔽漏，粗芘風雨”，屋北有隙地可以耕種，於是“與子遠荷鉏其間”。還提及此地偏遠，“人物衰少，無可晤語”，只能“終日燕坐”。[2] 葉夢得的《石林燕語》和《避暑録話》都是隱居時所撰，且所居之地都是山林環繞，遠離城市，作者“周旋嶻巖之下”、[3]“擇泉石深曠、竹松幽茂處，偃仰終日”，[4] 以劇談自娱，所與談者或故人親戚，或田夫野老。與葉夢得情形相同的還有釋曉瑩，其撰有《羅湖野録》和《雲卧紀談》，前者撰于作者歸隱羅湖之時，“杜門却掃，不與世交”，[5] 後者撰於曲江之感山，作者自序其生活環境及狀態云：

　　1（宋）魏泰撰，燕永成整理：《東軒筆録》，《全宋筆記》第二編（八），鄭州：大象出版社 2013 年版，第 4 頁。

　　2（宋）蘇轍撰，孔凡禮整理：《龍川略志·自引》《龍川別志·自序》，《全宋筆記》第一編（九），鄭州：大象出版社 2003 年版，第 215、313 頁。

　　3（宋）葉夢得撰，徐時儀整理：《石林燕語》，《全宋筆記》第二編（十），鄭州：大象出版社 2013 年版，第 5 頁。

　　4（宋）葉夢得撰，徐時儀整理：《避暑録話》，《全宋筆記》第二編（十），鄭州：大象出版社 2013 年版，第 223 頁。

　　5（宋）釋曉瑩撰，夏廣興整理：《羅湖野録》，《全宋筆記》第五編（一），鄭州：大象出版社 2012 年版，第 208 頁。

　　年運既往，與世日益疎闊，順時制宜，以待溘然。或逃可畏之暑於松塢，或暴可愛之日於茆簷。身閑無事，遇朋賓過訪，無可藉口，則以疇昔所見所聞，公卿宿衲遺言逸迹，舉而資乎物外談笑之樂。[1]

　　從以上數例可知，宋代文人一旦仕途不順、遭遇貶謫，或者自動隱退，或者致仕還鄉，都樂於撰述筆記小説，以此來消磨歲月，度過閑暇時光。由於處於歸隱狀態，而選擇的歸隱之地大多是遠離喧囂的僻静之所，不是景色優美的山林，就是風光迤邐的田園，在時間和空間上都具備了閑適的因素。作者卸下了爲官時的沉重包袱，生理和心理都獲得了解脱；遠離了繁重的政事和複雜的人際關係，不需要正襟危坐、一本正經，過著簡單、輕鬆、閑適的生活，能夠保持心情的安定和愉悦。作者已不再“處廟堂之高”，時時想“兼濟天下”，而是安於“處江湖之遠”，過著“獨善其身”的生活。作者無需再寫枯燥古板的高文大册，而是隨意爲文，隨性所致，不拘體例。與高文大册的典雅、嚴謹、整齊、宏大相反，筆記小説記録片言瑣語、異聞逸事，具有雅趣、閑適、隨意、自由的特點，正好與作者的生活狀態、寫作趣味高度契合。正是由於這種契合，使由唐至宋的文人越來越樂於撰寫筆記小説，也越來越喜愛閱讀筆記小説，推動筆記小説走向了繁榮的局面。

　　1（宋）釋曉瑩撰，夏廣興整理：《雲臥紀談》，《全宋筆記》第五編（二），鄭州：大象出版社2012年版，第4頁。

第三章
宋元筆記小説觀念：以小説入正史爲視角

　　宋元時期，"正史"編撰可取材"小説"，基本成爲傳統史學之共識。"小説"何以進入"正史"，仍有古人如何認識評價"正史"采録"小説"、何類"小説"文本進入"正史"、"正史"編纂以何旨趣采録"小説"文本、"正史"編纂以何方式加工處理所采録的"小説"文本等諸多基本問題，不僅反映了"小説"與"正史"的關係，而且也從一個側面揭示了宋元時期的筆記小説觀念。本書將以《新唐書》傳記增文采録"小説"爲例加以探討。所謂《新唐書》傳記增文，主要指《新唐書》本紀、列傳中的傳記文相對於《舊唐書》增加補充之內容（不包括《舊唐書》無傳記而《新唐書》新增整篇傳記者）。

　　《新唐書》相對於《舊唐書》而言，"其事則增於前，其文則省於舊"，"列傳內所增事迹較舊書多二千餘條"，[1]許多內容取材於雜史、傳記，也有不少取材於"小説"。對於《新唐書》增文采録"雜史""傳記""小説"，清代趙翼《廿二史劄記》《陔餘叢考》、錢大昕的《廿二史考異》、王鳴盛《十七史商榷》等多有專門述評，另外，沈炳震《新舊唐書合鈔》也以合鈔形式全面展示了《新唐書》增文情況。現當代研究者從歷史史料學角度對此亦多論述，如黃永年《唐史史料學》、謝保成《隋唐五代史學》、鄒瑜《〈新唐書〉

1（清）趙翼撰：《陔餘叢考》，北京：中華書局1963年版，第209頁。

增補傳記之史料來源考略——筆記小説部分》、解峰《〈新唐書〉增傳史料來源研究》等，也有部分學者從筆記體小説研究視角對此有所涉及，如周勛初《唐人筆記小説考索》《唐人軼事彙編》、程國賦《唐五代小説的文化闡釋》、嚴傑《唐五代筆記考論》等。章群《〈通鑑〉及〈新唐書〉引用筆記小説研究》對《新唐書》引用筆記體小説有專章論述，以附表形式較全面梳理了《新唐書》采録筆記體小説的具體條目。上述研究，基本釐清了《新唐書》采録唐人筆記體小説的史料來源情況，並針對相關問題亦有所分析論述，但較少從"正史"與"小説"關係的角度來進行深入研究。

第一節　小説進入正史的種類

　　整體來看，唐人"小説"主要類型有筆記體之志怪小説、軼事（志人）小説和傳記體之傳奇體小説以及雜糅諸體之雜俎小説。[1]筆記體之志怪小説主要爲載録鬼神怪異之事的"異聞""語怪"等，以神、仙、鬼、精、怪、妖、夢、災異、異物等人物故事爲主要取材範圍。筆記體之軼事（志人）小説主要爲載録歷史人物逸聞瑣事的"瑣言""雜事"等，以帝王、世家、士大夫、官員、文人及市井人物等各類人物的軼聞逸事爲主要記述對象。傳奇體小説主要指以曲折細緻、文辭華艷、篇幅曼長之傳記體叙述戀情、俠義等人物故事。雜俎小説主要指兼容並包志怪、軼事、傳奇乃至非叙事性之雜家雜記者。其中，《新唐書》傳記增文采録之"小説"，主要爲筆記體之軼事（志人）小説，且多屬史學價值較高者，從史家眼光來看，算得上"小説"中之翹楚，采録之條目基本爲人物軼事瑣事。其中，僅有極少數條目爲人物奇異言行或神怪之事，涉及筆記體之志怪小説或雜俎小説。

---

　　1 參見甯稼雨：《中國文言小説總目提要》第二編"唐五代"、程毅中《唐代小説史》第一章《序論》的有關論述。

　　綜合前人之相關研究，特別是章群《〈通鑑〉及〈新唐書〉引用筆記小
説研究》之附録《〈新唐書〉傳文引用筆記小説表》，進一步拓展考證，可見
《新唐書》傳記增文采録"小説"主要集中於：張鷟《朝野僉載》、劉餗《隋
唐嘉話》、劉肅《大唐新語》、李肇《唐國史補》、李德裕《次柳氏舊聞》、韋
絢《劉賓客嘉話録》、趙璘《因話録》、鄭處誨《明皇雜録》、佚名《大唐傳
載》、張固《幽閑鼓吹》、李濬《松窗雜録》、康駢《劇談録》、高彦休《闕
史》、蘇鶚《杜陽雜編》、胡琚《譚賓録》、段成式《酉陽雜俎》、李冗《獨異
志》、張讀《宣室志》、孟棨《本事詩》、李綽《尚書故實》、封演《封氏聞見
記》、孫棨《北里志》、佚名《玉泉子》、王定保《唐摭言》、王仁裕《玉堂閑
話》、劉崇遠《金華子》、孫光憲《北夢瑣言》等。

　　其中，《新唐書》傳記增文采録"小説"條目較多者主要有：《大唐新
語》：卷一"則天朝默啜陷趙定等州"條（《吉頊傳》）、"長安末張易之等將
爲亂"條（《桓彦範傳》）、"姚崇以拒太平公主"條（《姚崇傳》），卷二"安
禄山天寶末請以蕃將三十人代漢將"條（《韋見素傳》）、"宋璟則天朝以頻
論得失内不能容"條（《宋璟傳》），卷四"李承嘉爲御史大夫"條（《蕭至
忠傳》），卷七"皇甫文備與徐有功同案制獄"條（《徐有功傳》）、"張説拜
集賢學士於院廳燕會"條（《張説傳》）、"牛仙客爲涼州都督"條（《張九齡
傳》），卷十一"貞觀末房玄齡避位歸第"條（《房玄齡傳》）等。《隋唐嘉
話》主要有：卷上"太宗令衛公教侯君集兵法"條（《侯君集傳》）、"英公雖
貴爲僕射"條（《李勣傳》），卷中"征遼之役梁公留守西京"條（《房玄齡
傳》）、"虞監草行本師於釋智永"條（《歐陽通傳》）、"高宗之將册武后"條
（《褚遂良傳》）、"武后使閻知微與田歸道使突厥"條（《閻知微傳》），卷下
"皇甫文備武后時酷吏也"條（《徐有功傳》）、"李昭德爲内史"條（《婁師
德傳》）、"盧尚書承慶總章初考内外官"條（《盧承慶傳》）、"劉仁軌爲左僕
射"條（《戴至德傳》）、"元行沖賓客爲太常少卿"條（《元行沖傳》）、"太宗

嘗止一樹下”條和“太宗使宇文士及割肉”條（《宇文士及傳》）等。《明皇雜録》主要有：卷上“開元中上急於爲理”條（《張嘉貞傳》）、“玄宗既用牛仙客爲相”條（《牛仙客傳》）、“王毛仲本高麗人”條（《王毛仲傳》）、“楊國忠之子暄舉明經”條（《楊國忠傳》）、“開元中朝廷選用群臣”條（《倪若水傳》），卷下“張説之謫岳州也”條（《張説傳》）、“張九齡在相位”條（《張九齡傳》）等。《唐國史補》：卷上“張旭草書得筆法”條（《張旭傳》）、“盧杞除虢州刺史”條（《盧杞傳》）、“梨園弟子有胡雛者”條（《崔隱甫傳》）、“汴州相國寺言佛有流汗”條（《劉玄佐傳》）、“渾瑊太師年十一”條（《渾瑊傳》）、“李馬二家日出無音樂之聲”條《李晟傳》，卷中“王叔文以度支使設食於翰林中”條（《王叔文傳》）、“襄州人善爲漆器”條（《于頔傳》）、“杜羔有至行”條（《杜羔傳》）、“韋太尉在西川”條（《韋皋傳》）等。《次柳氏舊聞》：“魏知古起家諸吏”條和“元宗初即位禮貌大臣”條（《姚崇傳》）、“蕭嵩爲相引韓休爲同列”條（《蕭嵩傳》）、“肅宗在東宮爲李林甫所構”條（《章敬吳太后傳》）。《劉賓客嘉話録》：“盧杞爲相令李揆入蕃”條（《李揆傳》）、“率更令歐陽詢行見古碑”條（《歐陽詢傳》）、“皇甫文備武后時酷吏也”條（《徐有功傳》）、“昔中書令河東公開元中居相位”條（《張憬藏傳》）等。《大唐傳載》：“陽道州城之爲朝士也”條（《陽城傳》）、“李相國程爲翰林學士”條（《李程傳》）、“魏齊公元中少時”條（《張憬藏傳》）、“天寶中有書生旅次宋州”條（《李勉傳》）等。《朝野僉載》：“蕭穎士開元中年十九擢進士第”條（《蕭穎士傳》）、“周郎中裴珪妾趙氏”條（《張憬藏傳》）、“唐明崇儼有術法”條（《明崇儼傳》）、“監察御史李嵩李全交殿中王旭京師號爲三豹”條（《王旭傳》）等。《酉陽雜俎》：前集卷之一“駱賓王爲徐敬業作檄”條（《駱賓王傳》），前集卷之二“武攸緒天后從子”條（《武攸緒傳》），前集卷之十二“唐王勃每爲碑頌”條（《王勃傳》），續集卷之三“斌兄陟早以文學識度名於時”條（《韋陟傳》）、“韋斌雖生於貴門而性頗厚質”條（《韋斌傳》）等。《唐摭言》：卷三"胡證尚書質狀魁偉膂力絕人"條（《胡證傳》），卷五"王勃著滕王閣序"條（《王勃傳》）、卷十"李賀字長吉唐諸王孫也"條（《李賀傳》）等。《因話錄》：卷二"劉桂州栖楚爲京兆尹"條（《劉栖楚傳》）、卷二"柳元公初拜京兆尹"條（《柳公綽傳》）、卷三"劉司徒玄佐滑州匡城人"條（《劉玄佐傳》）等。《杜陽雜編》："代宗纂業之始"條（《常袞傳》）、"二年夏五月"條（《朱泚傳》）、"魚朝恩專權使氣"條（《魚朝恩傳》）。

《新唐書》采錄條目較少者主要有：《譚賓錄》：卷五"李光弼討史思明"條（《李光弼傳》）、"太宗征遼東駐蹕於陣"條（《薛仁貴傳》）。《玉堂閑話》："成式多禽荒"條（《段成式傳》）、"劉崇龜鎮南海之歲"條（《劉崇龜傳》）。《玉泉子》："崔湜爲中書令"條（《張嘉貞傳》）、"杜宣猷大夫自陶中除宣城"條（《吐突承璀傳》）。《北夢瑣言》："唐大中末相國令狐綯罷相"條（《令狐滈傳》）、卷二"王文懿公起三任節鎮"條（《王起傳》）。《獨異志》：卷下"蕭穎士開元中年十九擢進士第"條（《蕭穎士傳》），"唐朝承周隋離亂"條（《李嗣真傳》）。《劇談錄》：卷上"唐盛唐令李鵬遇桑道茂"條（《桑道茂傳》）。《尚書故實》："陸暢字達夫常爲韋南康作蜀道易"條（《韋皋傳》）。《封氏聞見記》："姜晦自兵部侍郎拜吏部"條（《姜晦傳》）。《幽閑鼓吹》："張長史釋褐爲蘇州常熟尉"條（《張旭傳》）。《北里志》附錄："胡證尚書"條（《胡證傳》）。《金華子雜編》：卷上"崔雍爲起居郎"條（《李景讓傳》）。《松窗雜錄》："玄宗何皇后始以色進"條（《王皇后傳》）。《宣室志》：卷一"新昌裏尚書溫造宅"條（《桑道茂傳》）。《本事詩》："沈佺期以罪謫"條（《沈佺期傳》）。

從歷代主要官私書目著錄情況來看，《新唐書》傳記增文采錄"小說"條目較多者，有相當一部分屬於"小說""傳記""雜史"混雜著錄者，如《大唐新語》，《崇文總目》《新唐書·藝文志》《郡齋讀書志》《通志·藝文略》《直齋書錄解題》著錄"雜史"，《四庫全書總目》著錄"小說"；《明皇雜録》,《崇文總目》《新唐書·藝文志》《郡齋讀書志》《直齋書録解題》著録“雜史”,《四庫全書總目》著録“小説”;《次柳氏舊聞》,《新唐書·藝文志》《郡齋讀書志》《通志·藝文略》《直齋書録解題》著録“雜史”,《崇文總目》《百川書志》著録“傳記”,《四庫全書總目》著録“小説”;《劉賓客嘉話録》,《崇文總目》著録“傳記”,《郡齋讀書志》《直齋書録解題》《四庫全書總目》著録“小説”;《朝野僉載》,《新唐書·藝文志》《宋史·藝文志》著録於“傳記”,《通志·藝文略》著録於“雜史”,《郡齋讀書志》《直齋書録解題》《四庫全書總目》著録於“小説”。作爲史之流别,“雜史”“傳記”“小説”與“正史”之文類關係存在著明顯的親疏遠近之别,其中,“雜史”載録内容與“正史”最爲相關,多事關廟堂國政、人事善惡,“傳記”次之,“小説”最遠。“雜史”“傳記”“小説”混雜著録者,多兼備三種或二種文類規定性,包括三類或二類性質内容,即事關廟堂國政、人事善惡,或近或遠、或大或小,但含有部分鬼神怪異之事、無關“朝政軍國”的日常生活化的軼聞瑣事、依托虚構之事等。不過,在宋代官私書目特别是《新唐書·藝文志》《崇文總目》中,此類作品多被歸爲“雜史”或“傳記”,也反映出《新唐書》傳記增文采録時,實際上還是將其作爲史料價值較高的“雜史”“傳記”看待的。此外,《新唐書》傳記增文采録“小説”條目較多者,也有部分作品屬於歷代主要官私書目主要著録於“小説”者,如《隋唐嘉話》《唐國史補》《唐摭言》《大唐傳載》《因話録》等。但此類作品在古人心目中也屬“小説”中之翹首,從史家眼光看來,屬史學價值較高者。如李肇《唐國史補·自序》:“撰《國史補》,慮史氏或闕則補之意。”[1]《四庫全書總目》之《大唐傳載》提要:“所録唐公卿事迹,言論頗詳,多爲史所采用。”《因話録》提要:“故其書雖體近小説,而往往足與史傳相參。”《唐摭

1（唐）李肇等撰:《唐國史補　因話録》,上海:上海古籍出版社 1979 年版,第 3 頁。

言》提要：“是書述有唐一代貢舉之制特詳，多史志所未及。”[1]《新唐書》采錄“小説”主要集中於記載朝野人物之瑣聞軼事、具有較高史學價值的軼事小説，實際上反映了“正史”與“小説”文類關聯之處在於一小部分“補史之闕”者，其他大量的志怪小説、傳奇體小説及距離史家旨趣較遠的軼事小説大都與“正史”無緣，基本不符合“正史”編纂的取材範圍和入史標準。

“小説”（筆記體小説）之叙事多標榜“據見聞實錄”原則，雖然也與“正史”一樣追求“實錄”，但因“見聞”特別是“傳聞”本身可能存在附會依托、敷演增飾、虚妄不實之處，不少内容真虚莫測。其中，有部分作品較多傾向於“僞”和“誣”，“率多舛誤”。也有部分作品較多傾向於“真”和“信”，“信而有徵”，具有高度的歷史真實性。總體看來，《新唐書》采錄的“小説”軼事瑣事，大都傾向於“信而有徵”者。

第二節　正史表述小説的方式

《新唐書》傳記增文表述“小説”軼事瑣事，往往會對作爲素材的“小説”軼事瑣事進行一番加工處理。一般來説，“小説”載錄軼事瑣事較多描摹形容，包含大量的細節描寫和場景化描述，但這些軼事瑣事進入《新唐書》後，常常被簡化處理而僅保留個别典型性細節或比較簡略的場景化叙事。例如，《朝野僉載》記載蕭穎士之僕人杜亮因愛其才屢受鞭打而不願離開：“開元中，蕭穎士方年十九，擢進士。至二十餘，該博三教。其賦性躁忿浮戾，舉無其比。常使一僕杜亮，每一決責，皆由非義。平復，遭其指使如故。或勸亮曰：‘子傭夫也，何不擇其善主，而受苦若是乎？’亮曰：‘愚

豈不知。但愛其才學博奧，以此戀戀不能去。'卒至於死。"[1]《新唐書》采録此瑣事寫入《蕭穎士傳》，僅删節保留爲："有奴事穎士十年，笞楚嚴慘，或勸其去，答曰：'非不能，愛其才耳。'"[2]《明皇雜録》載録"唐玄宗用張嘉貞爲相"："開元中，上急於爲理，尤注意於宰輔，常欲用張嘉貞爲相，而忘其名。夜令中人持燭於省中，訪直宿者爲誰，還奏中書侍郎韋抗，上即令召入寢殿。上曰：'朕欲命一相，常記得風標爲當時重臣，姓張而重名，今爲北方侯伯。不欲訪左右，旬日念之，終忘其名，卿試言之。'抗奏曰：'張齊丘今爲朔方節度。'上即令草詔，仍令宫人持燭，抗跪於御前，援筆而成，上甚稱其敏捷典麗，因促命寫詔勅。抗歸宿省中，上不解衣以待旦，將降其詔書。夜漏未半，忽有中人復促抗入見。上迎謂曰：'非張齊丘，乃太原節度張嘉貞。'別命草詔。上謂抗曰：'維朕志先定，可以言命矣。適朕因閲近日大臣章疏，首舉一通，乃嘉貞表也，因此灑然方記得其名。此亦天啓，非人事也。'上嘉其得人，復嘆用舍如有人主張。"[3]《新唐書》采録此軼事入《張嘉貞傳》，做了較多删節簡化處理："帝欲果用嘉貞，而忘其名。夜詔中書侍郎韋抗曰：'朕嘗記其風操，而今爲北方大將，張姓而複名，卿爲我思之。'抗曰：'非張齊丘乎？今爲朔方節度使。'帝即使作詔以爲相。夜且半，因閲大臣表疏，舉一則嘉貞所獻，遂得其名。"[4]這種簡略化處理反映了"正史"與筆記體小説在叙事方式上的典型差異。"而叙事之工者，以簡要爲主。……然則文約而事豐，此述作之尤美者也。"[5]"正史"之叙事追求簡潔，反對"虛加練飾，輕事雕彩"，而《新唐書》更是特別追求叙事之簡要，

1（唐）張鷟撰，趙守儼點校：《朝野僉載》，北京：中華書局1979年版，第133頁。

2（宋）歐陽修、宋祁撰：《新唐書》，北京：中華書局1975年版，第5770頁。

3（宋）鄭處誨撰，田延柱點校：《明皇雜録》，北京：中華書局1994年版，第12頁。

4（宋）歐陽修、宋祁撰：《新唐書》，北京：中華書局1975年版，第4442頁。

5（唐）劉知幾著，（清）浦起龍通釋，王煦華整理：《史通通釋》，上海：上海古籍出版社2009年版，第156頁。

如《進唐書表》稱："其事則增於前，其文則省於舊。"《新唐書》對傳記增文采録"小説"之軼事瑣事進行簡略化處理，實際上是一種"正史化"。不過，對於這種簡略化處理雖符合"正史"之叙事原則，但因過度追求叙事簡要，也招致不少古代史家、文人的批評，例如，顧炎武《日知録》"文章繁簡"條："辭主乎達，不論其繁與簡也，繁簡之論興而文亡矣，《史記》之繁處必勝於《漢書》之簡處，《新唐書》之簡也，不簡於事而簡於文，其所以病也。……是故辭主乎達，不主乎簡。劉器之曰：'《新唐書》叙事好簡略其辭，故其事多鬱而不明，此作史之病也。'"[1]這裏主要指《新唐書》叙事過分追求簡略，删略了一些構成史實的必備細節要素如歷史時間、地點、稱謂等，事實反而晦澀不清了。

不過，《新唐書》傳記增文采録"小説"軼事瑣事做簡略化處理，也有少部分片段還是保留了較完整細膩的場景化叙事，例如，《吉頊傳》："及辭，召見，泣曰：'臣去國，無復再謁，願有所言。然病棘，請須臾間。'后命坐，頊曰：'水土皆一盎，有争乎？'曰：'無。'曰：'以爲塗，有争乎？'曰：'無。'曰：'以塗爲佛與道，有争乎？'曰：'有之。'頊頓首曰：'雖臣亦以爲有。夫皇子、外戚，有分則兩安。今太子再立，而外家諸王並封，陛下何以和之？貴賤親疏之不明，是驅使必争，臣知兩不安矣。'后曰：'朕知之，業已然，且奈何？'"[2]《李光弼傳》："光弼壁野水度，既夕還軍，留牙將雍希顥守，曰：'賊將高暉、李日越，萬人敵也，賊必使劫我。爾留此，賊至勿與戰，若降，與偕來。'左右竊怪語無倫。是日，思明果召日越曰：'光弼野次，爾以鐵騎五百夜取之，不然，無歸！'日越至壘，使人問曰：'太尉在乎？'曰：'去矣。''兵幾何？'曰：'千人。''將爲誰？'

1（清）顧炎武著，（清）黃汝成集釋，欒保群、吕宗力校點：《日知録集釋》，上海：上海古籍出版社2014年版，第433頁。

2（宋）歐陽修、宋祁撰：《新唐書》，北京：中華書局1975年版，第4259頁，采自《大唐新語》。

曰：'雍希顥。'曰越謂其下曰：'我受命云何，今顧獲希顥，歸不免死。'
遂請降。"[1]

總體看來，《新唐書》傳記增文采録"小説"之軼事瑣事，雖然都經歷
了程度不同的簡略化處理，但最終寫入的歷史片段、生活片段還是或多或少
進一步補充增強了《新唐書》的文學性。作爲"史家之絶唱，無韻之《離
騷》"，《史記》是史筆、文筆相結合的典範之作。從叙事方式上來説，其文
筆主要表現爲：歷史叙述中摻加了諸多描摹形容成分，包括細節描寫、心理
描寫、場面描繪、氛圍渲染、軼事傳神、筆補造化等，不僅注重叙事，也注
重寫人，鮮明生動地刻畫人物性情品格、深刻揭示人物思想靈魂，而且，注
重凝練主題，寄托自己對歷史人物的認識評價和情感態度、審美理想。"太
史公叙事，必摹寫盡情。如萬石君孝謹，將其處家處鄉處朝，筆筆形容，如
化工之畫鬚眉，毫髮皆備。"[2] "是故馬遷之爲文也，吾見其有事之巨者而括
焉，又見其有事之細者而張皇焉，或見其有事之闕者而附會焉，又見其有事
之全者而軼去焉，無非爲文計也，不爲事計也。"[3] 而且，其中不少描摹形容成
分屬於"筆補造化"，即爲歷史真實性可疑的想象虚構，如周亮工《尺牘新
鈔》三集卷二釋道盛《與某》："余獨謂垓下是何等時，虞姬死而子弟散，匹
馬逃亡，身迷大澤，此際亦何暇更作歌詞！即有作，亦誰聞之而誰記之歟？
吾謂此數語者，無論事之有無，應是太史公'筆補造化'，代爲傳神。"[4] 方中
通《陪集》卷二《博論》下："《左》《國》所載，文過其實者强半。即如蘇、
張之遊説，范、蔡之共談，何當時一出諸口，即成文章？而又誰爲記憶其字

1（宋）歐陽修、宋祁撰：《新唐書》，北京：中華書局 1975 年版，第 4588 頁，采自《譚賓録》。

2　王治皡《史記榷參》評論《萬石張叔列傳》，楊燕起、陳可青等編：《歷代名家評〈史記〉》，北京：
北京師範大學出版社 1986 年版，第 658 頁。

3（明）施耐庵著，（明）金聖歎評點：《第五才子書水滸傳》，天津：天津古籍出版社 2006 年版，第
244 頁。

4（清）周在浚等輯：《結鄰集》，《四庫禁毀書叢刊》（集部 36），北京：北京出版社 1998 年版，第
541 頁。

句，若此其纖悉不遺也？”[1] 隨著史學發展，《漢書》已出現文史分流的傾向，更加注重紀事而淡化寫人，常常删略歷史叙述中的描摹形容成分，從而使其文學性大大削弱。《後漢書》《三國志》之後，文史異轍則更加明顯，强調“文之與史，較然異轍”，[2] 追求史體謹嚴實録而反對“文筆”叙事，甚至認爲文采奕奕有害歷史真實。從上述例證可見，這些寫入《新唐書》的歷史片段、生活片段大都包含了諸多人物的表情、動作、言語等細節描寫，有些還算得上歷史場面描摹，鮮明生動地刻畫出歷史人物的性格思想、性情才能。從某種意義上説，此類文字也算得上文學性較强之文筆。

“小説”屬於“據見聞實録”，即使是“信而有徵”者，實際上也是歷史性想象和文學性想象相結合的産物，既追求紀實求真、真實客觀地再現基本歷史事實，又追求具體生動、形象化地展示歷史事實之具體過程和細節，主要表現爲以歷史基本事實爲基礎的情節附會、細節增飾和臆測想象、場面鋪叙等。錢鍾書《管錐編》稱：“史家追叙真人實事，每須遥體人情，懸想事勢，設身局中，潛心腔内，忖之度之，以揣以摩，庶幾入情合理。……《韓非子·解老》曰：‘人希見生象也，而得死象之骨，案其圖以想其生也；故諸人之所以意想者，皆謂之象也。’斯言雖未盡想象之靈奇酣放，然以喻作史者據往迹、按陳編而補闕申隱，如肉死象之白骨，俾首尾完足，則至當不可易矣。”[3] 其中，歷史性想象更多傾向於建構大象之“白骨”框架，而文學性想象則更多傾向於建構大象之豐滿“血肉”。總體看來，《新唐書》對“小説”軼事瑣事進行加工處理，基本屬於一定程度上消減其文學性想象、凸顯其歷史性想象。

1（清）方中通撰：《陪集》，《清代詩文集彙編》（133），上海：上海古籍出版社 2010 年版，第 39 頁。

2（唐）劉知幾著，（清）浦起龍通釋，王煦華整理：《史通通釋》，上海：上海古籍出版社 2009 年版，第 232 頁。

3 錢鍾書著：《管錐編》（第一册），北京：中華書局 1986 年版，第 166 頁。

第三節　正史采録小説的旨趣

關於《新唐書》編纂者以何旨趣采録"小説"增補傳文，趙翼《廿二史劄記》卷十七"新書增舊書處"稱："試取《舊書》各傳相比較，《新書》之增於《舊書》者有二種，一則有關於當日之事勢，古來之政要，及本人之賢否，所不可不載者；一則瑣言碎事，但資博雅而已。"[1] 從古代傳統史學視角來看，所謂"有關於當日之事勢，古來之政要，及本人之賢否，所不可不載者"，主要指《新唐書》傳記增文之史家宗旨：事關重要歷史事件發展過程、朝廷大政沿革、人物善善惡惡評價等。所謂"瑣言碎事，但資博雅而已"，是從傳統史家立場出發的一種批評，但恰恰反映了《新唐書》傳記增文之文人旨趣：瑣言碎事實際上富有表現力地展現了人物之性情、品格、文藝或學術才華等，與"小説"之趣味更爲接近。

從文本分析來看，《新唐書》傳記增文以史家旨趣采録"小説"具體表現爲：

第一，傳統史學强調，"正史"載事須"事關軍國""理涉興亡""殷鑒興廢"。《新唐書》傳記增文采録"小説"軼事與朝廷大政密切相關，屬於反映重要歷史事件或重要人物命運轉折之歷史片段，例如，《桓彥範傳》："后聞變而起，見中宗曰：'乃汝耶？豎子誅，可還宮。'彥範進曰：'太子今不可以歸，往天皇棄羣臣，以愛子托陛下，今久居東宮，羣臣思天皇之德，不血刃，清内難，此天意人事歸李氏，臣等謹奉天意，惟陛下傳位，萬世不絶，天下之幸。'后乃卧，不復言。"[2] 事關中宗復位的重要歷史事件，展現了當時重要的一幕歷史場景。《蕭嵩傳》"帝慰之曰：'朕未厭卿，何庸去乎？'

1（清）趙翼著，王樹民校證：《廿二史劄記校證》，北京：中華書局 1984 年版，第 358 頁。

2（宋）歐陽修、宋祁撰：《新唐書》，北京：中華書局 1975 年版，第 4310 頁，采自《大唐新語》。

嵩伏曰：'臣待罪宰相，爵位既極，幸陛下未厭，得以乞身，有如厭臣，首領且不保，又安得自遂？'因流涕，帝爲改容曰：'卿言切矣，朕未能決。弟歸，夕當有詔。'俄遣高力士詔嵩曰：'朕將爾留，而君臣誼當有始有卒者。'乃授尚書右丞相，與休皆罷。是日，荆州進黃甘，帝以紫紛包賜之。"[1] 展示了蕭嵩被罷黜丞相的歷史過程細節，也關係其命運的重大轉折。[2]

第二，傳統史學強調，"正史"載事須"辨人事之紀"、"賢賢賤不肖"、"表賢能"。《新唐書》傳記增文采録"小説"軼事與人物治國理政之才幹評價密切相關。例如：《張嘉貞傳》："其始爲中書舍人，崔湜輕之，後與議事，正出其上。湜驚曰：'此終其坐。'後十年而爲中書令。"[3] 通過崔湜對張嘉貞之態度由輕蔑到驚異而欽佩的轉變，側面表現了張嘉貞才能之出類拔萃。《盧杞傳》："（稍遷吏部郎中，爲虢州刺史）奏言虢有官豕三千爲民患，德宗曰：'徙之沙苑。'杞曰：'同州亦陛下百姓，臣謂食之便。'帝曰：'守虢而憂它州，宰相材也。'詔以豕賜貧民，遂有意柄任矣。"[4] 盧杞之議論，揭示了他胸懷天下、心有全局之宰相胸懷。《薛仁貴傳》："（率兵擊突厥元珍於雲州）突厥問曰：'唐將爲誰？'曰：'薛仁貴。'突厥曰：'吾聞薛將軍流象州死矣，安得復生？'仁貴脱兜鍪見之，突厥相視失色，下馬羅拜，稍稍遁去。仁貴因進擊，大破之。"[5] 突厥見薛仁貴驚恐失色而遁逸，凸顯了他令敵人聞風喪膽的英武神勇。《劉栖楚傳》："改京兆尹，峻誅罰，不避權豪。先是，諸惡少竄名北軍，凌藉衣冠，有罪則逃軍中，無敢捕。栖楚一切窮治，不閲

1（宋）歐陽修、宋祁撰：《新唐書》，北京：中華書局 1975 年版，第 3954 頁，采自《次柳氏舊聞》。
2 此類例證還有《牛仙客傳》："帝既用仙客……習以爲實，喜甚。"（《明皇雜録》）《韋見素傳》："明年，禄山表請蕃將三十二人代漢將……禄山反，從帝入蜀。"（《大唐新語》）《姚崇傳》："魏知古，崇所引……然卒罷爲工部尚書。"（《次柳氏舊聞》）《令狐滈傳》："諫議大夫崔瑄劾奏綯以十二月去位……請委御史按實其罪。"（《北夢瑣言》）《閻知微傳》："武後時……於是骨斷臠分，非要職者不能得。"（《隋唐嘉話》）
3（宋）歐陽修、宋祁撰：《新唐書》，北京：中華書局 1975 年版，第 4444 頁，采自《玉泉子》。
4 同上，第 6351 頁，采自《唐國史補》。
5 同上，第 4142—4143 頁，采自《譚賓録》。

旬，宿奸老蠹爲斂迹。一日，軍士乘醉有所凌突，諸少年從旁噪曰：‘癡男子，不記頭上尹邪？’”[1]反映了劉栖楚治理惡少之患，敢作敢爲的震懾之力。《姚崇傳》：“崇嘗於帝前序次郎吏，帝左右顧，不主其語。崇懼，再三言之，卒不答，崇趨出。内侍高力士曰：‘陛下新即位，宜與大臣裁可否。今崇亟言，陛下不應，非虛懷納誨者。’帝曰：‘我任崇以政，大事吾當與決，至用郎吏，崇顧不能而重煩我邪？’崇聞乃安。”[2]此軼事彰顯了一種理想的君臣關係，“此見玄宗任相之專”，[3]體現了唐玄宗對姚崇的信任和姚崇的出衆才幹。[4]

第三，傳統史學强調，“正史”載事須“善善惡惡”、“書美以彰善，記惡以垂戒”。《新唐書》傳記增文采録“小説”軼事與歷史人物品行操守的道德評價密切相關。例如：《房玄齡傳》：“（帝討遼，玄齡守京師）有男子上急變，玄齡詰狀，曰：‘我乃告公。’玄齡馳遣追帝，帝視奏已，斬男子，下詔責曰：‘公何不自信！’其委任類如此。”[5]既反映了唐太宗對房玄齡的信任，也表現了房玄齡對唐太宗的坦蕩、忠誠。《魚朝恩傳》：“養息令徽者，尚幼，爲内給使，服緑，與同列争忿，歸白朝恩。明日見帝曰：‘臣之子位下，願得金紫，在班列上。’帝未答，有司已奉紫服於前，令徽稱謝。帝笑曰：‘小兒章服，大稱。’”[6]“會釋菜，執易升坐，百官咸在，言鼎有覆餗象，以侵宰

1（宋）歐陽修、宋祁撰：《新唐書》，北京：中華書局 1975 年版，第 5246 頁，采自《因話録》。

2 同上，第 4384 頁，采自《次柳氏舊聞》。

3（清）趙翼《廿二史劄記》卷十七“新書增舊書有關係處”：《姚崇傳》，增玄宗欲相崇，崇先以十事邀帝。此爲相業之始，而《舊書》不載。又增崇在帝前序進郎吏，帝不顧，後謂高力士曰：‘我任崇以大政，此小事，何必瀆耶。’此見玄宗任相之專。”見（清）趙翼著，王樹民校證：《廿二史劄記校證》（訂補本），北京：中華書局 2001 年版，第 360 頁。

4 此類例證還有：《房玄齡傳》：“帝悟，遽召於家……因載玄齡還宫。”（《大唐新語》）《崔隱甫傳》：“梨園弟子胡雛善笛……賜隱甫百縑。”（《唐國史補》）《吐突承璀傳》：“是時，諸道歲進閹兒……宣猷卒用群臣力徙宣歙觀察使。”（《玉泉子》）《姚崇傳》：“故事，天子行幸……兗兗不知倦。”（《大唐新語》）《姜晦傳》：“滿歲，爲吏部侍郎……衆乃伏。”（《封氏聞見記》）《柳公綽傳》：“遣宣諭鄆州……帝乃解。”（《因話録》）

5（宋）歐陽修、宋祁撰：《新唐書》，北京：中華書局 1975 年版，第 3857 頁，采自《隋唐嘉話》。

6 同上，第 5865 頁，采自《杜陽雜編》。

相。王縉怒，元載怡然。朝恩曰：'怒者常情，笑者不可測也。'載銜之，未發。"[1] 凸顯了魚朝恩之惡：蔑視皇權、專橫無理、飛揚跋扈。《李勉傳》："勉少貧狹，客梁、宋，與諸生共逆旅，諸生疾且死，出白金曰：'左右無知者，幸君以此爲我葬，餘則君自取之。'勉許諾，既葬，密置餘金棺下。後其家謁勉，共啓墓出金付之。"[2] 彰顯了李勉對朋友之誠信。《徐有功傳》："與皇甫文備同按獄，誣有功縱逆黨。久之，文備坐事下獄，有功出之，或曰：'彼嘗陷君於死，今生之，何也？'對曰：'爾所言者私忿，我所守者公法，不可以私害公。'"[3] 彰顯了徐有功之大度寬容、公私分明。《蕭至忠傳》："始，至忠爲御史，而李承嘉爲大夫，嘗讓諸御史曰：'彈事有不咨大夫，可乎？'衆不敢對，至忠獨曰：'故事，臺無長官。御史，天子耳目也，其所請奏當專達，若大夫許而後論，即劾大夫者，又誰白哉？'"[4] 表現了蕭至忠之不畏强權之耿直和忠於職守。[5]

　　整體而言，"小説"屬於"史官之末事"，載録歷史人物軼事多爲無關朝廷大政、善善惡惡的"瑣細之事"。然而，從《新唐書》傳記增文采録"小説"軼事有相當一部分直接事關朝廷大政、人物命運、善善惡惡之評價來看，"小説"還是載録有少量完全符合史家旨趣之軼事，與"正史"存在直接相通之處。《朝野僉載》《唐國史補》《大唐新語》《次柳氏舊聞》《明皇雜

---

1 （宋）歐陽修、宋祁撰：《新唐書》，北京：中華書局 1975 年版，第 5864—5865 頁，采自《杜陽雜編》。

2 同上，第 4509 頁，采自《大唐傳載》。

3 同上，第 4191 頁，采自《隋唐嘉話》《劉賓客嘉話録》《大唐新語》。

4 （宋）歐陽修、宋祁撰：《新唐書》，北京：中華書局 1975 年版，第 4371 頁，采自《大唐新語》。

5 此類例證還有：《韋陟傳》："窮治饡羞……必允主之。"（《酉陽雜俎》）段成式傳》："侍父於蜀……衆大驚。"（《玉堂閑話》）《王起傳》："帝題詩太子笏以賜……其寵遇如此。""起治生無檢……不克讓。"（《北夢瑣言》）《王毛仲傳》："嘗生子……今以嬰兒顧云云。"（《明皇雜録》）《王叔文傳》："叔文母死……聞者恟懼。"（《唐國史補》）《楊國忠傳》："子暄舉明經……猶旺官不進。"（《明皇雜録》）《宋璟傳》："詔按獄揚州……非朝廷故事。"（《大唐新語》）《劉玄佐傳》："玄佐貴……故待下益加禮。"（《因話録》）《李揆傳》："揆辭老……還卒鳳州。"（《劉賓客嘉話録》）《陽城傳》："常以木枕布衾質錢……争售之。"（《大唐傳載》）《于頔傳》："初，襄有髹器……故方卬不法者號'襄樣節度'。"（《唐國史補》）

録》等一批唐人軼事小説中，載録有大量此類性質條目。有學者甚至認爲，其中許多内容可能抄録自唐代國史“實録”。此類軼事小説還爲後世確立起軼事小説之典範，宋人軼事小説向唐人學習，也載録了大量此類内容，如歐陽修《歸田録》、司馬光《涑水記聞》等，《四庫全書總目》之《歸田録》提要：“多記朝廷軼事，及士大夫談諧之言。……然大致可資考據，亦《國史補》之亞也。”[1] 宋人軼事小説中諸多此類軼事也被大量寫入了《宋史》。

《新唐書》傳記增文以文人旨趣采録“小説”具體表現爲：

第一，《新唐書》傳記增文采録“小説”瑣事與歷史人物之性情、品格、嗜好密切相關。例如：《李程傳》：“學士入署，常視日影爲候，程性懶，日過八磚乃至，時號‘八磚學士’。”[2] “八磚學士”綽號，彰顯了李程性格之懶散。《韋斌傳》：“斌天性質厚，每朝會，不敢離立笑言。嘗大雪，在廷者皆振裾更立，斌不徙足，雪甚，幾至顚，亦不失恭。”[3] 彰顯了韋斌性格之憨厚、拘謹。《杜羔傳》：“從弟羔，貞元初及進士第，有至性。父死河北，母更兵亂，不知所之，羔憂號終日。及兼爲澤潞判官，鞫獄，有媪辨對不凡，乃羔母，因得奉養。而不知父墓區處，晝夜哀慟，它日舍佛祠，觀柱間有文字，乃其父臨死記墓所在。羔奔往，亦有耆老識其壠，因是得葬。”[4] 彰顯了杜羔天性之純孝。《婁師德傳》：“嘗與李昭德偕行，師德素豐碩，不能遽步，昭德遲之，恚曰：‘爲田舍子所留。’師德笑曰：‘吾不田舍，復在何人？’其弟守代州，辭之官，教之耐事。弟曰：‘人有唾面，絜之乃已。’師德曰：‘未也，絜之，是違其怒，正使自乾耳。’”[5] “唾面自乾”已成爲典故，表現了婁師德之隱忍。《李勣傳》：“性友愛，其姊病，嘗自爲粥而燎其須。姊戒止。

1（清）永瑢等撰：《四庫全書總目》，北京：中華書局 1965 年版，第 1190 頁。

2（宋）歐陽修、宋祁撰：《新唐書》，北京：中華書局 1975 年版，第 4511 頁，采自《大唐傳載》。

3 同上，第 4354 頁，采自《酉陽雜俎》。

4 同上，第 5205 頁，采自《唐國史補》。

5 同上，第 4093 頁，采自《隋唐嘉話》。

答曰：‘姊多疾，而勣且老，雖欲數進粥，尚幾何？’”[1]反映了李勣對姊妹之友愛。上述軼事，多被歸爲“性懶”“天性質厚”“有至性”“性友愛”，主要反映了人物之性情。另有一類與上述體現性情之瑣事相近者，但重在表現人物之品格，例如，《宇文士及傳》：“其妻嘗問向邃召何所事，士及卒不對。帝嘗玩禁中樹曰：‘此嘉木也！’士及從旁美嘆。帝正色曰：‘魏徵常勸我遠佞人，不識佞人爲誰，乃今信然。’謝曰：‘南衙羣臣面折廷爭，陛下不得舉手。今臣幸在左右，不少有將順，雖貴爲天子，亦何聊？’帝意解。”“又嘗割肉，以餅拭手，帝屢目，陽若不省，徐啖之。其機悟率類此。”[2]《劉崇龜傳》：“廣有大賈，約倡女夜集，而它盜殺女，遺刀去。賈入倡家，踐其血乃覺，乘艑亡。吏迹賈捕劾，得約女狀而不殺也。崇龜方大饗軍中，悉集宰人，至日入，乃遣。陰以遺刀易一雜置之。詰朝，羣宰即庖取刀，一人不去，曰：‘是非我刀。’問之，得其主名。往視，則亡矣。崇龜取它囚殺之，聲言賈也，陳諸市。亡宰歸，捕詰具伏，其精明類此。”[3]《劉玄佐傳》：“汴有相國寺，或傳佛軀汗流，玄佐自往大施金帛，於是將吏、商賈奔走輸金錢，惟恐後。十日，玄佐敕止，籍所入得巨萬，因以贍軍。其權譎類若此。”[4]《盧承慶傳》：“初，承慶典選，校百官考，有坐漕舟溺者，承慶以‘失所載，考中下’。以示其人，無慍也。更曰：‘非力所及，考中中’。亦不喜。承慶嘉之曰：‘寵辱不驚，考中上。’其能著人善類此。”[5]“機悟率類此”“精明類此”“權譎類若此”“著人善類此”，顯然就是以此瑣事典型地反映這些人物鮮明的品格特徵。此外，還有一些瑣事重在表現人物之嗜好，例如，《李晟傳》：“與馬燧皆在朝，每宴樂恩賜，使者相銜於道。兩家日出無鐘鼓聲，則

1（宋）歐陽修、宋祁撰：《新唐書》，北京：中華書局 1975 年版，第 3821 頁，采自《隋唐嘉話》。

2 同上，第 3935—3936 頁，采自《隋唐嘉話》。

3 同上，第 3769 頁，采自《玉堂閑話》。

4 同上，第 6000 頁，采自《唐國史補》。

5 同上，第 4048 頁，采自《隋唐嘉話》。

金吾以聞，少選，使者至，必曰：‘今日何不舉樂？’”[1]《歐陽詢傳》：“嘗行見索靖所書碑，觀之，去數步複返，及疲，乃布坐，至宿其傍，三日乃得去。其所嗜類此。”[2]

此類反映人物之性情、品格、嗜好的瑣事，在《新唐書》中大多屬於追叙、補叙，以“嘗”“初”“類此”等引導指示，基本上脱離了人物命運和歷史功業之主體叙事。

第二，《新唐書》傳記增文采録“小説”瑣事與歷史人物之文藝、學術才能密切相關，主要集中於文藝傳和儒學傳。例如：《李賀傳》：“七歲能辭章。韓愈、皇甫湜始聞未信，過其家，使賀賦詩，援筆輒就如素構，自目曰‘高軒過’，二人大驚，自是有名。”[3]《駱賓王傳》：“徐敬業亂，署賓王爲府屬，爲敬業傳檄天下，斥武后罪。后讀，但嘻笑，至‘一抔之土未乾，六尺之孤安在’，矍然曰：‘誰爲之？’或以賓王對，后曰：‘宰相安得失此人！’”[4]上述二則軼事，以獨特的方式分別凸顯了李賀、駱賓王傑出的文學天才。《張旭傳》：“初，仕爲常孰尉，有老人陳牒求判，宿昔又來，旭怒其煩，責之。老人曰：‘觀公筆奇妙，欲以藏家爾。’旭因問所藏，盡出其父書，旭視之，天下奇筆也，自是盡其法。旭自言，始見公主簷夫争道，又聞鼓吹，而得筆法意，觀倡公孫舞劍器，得其神。”[5]老人陳牒而盡其法、聞鼓

<hr />

1（宋）歐陽修、宋祁撰：《新唐書》，北京：中華書局 1975 年版，第 4872 頁，采自《唐國史補》。

2 同上，第 5646 頁，采自《劉賓客嘉録》。此類反映人物之性情、品格、嗜好的軼事瑣事還有：《王皇后》：“先天元年……終無肯譖短者。”（《松窗雜録》）《韋皋傳》：“善拊士……死喪者稱是。”（《唐國史補》）《渾瑊傳》：“瑊年十一……‘與乳媪俱來邪？’”（《唐國史補》）《侯君集傳》：“始，帝命李靖教君集兵法……‘此君集欲反耳。’”（《隋唐嘉話》）《倪若水傳》：“時天下久平，……吾恨不得爲驂僕。”（《明皇雜録》）《戴至德傳》：“嘗更日聽訟……人伏其長者。”（《隋唐嘉話》）《胡證傳》：“證旅力絶人……故時人稱其俠。”（《北里志》《唐摭言》）《劉玄佐傳》：“玄佐貴……故待下益加禮。”（《因話録》）《李景讓傳》：“母鄭……歐使閔坎。”（《金華子雜編》）《韋皋傳》：“朝廷欲追繩其咎……暢更爲蜀道易以美皋焉。”（《尚書故實》）《王旭傳》：“制獄械，率有名……‘若違教，值三豹。’”（《朝野僉載》）

3（宋）歐陽修、宋祁撰：《新唐書》，北京：中華書局 1975 年版，第 5787—5788 頁，采自《唐摭言》。

4 同上，第 5742 頁，采自《酉陽雜俎》。

5 同上，第 5764 頁，采自《幽閑鼓吹》《唐國史補》。

吹得筆法意、觀倡公孫舞劍器得其神，揭示了張旭書法技藝之淵源。《元行沖傳》："有人破古冢得銅器似琵琶，身正圓，人莫能辨。行沖曰：'此阮咸所作器也。'命易以木，弦之，其聲亮雅，樂家遂謂之'阮咸'。"[1] 展示了元行沖之多聞博識。[2] 此類軼事，趙翼稱之爲"正以見其才"："亦有瑣言碎事，舊書所無，而《新書》反增之者，如《韋皋傳》，李白爲《蜀道難》以譏嚴武。……無他事迹可紀，此正以見其才，非好奇也。"[3]

第三，《新唐書》傳記增文采録"小説"瑣事，有少量條目屬於特定人物非常奇異之言行或所遇超常神怪之事。整體而言，《新唐書》載録祥瑞、災禍、神怪、變異之事，主要集中於《五行志》中，本紀、列傳等傳記中僅偶爾涉及超現實的神怪變異之事。《新唐書》傳記增文采録"小説"爲人物非常奇異之言行者，主要集中《方伎傳》，描寫方伎之士的占卜、作法等，所涉人物多爲重要歷史人物。例如：《張憬藏傳》："魏元忠尚少，往見憬藏，問之，久不答，元忠怒曰：'窮通有命，何預君邪？'拂衣去。憬藏遽起曰：'君之相在怒時，位必卿相。'姚崇、李迥秀、杜景佺從之遊，憬藏曰：'三人者皆宰相，然姚最貴。'""郎中裴珪妻趙見之，憬藏曰：'夫人目修緩，法曰'豕視淫'，又曰'目有四白，五夫守宅'，夫人且得罪。'俄坐奸，没入掖廷。""裴光庭當國，憬藏以紙大署'台'字投之，光庭曰：'吾既台司矣，尚何事？'後三日，貶台州刺史。"[4] 張憬藏屬方伎之士，其列傳主要載録了其爲蔣嚴、劉仁軌、靖賢、姚崇等人卜相的幾則軼事，以此表現其準確預知生死、仕宦之神奇。《新唐書》采録"小説"補充軼事自然也多爲此類性質

---

1 （宋）歐陽修、宋祁撰：《新唐書》，北京：中華書局1975年版，第5691頁，采自《隋唐嘉話》。

2 此類軼事瑣事還有：《王勃傳》："初，道出鐘陵……請遂成文，極歡罷。"（《唐摭言》）"勃屬文，初不精思……尤喜著書。"（《西陽雜俎》）《歐陽通傳》："褚遂良亦以書自名……非是未嘗書。"（《隋唐嘉話》）

3 （清）趙翼撰：《陔餘叢考》，北京：中華書局1963年版，第196頁。

4 （宋）歐陽修、宋祁撰：《新唐書》，北京：中華書局1975年版，第5802頁，采自《大唐傳載》《朝野僉載》《劉賓客嘉話録》。

内容。對此，錢大昕《廿二史考異》唐書卷十六"方技傳"批評稱："小説家附會之説，不盡足信。"[1]《明崇儼傳》："（高宗召見，甚悦，擢冀王府文學）試爲窟室，使宮人奏樂其中，召崇儼問：'何祥邪？爲我止之。'崇儼書桃木爲二符，釘室上，樂即止，曰：'向見怪龍，怖而止。'"[2]此則瑣事反映明崇儼做法之神異。另外，還有個别瑣事反映歷史人物遭遇鬼神、怪異之事，例如，《朱泚傳》："泚失道，問野人，答曰：'朱太尉邪？'泚曰：'漢皇帝。'曰：'天網恢恢，走將安所？'泚怒，欲殺之，乃亡去。"[3]《章敬吳太后傳》："肅宗在東宮，宰相李林甫陰構不測，太子内憂，鬢髮班秃。後入謁，玄宗見不悦，因幸其宮，顧廷宇不汛掃，樂器塵蠹，左右無嬪侍，帝愀然謂高力士曰：'兒居處乃爾，將軍氙使我知乎？'詔選京兆良家子五人虞侍太子，力士曰：'京兆料擇，人得以藉口，不如取掖廷衣冠子，可乎？'詔可。得三人，而后在中，因蒙幸。忽寢厭不寤，太子問之，辭曰：'夢神降我，介而劍，決我脅以入，殆不能堪。'燭至，其文尚隱然。生代宗，爲嫡皇孫。生之三日，帝臨澡之。"[4]

"正史"借細小瑣事爲人物傳神、表現人物性情精神的書寫傳統確立於《史記》，"史公每於小處著神"。[5]相對於人物的歷史大事業、大功績來説，細小的軼事往往在表現人物性格方面，更富於表現力，如劉辰翁《班馬異同評》評論文君夜奔之軼事："賦成而王卒，而困，是臨邛令哀故人之困，豈無他料理，顧相與設畫，次第出此言，是一段小説耳。子長以奇著之，如

1（清）錢大昕著，陳文和主編：《嘉定錢大昕全集》（增訂本），南京：鳳凰出版社2016年版，第977頁。

2（宋）歐陽修、宋祁撰：《新唐書》，北京：中華書局1975年版，第5806頁，采自《朝野僉載》。

3 同上，第6448頁，采自《杜陽雜編》。

4 同上，第3499頁，采自《次柳氏舊聞》。此類軼事瑣事還有：《桑道茂傳》："建中初……賴以濟。"李晟爲右金吾大將軍……晟旦奏，原其死。"（《劇談録》）"是時藩鎮擅地無寧時……後終司徒。"（《宣室志》）《李嗣真傳》："太常缺黄鐘……掘之得鐘，衆樂遂和。"（《獨異志》）

5（西漢）司馬遷原著，（清）姚苧田評：《史記菁華録》，上海：上海古籍出版社2007年版，第78頁。

聞如見，乃並與其精神意氣，隱微曲折盡就。"[1]《新唐書》傳記增文采録"小説"中無關史家旨趣之瑣言碎事，實際上也是遵從"正史"這一書寫傳統。對於"小説"而言，多載録人物之瑣細軼事，本身就屬自身的一種主要書寫傳統，從某種意義上説，這也正是"正史"與"小説"的相通之處。當然，"正史"與"小説"在載録軼事瑣事方面，整體上還界限分明的，大多數"小説"所載之瑣細軼事無資格被"正史"所采。

《新唐書》傳文增文采録"小説"之史家旨趣和文人旨趣，與宋祁兼具史家與文人之雙重身份與意識密切相關。曾公亮《進新修唐書表》稱："衰世之士，氣力卑弱，言淺意陋，不足以起其文，而使明君賢臣俊功偉烈，與夫昏虐賊亂禍根罪首，皆不足暴其善惡，以動人耳目，誠不可以垂勸戒，示久遠，甚可嘆也。"[2]《新唐書》增補諸多歷史人物事迹之初衷，主要是爲了更好地彰顯人物之善善惡惡和歷史功績、揭示歷史發展的成敗盛衰之理、以史爲鑒勸戒後世等，顯然，這種價值追求應源於宋祁之史家身份與意識。同時，宋祁在《新唐書》增補中表現出鮮明的文人色彩，以至於招致宋人之批評，如吳縝《新唐書糾謬序》："修傳者則獨以文辭華采爲先。"[3] 高似孫《緯略》："仁宗詔重修《唐書》……十七年書成。韓魏公素不悦宋景文，以所上列傳文采太過。"[4] 晁公武《郡齋讀書志》"《新唐書》二百二十五卷"："子京通小學，惟刻意文章。"[5] 這應源於宋祁之文人身份與意識。

《新唐書》對《舊唐書》之删略、增補，暗含著一種批評對話關係。宋祁選擇"小説"軼事瑣事寫入《新唐書》，首先，必須符合他對傳主的人生

1（宋）劉辰翁：《班馬異同評》，《四庫全書存目叢書》（史部 1），濟南：齊魯書社 1996 年版，第244 頁。

2（宋）歐陽修著，李之亮箋注：《歐陽修集編年箋注》，成都：巴蜀書社 2007 年版，第 381 頁。

3 王東、左宏閣校證：《唐書直筆校證　新唐書糾謬校證》，成都：四川大學出版社 2014 年版，第153—154 頁。

4 左洪濤校注：《高似孫〈緯略〉校注》，杭州：浙江大學出版社 2012 年版，第 245 頁。

5（宋）晁公武撰，孫猛校證：《郡齋讀書志校證》，上海：上海古籍出版社 2011 年版，第 193 頁。

經歷、思想才能、性情品格以及相關歷史事件過程的整體理解和想象。也就是說，這些軼事瑣事所反映的歷史場景和細節、所表現的人物性情思想和品德才幹應與他對傳主的整體理解和想象保持一致、相互統一。其次，這也是他在按照自己的史學標準和新掌握的史料重新審視《舊唐書》，表達對《舊唐書》人物傳記的質疑、不滿和批評，補充、修正《舊唐書》對傳主的整體理解和想象。《新唐書》傳文增文采錄"小説"之史家旨趣和文人旨趣，實際上就是這種批評對話關係之中心主題。

第四節　正史采錄小說之評價

宋人對《新唐書》增文采錄"小說"軼事瑣事，基本傾向於持批評態度，例如，吳縝《新唐書糾謬》之原《序》："揆之前史，皆未有如是者。推本厥咎，蓋修書之初，其失有八：……五曰多采小說而不精擇。……何謂多采小說而不精擇？蓋唐人小說，類多虛誕，而修書之初，但期博取，故其所載或全篇乖牾，豈非多采小說而不精擇之故歟？"[1] 陳振孫《直齋書録解題》之"《新唐書》二百二十五卷"："今唐史務爲省文，而拾取小說私記，則皆附著無棄，其有官品尊崇而不預治亂，又無善惡可垂鑒戒者悉聚，徒繁無補，殆與古作者不侔。"[2] 晁公武《郡齋讀書志》"《新唐書》二百二十五卷"："故書成上於朝，自言曰'其事則增於前，其文則省於舊'也。……采雜說既多，往往牴牾，有失實之嘆焉。"[3] 此類評價主要集中於《新唐書》增文采錄"小説"過多過濫、沒有經過精心擇選，存在諸多失實、訛誤之處，

1　王東、左宏閣校證：《唐書直筆校證　新唐書糾謬校證》，成都：四川大學出版社 2014 年版，第 152—153 頁。

2　（宋）陳振孫撰，徐小蠻、顧美華點校：《直齋書録解題》，上海：上海古籍出版社 1987 年版，第 104 頁。

3　（宋）晁公武撰，孫猛校證：《郡齋讀書志校證》，上海：上海古籍出版社 2011 年版，第 193 頁。

無關治亂殷鑒、人物褒貶、善惡勸懲。宋代筆記亦多對《新唐書》增文采錄"小説"謬誤之處有所辨正，實際上也暗合了上述評價，反映了一種比較普遍的認識，如王觀國《學林》卷五"霓裳羽衣曲"："今《新唐書·王維傳》，亦載此事，蓋用《國史補》語也。……蓋《國史補》雖唐人小説，然其記事多不實。修唐史者一概取而分綴入諸列傳，曾不核其是否，故舛誤類如此也。"[1] 葉夢得《避暑録話》卷上："鄭處誨《明皇雜録》記張曲江與李林甫爭牛仙客實封。……《新書》取載之本傳。……此正君子大節進退，而一言之誤，遂使善惡相反，不可不辨。乃知小説記事，苟非耳目所接，安可輕書也。"[2] 洪邁《容齋隨筆》之《容齋續筆》卷第六"嚴武不殺杜甫"："《舊史》但云：'甫性褊躁，嘗憑醉登武床，斥其父名，武不以爲忤。'初無所謂欲殺之説，蓋唐小説所載，而《新書》以爲然。"[3] 陸游《渭南文集》卷第三十"跋松陵倡和集"："方吳越時，中原隔絶，乃有妄人造謗，以謂襲美隳節於巢賊，爲其翰林學士。《新唐書》喜取小説，亦載之。豈有是哉！"[4] 這也應與宋代歷史考據學興起密切相關。宋人治史之考據歷史事實意識明顯增強，出現了一批專事考據史事之專門著述，如吳縝《新唐書糾謬》《五代史纂誤》、程大昌《考古編》、葉大慶《考古質疑》、王應麟《困學紀聞》之《考史》、李心傳《舊聞證誤》、李大性《典故辯疑》等。其中，吳縝《新唐書糾謬》指摘《新唐書》之誤，主要是考證其史事之誤："夫爲史之要有三，一曰事實，二曰褒貶，三曰文采。有是事而如是書，斯謂事實；因事實而寓懲勸，斯謂褒貶；事實褒貶既得矣，必資文采以行之，夫然後成史。至於事得其實矣，而褒貶文采則闕焉，雖未能成書，猶不失爲史之意。若乃事實未

1（宋）王觀國：《學林》，長沙：岳麓書社 2010 年版，第 162—163 頁。

2（宋）葉夢得撰，徐時儀校點：《避暑録話》，上海：上海古籍出版社 2012 年版，第 120 頁。

3（宋）洪邁著，穆公校點：《容齋隨筆》，上海：上海古籍出版社 2015 年版，第 154 頁。

4（宋）陸游著，馬亞中、涂小馬校注：《渭南文集校注》，杭州：浙江古籍出版社 2015 年版，第 294 頁。

明，而徒以褒貶文采爲事，則是既不成書而又失爲史之意矣。"[1] 歷史考據學興盛和考據歷史事實意識增强，使得史家以更加審慎的態度對待"小説"之史料價值，例如李心傳《舊聞證誤》中相當一部分内容專論"小説"記事之誤，"凡所見私史小説，上自朝廷制度沿革，下及歲月之參差，名姓之錯互，皆一一詳徵博引，以折衷其是非"。[2]

　　清代許多學者則並不認同宋人之評價，對《新唐書》增文采録"小説"多持肯定態度，認爲其采録"小説"並非濫收而是謹嚴的，算得上嚴格甄別挑選，符合史體規範，如趙翼《陔餘叢考》卷十一"新唐書得史裁之正"："吳縝《糾繆》謂《新書》多采唐人小説，但期博取，故所載或全篇乖牾。然李泌子繁，嘗爲泌著家傳十篇，《新書》泌傳雖采用之而傳贊云：'繁言多不可信，按其近實者著於傳'，是《新書》未嘗不嚴於別擇。今按唐人小説，所記軼事甚多，而《新書》初不濫收者，如《王播傳》不載其闍黎飯後鐘之事。《杜牧傳》不載其揚州狎遊，牛奇章遣人潛護及湖州水嬉、緑樹成蔭之事，《温廷筠傳》不載其令狐綯問故事，答以出在南華，遂遭擯抑之事，《李商隱傳》不載其見擯於綯，因作詩謂郎君官貴，東閣難窺之事。此皆載詩話及《北夢瑣言》等書，膾炙人口，而《新書》一概不收，則其謹嚴可知。"[3] 王鳴盛《十七史商榷》卷九十一"盧攜無拒王景崇事"："新舊《景崇傳》皆不載，可見《新書》雖好采小説，尚稍有裁斷，未至極濫也。"[4] 錢大昕《十駕齋養新録附餘録》卷六"唐書"："劉餗《隋唐嘉話》云：太宗謂尉遲公曰：'朕將嫁女與卿，稱意否？'敬德謝曰：'臣婦雖鄙陋，亦不失

　　1 王東、左宏閣校證：《唐書直筆校證　新唐書糾謬校證》，成都：四川大學出版社 2014 年版，第 153 頁。

　　2（清）永瑢等：《四庫全書總目》，北京：中華書局 1965 年版，第 754 頁。

　　3（清）趙翼：《陔餘叢考》，北京：中華書局 1963 年版，第 195 頁。

　　4（清）王鳴盛著，陳文和主編：《嘉定王鳴盛全集》之《十七史商榷》，北京：中華書局 2010 年版，第 1329 頁。

夫妻情.'……《資治通鑑》亦采此事，而《唐書》無之。世人每譏宋子京好采小説，而此傳不載辭尚公主事，却有斟酌。"[1]或認爲《新唐書》增文采録"小説"更好地彰顯了人物評價、善惡勸懲，符合"正史"之價值追求，王鳴盛《十七史商榷》卷九十二"魚朝恩傳新舊互異"："宦者魚朝恩恣横之狀，《新書》描摹曲盡，大半皆《舊書》所無。至如朝廷裁決，或不預，輒怒曰：'天下事有不由我乎？'養息令徽尚幼，服緑，與同列争，朝恩見帝，請得金紫，帝未答，有司已奉紫服於前，令徽稱謝。此皆出蘇鶚《杜陽雜編》卷上。《新書》好采小説，如此種采之却甚有益，《舊書》不采，使朝恩惡不著，固可恨。"[2]

　　現在看來，從文本分析來説，《新唐書》傳記增文采録"小説"軼事瑣事的確是有所篩選甄别，甚至經過精心選擇的。例如，《新唐書》卷一百二十五列傳第五十《張説傳》從"小説"中甄選了兩則軼事進行增補："説既失執政意，内自懼。雅與蘇瓌善，時瓌子頲爲相，因作《五君詠》獻頲，其一紀瓌也，候瓌忌日致之。頲覽詩嗚咽，未幾，見帝陳説忠謇有勳，不宜棄外，遂遷荆州長史。""後宴集賢院，故事，官重者先飲，説曰：'吾聞儒以道相高，不以官閥爲先後。大帝時修史十九人，長孫無忌以元舅，每宴不肯先舉爵。長安中，與修《珠英》，當時學士亦不以品秩爲限。'於是引觴同飲，時伏其有體。"[3]前一則軼事采自《明皇雜録》卷下"張説之謫岳州也"條，既反映了張説從被謫貶岳州到復用荆州長史的仕途沉浮之歷史細節及其原委，也表現了張説善於迎逢周旋之性格。後一則軼事采自《大唐新語》卷七"張説拜集賢學士於院廳"條，表現張説謙讓、有禮之作風。然

1（清）錢大昕著，陳文和主編：《嘉定錢大昕全集》（增訂本），南京：鳳凰出版社 2016 年版，第 196 頁。

2（清）王鳴盛著，陳文和主編：《嘉定王鳴盛全集》之《十七史商榷》，北京：中華書局 2010 年版，第 1339 頁。

3（宋）歐陽修、宋祁撰：《新唐書》，北京：中華書局 1975 年版，第 4407、4410 頁。

而，另有三則事關張説的“小説”軼事瑣事却未被采納，如：

段成式《酉陽雜俎》前集卷之十二：“明皇封禪泰山，張説爲封禪使。説女婿鄭鎰，本九品官，舊例封禪後，自三公以下皆遷轉一級，惟鄭鎰因説驟遷五品，兼賜緋服。因大脯次，玄宗見鎰官位騰躍，怪而問之，鎰無詞以對。黄幡綽曰：‘此乃泰山之力也。’”[1]

封演《封氏聞見記》卷五“巾襆”條：“開元中，燕公張説當朝文伯，冠服以儒者自處。元宗嫌其異已，賜内樣巾子、長脚羅襆頭。燕公服之入謝，元宗大悦，因此令内外官僚百姓並依此服。”[2]

劉肅《大唐新語》卷十一：“賀知章自太常少卿遷禮部侍郎，兼集賢學士，一日並謝二恩。時源乾曜與張説同秉政，乾曜問説曰：‘賀公久著盛名，今日一時兩加榮命，足爲學者光耀。然學士與侍郎，何者爲美？’説對曰：‘侍郎，自皇朝已來，爲衣冠之華選，自非望實具美，無以居之。雖然，終是具員之英，又非往賢所慕。學士者，懷先王之道，爲縉紳軌儀，蘊揚、班之詞彩，兼游、夏之文學，始可處之無愧。二美之中，此爲最矣。’”[3]

《酉陽雜俎》《封氏聞見記》《大唐新語》都屬《新唐書》傳記增文的采録對象，編撰者應都曾過目這些條目，但爲何棄而未取，應是經過一番甄別選擇。相對於增補者而言，這三則被捨棄的軼事瑣事，既無關朝廷大政和人物命運，也不能很好地表現張説之性情、品格。此類事例林林總總，不勝枚舉。

古代史家采擇“小説”史料編纂《新唐書》，實際上是一個選擇、建構的過程。他必然是以一定的標準捨棄那些他認爲並不重要或不真實的軼事瑣事，而將那些他認爲有價值者寫入其中，而且，一般地説，這些被納入的新

1（唐）段成式撰，方南生點校：《酉陽雜俎》，北京：中華書局1981年版，第118頁。

2（唐）封演撰：《封氏聞見記》，北京：中華書局1985年版，第63頁。

3（唐）劉肅等撰，恒鶴等校點：《大唐新語》，上海：上海古籍出版社2012年版，第92頁。

材料要與《舊唐書》原有的傳記共同構成一幅在他看來是統一而協調的歷史畫卷或人物形象。因此，如何認識古人對《新唐書》增文采録"小説"之評價，實際上主要針對兩個方面的問題：第一，古人如何認識評價"小説"及其所載録之軼事瑣事之價值。這一問題實際上主要涉及從宋代至清代小説觀念的發展演化，特别是關於"小説"之文類性質、價值功用的認識。總體而言，清人之小説觀念相對於宋人更强調小説之"補史之闕"之性質，例如，《四庫全書總目提要》就將一批原來一直歸爲"雜史""傳記"的著作劃歸"小説家"，而且，也更加强調"小説"具有不可替代之史料價值，如王鳴盛《十七史商榷》卷九十三"歐史喜采小説薛史多本實録"："實録中必多虛美，而各實録亦多係五代之人所修，粉飾附會必多。……歐陽子盡削去，真爲快事，大約實録與小説互有短長，去取之際，貴考核斟酌，不可偏執。"[1]第二，古人如何認識評價"正史"采録"小説"之標準。這一問題實際上主要涉及從宋代至清代史學思想的發展演化，特别是關於"正史"編纂之取材範圍、入史標準等。總體而言，清人之史學思想相對於宋人更爲開放且理性，對"正史"采録"小説"更易接納理解，如徐乾學《修史條議》："集衆家以成一是，所謂博而知要也。凡作名卿一傳，必遍閲記載之書，及同時諸公文集，然後可以知人論世。"[2]

---

[1]（清）王鳴盛著，陳文和主編：《嘉定王鳴盛全集》之《十七史商榷》，北京：中華書局 2010 年版，第 1369—1370 頁。

[2]（清）徐乾學：《憺園文集》，《四庫全書存目叢書》（集部 243），濟南：齊魯書社 1997 年版，第 37 頁。

第四章
宋人對傳奇小説的文體定位與歸類

對於宋人而言，唐傳奇作爲一種新文類、文體，如何確定其在當時文類、文體系統中的位置和歸屬，實際上是存在一定困惑的。這種文類、文體定位和歸類，既反映了宋人對唐傳奇的文類性質、特徵、價值及其與相關文類關係的認識，也揭示了唐傳奇作爲一種獨特文類、文體的規範特徵，同時，也在某種意義上反映了宋元時期對傳奇小説文體的認識。前人在唐宋傳奇研究和唐宋散文研究的相關論著中對此問題或多或少有所涉及，[1]但未做全面系統的梳理探討，更未對唐傳奇所涉及的集部 "傳記文"、史部 "傳記"、子部 "小説" 之關係進行綜合融通研究。

第一節　對唐人傳奇界定之困惑

在古代文類或文體體系中，"唐人傳奇" 並非一個獨立存在、界限分明

---

1 唐宋傳奇研究和唐宋散文研究有衆多論著零散涉及此問題者，論述比較集中者主要有李宗爲《唐人傳奇》之《第一章　緒論》，北京：中華書局 1985 年版；程毅中《唐代小説史》之《第一章　序論》，北京：人民文學出版社 2003 年版；李劍國《唐五代志怪傳奇敍錄》（增訂本）之《唐稗思考錄》，北京：中華書局 2017 年版；凌郁之《走向世俗——宋代文言小説的變遷》之《第一章　唐宋文言小説的嬗變》，北京：中華書局 2007 年版；羅寧《漢唐小説觀念論稿》之《第四章　唐代小説觀念》，成都：巴蜀書社 2009 年版；李軍均《傳奇小説文體研究》之《第一章　傳奇小説名實考》，武漢：華中科技大學出版社 2009 年版；孫遜、潘建國《唐傳奇文體考辨》，《文學遺產》1999 年第 6 期；趙維國《傳奇體的確立與宋人古體小説的類型意識》，《寧夏大學學報》1999 年第 3 期。

的文類或文體類型，從某種意識上説，它是以近現代形成的“傳奇”文體概念甄別具體作品建構而成的，實際上涉及唐代單篇傳奇文、小説集、史部之“傳記”以及“雜史”、集部之“傳記文”等多種文類、文體，而且也面臨著如何將這些相關或相近文體區分開來的問題。

一、現當代唐人傳奇作品文體特徵界定之理論困惑

20 世紀二三十年代中國小説史學科創立之初，魯迅明確將“傳奇”界定爲文言小説的一種文體概念，並對其文體規範特徵進行專門表述，如《中國小説史略》之《唐之傳奇文》《唐之傳奇集及雜俎》和《且介亭雜文二集》之《六朝小説和唐代傳奇文有怎樣的區别？》等，“雖尚不離於搜奇記逸，然敍述宛轉，文辭華艷，與六朝之粗陳梗概者較，演進之迹甚明，而尤顯者乃在是時則始有意爲小説”，[1]“文筆是精細的，曲折的，至於被崇尚簡古者所詬病；所叙的事，也大抵具有首尾和波瀾，不止一點斷片的談柄；而且作者往往故意顯示著這事迹的虛構，以見他想象的才能了”。[2]之後，此文體概念被學界廣泛認同接受，一批現當代研究唐人傳奇的學者進一步沿此概念界定或有所拓展豐富，或有所修訂補充。其中，專題論述界定唐人傳奇或傳奇體小説文體規範的代表性論著主要有胡懷琛《中國小説概論》之《唐人的傳奇》、劉開榮《唐代小説研究》之《唐傳奇小説是城市文學的表現形式之一》、李宗爲《唐人傳奇》之《緒論》、程毅中《唐代小説史》之《序論》、李劍國《唐五代志怪傳奇叙録》之《唐稗思考録》、石昌渝《中國小説源流論》之《傳奇小説》、董乃斌《中國古典小説的文體獨立》之《唐傳奇與小説文體的獨立》、吳志達《中國文言小説史》之《唐人小説發展概貌》、薛洪勣《傳奇

1　魯迅著：《中國小説史略》，上海：上海古籍出版社 1998 年版，第 44 頁。
2　魯迅著：《且介亭雜文二集》，《魯迅全集》第六卷，北京：人民文學出版社 1973 年版，第 289 頁。

小説史》之《緒説》、侯忠義《唐人傳奇》之《什麼是傳奇》、周紹良《唐傳奇箋證》之《唐傳奇簡説》、石麟《傳奇小説通論》之《導論》、李軍均《傳奇小説文體研究》之《傳奇小説名實考》，以及孫遜、潘建國《唐傳奇文體考辨》、熊明《六朝雜傳與傳奇體制》、陳文新《傳、記辭章化：從中國叙事傳統看唐人傳奇的文體特徵》等，其中，有不少論述界定是面向作品範圍劃分而言的。例如，胡懷琛稱"每件少則幾百字，多則一二千字"，"每件包涵一個故事"，"獨立成篇的，每篇自首至尾，有很精密的組織"，"詞藻很華麗，很優美"，"和紀事的‘古文’不同。古文中的事‘真’的部分多，‘假’的部分少。傳奇則和他相反，‘真’的部分少，‘假’的部分多，甚至全是假的"。[1] 李宗爲稱"傳奇與志怪最根本的區別是在於作者的創作意圖上"，"傳奇小説的創作意圖，却主要是爲了顯露作者的才華文采，一方面譴興娛樂、抒情叙志，另一方面也帶有擴大名聲、提高聲譽的目的"。[2] 薛洪勣稱"相當於近現代的中、短篇小説。它具備了或基本上具備了小説這種文體的各種基本要素。它和其他寫人叙事的文學作品的首要區別，是它具有小説的虛構性；其次，也有描述方式和篇幅長短的不同"。[3] 周紹良稱"具有一定内容的奇情故事，並且故事是想像中可能有的，但其情節曲折，又不是一般的發展和結果"，"故事内容上要有一定的真實性，但同時也帶有一些理想和虛構"，"有豐富的詞藻和文采"。[4] 石麟稱"其一，作者是自覺的而非無意的；其二，内容是完整的而非片段的；其三，結構是曲折的而非平直的；其四，人物是鮮活的而非乾癟的；其五，語言是清麗的而非樸拙的；其六，細節是虛構的而非真實的；其七，篇幅是宏大的而非短小的"。[5] 劉世德主編的《中國古代

1　胡懷琛著：《中國小説概論》，上海：世界書局 1944 年版，第 15 頁。
2　李宗爲著：《唐人傳奇》，北京：中華書局 1985 年版，第 12—13 頁。
3　薛洪勣著：《傳奇小説史》，杭州：浙江古籍出版社 1998 年版，第 1 頁。
4　周紹良著：《唐傳奇箋證》，北京：人民文學出版社 2000 年版，第 3—4 頁。
5　石麟著：《傳奇小説通論》，鄭州：中州古籍出版社 2005 年版，第 6 頁。

小説百科全書》界定稱："一般説傳奇小説的文學性較强，故事情節委宛，人物形象鮮明，細節描寫較多，從而篇幅也較長。作者注重文采和意想，有自覺的藝術構思。"[1]

總體上看，這些面向唐人傳奇作品畛域界定的文體規範特徵概括，大體還是比較一致且明確的，主要集中於作品篇幅、情節結構、文筆描摹、想象虚構等，然而，以此標準甄别界定具體作品，還是顯得比較籠統且存在歧義，常常會面臨種種困惑。例如，一篇作品篇幅多長，才能算得上"傳奇"。唐代單篇傳奇通常有二三千字，個别達到了四五千字，而傳奇體小説集中篇幅較長的作品大都一千字左右，極個别達到二三千字，也有不少作品僅幾百字，以何爲具體標準？從情節結構來看，一篇作品包含多少事件算得上"叙事宛轉"，也難以精確計算；從文筆描摹來看，怎樣才可稱爲"文筆精細""筆法細膩""文辭華艷"，似乎也只能依靠藝術感覺判斷，"所謂描寫的精細，曲折，宛轉，華艷，在較長的作品中看得明顯，一篇幾百字的小説，又如何判定呢？只能作大概的判定，只能作直感的判定"。[2] 從叙事虚實來看，傳聞想像、虚構幻設的成分占多大比例，才配得上"藝術虚構"。而且，一篇作品需要同時具備篇幅、情節、文筆、虚實幾方面的文體特徵才能劃定爲"傳奇"，還是僅具備某一方面文體特徵就可，也很難達成共識。爲此，有個别學者甚至刻意回避使用"傳奇"概念，"爲什麼有些研究者和編者寧可采用'唐人小説'這樣一個籠統含混的名稱呢？我認爲至今傳奇的範圍還不太明確、大家對'傳奇'名稱的概念還有些含混不清有以使然"。[3]

雖然從古人對唐傳奇和傳奇體小説文體的相關評論來看，他們普遍將唐傳奇以及傳奇體小説作爲"小説家"中一種獨特存在，但對其文體特徵的理

1　劉世德主編：《中國古代小説百科全書》，北京：中國大百科全書出版社 2006 年版，第 39 頁。

2　李劍國著：《唐五代志怪傳奇叙録》（增訂本），北京：中華書局 2017 年版，第 7 頁。

3　李宗爲著：《唐人傳奇》，北京：中華書局 1985 年版，第 10 頁。

解本身也是籠統模糊的。總體看來，古人對其文體特徵的概括要集中於多依托附會、虛妄不實，有悖史家之徵實；内容淫艷、荒唐，有悖儒家之風教；多富有情致、文采。[1]顯然，現當代學者對唐人傳奇文體特徵界定雖然也承繼了古人的相關理解和認識，但更多是受到西方或現當代小説觀念的影響而建構起來的。從情節結構、文筆描摹、想像虛構等維度來認知唐人傳奇文體，界定作品範圍，並以此爲標準對作品進行價值評判，深受西方小説觀念影響。

二、唐代單篇傳奇作品範圍之分歧出入

唐人傳奇作品範圍界定作爲研究之基礎，自然會涉及幾乎所有相關論著，不過相對而言，最爲集中反映在唐人傳奇作品選本或總集編選中。因此，本書以魯迅《唐宋傳奇集》，汪辟疆《唐人小説》，袁閭琨、薛洪勣《唐宋傳奇總集》，李劍國《唐五代傳奇集》等爲代表，並結合相關論著，探討現當代學者圈定唐人傳奇作品範圍的分歧出入和困惑。

現當代學者甄別作品、界定唐人傳奇範圍，總體上是一個不斷擴充而日臻完善、後出轉精的過程。魯迅《唐宋傳奇集》之《序例》稱"本集所取，專在單篇"，[2]收録唐宋單篇傳奇四十五篇，其中，唐五代作品三十六篇。當然，魯迅並未否認傳奇小説集中的"傳奇"作品，只是未收而已。汪辟疆《唐人小説》延續《唐宋傳奇集》標準，收録單篇傳奇三十篇，同時拓展選録了《玄怪録》《續玄怪録》《紀聞》《集異記》《甘澤謡》《傳奇》《三水小牘》等傳奇小説集中的作品三十八篇。袁閭琨、薛洪勣《唐宋傳奇總集》承接《唐宋傳奇集》《唐人小説》編纂體例，進一步做了較大擴充，"以傳奇和

1　參見王慶華：《古代小説學中"傳奇"之内涵和指稱辨析》，《文藝理論研究》2014 年第 2 期。

2　魯迅校録：《唐宋傳奇集》，《魯迅全集》第十卷，北京：人民文學出版社 1973 年版，第 191 頁。

準傳奇爲限”，全書共收錄單篇傳奇作品八十篇，傳奇小説集七十多種，從其中選文三百二十多篇，其中，唐五代部分共有單篇傳奇作品三十九篇，從三十五部傳奇小説集中選文二百十八篇。李劍國是唐代小説研究的著名專家，治學嚴謹，成就卓著，其《唐五代傳奇集》可謂集大成之作，輯錄作品六百九十二篇，包括單篇傳奇和小説叢集中的傳奇作品，其中，小説叢集中的傳奇作品，以傳奇小説集、志怪傳奇小説集（或亦含有雜事）中符合傳奇文體特徵的作品爲大宗，也包括雜事小説集中品格近傳奇者。然而，這四部先後相繼而作的傳奇小説作品選集或總集並非完全屬於後來者居上的疊加擴充，其中亦有不同編者對篇目斟酌選擇的分歧出入，而且，更重要的是，在不斷擴充豐富過程，出現了唐人小説集、文集之傳記文、史部“傳記”等幾種不同的取材指向。本書擬從單篇傳奇界定和小説集中甄選傳奇作品兩方面對其中諸多問題加以辨析探討，首先來看單篇傳奇作品。

《唐宋傳奇集》之李吉甫《編次鄭欽悦辨大同古銘論》、李公佐《古岳瀆經》、陳鴻《開元升平源》、佚名《隋遺録》(《大業拾遺記》),《唐人小説》則不取。其中，李吉甫《編次鄭欽悦辨大同古銘論》，魯迅亦認爲其“文亦原非傳奇”，但是因其被《異聞集》選録，唐宋人看作“小説”，故采入其中，“《廣記》注云出《異聞記》。蓋其事奧異，唐宋人固已以小説視之，因編於集”。[1]《開元升平源》混雜著録於宋元書目的“小説家”和“雜史”，《新唐志》《崇文總目》著録於“小説家”，《郡齋讀書志》《直齋書録解題》《文獻通考》著録於“雜史”。《隋遺録》在《崇文總目》《遂初堂書目》《郡齋讀書志》《文獻通考》《通志藝文略》中均著録於“雜史”。

沈亞之《馮燕傳》、佚名《秀師言記》不載於《唐宋傳奇集》《唐宋傳奇總集》，而見於《唐人小説》《唐五代傳奇集》。關於《馮燕傳》，“魯迅《唐

---

1 魯迅校録:《唐宋傳奇集》,《魯迅全集》第十冊，北京: 人民文學出版社 1973 年版，第 480 頁。

宋傳奇集》未收此傳，殆以其紀實，非幻設之故耳。然事奇文雋，視作傳奇正可"。[1]《唐宋傳奇總集》《唐五代傳奇集》所收柳宗元《李赤傳》《河間傳》和韓愈《石鼎聯句詩序》、何延之《蘭亭記》、郭湜《高力士外傳》、鄭權《三女星精傳》、蕭時和《杜鵑舉傳》等，不見於《唐宋傳奇集》《唐人小説》。從《河東先生集》甄選《李赤傳》《河間傳》，應主要考慮更近"傳奇筆意"。[2]從《韓昌黎全集》中甄選《石鼎聯句詩序》，或因其"全用小説描寫筆法"。[3]古人也應視《蘭亭記》爲集部之文，收録《全唐文》卷三〇一。《高力士外傳》，《崇文總目》《新唐志》《通志藝文略》《直齋書録解題》《遂初堂書目》多著録於史部"傳記"類，然而"此傳……宜以傳奇小説視之"，或因其"多綴細事，言語娓娓"，"行文亦具稗家意緒"。[4]

《唐五代傳奇集》作爲後出集大成之作，進一步收録了闕名《黃仕强傳》、胡慧超《晉洪州西山十二真君内傳》、闕名《懺悔滅罪金光明經冥報傳》、張説《梁四公記》《鏡龍圖記》《綠衣使者傳》《傳書燕》、顧況《仙遊記》、鄭絡《得寶記》、劉復《周廣傳》、鄭伸《稚川記》、趙業《魂遊上清記》、元稹《感夢記》《崔徽歌序》、白居易《記異》、李象先《盧逍遥傳》、沈亞之《感異記》、王建《崔少玄傳》、長孫滋《盧陲妻傳》、柳珵《劉幽求傳》、温造《瞿童述》、盧弘止《昭義軍記室別録》、孟弘微《柳及傳》、陸藏用《神告録》、闕名《后土夫人傳》、闕名《達奚盈盈傳》、闕名《曹惟思》、闕名《齊推女》、闕名《神異記》、闕名《王生》、闕名《賈籠》、闕名《僕僕先生》、闕名《獨孤穆》、闕名《薛放曾祖》、闕名《白皎》、崔龜從《宣州昭亭山梓華君神祠記》、張文規《石氏射燈檠傳》、羅隱《中元傳》、崔致遠《雙女墳記》、闕名《余媚娘叙録》、闕名《鄠侯外傳》、皇甫枚《玉匣記》、

1　李劍國著：《唐五代志怪傳奇叙録》（增訂本），北京：中華書局 2017 年版，第 454 頁。
2　同上，第 390 頁。
3　同上，第 402 頁。
4　同上，第 105 頁。

李琪《田布神傳》、沈彬《張靈官記》、王仁裕《蜀石》等，這些作品均不見於《唐宋傳奇集》《唐人小説》《唐宋傳奇總集》，較大拓展了單篇傳奇作品範圍。這些篇目大部分屬於唐宋時期基本被看作"小説"者，如《鏡龍圖記》《杜鵬舉傳》《劉幽求傳》《周廣傳》《后土夫人傳》《達奚盈盈傳》《玉匣記》等，但也有部分篇目應屬集部之傳記文，如《記異》從《白氏長慶集》甄選，因其"本爲虛誕，而叙述細微有若目見"。[1]《感夢記》《崔徽歌序》雖原文已佚，僅節存片段或梗概，但從作品性質來説，也應屬於《元氏長慶集》闕載者。《感異記》也應爲"沈集所不載者，蓋今本脱去耳"。[2]《仙遊記》《瞿童述》《盧陲妻傳》，分別載於《全唐文》卷五百二十九、卷七三〇、卷七一七。此外，個別作品應屬史部"傳記"，如《梁四公記》，《崇文總目》《新唐志》《通志·藝文略》《中興館閣書目》《遂初堂書目》《直齋書録解題》著録於"傳記"，"用傳奇筆法，精心經營，鑄成偉構"。[3]當然，這些選入的集部傳記文和史部"傳記"大都曾被《太平廣記》收録，從更寬泛的意義上説，也可看作"小説"類性質的作品。

也有部分學者將韓愈《毛穎傳》、柳宗元《謫龍説》《種樹郭橐駝傳》《宋清傳》《童區寄傳》等劃入"傳奇小説"，如卞孝萱《唐傳奇新探》收録《毛穎傳》《謫龍説》，石麟《傳奇小説通論》附録《現存單篇傳奇小説目録》録有《毛穎傳》《種樹郭橐駝傳》《宋清傳》《童區寄傳》。

綜上所述，現當代學者劃定唐人單篇傳奇作品範圍存在著"小説"與集部之傳記文、史部"傳記"以及"雜史"等文類混雜出入的情況，這絶非現當代學者刻意擴大範圍，而應源於唐人單篇傳奇在古代文類或文體體系中，原本就非一個界限分明的獨立存在。一方面，在唐人小説文類内部，部分作

---

1 李劍國著：《唐五代志怪傳奇叙録》（增訂本），北京：中華書局 2017 年版，第 418 頁。

2 同上，第 479 頁。

3 同上，第 76 頁。

品是否曾單篇散行，如何界定，存在一定困難。另一方面，更爲複雜的是，部分作品的文類歸屬在古代文類體系中就存在著子部"小説家"、集部"傳記文"、史部"傳記"之間的混雜出入情況。[1]因此，"有些作品介乎志怪與傳奇或傳記與傳奇之間，究竟能否算作傳奇作品，看法很不一致"。[2]這種狀況其實自古而然，也就是，在古人心目中，不少單篇傳奇實際上就是處於文類或文體定位混雜不清的狀態。因此，現當代學者界定唐人單篇傳奇不可避免地面臨出入集部"傳記文"、史部"傳記"之困惑，面對具體作品斟酌選擇，自然見仁見智。

當然，以現代學者對唐人傳奇文體特徵的界定爲依據，不斷擴大甄選單篇傳奇作品的範圍，有些作品甄別界定也存在過於寬泛之嫌，例如，對於韓愈《毛穎傳》、柳宗元《謫龍説》《種樹郭橐駝傳》《宋清傳》《童區寄傳》等劃入"傳奇小説"，就有不少學者提出質疑。將部分富有傳奇色彩的道家之神仙傳歸入單篇傳奇，也值得商榷。

三、唐人小説集中甄選傳奇作品之取捨困難

對於唐人小説集中的"傳奇"作品而言，如何區分筆記體與傳奇體或志怪、雜事與傳奇，更令人難以把握。唐人傳奇的起源和興盛是從單篇散行的傳奇文開始的，大約在唐代中期流行近二百年之後開始逐漸進入小説集，[3]"造傳奇之文，薈萃爲一集者，在唐代多有"。[4]的確，唐人小説集特別是一批傳奇小説集中包含"傳奇"作品應是毋庸置疑的。李劍國《唐五代

1　詳見下文分析。

2　石麟著：《傳奇小説通論》，鄭州：中州古籍出版社 2005 年版，第 6 頁。

3　參見李劍國《唐五代志怪傳奇叙録》（增訂本）之《唐稗思考録（代前言）》有關論述，北京：中華書局 2017 年版。

4　魯迅著：《中國小説史略》，上海：上海古籍出版社 1998 年版，第 58 頁。

志怪傳奇叙録》根據唐人小説集含有傳奇體小説比例，將其劃分爲"傳奇集""傳奇志怪集"和"志怪傳奇集""志怪傳奇雜事集"等。然而，如何根據唐人傳奇的文體規範特徵將唐人小説集中的傳奇作品甄選出來，却是一個非常棘手的問題，如李宗爲《唐人傳奇》稱："區別志怪與傳奇的問題主要集中在小説集上。單篇的唐人小説屬於傳奇類，這似乎是爲大家所公認的。……所以要把志怪和傳奇截然區分，在某些具體的小説集上還是有一定困難的。對這些作品，我們只能就其基本傾向來判斷其歸屬。"[1]《中國古代小説百科全書》"傳奇"條："但有些偏重紀實的作品，與傳記文相近；有些神怪題材的作品，又與志怪小説類似。而且古代小説集裏往往兼收衆體，很難截然劃分界限。對於具體作品的分類，研究者尚有不同意見。"[2]李劍國《唐五代傳奇集》之"凡例"稱："顧志怪、雜事與傳奇之體，涉及具體作品二者每難區別，時或首鼠兩端，頗費思量，是故取捨或有不當，自屬難免。"[3]例如，關於牛肅《紀聞》，《唐宋傳奇總集》選録《水珠》，《唐五代傳奇集》未録，《唐五代傳奇集》選録《稠禪師》《儀光禪師》《洪昉禪師》《李思元》《李虚》《牛騰》《劉洪》《竇不疑》《李强名妻》《葉法善》《鄭宏之》，《唐宋傳奇總集》未録。關於張薦《靈怪集》，《唐宋傳奇總集》選録《關司法》，《唐五代傳奇集》未録，《唐五代傳奇集》選録《王生》，《唐宋傳奇總集》未録。此類分歧出入情況，比比皆是。整體看來，《唐五代傳奇集》作爲後出轉精的集大成之作，從唐人小説集中選録傳奇作品要遠遠多於《唐宋傳奇總集》，不僅從兩書共有的一批小説叢集如《玄怪録》《河東記》《原化記》《博異志》《集異記》《續玄怪録》《纂異記》《甘澤謡》《傳奇》《瀟湘録》等選録傳奇作品數量大增，而且新增了不少《唐宋傳奇總集》未曾關注的小説叢

1　李宗爲著：《唐人傳奇》，北京：中華書局 1985 年版，第 10—13 頁。
2　劉世德主編：《中國古代小説百科全書》，北京：中國大百科全書出版社 2006 年版，第 39 頁。
3　李劍國輯校：《唐五代傳奇集》，北京：中華書局 2015 年版，第 1—2 頁。

集，如句道興《搜神記》、蕭瑀《金剛般若經靈驗記》、唐臨《冥報記》、孟獻忠《金剛般若經集驗記》、鍾輅《前定録》、吕道生《定命録》、闕名《會昌解頤録》、陸勳《陸氏集異記》、李隱《大唐奇事記》、黄璞《閩川名士傳》、嚴子休《桂苑叢談》、杜光庭《神仙感遇傳》《仙傳拾遺》《墉城集仙録》、沈汾《續仙傳》、王仁裕《王氏見聞集》、何光遠《鑑誡録》、隱夫玉簡《疑仙傳》。當然，也有尉遲樞《南楚新聞》等個别小説叢集是《唐宋傳奇總集》收録却不見於《唐五代傳奇集》的。從《唐宋傳奇總集》和《唐五代傳奇集》來看，學者依據傳奇文體特徵從同一部小説叢集中甄選傳奇作品，常常會有分歧出入，而且，對於哪些小説叢集包含傳奇作品也會有不同判斷。有的學者甚至否認將《原化記》《甘澤謡》《集異記》等所謂的傳奇集歸入傳奇小説，"早則有《唐人小説》，近則有《唐宋傳奇選》，事實上他們是没有認識到魯迅所劃定傳奇的特徵。如張讀的《宣室志》、皇甫氏的《原化記》等只是'志怪'一類的小説，袁郊的《甘澤謡》、薛用弱的《集異記》、皇甫枚的《三水小牘》等只能算'紀録異聞'的小説，雖然它已經比前代的這類作品在篇幅上加長許多，但從實質上看不是傳奇"。[1]

　　明清時期就有一批小説叢書《虞初志》《古今説海》《五朝小説》《唐人説薈》等以篇爲單位從《紀聞》《廣異記》《玄怪録》《通幽記》《河東記》《博異志》《集異記》《續玄怪録》《纂異記》《甘澤謡》《宣室志》《傳奇》等唐人小説集中選録作品，有些還明確歸於"傳奇家""别傳家"類目之下。[2]這實際上就是從唐人小説叢集中甄選與單篇傳奇風格接近的作品。

　　雖然現當代學者依據傳奇體小説文體規範區分唐人小説集中的作品古已有之，但或多或少存在一定程度地"削足適履"。所謂傳奇體小説、筆記體小説是近現代學者受到西方小説文體觀念影響，對古代的"小説"進行文

1　周紹良著：《唐傳奇箋證》，北京：人民文學出版社2000年版，第4頁。
2　參見王慶華《古代小説學中"傳奇"之内涵和指稱辨析》，《文藝理論研究》2014年第2期。

體類型劃分界定而提出的。[1]在古代小説文類、文體的本然狀態中，並不存在純粹以筆記體、傳奇體的文體類型爲標準的創作類型，而且古人也並未嚴格秉持兩類文體觀念進行叙事書寫。唐人小説集中確實出現了一批深受單篇傳奇影響的作品，然而，如果深入比較單篇傳奇與傳奇集中的作品，還是會發現兩者在篇幅、情節結構、叙事方式等文體特徵方面存在一定差距，一般説來，單篇傳奇更多傾向於“文筆”而傳奇集中的傳奇作品更多傾向於“史筆”。例如，《任氏傳》《李娃傳》《柳毅傳》《南柯太守傳》《鶯鶯傳》《霍小玉傳》等單篇傳奇與《紀聞》《集異記》《玄怪録》《甘澤謡》《傳奇》《三水小牘》中代表性傳奇作品《吳保安》《李清》《魏先生》《紅綫》《杜子春》《崔書生》《昆侖奴傳》《聶隱娘傳》《非煙傳》等相比，在篇幅、情節結構、叙事方式等方面就有較爲明顯的“文筆”和“史筆”之別。前者篇幅明顯較長，在叙述中摻加了諸多描摹形容成分，包括細節描寫、場面鋪陳、氛圍渲染等；情節曲折，且注重寫人，鮮明生動地刻畫人物性情品格。後者相對而言，篇幅明顯較短，更多追求叙事簡潔，而僅保留個別典型性細節或比較簡略的場景化叙事。傳奇小説集之外的其他唐人小説集，雖然也或多或少含有個別類似傳奇體小説的作品，但實際上整體看來，主要延續了唐前小説集的書寫傳統，例如，干寶《搜神記》中也不乏《胡母班》《趙公明參佐》《成公智瓊》《李娥》《白水素女》等篇幅較長、情節曲折、文筆較精細者。例如，《胡母班》講述胡母班受泰山府君之邀，送書與河伯之事，故事曲折，描摹細膩，“胡母班字季友，泰山人也。曾至泰山之側，忽於樹間逢一絳衣騶，呼班云：‘泰山府君召。’班驚愕，逡巡未答。復有一騶出，呼之，遂隨行。數十步，騶請班暫瞑。少頃，便見宮室，威儀甚嚴。班乃入閣拜謁，主者爲設食，語班曰：‘欲見君，無他，欲附書與女婿耳。’班問：‘女郎何在？’

---

1 參見王慶華《古代文類系統中“筆記”之内涵指稱》，《華東師範大學學報》2010 年第 5 期；《古代小説學中“傳奇”之内涵和指稱辨析》，《文藝理論研究》2014 年第 2 期。

曰：‘女爲河伯婦。’班曰：‘輒當奉書，不知何緣得達？’答曰：‘今適河中流，便扣舟呼青衣，當自有取書者。’班乃辭出”。[1]

其實，唐人小説集多由記載傳聞而成，文隨事立，若傳聞本身事件簡略，載文自然也簡短，傳聞曲折，載文自然篇幅漫長，文筆之簡潔抑或細膩，也常與傳聞性質相關。因此，現當代學者不可避免地面臨兩難選擇，如果以比較接近單篇傳奇爲標準從小説集中甄選作品，似乎數量太少；如果以比較寬泛的標準來界定，似乎又容易混淆泯滅唐人傳奇文體規定性而混同於一般的古代小説作品。因此，學界對於從唐人小説集中甄選傳奇作品，自然很難達成普遍共識。筆者認爲，相對而言，如果將傳奇體界定爲與筆記體相對應的文體概念，強調兩者之文體區分，理應以單篇傳奇爲標準進行比較嚴格篩選，同時，可將明清時期小説叢書以篇爲單位從唐人小説集中選録的作品作爲重要參考。否則，以比較寬泛標準選録的大量所謂“傳奇”作品很難與一般筆記體小説篇幅較長者區分開來，實際上就混淆了傳奇體與筆記體的文體界限。

現當代學者對唐人傳奇文體規範和相關作品範圍的界定不僅稱得上古代小説研究的典型個案，而且在整個古代文學研究中也具有一定代表性，其研究範式面臨的種種困惑和進退失據的兩難選擇對於古代小説研究乃至古代文學研究無疑具有重要啓示意義。一方面，中國小説史學科創立之初形成一批基本概念術語，大都以古已有之的相關概念術語爲基礎重新界定而成，古代文獻原有内涵、指稱與近現代學界賦予的新内涵、指稱之間存在相互糾葛的種種困惑。這種情況包括“傳奇”在内的“志怪”“志人”“變文”“話本”“平話”“筆記小説”“章回小説”等一批概念。顯然，“傳奇”在古典文獻中的原有内涵和指稱與近現代學者的相關界定存在諸多不一致，這常給研

1（晉）干寶撰，汪紹楹校注：《搜神記》，北京：中華書局 1979 年版，第 44—45 頁。

究者帶來依違於新舊之間的困惑。我們也需要對此類基本概念術語因新舊内涵糾纏而産生的種種理論困惑進行梳理反思，以便使我們的研究建立在更加堅實的理論基礎上。一方面，對這些概念術語在古典文獻中的指稱對象和範圍、命名角度和理論内涵、指稱與理論内涵之演化以及相關歷史語境等做一全面系統梳理；另一方面，對其在近現代學界的命名依據、理論背景、内涵演化、學術影響等做一深入探討。此外，現代人文學術的研究範式强調研究概念本身的明確清晰、研究對象範圍劃分的界限分明，然而，古代文類、文體體系本身却存在比較普遍的界限模糊、相互混雜的狀況。唐人傳奇在古代文類體系介於小説、集部“傳記文”、史部“傳記”等文類之間，作品範圍界限更是相當模糊，因此，近現代學界力求清晰明確地界定唐人傳奇不可避免會面臨種種困惑。從研究範式、研究方法、理論視域更好地貼近研究對象從而充分揭示其特徵來看，我們的研究理應充分尊重古代文類、文體本身的混雜性、模糊性，將其作爲歷史實在加以揭示，而不應無視回避其存在，更不應削混雜性、模糊性之“足”而適現代人文學術研究明確性、清晰性之“履”。

考慮到現當代學者界定唐傳奇的文體特徵並以此爲標準圈定其作品範圍存在種種困惑。因此，關於宋人對唐傳奇的文類、文體定位和歸類研究，以最具代表性和共識性的唐人單篇傳奇文和傳奇集爲例。

第二節　唐人單篇傳奇文歸入集部之“傳記文”

唐人多將當時流行的單篇傳奇文稱爲“傳”或“記”，宋人也基本延續了唐人之稱謂。在宋代文類、文體概念系統中，“傳記”既爲史部之“傳記”或“雜傳”類目概念，同時，又爲集部之“傳記”文章概念，如《文苑英華》之“傳”“記”類，《郡齋讀書志》著録《文苑英華》稱：“‘傳’五卷，'記'三十八卷。"[1]《唐文粹》選録作品有"傳""録""紀事"類等。劉攽《彭城集》卷三十四《公是先生集序》："内集二十卷，諸議論、辯説、傳記、書序、古賦、四言、文詞、箴贊、碑刻、銘志、行狀皆歸之内集。"[2]汪應辰《文定集》卷二十《御史中丞常公墓志銘》："公晚年自號虚閑居士，有古律詩、表、啓、詞、疏、外制、劄狀、書序、題跋、序跋、傳記、碑、銘二十卷，名曰《虚閑集》。"[3]因此，所謂"傳記"，應爲介於兩者之間的一種文類、文體概念。那麼，此類單篇行世之傳奇文被稱之"傳記"，是定位於史部之"傳記"還是集部之"傳記文"呢？從部分唐人單篇傳奇文被明確定位於集部來看，宋人應更傾向於將其看作集部之"傳記文"。

　　宋人編纂唐人詩文總集和别集，曾收録部分唐人傳奇作品。《文苑英華》之"傳類""記類""雜文類"選録個别唐傳奇作品，如卷七百九十二至七百九十六之"傳"類收録沈亞之《馮燕傳》、陳鴻《長恨歌傳》，[4]卷八百三十三"記"類收録沈既濟《枕中記》，卷三五八"雜文"類收録沈亞之《湘中怨解》。作爲詩文總集，《文苑英華》所選作品在文體、文類界定上應具有一定典範意義。《文苑英華》收録《長恨歌傳》《馮燕傳》，同時也收録了《長恨歌》（卷三百四十六）、《馮燕歌》（卷三百四十九）。此類傳奇文與歌行珠聯璧合，還有沈既濟《任氏傳》與白居易《任氏行》、元稹《鶯鶯傳》與李紳《鶯鶯歌》、白行簡《李娃傳》與元稹《李娃行》、蔣防《霍小玉傳》與佚名《霍小玉歌》等。傳文與歌行相配而行是唐代中期單篇傳奇文創作的一種獨特文體現象，從類型意義上來説，《文苑英華》中的《長恨歌傳》《馮燕傳》以及《長恨歌》《馮燕歌》應代表此類作品。這也與叙事性詩序與詩歌相伴而行頗爲相似，如韓愈《石鼎聯句詩序》、元稹《崔徽歌序》等。

1（宋）晁公武撰，孫猛校證：《郡齋讀書志校證》，上海：上海古籍出版社2011年版，第1215頁。

2（宋）劉攽撰，逯銘昕點校：《彭城集》，濟南：齊魯書社2018年版，第901頁。

3（宋）汪應辰撰：《文定集》，上海：學林出版社2009年版，第228頁。

4 陳鴻《長恨歌傳》亦載《白氏長慶集》卷一二，《四部叢刊》景印日本翻宋大字本。

在《文苑英華》中，沈既濟《枕中記》被列入"記"類的"寓言"之屬，同時收録的還有王績《醉鄉記》、李華《鸚鵡狐記》，都爲典型的文章之作。在宋人眼中，沈既濟《枕中記》與李公佐《南柯太守傳》、佚名《櫻桃青衣》亦屬同一類型作品，如洪邁《夷堅志甲》卷二《衛師回》："唐人記南柯太守、櫻桃青衣、邯鄲黃粱，事皆相似也。"[1]因此，《枕中記》《南柯太守傳》等一批"寓言"性質的傳奇文，也應都可算作集部之文。"怨"屬"歌行"性質的文體，"解"屬詩序性質之文體，兩者都非通行文體，沈亞之《湘中怨解》因而被收録在《文苑英華》之"雜文"類。

宋人所編沈亞之《沈下賢文集》[2]卷二"雜著"收録《湘中怨解》《秦夢記》，卷四"雜著"收録《異夢録》《馮燕傳》。卷二同時收録的還有《爲人撰乞巧文》《祝楠木神文》《文祝延》《雜記》等，實爲各類"雜"文體。卷四同時收録的還有《李紳傳》《郭常傳》《嘉子傳》《誼鳥録》，因《沈下賢集》未另立"傳"類，所以，卷四相當於其他別集之"傳"。在宋人看來，《秦夢記》屬於叙述奇遇之文，與此相類者，還有多篇傳奇文，如劉克莊《後村集》卷一百七十三："唐人叙述奇遇，如后土夫人事，托之韋郎，無雙事托之仙客，鶯鶯事雖元稹自叙，猶借張生爲名。惟沈下賢《秦夢記》、牛僧孺《周秦行記》、李群玉《黃陵廟詩》，皆攬歸其身，名檢掃地矣。"[3]顯然，《沈下賢集》可收録此類作品，其他文人文集也應可録入，如李德裕《李文饒外集》卷四《窮愁志》附《周秦行紀》，陳振孫《直齋書録解題》卷十六著録《會昌一品集》二十卷、《別集》十卷、《外集》四卷稱："《周秦行紀》一篇，奇章怨家所爲，而文饒遂信之爾。"[4]

1（宋）洪邁撰，何卓點校：《夷堅志》，北京：中華書局 2006 年版，第 727 頁。

2 據《四部叢刊初編》之涵芬樓景印明翻宋本。

3（宋）劉克莊著，辛更儒箋校：《劉克莊集箋校》，北京：中華書局 2011 年版，第 6699 頁。

4（宋）陳振孫著，徐小蠻、顧美華點校：《直齋書録解題》，上海：上海古籍出版社 1987 年版，第 482 頁。

宋人筆記雜著談及部分唐人傳奇文，也將其看作集部之文，如趙令時《侯鯖録》卷第五"元微之崔鶯鶯商調蝶戀花詞"："夫《傳奇》者，唐元微之所述也，以不載於本集而出於小説，或疑其非是。今觀其詞，自非大手筆，孰能與於此？"[1]此處"本集"顯然應指《元氏長慶集》，也就是説，《傳奇》（《鶯鶯傳》）原本應載於《元氏長慶集》。[2]之所以未載，應主要是有所忌諱。《直齋書録解題》卷十六"元氏長慶集"稱："今世所傳《李娃》《鶯鶯》《夢遊春》《古決絶句》《贈雙文》《示楊瓊》諸詩，皆不見於六十卷中。意館中所謂'逸詩'者，即其艷體者耶。"[3]《李娃行》等屬於艷體詩，魏慶之《詩人玉屑》卷十七："詩人寫人物態度，至不可移易。元微之《李娃行》云：鬌鬢峩峩高一尺，門前立地看春風。此定是娼婦。"[4]宋人對於文人别集録此尚有避諱，與之相關之《鶯鶯傳》《李娃傳》等，雖屬於應載者，也一定在回避之列了。胡仔《苕溪漁隱叢話》後集卷第十八《羅隱》引《藝苑雌黃》："唐人作《后土夫人傳》，予始讀之，惡其瀆慢而且誣也；比觀陳無已《詩話》云：'宋玉爲《高唐賦》，載巫山神女遇楚襄王，蓋有所諷也；而文士多效之，又爲傳記以實之，而天地百神，舉無免者。'"[5]《后土夫人傳》也列爲"文士"之"傳記"。

《太平廣記》卷四八四至卷四九二將所録傳奇文《李娃傳》《東城老父傳》《柳氏傳》《長恨傳》《無雙傳》《霍小玉傳》《鶯鶯傳》《周秦行記》《冥音録》《東陽夜怪録》《謝小娥傳》《楊娼傳》《非煙傳》《靈應傳》等十三篇，

---

1 （宋）趙令時撰，傅成校點：《侯鯖録》，上海：上海古籍出版社 2012 年版，第 97 頁。

2 李劍國《唐五代志怪傳奇叙録》稱："然《永樂大典》卷二七四二《崔鶯鶯》條下引元稹《長慶集》之《崔鶯鶯傳》，則至晚元明間傳世之《元氏長慶集》已收入此傳。"北京：中華書局 2017 年版，第 336 頁。

3 （宋）陳振孫著，徐小蠻、顧美華點校：《直齋書録解題》，上海：上海古籍出版社 1987 年版，第 478—479 頁。

4 （宋）魏慶之：《詩人玉屑》，上海：上海古籍出版社 1959 年版，第 385 頁。

5 （宋）胡仔纂集，廖德明校點：《苕溪漁隱叢話》，北京：人民文學出版社 1962 年版，第 126 頁。

特稱爲"雜傳記"。《太平廣記》類目劃分主要借鑒宋前之類書、史書《五行志》《世說新語》等分類，以題材内容性質爲主，例如，各種人物類型：方士、異人、異僧、將帥、婦人、儒行等，各種神怪類型：神仙、女仙、神、鬼、夜叉、神魂、妖怪、精怪、靈異等，各種博物類型：器玩、酒、雷、雨、山、石、水、草木、龍、虎、昆蟲等，各種人物品性類型：氣義、幼敏、器量、詭詐、詼諧、輕薄等；各種情節類型：報應、感應、定數、再生、悟前生等。"雜傳記"顯然是游離於主體分類之外的獨特類目，從内容性質上來看，這些作品實際上都可納入上述類目體系，正如《古鏡記》在器玩類、《李章武傳》在鬼類、《柳毅傳》在龍類、《任氏傳》在狐類、《南柯太守傳》在昆蟲類一樣，《霍小玉傳》《鶯鶯傳》也自可納入"婦人"等。因此，"雜傳記"單列一類，應主要從文體角度考慮，而且區別於通常所稱之史部"傳記"類概念。《太平廣記》本身就是大量采録史部"傳記""小説"而成，如《直齋書録解題》著録《太平廣記》稱："又取野史、傳記、故事、小説撰集，明年書成，名《太平廣記》。"[1]因此，就没有必要再從史部"傳記"角度指稱此類作品爲"雜傳記"。如果聯繫宋人將部分唐代單篇傳奇文歸入集部之"傳記文"來看，《太平廣記》從文體角度將唐代單篇傳奇文命名爲"雜傳記"，可能更傾向於集部之"傳記文"。

張君房《麗情集》編纂唐人傳奇，多"傳"與"歌行"相配，如《任氏傳》《長恨歌傳》《鶯鶯傳》《燕女墳記》《李娃傳》《煙中怨解》《湘中怨解》《馮燕傳》《霍小玉傳》《無雙傳》《非煙傳》《余媚娘叙録》等，配有《任氏行》《長恨歌》《鶯鶯歌》《李娃行》《馮燕歌》《小玉歌》《無雙歌》等歌行，同時，還收録了一批唐人詩歌并序，如顧況《宜城放琴客歌并序》、元稹《崔徽歌并序》、崔珏《灼灼歌并序》、劉禹錫《泰娘歌并引》、杜牧《杜

1（宋）陳振孫撰，徐小蠻、顧美華點校：《直齋書録解題》，上海：上海古籍出版社1987年版，第325頁。

秋娘詩并序》《張好好詩并序》、盧碩《真真歌并序》等，長篇詩序詳叙詩歌本事之始末，與傳奇文頗相類似。[1] 兩者並列，也反映了選編者將長篇詩序相配詩歌與傳奇文相配歌行看做文體性質相近的作品。而且，該書被《秘書省續編到四庫闕書目》著録於總集類，也揭示了宋人將唐人單篇傳奇定位於集部"傳記文"的文體性質判别。陳翰《異聞集》是以單篇傳奇文爲主之選集，目前考證收録四十四篇，《郡齋讀書志》稱："以傳記所載唐朝奇怪事，類爲一書。"[2] 此處所稱"傳記"，也應更傾向於集部"傳記文"之文體概念。此外，也有極個别唐人傳奇集中的作品析出進入宋人文集，如《甘澤謡》之《圓觀》被蘇軾删改做《僧圓澤傳》收入《東坡全集》卷三九，末有附注："此出袁郊所作《甘澤謡》，以其天竺故事，故書以遺寺僧。舊文煩冗，頗爲删改。"[3]

　　唐傳奇文體主要源於魏晉六朝雜傳，與魏晉六朝雜傳一脈相承的唐人傳奇，宋人爲何就將其部分作品歸入集部之"傳記文"呢？這應主要源於以下兩個方面：

　　一方面，唐傳奇文體雖源於魏晉六朝雜傳，但又是對雜傳之文體規範的超越和改造。唐人寫作傳奇文，相當一部分是爲了彰顯作者歷史叙事和文學想像的才華，因此，這就賦予了傳奇文濃厚的"文章"色彩，"著文章之美，傳要妙之情"。[4] 陳寅恪早就指出，《長恨歌傳》等傳奇文"乃一種新文體"，屬於"當時諸文士之各竭其才智，競造勝境"之結果。[5] 近年來，陳文新提出唐傳奇的基本文體特徵就是"傳、記辭章化"，傳、記融合了辭章的旨趣

1　參見李劍國《宋代志怪傳奇叙録》（增訂本）之《麗情集二十卷》考證，北京：中華書局 2018 年版，第 122 頁。

2　（宋）晁公武撰，孫猛校證：《郡齋讀書志校證》，上海：上海古籍出版社 1990 年版，第 548 頁。

3　張志烈、馬德富、周裕鍇主編：《蘇軾全集校注》，石家莊：河北人民出版社 2010 年版，第 1354 頁。

4　（宋）李昉等編：《太平廣記》，北京：中華書局 1961 年版，第 3697 頁。

5　陳寅恪著：《元白詩箋證稿》，上海：上海古籍出版社 1978 年版，第 9 頁。

和手法，創造了一種全新的文體。[1]如果深入比較單篇傳奇文與傳奇集中的作品，還是會發現兩者在篇幅、情節結構、叙事方式等文體特徵方面存在一定差距，單篇傳奇文更多傾向於"文筆"而傳奇集中的傳奇作品更多傾向於"史筆"。

　　另一方面，宋人面對唐代史部"傳記"之單篇傳記顯著衰落和集部之傳體文興起之演化，也自然傾向於從集部之傳記文的角度來理解唐人單篇傳奇文。

　　漢魏六朝史部"雜傳"之單篇人物傳數量巨大，兩漢有二十三種左右、三國時期有五十種左右，兩晉有一百五十種以上，南北朝則多道教人物傳而其他散傳則相對較少。[2]唐代史部"傳記"之單篇人物傳記創作顯著衰退，僅有十六種，主要包括賈閏甫《李密傳》、王方慶《文貞公事録》、宗楚客《薛懷義傳》、李邕《狄仁傑傳》、徐浩《盧陵王傳》、馬宇《段公別傳》、劉復《周廣傳》、佚名《王義傳》等。[3]唐前之文集雖有《大人先生傳》《五柳先生傳》《丘乃敦崇傳》《任府君傳》等傳體文，但尚未形成獨立文體，至唐代，文集中的傳體文作爲獨立文體開始興起，[4]傳體文展現出多種富有創造性的類型，其中亦有一批載録異人奇事的傳體文，如柳宗元《李赤傳》、沈亞之《歌者葉記》、長孫巨澤《盧陲妻傳》、温造《瞿童述》等。顯然，相對於唐代史部爲數不多的單篇"傳記"而言，以單篇形式流傳的傳奇文自然更接近於集部之傳體文，或也可看作一種"變體"類型。[5]

---

　　1 陳文新、王煒：《傳、記辭章化：從中國叙事傳統看唐人傳奇的文體特徵》，《武漢大學學報（人文科學版）》2005 年第 2 期。

　　2 詳見熊明：《雜傳與小説：漢魏六朝雜傳研究》，瀋陽：遼海出版社 2004 年版。

　　3 詳見武麗霞《唐代雜傳研究》有關統計，博士學位論文，四川大學，2004 年。

　　4 參見羅寧、武麗霞：《論古代文傳的産生與演變》，《新國學》第六卷，成都：巴蜀書社 2006 年版。

　　5（清）王士禛撰，靳斯仁點校：《池北偶談》卷十六"沈下賢集"條："唐吴興沈亞之《下賢集》十二卷，古賦詩一卷，雜文、雜著如《湘中怨》《秦夢記》《馮燕傳》之類三卷……《下賢》文大抵近小説家，如記弄玉、邢鳳等事。"北京：中華書局 1982 年版，第 391 頁。

將唐人傳奇看做集部"傳記文"，應爲宋朝獨有的一種觀念。明清時期，僅有極個別文章總集收録唐人傳奇作品，例如，明代屠隆《鉅文》增收録個別傳奇文，《四庫全書總目》批評稱："是集雜選經傳及古文詞，分宏放、悲壯、奇古、閑適、莊嚴、綺麗六門，僅八十篇。以《考工記》《檀弓》諸聖賢經典之文與稗官小説如《柳毅傳》《飛燕外傳》等雜然並選，殊爲謬誕。"[1]清代董誥編輯《全唐文》以《唐文》爲底本，《唐文》原曾將唐人傳奇文收録其中，《全唐文》則因其事關風化或猥瑣誕妄而削删未録，《凡例》稱："唐人説部最夥，原書所載，如《會真記》之事關風化，謹遵旨削去。此外，如《柳毅傳》《霍小玉傳》之猥瑣，《周秦行記》《韋安道傳》之誕妄，亦概從删。"[2]不過，《全唐文》亦收録《東城老父傳》《謝小娥傳》《異夢録》等傳奇文。

第三節　唐人傳奇歸入史部之"傳記"

在宋代官私書目中，唐傳奇明確被著録於史部之"傳記"類，實際上僅涉及極個別特例作品，主要有張説《梁四公記》、郭湜《高力士外傳》、佚名《補江總白猿傳》、裴鉶《虬髯客傳》、袁郊《甘澤謡》等。

從宋代官私書目著録情況來看，這幾篇（部）作品被歸入"傳記"主要有兩種情況，一種是宋代官私書目均著録於史部"傳記"類，也就是説，宋人基本將其看作史部之"傳記"，例如，《梁四公記》，被著録於《崇文總目》"傳記類"、《新唐志》"雜傳記類"、《通志·藝文略》"傳記類"之"名士"、《中興館閣書目》"雜傳類"、《遂初堂書目》"雜傳類"、《直齋書録解題》"傳記類"。《高力士外傳》，被著録於《崇文總目》"傳記類"、《新唐志》"雜傳

1　（清）永瑢等撰：《四庫全書總目》，北京：中華書局 1965 年版，第 1755 頁。

2　（清）董誥等編：《全唐文》，北京：中華書局 1983 年版，第 15 頁。

記類"、《通志·藝文略》"傳記類"之"名士",《直齋書録解題》"傳記類"、《遂初堂書目》"雜傳類"。

《梁四公記》《高力士外傳》被宋代官私書目一致歸入史部之"傳記"類,反映了一種共識性的文類觀念:歷史人物傳聞性的傳記作品,基本相當於"别傳""外傳","與正史差異者,並存而録之,則别傳、外傳比也",[1]一般多歸入"傳記"類。在宋人看來,"傳記"屬於史學價值較低、爲"正史"編纂提供素材、補史之缺的"野史",如《歐陽修集》卷一二四《崇文總目叙釋》:"古者史官,其書有法,大事書之策,小事載之簡牘。至於風俗之舊,耆老所傳,遺言逸行,史不及書,則傳記之説,或有取焉。然自六經之文,諸家異學,説或不同。況乎幽人處士,聞見各異,或詳一時之所得,或發史官之所諱,參求考質,可以備多聞焉。"[2]馬端臨《文獻通考》卷一百九十五《經籍考二十二》:"《宋三朝藝文志》曰:傳記之作,蓋史筆之所不及者,方聞之士,得以紀述而爲勸戒。"[3]"傳記"載録之事或多或少與朝政大事、歷史人物事迹、人事善惡等史家旨趣相關,因此,載録歷史人物傳聞性的"外傳""别傳"之類自然應歸入"傳記類",宋代官私書目有諸多此類證例,如《漢武内傳》《趙飛燕外傳》《楊太真外傳》《緑珠傳》《則天外傳》被歸入《郡齋讀書志》《直齋書録解題》"傳記類"或《遂初堂書目》"雜傳類"。

另一種則屬宋代官私書目混雜著録者,例如,《補江總白猿傳》,被著録於《郡齋讀書志》"傳記類"、《通志藝文略》"傳記類"之"冥異",《崇文總目》《新唐志》《遂初堂書目》《直齋書録解題》則均著録於"小説家類"。《虬髯客傳》,被著録於《崇文總目》"傳記類"、《通志·藝文略》"傳記類"

---

1 (宋)張齊賢:《洛陽搢紳舊聞記·序》,《全宋筆記》第一編(二),鄭州:大象出版社2003年版,第147頁。

2 (宋)歐陽修著,李之亮箋注:《歐陽修集編年箋注》,成都:巴蜀書社2007年版,第85—86頁。

3 (元)馬端臨:《文獻通考》,北京:中華書局1986年版,第1647頁。

之"冥異"，陳翰《異聞集》曾收録《虬髯客傳》，《異聞集》被收入"小説家"，也應算一種混雜。《甘澤謠》，被著録於《崇文總目》"傳記類"、《通志·藝文略》"傳記類"之"冥異"，《新唐志》《郡齋讀書志》《直齋書録解題》均著録於"小説家"。其中，《通志·藝文略》"傳記類"之"冥異"著録了一大批"小説"志怪性質作品，承襲了《隋書·經籍志》《舊唐書·經籍志》"雜傳類"之著録體例，在宋代官私書目"傳記類"著録中可看作一種特例。

在宋人看來，史部之"傳記"與子部之"小説"文類性質非常接近，如晁公武《郡齋讀書志》卷九"傳記類"之《黄帝内傳一卷》："《藝文志》以書之紀國政得失、人事美惡，其大者類爲雜史，其餘則屬之小説。然其間或論一事、著一人者，附於雜史、小説皆未安，故又爲傳記類，今從之。"[1]作爲"史之流別"，兩者都屬載録聞見或傳聞而成的野史、稗史之類，只是相對而言，"小説"載録之事距離廟堂國政、人事善惡更遠一些，也更爲瑣細一些。因文類性質非常接近，宋人常將"傳記"與"小説"相提並論，如歐陽修《五代史伶官傳論》："五代文章陋矣，而史官之職廢於喪亂，傳記小説多失其傳，故其事迹，終始不完，而雜以訛謬。"[2]史繩祖《學齋佔畢》卷二"紙筆不始於蔡倫、蒙恬"："傳記、小説多失實。"[3]

《補江總白猿傳》《虬髯客傳》《甘澤謠》被著録於"傳記類""小説家"，應主要爲"傳記"與"小説"文類相近而造成的文類混雜。當然，從具體作品來看，也與其兼有兩者之文類規定性密不可分。從"傳記類"文類規定性來看，與《梁四公記》《高力士外傳》相類，它們都涉及歷史人物之傳聞或傳說，例如，《補江總白猿傳》事關歐陽詢、江總，《虬髯客傳》事關李靖、

1（宋）晁公武撰，孫猛校證：《郡齋讀書志校證》，上海：上海古籍出版社 2011 年版，第 359 頁。

2（宋）歐陽修撰，徐無黨注：《新五代史》，北京：中華書局 1974 年版，第 406 頁。

3（宋）史繩祖撰：《學齋佔畢》，上海：上海古籍出版社 1992 年版，第 25 頁。

唐太宗等,《甘澤謠》事關狄仁傑、薛嵩等。從"小説"文類規定性來看,這些作品又都含有不少荒誕怪妄内容,如《直齋書録解題》稱《補江總白猿傳》:"歐陽紇者,詢之父也。詢貌類獮猿,蓋嘗與長孫無忌互相嘲謔矣。此傳遂因其嘲,廣之以實其事,托言江總,必無名子所爲也。"[1]大概因各官私書目對這些傳聞或傳説真實性的判斷見仁見智,故傾向於較爲真實可信者則歸入"傳記類",傾向於較爲荒誕不經者則歸入"小説家"。

　　在宋人官私書目著録中,唐人"傳記"與"小説"之混雜主要集中於以筆記體爲主、載録朝野見聞的"小説"作品,如張鷟《朝野僉載》(《新唐書・藝文志》"傳記",《郡齋讀書志》《直齋書録解題》"小説")、蘇鶚《杜陽雜編》(《崇文總目》"傳記",《通志・藝文略》"小説")、皇甫牧《三水小牘》(《崇文總目》"傳記",《直齋書録解題》《遂初堂書目》著録"小説")、佚名《玉泉子》(《崇文總目》"傳記",《直齋書録解題》"小説")、馮翊子《桂苑叢談》(《崇文總目》"傳記",《通志・藝文略》"小説")、王仁裕《王氏見聞集》(《崇文總目》"傳記",《秘書省續編到四庫闕書目》"小説")、王仁裕《玉堂閑話》(《崇文總目》"傳記",《遂初堂書目》"小説")、劉崇遠《金華子》(《崇文總目》"傳記",《郡齋讀書志》《直齋書録解題》"小説")等。顯然,在宋代官私書目中,唐人傳奇與史部"傳記"整體還是涇渭分明的。

　　此外,也有極個别唐人傳奇文在宋代官私書目歸入史部之"雜史類",如陳鴻《開元升平源》著録於《郡齋讀書志》《直齋書録解題》"雜史類",佚名《隋煬帝開河記》著録於《遂初堂書目》"雜史類"。佚名《大業拾遺記》(《隋遺録》)著録於《崇文總目》《遂初堂書目》《郡齋讀書志》"雜史類"。相對於"傳記"而言,"雜史"與史家旨趣更爲密切,史學價值也更高

1（宋）陳振孫撰,徐小蠻、顧美華點校:《直齋書録解題》,上海:上海古籍出版社 1987 年版,第 317 頁。

些，如《郡齋讀書志》稱《開元升平源記》："載姚崇以十事要明皇。"[1]

從上文分析可見，宋人將個別唐人傳奇歸入史部之"傳記"，實際上僅僅涉及載錄歷史人物傳聞性的"外傳""別傳"之類作品。明代個別私家書目晁瑮《寶文堂書目》、高儒《百川書志》"傳記"類收錄了一批經典傳奇文。有些學者據此認定，古人普遍將唐人傳奇看做史部之"傳記"，這應爲一種誤讀。一方面，從官私書目著錄情況來看，《文獻通考·經籍考》《宋史·藝文志》《國史·經籍志》《千頃堂書目》《明史·藝文志》等，一般均將唐傳奇以及後來之傳奇體小說歸入"小說家"。《四庫全書總目》"小說家"甚至對傳奇體小說作品黜而不錄，多處提及傳奇體小說時，也多從正統價值立場出發的鄙薄之詞，如"其文淫艷""詞多鄙俚""同出依托"等。另一方面，《百川書志》《寶文堂書目》著錄體例有失嚴謹，如周中孚《鄭堂讀書記》稱《百川書志》："然以道學編入經志，以傳奇爲外史，瑣語爲小史，俱編入史志，可乎？"[2]這種著錄應爲一種明清個別書目的特例。在明清正統觀念中，傳奇體小說僅屬"獨秀的旁枝"，甚至在"小說家"中也屬於地位和價值相對較爲低下者，一般不可能將其著錄於史部"傳記"類。

當然，除了部分作品被歸入集部"傳記文"和史部"傳記"外，唐人傳奇同時普遍被歸入"小說"。唐人傳奇集普遍著錄於子部之"小說家"。牛僧儒《玄怪錄》、薛漁思《河東記》，皇甫氏《原化記》，鄭還古《博異志》、薛用弱《集異記》、李復言《續玄怪錄》、李玖《纂異記》、袁郊《甘澤謠》、裴鉶《傳奇》、李隱《大唐奇事記》、柳祥《瀟湘錄》等傳奇集，除了《通志·藝文略》或著錄於"傳記類"之"冥異"之外，《崇文總目》《新唐書·藝文志》《郡齋讀書志》《直齋書錄解題》等宋代官私書目均著錄於"小

1（宋）晁公武撰，孫猛校證：《郡齋讀書志校證》，上海：上海古籍出版社 2011 年版，第 250 頁。
2（清）周中孚撰，黃曙輝、印曉峰標校：《鄭堂讀書記》，上海：上海書店出版社 2009 年版，第483 頁。

説家"。宋代官私書目極少以篇爲單位對單篇傳奇文進行著録，從《太平廣記》《類説》《紺珠集》《錦繡萬花谷》《全芳備祖》等文言小説總集、類書轉録、摘録和《詳注片玉集》《施注蘇詩》《山谷詩集注》等詩注徵引情況來看，唐人單篇傳奇文在宋代主要通過陳翰編《異聞集》、張君房編《麗情集》流傳行世。《異聞集》收録《神告録》《鏡龍記》《古鏡記》《韋仙翁》《柳毅傳》《離魂記》《韋安道》《周秦行記》《任氏傳》《上清傳》《柳氏傳》《李娃傳》《霍小玉傳》《鶯鶯傳》《謝小娥傳》《東城老父傳》《枕中記》《南柯太守傳》《櫻桃青衣傳》等一批單篇傳奇文名篇，現在可考者約四十四篇。《異聞集》《麗情集》被《崇文總目》《新唐書·藝文志》《郡齋讀書志》《直齋書録解題》《宋史·藝文志》著録於"小説家"。這反映出宋人實際上同時將唐代單篇傳奇文也普遍看作"小説"。

宋人明確將部分唐人單篇傳奇文歸入集部之"傳記文"，同時，將唐人單篇傳奇文和傳奇集亦看作"小説"，以資談暇、廣見聞的價值定位爲主，而將唐人傳奇著録於史部之"傳記"，實際上僅涉及極個別作品，多因其與歷史人物傳聞性"傳記"相類。這實際上從文類或文體界定角度，反映了宋人對唐傳奇的文類性質、特徵、價值的認識判斷，也揭示了唐傳奇作爲一種獨特文類的文體規範。在宋人看來，單篇傳奇文介於集部"傳記文"和"小説"之間，一方面，其文體與叙事藝術、語言形式方面具有鮮明的傳記文章特性，可看做集部之文章；另一方面，其價值功用定位低下，"非文章正軌"，又難以納入正統集部，屬於"小道"，理應歸入"小説"。當然，與傳統筆記體小説相比，此類作品無疑又屬於"小説"中的"另類"。宋人對唐傳奇的文類、文體歸類爲後世理解、認知唐傳奇以及整個傳奇體小説類型奠定了基礎，產生了深遠影響。同時，唐人傳奇介於集部"傳記文"和"小説"之間的文體、文類定位，也開創了集部之文與子部之"小説家"交叉混雜之傳統。

第五章
宋元傳奇小説的文體流變及特性

關於唐宋傳奇小説的基本特徵，學界大體接受魯迅的如下評判：唐人傳奇“婉轉思致”，宋人傳奇“平實而乏文采”；“唐人小説少教訓，而宋則多教訓”。至於這種差異形成的原因，魯迅也有所解釋，云：“大概唐時講話自由些，雖寫時事，不至於得禍；而宋時則諱忌漸多，所以文人便設法回避，去講古事。加以宋時理學極盛一時，因之把小説也多理學化了，以爲小説非含有教訓，便不足道。”[1] 其實，明人胡應麟也曾概括唐宋傳奇小説特徵的差異和形成原因，言：“小説，唐人以前記述多虛而藻繪可觀；宋人以後論次多實而彩艷殊乏。蓋唐以前出文人才士之手，而宋以後率俚儒野老之談故也。”[2] 兩者對唐宋兩代傳奇小説差異的概括基本相同，也符合實際。至於形成原因的解釋，魯迅從社會文化對作者的制約著手，胡應麟則從作者的社會身份著手，皆有一定的道理。無論唐宋傳奇小説有何差異，就文體而言，宋代傳奇小説形成了一代之特徵，在小説史上與唐傳奇地位可並肩。桃源居士《宋人百家小説序》中一番話可做爲相對充分之説明，言：“（小説）尤莫盛于唐，蓋當時長安逆旅，落魄失意之人，往往寓諷而爲之。然子虛烏有，美而不信。唯宋則出士大夫，非公餘纂録，即林下

1 魯迅：《中國小説的歷史的變遷》第四講，魯迅著：《魯迅全集》第九卷，北京：人民文學出版社2005年版，第329頁。

2（明）胡應麟撰：《少室山房筆叢》，上海：上海書店出版社2009年版，第283頁。

閑譚，所述皆生平父兄師友相與談説，或履歷見聞、疑誤考證，故一語一笑，想見先輩風流。其事可補正史之亡，裨掌故之闕。較之段成式、沈既濟等，雖奇麗不足而朴雅有餘。彼如豐年玉，此如凶年穀；彼如柏葉菖蒲，虛人智靈，此如嘉珍法酒，沃人腸胃。並足爲貴，不可偏廢耳。"[1] 因此，對宋代傳奇小説的研究，固然不能夠拔高其意義和價值，但也不應該貶低或者忽略。

宋代傳奇小説的文體演變，大體可分爲三個階段。即：從宋代開國（960）到宋哲宗元祐年間（1086—1094）爲初期，以約成書於元祐年間的劉斧《青瑣高議》爲初期結束的標誌，這一時期的傳奇小説"在文體規範上大致規撫唐人，構思辭藻亦尚婉曲清麗，略顯平實嚴冷"；[2] 宋哲宗紹聖年到南宋高宗紹興年間爲中期，這一時期傳奇小説的文體特徵是雅俗融合，文體審美追求逐漸由士人之"雅"下移到市民之"俗"，此爲宋代傳奇小説發展的過渡階段；後期以約成書於紹興十八年至紹興三十二年間（1148—1162）的《綠窗新話》爲開始標誌，結束於元忽必烈滅宋，此時期的傳奇小説，或緣於宋代説話伎藝之發達而受其影響，呈現了融合話本特徵的趨勢，出現了"話本體"的傳奇小説，這類傳奇小説文字淺俗，於敘事中夾雜有"詩筆"（詩詞等韻文），拓開了元明傳奇小説發展之路。至於元代傳奇小説的文體特徵，乃宋代傳奇小説的遺響和蘗變，宋遠的《嬌紅記》爲蘗變之代表，該小説"情節曲折，節奏舒緩，詞章華麗，人物性格鮮明，細節描寫的真實懷達到了新的高度，篇幅之長在古代小説裏也是空前的"。[3]

1（明）佚名：《五朝小説大觀》（三），北京：北京圖書館出版社 1998 年版。

2 吳志達著：《中國文言小説史》，濟南：齊魯書社 1994 年版，第 594 頁。

3 劉世德主編：《中國古代小説百科全書》"宋、遼、元的傳奇小説"條，北京：中國大百科全書出版社 1998 年版，第 500 頁。

第一節　對唐五代傳奇小説文體的繼承和發展

宋代存有完帙且具有代表性的傳奇小説較多：在發展初期，作者以樂史、秦醇、錢易及劉斧等作者爲主，以《青瑣高議》爲典範的"青瑣"叢書所收録的作品，存有完帙且具有代表性者約有五十篇，此外還有張齊賢《洛陽搢紳舊聞記》集中了一批傳奇小説；中期以吳可《張文規傳》、耿延禧《林靈素傳》、趙鼎《林靈蘁傳》、王禹錫《海陵三仙傳》、晁公遡《高俊人冥記》以及李獻民《云齋廣録》卷四至卷八所收録之傳奇小説爲典範；晚期則僅有岳珂《義騟傳》、陳鵠《曾亨仲傳》、佚名《李師師外傳》等少數幾篇。從這些傳奇小説的文體特徵中，可以發現宋代傳奇小説對唐五代傳奇小説文體的繼承和變化。

宋代傳奇小説發展的初期，文體的主要表現是志傳體的盛行。如張齊賢《洛陽搢紳舊聞記》和劉斧《青瑣高議》系列中的傳奇體小説，大體都是志傳體。據現存《洛陽搢紳舊聞記》，[1] 該書載録五代間洛陽人物傳聞凡二十一事，其中有十七篇具有傳奇小説文體的規範，它們的文體外在形式趨於一致，形成了模式化（見下表所示）：如標題模式化，一般采用主謂結構，概括"故事"的中心内容，昭示了敍事以情節爲中心的文體特徵，且爲後世小説以題目揭示敍事情節之先河；如起首一般介紹主要敍事人物的情況和背景，没有直接進入敍事的；結尾則全部以議論結尾，闡釋著述者因小説中的人或者事而引發的道德見解；又如所有的篇目都有議論，但只有四篇有"詩筆"；再如篇幅大體上處於約一千字到兩千字之間；敍事朴質，與史筆同，而題材也大多是歷史人物，少數是現實中的人或事。張齊賢傳奇小説模式化

1（宋）張齊賢撰，俞鋼整理：《洛陽搢紳舊聞記》，《全宋筆記》第一編（二），鄭州：大象出版社 2003 年版。

的另一個表現就是史官本位意識的彰顯，這在他的傳奇小説中有很明確的標誌：一是自覺的補史意識，二是補史意識套語化，三是自覺的"勸善懲惡"的史意。前兩點融爲一體。如《向中令徇義》，起首交待向中令"國史有傳，今記者，備其遺闕焉"，結尾又言："他日取《中令傳》校之，傳之詳者去之，傳之略者存之，冀有補于太史氏而已。"《齊王張令公外傳》起首交待張令公"五代史有傳，今之所書，蓋史傳之外見聞遺事爾"。《李少師賢妻》起首也介紹主要叙事人物"國史有傳"。《安中令大度》起首介紹主要叙事人物"五代史有傳"，結尾交待著述之由，"慮史氏之闕，書之以示來者"。《宋太師彦筠奉佛》起首介紹主要叙事人物"正史有傳"，結尾交待著述之由，"史傳略之，故備書其事焉"。《少師佯狂》起首交待主要叙事人物楊凝式"正史有傳"。如此等等，從文字到其所包含的著述者的主觀著述意識，都趨於一致，形成套語。自覺的"勸懲"史意，集中體現在結構性結尾的議論中，如《虔州記異》的"異而書之，垂誡於世"，《田太尉侯神仙夜降》的"以戒貪夫"，《水中照見王者冕服》的"足爲深誡"等等。而張齊賢也曾有自序道明著述之由，云："余未應舉前十數年中，多與洛城搢紳舊老善，爲余説及唐梁已還五代間事，往往褒貶陳迹，理甚明白，使人終日聽之忘倦，退而記之，旋失其本。……撴舊老之所説，必稽事實，約前史之類例，動求勸誡，鄉曲小辨，略而不書，與正史差異者並存而録之，則別傳外傳比也。"[1]張齊賢自謂的"約前史之類例"和"別傳外傳比"，表明的也是史官本位的著述立場。整飭的文體外在形式和有意爲"前史之類例"主觀意識的相結合，正表明張齊賢確實是按照志傳的文體形式來著述《洛陽搢紳舊聞記》，因而張齊賢的傳奇小説可以稱之爲"志傳體"傳奇小説。張齊賢《洛陽搢紳舊聞記》中的傳奇小説，可以説是"平實而乏文采"的集中體現，而這種傾向實

　　1（宋）張齊賢撰，俞鋼整理：《洛陽搢紳舊聞記序》，《全宋筆記》第一編（二），鄭州：大象出版社2003年版，第147頁。

肇端于晚唐五代傳奇小説文體的稗史化傾向。如晚唐五代薛用弱《集異記》、盧肇《逸史》、皇甫枚《三水小牘》、蘇鶚《杜陽雜編》、康軿《劇談録》和高彦休《闕史》等書中的傳奇小説之作，乃是緣於"簿領之暇，搜求遺逸，傳於必信"，[1] "以備史官之闕"。[2]

此外值得注意的還有兩點：一是張齊賢《洛陽搢紳舊聞記》中小説命名的示範意義，其中"有六篇七字標目；如《梁太祖優待文士》《陶副車求薦見忌》《宋太師彦筠奉佛》皆爲三二二式，開後世小説七字標目之先河"。[3] 二是在十七篇傳奇小説中，雖只有四篇有"詩筆"，但是這四篇中的"詩筆"却呈現不同的文本結構事功能。《梁太祖優待文士》《陶副車求薦見忌》中的"詩筆"，與唐代傳奇小説的"詩筆"一樣，融入叙事進程，爲叙事人物和情節的發展服務。《少師佯狂》中的四首詩，除"歌者嘲蜘蛛"之詩外，其餘三首也融入叙事進程，並爲叙事情節的發展服務，"歌者嘲蜘蛛"則遊離於叙事進程之外，在文本中並没有起到結構文本的叙事功能。《田太尉侯神仙夜降》録於結尾之詩，也如《少師佯狂》中的"歌者嘲蜘蛛"詩一樣，遊離於叙事進程。這種現象並不僅僅存在於張齊賢的傳奇小説之中，在其他宋人傳奇小説中也有比較多的存在。

張齊賢《洛陽搢紳舊聞記》傳奇小説文體特徵一覽表

篇名	介紹人物背景型起首	結構性結尾	詩筆	議論	文采	題材	篇幅
梁太祖優待文士	★	★	詩一、賦一	★	樸質	歷史	一般
少師佯狂	★	★	詩四	★	樸質	歷史	一般
向中令徙義	★	★		★	樸質	現實	一般
陶副車求薦見忌	★	★	詩序一	★	樸質	歷史	一般

1（唐）鄭綮：《開天傳信記·自序》，上海：上海古籍出版社 1985 年版，第 1 頁。

2（唐）李德裕：《次柳氏舊聞·自序》，上海：上海古籍出版社 1985 年版，第 1 頁。

3 李劍國撰：《宋代志怪傳奇叙録》（增訂本），北京：中華書局 2018 年版，第 71 頁。

續　表

篇名	介紹人物背景型起首	結構性結尾	詩筆	議論	文采	題材	篇幅
齊王張令公外傳	★	★		★	樸質	歷史	一般
李少師賢妻	★	★		★	樸質	歷史	一般
虔州記異	★	★		★	樸質	現實	一般
張相夫人始否終泰	★	★		★	樸質	歷史	較短
田太尉侯神仙夜降	★	★	詩一	★	樸質	歷史	較短
白萬州遇劍客	★	★		★	樸質	歷史	一般
安中令大度	★	★		★	樸質	現實	一般
宋太師彦筠奉佛	★	★		★	樸質	歷史	較短
水中照見王者服冕	★	★		★	樸質	現實	一般
洛陽染工見冤鬼	★	★		★	樸質	現實	較短
白中令知人	★	★		★	樸質	歷史	較短
張太監正直	★	★		★	樸質	歷史	一般
焦生見亡妻	★	★		★	樸質	現實	一般

　　與張齊賢傳奇小説模式化志傳體相比，以樂史、秦醇、錢易和《青瑣高議》爲代表的傳奇小説，在文體的外在形式上雖並不整一，但大抵也是志傳體。在這 50 篇具有代表性的傳奇小説中，有 43 篇起首是交待人物情況和叙事背景，只有 7 篇直接進入叙事；有 23 篇傳奇小説的結尾爲情節性結尾，其中有 21 篇爲史實印證型的情節性結尾，僅有《長橋怨》和《大眼師》兩篇爲夢幻型的情節性結尾，27 篇爲結構性結尾，其中 19 篇爲發表議論的結構性結尾；有 31 篇有"詩筆"，其中有 16 篇"詩筆"比重頗大；8 篇篇幅漫長，15 篇較短，其他的 27 篇則處於不長不短的中間狀態；至於議論，表中雖然僅僅選定有 19 篇有議論，事實上這是僅就著述者在叙事的過程中直接站出來發表議論而言。此外，宋代傳奇小説的著述者喜歡通過主要叙事人物來發表長篇大論，如《綠珠傳》就是顯例。

宋代傳奇小説發展初期文體特徵一覽表

著述者	篇名	起首		結尾		詩筆	議論	篇幅	作者身份
		交待人物	直接敘事	情節性	結構性				
樂史	緑珠傳	★			★	詩五	★	一般	秘書郎、著作佐郎、著作郎直史館
	楊太真外傳	★			★	詩詞九、謡二、表一、奏一	★	漫長	
佚名	魏大諫見異録	★		★			★	一般	不詳
錢易	桑維翰		★		★		★	一般	進士、秘書郎、左司郎中、翰林學士
	越娘記	★			★	詩四	★	一般	
	烏衣傳	★			★	詩五		一般	
丘濬	孫氏記	★			★	書信六	★	一般	進士、理學家
王拱辰	張佛子傳	★			★			一般	狀元、翰林學士、龍圖閣學士等
張實	流紅記		★		★	詩六	★	一般	不詳
龐覺	希夷先生傳	★		★		書奏二、詩三		一般	不詳
杜默	用城記	★		★				較短	同進士出身
崔公度	金華神記	★		★				較短	秘書省校書郎、國子監直講等
	陳明遠再生傳	★			★		★	一般	
柳師尹	王幼玉記	★			★	詩二、詞一、書一		漫長	不詳
陸元光	回仙録		★	★		詩一		一般	進士、河北轉運使
沈遼	任社娘傳	★			★	歌一		一般	監内藏庫等
無名氏	張浩	★		★		詩二、詞一、判一		一般	
無名氏	蘇小卿	★		★		詩一、詞一、歌二		一般	

續　表

著述者	篇名	起首		結尾		詩筆	議論	篇幅	作者身份
		交待人物	直接敘事	情節性	結構性				
清虚子	甘棠遺事	★			★	詩一、書一	★	漫長	赴調京師官員
秦醇	驪山記	★		★		童謡一、歌詩一	★	漫長	不詳
	温泉記		★		★	詩五		一般	
	趙飛燕別傳		★	★		箋奏答奏各一		一般	
	譚意歌傳	★			★	詩三、詞二、書信三	★	漫長	
黃庭堅	李氏女	★		★				較短	進士、集賢校理、中書舍人等
	尼法悟	★		★				較短	
劉斧《青瑣高議》《青瑣摭遺》《翰府名談》中之不能確定著述者之篇目	群玉峰仙籍	★			★	詩一	★	一般	不詳
	高言	★			★	詩一	★	一般	
	王寂傳	★		★		歌詩二		一般	
	程説	★			★		★	一般	
	瓊奴記	★			★	題記一、歌詩一		一般	
	王實傳	★		★				一般	
	長橋怨	★		★		詩七		一般	
	韓湘子	★		★		詩五		一般	
	小蓮記	★		★				一般	
	異魚記		★		★	詩二		較短	
	陳叔文	★			★			較短	
	蜀起傳	★		★				較短	

續　表

著述者	篇名	起首		結尾		詩筆	議論	篇幅	作者身份
		交待人物	直接敘事	情節性	結構性				
劉斧《青瑣高議》《青瑣摭遺》《翰府名談》中之不能確定著述者之篇目	龔求記	★			★		★	較短	不詳
	范敏	★		★		詩一		漫長	
	夢龍傳	★		★				較短	
	仁鹿記	★		★				較短	
	朱蛇記	★			★	詩一	★	一般	
	袁元	★		★				較短	
	西池春遊	★			★	詩三	★	漫長	
	楚王門客	★			★	書一、詩三	★	一般	
	異夢記		★	★				較短	
	慈雲記				★	奏一、詩二	★	漫長	
	大眼師	★		★		詩一		較短	
	蔣道傳	★		★				較短	
	書仙傳	★			★	詩二		較短	

　　從上表可以看出，宋代發展初期的傳奇小說文體特徵，大體符合趙彥衛所謂的"文備眾體"。特別是"詩筆"，在宋代發展初期的傳奇小說文體中占據了較重要的地位，其他一些節存的傳奇小說中也有大量的詩筆，如陳道光《蔡箏娘記》雖為節存，但其中存詩十首，頗見規模。[1]這些傳奇小說中的部分"詩筆"，也出現了如張齊賢的傳奇小說中"詩筆"的新變，如《青瑣高議》中《楚王門客》（"劉大方夢為門客"）的三首詩，游離於敘事情節

1　張齊賢《洛陽搢紳舊聞記》的傳奇小說，因傳人傳事大多與韻文無關，故有"詩筆"的傳奇小說不多，且單篇中"詩筆"比重不大。

發展進程之外，僅爲存詩而存詩，云：“大方別家人，乃奄然。一何異哉！大方有詩數篇，吾雖鄙其人，而愛其才，亦愛而知惡、憎而知善之意也，故存之。”[1]《瓊奴記》（“宦女王瓊奴事迹”）中先録瓊奴之文，後録王平甫之詩，雖説有“具載於此，使後之人得其詳也”的補充説明的功能，但於叙事情節發展進程而言在録詩文之前已到了叙事的終點，故詩文的録入也游離於叙事情節發展進程之外，在一定程度上與孟棨《本事詩》的詩話文體形式有相通之處。錢易《烏衣傳》有詩五首，其中前四首乃人物活動，融匯於叙事活動之中，最後一首乃引劉禹錫《烏衣巷》詩，以證故事之不虚。本來《烏衣傳》的“故事”乃借劉禹錫《烏衣巷》詩之端緒，如果以劉禹錫詩置於開篇，則有話本小説入話之叙事功能，但置於結尾則成爲傳奇小説文體叙事的累贅。秦醇《驪山記》中的開元末童謡，樂史《楊太真外傳》中的兩首時謡、杜甫詩和張祜詩，這些“詩筆”的引用也游離於叙事情節進程之外。至於樂史《緑珠傳》中五首詩，除了緑珠歌詩和喬知之詩融匯入叙事進程中，後三首庾肩吾詩、李元操詩、江總詩皆爲考證之作。對於《緑珠傳》的引詩，成柏泉曾定位其性質道：“這篇小説采取夾叙夾議，並引用前人詩文代替叙述，可看出是史家的筆法。”[2]其實這種現象也存在於其他的宋代前期的傳奇小説中，可以説是一種普遍現象。此種現象的出現，乃在於詩話與史傳的融合催生了傳奇小説引詩的新變，即如章學誠所云：“唐人詩話，初本論詩，自孟棨《本事詩》出（原注：亦本《詩小序》），乃使人知國史叙詩之意，而好事者踵而廣之，則詩話而通于史部之傳記矣。”[3]

　　前面説過，張齊賢的傳奇小説可以稱之爲“志傳體”傳奇小説。其實著述“志傳體”傳奇小説是宋代傳奇小説發展初期的主流，如樂史、秦醇、錢易以及《青瑣高議》中的大部分傳奇小説都采用“志傳體”。樂史的《緑珠

1（宋）劉斧撰輯：《青瑣高議》，上海：上海古籍出版社1983年版，第249頁。
2 成柏泉選注：《古代文言短篇小説選注》二集，上海：上海古籍出版社1984年版，第5頁。
3（清）章學誠著，葉瑛校注：《文史通義校注》，北京：中華書局2014年版，第648頁。

間的出現非常少，於唐代傳奇小説而言是個別現象，僅有牛肅《紀聞》中的《王賈》等寥寥幾篇。如《王賈》爲驗證讖語，在結尾言："遍後作相，歷中外，皆如其謀。"[1] 但在《青瑣高議》中則出現的比較多，如《蔣道傳》中有"後道不復敢過陳寨"，《韓湘子》中言"後皆如其説焉"，《夢龍傳》中言"及後果如其言"，等等。

至於宋代傳奇小説發展中後期的傳奇小説文體，與發展初期大體相同，多數采用志傳體，有對唐傳奇文體的延續。如李獻民《雲齋廣録》，其自序即明言向唐代傳奇小説學習，云："然嘗觀《唐史·藝文志》，至有《甘澤謡》《松窗録》《雲溪友議》《戎幕閑談》之類，叙述遺事，亦見采於當時。僕雖不揆，庶可跂而及也。"[2] 李獻民《雲齋廣録》中卷四至卷八所收録之十二篇傳奇小説，確實具有唐代傳奇小説的特徵。這十二篇傳奇小説的起首有十篇是交待主要叙事人物等背景，只有兩篇直接進入叙事；六篇爲情節性結尾，六篇爲結構性結尾，其中五篇以議論結尾，特別是《丁生嘉夢》和《四和香》兩篇的議論是以"評曰"引出，顯示出著述者强烈的因文説教的主體意識；至於議論，有五篇是著述者直接站出來發表自己的見解，其他小説如《豐山廟》《無鬼論》等，則在叙事過程中通過叙事人物的對話等方式融入大量的議論；就篇幅而言，較短的有六篇，漫長的有二篇，一般狀態的有四篇；十二篇中九篇有詩筆。與宋代傳奇小説發展初期的文體特徵不同的是，李獻民《雲齋廣録》中的傳奇小説的文體基本與唐代傳奇小説保持一致，如其中的"詩筆"都融入叙事情節進程，没有出現如初期那些脱離叙事情節進程之外的現象。從叙事時空、場景描寫、人物設置等方面而言，這十二篇傳奇小説也與唐代傳奇小説一脈相承。[3]

1 （唐）牛肅撰，李劍國輯校：《紀聞輯校》，北京：中華書局 2018 年版，第 10 頁。

2 李獻民著：《雲齋廣録》，上海：上海中央書店 1936 年版，第 1 頁。

3 關於李獻民《雲齋廣録》中傳奇小説對唐代傳奇小説的模仿，可參見程毅中《宋元小説研究》第四章第二節，南京：江蘇古籍出版社 1999 年版。

著述者	篇名	起首		結尾		詩筆	議論	篇幅	作者身份
		交待人物	直接叙事	情節性	結構性				
吳可	張文規傳	★			★			一般	進士
耿延禧	林靈素傳	★		★		詔一、詩一		一般	太學官、中書舍人等
趙鼎	林靈蘁傳	★		★		詩三、頌一、敕一		漫長	進士
王禹錫	海陵三仙傳	★		★				漫長	進士、通直郎
晁公遡	高俊人冥記		★	★				較短	進士、終朝奉大夫
岳珂	義騟傳	★			★		★	一般	户部侍郎、寶謨閣直學士
陳鵠	曾亨仲傳		★	★		詩一		較短	太學諸生、滁州教授
佚名	李師師外傳	★			★		★	一般	不詳

第二節　文約事豐的文體新變

與唐五代傳奇小説多言時事少講古事相比，宋代傳奇小説，特別是發展初期的傳奇小説，多言古事是一個明顯的轉折。從宋代傳奇小説之始的樂史《緑珠傳》到宋末佚名的《李師師外傳》等，有多講古事且條貫始末的發展綫索。宋代傳奇小説講古事大體可以分爲三類：一是以歷史爲本事講述，其體與史書相類，如《緑珠傳》《楊太真外傳》《桑維翰》《李師師外傳》等；二是托近聞以述古事，如《驪山記》《温泉記》等；三是以近聞爲本事，其間穿插古事，如《越娘記》《西池春遊》等。這三類講古事的傳奇小説在宋代傳奇小説發展初期不僅數量最多，而且形態最完備。

　　有宋一代，講古事的傳奇小説大體都有“文約而事豐”[1]的文體特徵。這包括兩方面的内涵：一是宋代傳奇小説慣於拾掇舊聞，引傳聞入叙事的“薈萃成文”之叙事特性，即“事豐”；二是宋代傳奇小説“論次多實，而彩艷殊乏”[2]的語體特徵，即“文約”。形成這種文體特徵的原因，魯迅所謂“本薈萃稗史成文，則又參以輿地志語”[3]一語或可解釋。此語本爲評説樂史的傳奇小説《緑珠傳》和《楊太真外傳》的文體叙事特點，但也適用於其他宋代傳奇小説。《緑珠傳》的本事大體依據《晉書·石崇傳》、裴啓《語林》和劉義慶《世説新語》所載“古事”，以晉石崇寵婢緑珠的“故事”爲中心結構小説。其叙事内容包括：緑珠的出生地白州博白縣的地理沿革、石崇得緑珠的經歷、緑珠善舞《明君》等才能、昭君遠嫁事、緑珠自製昭君歌、崇之美妾不爲名而以佩聲釵色爲辨、孫秀求緑珠不得而譖崇、緑珠墮樓、緑珠女弟子宋禕事、緑珠井、昭君村、牛僧孺《周秦行記》緑珠事、石崇殺戮事、飲酒殺美人事、王進賢侍兒六出貞節事、喬知之因寵婢窈娘與武承嗣交惡事、後世之題緑珠者、石崇死、孫秀死。從中我們可以看到，很多内容並不屬於情節的必然部分，而是游離於石崇與緑珠二人故事之外，雖可有可無，但有助於了解更多的與緑珠故事相關或相類的人物和風情等知識。《楊太真外傳》亦綴合舊事而成，所采録之書有《舊唐書》的《楊貴妃》《楊國忠》《安禄山》《陳玄禮》等傳，以及《長恨歌傳》《國史補》《明皇雜録》《樂府雜録》《酉陽雜俎》《開天傳信記》《安禄山事迹》《津陽門詩注》《松窗雜録》《談賓録》《逸史》《宣室志》《杜陽雜編》《開元天寶遺事》《仙傳拾遺》，以及杜甫詩、劉禹錫詩、張祜詩等，尤以《明皇雜録》爲多。秦醇的《驪山記》《温泉記》也是如此。如《驪山記》中著述者借老翁之口講了楊妃以安禄山爲子、安禄

1（唐）劉知幾撰，浦起龍通釋，王煦華整理：《史通通釋》，上海：上海古籍出版社 2009 年版，第 156 頁。

2（明）胡應麟撰：《少室山房筆叢》，上海：上海書店出版社 2009 年版，第 283 頁。

3 魯迅著：《中國小説史略》，上海：上海古籍出版社 1998 年版，第 66—67 頁。

山手足心有黑子、禄山化猪龍、李猪兒殺安禄山、樓下人唱汾水秋雁等大量
有關唐宮、楊妃、安禄山等諸事；其本事大抵依傍鄭處誨《明皇雜録》、鄭
綮《開天傳信記》、姚汝能《安禄山事迹》、李德裕《次柳氏舊聞》《津陽門詩
注》、吕道生《定命録》等書。其中又講述有安禄山傷楊妃乳、楊妃出浴而明
皇禄山詠乳諸事，此前不見有記載。無名氏的《玄宗遺録》圍繞馬嵬兵變這
一主綫，擷取玄宗聞樂（《霓裳曲》）而知將變、取蓍而卦、妃子驚夢、漁陽
兵變、六宮西逃、馬嵬兵變、縊死楊妃、玄宗思妃夢中相見諸事。《李師師外
傳》的本事，在宋人所著的史乘如《三朝北盟會編》，筆記如《東京夢華録》
《貴耳集》《墨莊漫録》《浩然齋雅談》等，話本如《宣和遺事》中均曾提及。

　　宋代傳奇小説"多言古事"傳統的形成，蓋緣於當時社會一種"薈萃小
説"的士風。宋代傳奇小説的著述者大多是致力於科舉的知識份子，這一群
體有一種以博聞强識相矜賞的士風，這種士風可以從宋仁宗下詔禁止科試中
"小説"語言泛濫的情況得以證明。李燾《續資治通鑑長編》卷一百八載宋
仁宗天聖七年事："五月，詔曰：'朕試天下之士，以言觀其趣向，而比來流
風之敝，至於薈萃小説，割裂前言，競爲浮誇靡蔓之文，無益治道，非所以
望于諸生也。'"[1] 所謂"薈萃小説，割裂前言"，所指向的就是徵引各類雜聞
軼事以炫學。同時，時人也推尊博學多聞之人，如宋仁宗朝的孫甫，歐陽修
曾評價云："尤善言唐事，能詳其君臣行事本末，以推見當時治亂。每爲人
説，如身履其間，而聽者曉然如目見。故學者以謂閲歲讀史，不如一日聞公
論也。"[2] 至於爲何推尊博學多聞之人，孫甫的一段話也可以説明，曰："編列
君臣之事，善惡得實，不尚辟怪，不務繁碎，明治亂之本，謹勸戒之道。"[3]
因此，在傳奇小説的著述中，著述者亦自然而然地融入自己的博聞强識，於
是形成了"薈萃成文"的文體特徵。

1（宋）李燾撰：《續資治通鑑長編》第 8 册，北京：中華書局 1995 年版，第 2512 頁。
2（宋）歐陽修：《孫甫墓誌銘》，載孫甫《唐史論斷》附録，北京：中華書局 1985 年版，第 1 頁。
3（宋）孫甫：《唐史記序》，載《唐史論斷》，北京：中華書局 1985 年版，第 2 頁。

　　宋代傳奇小説雖"多言古事"，但"論次多實"，即叙事以"徵實"爲價值準則。宋代傳奇小説的徵實，並不是史學領域中嚴格意義上的實録，而是如干寶《搜神記》自序中的"實録"一樣，有著"信以傳信"和"疑以傳疑"兩種方式和原則。如張齊賢《洛陽搢紳舊聞記》序中所謂"摭舊老之所説，必稽事實；約前史之類例，動求勸誡。……庶可傳信，覽之無惑焉。"[1]洪邁編撰《夷堅志》，自謂"稗官小説家言不必信，固也。信以傳信，疑以傳疑，自《春秋》三傳則有之矣，又況乎列禦寇、惠施、莊周、庚桑楚諸子汪洋寓言者哉！《夷堅》諸志，皆得之傳聞，苟以其説至，則受之而已矣。"[2]此種主張，並不僅僅存在小説集的編著中，在具體的傳奇小説中，著述者也以叙述者的身份直陳此種主張。如《高言》："余矜其人奔竄南北，身踐數國，言所遊地，人物詭異，因具直書之，且喜其人知過自新云耳。"[3]此外，如崔公度《陳明遠再生傳》、沈遼《任社娘記》、清虛子《甘棠遺事》等，皆有類似之交代。[4]如此等等，足顯宋人傳奇小説"徵實"的特點。

　　事實上，無論是傳信還是傳疑，于宋代傳奇小説家而言，所傳聞之"事"本身及其所具有的教育意義，才是其所關注的重點。關注傳"事"與傳事之義，是宋人的主流觀念，但史書注重事實，小説則無此準則。北宋人吳縝《新唐書糾謬·序》言："夫爲史之要有三：一曰事實，二曰褒貶，三曰文采。有是事而如事書，斯謂事實。因事實而寓懲勸，斯謂褒貶。事實、褒貶既得矣，必資文采以行之，夫然後成史。至於事得其實矣，而褒

　　1（宋）張齊賢：《洛陽搢紳舊聞記·序》，《全宋筆記》第一編（二），鄭州：大象出版社 2003 年版，第 147 頁。

　　2（宋）洪邁撰：《夷堅志》，北京：中華書局 2006 年版，第 967 頁。

　　3（宋）劉斧撰輯：《青瑣高議》，上海：上海古籍出版社 1983 年版，第 32 頁。

　　4 崔公度《陳明遠再生傳》結尾云："至和三年八月，明遠歸莆田，以故人訪予，且出所授經，具道其事，欲予記之。"沈遼《任社娘記》也説："余初聞樂章事，云在胡中，蓋不信之。然其詞意可考者，宜在它國。及得仁王院近事，有客言其始終，頗異乎所聞，因爲叙之。寺爲沙門者多娼家，余所知凡數輩。"清虛子《甘棠遺事》亦言："大凡爲傳記稱道人之善者，苟文勝於事實，則不惟私近鄉愿，後之讀者亦不信，反所以爲其人累也。乃今直取温生數事，次第列之，非敢加焉。"

貶、文采則闕焉，雖未能成書，猶不失爲史之意。若乃事實未明，而徒以褒貶、文采爲事，則是既不成書，而又失爲史之意矣。"[1] 吳縝"爲史三要"中，"事實"是根本，只有"事得其實"了，才能"寓懲勸"並"資文采以行之"，反之則不行。因此，爲求"事實"，宋人往往以"有是事而如事書"的標準去衡量前代小説。如司馬光編纂《資治通鑑》時，"遍閱舊史，旁采小説，簡牘盈積，浩如煙海"，[2] 以"有是事而如事書"得角度考辨唐傳奇所叙之事，認定《開元升平源》係偽托："似好事者爲之，依托兢名，難以盡信，今不取。"[3] 對《虬髯客傳》叙李靖事，司馬光也認爲其"又叙靖事極怪誕，無取"。[4] 但一旦不尋求"事實"時，宋代對小説的"傳事"，則無所謂"傳信"或"傳疑"。如王銍辨正唐傳奇，論《達奚盈盈傳》曰："《達奚盈盈傳》，晏元獻（殊）家有之，蓋唐人所撰也……觀天寶後，掖庭戚屬，莫不如此，國何以久安耶？……其間叙婦人姿色及情好曲折甚詳，然大意如此。"[5] 辨正《鶯鶯傳》爲元稹自叙艷遇："則所謂《傳奇》者蓋微之自叙，特假他姓以自避耳。不然爲人叙事，安能委曲詳盡如此？"[6] 此種態度，應該是宋人對於史書與小説的分野。因此，南宋末時人劉克莊對宋人的小説辨正，歸納爲："唐人叙述奇遇，如后土夫人事托之韋郎；無雙事托之仙客；鶯鶯事雖元稹自叙，猶借張生爲名。"[7] 宋人雖然能夠欣賞唐傳奇的詩意化叙事，但宋代傳奇小説家在著述傳奇小説的時候，則大體本著"得歲月者記歲月，得其所者記其所，得其人者記其人"[8] 的原則傳"事"或"人"，也因此決定了宋代傳

1（宋）吳縝撰：《新唐書糾謬》，上海：上海書店出版社 1985 年版，第 4—5 頁。

2（宋）司馬光著：《進資治通鑑表》，（宋）司馬光編著：《資治通鑑》，北京：中華書局 1956 年版，第 9607 頁。

3（宋）司馬光著：《資治通鑑考異》卷十二，《文淵閣四庫全書》史部第 311 册，上海：上海古籍出版社 2003 年版，第 136 頁。

4（宋）司馬光：《資治通鑑考異》卷八，同上，第 94 頁。

5（宋）王銍撰：《默記》卷下，北京：中華書局 1981 年版，第 41 頁。

6（宋）趙令時撰：《侯鯖録》，北京：中華書局 1985 年版，第 41 頁。

7（宋）劉克莊撰：《後村詩話》卷一，北京：中華書局 1983 年版，第 12 頁。

8 曾棗莊、劉琳主編：《全宋文》，第 258 册，上海：上海辭書出版社 2006 年版，第 289 頁。

奇小説一掃唐代傳奇小説的炫奇瑰麗，走向相平實的"徵實"之路。

宋代傳奇小説的"徵實"，乃是爲了使其更具"褒貶"的教化意義，而且此種現象表現在三類傳奇小説中，是一種自覺的文體追求。宋代傳奇小説的"褒貶"的教化意義，主要由文本中的"議論"來完成的，這種"議論"有兩種形式：一是篇末的"垂誡"性議論文字，這在傳奇小説中是一種普遍形式，此不贅言；二是通過綴合古事（或可曰故事），在情節發展進程中借人物之言語（包括詩詞書信）表現自己對歷史和現實的思考，以實現"褒貶"之議論。這第二種"議論"形式，在唐代傳奇小説中鳳毛麟角，但在宋代傳奇小説中則大量存在。

宋代傳奇小説爲使寓"褒貶"之議論能自然生發，在"薈萃爲文"的過程中，會依照所要闡揚的道德倫理對"事實"進行"削高補低"，以便叙事人物在叙事進程中自然發表"褒貶"之議論。在此，不妨以張實《流紅記》、胡微之《芙蓉城傳》和無名氏《李師師外傳》爲例進行申述。張實《流紅記》是一篇愛情傳奇，主角是宮女韓夫人與儒生于祐，兩人借助樹葉題詩和御苑水渠之流水，終成眷屬。此篇傳奇小説係綴合前人所寫的兩個故事而成。其一爲孟棨《本事詩·情感第一》所載顧況與宮中女性借流水紅葉題詩和詩的逸事，其二爲范攄《雲溪友議》卷下所載"題紅怨"，雖簡略，但含兩事：顧況和宮女借流水紅葉題詩和詩事，盧渥拾得妻子爲宮女時所作紅葉詩之逸事。兩書所載，叙事皆簡略，僅爲存事而已，故並沒有道德倫理的褒貶。張實著述《流紅記》時，韓夫人題於葉上的第一首詩選擇了盧渥所得之宮女詩，至於于祐題葉的詩，則只有兩句："曾聞葉上題紅怨，葉上題詩寄阿誰？"選用了顧況詩的最後一句。如此選擇，符合宋儒的道德規範。胡微之《芙蓉城傳》所述芙蓉城故事，在北宋時盛傳於世，蘇軾即曾作《芙蓉城詩》，序云："世傳王迥子高與仙人周瑶英遊芙蓉城。元豐元年三月，余始識子高，問之信然，乃作此詩，極其情而歸之正，亦變風止乎禮義之意也。"[1] 王銍《默記》卷上、王明清《玉照新志》卷一也載其事，以爲實有。但葉夢得則認爲乃傳疑之説，其《避暑録話》卷上説："世傳王迥芙蓉城鬼仙事，咸云無有，蓋托爲之者。迥字子高，蘇子瞻與迥姻家，爲作歌，人遂以爲信。"[2] 趙彦衛也基本持此論，其《雲麓漫鈔》卷十説："舊有周瓊姬事，胡徽之爲作傳，或用其傳作《六么》，東坡復作《芙蓉城詩》，以實其事。"[3] 朱彧《萍洲可談》卷一則解釋了出現此種傳疑之説的原因，云："朝士王迥，美姿容，少年時不甚持重，間爲狎邪輩所誣，播入樂府，今《六么》所歌'奇俊王家郎'者，乃迥也。"[4] 陳振孫《直齋書録解題》小説類還著録有無名氏記四個故事的《賢異録》一卷，"其一曰《鬼傳》者，言王家子弟所遇，與世傳王子高事大同小異，當是一事耳"。[5] 可見當時關於芙蓉城故事的傳聞異辭很多。《芙蓉城傳》現僅節存，文本寓褒貶的特徵並未顯現，但《芙蓉城傳》定有如上引蘇軾詩序所言含有歸情之正、止乎禮義的"褒貶"性議論，因之而廣泛傳播，並成爲當時社會的典故。

　　《李師師外傳》的教育意義更爲明顯。作爲一名妓女，李師師的社會身份無疑是低賤的，但她在當時社會有較大影響。[6]《李師師外傳》一開始介紹

1（宋）蘇軾著，（清）馮應榴輯注，黄任軻、朱懷春校點：《蘇軾詩集合注》，上海：上海古籍出版社2001年版，第777頁。

2（宋）葉夢得撰：《石林燕語　避暑録話》，上海：上海古籍出版社2012年版，第136頁。

3（宋）趙彦衛撰：《雲麓漫鈔》，北京：中華書局1996年版，第168頁。

4（宋）朱彧撰：《萍洲可談》，上海：上海古籍出版社2012年版，第20頁。

5（宋）陳振孫撰：《直齋書録解題》，上海：上海古籍出版社2015年版，第343頁。

6 李師師大約生於宋仁宗嘉祐七年（1062），比周邦彦（1056—1121）小六歲，比趙佶（1082—1135）大二十歲。她在熙寧末見張先，在元豐時曾與晏幾道、秦觀、周邦彦交遊。爲此，張先、晏幾道、秦觀等人寫有不少艷詞。元祐時，李師師曾與晁沖之交遊，崇寧、大觀時雄踞瓦肆歌壇。宋人張邦基《墨莊漫録》有一段關於李師師的記載，云："政和間，汴都平康之盛，而李師師、崔念月二妓名著一時。時晁沖之叔用每會飲，多召侑席。其後十餘年再來京師，二人尚在，而聲名溢于中國，李生者門第尤峻。"政和後宋徽宗趙佶曾聽她歌唱，靖康時被抄家放逐。李師師終於南宋初，壽六十五歲以上。由於年齡懸殊，趙佶不可能"幸"她，周邦彦和趙佶也不可能因她而打破醋壇。（參見羅忼烈：《談李師師》，載《兩小山齋論文集》，北京：中華書局1982年版，第131頁。）張端義《貴耳集》卷下記載當時有《李師師小傳》問世。南宋劉克莊《後村詩話》前集卷二也提到一本《李師師傳》，云："汴都角妓部六、李師師，多見前輩雜記。部即蔡奴也，元豐中命帶詔崔白圖其貌入禁中。師師著名宣和間，入掖廷。頃見鄭左司子敬云：汪端明家有《李師師傳》，欲借抄不果。劉屏山詩云：'輦轂繁華事可傷，師師垂老過湖湘。縷衣檀板無顔色，一曲當年動帝王。'"

因貧寒凄涼的出身，成爲孤兒的李師師被倡藉（妓院）李姥收養長大，淪爲妓女。即便如此，李師師依然具有傲兀不馴、孤芳自賞的性格，如宋徽宗趙佶第一次以大富商趙乙身份去拜訪李師師，師師却不把他放在眼裏，"淡妝不施脂粉"，"衣絹素，無艷服"，見趙佶時"意似不屑，貌殊據，不爲禮"。趙佶第二次上門時，身份已顯露，李姥等人戰戰兢兢地俯伏在地迎接當朝皇帝的駕臨，"體顫不能起"，而李師師却"仍淡妝素服"。此外，李師師還具有清醒的政治頭腦與崇高的民族氣節，她見當今皇帝不理政事，暗逛妓院，自責道："惟是我竊自悼者，實命不猶，流落下賤，使不潔之名，上累至尊，此則死有餘辜也。"在"天子"親臨時，一名"賤妓"不受寵若驚，反而有如此發自肺腑的自責之詞以勸諫皇上，於當時社會而言難能可貴。最後，隨著金兵入寇，李師師捐出趙佶所賜之金錢助軍餉，並出家以避世。然而值此北宋王朝面臨滅頂之災之際，權奸張邦昌等人順從金兵主帥闍獺意旨將李師師，抓住送往金營供蹂躪。師師義不受辱，大義凜然地怒斥張邦昌等人道：

> 吾以賤妓，蒙皇帝眷，寧一死無他志，若輩高爵厚禄，朝廷何負於汝，乃事事爲斬滅宗社計？今又北面事醜虜，冀得一當，爲呈身之地，吾豈作若輩羔雁贄耶？[1]

李師師最後義不受辱，吞金自盡而死。此中叙事的虛虛實實，於著述者而言並非無法分辨清楚；然而著述者却不願分辨，而是在傳信與傳疑之間，將李師師與宋徽宗、張邦昌之流的對比中，形成對李師師此一社會身份低賤之人的"褒"："李師師以娼妓下流，猥蒙異數，所謂處非其據矣。然觀其晚節，烈烈有俠士風，不可謂非庸中佼佼者也。"[2]與之相對應的是，所貶之人、著

---

1 魯迅輯：《唐宋傳奇集》，《魯迅全集》第十卷，北京：人民文學出版社 1973 年版，第 472 頁。

2 同上。

述者的寄寓，也就不言自明了。

此外，如《越娘記》，其叙事情節雖爲楊舜俞遇女鬼越娘的故事，但就叙述的詳略而言，其著力點在於越娘對五代社會現實的追憶與評述，越娘對楊舜俞行爲的詬責及道士對“幽明異道”的解釋。《驪山記》通過張俞與田翁的對話，在回憶唐玄宗、楊貴妃和安禄山的三角關係中進行臧否。《孫氏記》通過周默和孫氏的書信往來傳達著述者的女德理想。《仁鹿記》則以鹿與楚元王的對答闡明了一種政治理想。對宋代傳奇小説而言，“故事”的鑒戒性和主要叙事人物的勸懲意味常常重合於一體。以負心題材爲例，唐代傳奇小説中有《鶯鶯傳》《霍小玉傳》等，宋代傳奇小説中則有《陳叔文》《王魁傳》等。《鶯鶯傳》與《陳叔文》相似，然《鶯鶯傳》反映出的是唐人的“補過”心態，《陳叔文》則代表了宋人對負心行爲的譴責：“兹事都人共聞，冤施於人，不爲法誅，則爲鬼誅，其理彰彰然異矣。”[1]《霍小玉傳》與《王魁傳》相類，《霍小玉傳》中霍小玉鬼魂的報復，不是負心的男子，遭罪的還是和霍小玉一樣處於弱勢地位的女性，但《王魁傳》中桂英的報復行爲則直接針對男性。

又，宋人叙事尚簡，所謂“事以簡爲上”“言以簡爲當”“文貴其簡也”[2]即是宋人行文的準則。既然宋人著述傳奇小説是以傳事或人及其褒貶爲核心的，且宋人行文以“簡”爲尚，那麼“資文采以行之”的文采自然不能掩飾淹没傳奇小説傳事或人及其褒貶了。如曾鞏在《洪渥傳》篇末批評古今“摭奇以動俗”的志傳，言：“予觀古今豪傑士傳，論人行義，不列於史者，往往務摭奇以動俗，亦或事高而不可爲繼，或伸一人之善而誣天下以不及，雖歸之輔教警世，然考之《中庸》或過矣。”[3]如此，宋人傳奇小説的語體近於史傳叙事“尚簡”特徵的原因就很明瞭了。宋人傳奇小説語體“尚簡”的特

1（宋）劉斧撰輯：《青瑣高議》，上海：上海古籍出版社 1983 年版，第 142 頁。
2（宋）陳騤撰：《文則》，北京：中華書局 1985 年版，第 2 頁。
3（宋）曾鞏撰，陳杏珍等點校：《曾鞏集》，北京：中華書局 1984 年版，第 652 頁。

徵，如胡應麟、桃源居士、魯迅等所述甚多，此處就不再贅述。另本章第一節雖然也分析了宋代傳奇小説中“詩筆”的特徵，但需特別强調的是，宋代傳奇小説中的“詩筆”，主要是詩詞等韻體的摻入，且這些“詩筆”也不及唐傳奇中“詩筆”之風致。同時，中唐時期具有定體意義的傳奇小説，其“詩筆”不僅是“詩詞”等韻體摻入小説，更在於傳奇小説散體叙事語體的韻體化及篇章整體的詩意化。與中唐傳奇小説相比，宋代傳奇小説不僅散體叙事的語體没有韻體化，且篇章整體也殊乏詩意。這才是宋代傳奇小説“尚簡”的主要體現。

宋代傳奇小説的文約事豐和“尚簡”“徵實”的叙事之法，和唐代傳奇小説“文辭華艷”的“文采”、“叙述宛轉”的“意想”，構成中國古代傳奇小説的兩種文體範式，皆爲後世所繼承。

第三節　俗化：宋元傳奇小説的文體轉向

關於宋元傳奇小説文體的俗化轉向，學界已予以充分的重視，進行了較爲深入細緻的研究。[1]宋元傳奇小説的俗化，有三種表現：一是宋代傳奇小説著述者文化身份的改變，即由士大夫轉變爲下層士人；二是著述者的期待讀者是普通人民，因此采用了普通人民能欣賞的文學樣式；三是傳奇小説的觀念由唐代形成的雅文化小説觀向宋代的俗文化小説觀遷延，並由此帶來傳奇小説文體的俗化。

宋代具有俗化文體特徵的傳奇小説主要有：《青瑣高議》中載録的《譚

---

1 如吳志達《中國文言小説史》第三編第一章《宋元傳奇小説的演變》、石昌渝《中國小説源流論》第四章第五節《傳奇小説的俗化》、陳文新《文言小説審美發展史》第十四章第三節《話本體傳奇的世俗化追求》等都有專門的論述。此外，程毅中《宋元小説研究》、張兵《宋遼金元小説史》、李劍國《宋代志怪傳奇叙録》、蕭相愷《宋元小説史》等專著中都對此有較多的論述。本節論述宋代傳奇小説的俗化，前輩時賢有精闢研究的，不擬展開而引用之，前輩時賢因認爲不甚重要而本書認爲應有所發掘的，則進行一番分析考察。

意歌傳》《王榭》等部分傳奇小説，李獻民《雲齋廣録》中志怪性傳奇小説，無名氏《摭青雜説》中的傳奇小説，佚名的《蘇小卿》以及《緑窗新話》和《醉翁談録》中删改過的傳奇小説等。這些傳奇小説的傳播方式可以分爲單篇流傳和結集流傳，但無論是以何種方式流傳，它們的俗化傾向則是相同的。當然，宋代前中期的傳奇小説，仍以士人價值觀念中的"志傳體"爲主體；到了宋代中後期，俗化的傳奇小説才昌熾起來。就著述者而言，宋代傳奇小説文體的俗化，並非一定是著述者身份的文化層次的轉移，很大程度上是由著述者自身審美情趣的俗化而決定；但就編選者而言，以選本形式流通的傳奇小説的俗化則與選編者的文化身份有顯著的關係。宋代前中期傳奇小説著述者，大部分屬於士人文化圈，而宋代傳奇小説選編者的文化身份則確實屬於下層文人。如下表所示：

編選傳奇小説的主要書籍及編選（撰）者文化身份一覽

書名	編（撰）者	身份	性質	備注
豪異秘纂	北宋無名氏	不詳	全文選	節存
洛陽搢紳舊聞記	北宋張齊賢	進士、著作佐郎、直史館	自撰	存
麗情集	北宋張君房	尚書度支員外郎、集賢校理	節選	節存
青瑣高議	北宋劉斧	不詳	全文編選與自撰混合	重編本
翰府名談				節存
青瑣摭遺				節存
雲齋廣録	北宋李獻民	不詳	全文選	殘存
清尊録	廉布撰	博士、左從事郎	自撰	節存
投轄録	南宋王明清	來安令、朝請大夫等	修飾加工	存
緑窗新話	皇都風月主人	不詳	删改	存
摭青雜説	南宋無名氏	不詳	自撰	節存
鬼董	南宋沈氏	太學生	改撰與自撰	存

續　表

書名	編（撰）者	身份	性質	備注
醉翁談録	南宋羅燁	不詳	删改	存
異聞	南宋何光	不詳	自撰	節存

　　上表所選十四部書，是兩宋由私人編撰且影響較大的代表性書籍，其中有十部選本，除《豪異秘纂》這一選本屬於私人珍藏之外，其他九部都曾公開流傳，大體都帶有普及性質。從傳播與接受影響而言，十部選本中，《豪異秘纂》《麗情集》《雲齋廣録》《投轄録》和《鬼董》主要在雅文化圈流傳；《緑窗新話》和《醉翁談録》主要在以説話人爲主的俗文化圈流傳；劉斧以《青瑣高議》爲代表的“青瑣”三書則是雅俗共賞。[1]至於編選者，僅有張君房和王明清兩人略微可考出曾擔任過一定的官職，其他諸人則唯賴其書以留存其名。由此可見，宋代傳奇小説的著述者與編選者所屬的文化圈，大體存有雅、俗的界限。這一界限正説明了兩者“俗化”的區別：對於著述者而言，其著述行爲在一定程度上考慮到了傳播與接受的需要；對編選者而言，著述者的著述則可以成爲一種“商品化”的流通物，而一種作爲“商品性”的流通物必然要考慮到市場的需求，因而具有了俗化特徵，這也是其編選的目的所在。

　　考慮到科舉取士的制度，宋代下層文人能夠通過科科躍登上流社會，他們的文化身份也會因此而可能存在由下層流轉到上層的變化。從宋代單篇傳奇小説的著述者來看，其主體雖是士人階層，但也有一個演變軌跡，即前期基本是士大夫階層，後期則以普通文人或下層文人居多。

　　宋代傳奇小説的著述者和編選者變化，使得傳奇小説呈現了“以俗爲

1　具體情況可參見李劍國《宋代志怪傳奇叙録》各條目、胡士瑩《話本小説概論》第五章第三節、程毅中《〈麗情集〉考》（《文史》第十一輯）、歐陽代發《話本小説史》第四章第一節第三小節等。

雅”和“化雅入俗”的兩種文體特徵。[1]

　　宋代傳奇小説“以俗爲雅”的文體嬗變，大體有如下兩方面的特徵：一是審美的俗化，包含語體的通俗性、題材的世俗性和思想情感的大衆性；二是接受者的廣泛性。關於宋代傳奇小説審美的俗化，吳志達對此有分析，言：

　　　　北宋中期至南宋中期，是形成宋傳奇特色的時期。其顯著特徵是雅俗融合，審美心理由士大夫之雅趨向市民之俗。作者雖然也有士大夫，但是也有一些社會地位不高、逐漸市民化的中下層士人，有些佚名作者的身份，可能帶有書會才人的性質，至少對市民生活、思想意識、審美觀念是比較了解的；因而，傳奇小説的文體規範也發生了變化，語言上受話本的影響，變得通俗淺顯，頗有文不甚深、白不甚俗近似後來《三國演義》的語言風格。散韻雜糅，本來在唐人傳奇中就存在，但除了像張文成《遊仙窟》這樣的異體傳奇（實際上是話本體傳奇的先驅）以外，穿插在故事發展過程中的詩歌，或者少量駢儷文字，是用以抒發人

---

　　1 宋代傳奇小説文體的“以俗爲雅”，亦與宋代“以俗爲雅”的文學審美情趣息息相關。宋代城市與商業發達，“紙張成爲普通的商品、印刷術的普及、書肆的活躍、大衆娛樂的發展，都使得文人作品容易傳播，傳統文學不再是少數階層的專利，而出現了一個普及化的進程。同時，隨著這種普及進程，一大批本來被排除在文人文化圈外的下層讀書人、商賈市民，也追時趨勢地加入到文人文學的創作界來，這就有可能改變文人文學的內容、思想、情感。”見章培恒、駱玉明主編：《中國文學史》，上海：復旦大學出版社1996年版，第304頁。與此同時，“宋儒弘揚了韓愈把儒家思想與日用人倫相結合的傳統，更加重視內心道德的修養。所以，宋代的士大夫多采取和光同塵、與俗俯仰的生活態度。……隨之而來的是，宋人的審美態度也世俗化了。他們認爲，審美活動中的雅俗之辨，關鍵在於主體是否具有高雅的品質和情趣，而不在於審美客體是高雅還是凡俗之物。蘇軾説：‘凡物皆有可觀，苟有可觀，皆有可樂，非必怪奇瑋麗者也。’（《超然臺記》）黃庭堅説：‘若以法眼觀，無俗不真。’（《題意可詩後》）便是這種新的審美情趣的體現。審美情趣的轉變，促成了宋代文學從嚴於雅俗之辨轉向以俗爲雅。這在宋詩中尤爲明顯。梅堯臣、蘇軾、黃庭堅都曾提出‘以俗爲雅’的命題。‘以俗爲雅’，才能具有更爲廣闊的審美視野，實現由‘俗’向‘雅’的昇華，或者説完成‘雅’對‘俗’的超越。宋代詩人采取‘以俗爲雅’的態度，擴大了詩歌的題材範圍，增強了詩歌的表現手段，也使詩歌更加貼近日常生活。只要把蘇、黃的送别贈答詩與李、杜的同類作品相對照，或者把范成大、楊萬里寫農村生活和景物的詩與王、孟的田園詩相對照，就可清楚地看出宋詩對於唐詩的新變。而實現這種新變的關鍵正是宋人‘以俗爲雅’的審美觀念。”見袁行霈主編：《中國文學史》第五編《宋代文學·緒論》，北京：高等教育出版社1999年版，第10頁。

物感情、表現人物才氣風度，或濃化叙事的環境、心理氣氛的，故書卷氣較濃。而宋代中期傳奇小説中的散韻雜糅，似乎更多著眼于讀者的審美心理，散文用以叙事，韻文用以抒情，而且韻文中詩、詞、騈文都有，内容大體上與散文所叙述的情節一致，起了調節氣氛、節奏的作用，這是説話藝人慣用的手法。在作品的題材上，歷史故事仍然較多，但描述現實中一般市民日常生活的題材更多了。[1]

驗諸宋代傳奇小説，此説大體可以成立。如劉斧《青瑣高議》在小説題目之下用提綱式的七字副標題，類似於説話人用來"説話"的故事提要。[2]《青瑣高議》中的部分傳奇小説的語體，可用"吐論明白，有足稱道"[3]來評價。如《王榭》，叙唐人王榭因航海遇風浪而至烏衣國，與其國一女子結姻，其叙事情節的推進基本依靠人物的"詩句"對話。本來傳奇小説的"雅"很大程度上依靠這些"詩筆"，但是《王榭》語體的俗化，却集中體現在人物對話所用詩句的通俗鄙俚，"人物酬答多用詩句，這種形式發展到後代，演變爲説唱文學（如諸宫調、彈詞之類）；所用文字較爲俚俗，特别是詩句顯得平庸淺近，但這正説明它是接近群衆的，是向'説話''彈詞'轉變過程中的過渡形式"。[4]其他傳奇小説還有以"艷詞"入小説的，如《譚意歌傳》等。此外，《青瑣高議》中有人物對話雜用口語者，如《趙飛燕别傳》《西池春遊》

1 吴志達著：《中國文言小説史》，濟南：齊魯書社 1994 年版，第 595 頁。
2 魯迅認爲此乃宋元"擬話本"的先聲："説話既盛行，則當時若干著作，自亦蒙話本之影響。北宋時，劉斧秀才雜輯古今稗説爲《青瑣高議》及《青瑣摭遺》，文辭雖拙俗，然尚非話本，而文題之下，已各系以七言，如《流紅記》（紅葉題詩娶韓氏）《趙飛燕外傳》（别傳叙飛燕本末）《韓魏公》（不罪碎盞燒鬚人）《王榭》（風濤飄入王榭）等，皆一題一解，甚類元人劇本結末之'題目'與'正名'，因疑汴京説話標題，體裁或亦如是，習俗浸潤，乃及文章。"見魯迅著：《中國小説史略》，上海：上海古籍出版社 1998 年版，第 79 頁。胡士瑩更是肯定地説："劉斧這樣的標題，完全是受當時説話的影響。"見胡士瑩著：《話本小説概論》，北京：中華書局 1980 年版，第 148—149 頁。
3《青瑣高議》孫副樞序，（宋）劉斧撰輯：《青瑣高議》，上海：上海古籍出版社 1983 年版，第 6 頁。
4 成柏泉選注：《古代文言短篇小説選注》（二集），上海：上海古籍出版社 1984 年版，第 39 頁。

《范敏》等傳奇小説。[1]

　　唐代傳奇小説的題材，主要集中在仙道神怪、夢幻與士人戀愛等，其所藴涵的思想情感是"文士對自身價值的直接的自我肯定"。[2] 宋代傳奇小説亦有仙道神怪、夢幻與士人戀愛等題材，但宋代傳奇小説更多關注冶艷的男女私情，此種關注大多能滿足市民的審美需求，擁有對大多數讀者的親和力。《青瑣高議》中所載的傳奇小説大部分都如此，如《群玉峰仙籍》《瓊奴記》《王實傳》《流紅記》《長橋怨》《温泉記》《孫氏記》《趙飛燕別傳》《譚意歌傳》《王幼玉記》《王榭傳》等，幾乎都可以算作艷情小説。與《青瑣高議》此種特徵相類的是張君房《麗情集》，其所節録的傳奇小説，也大多是才子佳人型或神仙美女艷遇型故事。劉斧還有一部被魯迅疑爲《青瑣高議》"別集"的書——《翰府名談》，[3] 宋人話本中經常提及它。如《陳巡檢梅嶺失妻記》末尾云："雖爲《翰府名談》，編作今時佳話。"《五戒禪師私紅蓮記》末尾云："雖爲《翰府名談》，编入《太平廣記》。"[4] 由此可見《翰府名談》是"話本故事的寶庫"。[5]《翰府名談》能對話本有如此之影響，其題材與思想情感必定有著容易俗化的質素，這也可從側面印證《青瑣高議》題材的俗化傾向。又如李獻民《雲齋廣録》，《四庫全書總目提要》卷一四四評斷："其書大致與劉斧《青瑣高議》相類。然斧書雖俗，猶時有勸戒，此則純乎誨淫而已。"言"誨淫"，顯然不同於宋代主流的道德倫理價值標準，也就是該書所收小説之取材與思想情感，必然是世俗喜聞樂見者。胡士瑩從形式角度入手評價《雲齋廣録》，曰："其書亦采取話本分類的形式來分類"，"其中的《麗情新話》《麗情新説》《奇異新説》《神仙新説》等，頗近於話

1　參見陳文新著：《文言小説審美發展史》，武漢：武漢大學出版社 2002 年版，第 439—440 頁。

2　趙明政著：《文言小説——文士的釋懷與寫心》，桂林：廣西師範大學出版社 1999 年版，第 210 頁。

3　魯迅輯：《唐宋傳奇集》，《魯迅全集》第十册，北京：人民文學出版社 1973 年版，第 511 頁。

4　程毅中輯注：《宋元小説家話本集》，北京：人民文學出版社 2016 年版，第 431、447 頁。

5　參見歐陽代發著：《話本小説史》，武漢：武漢出版社 1994 年版，第 64—65 頁。

本中的煙粉、靈怪、傳奇。又此書所載《無鬼論》《盈盈傳》《錢塘異夢》等篇，也被南宋説話人編成話本"。[1] 而其中的《四和香》，葉德均甚至認爲"不妨以話本視之也"。[2] 由此可見《雲齋廣録》中傳奇小説文體的俗化特徵非常明顯。即便不寫艷情，其創作的情感趨向也傾向於對市井人物的價值肯定。如《摭青雜説》中的《鹽商厚德》和《茶肆還金》就是贊美市井小人物的美德。

就接受者的廣泛性而言，"以俗爲雅"的傳奇小説能夠得到雅俗兩個階層讀者的接受。如《青瑣高議》不但能夠得到士人階層的喜好，如孫副樞即在序中聲明"予愛其文"，還説"子之文，自可以動于高目"；[3] 還能夠得到文化修養和社會層次相對低下的讀者喜愛，如洪邁《夷堅三志己》卷二《程喜真非人》載："新淦人王生，雖爲閭閻庶人，而稍知書。最喜觀《靈怪集》《青瑣高議》《神異志》等書。"[4] 這説明了《青瑣高議》等爲代表的俗化傳奇小説不僅得到了士人階層的審美認同，還滿足了中下層人們的審美和閲讀要求，可見其傳播與接受是適合於雅俗兩個文化階層的，其他"以俗爲雅"的傳奇小説也大抵如此。

宋人傳奇小説的"化雅入俗"，集中於南宋中後期出現的《緑窗新話》和《醉翁談録》，其基本特點是迎合大衆審美需求的簡約性和模式化。皇都風月主人的《緑窗新話》是一部宋人説話的參考書，羅燁《醉翁談録·小説開闢》中列舉説話人的參考書時把它與《夷堅志》《琇瑩集》《東山笑林》並列。《緑窗新話》也確實是宋代話本和後世（擬）話本的取材對象。[5]《緑窗新話》的特點體現在"小説摘選本"[6] 的性質上，它摘録先唐和唐宋的史

1　胡士瑩著：《話本小説概論》，北京：中華書局 1980 年版，第 150 頁。

2　葉德均著：《戲曲小説叢考》下册，北京：中華書局 1979 年版，第 598 頁。

3（宋）劉斧撰輯：《青瑣高議》，上海：上海古籍出版社 1983 年版，第 6 頁。

4（宋）洪邁撰：《夷堅志》，北京：中華書局 2006 年版，第 1315 頁。

5　胡士瑩著：《話本小説概論》，北京：中華書局 1980 年版，第 151—152 頁。

6　劉世德主編：《中國古代小説百科全書》，北京：中國大百科全書出版社 1998 年版，第 331 頁。

傳、地志、傳奇小説、筆記體小説、詩話詞話等共一百五十四篇，其中注明出處者有六十餘種；又據李劍國考證，《綠窗新話》中未注明出處而可考者有《洞冥記》《柳毅傳》《鶯鶯傳》《李娃傳》《芙蓉城傳》《翰府名談》《續青瑣高議》等，共七十餘種。[1]《綠窗新話》對唐宋兩代傳奇小説的摘選，"不僅有删節，而且也有增改"。[2] 其删節處，是對事詳文繁的唐宋傳奇小説叙事的枝椏（如駢儷的自然景物、男女人物容貌的描述，逸出叙事情節中心的"事"等）的删削，大多只存有貫串叙事的情節梗概；其增改處則主要是賦予叙事人物以姓氏。[3] 但需説明的是，《綠窗新話》中所載具有傳奇體特性的文本，無論是從外在文體形態還是從内在叙事規範而言，已經不具備傳奇小説文體的基本特徵。做爲説話參考書的《綠窗新話》，對傳奇小説的删改，正是雅俗融合、化雅入俗的實踐結果，"對傳統小説文體和近體小説的交流融合起了積極的推動作用"。[4]

　　羅燁《醉翁談録》的主旨是"編成風月三千卷，散與知音論古今"，[5] 其中轉録和摘録有唐宋兩代的傳奇小説 20 餘篇。與《綠窗新話》中僅存傳奇小説的情節梗概不同的是，羅燁《醉翁談録》中所載唐宋兩代的傳奇小説雖然也是經由羅燁或者其他人删節或增改，但大多符合傳奇小説的文體規範。如《趙旭得青童君爲妻》《薛昭娶雲容爲妻》《郭翰感織女爲妻》《封陟不從仙姝命》《裴航遇雲英于藍橋》《李亞仙不負鄭元和》等，仍然可以稱之爲傳奇小説。將《醉翁談録》中删改自唐代傳奇小説的作品與原作做對讀，《醉翁談録》"化雅入俗"的特徵就非常明顯了。《醉翁談録》中的《封陟不從仙姝命》《裴航遇雲英于藍橋》《薛昭娶雲容爲妻》等三篇，删改自裴鉶《傳

　　1 參見李劍國著：《宋代志怪傳奇叙録》（增訂本），北京：中華書局 2018 年版，第 493 頁。

　　2 程毅中著：《宋元小説研究》，南京：江蘇古籍出版社 1999 年版，第 185 頁。

　　3 程毅中《宋元小説研究》第六章有關《綠窗新話》的部分，對此有較爲詳細的論述，可參見。南京：江蘇古籍出版社 1999 年版。

　　4 程毅中著：《宋元小説研究》，南京：江蘇古籍出版社 1999 年版，第 188 頁。

　　5（宋）羅燁撰：《醉翁談録》甲集《小説引子》，上海：古典文學出版社 1957 年版，第 1 頁。

奇》中的《封陟》《裴航》和《薛昭》三篇。下面先以《封陟不從仙姝命》
與《封陟》相比。《封陟》篇中對封陟遇仙之前有一大段駢儷文字，云：

　　寶曆中，有封陟孝廉者，居於少室。貌態潔朗，性頗貞端。志在典
墳，僻于林藪，探義而星歸腐草，閱經而月墜幽窗。兀兀孜孜，俾夜作
晝，無非搜索隱奧，未嘗暫縱揭時日也。書堂之畔，景象可窺，泉石清
寒，桂蘭雅淡；戲猱每竊其庭果，唳鶴頻棲於澗松。虛籟時吟，纖埃晝
閴。煙鎖簹篁之翠節，露滋躑躅之紅葩。薜蔓衣垣，苔茸毯砌。時夜將
午，忽飄異香酷烈，漸布於庭際。俄有輜軿自空而降，畫輪軋軋，直湊
簷楹。見一仙姝，侍從華麗，玉珮敲磬，羅裙曳云，體欺皓雪之容光，
臉奪芙蕖之艷冶，正容斂衽而揖陟曰："某籍本上仙，謫居下界，或遊
人間五嶽，或止海面三峰。月到瑤階，愁莫聽其鳳管；蟲吟粉壁，恨不
寐於鴛衾。燕浪語而徘徊，鶯虛歌而縹緲。寶瑟休泛，蚪觥懶斟。紅杏
艷枝，激含嚬於綺殿；碧桃芳萼，引凝睇于瓊樓。既厭曉妝，漸融春
思。伏見郎君坤儀浚潔，襟量端明，學聚流螢，文含隱豹。所以慕其真
樸，愛以孤標，特謁光容，願持箕帚，又不知郎君雅旨如何？"陟攝衣
朗燭，正色而坐，言曰："某家本貞廉，性唯孤介。貪古人之糟粕，究
前聖之指歸；編柳苦辛，燃粕幽暗；布被糲食，燒蒿茹藜。但自固窮，
終不斯濫，必不敢當神仙降顧。斷意如此，幸早回車。"姝曰："某乍造
門牆，未申懇迫，輒有一詩奉留，後七日更來。"詩曰：……[1]

《封陟不從仙姝命》則簡略爲：

　　封陟，字少登，居少室山。一夕，天氣清亮，月明如晝，忽睹一仙

1（唐）裴鉶著，周楞伽輯注：《裴鉶傳奇》，上海：上海古籍出版社1980年版，第65頁。

姝，淡妝近前，顧揖曰："久聞美，願執箕帚。"陟曰："君子固窮，寧
敢思濫？請神仙回車，無相瀆也。"姝贈以詩。詩曰……[1]

至於贈詩之後和七日後復來時兩個人之間發生的事，《封陟》的敘事也是非
常詳細：

> 陟覽之，若不聞。云耕既去，窗戶遺芳，然陟心中不可轉也。後七
> 日夜，姝又至，騎從如前時。麗容潔服，艷媚巧言，入白陟曰："某以
> 業緣遽縈，魔障欻起，蓬山瀛島，繡帳錦宮，恨起紅茵，愁生翠被。難
> 窺舞蝶於芳草，每妒流鶯於綺叢，靡不雙飛，俱能對跱。自矜孤寢，轉
> 懵空閨。秋却銀缸，但凝眸於片月；春尋瓊圃，空抒思於殘花。所以激
> 切前時，布露丹懇，幸垂采納，無阻精誠。又不知郎君意竟如何？"陟
> 又正色而言曰："某身居山藪，志已顓蒙，不識鉛華，豈知女色？幸垂
> 速去，無相見尤。"姝曰："願不貯其深疑，幸望容其陋質，輒更有詩一
> 章，後七日復來。"[2]

而《封陟不從仙姝命》中則只用一句話交代："後七日復來，又獻詩曰：……"
其後之刪改也大抵如是。可見《醉翁談錄》完全是一種再創造，且《封陟不
從仙姝命》篇末綴以一大段"醉翁曰"的議論，與《封陟》的情趣迴異。

　　此外，唐代傳奇小說中的《李娃傳》是一篇"以俗爲雅"的傳奇小說，
那麼，羅燁《醉翁談錄》中的《李亞仙不負鄭元和》則是"化雅入俗"的一
部小說。如《李亞仙不負鄭元和》介紹鄭元和時，只是說"有榮陽鄭生，字
元和者，應舉之長安"。刪去了《李娃傳》中大段交代鄭生身份的文字。更

1（宋）羅燁撰：《醉翁談錄》，上海：古典文學出版社 1957 年版，第 68 頁。後引該小說不另注。
2（唐）裴鉶著，周楞伽輯注：《裴鉶傳奇》，上海：上海古籍出版社 1980 年版，第 66 頁。

值得注意的是，《李亞仙不負鄭元和》一開始就點明李娃的民間身份，言：
"李娃，長安娼女也，字亞仙，舊名一枝花。"[1]這顯然表明了對唐代中期流傳
的説話《一枝花話》的親緣關係，而"一枝花"在《李娃傳》中則根本没有
提及。《李亞仙不負鄭元和》改動了故事中的一個重要情節，即《李娃傳》在
"滎陽生"囊中羞澀時，李娃親自以"尚無孕嗣"爲托詞，哄騙"滎陽生"去拜
"竹林神"；《李亞仙不負鄭元和》則改爲讓李亞仙置身事外，直接出面哄騙鄭元
和的是妓院的鴇母，她對鄭説："女與郎相知一年矣，而無孕嗣。此間有竹林
神，報應如響，宜詣彼祠下，祭奠求子，可乎？"這樣的改動突出了李亞仙在
整個哄騙事件中的被動地位，不僅符合叙事進程發展的需要，也使李亞仙的
性格與道德前後統一起來，從而更能够體現出宋代社會市民的情感理想。

　　從文本的對比中，可以看出《醉翁談録》的删改主要表現在兩個方面：一
是語言的俚俗化，即對唐代傳奇小説"文辭華艷"的駢儷語言進行俗化的加工，
使之符合普通市民的閲讀水準；二是情節的集中化，即删去唐代傳奇小説的
"叙述宛轉"，使情節相對單一集中，以滿足市民直奔主題的欣賞趣味。

　　將劉斧《青瑣高議》的"以俗爲雅"和羅燁《醉翁談録》相比，可以發
現一個較爲明顯的差異，即兩書中所載小説篇末議論的數量多寡，能够表現
出兩書編纂者主體意識的差異。劉斧《青瑣高議》全書有 17 處用"議曰"
或"評曰"引出一番"議論"。這些議論多爲針對内容、人物品行和小説功
能而發，如從歷史或文化的角度品評人物，從"徵實"的角度品評内容的社
會意義，從勸善懲惡、廣見聞、資考證的角度論述小説的社會功能等。[2]這
些"議曰"或"評曰"完全是繼承史傳傳統和唐代傳奇小説"結構性結尾"
的模式，代表的是一種士人文化本位意識。羅燁《醉翁談録》中有兩篇結尾
綴有"醉翁曰"，即乙集卷一《林叔茂私挈楚娘》和己集卷二《封陟不從仙

1（宋）羅燁撰：《醉翁談録》，上海：古典文學出版社 1957 年版，第 113 頁。
　2 關於《青瑣高議》中編選者的"議論"，秦川《青瑣高議：古代小説評點的濫觴》一文有較爲詳細
的論述，本文有所借鑒。文載《光明日報》2002 年 5 月 15 日。

妹命》。從數量而言，兩者有較大的差別，但考慮到《醉翁談録》中可能有
佚失的情况，姑且不由此得出肯定的結論。不過，這兩篇傳奇小説中的"醉
翁曰"雖然也是就人物品行而發，但所體現的倫理認知則是市民化的。如
《林叔茂私挈楚娘》中"醉翁曰"對李氏接納楚娘爲士人林叔茂之妾的行爲
持否定態度，而于當時士大夫而言，"納妾"乃是其風流生活的一種，因而
此種倫理觀必然出自市民階層，或者下層士人階層。[1] 又《封陟不從仙妹命》
中的"醉翁曰"對封陟"執德不回""終不屑就"上元夫人自薦枕席的行爲
並不贊同，而是以"以常人之情，遭遇仙女，恨不得與爲耦"的觀念來判定
封陟的行爲乃是"執一而不通也"。這與當時社會理學興盛所體現的士人倫
理觀念可謂針鋒相對，無疑也是一種平民化的願望理想。因此可以説，從
《青瑣高議》到《醉翁談録》，確實存有一個由"以俗爲雅"到"化雅入俗"
的文體嬗變軌迹。也正因爲此，羅燁的《醉翁談録》被稱爲"是一部非常重
要的宋人'説話'參考書，與當時説話藝人有更爲密切的聯繫"。[2]

　　至於宋代傳奇小説"化雅入俗"的原因，大體上可以從兩個方面追尋，
一是宋代小説娱情功用觀念的發達，一是宋代"説話"伎藝的發達。宋人非
常重視小説的娱情功用，如曾慥《類説序》即謂："可以資治體、助名教、
供談笑、廣見聞，如嗜常珍，不廢異饌，下箸之處，水陸具陳矣。"[3] 小説娱
情功用觀念的發達，毫無疑義地促進了宋代傳奇小説向俗化的方向發展。與
此同時，宋代較爲發達的"説話"伎藝，也爲宋元傳奇小説的俗化發展提供
了借鑒和間接模仿對象。

---

　　1 在封建社會，婚姻制度分有等級，統治階級是一夫一妻多妾制，而平民百姓則是一夫一妻制，此種
婚姻形式在宋代雖然出現了一些變化，一夫一妻多妾制的婚姻形式在民間受到了一定程度的限制，即道義
上隨着程朱理學的興起對婦女貞節的極端强調，使男子的再娶納妾也在道義上受到了限制；法律上則按地
位尊卑、身份特權規定娶妾的數量，而且特别强調娶妾是爲了傳宗接代，嫡妻到一定年齡不生育才准許娶
妾。但這些限制只能針對下層文人和普通百姓，對有一定地位的士人則是全同虛設。

　　2 歐陽代發著：《話本小説史》，武漢：武漢出版社 1994 年版，第 66 頁。

　　3（宋）曾慥撰：《類説》，北京：書目文獻出版社 1988 年版，第 6 頁。

第六章
宋元小說家話本的文體特徵

　　宋元小說家話本奠定了話本小說基本的文體形態、文體規範，可看作話本體小說之濫觴。這些作品由口頭文學的演出內容整理加工而來，故其文體的主要特性實際上還是由口頭文學確立的。當然，在整理加工過程中，既有種種案頭化的處理，又有局部的再創造，也會在一定程度上影響到文體特性的形成。總體看來，在口頭文學伎藝向案頭閱讀話本轉化過程中，"小說"伎藝的演出程式、敘事模式確立了小說家話本的篇章體制和敘事方式，並賦予其鮮明的口頭文學性和民間性，同時，也將"小說"伎藝具有的民間和市井趣味帶入了話本之中。

第一節　小說家話本之判定

　　現存的宋元小說家話本主要保存在明代中後期編刊的話本小說總集《六十家小說》、"三言"及《熊龍峰刊行小說四種》中，元刻本僅存《新編紅白蜘蛛小說》殘葉。這些話本小說總集包括宋元明三代之作，其中的宋元舊篇很可能被編輯整理者潤色、修改過，而非宋元時期的原貌。因此，實事求是地說，現在所謂的"宋元小說家話本研究"並沒有一個非常堅實的文獻基礎。不過，這些宋元舊篇雖可能被潤飾過，但大體還保留著原始形態，所以，在宋元文獻缺失的情況下，以之為基礎展開研究仍具有相當的合理性。

　　然而，怎樣確定《六十家小說》、"三言"及《熊龍峰刊行小說四種》中作品的成書年代却是一個非常複雜的問題。一般的做法是，參考《醉翁談録·舌耕叙引》《寶文堂書目》和《也是園書目》等文獻書目的著録，以文言小說、筆記、戲文、雜劇、院本爲參證，從作品所涉及的時代背景、名物制度、風俗習慣、語言特徵、文體風格等内證來判斷其成書年代。[1] 學者們依據此方法考證，取得了很大成績。但也在具體操作中遇到了許多困惑，因爲這些作品在成書過程中經過了各代整理者程度不同的增潤，[2] "它就像被挖掘者擾亂了的土層，很難清理出古代文化堆積的年代了"。[3] 不過結合作品的大多數内證，從其整體情況而非個別例證來判斷其成書年代依然是可行的。綜合前人和當代學者的有關考證，對《六十家小說》、"三言"及《熊龍峰刊行小說四種》中的宋元之作判定如下：

　　《六十家小說》有《柳耆卿詩酒玩江樓記》《簡帖和尚》《西湖三塔記》《合同文字記》《風月瑞仙亭》《洛陽三怪記》《快嘴李翠蓮記》《刎頸鴛鴦會》《陰騭積善》《陳巡檢梅嶺失妻記》《五戒禪師私紅蓮記》《楊温攔路虎傳》《花燈轎蓮女成佛記》《曹伯明錯勘贓記》《錯認屍》《夔關姚卜吊諸葛》。

　　"三言"有《趙伯升茶肆遇仁宗》《史弘肇龍虎君臣會》《楊思温燕山逢故人》《張古老種瓜娶文女》《宋四公大鬧禁魂張》《陳可常端陽仙化》《崔待詔生死冤家》《三現身包龍圖斷冤》《一窟鬼癩道人除怪》《小夫人金錢贈年少》《崔衙内白鷂招妖》《計押番金鰻産禍》《皂角林大王假形》《萬秀娘仇報山亭兒》《福禄壽三星度世》《勘皮靴單證二郎神》《鬧樊樓多情周勝仙》《鄭節使立功神臂弓》《十五貫戲言成巧禍》。

---

　　1 胡士瑩《話本小說概論·現存的宋人話本》綜合前人的研究，提出推勘宋人話本的八條標準或方法；程毅中《從姚汴吊諸葛詩談小說家話本的斷代問題》(《文學遺産》1994 年第 1 期) 又提出了一些自己的看法，兩者結合起來較爲全面。

　　2 參見劉堅：《略談"話本"的語言年代問題》，《運城師專學報》1985 年第 1 期。

　　3 程毅中著：《宋元小說研究》，南京：江蘇古籍出版社 1999 版，第 323 頁。

《熊龍峰刊行小説四種》有《張生彩鸞燈傳》《蘇長公章臺柳傳》。

一般認為，《六十家小説》基本上保留了當時流行的單篇話本小説原貌，未做修改、加工；而馮夢龍則對"三言"中的舊本有所潤飾、改動。[1]因此，我們對宋元小説家話本文體的研究主要以《六十家小説》為依據，而以《熊龍峰刊行小説四種》和"三言"為參考。

第二節　篇章體制之口頭文學性

雖然在"小説"伎藝向書面讀物轉化過程中，整理加工者曾進行了種種案頭化處理，但總體來看，話本的題目、入話、篇尾、敘事韻文運用等篇章體制畢竟源於口頭文學的表演程式，故而還是體現出了鮮明的口頭文學屬性。

大部分宋元小説家話本的標題直接承襲"小説"伎藝，以人名、情節或故事中之道具、地點命名。如《簡貼和尚》《合同文字記》《西湖三塔記》《楊溫攔路虎傳》《錯認屍》，口頭文學色彩和民間性濃厚。少部分則在刊刻時重新擬定了書面色彩較濃的新題，主要以概括人物和情節的方式命名，多為七言和八言。有人認為，作為説話藝人"參考書"的《青瑣高議》《綠窗新話》等作品的標題形式"全仿效話本"，似乎宋元話本的標題形式為整齊的七言，這實在是一種誤識。文言小説使用七字句做標題，始於《青瑣高議》。《青瑣高議》是一部包括志怪、傳奇、詩話、雜事瑣記的文言小説集，這些作品或為劉斧自創或為抄撮它書。該書的標題與從前的文言小説集體例有別，在文言小説通用的標題下又加了小字標題。這些小字標題基本為七字，但句式多樣，内容雜亂，應為提示作品内容之用。如《前集卷之七》中的《趙飛燕別傳》署"別傳敘飛燕本末"，《前集卷之二》中的《書仙傳》

---

1 參見胡士瑩《話本小説概論》、劉世德主編《中國古代小説百科全書》中的有關論述。

署"魯文姬本係書仙",《前集卷之五》中的《名公詩話》署"本朝諸名公歌詩",《前集卷之六》中的《馬嵬行》詩署"劉禹錫作馬嵬行"。這顯然只是在提示内容,而不能算作標題。這樣的例子在書中還有許多。這就説明,此小字標題應看作大字標題的注釋,加此小字標題的目的應是爲了提示内容便於讀者閲讀。後來的《緑窗新話》《醉翁談録》等文言小説集應是受到它的啓發,直接采用句式齊整的七字或八字標題概括故事情節。隨著文言小説走出文人士大夫而走向下層文人和市井細民,其内容及形式必然趨向於通俗化,此類文言小説集標題形式的變化應源於文言小説的通俗化。標題以七言、八言單句概括故事内容,應是爲了讀者閲讀的便利,通過該題目,讀者對文中的主要内容可一覽而知,而一些怪異、艷情類題目則更易於激發讀者的閲讀興趣。

　　話本小説的篇首有導入正話的引導性成分,它是與正話相對的附加部分。體制完整者包括篇首詩詞、一段解釋議論性或閑話式的引言和作爲頭回的小故事三部分,也可僅爲詩詞或詩詞加引言。這一引導性部分應如何稱謂,學界有著不同的認識。有人把正話前的整個引導性成分稱爲"入話",如鄭振鐸稱:"他們在開頭叙述正文之前,往往先有一段'入話'以爲引起正文之用。'入話'之種類甚多,有的先之以'閑話'或'詩詞話'之類……有的即以一詩或一詞爲'入話'……有的以與正文相同的故事引起,……有的更以與正文相反的故事作爲'入話'。"[1]石昌渝稱:"入話在開頭,是導入故事正傳的閑話,是作品的附加部分。……入話可以是一首詩或數首詩,也可以是一個小故事,以小故事爲入話的又稱做'得勝頭回''笑耍頭回'。這就是説,得勝頭回是入話,但入話却不完全是得勝頭回。"[2]有人則把開篇詩詞、解釋議論性引言、頭回小故事分别稱爲"篇首詩詞""入

　　1 鄭振鐸:《明清二代的平話集》,《中國文學研究》,北京:作家出版社1957年版,第361、362頁。
　　2 石昌渝著:《中國小説源流論》,北京:三聯書店1994年版,第245、246頁。

話""頭回"。如胡士瑩稱："'小説'話本，通常都以一首詩（或詞）或一詩一詞爲開頭。……它除用於篇首外，也是爲分清'回'或'段落'而設，它並不是入話。""在篇首的詩（或詞）或連用幾首詩詞之後，加以解釋，然後引入正話的，叫做入話。""在不少話本小説的篇首，有時在詩詞和入話之後，還插入一段叙述和正話相類的或相反的故事的。這段故事，它自身就成爲一回書，可以單獨存在，位置又在正話的前頭，所以叫做'頭回'。"[1]有人則僅把開篇詩詞稱爲"入話"，如程毅中稱："有人認爲話本前面的小故事和詩詞都應該叫做'入話'。可是現在我們所見到的話本中，有些是前面寫明'入話'兩字的，大多數只有一首詩，好象戲曲裏的定場詩一樣。可見一首詩就可以算做入話，就是開場白的意思。而有些話本先講一個小故事以引起正文的，却往往説明它是'頭回'。入話是所有的話本都有的，而頭回却只有少數幾個話本才有。似乎頭回和入話還有些區別。"[2]"入話"一詞並不見於宋元，首見於《清平山堂話本》，它位於篇首，獨占一行引起開篇詩詞。在《清平山堂話本》中，無法明確判定它僅指篇首詩詞還是包括之後的引言及頭回（或耍笑頭回）。在稍後的"三言""二拍"等話本小説集中，"入話"則明確指正話之前所有的引導性成分。如《醒世恒言》卷三十五《徐老僕義憤成家》頭回結束時説："適來小子道這段小故事，原是入話，還未曾説到正傳。"《拍案驚奇》卷十五《衛朝奉狠心盤貴産　陳秀才巧計賺原房》入話結束時説："這却還不是正話。如今且説一段故事，乃在金陵建都之地，魚龍變化之鄉。"因此，"入話"應爲正話前整個引導性成分的稱謂。

"入話"作爲話本小説篇章體制的一部分應源於"小説"的表演程式。鄭振鐸《明清二代的平話集》稱："我們就説書先生的實際情形一觀看，便

1　胡士瑩著：《話本小説概論》，北京：中華書局1980年版，第135、136、138頁。

2　程毅中著：《宋元話本》，北京：中華書局1980年版，第65，66頁。

知他不能不預備好那末一套或短或長的'入話'，以爲'開場之用'。一來是，借此以遷延正文開講的時間，免得後至的聽衆，從中途聽起，摸不著頭腦；再者，'入話'多用詩詞，也許實際上便是用來'彈唱'，以静肅場面，怡悦聽衆的。"[1] 在正話或正劇之前加一引導性附加部分是唐宋元時期許多文藝形式常用表演程式。唐代俗講的開頭常用押座文，宋雜劇在"正雜劇"之前有"艷段"或"艷"，如宋吳自牧《夢粱録》卷二十"伎樂"條介紹宋代雜劇演出時說："先做尋常熟事一段，名曰艷段；次做正雜劇、通名兩段。"[2] 宋代傀儡戲也有"頭回小雜劇"，如《東京夢華録》卷五"京瓦伎藝"條云："杖頭傀儡任小三，每日五更頭回小雜劇，差晚看不及矣。"[3] 金院本開頭有"引首"，或稱爲"衝撞引首"，如元陶宗儀《輟耕録》卷二五"院本名目"第七項爲"衝撞引首"，共列細目一百零七種；宋元"講史"開頭也有稱作"頭回"的引言，如《秦併六國平話》開頭一段概述先秦歷史後說："這頭回且説個大略，詳細根原，後回便見。"明代的説書、詞話依然在使用類似入話的"請客""攤頭"等表演程式，如錢希言《戲瑕》卷一："文待詔諸公，暇日喜聽人説宋江，先講'攤頭'半日，功父猶及與聞。"[4] "入話"一詞的書面色彩較濃，不像伎藝性名稱，大概是口頭文學的"説話"向書面文學的話本小説轉換時重新擬定的。

　　《六十家小説》中宋元之作的入話多數僅爲篇首詩詞，引言、頭回的使用較少，而且篇首詩詞多描摹正話中的情節、人物、情景以及故事發生的地點、季節等。通過這些因素的描繪而自然引入正話，與正話屬於一種自由的、形象的聯想式連接，關係並不密切。如《西湖三塔記》爲吟詠西湖美景的一連串描繪性詩詞：

1　鄭振鐸著：《中國文學研究》，北京：作家出版社 1957 年版，第 362 頁。
2　（宋）吳自牧撰：《夢粱録》，西安：三秦出版社 2004 年版，第 312 頁。
3　（宋）孟元老撰：《東京夢華録》，北京：商務印書館 1936 年版，第 92 頁。
4　（明）錢希言撰：《戲瑕》，北京：中華書局 1985 年版，第 8 頁。

"湖光瀲灩晴偏好，山色溟蒙雨亦奇。若把西湖比西子，淡妝濃抹也相宜。" 此詩乃蘇子瞻所作，單題西湖好處。言不盡意，又作一詞，詞名《眼兒媚》："登樓凝望酒闌□，與客論征途。饒君看盡，名山勝景，難比西湖。　春晴夏雨秋霜後，冬雪□□□。一派湖光，四邊山色，天下應無。"

説不盡西湖好處，吟有一詞云："江左昔時雄勝，錢塘自古榮華。不惟往日風光，且看西湖景物：有一千頃碧澄澄波漾瑠璃，有三十里青娜娜峰巒翡翠。"[1]

在多首描繪西湖美景的詩詞之後，開始進入正話："今日説一個後生，只因清明都來西湖上閑玩，惹出一場事來。" 入話與正話僅在故事發生的地點上相關聯。《風月瑞仙亭》爲描繪月夜彈琴表相思情景的七言詩，與正話僅在故事中的一個情景上相關；《陰騭積善》爲描繪歷史上人物報恩故事的七言詩；《快嘴李翠蓮記》爲描繪李翠蓮口才的七言詩。《柳耆卿詩酒玩江樓記》《洛陽三怪記》《藍橋記》《陳巡檢梅嶺失妻記》《楊溫攔路虎傳》《曹伯明錯勘贓記》都屬此類型。另外，也有很少一部分作品的篇首詩詞爲議論式，它們或宣揚與作品題材有關的佛道思想，或揭示作品主旨，並且常伴有一小段解釋議論性的引言。如《花燈轎蓮女成佛記》爲宣揚佛法的七言詩；《刎頸鴛鴦會》爲議論貪花戀色害人的七言詩，與文中主旨相應。在 "三言"、《熊龍峰刊行小説四種》的宋元舊篇中，"入話" 這一特徵也有較鮮明的體現，二十一篇作品中，有十三篇屬前種類型，五篇屬後種類型，另有三篇由文中某一人物的詩詞開篇，引出此人物，從而引起正文。《六十家小説》宋元舊篇中頭回的運用並不普遍，只有《刎頸鴛鴦會》《簡帖和尚》兩篇，其中《簡帖和尚》頭回 "錯封書" 與正話故事僅在情節發展的某一點上具有相

1（明）洪楩輯，程毅中校注：《清平山堂話本校注》，北京：中華書局 2012 年版，第 56 頁。

似性，兩者關係較鬆散。參考"三言"中的宋元舊篇，我們可以看出，宋元小説家話本的頭回基本都屬此類型，五篇頭回中有四篇與之相近。如《史弘肇龍虎君臣會》頭回："説話的，你因甚的，頭回説這'八難龍笛詞'？自家今日不説別的，説兩個客人將一對龍笛薪材，來東峰東岱嶽燒獻。只因燒這薪材，却教鄭州奉寧軍一個上廳行首，有分做兩國夫人，嫁一個好漢……"[1]頭回僅與正話開頭一段情節在"燒薪材"上存在關聯。《宋四公大鬧禁魂張》："方才説石崇因富得禍，是誇財炫色，遇了王愷國舅這個對頭。如今再説一個富家，安分守己，並不惹事生非。只爲一點慳吝未除，便弄出非常大事……"[2]頭回與正話僅在因財惹禍的情節上相通。《三現身包龍圖斷冤》邊聲聽音知禍福的故事僅與正話開頭的一段情節在"聽聲算命"上相似。總之，該類型的入話不但在體制上沒有一定之規，可長可短，可多可寡，較隨意自由。

學界通常將話本小説的篇尾歸納爲概括評論式。如胡士瑩稱："話本的煞尾却是附加的，往往綴以詩詞或題目，具有相對的獨立性。它是連接在情節結局以後，直接由説話人（或作者）自己出場，總結全篇大旨，或對聽衆加以勸戒。"[3]其實，這種説法主要是針對明清話本小説而言的，而忽略了宋元小説家話本本來的面目。《六十家小説》宋元舊篇中的絕大多數作品之篇尾並非概括評論式，而爲自然收尾式。所謂自然收尾式，指篇尾以作爲正話故事一部分的韻語（與正話故事相連）、散文或收場套語收煞，應看作正話的組成部分，而非附加成分。如《簡帖和尚》篇尾爲書會先生描繪和尚受刑情景的《南鄉子》詞及"話本説徹，且作散場"套語。《南鄉子》與正話結尾講述和尚受刑的情節相配合，可看作正話的一部分。《西湖三塔記》爲吟詠奚真人捉妖的七言詩，與正話結尾的奚真人捉妖相配合。《洛陽三怪記》

---

1 （明）馮夢龍編刊，魏同賢校點：《古今小説》，南京：江蘇古籍出版社 1991 年版，第 216 頁。
2 同上，第 527 頁。
3 胡士瑩著：《話本小説概論》，北京：中華書局 1980 年版，第 145 頁。

無詩詞韻語，僅"話名叫洛陽三怪記"套語。《陳巡檢梅嶺失妻記》僅"雖爲翰府名談，編作今時佳話"，"話本説徹，權作散場"套語。《楊温攔路虎傳》爲描繪楊温邊塞揚名的偶句一段，與結尾的情節相呼應。此類作品還有《快嘴李翠蓮記》《五戒禪師私紅蓮記》《花燈轎蓮女成佛記》。總的來看，《六十家小説》宋元之作基本以自然式收尾爲主，十六篇作品（二篇原缺）有十篇爲自然式收尾。自然式收尾反映了民間口頭文學伎藝表演程式上的自然隨意性。後世話本小説普遍使用概括評論式收尾，與宋元話本自然收尾式在功能、體制上完全不同。這種差異充分説明了宋元話本篇章體制的民間性和口頭文學屬性。"三言"宋元舊篇普遍采用了概括評論式收尾，應爲馮夢龍加工、改造的結果。

　　《六十家小説》正話中叙事韻語的功能基本可分爲描繪、議論和結構三種，其體裁包括詩（或詩贊）、[1]詞、賦贊、偶句（主要爲俗語、諺語、詩句）、唱詞等，一般以"正是""但見""有詩爲證"等指示性套語引起。描繪性韻語主要描摹人物外貌、自然景色和情節或事件發展的勢態。如描摹人物外貌："宣贊着眼看那婦人，真個生得：綠雲堆髮，白雪凝膚。眼横秋水之波，眉插春山之黛。桃夭淡妝紅臉，櫻珠輕點絳唇。步鞋襯小小金蓮，玉指露纖纖春筍。"（《西湖三塔記》）描摹事態發展："鼇魚脱却金鉤去，擺尾搖頭更不回。"（《風月瑞仙亭》）議論性韻語主要評論人物或事理，其體裁主要爲偶句或詩，如"鹿迷鄭相應難辨，蝶夢周公未可知。神明不肯説明言，凡夫不識大羅仙。早知留却羅童在，免交洞内苦三年"（《陳巡檢梅嶺失妻記》）。其中偶句所占比重較大，大多數是對生活經驗的總結，由"正是"引起，仿佛在用韻語前的正話故事驗證韻語中的生活經驗或人情事理。如"正

1　葉德均《宋元明講唱文學》："這類詩篇雖和詩體的絶、律、歌、行相似，但因爲用韻較寬，平仄不嚴，接近口語，究竟和正式的詩不同。"見葉德均著：《戲曲小説叢考》，北京：中華書局1979年版，第627頁。

是："將身投虎易，開口告人難"(《楊温攔路虎傳》)。從總體上看，宋元作品的韻語主要爲描繪性，且在口頭文學中有著悠久狀物傳統的賦賛所占比重最大，詩和偶句次之。如《簡帖和尚》描摹性：賦賛3段、詩2首、詞1首、偶句3段，議論性：偶句1段。《西湖三塔記》描摹性：賦賛10段、詩3首，議論性：偶句1段。《風月瑞仙亭》描摹性：賦賛2段、偶句1段、詩1首，議論性：偶句1段。《洛陽三怪記》描摹性：賦賛12段、偶句2段、詩2首。《陰騭積善》描摹性：賦賛4段、詩1首。《楊温攔路虎傳》描摹性：賦賛11段、偶句7段、詩3首，議論性：偶句5段、詩3段。《花燈轎蓮女成佛記》描摹性：賦賛3段、偶句3段、唱詞1段、詩1首。(上述統計僅以正話部分爲依據。)

在這些韻文中，不同作品中反復使用的現成套語占有相當比重，它們不但包括大量的俗語、諺語，而且包括許多成篇的詩詞、賦賛等。如表示"女色禍水"："兩臉如香餌，雙眉似鐵鉤。吳王遭一釣，家國一齊休。"(《錯認屍》《曹伯明錯勘贓記》)描繪"風"："無形無影透人懷，二月桃花被綽開(四季能吹萬物開)。就地撮將黃葉去，入山推出白云來。"(《陳巡檢梅嶺失妻記》《洛陽三怪記》)描摹"清明風光"："乍雨乍晴天氣，不寒不暖風光(風和)。盈盈嫩綠，有如剪就薄薄輕羅(香羅)。"(《西湖三塔記》《洛陽三怪記》)描摹"婆婆外貌"："鷄皮滿體(鷄膚滿體)，鶴髮盈頭(鶴髮如銀)。"(《西湖三塔記》《洛陽三怪記》)描繪年輕女子外貌："綠云堆髮(鬟)，白雪凝膚。"(《西湖三塔記》《洛陽三怪記》)《醉翁談録》談到"小説"藝人的修養時說："論才詞有歐、蘇、黃、陳佳句；説古詩是李、杜、韓、柳篇章。"然而，從現存的宋元小説家話本來看，這些詩詞名句所占比重很小。大量的韻語則屬於俗語、諺語和下層文人創作的通俗化詩詞賦賛等套語。雖然馮夢龍對"三言"中宋元舊篇的韻語有所改動、删增，但這一特徵在這些作品中依然有著鮮明的體現。正話中的韻語除描繪、議論功能外，還具有結構功能。一般説來，正文中議論性韻語及描摹情節事態的韻語常設置在一段情節告一段落處，或頓挫敍述節奏，或標誌每段（或每回）起結。前者如《曹伯明錯勘贓記》，全文這樣的韻語共五處，都設置在一段情節告一段落處，用於頓挫文勢；後者如《錯認屍》《陳巡檢梅嶺失妻記》，每段都有韻文起結，開頭爲絶句一首，收尾爲偶句一段，全文以這種形式劃分爲八九段。其中，《錯認屍》在每段收尾處還有類似"有分交"的指示性套語。前者大概是以韻文來調節場上氣氛，後者主要是在分回講述，以韻文起結。[1]與後世的擬話本相比，宋元小説家話本敍事韻文使用較頻繁，而且套語較多，藝術水準較低，在整體上給人冗繁粗糙之感。顯然，這些都是"小説"口頭文學屬性的反映。

另外，《六十家小説》宋元話本中有兩篇文體較特別的作品——《快嘴李翠蓮記》和《刎頸鴛鴦會》。《快嘴李翠蓮記》中李翠蓮的人物話語主要爲三言、七言構成的韻語；《刎頸鴛鴦會》有"奉勞歌伴，先聽格律，後聽蕪詞"引起的十處曲詞，其中有七處述"斯女始末之情"，刻畫蔣淑珍當時的情感，二處描摹人物外貌，一處描摹場景。對這兩篇作品的文體性質和淵源，學術界有不同的認識。孫楷第、葉德均、鄭振鐸均認爲《刎頸鴛鴦會》爲鼓子詞，源於鼓子詞伎藝。近來有人對此提出質疑，認爲《刎頸鴛鴦會》不是鼓子詞而是"小説家"話本，源於"小説"伎藝。鄭振鐸、胡士瑩認爲《快嘴李翠蓮記》是由唱本改編的話本。[2]這些論斷雖都有一定的依據，但也只能看作一種推測。從現存材料看，很難對其源於何種説唱伎藝作出明確的

1《警世通言》卷十四《一窟鬼癩道人除怪》稱："變做十數回蹺蹊作怪的小説。"

2 參見孫楷第《戲曲小説書録解題》，北京：人民文學出版社1990年版；葉德均《宋元明講唱文學》（《戲曲小説叢考》，北京：中華書局1979年版，第631頁）；鄭振鐸《明清二代的平話集》（《中國文學研究》，北京：作家出版社1957年版，第370頁）；程毅中《宋元話本》，北京：中華書局1980年版，第68、69頁；胡士瑩《話本小説概論》，北京：中華書局1980年版，第175、291頁；于天池《〈刎頸鴛鴦會〉是話本而非鼓子詞》（《文學遺產》1996年第6期）中的有關論述。

判斷。不過有一點可以肯定，這兩篇作品的篇章體制均源於口頭文學，是口頭文學演出形式的反映。

第三節　敘事結構與敘事方式

作爲聽覺的藝術，"小説"伎藝現場講述的故事自然需要具備很强的故事性、傳奇性，唯有如此，才能吸引聽衆。話本之敘事結構基本保持了口頭文學原有的故事性、傳奇性。通常，學界將宋元小説家話本的故事性、傳奇性概括爲情節曲折離奇、善於設置懸念等，其實並不符合作品的實際情况。例如，絶大多數宋元小説家話本事件較少，情節比較簡單，故談不上曲折。《六十家小説》中的《柳耆卿詩酒玩江樓記》《簡帖和尚》《風月瑞仙亭》《西湖三塔記》《合同文字記》《快嘴李翠蓮記》《洛陽三怪記》《陰騭積善》《花燈轎蓮女成佛記》《曹伯明錯勘贓記》《夔關姚卞吊諸葛》等，大多只有三四個主要事件（如《簡帖和尚》：和尚送帖、皇甫休妻、妻嫁和尚、事情敗露）；有的僅有一二個（如《柳耆卿詩酒玩江樓記》《陰騭積善》《快嘴李翠蓮記》）；只有少數作品事件較多，情節較曲折複雜，如《五戒禪師私紅蓮記》《刎頸鴛鴦會》《陳巡檢梅嶺失妻記》《錯認屍》《楊溫攔路虎傳》。"三言"、《熊龍峰刊行小説四種》共有宋元舊篇二十一篇，事件較少、情節較簡單者十五篇，事件較多、情節較曲折者僅六篇。而且在這些作品中，"叙一事之始終"者，常常表現爲事件之間因果關係分明，發展綫索清晰。如《曹伯明錯勘贓記》：曹伯明娶謝小桃爲妾、小桃與奸夫合謀誣告曹、曹伯明屈打成招、東平府明斷雪冤。《陰騭積善》：林善甫投宿遇珠百顆、張客尋珠找到林、林還珠得善報。"叙一人之始末"者對人物經歷的描繪也大多綫索單純明晰。如《西湖三塔記》：奚宣贊兩度遇怪、脱險、請真人捉妖。《洛陽三怪記》：潘松兩次遇怪、真人捉妖。《夔關姚卞吊諸葛》：姚卞經夔關吊諸葛亮、諸葛亮顯形相會、姚卜應試諸葛亮神靈相助。這種叙事結構特性應主要源於“小説”伎藝的演説體制，實質上是口頭文學屬性的表現。“小説”伎藝屬於篇幅短小，在較短的時間内把一個完整故事的來龍去脈講完的伎藝形式，“能講一朝一代故事，頃刻間提破（或捏合）”，並不善於講説事件衆多、關係複雜的故事，而且與書面閲讀不同，口頭文學屬口講耳聽，自然要求講説者必須把故事講得明白清楚，易於聽者理解接受。

然而，事件較少、情節比較簡單，綫索清晰突出並不意味缺乏傳奇性、故事性，宋元小説家話本常常能夠根據不同故事類型采用不同的結構和情節，從而取得强烈的故事性、傳奇性效果。

如靈怪類作品主要爲遭遇鬼怪故事，多采用人物視角、傳記體結構，即叙事者主要通過對故事中某個人物的言行、見聞、感受、心理和經歷的描述來展示整個故事情節，且以人物經歷展示事件的發展。用人物視角、傳記體講述，可大大强化靈怪故事險怪刺激的審美效果。《一窟鬼癩道人除怪》叙吳洪經鄰居王婆做媒，娶李樂娘爲妻。後來，與朋友王七三官到郊外飲酒，回家途中處處遇鬼，嚇得魂不附體，最後到家發現自己的妻子和侍女也是鬼魂。故事基本以吳洪的視角展開，氣氛恐怖刺激：

　　兩個奔來躲雨時，看來却是一個野墓園。只那門前一個門樓兒，裏面都没什麽屋宇。石坡上兩個坐着，等雨住了行。正大雨下，只見一個人貌類獄子院家打扮，從隔壁竹籬笆裏跳入墓園，走將去墓堆子上叫道：“朱小四，你這廝有人請唤。今日須當你這廝出頭。”墓堆子裏譁應道：“阿公，小四來也。”不多時，墓上土開，跳出一個人來，獄子廝趕着自去。吳教授和王七三官人見了，背膝展展，兩股不摇而自顫。[1]

1（明）馮夢龍編，曹光甫標校：《警世通言》，上海：上海古籍出版社1992年版，第125頁。

　　公案類主要講犯罪、判案過程，部分作品采用了限知視角、紀事體結構，即叙事者在講述故事過程中故意把某些情況遮掩起來，形成一定的限知，且以環環相扣的因果綫索來貫穿諸事件。如《簡帖和尚》《曹伯明錯勘贓記》在描寫犯罪過程中通過部分限知而取得懸念叢生、撲朔迷離的審美效果。"三言"宋元舊篇公案類作品《宋四公大鬧禁魂張》《陳可常端陽仙化》《三現身包龍圖斷冤》《勘皮靴單證二郎神》《十五貫戲言成巧禍》也與之相似。如《三現身包龍圖斷冤》叙大孫押司白天算命，金劍先生判定當夜三更三點必死，結果半夜"只聽得押司從床上跳將下來，兀底中門響。押司娘急忙叫醒迎兒，點燈看時，只聽得大門響。迎兒和押司娘點燈去趕，只見一個着白的人，一隻手掩着面，走出去，撲通地跳入奉符縣河裏去了"。大孫押司死後，押司娘子改嫁小孫押司；經過許多波折，直到最後才明白，原來"當日大孫押司算命回來時，恰好小孫押司正閃在他家。見説三更前後當死，趁這個機會，把酒灌醉了，就當夜勒死了大孫押司，擲在井裏。小孫押司却掩着面走去，把一塊大石頭漾在奉符縣河裏，樸嗵地一聲響。當時只道大孫押司投河死了"。[1]對案情真相的限知使整個故事充滿了懸念，取得了很好的效果。

　　其他一般性全知視角的作品雖没有視角結構的特意安排，却也體現出强烈的故事性。這與故事本身的奇異性有很大關係，如《五戒禪師私紅蓮記》寫高僧破戒後兩世輪回的故事；《花燈轎蓮女成佛記》叙無眼婆婆投胎報恩，長大後在花轎中坐化成佛；《刎頸鴛鴦會》寫蔣淑珍放縱色欲而害死多人，最後被殺。"三言"宋元舊篇《趙伯升茶肆遇仁宗》《張古老種瓜娶文女》《計押番金鰻産禍》《萬秀娘仇報山亭兒》《福禄壽三星度世》《鬧樊樓多情周勝仙》和《熊龍峰刊行小説四種》的《張生彩鸞燈傳》《蘇長公章臺柳傳》與之相似。

　　在小説文本中，叙事手法的運用主要體現在各種叙事成分上。對於話本

1（明）馮夢龍編，曹光甫標校：《警世通言》，上海：上海古籍出版社 1992 年版，第 113、119 頁。

小説來説，叙事成分主要包括概述性叙述和場景化描繪、指示性套語、議論評價性話語、説明性話語。概括性叙述指叙事者介紹人物的基本情況、事件的背景，或概括人物的行動、情節的進展。這種概括既有詳略程度差異，又有主客觀語調的不同。場景性描繪指叙事者通過對人物感知、行動、語言、心理的細緻描繪展現一個相對完整的故事場景。當然，場景性描繪也有細緻程度和主觀客觀傾向的差異。有的場景性描繪將筆墨集中於人物的言行、感知，僅偶爾涉及或喜或怒的一般化心理和簡單而直接的行爲動機，叙事語調較客觀；有的則在人物的言行描繪中摻入大量有關人物思想動機的解釋説明或叙事者的主觀評論，叙事語調較主觀。指示性套語主要引導讀者閱讀，包括轉換情節套語和引入韻文套語兩類。前者如"話説""且説""却説""不説，却説""再説""話分兩頭"，主要用於指示情節的轉換。後者如"正是""便是""却是""但見""有詩爲證""怎見得""正所謂""有分交"等，主要用於引起韻文。議論評價性話語，一部分夾雜於概述性叙述和場景化描繪中，一部分獨立於叙述描繪性話語之外，對文中之人或事表示態度、發表見解。説明性話語，在講述故事過程中，叙事者中斷叙述對某名物、習俗、制度，或是故事中某一人物的舉動、某一情節的發展作出解釋説明。通過對作品叙事成分的分析與綜合，可以大體把握其外在的叙述形態。

　　《六十家小説》宋元舊篇雖繁簡不一，有些較細膩，如《楊温攔路虎傳》《錯認屍》《快嘴李翠蓮記》等，有些則相當簡略，如《柳耆卿詩酒玩江樓記》《合同文字記》等，但大多以場景化描述的方式展現故事情節。如《簡帖和尚》，在開頭幾句簡短概括性介紹後，通過王二的視角展開一段較細緻的場景化描述（和尚安排僧兒送帖），之後，通過僧兒給皇甫松送帖、皇甫松拷問迎兒、皇甫松休妻等一系列場景化描述展開叙述，場景之間常由概括性叙述連接，全文可看作概括性叙述連接一系列場景化描述而成。這類作品還有《柳耆卿詩酒玩江樓記》《合同文字記》《西湖三塔記》《五戒禪師私紅蓮記》《楊溫攔路虎傳》《花燈轎蓮女成佛記》《曹伯明錯勘贓記》《錯認屍》《快嘴李翠蓮記》《夔關姚卞吊諸葛》等。一般説來，場景化描述大多是生活化、寫實化的，充滿了故事發生的特定時間和環境、過程的大量細節，力求逼近特定人物故事的生活原生態。[1] 如《楊溫攔路虎傳》：

　　　　那員外聽得，便交茶博士取錢來數。茶博士抖那錢出來，數了，使索子穿了，有三貫錢，把零錢再打入竹筒去。員外把三貫錢與楊三官人做盤纏回京去。正是：將身投虎易，開口告人難。才人有詩説得好：求人須求大丈夫，濟人須濟急時無。渴時一點如甘露，醉後添杯不若無。那楊三官人得員外三貫錢，將梨花袋子袋着了這錢，却待要辭了楊員外與茶博士，忽然遠遠地望見一夥人，簇着一個十分長大漢子。那漢子生得人怕，真個是……這漢子坐下騎著一匹高頭大馬，前面一個擎着一條齊眉木棒，棒頭挑着一個銀絲笠兒，滴滴答答走到茶坊前過，一直奔上岳廟中去，朝岳帝生辰。[2]

　　此類場景化鋪叙雖然細緻而貼近生活，但却常常因缺乏藝術的提煉而流於繁縟而瑣碎。總體看來，這些概括性叙述和場景化描述大多將筆墨集中於人物的言行、感知，僅偶爾涉及或喜或怒的一般化心理和簡單而直接的行為動機，很少滲入對人物思想動機的解釋説明和叙事者的主觀評論，叙事語調較爲客觀。議論評價性話語則很少見到，説教勸誡意味非常淡薄，如《柳耆卿詩酒玩江樓記》《簡帖和尚》《西湖三塔記》《合同文字記》《風月瑞仙亭》《洛陽三怪記》《陰騭積善》《陳巡檢梅嶺失妻記》《快嘴李翠蓮記》《曹伯明

　　1　詳見程毅中《宋元小説研究》第十章《宋元小説家話本》第三節《小説話本的藝術成就》和附録《宋元小説的寫實手法與時代特徵》，南京：江蘇古籍出版社 1999 年版。

　　2（明）洪楩輯，程毅中校注：《清平山堂話本校注》，北京：中華書局 2012 年版，第 271—272 頁。

錯勘贓記》《花燈轎蓮女成佛記》《夔關姚卞吊諸葛》基本無議論評價性話語，《五戒禪師私紅蓮記》《楊温攔路虎傳》《錯認屍》也僅有少量議論評價性話語。“三言”宋元舊篇雖經過馮氏的潤飾，但仍然大體保留了與之相近的叙述形態。

　　宋元小説家話本主要展示人物的言行、感知和簡單而直接的行爲動機，實質上反映了叙事者只注重展示事件的進展過程，而將叙事焦點集中於故事本身。如《花燈轎蓮女成佛記》蓮女坐化的一段場景：“媽媽見説，走到轎子邊，隔着簾子低叫：‘我兒。時辰正了，可下轎下來！’説罷，裏面也不應。媽媽見不應，忍不住，用手揭起簾子，叫幾聲‘我兒’，又不應。看蓮女鼻中流下兩管玉筯來，遂揭了銷金蓋頭，用手一搖，見蓮女端然坐化而死。只見懷中揣着一幅紙，媽媽拿了，放聲大哭，把將去衆人看。”[1]此類場景中，人物言行、感知一般都明確指向事件的進展過程，直接推動故事的發展，而相對忽略了對人物性格、心理情感的體察和刻畫，也忽略了對人物故事的意義和價值的揭示。也就是説，它更多關注叙事材料的故事價值，注重故事特性的展示，而相對忽視人物價值和主題價值。

1（明）洪楩輯，程毅中點校：《清平山堂話本校注》，北京：中華書局 2012 年版，第 317 頁。

第五編　明代小説文體

概　述

　　在繼承前代小說的基礎上，明代的筆記小說、傳奇小說、話本小說和章回小說都獲得很大的發展，並形成鮮明的時代特色。

　　明代筆記小說內容豐富，題材多樣，尤其是志怪、軼事、笑話類和小品類等均數量多，成就高，在文體形態上也均有開拓。如笑話類作品，文人獨創與大眾傳聞爭奇鬥艷，呈現出雅俗分流而又融通的格局。趙南星《笑贊》開創的說、贊組合的二元結構，《笑禪錄》獨有的"舉""說""頌"結合的三段式敘述體式，都對筆記小說的外在形態進行了探索。尤其值得重視的是晚明小品類筆記小說的產生和發展，小品類筆記小說爲中國筆記小說陣容中增添了新的種類，同時在筆記小說文體方面也有很大的突破，更以自身的創作成就使明代的筆記小說相比前代有了更高的地位和更多的讀者。傳奇小說出現了《剪燈新話》等十多部專集和《鍾情麗集》等四十多種中篇傳奇小說，而更多的傳奇小說則夾雜在文集、筆記和通俗類書裏面，傳播廣泛。受前代傳奇小說、古文和史傳的影響，明代傳奇小說與詩歌、散文等文體的關係更加密切。詩歌大量屬入傳奇小說，甚至構成了傳奇小說的主體框架，成爲"詩文小說"。如瞿佑的友人桂衡這樣評價《剪燈新話》："但見其有文、有詩、有歌、有詞、有可喜、有可悲、有可駭、有可嗤。"[1] 趙弼則以補史的心態創作《效顰集》，高儒這樣評斷《效顰集》："言寓勸戒，事關名教，有

1（明）瞿佑等著，周楞伽校注：《剪燈新話（外二種）》，上海：上海古籍出版社1981年版，第5頁。

嚴正之風，無淫放之失，更兼諸子所長，文華讓瞿，大意迥高一步。"[1] 這些都是對明代傳奇小説詩歌化、文章化特徵的概括。

在書商的推動和參與下，明代第一部話本小説集《六十家小説》一經問世，深受市民和文人的喜愛。馮夢龍的"三言"則一改《六十家小説》在叙事和語言上的粗糙，全面提升了話本小説的思想藝術水準，使話本體制更加規範，叙事愈加精巧，集教化、娛樂於一體，融大衆情感與文人情趣於一爐，雅俗共賞。此後，愈來愈多的文人投入話本小説創作，編撰了《拍案驚奇》《型世言》等二十多部話本小説集。話本小説逐漸走上文人獨立創作的道路，呈現出雅俗分流的態勢及濃郁的説理意味。章回小説也在明代横空出世，迅速繁榮，出現了以《三國志通俗演義》《西遊記》《水滸傳》和《金瓶梅詞話》爲代表的"四大奇書"，並分别引領了歷史演義、神魔小説、英雄傳奇和世情小説的發展，開創了章回小説的嶄新局面。

正是大量作品的問世，明人對小説觀念和小説文體的認識更加深入全面，這種觀念和認識同時又反過來影響著小説的創作和傳播。如在小説觀念方面，傳統文人認爲小説"可以資治體，助名教，供談笑，廣見聞"，[2] 可以"備史官之闕"，[3] 較爲全面地總結了小説的社會功用。明代文人將這些本來用於肯定傳統筆記小説價值的觀念延伸到新興的話本小説和章回小説，以提高白話小説的地位。如林瀚認爲《隋唐志傳通俗演義》"爲正史之補，勿第以稗官野乘目之，是蓋予之至願也夫"。[4] 修髯子認爲《三國志通俗演義》"欲天下之人入耳而通其事，因事而悟其義，因義而興乎感。不待研精覃思，知正統必當扶，竊位必當誅，忠孝節義必當師，奸貪諛佞必當去。是是非非，

1（明）高儒撰：《百川書志》卷六史部"小史"，《明代書目題跋叢刊》，北京：書目文獻出版社 1994 年版，第 1267 頁。

2（宋）洪邁：《類説序》，《類説》，明天啓六年（1626）刊本。

3（唐）李德裕：《次柳氏舊聞·自序》，上海：上海古籍出版社 1985 年版。

4（清）褚人穫著：《隋唐演義》，清康熙間四雪草堂刊本。

了然於心目之下，裨益風教，廣且大焉……是可謂羽翼信史而不違者矣"。[1]
都强調了歷史演義小説的補史功能和教化作用。馮夢龍和陸人龍則彰顯了話
本小説"警世""醒世""喻世"與"型世"的價值功能。隨著表現題材由英
雄神怪向日常生活轉變，傳統的尚奇求異觀念也從追求鬼神之怪轉爲日常之
奇。如凌濛初《拍案驚奇序》所説："今之人但知耳目之外牛鬼蛇神之爲奇，
而不知耳目之内日用起居，其爲譎詭幻怪，非可以常理測者固多也。……因
取古今來雜碎事可新聽睹、佐談諧者，演而暢之，得若干卷。其事之真與
飾，名之實與贋，各參半。文不足徵，意殊有屬。凡耳目前怪怪奇奇，當亦
無所不有，總以言之者無罪，聞之者足以爲戒，則可謂云爾已矣。"[2]重視日
常之奇，意味著表現領域的擴大，如笑花主人《今古奇觀》序曰："至所纂
《喻世》《警世》《醒世》三言，極摹人情世態之歧，備寫悲歡離合之致，可
謂欽異拔新，洞心駴目，而曲終奏雅，歸於厚俗。"[3]上述認識，無疑是對傳
統小説觀念的發展，也是對明代富有時代特色的小説創作的理論總結。叙事
方面，明人對小説的虛構有了深刻的體認。謝肇淛説："凡爲小説及雜劇戲
文，須是虛實相半，方爲遊戲三昧之筆，亦要情景造極而止，不必問其有
無也。"[4]只有善於虛構，才能增加小説的藝術魅力，正如李日華《廣諧史叙》
所説："虛者實之，實者虛之。實者虛之，故不繫；虛者實之，故不脱。不
脱不繫，生機靈趣潑潑然。"[5]認識到虛構必須表現真實的人情物理，如無礙
居士《警世通言叙》説："野史盡真乎？曰：不必也。盡贋乎？曰：不必也。
然則去其贋而存其真乎？曰：不必也。……人不必有其事，事不必麗其人。

1（明）修髯子：《三國志通俗演義引》，（明）羅貫中編次：《三國志通俗演義》，《古本小説集成》，上海：上海古籍出版社 1994 年版，第 2—3 頁。

2（明）凌濛初著：《拍案驚奇》，《古本小説集成》，上海：上海古籍出版社 1994 年版，第 1—9 頁。

3（明）抱甕老人選輯：《今古奇觀》，《古本小説集成》，上海：上海古籍出版社 1994 年版，第 4 頁。

4（明）謝肇淛撰：《五雜組》卷十五，上海：上海書店出版社 2001 年版，第 313 頁。

5（明）陳邦俊編：《廣諧史》，明萬曆乙卯（1615）刊本。

其真者可以補金匱石室之遺，而贋者亦必有一番激揚勸誘、悲歌感慨之意。事真而理不贋，即事贋而理亦真，不害于風化，不謬于聖賢，不戾于詩書經史，若此者其可廢乎！”[1]認識到虛構來源於現實生活，如袁于令在《李卓吾批評西遊記》卷首的《題辭》中説：“文不幻不文，幻不極不幻。是知天下極幻之事，乃極真之事；極幻之理，乃極真之理。”[2]明容與堂刻《水滸傳》卷首《水滸傳一百回文字優劣》説：“世上先有《水滸傳》一部，然後施耐庵、羅貫中借筆墨拈出；若夫姓某名某，不過劈空捏造，以實其事耳。”[3]尤其是金聖歎對《水滸傳》“因文生事”的叙事藝術進行了認真的研究，總結出倒插法、夾叙法、草蛇灰綫法、背面鋪粉法等十多種叙事方法，具有極強的理論概括性，是古代叙事理論中的瑰寶。

　　人物形象塑造方面，明人對此所取得的成就進行了總結，認識到鮮活的個性是小説成功的重要標誌。容與堂刻《水滸傳》第三回回末評云：“描畫魯智深，千古若活，真是傳神寫照妙手。且《水滸傳》文字妙絶千古，全在同而不同處有辨。如魯智深、李逵、武松、阮小七、石秀、呼延灼、劉唐等衆人，都是急性的。渠形容刻畫來各有派頭，各有光景，各有家數，各有身分，一毫不差，半些不混，讀去自有分辨，不必見其姓名，一睹事實，就知某人某人也。”[4]金聖歎《第五才子書水滸傳》序三云：“《水滸》所叙，叙一百八人，人有其性情，人有其氣質，人有其形狀，人有其聲口。”[5]這雖然是對《水滸傳》的理論概括，其實也適用於明代其他三大奇書和“三言二拍”等優秀話本小説，具有廣泛性和代表性，揭示出小説的藝術規律。

---

1 （明）馮夢龍編撰：《警世通言》，《古本小説集成》，上海：上海古籍出版社 1994 年版，第 1—6 頁。

2 《李卓吾批評西遊記》，明刊本。

3 （明）施耐庵集撰，羅貫中纂修：《李卓吾批評忠義水滸傳》，《古本小説集成》，上海：上海古籍出版社 1994 年版，第 1 頁。

4 同上，第 107 頁。

5 （明）施耐庵著：《第五才子書水滸傳》，《古本小説集成》，上海：上海古籍出版社 1994 年版，第 35 頁。

　　語言方面，傳奇小説、話本小説和章回小説都漸趨俚俗。胡應麟説："本朝新、餘等話本出名流，以皆幻設而時益以俚俗，又在前數家下。"[1]明弘治年間，"庸愚子"蔣大器《三國志通俗演義序》曰："《三國志通俗演義》文不甚深，言不甚俗，事紀其實，亦庶幾乎史。蓋欲讀誦者，人人得而知之，若詩所謂里巷歌謡之義也。"[2]袁宏道評價《水滸傳》説："人言《水滸傳》奇，果奇。予每檢《十三經》或《二十一史》，一展卷，即忽忽欲睡去，未有若《水滸》之明白曉暢、語語家常，使我捧玩不能釋手者也。……則《兩漢演義》之所爲繼《水滸》而刻也，文不能通而俗可通，則又通俗演義之所由名也。"[3]欣欣子《金瓶梅詞話序》云："其中未免語涉俚俗，氣含脂粉。……此一傳者，雖市井之常談，閨房之碎語，使三尺童子聞之，如飫天漿而拔鯨牙，洞洞然易曉。"[4]語言通俗，纔能使市井大衆易懂，受到教化，如緑天館主人《古今小説叙》云：

　　　　大抵唐人選言，入於文心；宋人通俗，諧於里耳。天下之文心少而里耳多，則小説之資於選言者少，而資於通俗者多。試今説話人當場描寫，可喜可愕，可悲可涕，可歌可舞。再欲捉刀，再欲下拜，再欲決膭，再欲捐金。怯者勇，淫者貞，薄者敦，頑鈍者汗下。雖日誦《孝經》《論語》，其感人未必如是之捷且深也。噫，不通俗而能之乎？[5]

　　夏履先作《禪真逸史·凡例》云："書稱通俗演義，非故諧謔以傷雅道。理奧則難解，辭葩則不真，欲期警世，奚取艱深。舊本意晦詞古，不入里

　　1（明）胡應麟撰：《少室山房筆叢·二酉綴遺中》，上海：上海書店出版社 2009 年版，第 371 頁。
　　2（明）羅貫中編次：《三國志通俗演義》，《古本小説集成》，上海：上海古籍出版社 1994 年版，第 5 頁。
　　3（明）袁宏道：《東西漢通俗演義序》，黄霖編，羅書華撰：《中國歷代小説批評史料彙編校釋》，南昌：百花洲文藝出版社 2009 年版，第 217 頁。
　　4（明）蘭陵笑笑生著：《金瓶梅詞話》，明末刊本。
　　5（明）馮夢龍編：《古今小説》，《古本小説集成》，上海：上海古籍出版社 1994 年版，第 5—7 頁。

耳。"[1] 可見，隨著白話小説的發展與繁榮，小説逐漸由文人士大夫的貴族圈子走向市井小民的大衆圈子，追求通俗化成爲明人創作的主流，也使人物語言的個性化、職業化和方言化成爲可能，並取得突出的藝術成就。

除小説觀念、功能等的論述外，明人還從内容、體式方面對文言小説進行了分類的嘗試。胡應麟《少室山房筆叢》卷二九"九流緒論下"説：

> 小説家一類又自分數種，一曰志怪，《搜神》《述異》《宣室》《酉陽》之類是也；一曰傳奇，《飛燕》《太真》《崔鶯》《霍玉》之類是也；一曰雜録，《世説》《語林》《瑣言》《因話》之類是也；一曰叢談，《容齋》《夢溪》《東谷》《道山》之類是也；一曰辨訂，《鼠璞》《雞肋》《資暇》《辨疑》之類是也；一曰箴規，《家訓》《世範》《勸善》《省心》之類是也。談叢、雜録二類最易相紊，又往往兼有四家，而四家類多獨行，不可攬入二類者。至於志怪、傳奇，尤易出入，或一書之中二事並載，一事之内兩端具存，姑舉其重而已。[2]

這種分類方法繼承了唐代劉知幾的觀點，充分考慮到小説文體的外在形態和内部叙事體制，較爲貼近當時的文言小説發展實際。胡應麟還説："小説，子書流也，然談説理道或近於經，又有類注疏者；紀述事迹或通於史，又有類志傳者。他如孟棨《本事》、盧瓌《抒情》，例以詩話、文評，附見集類，究其體制，實小説者流也。至於子類雜家，尤相出入。鄭氏謂古今書家所不能分有九，而不知最易混淆者小説也。"[3] 從説理和叙事兩個方面指出了小説與經史子集的聯繫及小説文體的駁雜，視野開闊，識見高遠，對文言小説的

1（明）方汝浩著：《禪真逸史》，《古本小説集成》，上海：上海古籍出版社 1994 年版，第 1—2 頁。

2（明）胡應麟撰：《少室山房筆叢》，上海：上海書店出版社 2009 年版，第 282—283 頁。

3 同上，第 283 頁。

文體分類産生了深遠的影響。

　　明人對白話小説的起源與形態也作出過推測與論斷。郎瑛説："小説起宋仁宗，蓋時太平盛久，國家閑暇，日欲進一奇怪之事以娱之，故小説得勝頭回之後即云'話説趙宋某年'，閭閻淘真之本之起亦曰'太祖太宗真宗帝，四帝仁宗有道君'，國初瞿存齋過汴之詩有'陌頭盲女無愁恨，能撥琵琶説趙家'，皆指宋也。若夫近時蘇刻幾十家小説者，乃文章家之一體，詩話、傳記之流也，又非如此之小説。"[1]天都外臣於萬曆十七年（1589）説："小説之興，始于宋仁宗。于時天下小康，邊釁未動。人主垂衣之暇，命教坊樂部，纂取野記，按以歌詞，與秘戲優工，相雜而奏。是後盛行，遍于朝野。蓋雖不經，亦太平樂事，含哺擊壤之遺也。其書無慮數百十家，而《水滸傳》稱爲行中第一。"[2]二人都認爲白話小説起源於宋仁宗時。綠天館主人《古今小説叙》云："若通俗演義，不知何昉？按南宋供奉局，有説話人，如今説書之流。其文必通俗，其作者莫可考。泥馬倦勤，以太上享天下之養，仁壽清暇，喜閲話本，命内璫日進一帙，當意，則以金錢厚酬。於是内璫輩廣求先代奇迹及閭里新聞，倩人敷演進御，以怡天顔。然一覽輒置，卒多浮沉内庭，其傳布民間者，什不一二耳。然如《玩江樓》《雙魚墜記》等類，又皆鄙俚淺薄，齒牙弗馨焉。"[3]以上論述均對白話小説的形成提出了富於創新的觀點。

1（明）郎瑛：《七修類稿》卷二十二，上海：上海書店出版社 2001 年版，第 229 頁。

2（明）天都外臣：《水滸傳叙》，（元）施耐庵著：《水滸全傳》附録，北京：人民文學出版社 1954 年版，第 1825 頁。

3（明）馮夢龍編，許政揚校注：《古今小説》，北京：人民文學出版社 1958 年版，第 1 頁。

第一章
明代章回小説的文體流變

　　自元末明初《三國演義》《水滸傳》等小説産生，至明末清初"四大奇書"的文人評改本盛行，章回小説文體經過近三百年的歷史演變，終於從草創權輿走向成熟定型。選擇元末明初作爲明代章回小説文體發展的起點，是因爲我們認定産生於這個階段的《三國演義》《水滸傳》等爲最早的章回小説。此前的《宣和遺事》《取經詩話》等雖然具備了章回小説文體的許多形態特徵，或可稱爲"章回小説之祖"，但此類小説終究屬於話本體裁。以"四大奇書"的文人評改本作爲章回小説文體定型的標誌，則是考慮到這幾部小説卓越的藝術成就以及它們對後世章回小説創作的典範意義。明代章回小説的文體形態呈現出許多局部的差别，即便同一部小説的不同版本其文體形態也往往大相徑庭，時人對章回小説的文體特徵並無規定，我們今天對章回小説文體的定義也只是約定俗成，而這種大衆印象的形成，很大程度來源於"四大奇書"的文人評改本。根據現存的小説版本來看，明代章回小説的發展很不平衡。

　　如果將明代章回小説文體近三百年的演變歷史分爲前後兩個半期，我們發現，嘉靖元年（1522）《三國志通俗演義》的出版剛好是其間的分水嶺。在前半期洪武至正德的一百五十年裏，章回小説的數量較少，主要靠抄本流傳；明代章回小説的産生主要集中在後半期的一百五十年，嘉靖至萬曆年間，歷史演義、神魔小説的創作非常活躍，並且從歷史演義中分化出了英雄傳奇，《金瓶梅》的問世標誌世情小説作爲一種章回小説類型的誕生，"四大奇書"的早期版本均産生在這個階段。泰昌至崇禎年間，章回小説的數量持續增加，但大多品質平平，走的仍然是摹擬、因襲的套路，晚明大量産生的時事小説是此階段一個獨特的創作現象。"四大奇書"的文人評改本陸續産生，延至清初《三國演義》毛氏父子評本、《西遊記》汪象旭評本的問世，代表明代章回小説最高藝術水準的"四大奇書"完成了各自的文體流變，標誌章回小説文體的成熟定型。本章擬根據明代章回小説發生（包括創作與刊行兩種狀態）的實際情況，分三個時段探討明代章回小説文體的流變。在這個流變過程中，分布於各個不同歷史階段的章回小説文本是我們得以考察章回小説文體流變狀況的具體例證，我們的研究將以具有獨特意義的小説個體和作爲創作現象的小説群體爲重點，主要從小説的成書方式以及章回小説文體特徵的幾個方面——回目的設置、開頭與結尾的模式、韻文的使用情況以及叙説方式的構成等對明代章回小説文體作出歷時態的描述。

第一節　早期章回小説的文體特徵

所謂早期是指洪武至正德時期的章回小説創作，此時期的章回小説創作並不興盛，現存僅《三國演義》《水滸傳》《隋唐兩朝史傳》《殘唐五代史演義》《三遂平妖傳》《孔聖宗師出身全傳》等六部作品。明代早期的章回小説大多以抄本形式流傳，這給小説的傳播與保存造成了極大不便。迄今爲止尚未發現這六部小説的任何原本，我們的研究只能以後出的刻本爲依據。經過多年的輾轉反覆，這些小説早已"今非昔比""面目全非"，這勢必影響到章回小説文體流變研究的精確度。近年來，有不少論者對其中某些小説的作者與成書年代提出質疑，在缺少原本印證的情況下，我們姑且相信刊本小説的題署與前人文獻的紀錄，對此類問題不作過多的探討。[1] 這個時期的章回小説創作尚處於起步階段，不但作品數量不多，其文體格式也不夠規範。這幾部作品都稱得上是世代累積型小説，作者博采史傳、話本、戲曲與野史傳聞，以“編次”“輯撰”的方式摸索著章回小説的創作方式，故還深深地保留著以往文學樣式的烙印。但《三國演義》《水滸傳》的問世標誌著章回小説文體的産生，完成了從作爲口頭講唱文學的話本向作爲案頭之作的章回小説的蜕變，初步確立了章回小説文體的軌範並成爲後世小説模仿的對象。就題材類型而言，歷史演義占絶對優勢，即便是英雄傳奇《水滸傳》與神魔小説《三遂平妖傳》的産生，也離不開作爲本事的歷史材料；就文體軌範而言，此一階段的章回小説並未定型，還帶著剛從話本小説脱胎的濃厚印記，回目設置並不規範，以單句爲主，字數多寡不一，開頭與結尾較爲隨意，尚未形成固定的格套，韻文占較大比例，説書者聲口與史官聲口隨處可見。

---

　　1 學界有不少人根據現存明刊本《隋唐兩朝史傳》《殘唐五代史演義》與《三國志通俗演義》之間存在大量相似情節的事實否認兩書的作者爲羅貫中，並推斷兩書的成書時間在嘉靖、萬曆年間。鄭振鐸認爲《殘唐五代史演義》“文辭很粗卑，乃學《三國演義》而未能者。……大約所謂羅本、湯顯祖、卓吾子，都是托名的，決不是真的出於他們之手”（《鄭振鐸古典文學論文集》，上海古籍出版社 1984 年版，第 447 頁）。曾良認爲“舊題羅貫中編輯的《殘唐》，當是明中後期，《三國》《水滸》已産生廣泛影響，文人（或書賈）爲了獲利，才依托羅貫中之名，又因襲《三國》《水滸》，將長期流傳的五代史故事編輯而成”（《〈殘唐五代史演義傳〉三題》，《社會科學研究》1995 年第 5 期）；沈伯俊認爲“《隋唐志傳》成書至少是在嘉靖本《三國志通俗演義》刊刻之後，可能晚至隆慶、萬曆年間，絶非羅貫中所作”（《〈隋唐志傳〉非羅貫中所作》，《明清小説研究》1997 年第 4 期）；陳國軍認爲“《殘唐》小説的刊行、創作時間應在萬曆二十八年後”（《〈殘唐五代史演義傳〉非羅貫中所作》，《明清小説研究》1999 年第 1 期）。我們認爲，這些論述均有一定的道理，但不能讓人完全信服。原因在於他們用於比勘的《隋唐兩朝史傳》《殘唐五代史演義》乃至《三國演義》的版本均非原本，都是經過了相當長時間傳抄、改竄並且已經非常流行的明代中後期版本，無法準確反映原本的面貌。如林瀚序已經明白無誤地交代清楚了他修改羅氏原本《殘唐五代史演義》的事實，而萬曆四十七年龔紹山刊本《隋唐兩朝史傳》又暴露出了不少曾經修改的破綻。書商爲了獲利，當然有可能托羅貫中之名，但另一方面，他們爲了獲利，模仿已經産生廣泛影響的《三國演義》修改《隋唐兩朝史傳》《殘唐五代史演義》原本的可能性也並非没有，更何況在章回小説文體的草創初期，編撰者有意無意重復自己的編創模式也是完全可能的。本文堅持柳存仁的觀點，認爲：“其中一部分文字或者保存一《隋唐志傳》舊本之真相，並且承認此《兩朝志傳》實仍當有一仿佛《三國志傳》性質之舊本爲之先驅。”（參見柳存仁《羅貫中講史小説之真偽性質》，劉世德主編《中國古代小説研究——臺灣香港論文選輯》，上海古籍出版社 1983 年版）在尚未找到確鑿的證據之前，我們認爲這種表述較爲謹慎，也較符合已知的事實。

　　《三國演義》現存最早版本爲嘉靖元年（1522）刊本《三國志通俗演義》。據書前題署弘治甲寅（七年，1494）庸愚子所作《三國志通俗演義序》，可知至遲在弘治七年以前，《三國演義》即以抄本形式流傳民間："書成，士君子之好事者，爭相謄録，以便觀覽。"[1] 羅貫中原本《三國演義》的面貌今已無法得知，我們只能從較接近原本的小説版本來推測其本來面貌。在現存數十種《三國演義》版本中，一般認爲"志傳"系列比較接近羅貫中原本，還保留著原本較多的文體特徵。今藏於西班牙愛思哥利亞王室圖書館的嘉靖二十七年（1548）葉逢春刊本《新刊通俗演義三國志史傳》是現存"志傳"系列中最早的建陽刊本，雖然此本仍然不可避免地受到後人改竄（如加入了生活於明代中期的周静軒詩），但據此我們多少可以推知羅貫中原本的一些特徵。此本分十卷二百四十則，則目爲單句，以六言爲主，間有七言與八言，如第一則"祭天地桃園結義"、第三則"安喜縣張飛鞭督郵"、第八則"曹操謀殺董卓"等。卷首有一首從"一從混濁分天地"叙至"萬古流傳三國志"的歷代歌，各卷前均標明本卷叙事時間的起訖年限。開頭無套語，少見後來章回小説常用的"却説""話説"之類引頭語詞，結尾多以簡短的問句結束，較爲隨意，如"怎麽取勝""性命如何""此人是誰""畢竟是誰"之類。這些特徵都比較接近元至治年間刊本《全相三國志平話》，羅貫中原本或當亦如此。文中多引詩詞，如標明"静軒"所作的有 43 首，記於"史官"名下的有 65 首，主要爲詠史詩作，借此表達叙述者對人物事件的情感與觀點。除已知署名"静軒"等的詩詞爲後人竄入外，其他究竟爲原本所有抑或同爲後人竄入尚不得而知。全書很少見到後期章回小説常見的説書人聲口，引導讀者閲讀的是貫穿全書的史官聲口，這種叙説方式的選擇無疑由作者"據國史演爲通俗"的創作宗旨決定，而欲求"庶幾乎史"的叙事

<hr />

1（明）羅貫中編次：《三國志通俗演義》，《古本小説集成》，上海：上海古籍出版社 1994 年版，第 5 頁。

效果。羅貫中以《全相三國志平話》爲藍本，參采陳壽《三國志》及裴松之、習鑿齒注，明人高儒《百川書志》説他“據正史，采小説，證文辭，通好尚，非俗非虛，易觀易入，非史氏蒼古之文，去瞽傳詼諧之氣，陳叙百年，該括萬事”，[1]這大概即羅氏原本的風貌。

《水滸傳》原本今亦不可見，我們只能從前人的記載中得知其大概情形。[2]袁無涯刊本《忠義水滸全書發凡》云：“古本有羅氏致語，相傳《燈花婆婆》等事，既不可復見。”[3]錢希言《戲瑕》云：“(《水滸傳》)詞話每本頭上有請客一段，權做個德勝利市頭回，此政是宋朝人借彼形此，無中生有妙處。”[4]天都外臣《水滸傳叙》云：“故老傳聞：洪武初，越人羅氏，詼詭多智，爲此書，共一百回，各以妖異之語引於其首，以爲之艷。嘉靖時，郭武定重刻其書，削去致語，獨存本傳。余猶及見《燈花婆婆》數種，極其蒜酪。”[5]周亮工《因樹屋書影》也説《水滸傳》原本前有“致語”或“楔子”。“致語”“艷”“德勝利市頭回”等内容大致相同，指正文前那些鋪叙描寫的部分，其形式多爲駢文或韻文，可用於説唱。又據明萬曆二十二年（1594）雙峰堂刊本《京本增補校正全像忠義水滸志傳評林》上層評語可知，《水滸傳》原本多有“引頭詩”，如“吳用舉戴宗”一回評曰：“凡引頭之詩，皆未干《水滸》内之事，觀之摭（遮）眼，故寫於上層，隨愛覽者覽之”；“楊雄醉罵潘巧云”一回評曰：“詞之事皆是一引頭，何必要？故録上層，隨便覽睹”；“楊雄大鬧翠屏山”一回評曰：“各傳皆無引頭之詩，惟《水滸》中添

1　(明)高儒撰：《百川書志》，上海：上海古籍出版社 2005 年版，第 82 頁。

2　竺青、李永祜《〈水滸傳〉祖本及“郭武定本”問題新議》認爲：“題署‘施耐庵的本，羅貫中編次’的百回本《忠義水滸傳》是現知所有明代《水滸傳》的祖本，其成書年限至遲不晚于成化年間。”《文學遺産》1997 年第 5 期。

3　(明)袁無涯：《忠義水滸全書發凡》，朱一玄、劉毓忱編：《水滸傳資料彙編》，天津：南開大學出版社 2002 年版，第 133 頁。

4　(明)錢希言撰：《戲瑕》，王雲五主編：《叢書集成初編》，上海：商務印書館 1936 年版，第 8 頁。

5　(元)施耐庵著：《水滸全傳》附録，北京：人民文學出版社 1954 年版，第 1825 頁。

此引頭詩，未見可取。"[1] 各回皆有引頭詩詞，同樣保存了較爲明顯的宋元話本小説特徵。

《隋唐兩朝史傳》與《殘唐五代史演義》均題署"羅本編輯"。《隋唐兩朝史傳》所附林瀚序亦云："《三國志》羅貫中所編，《水滸傳》則錢塘施耐庵集成。二書並行世遠矣，逸士無不觀之。唯唐一代闕焉，未有以傳。予每憾焉。前歲偶寓京師，訪有此作，求而閱之，始知實亦羅氏原本。因於暇日遍閱隋唐之書所載英君名將忠臣義士，凡有關於風化者悉編爲一十二卷，名曰《隋唐志傳通俗演義》。"[2] 又四雪草堂刊本《隋唐演義》褚人穫序亦云："《隋唐志傳》，創自羅氏，纂輯於林氏，可謂善矣。"[3] 同書所附林瀚《隋唐演義原序》題署"時正德戊辰仲春花朝後五日"。據此可知羅貫中創作有《隋唐志傳》，正德年間林瀚以此爲基礎纂輯成《隋唐志傳通俗演義》。萬曆年間龔紹山刊本《隋唐兩朝史傳》也非原作，其間存在曾經刪改的痕迹，如第八十九回後又有一個"第八十九回"，不合常理；書末木記云："是集自隋公楊堅于陳高宗（當作陳宣帝）大（當作太）建十三年辛丑歲受周王禪即帝位起。"[4] 可實際上正文並無楊堅受禪的情節，一開始就寫楊廣陰謀篡奪太子位。另萬曆本《殘唐五代史演義》亦非原本——小説每回有一插圖，基本上以回目爲圖題，原版應爲六十圖，此本闕二十九圖，又第四十八回圖"契丹兵助石敬塘"與第四十七回圖"廢帝遣將追公主"次序顛倒，可知此本非原刊本。

孫楷第認爲萬曆四十七年（1619）刊本《隋唐兩朝志傳》"似所據爲羅氏舊本，而書成遠在正德之際……且即此書九十一回以前觀之，其規模間

1《水滸志傳評林》，《古本小説集成》，上海：上海古籍出版社1994年版，第333、425、439頁。

2（明）林瀚：《隋唐兩朝史傳》，《古本小説集成》，上海：上海古籍出版社1994年版，第1—3頁。

3（清）褚人穫彙編：《隋唐演義》，《古本小説集成》，上海：上海古籍出版社1994年版，1—2頁。

4（明）羅貫中著：《隋唐兩朝史傳》，《古本小説集成》，上海：上海古籍出版社1994年版，第1426頁。

架，亦猶是羅貫中詞話之舊。唯於神堯起義以前增隋事數回而已"。[1] 全書據史實敷演，抄襲史書之處不少。此外，還雜采民間里巷傳聞及戲曲說唱多種材料。不但"規模間架"多所依傍，《隋唐志傳》的文體形態特徵也頗同於《三國志傳》的早期版本。開頭無套語，起訖頗爲隨意，結尾有少數回目使用"畢竟如何""未知如何"等簡單問句，没有出現萬曆末期以來大部分章回小說中已經定型成格式的套語"欲知後事如何，且聽下回分解"等語句。回目爲單句，以七言爲主，夾以六言、八言。語言質樸，多詠史詩詞。《殘唐五代史演義》題材與元人雜劇多有相同之處，趙景深以爲《殘唐五代史演義》小說在前，元人雜劇乃據小說改編。[2] 然此論證據不足，說《殘唐五代史演義》係采元人雜劇而成者也未嘗不可。五代故事早在宋代即已成爲說話人熟悉的題材，甚至出現了專門說五代史故事的藝人，宋元時期還産生了《五代史平話》。與《三國志傳》以《三國志平話》爲藍本不同的是，《殘唐五代史演義》與《五代史平話》的關係並不密切。《五代史平話》取編年體例，梁、唐、晉、漢、周五代各自獨立成篇，筆墨均衡；《殘唐五代史演義》則從頭至尾按年代順序叙事，全書以李存孝爲中心，至王彦章死後叙事節奏陡然加快。全書六十回，以李存孝、王彦章爲中心的梁代故事有四十二回，占全書的百分之七十，而唐、晉、漢、周四代故事合占全書的百分之三十。此外，《殘唐五代史演義》叙李存孝故事與正史並不盡合，作者雖大體遵從史實，但對人物作了相當的虛構與加工，因此與其說《殘唐五代史演義》是五代的歷史演義，還不如說是李存孝一人的英雄傳奇。

《三遂平妖傳》現存有明萬曆二十年（1592）世德堂刊本，四卷二十回。此本非羅氏原本，泰昌元年（1620）天許齋刊本張譽《平妖傳叙》云"疑非

1　孫楷第撰：《日本東京所見小說書目》，北京：人民文學出版社，第38—39頁。
2　詳見趙景深：《殘唐五代史演義傳》，趙景深著：《中國小說叢考》，濟南：齊魯書社1980年版，第122頁。

全書，兼疑非羅公真筆"，崇禎年間嘉會堂刊本《新平妖傳識語》也認爲它
"原起不明，非全書也。"嘉靖年間晁瑮《寶文堂書目》"子雜"類收錄有兩
種《平妖傳》，可見至遲在嘉靖時《平妖傳》已廣爲流傳。《平妖傳》以北宋
慶曆年間貝州王則起義的歷史事件爲原型，南宋時説話藝人曾將這個故事編
成話本，羅燁《醉翁談錄》"舌耕叙引"曾提及"貝州王則"。齊裕焜認爲，
《三遂平妖傳》"展示了初期長篇神怪小説的面貌。它是由一些'妖術''公
案''靈怪'類的短篇話本雜湊而成的"，"構成此書的五個故事，在《醉翁
談錄》所著的説話名目中，可見其部分底本：'妖術'類有'千聖姑'，可能
即聖姑姑和永兒的故事；'貝州王則'，即此書中的王則起義故事；'公案'
類有'八角井'，當即此書卜吉的故事；'靈怪'類有'葫蘆兒'，當是此書
彈子和尚與杜七聖的故事"。[1] 此本小説回目爲聯句，字數七言、八言不等；
各回有引首詩詞，結尾先以"正是"引出一聯對句，再以"畢竟如何，且聽
下回分解"的套語結束。從小説開頭、結尾的格式化來看，我們懷疑這是後
人修改所爲，元末明初的章回小説當不至出現如此規範的文體特徵。小説多
詩詞，描寫人物、景物與場面時多用韻文，説書人聲口較爲明顯，這些特徵
表明羅氏原本還保留著明顯的話本小説特色。雖以王則起義的史實爲素材，
但全書並没有完整地再現那段歷史，王則也並非全書的中心人物。王則起義
是借助彌勒教的勢力開始的，宗教巫術與術數在王則起義的過程中起了很大
的作用，這類題材在市井里巷中流傳非常廣泛。在史實與傳聞之間，作者將
筆墨更多地留給了後者，以"妖"——即以聖姑姑和胡永兒爲首的一干神魔
爲小説叙述的中心。就這樣，《三遂平妖傳》不經意間成了神魔小説的開山
之作，魯迅論明代神魔小説時説"其在小説，則明初之《平妖傳》已開其
先，而繼起之作尤夥"。[2]

1　齊裕焜著：《明代小説史》，杭州：浙江古籍出版社 1997 年版，第 91 頁。
2　魯迅著：《中國小説史略》，上海：上海古籍出版社 1998 年版，104 頁。

《孔聖宗師出身全傳》約成書於正德年間，撰人不詳，四卷十九則。小説分則標目，則目爲單句，字數不一，以六七言居多。各則以"却説""話表"開頭，結尾有"不知後來如何，再聽下回又講"、"話猶未竟，再聽下面又叙"句式，尚未定型成固定格式。此書或由書會才人依據平話創作而成，第一卷第一則（則目頁佚）云"後有山人覽傳至此，口占西江月一首……"，"備論歷代帝王"一節末尾有"後有才人覽傳至此，援筆題曰……"句式。全書根據《闕里志》中孔子年譜次序，雜取史傳、《孔子家語》等書中有關孔子事迹編寫而成，情節比較散漫，内容以對話、解説爲主，語言比較呆板。各則後有詩詞作結，常用一些小説套語，可見作者企圖以小説形式宣揚孔子事迹。但由於作者拘泥於史料記載，故雖套用小説形式，而未能注重人物形象塑造和故事情節安排，全無文采。是以胡適《孔聖宗師出身全傳跋》認爲"文字不高明，僅僅能鈔書，却不能做通俗文字，所以這部書實在不能算作一部平話小説"，[1]而《西諦書目》與《北京圖書館善本書目》乾脆把此書列入史部傳記類，不認爲它是小説。

第二節　趨於成熟的章回小説文體

嘉靖至萬曆的近一百年，是章回小説發展的黄金時期，作品數量衆多，類型齊備，文體形態漸趨規範。《三國演義》的成功，推動了歷史演義創作熱情的高漲，"事紀其實，亦庶幾乎史"[2]成爲人們評判此類小説價值的標準，後來者紛紛仿效，認爲演義當"補經史之所未賅"，[3]"其利益亦與六經諸史相

1（明）佚名：《孔聖宗師出身全傳》，《古本小説集成》，上海：上海古籍出版社 1994 年版，第 4 頁。

2（明）庸愚子：《三國志通俗演義序》，（明）羅貫中編次：《三國志通俗演義》，上海：上海古籍出版社 1994 年版，第 1 頁。

3（明）陳繼儒：《叙列國傳》，（明）余邵魚編：《春秋列國志傳》，《古本小説集成》，上海：上海古籍出版社 1994 年版，第 8 頁。

埒"。[1] 在這種小説觀念指導下，小説創作依傍史實，講求實録，作者較少發揮，除正史之外，各種野史傳聞也成了值得信賴的資料來源，因爲在時人看來，這不過是歷史另一種形式的記載。《水滸傳》以"叙一時故事而特置重於一人或數人"[2] 的方式替人物作傳，從歷史演義中另立門庭，開創了英雄傳奇小説類型。與歷史演義"傳信貴真"不同，英雄傳奇允許作者有相當程度的想像與虛構，即所謂"傳奇貴幻"。少了史實的羈絆，作者可以馳騁才情，虛實相生。《大宋中興通俗演義》總體上屬於歷史演義，但也出現了向英雄傳奇靠攏的偏差，在某種程度上可稱爲岳飛的傳奇；至《楊家府世代忠勇演義》則完全是"以一人一家事爲主，而近於外傳、別傳及家人傳者"。[3] 萬曆間神魔小説創作的興盛，可視爲對講求實録的歷史演義的反撥。從歷史演義到英雄傳奇再到神魔小説，小説取材經歷了由"傳信貴真"到"傳奇貴幻"再到"不極不幻"的轉變，至《西遊記》以其"漫衍虛誕"的特色而趨於極致。《西遊記》是神魔小説創作的典範，後來者總不離對它的摹擬與因襲。萬曆二十年（1592）金陵世德堂刊本《西遊記》文體形態已非常規整，《西洋記》《封神演義》等小説亦步亦趨，爲章回小説文體格式的確立打下了較好的基礎。萬曆年間，産生了世情小説的開山之作《金瓶梅詞話》，至此，章回小説的四種類型均已産生。雖然世情小説創作的繁盛直到清初才出現，但《金瓶梅詞話》以其嶄新的視角從歷史事件、神魔鬼怪、英雄豪傑等傳統題材中開闢了一片全新的天地，以市井百姓的日常生活爲叙述對象，其意義與影響不容小覷。

嘉靖元年（1522），《三國演義》刊行，結束了章回小説僅靠抄本流傳的歷史，影響迅速擴大。"嗣是效顰日衆"，作者甚夥，讀者對這種小説文體也

1（明）可觀道人：《新列國志叙》，（明）墨憨齋新編：《新列國志》，《古本小説集成》，上海：上海古籍出版社 1994 年版，第 18—19 頁。

2 魯迅著：《中國小説史略》，上海：上海古籍出版社 1998 年版，第 103 頁。

3 孫楷第撰：《中國通俗小説書目·分類説明》，北京：人民文學出版社 1982 年版，第 4 頁。

表現出了極大的熱情，許多小説一版再版，《三國演義》《水滸傳》更是先後刊行數十次。[1]除去再版的小説之外，據不完全統計，嘉靖至萬曆的近百年時間裏，共産生了 36 種章回小説。在洪武至正德期間，章回小説創作尚處於起步階段，一百五十餘年時間裏只留下了區區六部作品，而羅貫中一人便擁有其中五部的著作權，這一百五十餘年的章回小説史幾乎可以稱爲"羅貫中時代"。嘉靖至萬曆年間，章回小説創作進入蓬勃發展時期，某一作者"獨步書林"的局面被打破，尤其值得關注的是一個由書坊主及其雇員組成的職業作家群的出現，其中以熊大木、余邵魚、余象斗、鄧志謨爲代表。[2]他們創作的章回小説藝術水準都非常低下，單從欣賞角度而言没有多大價值；但他們的創作引領了明代章回小説創作高峰的到來，對推動章回小説文體的發展功不可没，通過他們的作品，我們可以發現明代章回小説文體演變的足迹，從章回小説文體發展史的角度考慮，他們的創作具有重要意義。

《大宋中興通俗演義》，熊大木《武穆王演義序》云"以王本傳行狀之實迹，按通鑑綱目而取義"撰成。[3]全書實抄録史傳連綴成文，殊少自出機杼之處。《凡例》自稱"大節題目俱依通鑑綱目牽過，内諸人文辭理淵難明者，愚則互以野説連之，庶便俗庸易識"。[4]然除少數幾處采集《效顰集》及《江湖紀聞》之"野説"外，所據史料均出自《續資治通鑑綱目》並仿綱目體綴輯，文中大量插入表、疏、奏、詔等歷史文獻以及史評與詠史詩詞，以致作品史意有餘而文采不足，"俗庸易識"，不過空談。小説分則標目，不標則

1　萬曆時期建陽書坊主余象斗《批評三國志傳》，"三國辯"云"坊間所梓《三國》，何止數十家矣"，《忠義水滸志傳評林》"水滸辨"云《水滸》一書，坊間梓者紛紛"。

2　關於這幾位作者的生平事迹可參閱陳大康《關於熊大木字、名的辨正及其他》（《明清小説研究》1991 年第 3 期）、肖東發《明代小説家、刻書家余象斗》（《明清小説論叢》第四輯，春風文藝出版社 1986 年版）、吳聖昔《鄧志謨經歷、家境、卒年探考》（《明清小説研究》1993 年第 3 期）、〔韓〕金文京《晚明小説、類書作家鄧志謨生平初探》（辜美高、黃霖主編《明代小説面面觀——明代小説國際學術研討會論文集》，學林出版社 2002 年版）等論文。

3（明）熊大木編：《大宋中興通俗演義》，《古本小説集成》，上海：上海古籍出版社 1994 年版，第 2 頁。

4　同上，《凡例七條》，第 1 頁。

數，則目爲七言單句（偶有八言）。各則開頭間或有"却説"字樣，結尾間或有"且聽下回分解"語句，但均未定型成格套。第一則有長篇古詩一首，概述自開天闢地至大宋一統天下事，類似話本小説之入話。又熊大木所撰《唐書志傳通俗演義》與《大宋中興通俗演義》的編創方式大同小異，故事情節大體抄襲《資治通鑑》原文連綴而成，"竟（意）境之創造既少，鉤稽組合亦無其學力，徒爲呆板不靈抄綴之俗書而已"。[1]然兩書能圍繞主要人物展開叙述，前者以武穆王岳飛爲中心，後者以秦王李世民爲重點，雖然據史演義，却也敢於删削情節，詳略有節，突出主要人物的英雄形象，故其敷衍史實有類《三國》，而刻畫人物頗同《水滸》，在歷史演義中書寫英雄傳奇，明代章回小説中許多作品存在文類雜糅的現象，熊大木可謂首開風氣者。元明兩朝以兩漢故事爲題材之小説甚多，今存元代平話《前漢書續集》、明萬曆三十三年（1605）刊本《兩漢開國中興傳志》、甄偉《西漢通俗演義》、[2]謝詔《東漢十二帝》等，而以熊大木《全漢志傳》叙兩漢史事最爲詳備。全書刻意摹仿《三國》與《水滸》，在人物形象塑造上尤其明顯。劉秀每以忠義之由辭受皇位，恰似劉備之翻版；手下戰將係天上星宿下凡，頗類《水滸》之天罡地煞轉世。又排兵布陣、籌劃謀略，以及動輒觀星象、看人相，極似《三國》。内容大多遵從史實，較少發揮。各則以七言單句爲目，開頭較少套語，結尾則大多有定型化語句，如"欲知如何，下回便見"等，接近後來章回小説常見之"欲知後事如何，且聽下回分解"等句式。熊大木《南北兩宋志傳》分《北宋志傳》與《南宋志傳》兩部分，前者以《五代史平話》爲藍本，稱得上是對五代中晉、漢、周三朝平話的擴寫，雖云《北宋志傳》，而宋太祖事並非全書叙述的重點，僅散見於漢、周二朝叙述之中；後者參采

1　孫楷第撰：《中國通俗小説提要》，《藝文志》第三輯，太原：山西人民出版社 1985 年版，第 199 頁。

2　據趙景深考證，《西漢演義》以元代平話《前漢書續集》爲藍圖編撰成書。見趙景深：《〈前漢書平話續集〉與〈西漢演義〉》，《中國小説叢考》，濟南：齊魯書社 1980 年版，第 110—119 頁。

《楊家府演義》等小説（第一回按語有云"收集楊家府等傳，參入史傳年月編定"），以楊家父子爲中心，可視爲楊家父子的英雄傳奇，於史傳外雜采野史傳聞、市井俚説，故小説多有荒誕不經之處。全書分回標目，不標回數。回目爲七言聯句，每回前有"話説""却説"字樣引出本回内容，結尾有簡單問句如"畢竟如何"等。文中常以"但見""有詩爲證"等引出詩詞韻文，或寫景，或狀物，或擬人。《春秋五霸七雄列國志傳》現存主要版本有明萬曆三十四年（1606）三台館重刊本，八卷二百二十六則。該本係余邵魚據舊本加以改編，余象斗重編而成。余邵魚《題全像列國志傳引》宣稱小説"編年取法麟經，記事一據實録。凡英君良將，七雄五霸，平生履歷，莫不謹按五經並《左傳》《十七史綱目》《通鑑》《戰國策》《吴越春秋》等書，而逐類分紀"。[1] 余象斗《題列國序》又聲稱"旁搜列國之事實，載閲諸家之筆記，條之以理，演之以文，編之以序"。[2] 余氏叔侄羅列大堆史傳，開出編撰秘方，無非標榜小説具有信史的價值，"雖千百年往事，莫不炳若丹青"，"是誠諸史之司南"。然小説除參采《左傳》與《十七史詳節》（第七卷卷首《叙列國傳》云："六卷以上演《左氏春秋》傳記之義，其事則説五霸；七卷以下因吕氏（祖謙）史記詳節之規，其事則説七雄"）外，更多的是從話本與戲劇中攫取題材。其叙武王伐紂故事，與元人講史平話《武王伐紂》多有雷同；叙春秋五霸故事，與明崇禎年間刊本《孫龐鬥志演義》相同；戰國七雄故事，又襲自《七國春秋後集》。此外，據孫楷第考證，小説對元人雜劇亦多有采録，如《浣紗女抱石投江》《孫武子吴宫操女兵》《范蠡扁舟歸五湖》等故事，均與元人雜劇情節相同。是以孫楷第指出，"全書八卷所演，蓋取之宋元以來傳説，如説話人話本及劇本所譜，排比先後，取其資料，亦略參

以史實，原非邵魚自創之書也"。[1]全書分則標目，不標則數。則目爲單句，七言或八言不等。結尾多"畢竟如何""此人是誰"等問句。文中多詠史詩詞，史官聲口較爲明顯。《北方真武祖師玄天上帝出身志傳》與崇禎四年（1631）昌遠堂刊本《五顯靈官大帝華光天王傳》均爲余象斗編撰。余象斗以民間流傳的佛道故事爲題材，参采筆記、戲劇資料，模仿《西遊記》的結構方式撰成二書。《北遊記》叙述玉帝一魂下凡投胎，不斷降生人家，最後得道。修行途中降魔除妖，與唐僧取經事相類，但形容簡陋。故事情節多采民間傳説及佛典，前六則内容與佛本生故事雷同，第二十二則直接搬用"雪山太子割肉飼鷹""投崖飼虎"故事。魯迅指出，"此傳所言，間符舊説，但亦時竊佛傳，雜以鄙言，盛誇感應，如村巫廟祝之見"；又沈德符《萬曆野獲編》卷二十五"論劇曲"有"《華光顯聖》……則太妖誕"語，魯迅據此推斷"此種故事，當時且演爲劇本矣"。[2]趙景深則據小説中兩段類似戲劇出場白的話推斷《南遊記》大約是由戲劇改編的"。[3]二書均分則標目，不標則數，則目爲單句，字數少則五言，多則十幾言不等；開頭大多以"却説"引導，結尾多"不知後來如何，且聽下回分解"語句，基本上定型成爲格套。除少數標明"仰止余先生"的詩詞之外，二書較少詩詞韻文。《鐵樹記》《咒棗記》《飛劍記》三書皆爲鄧志謨撰。鄧志謨《鐵樹記叙》云："予性頗嗜真君之道。因考尋遺迹，搜檢殘編，彙成此書，與同志者共之。"[4]具體説來，《鐵樹記》的題材主要來源於《太平廣記》中《許真君》《蘭公》《諶母》以及宋代白玉蟾編《玉隆集》中《旌陽許真君傳》《續真君傳》等傳記。此

1　趙景深認爲崇禎間刊本《孫龐演義》"一定是根據《七國春秋前集》改編的；我們雖不能看到《七國春秋前集》的原文，却可以根據這《孫龐演義》稍稍得到《七國春秋前集》的仿佛。"見趙景深著：《中國小説叢考》，濟南：齊魯書社1980年版，第104—105頁。

2　魯迅著：《中國小説史略》，上海：上海古籍出版社1998年版，第106頁。

3　趙景深：《〈四遊記〉雜識》，趙景深著：《中國小説叢考》，濟南：齊魯書社1980年版，第226頁。

4（明）鄧志謨撰：《鐵樹記》，《古本小説集成》，上海：上海古籍出版社1994年版，第200頁。

外，鄧志謨還從明代一些方志與民間傳聞中襲取了素材。[1]《咒棗記》卷首鄧志謨《薩真人咒棗記引》云："余暇日考《搜神》一集，慕薩君之油然仁風，摭其遺事，演以《咒棗記》。"[2]沈德符《萬曆野獲編》補遺卷四"薩、王二真君之始"記載了明代宣德、成化年間薩真人、王靈官深受朝野追捧的故事，鄧志謨當對此類傳聞耳熟能詳。除歷代野史筆記外，《元曲選》中收有《薩真人夜斷碧桃記》一劇，其劇情亦爲《咒棗記》襲取。《飛劍記》末尾鄧志謨自叙云："予素慕真仙之雅，爰捃其遺事爲一部《飛劍記》，以闡揚萬口云云。"[3]呂洞賓飛劍斬黃龍的故事自北宋以來一直盛傳於民間，小説、戲曲紛紛以其爲題材，鄧志謨彙集各種俚俗傳聞，雜采小説、戲曲編撰成《飛劍記》。鄧志謨三部神魔小説的編創方式完全相同，皆以各種野史筆記、俚俗傳聞爲題材，襲取小説、戲曲中的故事情節，摹擬甚至抄襲《西遊記》的情節模式，終因作者才氣不逮，難以望其項背。從文體形態看，三書分回標目，標明回數，回目爲七言聯句，比此前小説的單句標目有所進步。各回以"却説"引出所叙故事，結尾有"且看下回分解"語句，但均未定型成格套。文中多詩詞，描述人物、景物、場面等均用韻文。情節極不連貫，叙事隨起隨訖，以主人公行蹤爲叙事綫索，大多爲叙事片斷的綴輯，故結構並不完整，亦缺少一般章回小説所有的開端、發展、高潮、結局等環節。

自元末明初羅貫中《三遂平妖傳》首開神魔小説創作之先河以來，嘉靖至萬曆年間神魔小説創作已蔚爲大觀，除上述余象斗《南遊記》《北遊記》，鄧志謨《鐵樹記》《咒棗記》《飛劍記》外，尚有吳承恩《西遊記》、許仲琳《封神演義》、羅懋登《三寶太監西洋記》、朱開泰《達摩出身傳燈傳》、佚名《唐鍾馗全傳》、吳還初《天妃濟世出身傳》、吳元泰《八仙出處東遊記》、西

1 參汪小洋：《鄧志謨〈鐵樹記〉的另一版本與來源》，《明清小説研究》2000 年第 4 期；李豐楙《鄧志謨鐵樹記研究》，臺灣：清華大學中文系編《小説戲曲研究》第二集。

2（明）鄧志謨撰：《咒棗記》，《古本小説集成》，上海：上海古籍出版社 1994 年版，第 4 頁。

3（明）鄧志謨撰：《飛劍記》，同上，第 177 頁。

大午辰走人《南海觀世音菩薩出身修行傳》、潘境若《三教開迷歸正演義》、朱名世《牛郎織女傳》等小説。此一階段神魔小説創作的興盛，打破了歷史演義一枝獨秀的局面。至此，作爲章回小説一種重要的題材類型，神魔小説形成了自己的文體軌範並奠定了在章回小説史上的地位。

　　《三遂平妖傳》開創了神魔小説的題材類型，《西遊記》則確立了神魔小説的叙事模式並成爲後來者仿效的對象。關於唐僧西行取經故事，唐代有《大唐慈恩寺三藏法師傳》與《大唐西域記》等較爲正式的傳記資料，宋代有《大唐三藏取經詩話》等説書話本，至元代，西遊故事呈現了豐富多彩的面貌，小説有《西遊記平話》，戲曲有《唐三藏西天取經》雜劇。吳承恩在廣泛襲取前代已有故事情節與人物形象的基礎上，雜采民間傳聞，同時發揮自己天才的想像，以卓越的藝術才能撰成《西遊記》小説。《西遊記》版本甚夥，一般認爲萬曆二十年（1592）世德堂刊本《西遊記》最接近吳承恩原本。小説分回標目，回目爲聯句，以七言居多，間以四言、五言或八言。各回開頭多以“話表”“却説”等詞引出叙事；結尾多以“正是”引出對句，有“畢竟……如何，且聽下回分解”套語，已成格套。多引首詩詞，部分還以詩詞結束。文中大量使用詩詞韻文，所占比例極高。沒有明顯的説書人口吻，但隨處可見的詩詞韻文似乎也可用來説唱。舉凡人物、景物、戰鬥及一般的場面描寫，叙述者全用詩詞韻文，則吳承恩原本爲説唱體，抑或西遊故事曾經説唱方式流傳皆有可能。全書以唐僧師徒西行取經爲綫索，取經過程中的八十一難作爲八十一個小故事穿成一串，結構比較單一；叙述過程模式化，不離“行進——逢妖——（求助）除妖——行進”幾個步驟，回環往復直至終局。後出之神魔小説，其叙事模式皆學步《西遊記》，而藝術成就無一能與之比肩。《封神演義》以宋元講史平話《武王伐紂平話》爲藍本，兩書故事情節大體相同，《演義》是對《平話》的推演與放大，這種關係有類於《三國演義》與《三國志平話》。據趙景深考證，《封神演義》共有二十八回故事幾乎完全根據《平話》擴大改編，反過來説，《平話》中有四十二則故事可以在《封神演義》中找到自己的身影。[1]另據柳存仁考證，《封神演義》亦多處襲取《列國志傳》故事情節。[2]此外，《封神演義》對雜劇如元吳昌齡《哪吒太子眼睛記》、趙敬夫《夷齊諫武王伐紂》，小説《三國演義》《西遊記》等也多有模仿與參采之處。[3]全書分回標目，回目爲單句，以七言爲主，間有八言。各回有引首詩詞，以"話説"引出本回故事，結尾有"畢竟……且聽下回分解"語句，已定型成格套。文中多詩詞韻文，寫景狀物與議論抒情皆以韻語出之。第一回開頭以長篇韻文叙説歷史的做法與《三國志傳》卷首之《全漢總歌》相同，又舒載陽刊本卷首李雲翔《封神演義序》云"俗有姜子牙斬將封神之説，從未有繕本，不過傳聞於説詞者之口"，[4]凡此種種，頗可疑《封神演義》有説唱體藍本存在。此外，小説叙虛幻不經之事而以"演義"名之，概因其以講史話本《武王伐紂平話》爲藍本之故。如第一回回首長詩末尾所言——"商周演義古今傳"，作者本意或在編撰一本商周兩朝之歷史演義。魯迅以爲《封神演義》"似志在於演史，而侈談神怪，什九虛造，實不過假商周之爭，自寫幻想"，[5]與此意想相同者尚有《三寶太監西洋記通俗演義》。《西洋記》雖以明永樂、宣德年間鄭和下西洋的史實爲框架，然叙事"侈談怪異，專尚荒唐"，"所述戰事，雜竊《西遊記》《封神傳》，而文詞不工，更增支蔓，特頗有里巷傳説"，[6]實在不能歸於歷史演義之

---

　　1 詳見趙景深：《〈武王伐紂平話〉與〈封神演義〉》，趙景深著：《中國小説叢考》，濟南：齊魯書社1980 年版，第 97—103 頁。

　　2 柳存仁：《元至治本全相武王伐紂平話明刊本列國志傳卷一與封神演義之關係》，柳存仁著：《和風堂文集》，上海：上海古籍出版社 1991 年版，第 1230—1259 頁。

　　3 參見徐朔方：《論〈封神演義〉的成書》，《小説考信編》，上海：上海古籍出版社 1997 年版，第 349—361 頁；方勝：《〈西遊記〉〈封神演義〉"因襲"説證實》，《光明日報》1985 年 8 月 27 日；方勝：《再論〈封神演義〉因襲〈西遊記〉——與徐朔方同志商榷》，《徐州師範學院學報》（哲社版）1988 年第 4 期。

　　4（明）許仲琳撰：《封神演義》，《古本小説集成》，上海：上海古籍出版社 1994 年版，第 13—14 頁。

　　5 魯迅著：《中國小説史略》，上海：上海古籍出版社 1998 年版，第 117 頁。

　　6 同上，第 120 頁。

類。不過《西洋記》也並非向壁虛構，書中所引材料大半出自馬歡《瀛涯勝覽》與費信《星槎勝覽》，[1] 書中主要人物金碧峰史上亦實有其人，明宋濂《宋學士文集·鑾坡後集》卷五之《寂照圓明大禪師壁峰金公設利塔碑》與葛寅亮編《金陵梵刹志》之《碧峰寺起止紀略》《非幻大禪師誌略》均有詳細記載，[2] 民間關於碧峰長老下西洋的傳說也頗爲盛行。羅懋登參采各種文獻資料與野史傳聞，仿照《西遊記》與《封神演義》撰成《西洋記》小説。全書分回標目，標明回數，回目爲七言聯句。各回有引首詩詞，結尾有"却不知⋯⋯且聽下回分解"語句，俱已定型成格式。文中多詩詞韻文以及"論曰""斷曰"等評論，語言囉嗦，叙事極不連貫。故事情節多有抄襲《西遊記》與《封神演義》之處，尤以《西遊記》爲甚，而文采相差不可以道里計，清人俞樾以爲"其書視太公封神、玄奘取經尤爲荒誕，而筆意恣肆，則似過之"，[3] 未免過譽。《三教開迷歸正演義》叙林兆恩及其弟子宣揚三教合一，破除世人癡迷之事。林兆恩實有其人，世居福建莆田，別稱三教先生，畢生鑽研佛道二家精義，遂倡三教合一之説，著有《林子全集》四十卷，黄宗羲《南雷文案》卷八有《林三教傳》。然《三教開迷演義叙》云"其立名則若有若無，若真若假，其立言則至虛至實，至快至切"；[4]《三教開迷演義跋》亦强調"其中事迹若虛若實，人名或真或假，且信意而筆，無有定調"，"除怪誕不根者十之三以妝點作傳之花樣，其餘借名托姓"；[5] 可知小説實乃以林兆恩之相關事迹與傳聞爲綱要而演三教合一之神話，内容虛實參半，史實與傳聞雜糅。小説分回標目，標明回數，回目爲七言聯句，對仗較爲工

1　詳見趙景深：《三寶太監西洋記》，趙景深著：《中國小説叢考》，濟南：齊魯書社 1980 年版，第 266 頁。

2　詳見廖可斌：《〈三寶太監西洋記通俗演義〉主人公金碧峰本事考》，《文獻》1996 年第 1 期。

3　（清）俞樾撰：《春在堂隨筆》，南京：江蘇古籍出版社 2000 年版，第 100 頁。

4　（明）潘鏡若編次：《三教開迷歸正演義》，《古本小説集成》，上海：上海古籍出版社 1994 年版，第 5 頁。

5　同上，第 1547 頁。

整。每回前以"却説"引出所叙故事，結尾有"畢竟（未知）……且聽下回
分解"語句，已定型成格套。文中描述人物、景物、場面多用韻文或詩詞。
《達摩出身傳燈傳》以佛教俗講中達摩禪師故事爲根據編創而成，分則標目，
則目爲單句，字數四言至九言不等。則末附有偈詩，文字多有錯訛。全書多
詩、偈，所占比例極大，文體接近於俗講。其他如《南海觀世音菩薩出身修
行傳》《唐鍾馗全傳》《天妃濟世出身傳》《八仙出處東遊記》《女（牛）郎織
女傳》等多據市井間俚俗傳聞編輯成書，情節綫索單一且殊無文采，文體不
成格套，在明代神魔小説中實屬不入流之作。

　　嘉靖至萬曆年間，歷史演義仍然是最主要的題材類型，占據此一階段章
回小説總量的半壁江山。《兩漢開國中興傳志》《西漢通俗演義》與《東漢
十二帝通俗演義》均據舊本改編。《兩漢開國中興傳志》與《西漢通俗演義》
所據爲元人講史平話《前漢書續集》與熊大木《全漢志傳》，甄偉《西漢通
俗演義序》云："偶閲西漢卷，見其間多牽強附會，支離鄙俚，未足以發明
楚漢故事，遂因略以致詳，考史以廣義。越歲，編次成書。"[1]《東漢十二帝通
俗演義》卷首《序》云："有好事者爲之演義，名曰《東漢志傳》，頗爲世賞
鑒。奈歲久字湮，不便覽閲。唐貞予復梓而新之，且屬不佞稍增評釋。"[2] 所
稱《東漢志傳》當指熊大木《全漢志傳》以及據大木本增益之《兩漢開國中
興志傳》的東漢部分。《兩漢開國中興傳志》與《西漢通俗演義》皆分則標
目，則目爲單句，字數六言、七言不等。開頭或有"却説""話説"等語詞，
結尾有"畢竟如何，且聽下回（節）分解"之類語句，均未定型成格套。
《東漢十二帝通俗演義》分回標目，回目爲七言聯句，結尾大多有詩歌代替
常見的問句作結，這在明代章回小説中並不多見。《皇明開運英武傳》《皇

　　1（明）甄偉：《西漢通俗演義》，朱一玄編：《明清小説資料選編》，天津：南開大學出版社 2006 年
版，第 13 頁。
　　2（明）陳繼儒：《東漢十二帝通俗演義序》，孫楷第著：《日本東京所見小説書目》，北京：人民文學
出版社 1958 年版，第 56 頁。

明英烈傳》《雲合奇蹤》三書皆叙明太祖朱元璋起兵建國事，《英武傳》與《英烈傳》内容體制全同，《雲合奇蹤》與前二書大同小異，稍有删改。據傳《英武傳》乃明郭勳爲宣傳其祖郭英之功而作，郎瑛《七修類稿》卷二十四與沈德符《萬曆野獲編》卷五均載有此事。或以爲郭勳所作不過後人僞托，孫楷第以爲"蓋相傳市人演説之本，坊肆增補之，因編次爲此書。勳使内官演唱於上前者，度理亦第取外間話本用之，謂爲勳自撰則誤也"，[1] 可備一説。小説叙事大體遵從史實，然亦雜采野史傳聞，足以補正史之不足。[2] 每則均標明題材出處，有《西樵野記》《今獻彙言》等。小説分節標目，節目爲七言聯句（標明"節目"二字）。節前有引首詩詞，多"却説""話説"引領語詞，結尾亦多有詩詞，偶見"不知如何"一類問句，均未定型成格套。叙事中多插"史臣論曰"一類大段議論與奏章表折等公文，故事情節時常中斷，極不連貫。《雲合奇蹤》分則標目，則目爲四言聯句。各則有引首詩詞，有"却説""且説"等引領語詞，結尾罕見套語，叙事隨起隨訖。

　　當歷史演義從以敷演一段完整的歷史爲主逐漸轉變爲以描述某一歷史人物的經歷爲主時，作者選取題材的角度和結構故事的方法就隨之發生了變化。他不再拘泥於"庶幾乎史"的寫作目的，也不再恪守"編年取法麟經"的寫作教程，人物成了小説的中心，事件已經退居其次。作者關注的是人物形象的塑造而非故事情節的真假。此類小説，我們寧願稱其爲英雄傳奇。《楊家府世代忠勇演義》叙北宋楊業（一作繼業）世代抗遼保國事，本事載《宋史》本傳及《續資治通鑑長編》等書，南宋時即衍爲故事，流傳民間。宋人羅燁《醉翁談録》所載話本名目有《楊令公》《五郎爲僧》二種，元陶宗儀《輟耕録》載有金人院本《打王樞密》，臧晉叔《元曲選》收録《昊天

1　孫楷第撰：《中國通俗小説提要》，《藝文志》第三輯，太原：山西人民出版社1985年版，第214頁。
2　詳見趙景深：《〈英烈傳〉本事考證》，趙景深著：《中國小説叢考》，濟南：齊魯書社1980年版，第176—209頁。

塔孟良盜骨》《謝金吾詐拆清風府》等雜劇，明人亦有數種演楊家府故事之
雜劇，如《開詔救忠》《活拿蕭天佑》《破天陣》等。又據熊大木《南北宋志
傳》之《北宋志傳》第一回按語，有"收集《楊家府》等傳"一句，如萬曆
丙午（1606）刊本《楊家府演義》爲原本，則此《楊家府》爲市井間演楊
家將故事之話本也有可能。《楊家府演義》所叙故事雖有史可征，然作者廣
泛采擷戲曲、平話與野史傳聞，是故小説虛實參半，不拘泥於史實。又小説
雖名演義，却並非以敷演北宋歷史爲目的，主要圍繞楊家府五代忠勇的英雄
事迹組織故事情節，因此從題材類型而論，本書歸入英雄傳奇更爲合理。全
書分則標目，則目爲單句，以七言爲主，間有六言。第一則前有詩一首，類
似話本之入話。文中多詩詞，而開頭結尾均無套語，這在明代章回小説中並
不多見。《于少保萃忠全傳》叙于謙一生經歷，雖重大事件不違史實，而生
平事迹多采於野史傳聞，如卷首林從吾《叙》云"裒采演輯，凡七歷寒暑"，
力求"公之事迹無弗完也"。秉此目的，作者選材無分巨細，但凡可褒揚於
公者便采入傳中，以至小説頗有流水賬簿之嫌。小説分回標目，標明回數，
回目爲七言聯句，對仗較爲工整。各回開頭無套語，結尾有"未知何人"、
"未知如何，下回便見"語句，但未定型成格套。第一回正文前有長篇"叙
述古風一首"，概説于少保一生功績，類似話本小説之入話。語言明白曉暢，
通俗易懂，確如《叙》所言能使"三尺童豎，一覽了了"。雖然仍保留"有
詩爲證"類説話者聲口痕迹，但叙述者以説書人身份强行介入叙事進程，中
斷叙事的事例並不多見。

第三節　章回小説的文體定型

泰昌至崇禎的二十五年，章回小説創作持續著往日的繁榮，歷史演義與
神魔小説仍然是兩大主流類型，英雄傳奇與世情小説還在緩慢地增長。此一

階段，章回小説的文體形態已經定型，絶大部分小説的回目爲對偶的聯句形式，開頭、結尾的套語已經成型，詩詞韻文的比例相對下降，叙述者以説話人聲口或史官聲口隨意中斷叙事進程，干預叙事的現象也明顯減少。文人的參與對小説文體的定型與審美趣味的提升有著重要意義。自章回小説文體産生以來，明代文人始終表現出了很高的熱情，他們以各種形式推崇這種文體的價值與地位，在擺脱小説"小道可觀"却"君子不爲"的尷尬處境時發揮了積極作用。然而在很長時間裏，文人對章回小説的關注都停留在理論總結與價值宣揚等方面，親自投身於小説創作的文人並不太多。直到明代章回小説發展的最後一個階段，馮夢龍、于華玉、方汝浩、袁于令、董説等大批文人才開始打破雅俗觀念的偏見投身於小説創作，並以他們的創作實現章回小説審美趣味從俗趨雅的轉變。發端於市井書場的章回小説最終走向文人的案頭，成爲雅俗共賞的文體類型，文人的參與起了決定性作用。

此一階段，章回小説的創作繼續保持强勁增長的勢頭，除去再版小説，短短二十五年時間裏共産生了三十一部章回小説，增長速度甚至超過了嘉靖至萬曆年間。

嘉靖至萬曆年間章回小説創作的繁榮，給後人留下了極其豐富的小説作品，同時也給後來者積累了寶貴的創作經驗。隨著人們對章回小説文體的認識逐漸加深，越來越多的文人積極參與到章回小説的創作中來。與其他文體形式的發展歷程相類的是，章回小説作爲一種文體形式最初起源於民間而最終成熟於文人之手。泰昌至崇禎年間，文人參與小説創作的熱情繼續高漲，其中一個突出的現象就是對已有小説進行改編。經過他們的重新創作，不但小説的内容更加豐富，可讀性得到增强，而且其文體格式也更爲規範。可以這樣説，章回小説文體形式的最終定型，就是通過明末（包括清初）幾部文人評改本章回小説來確定的。在這一階段，我們先討論幾部文人改編的小説。鑒於改作與原作之間的巨大變化，我們將其視爲新的創作，《新平

妖傳》與《新列國志》均係馮夢龍據舊本改編而成。《新平妖傳》與羅貫中
原本《三遂平妖傳》之間最大的變化，一是擴大了小説的容量，增加了一倍
的篇幅，使小説結構更加完整，人物形象更加豐滿，來龍去脈清晰可辨，改
變了原作"首如暗中聞炮，突如其來；尾如餓時嚼蠟，全無滋味"的不足，
做到了"備人鬼之態，兼真幻之長"；[1]二是在形式上趨於規整，小説分回標
目，標明回數，回目爲聯句，七言或八言不等，對仗工整。各回開頭有引首
詩詞，以"話説"引出所叙故事，結尾有"畢竟不知……如何，且聽下回分
解"語句，俱已定型成格套。《新列國志》是對余邵魚《列國志傳》的改編，
與舊本比，新作主要有兩個方面的成就：一是講求史料的真實與全面。作者
有感於"舊志事多疏漏，全不貫串，兼以率意杜撰，不顧是非"，於是"以
《左》《國》《史記》爲主，參以《孔子家語》《公羊》……劉向《説苑》、賈
太傅《新書》等書，凡列國大故，一一備載。令始終成敗，頭緒井如，聯
絡成章，觀者無憾"。[2]二是注意材料的處理與情節結構的安排。歷史演義固
然以全面敷演歷史爲鵠的，但倘若裁剪不慎，極容易形同史鈔，明代早期
的幾部歷史演義均有此缺憾。馮夢龍聲稱："兹編一案史傳，次第敷演，事
取其詳，文撮其略。其描寫摹神處，能令人擊節起舞。即平鋪直叙中，總
屬血脈筋節，不致有嚼蠟之誚。……小説詩詞，雖不求工，亦嫌過俚。兹編
盡出新裁，舊志胡説，一筆抹盡。"[3]兩相對比，我們認爲馮夢龍當得起如許
自負。小説分回標目，標明回數，回目爲聯句，以七言爲主，間有六言或八
言，對仗工整。各回開頭有"話説"引出所叙故事，結尾有"未知如何，且
聽下回分解"語句，俱已定型成格套。于華玉《岳武穆盡忠報國傳》以熊

---

1 （明）張譽：《平妖傳叙》，朱一玄編：《明清小説資料選編》，天津：南開大學出版社 2006 年版，第
381 頁。

2 （明）馮夢龍：《新列國志·凡例》，《古本小説集成》，上海：上海古籍出版社 1994 年版，第 1—
2 頁。

3 同上，第 3、5 頁。

大木《大宋中興通俗演義》爲藍本改編而成。與《大宋中興通俗演義》相比，《岳武穆盡忠報國傳》有兩方面的變化：一是圍繞主要人物組織故事情節，删除了與武穆王事迹不太相干的題材。《岳武穆盡忠報國傳凡例》認爲《大宋中興通俗演義》"俗裁支語，無當大體，間於正史多庋縹來，幾以稗家畜之。兹特正厥體制，芟其繁蕪"。[1]二是規範了小説的文體格式。《岳武穆盡忠報國傳》分則標目，則目爲單句，七言、六言各十四句，比《大宋中興通俗演義》整齊；删除了《大宋中興通俗演義》每則末尾的結語詩詞，全書無説書人口吻，無詩詞韻文形式，行文更爲簡潔；《岳武穆盡忠報國傳凡例》認爲"舊傳沿習俗編，惟求通暢，句複而長，字俚而贅"，因此"痛爲剪剔，務期簡雅"，對《大宋中興通俗演義》文字也作了一些修改，主要是將《大宋中興通俗演義》中口語化較爲明顯的詞句加以文飾，追求"簡雅"，使其語言更書面化、文人化。金聖歎評改本《第五才子書施耐庵水滸傳》與托名李漁的評改本《新刻繡像批評金瓶梅》分别對原本做出了大幅度的修改，使小説的文體形態發生了很大的變化，標誌著章回小説文體的成熟與定型。

自《金瓶梅》開闢世情小説題材類型以來，學步者亦不乏其人。然大多未能學其"描寫世情，盡其情僞"之佳處，"著意所寫，專在性交"，[2]以至流於淫褻。《昭陽趣史》[3]以《趙飛燕外傳》爲藍本，雜采《西京雜記》《趙飛燕别傳》等野史傳聞，同時襲取《漢書》"孝成趙皇后傳"相關情節編撰成書。小説叙趙飛燕、合德姐妹與漢成帝事，雖以歷史爲依托，實則多荒誕不經之事。小説目録分回標目，回目爲四言單句；正文却只分上下兩卷，不

---

1 《盡忠報國傳凡例》，（明）于華玉著：《岳武穆盡忠報國傳》，《古本小説集成》，上海：上海古籍出版社 1994 年版，第 1 頁。

2 魯迅著：《中國小説史略》，上海：上海古籍出版社 1998 年版，第 128—129 頁。

3 本文所參《昭陽趣史》與《玉閨紅》等小説見陳慶浩、王秋桂主編《思無邪匯寶》，法國國家科學研究中心、臺灣大英百科股份有限公司 1994 年版。

標回目，上卷末尾云："怎生行樂？怎生結局？且聽下回分解。"書中多詩詞韻文，不但寫景狀物多以詩詞韻文出之，小説人物亦動輒吟詩作賦、填詞作曲以抒發情感，表達見解。此外，説書人聲口亦隨處可見。《玉閨紅》叙宦門小姐閨貞及其婢女紅玉因家逢不幸外逃，途中閨貞被人拐入窯子，紅玉被金尚書收留，後二人俱嫁與金尚書子金玉文事。以玉、閨、紅三人爲名，顯然是模仿《金瓶梅》之命名方式。小説分回標目，回目爲七言聯句，對仗較爲工整。各回有引首詩詞，以"却説""且説"等語詞引領叙事，結尾以"正是"引出一個對句，有"要知如何，且聽下回分解"語句，已定型成格套。多詩詞韻文，"看官聽説"之類説書人聲口也較爲多見。小説對晚明北京下層社會窯子的狀況描寫細緻入微，實乃開清初狹邪小説一派之先河。

　　神魔小説仍然是此一階段重要的題材類型。《韓湘子全傳》係據前代小説唱本與戲曲劇本改編而成，其藍本當是説唱體小説話本《十二度韓門子》。此外，據戴不凡考證，"全書至少係綜合雜劇三本以上和南戲一本而成"。[1]第一回前有標明"入話"詞一首，表明了本書與話本小説之間的關係。小説分回標目，標明回數，回目爲七言對句，對仗較爲工整，開頭、結尾有固定套語，已屬較爲成熟的章回體格式。然書中極多詩詞韻文，不僅叙述者以唱詞代言，連人物對話也多用唱詞，表明小説與早期説唱文學之間還保留著血脈關聯。明代章回小説中但凡先以説唱形式存在，後經文人改編（或據此創作）者其詩詞韻文的使用頻率均比一般小説要高，這是此類小説的一大特色，《金瓶梅詞話》亦然。《掃魅敦倫東度記》叙達摩祖師率衆徒弟在東土傳經布道事，萬曆間朱開泰本《達摩出身傳燈傳》題材與之相同。然《東度記》內容豐贍，筆意恣肆，其文辭與意想俱遠勝於《傳燈傳》。小説分回標

1　戴不凡著：《小説見聞錄》，杭州：浙江人民出版社 1980 年版，第 261 頁。

目，標明回數，回目爲七言聯句。每回開頭以"話説"引出所叙故事，從第二卷（第六回）起，結尾多有"下回自曉"語句。又每卷卷首有《引記》，多爲詩詞，内容不外乎宣揚佛法，勸諭世人行善。第一回正文前部還有叙述者的大段議論，談天説地，類似《西遊記》之引首；勸善懲惡，仿佛《金瓶梅》之開頭。書中多詩詞，描述景物、場面多用"但見"引出詩詞或韻文，雖然隨處可見"却説""話説"字樣，但除每卷卷首外，叙述者的干預倒並不多見。《續西游》續演玄奘師徒取經事，仿《西遊記》而少奇想，故《西遊補》所附《雜記》評曰："《續西遊》摹擬逼真，失於拘滯，添出比丘靈虚，尤爲蛇足。"[1] 劉廷璣則譏笑其爲狗尾續貂。[2] 小説分回標目，標明回數，回目爲七言聯句，對仗較爲工整。各回開頭大多有"話表"引出所叙故事，結尾有"且聽下回分解"語句，已定型成格套。《西游補》乃作者的遊戲與玩世之作，借"西遊"之酒杯，澆自己胸中之塊壘。書中小月王與唐僧等人的對話與行事，可視爲對《西遊記》本身乃至對傳統禮教的顛覆；第四回《一寶開時迷萬鏡　物形現處我形亡》描繪放榜時儒生百態，直抵半部《儒林外史》。全書的結構方式很有特點，幻中入幻的形式明顯深受唐傳奇影響。小説分回標目，標明回數，回目爲七言對句，較爲工整。開頭結尾極少説書套語，中間亦少見詩詞韻文形式，屬於已逐步擺脱話本小説之影響的章回體小説。

　　經過前面兩個階段的繁榮，歷史演義的創作面臨著題材枯竭的困窘，除南北兩朝外，有史可征的朝代幾乎都已經被"演義"過，這種狀況迫使小説家們不得不去開闢新的題材領域。他們很快發現歷史的長河中尚有兩極可以開采，最遠的那段從鴻蒙開闢至商周換代，最近的那段即逝去不久的本朝故

1（明）董説著：《西遊補》，上海：上海古籍出版社 1983 年版，前言頁《續西遊補雜記》第 3 頁。

2（清）劉廷璣《在園雜志》卷三云："如《西遊記》乃有《後西遊記》《續西遊記》。《後西遊》雖不能媲美於前，然嬉笑怒罵皆成文章，若《續西遊》則誠狗尾矣。"北京：中華書局 2005 年版，第 125 頁。

事。只是遠古時期的那段歷史基本上没有可靠的文獻資料可以依傍，可供參采者頂多是一些零星片斷的神話故事，於是習慣於"按鑑演義"的小説家們便將這段歷史"敷演"成了一個個創世神話，從題材内容與文體特徵來看，這類小説與其稱之爲歷史演義，不如就叫做神魔小説來得貼切，如《開闢衍繹通俗志傳》《盤古至唐虞傳》《有夏志傳》《有商志傳》等。與此不同，剛剛逝去的本朝故事不但有可靠的新聞載體邸報可資借鑒，而且由於年代相隔不遠，小説家們對流傳於市井間的里巷傳聞尚感親切，某些親身經歷過的往事甚至記憶猶新；於是以明末歷史爲題材的章回小説風起云涌，竟成了泰昌至崇禎間小説創作的一大特色，人們稱之爲"時事小説"。但此類小説大多成書倉促，作者缺少發揮，以至多數形同史鈔，有些甚至成了後人修史的文獻資料。[1] 泰昌至崇禎間的時事小説按照内容大致可以分爲三類：一是描寫農民起義，《七曜平妖全傳》叙天啓二年山東白蓮教徒徐鴻儒起義事，《剿闖通俗小説》叙明末李自成起義事。二是描寫魏忠賢專權禍國，有《警世陰陽夢》《魏忠賢小説斥奸書》《皇明中興聖烈傳》《檮杌閑評》。三是描寫遼東戰事，有《遼海丹忠録》《近報叢譚平虜傳》《鎮海春秋》。

　　明末時事小説以逝去不久的本朝史事爲題材，其成書年代與事件的發生相隔時間最遠不過十數年，如《檮杌閑評》刊於魏忠賢自縊後十六年；最近則只有數月，如《警世陰陽夢》刊於魏忠賢自縊後僅七個月。其他如《遼海丹忠録》《近報叢譚平虜傳》《剿闖通俗小説》等小説的刊行與事件的結束也不過相隔一年的時間。時事小説對歷史題材處理的時效性，是一般歷史演義所不具備的，這與時事小説的成書方式有很大關係。明末時事小説大多以邸報爲根據，再參采朝野傳聞撰成。《魏忠賢小説斥奸書凡例》云："是書自春徂秋，歷三時而始成。閲過邸報，自萬曆四十八年至崇禎元年，不下丈許。

1（清）計六奇編《明季北略》叙毛文龍事多采自《鎮海春秋》，叙李自成事多采自《剿闖通俗小説》。

且朝野之史，如正續《清朝聖政》兩集、《太平洪業》《三朝要典》《欽頒爰書》《玉鏡新談》，凡數十種，一本之見聞，非敢妄意點綴，以墜于綺語之戒"，"是書動關政務，半係章疏"，[1] 可見作者創作態度之嚴謹。《皇明中興聖烈傳》卷首"小言"云"逆璫惡迹，罄竹難盡，特從邸報中與一二舊聞，演成小傳，以通世俗"。[2]《近報叢譚平虜傳》"因紀邸報中事之關係者，與海内共欣逢見上之仁明智勇。間就燕客叢譚，詳爲紀録"。[3]《遼海丹忠録序》標榜"其詞之寧雅而不俚，事之寧核而不誕"，[4] 所選題材大多來自邸報與奏章。《剿闖通俗小説》中也提及引録了《國變録》《泣鼎傳》等當時的野史筆記。從邸報中攫取素材使得時事小説的内容大多真實可靠，但小説對歷史事件的快速反映和作者的倉促成文又嚴重影響到小説反映歷史的深度和小説藝術水準的高度。由於事件發生不久甚至有的還没有完全結束即被作者采入小説，作者對重大的歷史問題難以做出深刻的反思，有的甚至來不及消化咀嚼就被組織進了小説中去，這使得大部分時事小説都停留在僅僅羅列事件的編年史水準，作者没有時間（當然也有可能缺乏能力）將歷史事件進行剪裁、加工，渲染成爲小説作品。《七曜平妖傳序》云"秉史氏之筆而錯以時務，參以運籌"，[5]《魏忠賢小説斥奸書》《遼海丹忠録》《剿闖通俗小説》等均在各回（卷）前明確標示故事發生的時間，《近報叢譚平虜傳》在每個故事下注明題材來源於"邸報"或是"叢譚"，都表明作者在主觀上存在將時事小説寫成新聞，是邸報的通俗化表述的意願。小説語言文白相間，文言來自邸報，白話出於傳聞，二者未能融爲一體。除《檮杌閑評》《鎮海春秋》藝術水準

1（明）吳越草莽臣著：《魏忠賢小説斥奸書》，《古本小説集成》，上海：上海古籍出版社 1994 年版，第 1—2 頁。

2（明）西湖義士述：《皇明中興聖烈傳》，同上，第 3—4 頁。

3（明）吟嘯主人撰：《近報叢譚平虜傳》，同上，前言第 2 頁。

4（明）孤憤生撰：《遼海丹忠録》，同上，序第 5 頁。

5（明）文光斗：《平妖全傳序》，（明）清隱道士編次：《皇明通俗演義七曜平妖全傳》，同上，第 9—10 頁。

較高外，其他大多乏善可陳，《剿闖通俗小説》更是不忍卒讀。從小説的文
體形態來看，大多模仿話本小説體制，《七曜平妖全傳》《皇明中興聖烈傳》
前有標明“入話”或類似入話的文字，《鎮海春秋》常以“看官”與“説話
的”問答的方式對某些事件做出解答，《魏忠賢小説斥奸書》與《遼海丹忠
録》各回均有引首詩詞。最可注意的是《警世陰陽夢》的文體格式，全書共
十卷，自卷一至卷八爲“陽夢”，凡三十回；自卷九至卷十爲“陰夢”，凡十
回。卷數相銜接，回數則自爲起訖，似一書而非一書。小説分回標目，標明
回數，回目爲四言單句。正文卷首有長篇《引首》，談論人生如夢，歷數自
軒轅皇帝以來夢之傳聞，引出本書故事情節，極類話本之入話。第一回先從
魏忠賢倒臺説起，然後倒叙魏忠賢之生平、發迹變泰事，此種先叙結局，而
後追叙緣由及過程的倒叙手法在明代章回小説中非常獨特。每回開頭有“話
説”（“却説”）字樣，引出所叙故事情節，結尾有“畢竟（未知）後來如何，
且聽下回分解”，俱已定型成格式。文中描述人物、景物、場面多用韻文或
詩詞，説書人口吻亦頗爲常見。

　　以上粗略地勾勒了章回小説文體在有明一代近二百八十年時間裏的流變
歷程，接下來作簡單的小結。從小説的成書方式來看，明代章回小説還難以
擺脱世代累積型成書方式的影響，作者個人的獨創能力非常薄弱。七十餘部
章回小説，絶大多數依靠前人的藍本或底本撰成，題材內容與情節模式的抄
襲現象屢見不鮮，真正稱得上獨立創作、無所依傍的僅有萬曆中後期的《繡
榻野史》與天啓、崇禎年間的《禪真逸史》《禪真後史》等爲數不多的幾部
小説。儘管早期的章回小説創作大多是由書會才人或書坊主完成，如果因此
而將造成明代章回小説缺少獨立之作的原因歸結於作者文化水準的低下却不
盡符合實際，在明代中晚期已經有許多文人參與章回小説創作中來，他們中
間很多人都是文學創作的高手。我們認爲這種現象主要是章回小説文體自身
的發展規律造成的。在章回小説創作的前期階段，歷史演義占據絶大多數，

其他類型的小説也大多依據一定的歷史背景產生，小説家們能輕而易舉地找到事件的藍本，宋元時期發達的説話藝術甚至爲他們留下了初具規模的話本供其敷演擴張。明代中期佛道盛行，豐富的宗教故事和浩瀚的宗教典籍爲小説創作提供了很好的素材，有些甚至稍加點染即可成爲小説，因此在章回小説創作的第二個階段，神魔小説盛行。神魔小説雖以虛幻爲特色，但它們的成書並非作者向壁虛造，同樣離不開一定的藍本。在章回小説創作的第三個階段，閹黨與東林黨之間的鬥爭、後金政權與明朝政府之間的戰爭以及農民起義成了當時社會的主要矛盾，發生在不久以前的歷史事件便成了小説家們的題材來源，記錄事件發生的邸報更是爲小説家們提供了直接襲取的底本，於是時事小説成了此一階段的創作重點。從小説的文體形態來看，章回小説繼承了話本小説的大部分文體特徵。如果説，早期的章回小説因爲脱胎於講史平話而保留了其母體的部分特徵是無心之舉，那麼中晚期的章回小説創作仍然如此就只能理解爲小説家們有意而爲之。明代章回小説的文體格式在絶大部分時間裏都很不規範，儘管基本的程式大多數小説都會遵循，但小説家們還沒有固定一種約定俗成的文體格套，直到明末清初代表明代章回小説最高水準，同時也是四大題材類型的章回小説中最爲經典的“四大奇書”評點本的出現，章回小説的文體格式才算定型。大體上説，明代章回小説的回目設置經歷了一個由單句到聯句、由字數不定到定型爲七言或八言、由散漫到凝練、由散句到對仗的過程。開頭與結尾模式的形成同樣經歷一個由不規整、帶有隨意性到最後趨於定型成格套的過程。明代章回小説使用詩詞韻文的情況在整體上呈現出逐步減少的趨勢，隨著小説作者文人化、專業化程度的加強，詩詞韻文在風格上逐步由俗趨雅、在功能上更能緊扣主題。明代章回小説的敘説方式主要體現在説書人聲口和史官聲口。一般來説，歷史演義以史官聲口爲主，敘述者似乎處於將小説當歷史來寫的幻想狀態；在其他類型小説則以説書人聲口爲主，敘述者有意摹擬説書情境來敘説故事。當然也有例外，在某些文人創作中，除了還保留著話本小説分回標目的特徵，其他特徵已經逐漸淡化。

第四節 "四大奇書"與章回小説文體

在小説史上，"四大奇書"指的是明代四部章回小説：《三國演義》《水滸傳》《西遊記》與《金瓶梅》。[1]康熙十八年（1679），李漁《〈三國演義〉序》較早提出"四大奇書"之説："昔弇州先生有宇宙四大奇書之目，曰《史記》也，《南華》也，《水滸》與《西廂》也。馮猶龍亦有四大奇書之目，曰《三國》也，《水滸》也，《西遊》與《金瓶梅》也。兩人之論各異。愚謂書之奇當從其類，《水滸》在小説家，與經史不類，《西廂》係詞曲，與小説又不類。今將從其類以配其奇，則馮説爲近是。"[2]李漁認爲王世貞與馮夢龍各有"四大奇書"之説，而馮夢龍的説法更符合文體分類邏輯。

"四大奇書"的出現在中國古代小説發展史上具有標誌性意義，作爲一個經典群體，它反映了章回小説文體從發生走向定型的全部過程。這主要表現在以下幾個方面：首先，"四大奇書"在文本上經歷了從詞話本到文人改定本的漸變，在創作上經歷了從"世代累積"到"文人獨創"的轉型，這個過程可視爲章回小説文體産生過程的縮影。其次，"四大奇書"分屬不同題材，以不同的叙説方式開創了章回小説四大類型的叙事模式，體現在題材內容的類型化與文體形態的定型化兩個方面。再次，"四大奇書"確立了章回小説的評價體系，成爲檢驗後世章回小説藝術水準的標杆，並造成續書與仿作層出不窮。最後，"四大奇書"提升了古代小説的文體地位，改變

---

1 "四大奇書"這個概念較早見於雁蕩山樵《水滸後傳序》，指《南華》《西廂》《楞嚴》《離騷》四書。

2（清）李漁：《三國演義序》，李漁著：《李漁全集》第十八卷《評鑒傳奇二種　韻書三種　雜著》，杭州：浙江古籍出版社 1991 年版，第 538 頁。

了人們的小說觀念，在從"君子弗爲"的"小道"上升到"文學之最上乘"的"說部"過程中，"四大奇書"起了關鍵作用。從四大奇書的產生到"四大奇書"的提出，其間經歷了數百年。這段歷史，既是這四部小說在明清兩朝的接受史，也是章回小說文體從發生、發展到成熟、定型的發展史。所謂"芥子納須彌"，通過考察這四部小說的成書經過、藝術成就以及對後世小說的影響，我們能夠清晰地看到章回小說文體的演變歷程。在文本形態上，"四大奇書"都經歷了從早期的詞話本到後來坊間通行的文人改定本的蛻變過程。孫楷第曾經斷言："詞話爲通俗小說之先河。凡吾國舊本通俗小說，皆自詞話出。凡後世文人所撰通俗小說供案頭賞覽者，其唱詞雖有存有不存，要之皆是擬詞話之體。"[1] 這段話包含了兩層意思：一是揭示了章回小說與說唱詞話之間的關係，早期的章回小說從人物形象到故事情節都有說唱詞話作爲藍本；二是指出了章回小說文體在本質上是擬詞話體，是文人模仿說唱詞話的體制形式所創作，突出表現在小說中虛擬說唱情境的設置。下面我們將從"四大奇書"的詞話本階段開始追溯章回小說文體的產生與發展。

在《水滸傳》之前當有《水滸傳詞話》。錢希言《戲瑕》云：

詞話每本頭上有"請客"一段，權做個"德勝利市頭回"，此政是宋朝人借彼形此、無中生有妙處。遊情泛韻，膾炙千古，非深於詞家者不足與道也。微獨雜說爲然，即《水滸傳》一部，逐回有之，全學《史記》體。文待詔諸公暇日喜聽人說宋江，先講攤頭半日，功父猶及與聞。今坊間刻本，是郭武定刪後書矣。郭故跗注大僚，其於詞家風馬，故奇文悉被刈薙，真施氏之罪人也。而世眼迷離，漫云搜求武定善本，

---

1 孫楷第：《水滸傳舊本考》，孫楷第著：《滄州集》，北京：中華書局 1965 年版，第 124 頁。

殊可絶倒。[1]

在這段話中，錢希言提及文徵明等人曾聽人説唱《水滸傳》詞話，詞話本《水滸傳》各卷卷首有"德勝利市頭回"，亦即説唱者所講之"攤頭"，後來被郭勳刪除。萬曆十七年（1589）天都外臣《水滸傳叙》云："故老傳聞：洪武初，越人羅氏，詼詭多智，爲此書，共一百回，各以妖異之語引於其首，以爲之艷。嘉靖時，郭武定重刻其書，削去致語，獨存本傳。余猶及見《燈花婆婆》數種，極其蒜酪。"[2] "致語"又名"致辭"，是古代宮廷藝人在樂舞百戲開始時，以對偶文字和詩章説唱形式寫成的祝頌之詞，宋元説話藝人把"致語"這種形式運用到説話藝術中，又稱爲"引子"或"引首"。"艷"是"艷段"的簡稱，本爲宋元雜劇用語，是搬演正劇前的一場，以"艷"名之，或許是形容這一小段詞采動人、趣味盎然，在小説中指各回前的引首詩詞。"極其蒜酪"説明羅氏原本中所用詩詞非常之多，即空觀主人《拍案驚奇凡例》云："小説中詩詞等類，謂之蒜酪。"[3] 又學山海居主人《重刊宋本宣和遺事跋》云："余於戊辰冬得《宣和遺事》二册，識是述古舊藏。詢諸書友，果自常熟得來。但檢《述古堂書目》'宋人詞話'門，有《宣和遺事》四卷，兹却二卷，微有不同……"[4]《述古堂書目》所載四卷本《宣和遺事》詞話今不可見，士禮居刊本《宣和遺事》或許即據述古堂本刪改而成，也有可能是説唱詞話者演説水滸故事的一個提綱。[5] 除了前人筆記或序跋中

1（明）錢希言撰：《戲瑕》，王雲五主編：《叢書集成初編》，上海：商務印書館1936年版，第8頁。

2（明）天都外臣：《水滸傳叙》，（元）施耐庵著：《水滸全傳》附録，北京：人民文學出版社1954年版，第1825頁。

3（明）凌濛初著：《初刻拍案驚奇》，《古本小説集成》，上海：上海古籍出版社1994年版，第2頁。

4《宣和遺事後集》，《四部備要》第45册，北京：中華書局1989年版，第44頁。

5 黃霖根據萬曆年間刻本吳從先《小窗自紀》卷三《讀水滸傳》一文推斷，元初還存在另一種話本《水滸傳》，與《宣和遺事》分别屬於不同系統。詳見黃霖：《一種值得注目的〈水滸〉古本》，《復旦學報》（社科版）1980年第4期。

有《水滸傳詞話》存在的記載外，孫楷第還從百回本《水滸傳》第四十八回找到未被刊落的一段偈讚唱詞"獨龍山前獨龍崗，獨龍崗上祝家莊。……"，證明了《水滸傳》詞話本的存在，並根據百回本中的説話者口吻，進一步確定其祖本爲元末書會所編之《水滸傳詞話》，其作者或許是施耐庵，或許是羅貫中，也可能是書會的集體編撰而署名爲施、羅。[1]

《水滸傳詞話》的説唱色彩非常明顯，但它不再是説話人的底本或提綱，而是具有一定文化素養的文人有意撰寫的書面讀物。至郭勳本出，各回前的"入話""致語"都被删除，文人化、案頭化傾向進一步加强。然而它仍然保留有大量的説唱詞話痕迹，小説中充斥著過於明顯的説書人口吻（"説話的""看官"）與大量的詩詞韻文。使《水滸傳》文體形態脱胎換骨的是金聖歎七十回評改本。金聖歎以袁無涯刻本爲藍本，其改動主要有兩個地方。首先是文本結構的調整。袁本"引首"已經叙及百官商議奏聞天子祈禳瘟疫一事，接下來第一回還是寫皇帝早朝，衆臣奏請祈禳瘟疫，金聖歎將原本的"引首"與第一回並作一回，使得袁本割裂的"祈禳瘟疫"一事更爲緊凑。袁本第二回開頭先寫洪太尉回京覆命，再寫高俅出身。洪太尉是第一回的主角，本應於第一回結束；而高俅是第二回乃至以後數回的重點，不應被洪太尉沖淡。金聖歎將洪太尉與祈禳瘟疫併入楔子，一則使"洪太尉誤走妖魔"成爲一個整體，二則保證了下一回能集中筆墨叙述高俅事迹。金聖歎選擇"驚惡夢"結束全書，於水滸故事處於高潮時戛然而止，餘音嫋嫋，令人遐想，又避免了袁本因招安後接連征戰所留下的許多破綻。或以爲金聖歎此舉乃受其政治思想桎梏，不想給犯上作亂的好漢們招安的機會使然，但改訂後的《水滸傳》結構更趨完整也是事實。其次是説唱色彩的弱化。袁本有詩詞韻文共851處，金聖歎將其删汰近盡，僅留下了必不可少的26處。除了已

1　詳見孫楷第：《水滸傳舊本考》，孫楷第著：《滄州集》，北京：中華書局1965年版，第121—143頁。

經內化爲小説有機組成部分的開頭與結尾的套語外，金聖歎評本實現了《水滸傳》文體演變的終結。

在《三國演義》之前當有《三國志詞話》。孫楷第曾據嘉靖本《三國志傳》的文體特徵推測 "原本或者是《三國詞話》"，[1] 其後發現的一些史料，或許可以補證孫楷第的推斷。嘉靖癸丑（1553）建陽書坊詹氏進賢堂重刊本《風月錦囊》卷二《精選續編賽全家錦三國志大全》開場詞《沁園春》云：

> 關羽英雄，張飛勇猛，劉備寬仁。桃園結義，誓同生死，天長地久，意合情真。共破黃巾三十六萬，功盖諸邦名譽馨。十常侍貪財賄賂，元嬌受非刑。　弟兄嘯聚山林，國舅將情表聖君，轉受平原縣尹。曹公舉薦，虎牢關上，戰敗如臣，呂布出關，李確報怨，黃允正宏俱受兵。《三國志》，輯成詞話一番新。[2]

此處所言 "李確" 應指 "李傕"，"黃允" 應指 "王允"，作者應當是文化水準不高的下層文人，符合説唱文學的編撰情況。根據文字内容、句式以及結尾 "三國志，輯成詞話一番新" 來看，《精選續編賽全家錦三國志大全》不僅是戲曲劇本，其原本很可能是有關三國故事的長篇説唱樂曲係詞話。[3] 再從比較接近《三國演義》原本的明刊諸本《三國志傳》來看，不少題材直接源於説唱文學而非史傳文學，尤以花關索故事最爲顯著。以明成化十四年（1478）重刊本説唱詞話《花關索傳》與《新刻湯學士校正古本按鑑演義全像通俗三國志傳》卷九、卷十二的相關文字比勘，可發現二者故事輪廓大體

1　詳見孫楷第：《三國志平話與三國志通俗演義》，孫楷第著：《滄州集》，北京：中華書局 1965 年版，第 118—119 頁。

2　(明) 徐文昭編輯：《風月錦囊》，王秋桂輯：《善本戲曲叢刊》第 4 輯，臺北：學生書局 1987 年版，第 413 頁。

3　詳見〔日〕上田望：《明代通俗文藝中的三國故事——以〈風月錦囊〉所選〈精選續編賽全家錦三國志大全〉爲綫索》，周兆新主編：《三國演義叢考》，北京：北京大學出版社 1995 年版，第 348 頁。

一致，後者明顯是從前者蜕化而來，而花關索故事完全不見於史傳著録。錢希言《獪園》云："傳奇小説中常有花關索，不知何人？東瀛耿駕部橘，少時常聽市上彈唱詞話者，兩句有云：'棗核樣小花關索，車輪般大九條筋。'後以語余，共相擊節。"[1]《風月錦囊》問世至遲應在明永樂年間，正統六年（1441）楊士奇等人編著的《文淵閣書目》（著録永樂十九年［1421］由南京運至北京的皇家藏書）曾述及此書；而《花關索傳》雖重刊于成化十四年，但其刊刻板式與語言文字都極似元人風貌，原刻時間當非明代無疑。趙景深就"頗懷疑這部《花關索傳》是從元刊本翻印的，初刻的年代還可以推前一百多年"。[2]從時間上看，《風月錦囊》與《花關索傳》都遠遠地早於《三國演義》現存最早的嘉靖元年（1522）刊本，因此在《三國演義》問世之前極有可能存在《三國志詞話》。

儘管《三國演義》以"史臣論曰"之類史官口吻代替了"看官聽説"之類説書人口吻，並且增加了大量的史家評論，如范曄的《論》《贊》與陳壽的《評》以及尹直的《明相贊》等，小説的案頭色彩大大加强，但它仍然保留了較爲明顯的説唱特徵。除開頭結尾的套語外，最爲明顯者即小説中存在大量的詩詞韻文，且絶大多數與故事情節毫不相干。毛倫、毛宗崗父子的評改本《第一才子書三國志演義》，徹底完成了《三國演義》的文體演變。毛本以李卓吾評本爲藍本，其文體形態的演進主要體現在兩個方面：一是修正小説語言，强化其文人色彩。李本原有詩詞352首，毛本删去幾近一半，還剩188首；李本有不少俚俗不堪的語句，毛本或改寫，或删除。通過精簡語句，去除冗詞，毛本語言簡練傳神，文人化與書面化傾向更爲明顯。二是修改小説回目。毛本將李本中分開的兩則融合爲一回，改變了《三國演義》單句標目的狀況，並重新編寫了小説回目，對仗工整，不僅涵義豐富，概括準

1（明）錢希言撰：《獪園》卷十二"淫祀·花關索"，清乾隆年間知不足齋刊本。

2 趙景深：《談明成化刊本"説唱詞話"》，《文物》1972 年第 11 期。

確，而且極具對偶句式的形式美，堪稱後世章回小説回目設置的典範。自毛本出而一切舊本乃不復行，成爲坊間最爲通行的《三國演義》版本。

在《西遊記》之前當有《西遊記詞話》。胡士瑩曾據明李詡《戒庵漫筆》所記"道家所唱有道情，僧家所唱有抛頌詞説，如《西遊記》《藍關記》，實匹體耳"，推測《西遊記》或許是"經歷過詞話階段而發展成爲長篇小説的"。[1] 又《金瓶梅詞話》第十五回云："又有那站高坡打談的，詞曲楊恭；到看這扇響鈸遊脚僧，演説三藏"；第七十一回小厮演唱的諸宮調［正宮·端正好］中有一支曲子［呆骨朵］亦云："這的調鼎鼐三公府，那裏也剃頭髮唐三藏。我向這坐席間聽講書，你休來我耳邊厢叫點湯！"[2] 據葉德均考證，"打談"即明代詩贊係講唱詞話的別稱，[3] 遊脚僧演説《三藏》，當是以唐三藏西天取經故事爲題的説唱詞話。至於諸宮調中所云聽講書"唐三藏"，也很有可能指的是詞話本《西遊記》。現存《西遊記》還保留有大量説唱詞話的痕迹，最引人注目者是人物身世背景多以自報家門的方式介紹，如唐僧師徒四人的出身經歷均由本人以長篇詩贊詞話道出。又如世德堂本第十回《二將軍宮門鎮鬼，唐太宗地府還魂》中唐王與魏徵的一段對話：

唐王聞言，大驚道："賢卿盹睡之時，又不曾見動身動手，又無刀劍，如何却斬此龍？"

魏徵奏道："主公，臣的身在君前，夢離陛下。身在君前對殘局，合眼朦朧；夢離陛下乘瑞雲，出神抖擻。那條龍，在剮龍臺上，被天兵將綁縛其中。是臣道：'你犯天條，合當死罪；我奉天命，斬汝殘生。'龍聞哀苦，臣抖精神。龍聞哀苦，伏爪收鱗甘受死；臣抖精神，撩衣進

---

[1] 胡士瑩著：《話本小説概論》，北京：中華書局1980年版，第192—193頁。

[2] （明）蘭陵笑笑生著：《金瓶梅詞話》，北京：人民文學出版社1985年版，第173、685頁。

[3] 葉德均著：《宋元明講唱文學》，上海：古典文學出版社1957年版，第55頁。

步舉霜鋒。挖扠一聲刀過處，龍頭因此落虚空。"

　　太宗聞言，心中悲喜不一……[1]

魏徵的回答是一段正經八百合轍押韻的唱詞，如果不是出自説唱詞話，我們實在無法想像君臣之間的日常對話會如此進行。康熙年間，汪象旭據世德堂本《西遊記》評改成《西遊證道書》，在内容上加入第九回《陳光蕊赴任逢災，江流僧復仇報本》，將原本第九至十二回共四回故事重新結構，組合爲第十至十二回，豐富了唐僧的人生經歷，並彌補了原本情節上的不少漏洞。除了小説結構的完善，《西遊證道書》還大量删節了世德堂本中的詩詞韻文，世德堂本共有詩詞韻文 723 處，《西遊證道書》只留下 164 處，説唱色彩大爲削弱。《西遊證道書》完成了《西遊記》的文體演變，不但清刊諸本都以之爲藍本，直到現在，它仍是最爲通行的《西遊記》版本。

　　《金瓶梅詞話》不但以"詞話"命名，小説本身也有著非常顯著的説唱文學色彩，是典型的擬詞話體著作。小説中詩詞曲賦不但數量衆多，而且是人物日常交往代言的工具。馮沅君指出，《金瓶梅詞話》以韻文代替普通語言是説唱文學的體例特徵，[2] 小説中有許多處人物對話采取的便是曲調形式。如第七十九回西門慶臨終前向吳月娘交代後事：

　　　那月娘不覺桃花臉上滾下珍珠來放聲大哭，悲慟不止。西門慶道："你休哭，聽我囑咐你，有《駐馬聽》爲證：賢妻休悲，我有衷情告你知：妻，你腹中是男是女，養下來看大成人，守我的家私。三賢九烈要貞心，一妻四妾攜帶著住。彼此光輝光輝，我死在九泉之下口眼皆閉。"

1（明）吳承恩著：《西遊記》，上海：上海古籍出版社 2009 年版，第 72 頁。

2 馮沅君：《〈金瓶梅詞話〉中的文學史料》，馮沅君著：《古劇説彙》，北京：作家出版社 1956 年版，第 183—185 頁。

　　月娘聽了，亦回答道："多謝兒夫，遺後良言教道奴。夫，我本女流之輩，四德三從，與你那樣夫妻。平生作事不模糊，守貞肯把夫名污。生死同途同途，一鞍一馬不須分付。"[1]

　　很顯然，這種對話方式只能出現在戲曲或説唱文學中，只有在那種規定情境中，這樣的人物對話才是合理的。崇禎年間，托名李漁的評改者將《金瓶梅詞話》評改成《新刻繡像批評金瓶梅》，小説的文體特徵發生了顯著變化，學界亦因此稱前者爲"説唱本"，後者爲"説散本"。首先是小説回目的修訂。説散本改變了説唱本多數回目文不達意且對仗不工的現象，將回目全部換成對偶句，不僅更切合主題，而且使小説回目超越了概括故事情節的基本功能，具有更高層次的美學意蘊。其次是引首詩詞的修訂。説唱本的引首詩詞多爲民間流行的現成之作，不少詩作言詞俚俗，且與故事毫不相干；説散本的改作則以自出機杼者居多，文辭與意想俱佳。第三是語體風格的修訂。這是説散本改動最大，也是對小説文體影響最大的地方。説散本刊落了説唱本中大量的詩詞曲賦等韻文，並將不少韻文改寫成散文，使《金瓶梅》完成了從説唱體向散文體的轉變。説唱本有詩 170 首，説散本刊落 70 首，改寫 6 首，加入 3 首，還剩 109 首；説唱本有詞曲贊賦等 226 處，説散本刊落 115 處，刪節 15 處，還剩 126 處；説唱本有各式韻語 81 段，説散本刊落 74 段，還剩 7 段。此外，説唱本有"看官聽説"這樣的叙述者介入 45 處，説散本刊落了 16 處，還剩 29 處。説唱本中人物對話以曲詞代言的現象，在説散本中基本消失。經過修訂，《金瓶梅》的説唱色彩大大減弱，文人化程度進一步加强，基本擺脱了對傳統説唱伎藝的依靠。

　　在文本形態上，"四大奇書"經歷了從詞話本到文人改定本的蜕變。從話本到章回小説，詞話體是一種非常重要的過渡形式。它介於口語書録與案頭

1（明）蘭陵笑笑生著：《金瓶梅詞話》，北京：人民文學出版社 1985 年版，第 1213 頁。

文學之間，以韻文爲叙述語言，説唱色彩十分濃厚；但它叙事詳盡，情節連貫，結構完整，更重要的是它分回標目，開頭結尾已有定型化的套語，完全具備了章回小説的文體特徵。在現存詞話體小説中，《金瓶梅詞話》與《大唐秦王詞話》分別代表詞話體小説的兩大系統：前者是樂曲係詞話的絶響，後者是詩贊係詞話的典型。在創作方式上，"四大奇書"體現了從"世代累積"向"文人獨創"的轉型。就現存史料來看，《水滸傳》《三國演義》與《西遊記》在成書之前均有相關的話本小説流傳，如講述水滸故事的《宣和遺事》，講述三國故事的《三國志平話》，講述取經故事的《取經詩話》與《西遊記平話》。而《金瓶梅詞話》則缺少這樣一個前期的累積，第一次獨立創作章回小説，作者似乎缺少足夠的信心，"仰仗過去文學經驗的程度遠勝於他自己的個人觀察"，[1]不得不模仿詞話體形式。作者選擇散説作爲基本的叙述方式，這一點與説唱詞話以韻文爲主體有很大不同。但作者還不能完全擺脱説唱詞話的影響，在移植、引入衆多的説唱題材到小説中時，作者不是爲了創作一種新的小説體式而去改變那些被移植、引入題材的表現形式，相反，爲了保留它們的原有形式而不得不對小説的體制創新作了很大的犧牲。這導致《金瓶梅詞話》的文體形態頗爲獨特：它是詞話體，但選擇了念白的散説作爲基本的叙述方式；它大量保留了説唱文學的特徵，但又采取了章回體形式。這種獨特性是早期章回小説文體發展的必然結果，是"世代累積型創作"向"文人獨創型創作"轉變所留下的印記，儘管這種轉變還不夠徹底，有點拖泥帶水，但畢竟向一種新的創作方式跨出了重要的一步，其意義不容小覷。

1〔美〕韓南著：《〈金瓶梅〉探源》，徐朔方編選校閲，沈亨壽等翻譯：《金瓶梅西方論文集》，上海：上海古籍出版社 1987 年版，第 37 頁。

第二章
圖文結合與明代章回小説文體

　　圖文並茂是中國古籍的傳統，清人葉德輝《書林清話》云："吾謂古人以圖書並稱，凡有書必有圖。"[1] 圖文結合作爲一種叙事手段始自唐代俗講變文，宋嘉祐八年（1063），建安余氏靖安勤有堂刊本《新刊古列女傳》有插圖 123 幅，上圖下文式，圖文各占頁高一半，每兩頁圖合爲一幅雙面連式插圖。元至治年間刊本《全相平話五種》不僅是小説連續插圖本的代表作，其上圖下文、連續插圖的形式亦成了後世小説插圖最通行的格式。明代章回小説很好地繼承了中國古籍圖文並茂的傳統，遠師唐代俗講變文，近法宋元講史話本，其插圖不僅種類繁多，品質精湛，而且將圖像與文字之間的相互發明發揮得淋漓盡致。圖文結合是明代章回小説普遍采取的叙事方式，《古本小説版畫圖録》[2] 共著録明代章回小説插圖本 90 餘種，庶幾囊括明代章回小説。

第一節　明代章回小説的插圖現象

　　明代章回小説使用插圖是一個普遍現象，從地域來説，無論"金陵"（南京）、"金閶"（蘇州）、"武林"（杭州），還是"建邑"（建陽），全國各主

1（清）葉德輝撰：《書林清話》，北京：中華書局 1957 年版，第 218 頁。

2 周心慧：《古本小説版畫圖録》（修訂增補本），北京：學苑出版社 2000 年版。

要刻書地刊刻的章回小説都以插圖本居多。從題材來看，不管歷史演義、英雄傳奇、神魔小説，還是世情小説，均有插圖本存在。從版式而言，主要有單面方式、雙面連式以及上圖下文式等，此外還有少量的月光式、鑲嵌式、上評中圖下文式。[1]

爲了招徠買主，明人多在小説的書名與題署中標示小説的插圖，主要使用“全像”（“全相”）、“出像”（“出相”）、“繡像”等概念。所謂“全像”，即以全幅圖畫表現每回的故事内容，作者在用文字講述故事的同時，以圖説的方式集中叙述主要的故事情節，圖畫中一般還配有簡單的文字，能概括圖畫的内容。在各種插圖中，“全像”的内容最豐富，其表現力也最强，各幅圖畫相連即相當於後世的連環圖畫。“全像”小説有的采用上圖下文的方式，頁面的上部三分之一是圖畫，下部三分之二是文字，圖畫與文字各所表現的内容大致能夠對應。此類“全像”小説以建陽本居多，如萬曆三十年（1602）書林熊仰台刊本《北方真武祖師玄天上帝出身志傳》（内封題“全像北遊記玄帝出身傳”），爲上圖下文式，每幅圖配有六至八字標題。除建陽本外，其他地方刊印的“全像”小説一般采用單面方式或雙面連式，圖畫的多少視小説回數而定，通常情況下是每回一幅插圖，以回目爲圖畫的標題。有的“全像”小説將所有插圖集中於書前或卷首，這樣也能形成圖畫形式的連貫叙事，也有的將插圖分散到各回正文中間，可以看作該回小説文字内容的圖像概括。如萬曆四十二年（1614）袁無涯刊本《出像評點忠義水滸全書》有圖120幅，集中於書前；萬曆三十七年（1609）酉陽野史所撰《三國志後傳》（目録頁題署“新鐫全像通俗演義續三國志”），有圖56幅，分散在正文中間。“出像”與“全像”相同，建陽本“出像”小説一般采用上圖下文式，如萬曆間熊龍峰中正堂刊本《新刊出像天妃濟世出身傳》即是上圖下文，其

1　從圖文結合的密切程度來看，月光式是單面方式的變體，鑲嵌式與上評中圖下文是上圖下文式的變體。

他地方刊印的小説則采用單面方式或雙面連式，如天啓間杭州爽閣主人刊本《禪真逸史》（卷首題“新鐫批評出像通俗奇俠禪真逸史”），有圖 40 幅，每回一圖。天啓三年（1624）金陵九如堂藏板《韓湘子全傳》（第一回題“新鐫批評出像韓湘子”），有圖 30 幅，也是每回一圖。[1]“繡像”一般只突出小説中的人物肖像，少有故事背景，更不叙述故事情節，與“全像”“出像”相比，内容要單一得多，表現力也相差甚遠。“繡像”的作用主要是以圖像的形式讓讀者直觀感受小説中的人物形象，對於文化水準較低的讀者來説其作用不容忽視，事實上對於文化水準較高、理解能力較强的讀者來説，人物“繡像”也不無裨益。人們往往在進入小説的文字世界之前便先入爲主地接受了圖畫對小説人物的描繪，然後再到文字描述中去尋找對應，栩栩如生的人物繡像甚至能蓋過文字的風頭，讓讀者對相應的文字描述漫不經心。如天啓間金閶葉昆池刊本《新刊玉茗堂批點繡像南北宋傳》分《南宋志傳》與《北宋志傳》，每《傳》前有圖 16 幅，均爲人物畫像。也有的“繡像”小説其圖畫部分同樣可以表現動作内容，叙事故事情節，這樣的“繡像”其實與“全像”已無分别。如崇禎四年（1631）人瑞堂刊本《隋煬帝艷史》内封題“繡像批評”，正文卷首却題“新鐫全像通俗演義隋煬帝艷史”，其《凡例》對“繡像”方法的介紹更是表明“繡像”也可以叙述故事，而不僅僅只能描摹人物：

> 錦欄之式，其製皆與繡像關合。如調戲宣華則用藤纏，賜同心則用連環，剪彩則用剪春羅，會花陰則用交枝，自縊則用落花，唱歌則用行雲，獻開河謀則用狐媚，盜小兒則用人參果，選殿脚女則用蛾眉，斬佞

---

1 魯迅在《中國小説史略·元明傳來之講史（上）》中説“日本内閣文庫藏元至治（1321—1323）間新安虞氏刊本全相（猶今所謂繡像全圖）平話五種”（上海古籍出版社 1998 年版，第 85 頁），在《且介亭雜文·連環圖畫瑣談》中又説“宋元小説，有的是每頁上圖下説，却至今還有存留，就是所謂‘出相’；明清以來，有卷頭只畫書中人物的，成爲‘繡像’”（《魯迅全集》第六卷，北京：人民文學出版社 2005 年版，第 28 頁）。他認爲“全相”與“出相”相同。只是根據明代章回小説的實際情况來看，“出相”的插圖不只“上圖下説”一種，還包括單面方式與雙面連式。

則用三尺，玩月則用蟾蜍，照艷則用疎影，引諫則用葵心，對鏡則用菱花，死節則用竹節，宇文謀君則用荆棘，貴兒罵賊則用傲霜枝，弑煬帝則用冰裂，無一不各得其宜。[1]

明人在章回小説中植入插圖主觀上是爲了促進小説的銷售，獲取利益，但這一舉動在客觀上也能降低讀者閱讀的難度，增加閱讀興趣。萬曆年間建陽吳觀明刊本《李卓吾先生批評三國志序》稱："此刻圖繪精工，批評遊戲較《水滸》《西遊》更爲出色，亦與先刻《批評三國志》本一字不同，覽者辨之。"[2] 在明代章回小説中，精美的插圖和名人的評點一直是書坊主有力的競爭武器，這符合當時讀者的閱讀習慣。萬曆十九年（1591）金陵周曰校刊本《新刊校正古本大字音釋三國志通俗演義》識語云："是書也刻已數種，悉皆訛舛。……輒購求古本，敦請名士，按鑑參考，再三讎校，俾句讀有圈點，難字有音注，地里有釋義，典故有考證，缺略有增補，節目有全像。"[3] 在這部小説裏，"全像"與"音注""釋義""考證""增補"都是降低小説閱讀難度的手段，這也是小説插圖最基本的功能。同樣以插圖作爲小説促銷廣告的還有萬曆二十年（1592）雙峰堂余象斗刊本《音釋補遺按鑑演義全像批評三國志傳》，其識語云："坊間所梓三國何止數十家矣，全像者止劉鄭熊黄四姓。宗文堂人物醜陋，字亦差訛，久不行矣。種德堂其書板欠陋，字亦不好。仁和堂紙板雖新，内則人名詩詞去其一分。惟愛日堂者其板雖無差訛，士子觀之樂然，今板已朦，不便其覽矣。本堂以諸名公批評圈點校證無差，人物字畫各無省陋，以便海内士子覽之，下顧者可認雙峰堂爲記。"[4] 如此强

---

1 （明）齊東野人：《隋煬帝艷史》，《古本小説集成》，上海：上海古籍出版社 1994 年版，第 7—9 頁。

2 《李卓吾先生批評三國志序》，轉引自譚帆著：《中國小説評點研究》，上海：華東師範大學出版社 2001 年版，第 197 頁。

3 朱一玄、劉毓忱編：《三國演義資料彙編》，天津：南開大學出版社 2003 年版，第 218 頁。

4 （明）余象斗：《按鑑批點演義全像三國評林·三國辯》，陳翔華主編：《三國志演義古版叢刊五種》，北京：中華全國圖書館文獻縮微復製中心 1995 年版，第 3—5 頁。

調“全像”的重要性，可見當時讀者對小説插圖非常喜愛，圖像精美的插圖本小説當是奇貨可居。雖然實際上余象斗刊本《三國志傳》的插圖一如建陽本的傳統，古樸、簡拙，除了能配合文字叙事，很難稱得上精美。

　　然而不要以爲書坊主們標榜自己小説插圖的作用完全是爲射利計，一味胡吹，有人還真觸摸到了小説中文字叙事與圖像叙事二者結合的必要性。袁無涯刊本《出像評點忠義水滸全書發凡》云：

　　　　此書曲盡情狀，已爲寫生，而復益之以繪事，不幾贅乎？雖然，於琴見文，於牆見堯，幾人哉？是以雲臺、凌煙之畫，《豳風》《流民》之圖，能使觀者感奮悲思，神情如對，則像固不可以已也。[1]

這種認識相當深刻，既考慮到了讀者的不同層次，又分析了讀者的審美心理，形象地闡發了小説中插圖的重要意義。明人對小説中圖像與文字相互發明的闡述最爲精當者莫過於《禪真逸史凡例》：

　　　　圖像似作兒態，然史中炎涼好醜，辭繪之。辭所不到，圖繪之。昔人云：詩中有畫。余亦云：畫中有詩。俾觀者展卷，而人情物理，城市山林，勝敗窮通，皇畿野店，無不一覽而盡。其間仿景必真，傳神必肖，可稱寫照妙手，奚徒鉛槧爲工。[2]

　　這段話肯定了在插圖本小説中“辭”（文字）居首要地位，“辭所不到，圖繪之”，精闢地指出了圖文結合的必要性及其重要意義，與後來見所見齋

　　1（明）袁無涯：《忠義水滸全書發凡》，朱一玄、劉毓忱編：《水滸傳資料彙編》，天津：南開大學出版社 2002 年版，第 133 頁。
　　2（明）清溪道人編次：《禪真逸史》，《古本小説集成》，上海：上海古籍出版社 1994 年版，第 4 頁。

"文字所不達者，以象示之而已"，[1] 魯迅 "（插圖）能補助文字之所不及"，[2] 鄭振鐸 "插圖作者的工作就在補足別的媒介物，如文字之類之表白"[3] 諸論有異曲同工之妙。而 "畫中有詩" 的借用，更是表明圖畫作爲敘事手段，同樣具有文字的敘事功能，在插圖本章回小說中，圖像與文字相互發明，時間藝術與空間藝術融合無間，渾然一體，最終取得通俗化的敘事效果。

　　明代章回小說的插圖主要使用三種版式，大致經歷了由上圖下文式到單面方式再到雙面連式的發展演變。單從版畫藝術發展的角度來看，這種變化呈愈來愈大氣的趨勢，若就圖像與文字相結合的密切程度而言，則是愈來愈疏離。單面方式插圖一般位於卷首，圖畫較爲集中，如萬曆三十八年（1610）杭州容與堂刊本《李卓吾批評忠義水滸傳》全書 100 回，每回兩幅圖畫，爲回目聯句的圖解，全書共 200 幅插圖集中於卷首。雙面連式插圖則主要分布於正文中間，同樣是對回目文字的圖解，回目即圖畫的標題，如萬曆三十一年（1603）萃慶堂刊本《新鍥晉代許旌陽得道擒蛟鐵樹記》，全書 15 回，每回配有兩面插圖相連。單面方式插圖與雙面連式插圖的區別主要表現爲畫面內容的不同。因爲篇幅是單面方式的兩倍，所以雙面連式插圖能容納更多的信息。單面方式插圖由於畫幅的限制一般以人物繡像爲主，發展到雙面連式插圖，則因爲畫幅的擴大而留給了作者更多的表現餘地；除了描繪人物畫像外，雙面連式插圖還可以留出更多的空間來表現故事情節，呈現出一種動態的描述，從敘事的角度來説，雙面連式插圖的敘事功能顯然比單面方式插圖強大。不管是單面方式還是雙面連式，插圖中都會有少量的文字説明，一般以回目或簡短的語句爲標題，能概括圖畫的內容。不過單靠這兩類圖畫中的少量文字，顯然還難以充分理解小說的故事情節，只有將圖畫與正

1　見所見齋：《閱畫報書後》，《申報》1884 年 6 月 19 日。

2　魯迅：《"連環圖畫" 辯護》，魯迅著：《南腔北調集》，《魯迅全集》第四卷，北京：人民文學出版社 2005 年版，第 458 頁。

3　鄭振鐸：《插圖之話》，《鄭振鐸文集》，北京：綫裝書局 2009 年版，第 113 頁。

文相配合，才能使二者相得益彰，充分發揮各自的優勢。相對於單面方式與雙面連式插圖來說，上圖下文式插圖中圖像與文字的結合最爲直接，也最爲緊密，幾乎達到了渾然一體的程度。這種插圖每頁的上部三分之一爲圖畫，下部三分之二爲文字。與單面方式和雙面連式相比，上圖下文式插圖中圖畫的畫幅最小，這限制了此類圖畫在故事背景、人物形象上作更多更精彩的描繪，因此從藝術的角度而言其審美價值不如單面方式與雙面連式插圖。然而狹小的畫幅促使作者將精力更多地集中在講述故事情節上，因此上圖下文式插圖雖然缺少大幅度的背景介紹與人物形象的精雕細刻，但不乏栩栩如生的人物動作，單就每一頁插圖來說，這種簡樸古拙的插圖已經虎虎而有生氣，而當成百上千幅這樣的插圖聯貫出現在讀者眼前時，下部文字所描述的故事情節在圖畫中同樣“呼之欲出”。上圖下文式插圖以其龐大的群體數量（上圖下文式插圖因爲每頁有圖，所以一部章回小說少則有幾百，多則有上千幅插圖，如《京本增補校正全像忠義水滸志傳評林》插圖多達 1 242 幅）彌補了單幅插圖表現內容不夠豐滿的缺陷，又因其與文字的緊密結合（單面方式與雙面連式插圖都與正文相隔一定距離，其圖文結合的程度遠不如上圖下文式直接）而將圖文之間的相互發明發揮得淋漓盡致。如果將單面方式與雙面連式插圖本比作是一本畫册，那麼上圖下文式插圖本則是一部電影，每一頁圖都是一個分鏡頭。當讀者連續翻閱上圖下文式插圖時，很容易產生電影“蒙太奇”的感覺。因此上圖下文式插圖的敘事功能最爲強大，爲單面方式與雙面連式插圖所不及。加上圖畫本身就配有簡短的語句，也能概括故事情節，所以文化程度較低的讀者，通過讀圖也能大致了解小說的內容。魯迅就曾經說過：“這種畫的幅數極多的時候，即能只靠圖像，悟到文字的內容，和文字一分開，也就成了獨立的連環圖畫。”[1]這樣的章回小說擁有最廣大的讀者群體，精明的書坊主投其所好，大量出版上圖下文式的

---

　　1 魯迅：《“連環圖畫”辯護》，魯迅著：《南腔北調集》，《魯迅全集》第四卷，北京：人民文學出版社 2005 年版，第 458 頁。

章回小説就在情理之中了。建陽刻本明代章回小説，上圖下文式插圖本數量最多、種類最全，是其他任何地域、任何插圖形式的版本所無法比肩的。書坊主對插圖版式的選擇具有一定的地域色彩，建陽本章回小説以上圖下文式爲主，金陵、金閶、武林等地的刊本以單面方式和雙面連式爲主。作出這種選擇的原因有許多，其中傳統的習慣力量與當地的文化氛圍居主導地位。鑒於上圖下文式圖像與文字結合最爲緊密，而建陽本又是這種版式使用最早、時間最長、影響最大的章回小説，我們擬以建陽本章回小説爲中心來探討圖文結合作爲一種叙事方式對明代章回小説文體的影響。

第二節　“上圖下文”與建陽本章回小説

　　福建建陽是中國古代的刻書重鎮，自宋迄明一直是全國最爲重要的出版基地之一，號稱“圖書之府”。清代福建人陳壽祺云：“建安、麻沙之刻盛于宋，迄明末已。四部巨帙自吾鄉鋟板，以達四方，蓋十之五六。”[1]景泰《建陽縣誌續集》云“天下書籍備于建陽之書坊”，嘉靖《建陽縣誌》卷三亦云“比屋皆鬻書籍，天下客商販者如織，每月以一、六日集”。[2]數百年來能夠一直保持興旺的發展態勢，建陽刻本書籍一定有其過人之處。宋人葉夢得《石林燕語》有言：“今天下印書，以杭州爲上，蜀本次之，福建最下。京師比歲印板，殆不減杭州，但紙不佳；蜀與福建，多以柔木刻之，取其易成而速售，故不能工。福建本幾遍天下，正以其易成故也。”[3]葉夢得對“福建本”的評價大體上是客觀公正的：品質“最下”，數量“遍天下”；對其原因的分析也比較中肯：“取易成而速售”，這正是建陽本書籍在激烈的市場競争

---

1 （清）陳壽祺著：《左海文集》卷八“留香室記”，清道光九年廣東學海堂刻本。

2 《天一閣藏明代方志選刊》，上海：上海古籍書店重印天一閣藏明刻本。

3 （宋）葉夢得撰：《石林燕語》卷八，上海：商務印書館1941年版，第74頁。

中常勝不衰的法寶。到了明代，建陽刻本品質上的缺陷招致了文人學士的嚴厲批評。胡應麟説："閩中紙短窄鶩脆，刻又舛謁，品最下而直最廉。余筐篋所收什九此物，即稍有力者弗屑也。"[1] 謝肇淛以鄙夷甚至帶點憤怒的口吻説："閩建陽有書坊，出書最多，而板紙俱最濫惡，蓋徒爲射利計，非以傳世也。"[2] 大概在明代士人看來，書坊主以售書來獲利是令人無法接受的事情，"爲射利計"而粗製濫造則更令人不齒，所以郎瑛也這樣認爲："我朝太平日久，舊書多出，此大幸也，亦惜爲福建書坊所壞。蓋閩專以貨利爲計，凡遇各省所刻好書，聞價高即便翻刊，卷數、目録相同而於篇中多所減去，使人不知，故一部止貨半部之價，人争購之。"[3]

不容否認，建陽本書籍在品質上確實不夠精美，多有瑕疵，但如果因此而否定建陽本的歷史功績，未免有失公允。至少在小説領域，建陽本憑藉"易成而速售"的特點，在加速小説的流通，擴大小説的影響，促進小説文體的變革等方面作出了很大的貢獻。現存明代章回小説，超過一半的版本是建陽本，它爲我們研究章回小説文體的發展演變提供了許多寶貴的材料。我們固然痛恨建陽本常常偷工減料，幾令書無全帙的伎倆，但也不要忘記建陽本"一部止貨半部之價，人争購之"所帶來的便利。要知道，明代書籍的價格大多不菲，萬曆末年姑蘇龔紹山刊本《新鐫陳眉公先生評點春秋列國志傳》每部售價紋銀一兩，金閶舒載陽刊本《新刻鍾伯敬先生批評封神演義》更是每部售價紋銀二兩，在當時可購買大米 2.75 石，相當於一個知縣月俸的三分之一强，遠非一般讀者所能承受。[4] 建陽本章回小説以低廉的售價行世，所以很受市井百姓歡迎，這從建陽本章回小説再版的頻率之高可見一斑。萬曆二十一年（1592）余氏雙峰堂刊本《京本增補校正全像忠義水

1（明）胡應麟撰：《少室山房筆叢》，上海：上海書店出版社 2009 年版，第 43 頁。

2（明）謝肇淛撰：《五雜組》卷十三，上海：上海書店出版社 2001 年版，第 266 頁。

3（明）郎瑛撰：《七修類稿》卷四十五，上海：上海書店出版社 2001 版，第 478 頁。

4 參見潘建國：《明清時期通俗小説的讀者與傳播方式》，《復旦學報》（社科版）2001 年第 1 期。

滸志傳評林》卷首《水滸辨》云："《水滸》一書，坊間梓者紛紛，偏像者十餘副，全像者止一家，前像板字中差訛，其版蒙舊，惟三槐堂一副，省詩去詞，不便觀誦。"[1]我們認爲，建陽本章回小説之所以能夠暢銷，與書坊主對小説的定位有很大關係。建陽書坊主"爲射利計"，需要擴大小説的讀者面，鼓動最廣大層次的市井百姓購買小説，一方面通過節縮紙板，減少成本以降低售價，另一方面則設法降低小説的閱讀難度，激發讀者的閱讀興趣。在各種手段中，采用圖文結合的叙事方式，給小説配上插圖的效果最爲明顯，故建陽本章回小説幾乎無書不圖，具體刊布情況見下表：

明代建陽本章回小説使用插圖情況一覽表

小説名稱	版本	插圖版式			小説名稱	版本	插圖版式		
		上圖下文式	單面方式	雙面連式			上圖下文式	單面方式	雙面連式
新刊通俗演義三國志史傳	葉逢春刊本	√			新刊京本全像插增田虎王慶忠義水滸全傳	雙峰堂刊本	√		
新刊大宋中興通俗演義	清江堂刊本		√		全像水滸	雙峰堂刊本	√		
新刊參采史鑑唐書志傳通俗演義	清江堂刊本		√		新鐫校正京本大字音釋圈點三國志演義	鄭以楨刊本	√		
鼎鍥京本全像西遊記	清江堂刊本	√			鼎鍥京本全像西遊記	楊閩齋刊本	√		
京本通俗演義按鑑全漢志傳	克勤齋刊本	√			鼎鍥全像唐三藏西遊釋厄傳	劉蓮台刊本	√		
音釋補遺按鑑演義全像批評三國志傳	雙峰堂刊本	√			新刊按鑑演義全像唐書志傳	三台館刊本	√		

1（元）施耐庵著，（明）余象斗評訂：《京本增補校正全像忠義水滸志傳評林》，《古本小説集成》，上海：上海古籍出版社 1994 年版，第 1—2 頁。

小說名稱	版本	插圖版式			小說名稱	版本	插圖版式		
		上圖下文式	單面方式	雙面連式			上圖下文式	單面方式	雙面連式
新刻京本補遺通俗演義三國志傳	熊清波刊本	√			新鋟全像大字通俗演義三國志傳	喬山堂刊本	√		
北方真武祖師玄天上帝出身志傳	熊仰台刊本	√			新鋟全像大字通俗演義三國志傳	笈郵齋刊本	√		
新鋟音釋評林演義合相三國志史傳	忠正堂熊佛貴刊本	√			唐鍾馗全傳	安正堂刊本	√		
新鍥晉代許旌陽得道擒蛟鐵樹記	萃慶堂刊本			√	新鐫出像天妃濟世出身傳	忠正堂刊本	√		
鍥五代薩真人得道咒棗記	萃慶堂刊本			√	全像水滸	未明	√		
鍥唐五代呂純陽得道飛劍記	萃慶堂刊本			√	新鐫全像東西晉演義志傳	三台館刊本	√		
新鍥京本校正通俗演義按鑑三國志傳	三垣館刊本	√			新鍥唐三藏出身全傳	未明	√		
京板全像按鑑音釋兩漢開國中興傳志	詹秀閩刊本	√			新刊八仙出處東遊記	三台館刊本	√		
新刊京本春秋五霸七雄全像列國志傳	三台館重刊本	√	√		新鐫全像南海觀世音菩薩出身修行傳	煥文堂刊本	√		
重刻京本通俗演義按鑑三國志傳	楊閩齋刊本	√			新鍥國朝承運傳	未明	√		
新刻皇明開運輯略武功名世英烈傳	三台館刊本			√	新刻考訂按鑑通俗演義全像三國志傳	黃正甫刊本	√		

續　表

小說名稱	版本	插圖版式			小說名稱	版本	插圖版式		
		上圖下文式	單面方式	雙面連式			上圖下文式	單面方式	雙面連式
新刻京本全像演義三國志傳	與耕堂費守齋刊本	√			新刻增補批評全像西遊記	閩齋堂刊本	√		
新鍥京本校正按鑑演義全像三國志傳	種德堂刊本	√			五顯靈官大帝華光天王傳	昌遠堂刊本	√		
新刻按鑑演義全像三國英雄志傳	楊美生刊本	√			武穆王精忠傳	天德堂刊本		√	
新刊京本校正演義全像三國志傳評林	雙峰堂刊本	√	√		新刻全像水滸傳	劉興我刊本	√		
李卓吾先生批評三國志	劉君裕刊本		√		新鐫全像武穆精忠傳	天德堂刊本		√	
京本增補校正全像忠義水滸志傳評林	雙峰堂刊本	√			按鑑演義帝王御世盤古至唐虞傳	余季岳刊本	√		
新刻全像忠義水滸志傳	藜光堂刊本				按鑑演義帝王御世有夏志傳	余季岳刊本	√		
新刻湯學士校正古本按鑑演義全像通俗三國志傳	未明	√			按鑑演義帝王御世有商志傳	余季岳刊本		√	
精鐫按鑑全像鼎峙三國志傳	藜光堂刊本	√			新刻按鑑演義列國前編十二朝傳	三台館刊本	√	√	
新刻全像按鑑演義南北兩宋志傳	三台館刊本	√			新刊京本編輯二十四帝通俗演義東西漢志傳	文台堂刊本	√		

續　表

小說名稱	版本	插圖版式			小說名稱	版本	插圖版式		
		上圖下文式	單面方式	雙面連式			上圖下文式	單面方式	雙面連式
新刊按鑑演義全像大宋中興岳王傳	三台館刊本	✓			新刻按鑑編輯二十四帝通俗演義全漢志傳	三台館刊本	✓		
李卓吾先生批評三國志	吳觀明刊本		✓		二刻按鑑演義全像三國英雄志傳	未明	✓		
孔聖宗師出身全傳	未明	✓			新鍥龍興名世錄皇明開運英武傳	楊明峰重刊本	✓		✓
新刊京本通俗演義按鑑全漢志傳	愛日堂刊本	✓			新鍥京本校正通俗按鑑全像三國志傳	聯輝堂刊本	✓		
按鑑增補全像兩漢志傳	西清堂刊本	✓			新鍥全像達摩出身傳燈傳	清白堂刊本	✓		
明公批點合刻三國水滸全傳英雄譜	雄飛館刊本		✓		新鐫全像通俗演義隋煬帝艷史	人瑞堂刊本		✓	
新刻音釋旁訓評林演義三國志傳	王泗源刊本	✓			戚南塘剿平倭寇志傳	未明	✓		
新刻全像牛郎織女傳	余成章刊本	✓							

據上表可知，建陽本章回小說的插圖版式以上圖下文式最爲常見，也具有非常悠久的歷史傳統，前文提及的元刊本《全相平話五種》即建陽刊本。嘉靖二十七年（1548）建陽葉逢春刊本《新刊通俗演義三國志史傳》是現存最早的插圖本章回小說，也是上圖下文式。建陽書坊主使用插圖具有明確的目的，那就是盡可能地使小說變得通俗易懂。在諸種插圖版式中，上圖下文式保證了圖像與文字之間最密切的聯繫，能最大限度地降低讀者閱讀的

難度，儘管書坊主選取這種版式的最終目的仍然是"貨利爲計"，但這在事實上推動了明代章回小説因爲采取圖文結合的叙事方式而朝向更加通俗化邁進。葉盛《水東日記》云："今書坊相傳射利之徒偽爲小説雜書，南人喜談如漢小王（光武）、蔡伯喈（邕）、楊六使（文廣），北人喜談如繼母大賢等事甚多。農工商販，鈔寫繪畫，家畜而人有之；癡騃女婦，尤所酷好……"[1]這段文獻表明，書坊主深諳讀者心理，熟悉讀者口味，不僅小説題材豐富多樣，表現形式也是投其所好——"鈔寫繪畫"——顯然是圖文結合的，也唯其如此，才能"癡騃女婦，尤所酷好"。明末文人陳際泰（1567—1641）自傳《陳氏三世傳略》云：

> 是年冬月，從族舅鍾濟川借《三國演義》，向牆角曝背觀之。母呼食粥不應，呼午飯又不應，即饑，索粥飯皆冷。母捉裾將與杖，既而釋之。母或飲濟川酒："舅何故借而甥書？書上載有人馬相殺事，甥耽之，大廢眠食。"泰亟應口曰："兒非看人物，看人物下截字也，已悉之矣。"[2]

上截有人馬相殺事，下截有文字，陳際泰閱讀的當是通行的建陽刊本上圖下文式《三國志傳》。一個年僅十歲的小孩，閱讀"事紀其實，亦庶幾乎史"的歷史演義，如果不是因爲小説采取圖文結合的叙事方式，恐怕難以入迷到"粥飯皆冷"的地步。《傳略》中母親與小孩的對話都是圍繞小説插圖進行，在質疑與釋疑的交鋒中我們可以感受到圖文結合作爲叙事方式的真正魅力，它使章回小説這種文體形式婦孺皆知，老少咸宜。

正如郎瑛指責的那樣，建陽書坊主熱衷於翻刻各種小説，並且大多偷工

1（明）葉盛撰：《水東日記》卷二十一，北京：中華書局 1980 年版，第 213—214 頁。

2（明）陳際泰撰：《巳吾集》卷八，清順治間刊本。

減料，導致了中國古代小説史上"簡本"與"繁本"現象的産生。尤其是影響較大的小説，如《水滸傳》《西遊記》更是翻印得最多，也删節得最厲害。建陽本章回小説采用簡本形式的原因，胡應麟等人歸結爲"射利計"。爲了獲取最大利潤，書坊主儘量降低刊刻成本，削減小説的字數能縮減刻工的工作量並減少紙張的使用；爲了擊敗競争對手，書坊主設法增加小説的故事内容，讓讀者獲得比繁本更多的信息量，比繁本更有吸引力。但是這樣一來，書坊主們面臨一個兩難的選擇：一方面要最大限度地縮減小説的篇幅以便降低刊刻成本，另一方面要容納更多的故事内容來增加小説的吸引力，而增加内容又不得不增加小説的篇幅。書坊主們采用圖文結合的叙事方式比較圓滿地解決了這個矛盾：圖畫與文字之間的相互發明可以彌補小説因爲删節文字而造成的部分遺漏並以圖畫的形式增加相應的故事内容，同時栩栩如生的圖畫也可以讓讀者轉移注意力，不再計較書坊主的"偷工減料"。事實上，書坊主對小説文字的删節大多限於"游詞餘韻"，没有影響到小説故事情節的完整，從某種意義來説，删去了"游詞餘韻"反而更有利於保持故事情節的連貫與統一。而插圖的連貫使用，同樣能夠叙述完整的故事情節，尤其是上圖下文式插圖的連貫使用，甚至形成了兩種不同媒介、不同方式交錯叙述同一個故事的局面：上部是以圖像的方式形象直觀地叙述故事，下部是以文字的方式含蓄藴藉地叙述故事。這種叙事風格不一定討文人學士們喜歡，但一般的市井百姓肯定歡迎，他們關心"事實"（故事情節）遠勝於"游詞餘韻"，這符合建陽書坊主們給自己産品的定位，章回小説本來就是一種"通俗"小説。

　　爲了更好地説明上圖下文式對章回小説文體形成的影響，我們打算以個案分析的形式進行闡述。我們將選取《水滸傳》的兩種不同版本進行比較，一種是所謂"簡本"《京本增補校正全像忠義水滸志傳評林》（以下簡稱"京本"），上圖下文式；另一種是所謂"繁本"《李卓吾先生批評忠義水滸傳》

（以下簡稱"李本"），單面方式。希望通過不同程度的圖文結合所産生的不同叙事效果來説明這種叙事方式對章回小説文體的影響。[1]

　　先將"京本"與"李本"的版式特徵及文體形態作一個簡單的對比：

"李本"與"京本"的版式、文體形態比較

書名	行款及字數	詩詞	韻文	插圖	備注
李卓吾先生批評忠義水滸傳	半葉十一行行二十二字共約 74.3 萬字	叙述者 501 首人物 39 首共計 540 首	269 段	單面方式每回兩幅共 200 幅	無征田虎、王慶故事
京本增補校正全像忠義水滸志傳評林	半葉十四行行二十一字共約 36.6 萬字	叙述者 248 首人物 39 首共計 287 首	51 段	上圖下文式共 1 242 幅	有征田虎、王慶故事

　　從上表可知，"李本"字數是"京本"的兩倍，所用詩詞是"京本"的兩倍，韻文是"京本"的五倍有餘，而"京本"的插圖則是"李本"的六倍多。"京本"要以"李本"一半的篇幅表現"李本"的全部内容，還要增加征田虎、王慶故事二十回内容，無疑是有一定難度的。在保證故事情節完整的前提下，書坊主除了盡可能地刊落詩詞、韻文外，還必須借助連續插圖的配合，通過充分發揮圖像叙事的特點和作用，來補足大幅度削減文字所帶來的缺略和不足。換句話説，書坊主雖然删節了大量文字，但是同時增加了大量插圖，對一般讀者而言，"失之東隅，收之桑榆"，栩栩如生的圖畫比含蓄蕴藉的詩詞、韻文更具有吸引力。再就小説成本來看，"李本"每頁可刻242 個字，"京本"除了上部三分之一刻了圖畫外，下部三分之二可刻 294個字，這意味著"京本"在增加數倍於"李本"插圖的情況下，仍然能節約大量紙張，其成本自然更低，售價更便宜，因此建陽刻《水滸傳》簡本雖然

---

　　[1] 除征田虎、王慶故事外，"李本"與"京本"的回目幾乎全是相同的，這表明二者之間存在"親緣"關係：或者來源於一個共同的祖本，或者一本以另一本爲藍本。本文認爲，"京本"是據"李本"删節而成。

屢遭文人學士斥責，但並不妨礙它迅速占領小説市場，暢銷全國，"世所傳者，獨建陽本耳"。[1]

下面以第四回《趙員外重修文殊院　魯智深大鬧五臺山》爲例，具體分析"李本"與"京本"的文體差異。本回内容包括如下四個故事單元，"李本"與"京本"叙述各故事單元時存在較大不同：

一、魯達偶遇金氏婦女。魯達見金翠蓮時，"李本"有一段"但見"韻文描述翠蓮形象；"京本"删去"但見"韻文，78 字。金氏婦女款待魯達，"李本"描述甚詳，寫金老兒如何安排翠蓮陪坐，自己和小厮去買酒，丫鬟燙酒燒菜，共 143 字；"京本"只用了兩個字："酒來"。趙員外與魯達相見，"李本"用了 141 字描述整個場面，"京本"只寫了一句話"只聽見丫鬟來報：官人回來了"，共 12 字。趙員外邀魯達去莊園避禍，"李本"用了 195 字，"京本"只用了 34 字。

二、趙員外引薦魯達到五臺山出家。"李本"有兩段"但見"韻文，一段描寫"果然好座大山"，一段描寫"果然好座大刹"；"京本"保留了描寫大刹的韻文，删去描寫大山的韻文，共 94 字，原因應是"果然好座大山"與故事情節的發展無直接關係——魯達此行並非遊山玩水。

三、智深醉酒鬧事。第一次醉酒歸寺，"李本"有一段"但見"韻文描繪智深醉態，共 94 字；"京本"删去。智深酒醒挨方丈訓誡，"李本"插叙一段議論："昔大唐一個名賢姓張名旭，作一篇醉酒歌行，單説那個酒。端的做的好……"韻散結合共 224 字；"京本"删去。第二次醉酒歸寺，"李本"寫道："滿堂僧衆大喊起來，都去櫃中取了衣鉢要走……"，後有一段"但見"韻文描寫衆人與智深的打鬥場面，共計 306 字；"京本"只一句話"滿堂衆僧大喊起來逃去"，共 10 字。

1（清）周亮工撰：《因樹屋書影》，北京：中華書局 1958 年版，第 8 頁。

四、智真長老打發智深去相國寺。"李本"寫道："'我這里決然安你不得了，我夜來看了，贈汝四句偈言，終身受用。'智深道：'師父教弟子那里去安身立命？'……有分教……直教名馳塞北三千里，証果江南第一州。"共111字。"京本"就一句話："智深曰：師父交徒弟那裏去？"共11字。不但删去了對話描寫，還删去了"有分教"這樣的説書人套語。

"李本"第四回共有文字9 312個，單面方式插圖兩幅，一幅爲"趙員外重修文殊院"，另一幅爲"魯智深大鬧五臺山"，圖畫標題合在一起即是本回回目；"京本"第四回共有文字4 451個，上圖下文式插圖16幅。兩相比較，"李本"文字是"京本"的兩倍有餘，"京本"插圖則是"李本"的八倍。"京本"第四回的16幅插圖分別是：[1]

圖1：金老兒拖魯智深走	圖2：老金父子拜謝魯達
圖3：魯達同趙員外回莊	圖4：魯達去髮爲和尚
圖5：魯智深拜長老爲師	圖6：衆長老鳴鐘會衆僧
圖7：趙員外辭別真長老	圖8：魯智深山門下坐想
圖9：魯達踢倒漢子搶酒	圖10：魯和尚大鬧五臺山
圖11：智真長老怪罵智深	圖12：智深入店吃酒大醉
圖13：智深醉打倒亭子柱	圖14：門子看智深打金剛
圖15：魯智深亂打衆和尚	圖16：智真長老發落智深

我們發現，"京本"第四回16幅插圖的標題有這樣一些特點：（一）除圖4外，其餘15幅插圖均爲八字標目，與回目格式相同，所有標題均可視爲一個完整的主謂句，這意味著每一個標題都具有叙事功能，能表明人物的

---

1 "智深"是魯達到五臺山出家後才有的法號，此前一般稱爲"魯達"或"魯提轄"。"京本"標題中的失誤也可證明"京本"是書坊主據某一個繁本删改而成。

行動。（二）除了圖6與圖7外，其他圖畫標題中的主語均爲"魯達"（或"魯智深"），事實上圖6與圖7的主人仍然是"魯智深"——圖6"衆長老鳴鐘會衆僧"是爲了魯達的剃度，圖7"趙員外辭別真長老"既委托智真長老看顧智深，"凡事看吾薄面"，又叮囑智深"凡事自宜省戒"。因此將這16幅插圖連貫起來看，即是本回魯達故事的另一種叙述：

1. 魯達偶遇金氏父女（圖1—圖3）

2. 趙員外引薦魯達上五臺山出家（圖4—圖7）

3. 魯智深兩次醉酒鬧事（圖8—圖15）

4. 智真長老打發智深去相國寺（圖16）

這個故事情節與本回文字所表述的內容是完全吻合的，因此我們有理由認爲，"京本"實際上存在叙述相同故事情節的兩種不同形式：一條以文字的方式叙述，另一條以圖畫的方式叙述。讀者既可以帶著讀文時産生的想象到圖畫中去尋求印證，也可以"看圖讀文"，借助圖像的形象與直觀跳過文字障礙，同樣能夠獲得閱讀的審美愉悦。

總起來說，論裝幀與小說插圖的精美，文人學士無疑會選擇相對雅致的"李本"，但論價格與閱讀的接受程度，廣大的市井百姓當然更喜歡通俗的"京本"。

第三章
《剪燈新話》與明代傳奇小說的詩文化

瞿佑於明洪武十一年（1378）創作完成的《剪燈新話》，是明代第一部傳奇小說集，在繼承唐宋傳奇小說的基礎上，又融入了自己的時代思考，富有鮮明的個性色彩和文體特徵，幾乎影響了整個明代傳奇小說的創作。李昌祺的《剪燈餘話》、趙弼的《效顰集》、雷燮的《奇見異聞筆坡叢脞》、陶輔的《花影集》、邵景詹的《覓燈因話》等傳奇小說集，都是效仿《剪燈新話》的產物。明代的單篇傳奇小說，最有特點和開創意義的是《柔柔傳》《賈雲華還魂記》《鍾情麗集》等40多部中篇文言傳奇小說。其他單篇傳奇小說則主要收錄在筆記小說、文人別集和小說選本等書中，如林鴻的《夢遊仙記》附在其《鳴盛集》中、蔡羽的《遼陽海神傳》收錄在《古今說海》說淵部、楊儀的《高坡異纂》收有《娟娟傳》、陸粲的《庚巳編》錄有《洞簫記》、陸采的《冶城客論》收錄《鴛鴦記》，等等。從時代性和影響的持久性上來說，有明一代傳奇小說的文體創新主要體現在兩方面：詩歌化和文章化，即傳奇小說羼入大量詩詞文賦，以及淡化故事、增強說理。我們對明代傳奇小說文體的研究將緊緊扣住詩歌化和文章化特徵進行論述。

第一節 《剪燈新話》的詩文化及其成因

瞿佑的《剪燈新話》模仿前代傳奇，尤其是受唐代傳奇的影響更大、更直接。如《金鳳釵記》《渭塘奇遇記》與《離魂記》、《水宫慶會録》與《柳毅傳》、《申陽洞記》與《補江總白猿傳》、《秋香亭記》與《鶯鶯傳》、[1]《龍堂靈會録》與《蔣琛》等。[2]但其不膠柱鼓瑟，而往往能自出機杼，傳奇小説呈現出明顯的詩文化特徵，深深地影響了有明一代傳奇小説的叙事形態和文體發展。

一、叙事詩歌化

所謂叙事詩歌化，就是運用詩筆，通過在作品中插入大量詩詞，使傳奇小説具有濃郁的抒情性。瞿佑的友人桂衡早已指出《剪燈新話》“但見其有文、有詩、有歌、有詞”。[3]近代以來，《剪燈新話》的詩文化特徵屢屢受到關注，以致被孫楷第直接稱作“詩文小説”。[4]在《剪燈新話》21 篇作品中，有 14 篇插入了詩詞，數量多，比重大，反映出瞿佑有意追求詩文相間的傳奇小説文體觀念。同時，除《緑衣人傳》等作品中的少數詩歌爲他人所撰外，[5]《剪燈新話》中的絶大多數詩詞是作者的獨創之作，常常是小説不可或缺的組成部分，展示了作家的才華，抒發了作家獨特的人生感受和歷史反思。結合瞿佑的詩集、詞集、詩話，《剪燈新話》的創新之處，就在於插入的詩詞融入了作家的人生體驗，具有鮮明的個性色彩。

最具有代表性和象徵意義的作品是全書開卷第一篇《水宫慶會録》，插入的詩歌占整部小説的 44%，用於抒發作家懷才不遇的苦悶。小説叙余善文被南海龍王邀請到龍宫，爲新建的靈德殿撰寫上梁文，宴請之後又被送回，

---

1 程國賦：《〈剪燈新話〉與唐人小説》，《明清小説研究》1999 年第 1 期。

2 程毅中：《唐人小説中的“詩筆”與“詩文小説”的興衰》，《文學遺産》2007 年第 6 期。

3 （明）瞿佑等著，周楞伽校注：《剪燈新話（外二種）》，上海：上海古籍出版社 1981 年版，第 5 頁。

4 孫楷第著：《日本東京所見小説書目》，北京：人民文學出版社 1958 年版，第 127 頁。

5 任明華：《論明代嵌入他人詩歌的詩文小説——兼談〈湖海奇聞〉的佚文》，《求索》2016 年第 6 期。

情節非常簡單，而其重心主要是余善文吟誦的詩歌。主要人物"余善文"無疑蘊含"余善著文章"之意，寓意非常明顯，可視爲作者瞿佑的夫子自道。瞿佑少有詩名，曾受到著名詩人楊維楨的褒獎，《歸田詩話》卷下載楊維楨曾對瞿佑的叔祖稱贊説："此君家千里駒也。"[1]據《列朝詩集小傳》知瞿佑時年十四，可以想像，作者應該對自己的功名、人生寄予極高的期許！可元末的戰亂、明初的高壓，致使作家仕途蹭蹬，沉淪下僚，其内心的不滿壓抑可想而知。再考慮到高啓因詩文獲罪，《明史》卷二八五《文苑傳·高啓傳》載："啓嘗賦詩，有所諷刺，帝嗛之未發也"，"帝見啓所作上梁文，因發怒，腰斬於市"。[2]我們完全有理由相信創作於此前的《剪燈新話》有藉詩文爲自己吐氣的動機，以避開文網而自保。《水宫慶會録》置於全書之首，且叙余善文被龍王請去書寫上梁文，想必不是偶然，蓋有深意存焉。小説叙余善文"負不世之才，蘊濟時之略"，在龍王面前"一揮而就，文不加點"，完成《上梁文》，充分體現出瞿佑的博聞賅洽與文采風致。在看似遊戲、詼諧的筆墨背後，或許隱含著作者腹有詩書却無人賞識的苦悶。《水宫慶會詩》二十韻更是氣勢恢宏，鏤金錯采，極盡鋪排，令人嘆賞。另外二首凌波詞與采蓮曲則仿楚辭而作，詞采華美，詩風飄逸。總之，《水宫慶會録》以人物的詩歌爲主，以述異爲輔，在大雅大俗的詩文中，洋溢著作家的文采風流，爲《剪燈新話》奠定了抒情的基調。

　　結合瞿佑的其他詩歌來看，融入作家情感最深切、抒情意味最濃厚的作品無疑是仿《鶯鶯傳》而作的《秋香亭記》。全篇插入的詩文幾近篇幅的一半，詠嘆了愛情成空的憂傷。《鶯鶯傳》和《秋香亭記》都是愛情悲劇，且都有作者自叙傳的影子。前者自北宋王銍始，即認爲"所謂傳奇者，蓋微之

1（明）瞿佑著，喬光輝校注：《瞿佑全集校注》，杭州：浙江古籍出版社 2010 年版，第 461 頁。

2（清）張廷玉等撰：《明史》，北京：中華書局 1974 年版，第 7328 頁。

自叙，特假他姓以自避耳"。[1] 至現代，仍普遍認爲張生即元稹之化名。[2] 後者則始自瞿佑的友人凌雲翰，其《剪燈新話序》云："至於《秋香亭記》之作，則猶元稹之《鶯鶯傳》也，余將質之宗吉，不知果然否？"[3] 瞿佑《歸田詩話》卷上《鶯鶯傳》載："其作《鶯鶯傳》，蓋托名張生。復製《會真詩》三十韻，微露其意，而世不悟，乃謂誠有是人者，殆癡人前説夢也。"[4] 且作有《崔鶯待月》絶句云："殘妝在臂淚光熒，香霧雲空月半明。吟就《會真》三十韻，須知元子即張生。"[5] 結合《歸田詩話》所記及詩歌，可知《秋香亭記》也是瞿佑自傳而托名商生。

《秋香亭記》中的商生與采采"發乎情，止乎禮義"，由於戰亂而成了悲劇。瞿佑藉采采之信，表現了戰亂造成愛情成空的沉痛心情。采采作爲一個柔弱的閨閣女子，在"東西奔竄，左右逃遁"的流離失所之中，在家人相繼辭世的現實面前，爲了生存，在十年没有心上戀人消息的情況下，只好"委身從人"。采采對商生没有埋怨、責怪，只有無盡的相思與深深的無奈，正是采采這種身如飄蓬的孤獨無依之感，才讓商生"每一覽之，輒寢食俱廢者累日，蓋終不能忘情焉耳"。瞿佑還利用詩詞直抒胸臆，如《滿庭芳》曰："悵歡蹤永隔，離恨難消！回首秋香亭上，雙桂老，落葉飄飆。相思債，還他未了，腸斷可憐宵！"可以説，與采采的甜蜜戀情，令作者縈繞於懷，難以忘却；與采采的愛情成空，令作者惆悵無奈，痛不欲生。《秋香亭記》作於明洪武十一年（1378），瞿佑尚屬青年時代，但直到暮年，作者依然不能釋懷。其《過蘇州》詩曰："桂老花殘歲月催，秋香無復舊亭臺。傷心烏鵲

1（宋）趙令時著：《侯鯖録》，北京：中華書局 2002 年版，第 126 頁。

2 如魯迅説《鶯鶯傳》是"元稹以張生自寓，述其親歷之境"，《中國小説史略》，上海：上海古籍出版社 1998 年版，第 53 頁；陳寅恪説《鶯鶯傳》"爲微之自叙之作，其所謂張生即微之之化名，此固無可疑。"陳寅恪著：《元白詩箋證稿》，上海：上海古籍出版社 1978 年，第 108 頁。

3（明）瞿佑等著，周楞伽校注：《剪燈新話（外二種）》，上海：上海古籍出版社 1981 年版，第 4 頁。

4（明）瞿佑著，喬光輝校注：《瞿佑全集校注》，杭州：浙江古籍出版社 2010 年版，第 420 頁。

5（明）瞿佑著：《香臺集》卷中，《瞿佑全集校注》，杭州：浙江古籍出版社 2010 年版，第 60 頁。

橋頭水，猶望閶門北岸來。"[1]詩中所詠桂花、秋香亭、烏鵲橋，均見於小説的叙述。《過蘇州》的確切創作時間已無法斷定，但顯然此時的作者已垂垂老矣。總之，瞿佑不只是模仿《鶯鶯傳》等詩文小説的形式，更可貴的是注入了自己的體驗，將羼入詩文的抒情與小説的叙事結合起來，形成一種感傷淒美的詩歌意境與叙事格調。

有的作品羼入的詩歌，雖然數量和比重並不太大，但却是小説的叙述重心，成爲全篇的情感基調。這些作品中的詩詞往往見於瞿佑的詩集、詞集，可相互參看，更能凸現出作者在今昔對比中抒發的歷史興亡之感，具有鮮明的時代色彩。卷二《天台訪隱録》叙徐逸於洪武七年入天台山，遇南宋隱者陶上舍談興亡之事。全篇羼入一詩一詞，約占全篇的20%，其中陶上舍作的一篇古風，其實即瞿佑《故宮嘆》的改寫，試比較：

金輪夜半北方起，炎精未墮光先死。青衣去作行酒人，泥馬來爲失鄉鬼。江頭宮殿列巉屼，湖上笙歌樂燕安。魚羹自從五嫂乞，殘酒却笑儒生酸。格天閣上燒銀燭，申王計就蘄王逐。累世内禪諱言兵，中興之功罪難贖。開邊釁動終倒戈，師臣函首去求和。木綿庵下新鬼哭，誤國重逢賈八哥。琉璃作花禁珠翠，上馬裙輕淚妝媚。朔風吹塵笳鼓鳴，天目山崩海潮避。興亡往事與誰論，亭亭白塔鎮愁魂。惟有棲霞嶺頭樹，至今人説岳王墳。（瞿佑《宋故宮嘆》）[2]

建炎南渡多翻覆，泥馬逃來御黃屋。盡將舊物付他人，江南自作龜茲國。可憐行酒兩青衣，萬恨千愁誰得知！五國城中寒月照，黃龍塞上朔風吹。東窗計就通和好，鄂王賜死蘄王老。酒中不見劉四厢，湖上須尋宋五嫂。累世內禪罷言兵，八十餘年稱太平。度皇晏駕弓劍遠，賈相出師笳鼓驚。攜家避世逃空谷，西望端門捧頭哭。毀車殺馬斷來蹤，鑿井耕田聊自足。南鄰北舍自成婚，遺風仿佛朱陳村。不向城中供賦役，只從屋底長兒孫。喜君涉險來相訪，問舊頻扶九節杖。時移事變太匆忙，物是人非愈怊悵。感君爲我暫相留，野蕨山肴備獻酬。舍下鷄肥何用買，床頭酒熟不須蒭。君到人間煩致語，今遇升平樂安處。相逢不用苦相疑，我輩非仙亦非鬼。(《天台訪隱録》)[1]

二詩開頭均言北宋滅亡、南宋偏安江南之事，中述建都杭州的醉生夢死、秦檜謀害岳飛、賈似道誤國事，表達物是人非的變化。"泥馬逃來御黃屋"、"東窗計就通和好，鄂王賜死蘄王老"、"湖上須尋宋五嫂"、"累世內禪罷言兵"等詩句僅稍作改動。《宋故宮嘆》作於元末，因此，成於明初的《天台訪隱録》才增加了"君到人間煩致語，今遇升平樂安處"，表達對天下一統、國泰民安的頌揚。至於詩中增加陶上舍的自述生平，則是爲了照應小説的情節，"也是爲了適應小説通俗的要求"。[2]陶上舍所作《金縷詞》曰：

夢覺黃粱熟。怪人間、曲吹別調，棋翻新局。一片殘山並剩水，幾度英雄爭鹿！算到了誰榮誰辱？白髮書生差耐久，向林間嘯傲山間宿。耕綠野，飯黃犢。　　市朝遷變成陵谷。問東風、舊家燕子，飛歸誰屋？前度劉郎今尚在，不帶看花之福。但兔麥燕葵盈目。羊胛光陰容易過，嘆浮生待足何時足？樽有酒，且相屬。[3]

1（明）瞿佑著，喬光輝校注：《瞿佑全集校注》，杭州：浙江古籍出版社 2010 年版，第 711—712 頁。

2 李聖華：《瞿佑與〈歸田詩話〉及其詩歌創作——兼論〈剪燈新話〉詩歌與小説之關係》，《北方論叢》2012 年第 2 期。

3（明）瞿佑著，喬光輝校注：《瞿佑全集校注》，杭州：浙江古籍出版社 2010 年版，第 708 頁。

同樣也抒發了市朝陵谷、"舊時王謝堂前燕，飛入尋常百姓家"的歷史變化。
正是爲了表達元明易代的興亡之感，瞿佑才故意以自己的詩詞爲重心構思了
《天台訪隱録》。無疑，符號化的小説人物和簡單的叙事主要是爲了引出、烘
托作家的這兩首詩詞，凸顯出作品的抒情色彩。

　　卷二《滕穆醉遊聚景園記》叙元延祐初滕生遇宋理宗朝宮女衛芳華的鬼
魂事，共插入 3 首詩詞和 1 篇祭文，約占全文的 23%。其中衛氏作《木蘭花
慢》詞，改自瞿佑《樂府遺音》中的詞作。試對比：

　　　　記前朝舊事，曾此地，會神仙。向鵜鵲橋頭，花迎鳳輦，浪捧龍
　　船。繁華已成塵土，但一池、秋水浸長天。白鷺曾窺舞扇，青鸞慣遞吟
　　箋。　　　多情惟有舊時蓮，照影夕陽邊。甚冷艷幽香，濃涵晚露，澹抹
　　昏煙。堪嗟後庭玉樹，共幽蘭，遠向汝南遷。留得宮牆楊柳，一般顦顇
　　風前。(《樂府遺音》之《木蘭花慢·金故宮太液池白蓮》) [1]

　　　　記前朝舊事，曾此地，會神仙。向月地雲階，重攜翠袖，來拾花
　　鈿。繁華總隨流水，嘆一場春夢杳難圓。廢港芙蕖滴露，斷堤楊柳摇
　　煙。　　　兩峰南北只依然，輦路草芊芊。悵別館離宮，煙銷鳳蓋，波没
　　龍船。平生銀屏金屋，對漆燈無焰夜如年。落日牛羊隴上，西風燕雀林
　　邊。(《滕穆醉遊聚景園記》之《木蘭花慢》) [2]

據《樂府遺音》，可知詞作乃詠金故宮太液池白蓮，以發歷史興亡之嘆。二
詞開頭完全一致，可見瞿佑之喜愛。明陳霆《渚山堂詞話》卷二載："聚景
園有故宋宮人殯宮，瞿宗吉嘗作《木蘭花慢》云：……瞿詞雖多，予所賞

1（明）瞿佑著，喬光輝校注：《瞿佑全集校注》，杭州：浙江古籍出版社 2010 年版，第 275 頁。

2 同上，第 718 頁。

愛者此闋爲最。然瞿有詠金故宮白蓮詞，即用此腔，而語意亦仍之。首云：'問前朝舊事，曾此地，會神仙。'即此起句也。是知此詞爲瞿得意者，故疊用如此。"[1] 這有助於我們理解《剪燈新話》藉詩文以抒情的叙事特色。

瞿佑在《剪燈新話》中插入如此多的詩歌是大有深意的，決不可等閑視之。如果將小説中的詩文與瞿佑別集中的作品進行對讀，就會發現二者可以相互生發，小説中的詩詞投射有作者強烈的主觀情感，主要是文人懷才不遇之嘆與由元末戰亂帶來的歷史興亡之感。或許可以説，瞿佑藉傳奇小説的舊瓶，裝入了自己歷經滄桑之後深刻體悟現實與歷史的新酒。

二、叙事文章化

所謂叙事文章化，主要是指在傳奇小説的創作中弱化故事情節，增強議論性，使傳奇小説具有文章的某些特徵。《剪燈新話》采用最多的叙事模式，是現實中的人物機緣巧合遇見鬼魂、神仙等異人，進入仙境、冥府、夢境，最後回歸現實。小説以現實——虛誕——現實的空間轉換爲主綫，以中間異境爲主體，精心鋪排場面和人物對話，以變形的方式表現作家對現實、歷史的獨特感受。日本的岡崎由美指出《剪燈新話》"借助於從前志怪小説的格式，對歷史進行評論"，如"借桃花源傳説描寫南宋亡國的《天台訪隱録》，以仙界淹留故事歌頌伍子胥吳越興亡的《龍堂靈怪録》，以及藉講冥婚故事寫南宋賈似道腐朽政治的《綠衣人傳》"。[2] 楊義亦謂："以時空錯亂的幻想方式，與歷史、歷史人物進行對話或發言，似乎是明初傳奇的興趣所在。"[3]《剪燈新話》的叙事重心常常不在小説人物所做之事，而在於小説人物口出

1　孫克強、岳淑珍編：《金元明人詞話》，天津：南開大學出版社 2012 年版，第 359 頁。

2〔日〕岡崎由美：《關於瞿佑的〈香臺集〉——〈剪燈新話〉成書的一個側面》，《許昌師專學報（社科版）》1986 年第 1 期。

3　楊義著：《中國古典小説史論》，《楊義文存》第六卷，北京：人民出版社 1998 年版，第 330 頁。

之言。誠然，唐宋傳奇也重視人物對話，但對話内容主要是抒發愛情的痛苦與人生體驗；而《剪燈新話》却藉人物之口表達作者的歷史觀點乃至思想見解，使傳奇小説在某種程度上成了代言體的説理文。

瞿佑《剪燈新話序》稱其創作小説的目的是"勸善懲惡，哀窮悼屈"，即"借神怪以言志"，故"以理勝"。[1] 瞿佑爲了突出作品的"理"，常常藉小説人物談論歷史，並喜歡在駢儷中運用典故以增强説服力，從而使《剪燈新話》兼具古文、駢文的特點，體現出濃烈的文章化傾向。

文章化的傾向之一表現爲小説通過人物對話評論歷史和歷史人物。如《龍堂靈會録》全文約 2 300 字，主要叙述書生聞子述受龍王之邀赴水府，聆聽伍子胥評判吴越興亡之事及衆人吟詩抒懷，作者把重心放在後面的人物議論與詩歌上，前面叙事不足 400 字。如吴地有三高祠祀越國范蠡、晉朝張翰、唐代陸龜蒙，在宴會上范蠡居首席，伍子胥見狀勃然大怒，對龍王説：

> "此地乃吴國之境，王乃吴地之神，吾乃吴國之忠臣，彼乃吴國之讎人也。吴俗無知，妄以三高爲目，立亭館以奉之。王又延之入室，置之上座，曩日吞吴之恨，寧忍忘之耶？"即數范相國曰："汝有三大罪，而人罔知，故千載之下，得以欺世而盗名。吾今爲汝一白之，使大奸無所容，大惡不得隱矣！"

然後用 600 多字的篇幅有理有據地闡述了自己的觀點，駁斥得范蠡也只能俯首認罪。作品最後説：

> 蓋嘗論之，吴之亡不在於西子之進，而在於吾之被讒；越之霸不

---

1 石昌渝著：《中國小説源流論》，北京：生活・讀書・新知三聯書店 1994 年版，第 196 頁。

在於種、蠡之用，而在於吾之受戮。吾若不死，則苧蘿之姝，適足爲後宮之娛；榮楯之華，適足爲前殿之誇；姑蘇之臺，麋鹿豈可得遊；至德之廟，禾黍豈至於遽生哉！惟自戕其骨骾，自害其股肱，故讐人得以乘其機，敵國得以投其隙，蓋有幸而然尔。豈子伐國之功，謀國之策乎？[1]

作者對吳越興亡原因以及范蠡、伍子胥的歷史功過作出了不同於傳統史學家的評判，翻出新意，表達了深深的歷史思索。

　　文章化的傾向之二表現爲通過人物對話闡述作者的思想見解。卷四《鑒湖夜泛記》叙成令言遇織女事，全文2 000字，却有一半的文字是二人討論仙女故事的真僞，故事性極弱，實近於筆記。小説先以織女自訴不滿：“妾乃天帝之孫，靈星之女，夙稟貞性，離群索居。豈意下土無知，愚民好誕，妄傳秋夕之期，指作牽牛之配，致令清潔之操，受此污辱之名。開其源者，《齊諧》多詐之書；鼓其波者，楚俗不經之語；傅會其説而倡之者，柳宗元《乞巧》之文，鋪張其事而和之者，張文潛《七夕》之詠。强詞雄辯，無以自明；鄙語邪言，何所不至！往往形諸簡牘，播於篇章。”認爲這些記詠之作“褻侮神靈，罔知忌憚”。孰不知瞿佑《香臺集》卷上就有《織女牛夫》詩：“錦機停織動勁秋，恨逐銀河一水流。人世底須爭乞巧，自緣弄拙嫁牽牛。”認爲織女的幽怨與離恨，皆其自惹。顯然詩歌抒寫想像中織女的感受，小説則把織女當作自己的代言人。接著令言問“嫦娥月殿之奔，神女高唐之會，后土靈仇之事，湘靈冥會之詩”的真僞，這四個故事《香臺集》中都有相應的詩歌，其中兩首較傳統，即《湘靈鼓瑟》：“苦竹叢深淚雨啼，蒼梧日落暮雲低。曲終人去如山舊，付與才郎入品題。”《嫦娥奔月》：“一丸靈藥

1（明）瞿佑著，喬光輝校注：《瞿佑全集校注》，杭州：浙江古籍出版社2010年版，第783頁。

少人知，竊去應無再得期。後羿空能殘九日，不知月裏却容私。"兩首則可以與小説進行對讀，體現出相通之處。如《香臺集》卷上《神女行雲》曰："神物何嘗與世通？書生自欲詔王公。已將雲雨誣幽夢，更把雌雄詆大風。"否定襄王與神女的傳説之事，這與小説中織女所説是一致的："雲者，山川靈氣；雨者，天地沛澤，奈何因宋玉之謬，輒指爲房帷之樂，譬之衽席之歡？慢神瀆天，莫此爲甚！"織女最後説："后土之傳，唐人不敢明斥則天之惡，故假此以諷之尔。"認爲《后土夫人傳》是作者假小説以諷武則天的，這與《香臺集》卷上《后土瓊花》所謂"阿武臨朝若鬼神，春風屢動壁衣塵。唐臣不敢揚君惡，移謗瓊花觀裏人"的觀點是相同的。瞿佑没有讓織女按照令言的順序依次辯白，而是把后土之事置於最後，應該大有深意，蓋不必拘泥於考證所謂仙女愛情故事的虛實，而是要領悟作者假借仙幻故事所寄托的創作意圖。《歸田詩話》卷上《鶯鶯傳》載："唐人叙述奇遇，如《后土傳》托名韋郎，《無雙傳》托名仙客，往往皆然。"[1]這體現出瞿佑對虛構的認可，及對創作思想的重視。

從小説結構和叙事重心看，瞿佑有意簡化故事的情節，淡化人物的性格，而認真經營人物對話，以表現自己的歷史思考和見解，創新了傳奇小説的叙事模式。這種叙事模式，"即理想與現實、情與理之間的矛盾"，聯繫文化背景考察，其深層含義即"反映了元末文人如何由夢幻到明初理性現實的轉變"，[2]這正是《剪燈新話》由叙事向情理偏離的根本原因，也是其文體價值的根本體現。

文章化的傾向之三是常常在駢儷的語言中運用典故來説理。用典在瞿佑作品的人物語言中十分普遍。如《修文舍人傳》中的夏顔自嘆説："顔淵困

---

1 以上均引自（明）瞿佑著，喬光輝校注：《瞿佑全集校注》，杭州：浙江古籍出版社 2010 年版，第 808、14、15、10、11、17、420 頁。

2 喬光輝：《〈剪燈新話〉的結構闡釋》，《松遼學刊（哲社版）》2000 年第 1 期。

於陋巷，豈道義之不足也？賈誼屈於長沙，豈文章之不贍也？校尉封拜而李
廣不侯，豈智勇之不逮也？侏儒飽死而方朔苦饑，豈才藝之不敏也？"這四
個典故的運用既照應前面夏顏的"博學多聞"，又符合他"日不暇給"的遭
遇，可謂同病相憐，十分精當。後夏顏的鬼魂對友人談論人間擢取官員的不
公時，用典更加密集：

> 今夫人世之上，仕路之間，秉筆中書者，豈盡蕭、曹、丙、魏之徒
> 乎？提兵閫外者，豈盡韓、彭、衛、霍之流乎？館閣摛文者，豈皆班、
> 揚、董、馬之輩乎？郡邑牧民者，豈皆龔、黄、召、杜之儔乎？驥驤服
> 鹽車而駑駘厭芻豆，鳳凰棲枳棘而鴟鴞鳴户庭，賢者槁項黄馘而死於
> 下，不賢者比肩接迹而顯於世。

第一句用蕭何、曹參、丙吉、魏相四位文臣均爲宰相的典故，第二句言韓
信、彭越、衛青、霍去病四名武將拜王封侯的故實，第三句指班固、揚雄、
董仲舒、司馬相如皆擅長著書立説，第四句稱龔遂、黄霸、召信臣、杜詩四
位太守善於治理地方、教化百姓，四句共引用《史記》《漢書》《後漢書》中
的 16 個典故。第五句化用賈誼《吊屈原賦》"驥垂兩耳服鹽車兮"、唐代李
群玉《驄馬》詩"青芻與白水，空笑駑駘肥"與《後漢書·仇覽傳》"枳棘
非鸞鳳所棲"，第六句用《莊子·列禦寇》"夫處窮閭阨巷，困窘織屨，槁項
黄馘者，商之所短也"[1]之典。這些典故的運用表現了小説人物的治平理想及
對現實的不滿，也是瞿佑内心的真實感受。

　　典故在插入的韻文中運用更爲廣泛。如《翠翠傳》中翠翠的鬼魂致父親
的書信：

1（清）郭慶藩撰，王孝魚點校：《莊子集釋》，北京：中華書局 1961 年版，第 1049 頁。

　　夜月杜鵑之啼，春風蝴蝶之夢。時移事往，苦盡甘來。今則楊素
覽鏡而歸妻，王敦開閣而放妓，蓬島踐當時之約，瀟湘有故人之逢。自
憐賦命之屯，不恨尋春之晚。章臺之柳，雖已折於他人；玄都之花，尚
不改於前度。將謂瓶沉而簪折，豈期璧返而珠還。殆同玉簫女，兩世因
緣；難比紅拂妓，一時配合。天與其便，事非偶然。煎鸞膠而續斷弦，
重諧繾綣；托魚腹而傳尺素，謹致丁寧。[1]

上述文字典故衆多，第一句杜鵑之典出《成都記》："後望帝死，其魂化爲
鳥，名曰杜鵑"，[2]表現翠翠的孤獨與悲愴。夢化蝴蝶出《莊子·齊物論》，喻
示生前的美好婚姻猶如夢幻。第三句前半即徐德言與樂昌公主破鏡重圓之
事，出《本事詩·情感第一》；後半出《世說新語》卷中"豪爽"類："王處
仲，世許高尚之目。嘗荒恣於色，體爲之弊，左右諫之，處仲曰：'吾乃不
覺爾，如此者甚易耳。'乃開後閣，驅諸婢妾數十人出路，任其所之，時人
嘆焉。"[3]第四句前半用《史記·封禪書》所載海外有蓬萊等三神山事，後半
化用南朝梁柳惲《江南曲》："汀州采白蘋，日落江南春。洞庭有歸客，瀟湘
逢故人。故人何不返？春華復應晚。不道新知樂，且言行路遠。"[4]第三、四
兩句的典故，表現出翠翠化成鬼魂後，方獲自由，終與丈夫的鬼魂在陰間團
圓，內心十分喜悅。第五句尋春晚之典出《唐闕史》，杜牧在湖州與妓女相
約十年後來娶，結果十四年後相會時，此妓已嫁人三年，生三子，杜牧感慨
賦詩曰："自是尋春去較遲，不須惆悵怨芳時。狂風落盡深紅色，綠樹成陰
子滿枝。"[5]寫出翠翠自嘆命運屯邅，却不怨恨丈夫來遲。第六句前半用唐傳

1（明）瞿佑著，喬光輝校注：《瞿佑全集校注》，杭州：浙江古籍出版社 2010 年版，第 772—773 頁。

2（宋）葛立方著：《韻語陽秋》卷十六，明正德二年（1507）刊本。

3（南朝宋）劉義慶撰，徐震堮校箋：《世說新語校箋》，北京：中華書局 1984 年版，第 326 頁。

4（陳）徐陵編，穆克宏點校：《玉臺新詠箋注》，北京：中華書局 1985 年版，第 200—201 頁。

5（唐）高彥休著：《闕史》，《筆記小說大觀》六編，臺北：新興書局 1983 年版，第 61 頁。

奇許堯佐《柳氏傳》的故事，喻自己雖被李將軍強占，但相逢後内心依然深愛丈夫；後半用劉禹錫遭貶回京作《贈看花諸君子》詩，云："玄都觀裏桃千樹，盡是劉郎去後栽。"結果因此再次被貶，十四年後方回長安，再遊玄都觀，遂作詩云："種桃道士歸何處？前度劉郎今獨來。"[1] 第七句前半化用白居易《井底引銀瓶》詩，云："井底引銀瓶，銀瓶欲上絲繩絶。石上磨玉簪，玉簪欲成中央折。瓶沉簪折知奈何？似妾今朝與君别。"[2] 表示夫妻分離再無會期；後半"璧返"用《史記·廉頗藺相如列傳》所載完璧歸趙之典，"珠還"化用《後漢書·循吏傳·孟嘗傳》所叙合浦去珠復還的故事，以此抒發翠翠夫妻鬼魂相聚的歡欣。第八句前半出《雲溪友議》所記韋皋與玉簫兩世姻緣事，後半指《虬髯客傳》所叙紅拂妓夜投李靖私奔事，暗示翠翠與丈夫有兩世姻緣之分，且合乎禮法，而不是鑽穴逾牆之苟合。第十句前半出《海内十洲記》："（鳳麟）洲上多鳳麟，數萬各爲羣。又有山川池澤，及神藥百種，亦多仙家。煮鳳喙及麟角，合煎作膏，名之爲續弦膠。"[3] 後半出漢樂府《飲馬長城窟行》："客從遠方來，遺我雙鯉魚。呼兒烹鯉魚，中有尺素書。"[4] 上述書信對偶工整，聲韻鏗鏘，典故運用豐富得體，既增加了書信的莊重典雅，又準確地傳達出翠翠的遭遇及對丈夫的深情。

《剪燈新話》還喜歡運用唐宋傳奇小説的典故。如《鑑湖夜泛記》中的"非若上元之降封陟，雲英之遇裴航，蘭香之嫁張碩，彩鸞之配文簫"，第一、二、四句的典故分别出自唐裴鉶《傳奇》中的《封陟》《裴航》《文簫》。小説人物對唐傳奇如數家珍，充分體現出瞿佑對唐傳奇的熟悉，形成一種言簡而意豐的叙事風格。其他如《滕穆醉遊聚景園記》中的"豈不見越娘之事

1（唐）孟棨著：《本事詩》，《筆記小説大觀》十三編，臺北：新興書局 1983 年版，第 585—587 頁。

2（唐）白居易著，顧學頡校點：《白居易集》，北京：中華書局 1979 年版，第 85 頁。

3（漢）東方朔著：《海内十洲記》，《筆記小説大觀》十三編，臺北：新興書局 1983 年版，第 16 頁。

4 逯欽立輯校：《先秦漢魏晉南北朝詩》，北京：中華書局 1983 年版，第 192 頁。

乎"指宋代錢易的傳奇小説《越娘傳》，"自能返倩女之芳魂"出唐陳玄祐的傳奇小説《離魂記》，《牡丹燈記》中的"乃致如鄭子逢九尾狐而愛憐"出自唐沈既濟的傳奇小説《任氏傳》，《愛卿傳》中的"又奪韓翃之婦"與《翠翠傳》中的"乃致爲沙吒利之驅"出自唐許堯佐的傳奇小説《柳氏傳》，《秋香亭記》中的"月老難憑""則茅山藥成"等則借用了唐傳奇《定婚店》《無雙傳》《昆侖奴傳》《裴航》《柳氏傳》。

三、叙事詩文化的成因

作爲明代傳奇小説集的開山之作，《剪燈新話》形成了獨特的詩文化叙事體式。學界對此褒貶不一，[1]但却淵源有自，主要有下述方面的影響。

一是受前代傳奇小説和話本小説的影響，尤其是唐傳奇。程毅中把唐人小説分爲兩派："一派是史傳派，一派是辭賦派。後者注重詩筆，在叙事中插入一些主人公的詩歌，既加强了人物的描寫，又顯示了作者的才華。"[2]插入詩文較有代表性的唐傳奇有張鷟的《遊仙窟》、元稹的《鶯鶯傳》、沈亞之的《感異記》等，或間有詩書，或連篇累牘。《剪燈新話》承繼了此種體式，常常並不重視叙事的曲折和人物性格的刻畫，而重在鋪陳小説人物吟誦的詩文。唐傳奇《離魂記》没有詩歌，而仿此的《渭塘奇遇記》則有五首詩歌，説明瞿佑對詩歌的重視。《剪燈新話》還受到鄭禧《春夢録》等元代傳奇小説的影響。《春夢録》開篇的序以第一人稱叙述了作者與吴氏女的愛情交往和悲劇結局，接著詳細交代了他們的來往書信、題贈詩詞，構成了小説的叙事主體。高德基《平江紀事》有一篇作品叙述元代書生楊彦采夜夢一女

1　如章培恒等主編的《中國文學史（下）》認爲："仍存在好用騈儷，多引詩詞的缺陷。"見上海：復旦大學出版社 1996 年版，第 230 頁。陳大康認爲："適量地融入某些詩文類作品可起到較積極的作用，但其數量决不能多。"見《明代小説史》，上海：上海文藝出版社 2000 年版，第 113 頁。

2　程毅中：《唐人小説中的"詩筆"與"詩文小説"的興衰》，《文學遺産》2007 年第 6 期。

鬼吟詩詠唱西施事，全文 604 字，却插入九首七言律詩共 272 字，占全文的45%，詩歌構成全文的主體叙事框架。瞿佑很可能直接借鑒過這些元代傳奇的題材和體式。話本小說以散體叙事、以詩歌韻文進行描寫、評論的叙述方式也對《剪燈新話》産生了影響。[1]

　　二是受詩話的影響。明代陸深《蓉塘詩話引》云：“詩話，文章家之一體，莫盛於宋賢。經術事本、國體世風兼載，不但論詩而已。下至俚俗歌謠、星曆醫卜，無所不録。至其甚者，雖嘲謔鬼怪、淫穢鄙褻之事皆有。蓋立言者用以諱避陳托，微意所存，又文章之一法也。若乃發幽隱，昭鑒戒，紀歲月，顧有裨於正傳之缺失，蓋史家流也。”[2]把詩話視爲文章的一體，可謂見解獨到。明代的王昌會在《詩話類編》“凡例”中也説：“編名詩話，義取兼資。若有詩無話、有話無詩者，録可充棟，俱無取焉。”[3]此處的“話”即“故事”的意思，作者強調自己收録的“詩話”就是有詩有話、具有故事性的作品。郭紹虞曾説：

　　　　宋人詩話之與説部既難以犁別，所以《宋史·藝文志》之著録詩話有入集部文史類者，有入子部小説類者。這不能全怪《宋志》之進退失據，體例不純，也是宋人詩話之内容性質本可兩屬之故，其足考當時詩人之遺聞軼事者，體固近於小説；即足資昔人詩句之辨證考訂者，亦何嘗不可闌入子部呢！所以詩話而筆記化則可以資閑談、涉諧謔，可以考故實、講出處；可以黨同伐異標榜攻擊，也可以穿鑿傅會牽強索解；可雜以神聖夢幻，也可專講格律句法：巨細精粗，無所不包，以這樣繁猥

　　1 陳大康著：《明代小説史》，上海：上海文藝出版社 2000 年版，第 115—116 頁。

　　2（明）姜南撰：《蓉塘詩話》，《續修四庫全書》第 1695 册，上海：上海古籍出版社 1995 年版，第625 頁。

　　3（明）王昌會編：《詩話類編》，《四庫全書存目叢書》集部第 419 册，濟南：齊魯書社 1997 年版，第 4 頁。

之作，當然繼起效顰者大有人在，而論詩風氣盛極一時了。[1]

指出了宋代詩話的筆記化傾向，具有"可以資閑談、涉諧謔，可以考故實、講出處"、"可雜以神聖夢幻"的娛樂性和叙事性特點。程毅中稱《春夢録》是一篇"詩話體的小説"。[2] 瞿佑撰有詩話《歸田詩話》，其中很多篇章就是既有詩又有話，交代詩歌本事、緣由的叙事體式，且篇幅較長，詩歌占有較大比重。如卷下叙作者與孟平的交往，全文共 482 字，其中插入一首完整的長詩《題剪燈新話》和兩首殘缺的詩詞，共 304 字，占全文的 63%。只不過《歸田詩話》記述的此類詩歌的本事都是真人真事，而《剪燈新話》插入衆多詩詞的傳奇小説偏重虛構而已，其實二者在詩歌、散文相間的叙事體式上是相通的，也都具有一定的故事性和趣味性。從這個意義上説，《秋香亭記》完全可以看作是一篇作者托名商生的詩話。明代萬曆年間王昌會的《詩話類編》常常收録屬入詩歌的傳奇小説，如卷十"鬼怪"類收録了《剪燈新話》卷二《滕穆醉遊聚景園記》、卷十五"妓"類收録了《柳氏傳》、卷三十二"雜録"收録了《鶯鶯傳》、卷三十一"夢幻"類全文收録了《剪燈新話》卷二的《渭塘奇遇記》等。這恰好説明王昌會正是看到了詩話和傳奇小説在叙事體式、功能上的淵源和相通。

三是從現存資料來看，瞿佑十分熱衷運用屬入詩歌韻文的叙事形態。除《歸田詩話》外，我們還考知瞿佑撰寫的一篇人物傳記插入了詩歌。清代陸心源《宋史翼》卷三十二録有瞿佑的《周宣傳》，曰：

　　周宣，字公猷，錢塘人，仕職方郎中。德祐丙子，元師次皋亭，宣上表請兵禦之。時陳宜中主降，議不報。因自集族黨家丁爲報國計。及

---

1 郭紹虞著：《中國文學批評史》（上），北京：商務印書館 2010 年版，第 410 頁。
2 程毅中著：《宋元小説研究》，南京：江蘇古籍出版社 1999 年版，第 210 頁。

元兵入臨安，帝后遠狩。宣乃北面泣拜，率眾與戰，身被刀矢，負痛手
格殺數十人，隨遇害。文天祥以詩哭之曰："孤忠莫克援頹軍，一死名
高百戰勳。總恨權奸多異議，難禁玉石不俱焚。殺身却羡君先我，徇國
終當我繼君。他日幽魂逢地下，血應化碧氣凝雲。"[1]

在不長的篇幅中，結尾引用一首文天祥的詩歌來評價周宣的忠君報國之情
義。由於瞿佑的文集《存齋類編》不存，我們無法全面審視瞿佑傳記文的叙
事特徵，但這一篇似乎也多少説明瞿佑在散體文叙事中喜歡插入詩歌的創作
趨向。

　　四是作者藉小説反思歷史，與其喜讀並撰寫史書是相通的。瞿佑在 75
歲時這樣總結自己的著述："閲史則有《管見摘編》《集覽鐫誤》。"[2]前者已
佚，《集覽鐫誤》即《資治通鑑綱目集覽鐫誤》，尚存世。作者早年有《沁
園春·觀〈三國志〉有感》詞云："爭地圖王，地老天荒，至今未休。記東
都已覆，聊遷許下；西川未舉，暫借荆州。天下英雄，使君與操，生子當如
孫仲謀。三分鼎，問誰能染指，孰可同舟。　　　一時人物風流，算忠義何人
如武侯。看文章二表，心惟佐漢；縱橫八陣，志在興劉。底事陳生，爲人乞
米，却把先公佳傳酬。千年後，有新安直筆，正統尊周。"[3]還有《讀〈秦紀〉
五首》詩及《香臺集》中許多吟詠歷史上女子的詩歌。這表明作者對司馬
遷《史記》、陳壽《三國志》、朱熹《資治通鑑綱目》，及《資治通鑑》等前
代史書非常熟悉，深諳"以史爲鏡可以知興替"的修史功能。正是瞿佑對史
書的濃厚興趣與熱忱，才在傳奇小説中感慨歷史盛衰，評價歷史人物，使不

1（清）陸心源輯撰：《宋史翼》，《續修四庫全書》第311冊史部，上海：上海古籍出版社1995年
版，第625頁。

2（明）瞿佑：《重校〈剪燈新話〉後序》，（明）瞿佑著，喬光輝校注：《瞿佑全集校注》，杭州：浙江
古籍出版社2010年版，第835頁。

3（明）瞿佑：《樂府遺音》，同上，第277頁。

少作品淡化了小説意味，凸顯了史學特色。從這個角度看，《剪燈新話》叙述元末亂世中文人的命運遭際和普通人的愛情婚姻悲劇未嘗没有補史的創作宗旨。

綜上，在前代傳奇小説的基礎上，瞿佑融入了自己的思考，使傳奇小説集浪漫濃郁的文人氣息與雍容大雅的學者風度於一體，形成了詩歌化、文章化的叙事風格和文體特徵，深刻地影響了明代傳奇小説的發展。

第二節　詩文化傳奇小説的效顰與發展

《剪燈新話》問世後，不僅被傳抄、刊印，而且效顰者紛起，出現了李昌祺《剪燈餘話》、趙弼《效顰集》、雷燮《奇見異聞筆坡叢脞》、陶輔《花影集》等衆多 "剪燈" 類傳奇小説集，同時又出現《柔柔傳》《賈雲華還魂記》《鍾情麗集》等 40 多部中篇文言傳奇小説。這些作品 "效顰" 前人，注重運用詩筆和議論，如《剪燈餘話》全部 21 篇、《效顰集》25 篇中的 19 篇、《奇見異聞筆坡叢脞》24 篇中的 21 篇、《花影集》全部 20 篇、《幽怪詩譚》全部 96 篇作品和幾乎所有中篇文言傳奇小説，都插有詩詞文賦，在體式上有所發展和創新，具有新的文體特徵。

一、以詩歌爲主體的體式

成書於永樂十七年（1378）的《剪燈餘話》，21 篇作品都插有詩歌，篇幅明顯加長，插入的詩歌數量與比例都達到了新的高度。正如陳大康所言："《剪燈餘話》全書共 60 827 字，插入的詩文却有 17 424 字，約占 30%，書中詩詞共 206 首，集中起來倒自可成一部詩集，全書篇幅與之相當的《剪燈新話》中，插入的詩詞只有 70 首。將兩書結合在一起考察，便可知明初時《剪燈新話》是首開先例，而將這種樣式的創作推至極端的則是《剪燈餘話》。”[1]《剪燈新話》中的詩歌具有強烈的時代感，可以深化小説的主旨。《剪燈餘話》中的詩歌雖不乏佳作，但作者的主觀情感則大爲减弱，與小説的關係漸次疏離，慢慢失去了塑造人物、烘托環境等藝術作用，完全成爲作者炫示文才、表達思想的工具。如王英《剪燈餘話》序所言：“昌祺所作之詩詞甚多，此特其遊戲耳。”《剪燈餘話》卷一《月夜彈琴記》叙明初書生烏斯道夜遇元代鍾碧桃鬼魂吟詩的荒誕故事，全文 4 087 字，却插入 30 首集句詩，凡 2 210 字，占全文的 54.07%，已超過叙述故事情節的散體文。卷四《洞天花燭記》仿《剪燈新話》卷一《水宫慶會録》而作，叙秀才文信美遇句曲山仙人請其去寫婚書、催妝詩、撒帳文及洞天花燭詩，全文 1 957 字，屬入 3 詩 2 文，凡 1 124 字，占 57.43%，小説中的撒帳歌竟然也是集唐宋人的詩句而成，這就足以説明作者的創作用意。這些詩歌多集衆家之詩句而成，意境渾然一體，固然非一般文人所能爲，自有其價值。明人安磐説：“《餘話》記事可觀，集句如‘不將脂粉浣顔色，惟恨錙塵染素衣。’‘漢朝冠蓋皆陵墓，魏國山河半夕陽。’對偶天然，可取也。”[2]對於這些詩歌，一般的評價不高，認爲這不是爲刻畫人物性格、推動情節等的藝術需要而插入，而是爲了賣弄自己的集句才能，與表現小説的主題關係不大。侯忠義曾從聯句詩、集句詩、回文詩、隱謎詩等方面，論述了《剪燈餘話》中詩歌的文字遊戲。[3]但其實並不盡然，上述評價均持現代的小説觀念來看待，與明人創作傳奇或許在觀念上有間隔。

《剪燈餘話》有兩篇作品值得注意：卷四的《至正妓人行并序》和卷三的《武平靈怪録》，這兩篇可視爲模仿《剪燈新話》中的變體，對後來傳奇

---

1 陳大康：《論明初文言小説創作》，《華東師範大學學報（哲社版）》1999 年第 2 期。

2 （清）錢謙益撰：《列朝詩集小傳》乙集，上海：上海古籍出版社 1983 年版，第 192 頁。

3 參見侯忠義著：《話本與文言小説》，瀋陽：遼寧教育出版社 2013 年版，第 44—46 頁。

小說的敘事體式產生了重要影響。這種體式包括兩個方面：

一是《至正妓人行并序》所呈現的小序和詩歌疊加的敘事體式。

《至正妓人行并序》的主體是一首詩，全文 1 524 字，詩歌竟達 1 232 字，占 80.84%，若刪除此詩，就成爲一篇不到三百字的筆記小說了。詩序述自己從桂林謫役房山，途中遇至正間老妓，慨嘆紅顏薄命，悽然賦長詩贈妓。從詩加序的形式和内容上說，顯然效法白居易的《琵琶行并序》；從風格上看，則受到了元稹、白居易新樂府詩風的影響。作者賦此詩"匪慰若人，聊以自解"，詩中云"纖烏荏苒忙過隙，司馬汍瀾已濕衿"，妓女起謝盛讚"此元、白遺音也"；結合作者從廣西左布政司任上"坐事謫役"房山的遭遇，此詩顯然與白氏"同是天涯淪落人，相逢何必曾相識"乃同一懷抱。友人劉子欽跋，稱作者"乃以微眚於役，感遇而賦此"，可謂知人。友人周孟簡贊此詩"詞義深密，三復爲之起敬。……今以一妓而獲見遇於公之一賞，何其幸哉！雖老死無憾矣！世之士大夫，遇不遇也，亦猶是爾"。[1] 可謂知音。這篇作品是遠紹唐代元白的小序加詩歌體的一篇傳奇小說，實質上更像一首詩歌。李昌祺《運甓漫稿》卷一有五言古體詩《讀元結〈大唐中興頌〉》，而《大唐中興頌》就是一首帶有小序的頌詩，序云："天寶十四年，安禄山陷洛陽；明年，陷長安。天子幸蜀，太子即位於靈武。明年，皇帝移軍鳳翔。其年復兩京，上皇還京師。於戲！前代帝王有盛德大業者，必見於歌頌。若今歌頌大業，刻之金石，非老於文學，其誰宜爲？"[2] 後面的四言頌詩 180 字。李昌祺對唐朝的這種帶序的詩體形式無疑是非常熟悉的。不過，李昌祺在詩後又交代了妓女的結局，近於跋，云："予既贈以是詩，乃致謝曰：'此元白遺音也！何相見之晚也？老身且夕且死，當與偕焚，庶讀之於

---

1 （明）李昌祺著：《剪燈餘話》，《剪燈新話（外二種）》，上海：上海古籍出版社 1981 年版，第264 頁。

2 （唐）元結撰，孫望校：《元次山集》，北京：中華書局 1960 年版，第 106 頁。

地下。'明年春,予將還京師,重往過之,則果没矣。因誦斯稿,猶若見其俯仰語笑之態。悲夫!永樂庚子閏正月朔日,廬陵李禎識。"則顯然發展了小序加詩的體式。

早在洪武初年,孫蕡就已經運用這種詩前加長序的形式進行叙事、抒情。孫蕡(1334—1389)《西庵集》卷七"五言律"收録有《朝雲》并序,序稱作者於洪武庚戌(1370)十月,夜宿西湖小蘇堤下,夢蘇軾侍婢朝雲的鬼魂賦題 25 首集句詩,作者有感於此,"復竊高唐洛神之意,爲詩用紀其事,凡一百韻,悼粉香之零落,寫溟漠之幽姿,纏綿凄惋,宛然思婦呻吟之聲,非獨以慰朝雲,亦聊以自解云爾"。[1]作品全文 2 683 字,有詩歌 26 首,凡 1 980 字,占 73.79%,是明代最早的以詩歌爲骨幹的傳奇小説。明代黄瑜《雙槐歲鈔》卷一《朝雲集句》稱:"洪武中,西庵孫典籍仲衍蕡,號嶺南才子,工於集句,叙所作《朝雲詩一百韻》,語多不録,録其叙,蓋傳奇體以資談謔爾。"[2]《四庫全書總目》卷一六九《西庵集》條指出:"小説載書生見蘇軾侍姬朝雲之魂者,得集句七言律詩十首,七言絶句十五首。今乃在此集第八卷末,蓋蕡遊戲之筆,即黄佐傳中所稱集古律詩一卷是也。黎貞乃綴於集後,又並載其序,遂似蕡真有遇鬼事者。"[3]可見,明清文人均把孫蕡詩文集《西庵集》中的這篇作品視爲傳奇小説。這篇序和五言律詩都較長,很可能對李昌祺創作《至正妓人行并序》産生了直接影響。此後,把這種叙事體式納入傳奇小説集的不乏其人。

成書於宣德(1426—1435)末的趙弼《效顰集》乃《夷堅志》《剪燈新話》的效顰之作。卷下《夢遊番陽彭蠡傳》叙作者拜見道士王全真和詩事及

1(明)孫蕡撰:《西庵集》,明弘治十六年(1503)金蘭館銅印本,《中華再造善本》,北京:國家圖書館出版社 2010 年版。

2(明)黄瑜撰:《雙槐歲鈔》,北京:中華書局 1999 年版,第 15 頁。

3(清)永瑢等撰:《四庫全書總目》,北京:中華書局 1965 年版,第 1474 頁。

夢中與王全真遊彭蠡湖，全文共 3 447 字，雜有 33 首律詩、2 首古體詩，凡 2 552 字，占全文的 74.04%。作者在最後一首長詩前面云："言畢，放舟東流，風浪大作。予駭然而覺，乃一夢耳。因賦短歌以識其事云。"[1] 我們也可把此前作者與王全真的交往和夢遇事視作篇末長詩的長序，是小序加長詩的變體。這篇作品流露出對修道成仙的嚮往，而《懷仙吟》33 首最後一首所云"恪守行藏遵孔聖，肯將休咎問巫咸。傍人莫訝終言異，儒比神仙更不凡"，及篇末詩所謂"寒氈但願老儒官，講道談經聊自歡"，則又透露出對儒家思想的堅守，真實地表達了作者的内心矛盾，充滿了濃郁的抒情色彩。

成書於成化（1465—1487）末、弘治（1488—1505）初的《花影集》四卷二十篇，是陶輔校《剪燈新話》《剪燈餘話》《效顰集》"得失之端，約繁補略"而創作的。卷四《翟吉翟善歌》結構獨特，篇首有一段文字近於小序，叙述作者創作的動機和目的。針對社會上"人家一有婚、喪、宅、葬之事，輒起趨吉避凶之疑，多方占擇，不顧義理，至於悖道違天，無所不至"的不良世風，作者自謂："予睹斯弊，深自惕警。不揣鄙陋，僭立新意，以婚、喪、宅、葬爲擇吉，瞽樂、僧尼、巫媼、奴婢爲擇善，分爲二途，類爲八事，各序小引，聯作俚言，名之曰《擇吉擇善歌》，非敢擅立彼此，意在賢者知警，而愚者之少戒耳。"[2] 下面由八個並列的部分組成，分別闡述了作者對婚姻、喪事、房宅、葬地、瞽樂、僧尼、巫媼、奴婢等八類事情、人物的看法。每部分約三百字左右，均由一篇短序和一首詩歌構成，序與詩的字數大致相當，序言偏雅，詩歌近俗，二者相互生發，議論説理，以教化世人。如第一部分的小序曰：

夫婚姻者，人極之先，五倫之本，正閨門以及家邦，承宗祀以延後

1（明）趙弼著：《效顰集》，上海：古典文學出版社 1957 年版，第 116 頁。

2（明）陶輔撰，程毅中點校：《花影集》，北京：中華書局 2008 年版，第 115 頁。

嗣，乃天地工用之端也。凡求婚者，當先觀其父何如，則其母之婦道可知。其母既知，則女範得矣。今之人則不然，一有婚姻乃心財利，或專在吉凶，殊不知貧賤富貴在天，吉凶在我。茫然顛倒，曷勝嘆歟！曷勝嘆歟！ [1]

論述了婚姻的重要性，認爲擇偶應重視人的道德品行，抨擊了當時求財利、重吉凶的風氣。緊接著是一首詩歌：

> 當世婚姻真可笑，不求懿德求才貌。富家有女媒氏忙，逆料妝奩向人道。貪愚一聞心預期，晝夜尋思念不移。那度彼此事可否，亂投蓍卜占筮龜。蓍卜吉凶豈能斷，往往隨口乘人便。命合紅鸞便進財，自此家門都改換。千謀萬慮過門來，貧苦追陪富倚財。婦驕悍怠悖指教，家業從此成頹衰。嗚呼，擇吉兮吉安在？宜當聽取文公戒。還娶不若吾家女，殷勤趨事心無外。 [2]

用通俗的語言揭示當世婚姻不求德而求才貌的種種可笑可嘆之處。《翟吉翟善歌》是由一篇總序與八篇小序、詩歌組成的，完全沒有人物和情節，根本算不上傳奇小説。最後一篇《晚趣西園記》開頭有段近於序的文字，叙作者的性情，自詡"所作詩文似近清逸，故録於左"，凡188字；後録一文《晚趣西園記》344字與30首五言律詩800字，共1 144字，占全文的85.89%。這篇作品實爲作者的一部小型詩文集。作者有意淡化傳奇小説的人物塑造與故事性，而重視詩歌創作以抒懷或勸善懲惡，形成個性獨特的叙事體式。

1（明）陶輔撰，程毅中點校：《花影集》，北京：中華書局2008年版，第115頁。

2 同上，第115—116頁。

成書於萬曆間的《鴛渚誌餘雪窗談異》亦呈現出作者對詩歌的偏愛。卷下《秋居仙訪録》全文 1 645 字，插入 20 首五律凡 800 字，占全文的48.63%，作者在篇末評云："予味《晚秋村樂》二十篇，情景之妙，不減唐之皮陸；豈皮陸哉，雖鐘吕亦不過如是也。"[1]可見作者對自己詩才的自賞與自負。

上述作品大多以第一人稱叙述自己的奇遇、夢境或心態，都以詩歌爲主體，幾乎取消了叙事，運用詩歌前的序闡述自己的創作動機和宗旨，運用詩歌來抒情和説理，形成獨特的結構體式與叙事旨趣。正如張孟敬《花影集序》所言"以豁其趣""以極其情"，陶輔所謂《翟吉翟善》則"因人情之趨吉避凶而導迪之，使爲善去惡也"。這種由叙事向情理轉化、以詩歌爲主體的體式，顯然與作家的生平遭際和時代思潮密切相關。

明永樂己亥年（1419），李昌祺因故謫役房山，自然有懷才不遇的愁苦和漂泊江湖的孤獨。《運甓漫稿》卷三《己亥房山除夕營中作》云：

> 殘臘中宵盡，孤懷百感深。已慚先哲訓，徒抱古人心。偃息何由得，勤勞敢不任。寒燈照空榻，擁褐謾愁吟。（其一）
>
> 患難仍連歲，蹉跎獨此身。風塵雙短鬢，宇宙一窮人。向曙繁星没，凝寒積雪新。椒花今夕酒，誰壽白頭親。（其二）
>
> 稚子捐深愛，酸辛痛莫支。坐愁侵骨髓，行樂負心期。風俗殊方異，人情近老悲。前程驚馬足，敢不慎驅馳。（其三）
>
> 警柝嚴巡邏，寒更獨坐聽。凄其孤影瘦，邪許萬聲停。敗壁風穿葦，空庖凌在缾。茫茫天壤内，么麽一螟蛉。（其六）[2]

1（明）周紹濂撰，于文藻點校：《鴛渚誌餘雪窗談異》，北京：中華書局 2008 年版，第 203 頁。

2（明）李昌祺撰：《運甓漫稿》，國家圖書館藏明正統間刊本。

作者在詩中一再吟誦"孤懷""獨此身""一窮人""坐愁""獨坐聽""孤影瘦""一螟蛉"等，刻畫出一個苦悶孤獨、缺乏知音的詩人形象。《剪燈餘話》正作於謫役房山期間。《至正妓人行并序》恰叙作者往房山的途中偶遇老妓，其實此事的虛實已不重要，關鍵是李昌祺藉此從古人先賢那裏尋找到精神和心靈上的知音白居易，可以通過詩歌一舒憂懷，借他人之酒杯，澆心中之塊磊。正如作者序所自道："憂鬱之際，取而讀之，匪慰若人，聊以自解焉耳。"比照白居易，或許《至正妓人行并序》收入詩集《運甓漫稿》更合乎體例。作者把有感嘆自己不遇之嫌的《至正妓人行并序》收入《剪燈餘話》，想必有避免給自己帶來更大麻煩和不可預料命運的考量。

二是《武平靈怪録》以精怪詠詩爲主體框架的叙事體式。

《武平靈怪録》全文 2 271 字，有 9 首詩歌，凡 920 字，占 40.51%。小説叙書生齊諧在洪武間夜宿廢庵中，遇僧、石子見、毛原穎、金兆祥、曾瓦合、皮以禮、上官蓋、木如愚、羅本素等九人來訪，且各吟詩一首，天亮才發現這九人分別是庵院中的泥象、敗硯、禿筆、銚、甒、絮被、棺蓋、木魚、羅扇幻化而成。作者主要是爲了展示自己的詠物才華以顯博學，如毛原穎詩云："早拜中書事祖龍，江淹親向夢中逢。遠誇秦代蒙恬巧，近説吳興陸穎工。鷄距蘸來香霧濕，狸毫點處膩朱紅。於今贏得留空館，老向禪龕作禿翁。"首聯用韓愈《毛穎傳》中毛筆被秦始皇封爲中書令、《南史·江淹傳》江淹夢筆之典，頷聯吟毛筆的發明人蒙恬及近來善作筆的陸穎，頸聯以鷄距、狸毫兩種毛筆代所有，尾聯點明所詠對象乃一枝空屋中的禿筆。全詩先讚毛筆的功業，再叙其製作和用途，最後點題，用典陳舊，殊乏新意，如果脱離小説文本，就是一首非常平庸的詠物詩。作者將 9 首這類詠物詩編撰成一篇傳奇小説，書生名"齊諧"，顯然有詼諧娱樂的旨趣。這篇小説顯繫模仿唐傳奇《東陽夜怪録》，作品叙秀才成自虛雪夜宿於東陽驛南佛廟，聽病僧智高、盧倚馬、朱中正、敬去文、奚鋭金、苗介立、胃藏瓠、胃藏立等衆人論道賦詩，天明發現原來分別是橐駝、驢、牛、狗、鷄、貓、刺蝟作怪，各自所賦詩歌多運用典故，自道身份，有詠物言志之意。這類小説是"從諧隱文章發展而來的"，[1]自然意在消遣。難怪孫楷第説："唐人傳奇，如《東陽夜怪録》等固全篇以詩敷衍，然侈陳靈異，意在詼諧，牛馬橐駝所爲詩，亦各自相切合；則用意固仍以故事爲主。"[2]《武平靈怪録》比《東陽夜怪録》平實，在明初傳奇小説中別開生面，然意趣遠不逮矣。出人意料的是，以諧謔爲主的遊戲之作《武平靈怪録》竟然影響了有明一代的傳奇小説創作。

已佚的周禮《湖海奇聞》刊於明弘治丙辰（1496），"聚人品、脂粉、禽獸、木石、器皿五類靈怪，七十二事"。[3]現考知其一佚文即《幽怪詩譚》卷五《畫姬送酒》，[4]小説中的三首詩歌由童軒（1425—1498）《清風亭稿》卷六《九日四首并序》之四、卷二《自君之出矣》二首與《惜花行》共四首詩歌連綴而成，全文612字，詩歌267字，占43.63%。周禮以他人之詩編撰小説，顯然是以文爲戲。明代孫緒（1474—1547）説《湖海奇聞》的詩歌："首首警策，竊以爲掯之他人者，而未敢以告人也。後因遍閱本朝正統、景泰間諸名公詩集，自卞户部、王舍人而下，凡即事詠物之什，無不被其剿入。"[5]可見，《湖海奇聞》中有很多傳奇小説，是周禮以童軒、王紱（1362—1416）、卞榮（1426—1498）等人的詩歌編撰的，形成十分獨特的編撰方式與小説形態。只是這些作品，多不可確考了。但這種編創方式頗爲明人喜愛，對後世産生了很大的影響。

---

1 程毅中著：《唐代小説史》，北京：人民文學出版社2011年版，第235頁。

2 孫楷第著：《日本東京所見小説書目》，北京：人民文學出版社1958年版，第126頁。

3（明）高儒：《百川書志》卷六，上海：上海古籍出版社2005年版，第89頁。

4 陳國軍：《周靜軒及其〈湖海奇聞〉考》，《文學遺産》2005年第6期。

5（明）孫緒撰：《沙溪集》卷十三，《景印文淵閣四庫全書》第1264册，臺灣：商務印書館1986年版，第621頁。

　　刊於明萬曆己丑（1589）的《古今清談萬選》、萬曆甲午（1594）的
《稗家粹編》與1604—1607年間的《廣艷異編》[1]等小説選本收録了許多此類
小説，刊於明崇禎己巳年（1629）的《幽怪詩譚》更是明代詩文小説的集大
成之作。其中有很多小説都以詩歌爲骨幹，且多精怪詠詩，甚至抄襲他人詩
歌，代表了明代此類傳奇小説的創作水準。試看下表：

小説集、卷目	篇名	全文字數	詩歌篇數	詩歌字數	詩歌所占比（％）
《古今清談萬選》卷一	希聖會林	727	8	342	47.04
	以誠聞詠	347	5	205	59.08
《古今清談萬選》卷二	詩動秦邦	715	10	310	43.36
《古今清談萬選》卷三	月下燈妖	1 118	7	399	35.69
	建業三奇	625	4	272	43.52
	四妖現世	730	4	339	46.44
《古今清談萬選》卷四	渭塘舟賞	733	6	302	41.2
	濠野靈葩	745	5	300	40.27
	常山怪木	727	5	285	39.2
	興化妖花	746	6	353	47.32
《稗家粹編》卷三	嚴景星逢妓	727	12	432	59.42
	荔枝入夢	722	6	328	45.43
《稗家粹編》卷六	徯斯文遇	840	10	421	50.12
《稗家粹編》卷八	雷生遇寶	721	5	325	45.08
《廣艷異編》卷一二	范微	722	7	418	57.89

　　1　任明華：《〈廣艷異編〉的成書時間及其與〈續艷異編〉的關係》，《上海師範大學學報》（哲社版）
2006年第5期。

小説集、卷目	篇名	全文字數	詩歌篇數	詩歌字數	詩歌所占比（％）
《幽怪詩譚》卷二	鄱陽水物	577	5	292	50.61
《幽怪詩譚》卷三	梵音化僧	669	5	291	43.5
	樂器幻妓	669	6	348	52.02
	盱江拗士	669	5	258	38.57
	豐年物感	637	5	288	45.21
《幽怪詩譚》卷四	古驛八靈	873	8	496	56.82
《幽怪詩譚》卷五	長沙四老	797	6	383	48.06
	六畜警惡	737	6	354	48.03
《幽怪詩譚》卷六	蟲鬧書室	945	8	488	51.64
	廢宅聯詩	561	1	274	48.84

從表格可以看出，小説多不超過千字，篇幅短小；插入詩歌篇數多，字數都超過三分之一，不少作品詩歌字數超過了一半，詩歌構成了小説的敘事主體和敘事框架。其中很多詩歌都是物妖精怪賦吟自己的詠物詩。如《稗家粹編》卷八《雷生遇寶》叙雷生成化年間夜宿城外古廟，聞聽四人吟詩，天明發現珠、玉、金、錢無數。精怪所吟四首詠物詩，用典貼切，如紫衣人（金怪）詩云："麗水生來色燦然，雙南價重世相傳。沙中揀出形何異，爐内熔成質愈堅。孟子受時因被戒，燕王置處爲招賢。埋兒郭巨天應錫，青簡留名幾萬年。"[1]首聯、頷聯述黄金的顏色、産地與冶煉，頸聯、尾聯運用了孟子拒齊王千金而接受宋薛兩國君更少的黄金、燕昭王築黄金臺歸納天下賢士、郭巨欲埋兒從地下挖出一釜黄金等三個有關黄金的典故，全詩從物理屬

1（明）胡文焕編，向志柱點校：《稗家粹編》，北京：中華書局 2010 年版，第 486—487 頁。

性和人文角度兩個層面詠黃金，能夠抓住所詠對象的特點。《幽怪詩譚》卷六《蟲鬧書室》叙書生葛希孟至正間夜分讀書，見綠衣人、玄衣人、皂衣人、翠衣人、青衣人、白衣人、細腰人、長喙人共八人聚於書房外喧嘩，後各賦一詩以摹寫自我，實分別爲蜻蜓、蟋蟀、蜘蛛、螢火蟲、蠅、蛾、蟻、蚊八怪。這八首詩隨物賦形，將事物的生活習性與相關典故結合在一起，間含寄寓，蘊藉詼諧。如長喙人吟云：“爲物雖微最可憎，長從夏夜惱人情。輕輕似絮身邊擾，隱隱如雷耳畔鳴。飛入破窗肌被刺，聒來孤枕夢難成。恣渠血食無驅逐，吳猛兒時有孝名。”[1]從稱呼到詩句都緊緊扣住了蚊子的特點，最後一句則化用了《搜神後記》卷二所載吳猛擔心蚊虻叮咬父母而終夜不搖扇的故事。白衣人詠蛾詩最後兩聯云：“不管焦頭和爛額，只緣忍死肯捐生。莫言浮世趨炎好，到底趨炎不久情。”從飛蛾撲火的悲壯之中，聯想到趨炎附勢者的可悲下場，令人警醒。雖然小説作品與八首詩歌的作者無法考出，但遊戲的旨趣却一目了然。

其中許多詩歌抄襲他人。如《稗家粹編》卷三《荔枝入夢》插入六首詩歌，其一“南入商山松路深”即唐李端《送馬尊師》詩，其二“危峰百尺樹森森”即唐盧倫《酬金部王郎中省中春日見寄》詩，其三“妾生原自越閩間”即明人顏復膚詠荔枝詩，[2]其四、五兩首即童軒《清風亭稿》卷二《古意》二首，其六即《清風亭稿》卷三《秋閨詠別》。小説叙建寧書生譚徽之與友人遊名山，倦憩荔枝樹下，夢遇美人自薦枕席，並吟詩傳情，醒來發現自己躺在樹下。作者雖不可考，但運用別人詩歌，隨意裝點而成小説，涉筆成趣，確實別具一格。《幽怪詩譚》卷五《六畜警惡》叙至元間夔州水朝宗爲人刻薄，殘暴百姓，忽一日家中的馬牛羊犬豕貓六畜均人立而吟詩，後朝

1（明）碧山卧樵纂輯，任明華校注：《幽怪詩譚校注》，濟南：齊魯書社 2011 年版，第 287—288 頁。

2（清）俞騰程：《群芳詩鈔》卷五，《四庫未收書輯刊》第八輯 30，北京：北京出版社 2000 年版，第 114 頁。

宗被怨家打死，家産被搶劫一空。其中第二首詩乃費宏（1468—1535）詩，第三首詩即文天祥的《詠羊》詩，第四首詩據明代萬曆六年（1578）編刊的《新刊增補古今名家詩學大成》卷二三組合而成，其他三詩作者無考，顯然小説是以他人詩歌編撰而成的。《幽怪詩譚》至少插入了 41 人的詩歌，其中明人 31 位，可以説，明人一直對運用他人詩歌編撰傳奇小説的方式充滿熱情，充分認識到小説的虛構特性和娛樂功能。[1]

總之，這類小説大多敘某人遇到精怪物妖，或聽其吟詩，或與其聯詩，天明後發現真相或其原形，情節非常簡單；詩歌是小説的主體，若删除詩歌，就不成爲傳奇小説了；作家不是爲了表現精怪的恐怖或實有，而是將自己喜歡的詩歌饒有興味地編撰成具有詼諧風格的傳奇小説，令人會心一笑。作者以大量詩歌編纂小説，既有炫才之意，亦具自娛、娛人之旨。

上述兩種敘事體式或以序交代詩歌的緣起，或叙精怪詠詩，無疑都以詩歌爲主體，叙事成爲詩歌的陪襯和工具。這種敘事體式顯然也受到了詩話的影響。有學者專門論述過"體兼説部"的詩話與明代詩文小説的關係，認爲"'錄異事''記本事'類型的'詩話'在宋以前可以有別的表現形式，其中很重要的一種形式便是'序'"。[2]因而《剪燈餘話》中的《至正妓人行并序》和《花影集》中的《翟吉翟善歌》等詩序類傳奇小説，叙述詩歌的本事，交代作詩的緣由，其實就是詩話。而明代作家以他人的詩歌編撰傳奇小説，顯然就是直接對詩歌的品評與肯定。這從明代聽石居士《幽怪詩譚引》可以看出：

> 詩自晉魏，以至唐宋，號稱巨匠七十餘家。或開旺氣於先，或維頹風於後，雅韻深情，談何容易！然披覽一過，覺集中絳雲在空、舒卷如意者，則詩中之陶彭澤也。有斜簪插髻、風流自喜者，則詩中之陳思王

---

1 任明華：《論明代嵌入他人詩歌的詩文小説》，《求索》2016 年第 6 期。
2 王冉冉：《"體兼説部"的"詩話"與明代"詩文小説"》，《明清小説研究》2000 年第 1 期。

也。有東海揚波、風日流麗者，則詩中之謝康樂也。有秋水芙蓉、嫣然
獨笑者，則詩中之王右丞也。有鳳笙龍管、漢宮秦塞者，則詩中之杜工
部也。有百寶流蘇、千絲鐵網者，則詩中之李義山也。有海外三山、奇
峰陡崢者，則詩中之李長吉也。有高秋獨眺、霽晚孤吹者，則詩中之柳
子厚也。有狂呼醉傲，俱成律呂，姍笑怒罵，無非文章者，則詩中之李
謫仙、蘇學士也。其餘或仙或禪，或茗或酒，或美人，或劍客，以幽怪
之致與諸家相掩映者，不可殫述，而總之以百回小説作七十餘家之語。
不觀李温陵賞《水滸》《西遊》，湯臨川賞《金瓶梅詞話》乎！《水滸
傳》，一部《陰符》也。《西遊記》，一部《黄庭》也。《金瓶梅》，一部
《世説》也。然則此集郵傳於世，即謂晉魏來一部詩譚亦可。[1]

正是有感於詩壇"巨匠七十餘家"，才編纂了羼有衆多詩歌的小説集《幽怪
詩譚》，明確表示可把這部小説看作一部"詩譚"，即一部品評詩歌的詩話。
出於對詩歌的欣賞、品評，有意用他人詩歌來編創類似詩話的傳奇小説，實
在是明人的獨創。

二、叙事説理化、史傳化

如前所述，《剪燈新話》運用大量議論，已現文章化的端倪。其後，明
代傳奇小説在叙事内容和形式上更加變本加厲，益近於文章，或者説是把文
章收録進傳奇小説集，使傳奇小説出現了説理化、史傳化的傾向。

1. 由叙事轉向説理

明代傳奇小説由事向理的轉變，體現出一個基本的趨勢：從以叙事爲依

1（明）碧山卧樵纂輯，任明華校注：《幽怪詩譚校注》，濟南：齊魯書社 2011 年版，第 1—2 頁。

托，在叙事中闡述倫理的説教，向整篇作品淡化叙事而以説理爲主的演化。明人羅汝敬説《剪燈餘話》"舉有關於風化，而足爲世勸者"；[1]張光啓稱李昌祺遺憾《剪燈新話》"風教少關"，於是"搜尋古今神異之事，人倫節義之實"而著此書，"雖非本於經傳之旨，然其善可法，惡可戒，表節義，礪風俗，敦尚人倫之事多有之，未必無補於世也"。[2]李昌祺在模仿《剪燈新話》時，以敦尚人倫爲己任，悄然賦予《剪燈餘話》新的時代特徵。正如張光啓《剪燈餘話》序所言："四海相傳《新話》工，若觀《餘話》迥難同。搜尋神異希奇事，敦尚人倫節義風。"[3]正是這種創作宗旨改變了《剪燈餘話》的叙事格調，呈現出濃厚的説教化色彩。

同是愛情題材，《剪燈新話》突出表現男女間的深情，如卷三《翠翠傳》寫金定、翠翠夫婦因戰亂失散，相見時却不能相聚，最後悒鬱哀傷而逝。《剪燈餘話》則重點渲染男女的節義，如卷二《鸞鸞傳》叙鸞鸞聞丈夫被賊殺死後，"負其屍以歸，親舐其血而手殮之，積薪焚穎，焰既熾，鸞亦投火中死焉"，以身殉夫，被時人稱爲"烈婦"，表其家曰"雙節之墓"。最後作者評論説："節義，人之大閑也，士君子講之熟矣，一旦臨利害，遇患難，鮮能允蹈之者。鸞幽女婦，乃能亂離中全節不污，卒之夫死於忠，妻死於義。惟其讀書達禮，而賦質之良，天理民彝，有不可泯。世之抱琵琶過別船者，聞鸞之風，其真可愧哉！"卷三《瓊奴傳》叙述吳指揮欲强娶瓊奴時，她對母親哭著説："徐門遭禍，本自兒身，脱別從人，背之不義。且人之異於禽獸者，以其有誠信也，棄舊好而結新歡，是忘誠信，苟忘誠信，殆犬彘之不若；兒有死而已，其肯爲之乎？"[4]遂於當夜自縊於房中，被母親解

1（明）羅汝敬：《剪燈餘話》序，《剪燈新話（外二種）》，上海：上海古籍出版社 1981 年版，第 119 頁。

2（明）張光啓：《剪燈餘話》序，同上，第 120—121 頁。

3 同上，第 121 頁。

4（明）李昌祺著：《剪燈餘話》，同上，第 200、215 頁。

救過來；當聞知丈夫被吳指揮殺害後，具狀與丈夫報仇雪冤，並在哭送埋葬丈夫時"自沉於冢側池中"，於是夫妻合葬，被朝廷旌表爲"賢義婦之墓"。這兩篇作品都贊頌了女子從一而終、以身殉夫的節烈行爲，具有濃厚的理學色彩。

　　同是遇仙鬼、入冥府的題材，《剪燈新話》意在抒發亂世情懷，及對歷史人物的評價；《剪燈餘話》則重在表達對歷史的洞察力，及自己的思想見解。如卷二《青城舞劍録》評價張子房、陳圖南是歷史上難得一遇的知幾者，是大丈夫，其目的就是爲了證明自己的見解："天下之事，在乎知幾，幾者事之微，吉凶之先見者也。《易》曰：'知幾其神乎？' 又曰：'君子見幾而作，不俟終日。' 子思子曰：'君子知微'，皆謂是也。古今以來，豪傑之士不少，其知幾者幾何人哉？"[1] 卷三《幔亭遇仙録》叙杜僎成秋日入山遇仙，清碧仙人説自己累辭征辟，潛心著述，"今皆散逸，獨《春秋諸傳正義》四十八卷僅存，平生精力，盡在此書"，於是諸仙開始談論《春秋》：

　　　　一仙曰："《春秋》宣父手筆，不比他經，而諸儒以管窺蠡測，拘拘然指一字爲褒貶，豈聖人之心乎？大抵聖經所書，有常有變，難執一而論。首王人，次封爵，常也。主會主兵，謀縱謀逆，幾於變矣。然而托始立法，拳拳宗周，王必曰天王，正必曰王正，文、武、成、康之威靈，儼乎其對越，撥亂反正，蓋爲天下後世計，而以爲爲魯而作，豈聖意哉？"一仙曰："伯原公之意如何？"清碧曰："昔人謂三傳作而《春秋》散，散則散矣，然三傳亦未容以輕議也。蓋《公羊》《穀梁》專釋經，而《左氏》專載事，至唐啖氏、趙氏，始毫分縷析，辨明義例，合

1（明）李昌祺著：《剪燈餘話》，《剪燈新話（外二種）》，上海：上海古籍出版社 1981 年版，第180頁。

三家之要而歸之一。陸淳親承趙氏之學，又著《纂例》《辨疑》《微旨》三書，其文可謂粲然，而其學可謂粹然矣。宋朝諸儒所述，皆明白正大，詞嚴義密，無餘蘊，但胡康侯主於諷諫，'高宗復仇'，未免微有牽強處。故朱子嘗曰：胡氏說《春秋》，已七八分，但未到灑然處。良有以也。又若張洽之傳，王氏《讞議》等書，皆能發先儒之未發，論其精妙，而無遺憾則未也，其至者惟伊川乎！"[1]

這段文字對塑造人物性格關係不大，十分突兀，沖淡了小說的故事情節，顯然旨在表達對《春秋》諸家的評述。據考證，《幔亭遇仙錄》中的十三人都是歷史上的真實人物；[2]且《元史》記載，杜清碧有《四經表義》《六書通編》《十原》等理學著作。儘管如此，上述對《春秋》精要的評述，也不大可能是杜清碧的，而是李昌祺藉小說的形式、歷史人物之口闡述自己的經學觀點。更甚者是卷一《何思明遊酆都錄》，直接插入與故事情節無關的學術論文。小說敘宋人何思明通五經，酷不喜老佛，"著《警論》三篇，每篇反復數千言，推明天理，辨析異端，匡正人心，扶植世教"，若接著講述其入冥，則情節尚稱連貫，然而作者在此處却插入"先儒謂：天即理也。以其形體而言，謂之天；以其主宰而言，謂之帝；帝即天，天即帝。非蒼蒼之上，別有一天。宮室居處，端冕垂旒，若世之帝王者，此釋、老之論也"、"蓋天者，理之所從出，聖人法天"等長篇大論，[3]竟達534字，占全篇的五分之一，完全游離於故事情節之外。作者將元末隱居不仕的何思明稱爲大宋人，又特意插入天即理的哲學論述，顯然旨在宣傳明代占正統地位的程朱理學思想。

1（明）李昌祺著：《剪燈餘話》，《剪燈新話（外二種）》，上海：上海古籍出版社1981年版，第219—220頁。

2 參見陳冠梅著：《杜本及〈穀音〉研究》，上海：東方出版社2007年版，第261—273頁。

3（明）李昌祺著：《剪燈餘話》，《剪燈新話（外二種）》，上海：上海古籍出版社1981年版，第153頁。

　　其後的《效顰集》以維護名教爲表現的重心，敘事性更加弱化，議論性文字增多。趙弼説此書"與勸善懲惡之意"，或有可取。高儒《百川書志》卷六《史部·小史》評斷《效顰集》説："言寓勸戒，事關名教，有嚴正之風，無淫放之失，更兼諸子所長，文華讓瞿，大意迥高一步。"如卷中《蓬萊先生傳》敘林孟章嗜酒，病在膏肓，擔心繼室嫁人，對友人説："吾逝世之後，觀此尤物之容，不逾月而必適人矣。"憤怒地對妻子説："幽冥之中，無鬼神則已，如其有神，吾必復取厥良，俾汝孀居終身，愁死於孤枕也。"林死後，妻嫁林友人蔣醫生，夢林鬼魂厲聲説："汝勿長舌。豈不聞餓死事極小，失節事極大？"林赴冥司狀告蔣生"悖師之道，負友之情"，結果蔣被索命而死。[1]這裏看不到夫妻二十多年的恩愛，只有丈夫對"餓死事小，失節事大"的頑固堅守，以致對娶自己妻子的友人也不放過，小説宣揚程朱理學的主旨極爲顯露。卷下《丹景報應録》敘道士劉海蟾遇天曹玉潛真君等群神降臨人間勘問善惡，現場審判扶蘇、蒙恬狀告李斯、趙高一案，情節並不複雜，但是有强烈的現實指向性，如真君説："爾曹昔爲相國，位極人臣，貪欲無厭，求利不止，偷合苟容。且夫堯舜之道，天下古今之至道也，爾斯以爲大謬。非聖人者無法，爾之謂也。秦皇父子暴虐棄德，爾斯不以周孔之道輔之，乃以申韓之術以導其殘賊之心，逢君之惡，爾之謂也。彼高者本宦寺小人，百端狙詐，陷害輔宰，專權擅政，弑君謀逆，以致海内混亂，生民無辜而肝腦塗地者，不可勝紀，皆爾二賊所致。若此論之，雖經百劫不可宥也。"或許對當時的朝政和當權重臣有所暗示。閑閑宗師吳全節説得更加直接："今之士大夫讀書習禮，見利忘義，妒賢嫉能者，比比有焉。其或與人交處，面和内怨，口是心非；或因圖名利，因事以傾擠；或因争私憤，陰謀以相陷。如是之徒，一萌此心，冥曹即録其名於黑簿也。"[2]小説是藉歷史叙

---

[1]（明）趙弼著：《效顰集》，上海：古典文學出版社1957年版，第70—75頁。

[2]　同上，第92—94頁。

事而揭示當時社會的黑暗與士風的萎靡不振，體現出作者的救世之心。陶輔評價《效顰集》"持正去誕"，可謂知言。

明人張孟敬説："夫文詞必須關世教、正人心、扶綱常，斯得理氣之正者矣。"而《花影集》"皆於世教有關。視前人《新話》《餘話》《效顰》諸作，文詞不同，而立意過之"。[1]陶輔也説自己"較三家得失之端，約繁補略"而創作《花影集》。卷一《劉方三義傳》、卷二《節義傳》等，從篇名即能看出作者宣揚節義的創作主旨。前者叙述京衛老軍方某攜子宿於蒙村河邊劉叟酒店，不久方某病亡，子改名劉方，認劉叟夫婦爲義父母；後又從河邊救得劉奇一家。父母歿後，由於家鄉遭遇水災，無處埋葬父母，劉奇只好返回，被劉叟收爲義子。劉叟夫婦去世後，劉方、劉奇盡人子之禮葬之。作品歌頌了人與人之間應該以義相待，子女應孝養父母的美好品德。卷二《管鑒録》叙元末河北慶都縣惡少王屠者以屠宰爲業，不信鬼神，不聽于公之勸改業向善，死入冥府方知鬼神報應，於是痛改前非，成爲善人。好事者作詩云："惡人休把好人欺，不令人知天自知。心上有形須點檢，問君何處是便宜。"庠生管鑒對此不以爲然，後遇樵者對他説：

夫萬物之始，本乎無極而太極。一動一静，陰陽分焉。陽變陰合，五行生焉。無極之真，二五之精，妙合而凝。乾道成男，坤道成女。二氣交感，化生萬類，氣理錯綜，形性特異。惟人秉獨秀，其心最靈，而有以不失其性之全。然以氣理之雜，則未免有剛柔之別，善惡之差，禍福之應，蓋由此也。惟聖人與天地合其德，日月合其明，四時合其序，鬼神合其吉凶者，不過守之以静，謹之以動。人之太極，於斯建矣。建極之道，誠與敬而已矣。夫陽之善者，仁也，中也，正也，善也，福

1（明）張孟敬：《花影集》序，（明）陶輔撰，程毅中點校：《花影集》，北京：中華書局2008年版，第7—8頁。

也；陽之惡者，柔也，弱也；陰之善者，義也，剛也；陰之惡者，邪
也，惡也。其在人之善惡有福禍之報者，乃氣通理合，自然感類而聚。
善與福會，惡與禍期，正如陽燧取火，方諸取水。火發水生，是果天之
與奪乎？鬼神之作爲乎？呵呵，又何難明耶？[1]

以太極與理爲宇宙的本體，並論述了天理與善惡之性的關係，亦是對程朱理
學的闡發。

　　成書於萬曆間的《鴛渚誌餘雪窗談異》卷上《王翠珠傳》，全文 1 608
字，其中《戒嫖論》1 018 字，占全文的 63.31%，作者意在勸人戒嫖，《戒
嫖論》説："不淫女色，非獨愛身也，愛德也，而財又不足言矣；非獨畏理
也，畏天也，而法又不足言矣；非獨慮後也，慮鬼神也，而前又不足言矣；
非獨好名也，好積善也，而好勝又不足言矣。知此，則楚館秦樓，非樂地
也，陷人之罟獲也；歌妓舞女，非樂人也，破家之鬼魅也；傳情遞笑，非樂
趣也，迷魂之妖孽也；倒鳳顛鸞，非樂事也，推命之狐狸也。引而伸之，觸
類而長之。雖家梅不可折，而況於野乎；雖女色不可淫，而況於男乎。鄙見
如斯，人情自悟。"[2]邵景詹《覓燈因話小引》説，客與他夜談耳聞目睹古今
奇秘，"非幽冥果報之事，則至道名理之談；怪而不欺，正而不腐；妍足以
感，醜可以思；視他逸史述遇合之奇而無補於正，逞文字之藻而不免於誣，
抑亦遠矣"，[3]於是心有所感乃擇而録之，交代了小説的題材與主旨。

　　更有甚者，自《效顰集》始，《花影集》《鴛渚誌餘雪窗談異》等傳奇小
説集中的許多作品幾乎没有什麽情節，或以議論爲主而藉人物闡發自己的思
想，或近寓言而有所寄托，叙述體制與風格近於古文，或者説是引古文入小

1（明）陶輔撰，程毅中點校：《花影集》，北京：中華書局 2008 年版，第 67—68 頁。

2（明）周紹濂撰，于文藻點校：《鴛渚誌餘雪窗談異》，北京：中華書局 2008 年版，第 193 頁。

3（明）邵景詹著：《覓燈因話》，《剪燈新話（外二種）》，上海：上海古籍出版社 1981 年版，第
306 頁。

説集，以致於模糊了傳奇小説與古文的界限。

《效顰集》卷下《兩教辨》近於論説文，作品記至正間士人韋正理訪親途中夜訪古寺，遇一僧一道辯論，道人説："若言正理，道教爲正，釋教爲邪。"僧人不服，説佛教普度群迷，衆生平等，勝於別賢愚、分上下的道教。道者則痛批佛教不講仁義，受人敬養却無力助人。僧人反駁説，宋徽宗信奉道教以致亡國，可見道教同樣無靈。道者説人在世間，"有君親以事之，有朋友以輔之，有妻子以處之，爾曹皆一切屏除，其不忠不孝，蔑以加矣"，並引用《老子》近400字認爲老子思想是"修齊治平之要道"。天明訪知乃王重陽、馬祖在此講堂遺址顯靈。僧道引經據典，唇槍舌劍，力駁對方之非，證己方之正，最終以僧人不辯而結束。作品運用對話，近於論説文或文賦，形式獨特。《花影集》卷四《閑評清會録》記書生閑評一日與友人會飲，談論鬼神之事，一人説師巫無益，然能預知生死禍福，令人不解；一人説常見鬼怪爲害，又莫之可考，扶鸞極盛，不知虛實；衆聲喧嘩，終無定論。閑評夜作詩認爲聖人仁學無傳，鬼神乃愚俗所信，一人自燈下躍起辯解説"何謂鬼神，陰陽之功用也。何謂陰陽，一氣之動静也。人與天地萬物，共此一氣……是以人心所在謂之理，理之所在接乎氣。理著氣積，神鬼昭矣。其間邪正之差，又在人心之趨向。趨向之是非，又在學與不學爾。學也，燭識真恪，心正意誠，德合元氣，祀神則享，祭鬼則格。不學也，主見不明，心疑意惑，恐畏交至，妖邪怪誕，由斯而致。公不能力學致知，教人以正理，而乃唱瞽言以責世愚。此僕所以爲公惜也。"閑評問現在子孫致祭來格者，是祖先否，其人説："此心我心，此理我理，氣有屈伸，理實一定，其來格者，非我祖先而何。"[1] 閑評醒來，發現颯然一夢。所謂"閑評"，顯然是作者藉談論鬼神之事來闡述自己對程朱理學的看法，及陸王"心即理"的心學思想，

1（明）陶輔撰，程毅中點校：《花影集》，北京：中華書局2008年版，第129—130頁。

似論説文而實無傳奇小説的故事性。

《花影集》卷三《龐觀老録》則近於寓言。寓言篇幅短小，運用假托的故事與擬人、誇張等手法闡明某種道理，給人以諷刺和勸誡。《龐觀老録》敘述儒生劉醅甕、妓女四水和、商賈王十萬、小人張捨命四人之間的情感糾葛，雖有一定的故事性，實則近乎一篇寓言。這從龐巡檢的判狀可以看出："酒色財氣，乃世所當然。但人有君子小人之分，故事有敗德成仁之道，所以用同而功異也。君子正心節欲，節之則吉；小人縱欲亡心，縱之則凶。其酒色財氣，豈能成人敗人者哉！切照劉醅甕，以酒虧儒者之名，四水和以色失良家之節，王十萬以財傾殷富之基，張捨命以氣損買身之理。"[1] 顯然，作者是以四人分寓酒色財氣，闡明其危害，勸人戒之。寓言文學在中國歷史悠久，《莊子》《韓非子》等諸子著作中數量衆多，成就突出。傳奇小説從形式到寫作方法都受到了寓言文學的影響。

有的傳奇小説近乎詼諧文。詼諧文篇幅短小，追求趣味性、諷諭性，而不同於載道的傳統散文。譚家健把六朝詼諧文分爲三類："第一類，以寓言的形式，假借自我嘲弄而發其懷才不遇的牢騷；第二類，用類似童話或神話的手法，把動植物或無生物擬人化以影射現實；第三類，純粹遊戲之作，諷刺意味不太明顯。"[2] 向志柱藉此將詼諧文歸納成寓言體、假傳體、遊戲文三類。[3] 明代傳奇小説集中即有此類詼諧文，如《鴛渚誌餘雪窗談異》卷下《醒迷餘録》，敘正德中有儒生忠告，"性喜博擲爲戲，田産雖以萬計"，每天都被故應圭、陸一奇拉去賭博，不數年，家業蕩盡，一日夢道士命其戒賭，醒來見身邊有篇《醒迷餘論》論述賭博的危害，遂追悔前非。作品的主體由《醒迷餘論》構成，全面論述了賭博的危害：一是傷害身體，"冒寒暑而莫

---

1 （明）陶輔撰，程毅中點校：《花影集》，北京：中華書局 2008 年版，第 104 頁。

2 譚家健：《六朝詼諧文述略》，《中國文學研究》2001 年第 3 期。

3 向志柱：《古代詼諧文的藝術特色及其發展困境》，《中國文學研究》2009 年第 2 期。

知，甘饑渴而不顧。盡日終宵，雖勞不怨；耗神殫力，自苦何辜”；二是破壞親情友情，“索燭求油，抛家寄宿，致懸父母之憂思，因爽親朋之信約”；三是影響生活，“儒者惰業，農者失時，商者蕩資，工者怠事”。總之，“是以賭博之事，不計大小久暫，皆足以廢業喪心，招怨動氣；甚者虧名玷節，露恥揚羞；又甚至敗家者有之，亡身者有之”。[1] 全文詼諧幽默，令人警醒。

2. 傳奇小説史傳化

瞿佑説《剪燈新話》所記“遠不出百年，近止在數載”，曾棨稱李昌祺《剪燈餘話》“取近代之事得於見聞者”，二者都取材於近事，都采取了小説筆法，即不必“泥其事之有無”，[2] 而“其詞則傳奇之流，其意則子氏之寓言也”。[3] 趙弼具有濃厚的史學意識，在《效顰集》中以實録方法爲人物立傳，首開明代傳奇小説史傳化的先河。

所謂傳奇小説史傳化，就是作品以實録爲原則記録真實人物，運用典型事例和細節刻畫人物的精神風貌、道德品行，文風樸實，幾乎不涉怪誕内容，體現出作者明確的補史意識。這在《效顰集》卷上 11 篇作品中體現得最爲明顯，該書多記忠臣名賢的高風亮節，旨在補史。[4] 如開卷第一篇《續宋丞相文文山傳》多次引《元史》叙述其行實，中間補充《元史》所闕的文天祥入元後義正辭嚴地面斥元世祖、“意氣揚揚，顔色自若”地走向刑場、南向受刑以表對故國的忠貞、死後英魂顯靈不受元朝贈謚等情節，表現了文天祥大義凜然、視死如歸的正氣和忠誠，可補正史之闕。卷上《宋進士袁鏞忠義傳》記南宋進士袁鏞守制在家，適值元兵南侵，被四明知府派往前方哨

---

1 （明）周紹濂撰，于文藻點校：《鴛渚誌餘雪窗談異》，北京：中華書局 2008 年版，第 234 頁。

2 （明）李昌祺：《剪燈餘話》序，《剪燈新話（外二種）》，上海：上海古籍出版社 1981 年版，第 122 頁。

3 （明）吴植：《剪燈新話》序，《剪燈新話（外二種）》，上海：上海古籍出版社 1981 年版，第 4 頁。

4 喬光輝：《趙弼的史評與〈效顰集〉的史學特色》，《東南大學學報》2005 年第 6 期。

探元兵衆寡，被擒後忠於朝廷，誓不降元，被活活燒死，家人聞知後有 17 人投水自盡，僅六歲的次子被僕人救出並撫養成人，方使忠臣有後。作者於文末由衷贊嘆道：

> 宋有天下三百餘年，忠臣義士固不爲少矣。如文天祥、陸秀夫、張世傑、李芾、趙昂發、李廷芝、苗再成諸君子，固皆捐身棄家以報國也。然皆登臺省守大郡握兵權者，其於致身死節，乃職分之所當然。若進士袁公，雖名登黃甲，未嘗受一命之寄，而與謝昌元、趙孟傳誓以死殉國，其忠心義膽出於天性。及爲孟傳所賣，奮不顧身，以大義拒敵，寧死不屈，竟燎身於烈焰中。而妻妾男女悉投於洪濤之下，沈朱二僕撫養遺孤於危險之時，忠臣烈婦孝子義僕，萃於一門，從古逮今幾何人哉！至今二百餘年，公之蜚聲氣像凜然如生，殆與日月同輝，泰華並其悠久也。[1]

這樣驚天動地的事迹，"惜乎當時史氏失傳，俾忠義之節弗能表襮於世，深可嘆也"，作者於是在宣德初得到袁鏞傳誄、柳莊先生類編詩集，纔詳知其實，"乃述公忠義本末，以補蔣林二公先生傳略，執彤管者，尚有傳於無窮矣"。顯然作者爲袁鏞作傳，意在令"執彤管"的史臣能夠看到並記入史書以傳後世。卷上《張繡衣陰德傳》記宣德癸丑（1433）年荊湖南北遇大旱，丁憂在家的監察御史張繡衣捐出自己的俸禄與内人的簪珥飾品買米百斛熬粥濟人，又勸説揮使户侯捐米數百石，自春至夏使三千多人免於餓死，並遣人將餒死者埋於郊野，遠近識與不識均稱頌其爲"古之仁人君子"。全文六百多字，以平實的語言刻畫了張氏的仁心厚德，十分感人。作品最後云："南平趙生樂道人之善，聞公陰德之厚如此，敬疏其實行以俟太史氏采録，續於

1（明）趙弼著：《效顰集》，上海：古典文學出版社 1957 年版，第 8—9 頁。

《爲善陰騭》書云。"[1]明確地道出了供太史氏采録以補正史的創作目的。《爲善陰騭》是明成祖朱棣永樂十七年編撰的教化之書，目的在於"俾皆有以顯著於天下，且令觀者不待他求，一覽而舉在目前，庶幾有所感發，勉於爲善，樂於施德。"[2]全書共165人，先記其爲善得報的事迹，繼之以論斷，最後繫之以詩。趙弼作《效顰集》在内容與體制上無疑受到了《爲善陰騭》的影響，只不過作者往往只加評論以闡發立傳的宗旨，而没有最後的詩歌。如卷上《趙氏伯仲友義傳》叙明威將軍趙銘有二子，長子孟開乃承嗣從子，次子孟明爲嫡子，皆敦尚儒術，彼此謙讓意欲對方襲領父職，後孟開佯狂以避而不幸以疾死，孟明對父親説："仁者不以盛衰改其行，義者不以存亡易則其心。兄存兒則讓之，兄亡兒則取之，是兒假仁義而吊虚名也。長子既没，長孫當繼，天理彝倫之正。"父從之，長孫亦能敦尚忠孝，累立戰功。文末作者加以論斷：

> 趙生曰：敦孝友者，人之至行也。慕富貴者，人之常情也。慕常情比比皆是，敦至行者百無一二焉。今人同氣之親，争財利以相毆，小則興訟擠傾，甚則自相魚肉，憾若寇讎，至老死而不釋者，果獨何心哉！觀趙氏伯仲讓千石之禄，而遺子孫百世忠義孝友之美，豈非夷齊求仁得仁之道乎！世之昆弟鬩牆者，聞趙氏孝友之風而無興起之志，誠馬牛襟裾者也。[3]

聯繫現實，奉勸世人理應以趙氏兄弟爲楷模，以孝悌爲立身行事之本，進一步闡述作傳的意義。這種方法遠紹《史記》"太史公曰"等正史體例，近承

---

1 （明）趙弼著：《效顰集》，上海：古典文學出版社1957年版，第22頁。
2 （明）朱棣撰：《爲善陰騭》，國家圖書館藏明永樂間刊本。
3 （明）趙弼著：《效顰集》，上海：古典文學出版社1957年版，第27頁。

《爲善陰騭》的規範，可謂淵源有自。

　　《花影集》在題材與寫法上直接受到了《效顰集》的影響，也不乏紀實的史傳類作品。卷二《東丘侯傳》叙述花雲三歲時，父親被凶豪劉三無故擊殺，16 歲時"恒以復父仇爲志"，18 歲夢中喫神人所授鐵簡，力大無窮，投徐達，隻身一人取懷遠，"縛劉三及同惡者十許人"，爲父報仇；又率卒三十人下全椒，從朱元璋連破滁州、和州、鎮江、丹陽、丹徒、金壇、常州、常熟等，屢建奇功；在與陳友諒作戰時，中詐被射死。花夫人郜氏對家人説："吾夫忠孝人也，事若不濟，必以死報國家，我獨生乎？此兒雖纔三歲，豈可使花氏無後哉！爾等當保護之。"[1] 城陷，夫人赴井死，家人或溺或縊，從死者數十人，獨妾孫氏冒死負兒逃脱，歷盡艱險抵達朱元璋處，受到封贈。作品最後抄録了"翰林學士承旨宋濂"爲花雲撰寫的銘文，顯然受到了宋濂《東丘郡侯花公墓碑》的影響，體現出傳奇小説與碑誌的融合。

第三節　中篇傳奇小説的詩文化

　　所謂中篇傳奇小説，首要因素在於篇幅，通常字數在萬字以上，長者達三四萬字，主要叙述青年男女的戀愛婚姻和悲歡離合，中間插入大量詩詞文賦表達小説人物的喜怒哀樂。孫楷第在評價《風流十傳》等明代中篇文言傳奇小説時，認爲"凡此等文字皆演以文言，多屬入詩詞。其甚者連篇累牘，觸目皆是，幾若以詩爲骨幹，而第以散文聯絡之者"，此等格範"蓋由瞿佑、李昌祺啓之"，"自此而後，轉相仿效，乃有以詩與文拼合之文言小説"，並稱之爲"詩文小説"。[2] 學界對明代中篇傳奇小説的發展狀況、思想内容、藝術特徵等多有論述，而我們認爲，中篇傳奇小説的文體創新主要在以下兩個方面：

---

1 （明）陶輔撰，程毅中點校：《花影集》，北京：中華書局 2008 年版，第 55 頁。
2 孫楷第編：《日本東京所見小説書目》，北京：人民文學出版社 1958 年版，第 126—127 頁。

一、插入詩詞文賦形成叙事抒情交替的叙事節奏

中篇傳奇小説給我們最直觀的感受就是在散體文叙事中插入大量詩詞文賦。對於插入詩詞文賦的比例、變化及其藝術功用等，學界做出過具體的統計和較多的論述，總體上認爲打斷了叙事的連貫性。但其實，中篇傳奇小説中的詩詞文賦具有預叙的結構功能：一是預示全篇的情節，造成懸念。如《賈雲華還魂記》叙述魏鵬到賈雲華家後，見賈母不提親事，頗爲擔憂，就去伍相祠中祈夢，得神語云：“灑雪堂中人再世，月中方得見嫦娥。”預示了後來的情節和人物結局。最後方知賈雲華因相思而早逝，借宋月娥屍還魂，在灑雪堂中與魏生成親。前面的夢讖一一應驗。《劉生覓蓮記》開篇叙書生劉一春過鳳巢谷時遇老人知微翁，獲贈兩句詩“覓蓮得新藕，折桂獲靈苗”，不解何意。後來劉生娶孫碧蓮爲妻，中舉後又納苗秀靈爲妾，詩讖成真。《五金魚傳》開篇叙才子古初龍娶才女華玉爲妻，過金山時，夢白水真人贈詩云：“君是神仙侶，何嫌猿梟欺。臨安休憚遠，秦晉復稱奇。典試非新識，出鎮逢舊知。將相歸故里，九九奮天池。”生爲躲避仇人金永堅的陷害，寓臨安，先後以金魚與妓女趙如燕、菊娘、桂娘、王玉嬌定情，正應“臨安休憚遠，秦晉復稱奇”；科考時，遇同學楊龜山是主考官，古生得中，出守建康，遇桂娘，應“典試非新識，出鎮逢舊知”；古生升左僕射尚書，上表辭官，攜華玉、玉嬌、桂娘歸鄉，途中遇菊娘、如燕，同返臨安，子孫繁盛，科甲蟬聯；年逾七十，古生攜五妻妾至五台山築室學道，越十年，被白水真人度爲仙人，與開頭遥相呼應，到明世宗嘉靖年間，有士人遊黃鶴樓遇道人古生，應“將相歸故里，九九奮天池”。二是散體文中間插入的詩詞具有一定的叙事功能。如《賈雲華還魂記》叙娉娉十分憐惜魏生，遣婢福福送給生一首詩，云：“春光九十恐無多，如此良宵莫浪過。寄與風流攀桂客，直教

今夕見嫦娥。"娉娉暗示魏生將夜赴生室私會，致生驚喜異常，盼望太陽早落。這顯然模仿了《鶯鶯傳》的情節。

另外，插入的絕大多數詩詞文賦則充滿濃厚的抒情意味，與敘事散體文形成韻散相間的敘事形態和敘事節奏。《賈雲華還魂記》是目前所知明代現存最早的中篇傳奇小說，頗有代表性，下面試將敘事散體文與插入詩詞文賦的具體情況列表如下：

序號	敘事散體文	詩詞韻文
1	開頭敘魏鵬奉母書到錢塘訪父故舊，議婚事	有母書一封
2	生面對錢塘美景	賦一《滿庭芳》詞表婚姻願望
3	對娉娉一見鍾情，夜宿賈府，難寐	賦一《風入松》於壁上，抒發欣喜之情
4	娉娉聞知魏生賦詞後	和一《風入松》詞表白情意給生
5	生憂婚事，赴祠祈夢，得"灑雪堂中人再世，月中方得見嫦娥"，不知何意	
6	娉娉偷入生室，見《嬌紅記》恐壞心術	戲題七言絕句二首於屏上
7	生暮歸，見詩後	和七言絕句二首，以表外出的悔意
8	娉娉夜入生室，彈琴訴情，忽聞母喚，即出	生賦一《如夢令》詞，表失意之情
9	清明節，生題詩一首托婢女給娉娉，小姐始佯怒，繼則互訴衷腸，表白心迹	
10	次日晨，生見女卻無法說話，極愁悶，女遣婢送一詩，約晚上相會	
11	生被友拉出飲酒，醉歸，女來見其不省人事	在生裙上題詩一首，埋怨生無情
12	生醒見女題詩	和詩一首，並賦一《憶秦娥》詞以自責
13	生夜入娉娉閨房，海誓山盟，共赴巫山	生占一《唐多令》，女和之，共表盟誓
14	生接家書，返家參加科舉，二人泣別	
15	生中進士，次年授江浙儒學副提舉，詣賈府	睹物思人，賦一首七言律詩抒懷

續　表

序號	叙事散體文	詩詞韻文
16	從此二人夜夜歡會	
17	女得罪婢女，與生後園下棋，差點被母發現	
18	次日賞並蒂蓮開，生、賈麟各賦詩一，女占詞《聲聲慢》；女借機諷生寵婢女	
19	月餘，娉娉使婢告知生，已與婢女和好，後可早晚相見，生賦十詩一詞給女，復歡會	
20	七夕夜宴，賈夫人命女、生作詩詞	女題七絕二首，生和詩二首
21	生接母喪書，與女泣別，女歌《踏莎行》一，次早以破鏡、斷弦、手帕托婢送生	
22	女弟麟中進士，授官陝西縣令，至，女病危，母後悔，不久女病逝	
23	小吏康鏵赴襄陽公幹，女婢説有與生訣別詩	將女集唐人詩十首給生
24	生在家度日如年	賦《摸魚兒》一闋回憶戀愛
25	生得康鏵信，發誓不娶	爲娉娉作一祭文
26	生服滿官陝西，去吊娉娉，夜夢女説當還魂	生驚醒，作一《疏簾淡月》詞吊娉娉
27	娉娉藉死三日的宋月娥屍還魂嫁魏生，生知官衙後堂原名灑雪堂，方悟祠中祈夢語應驗	衆人異之，有人賦一《永遇樂》詞祝賀魏生
28	後生有三子，皆列顯宦，生與妻俱高壽	

　　《賈雲華還魂記》大致可分爲28個情節單元，從叙事散體文與插入詩詞文賦的關係和位置來看，運用最多的叙事方式是前面以散體文叙事、後面以詩詞韻文收結，共有17個情節；第5、9、10、18、19和21共6個情節是在叙事散體文中間夾雜詩詞，即運用散體文——詩詞——散體文的叙事方式，第14、16、17、22和28共5個單元則只有叙事散體文而無詩詞韻文。其實第二種情況可以看作是第一種的變異，第一種叙事方式是叙述一個較爲

完整的情節，插入詩詞延宕了叙事；第二種叙事方式是把一個情節叙述到一半，即插入詩詞，中斷叙事，然後再接續由詩詞引出的叙事散體文。這樣中篇傳奇小説就形成散體文叙事——詩詞抒情或散體文叙事——詩詞抒情——散體文叙事的叙事節奏，而散體文叙事給人以連貫急促、詩詞予人以舒緩婉約的閲讀感受，形成徐疾相間、張馳有度的叙事節律。如《賈雲華還魂記》中的才子魏鵬面對錢塘的優美湖山，賦《滿庭芳》詞一闋云：

> 天下雄藩，浙江名郡，自來惟説錢塘。水清山秀，人物異尋常。多少朱門甲第，閙叢裏，争沸絲簧。少年客，謾攜緑綺，到處鼓求凰。　徘徊應自笑，功名未就，紅葉誰將？且不須惆悵，柳嫩花芳。聞道藍橋路近，願今生一飲瓊漿。那時節，雲英覷了，歡喜殺裴航。[1]

魏鵬陶醉在美麗的自然風光和熱閙繁盛的市井文化之中，觸景生情，以詞抒情，表達對杭州的贊美和婚姻的擔憂與期盼。接著叙魏鵬拜見賈夫人，對賈女娉娉一見鍾情，結果賈夫人只是讓指腹爲婚的娉娉以妹相見，絶口不提姻事，但却熱情地挽留魏鵬住在家裏，魏生十分驚喜，無法成眠，因賦《風入松》一詞，云："綺窗羅幕鎖嬋娟，咫尺遠如天。紅娘不寄張生信，西厢事，只恐虚傳。怎及青銅明鏡，鑄來便得團圓。"抒發對婚姻的困惑。緊接著叙娉娉聞知魏生賦詞後，立即和《風入松》詞一首送給魏生，詞云：

> 玉人家在漢江邊，才貌及春妍。天教吩咐風流態，好才調，會管能弦。文采胸中星斗，詞華筆底雲煙。　藍田新鋸璧娟娟，日暖絢晴天。

1（明）李昌祺著：《剪燈餘話》，《剪燈新話（外二種）》，上海：上海古籍出版社1981年版，第270頁。

廣寒宮闕應須到，霓裳曲，一笑親傳。好向嫦娥借問，冰輪怎不教圓？[1]

毫不掩飾對魏生風流態度、才華韻調的欣賞、贊美，含蘊地表達自己的愛慕之情和期盼締結姻緣的心事。作者用散體文叙述人物的活動、事件的進展，而用詩詞描摹、傳達才子佳人的所思所想，增進彼此的情感交流，推動故事的發展。詩詞雖然是抒發男女人物的感情，却對叙事是一種補充。正是娉娉知道魏生《風入松》詞中的心事，才藉和《風入松》向魏生婉達心曲，而魏生又通過和詞進一步了解到娉娉的才華和情愫，愈加愛慕娉娉。散體文與詩詞緊密配合，環環相扣，相得益彰。

插入詩詞文賦可以延宕叙事，調整叙事節奏，則插入的多少就造成緩急張馳程度的不同。上表第 6、7、13 情節單元後各插入兩首詩詞，第 20 情節後插入 4 首詩詞，而第 19、23 單元後則插入 10 首以上的詩詞，顯然插入的詩詞越多，抒情意味越濃重，叙事被延宕的時間越長，節奏越緩慢。插入詩詞的多少有時與情節的發展有一定的内在關係。如第 19 單元當娉娉想方設法結好婢女後，告知魏生今後可早晚相會後，魏生高興得手舞足蹈，一口氣賦詩 10 首、詞一闋給娉娉，以表達内心的極度喜悦和感謝之情；同樣，當娉娉臨終前，集唐人詩十首給生，突顯出對魏生的眷眷深情。顯然讀者在咀嚼這些極富辭采、感情真摯的詩詞時，就會被二人情深意厚、生死相依的愛情所感染，沉浸在小説人物的喜悦、悲傷之中。這些詩詞起到由叙事到抒情的轉換，自然就延緩了叙事的進展。

當然，明代中篇傳奇小説叙事散體文後插入詩詞文賦，也會造成叙事的中斷或停頓，而插入數量的多少，能夠體現出叙事節奏的變化。現將明代中篇傳奇小説插入詩詞文賦造成的叙事停頓次數及叙事散體文内的停頓頻率統計如下：

1（明）李昌祺著：《剪燈餘話》，《剪燈新話（外二種）》，上海：上海古籍出版社 1981 年版，第273 頁。

篇名	散體文字數	插入1首	連插2首	連插3首	連插4首	連插5首	連插6首	連插7首	連插8首	連插9首	連插10首	10首以上	停頓次數	停頓頻率
賈雲華還魂記	11 074	16	5		1							1	1[1]	24	461
鍾情麗集	12 813	30	15	3	3	3			2		2		1[2]	59	217
龍池會錄	7 243	12	9	2	3	2							1[3]	29	249
雙卿筆記	9 434	15	3	3	1									18	524
荔鏡傳	17 162	54	10	3	4	2								68	252
懷春雅集	13 202	32	23	10	4	2	1			1	1	6[4]	79	167
尋芳雅集	16 152	25	9		1				1	1	1	5[5]	38	425
花神三妙傳	16 943	29	8	1[6]		1							38	445
天緣奇遇	17 477	53	5	2	1		1	1					60	291
李生六一天緣	27 574	39	12	7	1								61	452
劉生覓蓮記	23 606	56	13	5	2					1			76	310
巫山奇遇	14 855	16	10	2	1				3		1[7]		34	436
五金魚傳	12 396	32	14	2	9	1			1	1	1[8]		61	203
風流十傳雅集	13 121	11	3										14	937

1　《賈雲華還魂記》有1處連續插入詩詞11首。

2　《鍾情麗集》有1處連續插入詩16首。據日本早稻田大學藏明代萃慶堂刊（明）何大掄撰、林近陽增編《新刻增補全相燕居筆記》和潘建國《明刊治單刻本〈新刊鍾情麗集〉考》（《中國典籍與文化》2015年第3期）。

3　《龍會蘭池錄》有1處連續插入詩文11篇，參明刊《國色天香》本。

4　《懷春雅集》連續插入詩文11、14和16篇各分別有1、1和4處，參明刊何大掄本《燕居筆記》、林近陽本《燕居筆記》。

5　《尋芳雅集》有1處連續插入詩詞16首。據明刊《國色天香》本。

6　據明刊《國色天香》本。

7　據《巫山奇遇》單行本，上海：中央書店，1936年。

8　據明刊《風流十傳》本和《古本小說集成》收錄吳曉鈴藏本影印本。

　　從上表可以看出，《賈雲華還魂記》大約每461字的叙事散體文之後就插入詩詞文賦造成一次情節上的叙事停頓，插入的詩詞數量主要是1首或2首。後來的《尋芳雅集》《花神三妙傳》《李生六一天緣》《巫山奇遇》都在425—452字的叙事散體文之後插入詩詞文賦，基本上延續了同樣的叙事節奏，只不過連續插入3篇、4篇、8篇和9篇的停頓次數增多；而《雙卿筆記》約524字才插入詩詞造成一次情節上的停頓，《傳奇雅集》則是平均937字，且插入的詩詞數量都是1篇或2篇，很明顯叙事更加連貫；《鍾情麗集》《龍池蘭會録》《荔鏡傳》《五金魚傳》都是200多字叙事散體文之後就插入一次詩詞造成情節的停頓，且連續插入3篇以上詩詞文賦的次數明顯增多，使叙事極不連貫，叙事節奏一再被打斷。尤其是《懷春雅集》平均167字散體叙事文之後就要插入一次詩詞文賦，且連續插入10篇以上的就有7處，往往插入詩詞文賦的字數遠超叙事散體文的字數，使叙事變得支離破碎。有時連續插入的詩詞數量雖不多，但是篇幅很長，字數較多，如《鍾情麗集》中微香題的《並美序》140字、一首長歌350字，二者連在一起達490字，遠遠超出前面60字的叙事散體文；有的雖説只有一首詩，但却是長詩，如辜生寫給微香的一首長歌達523字；辜生與瑜娘以"月夜喜相逢"爲題，所聯五言詩五十韻達500字。因此，插入詩詞的數量和篇幅的長短都能夠影響叙事的連貫性，造成叙事節奏上的緩急變化。

二、叙事文章化

　　中篇傳奇小説篇幅明顯加長的原因是多方面的，如將男女愛情的過程構思得更加複雜曲折，叙述一男多女的愛情故事，插入大量詩詞曲等等，但插入文賦書判等文章，大量運用議論、典故等文章筆法，無疑起到了重要的、甚至是推波助瀾的作用，使中篇傳奇小説表現出鮮明的文章化傾向。

　　第一，插入文賦書判等各種文章。中篇傳奇小説插入的文章體裁十分多樣，有書信、祭文、記辨、婚書、供狀、判狀、論贊，等等。爲了統計的方便，我們將書信、賦單列，把祭文其他等文章統稱爲文，將明代中篇傳奇小説插入的文章情况列表如下：

作品	書	文	賦	文章字數	全篇字數	占全篇百分比
賈雲華還魂記	2	4		632	13 800	4.58
鍾情麗集	7	3	1	3 867	27 309	14.16
龍池蘭會録	2	5	1	3 520	15 116	23.29
雙卿筆記	5			933	11 093	8.41
荔鏡傳	4	4		2 947	25 264	11.66
懷春雅集	1	1	1	1 004	24 173	4.15
尋芳雅集	3			706	20 640	3.42
花神三妙傳	4	4	1	2 536	22 427	11.31
天緣奇遇	3	5		942	21 880	4.31
李生六一天緣	5			929	33 885	2.74
劉生覓蓮記	4	1		701	29 641	2.36
巫山奇遇	8			1 418	19 257	7.36
五金魚傳	5	1		686	18 252	3.76
傳奇雅集	0	0	0	0	13 837	0

　　可見中篇傳奇小説插入文章的數量較多，篇幅也較長，如《鍾情麗集》插入的一篇賦長達 688 字，《花神三妙傳》中的一篇祭文達 728 字。插入的文章常常大於前面的叙事散體文，故而影響到叙事的連貫和順暢。如《荔鏡傳》中"琚吊鏡"一節共 264 字，其中吊鏡文竟然 243 字，占到 92%；"卿示意於琚"一節 751 字，其中插入的類似於賦的鳳竹詞 449 字，後面又有一律詩 40 字，共 489 字，占本節文字的 65%。除書信有傳情達意的叙事功能

外，插入的文章往往游離於故事情節之外，不僅使小説篇幅變得冗長，也延緩了情節發展和叙事節奏。

第二，在叙事中插入大段議論性文字，藉小説人物的高談闊論表現作者對文學作品、鬼神信仰、歷史人物等的評價。這類議論如果運用適當，有時確實能夠起用塑造人物的作用。如《龍會蘭池録》云：

> （蔣世隆）復沉想良久，雖憫其流落，益自喜其佳遇，則曰："崔鶯非相女耶？自送佳期，至今稱爲雙美。今娘子所遭之難，固大於崔氏，而不念我耶？"蘭曰："崔氏自獻其身，乃有尤物之議。卒焉改適鄭恒，今以爲羞。妾欲歸家圖報者，正以此患耳。"世隆曰："卿言乃鷦鴣啼耳。"蘭曰："何也？"世隆曰："行不得哥哥。"[1]

蔣世隆藉《西厢記》中的鶯鶯自約佳期、親赴西厢事打動、挑逗黃瑞蘭，以試探她的態度；而瑞蘭則以鶯鶯"自獻其身"却未得善終的結局告訴蔣生，自己決不效法鶯鶯爲一時之歡而誤了終身，須從長計議。通過對話，既塑造了蔣生的温文爾雅，渴望得到瑞蘭的迫切心情，及瑞蘭的端莊自重和思慮縝密，又表達出作者對《西厢記》的看法，可謂一箭雙雕。

但是，更多這類内容往往並不是故事情節的必要組成部分，完全游離於故事情節之外。試舉《鍾情麗集》中的辜輅與瑜娘的一段文字爲例：

> 瑜娘曰："《西厢》如何？"生曰："《西厢記》，不知何人所作也。考之於唐元微之，時常作《鶯鶯傳》，祈《會仙詩》三〔十〕韻，清新精緻，最爲當時文人所稱羨。《西厢記》之權輿，其本如此也歟？然鶯

1（明）佚名撰：《龍會蘭池録》，（明）吳敬所編輯《國色天香》卷一，明萬曆間刊本。

鶯之所作寄張生：'自從別後減容光，萬轉千愁懶下床。不爲傍人羞不起，爲郎憔悴却羞郎。'此詩最妙，可以伯仲義〔山〕、牧之，而此記不載，又不知其何故也。且句語多北方之音，南方之人，知其意味罕焉。"[1]

認爲《西厢記》取材於唐元稹的傳奇小説《鶯鶯傳》，高度評價小説作品及《會真詩》三十韻"清新精綴"，尤其欣賞鶯鶯贈張生"自從別後减容光"一詩，無法理解《西厢記》竟然没有收録；認爲《西厢記》雜劇多用北方語言，南方人不易領悟其語言的魅力和意味。可見，作者很重視小説、戲曲中詩歌和曲詞的韻味。小説接著又用一大段文字議論《嬌紅記》及其中詩詞的藝術成就。顯然，這些内容藉《鍾情麗集》表達了作者對小説、戲曲本事的認識，及自己的文學理論批評觀念，與小説情節的發展極不協調。

《荔鏡傳》卷一中的《琚觀樂論人》一節主要是王碧琚、陳必卿、婢女益春三人藉談論《西厢記》以探碧琚對必卿的態度，但評價張生、鶯鶯却成爲主體，其中後半段云：

春曰："崔於張情亦匪薄，而畢竟見棄，何也？"琚曰："張之棄崔，其故有三。方其始也，非有素定，奚輕許於干戈擾攘之中？一也。不能自守，而輕獻佳期，二也。張之心固已薄於方會之始，安得不忍於既去之後。正所謂無故以合者，則無故以離。天王（亡）尤物、妖人妖身之説，不過托此以藉口耳。然人多委罪於崔，而不知張之過甚之也。彼當蒲軍構難之初，有所利而動，非仁也。去三年不返，受三書不報，非義也。即絶念於仰慕之先，又尋故於適鄭之後，非智也。故雖有'取次花叢懶回顧，除却巫山不是雲'之句，懇以求見。崔竟以'不爲傍人

1（明）何大掄撰，林近陽增編：《新刻增補全相燕居筆記》卷六，明末萃慶堂刊本。

羞不起，爲郎憔悴却羞郎'之句以拒之，彼獨無愧於心乎？"[1]

作者藉才女王碧琚之口提出張生、鶯鶯始亂終棄的悲劇緣由，鶯鶯雖有三個過錯，但張生做事却非仁、非義、非智，過錯遠大於鶯鶯，明顯在爲鶯鶯鳴不平，具有一定的特色。

《尋芳雅集》中有一段才子吳廷璋與佳人王嬌鳳談論《西廂記》和《嬌紅記》的文字，亦挺有意思，云：

> 正欲遍觀，見几上有《烈女傳》一帙，生因指曰："此書不若《西廂》可人。"鳳曰："《西廂》邪曲耳。"生曰："《嬌紅傳》何如？"鳳曰："能壞心術。且二子人品，不足於人久矣，況顧慕之耶！"生曰："崔氏才名，膾炙人口；嬌紅節義，至今凜然。雖其始遇以情，而盤錯艱難間，卒以義終其身，正婦人而丈夫也，何可輕訾。較之昭君偶虜，卓氏當爐，西子敗國亡家，則其人品之高下，二子又何如哉？"鳳亦語塞。[2]

　　第三，在長篇議論中運用大量經史子集中的典故，作者的才學展示成爲主體，而人物的塑造和情節的安排退居次要位置。《龍會蘭池録》和《荔鏡傳》表現得尤爲突出。前者插入大量篇幅議論鬼神之誣、戲曲皆虛誕、變怪異夢之不足信、詩歌與文人聲譽的關係等。如當才子蔣世隆病痊時，主人黃思古邀梨園子弟演戲祝賀，小說寫道：

> 世隆起見，笑曰："此頑童也，生所羞比。"思古曰："何謂頑童？"世隆曰："具載三風十愆中。"思古意猶未解。世隆具以晉美男破老、漢

1（明）佚名撰：《荔鏡傳》，清道光丁末（1847）刊《新刻荔鏡奇逢集》。
2（明）佚名撰：《尋芳雅集》，（明）吳敬所編輯《國色天香》卷四，明萬曆間刊本。

> 弄兒、來夢兒、太子承乾事告。思古乃出净酒奉喜。[1]

"頑童"似乎通俗易懂，實則不然，由於世隆用典頗多，不僅黄公不知所云，讀者亦不解何意。據《尚書·伊訓》載，伊尹作訓勸諫商王太甲説："敢有恒舞于宫，酣歌于室，時謂巫風。敢有殉于貨色，恒于遊畋，時謂淫風。敢有侮聖言，逆忠直，遠耆德，比頑童，時謂亂風。惟兹三風十衍，卿士有一于身，家必喪；邦君有一于身，國必亡。臣下不匡，其刑墨，具訓于蒙士。"[2]這就是"頑童"及"三風十愆"的來歷。然後小説又列舉了晉美男破老等四個歷史典故進一步闡釋自己的觀點。"晉美男破老"出《戰國策·秦策一》，云："（晉獻公）又欲伐虞，而憚宫之奇存。荀息曰：'《周書》有言，美男破老。'乃遺之美男，教之惡宫之奇。宫之奇以諫而不聽，遂亡。因而伐虞，遂取之。"[3]謂晉國選擇美男子獻給虞國國君，讓美男子離間國君與諍臣宫之奇的關係，趕走宫之奇，最終滅了虞國。漢弄兒見《漢書》卷六八《金日磾傳》：

> 日磾子二人皆愛，爲帝弄兒，常在旁側。弄兒或自後擁上項，日磾在前，見而目之。弄兒走且啼曰："翁怒。"上謂日磾："何怒吾兒爲？"其後弄兒壯大，不謹，自殿下與宫人戲，日磾適見之，惡其淫亂，遂殺弄兒。弄兒即日磾長子也。上聞之大怒，日磾頓首謝，具言所以殺弄兒狀。上甚哀，爲之泣，已而心敬日磾。[4]

弄兒恃著受帝寵愛，遂亂君臣之禮，爲父所殺。"來夢兒"見《隋遺録》卷

1（明）佚名撰：《龍會蘭池録》，（明）吳敬所編輯《國色天香》卷一，明萬曆間刊本。

2（唐）孔穎達等撰：《尚書正義》，（清）阮元校刻：《十三經注疏》，北京：中華書局 1980 年版，第 163 頁。

3（漢）劉向集録《戰國策》，上海：上海古籍出版社 1985 年版，第 125 頁。

4（漢）班固撰：《漢書》，北京：中華書局 1962 年版，第 2960 頁。

下，曰："（隋煬）帝自達廣陵，沉湎失度，每睡，須搖頓四體，或歌吹齊鼓，方就一夢。侍兒韓俊娥尤得帝意，每寢必召，命振聳支節，然後成寢，別賜名爲'來夢兒'。"[1] 來夢兒想方設法以媚煬帝，宮廷淫風之盛可見一斑。"太子承乾事"見《舊唐書》卷七六，云李承乾八歲時被立爲太子，"及長，好聲色，慢遊無度，然懼太宗知之，不敢見其迹。每臨朝視事，必言忠孝之道，退朝後，便與群小褻狎"，特別寵倖"美姿容，善歌舞"的樂妓稱心，"常命户奴數十百人專習伎樂，學胡人椎髻，剪綵爲舞衣，尋橦跳劍，晝夜不絶，鼓角之聲，日聞於外"，後因謀反，被廢爲庶人。[2] 這四個典故都反映了歷史上巫風、淫風、亂風的昌盛及危害，與小説故事情節的發展根本没有關係，完全可以省略。作者接著又對梨園戲曲進行了長篇大論，以《西廂記》等 12 部戲曲的典故説明"梨園所演，一皆虛誕"，演戲並不能給人帶來吉祥。作者有意從蔣世隆病癒節外生枝引到演戲，顯然就是爲了闡述自己對戲曲的看法。

《荔鏡傳》中的《琚論荔》一節，由陳必卿的化名甘荔論述有關荔枝、櫻桃等水果的典故，又由碧琚之名論述有關玉的四德及歷史典故，兩者相加竟長達七百字；《卿琚論人物》則談論鶯鶯、王魁、愛卿、李師師等人物的言行。試看卷一《琚論荔》論水果的一段文字：

> 琚曰："此江鄉家果，與木奴等耳。何足爲異！"生曰："古今爲木奴，千百樹可等千户侯，亦有君賜而杯以遺細君者。何可輕之耶？"琚曰："名之爲奴，雖貴亦賤。若荔者，爾泉甚蕃。吾聞鬻於市者百僅十價，賤且不滿。其賤若此，子何以之而命名也？"生曰："荔輕於潮，而名重天下久矣。昔謂'一騎紅塵妃子笑，無人知是荔枝來'，楊太真且愛慕之。惟恐其不我得，而子反輕之。意者食而不知其味乎？"琚曰：

1 魯迅校録：《唐宋傳奇集》，《魯迅全集》第十卷，北京：人民文學出版社 1973 年版，第 372 頁。
2 （後晉）劉昫撰：《舊唐書》，北京：中華書局 1975 年版，第 2648—2649 頁。

　　"異乎吾所聞。吾之所聞，有所謂櫻桃者，金丸紫脆，唐玄以之而宴士，漢明以之而賜臣，劉阮止饑於天台，彌子半啖於君側。有所謂黄梅者，一味清酸，魏武濟軍士之渴，王曾著花魁之名，廟廊以之而和羹，山谷以之而薦盤。又若聖門得杏而名壇，蒙正以分瓜而名亭，榴房成宋氏多子之説，羊棗啓曾氏思親之心。若荔之膾炙人口者，有乎無也？"生曰："物固有遇有不遇，而所遇有幸有不幸焉者。荔固未有所遇，而所遇皆不幸焉者。當其遇也，曹元禮以占，張九齡以賦，白樂天以圖，稱其藴藉，像其從容，團圓帷蓋兮兼似桂，朵朵葡萄兮殼繒丹……"[1]

　　幾乎句句都用到與荔枝有關的典故，經考，知"木奴"之典出《三國志》卷四八《吴書·孫休傳》注引《襄陽記》，謂李衡做丹陽太守時，密遣十人在武陵龍陽氾洲上種甘橘千株，臨死告訴兒子説"汝母惡我治家，故窮如是。然吾州里有千頭木奴，不責汝衣食，歲上一匹絹，亦可足用耳"；[2]"千百樹可等千户侯"出司馬遷《史記》卷一二九《貨殖列傳》云"蜀、漢、江陵千樹橘"，"此其人皆與千户侯等"；[3]"有君賜而杯以遺細君者"出蘇軾《上元侍飲樓上三首呈同列》其三，曰"老病行穿萬馬群，九衢人散月紛紛。歸來一點殘燈在，猶有傳柑遺細君"；[4]"一騎紅塵妃子笑"等出杜牧《過華清宫絶句三首》其一；唐玄宗以櫻桃宴士事，見《太平御覽》卷九六九引《唐書》云"玄宗紫宸殿櫻桃熟，命百官口摘之"；[5]漢明帝以櫻桃賜臣事，見《太平御覽》卷九六九引《拾遺録》，云"漢明帝於月夜宴賜群臣櫻桃，盛以赤瑛盤。群臣視之月下，以爲空盤，帝笑之"；[6]劉晨、阮肇吃桃充饑事，出《幽

1（明）佚名撰：《荔鏡傳》，清道光丁未（1847）刊《新刻荔鏡奇逢集》。

2（晉）陳壽撰，（宋）裴松之注：《三國志》，北京：中華書局1959年版，第1156頁。

3（漢）司馬遷撰：《史記》，北京：中華書局1959年版，第3272頁。

4（清）王文誥輯注，孔凡禮點校：《蘇軾詩集》卷三六，北京：中華書局1982年版，第1956頁。

5（宋）李昉等撰：《太平御覽》，《四部叢刊》三編子部，上海：商務印書館1935年版。

6 同上。

明録》；"彌子半啖於君側"事出《韓非子》卷四《説難》，云："異日，（彌子瑕）與君遊於果園，食桃而甘，不盡，以其半啖君"；[1] 曹操以梅止渴事出《世説新語‧假譎》；"王曾著花魁之名"出《湘山野録》卷上，云王曾布衣時以《早梅》詩獻呂蒙正，呂氏看到有"雪中未問和羹事，且向百花頭上開"句，稱"此生次第已安排作狀元宰相矣"。[2] 可見這段文字就是荔枝、櫻桃、黃梅、杏、棗等各種水果典故的堆砌，似在表現陳必卿、王碧琚的博學，實則與刻畫小説人物無關，影響了小説的叙事藝術。

三、詩文化的成因

明代中篇傳奇小説詩歌化、文章化，既有文學自身發展的影響，也有作家與讀者審美趣味等方面的成因，值得深入探討。如前所述唐傳奇插入詩歌的叙事方式、詩話及序加詩歌的形態影響了中篇傳奇小説韻散相間的叙事形態，但最直接的原因無疑是元代中篇傳奇小説《嬌紅記》的影響。《賈雲華還魂記》《鍾情麗集》《尋芳雅集》《花神三妙傳》《劉生覓蓮記》等十幾篇明代中篇傳奇小説常常寫到才子佳人閱讀《嬌紅記》，甚至直接模仿《嬌紅記》的情節。[3] 而明代後出的中篇傳奇小説又紛紛模仿此前的小説情節和詩歌，如《天緣奇遇》影響了《李生六一天緣》和《傳奇雅集》，只不過插入詩詞文賦的數量和種類隨作家稟賦、偏好的不同而有所差異。

作者深受詩歌正統觀念的浸染，在閱讀前人中篇傳奇小説時，尤爲關注小説中的詩詞，盛贊詩詞的才藻情思，自然就生模仿之意。如李昌祺在永樂十八年（1420）所撰《剪燈餘話序》中明確交代："往年余董役長干寺，獲見睦人桂衡所制《柔柔傳》，愛其才思俊逸，意婉詞工，因述《還魂記》擬

1（清）王先慎撰，鍾哲點校：《韓非子集解》，北京：中華書局1998年版，第94頁。

2（宋）文瑩撰，鄭世剛點校：《湘山野録》，北京：中華書局1984年版，第9頁。

3 陳益源著：《元明中篇傳奇小説研究》，北京：華藝出版社2002年版，第38頁。

之。"[1] 顯然李昌祺最著意的是《柔柔傳》的"才思俊逸，意婉詞工"。《鍾情麗集》的作者玉峰主人在篇末説："玉峰主人與兄交契甚篤，一旦以所經事迹、舊作詩詞備録付予，命爲之作傳焉。"[2] 不管玉峰主人是否藉所謂辜生以澆自己胸中之塊磊，可以肯定的是玉峰主人十分重視運用"舊作詩詞"來結撰小説。這從小説中辜生與瑜娘討論《嬌紅記》中的詩詞優劣一節即可看出作者對詩詞的愛好：

> （瑜娘）又問："《嬌紅記》如何？"生曰："亦未知其作者何人，但知其間曲新，井井有條而可觀，模寫言詞略略之可聽而不厭也，苟非有制作之才，焉能若是哉！然而諸家詞多鄙猥，可人者僅一二焉。予觀之熟矣，其中有何詞最佳？"瑜曰："《一剪梅》。"生曰："以予看之，似有病。"女曰："兄勿言，待妾思之。"間然曰："誠然。"生曰："何在？"曰："離有悲歡，合有悲歡乎！"生笑曰："夫離别，人情之所不忍者也。大丈夫之仗劍對樽酒，猶不能無動於心，況兒子女之交者！其曰離有悲，固然也；離有歡，吾不之信。至若會合者，人情之所深欲者也。雖四海五湖之人，一朝同處，而喜氣歡聲，亦有不期然而然者，況男女交情之深乎？謂之合有歡，不言可知矣；謂之合有悲，雖或有之，而吾未之信也。"瑜曰："兄以何者爲佳？"生曰："'如此鍾情古所稀，吁嗟好事到頭非；汪汪兩眼西風淚，灑向陽臺化作灰'一詩而已。"[3]

玉峰主人能夠品味出"離有悲歡，合有悲歡"的不合情理，並認爲只有"如此鍾情古所稀，吁嗟好事到頭非；汪汪兩眼西風淚，灑向陽臺化作灰"這首詩最好，對《嬌紅記》中的詩詞是認真欣賞、反復咀嚼的，也體現出作者深

1　（明）李昌祺著：《剪燈餘話》，《剪燈新話（外二種）》，上海：上海古籍出版社1981年版，第121頁。

2　（明）何大掄撰，林近陽增編：《新刻增補全相燕居筆記》卷七，明末萃慶堂刊本。

3　同上。

厚的詩歌素養和獨到的詩學見解。當然，亦可説"離有悲歡，合有悲歡"中的"悲歡"一詞實爲偏義副詞，各有所指，前者指悲，後者爲歡。在創作中篇傳奇小説時，作者十分注重詩詞韻文的創作和插入，愈加强化了此類小説的叙述體式。

作者在小説中插入大量詩詞文賦，展示自己多方面的文學才能，也有炫才的心理。如簡庵居士成化丁未（1487）撰《鍾情麗集序》所云：

> 大丈夫生於世也，達則抽金匱石室之書，大書特書，以備一代之實錄；未達則泄思風月湖海之氣，長詠短詠，以寫一時之情狀。是雖有大小之殊，其所以垂後之深意則一而已。余友玉峰生抱穎敏之資，初鋭志詞章之學，博而求之，諸子百家，莫不究極；及潛心科第之業，約而會之，六經四書莫不融貫。偉哉卓越之通才，誠有異乎泛而無節，拘而無相者。暇日所作《鍾情麗集》以示余。余因反復觀之，不能釋手。[1]

道出了文人博通經史諸子，失志後便藉長歌短詠以炫才吐氣的創作心態。作者不僅精心創作詩詞，還藉小説人物模仿前代著名詩人的作品，如《鍾情麗集》中的微香"效温飛卿體作《懊恨曲》以怨之"，尤其喜好創作別出心裁的雜體詩以展奇才巧思。或作集句詩，如《賈雲華還魂記》中的賈雲華臨死前作"集唐人詩成七言絶句十首"、《鍾情麗集》中辜輅與瑜娘作有集古人詩 26 首、《五金魚傳》中古生與菊有集古詩，皆充分彰顯了作者創作集句詩的才華；或作回文詩，如《鍾情麗集》中有四首，其一云"郎和妾若鳳和凰，妾向郎如葵向陽。芳草碧時郎別妾，涼颷起處妾逢郎"；或作疊韻詩，如辜生寫給瑜娘一首，云"一自往年邊扁便，無奈鱗鴻專轉傳。勸君莫把海山盟，移向他人擅閃善"；或作藥名詩、藥方詩，如《龍會蘭池録》中

---

1 孫楷第著：《日本東京所見小説書目》，北京：人民文學出版社 1958 年版，第 123 頁。

蔣世隆作了一首藥名詩，曰"血蠍天雄紫石英，前胡巴戟指南星。相思子也
忘知母，虞美人兮幸寄生。鶯宿全朝當白芷，馬牙何日熟黃精。蛇床蟬腿漸
陽起，芍藥枝頭萬斛情"，就用到了血蠍、天雄、紫石英等 18 種中藥材名；
或作詞牌名詩，《劉生覓蓮記》就有多首，如其中一首云"燕春臺外柳梢青，
畫錦堂前醉太平。好事近今如夢令，傳言玉女訴衷情"，就運用了燕春臺、
柳梢青、畫錦堂、醉太平、好事近、如夢令、傳言玉女和訴衷情等八副詞牌
名；或作首尾吟，這在《鍾情麗集》《龍會蘭池録》中均有，如前者中瑜娘
所作兩首之一，云："生不從兮死亦從，天長地久恨無窮。玉繩未上瓶先墜，
全軫初調曲已終。烈女有心終化石，鮫人何術更乘風？拳拳致祝無他意，生
不從兮死亦從。"或作奇文，如《龍會蘭池録》中的仇萬頃用六十四卦組織
成一封婚書，堪稱妙筆。

　　宋元戲曲中曲詞和賓白相結合的表演方式影響了中篇傳奇小説韻散相間
的叙事形態。學界多指出《龍會蘭池録》對雜劇與南戲《拜月亭》在題材、
人物、情節上的繼承與改編，[1] 却很少關注在叙事形態上的關聯性。《鍾情麗
集》《龍會蘭池録》《尋芳雅集》《劉生覓蓮記》《荔鏡傳》等中篇傳奇小説常
常提到《西廂記》等宋元戲曲，顯然，作家對流行的戲曲作品十分熟悉。如
《龍會蘭池録》云：

　　　　世隆曰："傀儡制自師涓以怒紂，陳孺子竊之以助漢，何爲禍？何
　　爲福？況梨園所演，一皆虛誕。蔡伯喈孝感鶴鳥，指爲無親；趙朔亡而
　　謂借代於酒堅，韓厥立趙後而謂伏劍於後宰門，晉靈公命獒犬、鉏彌以
　　殺趙盾，乃歸之屠氏，膳夫蒸熊掌不熟，斷其手指，以人掌代熊掌。男

　　1 參見葉德均著：《戲曲小説叢考》，北京：中華書局 1979 年版，第 540 頁；嚴敦易著：《元明清戲
曲論集》，鄭州：中州書畫社 1982 年版，第 104 頁；陳益源著：《元明中篇傳奇小説研究》，北京：華藝出
版社 2002 年版，第 105 頁。

人莫看《西廂》，女人莫看《東牆》，固以元稹之薄，秀英之陋，然始終苟合，亦非實事。陳珏受月梅寫帕之投，終爲夫婦；郭華吞月英繡鞋之污，卒幾於死，或冒爲《玉匣》。蕭氏之夫本漢妻敬，詐曰文龍；劉智遠之祖本於沙陀，詐曰漢裔。以蘇秦之遊説，雲長之忠義，寇準之於舜英，蒙正之於千金，皆非所演，中體能從其侑賀，只自誣耳，又豈可允從之哉？"瑞蘭曰："非兄熟於故典，何以到此。"[1]

據考證，上述文字提到了 12 部宋元戲曲作品，"蔡伯喈孝感鶴鳥"事指南宋戲文《趙貞女蔡二郎》，"趙朔"事指南宋戲文《趙氏孤兒》，《西廂》即南宋戲文《崔鶯鶯西廂記》，《東牆》即宋元戲文《董秀英花月東牆記》，"陳珏"事指南宋戲文《孟月梅寫恨錦香亭》，"郭華"事指南宋戲文《王月英月下留鞋》（又稱《玉匣記》），"蕭氏"事指宋元戲文《劉文龍菱花鏡》，"劉知遠"事指宋元戲文《劉知遠白兔記》，"蘇秦之遊説"事指宋元戲文《蘇秦衣錦還鄉》，"雲長之忠義"事指南宋戲文《關大王獨赴單刀會》，"寇準之於舜英"事指元戲文《吳舜英》，"蒙正之於千金"事指南宋戲文《呂蒙正風雪破窰記》。[2] 這就爲中篇傳奇小説作家學習戲曲的表演方式，溝通戲曲與傳奇小説的敘述形態提供了可能。

　　通常來説，戲曲中曲詞擅長抒情，賓白主於敘事，形成念唱結合、抒情與敘事相間的格局。當然賓白包括韻白和散白，韻白主要是人物的上場詩、下場詩等。如元雜劇《漢宮秋》第二折王昭君出場時的詩歌是："一日承宣入上陽，十年未得見君王；良宵寂寂誰來伴，惟有琵琶引興長。"接著自報家門："妾身王嬙，小字昭君，成都秭歸人也……"出場詩具有抒情色彩，散白則以敘事爲主。南戲劇本的開場，通常是副末用兩首詞作爲念白，

<hr />

1 （明）佚名撰：《龍會蘭池録》，（明）吳敬所編輯《國色天香》卷一，明萬曆間刊本。
2 李劍國、何長江：《〈龍會蘭池録〉產生時代考》，《南開學報》1995 年第 5 期。

道出劇本的創作宗旨和基本情節，然後接曲詞和散白，形成韻散結合的體式。每出戲中均由人物的曲詞與散白組成，最後是下場詩，形成曲詞——賓白——曲詞——賓白或者賓白——曲詞——賓白——曲詞，即韻散相間的表演形態。無疑，這種曲詞與散白結合、韻白與散白結合的表演方式，對中篇傳奇小説韻散交錯的語言形態和叙事抒情相間的叙述方式有較爲重要的影響。

從人物的出場來看，中篇傳奇小説往往在開頭先介紹才子的籍貫、家世、才學等，然後以詩歌抒情言志，表達對功名、婚姻的關注。如《龍池蘭會錄》開篇説："宋南渡，汴郡中都路人蔣生世隆，年弱冠，學行名時"云云，與興福"拜爲異姓兄弟"，然後就接"世隆詩曰：水萍相遇自天涯，文武峥嶸興莫睬。仇國有心追季布，蓬門無膽作朱家。蛟龍豈是池中物，珠翠終成錦上花。此去從伊攜手處，相聯奎璧耀江華。興福詩曰：金戈耀日阻生涯，鵬鳥何當比海睬。楚王不知伊負國，子胥怎放父冤家。情深淵海杯中酒，義重丘山蕚上花。直到臨安桃浪暖，一門朱紫共榮華"。這兩首詩歌表達了世隆與興福的人生志向，同時也預示了二人的將來結局，頗似戲曲中的定場白體式和功能。從情節上看，有的中篇傳奇小説則運用了在散體叙事中插入唱曲的方法，如《劉生覓蓮記》中劉生命童演唱自己創作的《半天飛》曲。《五金魚傳》中曉雲對桂娘説："值此秋景，莫若作一秋曲，姐唱之，妾和之，何如？"遂制《鎖南枝》唱曰：

蘆葦岸，蘋蓼洲，葉落梧桐宮殿秋。明月映南樓，征鴻應時候。郎遊遠，妾轉憂，何日得寒衣就。　金風冷，玉露秋，零落芙蓉江岸頭。砧杵韻悠悠，黄花同我瘦。腸千斷，涙兩流，湮透了羅衫袖。[1]

1《風流十傳》卷八，日本東京大學東洋文化研究藏明刊本。

可見這與戲曲中的演唱曲詞實際上並無本質區别，可以看作是戲曲的影響所致。中篇傳奇小説中的詞曲數量較多，顯然與戲曲的影響不無關係。

讀者的閱讀趣尚和欣賞習慣也會影響中篇傳奇小説的體式。如明代文人在評價這類小説時，尤爲關注其中的詩詞文賦。明樂庵主人《鍾情麗集序》云：“余觀玉峰主人所著《鍾情麗集》一帙，述所以佳人才子之事，間有詩有詞，有歌有賦，華而藻，艷而麗，奇而新，其終始本末、悲歡離合之情，模寫之切，而斷案一章，又真史筆也。”[1] 明人金鏡在《風流十傳》[2] 目録卷一《鍾情麗集》後亦云：“是集作於玉峰主人，故詞逸詩工，翩翩可觀。予忘不敏，更爲之删訂，蕪者芟之，闕者補之，瑕去瑜存，可稱完璧矣。”讀者的著眼點是處於正統地位的詩文，這就會促使作者創作中篇傳奇小説時有意插入詩文，從而固化了韻散相間的叙述形態和古文化傾向。在明後期，讀者依然對中篇傳奇小説中的詩詞文賦津津樂道。如顧廷寵萬曆庚申（1620）題《風流十傳》序云：“今則稗官野史，樂府詞章，靡不采入毫端以供錯繡。蓋其模寫情趣極真極快，故人皆羡而慕之耳。”明人韓敬《風流十傳》後序云：“余猶賞其風流文采，足擅詞場。”從李昌祺永樂十八年（1420）模仿“才思俊逸，意婉詞工”的《柔柔傳》，到明萬曆末長達二百多年的時間長河裏，讀者對詩文相間的中篇傳奇小説的熱情始終未減。這類小説一再被單刊，並反復被《國色天香》《繡谷春容》《萬錦情林》《花陣綺言》《風流十傳》《一見賞心篇》《燕居筆記》等明代小説選本、通俗類書所編刊，正表現出其有強大的生命力和社會影響力。

---

1 明弘治單刻本《新刊鍾情麗集》卷首，南通州樂庵中人於成化丙午（1486）撰。轉引自潘建國：《明弘治單刻本〈新刊鍾情麗集〉考》，《中國典籍與文化》2015 年第 3 期。

2 明刊《風流十傳》，日本東京大學東洋文化研究所藏本。

第四章
小説選本對傳奇小説文體的改編

明代文人和書坊主編刊了約 200 種小説選本，主要集中在明後期，間或配以評點與插圖，以滿足不同讀者的閱讀需求。這些選本按照語體、文體、題材等可分爲多種類型，如以文體分，有《覺世雅言》《今古奇觀》等只收話本的，有《三十家小説》《風流十傳》等專載傳奇的，有《古今説海》《虞初志》等筆記、傳奇兼選的，有《國色天香》《繡谷春容》等傳奇、詩文並録的。其中收録傳奇小説的選本約 70 部，萬曆以前有《顧氏文房小説》《逸史搜奇》等 6 部，選録了《周秦行紀》《楊太真外傳》《梅妃傳》等唐宋傳奇，都不改動原文。萬曆至崇禎年間有《稗家粹編》《廣艷異編》等 60 多部，不僅收録前代傳奇，還選編《剪燈新話》《剪燈餘話》《鍾情麗集》等大量明代作品，且編刊者常常依照自己的閱讀感受與審美情趣有意改動原文，使傳奇小説發生文本上的變化。下面從詩文的增删、叙事的詳略、語言的雅俗轉換三個角度，考察明代小説選本對傳奇小説的改編及其文體學意義。

第一節　詩文：小説文體的變數

傳奇小説經常在散體叙事中插入"詩文"，即詩詞曲賦與書信等文體，形成獨特的韻散相間的文體形態。明代小説選本編刊者常常增删其中的詩文，從外在形態上强化或消解了傳奇小説的體式。

　　首先是增加詩歌而成傳奇小説。如成書於 1604—1607 年間的《廣艷異編》卷二三《狄明善》，叙述狄明善夜宿野外酒肆，與桂淑芳繾綣，後知爲桂精。全文 370 字，是篇粗具梗概的志怪小説。而編刊於 1589 年的《古今清談萬選》卷四《老桂成形》，除在開頭、結尾增飾了渲染環境的語句外，最突出的是插入了四首詩歌，成爲一篇 900 字的傳奇小説。《古今清談萬選》卷一《魏沂遇道》，比只有一詩、全文 330 字的《廣艷異編》卷二五《魏沂》，添加了二詩，增改爲 800 多字。由於《古今清談萬選》"輯録前人作品而有所修改，往往插增詩歌"，[1] 而《廣艷異編》較忠實於原文，顯然不是《廣艷異編》删減了詩歌，而是《古今清談萬選》插增了詩歌，"插入的詩詞應該是《古今清談萬選》編者所爲"。[2] 類似的尚有《幽怪詩譚》卷五《洞庭三娘》，比《廣艷異編》卷二五《陶必行》多了兩首詩歌；《幽怪詩譚》卷五《驛女鳴冤》，較王同軌《耳談》卷二《許巡檢女》也增加了兩首。

　　這些插增的詩文，使作品篇幅明顯加長，將短小的志怪、軼事小説變爲鑲嵌詩文的傳奇小説。這些嵌入的詩文往往襲自他人。如《古今清談萬選》卷一《魏沂遇道》插入的第三首即明代童軒《清風亭稿》卷二《行路難》，卷四《老桂成形》插入的第四、五首即童軒的《清風亭稿》卷二"樂府歌行"《斷腸曲（效元體二首）》。《稗家粹編》卷六"鬼部"《孔淑芳記》無一詩詞，而《古今清談萬選》卷二《孔惑景春》却添加了九首詩詞，全部出自《剪燈餘話》卷二《田洙遇薛濤聯句記》。《廣艷異編》卷二十三《周江二生》原有三首詩歌，其中第一首"夙有煙霞癖，翛然興不群。秋聲飛過雁，水面洞行雲。逸思乘時發，詩名到處聞。扁舟涉方杜，更喜挹清芬"，改自刊行於萬曆十一年（1583）梁辰魚《鹿城詩集》中的《巴陵舟中漫興》："夙有煙霞僻，翛然興不群。秋聽巫峽雁，春載洞庭雲。逸興乘時發，詩名是處聞。

1　程毅中等編：《古體小説鈔：明代卷》，北京：中華書局 2001 年版，第 314 頁。
2　向志柱著：《胡文焕〈稗家粹編〉研究》，北京：中華書局 2008 年版，第 115—116 頁。

歸舟有芳杜，更喜挹清芬。"[1]第三首爲明人舒芬詠蓼花詩。《古今清談萬選》卷四改《周江二生》爲《渭塘舟賞》，删了第一首，增加了明人童軒、顏潛庵、丘濬和羅洪先的四首詩歌；到了《幽怪詩譚》卷二《渭水攀花》，又增加一首童軒詩，共七首詩歌。這樣，一篇370字的志怪小説《周江二生》，被逐漸增改爲800多字的傳奇小説。

其次考察删减傳奇小説中詩文的情况。如《古今清談萬選》卷二《婕妤呈象》删除了《剪燈餘話》卷二《秋夕訪琵琶亭記》七首詩詞中的《琵琶佳遇詩》等二首；《幽怪詩譚》卷一《途次悲妻》，較《稗家粹編》卷一與《古今清談萬選》卷二《蔣婦貞魂》少二詩，僅保留一首詞；何大掄本《燕居筆記》下層卷七《節義傳》删除了《花影集》卷二《節義傳》末尾概括全文内容的一段500多字的銘文，保留了一篇祭文；《一見賞心編》卷三《惜惜傳》删張幼謙和惜惜《卜算子》詞兩首，尚保留二詞三詩。編者只是對詩文進行簡單的删减，並未改變原作的小説文體形態。

有些詩文隨著正文叙事情節一起被删。如《一見賞心編》卷三《月娥傳》，删除了《賈雲華還魂記》中的一封信、九首詞、九首詩與一篇祭文，尚保留18首詩，文字由原來的13 460字，變成4 510字。這樣，編者就把篇幅曼長、叙事綿密的中篇傳奇，删略成篇幅正常的一篇傳奇小説。更有甚者是徹底改變了作品的文體性質，如《繡谷春容》卷四《王生渭塘得奇遇》删去了《剪燈新話》卷二《渭塘奇遇記》中的四首題畫詩與一首"效元稹體，賦會真詩三十韻"的長詩，將一篇叙事生動、刻畫細膩的長達1 700字的傳奇小説，改爲一篇300字的故事梗概，傳奇小説的形態與神韻蕩然無存。

編者爲何會對傳奇小説中的詩文進行如此增删，而使作品發生文體上的雙向改變呢？這當然有書坊主節約紙張與成本的因素。如《古今清談萬選》

---

1 吳書蔭編：《梁辰魚集》，上海：上海古籍出版社2010年版，第174頁。

每篇作品通常爲四個半頁，爲平衡篇幅的長短，其"詩詞的增刪可能與其編撰有嚴格的版面要求相關"。[1]但最根本的原因，則是小説選本編者的審美趣味及編選目的。

首先是編者的小説觀念決定了小説選本的編纂標準。從收録的作品看，《古今清談萬選》與《幽怪詩譚》的編者十分偏愛詩文。《古今清談萬選》共收録68篇小説，只有四篇没有穿插詩詞；64篇作品中，最少穿插一首，最多21首，共308首，平均每篇作品穿插4.8首。《幽怪詩譚》共96篇作品，每篇均有詩詞，共408首，平均每篇四首多點。可見二書的詩詞數量相當可觀。其次是編者的編選目的影響了小説作品中的詩文數量。西湖碧山卧樵將自己編選的小説選本命名爲"詩譚"，顯示出編者的趣味在詩歌，而不在故事情節。聽石居士《幽怪詩譚引》視此書爲一部魏晋以來的詩歌發展史，直接揭示了編者的意圖。《繡谷春容》是面向市民讀者的通俗類書，編者自然要考慮大衆的文化水準與欣賞趣味，相應地更關注小説的故事情節，故刪削了傳奇小説中的詩詞文賦，僅保留故事輪廓。

小説選本的編者有意增刪詩文，使詩文成爲篇幅短小的志怪軼事小説、傳奇小説與中篇傳奇小説之間發生文體轉换的變數，具有小説文體學的價值。

第二節　情節：叙事的詳略

小説選本編纂者還常常對原作的人物描寫、情節構思、叙述方式等進行增改，使叙事的詳略發生了變化，甚至發生文體形態上的轉换。

最常見的是刪去原作的段落，有的是直接刪減情節或結尾，有的則是將傳奇小説中某些叙事情節或場景進行概述。試比較《花陣綺言》《風流十傳》

1　向志柱著：《胡文焕〈稗家粹編〉研究》，北京：中華書局2008年版，第116頁。

與《國色天香》中《尋芳雅集》的一段文字：

> 生欲赴鸞以自解，乃怏怏而別。及至，鸞方倚窗而望，見之大喜，謂生曰：“失約之罪，將何以償？”生曰：“惟卿所使。”鸞即挽生手，同至寢所，恣行歡謔。枕席中所講會者，千態萬狀，極能動人。雖巫雲不甚曉，而英、蟾輩正惘如也。（《花陣綺言》本、《風流十傳》本《三奇合傳》）

> 生回間，鸞見，挽生手同至寢，恣行歡謔。枕席中所講會者，千態萬狀，雖巫雲輩遠拜其下風矣。（《國色天香》卷四《尋芳雅集》）

《國色天香》本改動後的文字失去了原作人物對話的鮮活性，而“雖巫雲輩遠拜其下風矣”，則使原作中年齡較小、懵懂不通世事的巫雲輩，變得淫蕩成性，對原文實在是一大曲解。有的刪節則影響到人物性格的塑造，如：

> 生起見之，不覺自失。叙禮竟，嬌因立妗右。生熟視，愈覺絕色，目搖心蕩，不自禁制。妗笑曰：“三哥遠來勞苦，宜就舍少息。”因室之於堂之東，去堂二十餘步。生歸館後，功名之心頓釋，日夕惟慕嬌娘而已。恨不能吐盡心素與款語，故常意屬焉。舅妗皆以生久不相見，款留備至。（45卷本《艷異編》卷二二《嬌紅記》）

> 叙禮竟，嬌遂入，舅館生於堂之東。時舅以生久闊，極意款留。（《一見賞心編》卷一《嬌紅傳》）

原作將申生初見嬌時爲美色所動的失態與癡迷刻畫傳神，改後文字則是純客觀、冷靜的叙述，看不到申生的外在反應與心理活動，較原文大爲遜色。上述刪略尚未改變原作的傳奇小説性質，若刪減嚴重則會改變傳奇小説的體式。如《花影集》卷一《劉方三義傳》2 900字，《繡谷春容》"新話摭粹"奇遇類《劉方女偽子得夫》刪減爲370字，已非傳奇小説面貌。《繡谷春容》追求的是故事的輪廓，而不是傳奇小説本身。

改動原作情節也是選本編纂者常做的行爲。試比較《尋芳雅集》中的一段話：

> 即與鸞同至生室，相見欣然。因以眼撥生曰："那人已回心，今夜可作通宵計矣。"生點首是之。正笑語間，忽索前鞋及詞，已無覓矣。生遮以別言，鸞疑其執。生不得已，遂以實告。鸞重有不平意，少坐而去。生雖喜得鸞，而以鳳方之，則彼重於此多矣。是夜，因鳳事未諧，鬱鬱不樂，伏枕而眠，不赴鸞之約。鸞久候不至，意爲巫雲所邀，乃怨雲奪已之愛，欲謀相傾。然所恨在彼，而所惜在此，又不敢悻然自訣也。（《國色天香》卷四《尋芳雅集》）

> 次早，鸞至生室，笑索鞋詞，生遮以別言，鸞疑其詐。不得已，遂以實告。鸞微有不平意，生慰之曰："晚當攜來。"至晚，思鳳事未諧，鬱鬱不樂，遂伏枕而臥，因失鸞約。鸞疑生爲雲所邀也，怨其奪愛，欲謀相傾。然所恨在彼，而所惜在生，又未敢悻然自决。（《一見賞心編》卷二《三奇傳》）

原作謂生"不赴鸞之約"，是説生故意不赴鸞室，與二人前後的纏綿多情不太吻合，也有損吳生癡情的形象；《一見賞心編》則改爲吳生由於伏枕而眠"因失鸞約"，強調生是因眠而誤失佳會，不是主觀上的故意，合乎情理。再如唐傳奇《李娃傳》中有李娃與姥聯合設計擺脱滎陽生的情節，凡730字，

《一見賞心編》卷十一作：

> 姥意漸怠，然而娃情彌篤。他日，姥謂生曰："女與郎相隨一年，尚無孕嗣。常聞竹林神報應如響，試與女薦酹求子，可乎？"生不悟，乃大喜。翌日遂偕娃同詣神祠禱焉。信宿而姥促娃乘輿先歸，生徒步踵後，至則宅門嚴扃，寂無人聲，生大駭，詰其鄰。鄰曰："李本税此而居，約已周，今税去矣。"生惶惑罔措，因返訪布政舊邸。

最重要的改動是李娃没有參與欺詐滎陽生的騙局，李娃與滎陽生一樣被姥蒙在鼓裏，這就突顯出李娃的癡情，保持了李娃性格的完整性。從人物性格的塑造來説，這些改動勝過原文。

小説選本對原作的改動有時還完全改變叙事視角與人稱。如《剪燈餘話》卷二《秋夕訪琵琶亭記》以才子沈韶遠遊開頭，述其於九江夜遇女鬼鄭婉娥，吟詩唱和，談論前朝遺事，並以沈氏得道結尾，重在表現沈韶的豪放；而《古今清談萬選》卷二《婕妤呈象》則改爲以鄭婉娥開頭，曰"僞漢陳友諒有婕妤姓鄭名婉娥，玉質冰姿，稱絶當世，且親事文墨，亦少閑音律，僞漢極其寵愛焉，年甫二十而卒，葬於江州之琵琶亭焉"，鬼魂則白晝出現，爲人所見，後遇沈韶，並以鄭氏收尾，旨在突出鄭氏的齎志而歿與英年早逝的憂愁哀怨。這種改動顯然別有寄托。

元代鄭禧的傳奇小説《春夢録》卷首有延祐戊午（1318）自序，叙述了"予"與吳氏女的愛情悲劇，正文則按照時間順序收録了"予"與吳氏女往來的信箋、唱和詩詞、祭文及"予"友人的吟詠詩歌，最後是嘉子述的後序。《春夢録》最突出的叙事方法有兩點值得關注：一是自序與正文均采用第一人稱叙事，叙述者"予"記述自己的親身經歷，娓娓道來，將自己的内心情感世界袒露在讀者面前，寫得如泣如訴，哀婉沉痛，令讀者覺得真實、自然、親切；二是正文運用了日記體的叙事體式，主要記錄了"丁巳歲二月二十六日""二月二十九日""三月一日"等幾天"予"與吳氏女的交往與書信往來，這與自序中的第一人稱叙事相輔相成，有利於强化故事的真實性。《一見賞心編》卷三《吳女傳》則打亂了原文的叙事順序和手法，放棄日記體，改以第三人稱叙事。試比較開頭：

> 城之西，有吳氏女，生長儒家，才色俱麗，琴棋詩書，靡不究通，大夫士類稱之。其父早世，治命宜以爲儒家室，女亦自負不凡。予今年客於洪府，一日，媒嫗來言，其家久擇婿，難其人，洪仲明公子戲欲與予求之。予辭云已娶。不期媒嫗欲求予詩詞達於女氏，予戲賦《木蘭花慢》一闋。翌日，女和前詞，附媒嫗至。（涵芬樓本《説郛》卷四二）

> 延祐間，永嘉有吳氏女生長儒族，才色俱麗，幼習經史，長於音律。其父早世，治命曰是必爲儒家配。即女亦自負不凡。歲丁巳，鄭生僖客於洪府，一日，有媒嫗來言，吳久擇婿，難其人，欲與鄭求之。蓋知鄭之才調風流不在女下也。鄭辭已娶。而媒嫗復欲索鄭詩詞達於女前，鄭因賦《木蘭花慢》一闋，寄之云（詞略）。翌日，女氏和云（詞略）。（《一見賞心編》卷三《吳女傳》）

《一見賞心編》刪除了自序、後序及十首（篇）詩文詞，將原自序中的內容與正文重新剪接、調整，連綴成一篇新的按照故事發展叙事的傳奇小説，而且運用了第三人稱的叙事視角，叙述者置身事外，力求客觀展現。當然，這樣的改動存在不足，即改變叙事人稱後没有了對當事人鄭生的心理呈現與剖析，失去了原來纏綿、憂傷、無奈的情感基調，也使小説的情感氛圍與叙事韻味發生了根本的改變。

第三節　語言：雅俗的轉換

明代小説選本編者對作品語言的處理，體現出受衆的審美趣味對傳奇小説外在形式的影響。傳奇小説語言的雅俗是相對的，從傳奇小説史角度看，唐傳奇偏雅，宋明傳奇趨俗。而明代小説選本編纂者對傳奇小説語言的改動則爲趨雅適俗，一是語言趨雅，使傳奇小説愈加雅化；二是語言適俗，令傳奇小説語言通俗。先看傳奇小説語言的雅化，而所謂雅化主要就是語言的駢儷化。如下面幾例：

例1：

次命女："出拜爾兄，爾兄活爾。"久之辭疾。鄭怒曰："張兄保爾之命，不然，爾且擄矣。能復遠嫌乎？"久之，乃至。常服晬容，不加新飾，垂鬟接黛，雙臉銷紅而已。顔色艷異，光輝動人。[1]（《太平廣記》卷四八八《鶯鶯傳》）

次命其女鶯鶯出拜，鶯以含羞辭，鄭怒曰："賴張君活爾命，不然，爾且虜矣。能復遠嫌乎？"久之，乃出。素服淡妝，不加新飾，然而月眉星眼，霧鬢雲鬟，撒下一天丰韻；柳腰花面，玉筍金蓮，占來百媚芳姿。（《一見賞心編》卷一《鶯鶯傳》）

例2：

（慶雲）聰明美貌，出於天然。父母鍾愛之，於後園中構屋數椽，

1（宋）李昉等編：《太平廣記》，北京：中華書局1961年版，第4012頁。

扁曰百花軒，女居其內。……時深秋之節，草木黃落，景物蕭條。(《稗家粹編》卷六《慶雲留情》)

(慶雲)姿容窈窕，雖西子莫並其妍；性格聰明，即易安差同其美。父母絕鍾愛之。後園花木叢茂，中構書屋數椽，署其區曰百花軒。女常居其內，或倚窗刺繡，或憑几濡毫，吟詠極多。……時序催遷，不覺春去，又值秋深，蛩啾啾而吟砌，風颯颯以牽衣。草木黃落，景物蕭條。(《幽怪詩譚》卷三《室女牽情》)

第 1 例中，將狀寫鶯鶯美貌的"垂鬟接黛，雙臉銷紅而已，顏色艷異，光輝動人"改爲駢語，抄自《劉生覓蓮記》："月眉星眼，露鬢雲鬟，撇下一天丰韻；柳腰花面，櫻唇筍手，占來百媚芳姿。"第 2 例中，將描繪慶雲肖像的"聰明美貌，出於天然"，改爲四六相對的偶句"姿容窈窕，雖西子莫並其妍；性格聰明，即易安差同其美"；在"時深秋之節"後增加了摹寫秋天景物的對句"蛩啾啾而吟砌，風颯颯以牽衣"。修改後文字明顯較原文整飭典雅。

語言駢儷化的內在表現就是常常用典。如下面幾例：

例 1：

復伸聰悟，知其爲筆怪也。蔽而不言，紿之曰："一介寒儒，過蒙垂顧，聆君言論，殆非凡人。再有佳章，復求一誦，惟不吝見寵。"(《古今清談萬選》卷三《筆怪長吟》)

復伸亦悟其爲怪，隨機應曰："不佞一介寒儒，未預汗青之列；五車經庫，難參點畫之司。若老丈神明之胄，骨鯁之臣，宜居掌握，潤色皇猷，豈可束手乞休，藏鋒不試乎？"叟復笑曰："欲貪仕進，必籍毛錐，素無三窟之營，孰與一枝之借？徒見逐於韓盧，致譏於頭銳耳！"
復伸曰："老丈蘊藉珠璣，馳騁文字，漸濡既久，摹畫必多，適已管窺
一斑矣。若更有佳章，並祈明示。"（《幽怪詩譚》卷一《江筆眩士》）

例 2：

迨至吳興陸穎，其道大行。其他賢人君子，往往愛重。如江淹之得
彩，李白之夢花。（《古今清談萬選》卷三《筆怪長吟》）

迨後支流繁衍，累朝通籍，吳興尤其發迹之所。不特此也，其借
資於吾族者，若班仲升之發憤封侯，司馬長卿之題橋得志；柳公權以直
諫顯，韓昌黎以博洽聞；江淹之得彩，李白之夢花；未可枚舉。今予老
矣，鋒芒盡禿，發蒙振落，故欲削牘而投閑，敢執簡以請教。（《幽怪詩
譚》卷一《江筆眩士》）

例 3：

（雷起蟄）因禱祝於神之前曰："起蟄城中居民，如草茅賤士，一芥
儒生。冬一裘，夏一葛，未嘗有望外之求；渴則飲，饑則食，安敢有出
位之想。奈何命途多舛，貧屢弗堪。甑生塵而弗破，釜遊魚而將穿。冬
則暖矣，而兒之號寒者如常；年則豐矣，而妻之啼饑者若故。乞垂日月
之明，指示可生之路，則起蟄幸甚。如其終身困乏，寧早歸於九原，目
猶先自瞑也。"（《稗家粹編》卷八《雷生遇寶》）

（雷起蟄）乃憤然禱於神像之前曰："切念起蟄一介鯫生，草茅賤

士，幸厠衣冠之列，蹇遭家世之貧。資身策拙，空垂涎於井李；糊口計窮，肯染指於鼎黿。曾奈室如懸磬，曾無粒米之炊；釜甑生塵，奚望飲河之飽。饑渴之害切身，凍餒之憂莫控。孺子不常貧，當指與更生之路；王孫信可哀，宜大垂再造之仁。某不勝待命之至。"（《幽怪詩譚》卷三《財富福人》）

第1例原文以四字句爲主，淺顯易懂；修改文多作駢句，用了五車、三窟、韓盧等典故，語言深奧雅緻。第2例原文用江淹、李白二典，修改文却增加了班固、司馬相如、柳公權、韓愈四個典故。第3例原作雖爲駢文，但只用了《後漢書·范冉傳》中"甑中生塵范史雲，釜中生魚范萊蕪"[1]一個典故，其餘都是"冬一裘，夏一葛，未嘗有望外之求；渴則飲，饑則食，安敢有出位之想"等淺近常見之語。修改文則增加了五個典故："空垂涎於井李"，見《孟子·滕文公下》："匡章曰：'陳仲子，豈不誠廉士哉！居於陵，三日不食，耳無聞，目無見也。井上有李，螬食實者過半矣，匍匐往將食之，三咽，然後耳有聞，目有見。'"[2] "肯染指於鼎黿"，見《左傳·宣公四年》："楚人獻黿於鄭靈公。公子宋與子家將見，子公之食指動，以示子家，曰：'他日我如此，必嘗異味。'……及食大夫黿，召子公而弗與也。子公怒，染指於鼎，嘗之而出。"[3] "室如懸磬"，見《左傳·僖公二十六年》："室如懸磬，野無青草，何恃而不恐。"[4] "孺子不常貧"，見《後漢書·徐穉列傳》："徐穉字孺子，豫章南昌人也。家貧，常自耕稼，非其力不食。"[5] "王孫信可哀"，見《史記·淮陰侯列傳》："信釣於城下，諸母漂，有一母見信饑，飯信，竟

---

1 （南朝宋）范曄撰：《後漢書》，北京：中華書局1965年版，第2689頁。

2 楊伯峻撰：《孟子譯注》，北京：中華書局2010年版，第145頁。

3 楊伯峻撰：《春秋左傳注》，北京：中華書局1982年版，第677—678頁。

4 同上，第439頁。

5 （南朝宋）范曄撰：《後漢書》，北京：中華書局1965年版，第1746頁。

漂數十日。信喜，謂漂母曰：'吾必有以重報母。'母怒曰：'大丈夫不能自
食，吾哀王孫而進食，豈望報乎！'"[1] 可見，《幽怪詩譚》的編選者對散文叙
事有所抵觸，不重視語言的鮮活性，而對駢文情有獨鍾。

　　次看傳奇小説語言的通俗化。小説選本編者常常使用口語、諺語、俗
語、套語等增改傳奇小説。如：

　　　　不覺日月如梭，三年任滿，升越州通判。未任一年，改升金陵建康
　　府尹。帶領伴僕王安，雇船前去。來到揚子江。(《國色天香》卷十《張
　　于湖傳》)

　　　　不覺四季光陰如拈指，兩輪日月似奔梭。三年任滿，升越州通判。
　　未任一年，改升金陵建康府尹。帶領伴僕王安，雇船前去。饑餐渴飲，
　　夜住曉行，來到揚子江。(《萬錦情林》本、余公仁《燕居筆記》本、何
　　大掄本《燕居筆記》)

增改的"四季光陰如拈指，兩輪日月似奔梭"、"饑餐渴飲，夜住曉行"較爲
生活化，其中"饑餐渴飲，夜住曉行"的俗語見於許多通俗小説。如《水滸
傳》第三回："史進在路，免不得饑餐渴飲，夜住曉行，獨自一個行了半月
之上，來到渭州。"話本《錢塘夢》："在路非止一日，饑餐渴飲，夜住曉行，
不覺早到杭州。"《警世通言》卷二八《白娘子永鎮雷峰塔》："且説許宣在
路，饑食渴飲，夜住曉行，不則一日，來到鎮江。"《警世通言》卷三七《萬
秀娘仇報山亭兒》："在路上饑食渴飲，夜住曉行。"此外，增加的"于湖自
言：'忒性急了，今回錯過，何時再逢這般聰明女子。'悔之不已"，及"必

1（漢）司馬遷撰：《史記》，北京：中華書局 1959 年版，第 2609 頁。

正道：'一朝半日便要回家，不須多事。'觀主道：'寬住幾日，我要與你説話。'到晚歇了"，都十分家常口語化。考慮到《國色天香》《萬錦情林》與《燕居筆記》的編刊時間，這些通俗語言當是《萬錦情林》的編刊者余象斗添加。有學者曾比較單行本《巫山奇遇》與《風流十傳》本《雙雙傳》中的丫環梨香勸慰小姐這一情節，認爲原作中的小姐、婢女，都文質彬彬，温文爾雅；而《雙雙傳》則增加了"鞭雖長不及馬腹"、"多事曉曉"之類的俗辭口語，尤其是小姐"厲聲叫曰"的神情口吻，已頗類村姑野婦，與原作中的嬌弱閨秀，簡直判若兩人。[1]

　　增加話本和章回小説使用的提示語、套語也是小説選本編纂者改編傳奇小説的常規行爲。受説唱藝術的影響，話本小説經常使用"話説""却説""正是""有詩爲證"等套語。明代傳奇小説受話本的影響也常常運用類似提示語。如《國色天香》本《張于湖傳》："到晚，將酒肴與妙常同飲。正是：竹葉穿心過，桃花上臉來。茶爲花博士，酒是色媒人。""正是"二字，應爲原文所有，而非《國色天香》編者所加。到了《萬錦情林》與《燕居筆記》本《張于湖宿女真觀記》，則增加了兩處具有話本文體特徵的提示語：一是在開頭"宋朝淮西和州涇陽縣，有一秀才，姓張，名孝祥，字安谷，號于湖"前面添加"話説"二字；二是在"題畢歸衙"後，插入"不在話下"四字。《萬錦情林》本《三妙傳錦》，在《國色天香》與《風流十傳》本《花神三妙傳》生與徽音、瓊姐聯詩一首後，增加了一段近 600 字的情節，然後插入"不題。却説徽音入門之後"云云。上述提示語的添加也使傳奇小説具有了話本體制的特點。使用套語是説唱藝術與話本突出的外在表徵與藝術特色，套語"主要是静止地描繪品評環境、服飾、容貌等細節，或描寫品評一個重要行動的詳情，起烘雲托月的作用，以補散文叙述的不足，加强藝術形

---

[1] 潘建國：《白話小説對明代中篇文言傳奇的文體滲透》，《暨南學報》2012 年第 2 期。

象的感染力，並在表演時起多樣化的調劑作用"。[1] 如《清平山堂話本》收錄的《洛陽三怪記》《五戒禪師私紅蓮記》用"分開八片（塊）頂陽骨，傾下半桶冰雪水"來形容災禍突降；《戒指兒記》以"猪羊送屠户之家，一脚脚來尋死路"狀人遇到危險。小説選本編者也常使用話本中的賦贊套語改編傳奇小説。

第四節　傳奇小説改編的文體學意義

　　明代小説選本編刊者對傳奇小説的上述改編，如果置於小説發展的整體環境下，則彰顯了獨特的文體學意義。

　　第一，"詩文小説"的編撰方式不斷創新。詩文小説以散體叙事，以詩歌韻文來抒情，既能令作家講述動聽的故事以展示史才，又能抒發情懷以炫耀詩筆，實現了叙事與抒情的結合，在纏綿綺麗的愛情故事與譎詭奇偉的志怪書寫中實現小説的娛樂功能。詩文小説肇始於唐傳奇，形成兩種體式：一是小説人物題詠的詩詞韻文在作品中占有很大的比重，增加了傳奇的詩意美；一是詩文成爲作品的主體，若去掉詩文就不成其爲傳奇小説。明人承其餘緒，且別開生面。如瞿佑《剪燈新話》及其仿作與衆多中篇傳奇小説中的詩歌韻文都是作家獨立創作，可謂踵武唐人並有所發展。而運用他人詩歌編撰詩文小説，堪稱明人的獨創。如周禮以童軒（1425—1498）《清風亭稿》中的三首詩歌編撰了《畫美人》，[2] 侯甸嘉靖庚子（1540）叙的《西樵野紀》卷三《桃花仕女》則有六首詩歌出自童軒《清風亭稿》。《幽怪詩譚》卷五《四木惜柯》共四詩，分别爲陳王道（1526—1576）的詠松詩、羅念庵的

---

[1] 胡士瑩著：《話本小説概論》，北京：中華書局 1980 年版，第 142—143 頁。

[2] 參陳國軍：《周静軒及其〈湖海奇聞〉考》，《文學遺産》2005 年第 6 期。《畫美人》，1536 年序刊的《異物彙苑》卷一六即節錄《畫美女》，注出《湖海奇聞》，參閱文振輯：《異物彙苑》卷十六，《四庫全書存目叢書》子部第 199 册，濟南：齊魯書社 1995 年版，第 641 頁。

詠檜詩、夏言（1482—1548）的詠柏詩和陳經邦（1537—1615）的詠槐詩。
正是上述兩類詩文小說的繁盛，小說選本編刊者才編選收錄大量此類作品，
並按照自己的美學趣味與讀者的層次對作品進行有意識地改編，這種改編爲
研究詩文小說的傳播與影響提供了重要的文本。

　　第二，中篇傳奇小說向傳奇小說滲透。明人創作的中篇傳奇小說"單篇
一類至少當有四十種以上"，[1]常常被小說選本編者增入傳奇小說中。陳益源
早已指出《風流十傳》本《融春集》，在《懷春雅集》的基礎上，增改了不
少情節與人物，並抄襲了《劉生覓蓮記》的大量詩詞。[2]《一見賞心編》卷一
《鶯鶯傳》在"於是絕望"後增加了"西廂潛蹤杜牖，種種幽情羞自語，安
排衾枕度深更，豈料生拋花去，鶯惜春歸，睹白駒之易逝，感朱顏之難留，
情傍遊絲牽嫩綠，意隨流水戀殘紅"，其中"種種幽情羞自語，安排衾枕度
深更"，抄自《尋芳雅集》嬌鶯所作律詩其七"楊花未肯隨風舞，葵萼還應
向日傾。種種幽情羞自語，安排衾枕度初更"；"情傍遊絲牽嫩綠，意隨流水
戀殘紅"抄自《尋芳雅集》嬌鶯所作律詩其三"曉妝台下思重重，懊嘆何時
笑語同。情傍遊絲牽嫩綠，意隨流水戀殘紅"；增加的"輕移蓮步，笑轉秋
波，綠擾擾宮妝雲挽，微噴噴檀口香生"，抄自《劉生覓蓮記》才子劉一春
爲佳人碧蓮寫的贊："軟軟柳腰弄弱，小小蓮步徐行。綠擾擾宮妝雲挽，微
噴噴檀口香生；濃艷艷臉如桃破，柔滑滑膚似脂凝。紗袖籠尖尖嫩筍，一種
種露出輕盈。"可見，《風流十傳》《一見賞心編》的編者對當時流行的《劉
生覓蓮記》《尋芳雅集》等中篇傳奇小說極爲熟悉，纔順手拈來將不少詩歌
韻文添加到《鶯鶯傳》等作品中，賦予小說鮮明的時代審美特點。這體現出
元明中篇傳奇小說對小說選本編者及傳奇小說文體的深刻影響。

　　第三，白話小說向傳奇小說的滲透。白話小說注重運用通俗語言從瑣細

1　葉德均著：《戲曲小說叢考》，北京：中華書局1979年版，第535頁。
2　陳益源著：《從〈嬌紅記〉到〈紅樓夢〉》，瀋陽：遼寧古籍出版社1996年版，第202—204頁。

的日常生活中刻畫人物性格。隨著明嘉隆間白話小説的編刊行世，萬曆以後的小説選本編者受此影響常常增改傳奇小説。單行本《巫山奇遇》中叙述魚觀日設計的私奔計畫十分簡略，而到了合刊本《雙雙傳》則增加了千餘字，平空添出夏補裘之妻、夏補裘之兒、妻弟周才美等世俗人物，叙述詳盡，刻畫生動，顯然受到了白話小説的影響。[1]白話小説對傳奇小説的深入影響，亦可從模仿與改編中看出端倪。《歡喜冤家》第十回《許玄之賺出重囚牢》從形式上看是一篇具有入話、篇末，運用"且説"等套語的話本小説；從内容上看，其實是篇抄襲、模仿《尋芳雅集》等作品的中篇傳奇小説。[2]《杜麗娘慕色還魂》通常被看成話本小説，[3]其實，也可視爲增改《杜麗娘記》而成的具有話本體制的通俗傳奇小説，如開頭：

宋光宗間，廣東南雄府尹姓杜，名寶，字光輝。生女爲麗娘，年一十六歲，聰明伶俐，琴棋書畫，嘲風詠月，靡不精曉。(《稗家粹編》卷二《杜麗娘記》)

閑向書齋覽古今，罕聞杜女再還魂。聊將昔日風流事，編作新文屬後人。話説南宋光宗朝間，有個官升授廣東南雄府尹，姓杜，名寶，字光輝，進士出身，祖籍山西太原府人。年五十歲。夫人甄氏，年四十二歲，生一男一女。其女年一十六歲，小字麗娘。男年一十二歲，名喚興文。姊弟二人，俱生得美貌清秀。杜府尹到任半載，請個教讀於府中，書院内教姊弟二人，讀書學禮。不過半年，這小姐聰明伶俐，無書不覽，無史不通，琴棋書畫，嘲風詠月，女工針指，靡不精曉。府中人皆

---

1 參見潘建國：《白話小説對明代中篇文言傳奇的文體滲透》，《暨南學報》2012 年第 2 期。

2 同上。

3 胡士瑩著：《話本小説概論》，北京：中華書局 1980 年版，第 532 頁；

稱爲女秀才。（何大掄撰，林近陽增編《新刻增補全相燕居筆記》卷九《杜麗娘慕色還魂》）

《杜麗娘慕色還魂》在《杜麗娘記》篇首添加了一首詩，中間嵌入些許豐富人物的語句，行文更加自由化、散文化。從結構上看，篇首詩完全可以視爲入話。這種體制上的變化，或是何大掄所爲。由《杜麗娘記》到《杜麗娘慕色還魂》的適俗化改編，可以看出話本對小説選家的影響。

綜上，小説選本編者對傳奇小説的增删修改，雖然對原作的藝術完整性有所損害而常爲人所詬病，但對原作人物塑造、叙事藝術、語言轉換等的處理，蘊含著編者獨到的小説觀念，體現出文體間的相互滲透，具有不可替代的小説文體學意義。

第五節　《古今名家詩學大成》與明代傳奇小説文體[1]

明弘治丙辰（1496），周禮《湖海奇聞集》首開以他人詩歌編創傳奇小説之風。萬曆己丑（1589）刊的《古今清談萬選》可謂推波助瀾，崇禎己巳（1629）刊的《幽怪詩譚》堪稱集大成者。明代萬曆六年（1578）編刊的《古今名家詩學大成》直接介入了《古今清談萬選》和《幽怪詩譚》的編創，對明代傳奇小説文體的發展産生了深刻的影響。

一、《古今名家詩學大成》的編刊及三類仿襲之書

"詩騷"確立的詩歌傳統，使詩才成爲衡量士人才華的重要標準，故

1　本節内容，詳見任明華：《〈古今名家詩學大成〉與明代傳奇小説的文體發展》，《文藝理論研究》2023年第2期。

古代讀書人無不習詩，然學詩非易。正如明胡汝嘉《重刻詩學大成序》所說："嘗謂詩非可以易言也。品題欲其婉而不俚，屬對欲其切而近雅，故思竭於翠眉征衷，然後知鄭谷詠物之工；句幻於雙鳳六鼇，然後稱禹玉用事之妙。"[1]對於初學詩者尤爲困難，元人曹輓《詩苑叢珠序》說："學詩甚難，而歷代以來文物事實，與夫騷人辭士之英華，欲周知而悉覽之，功夫爲尤難。竿丱小子，始就規矩，不有門分類聚、纂言紀事之書爲之筌蹄而矜式焉，則無以資其見聞，發其思致。"[2]這就充分認識到教人寫詩的啓蒙讀物對初學者的重要性。恰如明胡文煥《詩學事類序》所言："夫大匠必因繩墨，良工必先利器，故作詩者不能舍詩學矣。然詩學之書固若爲初學者設，而又不特初學已也。"[3]明代前中期，最爲流行的是元毛直方編《新編增廣事聯詩學大成》和元林楨編《聯新事備詩學大成》，萬曆六年（1578）"李攀龍"據前兩者增删而成的《古今名家詩學大成》問世，方取而代之，風行世上。[4]

《古今名家詩學大成》卷首題《新刊增補古今名家詩學大成》，二十四卷，金陵孝友堂初刊，題李攀龍編輯，當爲僞托。是書分天文、時令、花木等36門，門下分題，即類別，如花木門分花、惜花、杏花等76類，每類後面通常包括"原題"，即據元代毛直方序本"叙事"對門類進行解釋；"事類"，即有關典故；"彙選"，即名人詩歌；"大意"，就是概括門類主要內涵的數對詞語；起、聯、結收錄的是對句。如卷八"榴花"之"原題"是《格物叢談》：榴花來自安石國，故名石榴。亦有從海外新羅國者，故名曰海榴。""事類"有"動人春色""珊瑚映水""萬里貢"等九個詩賦典故，"彙選"下是王肇基的《詠榴火》，"大意"下列有"笑日、燒空，似錦、如

1（明）李攀龍編輯：《古今名家詩學大成》，美國哈佛大學燕京圖書館藏明萬曆間刊本。

2（元）仇舜臣、曹彥文編：《新編增廣事聯詩苑叢珠》，日本公文書館藏元大德三年（1299）刊本。

3（明）李攀龍、胡文煥編：《詩學事類》，《四庫存目叢書》子部179册。濟南：齊魯書社1995年版，第202頁。

4 關於《詩學大成》在明代的編刊、流傳及承襲情況，參見張健《從〈學吟珍珠囊〉到〈詩學大成〉〈圓機活法〉》，《文學遺産》2016年第3期。

霞，紅噴火、綠生煙”等七對詞語，起、聯、結下是“江上年年小雪遲，年
老獨報海榴知”等幾十聯可以直接用來作詩的對句。初學詩者掌握事類、大
意和對句就可以作詩，當然最直接簡單的方法就是運用對句組合成詩。其中
比重較大的對句，一是來自前人，如《古今名家詩學大成》卷八“桃花”下
“起”中的“桃源花發幾家春，聞說漁郎此問津”，是宋代蕭立之七言絕句
《桃源》的開頭兩句；“柳花”下“起”中的“寒食少天氣，春風多柳花”，
據《古今合璧事類備要》知爲杜甫的逸詩；二是編者自撰，只不過難以確定
具體的詩句而已。正是此書對初學作詩者具有重要的指導、參考和實用價
值，自問世到明末短短的六十多年間，不僅被福建建陽萃慶堂重刊，還出現
多種據此增删而成的詩學啓蒙讀物。它們大致可分爲三類：

　　第一類是承襲“李攀龍”本的體例、內容。主要有三種：一是《仰止
子詳考古今名家潤色詩林正宗》，十二卷，萬曆間雙峰堂刊，署“余象斗編
輯”，內容完全同“李攀龍”本《古今名家詩學大成》，余象斗只是改“事
類”爲“事實”，合併、調整卷目，改換書名而已。二是《新鋟翰林校正鼇
頭合併古今名家詩學會海大成》，三十卷，萬曆戊戌（1598）余應虯刊，題
焦竑校、李維楨閱，乃係僞托名人，實爲余應虯編。分上下兩欄，上欄爲
“吟哦韻海”，收錄“一東”等各韻部字及事類；下欄以“李攀龍”本《新刊
增補古今名家詩學大成》和元林槙編《聯新事備詩學大成》等書增删而成，
門下類名的解題或承自“李攀龍”本，或直接删除，或另作新解，如引《總
龜》重釋“天河”“日”“星”“風”等；“事類”“大意”和“結”“聯”“起”
在“李攀龍”本和林槙本的基礎上删合而成；“名儒”即“李攀龍”本的
“彙選”，但篇目有所增減，如删除了顏潛庵的詠尺詩、陳經邦的詠燭詩、唐
順之的《詠天壇梅花》等，又據他書補充了羅洪先的“古樹槎牙傍水涯”梅
花詩。三是《新刻重校增補圓機活法詩學全書》，二十四卷，題“王世貞校
正”“楊淙參閱”，卷首萬曆間李衡《叙圓機詩學活法全書》云：“予見王鳳

洲先生考先代名賢之雅韻，讀明時英哲之正聲，略其豪放飄逸之句，温厚和平之章，可法可則者，增入古本事實之下，品題聯句之中，題其名曰《圓機詩學活法全書》，而清江楊君淙校緝之功多與焉。"[1] 所謂"古本"指元毛直方編《新編增廣事聯詩學大成》和"李攀龍"本《新刊增補古今名家詩學大成》，是書實爲楊淙據二書體例和内容增删而成。其分類、叙事、事實、大意和起句、聯句、結句，主要襲自毛直方本；"品題"常不署名，主要承襲"李攀龍"本"彙選"，但對起、聯、結句和"品題"詩歌又有所改動。如卷二三鴛鴦"品題"詩没用"李攀龍"本"彙選"顔潛庵詩，而是換爲唐代崔玨的《和友人鴛鴦之什》，並把顔潛庵詩首聯"采采珍禽世罕儔，天生匹偶得風流"、頷聯"丹心不改同相守，翠翼相輝每共遊"和尾聯"此生莫遣分離別，交頸成歡到白頭"分别增入起、聯、結句中。

　　第二類是以"李攀龍"本的"彙選"詩歌爲主，保留部分解題，選取"事類"内容對詩歌進行注釋的金陵富春堂萬曆己卯（1579）繡梓的《新刊古今名賢品彙注釋玉堂詩選》，八卷，門改爲類，分天文、時令等27類，對原書的門進行了合併、改動，如把人口門、麗人門改爲人物類、婦人類，君道門、臣道門、人倫門合併爲人倫類，調整了原書的順序。類下爲詩題和詩歌，編者常對詩題進行説明，在承襲《新刊增補古今名家詩學大成》"原題"的基礎上有所增删，如卷一"天"下曰"詩學原題云：天，坦也"云云，此處的"詩學"即指《新刊增補古今名家詩學大成》，只不過在"原題"後又增加了"釋義云：元氣之輕清上浮而爲天"等文字；並對詩歌中的詞語、典故和句意進行注解，有的來自《新刊增補古今名家詩學大成》"事類"，有的是編者新補充和闡發的。如卷一顔潛庵"日"詩，引原"事類"中的《廣雅》所載"日名耀靈"典故釋第一句"一點靈光號火精"之"火精"，引原

1（明）王世貞、楊淙編：《圓機詩學活法全書》，日本公文書館藏日本明曆二年（1656）刊後印本。

"事類"中的《淮南子》所載"日出於暘谷，入於咸池，拂於扶桑"注第三句"未離東海陰先伏"，並補充説"日者人君之象，一出則群陰皆潛伏。此喻君子正德在位，而奸邪小人皆避退矣"，來解釋句意；而引《詩經》"藿葉隨光轉，葵心逐照傾"注解第六句"階前葵藿赤心傾"中的"葵藿"，則爲新增。編者没有原數照録《新刊增補古今名家詩學大成》中的"彙選"詩歌，而是有所增減。卷首陳棟序云："因竹亭楊子敬求斯集，熟而讀之，不忍不傳，公於天下，是則宏攄雅思，博覽旁求，並搜以後諸名公佳制，事關風教者千百餘首，復於詩義中有故事則注釋之。……亦以模範於來學也。竹亭編成，付唐君對溪梓焉。"可見，題"狀元梓溪舒芬精選""孫舉人孟灘、舒琛增補"顯爲僞托，真正的編者"竹亭楊子"應是署"後學清江楊淙注編"之楊淙。這從明萬曆壬午（1582）刊《星學綱目正傳》序署"清江竹亭楊淙"和明崇禎甲戌（1634）刊《新刊合併官板音義評注淵海子平》題"明清江竹亭楊淙增校"可以得到確證。《玉堂詩選》收録有署名"楊三江淙""楊淙"和"楊三江"的詩歌十多首，有《別吳秀才名守道》《賊兵亂後寄別友人二首》等自創詩，亦有據《新刊增補古今名家詩學大成》集句而成的，如卷一時令類《仲春》注"二月，出詩學"和卷四《水車（集古）》，這對於認識明代詩文小説的詩歌來源具有重要意義。《玉堂詩選》體現出楊淙以名家詩篇爲楷模的詩學主張。

第三類是選取"李攀龍"本的事類典故而成的胡文焕刊《新刻詩學事類》。胡文焕在《詩學事類序》中認爲對初學詩者來説不能繞過的、最重要的是事類，而所謂"彙選""大意""結、聯、結"等則没有必要，理由是："蓋詩貴活，而此則死守耳。詩貴雅，而此則俚句耳。詩貴自發生，而此則因循竊盜之具耳。且死守易從而不能變，雖變弗活也。俚句易入而不能出，雖出弗雅也。因循竊盜易於爲力而不能改其弊，雖改亦弗發生於自然也。噫！詎非詩學之損哉！余恐未得其益，而先得其損也，故曰雖初學不必也。"

主張詩貴自然新奇，反對因襲守舊，强調詩歌的獨創性，雖然難度極大，却指明了正確的學詩門徑。《新刻詩學事類》完全按照《新刊增補古今名家詩學大成》的卷數、門類編排，僅選取其事類內容，雖署“李攀龍于鱗編輯”，實由胡文焕編纂而成。

　　上述三類詩學啓蒙讀物，在學詩門徑上各有側重，體現出編者不同的詩學主張和方法。其中前兩類與《古今清談萬選》《幽怪詩譚》等小說作品密切相關。如《古今清談萬選》卷四《常山怪木》有四詩，分別爲明陳王道《松》詩、羅洪先《檜》詩、夏言《柏》詩和陳經邦《槐》詩，均見於《古今名家詩學大成》卷十一、《圓機活法詩學全書》卷二二和《玉堂詩選》卷七；《幽怪詩譚》卷五《山居禽異》中的周敦頤《鴨》詩與羅倫《鳧》詩，亦見於上面三書。其中只有《古今名家詩學大成》對《古今清談萬選》《幽怪詩譚》等小說的編創起到了參考作用，下面從小說中的詩歌入手進行考察。

二、《古今名家詩學大成》與《古今清談萬選》的編創

　　《古今清談萬選》，四卷，共收錄 68 篇小説，除去選自《鴛渚誌餘雪窗談異》《剪燈餘話》及唐人小説等 16 篇作品外，其餘 52 篇小説共包含詩歌 251 首，其中 185 首已考知作者。《古今名家詩學大成》《玉堂詩選》和《圓機活法詩學全書》分別有 51 首、47 首和 44 首詩歌與《古今清談萬選》相同，其中《古今名家詩學大成》中的詩歌最多，關係最密切。《玉堂詩選》删除了《古今名家詩學大成》和《圓機活法詩學全書》“起”“聯”“結”中的詩歌對句，而《古今清談萬選》恰好有許多詩歌就是摘取其中詩句組成的。如《古今清談萬選》卷三《古冢奇珍》中的第四首詩“雲和一曲古今留，五十弦中逸思稠。流水清泠湘浦晚，悲風瀟瑟洞庭秋。驚聞瑞鶴沖霄舞，静聽嘉魚出澗遊。曾記湘靈終二句，若人科第占鼇頭”，即據《古今名家詩學大成》卷

二十或《圓機活法詩學全書》卷十七"瑟"下聯句中的"流水清泠湘浦晚，悲風蕭颯洞庭秋"與"驚聞瑞鳳沖霄舞，靜聽嘉魚出澗遊"創作而成。可見，《玉堂詩選》對明人編創詩文小説並没有直接取材的參考價值。

雖然《圓機活法詩學全書》與《古今名家詩學大成》的體例相近，但是爲明人編創小説提供的詩歌數量却相對較少。如《古今清談萬選》卷三《月下燈妖》中的第四首詠燈詩，由《古今名家詩學大成》卷十九"書燈"下"起"中的"窗下寒檠一尺長，終朝伴我喟文章"，"聯"中的"煌煌照徹千行字，燦燦燒來一寸心"、"焰吐每因籌夜雨，花開不爲媚春陽"和"結"中的"當時映雪囊螢者，好結芳鄰過孔堂"，改動五字而成；而《圓機活法詩學全書》卷十七"讀書燈"下的起句、聯句和結句中却只有三聯，缺少"煌煌照徹千行字，燦燦燒來一寸心"一聯。《古今清談萬選》卷三《禪關六器》中的第三首詩，由《古今名家詩學大成》卷十九"簾"下"起"中的"珠箔銀鉤繫彩繩，玲瓏瑩結四時新"，"聯"中的"畫堂高卷琉璃滑，朱户低垂翡翠輕"與"晝永涼通風陣細，夜深晴漏月華明"，"結"中的"昔聞賈氏窺韓掾，千載人間常有名"，改動兩字而成；《圓機活法詩學全書》卷十五"簾"下的起句、聯句和結句則完全没有上述詩句。類似這樣的情況還有很多，《古今清談萬選》中的小説編創直接參照了《古今名家詩學大成》，而與《圓機活法詩學全書》無關。那麼是否有可能在此之前已有這些詩歌，而分別被《古今名家詩學大成》和《古今清談萬選》所采用呢？這種可能性不大。如《古今清談萬選》卷三《建業三奇》有一首詠漁網詩，由《古今名家詩學大成》卷十九"釣竿附漁網"下"起"中"千縈百結密綢繆，長爲漁家事討求"，"聯"中"眼目撒開江浦曉，羅維牽動海天秋"、"就曬岸頭篩碎日，橫張江畔漏輕風"與"魚網"下"多少魚蝦遭蠹害，不知誰作此機謀"組成。《圓機活法詩學全書》卷十五器用門"漁網"品題，楊淙即把第三句換成"聯"中的另一句"每隨柳岸閑將曬，幾向蘋江醉不收"，歸於自己名下。

這表明《建業三奇》中的詠漁網詩並非某位詩人所作，否則楊淙不會改動一句就據爲己有，這兩首詩只不過是小說作者與楊淙分別根據《古今名家詩學大成》對句組合的相近而又有差異的七言律詩。

據上，從詩歌的角度來看，《古今清談萬選》中的很多小說作品是直接參照《古今名家詩學大成》編撰的，除上述 3 首詩之外，至少還有下面表 1 中的 18 首詩歌：

表 1 《古今清談萬選》據《古今名家詩學大成》改作的詩歌

	《古今清談萬選》	《古今名家詩學大成》
卷一《魏沂遇道》3 詩	其一：養就丹砂壽算綿，鷄群獨出勢昂然。數聲唳月歸三島，幾度乘風上九天。長夜聽琴來蕙帳，清晨覓食在芝田。自從華表歸來後，滄海桑田幾變遷。	卷二一"鶴"下"聯"中"數聲啼月歸三島，幾度乘風上九天"和"長夜聽琴來蕙帳，清晨覓食在芝田"，"結"中"自從華表歸來後，滄海桑田幾變遷"
卷三《東牆遇寶》5 詩	其二：數顆圓明寶氣祥，鮫人捧出貴非常。若非老蚌胎中産，應是驪龍頷下藏。粲粲媚淵朝吐采，煌煌照乘夜生光。還歸合浦無求索，廉潔存心效孟嘗。	卷二十"珠"下"聯"中的"老蚌胎初吐，驪頭頷豈無"和"媚淵燦燦光尤瑩，照乘熒熒價莫酬"及"事類"中的"淵客泣"鮫人出珠事、"合浦復還"事
	其四：麗水生來色燦然，雙南價重世相傳。沙中揀出形何異，爐內熔成質愈堅。孟子受時因被戒，燕王置處爲招賢。埋兒郭巨天應賜，青簡留名幾萬年。	卷二十"金"下"起"中"麗水生來色燦然，雙南價重世相傳"，"聯"中"沙中采出形何異，爐裏熔成質愈堅"，"結"中"埋兒郭巨天公賜，青簡名留幾萬年"
	其五：方圓制出可通神，不似黃金不似銀。自古習錢名學士，只今白水號真人。方兄積聚堪爲富，母子收藏不患貧。若使如泉流遍地，普天之下足吾民。	卷二十"錢"下"聯"中"輕重相權俱獲利，方圓有制解通神"和"白水真人號，青錢學士名"及"事類"中的"孔方兄""泉布"事
《古冢奇珍》5 詩	其三：嶧陽才古重南金，製作陰陽用意深。靈籟一天孤鶴唳，寒濤千頃老龍吟。奏揚淳厚羲農俗，蕩滌邪淫鄭衛音。慨想子期歸去後，無人能識伯牙心。	卷二十"琴"下"聯"中"靈籟一天孤鶴唳，寒濤千古老龍吟"，"結"中"慨想子期歸去後，無人能識伯牙心"，"事類"中的"嶧桐"事

續　表

	《古今清談萬選》	《古今名家詩學大成》
《古冢奇珍》 5 詩	其五：龍首雲頭巧製成，螳螂爲樣抱輕清。玉纖忽綴一聲響，銀漢驚傳萬籟鳴。似訴昭君來虜塞，如言都尉憶神京。征人歸思頻聞處，暗恨幽愁鬱鬱生。	卷二十"琵琶"下"起"中"龍首雲頭巧製成，螳螂爲樣抱輕清"，"聯"中"似訴昭君來虜塞，如言都尉憶神京"，"結"中"歸思頻聞處，幽愁鬱鬱生"
《筆怪長吟》 5 詩	其一：銛鋒如劍付儒家，象管霜毫製作佳。紫玉池中涵霧雨，白銀箋上走龍蛇。江淹喜見吟邊彩，李白祥開夢裏花。曲藝誰云無大補，九重金闕草黃麻。	卷十九"筆"下"起"中"銛鋒如劍付儒家，象管生毫製作佳"，"聯"中"碧玉池中含霧露，白銀箋上走龍蛇"和"江淹喜見吟邊彩，李白祥開夢裏花"，"結"中"曲藝誰云無大補，九重金闕篆黃麻"
《四妖現世》 4 詩	其二：軒後紅爐舊鑄成，工夫磨洗色澄清。鑒形易見妍媸面，照膽難知善惡情。寶匣開時蟾窟瑩，瑤臺掛處月輪明。佳人喜把朱顏整，騷客驚看白髮生。	卷十九"鏡"下"聯"中"寶匣開時金窟瑩，瑤臺掛處月輪明"，"結"中"玉人喜把朱顏整，騷客驚看白髮生"
	其三：煉得南溪石骨堅，蟾蜍新樣費雕鐫。馬肝潤帶滄溟水，鴝眼清涵碧澗泉。金殿貴妃曾捧侍，玉堂學士昔磨穿。儒生相近爲鄰久，永作文房至寶傳。	卷十九"硯"下"起"中"傳得巒溪石骨堅，蟾蜍新樣費雕鐫"，"聯"中"馬肝潤帶滄溟水，鴝眼清涵碧澗泉"和"金殿貴妃曾捧侍，玉堂學士昔磨穿"
《三老奇逢》 5 詩	其二：何年天匠鑄蒼虯，流落人間不計秋。破虜必資良將手，致君先斬佞臣頭。寒光出匣明霜雪，紫氣沖天射斗牛。今日太平無用處，請君攜向五陵遊。	卷十九"劍"下"起"中"誰把青銅鑄碧虯，匣中蟠蟄幾春秋"，"聯"中"爲主名歸豪傑手，致君曾斬佞臣頭"和"寒光出匣明霜雪，紫氣沖天射斗牛"，"結"中"今日太平無用處，請君攜向五陵遊"
《禪關六器》 7 詩	其四：采得蓬萊九節藤，尋常優老任隨行。鳩頭削出過眉巧，鶴膝攜來入手輕。挑月尋僧歸野寺，撥雲采藥入山城。勸君莫向陂間擲，會見蒼龍變化成。	卷十九"杖"下"事類"中的"九節"，"大意"中的"采藥、尋僧""扶老、過眉""踏月、穿雲"，"結"中"勸君莫向陂間擲，會見蒼龍變化成"
	其五：虎臥蛟橫架象床，閑愁不到黑甜鄉。形彎曉月珊瑚潤，骨冷秋雲琥珀香。圓木警來宵不寐，黃粱熟處晝何長。十洲三島須臾見，一覺仙遊思渺茫。	卷十九"枕"下"起"中"虎臥蛟橫架象床，閑愁不到黑甜鄉"，"聯"中"流彎夜月曉猶在，骨冷秋雲凍不飛"和"圓木枕來宵不寐，黃粱熟處晝何長"，"結"中"十洲三島須臾見，一覺遊仙思渺茫"

	《古今清談萬選》	《古今名家詩學大成》
《禪關六器》 7詩	其六：蘄竹編成籍象床，渾如薤葉照人光。潤涵玉枕五更雨，冷沁紗厨六月霜。紋蠁半泓湘水皺，陰凝一片野雲長。南窗不遣炎威逼，亭卧從教萬慮忘。	卷十九"簟"下"起"中"蘄竹編成藉象床，渾如薤葉照人光"，"聯"中"潤涵玉枕三更雨，冷沁紗厨六月霜"和"紋蠁半泓湘水皺，陰凝一片漢雲長"，"結"中"南窗不遣炎威逼，高卧從教萬慮忘"
	其七：天地爲爐酷暑蒸，誰將紈素巧裁成。蒼龍骨削霜筠勁，白鶴翎裁雪楮輕。搖動半輪明月展，勾來兩腋好風生。秋深只恐生離別，争奈炎凉不世情。	《詩學大成》卷十九"扇"下"起"中"天地爲爐酷熱蒸，誰將紈素巧裁成"，"聯"中"搖動半輪明月展，勾來兩腋好風生"，"結"中"秋凉只恐生離別，争奈炎凉不世情"
《湯媼二婦》 6詩	其四：素手纖纖弄不停，竹窗閨婦苦勞生。往來不間金梭響，咿唲頻聞玉軸聲。孟母斷時因教子，公儀燔處尚留名。五花雲錦三千匹，多少工夫織得成。	卷十九"機杼"下起中"深閨咿軋響無停，女織憑兹是務生"，"聯"中"往來不聽金梭響，咿軋頻聞玉軸聲"和"孟母斷時因教子，公儀燔處尚留名"，"結"中"五花雲錦三千匹，多少工夫織得成"
卷四 《野廟花神》 4詩	其三：瓊花柳絮與山礬，名品先賢辨別難。數朵妝成冰片皎，千枝刻出雪華寒。唐昌覓種分歸植，仙女尋香折取看。回首東君渾不管，狂風滿地玉闌珊。	卷九"玉蕊花"下"彙選"中"半若瓊瑶半若礬，古今人見辦分難"，"聯"中"數朵妝成冰片皎，千枝刻出玉花寒"和"唐昌覓種分歸植，仙女尋香折取看"，"結"中"回首東君渾不管，狂風滿地玉瓓珊"
《五美色殊》 7詩	其三：仙姿綽約絶纖埃，曾是劉郎去後栽。一種天工惟我愛，十分春色爲誰開。玉皇殿上紅雲合，金谷園中絳錦堆。好看化成三汲浪，蛟龍乘此起風雷。	卷八"桃花"下"起"中"仙姿綽約爛霞紅"與"盡是劉郎手自栽"，"聯"中"一種天工惟我愛，十分春色爲誰開"和"玉皇殿上紅雲合，金穀園中絳錦堆"，"結"中"佇看花成三汲浪，魚龍乘此躍天涯"
《泗水修真》 5詩	其三：莖高數尺傍簷楹，號作鷄冠舊有名。帶雨低垂疑飲啄，因風高舉似飛騰。不凋不落丹砂老，非剪非裁紫錦榮。縱使嫦娥憐絶色，廣寒無地夢難成。	卷九"鷄冠花"下"彙選"中"昂然獨舉立前楹，形肖鷄冠故號名"，"聯"中"雨餘疑飲啄，風動欲飛鳴"和"不凋不落丹砂老，非剪非裁紫錦明"，"結"中"縱使姮娥憐絶色，廣寒無地種難成"

上述表1中的《魏沂遇道》等小説作品當創作於《古今名家詩學大成》與《古今清談萬選》之間，即明萬曆六年（1578）到萬曆十七年（1589）之間，其中《東牆遇寶》與《野廟花神》即萬曆甲午（1594）編刊的《稗家粹編》卷八《雷生遇寶》與卷四《野廟花神》，如果《古今清談萬選》與《稗家粹編》没有承襲關係，且有共同的來源，[1]則這兩篇小説似非《古今清談萬選》的編者所創，《泗水修真》等其他作品或即《古今清談萬選》的編者所爲。《三老奇逢》和《五美色殊》抄録有明毛伯温（1482—1545）的《弓》詩、李自華（1535—?）的《旗》詩和秦鳴雷（1518—1593）的《杏花》詩，也可從側面證明其創作時間較晚。

三、《古今名家詩學大成》與《幽怪詩譚》的編撰

明碧山臥樵纂輯的《幽怪詩譚》，六卷，凡96篇，全部插有詩歌，共408首，近半數小説作品見於前人小説選本。《幽怪詩譚》襲用了《稗家粹編》中的《慶雲留情》等13篇作品49首詩歌，襲用了《廣艷異編》中的《荔枝夢》《范微》等13篇作品42首詩歌，襲用了《古今清談萬選》中的《筆怪長吟》《三老奇逢》等47篇作品203首詩歌，由於襲用《稗家粹編》和《廣艷異編》的全部作品都包含在上述《古今清談萬選》的47篇作品之中，可見，《古今清談萬選》對《幽怪詩譚》的影響最爲深廣。另對《幽怪詩譚》編創産生重要作用的就是《古今名家詩學大成》。

《幽怪詩譚》之前，雖然尚有《圓機活法詩學大全》《新鋟翰林校正龍頭合併古今名家詩學會海大成》和《仰止子詳考古今名家潤色詩林正宗》，但是，有些詩歌只見於《古今名家詩學大成》，如《幽怪詩譚》卷四《田器傳

1　向志柱著：《〈稗家粹編〉與中國古代小説研究》，北京：商務印書館2018年版，第129—130頁。

神》中的"妙用神功不用牽，只憑流水瀉潺湲。乾坤旋轉中間定，日月推移上下圓。落雪紛紛飛石畔，輕雷隱隱響堤邊。若非魯國公輸子，孰使推輪造化全"一詩，是由《古今名家詩學大成》和《仰止子詳考古今名家潤色詩林正宗》中"水碓"對、聯、結下的對句組合而成，《圓機活法詩學大全》根本沒有對句，《新鋟翰林校正鼇頭合併古今名家詩學會海大成》則缺少最後的結句。鑒於《仰止子詳考古今名家潤色詩林正宗》完全襲自《古今名家詩學大成》，下面只論述《古今名家詩學大成》對《幽怪詩譚》中詩歌的影響，具體情況見表 2：

表 2　《幽怪詩譚》據《古今名家詩學大成》改作的詩歌

		幽怪詩譚	古今名家詩學大成
卷三《梵音化僧》5 詩	其一	舊自莊公巧製成，虛心圓口吼長鯨。風生閭闔洪音散，霜降豐山雅韻鳴。夜禁輪蹄行驛道，曉催冠蓋上神京。不因追蠡符征驗，誰識當時夏禹聲。	卷二十"鐘"下"聯"中"夜禁輪蹄行驛道，曉催冠蓋上神京"及"事類"中的"發鯨"與"鳴霜"（《山海經》：豐山之鐘，霜降則自鳴）
	其二	奇石原從泗水生，高登太廟玉鏗鳴。清傳虞氏遺音遠，協應商人毖祀明。荷蕢過門應有嘆，少師入海豈無情。鸞飛鳳舞聞夔拊，雅樂鈞天九成。	卷二十"磬"下"起"中"奇石原從泗水生，高登太廟玉鏗鳴"，"聯"中"虞氏遺音遠，商人毖祀明"和"少師入海嗟無樂，荷蕢過門嘆有心"，"結"中"鸞翔獸舞聞夔拊，雅奏鈞天和九成"
《樂器幻妓》6 詩	其四	采得柯亭玉竹青，裁成穴孔最虛鳴。頻吹落月淒涼韻，高遏行雲斷續聲。喚起林頭孤鶴舞，叫殘泓下老龍驚。曾從黃鶴樓中聽，落盡梅花夜幾更。	卷二十"笛"下"聯"中"頻吹落月淒涼韻，高遏行雲斷續聲"和"結"中"曾從黃鶴樓中聽，落盡梅花夜幾更"
卷四《田器傳神》5 詩	其一	橫駕沙堤柳岸間，聲催咿啞卷波瀾。旱天濟物全爲易，陸地生津不足難。俯仰直牽雲陣速，迴旋倒吸水源乾。固知哲匠分龍巧，妙奪天機不等閑。	卷十九"水車"下"起"中"橫駕沙堤柳岸間，聲催咿軋卷波瀾"，"聯"中"旱天濟物全爲易，陸地生波不是難"和"俯仰直牽雲陣速，迴旋倒吸水源乾"，"結"中"須知匠者分龍巧，妙奪天機不等閑"

續　表

幽怪詩譚		古今名家詩學大成
卷四《田器傳神》5 詩	其二：妙用神功不用牽，只憑流水瀉潺湲。乾坤旋轉中間定，日月推移上下圓。落雪紛紛飛石畔，輕雷隱隱響堤邊。若非魯國公輪子，孰使推輪造化全。	卷十九"水磑"下"起"中"妙運神功不用牽，只憑流水瀉潺湲"，"聯"中"乾坤旋轉中間定，日月推移上下圓"和"落雪紛紛飛石畔，輕雷隱隱響堤邊"，"結"中"若非魯國公輪子，孰使推輪造化全"
	其三：鎡基生業未爲貧，野望旋開景色新。綠水耕殘原上曉，白雲翻破隴頭春。歷山昔日居虞舜，谷口當年隱子真。東作西成登萬寶，從今願作太平民。	卷十九"犁鋤"下"聯"中"綠水耕殘原上曉，白雲翻破隴頭春"，"結"中"東作西成登萬定，從今願作太平民"
	其四：采得龍髯數縷長，水晶爲柄凜寒光。濕拖花雨沾衣潤，清引松風入袂凉。蒼蚋逐教深隱遁，青蠅驅得遠飛揚。披風拂月無窮興，伴我談玄玉屑香。	卷十九"塵尾"下無"起"，選取了"聯"中"濕拖花雨沾衣潤，清引松風入袂凉"和"蒼蚋逐教深隱遁，青蠅驅得遠飛揚"，"結"中"披風拂月無窮興，伴我談玄語更香"
	其五：金縷光纏五尺長，幾回頻逐馬騰驤。閑敲紅杏村前日，輕拂黃蘆岸畔霜。出塞屢因吟處裊，遊春不記醉中揚。一揮宛轉行千里，誰識當年費長房。	卷十九"鞭"下"聯"中"踏雪屢因吟處裊，遊春不記醉中攜""結"中的"一揮顧盼行千里，誰似當年費長房"
《古驛八靈》8 詩	其三：步趨端飾禮爲名，金齒青絲細結成。楚客共誇珠磊落，魏人偏愛葛清輕。粘來曉徑松雲濕，踏遍春郊花雨晴。葉縣神仙王令尹，飛鳧幾度覲神京。	卷十八"履舄"下"起"中"履因飾足禮爲名，金齒青絲細結成"，"聯"中"楚客共誇珠磊落，魏人偏儉葛清輕"和"步來曉徑松雲濕，踏遍春郊花雨晴"，"結"中"葉縣神仙王令者，飛鳧幾度覲神京"
	其四：適體圍身數尺長，四時舒卷度炎凉。龍紋巧織吳綾美，鳳彩新妝蜀錦香。宴寢覆時籠翡翠，合歡擁處效鴛鴦。弟兄骨肉同和樂，尚憶姜肱夜共床。	卷十八"被"下"起"中"適體圍身數尺長，一時舒卷度炎凉"，"聯"中"龍文巧織吳綾美，鳳彩新妝蜀錦香"和"燕寢覆時籠翡翠，合歡擁處效鴛鴦"，"結"中"兄弟骨肉同和樂，尚憶姜肱夜共床"

幽怪詩譚		古今名家詩學大成
《古驛八靈》 8詩	其五：墨雲一朵簇烏紗，多士頭顱賴我遮。忙裏不知忘盥櫛，醉中偏覺戴欹斜。隔塵常服程夫子，登嶺驚飄晉孟嘉。却羨青雲攀桂客，瓊林春宴插宮花。	卷十八"帽"下"起"中"黑雲一朵簇烏紗，多士頭顱賴爾遮"，"聯"中"忙裏不知忘盥櫛，醉中偏覺帶欹斜"和"隔塵常服程夫子，登嶺驚飄晉孟嘉"，"結"中"却羨青雲攀桂客，瓊林春宴插金花"
	其七：輕紋細縠玉玲瓏，掛向幽人静室中。半點纖紅飛不到，一窩虛白雪難融。夜寒影印梅花月，春暖香生柳絮風。欹枕縱無羅綺夢，此身如在水晶宮。	卷十八"紙帳"下"起"中"輕紋細縠玉玲瓏，掛向幽人静室中"，"聯"中"千點鮮紅塵不到，一窩虛白雪難融"和"夜寒影映梅花月，春暖香生柳絮風"，"結"中"欹枕總無羅綺夢，此身如在水晶宮"
卷五 《長沙四老》 5詩	其四：年年八月見翔翔，春去秋來雲路長。野性能知寒暑候，天倫不失弟兄行。行藏洲渚無罾繳，飲啄湖田足稻粱。萬里乾坤寬蕩蕩，如何不肯過衡陽。	卷二二"雁"下"起"中"年年八月見翔翔，春去秋來雲路長"，"聯"中"野性能知寒暑候，天倫不失弟兄行"和"行藏洲渚無罾繳，飲啄湖田足稻粱"，"結"中"萬里乾坤寬蕩蕩，如何不肯過衡陽"
《六畜警惡》 6詩	其四：烏能黃耳競騰驤，四序門牆賴我防。夜吠松林明月静，春眠苔徑落花香。項間系札家書遠，足下生氂治世昌。尤記當年舐藥鼎，須臾飄上白雲鄉。	卷二三"犬"下"起"中"入山逐兔駁超驤，回首門庭賴爾防"，"聯"中"夜吠極林明月畫，春眠苔徑落花香"，"結"中"尤記當年舐藥鼎，飄然飛出白雲鄉"
	其五：將軍長喙鬣蓬鬆，豢養恩深不計工。黑面久知來海上，白頭曾見出河東。一肩生啖誇樊噲，萬物多貪謂伯封。肥腯正宜供祭祀，會看貢入廟堂中。	卷二三"豕"下"結"中"肥腯正宜供祭祀，會明貢入廟堂中"，"事類"中"封豕"、"長喙"（《古今注》：豕一名謂長喙將軍）、"黑面郎"與"遼東豕"
《山居禽異》 4詩	其一：繡頂花冠五色新，陳蒼幼（幻）化幾千春。竦身鬥敵全真勇，見食相呼有至仁。日正中天頻報午，月流西漢慣司晨。勸君莫把牛刀試，留警螢窗篤志人。	卷二二"鷄"下"起"中"繡頂朱冠五采新，陳倉幻化幾千春"，"聯"中"終身對敵全真勇，見食相呼有至仁"和"結"中"勸君莫把牛刀試，留警芸窗篤學人"
《泰山鹿兔》 2詩	其一：玉質温温點豹文，壽昌養蓄幾千春。閑眠碧洞雲陰冷，飽食青郊草色新。虞舜同遊身未貴，趙高妄指語非真。登科式宴詩吟處，喜溢青年折桂人。	卷二三"鹿"下"起"中"身軀肥澤密斑紋，靈囿生來不計春"，"聯"中"静飲清溪水，閑眠碧洞雲"，"結"中"登科試宴歌詩處，喜溢青年折桂人"

續　表

	幽怪詩譚		古今名家詩學大成
《泰山鹿兔》2詩	其二：氣稟星精壽算長，幾年飛入廣寒鄉。吸殘灝露金天曉，搗熟玄霜玉杵香。畎畝一株休更守，山林三窟已深藏。何人拔得秋毫去，製作中書到廟廊。		卷二三《兔》下"起"中"氣稟星精壽算長，幾年飛入廣寒鄉"，"聯"中"吸殘灝露瑤窗曉，搗盡玄霜玉杵閑"和"一株休更守，三穴已深藏"
卷六《蟲鬧書室》8詩	其二：非琴非瑟亦非箏，厭聽淒涼夜幾更。泣月每於燈下響，吟秋多在壁間鳴。含愁苦聒幽人夢，促織應催懶婦驚。那更雨餘庭院靜，不關情處也關情。		卷二四"蟋蟀"下聯中"閑聒幽人夢，應催懶婦驚"和結中"那更雨餘庭院靜，不關愁處也關愁"
	其五：擾擾營營去復回，暑天於我亦冤哉。尋香逐臭呼朋至，鼓翼搖頭引類來。凝墨點屏彈不去，擲毫揮劍迸難開。青衣童子傳言處，爲報天書出鳳臺。		卷二四"蠅"下"起"中"擾擾營營去復回，暑天於我亦冤哉"，"聯"中"逐臭呼儔集，尋香引類來"和"怒劍應難逐，凝屏莫誤彈"
	其六：雪翅翩翩舞不停，夜深何苦繞寒檠。一身汩汩惟甘暗，兩目惺惺惡見明。不管焦頭和爛額，只緣忍死肯捐生。莫言浮世趨炎好，到底趨炎不久情。		卷二四"燈蛾"下"結"中"莫言暮夜趨炎好，到底趨炎解殺身"，"大意"中"忍死、輕生"
	其七：日慕膻腥性最靈，相逢偶似問前程。形分大小常隨隊，義守君臣每聚營。晉士嘗聞床下鬥，宋人曾渡水邊行。古槐陰裏南柯國，王號蚍蜉尚有名。		卷二四"蟻"下"起"中"偶爾相逢似問途，不知何事數遷居"，"事類"中"慕膻""床下牛鬥""編珠渡蟻"，"大意"中"分陣伍、列君臣"

　　上述表2中的《梵音化僧》等9篇小說作品及其22首詩歌的編撰直接受到了《古今名家詩學大成》的影響。考慮到碧山臥樵對選錄文本改動較大，則利用《古今名家詩學大成》重編小說作品的應是碧山臥樵。理由有二：一是許多作品中的詩歌來自《古今清談萬選》中的兩部作品。如《幽怪詩譚》卷一《花神衍嗣》中的四首詩歌，見於《古今清談萬選》卷四《睢陽奇蕊》和《泗水修真》；卷二《蕪湖寄柬》插有三首童軒詩歌，其中第一首

"小衾孤枕興蕭然"和第三首"久客懷歸尚未歸"分別來自《古今清談萬選》卷二《留情慶雲》和卷四《泗水修真》。《古今清談萬選》的編者不可能重復運用相同詩歌編撰不同的小説作品。二是許多小説作品不見於此前的小説集，而詩歌又來自《古今名家詩學大成》和《古今清談萬選》，意味著創作時間較晚。

從表 1 和表 2 可以看出，編者利用《古今名家詩學大成》創作詩歌，主要有兩種方法：一是完全用《古今名家詩學大成》中的對句，不易一字，直接組成，如表 2《幽怪詩譚》卷四《田器傳神》第二首詠水礎詩和卷五《長沙四老》第四首詠大雁詩等。二是選取一到四聯，再改動、補充成一首完整的詩歌，如表 1《古今清談萬選》卷三《禪關六器》中第七首詠扇詩的首、頸、尾聯取自《古今名家詩學大成》，頷聯"蒼龍骨削霜筠勁，白鶴翎裁雪楮輕"則爲新創。在改創詩歌時，作者或根據小説人物以第一人稱自詠身份的叙事體式改易人稱，如表 2《幽怪詩譚》卷四《古驛八靈》第五首把《古今名家詩學大成》卷十八的"多士頭顱賴爾遮"改爲"多士頭顱賴我遮"。或爲押韻而改韻脚，如表 1《古今清談萬選》卷四《五美色殊》第三首爲與頷聯、頸聯末字"開""堆"押韻，尾聯即改《古今名家詩學大成》卷八的"魚龍乘此躍天涯"爲"蛟龍乘此起風雷"，以押十灰韻；表 2《幽怪詩譚》卷五《泰山鹿兔》第二首爲與首聯、頸聯末字"鄉""藏"押韻，頷聯就改《古今名家詩學大成》卷二三的"搗熟玄霜玉杵閑"爲"搗熟玄霜玉杵香"，以押七陽韻。或改五言爲七言，如表 2《幽怪詩譚》卷六《蟲鬧書室》頷聯"尋香逐臭呼朋至，鼓翼摇頭引類來"，即改自《古今名家詩學大成》卷二四的"逐臭呼儔集，尋香引類來"。或據《古今名家詩學大成》的"事類"典故、"大意"及自己的博識創作，如表 2《幽怪詩譚》卷四《田器傳神》第四首的頷聯、頸聯、尾聯都抄自《古今名家詩學大成》卷十九"麈尾"下的聯句，首聯"采得龍髯數縷長，水晶爲柄凜寒光"來自"麈尾"下"事類"中"龍髯"："《劇談録》：元載有紫龍髯拂，色如爛椹，長三尺，水晶爲柄，清冷，夜則蚊蚋不敢進，拂之有聲，鷄犬無不驚逸。”總之，或隱或顯，《古今名家詩學大成》與《古今清談萬選》《幽怪詩譚》的詩歌、小説編創存在密切關係。

　　《古今名家詩學大成》的發現，首先爲考查《古今清談萬選》《幽怪詩譚》的詩歌來源提供了直接證據。《古今清談萬選》至少有 21 首詩歌直接據《古今名家詩學大成》改創，且全部被《幽怪詩譚》襲用，再加上表 2 中的 22 首，這樣，《幽怪詩譚》共有 43 首詩歌據《古今名家詩學大成》創作而成，詩作者應主要是《古今清談萬選》和《幽怪詩譚》的編纂者。此外，《古今清談萬選》卷三《月下燈妖》和《幽怪詩譚》卷四《廢宅青藜》中的“堂虛圓薄更輕清”詠燈籠詩，《幽怪詩譚》卷五《長沙四老》中的“一片雄飛白錦毛”詠鷹詩，據《古今名家詩學大成》卷十九和卷二一“彙選”可知，作者分別是陳棟和金達。其次，可以糾正一些錯誤認識。如《古今清談萬選》卷三《魏沂遇道》第一首詠鶴詩、《幽怪詩譚》卷四《古驛八靈》第五首詠帽詩，被認爲分別選自舒芬《玉堂詩選》卷八楊三江的《鶴》詩與卷四李雪崖的《帽》詩；《幽怪詩譚》卷一《木叟憐材》中的“漏泄韶華臘盡時”詩與卷二《桃李叢思》中的“二月東皇醉艷陽”詩，由於《玉堂詩選》卷七未署作者，雜在温庭筠“楊柳”詩和羅隱“杏花”詩後，遂被誤認爲是温庭筠和羅隱之作。其實，前兩首詩歌均據《古今名家詩學大成》摘句改編而成，尤其是《帽》詩未改一字，正文中未署作者，注明“集詩學”，即指集自《古今名家詩學大成》；後兩首詩歌據《古今名家詩學大成》卷十一和卷八可知真正的作者是陳幼泉和秦鳴雷。這樣，《幽怪詩譚》可考知來源和作者的詩歌達 263 首。[1]

1　據此前研究《幽怪詩譚》詩歌出處的論著，去掉考證錯誤者而得，可參見陳國軍《明代志怪傳奇小説研究》，天津：天津古籍出版社 2006 年版，第 205—208 頁；金源熙《明代文言小説集〈幽怪詩譚〉淺談》，《中國學研究》第八輯，濟南：濟南出版社 2006 年版，第 210—211 頁；任明華《論明代嵌入他人詩歌的詩文小説——兼談〈湖海奇聞〉的佚文》，《求索》2016 年第 6 期；陳國軍《文獻視閾下的〈幽怪詩譚〉詩歌來源及其意義》，《滄州師範學院學報》2019 年第 3 期。

第三，就是深刻影響到明代傳奇小説文體的發展。

四、《古今名家詩學大成》對明代傳奇小説文體的影響

《古今名家詩學大成》成爲小説創作的參考書，對明代傳奇小説的叙事形態、人物塑造和小説觀念産生了全方位的影響，體現出鮮明的時代性，標誌著明代傳奇小説文體發展達到一個新階段。

首先，是有力助推詩歌大量進入小説作品，形成以詩歌爲骨架的小説叙事形態。這類小説的叙事結構較爲模式化，通常都是叙述某人外出，偶遇數人，相互吟詩以抒懷抱，最後方知所遇乃妖怪精魅，情節簡單。開頭和結尾常常極爲簡短，詩歌構成小説的主體，詩歌與詩歌之間缺乏内在邏輯，聯繫較爲鬆散，很容易在不打亂整體叙事框架的格局下任意添加人物和詩歌，造成詩歌的疊加。《古今名家詩學大成》分門别類，爲此類小説編纂提供了便利，起到了推波助瀾的作用。一是易於在以前的小説作品中插入同類别的詩歌，以彰顯詩歌的核心功能。如《廣艷異編》卷二三《臧頤正》叙士人臧頤正郊遊野外遇二叟，只有詠梧桐和竹子的兩首詩；而《古今清談萬選》卷四《滁陽木叟》則改爲臧頤正途遇五叟，據《古今名家詩學大成》卷十一百木門增加了唐順之、陳幼泉、顏潛庵分别詠楓、柳、桑的三首詩。二是根據《古今名家詩學大成》中的彙選詩和詩歌對句就能十分容易地編撰新的小説作品，試看表3中《古今清談萬選》和《幽怪詩譚》較有代表性的作品：

表3　《古今名家詩學大成》的詩歌與《古今清談萬選》《幽怪詩譚》的小説編創

古今清談萬選	《東牆遇寶》5 詩，其中 4 詩	卷二十顏潛庵詩及集句	古今名家詩學大成
	《古冢奇珍》5 詩，其中 3 詩	卷二十集句	
	《月下燈妖》7 詩，其中 6 詩	卷十九范應期、陳棟、顏潛庵、楊月軒、陳經邦詩及集句	

續　表

古今清談萬選	《四妖現世》4 詩，其中 3 詩	卷十九顏潛庵詩及集句	古今名家詩學大成
	《三老奇逢》5 詩，其中 3 詩	卷十九毛伯溫、李自華詩及集句	
	《禪關六器》7 詩	卷七、卷十九司空曙、夏寅詩及集句	
	《渭塘舟賞》5 詩，其中 4 詩	卷九顏潛庵、丘濬、羅洪先、舒芬詩	
	《野廟花神》4 詩，其中 3 詩	卷九羅洪先、陳幼泉詩及集句	
	《濠野靈葩》5 詩，其中 3 詩	卷十顏潛庵、楊月軒、羅洪先詩	
	《常山怪木》5 詩，其中 4 詩	卷十一陳王道、羅洪先、夏桂洲、陳經邦詩	
	《滁陽木叟》5 詩，其中 4 詩	卷十一舒芬、唐順之、陳幼泉、顏潛庵詩	
幽怪詩譚	《梵音化僧》5 詩	卷二十湯日新、顏潛庵、陳白沙詩及集句	
	《樂器幻妓》6 詩，其中 4 詩	卷二十舒芬、徐時行、毛伯溫詩及集句	
	《田器傳神》5 詩	卷十九集句	
	《古驛八靈》8 詩	卷十八顏服膺、顏潛庵、余有丁、吳夢舍詩及集句	
	《長沙四老》5 詩，其中 4 詩	卷二一、二二唐順之、金達、蘇軾詩及集句	
	《六畜警惡》6 詩，其中 4 詩	卷二三費宏、文天祥詩及集句	
	《山居禽異》4 詩，其中 3 詩	卷二二周敦頤、羅倫詩及集句	
	《泰山鹿兔》2 詩	卷二三集句	

　　從表 3 可以看出，每篇小說作品中的詩歌多來自《古今名家詩學大成》同一卷，這決不是偶然的。作者在編撰小說時案頭一定有部《古今名家詩學大成》作爲參照，方能節省查找詩歌的時間，迅速創作。當然，作者尚參照了其他詩集，選取的詩歌題材較爲廣泛，但主要是詠物詩、寫景詩。詩歌成爲小說的敘事中心和意韻，若去除詩歌，作品就失去了原來特有的韻味，變成了短小的志怪小說，使小說文體發生根本性的變化。

　　其次，塑造的小說人物形象多是功能性的、符號化的。無論是愛情題材還是俠義、歷史題材，傳奇小說大都通過語言、動作、心理描寫等手段塑造出性格鮮明、情感豐富的人物形象，或温柔癡情，或愛恨分明，令人過目難忘。但《古今清談萬選》《幽怪詩譚》中大量作品的人物是根據詩歌設計的，很少觸及情感糾葛和細節描寫，人物關係亦十分簡單，邂逅就詠詩，隨即便成永別，人物性格單薄蒼白。如《古今清談萬選》卷四《五美色殊》叙述明宣德七年（1432）詩人范微仲春時節遊賞百花園，觸景生情遂吟二律"九十春光似酒濃"云云，竟醉卧花下，夢見陶氏、李氏、杏氏、唐氏、牡氏五名佳麗，極盡繾綣，然後各賦一詩自表身份，五人即桃、李、杏、海棠、牡丹花精，吟畢突然夢醒。對於美人的肖像、遇到范微的心理活動完全没有觸及，美人出場自報家門後即戛然而止，來去匆匆。作者主要在於引出詠物詩，給讀者留下深刻印象的只是各種花的典故，而不是花精本身。顯然作者意在詩歌，而不在塑造人物性格。這種以花木百草與服飾器用等爲名氏、給人物貼個標籤、不刻畫性格的創作構思極爲簡單，正好爲發揮《古今名家詩學大成》的小說編撰功能提供了可能與捷徑。

第三，因詩歌杜撰小說，體現出以小說爲戲、重視虛構的小說觀念。如果說瞿佑是有感於戰亂給士子人生和普通人愛情婚姻造成無數災難而創作《剪燈新話》，李昌祺、陶輔等爲社會教化而創作《剪燈餘話》《花影集》，那麼周禮、碧山卧樵等因欣賞品評童軒、王紱和《古今名家詩學大成》中的詩歌而編撰《湖海奇聞集》《古今清談萬選》《幽怪詩譚》等作品，顯然是爲了娛樂，主要追求小說的趣味性。受史學觀的影響，古代小說重視實録，雖然唐人有意爲小說，却常常交代某人所述，强調真實性，而明人大規模、長時間地以詩歌來編撰小說，無中生有，憑空捏造，意味著對小說的虛構性有了明確的體認。小說結尾往往點明人物多爲花妖狐魅，或是夢中所遇，也説明小說故事的子虛烏有，顯示出小說觀念的發展。

《古今名家詩學大成》對傳奇小說文體的介入，使《古今清談萬選》《幽怪詩譚》集詩選、詩學、詩話於一體，兼具品詩的批評價值、學習寫詩的實用意義和小説的叙事功能，體現出詩文小説的獨特價值。

《古今清談萬選》和《幽怪詩譚》堪稱名符其實的名家詩選。目前兩書可考知詩歌作者 54 人，其中 35 人被《古今名家詩學大成》收録，且多爲名家，如唐代有皮日休、羅隱、司空曙，宋代有蘇軾、周敦頤、朱淑真、文天祥，明代有"天才高逸，實據明一代詩人之上"的高啓、號稱"前七子"的文壇領袖何景明、唐宋派的代表人物會元唐順之，成化丙戌（1466）科狀元羅倫、成化丁未（1487）科狀元費宏、正德丁丑（1517）科狀元舒芬、嘉靖己丑（1529）科狀元羅洪先、嘉靖甲辰（1544）科狀元秦鳴雷、嘉靖壬戌（1562）科狀元申時行、嘉靖乙丑（1565）科狀元范應期，榜眼李自華、會元兼探花金達和陳棟、探花余有丁、進士丘濬、周時望、毛伯温、夏言、陳王道、陳經邦、馬一龍、湯日新等。他們科舉成功，甚至是文壇巨擘，擁有很高的社會聲望和文學地位，這就賦予《古今清談萬選》和《幽怪詩譚》具有像明俞憲《盛明百家詩》、朱之蕃《盛明百家詩選》一樣評騭詩歌高下、學習名家典範的詩選性質。

《古今名家詩學大成》"示人以詩學蹊徑，而授之以階梯"，是教人學習詩歌創作的入門詩學讀物。其事類典故、大意是作詩的基本素材，彙選集名家詩篇以供揣摩效法，起、聯、結中的對句則是詩歌半成品，供初學者選取改編成詩。《古今清談萬選》《幽怪詩譚》中的 40 多首詩歌就是依據《古今名家詩學大成》創作的，是學習詩歌創作的成果，具有示範意義。讀者以此類詩歌與《古今名家詩學大成》對讀，就會更加直觀地感受到作詩的門徑，從這個層面上說，稱《古今清談萬選》《幽怪詩譚》是教人作詩的詩學讀物亦未嘗不可。一是教人選取對句組合新詩時，要注意押韻。如《古今名家詩學大成》卷十九"簾"下"起"中原作"珠箔銀鉤繫彩繩，玲瓏瑩結四時新"，《古今清談萬選》卷三《禪關六器》第三首詩爲了與頷聯、頸聯、尾聯最後一字"輕""明""名"等下平八庚同韻，便把上平十一真韻部中的

"新"字，改爲八庚韻中的"清"字。二是教人運用"事類"典故、"大意"辭彙等創作詩句，與對句組成新詩。如《幽怪詩譚》卷四《六畜警惡》第四詩中的首、頷、尾聯取自《古今名家詩學大成》卷二三"犬"下對句，補創了頸聯"項間系札家書遠，足下生氂治世昌"，其中上句"項間系札家書遠"就是運用《古今名家詩學大成》卷二三"犬"下"事類"中陸機令快犬黄耳從洛陽到蘇州傳遞家書的故事，下句"足下生氂治世昌"則指《後漢書》卷十七岑熙爲魏郡太守，治理有方，興人歌之曰："我有枳棘，岑君伐之。我有蟊賊，岑君遏之。狗吠不驚，足下生氂。"[1]這一聯均與犬相關，對仗亦工整。這種方法對學詩者具有啓發意義，令讀者在欣賞新奇有趣的故事時，無形中也體悟到作詩的奧妙。詩歌與叙事的結合，使詩文小説具有詩話的性質。無怪乎刊於明萬曆丙辰（1616）的王昌會《詩話類編》收録了《古今萬選清談》卷二《配合倪昇》《驛女冤雪》《野婚醫士》等作品。詩歌與故事兼備的傳奇小説，可視爲一種獨特的詩話。

　　明人選取《古今名家詩學大成》編創傳奇小説，除了前面説它以類編排，便於書坊主、文人選取同類詩歌編纂模式化的傳奇小説，快速推向市場以賺取更大商業利潤外，尚有兩大主要原因：一是作者的炫才心理，選取名人詩歌能夠顯示自己的詩歌審美水準，利用對句重新創作則能夠彰顯自己的知識積累和詩歌創作能力，這對傳統文人來説是一種文化價值的體現。正如聽石居士《幽怪詩譚小引》所説，《幽怪詩譚》中的詩歌兼具魏晉以來曹植、陶淵明、謝靈運、李白、蘇軾等七十多家詩風之長，這或有誇大之嫌，却揭示出碧山臥樵意在選詩、評詩、作詩以彰顯自己詩才的編創宗旨。二是嘉靖以後明人對小説的虚構理論和"以文爲戲"的觀念有了自覺的體認。創作上，正德以後，假傳文興盛，不僅數量多，而且出現了董穀的《十五子

1　（南朝宋）范曄：《後漢書》，北京：中華書局 1965 年版，第 663 頁。

傳》、陸奎章的《香奩四友傳》《香奩四友後傳》、陶澤的《六物傳》等系列作品。這種虛構的創作手法和以文爲戲的小説觀念無疑會影響到《古今清談萬選》的編撰。理論上，明萬曆四十二年（1614），胡應麟明確指出"小説，唐人以前紀述多虛而藻繪可觀，宋人以後論次多實而彩艷殊乏"，[1] 對唐小説的虛構性進行了理論總結，並説："至唐人乃作意好奇，假小説以寄筆端，如《毛穎》《南柯》之類尚可，若《東陽夜怪録》稱成自虛，《玄怪録》元無有，皆但可付之一笑，其文氣亦卑下亡足論。宋人所記乃多有近實者，而文彩無足觀。本朝新、餘等話本出名流，以皆幻設而時益以俚俗，又在前數家下。"[2] 認爲唐乃有意虛構，雖説僅供娛樂，却肯定了《剪燈新話》和《剪燈餘話》幻設尚虛的特點。對小説虛構的理論體認自然會促進《幽怪詩譚》的編創。以文爲戲的創作實踐與理論總結相互作用，共同造就了《古今清談萬選》等獨特的詩文小説的興盛。

《古今名家詩學大成》直接參與了"詩文小説"的編創，深刻影響到明代傳奇小説的文體發展，使《古今清談萬選》《幽怪詩譚》等具有詩學和小説學的雙重理論價值。

1（明）胡應麟撰：《少室山房筆叢》，上海：上海書店出版社 2009 年版，第 283 頁。

2 同上，第 371 頁。

第五章
《六十家小説》: 話本小説的成型

　　明嘉靖間杭州書坊主洪楩編刊了《六十家小説》，包括《雨窗集》《長燈集》《隨航集》《欹枕集》《解閑集》和《醒夢集》六部，每部十篇，彙編了宋元明三代的話本小説，是目前所知最早的一部話本小説總集，爲研究早期的話本小説文體特徵提供了珍貴的文本。[1] 對於《六十家小説》殘存作品的斷代，學術界尚有分歧，我們認爲《六十家小説》中的明人話本有：《風月相思》《羊角哀死戰荆軻》《死生交范張鷄黍》《漢李廣世號飛將軍》《雪川蕭琛貶霸王》《李元吳江救朱蛇》《翡翠軒記》《戒指兒記》《張子房慕道記》《老馮唐直諫漢文帝》《夔關姚卞吊諸葛》《快嘴李翠蓮記》《刎頸鴛鴦會》《董永遇仙傳》《梅杏爭春》和《藍橋記》，共 16 篇。[2]

---

1 遺憾的是，目前存世的《六十家小説》已無完本。1929 年，馬廉將日本學者長澤規矩也給他的日本内閣文庫藏 15 篇版心刻有"清平山堂"的話本小説照片由北平古今小品書籍印行會影印出版，書名按照日本的稱呼題作《清平山堂話本》。1933 年，馬廉又購得三册與上述 15 篇作品一樣版本的話本小説集，共 12 篇，書根題有"雨窗集上""雨窗集下"和"欹枕集下"。後來阿英又發現了《翡翠軒記》和《梅杏爭春》的殘本。目前，共發現上述 29 篇作品，其中首尾完整者有 22 篇。長期以來，學術界均以洪楩的書坊名稱之爲《清平山堂話本》，其實並不準確。

2 如胡士瑩認爲《風月相思》《羊角哀死戰荆軻》《死生交范張鷄黍》《漢李廣世號飛將軍》《雪川蕭琛貶霸王》《李元吳江救朱蛇》《翡翠軒記》《梅杏爭春》《張子房慕道記》《老馮唐直諫漢文帝》和《夔關姚卞吊諸葛》凡 11 種是明代話本（《話本小説概論》，北京：中華書局 1980 年版）；程毅中認爲《風月相思》《羊角哀死戰荆軻》《死生交范張鷄黍》《漢李廣世號飛將軍》《雪川蕭琛貶霸王》《李元吳江救朱蛇》《翡翠軒記》《梅杏爭春》《藍橋記》《董永遇仙傳》和《戒指兒記》是明代話本（《宋元小説家話本集》，濟南：齊魯書社 2000 年版）；石昌渝認爲《風月相思》《羊角哀死戰荆軻》《死生交范張鷄黍》《漢李廣世號飛將軍》《雪川蕭琛貶霸王》《李元吳江救朱蛇》《翡翠軒記》《戒指兒記》《張子房慕道記》《老馮唐直諫漢文帝》《夔關姚卞吊諸葛》和《刎頸鴛鴦會》共 12 種是明代話本（劉世德主編：《中國古代小説（轉下頁）

第一節　初步成型的篇章體制

話本小説的體制包括篇名、入話、正話與篇尾四部分，明人在話本小説的篇章體制方面有所探索，逐漸確立了入話、正話、篇尾兼具的話本體制。

一、逐漸以人物和情節命名

《六十家小説》中的 13 篇宋元作品中，以人物和情節共同命名的有《陳巡檢梅嶺失妻記》《五戒禪師私紅蓮記》《楊温攔路虎傳》《花燈轎蓮女成佛記》《柳耆卿詩酒玩江樓記》和《曹伯明錯勘贓記》6 篇；而在 16 篇明代作品中，則有 10 篇。明代話本更多地采用人物與情節共同命名，有意突出主要人物和核心情節，易於引起讀者的興趣。尤其是明人編撰的《欹枕集》現存七篇不僅全部采用人物和情節的命名方法，且爲前後兩回有意對偶的七字或八字篇名，如《欹枕集》下前四篇，《老馮唐直諫漢文帝》與《漢李廣世號飛將軍》、《夔關姚卞吊諸葛》與《雪川蕭琛貶霸王》，頗爲工整，體現出作者的匠心。稍後熊龍峰刊的《張生彩鸞燈傳》《蘇長公章臺柳傳》《馮伯玉風月相思小説》和《孔淑芳雙魚扇墜傳》四種話本小説均采用這一命名方法，顯爲有意追求。對"三言"及此後的話本小説命名産生了根本性的影響。

（接上頁）百科全書（修訂本）》，北京：中國大百科全書出版社 2006 年版，第 410 頁）；韓南認爲《欹枕集》的各篇即《羊角哀死戰荆軻》《死生交范張鷄黍》《老馮唐直諫漢文帝》《漢廣世號飛將軍》《夔關姚卞吊諸葛》《雪川蕭琛貶霸王》《李元吴江救朱蛇》"顯然是出自同一作者之手"，"作者很可能就是洪鞭本人或他的某個合作者"，並認爲《快嘴李翠蓮記》和《刎頸鴛鴦會》亦是明代作品（〔美〕韓南著，尹慧珉譯：《中國白話小説史》，杭州：浙江古籍出版社 1989 年版，第 57、113 頁）。

二、入話與正話的關聯更爲密切

《六十家小説》中宋元話本的入話主要有三種情況：其一是《柳耆卿詩酒玩江樓記》等十篇只有一首開篇詩詞，後面不加評釋，直接進入正話的叙事，運用十分簡單。其二是《西湖三塔記》和《洛陽三怪記》兩篇，在入話詩詞與正話之間有解釋性的過渡文字引出故事發生的時間或地點，是上述第一種情況的發展。其三是《簡貼和尚》，入話由開篇詩詞與頭回組成，頭回講"錯封書"，正話叙"錯下書"，二者以"錯"的相似性聯結起來，並無主旨上的内在邏輯，顯然頭回的運用相當粗疏。

明代話本基本延續了這三類入話，在可知開頭的 12 種話本中，除《夔關姚卞吊諸葛》開頭有"入話"二字却没有開篇詩詞或評論性文字而是直接叙述正話外，《快嘴李翠蓮記》《張子房慕道記》《董永遇仙傳》《藍橋記》《風月相思》《戒指兒記》和《雪川蕭琛貶霸王》等 7 篇的入話都是只有一首詩，接着就開始正話。《漢李廣世號飛將軍》則在開篇詩後使用評論闡釋性的過渡文字，主要是用歷史上頻繁的戰亂詮釋開篇詩，然後引出正話"世言匈奴倚仗人强馬壯，不時侵犯中原。秦始皇築萬里長城，以拒胡虜。秦滅漢興，傳至文帝"云云，以凸顯李廣在維護國家邊境安全上所建立的功業。可見，明代開篇詩後的評論性文字與話本的主題關係密切。《刎頸鴛鴦會》《老馮唐直諫漢文帝》和《李元吴江救朱蛇》都運用了頭回，《刎頸鴛鴦會》的頭回叙趙象因私通非煙而逃亡江湖，正話叙朱秉中與蔣淑珍偷情被殺，警醒世人慎戒情色；《老馮唐直諫漢文帝》的頭回主要叙宋太祖、宋真宗駕幸武廟，下詔令建有大功的武將白起、趙充國、李晟威等入廟享祭，正話叙馮唐薦舉的大將魏尚屢破匈奴，被封爲關内侯；《李元吴江救朱蛇》的頭回講述孫叔敖殺死兩頭蛇、後官至宰相，正話叙李元救蛇而得善報。

　　明人有感於宋元話本正話開始的突兀，開始由簡單的具有結構功能性的詩詞，轉向精心編創入話。這不僅使叙事轉換自然，且有助於引出作者的創作意圖，使頭回與正話相互生發。入話與正話渾然一體，提高了話本小説的藝術水準。

三、正話在叙事形態和題材上的拓展

　　《六十家小説》中 24 篇有正話開頭，其中 13 篇宋元作品有 7 篇以"且説""話説"進入正話，11 篇明代作品則只有《張子房慕道記》《董永遇仙傳》和《夒關姚卞吊諸葛》3 篇以"話説"開頭，加上《刎頸鴛鴦會》以"説話的"開頭，這至少表明明人愈來愈喜歡單刀直入，直接叙述故事的發生地、朝代、人物、家庭，開始由模擬"説話"藝術向案頭閱讀轉變。

　　就叙事形態而言，明人對宋元話本散文與詩詞韻語交錯的叙事形態進行了探索。《刎頸鴛鴦會》《董永遇仙傳》《夒關姚卞吊諸葛》《戒指兒記》《風月相思》和《梅杏爭春》等以散文爲主體，中間插有較多詩詞韻語；而《快嘴李翠蓮記》和《張子房慕道記》則以詩歌爲主體，散文只占極小比例，保留著鮮明的説唱伎藝的叙事形態；《李元吴江救朱蛇》《雪川蕭琛貶霸王》《漢李廣世號飛將軍》《老馮唐直諫漢文帝》《羊角哀死戰荆軻》《死生交范張鷄黍》和《藍橋記》等則幾無詩歌韻語，呈現出濃厚的文人編創的叙事形態特色。

　　《醉翁談録·小説開闢》按照題材內容把小説家的名目分爲八類：靈怪、煙粉、傳奇、公案、朴刀、杆棒、神仙、妖術。《六十家小説》中的明代話本《羊角哀死戰荆軻》《死生交范張鷄黍》《老馮唐直諫漢文帝》《漢李廣世號飛將軍》《夒關姚卞吊諸葛》《雪川蕭琛貶霸王》等卻很難歸入上述題材類型。這些作品主要表現文人生活和抒發文人懷才不遇的情感，重在文人意趣，開創了話本小説的新題材。尤其是《欹枕集》，作爲第一部由單個作者寫成的小說集，"作者的個性表現得很清楚。作者顯然是一位文人，他接受了話本的語言和敘述方法"，編創的小說主人公"全是當官的或求官的人，主要情節是他們的求學和應考"，"表現的道德觀也是典型的當官或求官文人的道德觀"，[1] 在話本小說題材和審美情趣的轉變上具有承上啓下的重要作用。這意味著作者群體由說唱藝人、書會才人等向文人的轉變。

四、評價性的篇尾

宋元話本小說通常並不隨著正話故事的結束而收束全篇，而是再附加與正話篇名、内容、人物等相關的篇尾。或總結故事、評論人物的詩歌、對句；或說書套語，交代故事的題目、來源等；或以散體議論，闡發正話的思想，進行教化。總體上看，宋元話本的篇尾十分隨意，保留著早期的說書色彩。

明代話本的篇尾則常常在正話後面對人物或故事進行總結評價。如《漢李廣世號飛將軍》在"李氏子、李陵，皆李廣之後也"收尾後，作者評論道："王勃作《滕王閣詩序》一聯：馮唐易老，李廣難封。馮唐如此足智多謀之士，年老不得重用；李廣如此雄才豪氣之將，終身不得封侯：皆時也，運也，命也！"[2] 最後以胡曾的四句詩"原頭日落雪邊雲，猶放韓盧逐兔群。況是西方無事日，灞陵誰識舊將軍"收尾。這就使得話本的篇尾與開篇詩遙相呼應，強化了故事的創作主旨。

五、三元結構體式的定型

宋元話本都普遍運用入話、正話、篇尾兼備的三元結構體式。明人則

1〔美〕韓南著，尹慧珉譯：《中國白話小說史》，杭州：浙江古籍出版社 1989 年版，第 57—58 頁。

2（明）洪楩編：《欹枕集》（七種），《中華再造善本》明代集部，北京：國家圖書館出版社 2013 年版。

探索了兩種二元結構體式：第一種是《董永遇仙傳》《孔淑芳雙魚扇墜傳》[1]
和《杜麗娘慕色還魂》等運用入話、正話的二元結構體式，如《董永遇仙
傳》篇末曰：

> （董仲舒）安葬已了，守孝三年，不思飲食。忽一日，對人言道：
> "前者，母親與我仙米，我却不知，一頓吃了，不料形體變異。今玉帝
> 差火明大將軍宣我上天，封爲鶴神之職。每遇壬辰癸巳上天，辛亥己酉
> 遊歸東北方四十四日後，還天上一十六日也。"直至於今，萬古千年，
> 在太歲部下爲鶴神也。[2]

故事至此戛然而止，乾净利落。第二種是《夔關姚卞吊諸葛》等無入話而
由正話、篇尾組成的二元結構體式。如被學界公認爲明話本的《張于湖傳》
《裴秀娘夜遊西湖記》《鄭元和遇李亞仙記》《紅蓮女淫玉禪師》[3]等，在開篇
均無作爲入話的詩詞或頭回，而是直接開始正話的敘述。無入話的二元結構
體式，亦是明人的創新。

當然，明人雖獨創了二元結構體式，但總體上還是鍾情於三元結構體
式，如《快嘴李翠蓮記》《藍橋記》《刎頸鴛鴦會》《張子房慕道記》《風月相
思》《戒指兒記》《漢李廣世號飛將軍》《雪川蕭琛貶霸王》《李元吳江救朱
蛇》等運用入話、正話、篇尾兼具的三元結構體式。可見這種結構體式受到
文人和書坊主的普遍認可，以後遂成話本體小説最普遍的結構體式。

1　《西湖遊覽志餘》卷二十《熙朝樂事》説："杭州男女瞽者，多學琵琶，唱古今小説、平話，以覓衣
食，謂之陶真。大抵説宋時事，蓋汴京遺俗也……若紅蓮、柳翠、濟顛、雷峰塔、雙魚扇墜等記，皆杭州異
事，或近世所擬作者也。"（上海古籍出版社 1980 年新 1 版，第 368 頁）就提供了明話本創作的重要佐證。

2　（明）洪楩編：《雨窗集》（五種），《中華再造善本》明代集部，北京：國家圖書館出版社 2013 年版。

3　（明）何大掄編：《燕居筆記》，《古本小説集成》，上海：上海古籍出版社 1994 年版。

第二節　具有説話色彩的叙事方式

爲了拉近與聽衆的距離，説話人常常隨時中斷故事的講述而對故事人物、情節進行評論，與聽衆進行交流，使説話藝術形成了獨特的叙事方式和旨趣。話本小説的叙事特徵深受説話藝術的影響。

從叙事視角來説，話本小説主要運用説話人和故事人物兩種叙事視角。説話人無所不知，俯視故事中人物的悲歡離合，有效地控制了叙事的結構與節奏，面向讀者對故事人物、情節、主題等進行評判，以表明作品的創作主旨和社會功能。韋勒克、沃倫曾對"第三人稱寫作"作過界定："小説家可以用類似的方法來講述他的故事而無須自稱他曾經目睹過或親身經歷過他所叙述的事情。他可以用第三人稱寫作，做一個'全知全能的作家'。這無疑是傳統的和'自然的'叙述模式。作者出現在他的作品的旁邊，就像一個講演者伴隨著幻燈片或紀録片進行講解一樣。"[1]此論斷亦基本符合話本小説的實際。

説話人常常故弄玄虚，故意對人物的前途、命運表示出擔憂，帶來叙事的曲折和懸念。《陳巡檢梅嶺失妻記》叙述陳從善將要往廣東南雄赴任時，聽到妻子如春願意前去，"心下稍寬"，接著叙述人跳出來道："正是：青龍與白虎同行，吉凶事全然未保。天高寂没聲，蒼蒼無處尋；萬般皆是命，半點不由人。"暗示出夫妻二人前途的凶多吉少，令讀者憂心。路上當如春對丈夫説羅童無用，"不如交他回去"時，叙述人又直接對如春夫妻趕走羅童的行爲進行了態度鮮明的評價："陳巡檢不合聽了孺人言語，打發羅童回去，有分交如春争些個做了失鄉之鬼。正是：鹿迷鄭相應難辨，蝶夢周公未

可知。神明不肯説明言，凡夫不識大羅仙。早知留却羅童在，免交洞内苦三年。"叙述人不僅藉此批評陳巡檢缺乏主見，暗示讀者不能輕信妻子，還預示出如春將要遇到三年災難。當猿精申陽公攝走如春時，叙述人又説："只因此夜，直交陳巡檢三年不見孺人之面，未知久後如何。正是：千千丈琉璃井裏，番爲失脚夜行人。雨裏煙村霧裏都，不分南北路程途。多疑看罷僧繇畫，收起丹青一軸圖。"[1]再次強調夫妻將有三年不得相見的情節。《錯認屍》中的高氏自作主張打死强奸自己女兒的董小二，叙述人評論説："高氏雖自清潔，也欠些聰明之處，錯幹了此事。既知其情，只可好好打發了小二出門，便了此事。今來千不合萬不合將他絞死，後來自家被人首告，打死在獄，滅門絶户。"[2]叙述人始終俯視著故事人物的一言一行，完全知曉其遭際、命運，不斷跳出來發表評論，雖然打斷了正常的叙事進度，但也使叙事具有張弛有度的節奏感。

叙述人唯恐讀者不明白叙事的前因後果，常常做出自認爲合理的解釋。如《戒指兒記》叙述阮三在朋友的幫助下，終於得以在尼庵内與情人約會，接著叙述人道：

> 天有不測風雲，人有暫時禍福。那阮三是個病久的人，因爲這女子，七情所傷，身子虛弱，這一時相逢，情興酷濃，不顧了性命。那女子想起日前要會不能得會，今日得見，全將一身要盡自己的心，情懷舒暢。不料樂極悲生，倒鳳顛鸞，豈知吉成凶兆：任意施爲，那顧宗筋有損，一陽失去，片時氣轉，離身七魄分飛，魂靈兒必歸陰府。正所謂：誰知今日無常，化作南柯一夢。[3]

---

1 （明）洪楩編，石昌渝校點：《清平山堂話本》，南京：江蘇古籍出版社 1990 年版，第 151 頁。
2 （明）洪楩編：《雨窗集》（五種），《中華再造善本》明代集部，北京：國家圖書館出版社 2013 年版。
3 （明）洪楩編，石昌渝校點：《清平山堂話本》，南京：江蘇古籍出版社 1990 年版，第 297—298 頁。

對阮三的縱欲亡身，從男女雙方的身體狀態、情感體驗方面進行了自以爲高明周到、天衣無縫的解說。《刎頸鴛鴦會》叙述蔣淑珍生得十分標緻，"縱司空見慣也魂消"，然而"年已及笄，父母議親，東也不成，西也不就"，叙述人唯恐讀者不明就裏，對此解釋道：

> 況這蔣家女兒，如此容貌，如此伶俐，緣何豪門巨族，王孫公子，文士富商，不求行聘？却這女兒心性有些蹺蹊，描眉畫眼，付粉施朱，梳個縱鬢頭兒，著件叩身衫子，做張做勢，喬模喬樣，或倚檻凝神，或臨街獻笑，因此閭里皆鄙之。所以遷延歲月，頓失光陰，不覺二十餘歲。[1]

原來蔣氏水性楊花，名聲不好，故没有許人。這種對故事情節的解釋，深受說話的影響，似在與聽衆面對面交流、溝通，既對叙事造成延宕，增加了講說的長度，又拉近了與聽衆的距離，顯得十分親切。

叙述人有時還跳出故事之外，對宗教文化、市井風情等進行知識性的解釋，以顯博學。《五戒禪師私紅蓮記》介紹五戒禪師"俗姓金，法名五戒"，叙述人故意中斷叙事，說："且問何謂之五戒？第一戒者，不殺生命。第二戒者，不偷盜財物。第三戒者，不聽淫聲美色。第四戒者，不飲酒茹葷。第五戒者，不妄言起語。此謂之五戒。"《花燈轎蓮女成佛記》叙述李小官愛慕蓮女而得病，奄奄一息，叙述人道：

> 你道這病怕人？乃是情色相牽。若兩邊皆有意，不能完聚者，都要害倒了，方是謂之相思病；若女子無心，男子執迷了害的，不叫做相思病，唤做骨槽風。今日李小官却害了此病，正是没奈何處。如何見得

1（明）洪楩編，石昌渝校點：《清平山堂話本》，南京：江蘇古籍出版社 1990 年版，第 190 頁。

這病怕人？曾有一隻詞兒説得好。正是：四百四病人可守，惟有相思難受。不疼不痛惱人腸，漸漸的交人瘦。愁怕花前月下，最苦是黃昏時候，心頭一陣癢將來，便添得幾聲咳嗽。[1]

解釋了相思病、骨槽風的區別及其嚴重危害性。

故事人物的視角是有限的，能夠較爲客觀地展示人物的所聞、所見、所思，有助於呈現真實的場面和隱秘的内心世界。《六十家小説》運用人物視角描寫環境、刻畫人物時，往往用"但見""怎見得"等套語和韻文來描繪人物的所見。如《洛陽三怪記》云："（潘松）隨着那婆婆入去，着眼四下看時，元來是一座崩敗花園。但見：亭臺倒塌，欄檻斜傾。不知何代浪遊園，想是昔時歌舞地。風亭弊陋，惟存荒草綠凄凄；月榭崩摧，四面野花紅拂拂。鶯啼綠柳，每傷盡日不逢人；魚戲清波，自恨終朝無食餌。秋來滿地堆黃葉，春去無人掃落花。"[2] 就是以潘松的視角感知和描繪花園的"崩敗"，有意突出"亭臺倒塌，欄檻斜傾"、"風亭弊陋，惟存荒草綠凄凄；月榭崩摧，四面野花紅拂拂"等周圍環境給潘松帶來的視覺衝擊和心理感受，十分準確地渲染出精怪生活的環境，爲精怪的出場提供了典型的環境。接著又寫道：

那婆婆引入去，只見一個着白的婦人出來迎接，小員外着眼看，那人生得：綠雲堆鬢，白雪凝膚。眼描秋月之〔波〕，眉拂青山之黛。桃萼淡妝紅臉，櫻珠輕點絳唇。步鞋襯小小金蓮，十指露尖尖春筍。若非洛浦神仙女，必是蓬萊閬苑人。[3]

1（明）洪楩編：《雨窗集》（五種），《中華再造善本》明代集部，北京：國家圖書館出版社 2013 年版。
2（明）洪楩編：《六十家小説·洛陽三怪記》，日本東京公文書館内閣文庫藏明嘉靖間刊本。
3 同上。

作者特意運用"小員外着眼看"突出"着白的婦人"之容貌美、衣飾美，正是這種美才使潘松無法與危險、精怪聯繫起來，放鬆了警惕。

綜上，《六十家小説》會根據不同的題材而運用相應的叙事視角，如靈怪類、朴刀杆棒類主要運用人物視角、傳記體結構。[1] 而以説話人視角爲主的，重在講述故事的過程和首尾的完整性，追求故事的奇異性。

第三節　由書場走向案頭的表徵

《六十家小説》的出版標誌著話本小説由書場走向了案頭，一經問世便受到讀者的喜愛。這從當時的書目著録和文獻記載可以得到證明，《寶文堂書目》子雜類著録"《隨航集》十種"；《趙定宇書目》所録《稗統續編》著録"《六十家小説》，十本，欠一本"；《澹生堂藏書目》卷七小説家"記異"類著録"《六十家小説》六册六十卷，《雨窗集》十卷、《長燈集》十卷、《隨航集》十卷、《欹枕集》十卷、《解閑集》十卷、《醒夢集》十卷"。洪楩的友人田汝成所著《西湖遊覽志》卷二有："湖心亭，自宋元歷國初，舊爲湖心寺，鵠立湖中，三塔鼎峙。……《六十家小説》載有《西湖三怪》，時出迷惑遊人，故魘師作三塔以鎮之。"[2]《六十家小説》把以聽爲主的説唱伎藝從書場戲臺轉變爲以閱讀爲主的話本小説，呈現出鮮明的案頭化特徵。

一、插入書面文體

《六十家小説》中的明人話本不僅插入大量詩詞韻語，還有篇幅較長的書表、祭文等書面文體。且看下表：

---

1 參見王慶華著：《話本小説文體研究》，上海：華東師範大學出版社 2006 年版，第 67—70 頁。

2 （明）田汝成撰：《西湖遊覽志》，明萬曆己未（1619）商維濬瑞蓮堂刊本。

序號	篇名	文體	字數
1	董永遇仙傳	一表	150
2	夔關姚卞吊諸葛	一書	51
		一祭文	220
		一文	220
3	死生交范張鶏黍	一祭文	殘缺
4	雪川蕭琛貶霸王	一文榜	430

這些文體篇幅較長，書面色彩濃厚，如《夔關姚卞吊諸葛》插入的一文：

> 灰飛煙滅，傾危事始於桓靈；地覆天番，叛逆禍生於操卓。四方之盜賊蟻聚，六合之奸雄膺（鷹）揚。血浸郊原，骨填溝壑。孫仲謀襲父兄之勢，割據江東；曹孟德挾將相之權，跨存中夏。豫州奔逃江表，孔明奮起南陽。領兵於已敗之間，授任在危難之際。運謀決策，使周公瑾如治嬰孩；羽扇綸巾，破司馬懿似摧枯朽。佐主抱忠貞之節，處事懷公正之心。望重兩朝，名高三國。天時將革，賢不及愚；漢曆數終，才怎及庸？然管仲霸齊，難同盛德，自開闢以來，一人而已！信筆成文，聊記實迹云耳。[1]

用典密集，對偶工整，是一篇富有文采的騈體文，這顯然不適合於書場表演，但滿足了讀者案頭閱讀的需要。

二、抄錄傳奇小説

話本小説常常取材於文言小説，自然會受到它的影響。《六十家小説》

1（明）洪楩編：《欹枕集》（七種），《中華再造善本》明代集部，北京：國家圖書館出版社2013年版。

中的《藍橋記》和《風月相思》（即熊龍峰刊《馮伯玉風月相思小説》）是
公認的話本小説，前者據裴鉶《傳奇》中的《裴航》節錄而成，文字十分相
近，只是在開頭添加了"入話：洛陽三月裏，回首渡襄川。忽遇神仙侣，翩
翩入洞天"，在結尾删除了盧顥遇裴航一段而增加了"正是：玉室丹書著姓，
長生不老人家"的篇尾，形式上屬於話本體制，但從語體上説依然是文言小
説，難怪韓南説《藍橋記》"甚至完全没有改寫，和元代版本的同一故事差
異很少"。[1]後者的"入話"是首詠負約的詩："深院鶯花春晝長，風前月下
倍凄涼。只因忘却當年約，空把朱弦寫斷腸"，接著以"洪武元年春，有馮
琛者，字伯玉"開始進入正話，而以"伉儷相期壽百年，誰知一旦喪黄泉。
雲瓊節義非容易，伯玉姻緣豈偶然！配獲鸞鳳真得意，敬同賓友不虚傳。
《關雎》風化今重見，特爲殷勤著簡編"一詩作篇尾；[2]正話中並未有"話
説""且説"等説書套語，篇中有男女人物吟詠的傳情達意的詩詞凡 39 首，
從形態和叙事風格上看純粹是篇傳奇小説。這兩篇作品並不成功，却有助於
我們了解明前期話本與傳奇小説的密切關係及早期話本小説的案頭化傾向。

三、抄録史傳

《漢李廣世號飛將軍》《老馮唐直諫漢文帝》和《羊角哀鬼戰荆軻》三
篇是據《史記》《烈士傳》等改編而成，其中有很多内容直接抄自史書原文，
試比較下面兩段文字：

> 上以胡寇爲意，乃卒復問唐曰："公何以知吾不能用廉頗、李牧
> 也？"唐對曰："臣聞上古王者之遣將也，跪而推轂，曰：'閫以内者，

1〔美〕韓南著，尹慧珉譯：《中國白話小説史》，杭州：浙江古籍出版社 1989 年版，第 57 頁。
2〔明〕洪楩編：《六十家小説·風月相思》，日本東京公文書館内閣文庫藏明嘉靖間刊本。

寡人制之；閫以外者，將軍制之。軍功爵賞皆決於外，歸而奏之。'此非虛言也。臣大父言，李牧爲趙將居邊，軍市之租皆自用饗士，賞賜決於外，不從中擾也。委任而責成功，故李牧乃得盡其智能，遣選車千三百乘，彀騎萬三千，百金之士十萬，是以北逐單于，破東胡，滅澹林，西抑强秦，南支韓、魏。當是之時，趙幾霸。其後會趙王遷立，其母倡也。王遷立，乃用郭開讒，卒誅李牧，令顏聚代之。是以兵破士北，爲秦所禽滅。今臣竊聞魏尚爲雲中守，其軍市租盡以饗士卒，〔出〕私養錢，五日一椎牛，饗賓客軍吏舍人，是以匈奴遠避，不近雲中之塞。虜曾一入，尚率車騎擊之，所殺甚衆。夫士卒盡家人子，起田中從軍，安知尺籍伍符。終日力戰，斬首捕虜，上功莫府，一言不相應，文吏以法繩之。其賞不行而吏奉法必用。臣愚，以爲陛下法太明，賞太輕，罰太重。且雲中守魏尚坐上功首虜差六級，陛下下之吏，削其爵，罰作之。由此言之，陛下雖得廉頗、李牧，弗能用也。……"(《史記》卷一百二《馮唐列傳》)[1]

良久，帝曰："卿何知寡人不能用頗、牧耶？"唐曰："赦臣死罪，方敢奏。"帝曰："盡該赦下，卿無隱焉！"唐曰："臣聞古之帝王得天下者，初拜將時，須當築壇三層，遍詔士卒。天子親以白旄黃鉞，兵符將印，跪而進曰："閫之内，寡人制之；外者，將軍制之。"其軍天子不校，出入聽其任用。先皇亦曾捧轂推輪，以拜韓信爲大將。此古命將之道也。昔李牧在趙爲將，革車一千三百乘，精騎一萬三千匹，百金之士五萬人，乃一人價百金也。由是北逐匈奴，南支韓魏，西拒□（强）秦，破東吳（胡），□（滅）儋（澹）林，縱橫天下，遂爲霸國。四海

1（漢）司馬遷撰：《史記》，北京：中華書局1959年版，第2758—2759頁。

之人皆知李牧之英雄，莫敢犯也。從趙王遷立爲君，其母出身倡優，用郭開爲相，開素惡李牧，妄言反叛，將李牧殺之，趙國遂滅。今聖朝魏尚爲雲中留守，其軍市之租，盡饗士卒。另借禄養錢，五日一錠，率養賓客、軍吏、舍人。由是北拒匈奴，不敢正眼而覷視中原。此皆魏尚之力也。雲中戰士，豈知有天藉（尺籍）五符哉！不顧性命，終日力戰，方能上功。慕（幕）府一言不相應，文墨之吏法繩之，聖朝法不明，賞太輕，罰太重。此亦未足爲怪。魏尚國之柱石，陛下信聽饞佞之言，罷其官爵，奪其軍權，下獄問罪，以致匈奴長驅大進，輕視中國。以此推論，故此陛下有廉頗、李牧而不能用也。"（《六十家小説》之《老馮唐直諫漢文帝》）[1]

從對比中可以看出，二者的文字差異極小，《老馮唐直諫漢文帝》保留著史書的文言語體，文雅厚重，顯然是供閱讀的，只是錯別字較多。這種改編雖然較簡便快速，却失去了宋元話本的質樸和鮮活，意味著明前期話本小説的編創尚在探索之中。

作爲一部話本小説總集，《六十家小説》的出版爲話本小説文體確立了初步的體制規範，爲文人、書商編創提供了正反兩方面的藝術借鑒，對促使話本小説走上案頭、走向市場，進一步擴大話本的影響和贏得讀者的青睞起到了重要的奠基作用。

1（明）洪楩編：《欹枕集》（七種），《中華再造善本》明代集部，北京：國家圖書館出版社 2013 年版。

第六章
"三言"：案頭化的話本小説文體

　　《六十家小説》問世後，明人不斷編創、刊印話本小説。話本小説或承襲改編自前代，或取材於説唱文學和文言小説，愈來愈成爲供讀者閱讀、玩味的案頭化文本。話本小説的案頭化包括兩個方面的内涵：第一，繼續把説唱文學改編成書面文學。《百家公案》作爲從話本到模擬話本的重要轉折點，從人物、情節、細節上看，有多回故事改編自明成化間刊刻的説唱詞話。如第四十八回《東京判斬趙皇親》、第四十九回《當場判放曹國舅》，分別取自詞話《斷曹國舅傳》與《劉都賽看燈傳》；第七十二回《除黄郎兄弟刁惡》、第七十三回《包文拯斷斬趙皇親》、第八十三回《判張皇妃國法失儀》、第八十四回《判趙省滄州之軍》和第八十五回《決秦衙内之斬罪》凡五回，據詞話《陳州糶米記》改編；第七十四、七十五兩回，據詞話《説唱足本仁宗認母傳》改編。正如卷首《包待制出身源流》所云"話説包待制判斷一百家公案事迹，須先提起一個頭腦，後去逐一編成話文，以助天下江湖閑適者之閑覽云耳"，[1]道出了此書由聽到讀的轉換、"以助天下江湖閑適者之閑覽"的案頭化特徵。直到明天啓年間，《古今小説》（後重刊時改稱《喻世明言》）與《警世通言》《醒世恒言》問世，合稱"三言"，依然有不少作品改編自説唱藝術。經考證，《醒世恒言》卷三十八《李道人獨步雲

1（明）安遇時編集：《包龍圖判百家公案》，《古本小説集成》，上海：上海古籍出版社1994年版，第5頁。

門》即是根據明代嘉靖、隆慶年間的説唱文學《雲門傳》改寫的；作者將
所有韻文删去，只留下偈語和幾首李清的詩，同時也捨棄了説唱裏的復述
原則。[1]此外，《古今小説》卷二八《李秀卿義結黄貞女》云："有好事者將
此事編成唱本説唱，其名曰《販香記》"，結尾處有段誇讚媒妁的韻文："東
家走，西家走，兩脚奔波氣常吼。牽三帶四有商量，走進人家不怕狗。前
街某，後街某，家家户户皆朋友。相逢先把笑顔開，慣報新聞不待叩。説也
有，話也有，指長話短舒開手。一家有事百家知，何曾留下隔宿口？要騙
茶，要吃酒，臉皮三寸三分厚。若還羨他説作高，拌幹涎沫七八斗。"這可
能是受到説唱影響的重要證據。[2]《警世通言》卷十一《蘇知縣羅衫再合》有
"至今閭里中傳説蘇知縣報冤唱本"，似也改編自説唱文學。第二，文本更具
可讀性。馮夢龍《古今小説叙》云："然如《玩江樓記》《雙魚墜記》等類，
又皆鄙俚淺薄，齒牙弗馨焉。"批評了此類話本的粗鄙淺薄。而馮夢龍則以
自己淵博的學識和高超的藝術創造力對簡陋的舊本進行了大刀闊斧、獨具匠
心的改編，補入大量史實，使情節更合理，細節更真實，熔鑄成的作品更爲
精緻，取得了突出的藝術成就。[3]他極大地提升了《六十家小説》等早期話
本的叙事藝術和文化品格，達到了雅俗共賞的美學境界。"三言"在體制、
叙事方式和語言上都呈現出了獨特的個性，堪稱話本小説案頭化的典範。

第一節　規範化的篇章體制

如前所述，從明初至萬曆間的話本存在三種結構體式，表明話本小説
的篇章體制尚未定型，依然處在探索之中。直到明天啓年間，馮夢龍編撰的

---

1 參見〔美〕韓南著，王秋桂等譯：《韓南中國小説論集》，北京：北京大學出版社 2008 年版，第
109—112 頁。

2 同上，第 112 頁。

3 詳參胡蓮玉：《從〈明悟禪師趕五戒〉對〈五戒禪師私紅蓮記〉的改寫論馮夢龍的藝術成就》，《安
徽大學學報（哲學社會科學版）》2001 年第 3 期。

"三言"才形成篇名、入話、正話、篇尾兼具的規範化的篇章體制。下面僅就其創新之處進行分析。

一、篇名高度概括故事情節

篇名能夠體現作者對作品思想、叙事等方面的理解和價值取向。無論是舊題還是新篇，馮夢龍一改此前命名的隨意性，統一用凝練的語言準確地概括小説的思想藝術特性。如馮夢龍把《六十家小説》中的《戒指兒記》《簡帖和尚》分別改爲《閑雲庵阮三償冤債》《簡帖僧巧騙皇甫妻》(《喻世明言》卷四、卷三十五)，以"巧騙""償冤債"歸納主要情節和思想主題，十分吸引讀者；把《羊角哀鬼戰荆軻》《李元吴江救朱蛇》改爲《羊角哀捨命全交》《李公子救蛇獲稱心》(《喻世明言》卷七、卷三十四)，突出"捨命全交"與"獲稱心"，鮮明地表現了編者對小説人物的道德評價。

"三言"篇名的另一個醒目的特點是前後兩卷的對仗工巧。或故意點出故事中具有重要叙事功能的對象，如《醒世恒言》卷十五《赫大卿遺恨鴛鴦縧》與卷十六《陸五漢硬留合色鞋》，前者因"鴛鴦縧"揭開僧尼淫亂的真相，後者以"合色鞋"爲物證而懲罰了真正的奸夫。或用數字歸納故事情節，前後相對，如《喻世明言》卷二十五《晏平仲二桃殺三士》與卷二十六《沈小官一鳥害七命》，既準確又吸引人，充分顯示出編者的匠心。有的前後兩篇的主題、題材是相同的，如《喻世明言》卷二十九《月明和尚度柳翠》與卷三十《明悟禪師趕五戒》均寫兩世的佛教因緣故事，卷三十一《鬧陰司司馬貌斷獄》與卷三十二《遊酆都胡母迪吟詩》皆叙遊冥府的鬼神故事；有的則突出情節奇巧的風格特性，如《醒世恒言》卷七《錢秀才錯占鳳凰儔》與卷八《喬太守亂點鴛鴦譜》，卷三十三《十五貫戲言成巧禍》與卷三十四《一文錢小隙造奇冤》等。這樣，前後兩卷就在題材、主題、審美等層面形成關聯，相互生發，供讀者體味作品的主旨。

二、入話的叙事功能增强

"三言"中的入話分三類情況：一是僅開篇詩詞，二是開篇詩詞後有議論等過渡性文字，三是開篇詩詞後有頭回。三類入話的具體情況見下表：

書名	僅開篇詩詞	開篇詩詞後有議論	開篇詩詞加頭回
喻世明言	8	16	16
警世通言	11	14	15
醒世恒言	12	14	14
合　計	31	44	45

從上表可以看出，入話僅詩詞的有 31 篇，在開篇詩詞後面加議論、頭回的有 89 篇，顯然，在繼承《六十家小説》等入話體制的同時，馮夢龍對入話進行了精心的構思，以凸顯入話對揭示創作主題的重要作用。這從對前代相同篇目的改動即可體現出來，最簡單的改動是删改開篇詩詞，如《五戒禪師私紅蓮記》的開篇詩是"禪宗法教豈非凡，佛祖流傳在世間。鐵樹花開千載易，墜落阿鼻要出難"，這顯然與正話所叙五戒禪師犯了色戒却投胎爲蘇軾的内容不符，開篇詩與正話的關係非常鬆散。《喻世明言》卷三十《明悟禪師趕五戒》將其改爲"昔爲東土寰中客，今作菩提會上人。手把楊枝臨净土，尋思往事是前身"，十分準確地概括出五戒與明悟的兩世故事。又如《六十家小説》中《戒指兒記》的"入話"是"好姻緣是惡姻緣，不怨干戈不怨天。兩世玉簫難再合，何時金鏡得重圓？彩鸞舞後腹空斷，青雀飛來信不傳。安得神虚如倩女，芳魂容易到君邊"，緊接著開始正話"自家今日説個丞相"云云。這首詩出自瞿佑的傳奇小説《秋香亭記》，表達了采采對商

生的思念和對二人愛情婚姻的擔憂，用作入話，則與正話的内容並不十分吻合。而馮夢龍《古今小説》卷四則重寫了入話：

> 好姻緣是惡姻緣，莫怨他人莫怨天。但願向平婚嫁早，安然無事度餘年。
>
> 這四句，奉勸做人家的，早些畢了兒女之債。常言道："男大須婚，女大須嫁；不婚不嫁，弄出醜吒。"多少有女兒的人家，只管要揀門擇户，扳高嫌低，擔誤了婚姻日子。情竇開了，誰熬得住？男子便去偷情闞院；女兒家拿不定定盤星，也要走差了道兒。那時悔之何及！[1]

詩開篇化用東漢高士向子平早畢兒女婚事的典故，並將議論提前，明確闡述了創作主旨，且删除《滿庭芳》詞，使叙事連貫順暢，充分體現出馮夢龍的藝術匠心。可見"三言"中的開篇詩詞一改《六十家小説》的隨意性，不再把開篇詩詞的功能僅僅視爲簡單引出正話中的人物、地點、時間，而是爲正話的展開定下思想基調，與正話的内在關聯也更加緊密。

"三言"亦重視頭回的叙事功能。"三言"中有頭回的篇目爲45篇，占1/3強，不僅明顯增多，而且有意彰顯與正話的關係。如《喻世明言》卷三十《明悟禪師趕五戒》就在《五戒禪師私紅蓮記》的基礎上增加了一個頭回：據袁郊《甘澤謡》中李源與僧人圓澤兩世情緣改編而成的三生相會的故事。這進一步强化了正話中明悟與五戒兩世相逢的宿緣，贊美了志趣相投、超越生死的真摯友情。

按照與正話的關係，"三言"中的頭回大致分三種情況：[2]

---

1 （明）馮夢龍編，許政揚校注：《古今小説》，北京：人民文學出版社1958年版，第80頁。
2 王慶華把"三言"明後期作品的頭回分爲情節型、意蘊型、人物型和情節意蘊型四種，參見王慶華著：《話本小説文體研究》，上海：華東師範大學出版社2006年版，第94—95頁。

一是頭回與正話的情節近似，表達的主旨相同，頭回對正話起到正面烘托作用，彰顯了作品的主題。如《警世通言》卷六《俞仲舉題詩遇上皇》頭回講述成都府窮書生司馬相如只因一篇文章迎合了皇帝之心，一朝富貴；正話則叙説南宋成都府貧士俞仲舉亦因詞作受到皇帝的青睞飛黄騰達，衣錦還鄉，都表現了文人“學成文武藝，售與帝王家”的人生理想與期盼發迹的白日之夢。二是頭回與正話的思想主題相反，形成强烈的正反對照，從而强化善惡報應分明的創作主旨。如《警世通言》卷五《吕大郎還金完骨肉》頭回叙金員外作惡，本想毒殺僧人，不料却害死了兒子，導致妻子自殺、家破人亡的悲劇；正話則述吕玉行善，將撿到的銀子歸還原主而巧遇失蹤多年的兒子，最終一家團圓。作品通過正反對比表達了“善有善報，惡有惡報”的世俗信仰和素樸思想。三是頭回闡明某個主題，近似寓言，正話則用生動的故事來驗證，以警示讀者。如《警世通言》卷十一《蘇知縣羅衫再合》頭回講錢塘才子李宏夢中遇酒色財氣四大仙女言説彼此的危害，正話則説知縣蘇雲帶錢財偕美妻賃船赴任，被見財色而起殺心的惡船家所害，表明財色酒氣易惹災禍；頭回與正話之間相互支撐，前後印證，形成一種張力，既增加了讀者的想像與闡釋空間，又有力地强化了作者所要表達的旨意。

三、以一首詩歌結束全篇

“三言”的收尾一改此前話本小説的隨意性，均爲一首詩歌，或評價故事人物的道德品行，或歸納全篇的主題思想，往往與開篇詩詞遥相呼應，使作品在結構形式和内容主旨上都形成一個密閉的圓環。如《陳巡檢梅嶺失妻記》在正話“夫妻團圓，盡老百年而終”後，以“正是：雖爲翰府名談，編作今時佳話。話本説徹，權作散場”的説書套語收尾，《喻世明言》卷二十《陳從善梅嶺失渾家》的結尾則改爲“有詩爲證：三年辛苦在申陽，恩愛夫妻痛斷腸。終是妖邪難勝正，貞名落得至今揚"，以詩稱頌陳從善之妻張氏雖被妖猴百般凌辱却堅決不從的貞烈性情。《錯認屍》的結尾詩曰"如花妻妾牢中死，似虎喬郎湖内亡。只因做了虧心事，萬貫家財屬帝王"，客觀陳述喬俊一家的悲慘結局；而《警世通言》卷三十三《喬彦傑一妾破家》則以"後人有詩云：喬俊貪淫害一門，王青毒害亦亡身。從來好色亡家國，豈見詩書誤了人"收束，特别强調喬俊因"貪淫"而導致全家喪盡，王青因貪財欺詐而亡身，提出"好色亡家國"的觀點以教化世人，從而與開篇詩"世事紛紛難訴陳，知機端不誤終身。若論破國亡家者，盡是貪花戀色人"表達的貪色必將破國亡家的主旨遥相呼應。

第二節 "三言"的叙事特性與語言藝術

"三言"篇幅曼長，叙述詳盡，描寫細膩，人物事件增多，性格更加鮮明，情節更加曲折，成爲更適合讀者閲讀的書面文學。關於"三言"的藝術特性，學界已多有論述，[1]我們不再重復，擬選取幾個相對來説有一定新意的角度來探討"三言"的案頭化特徵。

一、精巧的叙事結構

説話人爲了吸引聽衆，十分重視叙事的結構藝術。或運用紀傳體，叙事綫索清晰，重在表現人物的命運遭際；或采取紀事體，叙事富有懸念，旨在展示故事的曲折新奇。石昌渝從不同的角度把古代小説的結構歸納爲單體

---

[1] 參見王慶華著：《話本小説文體研究》(上海：華東師範大學出版社 2006 年版，第 97—98 頁) 和傅承洲著：《還原勾欄 走向案頭——"三言"叙事藝術新探》(《瀋陽師範大學學報》2008 年第 6 期) 等論著。

式、聯綴式、綫性式和網狀式四類，[1] 話本小説主要運用單體式、綫性式的叙事結構。以下我們結合"三言"話本小説情節的具體安排，從三個方面論述"三言"正話較有特色的叙事結構。

一是以一個能推動情節發生、演進，或聯結主要人物命運的關鍵對象來結構故事，這種對象一般稱之爲"功能性物象"，[2] 形成獨特的"功能性物象叙事"。[3] 這種結構在宋元話本中已有，而明人運用更加普遍，計有：《古今小説》卷一《蔣興哥重會珍珠衫》、卷二《陳御史巧勘金釵鈿》、卷四《閑雲庵阮三償冤債》、卷十《滕大尹鬼斷家私》、卷二十六《沈小官一鳥害七命》、卷三十五《簡帖僧巧騙皇甫妻》、卷四十《沈小霞相會出師表》，《警世通言》卷一《俞伯牙摔琴謝知音》、卷十一《蘇知縣羅衫再合》、卷十二《范鰍兒雙鏡重圓》、卷二十二《宋小官團圓破氈笠》，《醒世恒言》卷十五《赫大卿遺恨鴛鴦縧》、卷十六《陸五漢硬留合色鞋》、卷十九《白玉娘忍苦成夫》、卷三十二《黃秀才徼靈玉馬墜》、卷三十四《一文錢小隙造奇冤》等20多篇。僅舉一例來説明：宋懋澄的《珠衫》叙楚人妻被新安客誘奸生情，分別時以珍珠衫贈之；新安客在旅店中偶遇楚人，炫耀自己的艷遇及珍珠衫，楚人還家休妻，提出"第還珠衫，則復相見"。作品以珍珠衫爲綫索結構情節，串連起楚人、楚人妻與新安客的情感起伏與悲歡離合，但美中不足的是没有交代珍珠衫的下落。而據《珠衫》改編而成的《蔣興哥重會珍珠衫》就彌補了原作的這種缺憾，安排蔣興哥休妻後新娶新安客陳大郎之妻。結果是淫人妻者喪命失妻，失珍珠衫者則因娶新妻得以重會，叙事前後妙合無垠，渾然天成。

二是大量運用真假相對的人物、對象等來結構故事。計有《古今小説》

1　石昌渝著：《中國小説源流論》，北京：三聯書店1994年版，第31頁。

2　李鵬飛：《試論古代小説中的"功能性物象"》，《文學遺産》2011年第5期。

3　楊志平著：《明清小説功能性叙事研究》，北京：科學出版社2018年版，第11—12頁。

卷二《陳御史巧勘金釵鈿》、卷三十五《簡帖僧巧騙皇甫妻》,《警世通言》卷二《莊子休鼓盆成大道》、卷三十六《皁角林大王假形》,《醒世恒言》卷六《小水灣天狐詒書》、卷七《錢秀才錯占鳳凰儔》、卷八《喬太守亂點鴛鴦譜》、卷十《劉小官雌雄兄弟》、卷十三《勘皮靴單證二郎神》、卷十五《赫大卿遺恨鴛鴦縧》、卷十六《陸五漢硬留合色鞋》等十多篇。其中有冒名頂替的，或妖精幻化，以假亂真，造成真假難辨。有以真假敘事結構全篇的，如《小水灣天狐詒書》敘述王臣射傷了兩隻狐狸，狐狸遂幻化爲家人，假傳家書，不僅騙走了天書，還導致王臣家業凋零。又如《錢秀才錯占鳳凰儔》敘述飽讀詩書、一表人才的錢青冒名頂替胸無點墨、相貌醜陋的表兄顏俊去相親、娶親，最後真相大白。

　　三是運用並列式板塊結構敘述主要人物的幾則故事。有《古今小説》卷十三《張道陵七試趙升》、卷三十六《宋四公大鬧禁魂張》,《警世通言》卷三《王安石三難蘇學士》、卷四《拗相公飲恨半山堂》,《醒世恒言》卷十一《蘇小妹三難新郎》、卷二十二《呂純陽飛劍斬黃龍》,卷二十三《金海陵縱欲亡身》等。如《張道陵七試趙升》中前半敘張道陵收服西城的白虎神、剿除青石山中的毒蛇、驅殺六大魔王及群鬼等三個爲民除害的故事，後半敘張道陵七試趙升，即"第一試，辱罵不去；第二試，美色不動心；第三試，見金不取；第四試，見虎不懼；第五試，償絹不吝，被誣不辨；第六試，存心濟物；第七試，捨命從師"。前後内部的故事及前半與後半故事之間並没有邏輯因果關係，故事之間的結構較爲鬆散。這種結構可稱之爲並列式板塊結構，各故事板塊通常不存在先後因果關係，而是形成疊加關係，與筆記小説相類。如《蘇小妹三難新郎》主要敘述了蘇小妹續寫父親之詩、批點王雱窗課、與東坡以詩互相嘲謔、新婚之夜三難新郎、悟解佛印長歌、與東坡互作疊字詩等數則軼事，將其疊加一起共同表現了蘇小妹的聰敏穎悟和過人的詩才。

二、重視運用人物視角

話本小説都運用説話人的視角講述故事，但是"三言"開始大量運用人物視角叙事，客觀真實地描寫故事人物的所見所想。如《醒世恒言》卷十五《赫大卿遺恨鴛鴦縧》云：

> 赫大卿點頭道："常聞得人説，城外非空庵中有標致尼姑。只恨没有工夫，未曾見得。不想今日趁了這便。"即整頓衣冠，走進庵裏。轉東一條鵝卵石街，兩邊榆柳成行，甚是幽雅。行不多步，又進一重牆門，就是小小三間房子，供著韋馱尊者。庭中松柏參天，樹上鳥聲嘈雜。從佛背後轉進，又是一條橫街。大卿徑望東首行去，見一座雕花門樓，雙扉緊閉。上前輕輕扣了三四下，就有個垂髻女童，呀的開門。那女童身穿緇衣，腰系絲縧，打扮得十分齊整。見了赫大卿，連忙問訊。大卿還了禮，跨步進去看時，一帶三間佛堂，雖不甚大，到也高敞。中間三尊大佛，相貌莊嚴，金光燦爛。[1]

空間由庵外到庵裏，依次呈現榆柳成行的鵝卵石街、牆門、房子、門樓等景物，以赫大卿的視角，隨著赫大卿的移動，一一呈現出來，描寫細緻，語言平實，富於變化，畫面感強。

故事人物視角可以更加深入、細膩地刻畫隱秘的心理活動。《六十家小説》中的《陳巡檢梅嶺失妻記》云："如春自思：'我今情願挑水守奈，本欲投岩澗中而死，倘有再見丈夫之日。'不免含淚而挑水。"[2] 人物心理刻畫還較

1（明）馮夢龍編著，顧學頡校注：《醒世恒言》，北京：人民文學出版社 1956 年版，第 279—280 頁。

2（明）洪楩編：《六十家小説·陳巡檢梅嶺失妻記》，日本東京公文書館內閣文庫藏明嘉靖間刊本。

爲簡單。而"三言"則常常把叙事視角聚焦在人物身上，深入描摹人物的心理與情感活動，如《醒世恒言》卷三《賣油郎獨占花魁》云：

> 秦重聽得説是汴京人，觸了個鄉里之念，心中更有一倍光景。喫了數杯，還了酒錢，挑了擔子，一路走，一路的肚中打稿道："世間有這樣美貌的女子，落於娼家，豈不可惜！"又自家暗笑道："若不落於娼家，我賣油的怎生得見！"又想一回，越發癡起來了，道："人生一世，草生一秋。若得這等美人摟抱了睡一夜，死也甘心。"又想一回道："呸！我終日挑這油擔子，不過日進分文，怎麽想這等非分之事！正是癩蛤蟆在陰溝裏想著天鵝肉喫，如何到口？"又想一回道："他相交的，都是公子王孫。我賣油的，縱有了銀子，料他也不肯接我。"又想一回道："我聞得做老鴇的，專要錢鈔。就是個乞兒，有了銀子，他也就肯接了，何況我做生意的，青青白白之人。若有了銀子，怕他不接！只是那裏來這幾兩銀子？"一路上胡思亂想，自言自語。[1]

作品詳細描摹了秦重初見名妓時的憐惜、愛慕、妄想等心靈深處激起的漣漪和複雜的情感，及實現夢想的内心打算，刻畫出一個可愛、癡情、憨厚的小商販形象。這樣的作品很多，如《醒世恒言》卷十八《施潤澤灘闕遇友》、卷三十六《蔡瑞虹忍辱報仇》等，其中《醒世恒言》卷二十六《薛録事魚服證仙》最富特色，作品叙述唐朝時的薛服生病後，夢見自己變成一條金色鯉魚，經歷了各種意想不到的遭遇，揭示了人物隱秘的人生感受。當他來到沱江邊時，嘆道："人遊到底不如魚健！怎麽借得這魚鱗生在我身上，也好到處遊去，豈不更快。"當他心隨所願變成鯉魚後，遇到了漁夫趙幹，忍不住"香餌"的誘惑，被釣住。接下來，兩名公差、同僚都想吃鯉魚，薛服則一再自道不滿：

1（明）馮夢龍編著，顧學頡校注：《醒世恒言》，北京：人民文學出版社1956年版，第46—47頁。

　　當下薛少府大聲叫道："我那裏是魚? 就是你的同僚, 豈可錯認得我了? 我受了許多人的侮慢, 正要告訴列位與我出這一口惡氣, 怎麼也認我做魚, 便付厨上做鮓吃? 若要作鮓, 可不屈我殺了! 枉做這幾時同僚, 一些兒契分安在!"其時同僚們全然不禮。少府便情極了, 只得又叫道："鄒年兄, 我與你同登天寶末年進士, 在都下往來最爲交厚, 今又在此同官, 與他們不同。怎麼不發一言, 坐視我死?"……少府聽了這話, 便大叫道："你看兩個客人都要放我, 怎麼你做主人的偏要吃我? 這等執拗! 莫説同僚情薄, 元來賓主之禮, 也一些没有的。"[1]

作品藉化身的金魚隱秘地袒露了薛服的内心世界, 以變形的手法表達了正常社會秩序下無法宣洩的困惑和痛苦, 取得了非同尋常的藝術效果, 薛服也從夢中醒來後, 看破紅塵, 辭别官場, 升仙而去。

三、詩文的大量插入

　　先看一個表格:

"三言"中的明話本插入書判等賦文一覽表

	篇名		文體	字數
1	古今小説	卷一《蔣興哥重會珍珠衫》	一休書	90
			一信	70
2		卷三《新橋市韓五賣春情》	二簡	140、110
3		卷十《滕大尹鬼斷家私》	一遺書	160

1（明）馮夢龍編著:《醒世恒言》,《古本小説集成》, 上海: 上海古籍出版社 1994 年版, 第 1537—1540 頁。

續 表

	篇名		文體	字數
4	古今小説	卷二二《木綿庵鄭虎臣報冤》	一詔書	195
			一青詞	180
5		卷二六《沈小官一鳥害七命》	一招帖	40
			一告示	30
			二聖旨	20、140
6		卷三九《汪信之一死救全家》	二書信	120、100
7	警世通言	卷九《李謫仙醉草嚇蠻書》	一封番書、一回書	160、280
8		卷一一《蘇知縣羅衫再合》	二訴狀	136、120
			一書信	50
			一上表（部分）	120
9		卷二四《玉堂春落難逢夫》	一判狀	60
10		卷二七《假神仙大鬧華光廟》	一疏文	195
11		卷三四《王嬌鸞百年長恨》	二信	120、170
12	醒世恒言	卷一《兩縣令競義婚孤女》	四書信	180、120、80、100
13		卷二《三孝廉讓産立高名》	一短疏一短書	120、60
14		卷七《錢秀才錯占鳳凰儔》	一判狀	190
15		卷八《喬太守亂點鴛鴦譜》	一判狀	230
16		卷一九《白玉娘忍苦成夫》	一書信	150
17		卷二五《獨孤生歸途鬧夢》	一詔書	90
18		卷二七《李玉英獄中訟冤》	一奏章	660
19		卷二九《盧太學詩酒傲公侯》	一判狀	120
20		卷三六《蔡瑞虹忍辱報仇》	一長信	330

由上表可知，"三言"中插入的文章篇幅曼長，而《李玉英獄中訟冤》中的奏章更是長達650字。這些插入的文章有的意在刻畫人物，如《蔣興哥重

會珍珠衫》中的休書："豈期過門之後，本婦多有過失，正合七出之條。因念夫妻之情，不忍明言，情願退還本宗，聽憑改嫁"，表現了蔣興哥對妻子的深情與留戀。有的旨在推動情節的發展，如《滕大尹鬼斷家私》中的倪太守遺書："惟左偏舊小屋，可分與述。此屋雖小，室中左壁埋銀五千，作五罈；右壁埋銀五千，金一千，作六罈，可以準田園之額。"[1]這是滕大尹斷案的依據，也是用計分家的前提，對推動情節發展具有不可替代的作用。有的並無敘事功能，如《喬太守亂點鴛鴦譜》在斷明案情後仍然有一判狀："弟代姊嫁，姑伴嫂眠。愛女愛子，情在理中。一雌一雄，變出意外。移乾柴近烈火，無怪其燃；以美玉配明珠，適獲其偶。孫氏子因姊而得婦，搜處子不用踰牆；劉氏女因嫂而得夫，懷吉士初非衒玉。相悦爲婚，禮以義起。所厚者薄，事可權宜。使徐雅別婿裴九之兒，許裴政改娶孫郎之配。奪人婦人亦奪其婦，兩家恩怨，總息風波。獨樂樂不若與人樂，三對夫妻，各諧魚水。人雖兌換，十六兩原只一斤；親是交門，五百年決非錯配。以愛及愛，伊父母自作冰人；非親是親，我官府權爲月老。"[2]即使省略了此判，也不影響小說的敘事，顯然這篇花判主要是爲了展示作者的才情，也是話本小說"案頭化"的表徵。

還有一些話本小說插入大量詩歌，可謂深受傳奇小說的影響。如明萬曆間熊龍峰刊《孔淑芳雙魚扇墜傳》正話中雖有"話説"、"不説家中歡喜，且説"等説書套語，但主要是模仿和拼湊瞿佑《牡丹燈記》等篇而成，爲深入研究話本小說與傳奇小說的關係提供了直接有力的證據和珍貴的樣本。《警世通言》卷三十四《王嬌鸞百年長恨》與所取材的《情史·周廷章》相比，更鮮明地體現出傳奇小說對話本小說敘事形態的影響。傳奇小說《周廷章》全文共有周廷章與王嬌鸞互通情愫的四首詩歌，依常理而論，在改編爲話本小

1（明）馮夢龍編，許政揚校注：《古今小説》，北京：人民文學出版社1958年版，第158頁。

2（明）馮夢龍編著，顧學頡校注：《醒世恒言》，北京：人民文學出版社1956年版，第174—175頁。

説時，爲吸引讀者，應儘量删除原文中的詩歌，增加散文體叙事，以强化故事的曲折性和通俗性。但《王嬌鸞百年長恨》其實走了一條完全相反的改編之路，竟增寫了19首詩歌及兩封各百餘字的書信，其中《長恨歌》達800餘字，顯然書面化的色彩愈加濃厚，成爲一篇體制近於傳奇的另類話本小説。

四、雅俗相融的語言風格

"三言"的語言整體上較爲通俗，而又常常俗中見雅，形成雅俗相融的語言風格。叙述語言平實、清新，人物語言生動活潑、個性鮮明。從形式上説，既有整飭有序的駢儷之語，又多自由靈活、錯落有致的散句，與題材相互配合，充分顯示出語言的韻致和張力。

1. 清新寫實的叙述語言

叙述語言方面，作者常常用議論性的語言闡述作品的創作主旨。如《警世通言》卷十八《老門生三世報恩》入話云：

> 大抵功名遲速，莫逃乎命，也有早成，也有晚達。早成者未必有成，晚達者未必不達。不可以年少而自恃，不可以年老而自棄。這老少二字，也在年數上，論不得的。假如甘羅十二歲爲丞相，十三歲上就死了，這十二歲之年，就是他發白齒落、背曲腰彎的時候了，後頭日子已短，叫不得少年。又如姜太公八十歲還在渭水釣魚，遇了周文王以後車載之，拜爲師尚父；文王崩，武王立，他又秉鉞爲軍師，佐武王伐商，定了周家八百年基業，封於齊國。又教其子丁公治齊，自己留相周朝，直活到一百二十歲方死。你説八十歲一個老漁翁，誰知日後還有許多事業，日子正長哩！這等看將起來，那八十歲上還是他初束髮，剛頂冠，

做新郎，應童子試的時候，叫不得老年。世人只知眼前貴賤，那知去後的日長日短？見個少年富貴的，奉承不暇；多了幾年年紀，蹉跎不遇，就怠慢他，這是短見薄識之輩。譬如農家，也有早穀，也有晚稻，正不知那一種收成得好？¹

馮夢龍以甘羅、姜太公爲例，表達了人的功名富貴都是命中注定的道理。或用富有思辨性的語言曉之以理，或以簡明扼要的語言概括真實可信的事例，都淺顯曉暢，甚至以農家的"早穀晚稻"爲喻，易於爲普通讀者接受。

"三言"雖也用"但見"等韻文套語寫人摹景，但更多使用清新寫實的個性語言。試對比下面寫人服飾的文字：

宣贊分開人，看見一個女兒。如何打扮？頭綰三角兒，三條紅羅頭鬚，三隻短金釵，渾身上下，盡穿縞素衣服。（《六十家小説·西湖三塔記》）²

許宣看時，是一個婦人，頭戴孝頭髻，烏雲畔插着些素釵梳，穿一領白絹衫兒，下穿一條細麻布裙。這婦人肩下一個丫鬟，身上穿着青衣服，頭上一雙角髻，戴兩條大紅頭鬚，插着兩件首飾，手中捧着一個包兒，要搭船。（《警世通言》卷二十八《白娘子永鎮雷峰塔》）³

《西湖三塔記》中的女子最突出的特點是一身白衣，刻畫較模糊；而據此改編而成的《白娘子永鎮雷峰塔》則描寫得十分詳細、具體，孝髻、烏髮、釵

1（明）馮夢龍編著：《警世通言》，《古本小説集成》，上海：上海古籍出版社 1994 年版，第 647—649 頁。

2（明）洪楩編：《六十家小説·西湖三塔記》，日本東京公文書館內閣文庫藏明嘉靖間刊本。

3（明）馮夢龍編著：《警世通言》，《古本小説集成》，上海：上海古籍出版社 1994 年版，第 1125 頁。

梳、上穿白衫、下穿細麻布裙云云，自上到下，很有層次感，令人印象深刻。再看同是描寫村鎮的文字：

> 兩個一人一匹馬，行到一個所在，三十里，是仙居市。到得一座莊子，看那莊時：青煙漸散，薄霧初收。遠觀一座苔山，近睹千行圍寶蓋。團團老檜若龍形，鬱鬱青松如虎迹。三冬無客過，四季少人行。驀聞一陣血腥來，元是强人居止處。盆盛人鮓醬，私蓋鑄香爐，小兒做戲弄人頭，媳婦拜婆學劫墓。(《六十家小説·楊温攔路虎傳》)[1]

> 説這蘇州府吳江縣離城七十里，有個鄉鎮，地名盛澤，鎮上居民稠廣，土俗淳樸，俱以蠶桑爲業。男女勤謹，絡緯機杼之聲，通宵徹夜。那市上兩岸綢絲牙行，約有千百餘家，遠近村坊織成綢匹，俱到此上市。四方商賈來收買的，蜂攢蟻集，挨擠不開，路途無佇足之隙；乃出産錦繡之鄉，積聚綾羅之地。江南養蠶所在甚多，惟此鎮處最盛。(《醒世恒言》卷十八《施潤澤灘闕遇友》)[2]

前者只是用説書套語寫出了村莊的偏僻荒涼、陰森恐怖，至於房子的具體位置、布局等十分籠統，没有描寫出個性特點；而下者則交代出盛澤鎮離城七十里，蠶桑業發達，僅兩岸的綢絲牙行就有千餘家，商賈雲集，具有强烈的寫實性和鮮明的時代性。

從語言形式上説，或用字數不等的散句，如《醒世恒言》卷二十七《李玉英獄中訟冤》入話抨擊後母心腸狠毒，兒女最可憐的有三等，其中第三等云：

1（明）洪楩編：《六十家小説·楊温攔路虎傳》，日本東京公文書館内閣文庫藏明嘉靖間刊本。
2（明）馮夢龍編著，顧學頡校注：《醒世恒言》，北京：人民文學出版社1956年版，第359頁。

第三等，乃朝趁暮食肩擔之家。此等人家兒女，縱是生母在時，只好苟免饑寒，料道没甚豐衣足食。巴到十來歲，也就要指望教去學做生意，趁三文五文幫貼柴火。若又遇着個兇惡繼母，豈不是苦上加苦。口中喫的，定然有一頓没一頓，擔饑忍餓。就要口熱湯，也須請問個主意，不敢擅專。身上穿的，不是前拖一塊，定是後破一片。受凍捱寒，也不敢在他面前説個冷字。那幾根頭髮，整年也難得與梳子相會，胡亂挽個角兒，還不時擄得披頭盖臉。兩隻脚久常赤着，從不曾見鞋襪面。若得了雙草鞋，就勝如穿着粉底皂靴。專任的是劈柴燒火，擔水提漿。稍不如意，軟的是拳頭脚尖，硬的是木柴棍棒。那咒罵乃口頭言語，只當與他消閑。到得將就挑得擔子，便限着每日要賺若干錢鈔。若還缺了一文，少不得敲個半死。倘肯攛掇老公，賣與人家爲奴，這就算他一點陰騭。所以小户人家兒女，經着後母，十個到有九個磨折死了。[1]

使用"口中喫了，定然有一頓没一頓"等不乏口語化的市井語言，表現了貧苦人家兒女被後母虐待、折磨的種種慘狀和不幸，以散句爲主，間雜偶句，錯落有致，讀來自然流暢。或用前後相對的偶句，如《醒世恒言》卷三《賣油郎獨占花魁》開頭云：

常言道："妓愛俏，媽愛鈔。"所以子弟行中，有了潘安般貌，鄧通般錢，自然上和下睦，做得煙花寨内的大王，鴛鴦會上的主盟。然雖如此，還有個兩字經兒，叫做幫襯。幫者，如鞋之有幫；襯者，如衣之有襯。但凡做小娘的，有一分所長，得人襯貼，就當十分。若有短處，曲意替他遮護，更兼低聲下氣，送暖偷寒，逢其所喜，避其所諱，以情度

1（明）馮夢龍編著：《醒世恒言》，《古本小説集成》，上海：上海古籍出版社 1994 年版，第 1569—1570 頁。

情，豈有不愛之理。這叫做幫襯。風月場中，只有會幫襯的最討便宜，
無貌而有貌，無錢而有錢。[1]

或四四對，或五五對，或七七對，或二五對，以活潑的市井語言，整齊的句
式，表達了只有錢貌兼備，能幫會襯，才能成爲"煙花寨内的大王，鴛鴦會
上的主盟"。

2. 富有個性的人物語言

"三言"的人物語言符合人物的年齡和家庭出身。由於社會閲歷不同，
老少人物的語言自然有別。如《古今小説》卷十《滕大尹鬼斷家私》叙述善
述長到14歲，向母親要新衣服穿，云：

> 梅氏回他没錢買得，善述道："我爹做過太守，止生我弟兄兩人，
> 見今哥哥怎般富貴，我要一件衣服，就不能勾了，是怎地？既娘没錢
> 時，我自與哥哥索討。"説罷就走。……善述道："娘説得是。"口雖答
> 應，心下不以爲然，想着："我父親萬貫家私，少不得兄弟兩個大家分
> 受。我又不是隨娘晚嫁，拖來的油瓶，怎麽我哥哥全不看顧？娘又是怎
> 般説，終不然一匹絹兒，没有我分，直待娘賣身來做與我穿着，這話好
> 生奇怪！哥哥又不是吃人的虎，怕他怎的？"[2]

善述説話順從母親，已懂事明理；可又向母親説出兄弟懸殊的不解與困惑，
堅決要向哥哥索要，表現出他幼稚、心智尚不成熟和孩子氣的一面。

"三言"的人物語言符合人物的社會職業。我們僅以妓女、媒妁爲例，

1（明）馮夢龍編著，顧學頡校注：《醒世恒言》，北京：人民文學出版社1956年版，第32頁。
2（明）馮夢龍編，許政揚校注：《古今小説》，北京：人民文學出版社1958年版，第152—153頁。

分析其語言特色。《警世通言》卷三十二《杜十娘怒沉百寶箱》中有一段老鴇對著杜十娘罵李甲的話：

> 媽媽沒奈何，日逐只將十娘叱罵道："我們行戶人家，喫客穿客，前門送舊，後門迎新；門庭鬧如火，錢帛堆成垛。自從那李甲在此，混帳一年有餘，莫說新客，連舊主顧都斷了，分明接了個鍾馗老，連小鬼也沒得上門。弄得老娘一家人家，有氣無煙，成什麼模樣！"杜十娘被罵，耐性不住，便回答道："那李公子不是空手上門的，也曾費過大錢來。"媽媽道："彼一時，此一時，你只教他今日費些小錢兒，把與老娘辦些柴米，養你兩口也好。別人家養的女兒便是搖錢樹，千生萬活；偏我家晦氣，養了個退財白虎，開了大門七件事，般般都在老身心上。到替你這小賤人白白養着窮漢，教我衣食從何處來？你對那窮漢說：有本事出幾兩銀子與我，到得你跟了他去，我別討個丫頭過活却不好？"[1]

"前門送舊，後門迎新"道出妓家的生存、處世之道，對待嫖客有錢時畢恭畢敬，無錢時掃地出門，真實地反映出老鴇唯利是圖、自私自利的性格特徵。這與《賣油郎獨占花魁》中劉四媽對莘瑤琴所說的一段話如出一轍："我們門戶人家，喫着女兒，穿着女兒，用着女兒，僥倖討得一個像樣的，分明是大戶人家置了一所良田美產。年紀幼小時，巴不得風吹得大。到得梳弄過後，便是田產成熟，日日指望花利到手受用。前門迎新，後門送舊，張郎送米，李郎送柴，往來熱鬧，纜是個出名的姊妹行家。"劉四媽又說："有個真從良，有個假從良。有個苦從良，有個樂從良。有個趁好的從良，有個

1（明）馮夢龍編著：《警世通言》，《古本小說集成》，上海：上海古籍出版社1994年版，第1300—1302頁。

没奈何的從良。有個了從良，有個不了的從良。"[1]此等長篇大論，更是只有行户中經驗老到者方能説得出。

一般來説，媒妁都善於察言觀色，見機行事，憑藉三寸不爛之舌，爲促成婚姻使出渾身解數，巧舌如簧，隨意顛倒黑白。《警世通言》卷十三《三現身包龍圖斷冤》叙述兩個媒婆給人説親，云：

> 兩個聽得説，道："好也！你説要嫁個姓孫的，也要一似先押司職役的，教他入舍的。若是説別件事，還費些計較，偏是這三件事，老媳婦都依得。好教押司娘得知，先押司是奉符縣裏第一名押司，喚做大孫押司。如今來説親的，元是奉符縣第二名押司。如今死了大孫押司，鑽上差役，做第一名押司，喚做小孫押司，他也肯來入舍。我教押司娘嫁這小孫押司，是肯也不？"押司娘道："不信有許多凑巧！"張媒道："老媳婦今年七十二歲了，若胡説時，變做七十二隻雌狗，在押司娘家喫屎。"押司娘道："果然如此，煩婆婆且去説看，不知緣分如何？"張媒道："就今日好日，討一個利市團圓吉帖。"押司娘道："却不曾買在家裏。"李媒道："老媳婦這裏有。"[2]

媒婆爲了賺取媒錢，提出的條件都答應，甚至發誓説出"胡説時，變做七十二隻雌狗，在押司娘家喫屎"這樣的粗俗之語。這種語言風格無疑是切近人物的身份和職業特性的。

1（明）馮夢龍編著，顧學頡校注：《醒世恒言》，北京：人民文學出版社1956年版，第39頁。

2（明）馮夢龍編著：《警世通言》，《古本小説集成》，上海：上海古籍出版社1994年版，第463—464頁。

第七章
從《拍案驚奇》到《鴛鴦針》的文體探索

　　馮夢龍編纂的《醒世恒言》於天啓七年（1627）問世，標誌文人對話本體小説的規範化達到了新的高度。"三言"刊印後，凌濛初説"宋元舊種，亦被搜括殆盡"，"因取古今來雜碎事可新聽睹、佐談諧者，演而暢之"，藉古今雜記編撰了《拍案驚奇》，於崇禎元年（1628）出版。《拍案驚奇》的出版又開啓了話本小説編撰方式的新時代。《鴛鴦針》撰於明清易代之際，體式新穎，可視爲明代話本小説的終結。而從《拍案驚奇》到《鴛鴦針》，創作出版的話本小説集約有《鼓掌絶塵》《型世言》《石點頭》《二刻拍案驚奇》《七十二朝人物演義》《歡喜冤家》《天湊巧》《西湖一集》《西湖二集》《筆獮豸》《宜春香質》《弁而釵》《清夜鐘》《貪欣誤》《别有香》《醉醒石》《載花船》《鴛鴦針》等約 20 種，這些作品對話本小説文體進行了可貴的探索。

第一節　體制的新變

　　此時期的話本小説體制既有對"三言"的承襲，也有發展與創新。

一、篇名在形式與内容上的變化

　　此前的話本小説篇名都是單句，此時依然有《七十二朝人物演義》《石點頭》等少數話本繼承，但篇名不是對故事内容的概括，而是直接襲用儒家經典，以顯示作者的創作旨意。如刊於崇禎十三年（1640）的《七十二朝人物演義》凡四十卷，篇名全部取自"四書"，從三字到十六字不等。如卷一《楚國無以爲寶，惟善以爲寶》，出自《大學》；卷三《公冶長可妻也，雖在縲絏之中，非其罪也》，出自《論語・公冶長》；卷二七《子産聽鄭國之政》，出自《孟子・離婁下》。"四書"是明代科舉的考試内容，爲士子所熟悉，故用作話本篇名不足爲奇。且據考《七十二朝人物演義》本來就是在明人薛應旂《四書人物考》的基礎上創作而成的。

運用對偶雙句命名已爲此時期的主流。凌濛初《拍案驚奇》開創了雙句對偶式的命名方法，回目主要是以故事中的兩個主要人物與事件構成，如《拍案驚奇》卷二《姚滴珠避羞惹羞　鄭月娥將錯就錯》；間或以事件命名，如《拍案驚奇》卷一七《西山觀設籙度亡魂　開封府備棺迫活命》。題目是人物、事件的高度概括，精練醒目，對仗工整，形式優美，富有吸引力。其後，《型世言》《龍陽逸史》等都采用雙句對偶命名，且又進行了創新，如《天湊巧》《貪欣誤》《金粉惜》等篇名均由兩部分構成，前面是小説中的人物姓名，多爲三字，後面是評判人物、總括故事的對句。如羅浮散客《天湊巧》第一回《余爾陳：假丈夫千金空托　真義士一緘收功》，《貪欣誤》第三回《劉烈女：顯英魂天霆告警　標節操江水揚清》，體現出作家對人物的態度，新穎別致。

在回目中顯示道德倫理和説教在"三言"中並不多，雖然其旨在"警世""醒世""喻世"。"二拍"則有所增加，如《拍案驚奇》卷三八《占家財狠婿妒侄　廷親脈孝女藏兒》，《二刻拍案驚奇》卷三二《張福娘一心貞守朱天錫萬里符名》等。此後更加明顯，《型世言》凡四十回，有教化傾向的回目 16 回，如第一回《烈士不背君　貞女不辱父》、第十二回《寶釵歸仕女寄藥起忠臣》等，占 40%；《西湖二集》凡三十四卷，有卷五《李鳳娘酷妒遭天譴》、卷三一《忠孝萃一門》等七篇，占21%。勸善教化成爲此時期話本小說的創作重心。

二、入話的探索

後期話本的入話在開篇詩詞、頭回等方面呈現出鮮明的特色。雖然話本幾乎都有開篇詩詞，且似千篇一律，其實，細細尋繹，會發現微妙的變化。如開篇詩更個性化，由以詩爲主逐漸轉爲以詞爲主等。同爲開篇詩歌，"二拍"主要延續以前的風格，語言比較通俗。如《二刻拍案驚奇》卷十《趙五虎合計挑家釁　莫大郎立地散神奸》，開篇曰："黑蟒口中舌，黃蜂尾上針。兩般猶未毒，最毒婦人心。"皆爲鮮活的日常生活語言，內容淺顯易懂。《型世言》則普遍比較典雅，富有文人氣。如卷十七《逃陰山運智南還　破石城抒忠靖賊》開篇云："仗鉞西陲意氣雄，斗懸金印重元戎。沙量虎帳籌何秘，罌渡鯨波計自工。血染車輪螳臂斷，身膏龍斧兔群空。歸來奏凱麒麟殿，肯令驃騎獨擅功。"[1] 用了檀道濟、韓信等多個典故，押一東韻，顯非平庸之作。早期話本的開篇以詩爲主，如《六十家小說》現存話本只有《簡帖和尚》以詞開篇。後來以詞開篇的作品明顯增多，《古今小說》與《警世通言》均有七篇，《醒世恒言》與《二刻拍案驚奇》均有八篇，《型世言》有十一篇，《西湖二集》有十二篇，《弁而釵》四集中有三集，《宜春香質》的全部四集，《龍陽逸史》二十回有十七回。其中《西湖二集》有十一首詞襲用前人作品，作家周楫順手拈來，用來抒發對世情的看法，多與作品的主題相關，較切合題意。詩詞相較，對於藝人和作家來說，寫作僅具五言或七言形式的詩歌較爲容易，如《二刻拍案驚奇》卷十二《硬勘案大儒爭閑氣　甘受刑俠女著芳

1（明）陸人龍編撰，陳慶浩校點：《型世言》，南京：江蘇古籍出版社1993年版，第282頁。

名》開篇詩曰："世事莫有成心，成心專會認錯。任是大聖大賢，也要當着不着。"《西湖二集》卷十五《文昌司憐才慢注禄籍》開篇詩云："塞翁得馬未爲喜，塞翁失馬未爲憂。須知得失循環事，自有天公在上頭。"[1] 都是僅具詩歌形式，缺乏詩歌的韻味。而填詞更能體現作家的才情，如《型世言》中的 11 首開篇詞用到［滿江紅］［虞美人］［綺羅香］［南歌子］［漁家傲］［菩薩蠻］［生查子］［應天長］［南柯子］［柳梢青］［陽關引］凡 11 個詞牌。《龍陽逸史》的 17 首開篇詞用到［滿庭芳］［蝶戀花］［菩薩蠻］［如夢令］［搗練子］［西江月］［一剪梅］［踏莎行］［黃鶯兒］［生查子］［浣溪紗］［鷓鴣天］［高陽臺］［減字木蘭花］［浪淘沙］［謁金門］共 16 個詞牌，反映出小説作家較高的詞學修養，也意味著話本小説的文人化水準有所提升。作家選擇以詞作開篇，與詞主抒情，"能言詩之所不能言"的文體特徵是分不開的。話本作家多仕途失意，家境困頓，如陸人龍之兄陸雲龍《選十六名家小品序》説"獨恨家儉，而目又因之，不能大括燕趙鄒魯、洛蜀滇粵諸奇；又恨目窮，而家又窮之，不能大梓諸先生之雄文"；[2] 周楫自言"予貧不能供客，客至恐斫柱剉薦之不免，用是匿影寒廬，不敢與長者交遊。敗壁頹垣，星月穿漏，雪霰紛飛，几案爲濕。蓋原憲之桑樞，范丹之塵釜，交集於一身，予亦甘之；而所最不甘者，則司命之厄我過甚，而狐鼠之侮我無端"；[3]《龍陽逸史》的作者京江醉竹居士亦"生平磊落不羈，每結客於少年場中，慨自韶齡，遂相盟訂，年來軼宕多狂，不能與之沈酣文章經史，聊共消磨雪月風花。竊見現前大半爲醃臢世界，大可悲復大可駭。怪夫饞涎餓虎，偌大藉以資生，喬作妖妍艷冶，乘時競出，使彼抹粉塗脂，倚門獻笑者，久絶雲雨之歡，復受鞭笞之苦。時而玉筋落，翠蛾愁，冤冤莫控，豈非千古來一大不平

1（明）周楫纂，陳美林校點：《西湖二集》，南京：江蘇古籍出版社 1994 年版，第 249 頁。

2（明）丁允和、陸雲龍編選：《皇明十六家小品》，國家圖書館藏明崇禎六年（1633）刊本。

3（明）湖海士：《西湖二集序》，（明）周楫纂，陳美林校點：《西湖二集》，南京：江蘇古籍出版社 1994 年版，第 603 頁。

事"。[1]人生失意，又世風日下，更易觸動作家敏感的心靈，於是適宜抒發情懷的詞體成爲作家的開篇詞就在情理之中。如《龍陽逸史》第一回開篇詞《滿庭芳》曰："白眼看他，紅塵笑咱，千金締結休誇。你貪我愛，總是眼前花。　　世上幾多俊俏，下場頭流落天涯。須信道，年華荏苒，莫悔念頭差。"[2]表達了對當時大老小官扭曲人生的不滿與嘲諷。

　　説話中頭回的作用，一是招徠聽衆以静場，一是從正反不同的角度襯托正話的主題。從現存話本來看，直到"三言"，頭回的運用尚不普遍，基本反映了早期説話與話本的實際情況。隨著話本的進一步案頭化，頭回成爲作家架構話本形態時不得不考慮的元素。主要出現兩種傾向：一是重視頭回，進一步彰顯頭回與正話主題的密切關係。據統計，《拍案驚奇》有頭回的計三十八卷，《二刻拍案驚奇》有三十四卷，《石點頭》十四卷中有五卷，周清源《西湖二集》三十四卷中有三十一卷，頭回幾乎成爲話本不可或缺的重要組成部分。尤其是《西湖二集》，常常一篇話本有多個頭回（即頭回有幾個故事構成），如卷四、卷八、卷九、卷十二、卷十三、卷十八、卷二二、卷二九有兩個，卷二一、卷二四、卷二五、卷二六、卷二八有三個，卷六、卷十一、卷三二有四個，卷十九有五個，卷二十有七個。可見作者非常重視經營頭回，充分利用頭回的道德倫理觀念强化讀者的閱讀感受，加深正話的勸懲功能。如卷十三《張采蓮隔年冤報》爲了表達作者宣稱的"勸人回心向善，不可作孽"的主題，頭回中講述了兩個故事：龔僎貪財殺人，冤魂托生爲龔氏之子敗家報冤，報應在子。趙小乙害人奪銀，後被冤魂纏身，自道原委，被問斬償命，報應在身。二是無頭回，精心結撰正話。《弁而釵》四集、《宜春香質》四集與《鼓掌絶塵》四集均無頭回，《歡喜冤家》二十四回中有

───────────

　　1（明）程俠：《龍陽逸史序》，《思無邪匯寶·龍陽逸史》，臺北：臺灣大英百科股份有限公司等2000年版，第73頁。
　　2（明）京江醉竹居士編撰：《龍陽逸史》，同上，第79頁。

二十三回無頭回，陸人龍《型世言》四十卷中有三十三卷無頭回。這意味著作者由入篇詩詞直接進入正話，專注於正話故事的結撰。這兩種傾向因作家的個人偏好而不同，但越來越多的作家不用頭回，或許表明了作家試圖擺脫說話藝術對話本體式的影響，努力探求個性化的話本叙事方式。

入話議論化是又一個鮮明的特徵。"二拍"等話本小説上承"三言"，入話中的議論性文字十分普遍，但通常較簡短，長者一般也不超過三百字。而《型世言》《西湖二集》《石點頭》《七十二朝人物演義》《鴛鴦針》等，一方面是淡化、簡化頭回，將近於頭回的故事概要與議論、説理融爲一體。如《石點頭》卷二《盧夢仙江上尋妻》在開篇詩後先議論人生的悲歡離合是命中注定的，接著講述了樂昌公主、徐德言破鏡重圓與黃昌夫妻再合的故事，然後評論這兩個女子畢竟是"失節之人"，不足爲奇。作者叙述兩個故事才用了 300 字，而議論文字約 250 字，故事之簡略實在算不上頭回。[1]另一方面則是長篇大論，通常都在三百字以上，甚至上千字。這些議論内容十分廣泛，有宣揚遵守儒家忠孝節義的倫理思想的，如《型世言》第三回《悍婦計去媚姑 孝子生還老母》開篇詩後有近五百字的議論，闡述"孝衰妻子"的社會現實，表達了自己對世風澆薄的不滿；《西湖二集》卷七《覺闍黎一念錯投胎》開篇詩後有議論文字 1 700 字，反復陳説儒釋道三教同原，及爲臣當忠、爲子當孝的道理，以致作者都不禁説："在下這一回説《覺闍黎一念錯投胎》，先説一個大意，意在勸世，所以不覺説得多了些。"二是勸人戒酒色財氣，如《西湖二集》卷二八《天台匠誤招樂趣》入話中有近千字的議論，闡述了僧尼道姑往往沉溺於色欲之中，害人誤己，弄得身敗名裂，提醒世人説："大抵婦女好入尼庵，定有奸淫之事，世人不可不察，莫怪小子多口。總之要世上男子婦人做個清白的好人，不要躊在這個渾水裏。倘得挽回

---

1 王慶華把這類簡略短小得多的頭回稱之爲"引證性頭回"，參見王慶華著：《話本小説文體研究》，上海：華東師範大學出版社 2006 年版，第 121 頁。

世風，就罵我小子口孽造罪，我也情願受了。"[1]《石點頭》第五回《莽書生强圖鴛侶》開篇詩後也有近千字的議論，旨在"奉勸世人收拾春心，莫去閑行浪走，壞他人的閨門，損自己的陰騭"。三是抨擊男女顛倒、科場不公等黑暗的晚明世風。如《型世言》第三十七回《西安府夫別妻　郃陽縣男化女》開篇詩後用近 400 字，表達了"世上半已是陰類，但舉世習爲妖淫，天必定爲他一個端兆"的觀點；《天湊巧》第二回《陳都憲：錯裏獵巍科　誤中躋顯秩》入話有 900 字的議論，作者感慨説："功名二字，真真弄得人頭昏眼亂，没處叫冤。任你就念破五車書，詞傾三峽水，弄不上一個秀才，巴不得一名科舉。就辛辛苦苦弄上了，又中不得一個舉人，捱不上打一面破鼓。到是一干才識無有的小後生，奶娘懷抱裏走得出來，更是没名目的，剽得兩句時文，偏輕輕鬆鬆，似枝竿粘雀兒，一枝一枚；彈子打團魚，一彈一個。不諳些事，故每得了高官，任意恣情，掘盡了地皮，剥盡了百姓，却又得優升考選。這其間豈不令人冤枉？"[2]入話中議論文字的增多，意味著作者或苦口婆心地進行勸世，直接表白自己的道德觀念；或嬉笑怒駡，毫不留情地諷世揶世，抒發一腔不平之氣，而正話故事似乎只是爲了證明入話中的説教與黑暗，成爲入話的簡單闡釋。這樣，雖然作家的創作意圖更加顯豁，但入話的議論成爲作家關注的重心，而正話的叙事技巧往往會被弱化、甚至被忽視。

三、章回化與二元並列的結構體式

明末作者對話本小説的結構體式進行了創新，出現章回化與二元並列的叙事結構。話本章回化，指小説運用話本的内在叙事體式與章回小説的外在形態，形成話本與章回的結合。明崇禎四年（1631）序刊的《鼓掌絶塵》

---

1 （明）周楫纂，陳美林校點：《西湖二集》，南京：江蘇古籍出版社 1994 年版，第 473 頁。
2 （明）西湖逸史撰：《天湊巧》，《古本小説集成》，上海：上海古籍出版社 1994 年版，第 56—57 頁。

分風花雪月四集，每集十回，均爲雙句回目，首開話本小説章回化的先河。
其後，一類是模仿《鼓掌絕塵》，采用兩級標題，如醉西湖心月主人編撰的
《宜春香質》分風花雪月四集二十回，《弁而釵》分《情貞記》《情俠記》《情
烈記》《情奇記》四集二十回，均每集五回演一故事，雙句回目。《筆梨豖》
包括《人情薄》《魚腸鳴》《釜豆泣》三卷，"每卷録小説一篇，篇各以三字
標題。每篇六回，每回又各有回目"。[1]《鴛鴦針》四卷十六回，每卷四回，
卷與回均以對偶句標目，如卷一《打關節生死結冤家　做人情始終全佛法》，
下面第一回爲《黄金榜被劫罵主司　白日鬼飛災生婢子》。另一類是卷無標
題，僅有回目，如《載花船》四卷十六回，每卷四回演一故事，雙句回目。
上述話本每集或每卷演一故事，有入話，甚或頭回，多用"話説""正是"
等模仿説書的叙事方式，回末多以"且聽下回分解"等套語作結。當然，形
態上也有差異，《宜春香質》只在第一回前有開篇詩歌，回與回之間銜接自
然，叙事順暢，如第二回末尾云"只苦了孫家父母兄弟，出招子，水裏也去
打撈，廟中都去問卜。平日所交朋友，家家查遍，先生也弄得没法。不知此
事如何結局？且聽下回分解"，第三回開頭即説"不説孫家父母四邊招尋，
無有下落，師友遍訪，没有影響。且説"云云；而《鼓掌絕塵》《鴛鴦針》
等每回前都有一首詩歌，回與回之間則被詩歌隔斷，如《鼓掌絕塵》風集第
三回《兩書生乘戲訪嬌姿　二姊妹觀詩送紈扇》，末尾曰："韓玉姿却回答不
來，就將姐姐一把扯到房中。畢竟不知他兩個有甚説話？後來那紈扇的下落
如何？且聽下回分解。"第四回開頭却是："詩：情癡自愛鳳雙飛，汀冷難交
鷺獨窺。背人不語鴛心鬧，捉句寧期蝶夢迷。涓涓眼底鶯聲巧，縷縷心頭燕
影遲。何日還如魚戲水，等閑並對鶴同棲。你道適纔在房門外咳嗽的是哪一
個？恰就是個韓蕙姿。"[2]話本小説章回化，擴大了作品的表現内容，使叙事

1　孫楷第編：《中國通俗小説書目》，北京：人民文學出版社1982年版，第114頁。
2　（明）金木散人編著，劉葳校點：《鼓掌絕塵》，南京：江蘇古籍出版社1990年版，第42—44頁。

更加曲折，情節愈加豐富。

話本章回化是話本小説自身發展的結果。單回話本篇幅短小，人物、情節相對簡單，易於架構經營，缺點是不能揭示人物多樣、世情多變的現實生活，易於限制作家的才情。此時，章回小説已十分成熟，積累了豐富的藝術經驗，優點是擅長在宏大的時空中表現人物的命運起伏，觸及到社會的各個層面，描摹出複雜的人情世態，難點是篇幅曼長，不易結撰。而章回化的話本，恰好將二者結合起來，篇幅適中，編創難度不大，又極大地擴充了小説的容量，堪稱話本體制的有益嘗試與創新，深受作家的青睞與讀者的喜愛。

所謂二元並列敘事結構，是指話本由兩個篇幅基本相等的故事組成。這不同於頭回、正話的對應關係，頭回往往篇幅短小，較長者也不到正話的三分之一，且作者有明確的文體意識，將頭回看作與正話相對的入話的組成部分。如《二刻拍案驚奇》卷三十三《楊抽馬甘請杖　富家郎浪受驚》入話在講述了姚廣孝被杖責的頭回後，作者説："看官若不信，小子再説宋時一個奇人，也要求人杖責了前欠的，已有個榜樣過了。這人却有好些奇處，聽小子慢慢説來，做回正話。"而二元並列敘事話本中的兩個故事，不分主從和偏正，篇幅相當，具有相同的敘事功能，共同表現作者的創作宗旨。如《七十二朝人物演義》卷三二《易牙先得我口之所嗜者也》和卷三十七《孫叔敖舉於海》，前者在開篇詩後議論説，儒家綱常五倫中的父子、夫婦，"人若將這兩事肯盡其禮，用其情，自然那昆弟朋友相與怡怡。如是之人，一旦致身事君，必忠必直，必大必明。或者後來有兵凶戰危之舉，托孤寄命之爲，使其人出去幹事，危者可使安，凶者可使吉。托者決不有失，寄者決不有傾。所以補天浴日的大功，治國教民的大業，都從其身顯出。可見人能重其父子夫婦，方能事君以忠，待昆弟以愛，交朋友以信了"，但是天下世間偏有"那一等不識字的裹拙之人，把個父子也不看在心上，反要去離心離德；把個夫妻常常爭鬧，反目相欺。如何還做個人在這天地之間，比之騾馬等畜有何異哉"。[1] 接著作者講述了兩個悖逆夫婦、父子倫理的故事。從作者的構思來看，顯然小說的主體不是一個入話、一個正話的主從結構，而是講述兩個同等重要的並列故事。第一個叙述吳起到魯國求學，聞知母親病故後，却不回家奔喪守孝，在齊國娶妻後，遇魯國國君來聘，爲求取功名利祿，不辭親而別，爲求得魯君的信任，又無情地將投奔自己的妻子殘忍地殺害，後逃到楚國，被楚大臣斬首。第二個叙述易牙善調五味，能辨淄澠之水，被友人請到宮裏爲齊桓公做饌，爲了固寵求榮，聞知桓公欲吃嬰兒之肉，就急忙回家殺死半歲的兒子精心烹調後獻給桓公，後被桓公立爲相，作威作福，橫行無忌，最後被五公子斬首示衆。兩個故事篇幅相當，不分軒輊，一述背夫妻倫常者，一叙無父子親情者，均落得身首異處的可悲下場，意在勸誡世人爲人處世理應首先堅守儒家夫婦、父子的倫理綱常，然後才能治國理民。

第二節　叙"事"的來源、方式及向"理"的轉變

明代話本所叙之"事"總體上是從史傳筆記向現實題材過渡，而晚明則完成了這種演進。叙事來源方式呈現出鮮明的特色，叙述重心由叙"事"向説"理"轉變，表現出理念化、散文化和才學化的特點。

一、從改編轉向現實社會

此前話本小説的叙事內容十分豐富，不過從來源上説有一共性，就是入話中的頭回、正話都取自史傳筆記、戲曲小説等，是有所依傍編創而成的。

1（明）佚名撰：《七十二朝人物演義》，國家圖書館藏明崇禎間刊本。

這一時期除延續這種創作方式外，作家另闢路徑，開始從現實生活中取材，走向文人獨創話本小説的道路。這個過程大體上經歷三個階段：

第一個階段，頭回與正話的叙事内容都取自前人所記，作者只進行語言的文白轉换及人物、情節的補充。如"二拍"與《型世言》《西湖二集》。[1]第二個階段，詩詞韻文襲用前人作品，内容與主體框架或模仿或自撰。如《弁而釵》《宜春香質》的故事目前均不見於他書記載，但是正話中大量詩詞韻文與個别情節則襲自白話小説《濟顛羅漢净慈寺顯聖記》《封神演義》《八仙出處東遊記》《錢塘夢》及中篇傳奇小説《尋芳雅集》《天緣奇遇》《花神三妙傳》等。[2]《歡喜冤家》二十四回，其中有八回的叙事改自《廉明公案》《杜騙新書》等，有四回中的詩詞韻文、清談韻語襲自《鍾情麗集》《尋芳雅集》與屠本畯的《山林經籍志》，第十回《許玄之賺出重囚牢》則模擬《尋芳雅集》而撰。[3]《歡喜冤家》極具典型性，集改編、自創於一身，其中已有超過一半的篇目可能是作家根據現實生活構思的，自創的程度非常高。這意味著作家力圖擺脱對前人的依賴，積極反映社會現實及自己的生活感受，給讀者親切感。或許出於商業目的，這種創作方式既能拉近與讀者的距離，又

1　《型世言》的素材來源，參劉修業《古典小説戲曲叢考》（北京：作家出版社 1958 年版，第 49—57 頁）、陳敏傑《〈三刻拍案驚奇〉部分篇目本事考略》（《明清小説研究》，1988 年第 4 期）、胡晨《〈三刻拍案驚奇〉本事考補》（《明清小説研究》，1990 年第 2 期）、張安峰《〈型世言〉素材來源》（《明清小説研究》，1998 年第 1、2、3 期）、萬晴川《〈型世言〉第十二回李時勉本事辨析》（《中國典籍與文化》，2000 年第 1 期）、胡蓮玉《〈型世言〉第二十三回本事來源考》（《江海學刊》，2003 年第 3 期）、劉洪强《〈型世言〉素材來源五則考》（《濟寧學院學報》，2013 年第 4 期）等；《西湖二集》的素材來源，參戴不凡《小説見聞錄》（杭州：浙江人民出版社 1980 年版）、胡士瑩《話本小説概論》（北京：中華書局 1980 年版）、趙景深《關於〈西湖二集〉》（《中國小説叢考》，濟南：齊魯書社 1980 年版）、孫楷第《小説旁證》（北京：人民文學出版社 2000 年版）、鄭平堃《〈西湖二集〉來源考小補》（《明清小説研究》，1989 年第 4 期）、李鵬飛《〈西湖二集〉的素材來源叢考》（《中國典籍與文化》，2011 年第 2 期）與任明華《〈西湖二集〉素材來源補考》（《中國典籍與文化》，2014 年第 4 期）等。

2　參見任明華《〈弁而釵〉素材來源考》（《濟寧學院學報》，2018 年第 1 期）、《〈宜春香質〉素材來源考》（《明清小説研究》，2019 年第 4 期）。

3　參見胡士瑩《話本小説概論》第十四章，北京：中華書局，1980 年版；蕭相愷《〈歡喜冤家〉考論》，《明清小説研究》，1989 年第 4 期；潘建國《〈歡喜冤家〉小説素材來源考》，《古代小説文獻叢考》，北京：中華書局 2006 年版，第 38—58 頁。

能通過襲用詩詞韻文加快編創的速度，滿足各方面的利益需求。第三個階段，話本小説的人物、情節及詩詞韻文等内容，幾無蹈襲，是真正意義上的創作。《鼓掌絶塵》刊於崇禎四年（1631），是作家試圖自創話本小説的最早嘗試，作品均演述世態人情，對晚明的政治黑暗、頹敗世風等社會現實進行了深刻的描繪，在貌似香艷的"風花雪月"之中，充滿了對社會辛辣的嘲諷，流露出作家對世道人心的關切和救世之意。《鼓掌絶塵》在篇幅上介於單篇話本與章回小説之間，既是文體形態上的創新，又是創作方式上的革命，在文人獨立創作話本的演進史上具有里程碑的意義。之後，《龍陽逸史》《天湊巧》《貪欣誤》《别有香》《鴛鴦針》等，無論是單篇還是分回的話本小説，都是作家取材於現實生活的自創。其中《龍陽逸史》等艷情小説因表現同性戀及赤裸裸的性愛内容在明清時期即爲官方所禁，至今學界評價也不高。但這些小説不依托前人文獻的載記，不拾人唾餘，直接從現實生活中取材，表現世風的淪落、人性的醜陋，從話本小説的創作方式上看，具有不可替代的價值。自此之後，話本小説完全進入文人獨創的時代。

二、運用補叙、倒叙與模擬説書

此前話本的正話都是以順叙爲主體講述故事，以補叙、倒叙等爲輔助，文字通常十分簡短。"二拍"之後，有些作者在叙事方法上進行了創新。如《型世言》第六回《完令節冰心獨抱　全姑醜冷韻千秋》正話開頭叙唐學究中年喪妻，由於貧困難以養家，於是將十四歲的女兒唐貴梅嫁給朱寡婦的兒子朱顔。接下來作者並没有按照時間順序叙述唐貴梅爲人婦的生活，而是以"只是這寡婦有些欠處"引入，補叙了朱寡婦與丈夫經營客店，三十歲喪夫，孤兒寡母相依爲命，一人撑持店面，由於少年情性，難守空房，就與住店的徽商汪涵宇勾搭成奸，"吃了這野食，破了這羞臉，便也忍耐不住，又尋了幾個短主顧”，以“鄰舍已自知覺。那唐學究不知，把個女兒送入這齷齪人家”作結，才開始叙述貴梅進入朱家的生活。這段補叙朱寡婦的内容多達 3 300 多字，占全篇正話故事 6 300 字的一半以上。又如《型世言》第二十二回《任金剛計劫庫　張知縣智擒盜》正話叙述嘉靖朝巡撫張佳胤胸有韜略，遇事不慌，有理有序地平定了民亂，這段故事約 1 100 字。不過作者緊接著却説“不知他平日已預有這手段。當時，初中進士，他選了一個大名府滑縣知縣”，然後開始倒叙他做滑縣知縣智擒群盜的故事，大約 6 700 字。倒叙的故事構成了正話的主體。《型世言》作者非常講究叙事技巧。

　　有意模仿説書的叙述方式也是此時期小説叙事的一個特色。如《龍陽逸史》從開頭到結尾，都强化和突出説話人的口吻叙述故事，娓娓道來，十分親切，形成獨特的叙述風格。第十三回《乖小厮脱身蹲黑地　老丫鬟受屈哭皇天》開頭引入《生查子》詞後云：

> 這回書，説世間的事，件件都有個差錯。但是正經事務錯了，就難挽回。大凡没要緊的事，錯了還不打緊，只恐一錯錯到了底，把小事來變成大事，這就是錯得不便宜了。如今眼前錯事的人儘有，錯做的事儘多，總是一個錯不得底。講説的，你先講得錯了，你原爲小官出這番議論，爲何小官倒不説起，把個錯來説了許多？人却不曉得，這個小官要從錯裏生發出來的。[1]

先以説書人的口氣説“這回書，説”什麽，接著又以聽衆或讀者的口氣反問“講説的，你先講得錯了”云云，然後又模擬説書人自問自答，引出下面的故事“當初漢陽城中有個教書先生，姓鄭，叫做鄭百廿三官。……”叙

　　1（明）京江醉竹居士編撰：《龍陽逸史》，《思無邪匯寶・龍陽逸史》，臺北：臺灣大英百科股份有限公司等 2000 年版，第 287 頁。

述者好像面對著讀者，既掌控整個故事的進展與人物的命運，又設身處地站在讀者的立場，對讀者可能疑惑的問題進行闡釋，與讀者進行親切的交流，形成較個性化的叙述語言。又如第十回《小官精白晝現真形　網巾鬼黃昏尋替代》云："如今把個逼真有的小官精説一回着。説話的，你不曾説起，就來嚼舌了，小官難道都會得成精。看官們只知其一，不知其二。説將起來，小官成精的頗多，不及一一細説，只把現前聽講一個罷。"第十一回《嬌姐姐無意墮牢籠　俏乖乖有心完孽帳》云："説話的，你又説左了。你要説的是小官，怎麽講這半日，句句都説着個土妓？人却不曉得，這個小官原要在這土妓上講來的。"[1]作家都以説話人的口吻控制講故事的節奏，引起讀者閱讀的興趣。作者十分熱衷這種叙述策略與語言，運用也十分嫻熟。

三、叙"事"轉向説"理"

"三言"雖然標榜要"喻世""警世""醒世"，但重在講故事，通過鮮明的人物性格吸引讀者，客觀上給人以教化的啓示。"二拍"與《歡喜冤家》等承襲了"三言"的叙事風格，力圖在日常生活的描繪中刻畫人物的命運、構思曲折的故事。此時期的《型世言》《西湖二集》等則表現出了與上述相異的叙事方式，强化故事與人物的道德功能，而相對忽略叙事的藝術性，簡言之，即由叙"事"向説"理"轉變，具體表現爲叙事理念化、散文化、才學化三種傾向。

叙事理念化就是作家不將重心放在叙述故事與塑造人物性格上面，而是通過類型化的人物表現忠孝節義等倫理思想。如《型世言》第九回《避豪

1（明）京江醉竹居士編撰：《龍陽逸史》，《思無邪匯寶·龍陽逸史》，臺北：臺灣大英百科股份有限公司等2000年版，第235—236、254頁。

惡憚夫遠竄　感夢兆孝子逢親》開篇説父母恩大，若父母漂泊他鄉，人心豈安，接著道："故此宋時有個朱壽昌，棄官尋親。我朝金華王待制偉，出使雲南，被元鎮守梁王殺害，其子間關萬里，覓骸骨而還。"[1]第十五回入話開頭説"人奴中也多豪傑"，然後寫道：

> 古來如英布衛青，都是大豪雄，這當別論。只就平常人家説，如漢時李善，家主已亡，止存得一個兒子，衆家奴要謀殺了，分他家財，獨李善不肯。又恐被人暗害，反帶了這小主逃難遠方，直待撫養長大，方歸告理，把衆家奴問罪，家財復歸小主。元時又有個劉信甫，家主順風曹家，也止存一孤，族叔來占産，是他竭力出官告理清了。那族叔之子又把父親藥死誣他，那郡守聽了分上，要強把人命坐過來。信甫却挺身把這人命認了，救了小主，又傾家把小主上京奏本，把這事辨明。用去萬金，家主要還他。他道："我積下的原是家主財物，仔麼要還？"這都是希有的義僕。[2]

上述二例都旨在強調孝子、義僕比比皆是，至於其間的艱難曲折、人物糾葛則略而不談。

　　叙述散文化是指話本以某個地域、人物爲綫索，叙述許多相關的瑣事、軼聞，以散文手法叙述故事，營造出一種濃郁的文化和情感氛圍，給人以獨特的閲讀感受。"二拍"承繼"三言"的叙事傳統，情節曲折，節奏緊凑。《型世言》《西湖二集》等小説則在叙事中不時點綴風俗、世態的描摹、評論，雖展示了更廣闊的生活畫面，但也延緩了叙事的節奏。叙事散文化最具代表性的作品是《西湖二集》，全書以杭州爲中心，展現歷史與現實中的人

1（明）陸人龍編撰，陳慶浩校點：《型世言》，南京：江蘇古籍出版社 1993 年版，第 156 頁。
2 同上，第 252—253 頁。

物事件。如卷二《宋高宗偏安耽逸豫》以宋高宗在杭州作的詩爲入話引出正話的主要人物宋高宗，接著叙述士人詠詩嘲諷高宗好養鵓鴿及楊存中在旗上畫"二勝環"以寓二聖北還之事引出宋徽宗身陷北地所作三首思鄉的詩詞，及高宗不迎徽、欽二帝而致韋太后目盲事，再插入朱元璋、朱棣久經沙場方才稱帝，告誡帝王不得貪戀安樂，接著又據《西湖遊覽志餘》《鶴林玉露》《武林舊事》等記載，叙述宋高宗在杭州耽於享樂的故事，如十里荷花、西湖遊幸、宋五嫂善作魚羹、改《風入松》詞等趣聞，結構非常鬆散，却又都圍繞著杭州，在歷史的回憶中給人以興亡之感。作者甚至將不同人物的故事賦予一人身上，讓幾則軼事相連、堆砌。如《西湖二集》卷三《巧書生金鑾失對》：

> 甄龍友來到此寺，一進山門，看見四大金剛立於門首。提起筆來集《四書》數句，寫於壁上道：立不中門，行不履閾，儼然人望而畏之，斯亦不足畏也已。
>
> 走進殿上，參了石佛，又提起筆來做四句道：菩薩低眉，所以慈悲六道；金剛努目，所以降伏四魔。……
>
> 又有一個閩人修斡，以太學生登第，榜下之日，娶再婚之婦爲妻。甄龍友在宇文價座上飲酒，衆人一齊取笑此事。龍友就做隻《柳梢青》詞兒爲戲道："掛起招牌，一聲喝采，舊店新開。熟事孩兒，家懷老子，畢竟招財。當初合下安排，又不是豪門買獸。自古人言，正身替代，現任添差。"
>
> 又有一個孫四官娶妻韓氏，小名嬌娘。這嬌娘自小在家是個淫浪之人，與間壁一個人通奸。孫四官兒娶得來家，做親之夕，孫四官兒上身，原紅一點俱無，雲雨之間，不費一毫氣力。孫四官兒大怒，與嬌娘大鬧。街坊上人得知取笑。甄龍友做隻詞兒，調寄《如夢令》："今夜盛

排筵宴，准擬尋芳一遍。春去已多時，問甚紅深紅淺。不見，不見，還
你一方白絹。”衆人聞了此詞，人人笑倒。[1]

上面的四個小故事，第一個見宋代周密《齊東野語》卷二十“隱語”條：
“金剛云：‘立不中門，行不履閾。儼然人望而畏之，斯亦不足畏也矣。’”[2]
第二個見《太平廣記》卷一七四《薛道衡》，引《談藪》云：“隋吏部侍郎薛
道衡嘗遊鐘山開善寺，謂小僧曰：‘金剛何爲努目，菩薩何爲低眉？’小僧
答曰：‘金剛努目，所以降伏四魔；菩薩低眉，所以慈悲六道。’道衡憮然不
能對。”[3]第三個見《西湖遊覽志餘》卷十六：“宋時，閩人修轍者，以太學生
登第，榜下，取再婚之婦。同舍張任國以《柳梢青》詞戲之曰：‘掛起招牌，
一聲喝采，舊店新開。熟事孩兒，家懷老子，畢竟招財。當初合下安排，又
不是豪門買呆。自古人言，正身替代，見任添差。’”[4]原出元人《古杭雜記》。
第四個見元代陶宗儀《南村輟耕録》卷二十八《如夢令》條：“一人娶妻無
元，袁可潛贈之《如夢令》云：‘今夜盛排筵宴，准擬尋芳一遍。春去幾多
時，問甚紅深紅淺。不見，不見，還你一方白絹。’”[5]話本作者將不同人物的
傳聞稍作改動，全都集中到甄龍友身上，形成廣見聞、資談諧的筆記體小說
的叙述風格。《西湖二集》的絶大多數作品都運用類似手法，取材廣泛，叙
事雖不緊密、連貫，却以地域爲綫，將各種事件串連起來，叙述迂徐舒緩，
張弛有度，在點點滴滴的歷史往事中表達作家的反思。叙述散文化還表現在
對社會的批評、議論性語言的增多。受説書藝術的影響，議論是話本不可缺
少的内容，但是通常位於開頭、結尾，間或在中間，表明作家對社會、人

1（明）周楫纂，陳美林校點：《西湖二集》，南京：江蘇古籍出版社 1994 年版，第 47—49 頁。

2（宋）周密撰：《齊東野語》，北京：中華書局 1983 年版，第 378—379 頁。

3（宋）李昉等編纂：《太平廣記》，北京：中華書局 1961 年版，第 1285 頁。

4（明）田汝成輯撰：《西湖遊覽志餘》，上海：上海古籍出版社 1980 年新 1 版，第 311 頁。

5（元）陶宗儀撰：《南村輟耕録》，北京：中華書局 1959 年版，第 350 頁。

物、故事價值等的評判。這一時期的話本，類似內容明顯增多，篇幅加大。如《型世言》第十六回《內江縣三節婦守貞 成都郡兩孤兒連捷》叙述蕭騰考滿赴京選官，接著説"這吏員官是個錢堆，除活切頭，黑虎跳，飛過海，這些都是個白丁"等共二百多字，揭示了官場的弊端與黑暗，然後才續前文"蕭騰也只是隨流平進，選了一個湖廣湘陰巡檢候缺，免不得上任繳憑"，顯然揭露官場的文字打斷了正常的叙事進度，是作者刻意安排以抒發心中不平的。

叙事才學化就是作家在話本中展示自己的博學及詩文創作等多方面的才華，形成獨特的叙事風格。《型世言》《七十二朝人物演義》《西湖二集》等均有這種叙事風格的作品。才學化最突出的表現是堆砌素材，講究事有來歷，以顯其博學。如《型世言》第三十八回《妖狐巧合良緣 蔣郎終偕伉儷》入話，在短短的 200 多字中叙述了劉晨、阮肇天台遇仙女，妖狐拜斗成美女，孫恪秀才遇猿精袁氏生二子，王榭入烏衣國，一士人爲鬚國婿，謝康樂遇雙女乃潭中鯽，武三思路得花妖美人，檇李僧湛如遇一女子乃敝帚之妖等八個人遇仙妖的故事，極爲簡略，每事均有出處，排列典故而又不詳述故事，顯然作者意不在叙事，掉書袋的意圖非常明顯。《西湖二集》取材更加廣泛，遠超《型世言》，如卷三《巧書生金鑾失對》，據胡士瑩考證，入話"王顯事見《朝野僉載》卷四；王勃事見《唐摭言》卷五，他書亦多載之；張鎬事見《玉照新志》卷三及元曲《薦福碑》；二近侍事見《獨醒雜誌》卷二及《賓退錄》卷四；吳與弼事見《古今譚概》卷三十六'惡蟲齧頂'條"，正話中的兩事見《西湖遊覽志餘》卷二；[1]戴不凡又考出正話中的兩條出《堯山堂外記》與《西湖遊覽志餘》卷二十五；[2]鄭平昆考出入話中的李蕃事出《太平廣記》卷七七《胡蘆生》(引《原化記》)，正話中的四條出《西湖遊

1 胡士瑩著：《話本小説概論》(下册)，北京：中華書局1980年版，第596—597頁。

2 戴不凡著：《小説見聞錄》，杭州：浙江人民出版社1980年版，第197—198頁。

覽志餘》卷二十一、二、十四，其中兩條源自《貴耳集》；[1]筆者又考出正話
中的七事出自《齊東野語》卷二十、司馬光《溫公續詩話》、元人《古杭雜
記》、陶宗儀《南村輟耕録》卷二十八、《西湖遊覽志餘》卷二十二、周密
《武林舊事》卷七等。[2]作家將很多不同時代的人物軼事集中到甄龍友一人身
上，從傳奇故事到笑話、風俗，幾乎事無巨細，一一皆有依據。這與"三言
二拍"等小説的頭回與正話主要改編自某一篇故事有極大的不同，充分體現
出雜糅衆多素材的話本創作特徵。敘事才學化還表現爲藉小説直接炫示自己
的各種才華。這一時期，話本中的詩詞文賦總量與作家自創的數量明顯增
多，除部分具有抒情、議論的功能外，諸如判狀、奏疏、八股文之類，從敘
事藝術上説似無必要，是藉此以表自己文才而已。

第三節　語言的多元化嘗試

此時期在繼承"三言"等叙事語言的基礎上，話本小説的語言又有變
化。其中較爲突出的表現是語言的遊戲化、文言化、方言化等新特徵。

一、遊戲娛樂化的詩詞韻文

話本小説常常將社會上非常流行的骨牌等民間遊戲寫成韻文。如《國色
天香》卷十《風流樂趣》云：

　　在路行程多風景，中間少帶骨碑（牌）名。將軍掛印興人馬，正馬

　　1　鄭平昆：《〈西湖二集〉李蕃事考》和《〈西湖二集〉來源考小補》，《明清小説研究》1988 年第 2
期、1989 年第 4 期。
　　2　任明華：《〈西湖二集〉素材來源考補》，《中國典籍與文化》2014 年第 4 期。

軍隨拗馬軍。兵似群鴉來噪鳳，將如楚漢慣爭鋒。這一去揉碎梅花誠妙手，劈破蓮蓬捵斷根。鰍入菱窩鑽到底，雙龍入海定成功。短槍刺開格子眼，雙彈打破錦屏風。只因孤紅一拈香肌俏，引得我臨老入花叢。過了九溪十八洞，見了些金菊到芙蓉。劍行十道人馬進，不覺春分晝夜停。[1]

使用了"將軍掛印""一點孤紅""臨老入花叢""九溪十八洞""金菊到芙蓉""劍行十道""晝夜停"等近 20 個骨牌遊戲名稱來狀寫男女交歡的過程和情態。《西湖二集》卷十二《吹鳳簫女誘東牆》更是一連使用了 40 多個骨牌遊戲名稱來表現潘用中相思得疾的情狀：

當日"觀燈十五"，看遍了"寒雀爭梅"。幸遇"一枝花"的小姐，可惜隔着"巫山十二峰"。紗窗內隱隱露出"梅梢月"，懊恨這"格子眼"遮着"錦屏風"。終日相對似"桃紅柳綠"，羅帕上詩句傳情；竟如"二士入桃源"，漸漸"櫻桃九熟"。怎生得"踏梯望月"，做個"紫燕穿簾"，遇了這"金菊對芙蓉"。輕輕的除下"八珠環"，解去"錦裙襴"，一時間"五嶽朝天"，合着"油瓶蓋"，放着這"賓鴻中彈"，少不得要"劈破蓮蓬"。不住的"雙蝶戲梅"，好一似"魚遊春水"，"鰍入菱窠"，緊急處活像"火煉丹"，但願"春分晝夜停"，軟款款"楚漢爭鋒"。畢竟到"落花紅滿地"，做個"鍾馗抹額"，好道也勝如"將軍掛印"。怎當得不湊趣的"天地人和"，捱過了幾個"天念三"，只是恨"點不到"，枉負了這小姐"一點孤紅"。苦得我"斷么絕六"，到如今弄做了"一錠墨"，竟化作"雪消春水"；陡然間"蘇秦背劍"而回，抱着這一團"二十四氣"，單單的剩得"霞天一隻雁"；這兩日心頭直似"火燒梅"，

1（明）吳敬所編輯：《國色天香》，日本東京公文書館內閣文庫藏明萬曆間萬卷樓刊本。

　　　　夜間做了個"禿爪龍"。不覺揉碎"梅花紙帳",難道直待"臨老入花
　　叢"?少不得要斷送"五星三命",這真是"貪花不滿三十"。[1]

　　作者把骨牌名稱串連起來,編織成一段潘用中邂逅佳人而相思成疾的愛情故
事,將遊戲娛樂與叙事寫人結合起來,可謂匠心獨運,反映出對大衆世俗文
化的熟稔。《龍陽逸史》第三回《喬打合巧誘舊相知　小黃花初識真滋味》
描寫蕭衙門首"點着一座鼇山,粧扮的都是時興骨牌名故事"道:"將軍掛
印,楚漢爭鋒,一枝花孤紅窈窕。大四對八黑威風,公領孫踏梯望月,孩兒
十劈破蓮蓬。天念三火燒隔子眼。奪全五臨老入花叢。還有那拘馬軍趕着折
腳雁,正馬軍擒的禿爪龍。"[2]則以骨牌名稱來狀寫元宵花燈爭奇鬥艷的場景,
亦十分貼切。
　　　　爲了求新逐奇,話本小説的作者還刻意使用中藥名組成韻文刻畫人物。
《西湖二集》卷十二《吹鳳簫女誘東牆》排比 40 多味中草藥來狀寫杏春小姐
的肖像與相思之苦:

　　　　　　這小姐生得面如"紅花",眉如"青黛",並不用"皂角"擦洗、
　　　　"天花粉"傅面,黑簇簇的雲鬢"何首烏",狹窄窄的金蓮"香白芷",
　　　　輕盈盈的一捻"三稜"腰。頭上戴幾朵顫巍巍的"金銀花",衣上繫一
　　　　條"大黃""紫苑"的鴛鴦縧。"滑石"作肌,"沉香"作體,還有那
　　　　"豆蔻"含胎,"硃砂表色",正是十七歲"當歸"之年。怎奈得這一位
　　　　"使君子",聰明的"遠志",隔窗詩句酬和,撥動了一點"桃仁"之念,
　　　　禁不住"羌活"起來。只恐怕"知母"防閑,特央請吳二娘這枝"甘

　　1（明）周楫纂、陳美林校點:《西湖二集》,南京:江蘇古籍出版社 1994 年版,第 209—210 頁。
　　2（明）京江醉竹居士編撰:《龍陽逸史》,《思無邪匯寶·龍陽逸史》,臺北:臺灣大英百科股份有限
公司等 2000 年版,第 122 頁。

草"，做個"木通"，説與這花"木瓜"。怎知這秀才心性"芡實"，便就一味"麥門冬"，急切裏做了"王不留行"，過了"百部"。懊恨得胸中懷着"酸棗仁"，口裏吃着"黃連"，喉嚨頭塞着"桔梗"。看了那寫詩句的"藁本"，心心念念的"相思子"，好一似"蒺藜"刺體，"全蝎"鉤身。漸漸的病得"川芎"，只得"貝"着"母"親，暗地裏吞"烏藥"丸子。總之，醫相思"没藥"，誰人肯傳與"檳榔"，做得個"大茴香"，挽回着"車前子"，駕了"連翹"，瞞了"防風"，鴛鴦被底，漫漫"肉蓯蓉"。搓摩那一對小"乳香"，漸漸做了"蟾酥"，真個是一腔"仙靈脾"。[1]

中草藥是民衆日常生活中熟悉的事物，以此來摹寫青年男女的相思，別具風味。《龍陽逸史》第一回《揮白鏹幾番是釣鱉　醉紅樓一夜柳穿魚》詹復生給韓濤寫了一封書信："半夏前爲苦，參事俱熟地。再三白术，彼薏苡曲從。適聞足下已川芎矣，寧不知母牛膝日之苦辛乎。使生地兩家增多少肉，麻黃恐不過。念在所允十兩金銀子分上，但足下大信杏仁，決不作雌黃之説。幸當歸我爲荷。"[2]這種韻文語言也豐富了話本小説的叙述風格。還有作者將《千字文》編撰成耳目一新的韻文，且具推動情節發展的作用，顯示出作者的匠心。如《歡喜冤家》第九回《乖二官騙落美人局》叙述王小山與妻二娘用美人計誘騙張二官出銀合夥做生意，二娘與二官俱各有意，只是還未上手，有一次二人調情時，二娘説豈不知《千字文》有一句道"果珍李奈"，於是二官觸景生情，用《千字文》寫了134句詩，做出個笑話挑逗二娘，詩云：

偶説起果珍李奈，因此上畫彩仙靈。只爲著交友投分，一時間説感武

1（明）周楫纂，陳美林校點：《西湖二集》，南京：江蘇古籍出版社1994年版，第211—212頁。

2（明）京江醉竹居士編撰：《龍陽逸史》，《思無邪匯寶·龍陽逸史》，臺北：臺灣大英百科股份有限公司等2000年版，第97頁。

丁。……便托我右通廣内，巧相逢路俠槐卿。一見了毛施淑姿，便起心趙魏困橫。兩下裏工頻（顰）妍笑，顧不得殆辱近恥。頓忘了堅持雅操，且丟開德建名立。多感得仁慈隱惻，恰千金退邇一體。摟住了上和下睦，脱下了乃服衣裳。出了些金生麗水，便把他辰宿列張。急忙的雲騰致雨，慢慢的露結爲霜。捧住了愛育黎首，真可愛寸陰是競。……上床去言辭安定，再休想靡恃己長。我與你年矢每催，問到老天地玄黄。[1]

詩以二人調情的"果珍李奈"開始，極力渲染二娘之美，鋪排偷情之暢，表達對二娘的仰慕和鍾情。小説藉當時傳播廣泛的蒙學讀物《千字文》編撰的詩歌，讓二官與二娘彼此試探，互通情愫，推動了小説情節的發展。

二、叙述語言文言化、駢儷化

話本小説的語言總體趨勢是將史傳文學與文言小説通俗化。而明末却有話本小説有意借鑒文言小説，呈現出文言化、駢儷化的語言風格。有的更是原封不動地襲用筆記雜書，如《歡喜冤家》第續八回《楊玉京假恤寡憐孤》：

（王寡婦）抬頭一看，見四壁都是楷書。仔細一看，上寫着：
書畫金湯善趣
賞鑒家　精舍　浄几　明窗　名僧　風日清美　山水間　幽亭　名香　修竹　考證　天下無事　主人不矜莊　睡起　與奇石彝鼎相傍　病餘　茶笋橘菊時　瓶花　漫展緩收　拂晒　雪　女校書收貯　米麵果餅作清供　風月韻人在坐

1（明）西湖漁隱撰：《歡喜冤家》，《古本小説集成》，上海：上海古籍出版社1994年版，第379—385頁。

惡魔

黄梅天　指甲痕　胡亂題　屋漏水　收藏印多　油污手　惡裝繕
研池污　市井談　裁剪摺疊　燈下　酒後　鼠嚙　臨摹污損　市井攪
噴嚏　輕借　奪視　傍客催逼　蠹魚　硬索　巧賺　酒迹　童僕林立
代枕　問價　無揀料銓次

落劫

入村漢手　水火厄　質錢　資錢獻豪門　剪作練裙襪材　不肖子
不讀書人强題評　殉情

……

這王寡婦看罷，道：“這個人粘貼着這些韻語清談，果然是個趣品。”[1]

共抄録《書畫金湯善趣》《惡魔》《落劫》《宜稱十二事》《屈辱十八事》《閑
人忙事》《得人惜二十七事》《敗人意九十事》《殺風景四十八事》等九段文
字，據考證上述文字來自屠本畯的《山林經濟籍》。[2] 這些文字對叙事、塑造
人物來説並非必不可少，或爲出於娛樂而隨手録入。模仿因襲文言傳奇小説
的語言則十分典雅。試比較：

即抱蟾於榻。蟾力挣不能脱，相持者久之，欲出聲，恐兩有所累，
自度難免，不得已，任生狎之，宛然一處子也。交會中，低聲斂氣，甚
有不勝狀。生亦款款護持，不使情縱，得趣而已。將起，不覺腥紅滿
衣，鬢髮俱亂。生親爲之飾鬢。（《三奇合傳》）[3]

1（明）西湖漁隱撰：《歡喜冤家》，《古本小説集成》，上海：上海古籍出版社 1994 年版，第 295—
306 頁。

2 潘建國：《〈歡喜冤家〉小説素材來源考》，《古代小説文獻叢考》，北京：中華書局 2006 年版，第
51—58 頁。

3（明）楚江仙叟石公纂輯：《花陣綺言》卷一，明末刊本。

　　時文娥年十七歲矣，一迎一避，畏如見敵，十生九死，痛欲消魂，不覺雨潤菩提，花飛法界。(《花陣綺言》卷四《天緣奇遇》)

　　即抱傳芳於榻，傳芳力挣不能脱，相持者久之。欲出聲，恐兩有所累，自度不免，不得已，任迎兒狎之，宛然一處子也。一迎一避，畏如見敵，十生九死，痛欲消魂，低聲斂氣，甚有不勝狀。迎兒亦款款輕輕，不使情縱，得趣而止，既而雨潤菩提，花飛法界。起視腥紅滿衣，鬟髮俱亂，迎兒親爲飾鬟道："唐突西子矣！"傳芳笑而不答。(《宜春香質》花集第三回《弄兒奇計籠彦士　淫婦懷春惜落花》)

可見《宜春香質》的文字抄自中篇傳奇小説《尋芳雅集》(又名《三奇合傳》)和《天緣奇遇》，[1] 造成叙述語言句式整齊、對偶整飭的特點，具有了傳奇小説的語體風格。

　　話本小説總體上追求以散文叙事、韻文狀物抒情的韻散相間的語言形式和叙述風格。至晚明，《載花船》《宜春香質》《弁而釵》《歡喜冤家》等作品雖然韻文大量减少，但叙述語言使用大量對偶句式，呈現出駢儷化的特徵。如《西湖二集》卷三二《薰蕕不同器》云：

　　看官，在下這一回怎生説這幾個博物君子起頭？只因唐朝兩個臣子都是杭州人，都一般博物洽聞，與古人一樣。只是一個極忠，一個極佞；一個流芳百世，一個遺臭萬年；人品心術天地懸隔，所以這一回説個"薰蕕不同器"。那薰是香草，蕕是臭草；薰比君子，蕕比小人。看官，你道那薰是何人？是褚遂良。蕕是何人？是許敬宗。[2]

────────────

1　任明華：《〈宜春香質〉素材來源考》，《明清小説研究》2019 年第 4 期。

2　(明)周楫纂，陳美林校點：《西湖二集》，南京：江蘇古籍出版社 1994 年版，第 546 頁。

又如《七十二朝人物演義》卷二七《子產聽鄭國之政》云：

　　却說爲宰輔樞機的人，但有功勳所集，事業所成，政事之新，名望之重，原可志於名山之中，可垂於青史之上，可碑於路人之口，可止於小兒之啼，傳其姓氏，記其里居，自然萬夫傾望，千載流傳，非一二等閒頌述也。若是世上人有了大才，抱了大志，不肯學做好人，修躬淑己，反爲身家念重，貨利情牽，把這貴重的祿位、崇大的家邦置之等閒；一味思量肥家害國，將君上的宗廟山川、社稷人民盡在度外，惟利是趨，惟害是避。一日登庸，萬般貪酷浮躁，收於門牆之下者，無非是勢利小人，駕胎下品，爲其爪牙，結其心腹，莫不先容陳意，獻其乃懷，奸盜詐僞，放僻邪侈，無所不至。雖然君極文思，主多聖哲，到了此際，亦無威可使，無計可施，無刑罰可加，無仁德可化，真是宵壬未退，艱患難弭。外邊來的憂虞既殷，裏邊釀的禍害亦薦。時屯世故，自然沒有一年一歲安寧，一刻一時快樂。所以，有兩件事體是有國的上務。你道是兩件什麼事體來？旌賢崇善，進德用才；雍容敷治，扶頹翼衰。[1]

作者運用了排偶的修辭手法，句式整齊，感情濃烈，富有氣勢。

三、人物運用方言

方言對傳達人物的神情、聲口具有不可替代的獨特作用。胡適曾高度評價説：“方言的文學所以可貴，正因爲方言最能表現人的神理。通俗的白話

1（明）佚名撰：《七十二朝人物演義》，國家圖書館藏明崇禎間刊本。

固然遠勝於古文，但終不如方言的能表現説話的人的神情口氣。古文裏的人物是死人；通俗官話裏的人物是做作不自然的活人；方言土話裏的人物是自然流露的活人。"[1]"三言"的編撰者馮夢龍是蘇州人，書中多使用吴語詞匯。此時期則開始大段使用吴語，極爲鮮活。如《型世言》第二十七回《貪花郎累及慈親　利財奴禍貽至戚》中間插有一大段吴語對話：

　　那皮匠便對錢公布道："個是高徒麽？"錢公布道："正是。是陳憲副令郎。"皮匠便道："個娘戲！阿答雖然不才，做個樣小生意，阿答家叔洪僅八三，也是在學，洪論九十二舍弟見選竹溪巡司。就阿答房下，也是張堪輿小峰之女。咱日日在個向張望，先生借重對渠話話，若再來張看，我定用打渠，勿怪篤魯。"錢公布道："老兄勿用動氣，個愚徒極勿聽説，阿答也常勸渠，一弗肯改。須用本渠一介大手段。"洪皮匠道："學生定用打渠。"錢公布道："勿用，我儂有一計，特勿好説。"便沉吟不語。皮匠道："駝茶來，先生但説何妨？"錢公布道："渠儂勿肯聽教誨，日後做向事出來，陳老先生畢竟見怪。渠儂公子，你儂打渠，畢竟喫虧。依我儂只是老兄勿肯讀作孔。"皮匠道："但話。"錢公布道："個須分付令正，哄渠進，老兄拿住要殺，我儂來收扒，寫渠一張服辨，還要詐渠百來兩銀子，渠儂下次定勿敢來。"皮匠歡天喜地道："若有百來兩銀子，在下定作東請老先生。"錢公布道："個用對分。"皮匠道："便四六分罷。只陳副使知道咱伊。"錢公布道："有服辨在，東怕渠？"[2]

上面段落中的"個"（這）、"阿答"（我）、"咱"（怎麽）、"個向"（這裏）、"渠"（他）、"用"（要）、"本"（給）、"介"（個）、"勿"（不）、"我儂"

1　胡適著：《中國章回小説考證》，合肥：安徽教育出版社 1999 年版，第 383 頁。

2　（明）陸人龍編撰，陳慶浩校點：《型世言》，南京：江蘇古籍出版社 1993 年版，第 444—445 頁。

（我）、"馱"（拿）、"渠儂"（他）、"你儂"（你）、"話"（說）、"收扒"（收場）、"咱伊"（怎麼辦），都是地道的吳語方言詞語，[1]把皮匠對陳公子偷看妻子的氣憤、愛占便宜的貪婪，及錢公布的老謀深算、心狠手辣，刻畫得活靈活現，場景鮮活，如在目前。陸人龍重視方言，還有意使用北方方言刻畫人物。如《型世言》第十二回《寶釵歸仕女　奇藥起忠臣》云：

> 忽一日，永樂爺差他海南公幹，没奈何，只得帶了兩個校尉起身。那嫂子道："哥你去了叫咱獨自的怎生過？"王指揮道："服侍有了采蓮這丫頭與勤兒這小廝，若没人作伴，我叫門前余姥姥進來陪你講講兒耍子，咱去不半年就回了。"嫂子道："罷，只得隨着你，只是海南有好珠子，須得頂大的尋百十顆稍來己咱。"王指揮道："知道了。"[2]

此處有評語："忽作北音，入情入趣，看官勿得草草。"說明作者有意使用北方方言塑造人物。其中"咱"、"怎生"、"稍"（即"捎"）、"己"（即"給"）就是所謂的"北音"。[3]同回接著又寫道："王奶奶見了景東人事，道：'甚黃黃這等怪醜的？'"其中"甚黃黃"即"什麼東西"，也屬北方方言。

　　明末作家對話本小説的篇章體制、題材來源、敘述方式、語言風格等進行了富有個性化的探索，使話本小説走向獨創的道路，在注重通俗的同時，賦予作品愈來愈濃厚的文人化色彩，爲清代話本小説的發展和文人化提供了全方位的借鑒。

---

1 石汝傑著：《明清吳語和現代方言研究》，上海：上海辭書出版社 2006 年版，第 191 頁。

2 （明）陸人龍編撰，陳慶浩校點：《型世言》，南京：江蘇古籍出版社 1993 年版，第 212 頁。

3 石汝傑著：《明清吳語和現代方言研究》，上海：上海辭書出版社 2006 年版，第 192 頁。

第八章
明代筆記小説的文體特性

　　明代筆記小説繼承的是唐宋筆記小説發展的傳統，並在多個方面進行了開拓，特別是在文體上形成了自己的特點。長期以來，筆記小説的研究集中在唐宋時期，清代筆記小説研究因有《聊齋志異》和《閲微草堂筆記》的存在也比較發達。唯獨明代的筆記小説頗受冷落，評價也不高。如吳禮權《中國筆記小説史》："現存明人筆記，數量不能説少。但是，其中能劃歸筆記小説一類者，則寥寥無幾。若再除去《何氏語林》《世説新語補》之類的改編之作，純粹爲明人創作的筆記小説實在是少得可憐，真可謂是'煙銷霧散不見人'的情形。"[1] 陳文新《文言小説審美發展史》："明代的筆記小説，在中國文言小説史上所占份額不重。就志怪小説而言，它不能與魏、晉、南北朝志怪小説相提並論，與唐、宋、清相比，也瞠乎其後；軼事小説中的'世説'型與'雜記'型，也未取得引人注目的成就。"[2] 苗壯《筆記小説史》也同樣説道：（明代的筆記小説）"前不如唐宋，後不如清代，恰處於兩個高峰之間，有消沉，也有積蓄。"[3] 誠然，明代筆記小説確實存在諸多不足，尤其在名家名作方面較少突出的成就，但這並不意味著明代筆記小説沒有其獨特的價值。

---

1 吳禮權著：《中國筆記小説史》，臺北：商務印書館有限公司 1993 年版，第 193 頁。
2 陳文新著：《文言小説審美發展史》，武漢：武漢大學出版社 2002 年版，第 507 頁。
3 苗壯著：《筆記小説史》，杭州：浙江古籍出版社 1998 年版，第 297 頁。

第一節　筆記小説的流變與類型

　　明代筆記小説的發展可以分爲兩個大的時期：一是從洪武至正德，另一個時期是從嘉靖至崇禎。前一個階段，筆記小説的發展相對緩慢，值得關注的作品不多，尤其是在文體上並没有新的創造。而後一個階段，無論是作品數量，還是文體特色都有了很大程度的變化，可以説，這一階段代表了明代筆記小説的最高成就。

　　從洪武元年（1368）至正德十六年（1521），是明代筆記小説由低潮而慢慢復興的階段。明代早期的筆記小説創作上承元末，以記録軍國大事、名人事迹等雜事爲主，文體上並没有太多的新變。到了弘治、正德期間，筆記小説發生了一定的變化，志怪類開始復蘇，而雜事和雜録兩類占有主導地位。都穆、沈周、祝允明等是這一時期頗具代表性的作家，他們的創作也預示著明代筆記小説創作全面繁榮的到來。而從嘉靖朝開始，筆記小説的創作進入繁榮期，這一時期，各種類型筆記小説的創作數量激增，標誌著明代筆記小説進入了發展的全盛時期。從筆記小説類型而言，“雜事”一類依然是這一時期的主角，“世説”類型的筆記小説是此時期一個突出的現象，志怪、雜録兩類在繼承的同時，尋求著新變。值得注意的是，這一時期出現的諧謔和小品類筆記小説，雖然它們的作品數量並不突出，但它們的出現確實給明代筆記小説注入了新鮮的血液。隨著明代出版業的興盛，文學的傳播迎來了前所未有的契機。小説方面出現了大量叢編、類編作品，它們既保存和傳播了前代筆記小説文獻，又爲清代筆記小説的發展提供了基礎。大致在這一時段的後期（天啓元年至崇禎十七年，1621—1638），筆記小説創作進入回落期與過渡期，作品數量大幅減少；由於明王朝大廈將傾，末世的到來也帶來了很多以記録朝政、黨爭、戰事等時事爲主的筆記小説。

　　明代筆記小説可以分爲五個類型，分別是：雜事、雜録、志怪、諧謔、小品。前四類筆記小説有著很長的發展歷史，是中國筆記小説最重要的部分，無論在哪個朝代，這些類型的作品數量都占有主流地位。小品類是筆記小説的新變，其出現自然是以晚明這個特殊時代的社會文化爲背景的，具有鮮明的時代烙印。

　　明代筆記小説中雜事、雜録、志怪、諧謔四類屬於傳統型筆記小説。

　　雜事類筆記小説有著悠久的發展歷史，又與史家有著很深的淵源。古人往往將其與正史相對，稱之爲“野史”，隨著這類小説在唐宋時期的發展繁榮，這些以前受人鄙視的“野史”開始爲正統史家所接納，發揮其補正史之不足的功能，具有難以替代的史料價值。雜事類筆記小説以記事述聞見長，可以是朝野逸聞，也可以是鄉邦掌故。不少作品所記都是作者的親歷親聞，具有較高的可信性。如《酌中志》《萬曆野獲編》《松窗夢語》等。值得注意的是，雜事類筆記小説在内容的編排上是頗爲用心的，往往將軍國大事放在卷首，而將一些不登大雅之堂的内容放在靠後的位置，這種有意的排序隱含著作者的一種價值判斷。内容涉獵的廣泛也是雜事類筆記小説一個突出的特點，如沈德符《萬曆野獲編》、朱國禎《涌幢小品》、張萱《西園聞見録》等都是其中較有名氣的作品。隨著明代中後期方志編纂的繁榮，筆記小説的創作也表現出一定的地域性特徵，作者有意收集記録鄉邦文獻，出現了不少專門記述某個地方人物事迹、掌故逸聞、地理風俗的作品，具有濃郁的地方色彩。這些具有地域性的作品還往往不是單獨的出現，同一個地域中會出現一系列作品，如記述上海見聞的《雲間雜識》《雲間據目抄》等，記述常熟的《鹿苑閑談》《三家村老委談》《獪園》等，記述南京的《金陵瑣事》《二續金陵瑣事》等。

　　雜録與雜事類筆記小説的區別在於“録”字，其創作不一定是記述見聞，很多是從他書抄録而來，多少有纂輯的意味。這類小説的内容相對於雜事類筆記小説要更加廣博，表現出一種無所不包的特徵，同時又能見得創作者的博學多識和良好的學術修養。雜録類筆記小説與晉張華《博物志》有一定淵源關係，而唐段成式《酉陽雜俎》的出現標誌著這類筆記小説的成熟。明代尤其是晚明的雜録類筆記小説達到了前所未有的高度，如《留青日劄》《五雜組》《桐下聽然》等，天文地理、自然名物、掌故遺聞、考訂辯證無所不包。

　　隨著筆記小説在晚明的繁榮，志怪小説也迎來了自己的春天，其繁榮主要表現在作品數量、創作品質和重要作家的出現三個方面。同時，此時的志怪小説創作體現出一種複合的特點，陳國軍《明代志怪傳奇小説研究》對此有過專門的論述，認爲："小説創作中文體駁雜，體類相混，在萬曆時期是一種正常得不能再正常的狀態"，"小説可以身兼經史子集數體，固然可以視之爲小説優勝之處，但小説區別于其他文類的文體特質必然受到致命的損害"。[1]另一個值得注意的現象是，這一時期的志怪小説創作較爲注重故事情節的完整性和敘事的技巧性，筆記小説的作者限於篇幅，不能像創作傳奇小説那樣任意鋪陳，而是選擇在較短的敘事空間中盡可能完整地展現故事的來龍去脈，使故事的本身變得曲折生動，讓人讀之並不因篇幅的短小而感覺乏味。這種敘事策略無疑給志怪小説的創作注入了活力，同時也在志怪小説走向巔峰的道路上搭建起了一座橋梁，起到了很好的過渡作用。正是有了像《獪園》《續耳談》《狐媚叢談》等作品，清代《聊齋志異》的出現才不會讓人覺得突然。至於諧謔類筆記小説和小品類筆記小説因後文均有專節論述，此不贅。

第二節　筆記小説的成書

　　由於筆記小説的創作相對自由，文體上並没有十分嚴格的約束，創作者

---

1 陳國軍著：《明代志怪傳奇小説研究》，天津：天津古籍出版社 2006 年版，第 415 頁。

可以最大程度地表現其主觀意圖，從而使作品呈現出較爲鮮明的個性色彩。明代筆記小説的成書過程雖然紛繁複雜，但通過分析，我們還是可以從中發現一些共同的特點和規律。

一、編纂方式：自撰與雜抄

縱觀明代筆記小説的發展歷史，自撰和雜抄無疑是兩種最爲重要的編纂方式。當然，這一劃分只是從整體角度而言，在具體作品中，自撰與抄録之間實際上並没有嚴格的分界。

所謂自撰類筆記小説，是指那些内容基本爲第一手資料爲主，且具有很強的原創性，故有較高的史料價值。在明代筆記小説的五種類型中，諧謔和雜録兩類筆記小説的原創性較低，而雜事、小品、志怪類筆記小説的原創性相對較高。

關於自撰類筆記小説的創作情況，作家往往在書前序言中有所交代。如沈德符《萬曆野獲編》自序云：

> 余生長京邸，孩時即聞朝家事，家庭間又竊聆父祖緒言，因喜誦説之。比成童，適先人棄養，復從鄉邦先達剽竊一二雅談，或與隴畝老農談説前輩典型及瑣言剩語，娓娓忘倦，久而漸忘之矣。困阨名場，夢寐京國，今年鼓篋游成均，不勝令威化鶴歸來之感。即文武衣冠，亦幾作杜陵夔府想矣。垂翅南還，舟車多暇，念年將及壯，邅回無成，又無能著述以名世，輒復紬繹故所記憶，間及戲笑不急之事，如歐陽《歸田録》例，並録置敗簏中，所得僅往日百之一耳。其聞見偶新者，亦附及焉。若郢書燕説，則不敢存也。[1]

1（明）沈德符著：《萬曆野獲編》，北京：中華書局 1959 年版，第 3 頁。

從序中可知，作者所記之事都是其親見親聞，並不是隨意抄撮而來，這樣的創作自然就保證了材料的真實性。又如李樂《見聞雜記》云："曰雜記者，時有先後，爵有崇卑，事有巨細，皆不暇詳訂次第，特據所見所聞漫書之爾。"[1]同樣是根據自己的見聞而成書。再如陳良謨《見聞紀訓》序中云："頃於山居多暇，因追憶平生耳目之所睹記，略有關於世教者，隨筆直書，不文不次，惟以示吾之子。"[2]從這些序言中我們可以直接了解到作家創作的方式和材料的來源，而"記述見聞"可以說是這類筆記小説最爲鮮明的特點，有別於雜抄類筆記小説以抄録爲主的創作模式。

自撰類筆記小説的材料基本來自於作者見聞，具有相對的真實性，作家創作態度又較爲端正，所謂"郢書燕説，不敢存也"。這些特點都決定了其與衆不同的文獻價值。事實上，在晚明史的研究中，筆記小説爲我們提供了大量的參考資料，也正是這些記憶的片段，向我們展示了晚明社會的不同側面。

雜抄類筆記小説是指那些主要以摘抄轉録爲編纂方式的筆記小説，這類作品的内容大多來自他書，有些作品會在篇末注明出處。明代筆記小説的彙編類作品除了少數如王兆云《王氏雜記》《王氏青箱餘》類作品外，基本上都屬於這類筆記小説。雜抄類筆記小説繼承了《博物志》《酉陽雜俎》《輟耕録》等筆記小説的"博雜"特點，而在廣泛程度上更有過之，顯示出一種"無所不包"的傾向。如《名山藏廣記》《廣博物志》《世説新語補》等，它們都是對此前作品的補充和續寫，這些作品所補充内容的數量和選材範圍已大大超出原書。

雜抄類筆記小説在晚明發展迅速，究其原因，與兩方面因素有著直接關係。其一爲學術風氣的轉變。雖然晚明心學盛極一時，大多數文人從讀書轉

1（明）李樂著：《見聞雜記》，明萬曆刻本。

2（明）陳良謨著：《見聞紀訓》，明萬曆七年徐琳刻本。

向於“心”“禪”，學風空疏。但楊慎、焦竑、田藝蘅等一大批文人，則熱心於讀書、考訂之學，這些内容大量出現在晚明筆記小説中，體現出與當時環境迥異的學術觀念。這種治學方式，與清人考據學有著密切聯繫，只不過此時的“雜録”“雜考”並未達到精深的程度，只是初具模樣而已。錢穆在論述顧亭林學術思想時曾説：“然則清儒所重視於《日知録》者何在？曰：亦在其成書之方法，而不在其旨義。所謂《日知録》成書方法者，其最顯著之面目，厥爲纂輯。亭林嘗自述先祖之教，以爲‘著書不如鈔書。凡今人之學，必不及古人也。’……以後清儒率好爲纂輯比次，雖方面不能如亭林之廣，結撰不能如亭林之精，用意更不能如亭林之深且大，然要爲聞其風而起者，則不可誣也。”[1]顧亭林的《日知録》對清代學術産生深遠影響，而他所提倡的這種“纂輯”之學，無論是寫作方式，還是具體内容，在晚明一些學者的著述中已經有所體現，特別是在晚明雜抄類筆記小説中。它使得這類晚明筆記小説的内容表現出一種“學術化”傾向，筆記小説從單純志怪、述聞到兼有雜抄考證，這似乎也反應了中國筆記小説發展中的一個側面。從筆記小説這一角度，我們或許能夠發現明清學術嬗變過程中一些細微的變化。其實“纂輯”的創作方式可以上溯至宋代，洪邁《容齋隨筆》、吳曾《能改齋漫録》等都是這樣的著作，它們在晚明重新回到學人的視野，又在清代得到發揚光大。此外，值得注意的是雜抄類筆記小説作家中不但有反對陽明心學，提倡回歸朱學的文人，還有一些屬於陽明學派，但其書中仍然存在大量讀書考訂類内容。如焦竑、陶奭齡等人，這説明學派之中存在著共性與個性的差別。其二是出版業的繁榮。晚明出版業的發展不僅帶來了巨大的商業利益，而且讓著作的刊刻變得更爲容易，再加上前代文獻的積累，這樣的便利條件無疑爲雜抄類筆記小説的創作和流傳提供了必要的客觀條件。

---

1 錢穆著：《中國近三百年學術史》，北京：商務印書館 1997 年版，第 159—160 頁。

雜抄類筆記小説相對於自撰類而言，内容上具有更加博雜的特點，體現出較强的文獻性和學術性。自撰類筆記小説的價值側重於史料方面，而雜抄類筆記小説的價值更多的體現出一種知識化傾向。

二、成書方式：集腋成裘與集中寫作

明代筆記小説的成書方式既不像章回小説那樣通過漫長的世代累積，也不似傳奇小説那樣短時間内就可成文。大部分筆記小説采用隨筆記録的方式，没有具體創作時間，也没有相對明確的創作目的，更没有精心安排的章節次序，表現出一種非常隨意的創作狀態和創作形式。我們現在所看到的已經刊刻的筆記小説很多都經過後人的整理，與作者的稿本（甚至待刊稿本）對比會發現，很多筆記小説的原始狀態"毫無詮次"，對這種創作現象我們稱之爲"集腋成裘"式成書。在明代筆記小説的創作中，還有部分作品因爲有較爲明確的創作目的，其成書時間相對比較集中，編輯上也頗具匠心，如筆記小説的彙編就是這類創作的代表，我們稱之爲"集中創作"式成書。

集腋成裘是明代筆記小説最主要的一種成書方式。作者最初並没有明確的創作目的，甚至成書的想法，而是有所感即手録之。材料越來越多，則輯以成編。對於這種成書方式，筆記小説的編纂者也在其所著之書的序跋中都有明確的交代，這樣的例子在序跋中頗爲常見，如朱國禎《涌幢小品》自序：

> 閑居無事，一切都已棄擲，獨不能廢書。然家罕藏書，即有存者，鈍甚，不善讀，又不克竟。至於奇古詭卓之調，閎深奧衍之詞，即之如匹馬入深山，蟻子緣磨角，恍惚莫知其極與鄉也。惟淺近之説，人所忽去，且以爲可弄可笑者，入目便記，記輒録出，約略一日内必存數則。

而時時默坐，有所窺測，間亦手疏，以寄岑寂逍遥之况。因思茂先《博物》崛起東、西京之後，别開一調，後之作者紛紛，皆有可觀，而唯段少卿、岳總領最爲古雅。至洪學士容齋劄爲《隨筆》，數至於五，下遍士林，上達主聽。我明楊修撰、何侍郎、陸給事、王司寇，擴充振發，别自成書。[1]

這是很典型的以讀書爲基礎來寫筆記小説的例子，作者在序言中不但説明了創作方式，而且還對這種著述方式的源流進行簡要的概括。又如鄭仲夔，編纂了以記事述聞爲主的筆記小説《耳新》，其自序中説道：

余少賤躭奇，南北東西之所經，同人法侣之所述，與夫星軺使者，商販老成之錯陳，非一耳涉之而成新，殊不忍其流遁而湮没也，隨聞而隨筆之。書成，行世且久，而兹取詳加訂焉，以是爲可以質今而準後也。[2]

此外，還有一類作品是他人代爲整理記録，如張大復《梅花草堂筆談》就是在其雙目失明之後成書的。無論是自記，還是他人代爲記録，它們的成書方式都是一致的。而其特點也較爲鮮明，首先是都要經過長時間的積累，其次是最初都没有明確的創作目的和結構安排。

所謂"集中寫作"是相對於上述"集腋成裘"的成書方式而言的。明代筆記小説中確有一些作品是在某一段時間内集中編纂，較爲明顯的是叢編、類編作品，其編纂時間一般不會持續太長，作者也有較爲明確的目的。除此之外，相對集中編纂的還有以下兩種情況：一種是有明確創作意圖的作品，如《酌中志》。此書是劉若愚在獄中完成，記録了宫廷往事，作者希望能夠

1（明）朱國禎著：《涌幢小品自叙》，北京：中華書局 1959 年版，第 1 頁。

2（明）鄭仲夔著：《耳新序》，明萬曆刻《玉塵新譚》本。

通過自己的真實記録而使冤情得以昭雪，故而寫作集中於一段時間。又如張萱的《西園聞見録》，作者志於寫史而未成，遂將自己搜尋的史料編輯成此書，因爲不符合史書體例而取名"聞見録"。再如晚明有一類專門記述鄉邦掌故的筆記小説，可補志乘之闕，同樣也屬於這類成書方式。如《西吳里語》《金華雜識》《泉南雜誌》《汝南遺事》等，其中李本固《汝南遺事》就是受邀編寫志乘而被剔除的材料，被作者編成一書，其序云：

> 殺青既竟，檢笥中尚有遺草，雖匪《侯鯖》，頗類《鷄肋》。棄之不無可惜，且時賢循吏，拘於格而未收者，亦復有人，久之恐湮滅而不彰也。乃撰次成帙，曰《汝南遺事》，以俟後之君子以終先文林之志。[1]

另一種則是集中在某一特定的時間段完成的筆記小説。所謂的"特殊時間段"，大多都是因爲作者年老，或辭官居鄉，閑來無事，而將自己平生的見聞以類似回憶録的方式記録下來，留給子孫。如張翰《松窗夢語引》云："松窗長晝，隨筆述事，既以自省且以貽吾後人。"[2]又如陳良謨的《見聞紀訓》自序中説道："頃於山居多暇，因追憶平生耳目之所睹記，略有關於世教者，隨筆直書，不文不次，惟以示吾之子。"[3]再如施顯卿《古今奇聞類紀》自序曰："余歸老讀書，遇事之奇異者，必以片紙録之，又恐久而散逸也，乃厘爲十卷，名曰《古今奇聞類紀》，上而天文，下而地理，運播而五行散殊，而人物靈變，而仙釋幽微，而鬼神分門別類以備一家之言，中間援引莫詳於國志者，以方今垂世之典所紀之皆實也。"[4]總之，集中創作相對於集腋成裘式的成書方式有著較爲明確的成書目的，有著相對自覺的著作意識，

1（明）李本固著：《汝南遺事序》，國家圖書館藏清抄本。

2（明）張翰著：《松窗夢語引》，北京：中華書局1985年版，第1頁。

3（明）陳良謨著：《見聞紀訓·序》，明萬曆七年徐琳刻本。

4（明）施顯卿著：《古今奇聞類記叙》，明萬曆四年刻本。

其從編寫到成書刊刻的過程也比較連貫，時有高品質作品的出現。如顧元慶輯刻《顧氏文房小説》，從選材到刊刻都頗爲用心，堪稱筆記小説出版的精品。

<h2 align="center">第三節　筆記小説的命名</h2>

小説的命名不僅直觀呈現作品的外在形式，而且還包含了作者的思想觀念、文體特徵、創作方式等内容，其内涵是相當豐富的。[1]

一、筆記小説的命名方式

明代筆記小説的命名方式與其他時代的筆記小説相比並無太大差別。一般情況下由兩個部分組成，第一個部分基本由限定性詞語組成，強調成書的時間、地點、人物、數量、事類等内容，我們分類如下：

（一）以人物姓名作爲小説命名，包括作者的姓名、字號等。如《三家村老委談》《鳳洲雜編》《鄭桐庵筆記》《焦氏説楛》《王氏雜記》等，這種類型在明代筆記小説中比較常見，但其中有些作品的命名並不是作者本人所題，而是後來整理者所擬定的。（二）以具體地點命名，包括作者的堂號、宅名、郡望、旅居之地或暫時停留的地點等。如《檇齋漫録》《西園聞見録》《雲間雜記》《金陵瑣事》《邸中雜記》《高坡纂異》《松窗夢語》《小柴桑喃喃録》等。這類命名方式在明代筆記小説中最爲常見。（三）以時間類詞語

1　古代小説命名的研究取得了一定的研究成果。據程國賦統計："截止到 2013 年 12 月，有關元明清小説命名研究的專著共 3 部，另有碩士論文 5 篇（不含專論古代小説名稱翻譯的學位論文），共發表單篇論文 340 篇（專著中論及古代小説命名的，視作一篇論文）。"見程國賦：《元明清小説命名研究的世紀考察》，《社會科學研究》2014 年第 4 期，第 175 頁。但研究者大多把研究的視角放在白話小説和唐宋筆記、傳奇小説中的名著名篇上，還很少涉及明代的筆記小説。

來命名。有的是縱觀古今，如《古今奇聞類紀》《古今譚概》《古今笑》《歷代小史》等，由於筆記小説到明代已積累了大量的文獻作品，這爲明代筆記小説的編纂提供了豐富的素材，故明人敢於冠"古今"之名。有的是一個時期或一個朝代，甚至是一個較短的時間範圍，如《萬曆野獲編》《顧氏明朝四十家小説》《皇明世説新語》《近事叢殘》《今言》《庚己編》等。（四）以仙、佛、狐、鬼等題材命名。如《仙佛奇蹤》《仙媛紀事》《異物類苑》《狐媚叢談》《志怪編》等，此類命名的作品大多爲志怪類筆記小説，也是古代筆記小説中最常見的命名方式之一。（五）以作品寓意命名。如《青泥蓮花記》《玉光劍氣集》《獪園》《玉鏡新譚》《三戍叢譚》《煙霞小説》《留青日劄》等。這類命名都有潛在的寓意，或與時事相關，或與作品創作主旨有關，或與作者個人經歷有關。如錢希言《獪園》，作者在序言中説明"獪"字的用意，云："則何言乎獪也？漢人以爲狡獪也，又謂央亡嚥屎。神禹理水，駐巫山下，雲華夫人授以策召鬼神之書，顧盼之際，化而爲石，爲輕雲，爲夕雨，爲遊龍，爲翔鶴，千態萬狀，不可親也。禹疑其狡獪怪誕，問諸童律。按《集仙錄》所載如此，狡獪之名所由始歟？《神仙傳》則載：王遠、麻姑共至蔡經家，時經弟婦新產數日，姑求少許米來，擲之墮地，視其米皆成丹砂。遠笑曰：'姑故年少也，吾老矣，不喜復作如此狡獪變化也。'《列異傳》：小女折获作鼠以狡獪。李延壽《南史》：宋廢帝欲酖害太后，令太醫煮藥，左右止之曰：'若行此事，官便作孝子，豈得出入狡獪？'齊少帝以蕭用之世祖舊人，得入内見皇后于宮中，及出後堂，雜戲狡獪，皆得在側。是'狡獪'二字，直當做戲弄義解。余取爲稗家目者，毋亦竊比於滑稽漫戲、劇秦美新者流，因是以求容於側媚之場乎？"[1]而茅元儀的《三戍叢譚》則是因爲自己三次戍閩而作，作者在序中説："夫得志則行其道，不得志則

1（明）錢希言著：《獪園》，北京：文物出版社 2014 年版，第 2 頁。

托於言。"[1]可見其用意之所在。

　　第二部分是能體現成書方式、材料來源、文體性質等內容的詞語。諸如《雪濤小說》《古今奇聞類紀》《玉芝堂談薈》等。這部分有一些關鍵字，比如"志""筆""語""錄"等。我們對明代四百餘種筆記小說命名的關鍵字進行統計，這些關鍵字依出現頻率由高到低排序，前十多位的分別爲："錄""記（紀）""談""筆""語""編""志""話""言""聞""纂""事"。從這些命名的關鍵字上可以看出，與前代筆記小說，特別是唐宋筆記小說相比，明代筆記小說的命名並没有太大的改變，只是增加了以"編""纂"命名的作品，約略可見明代彙編類作品的流行。

　　明代筆記小說命名中，以"錄""記""志""事""聞"等詞語作爲命名的作品數量較多。這類作品的内容大多具有記事述聞的性質，這類筆記小說中很多都是記錄作者的親歷親聞，而非僅憑聽聞，這就大大提高了材料的真實性，極具史料價值。如《雲間雜記》《見聞雜記》《金陵瑣事》《典故紀聞》《見聞錄》《金華雜識》《汝南遺事》等。而以"筆""說""談"等詞語命名的作品，很多在内容上都比較雜，或是具有一定小品風格的作品。如《梅花草堂筆談》《聞雁齋隨筆》《四友齋叢説》《墅談》《剡溪漫筆》等。有些作品直接繼承了唐代筆記小說的命名和創作方式，如《棗林雜俎》《五雜組》等，其創作方式和命名都與唐段成式《酉陽雜俎》相類。在這部分命名的詞語中，如果談得上稍具時代氣息的，要數以"纂""類"爲命名的詞語。這種命名在明以前的筆記小說中很少出現，而他們能在明代中後期大量出現，則有賴於筆記小說自身發展所積累的文獻和出版業的繁榮。與這類命名相關的是類編類筆記小說，如《闇然堂類纂》《古今奇聞類紀》《新刻塵外紀仙史類編》《情史》等。在這部分命名中還有一些直接或間接以"小說"命名的作

1（明）茅元儀著：《三戍叢譚序》，明崇禎間自刊本。

品。如《甘露園短書》《王氏説删》《煙霞小説》《雪濤小説》《顧氏文房小説》《顧氏明朝四十家小説》《廣四十家小説》等。

除了上述兩部分的命名外，明代中後期筆記小説中還有一類作品是對此前作品的增删，這些作品的命名常常以原著名加上"補""廣""增""删""續"等。其中有的是對原作品進行簡單的增删，有的則改動較大，完全是另外一副面貌，還有的作品雖然没有采用原著名加"增""删"等詞語的形式命名，但實際上也是對某一作品的模仿。在這種增删、改編中同樣體現著作者的小説觀念，所以這種創作形式本身就值得注意。明代筆記小説同其他時代的作品一樣，都有同書異名的情況，大多是在整理出版，輾轉傳抄，或重刊重印時出現的。如《王氏雜記》又名《驚座新書》，《開卷一笑》又名《山中一夕話》，《耳談》又名《賞心粹語》，《古今譚概》又名《譚概》《笑史》《古今笑史》，《外史》一名《外史志異》，《三家村老委談》一名《花當閣叢談》，《萬曆野獲編》又名《野獲編》，《戒庵老人漫筆》又名《戒庵漫筆》，《玉鏡新譚》又名《逆黨事略》，《清言》又名《蘭畹居清言》，《筆記》又名《連抑武雜記》，《留青日劄》又名《香宇外集》，《異林》又名《支子固先生彙輯異林》，等等。

二、筆記小説命名的特點與意義

命名是一部文學作品重要的組成部分，也是一種最爲直觀的表現形式。歷來文學家無不在文章的命名上費盡心思，從而達到畫龍點睛的效果。小説雖然是一種不登大雅之堂的俗文學，但其命名仍然是不可缺少的一環。白話通俗小説，因受利益的驅使，常常會在小説的命名上精心構撰，以便可以最大程度上吸引消費者的目光。而商業氣息並不濃厚的筆記小説，由於其創作者大多爲社會中的精英，具有較高的素養，故其命名也頗具價值和意義。

1. 筆記小説命名的文體意識

筆記小説命名的文體意識常常在序言中被加以闡釋，如上文提到的錢希言《獪園》，作者在自序中對這一命名加以詳細論述，曰："《獪園》者何？《松樞十九山》中稗家一種，志怪傳奇之類是也。"作者隨後對"獪"字做了舉例解釋，指出"獪"字正符合怪誕奇幻的志怪書的特點，錢氏也直言"余取爲稗家目者"。[1]在體現出作者命名用意的同時也包含了明確的文體觀念，聲明其創作的不僅是小説，而且是志怪小説。又如朱國禎《涌幢小品》，初看此名，很容易將其與小品聯繫起來，但實際上它是一部雜録類筆記小説。作者在自序中説道："其曰'小品'，猶然《雜俎》遺意。要知古人範圍終不可脱，非敢舍洪而希段也。"[2]可見作者雖名曰"小品"，實是繼承唐段成式《酉陽雜俎》中的"雜俎"之意，而《酉陽雜俎》正是雜録類筆記小説中的代表，其文體上的自覺意識顯而易見。再如沈德符《萬曆野獲編》，這一命名重在"野獲"二字，不僅説明材料來源，其實也反應了作者對於小説這種文體的認識，而這一認識在其自序中有體現。序曰："垂翅南還，舟車多暇，念年將及壯，遭回無成，又無能著述以名世，輒復紬繹故所記憶，間及戲笑不急之事，如歐陽《歸田録》例，並録置敗簏中，所得僅往日百之一耳。其聞見偶新者，亦附及焉。若郢書燕説，則不敢存也。夫小説家盛於唐而濫於宋，溯其初，則蕭梁殷芸，始有小説行世。芸字'灌蔬'，蓋有取於退耕之義，諒非朝市人所能參也。余以退耕而談朝市，非僭則迂。然謀野則獲，古人已有之，因以署吾録。若比於野人之獻，則《美芹十論》當時已置高閣，非吾所甘矣。"[3]笑話書通常被視爲消遣類的讀物，無甚深意。但許自昌《捧

1（明）錢希言著：《獪園・自序》，北京：文物出版社 2014 年版，第 2 頁。
2（明）朱國禎著：《涌幢小品自叙》，北京：中華書局 1959 年版。
3（明）沈德符著：《萬曆野獲編序》，北京：中華書局 1959 年版，第 3 頁。

腹編》自序中却説："每端居晏坐，從六經九家子史中塗乙命甲，有關正局，輒用校行，其他解頤捧腹之事，恍忽詭異之語，可以滌塵襟，醒睡目者，不以無益而不存，舌録掌記，投積敝篋，恒自嘲曰：經史子部，譬猶膏粱，一飽即置；而山蔬野蔌，覺齒頰間多未經之味，更堪咀嚼耳。今歲園居消夏，略取敝篋中什一，命童子筆出，不暇倫次，不計妍媸。分爲十卷，署曰《捧腹編》。吁，當此煩惱堅固之世，不由喜根，安涉名理，故捧腹乃證性之漸歟。王荆公先生亦云：'不讀小説，不知天下大體。'則予之是編也，或不止於助諧薦謔之書也明矣。"[1] 此外，明代筆記小説中還有一部分作品直接以"小説"類的名詞來命名，[2] 這可謂是明代筆記小説一種獨特的現象。這種以"小説"相關詞語直接命名的情況常常出現在叢編、類編作品之中，從這些筆記小説的編撰分類和選材中，我們可以看出作者所持的小説文體觀念。如明顧元慶所編刊的《顧氏文房小説》《顧氏明朝四十家小説》《廣四十家小説》三部作品，它們並非編刊於一時，而是陸續成書。從其所收録的作品中我們可以發現顧氏對於小説認識有一個較爲明顯的變化過程。前兩部作品成書於嘉靖時期，其中所收録的作品相對博雜，《顧氏文房小説》中除了有筆記小説以外，還收録了傳奇體小説和崔豹《古今注》、鍾嶸《詩品》等非小説的作品。而稍後的《顧氏明朝四十家小説》中非小説成分明顯減少，筆記小説的成分加重，而傳奇小説已不見於該書。到最後編刊的《廣四十家小説》，所收録的作品基本上都是筆記小説。從這三部叢書具體收録作品的情況中，我們看到顧氏的小説觀念變得逐漸嚴謹，接近於"小説"文體的實際。

2. 筆記小説命名中體現的成書方式

上文説過，明代筆記小説的命名分爲兩個部分，其中第二部分的命名往

---

1 （明）許自昌著：《捧腹編序》，明萬曆間刻本。

2 需要特別説明的是，以"小説"命名的筆記小説並非都是直接以"小説"一詞命名，與小説有關的命名，如"説""稗""短書"等也屬於這類命名。如《王氏説删》《甘露園短書》《藏説小萃》等等。

往與成書方式有著某種聯繫。可以説命名中的一些關鍵字，就直接反映了其成書特點。諸如“漫録”“類紀”“雜記”等。具體分析如下。

第一，以“漫”爲詞語命名。如《樗齋漫録》《戒庵老人漫筆》《剡溪漫筆》等。許自昌《樗齋漫録》自序云：

> 《樗齋漫録》者，樗道人讀書齋中，漫録之者也。道人讀書不作次第，漫從架上抽一函，值經經讀，值史史讀，與子與集與説，夫復如是讀，亦未必竟，亦未必不竟。只遇己之所欲言，己之所不能言，己之所不敢言，有投於中，隨録之而已矣。未録前不著一字於胸中，畢竟如何如何而後録也。既録後亦不著一字於胸中，畢竟所録爲如何如何也。大抵樗之一字，已爲道人公案矣。或有字者從外而入，無字者從内而出，前人之所未言，間亦言之，然亦從讀時偶有所感也，非欲畢竟如是而後言之也。總名之曰《樗齋漫録》而已矣。壬子冬日樗道人許自昌書於樗齋中。[1]

由序言可知，作者創作具有很大的隨意性。既没有很强的目的性，也没有任何的約束。而命名中的“漫”字本身具有“隨意”“放縱”“不受約束”的意思，所以這一命名恰如其分地反應出作品的成書方式。“漫録”之名也可以説是這一類筆記小説的代表。另如李如一在爲其祖父李詡所撰《戒庵老人漫筆》的序言中説道：

> 先大父戒庵翁歷世八十有八，年少遊郡校，七試場屋，繼就南雍，一謁選曹，旋棄不赴。日以典籍自娛，即舊師友有當途者，絶不與通。

1（明）許自昌著：《樗齋漫録》，明萬曆間刻本。

閑承下訊勤渠，亦往往避却，遇賢有司勸駕，第九頓致謝而已。惟塵外隱淪，清言斐亹，辨古今，譚稼圃，其人也者，對之則聽，然而笑不厭也。早歲課業必紀，已稍稍旁及奇聞異見，晚乃紀歲月陰晴、里閈人事。每於披閱所得，目前所傳，感愴所至，無論篇章繁簡，意合興到，隨筆簡端。自署曰"戒庵老人漫筆"，積成書册，投諸篋中。[1]

從這段對作者創作過程的介紹中，我們還能了解到筆記小說的命名與作者的人生經歷和處世態度有一定關係。而李如一也曾編輯過筆記小說叢書《藏說小萃》，則可能是受其祖父的影響。

第二，以"類""彙""編"等詞語命名，如《異物彙苑》《古今奇聞類紀》《何氏語林》《群談采餘》等。這類筆記小說的序言中對其命名也有交代，茲將相關叙述轉錄如下：

寧校竊禄，講堂多暇，旁綜群籍，從彙斯編。(《異物彙苑》自序)[2]

昉自兩漢，迄于胡元，下上千餘年，正史所列，傳記所存，奇蹤勝踐，漁獵靡遺。凡二千七百餘事，總十餘萬言。(《何氏語林》文徵明序)[3]

凡昔人前言往行，善可爲法，惡可爲戒，及天時人事、草木禽魚、災祥寒暑之變，悉討論而備録之，名曰《群談采餘》。曰"群談"者，乃前人所嘗言也。曰"采餘"者，推其未盡之意而發之也。(《群談采

1（明）李詡著：《戒庵老人漫筆》，北京：中華書局1982年版，第1頁。
2（明）閔文振著：《異物彙苑序》，明萬曆活字本。
3（明）何良俊著：《何氏語林》，明嘉靖二十九年何氏清森閣刻本。

餘》陳奎序）[1]

　　余歸老讀書，遇事之奇異者，必以片紙錄之，又恐久而散逸也。乃
釐爲十卷，名曰《古今奇聞類紀》，上而天文，下而地理，運播而五行
散殊，而人物靈變，而仙釋幽微，而鬼神，分門別類，以備一家之言，
中間援引莫詳於國志者，以方今垂世之典所紀之皆實也。次則多用史
傳通考者，以人所傳信之書所載之非誣也。又次旁及於雜編、野記、異
説、玄談諸氏之籍者，以其理之不悖，説之相通，故亦存之而不遺也。
（《古今奇聞類紀》自序）[2]

　　第三，以"雜""叢"爲詞語命名，如《見聞雜記》《五雜組》《四友齋
叢説》等。李樂《見聞雜記》自序中對"雜記"這一命名説道："曰'雜記'
者，時有先後，爵有崇卑，事有巨細，皆不暇詳訂次第，特據所見所聞漫書
之爾。"[3]又，何良俊在《四友齋叢説》中也對"叢説"這一命名做了一番闡
釋，云："何子讀書顓愚，日處四友齋中，隨所聞見，書之於牘。歲月積累，
遂成三十卷云。四友云者，莊子、維摩詰、白太傅，與何子而四也。夫此四
人者，友也。叢者，藂也，冗也。言草木之生，冗冗然荒穢蕪雜不可以理
也。又叢者，叢脞也。孔安國曰：'叢脞者，細碎無大略也。'藂説者，言此
書言事細碎，其蕪穢不可理，譬之草木然，則冗冗不可爲用者也。"[4]無論是
"雜記"還是"叢説"都是説明其內容瑣碎、叢雜，這也符合筆記小説"雜"
的文體特點。

1（明）倪綰著：《群談采餘》，明萬曆二十年倪思益刻本。

2（明）施顯卿著：《古今奇聞類紀》，明萬曆四年刻本。

3（明）李樂著：《見聞雜記》，明萬曆刻本。

4（明）何良俊著：《四友齋叢説》，北京：中華書局1959年版，第1頁。

　　第四，以"廣""增""補"等詞命名，如《名山藏廣記》《世說新語補》《廣博物志增删》等。張丑《名山藏廣記》自序曰："稍長知讀書，而尤好稗官家言。庚寅秋，慨然有藏書名山之志，因取古今雜記百餘種，逐一删其蕪穢，集其清英。上自三皇，迄于唐世。"[1]這類命名的筆記小說大多是對原作品進行增删、改編的再創作。

1（明）張丑著：《名山藏廣記》，明萬曆刻本。

第九章
明代筆記小説的文體新變

筆記小説經過了唐宋的發展，已經進入文體發展的成熟階段，其自身也開始醖釀一些變化，嘗試與其他文體進行溝通融合。到了明代，筆記小説已經積累了大量的作品，但明代中前期的筆記小説文體基本是唐宋的延續，而真正的改變則開始於晚明這個特殊的時代。

第一節　筆記小説編纂體制的變化

筆記小説到了明代已經積累了大量的作品，隨著出版業和藏書文化的興盛，筆記小説在編撰體制上發生了很多新的變化，雖然這些變化並不足以使筆記小説的文體發生質變，但却實實在在地影響了筆記小説的編創。在這些變化之中，筆記小説的叢編與類編、增補與摘録，以及小品類筆記小説等都是較爲突出的現象，還有一些作家在創作體例上別出心裁，成爲明代筆記小説中的異類。

關於筆記小説編纂體制的變化，有學者采用"彙編"這一概念來加以概括，包括叢書、類書、總集三種類型。大多數小説研究者也基本上同意這一分類，而且在小説彙編的研究方面取得了豐碩的成果。[1] 我們認爲，就明代

1　如任明華著：《中國小説選本研究》，華東師範大學 2003 年博士論文；秦川著：《中國古代文言小説總集研究》，上海：上海古籍出版社 2006 年版；劉天振著：《明代類書體小説研究》，北京：中國社會科學出版社 2014 年版；宋莉華著：《明清時期的小説傳播》，北京：中國社會科學出版社 2004 年版等。

筆記小説而言，大致分爲兩類：叢編和類編。這兩類所占比例最大，基本反映出了明代筆記小説體制上的發展變化。

　　"自唐有類書、宋有叢書，而後古今著述始流傳於世，供諸讀者，蓋零圭片羽，搜求甚難，而彙輯衆長，彙爲一編，故傳播自易也。"[1] 無論是叢書還是類書都是書籍不斷發展的結果，而筆記小説叢編、類編的出現也同樣如此。筆記小説到了唐宋時期，達到一個發展的高潮，産生大量的作品，於是出現了《太平廣記》《類説》這樣的類編作品。最早的筆記小説叢編應該是陶宗儀的《説郛》，而類編則是劉義慶《世説新語》。從它們出現的時代來看，類編這種形式要遠早於叢編，可見叢編的編撰更加需要大量作品及其廣泛流傳。明以前的筆記小説叢編、類編還是偶爾爲之，並不是通常做法。而明代中前期筆記小説的編撰體制也仍然沿襲唐宋，缺乏變化。晚明是筆記小説叢編、類編的興盛時期，這一時期出現的作品不但數量有了明顯的增加，而且在編纂形式上也發生了不小的變化。晚明筆記小説的叢編、類編在整個晚明筆記小説中占有相當的比重，是一種重要的編纂形式。兩者之間，類編占有絶對的優勢。

　　晚明筆記小説叢編可以分爲雜纂和自撰兩類。所謂雜纂，就是將不同人的作品編輯在一起，而自撰則是將一人的所有作品輯録成書。前一種形式與前代筆記小説叢編並無二致，而後一種則大概開始於明代，盛於晚明。據統計，有近一半的叢編作品屬於這一類，可見這並非是偶然現象。蓋晚明文人有喜好著書、刻書的風氣，希望能借此留名後世，這在一定程度上給叢編、類編的創作體制帶來了發展的契機。再加上這一時期出版業的興盛，爲筆記小説的刊刻和流傳提供了極大的方便，而明代刻書工價之低廉，無疑在一定程度上刺激了叢編、類編的大量出現，成爲筆記小説叢編體制成熟的重要原

1　謝國楨著：《明清筆記談叢》，上海：上海書店出版社 2004 年版，第 148 頁。

因之一。藏書家的興起對晚明筆記小説叢編、類編的大量出現也有重要的關係。我們發現，與白話小説形成鮮明對比的是商業因素在筆記小説叢編、類編中所占比例極低。筆記小説的彙編往往是藏書家所爲，他們的編纂目的並不是謀利，而是致力於文獻的保存和流傳。晚明的私家藏書非常發達，這不僅體現在藏書家的數量上，而且還表現在他們的藏書理念上。晚明的藏書家既占有豐富的文獻資源，又擁有雄厚的財力，還具有一定文化素養，這自然使得藏書家這一群體成爲彙編工作相對合適的人選。再者，小説觀念的轉變也是其中的重要因素，筆記小説的閲讀和創作成爲文人們日常生活的一部分，與此同時，筆記小説的價值再次得到認可，使得文人的創作變得更加自覺，也正是因爲此，彙編才可以大量出現。

筆記小説叢編和類編雖然並不始於晚明，但却是在晚明成熟、發展起來的。它們在清代得到了很好的延續，尤其是叢編蔚爲大觀，而這兩種編撰形式之所以能在後代得到充分的發展，晚明的貢獻不可忽略。

在晚明筆記小説的發展過程中，還出現了一批增補和摘録類的作品，它們是筆記小説創作中較爲特殊的一類，也是筆記小説傳播中一個值得注意的現象。所謂"增補"，主要是指對某一部筆記小説進行内容和結構上的擴展和補充而形成的作品，這類作品的命名常常使用"增""廣""補""續"等字眼，如《世説新語補》《廣博物志》《續耳譚》等。而"摘録"是指那些對一部作品的内容進行有選擇性的抄録，而加以重新編纂的作品，命名時多采用"摘抄""抄"等語彙，如《太平廣記鈔》《世説補菁華》《梁溪雜事摘抄》等。但無論是增補，還是摘録，都是一種再創作。據粗略統計，晚明時期，這類筆記小説大概有二十五部，約占晚明筆記小説總量的 6%，其中增補類作品爲十六部，摘録類作品爲九部。雖然這類作品在晚明筆記小説創作中所占比例並不突出，但從整個筆記小説的發展過程來看，其在晚明呈現出一種明顯的上升趨勢，充分表現了筆記小説在晚明的傳播和影響。晚明時期還有極少數作品是出於商業目的而編纂的，如王同軌《耳談》在晚明刊刻之後，迅速贏得了讀者的喜愛，被多次重印重刻，由於其突出的商業價值，書坊紛紛推出續作，《續耳譚》就是其中之一。這部作品很好地繼承了《耳談》一書内容上"新""奇"的特點，而書坊主選擇以《續耳譚》命名，無非是想借重原書良好的市場效應，以謀求更多的利益。

第二節　小品類筆記小説的文體特徵

筆記小説經過長期的發展，形成了自己獨特的文體特徵。這些特徵簡言之就是平直的叙事、質樸的語言以及篇幅的短小和内容的博雜；絶大部分的筆記小説並不具備良好的可讀性，而以"知識性"獲取讀者的青睞。這些特點貫穿在筆記小説的發展史上，而到了晚明，由於社會環境、筆記小説文體以及文人心態的改變，筆記小説一改此前單調乏味的文體風格，在叙事的技巧、語言的表現力以及可讀性方面都有了很大的進展，其中最爲典型的是小品類筆記小説的横空出世。小品類筆記小説以其清新雋永而又極具個性化的審美風格獨立於明代筆記小説之中，打破了傳統筆記小説文體風格一統天下的局面，成爲中國筆記小説史上的一個獨特現象。

"小品"一詞最早見諸佛教，指那些簡約且便於記誦的佛經，而用"小品"一詞稱呼文學作品則是在晚明。但"小品"這一文類文體概念，其界定並不清晰。誠如吳承學在《晚明小品研究》一書中所言："'小品'是一個頗爲模糊的文體概念，要爲'小品'下一個準確的定義，恐怕不是一件容易的事。"[1]我們試爲"小品類筆記小説"作如下界定："小品類筆記小説"並不是一種新的文體，而是筆記小説中的一個類型，指與晚明小品文創作風格相似

---

1 吳承學著：《晚明小品研究》（修訂本），北京：北京大學出版社 2017 年版，第 6 頁。

的筆記小説。具有悠閑自然、舒緩紆徐的筆調，"不拘格套，獨抒性靈"的創作個性，雋永的韻味，清雅的風格；内容上以記述個人生活瑣事、心態情感爲主；形式上大多篇幅短小，文辭簡約。總之，小品類筆記小説是具有與小品創作風格相似的一類筆記小説。

晚明小品類筆記小説具有代表性的作品約有如下十餘部：《適園雜著》《聞雁齋筆談》《雪庵清史》《梅花草堂筆談》《陶庵夢憶》《西湖夢尋》《小窗四紀》《舌華録》《癖顚小史》《雪濤小説》《雪濤談叢》等。這些作品均具有自然雋永、清逸閑適的審美風格，字裏行間透露著自由灑脱的寫作態度；但在看似輕鬆的表面下，却流露出作爲末世文人所具有的無奈和傷感的情緒。

小品類筆記小説與其他筆記小説相比較有著明顯的差異，其主要表現在叙事、内容、語言三個方面。筆記小説在叙事上基本保持質樸平實的面貌，但自唐代以下，特別是在明清時期，這一特徵有所改變，小説家們試圖在有限的空間内讓故事變得有頭有尾且曲折生動，提升了筆記小説的叙事品味；而小品類筆記小説一改舊貌，展現出與衆不同的叙事風格，這類小説善於抓住生活中平凡的瑣事，用一種閑適自然的筆調，舒緩甚至有些慵懶的心態表達出來，作者並不在乎故事的完整，情節的曲折，邏輯的清晰，而是緊緊把握其中的精神，在看似散漫没有章法的叙事中，却蘊含著作家心靈深處的哲思，頗有一種化腐朽爲神奇的藝術魅力，給讀者帶來極大的審美愉悦。試看《梅花草堂筆談》卷一开篇的兩則：

　　　　料理息庵方有頭緒，便擁爐静坐其中，不覺午睡昏昏也。偶聞兒子書聲，心樂之，而爐間翏翏如松風響，則茶且熟矣。三月不雨，井水若甘露，競扃其門，而以瓶罍相遺，何來惠泉，乃厭張生饞口，訊之家人輩，云舊藏得惠水二器，寶雲泉一器，亟取二味品之，而令兒子快讀李秃翁《焚書》，惟其極醒極健者，因憶壬寅五月中，著屐燒燈品泉于吴

城王弘之第，自謂壬寅第一夜，今日豈減此耶？（《品泉》）

辛丑正月十一日夜，冰月當軒，殘雪在地，予與李紹伯徘徊庭中，追往談昔，竟至二鼓，闃無人聲，孤雁嘹嚦，此身如游皇古，如悟前世。予謂紹伯，二十年前，中夜聞霰聲擊射，亟起呼兄偕行雪中，冰凝屐底，高不可步，則相與攀樹敲斫而行，聞人鼻齁，笑之爲蠢，夜來聽窗外折竹聲，亦嘗命奴子啓扉視之，酸風裂鼻，頭岑岑作痛，自笑曩時拍馬踏雪，不如擁絮酣臥。（《李紹伯夜話》）[1]

類似的内容在雜事、志怪、雜録等小說中，大多是平鋪直叙，隨筆記録，而張氏却一反筆記小說慣用的叙事套路，把一件本來平淡無奇的生活瑣事，寫得自然脱俗，回味無窮。張大復本人是一個佛教居士，而《梅花草堂筆談》的字裏行間無不流露出佛教那種明心見性的智慧以及對人生命運刹那間的頓悟，可以説佛教的思維方式和處世哲學對此書語言、叙事風格的形成起到了關鍵的作用。明代中前期佛教衰微，而萬曆以後禪宗的崛起給明代佛教發展注入了新鮮血液，同時也給那些亂世中的文人提供了一片可以躲避的"净土"。如果説《世説新語》突出的是士人風度的話，那麼晚明的小品類筆記小説則更多的是一種禪趣。當然這種"禪趣"並不單純，夾雜著儒、道的成分。

小品類筆記小説的内容，一如前面所提到的，作家把創作的視野從國家、社會，轉移到個人生活，那些軍國大事、典章制度、學術隨筆類的内容被排斥在作品之外；取而代之的是作家的個人生活瑣事，但這些瑣事並不僅僅是普通生活中"柴米油鹽"，而是高度藝術化、文人化的生活，充滿了詩

1（明）張大復著，阿英校點：《梅花草堂筆談》，上海：上海雜誌公司1935年版，第1頁。

意和生活的情趣。煮酒、品茗、郊遊、訪友，這一切在作家的筆下都顯得格外動人，富有情調。在記述瑣事的同時，作家還往往在文中抒發自己的感慨，表達出一種對生活與生命形而上的哲理思考。

晚明小品類筆記小説的語言風格，遠遠超越了一種文學語言的表達，而是融入到創作者的内心世界，隨之自然地流露出來，不僅無矯揉造作之態，還具有一種豪華落盡的美感。這種美感體現在作品的每一個部分，甚至序言中。樂純《雪庵清史》自序便是其中之一，由於序文較長，故節錄一段，以窺一斑。序云：

> 清史者何？天湖子病中所作以寄病語也。寄病語矣，而必以清目者何？蓋天湖病夫，世之吞火者，而欲飲之以冰也。《史》五卷，一曰景，一曰供，一曰課，一曰醒，一曰福。天湖子生天湖山下楊花溪中，雖未得盡歷五嶽十洲，洞天福地，溪上有梅花塢，紅雨樓，雪庵，雪洞，水竹與居草玄爲亭。一曲房，一石室，時而游水閣，登溪橋，入平湖，臨寒潭，則見一鑑池邊修竹茂林，瀑布泉際，野花幽鳥，源頭植桃千樹，堤上栽柳萬株，可樂桑麻深處，何有城市山林。時而陰則萬家煙樹，雲封古寺；時而晴則千峰月色，月移花影。每好夜景，時或雨來。午夜聞溪聲，江天覽雪霽，令人心事頓如清風明月，功名富貴一侶秋水蘆花。故月到中秋，何如霜夜；月中簫管，何如林端飛雪。余常觀海日風潮，歸來舟中，凉雨一灑，便覺泠然。又聞隔寺木魚音隱隱，隔岸欸乃聲四發，因憶讀書松下，芰荷風來，遠望殘汀落雁，近睹暮鳥巢林，聞夕陽蟬噪，啼鵑流鶯，哀猿唳鶴，與夫葉底之流螢，冷冷清清，此時景致，名爲第一，故列清景於首，爲一卷。[1]

1（明）樂純著：《雪庵清史》，上海圖書館藏明萬曆四十二年（1614）刻本。

　　此序擺脫了晚明筆記小說序文撰寫的俗套，清新自然，可以當作一篇散文來讀，很難想像這是一篇筆記小說的序言；作者沒有直接介紹自己的創作經歷和作品結構，而將這些內容巧妙地融入到自己津津有味的敘述當中，這正是小品體語言藝術化和生活化的體現。它來自晚明士人心態，在晚明知識份子中具有相當的代表性，作者在序中說：“天湖子病世之醉者未醒。”這種看透世事的大徹大悟，恰恰是部分晚明文人精神世界的真實寫照。

　　晚明小品類筆記小說數量上無法與其他幾類相比，在爲數不多的作品中，張大復的《梅花草堂筆談》無疑是這類小說中的扛鼎之作。張大復（1554—1630），字元長，晚年因爲多病而自號“病居士”，昆山（今江蘇昆山）人。通經史詞章之學，尤精於戲曲。錢謙益《初學集》中收錄有《張元長墓誌銘》，可考見其生平事迹。張大復在當時頗有聲望，湯顯祖在讀過他寫的《先事史略》之後，感慨道：“天下有真文章矣。”[1] 著有《昆山人物志》《梅花草堂集》《吳郡張大復先生明人列傳稿》等。在其著作當中，最爲人所熟知的就是《梅花草堂筆談》，作者早年仕途不順，又在四十歲的時候突因眼疾而失明，晚年疾病纏身，他的表弟許伯衡《張先生筆談題辭》云：“先生少有雋才，有志於用世而不遂，故不得已而有言。”[2] 由此可見，《筆談》描繪的藝術化的生活背後，暗含的是作者人生的無奈。但作者筆下的個人生活，依然充滿藝術氣息，日常瑣事則極富韻味，這或許是作家面對無法改變的命運而內心產生的一種釋然的感覺；而張大復的成功之處就在於，他準確地把握住了內心深處的這一變化，將其揉進生活瑣事之中，又以自然灑脫的語言出之，給讀者帶來獨特的審美體驗。茲舉數例如下：

　　　　净煮雨水，澂虎丘廟後之佳者，連啜數甌。坐重樓上，望西山爽

---

1 （清）錢謙益著：《初學集》，上海：上海古籍出版社 1985 年版，第 1359 頁。
2 （明）張大復著，阿英校點：《梅花草堂筆談》，上海：上海雜誌公司 1935 年版。

氣，窗外玉蘭樹，初舒嫩緑，照日通明，時浮黄暈。燒筍午食，抛卷暫
臥，便與王摩詰、蘇子瞻對面縱談。流鶯破夢，野香亂飛，有無不定，
杖策散步，清月印水，隴麥翻浪，手指如冰，不妨敞裘著羅衫外，敬問
天公肯與方便否。(《言志》)

生平無酒才，而善解酒理，能以舌爲權衡也。今夜許仲嘉出新醅嘗
客，予愛其醇滑，似不從喉間下者，蓋所謂和而力，嚴而不猛者歟。然
滑故應爾，而微少新興，豈出厩之駒，遂無翩翩試步之性耶。張時可
曰：“異美甚，恐其不耐久。”時可之才十倍余，其言如此，故曰余能以
舌爲權衡者也。放飲酣甚，遂不成痳，戲命桐書之。(《試酒》)

藥氣蒸鼻，愁聲溢耳，僵臥床上，如坐釜甑中，起則蚊蚋繚亂，窗
間揪揪來嘬人。徐步庭中，見月英和露欲滴，曙光隱隱，東方新麗奪
目，心頗樂之。然自顧粟無徵君之瓶，薪無怪魁之山，庭無高安之菊。
日且旦，室人洗釜而待炊，索我枯魚之肆矣。忽自念言，前境盡惡，已
復啞然自笑，吾所居大是學問之具，奈何若受芋狂狙，愁喜爲用哉？書
此自礪。(《自礪》)[1]

同樣是記録瑣事，小品體的語言風格自然雋永，給讀者帶來一種審美的
愉悦感。與之相反，其他類型筆記小説往往采用平鋪直叙的方式，語言平實
質樸。其實，小品體的這種語言風格並不局限在記録瑣事上，記人記事同樣
如此。爲了能更清晰地展現小品體與其他筆記小説語言上的差異，我們將范
濂《雲間據目抄》和吳從先《小窗清紀》中的類似内容抄録對比如下：

1（明）張大復著，阿英校點：《梅花草堂筆談》，上海：上海雜誌公司1935年版，第3、16、19頁。

雲間據目抄	小窗清紀
龔情，字善甫，號方川。公生而穎喆，髫齒能日誦記千言，舉嘉靖癸丑進士，授行人。奉使景寧藩邸，峻却饋遺，擢禮科給事中。值歲議軍興北胡，南粵諸道赤白囊旁午警報，歲數失稔。公首疏飭邊防，預儲蓄，蠲南北額外之徵。均兵餉，以蘇偏累，復疏上詔取太倉銀兩，省中推公敢言。會勘伊庶人不法狀，忤當事者，指摘貳德，清尋歷升南虞部郎，報罷。公少日聘韓氏已，其女遘廢疾，或諷公改圖，公不聽，竟其女亡，始議婚。其大行端謹，類如此。性喜博古，屬文著作，宗韓非子，有撮殘稿藏於家。[1]	棟塘翁世家鄞城，開別墅于古鄲之墟，北枕龍岡，南列鹿岩諸峰。手植二棟離立門左右，日長以茂適蔭塘水之上，亭亭若張蓋，每春夏之交，吐花昱昱，香風披拂，紫翠若錯繡，天且盛暑，濃蔭敷布，翁坐塘上，手一編，或口哦小詩，興至則拂柯攀條，升高望遠，每呼子若孫讀書其旁，聽以為樂。客至因石為几，菱芡蓮藕之屬，請客所欲，即取而供之，或棄其餘。鵲下巢鳴喳喳，魚尾尾躍水面。或對弈，或鼓琴，或流觴而飲，或蕩槳而遊，大醉則放歌，振起林木間，與魚椰牧笛之聲相和答。客去則就塘浴，浴起則枕石而卧，清陰掩映，不知炎爐之襲人也。入秋冬則黃葉飛舞，浮沉碧流中，爛若云錦，青子累累，葡萄在架，野禽啄啅，群翻爭墮。月明之夜，倒一入池，如鏡乍拭，星斗羅列，可俯而掬。[2]

　　兩篇文字相對比，便能清楚地感受到語言風格的差異，一是平實嚴謹，有史傳遺風；一是雋永恬淡，具文章詞彩。從審美的角度來說，無疑是後者的語言更具有欣賞價值。它那頗具意境美感的語言，為筆記小説的語言開闢了一個新天地，展現了語言的多種可能性，這是小品體為筆記小説發展所作出的重要貢獻。

　　晚明小品類筆記小説的發展並不是偶然的，是傳統和時代交匯的產物。既吸收了《世説新語》的影響，又是晚明文人生活的寫照。如果説，晚明出現的大量"世説體"作品是對《世説新語》外在形式的繼承，那麼小品類筆記小説就是對其內在精神的體悟和延續，是向晚明文人內心世界深處的擴展。晚明小品類筆記小説的命運如同小品一樣，隨著明朝的滅亡而慢慢消歇；清代社會及學術風氣的轉變，筆記小説失去了晚明開放活躍的創作氛圍，未能在後世得以發展壯大。清代小品類筆記小説集中在清中前期，如

1（明）范濂著：《雲間據目抄》卷一，1928 年奉賢褚氏重刊本。

2（明）吳從先著：《小窗清紀》，明萬曆四十三年（1615）刻《小窗四紀》本。

《板橋雜記》《看山閣閑筆》《浮生六記》等，頗注重寫實，而趣味與意境不及晚明矣。

第三節　笑話文體的創新

笑話在筆記小說中屬於比較特別的一類，甚至有不少學者認爲笑話可以作爲一種獨立的文體，但從笑話本身的文體特點來看，把它納入筆記小說還是較爲合理的。古人多稱笑話爲"諧謔"，而"諧謔"在我國有著悠久的發展歷史，《詩經》中就說道"善戲謔兮，不爲虐兮"，後來在曹魏時期出現了真正意義上的諧謔書，邯鄲淳的《笑林》。南朝劉勰《文心雕龍》中對諧謔類筆記小說進行了專門的評介，可見這類筆記小說在南朝時已經有了發展。唐朝的諧謔類筆記小說出現並不多，而宋元時期的諧謔專書則有了明顯的進步。到了明朝，特別是晚明時期，隨著出版業的繁榮，諧謔類筆記小說迎來了其發展最爲輝煌的時期。這一時期的諧謔書不但在數量上非常可觀，創作品質也有了很大的提高，更可貴的是作家們在文體上進行了一些大膽的嘗試。據統計，現存的諧謔類筆記小說共有三十餘種，他們大部分都出現在晚明。可以説，晚明諧謔小説代表了明代諧謔小説發展的最高成就。

關於這一時期諧謔小說的特點，具體來說，有以下幾個方面：

首先，晚明的諧謔小說具有很明顯的文人化特點。文人的參與，提高了諧謔小說的品味。如江盈科、趙南星、陸灼等，這些作家具有良好的文學修養，在實際創作中大大加強了作品的文學性，同時又增加了作品的現實諷喻意義，一定程度上擺脱了諧謔小説單純的娛樂功能。如《艾子後語》《雪濤小説》《權子》《諧語》等，這些作品在內容上大多以經史典故爲背景，讀者如果沒有一定的文學修養，就很難領會其中的可笑之處和諷喻精神，甚至會發生誤讀的現象。而作者創作的目的也並非僅僅是爲了博人一笑，如趙南星《笑贊題詞》稱自己的創作"亦可以談名理，可以通世故，染翰舒文者，能知其解，其爲機鋒之助，良非淺鮮"。[1]由於晚明社會的混亂，不少作家都選擇用文字來表達對現實的不滿，而笑話這種亦莊亦諧的創作形式，恰好給了他們相對中庸的發洩方式。而文人化作品的大量出現也與書坊製作的"低俗"之書形成了鮮明的對比，形成了一種雅俗共賞的局面。其次，雖然晚明諧謔類筆記小説的創作出現了明顯的文人化傾向，提高了自身的文學品位，但笑話本身所具有的娛樂功能從未消失，還是存在不少的趣味不高、止於一笑的作品，而隨著晚明出版業的繁榮，諧謔類筆記小説的娛樂功能，也贏得了以營利爲目的的書坊主的關注，於是出現了一些商品性的書籍。如明末福建熊氏文德堂所刻《新刻華筵趣樂談笑酒令》（又名《博笑珠璣》），此書是一部雜技、酒令、棋牌類書籍，專供人們休閑娛樂之用。卷四有談笑門，收錄笑話六十九則。事實上，由於筆記小説自身的文體特點，其商業性並不像白話小説那麼強烈，但笑話却是其中較爲獨特的一類，它解頤和諷喻的特點讓其具有潛在的商業價值，當出版業興盛到來的時候，這方面價值便得到了最大的體現。商業出版給笑話的發展注入了活力的同時，再加上笑話書的發展，積累了大量的可用素材，使得這一文體的創作形式發生了改變，一些纂輯類笑話書應運而生。其中不得不提的是晚明俗文學大家馮夢龍，馮氏編輯了大量的小説作品，其中就有幾部笑話書，如《笑府》《廣笑府》《古今譚概》《古今笑史》等，這些作品均按類編排，文獻數量得到大幅度的擴充。馮氏所編笑話集對當時和後世的笑話創作都有深遠的影響，其所編之書不但成爲其他書的材料來源，在清代也多次被增删改編。再次，晚明的諧謔類筆記小説也同其他小説一樣，有互相傳抄的弊病，一些故事在其他作品中反復出現，有些書則完全是"東拼西湊"而成，這一定程度上影響了自身的價

---

1 王利器輯録：《歷代笑話集》，上海：上海古籍出版社 1981 年版，第 276 頁。

值。有的書商爲了牟利，雜取諸書，更換書名，冒充新書。更有甚者，將舊版重修，鏟去序跋、題署，掩人耳目。

　　明代諧謔小説總體上繼承了傳統的創作形式，偶有獨特的創制，雖然這種文體創新並不普遍，但作爲一種現象仍然值得我們注意。如明代潘游龍所撰《笑禪錄》，其創作形式別出心裁。此書在明代諧謔小説中是比較特別的一個，顯示了談笑間的佛家智慧和不可言傳的禪機。"他利用佛家語錄的形式，前'舉'後'頌'，中間插入一個'説'，來顯示出出家和在家的一些相似的笑話。"[1] 實際上，作品中的"舉"采用的是佛家語錄，而"説"是以通俗的小故事作爲解題，最後用"頌"總結，點破主旨。三者邏輯緊密，互相發明。兹舉一例，以窺一斑：

　　　　舉：《壇經》云："諸佛妙理，非關文字。"
　　　　説：一道學先生教人只體貼得孔子一兩句言語，便受用不盡。有一
　　　少年向前一恭云："某體貼孔子兩句極親切，自覺心寬體胖。"問是那兩
　　　句，曰："食不厭精，膾不厭細。"
　　　　頌曰：自有諸佛妙義，莫拘孔子定本；若向言下參求，非徒無益反損。

　　作者首先在"舉"中拿出禪宗六祖的話作爲題，隨後用一個通俗小故事諷刺了道學先生的迂腐，最後在"頌"中用四句話來點破主題。明代佛教在中前期的發展相當緩慢，直到晚明禪宗的崛起才有所起色，而晚明的禪風並不拘泥於佛理，與當時社會有緊密的聯繫，這給晚明知識分子的心靈提供了一片可以逃避混沌現實的空間，此時的文人不僅接觸禪宗教義，甚至出現"逃禪"的現象。雖然我們不確定潘游龍是否信奉佛教，但作者借鑒這種佛

1　王利器輯録：《歷代笑話集》，上海：上海古籍出版社 1981 年版，第 294 頁。

經形式來創作小説，無疑與當時的社會和宗教風氣有直接的關係。此外，此篇"説"的部分用道學先生的故事來解釋主題，明顯是諷刺了晚明的風氣。

明末文人余懷在爲王弘撰《山志》所作序言中説道："説部惟宋人爲最佳，如宋景文《筆記》、洪容齋《隨筆》、葉石林《避暑録話》、陳臨川《捫虱新語》之類，皆以叙事兼議論。"[1] 叙議結合是自宋以來筆記小説的一大特點，但在明代以前，這種創作形式在諧謔小説中極爲少見，其大量出現應該是在晚明。晚明諧謔小説在整體上體現出一種叙議結合的特點，作者的叙述重點往往不在於故事的本身，而是故事所藴含的對現世的諷喻意義，這部分内容恰好在議論中得以充分的顯現。如《笑贊》《笑林》《雪濤小説》《譚概》等都是此類寫作風格的代表。它們從形式上大致可以分爲兩類：一類是在篇末直接議論，另一類是篇末以"某某曰"的形式表達作者的看法。雖然兩者形式不同，但其内容大致相仿。如趙南星《笑贊》一書，全書每條故事後均有贊曰的内容，在文言小説中這種"某某曰"的内容比較常見，但在諧謔小説的創作中，晚明以前並不多見。"某某曰"中常常是作者對於故事所發表的議論或内容的補充，可以看出明顯的諷喻意味。

第四節　《名山藏廣記》與《續耳譚》的體制新變

明代筆記小説文體在晚明進行了諸多方面的嘗試，體現出"求新""求變"的創作特點。在這類作品中，張丑的《名山藏廣記》是較有特色的一部。從相關的文獻資料來看，《名山藏廣記》的編撰是由於作者對《史記》一書的喜愛和深入研究，想利用稗官小説的材料撰寫一部獨特的史書。張氏看到了小説與正史之間的關係，那些野史雜記正可以補正史之不足，同

1（明）王弘撰著：《山志》，北京：中華書局 1999 年版，第 1 頁。

時也可以成就作者著史的願望。更讓人感到意外的是，作者編撰此書是爲了“成太史公未竟之志”，並不無自負地説道：“後之君子得是書以參太史公《史記》，而史學思過半矣。”[1]《名山藏廣記》全書二百零五卷，正文二百卷，分爲本紀六十卷、志四十卷、列傳一百卷。書前的《攎摭書目》實際上就是作者的參考書目，通過這個書目我們發現作者所輯録的内容均出自筆記小説，摻雜少量傳奇。主要以志怪類筆記小説爲主，正如閑閑居士序中轉述作者的話那樣，此書是“記一切有情，記一切詭異，記一切不可知、不可識之事”。[2]作者在輯録的時候並没有簡單的抄録，而是對原書進行了删改潤色。内容是從三皇到唐代，可以説，作者的輯録範圍幾乎囊括了這一階段所有的筆記小説。《名山藏廣記》的創作體例在中國筆記小説史上是頗爲罕見的，運用《史記》體例來編纂小説，這無疑是一種創造。但從這種創造中，我們還是能夠發現其背後的原因，《名山藏廣記》的出現並非空穴來風，而是與《史記》在明代的傳播有直接的關係。明代《史記》的刊刻相當繁榮，據學者統計，有三十種之多。明代對《史記》的研究成果也非常豐富，尤其是晚明，出現了大量評點本，可見明人對《史記》的喜愛和重視。“從總的傾向看，明代學者對《史記》藝術成就持肯定、贊揚的態度，無論是史評史鈔，還是評點、輯評，都對《史記》藝術成就予以高度評價。”[3]作者受到晚明《史記》傳播的影響，正是在這樣的背景下，才有《名山藏廣記》的産生。明代筆記小説，無論是方志類筆記小説的興起，還是沈德符《萬曆野獲編》、張萱《西園聞見録》這樣有志修史而未成的作品，其實都是在小説與正史的關係上尋找最佳的契合點。小説與史本就有著緊密的聯繫，而正史與稗史之間又往往互相融合，《名山藏廣記》的出現把兩者關係推向了另一個

1（明）張丑著：《名山藏廣記》，上海圖書館藏明萬曆三十三年（1605）刻本。

2 同上。

3 張新科、俞樟華著：《史記研究史略》，西安：三秦出版社 1990 年版，第 102 頁。

高度，小說不僅可以吸收正史的內容，還能借用其體例，這是值得注意的。

提起明代的志怪小說，不得不說的是萬曆時期王同軌所撰《耳談》一書，此書在萬曆二十五年（1597）出版之後曾盛行一時，深受讀者的喜愛。或許是受到良好市場效應的刺激，書商們紛紛想借此品牌效應於市場中獲得成功，所以出現了很多《耳談》續作，成爲了明代小說史中一個值得注意的現象。在衆多續作中，《續耳譚》無疑是其中的佼佼者；《續耳譚》共分爲六卷，收録五百餘篇小說，大多爲神仙鬼怪、奇聞異事之類的故事，亦不脱志怪小說的窠臼。部分小說末尾注明來源，通常題爲“某某談”，每則故事後有議論，這些也都是志怪小說傳統的寫作模式。書中故事均發生在明代，最早爲洪武時期，最晚至萬曆。其中以發生在嘉靖、隆慶、萬曆三朝的故事最多。《續耳譚》在故事內容上沿襲《耳談》“事新而艷，語爽而奇，爲見所未見，聞所未聞”的特點，有些故事頗能給人以深刻的印象。更爲重要的是，《續耳譚》非常講究叙事方式，這是它突出的特點。筆記小說篇幅短小，很難像傳奇或白話小說那樣，在一篇之中達到一波三折的叙事效果，所以大多數筆記小說都揚長避短，采用平實精煉的叙事方式。《續耳譚》的出現，打破了傳統筆記小說的叙事規範。如卷一《尹某西廂記》，叙述了尹某平日所讀《西廂記》日久成妖的故事，兹將此故事抄録如下：

盧秀才化承，家蔄門，其姻尹某嘗宿外寢。一夕忽見男女數人，僅長尺許，謂尹云：“汝欲看《西廂記》乎？”即搬演，與優人無異。尹驚呼，盧弗聞也。明旦知之，怪復夜起，命家人操兵擊之，入床頭而没。撿得《西廂記》一本，乃尹素所嗜者。且觀且歌，怠以爲枕，日久紙盡油矣，盧焚之，既而假寐，若有言者曰：“能滅我形，難滅我神。”遂時時火起旋熄。盧有侍婢，夜見空房中燈光熒熒，畫見嬰兒卧地，首像木偶而身如綫。一月間驟長，若年十六七者，每於窗隙窺婢。一晚竟攛入

房曰："我仙人也。"迫與合焉。以餅食婢，味似鵝油，飽三日弗餐。衆
訝問，始吐實。久之，庭前墙倒，下有巨蛇，意其為妖也。從是妖怪沓
出，乃遷去。[1]

作者以如此短小的篇幅，講述了一個完整的故事，叙事精煉傳神，不僅
内容新奇，還從側面反映出這部戲曲名著在明代的影響與魅力。我們再來看
一則篇幅稍長的故事，卷一《老嫗騙局》云：

萬曆戊子，杭郡北門外居民某者，年望六而喪妻，有二子婦，皆
夭冶，而事翁皆孝敬。一日忽有老嫗立于其門，自晨至午，若有期待，
而候不至者，翁出入數次，憐其久立，命二子婦迎款。詢其故，嫗曰：
"吾子忤逆，將訴之官，期姐子同往，久候不來，腹且枵矣。"子婦憐
而飯之，言論甚相愜。至暮期者不來，因留之宿，一住旬日。凡子婦操
作，悉代其勞，而女紅又且精妙，子婦惟恐其去也。因勸翁曰："嫗無
夫，而子不孝，煢煢無所歸。翁喪姑無耦，盍娶之。"勸之甚力，翁乃
與之合焉。又旬餘，嫗之子與姐子始尋覓而來，拜跪老嫗，委曲告罪，
嫗猶厲詈不已。翁解之，乃留飲，其人即拜翁為繼父，喜母有所托也。
如此往來者三月。一日嫗之孫來，請翁一門云已行聘，嫗曰："子婦來
何容易也，吾與翁及兩郎君來耳。"往則醉而返。又月餘，其孫復來請
云，某日畢姻，必求二位大娘同來光輝。子婦允其請，且貸親友衣餙盛
粧而往。嫗子婦出迎，面色黄而似病者，日將晡，嫗子請兩子婦迎親，
誑之曰："鄉間風俗若是耳。"嫗佯曰："汝妻雖病，今日稱姑矣，何以
自不往迎而勞二位乎？"其子曰："規模不雅，無以取重，既來此，何
惜一往。"嫗乃許之。於是嫗與其子婦及二子婦下船往迎，更餘且不返。

1（明）劉忭、沈遴奇、沈儆垣著：《續耳譚》卷一，日本內閣文庫藏明萬曆間刻《新刻續耳譚》本。

嫗子假出覘，孫又出覘，皆去矣。及天明遍覓無踪，訪之房主，則云：
"五六月前來租房住，不知其故。"翁父子悵悵而歸，親友來取衣飾，乃
傾貲償之。而二婦家來覓女不得，訟之官，翁與二子因恨極自盡。嗚
呼！嫗之計亦神矣哉。誆其婦而殺三命，天必殛之矣。然無故而留客，
無媒而娶妻，翁亦有取死之道也。[1]

老嫗精心策劃的騙局，最終造成"誆其婦而殺三命"，讀之不禁讓人在
感嘆騙術之高的同時也爲父子的死唏噓感喟。這樣的故事在《三言》《二拍》
中並不稀見，但可貴的是《續耳譚》的作者只用了六百餘字，講述了一個情
節完整且引人入勝、發人深思的故事，其中的起承轉合以及情節鋪墊，可見
其叙事技巧之高超。作者在講述的過程中，盡可能地保持情節的緊湊，語言
的精練。故事的前半部分，在平淡叙事之中，又爲後面結局埋下伏筆，最後
使讀者有情理之中、意料之外的心理感受，展現出一種難得的藝術張力。類
似的故事在《續耳譚》中還有很多，雖然内容荒誕離奇，不足憑信，但它們
却在某種程度上反映了一些社會現實，是值得注意的。《續耳譚》中所收小説
篇幅長短不一，少則十幾個字，多則千餘字。在叙事上，《續耳譚》並沒有完
全采取傳統志怪小説平淡簡略的叙事策略，往往能夠在一些篇幅不長的小説
中達到娓娓道來且生動傳神的叙事效果。一些篇幅較長的小説不僅情節上曲
折生動，還插入較多的詩詞，頗能見到明代"剪燈系列"小説的影子。如卷
一《楊化冤獄案》、卷四《桃園女鬼》、卷六《周文襄公見鬼》、卷二《木生經
奇會傳》等。這些故事説明，一方面晚明筆記小説文體具有"駁雜"的特點，
另一方面筆記小説作者在叙事上不滿足於平淡的叙事，而有了更高的追求。

除了志怪，此書還收録了少量雜事類小説，這些小説真實地反映了晚

1（明）劉伫、沈遴奇、沈儆垣著：《續耳譚》卷一，日本内閣文庫藏明萬曆間刻《新刻續耳譚》本。

明社會的黑暗和社會風氣的惡劣，語言平實但却含有辛辣的諷刺，達到一種平中見奇的叙事效果。如卷一《古刹慧林》一則，叙述僧慧琳因戀女色而殺人，潛逃後，縣官誤認爲是鄰居所殺，但因找不到屍首而對此人嚴刑拷打。其女見父受辱而自縊，令父斷其頭以抵亡女頭，後冤案在神明幫助下終得昭雪。又如同卷《俳優滑稽》講述了甲午浙試，一有錢士子買得初場題，後主試者因得罪杭郡公，郡公邀其赴宴，密令宴會上的優伶以此事諷刺他，最終讓其羞愧而走的故事。作者在篇末感嘆道："嗚呼！主試者固通關節可刺矣，向非優人滑稽，郡公即欲刺之，安能曲盡形容之妙哉，使主試腼顔喪氣而不敢發也，優人亦有古優孟優旃風乎？"[1]還有一些故事，作者是通過幽默的故事情節來暗含對現實社會的諷刺，讓人笑過之後陷入思考。如卷一《谷大用問紗帽》：

> 太監谷大用迎駕承天時，所至暴橫，官員接見多遭撻辱。雖方面亦有不免者，然欲撻辱，必先問曰："你紗帽那裏來的？"湖廣某縣令聞之，略不爲意，云："到我必不受辱。"及大用過其地，某入見，大用仍喝問云云，某答言："老公公，知縣紗帽在十王府前三錢伍分白銀買來的。"大用一笑而罷，竟無所加也。某出，人間之，曰："中官性屬陰，一笑更不能作威矣。"是令智謀之士也，記之俟訪其姓名。[2]

《續耳譚》繼承了筆記小説篇幅短小、語言精練的特點，在保證故事完整的前提下，情節緊湊，張弛有度，使小故事中能夠頓起波瀾。這種富有張力的叙事藝術，在晚明並不是一個個案，與其同時期的《獪園》《情史》《耳談》等都存在類似的叙事方式，《續耳譚》是其中的佼佼者。

1（明）劉怵、沈遴奇、沈儆垣著：《續耳譚》卷一，日本內閣文庫藏明萬曆間刻《新刻續耳譚》本。
2 同上。

国家哲学社会科学成果文库
NATIONAL ACHIEVEMENTS LIBRARY
OF PHILOSOPHY AND SOCIAL SCIENCES

中國古代小說文體史

（下）

譚帆 等 著

上海古籍出版社

第六編　清代小説文體

概　述

中國小説文體發展至清代，總體上呈現出筆記體、傳奇體、話本體與章回體共同繁榮的局面，各種文體類型的小説層出不窮。如若進一步細分和比較，那麼筆記體小説與章回體小説的發展顯然更加出色，不僅作品數量更多，藝術成就更高，分別留下了《聊齋志異》《閲微草堂筆記》和《紅樓夢》《儒林外史》等不朽的經典之作；還表現在文體形態的演進臻於極致，代表了這兩種小説文體的最高水準。

清代是筆記體小説發展的黄金時代，大量的文人學者紛紛創作筆記體小説，一時間蔚然成風，名家名作不絶如縷。金埴《不下帶編》曾總結康熙朝的筆記體小説創作，臚列《書影》《閩小紀》《説鈴》《三岡識餘》《艮齋雜説》《居易録》《池北偶談》《分甘餘話》《古夫于亭雜録》《暑窗臆説》《説鈴》（吴震方）《堅瓠集》《拾籜餘閒》《今世説》等筆記體小説數十種，云："凡此皆彰彰在人耳目者也。"[1]沈瑋《聽雨軒筆記總序》憶及乾隆朝的筆記體小説創作盛况，云："國初名家咸尚説部，舉其書可以汗牛，數其目不勝屈指，措辭命意雖各不同，要皆集目前所見聞而識之，以之傳舊紀軼耳。"[2]伴隨繁盛的小説創作而來的，是清人明晰的小説文體觀念。清人將筆記體小説定義爲一種紀録見聞雜感的隨筆劄記，這種觀念承襲了《漢志》以來的傳

---

[1]（清）金埴撰：《不下帶編》，北京：中華書局1982年版，第80頁。此書作於雍正十年後（應爲雍正年間作品無疑）。

[2]（清）清凉道人編：《聽雨軒筆記》，《筆記小説大觀》第25冊，揚州：廣陵書社1983年版，第311頁。

統，但有比前人更加明確的文體意識。乾隆九年（1744），蔡寅斗《書隱叢
説叙》云："考前史藝文志，凡分類之劄記，概名曰説部，其稱名也小矣，
惟其稱名小，故有事於此者，類出之遊戲以爲無聊遣興之資，非鑿空駕虚、
喜新好怪即勦襲陳説、摭拾無稽，若稗販若傳奇，而卒無一言之當於道。嗟
乎！以有用之心思，費無用之筆劄，何其可已而不已也。"[1]蔡寅斗對歷代正
史"藝文志"中"劄記"類文獻的説明，儘管充滿鄙夷之色，視之爲"君子
不爲"的"小道"，但的確點明了筆記體小説的文體屬性和文類地位。至清
末民初，"筆記體小説"概念的前稱"劄記體小説"已出現在報刊欄目中，
儼然成爲一個小説文體概念。1902 年，梁啓超在《中國唯一之文學報〈新
小説〉》一文中提出，《新小説》擬開闢小説專欄 15 種，包括"劄記體小説"
與"傳奇體小説"。嗣後一衆報刊，如《競立社小説月報》《小説新報》《大
共和畫報》等，大多設立"劄記小説"專欄。何謂"劄記體小説"？梁啓超
如是説："劄記體小説，如《聊齋》《閲微草堂》之類，隨意雜録。"[2]"隨意雜
録"四個字，確乎道出了筆記體小説隨筆記録見聞感受的創作模式。這一點
紀昀在《閲微草堂筆記》中早已多次提及，如《灤陽消夏録》序云"晝長
無事，追録見聞"，《姑妄聽之》序云"惟時拈紙墨，追録舊聞"。[3]至民國初
期，"劄記小説"已正式成爲小説文體之專稱。1915 年《小説大觀》爲《殘
夢齋隨筆》所作廣告云："劄記小説《殘夢齋隨筆》，此亦武林蔣景緘遺著，
於諸小説外又換一副筆墨。蔣君多聞强識，以古證今，以今考古，有所心得
輒筆諸書，而於歷代文獻、勝朝佚聞尤爛熟如數家珍，典雅名貴，不讓蒲、
紀二氏之專美於前也。"[4]直到 20 世紀 30 年代，青木正兒所著之《中國文學

1（清）袁棟纂：《書隱叢説》，《四庫全書存目叢書》子部第 116 册，齊魯書社 1995 年版，第 399 頁。

2 梁啓超：《中國唯一之文學報〈新小説〉》，《新民叢報》第 14 號，橫濱新民叢報社，1902 年。

3（清）紀昀著：《閲微草堂筆記》，上海：上海古籍出版社 1980 年版，第 1、359 頁。

4《新刊紹介：劄記小説〈殘夢齋隨筆〉》，《小説大觀》，1915 年第 2 期，第 4 頁。

概説》仍然使用"劄記體小説"而與"傳奇體小説"對舉。

　　明末清初"四大奇書"文人評改本的産生，標誌著章回小説文體的成熟與定型。這四部藝術水準超拔的小説將章回小説文體的形式美感發展到了一個嶄新的高度，在其後二百多年時間裏，無論是内在的叙事模式還是外在的文體形態，後出者基本上遵循它們確立的文體軌範。直到清末民初以來，小説觀念發生了極大改變，創作與傳播方式有了明顯不同，域外小説也大量譯介進來，這給章回小説文體的發展帶來很大衝擊，雖然某些局部的文體形態特徵依然得以保存，但傳統章回小説富有中國特色的古典形式美感已逐漸消失。

　　文學發展有其自身規律，與社會環境的變化並不同步。明清易代並没有帶動章回小説文體立即"革故鼎新"，至少在清代前期順治至雍正的近百年時間裏，章回小説文體的發展大體上保持平穩狀態，延續了晚明以來的發展勢頭。經過清前期的積纍，乾隆至光緒後期出現了章回小説發展史上自明嘉靖至萬曆年間以後的第二個黄金時期，不但作品數量衆多，各種流派異彩紛呈，而且産生了《紅樓夢》與《儒林外史》兩部巨著。《紅樓夢》既代表中國古代小説藝術的最高峰，同時也是章回小説文體發展演變的集大成者，它吸收了以往小説創作的優良傳統，又在許多方面作出了可貴的創新。《儒林外史》對章回小説發展的意義主要表現在三個方面，一是開闢了"指摘時弊""尤在士林"的題材領域；二是樹立了"戚而能諧，婉而多諷"的文體風格；三是獨創了"雖云長篇，頗同短制"的結構體制。《紅樓夢》引發了繼"四大奇書"之後的又一個續作、仿作高潮，而《儒林外史》則啓發了晚清"譴責小説"一派的産生。同治十二年（1873）至光緒元年（1875），《瀛寰瑣記》月刊分二十六期連載了英國作家愛德華·布威·立頓（Edward Bulwer Lytton，1803—1873）的長篇小説《夜與晨》的上半部，中譯本采用章回體格式，從内在的叙事模式到外在的文體形態都對原著做了相當大的改動，以期與中國傳統的章回小說文體取得同化的效果。[1]這是第一次以章回體形式翻譯並以連載方式刊行外國小說，據說當時讀者反應平平，但這次嘗試的意義還是不容忽視。其一，儘管中譯本試圖用章回體格式去同化域外小說，但與此同時，域外小說固有的敘事模式與文體形態也迫使中譯本在某些方面做出相應的調整，翻譯事實上成了中外不同小說文體之間的相互征服與相互妥協，其結果必將對作者與讀者產生潛移默化的影響，使之接受並模仿這種不同於傳統章回小說的創作模式，反過來影響傳統章回小說文體的發展。其二，傳統章回小說從來都是以整體面貌示人（即便是少數在創作階段即以抄本形式流傳的小說，其流傳部分也基本上包括了故事的主體），報刊連載的方式開創了一種新的傳播方式，這與章回小說分章分回的敘述體制有機緣巧合的一面，但因傳播環境與讀者需要不同而產生的差異更爲明顯，這些因素將迫使章回小說文體作出相應的改變。隨著域外小說的介入與報刊連載的風行，傳統章回小說的文體形態也發生了顯著變化，這個時間節點大致以光緒二十三年（1897）《本館附印說部緣起》與光緒二十四年（1898）《譯印政治小說序》的先後發表爲標記。從此，中國小說進入了“新小說”創作時代，雖然大部分小說還保留了章回體的某些形態特徵，但已是形式僅存而精彩遠遜了。

相形之下，傳奇體小說與話本體小說的發展要遜色得多。傳奇體小說固然有蒲松齡《聊齋志異》（《聊齋志異》一書兼筆記與傳奇二體，真正體現其藝術水準的是傳奇體）獨步一時，但後來者難以爲繼。和邦額《夜譚隨録》、沈起鳳《諧鐸》、長白浩歌子《螢窗異草》等小說模仿《聊齋志異》以傳奇法志怪的筆法，但僅得皮毛，而遺其精髓。至民國初期，傳奇體小說雖然仍有創作，但已日漸式微，近乎解體。話本體小說自明末馮夢龍“三言”與凌

1　參〔美〕韓南著，徐俠譯：《中國近代小說的興起》“論第一部漢譯小說”，上海：上海教育出版社2004年版，第102—130頁。

濛初"二拍"之後，再也看不到能與之相頡頏的佳構。儘管李漁《無聲戲》與《十二樓》、艾衲居士《豆棚閑話》、古吳浪墨子《西湖佳話》等均屬上乘，但人工斧鑿之迹太濃，缺乏話本體小説最爲本質的"説話"氣息，這預示著話本體小説的發展走向了末路。

第一章
清代章回小説的文體流變

結合小説創作的具體情況，我們將清代章回小説文體流變的過程分爲三個階段。在各個不同時期，我們將重點分析對文體發展具有重要意義的創作現象和小説作品，通過以點帶面的方式展示清代章回小説文體的流變歷程。

第一節　章回小説文體的延續

康熙二年（1663），汪象旭評改本《西遊證道書》刊行；康熙十八年，毛倫、毛宗崗評改本《三國志演義》刊行；加上崇禎年間已經刊行的《金聖歎批評第五才子書施耐庵水滸傳》與《新刻繡像批評金瓶梅》，至此，"四大奇書"的文人評改本全部產生。順治至雍正年間的章回小説創作基本上延續了晚明以來的發展勢頭，沒有產生特別突出的小説作品，它們大多在"四大奇書"的陰影之下：或接續"四大奇書"的故事，狗尾續貂；或因襲"四大奇書"的模式，依樣畫瓢。若硬要從中找出一絲亮色，也只有從《金瓶梅》開創的世情小説類型中分化出來的才子佳人小説差強人意了。

歷史演義在明代的發展已登峰造極，除南北朝外各朝史實敷演殆盡，後來者缺少自由發揮的獨創空間，要麼亦步亦趨，在前人作品的基礎上稍加點染，再做文章；要麼另闢蹊徑，尋求變通。順康年間的時事小説《樵史通俗演義》叙述明末天啓、崇禎、弘光三朝歷史，作者自序稱"取《頌天臚筆》《酌中志略》《寇營紀略》《甲申紀事》等書……以成野史"。[1] 書中廣泛徵引詔書、奏章、檄文、函牘等歷史文獻，具有重要的文獻價值，《明季北略》《平寇志》《小覷紀年》均從小説取材，孔尚任《桃花扇》卷末附本末一篇，注明所徵引諸書中也有該書。康熙四十三年（1704）刊本《臺灣外紀》，據《明紀》《明史紀事本末》和有關傳聞敷演成書，主要敘述鄭成功祖孫四代抗擊清兵、開發臺灣的事迹，自明天啓元年（1621）起，至康熙二十二年（1683）止，前後計六十三年。雍正年間成書的《精訂綱鑑廿一史通俗衍義》（又題《廿一史通俗衍義》）主要以司馬光《資治通鑑》和朱熹《通鑑綱目》爲依據，並參照二十一史敷演而成，作者自序云："取《通鑑綱目》及二十一史而折衷之，歷代之統緒而序次之，歷代之興亡而聯續之，歷代之仁暴忠佞貞淫條分縷析而紀實之。芟其繁，輯其簡，增綱以詳，裁目以略。事事悉依正史，言言若出新聞，始終條貫，爲史學另開生面。"[2] 小説從盤古開天闢地始，至明末清初結束，幾乎囊括了整部中國古代史。《精訂綱鑑廿一史通俗衍義》是清代爲數不多的嚴格按照"按鑑演義"的編創方式創作的歷史演義，內容相對純正，體例也較爲規範，但由於"悉遵綱鑑，半是綱鑑舊文"（《凡例》），[3] 故事情節的鋪叙乏善可陳，文學性不強。上述幾部歷史演義走的是"按鑑演義"的傳統路數，作者遵循"羽翼信使而不違"的信條，故史料價值普遍較高；又因拘泥於史實而拙於鋪叙，故其文學性較弱，可讀性不強。與此同時，清代歷史演義的創作還出現了另一種風格，小説取材於歷史事實却又隨意增飾，作者對小説趣味性的追求遠遠超出了故事真實性的考慮，故此類小説題材雜糅，真假摻半，是歷史演義的變體。康熙十二年（1673）永慶堂余鬱生刊本《梁武帝西來演義》，雖然標榜"據史立言""引

1　（明）江左樵子編輯：《樵史通俗演義》，《古本小説集成》，上海：上海古籍出版社 1994 年版，第 3—4 頁。

2　（清）吕撫輯：《廿一史通俗衍義》，《古本小説集成》，上海：上海古籍出版社 1994 年版，序第 12—13 頁。

3　同上，《凡例》，第 1 頁。

經作傳"(《識語》),"按鑑編年,匯成演義"(《序》),實際上却是利用歷史題材宣揚佛法與因果報應。小說叙梁武帝蕭衍一生事迹,情節遠離事實,多荒誕不經之言,言其"不出因果報應"(《識語》)却是事實。小說謂梁武帝蕭衍、皇后郗徽乃是上天菖蒲、水仙兩種皈依佛祖的有德名花,蒲羅尊者轉生爲蕭衍,水大明王轉生爲郗氏女。後因梁主、郗后迷失本性,惡生好殺,如來遣阿修羅、昆迦那下凡點化。郗后作惡多端,最終被罰作蟒蛇之身;梁武帝勤於佛事,三次捨身,最終"端坐而逝",身亡歸西,了却生前身後事,這與神魔小說的套路非常接近。康熙十九年(1680)成書的《後三國石珠演義》,卷首序稱"是集專從《通鑑》中三國時受魏稱帝之際,演成一帙",[1]似乎走的是歷史演義"按鑑"敷演的傳統路數,實際並非如此。小說以西晉群雄紛爭、戰亂頻仍的局面爲背景,叙述起於晉武帝司馬炎太康年間、訖於晉湣帝司馬業建興末年的三十多年間史事,然以虛構人物石珠、劉弘祖貫徹始終,故稱"石珠演義"。在鋪寫時雜以野史傳聞、奇術左道,雖增志趣,却荒誕不經。尤其是本書前數回叙石珠降生,頗類《西遊記》中石猴出世:"話説當時晉世祖武帝太康年間,潞安州有一座發鳩山,方圓數百餘里,奇峰沖天,林木鬱茂……山之東南有一石壁,名翠微壁,壁下有一所古庵,名爲惠女庵,却是西漢時所建……忽然一日,霹靂震動山谷,雲中閃閃落下冰雹,猶如淶珠,甚是驚人,少間風息雨止,只見豁剌一聲,竟似天崩地裂之狀。霎時間,那石壁裂開,内中走出一個美貌女子來,那石壁依舊開合。"康熙三十四年(1695)成書的《隋唐演義》在前代歷史演義如《隋唐兩朝史傳》《隋煬帝艷史》《隋史遺文》與野史筆記等相關文獻的基礎上綴輯而成,據清代梁紹壬《兩般秋雨庵隨筆》卷七考證,這些材料有劉餗《隋唐嘉話》、曹鄴《梅妃傳》、鄭處誨《明皇雜録》、柳珵《常侍言旨》、鄭棨《開

1（清）梅溪遇安氏著:《後三國石珠演義》,《古本小説集成》,上海:上海古籍出版社1994年版,序第1—2頁。

天傳信記》、王仁裕《開元天寶遺事》、無名氏《大唐傳載》、李德裕《次柳氏舊聞》、史官樂史《楊太真外傳》、陳鴻《長恨歌傳》等十餘種。[1] 小説將敘事的重心放在野史傳聞中富有神話色彩的隋煬帝與朱貴兒、唐明皇與楊貴妃兩對皇、妃的出身故事上，謂隋煬帝前生爲終南山一個怪鼠，朱貴兒前生爲元始孔升真人，因宿緣而得相聚。後來朱貴兒轉生爲唐明皇，隋煬帝則轉生爲楊貴妃云云，多荒誕不經之處。這幾部小説已不能稱爲嚴格意義上的歷史演義，作者並没有依傍史傳據實敷演，而是倚重野史傳聞與不根之談，談神論鬼，談情説愛，離《三國演義》開闢的“據國史演爲通俗”的旨趣相去甚遠。《梁武帝西來演義》與《後三國石珠演義》實際上屬於歷史演義與神魔小説的雜糅，《隋唐演義》則是在歷史演義的框架内演述兒女情長，英雄氣短的故事。至此，早期“按鑑”敷演，雖不免增飾潤色而大體忠於史實的歷史演義已經日漸式微。

英雄傳奇創作在此一階段走入低谷，作品寥寥無幾，少有值得稱道之作。康熙三年（1664）刊行的《水滸後傳》是《水滸傳》的續書，作者陳忱由明入清，希冀明朝復國，遂撰此書明志。小説第一回的引首詩云“千秋萬世恨無極，白髮孤燈續舊篇”，第四十回的結尾詩又云“司馬感懷成史記，一篇遊俠最流傳”，其遺民心迹於此可見一斑。《水滸後傳》的語言自然雅潔，人物對話生動傳神，景物描寫富有詩情畫意。作品很重視感情的抒發，彌漫著濃重的抒情色彩。有些段落，如第九回太湖賞雪、第十回泰山看日出、第二十四回獻黄柑青果、第三十八回西湖月夜等，寫景叙事，借物抒情，哀艷淒怨，極有韻致。胡適《〈水滸傳續集兩種〉序》評論燕青向徽宗獻黄柑青果一段云：“這一大段文章，真當得‘哀艷’二字的評語！古來多少歷史小説，無此好文章；古來寫亡國之痛的，無此好文章；古來寫皇帝末

---

[1] 參見張俊著：《清代小説史》，杭州：浙江古籍出版社 1997 年版，第 110 頁。

路的，無此好文章！"[1] 雖不能媲美前傳，但作爲續書，能有如此成就已屬不易。書前《論略》云："《後傳》有難於《前傳》處。《前傳》鏤空畫影，增減自如；《後傳》按譜填詞，高下不得。《前傳》寫第一流人物，分外出色；《後傳》爲中材以下，苦心表微。"[2] 雖單就《水滸後傳》而論，實際上也道出了所有小説續書的苦衷。《後水滸傳》同樣續《水滸傳》而作，可人們評價就差遠了："一片邪污之談，文詞乖謬，尚狗尾之不若也。"[3]

　　英雄傳奇如此，神魔小説創作同樣不夠景氣，《後西遊記》《濟公全傳》《斬鬼傳》等小説大多拾人牙慧，了無新意，不惟品質平平，於文體也殊少創新。此間唯一可稱許者，是康熙四十三年（1704）刊本《女仙外史》，明永樂十八年（1420），山東蒲台唐賽兒率衆反抗朝廷，《明史》"本紀·成祖三"載有此事，《明史》"列傳六十三"記之尤詳："永樂十八年二月，蒲臺妖婦林三妻唐賽兒作亂。自言得石函中寶書神劍，役鬼神，剪紙作人馬相戰鬥。徒衆數千，據益都卸石栅寨。指揮高鳳敗殁，勢遂熾。其黨董彦昇等攻下莒、即墨，圍安丘。總兵官安遠侯柳升帥都指揮劉忠圍賽兒寨。賽兒夜劫官軍。軍亂，忠戰死，賽兒遁去。比明，升始覺，追不及，獲賊黨劉俊等及男女百餘人。"[4] 小説即以此事爲依托，妄加點染、恣意增飾而成。從創作手法及情節設計等諸多方面來看，本書模仿《平妖傳》之處甚多，後者以北宋慶曆年間貝州王則起義的歷史事件爲原型虛構成書。不但書中主要人物月君、鮑母、唐賽兒、妙姑等人的出身行事與《平妖傳》中聖姑姑、胡永兒、左黜、卜吉等人相似，連情節也有不少雷同之處，如第七回鮑母引導唐賽兒進無門洞天識曼陀尼一事，即模仿《平妖傳》第七回卜吉入八角井逢聖姑姑而作。本書的叙事體例雜糅紀傳體與編年體，前十四回叙唐賽兒身世時用

1　胡適著：《中國章回小説考證》，合肥：安徽教育出版社 1999 年版，第 125 頁。
2　（明）陳忱著：《水滸後傳》，《古本小説集成》，上海：上海古籍出版社 1994 年版，第 27 頁。
3　（清）劉廷璣撰：《在園雜志》，北京：中華書局 2005 年版，第 125 頁。
4　（清）張廷玉等撰：《明史》，北京：中華書局 1974 年版，第 4655 頁。

紀傳體，後八十六回敍永樂靖難與賽兒興兵用編年體，以建文帝年號爲據，一直編年至"建文二十六年秋七月辛卯"，這顯然不合史實。書前所附劉廷璣《在園品題》二十則對小説的情節結構與作書大意有著較爲切實的分析："《外史》前十四回，是爲賽兒女子做傳，據紀事本末所述數語爲題，撰出大文章，雖虛亦實；至靖難師起，與永樂登基，屠滅忠臣，皆係實事，別出新裁。迨建行關、取中原、訪故主、迎復辟、舊臣遺老先後來歸八十回，全是空中樓閣。然作書之大旨，却在於此，所以謂之'外史'。'外史'者，言誕而理真，書奇而旨正者也。"[1] 小説中充滿强烈的創作主體意識，敍述者處處强調自己的身份是"作書的"，讀者是"看書者"，這與以往小説常常將敍述者與讀者的身份預設爲"説話的"與"看官"不同，敍述者與讀者之間的關係由"説"與"聽"轉變爲"寫"與"看"，這種轉變勢必帶來作者創作思維的變化，導致作者敍述風格的調整，小説的説唱色彩逐步消失。《女仙外史》全書極少出現章回小説慣用的"話説""却説""且説"等説唱藝術的遺迹，結尾也沒有常見的"欲知後事如何，且聽下回分解"套語，只有非常簡潔的一句話："且看下回分説。"不過這種轉變並不徹底，傳統説唱藝術的影響仍然存在，最典型的是敍述者與讀者之間的互動非常明顯。第一回開頭云："請問：安見得賽兒是嫦娥降世？劈頭這句話，似乎太懸虛了。看書者不信，待老夫先説個極有考據的引子起來。"第二十七回開頭云："這回書自然要敍出張總兵與吕軍師交戰的事情了，不意開場又是別出。只因爲吕軍師兵進萊州，唐月君自回卸石寨去，其間尚有一出絶好看的戲文，從中串插過下，試聽道來。"傳統章回小説中敍述者與讀者的互動行爲，直到清末民初的"新小説"中仍然盛行。

　　《金瓶梅》開創的世情小説一派突破了此前歷史演義、英雄傳奇與神魔

---

1 （清）吕熊著：《女仙外史》，《古本小説集成》，上海：上海古籍出版社 1994 年版，第 26 頁。

小說的取材範圍，將小說敘述的重點與中心拉回到現實人生，貼近市井百姓的日常生活。歷史演義、英雄傳奇中的主人公與現實生活多有隔膜，他們身上寄寓著人們的社會理想，似乎生來就肩負譜寫歷史、拯救時弊或改變他人命運的神聖職責，作者一般不關注他們的世俗生活與七情六欲；神魔小說雖說有現實生活的影子，即所謂"神魔皆有人情，精魅亦通世故"，[1] 但此種"人情世故"並非作者著力表現的對象，而是作者調侃、戲謔社會現象的產物。只有世情小說才將人的本真情感作為關注的對象，並且以嚴肅認真的態度加以對待。順康年間，世情小說的創作取得了長足進展，雖然沒有出現藝術水準與《金瓶梅》相仿的作品，但整體水準都還不錯，更重要的是從世情小說中派生出了才子佳人小說，成為此一階段一道獨特的風景。

順治十七年（1660）刊行的《續金瓶梅》藝術水準並無出彩之處，[2] 值得關注的是它鄭重其事地介紹做書緣由的開頭方式以及用小說故事為《勸善感應篇》做注解的怪異寫法。小說第一回開頭用了很大篇幅說明"做書大意"，強調本書乃為"講《感應篇》注解"而非"導欲宣淫話本"。在這種創作宗旨的指引下，小說出現了相當怪異的回目設置與敘事方式：先列《感應篇》的條目，再列本回回目，如第一回《廣仁品　普靜師超劫度冤魂，衆孽鬼投胎還宿債》；先列《感應篇》條文，再敘本回故事。這種將小說敘事與道德說教雜糅的寫法傷害了小說文體的純潔與統一，成了"道學不成道學，稗官不成稗官"[3] 的怪胎。順治十八年（1661）刊行的《醒世姻緣傳》受《金瓶梅》影響非常明顯，不僅是其因果報應的總體結構，其語言描寫，人物刻畫

1 魯迅著：《中國小說史略》，上海：上海古籍出版社 1998 年版，第 114 頁。

2 《續金瓶梅》並非《金瓶梅》的第一部續書。（明）沈德符《萬曆野獲編》卷二十五云："中郎又云，尚有名《玉嬌李》者，亦出此名士手，與前書各設報應因果：武大後世化為淫夫，上烝下報；潘金蓮亦作河間婦，終以極刑；西門慶則一騃憨男子，坐視妻妾外遇，以見輪回不爽。"見（明）沈德符：《萬曆野獲編》，北京：中華書局 1959 年版，第 652 頁。

3 （清）劉廷璣撰：《在園雜志》，北京：中華書局 2005 年版，第 125 頁。

等多方面都可以見出學步《金瓶梅》的努力。最值得關注的是它打破了章回
小説描寫人物外貌使用韻文的傳統模式，以散體語言出之，如第一回描寫晁
大舍的妻子計氏：“那計氏雖身體不甚長大，却也不甚矮小；雖然相貌不甚
軒昂，却也不甚寢漏；顏色不甚瑩白，却也不甚枯鷇；下面雖然不是三寸金
蓮，却也不是半朝鑾駕。那一時别人看了計氏，到也是尋常，晁大舍看那計
氏，即是天香國色。”又如第十九回描寫皮匠小鴉兒的妻子唐氏：“雖比牡丹
少些貴重，比芍藥少段妖嬈，比海棠少韻，比梅花少香，比蓮花欠净，比菊
花欠貞。雖然没有名色，却是一朵嬌艷山芭。”[1]這些描寫，對於習慣了千篇
一律的詩詞韻文描寫的讀者來説，耳目爲之一新，精神爲之一振。新穎别致
之外，還隱含些許戲謔、調侃，其反諷意味也盡在不言之中。《醒世姻緣傳
凡例》云“本傳造句涉俚，用字多鄙”，富有鄉土氣味的地方語言爲小説贏
得了很高的評價，孫楷第對此贊賞有加，其《與胡適之論醒世姻緣書》云：
“全書百回，赤地新立，純粹用土語爲文，摹繪村夫村婦口吻，無不畢肖，
文筆亦汪洋恣肆，雖形容處稍欠蘊蓄，要爲靈動活躍最富有地方性之漂亮文
字，在中國小説中實不多見。”[2]其《戲曲小説書録解題》又云：“斯編雖以俚
語演述，而要其實，上可抗蹤《水滸》，下可媲美《紅樓》。”[3]單就語言特色
來説，此譽不算過分。順治年間刊本《金雲翹傳》是清初世情小説向才子佳
人小説過渡的作品，小説叙金重、王翠云、王翠翹三人的愛情故事，書名從
三人名字中各取一字而成，仿《金瓶梅》而作。不但題目如此，小説的成書
方式也與《金瓶梅》相類。小説據明嘉靖間海寇徐海與妓女王翠翹的有關筆
記、傳聞、史料、話本、戲曲創作而成，徐海、王翠翹等人，亦見於《明
史》。另外明末關於王翠翹的小説已有多種，如《虞初志》“王翠翹傳”、《續

1（清）西周生輯著：《醒世姻緣傳》，《古本小説集成》，上海：上海古籍出版社 1994 年版，第 13—
14、502 頁。

2 孫楷第著：《滄州後集》，北京：中華書局 1985 年版，第 232 頁。

3 孫楷第著：《戲曲小説書録解題》，北京：人民文學出版社 1990 年版，第 150 頁。

艷異編》"王翠兒傳"、《幻影》第七回"生報華萼恩，死謝徐海義"、《西湖二集》"胡少保平倭寇戰功"等，《金雲翹傳》可謂集大成的作品。[1] 小說叙事委曲詳盡，情節起伏跌宕，人物性格鮮明突出，語言明白曉暢而又不失典雅，在清初小說中實屬難得一見的佳作。

才子佳人小說創作的興盛是順治至雍正年間章回小說發展最引人注目的現象，九十餘年的時間裏共產生才子佳人小說五十餘部；尤其需要引起關注的是，在這段時期出現了一個專事才子佳人小說的作家群體。如天花藏主人（署天花藏主人編次、撰述或作序的小說有《平山冷燕》《畫圖緣》《定情人》《飛花詠》《麟兒報》《賽紅絲》《玉支磯》《人間樂》《金雲翹傳》《幻中真》等十幾種）、煙水散人（與其有關的小說有《鴛鴦配》《合浦珠》《賽花鈴》《春燈鬧》《桃花影》）、煙霞散人（主人）（作品有《飛花艷想》《鳳凰池》《巧聯珠》）、古吳娥川主人（作品有《生花夢》《炎涼岸》）、蘇庵主人（作品有《歸蓮夢》《繡屏緣》）、白云道人（作品有《玉樓春》《賽花鈴》）、步月齋主人（作品有《幻中游》《鳳簫媒》《情夢柝》《蝴蝶媒》《終須夢》《五鳳吟》《兩交婚》）。一種小說類型在短時期內出現了如此衆多的專業作家，並如此密集地創作出大量作品，這在中國古代小說史上也是非常罕見的現象。它一方面表明才子佳人小說流派已經成熟，另一方面也預示這種小說類型即將走向没落。道理很簡單，當小說創作成爲作家的職業且又追求短時期的作品數量時，勢必帶來小說創作的機械化，故事情節的模式化，如果不思進取，尋求突破，那麼離這種類型的衰亡也就爲時不遠了。早在康熙九年（1670），蘇庵主人在《繡屏緣》第一回開頭便表達了對才子佳人小說故事情節模式化的不滿："如今做小說的，開口把私情兩字説起，庸夫俗婦，色鬼奸謀，一團穢惡之氣，敷衍成文。其實不知'情'字怎麼樣解，但把婦人淫樂的勾

1　參見侯忠義《金雲翹傳》"前言"，（明）青心才人編次：《金雲翹傳》，《古本小說集成》，上海：上海古籍出版社 1994 年版，第 1 頁。

當，叫做私情，便於‘情’字大有干礙。”[1]大約在同一時期，古吳娥川主人在《生花夢》第一回開頭表達了同樣的意思：“但今稗官家往往爭奇競勝，寫影描空，采香艷於新聲，弄柔情於翰墨。詞仙情種，奇文竟是淫書；才子佳人，巧遇永成冤案。”[2]有意思的是這兩位才子佳人小説創作的高手一邊罵著前人陳腐，一邊又重複前人舊套。嘉慶四年（1799）刊本《紅樓復夢》在《凡例》中概括了才子佳人小説的創作模式：

> 凡小説內才子必遭顛沛，佳人定遇惡魔、花園月夜、香閣紅樓，爲勾引藏奸之所。再不然公子逃難，小姐改妝，或遭官刑，或遇强盗，或寄迹尼庵，或羈棲異域。而逃難之才子有逃必有遇合，所遇者定係佳人；才女極人世艱難困苦，淋漓盡致。夫然後才子必中狀元，作巡按，報仇雪恨，娶佳人而團圓。凡小説中舍此數項，無從設想。[3]

才子佳人小説流派自形成以來，一直遭受世人詬病。清陳宏謀《訓俗遺規》不無誇張地指出了才子佳人小説可能存在的社會危害：“多將男女穢迹，敷爲才子佳人，以淫奔無恥爲逸韻，以私情苟合爲風流，云期雨約，摹寫傳神，使閲者即老成歷練，猶或爲之搖撼。至於無識少年，内無主宰，未有不意蕩心迷，神魂顛倒者。”[4]而才子佳人小説無一例外的大團圓結局，則更爲後人深惡痛絶，甚至被拔高到了反映國民性的高度。其實平心而論，如果拋開才子佳人小説臉譜化的人物形象與模式化的故事情節給讀者帶來的審

1（清）蘇庵主人編次：《繡屏緣》，《古本小説集成》，上海：上海古籍出版社 1994 年版，第 3—4 頁。

2（清）古吳娥川主人編次：《生花夢》，《古本小説集成》，上海：上海古籍出版社 1994 年版，第 5—6 頁。

3（清）紅香閣小和山樵南陽氏著：《紅樓復夢》，《古本小説集成》，上海：上海古籍出版社 1994 年版，第 6 頁。

4 轉引自王利器輯録：《元明清三代禁毀小説戲曲史料》（增訂本），上海：上海古籍出版社 1981 年版，第 295—296 頁。

美疲勞不談，我們還是能夠找到這種小説類型的優點，尤其是一些較爲成功的作品。才子佳人小説非常講究情節的戲劇性，所叙故事大多情節曲折，引人入勝，可讀性甚强。古越蘇潭道人《五鳳吟序》云：“舉世之人，每見道義之書，則開卷交睫；若持風雅之章，則卷不釋手，何也？莊語辭嚴而意正，不克解人之悶，釋人之愁。惟綺語，事鄙而情真，易於留人之眼，博人之歡。”[1] 煙水散人《賽花鈴題辭》亦云：“予謂稗家小史，非奇不傳。然所謂奇者，不奇於憑虚駕幻，談天説鬼，而奇於筆端變化，跌宕波瀾。”[2] 才子佳人小説善於利用誤會、巧遇等矛盾衝突産生“筆端變化，跌宕波瀾”的叙事效果，容易“留人之眼、博人之歡”，既叫好又叫座，符合大衆的審美心理需要，其佼佼者更是一版再版，甚至走出國門，在國外産生影響。有人統計，《玉嬌梨》有 46 種版本，曾被譯爲英文、法文、德文等多種語言；《平山冷燕》有 45 種版本，曾被譯爲法文；《好逑傳》有 23 種版本，也曾被譯爲英文、法文、德文等多種語言，馳名歐洲大陸。[3] 即便是對才子佳人小説的弊病看得較爲清楚的曹雪芹氏，他也不得不承認《紅樓夢》有受才子佳人小説的影響，最起碼某些故事情節的設計即來源於才子佳人小説，如賈璉偷娶尤二姐，王熙鳳不露深色地賺尤二姐入賈府，然後設計逼死尤二姐一節，即來源於《金雲翹傳》中書生束守偷娶妓女王翠翹，束妻宦氏不露聲色地劫持王翠翹入家中並逼其爲奴一節，所不同者是王翠翹後來伺機逃脱了宦氏的魔掌，免去一死。又如王熙鳳毒設相思局，殘害賈瑞一節，亦來源於《歸蓮夢》中香雪小姐主僕設計讓可笑的追求者焦順出醜一節，所不同者是焦順最後打消了求婚的念頭，並没有因此喪命。古吴娥川主人的《生花夢》，藝術成就不是很突出，但於小説文體頗有創新之處，最值得關注的是小説打破了

1（清）雲間嘯嘯道人著：《五鳳吟》，《大連圖書館藏孤稀本明清小説叢刊》影印本，大連：大連出版社 2000 年版，第 1 頁。

2（清）白云道人著：《賽花鈴》，《古本小説集成》，上海：上海古籍出版社 1994 年版，第 1—2 頁。

3 參見復旦大學邱江寧 2004 年博士論文《才子佳人小説研究》（未刊稿）。

以往章回小説由叙述者（説書人）一人包辦叙述並以第三人稱全知視角叙述到底的傳統，實現了叙事視角與人稱的自由轉換。以小説前幾回叙述康夢庚殺人事件爲例：第一回寫貢鳴岐升任山東觀察使，於鎮江西門外京口驛站遇見一少年當街殺人，這個故事全用第三人稱限知視角，從貢鳴岐眼中寫出；第二回開頭便介紹殺人少年康夢庚的身世背景，轉用第三人稱全知視角，由叙述者道來；康夢庚殺人的由來又從知情人韓老人口中説出，用的是第三人稱限知視角；貢鳴岐所知詳情，又由康夢庚以第一人稱道出。此外，小説總體上采用順叙，但關於康夢庚的身世背景用的是插叙，他殺死屠一門用的又是倒叙，是插叙中的倒叙，小説的叙事時間錯綜複雜。才子佳人小説在回目設置上也頗有創新之處，打破了以往小説七言或八言爲主的規律，大膽地使用十言甚至十言以上的回目，如康熙十一年（1672）刊本《麟兒報》，其回目爲對仗工整的聯句，字數從七言至十三言不等（如第十回《宦家爺喜聯才美借唱酬詩擇偶，窮途女怕露行藏設被窩計辭婚》）；清初刊本《玉支璣小傳》字數從九言至十三言不等（如第八回《賞金贈聘有心用術反墮人術中，信筆題詩無意求婚早攛身婚内》）。字數的變化表明作者對小説回目的設置更加得心應手，有助於改變以往固定爲七言、八言的僵化印象，豐富了章回小説回目的形式；同時字數的增加有助於概括能力的提升，有些回目甚至能夠反映小説故事情節的曲折變化。

第二節　章回小説的文體變革及其成就

　　乾隆至光緒後期的一百六十來年是中國古代章回小説發展史上繼明嘉靖至萬曆年間之後的第二個黃金時期。經過清前期近百年的積纍，章回小説創作在此一階段爆發出巨大的能量，掀起了一個創作高潮。《紅樓夢》與《儒林外史》的誕生是章回小説發展史上繼"四大奇書"之後又一次耀眼的閃

爍，點燃了章回小説發展最後的輝煌。這兩部不朽的著作既是古代小説藝術
發展的扛鼎之作，同時也是章回小説文體變革的開路先鋒。英雄傳奇的創作
獲得了前所未有的繁盛，形成了"説唐系列"和"説宋系列"兩大主流，並
且在文體形式上逐漸突破《水滸傳》確立的規範，有多方面的創新。小説創
作與説唱藝術之間的互動是這個階段的一大亮點，並打破了以往由説唱藝術
到小説創作的單綫發展模式，實現了二者之間的雙向交融。總體來説，這個
階段的章回小説創作基本上沿著傳統章回小説的套路進行，但其間暗潮洶
涌，變革頻仍，爲晚清"新小説"的到來積聚著力量。

　　歷史演義創作持續低迷，不但作品數量少，而且除《南史演義》《北史
演義》外，其餘都是改編前人作品，了無新意。乾隆元年（1736）刊本《説
唐演義全傳》（《説唐前傳》）以褚人穫《隋唐演義》第一回至六十六回爲主
體，參采民間野史傳聞改編而成，情節多荒誕不經之處，且言辭俚俗，成就
較原本相去甚遠。乾隆五年（1740）刊本《東周列國志》乃蔡元放以明余
邵魚《列國志傳》、馮夢龍《新列國志》爲底本，參采《左傳》《國語》《戰
國策》等史籍編次成書。蔡元放認爲"稗官固亦史之支派，特更演繹其詞
耳"，[1] 他作《東周列國志》，就是要以"稗官"形式演繹"史"的內容，自詡
《東周列國志》"若説是正經書，却畢竟是小説樣子……但要説他是小説，他
却件件從經傳上來"，[2] 殊不知既然"件件從經傳上來"，就難免拘牽於史實；
既然要做成"小説樣子"，就離不了虛構增飾，這兩者實難統一，故此書有
點不倫不類。清人李元復《常談叢錄》批評它"頭緒紛如，難於聯貫；又列
國時事多，首尾曲折不具詳，難於敷衍，未免使覽者厭倦"，[3] 大體不差。乾

1（清）蔡元放《東周列國志序》，丁錫根編《中國歷代小説序跋集》，北京：人民文學出版社 1996 年
版，第 868 頁。

2（清）蔡元放《東周列國志讀法》，王筱云、韋鳳娟等編《中國古典文學名著分類集成文論卷》（3），
天津：百花文藝出版社 1994 年版，第 213 頁。

3 轉引自孔另境編：《中國小説史料》，上海：上海古籍出版社 1982 年版，第 98 頁。

隆三十九年刊本《列國志輯要》據明馮夢龍《新列國志》刪節而成，將原本敘述描寫頗爲豐潤的小説幾乎刪節成僅叙故事要點的條目形式，在形式上也將原本對仗工整的聯句回目改爲單句回目，使原本一回變成兩節，實在是逆小説發展潮流而行，孫楷第《戲曲小説書録解題》評云："夢龍原書搜輯至勤，在講史中最爲得體，兹乃病其繁而删之，不免點金成鐵。"[1] 乾隆六十年（1795）刊本《鬼谷四友志》在明吳門嘯客《孫龐鬥志演義》的基礎上寫就，作者認爲《孫龐鬥志演義》頗多神異怪誕之事，將其盡行刪除，增加蘇秦、張儀師事鬼穀子事。而蘇秦、張儀事，余邵魚《列國志傳》亦有生動描述。"鬼谷四友"指的是孫、龐學兵法，蘇、張學遊説。《鬼谷四友志凡例》云："今此書悉照《列國》評選，稍加增删，去其謬妄穿鑿，獨存朴茂，自然合理，言簡義盡，無掛漏不勝之苦，讀之惟覺古人可愛可慕，醒諸戒諸。"《孫龐鬥志演義》本爲神魔小説，經過改作後的《鬼谷四友志》虛幻成分大大減少，接近歷史演義類型。嘉慶十五年（1810）同文堂刊本《東漢演義評》乃據明謝詔《重刻京本增評東漢十二帝通俗演義》改編，作者序稱舊本"捏不經之説，顛倒史事，以惑人心目"，因此"敷説大端，正其荒謬"。小説删去原本中與史實不合之處，重新按照編年體結撰，"摭拾史事，繫以末識，離爲八卷"。[2] 道光十二年（1832）刊本《大明正德皇帝游江南傳》則是以民間説書《武宗平話》爲藍本，雜采民間野史傳聞編次而成，雖然正德皇帝游江南事有史可徵，但小説摻雜了太多不根之説與無稽之談，且言辭鄙俚不堪，柳存仁認爲它是"歷史小説中最陋的著作"。[3] 光緒十四年（1888）文益堂刊本《大隋志傳》同樣是據舊本改編而成，孫楷第認爲"實即割裂褚人穫（《隋唐演義》）書前半部爲之，而改題名目。《隋唐演義》回目六至十一言不

1　孫楷第著：《戲曲小説書録解題》，北京：人民文學出版社 1990 年版，第 77 頁。

2　（清）清遠道人重編：《東漢演義評》，《古本小説集成》，上海：上海古籍出版社 1994 年版，《東漢演義序》第 2—3 頁。

3　柳存仁編著：《倫敦所見中國小説書目提要》，北京：書目文獻出版社 1982 年版，第 155 頁。

等，此書改爲整齊的八言，並將原書前四十七回調整爲四十六回，文字有删改"。[1] 此書卷末云："後竇建德聞煬帝被殺，起兵問罪，把化及、智及殺死，攜蕭后以歸。此時天下大亂，英雄割據。凡征戰攻取，載在《大唐志傳》，兹不復記。"據此可知，作者似有意將《隋唐演義》離析爲《大隋志傳》與《大唐志傳》二書，而後者未見。[2] 這個階段具有獨創性的歷史演義是杜綱的《北史演義》（乾隆五十八年，1793）與《南史演義》（乾隆六十年，1795）。明代歷史演義中除南北朝外各朝史事皆敷演殆盡，杜綱"南北史演義"的撰成填補了這段空白。《南史演義凡例》云："是書及《北史》，原以補古來演義之闕，緣前有《東西晉演義》，後有《隋唐演義》，事已備見於兩部，故書不復述。"[3]《北史演義》叙事始自魏宣武失政，訖於隋文帝伐周平陳；《南史演義》叙事始自晉孝武帝失政，訖於隋文帝滅陳。小説以傳統歷史演義的編創方式"按鑑演義"而成，叙事條理清晰，言辭雅順，在清代歷史演義中屬難得一見的佳作，孫楷第對此評介頗高："凡演史諸書非鄙惡即枝蔓，此編獨能不蹈此弊，在諸演史中實爲後來居上，除《三國志》《新列國志》《隋史遺文》《隋唐演義》數書外，殆無足與之抗衡者。"[4] 這一階段的歷史演義創作總體上有回歸傳統的趨向，除《大明正德皇帝游江南》多荒誕不經之處外，其餘各書都呈現出盡力向史實靠攏的努力，這是自《三國演義》以來"事紀其實，亦庶幾乎史"的信史尚實觀念在歷史演義創作中的最後一次集體表達，從此以後歷史演義的創作就走向了以史實爲點綴，愈來愈虛幻的道路。

　　神魔小説創作一直在走下坡路，乾隆至光緒後期的這一段時期仍然不見起色。作品數量不少，其中改編、仿作者居多，文體形式的發展呈現出向世情小説與英雄傳奇靠攏的趨勢，雖然神仙道士、妖魔鬼怪依然是小説著力描

1　孫楷第著：《中國通俗小説書目》，北京：人民文學出版社 1982 年版，第 51 頁。
2　參見石昌渝主編：《中國古代小説總目》（白話卷），太原：山西教育出版社 2004 年版，第 37 頁。
3　（清）杜綱著：《南史演義》，《古本小説集成》，上海：上海古籍出版社 1994 年版，第 1 頁。
4　孫楷第著：《戲曲小説録解題》，北京：人民文學出版社 1990 年版，第 87 頁。

述的對象，但其中對世態人情的關注比《西遊記》《封神演義》等經典作品要多出很大分量。乾隆九年（1744）刊本《濟公傳》情節内容與明代《錢塘漁隱濟顛禪師語録》幾乎雷同，是直接襲取原本而成。嘉慶十四年（1809）刊本《南海記》叙觀音菩薩發願修行，終於在南海成佛故事，題材與明朱鼎臣《南海觀世音菩薩出身修行傳》基本相同，同樣可見原本的影子。乾隆十四年（1749）序刊本《新説西遊記》、嘉慶十三年（1808）刊本《西游原旨》、道光十九年（1839）刊本《通易西遊正旨》都是在清初汪象旭《西遊證道書》基礎上的改作，藝術成就遠不如原本。乾隆十八年（1753）刊本《海遊記》叙商人管城子遊歷海底無雷國的所見所聞，嘉慶十八年（1813）刊本《希夷夢》叙吕仲卿、韓速遊歷海外浮石島國的夢境，嘉慶二十三年（1818）刊本《鏡花緣》叙唐敖遊歷海外諸國的見聞，三者都是借幻境針砭世情，諷喻色彩十分濃厚，是《西遊記》《西遊補》諷世風格的一脈相承。咸豐八年（1858）刊本《趙太祖三下南唐被困壽州城》叙宋太祖趙匡胤三下南唐擒李璟事。赤眉老祖爲懲罰宋太祖妄殺功臣、義弟鄭恩，而派其徒余鴻下山，助南唐以金陵彈丸之地抗拒宋軍十萬兵馬，困宋太祖於壽州城三年。梨山老母、陳搏老祖等派劉金定、郁生香、蕭引鳳、艾銀屏、花解語五員女將，助大宋破南唐，解救宋朝天子，以除宮難。小説主要情節即表現五女將與余鴻鬥法事，頗爲荒誕。自《封神演義》寫截教與闡教派門徒下凡，各助其主，興兵鬥法以來，步其後塵者頗爲多見，如《天妃娘媽傳》《南遊記》等均有此類情節，而《趙太祖三下南唐》則全書循此模式而作。嘉慶四年（1799）刊本《瑶華傳》與光緒十四年（1888）刊本《狐狸緣全傳》寫狐妖故事，嘉慶九年（1804）刊本《婆羅岸全傳》與嘉慶十一年（1806）刊本《雷峰塔奇傳》寫蛇妖故事，都離不了某物修行得道，轉投人世，最後又恢復本元的窠臼，是《西遊記》模式的延續。乾隆二十七年（1762）成書的《緑野仙蹤》叙落第士人冷於冰得火龍真人真傳及斬妖除魔、懲治貪官、賑治災民、平定叛亂等事，集神魔小説、英雄傳奇、世情小説等類型爲一體。乾隆三十三年（1768）刊本《躋雲樓》據唐朝李朝威《柳毅傳》傳奇敷演而成，叙柳毅娶龍女後又娶虎女、中進士、斷冤案、臨危救駕、抗擊吐蕃等事，將神魔鬼怪、才子佳人、英雄傳奇、俠義公案等題材融爲一爐。道光二十七年（1847）刊本《升仙傳》叙濟小塘功名不遂，雲遊四海，得吕洞賓等仙人傳授法術，乃結交天下英雄，濟困扶危、降妖伏怪、懲治奸臣嚴嵩等事迹，是神魔小説與英雄傳奇的典型結合。

　　英雄傳奇在這個時期有了長足的發展，首先表現在作品數量衆多，幾乎超過了此前所有作品的總和。其次是出現了有計劃、成規模的系列作品，最爲典型的是“説唐”系列與“説宋”系列。再次，這個時期產生的英雄傳奇逐漸突破了《水滸傳》開創的模式，主人公不僅僅承擔扶危濟困、行俠仗義的大事，還要兼及家庭瑣事、男女私情，形象更爲豐滿、全面，由以往小説中近乎不食人間煙火的概念化的英雄形象回到了有血有肉、更貼近生活的普通人形象，是與世情小説的雜糅。與此同時，這個時期產生的英雄傳奇繼承並且深化了《水滸傳》開創的神魔降世模式，故事情節的展開與推進越來越倚重外部的神秘力量，是與神魔小説的融合。

　　“説唐”系列英雄傳奇的源頭至少應追溯至宋元話本《薛仁貴征遼事略》，明成化年間刊本説唱詞話《新刊全相唐薛仁貴跨海征遼故事》情節與此基本相同。乾隆三年（1738）刊本《説唐演義後傳》據明代《隋唐兩朝志傳》第七十則至第九十八則改寫而成，叙羅通征北與薛仁貴征東二事，全書五十五回。第五十五回全書結尾云：“還有《薛丁山征西傳》唐書，再講。”《薛丁山征西傳》即《異説後唐傳三集薛丁山征西樊梨花全傳》，爲本書的續書，可見作者當時有撰寫《説唐演義前傳》（即《説唐演義全傳》）《説唐演義後傳》《薛丁山征西傳》等“説唐”系列的計劃。《説唐演義全傳》係割裂褚人穫《隋唐演義》前六十回成書，叙事始自秦叔寶之父臨終托孤，訖於唐太宗登基，演述一段較爲完整的歷史故事，屬於歷史演義類型。至《説唐演義後傳》，小説叙述的重點發生偏移，前半部叙述羅通掛帥率領衆小將北征解木楊城唐太宗之圍的故事，後半部叙述薛仁貴出身坎坷、三次投軍終於率衆東征的故事，如蓮居士將前半部改編爲《説唐小英雄傳》（又名《羅通掃北》），將後半部改編爲《説唐薛家府傳》（又名《薛仁貴征東全傳》），屬英雄傳奇類型。[1]乾隆間刊本《混唐後傳》（封面題“繡像薛家將平西演傳”）叙薛仁貴征西事，内容與乾隆間恂莊主人編《異説征西演義全傳》相同，只是此書前部分較《異説》稍簡。乾隆十八年（1753）刊本《異説反唐全傳》以武則天臨朝爲背景，叙薛剛大鬧花燈、打死皇子、驚崩聖駕、三祭鐵丘墳、保駕盧陵王中興大唐事。嘉慶二年（1797）刊本《粉妝樓全傳》講述唐代開國功臣羅成之後羅燦與羅焜行俠仗義、除暴鋤奸的故事。嘉慶五年（1800）刊本《緑牡丹》（又名《反唐後傳》）以武則天以周代唐和盧陵王復辟爲背景，叙駱宏勳、花碧蓮等英雄俠女反奸鋤霸，襄助盧陵王復辟的故事。以上是此一階段“説唐”系列英雄傳奇的主要作品。

“説宋”系列英雄傳奇的源頭同樣可以追溯至宋元話本時代。宋人羅燁《醉翁談録》“舌耕叙引”之“小説開闢”云：“講歷代年載廢興，記歲月英雄文武”，其中“英雄文武”就有《飛龍記》《花和尚》《武行者》《楊令公》《五郎爲僧》等；又云“新話説張、韓、劉、岳”，説的即關於宋代抗金名將張浚、韓世忠、劉錡、岳飛的傳奇故事。明萬曆年間刊本《楊家府世代忠勇通俗演義》、天啓年間刊本《岳武穆王精忠傳》等雖然以歷史演義的編創方式成書，但實際上小説已經越出了歷史演義的文體形式而近乎英雄傳奇。乾隆九年（1744）刊本《説岳全傳》叙岳飛一生事迹。乾隆三十三年序刊本

1　日本享保十三年（1728，相當於清雍正六年）刊本《舶載書目》著録有《説唐小説英雄傳》二卷十六回與《説唐薛家府傳》六卷四十二回的合刊八卷本尚友齋刊本，故《説唐演義後傳》在雍正六年前即已問世，但現存《説唐演義後傳》最早刊本爲乾隆三年（1738）姑蘇緑慎堂刊本。

《飛龍全傳》叙宋太祖趙匡胤發迹變泰事。乾隆四十四年刊本《説呼全傳》叙宋代名臣呼延必顯之子呼延守勇、呼延守信及家人呼延慶的英勇事迹。嘉慶六年（1801）刊本《五虎平西前傳》叙宋代名臣狄青征西夏故事。嘉慶十二年刊本《五虎平南後傳》叙狄青平定廣南儂智高的故事。嘉慶十三年刊本《萬花樓演義全傳》（又題《後續大宋楊家將文武曲星包公狄青初傳》）叙宋代名臣狄青故事。嘉慶十八年刊本《海公大紅袍全傳》叙宋代名臣海瑞一生的傳奇經歷，其續書有道光十一年（1831）刊本《海公小紅袍傳》。嘉慶二十年刊本《新鐫繡像後宋慈云太子逃難走國全傳》叙宋神宗時慈云太子的坎坷身世，第三十五回末尾云："此是續後之論。此書上接《五虎平南》之後，下開《説岳精忠》之書。"咸豐三年（1853）刊本《蕩寇志》（又名《結水滸傳》）承金聖歎七十回本《水滸傳》而來，故目録自"第七十一回"起，作者"深嫉邪説之足以惑人，忠義、盜賊之不容不辨，故繼耐庵之傳，結成七十卷光明正大之書，名之曰《蕩寇志》"（卷首徐佩珂序）。此一階段的"説宋"系列英雄傳奇創作呈現出明確的計劃性，作者或書坊主有意識地要形成一個系列。《五虎平西前傳》卷一云："話説大宋開基之主太祖趙匡胤……前書已有《兩宋》表明，兹不絮談。"卷十四結末又云："若問五虎將如何歸結，再看《五虎平南後傳》，另有著落詳言。"《五虎平南後傳》卷一云："却説前書五虎將征服西域邊夷，奏凱班師。"卷六末云："如今五虎平南成功，奏凱回朝，上書已有《平西初傳》載録，此是續集。"《後宋慈云走國全傳》卷末識語云"此書正接《五虎平南》之後，下開《説岳精忠》之書"，故又名《後續五虎將平南後宋慈云走國全傳》。《萬花樓》書末注明此書與《五虎平西》"多關照之筆"，故此書又名《後續大宋楊家將文武曲星包公狄青初傳》。《北宋志傳》結尾叙及十二寡婦征西歸來，謂"直待楊文廣征服南方"云云，《平閩全傳》便接續《北宋志傳》，叙楊文廣平定南閩故事。

　　對女性的關注是這個時期英雄傳奇創作與以往大不相同的特徵。《水滸傳》開創的英雄傳奇傳統非常在意君臣、朋友之義與父子、兄弟之情，唯獨對夫婦或男女之情心不在焉，甚至潛意識裏將其描述成爲致使男人們被逼上梁山的主要動因，林沖、宋江、盧俊義、楊雄等人最終被逼上梁山，都與夫婦之情遭受罹難有關，而與他們關聯的幾個女性，不管作者將其塑造成何種形象，其結局都很悲慘。這個階段産生的英雄傳奇受世情小說寫男女愛情的影響，似乎有意改變英雄好漢都不喜接近女色的格局，襲取才子佳人小說中"才子遇佳人"的模式，著力表現"英雄遇美女"的理想，大多數小說中都穿插有對男女愛情的描述，在表現英雄氣短的同時突出兒女情長，剛柔相濟，更貼近市井百姓的審美情趣。比較典型的"英雄遇美女"模式如《薛仁貴征東全傳》中薛仁貴與柳金花，《薛丁山征西傳》中薛丁山與樊梨花，《飛龍全傳》中趙匡胤與薛素梅、張桂英，《説呼全傳》中呼延守勇與王金蓮、趙鳳奴，《五虎平西前傳》中狄青與雙陽公主，《五虎平南後傳》中狄虎與王蘭英，《平閩全傳》中楊懷玉與金蓮、焦廷貴與方飛云，《粉妝樓全傳》中羅焜與柏玉霜、程玉梅、祁巧云，《五虎平南後傳》中狄龍與段紅玉等等。尤其值得肯定的是，這個階段還出現了幾部專門描寫女英雄的小說，一改以往英雄傳奇由男性主宰世界的傳統，表達了巾幗不讓鬚眉的美好願望。嘉慶二十一年（1816）刊本《雙鳳奇緣》（一名《昭君傳》）叙王昭君被迫和番在匈奴十六年，借匈奴人之手除掉奸賊毛延壽，因有仙衣護體，番王不能近身，終得以保存貞潔，最後自沉死節；王昭君的妹妹王娉，外號賽昭君，被漢元帝册封爲皇后，她武藝超群，大敗番兵，重振漢朝國威。道光七年（1827）刊本《忠孝勇烈奇女傳》叙述木蘭替父從軍、功成身退的故事，是在北朝樂府民歌《木蘭詩》的基礎上雜采有關木蘭故事的民間傳説編撰成書。在男權意識占據主導地位的中國古代社會，能讓女性領銜主演的"英雄傳奇"並不多見，《雙鳳奇緣》等小説的出現或許不能就此證明女性權利的提升，但多少能説明英雄傳奇在題材領域的擴張。

這個時期的英雄傳奇還大量使用"神魔相助"模式。當英雄好漢無法以人的常規力量獲取勝利時，往往會借助外在的超常規的神異力量，《水滸傳》中這種招數屢試不爽。其實《水滸傳》的整個故事框架或情節結構都來源於一個神話——七十二天罡星與三十六地煞星降臨人世，在具體的行兵征戰過程中，神異力量往往能助英雄好漢們出奇制勝，比較典型的是在一百零八條好漢中排名靠前的入云龍公孫勝既不懂武功，也没什麽謀略，他完全靠"呼風唤雨"、"剪草爲馬，撒豆成兵"的法術幫助起義部隊獲取關鍵性的勝利。在梁山水泊中同樣不可或缺的還有神行太保戴宗——專門負責傳遞情報的信使，他之所以能日行千里，倚靠的是那副像印度飛毯一樣的甲馬以及驅動甲馬運行的咒語。但在早期的英雄傳奇中，攻城拔寨、衝鋒陷陣主要還是依靠集體周密的行動計畫與領軍人物突出的個人能力，神異力量的參與一般要等到山窮水盡、彈盡糧絕的時候才出現，過早、過多地使用神異力量無疑會損害英雄形象的塑造。可乾隆至光緒後期的英雄傳奇不太忌諱這個問題，許多小説就像服用興奮劑一樣熱衷於使用神異力量的幫助，形成了非常明顯的"神魔相助"情節模式，如《薛仁貴征東全傳》叙薛仁貴征東途中遇九天玄女娘娘，得五件寶物；《飛龍全傳》寫趙匡胤騎動泥馬，鄭恩孟家莊降妖；《粉妝樓全傳》寫祁巧云夢遇上仙，駕云入都，與木花姑鬥法；《雙鳳奇緣》寫九仙姑向賽昭君傳授武藝，使她能打敗番兵；《平閩全傳》寫南閩十八洞主，多爲妖魔，會施邪術等等，這些都借用了神魔小説筆法。故小琅嬛主人評《五虎平南後傳》云："至其設想之高超，臨陣之變幻，正齊步伐之奇特，鬥智鬥法之崛譎，則又可作《水滸》觀，可作《三國》觀，即以之作《封神》《西遊》觀，亦無不可。"[1]不光《五虎平南後傳》如此，此一階段的英雄

1（清）小琅嬛主人：《五虎平南後傳叙》，佚名著：《五虎平南後傳》，《古本小説集成》，上海：上海古籍出版社 1994 年版，第 5 頁。

傳奇大多可作《封神》《西遊》觀，是英雄傳奇與神魔小説的雜糅。

總體來説，這一階段的英雄傳奇創作呈現出從歷史演義中逐步分化並向神魔小説靠攏的特徵。《説唐演義後傳》卷首鴛湖漁叟序云：

> 古今良史多矣，學者宜博觀遠覽，以悉治亂興亡之故，既以開廣其心胸，而亦增長其識力，所稗良不淺也。即世有稗官野乘，闕而不全，其中疑信參半，亦可采撮殘編，以俟後之深考，好古者尤有取焉。若傳奇小説，乃屬無稽之譚，最易動人聽聞，閱者每至忘食忘寢，亹亹乎有餘味焉。[1]

這段話涉及處理作品題材虛實關係的三種不同方式以及與之對應的三種不同體裁：第一種是"良史"，需"不虛美，不隱惡"，講求實錄，使讀史者從中獲取歷史知識；第二種是"稗官野史"，雖"疑信參半"，仍能滿足"好古者"之心；第三種是"傳奇小説"，屬"無稽之談"，但對讀者的感染力最大，"每至忘食廢寢"。這三種方式大致對應著三種不同的作品形式：史傳、歷史演義、英雄傳奇，三者對題材虛實關係的處理由實向虛逐漸弱化，但作品的趣味性及其對讀者產生的藝術感染力卻逐漸增強。乾隆九年（1744）刊本《説岳全傳》叙岳飛抗金故事，題材與熊大木《大宋中興通俗演義》、鄒元標《岳武穆王精忠傳》、于華玉《岳武穆王精忠報國傳》相同，但是前者爲英雄傳奇而後三者卻是歷史演義。卷首金豐所作《説岳全傳序》有一段話解釋了爲何將歷史題材處理成英雄傳奇故事的理由："從來創説者，不宜盡出於虛，而亦不必盡由於實。苟事事皆虛，則過於誕妄，而無以服考古之心；事事皆實，則失於平庸，而無以動一時之聽。"[2] "服考古之心"，是因

---

1 （清）鴛湖漁叟輯訂：《説唐演義後傳》，《古本小説集成》，上海：上海古籍出版社 1994 年版，第 1—3 頁。

2 （清）錢彩編次：《説岳全傳》，《古本小説集成》，上海：上海古籍出版社 1994 年版，第 1 頁。

爲古代讀者有循名稽實的嗜好，凡事總要探源或坐實，此種心理必須滿足；
"動一時之聽"，指小説必須給讀者帶來審美娛悦，這是小説最爲本質的精神
品格。《説岳全傳》既叙述了"岳武穆之忠、秦檜之奸、兀术之横，其事固
實而詳焉"，又叙述了"上帝降災而始有赤鬚龍變幻之説，也有女土蝠化身
之説，也有大鵬鳥臨凡之説"，基本上做到了既"服考古之心"，又"動一時
之聽"，故小説的可讀性、趣味性遠勝於同類題材的其他三部小説。這幾句
話雖然只是金豐的一己之見，却恰好符合英雄傳奇的創作理念。就題材的虛
實度而言，英雄傳奇可以被看作是對以《三國演義》爲代表的堅持"羽翼信
使而不違"的歷史演義創作與以《西遊記》爲代表的提倡"曼衍虛誕""縱
横變化"的神魔小説創作的折中與調和，自《水滸傳》以來的英雄傳奇基本
上符合"實者虛之，虛者實之"的虛實觀念，乾隆至光緒後期這段時期的英
雄傳奇創作更是如此。

　　成書於乾隆十四年（1749）以前的《儒林外史》是古代章回小説文體演
變史上最值得關注的作品之一，它有許多方面的創新。第一，它開掘了一類
嶄新的題材領域，描繪了數量龐大但一直没能進入章回小説視野中的儒林士
子，窮形盡相地刻畫了一大群讀書人形象。第二，小説不露聲色却又鞭辟入
裏的諷刺手法，"戚而能諧，婉而多諷"，[1] 作者以讀書人身份寫儒林同類，且
所寫人物大多實有其人，故雖多譏諷嘲笑，却始終是"含淚的微笑"。第三，
小説大膽突破了傳統章回小説的創作手法，在小説文體上做出了許多新的嘗
試，除了還保留有分回標目、結尾有套語等傳統章回小説的部分特徵外，在
創作手法上發生了很大的變易：首先是叙述者不再以詩詞韻文的形式來描寫
人物、景物或場面，最典型的是第一回寫王冕雨後觀荷花那一段，用的全是
散文描述，清新生動，極有韻致，齊省堂評本稱其"透亮之至，似俗而甚

---

[1] 魯迅著：《中國小説史略》，上海：上海古籍出版社 1998 年版，第 155 頁。

雅"，[1] 如果按照傳統寫法，來一段詩詞或四六文，很可能落入舊套，"似雅而甚俗"了；其次是除了已經内化爲章回小説標誌之一的結尾套語和"話説""却説"之類引導語詞，小説中幾乎找不到其他説書人的痕迹，在章回小説文體演變的數百年歷程中，它與《紅樓夢》一道實現了高度的文人化與案頭化；最後，也是最重要的一點變化，即《儒林外史》打破了傳統章回小説盤根錯雜、環環相扣的結構模式，小説各回、各故事單元的獨立性空前增强，"全書無主幹，僅驅使各種人物，行列而來，事與其來俱起，亦與其去俱訖，雖云長篇，頗同短制"，[2] 這種結構體制對晚清章回小説産生了很大的影響。

入清以來，説書、彈詞、鼓詞等説唱藝術非常發達，據此改編的章回小説爲數不少，乾隆至光緒年間尤爲多見。據嘉慶間李斗《揚州畫舫録》卷九《小秦淮録》、卷十一《虹橋録》以及乾隆時揚州人董偉業《揚州竹枝詞》記載，嘉慶二十二年（1817）刊本《飛跎全傳》是在乾隆間揚州著名説書藝人鄒必顯演説的基礎上整理成書，[3] 小説中説書人慣用的套語與措詞隨處可見，如第一回開頭云："却説只一部敷衍的故事，出在法朝末甲年間，天地元遠之中，離京内出了一位王子，名唤騰君……"第三十二回結尾云："跎子名傳後世，此是揚州佳話，新奇市語，以爲諸公一笑云。"道光十二年（1832）刊本《混元盒五毒全傳》多淮鹽方言，且彈詞、鼓詞均有《五毒全》（一名《混元盒》），孫楷第《中國通俗小説書目》認爲小説"本鼓子詞改作"。[4] 光緒十四年（1888）刊本《狐狸緣》多"有贊爲證"，大多是三字短句，之後又引出十數言不等的長句，很有可能據彈詞改編而成。光緒十七年（1891）刊本《永慶升平前傳》據評話改編而成，卷首郭廣瑞序稱："余少游四海，在都嘗聽評詞演《永慶升平》一書，乃我國大清襃忠貶佞、剿滅亂賊邪教之

1（清）吳敬梓著，李漢秋輯校：《儒林外史》（彙校彙評本），上海：上海古籍出版社 1999 年版，第 3 頁。

2 魯迅著：《中國小説史略》，上海：上海古籍出版社 1998 年版，第 156 頁。

3 參李夢生所撰《飛跎全傳》"前言"，《古本小説集成》，上海：上海古籍出版社 1994 年版，第 1 頁。

4 孫楷第著：《中國通俗小説書目》，北京：人民文學出版社 1982 年版，第 205 頁。

實事。……咸豐年間，有姜振名先生，乃評談今古之人，嘗演説此書，未能有人刊刻傳流於世。余長聽哈輔源先生演説，熟記在心，閑暇之時，録成四卷，以爲譴悶。"[1] 光緒二十一年（1895）刊本《金臺全傳》乃據彈詞《新刻雅調唱口平陽傳金臺全傳》改編成書，卷首瘦秋山人《金臺全傳自序》云："惜乎原本（彈詞）敷成唱句，不免拘牽逗凑，抑且迂坊鐫刻，訛錯不乏，令閲者每致倦眼懶懷。余兹精細校正，更作説本，付諸石印，極爲爽目醒心，別生意趣，親矣焉則得之矣。"[2] 此類作品影響較大者當屬光緒五年（1879）刊本《忠烈俠義傳》（一名《三俠五義》），該書在著名説書藝人石玉昆演説《龍圖公案》的底本上改編而成，據李家瑞考證："石玉昆的《龍圖公案》，全是文字笨拙的，所以後來聽他説書的人，依他所説的事迹，另爲一書，名爲《龍圖耳録》。""拿《龍圖耳録》和石氏唱本一對，可知道《龍圖耳録》于石氏唱本所有事迹之外，毫無增添，不過把許多廢話斟酌删除就是了。""石氏唱本原是帶説唱的，《龍圖耳録》就改成章回小説了。"[3]

從説唱曲藝到其書面記載再到文人據此改編的章回小説，文體形態發生了較大的變化，但又多少保留了原有的文體特徵。比較明顯的有兩個方面，一是説唱文學口語化的語言特色，二是表演者特有的叙事視角與叙述聲口。同樣屬於根據評話改編的光緒十六年（1890）刊本《忠烈小五義傳》，其説唱文學色彩便頗爲濃厚，如小説多數回前有類似話本"入話"的小故事，正文中夾有若干詩贊性的韻文及説書人的插話，人物語言夾有方言土語、行話、黑話。第五回《王爺府二賊殞命，白義士墜網亡身》末尾有一段唱詞描述白玉堂喪命銅網陣時的情景：

　　1（清）郭廣瑞著，曹亦冰校點：《永慶升平前傳》，《自序》，寶文堂書店 1988 年版。

　　2《金臺全傳》，《古本小説集成》，上海：上海古籍出版社 1994 年版，第 3—4 頁。

　　3 李家瑞《從石玉昆的〈龍圖公案〉説到〈三俠五義〉》，《文學季刊》（上海）1934 年第 2 期。另外關於《龍圖公案》與《三俠五義》之間的文體比較，可參見王虹：《〈龍圖公案〉與〈三俠五義〉》，《文苑》第 5 期，1940 年 11 月版。

　　贊曰：白五義，瞪雙睛，落坑中，挺身行。單臂起動，刀支銅網，毫無楞縫，直覺得，膀背疼。直聞得，咯喻喻，在耳邊，不好聽。似鐘錶開閘的聲……錦毛鼠，吃一驚。這其間，有牢籠。無片刻，忽寂靜。哧哧哧，喻喻喻，飛蝗走，往上釘。似這般百步的威嚴，好像那無把的流星，縱有刀，怎避逢？看身上，冒鮮紅。五義士，瞪雙睛……難割捨，拜弟兄；如手足，骨肉同；永別了，衆賓朋。恨塞滿，寰宇中。黃云宵，豪氣沖。群賊子，等一等，若要是等他惡貫滿盈之時，將汝等殺個淨，五老爺縱死在黃泉，也閉睛。[1]

　　又如乾隆四十四年（1779）刊本《説呼全傳》，此書叙述視角常在第一人稱與第三人稱之間隨意轉換而無任何過渡與交代，且人物對話大多無"××道"之類轉換，而是直接匯出，這顯然是表演者以一人分飾不同角色所致。如第一回《呼世子遊春出獵，龐黑虎搶親喪命》介紹呼延家世時説："話説複姓呼延名得模，字必顯，世居山后，歷爲漢臣，因劉王失政，去賢用佞，輕聽宇文均，把俺呼氏誅絶，幸母馬氏懷孕逃回馬家莊，遂生下俺父呼延贊……"，"……俺夫人楊氏所生兩個孩兒，長名守勇，年登十六，次兒守信，甫經十四……看這兩個孩兒的武藝，老夫到也晚景無憂……"到這裏，叙述者用的是第一人稱視角，以呼延得模自報家門的方式叙事。接下來叙述呼延守勇與呼延守信兄弟外出遊春射獵時，視角遽然轉換爲第三人稱且無任何過渡："那呼得模見了兩個兒子威威武武一般裝束，心中十分歡喜，説道：'你兄弟兩個出去，總要和順，不可生事。'"再看叙述者描寫呼延兄弟與龐黑虎打鬥時的一段對話："那世子又跳下馬來，一把扭住了黑虎，提起拳頭打得他亂叫亂喊：'阿喝喝，饒了我罷，實在打弗起哉，看我爹爹面上，放了我罷。''咳，你這狗男女，不説老龐也罷，提起了他還要打你

1　佚名著，林邦鈞、瞿幼寧點校：《忠烈小五義傳》，北京：北京師範大學出版社1993年版，第22頁。

幾下，因老龐不能教訓，有只你個不肖横行不法''阿呀，小千歲，我如今
三十下了，放我去罷。……'"對話描寫中間無過渡語句交代人物身份，在
現代小説中司空見慣，但在古代小説中實屬罕見，只有在説書人一人分飾不
同角色的特定場合才有可能。從對話中的語氣與語詞看來，這些描寫似乎直
接來源於蘇州一帶的評話。

　　這一階段的章回小説與評話、彈詞、鼓詞以及戲曲等説唱文學類型之間
處於雙向交融的互動狀態，在大量的説唱文學被改編成章回小説的同時，許
多章回小説也被藝人們以評話、彈詞、鼓詞以及戲曲的形式廣爲傳唱。李斗
《揚州畫舫録》卷十一《虹橋録下》對此有詳細記載：

　　　　評話盛于江南，如柳敬亭、孔雲霄、韓圭湖諸人，屢爲陳其年、余
　　淡心、杜茶村、朱竹垞所賞鑒。次之季麻子平詞爲李宦保衛所賞。人參
　　客王建明瞽後，工弦詞，成名師。顧翰章次之。紫痲痢弦詞，蔣心畬爲
　　之作《古樂府》，皆其選也。郡中稱絶技者，吳天緒《三國志》，徐廣如
　　《東漢》，王德山《水滸記》，高晉公《五美圖》，浦天玉《清風閘》，房
　　山年《玉蜻蜓》，曹天衡《善惡圖》，顧進章《靖難故事》，鄒必顯《飛
　　駝傳》，謊陳四《揚州話》，皆獨步一時。近今如王景山、陶景章、王朝
　　幹、張破頭、謝壽子、陳達三、薛家洪、諶耀廷、倪兆芳、陳天恭，亦
　　可追武前人。大鼓書始于漁鼓簡板説《孫猴子》，佐以單皮鼓檀板，謂
　　之"段兒書"，後增弦子，謂之"靠山調"。此技周善文一人而已。[1]

　　乾隆三十三年（1768）刊本《飛龍全傳》（舊名《飛龍傳》）叙宋太
祖趙匡胤的傳奇故事，據乾隆間清凉道人《聽雨軒筆記》卷三《餘紀》記

1　（清）李斗著，汪北平、涂雨公點校：《揚州畫舫録》，北京：中華書局1960年版，第257—258頁。

載，當時已有《飛龍傳》評話："後於杭州昭慶寺西廊茶店内聽説《飛龍傳》'陳橋兵變'一段，言宋太祖領兵北伐，夜宿陳橋驛中……"[1] 此外，《説岳全傳》被改編成《精忠傳彈詞》；《異説反唐全傳》被改編成戲曲《九錫宫》《鬧花燈》《陽和摘印》《法場换子》《鐵丘墳》《舉鼎觀畫》《九焰山》《徐策跑城》等；《緑牡丹全傳》（又名《宏碧緣》）則被改編成京劇《宏碧緣》以及折子戲如《大鬧桃花塢》《大賣藝》《四望亭》《龍潭鎮》《揚州擂》《嘉興府》《刺巴傑》《四傑村》《巴駱和》《翠鳳樓》等，據此改編的同名評彈《宏碧緣》在吴語地區更是可謂家喻户曉。[2] 章回小説被改成評話、彈詞、鼓詞、戲曲等説唱藝術形式，無疑拓寬了小説的傳播途徑，擴大了小説的影響；在章回小説與説唱文學之間實現文體的自由轉换之後，觀衆與讀者會逐漸接受並期待兩種不同文體之間的雙向交融，這將促使作者有意保留或借鑒説唱文學的部分文體特徵，因而又會影響到章回小説文體的發展。

第三節　域外小説對章回小説的文體影響

與以往不同的是，中國古代章回小説文體流變的第三階段是在小説創作的外部條件發生顯著變化的背景下開始的。隨著域外小説的大量譯介以及小説家們對小説價值與地位的重新認識，加上報刊連載等傳播方式對小説生産造成的影響，章回小説發展至清朝末年，在題材範圍、敘事模式以及文體形態等諸多方面發生了明顯改變，雖然仍有部分作家堅守傳統的創作手法，但"新小説"創作已日漸成爲主流。

19 世紀末期，人們對小説的認識似乎一夜之間發生了翻天覆地的變

1（清）清涼道人著：《聽雨軒筆記》，上海：商務印書館 1931 年版，第 61 頁。

2 參曹中孚撰《緑牡丹全傳》"前言"，《古本小説集成》，上海：上海古籍出版社 1994 年版，第 2 頁。

化，或認爲"其入人之深，行世之遠，幾幾出於經史上"，[1]或認爲其"易逮
於民治，善入於愚俗，可增七略爲八、四部爲五"。[2]至梁啓超"小說界革
命"，振臂一呼，應者云集，於是昔日"君子不爲"的"小道"搖身一變，
成了"文學之最上乘"。[3]時人對小說的價值與地位如此刮目相看，是建立在
利用小說"開通民智""改良群治"的功利目的之上。[4]此種論調其實並非梁
啓超們的獨創之舉，早在三百多年前的明代萬曆年間，人們即已注意到了小
說（主要指以章回小說爲代表的通俗小說）的教化功能，小說可以"維持世
道，激揚民俗"，使人"善則知勸，惡則知戒"；[5]"若引爲法誡，其利益亦與
六經諸史相埒"。[6]只不過在那個時代，小說縱然對社會有再多的好處，也無
法改變其"稗官野乘"的身份而不得不依附於經史之下。1840 年鴉片戰爭
與 1894 年甲午戰爭的失敗，促使有志於變革的仁人志士重新思考、審視小
說的地位與價值，落實到具體的舉措上便是域外小說的大量譯介與小說報刊
的風起云涌，以及隨之而來的"新小說"創作的極度繁盛。1902 年，《新小
說》創刊，宣稱"本報所登載各篇，著、譯各半"；[7]1903 年，《繡像小說》創
刊，聲稱要"遠擴泰西之良規，近挹海東之餘韻，或手著、或譯本，隨時
甄錄"；[8]1904 年，《新新小說》創刊，其《叙例》云"本報每期所刊，譯著
參半"。[9]從 1899 年至 1911 年，晚清小說界共翻譯域外小說 615 種，以"小

1　幾道、別士：《本館附印說部緣起》，光緒二十三年（1897）十月十六日至十一月十八日《國聞報》。

2　康有爲：《日本書目志》第十四卷"識語"，上海大同書局 1897 年版。

3　楚卿：《論文學上小說之位置》，《新小說》第七號，1903 年。

4　參見邱煒萲：《小說與民智關係》，1910 年刊本《揮塵拾遺》；梁啓超：《論小說與群治之關係》，《新小說》第一號，1902 年。

5（明）余邵魚：《題全像列國志傳引》，（明）余邵魚著：《按鑑演義全像列國志傳評林》，《古本小說叢刊》，北京：中華書局 1990 年版，第 6—7 頁。

6（明）可觀道人：《新列國志叙》，（明）馮夢龍著：《新列國志》，《古本小說集成》，上海：上海古籍出版社 1994 年版，第 18—19 頁。

7　新小說報社：《中國唯一之文學報〈新小說〉》，《新民叢報》第十四號，1902 年。

8　商務印書館主人：《編印繡像小說緣起》，《繡像小說》第一期，1903 年。

9　俠民：《新新小說叙例》，《大陸報》第二卷第五號，1904 年。

說"命名的報刊共有 21 種，出版的小說保守估計也在 2 000 種以上。[1]

　　域外小說的大量引進給中國傳統小說（主要是章回小說）文體帶來了前所未有的衝擊。人們一方面以求新求變的眼光渴望從域外小說中學習新的作法，希冀"以彼新理，助我行文"，"舊者既精，新者複熟，合中、西二文熔爲一片"；[2]另一方面又不由自主地固守傳統小說的創作方法，"純以中國說部體段代之"。[3]最典型的做法是削足適履，將域外小說譯成章回體，不但給小說加上分回標目的形態特徵，[4]還要根據中國讀者的口味對小說內容做出相應的修改。[5]在外來力量與傳統習慣的糾葛中，此一階段的章回小說創作呈現出"中西合璧"的特色：外在的文體形態基本上保存了傳統章回小說的特徵，分回標目，對仗工整，結尾有套語，甚至絕大多數小說前面還有"楔子"；內在的敘事模式則逐步土崩瓦解，敘事時間、敘事結構、敘事視角等紛紛轉變，甚至小說語言也呈現出多樣化的努力。

　　域外小說對傳統章回小說的影響首先表現在小說題材類型的擴大。《新小說》曾將其刊載的小說分門別類，如 1902 年第一號開始連載《東歐女豪傑》《洪水禍》，標"歷史小說"；《新中國未來記》，標"政治小說"；《海底旅行》，標"科學小說"；《世界末日記》，標"哲理小說"；《二勇少年》《離魂病》，標"冒險小說"。次年《新小說》第八號開始連載《毒蛇圈》，標"偵探小說"；《嘯天廬拾遺》，標"劄記小說"；《二十年目睹之怪現狀》，標"社會小說"；《電術奇談》，標"寫情小說"。除了上述門類外，晚清尚有

---

1 參見陳平原著：《中國現代小說的起點——清末民初小說研究》，北京：北京大學出版社 2005 年版；〔美〕王德威著，宋偉傑譯：《被壓抑的現代性——晚清小說新論》，北京：北京大學出版社 2005 年版。

2 林紓：《洪罕女郎傳跋語》，1906 年商務印書館版《洪罕女郎傳》。

3 梁啓超：《十五小豪傑譯後語》，《新民叢報》第二號，1902 年。

4 《小仙源凡例》云："原書並無節目，譯者自加編次，仿章回體而出以文言。"見《繡像小說》第十六期，1904 年。

5 趼廛主人：《毒蛇圈評語》："（第三回）中間處處用科諢語，亦非贅筆也。以全回均似閑文，無甚出入，恐閱者生厭，故不得不插入科諢，以醒眼目。此爲小說家不二法門。西文原本，不如是也"。見《新小說》第九號，1904 年。

"教育小説"，如《家庭樂》，《白話報》1904 年 9 月第二期開始連載；"外交小説"，如《紅花球》，《外交報》1904 年 9 月第九十三期開始連載；"英雄小説"，如《新水滸》，《20 世紀大舞臺》1904 年第一期開始連載；"近事小説"，如《黄梁夢》，《中外小説林》1907 年 6 月第五期開始連載；"軍事小説"，如《中國之哥倫布》，《南洋兵事雜誌》1910 年 5 月第四十六期開始連載；"滑稽小説"，如《新西遊記》，有正書局 1909 年版。據統計，《新小説》將所載小説分爲 13 類，《小説時報》分爲 24 類，《月月小説》更是分爲 40 類。其中"歷史小説"、"寫情小説"（"言情小説"）、"家庭小説"、"英雄小説"、"語怪小説"（"神怪小説"）與"偵探小説"等就題材内容而言不算什麼新鮮事物，中國傳統章回小説中的歷史演義、英雄傳奇、世情小説、神魔小説與公案小説早已有之，但在文體形式上與傳統章回小説却有了不小的差距；其餘各種類型則基本上屬於舶來品，受歐美與日本譯文小説的影響産生。並非每種不同類型的題材都會有與之相應的叙述體裁，何況多達 40 種的小説類别中必然存在"名"雖有别"實"則相同的情況，且不能排除混類現象的存在，但有些小説類型確實有著不同其他的叙述體裁，是作品内容决定了小説形式。這裏打算著重分析晚清"政治小説""偵探小説"與"歷史小説"，借助這三種小説類型來透視晚清章回小説文體的新變與傳承。

政治小説是晚清"小説界革命"最被看重的利器，維新派人士曾對此寄予厚望，希望借助它來啓迪民衆，誘導革命。1898 年梁啓超發表《譯印政治小説序》，認爲"在昔歐洲各國變革之始"，"往往每一書出，而全國之議論爲之一變"，"則政治小説，爲功最高焉"。[1]1902 年梁啓超在日本橫濱創辦《新小説》，第一期便開始連載他本人創作的"政治小説"《新中國未來

1　任公：《譯印政治小説序》，《清議報》第一册，1898 年。

記》。在僅存的五回書中，主人公黄毅伯與李去病在山海關客房裏的一場關於君主、群衆、革命的爭論是小說叙述的中心。"拿著一個問題，引著一條直綫，駁來駁去，彼此往復到四十四次，合成一萬六千餘言，文章能事，至是而極。中國前此惟《鹽鐵論》一書，稍有此種體段。"[1] 作爲論說文章來讀，此書或許真能獲得與《鹽鐵論》相提並論的榮譽；可作爲小說來讀，恐怕就不會有如此高的評價了。連梁啓超自己都意識到了此書在文體上的錯位以及給讀者帶來的困惑："似說部非說部，似稗史非稗史，似論著非論著，不知成何種文體，自顧良自失笑。……編中往往多載法律、章程、演說、論文等，連篇累牘，毫無趣味，知無以饜讀者之望矣，願以報中他種之有滋味者償之。"梁啓超當然知道小說不能這樣寫，之所以"毫無趣味"完全是過度強調小說的教化功能使然，所以他又說："雖然，既欲發表政見，商榷國計，則其體自不能不與尋常說部稍殊。"[2] 其實叙事之中夾雜議論，在傳統章回小說中並非没有先例，我們在明代歷史演義中可以見到太多的"史臣論曰"之類評論，也可以在其他類型的章回小說中聽到不少的"看官聽說"之類論說性解釋，但這種議論成分所占比例甚小，且常常出現在事件叙述之後，並没有威脅到以叙事爲中心，它的出現充其量只是造成小說叙事的不流暢與不連貫，而這一點在早期的章回小說讀者那裏並不成爲問題，他們對小說叙事中的史官聲口與說書人聲口習以爲常。"發表政見，商榷國計"却是政治小說的創作宗旨，議論成爲小說的中心，叙述者將本來屬於演講體裁的内容強行納入到本應以叙事爲主的小說體裁之中，造成了内容與形式之間的背離，"故新小說之意境，與舊小說之體裁，往往不能相容"。[3] 從藝術欣賞的角度看當然無可稱道，在當時即有不少人指出了此類小說"論議多而事實少"[4] 的

1　平等閣主人：《新中國未來記》第三回總評，《新小說》第二號，1902 年。
2　飲冰室主人：《新中國未來記緒言》，《新小說》第一號，1902 年。
3　《新小說第一號》，《新民叢報》第二十號，1902 年。
4　海天獨嘯子：《女媧石凡例》，1904 年東亞編輯局版《女媧石》。

弊病，認爲"以大段議論羼入叙事之中，最爲討厭"；[1] 從文體變革的角度看，則政治小説的大量涌現，"無意中動摇了小説中情節的中心地位，爲非情節因素的崛起乃至小説叙事結構的轉變提供了有利條件"。[2]

"偵探小説"是晚清最受譯者、作者、讀者歡迎的小説類型，與"政治小説"連篇累牘的議論説教相反，它"本以布局曲折見長"。[3] 在離奇曲折的故事情節中，小説往往通過"開局之突兀"的懸念設置來抓住讀者，與中國傳統章回小説的平鋪直叙式開頭有明顯區别。晚清小説翻譯家周桂笙曾比較過中西小説不同的開局模式：

> 我國小説體裁，往往先將書中主人翁之姓氏、來歷，叙述一番，然後詳其事迹於後；或亦有用楔子、引子、詞章、言論之屬，以爲之冠者，蓋非如是則無下手處矣。陳陳相因，幾於千篇一律，當爲讀者所共知。此篇爲法國小説巨子鮑福所著，其起筆處即就父母問答之詞，憑空落墨，恍如奇峰突兀，從天外飛來；又如燃放花炮，火星亂起。然細察之，皆有條理，自非能手，不能出此。雖然，此亦歐西小説家之常態耳。[4]

要了解"我國小説體裁"的開局模式，必須先弄清楚影響章回小説文體産生的兩個最主要因素：史傳與話本。史傳的叙事體例決定了史家叙述傳主事迹之前先要介紹傳主的身份、籍貫、生平，自然形成了"先見其人，再聞其聲"的叙事格局；説書程式决定了話本在題目之後有篇首詩詞、解釋性入

---

1 别士：《小説原理》，《繡像小説》第三期，1903 年。

2 陳平原著：《中國現代小説的起點——清末民初小説研究》，北京：北京大學出版社 2005 年版，第14 頁。

3 觚庵：《觚庵漫筆》，《小説林》第七期，1907 年。

4 知新室主人：《毒蛇圈譯者識語》，《新小説》第八號，1903 年。

話、導入性頭回，然後才"言歸正傳"。傳統章回小説的開局模式基本上承襲這兩種體裁而來，在一定的背景鋪墊之後才進入故事主體，按部就班，娓娓道來，這與西方小説從中間開始，再繼之以解釋性回顧的敘事時間操作截然不同。即便是題材內容與偵探小説基本相同的公案小説，其敘事時間也是按照故事發生的自然時序從頭到尾鋪開，何時案發，何時破案，何時案結，一絲不亂。偵探小説則不然，往往"先言殺人者之敗露，下卷始叙其由，令讀者駭其前而必繹其後，而書中故爲停頓蓄積，待結穴處，始一一點清其發覺之故，令讀者恍然"。[1]偵探小説爲了設置離奇曲折的故事情節而采用倒裝叙述，這給傳統章回小説一以貫之的連貫叙述帶來了不小衝擊，晚清章回小説采用倒裝叙述手法者日益增多，如《二十年目睹之怪現狀》第八十七至一〇六回叙述苟才之死，《老殘遊記》第十五至二十回叙述老殘破齊東村十三條人命案，都是使用倒裝叙述技巧。《九命奇冤》更是深得偵探小説之壼奥，講求"開局之突兀"，小説第一回開頭即叙述凌貴興率衆强徒攻打梁家，殺人放火，接下來才叙述這段情節的來由，將本來按照時間順序應該發生在第十六回中的故事提前至第一回中。"這種倒裝的叙述，一定是西洋小説的影響。但這還是小節；最大的影響是在布局的謹嚴與統一。"[2]

　　"歷史小説"這個概念本身從晚清才開始出現，與"政治小説""英雄小説"等小説類型概念一樣，是域外小説影響下的產物。"歷史小説者，專以歷史上事實爲材料，而用演義體叙述之。蓋讀正史則易生厭，讀演義則易生感。"[3]嚴格地説，晚清時期的"歷史小説"與傳統的"歷史演義"之間存在著比較微妙的關係，二者貌似相同，實則有別。晚清人眼裏的"歷史小説"是一種以歷史事實爲素材的小説類型，它用小説體裁（"演義體"）講述

1　林紓：《歇洛克奇案開場序》，1908 年商務印書館版《歇洛克奇案開場》。

2　胡適：《五十年來之中國文學》，王俊年編《中國近代文學論文集（1919—1949）》（小説卷），北京：中國社會科學出版社 1988 年版，第 16 頁。

3　新小説報社：《中國唯一之文學報〈新小説〉》，《新民叢報》第十四號，1902 年。

歷史故事，自由生發的主觀性比較大，它側重小説的文學性；而傳統的"歷史演義"是對歷史的通俗化敘述，"以國史演爲通俗"，對史實、史傳依賴性較强，它側重小説的史學性。晚清的歷史小説創作呈現出兩種不同風格的雜糅，一方面它繼承了傳統歷史演義的創作手法，多從正史、野史中采集素材並標榜敘事的真實可信；另一方面它又模仿域外歷史小説的文體特徵，淡化了傳統歷史演義的敘事特色，實際上虛構成分甚多。吳趼人撰《兩晉演義》，自稱"以《通鑑》爲綫索，以《晉書》《十六國春秋》爲材料"，顯然承襲了傳統歷史演義"按鑑敷演"的創作手法，可他所撰的另一部歷史小説《痛史》，却又因"過涉虛誕，與正史相刺謬"而被人批評，他本人也似乎悔其少作，直呼"且不復爲"。[1]佚名撰《吳三桂演義》，其《例言》云"是書所取材，以《聖武記》及明季稗史爲底本，而以諸家雜説輔佐之"，[2]雖然標榜小説於史可征，可也没有隱瞞以"諸家雜説輔佐之"的事實。又如黄小配撰《洪秀全演義》、洗紅庵主撰《泰西歷史演義》、佚名撰《台戰演義》等書，雖標"演義"之名，其實内容多有虛構，與史實有一定距離。説白了，晚清人是將歷史小説當作歷史教科書來做的，希望借小説體裁普及歷史知識，《萬國演義凡例》云"是編專述泰東西古近事實，以供教科書之用，特爲淺顯之文，使人易曉"；[3]《遼天鶴唳記叙》亦云"用淺顯語句，仿章回體裁，編成是書，務令通國國民，周知普及，易入腦筋，盡能解釋"。[4]借小説傳播史事的目的自古皆然，傳統歷史演義的作者們也大多有感于"史氏所志，事詳而文古，義微而旨深，非通儒夙學，展卷間，鮮不便思困睡"[5]而"通俗演義"

1　我佛山人：《〈兩晉演義〉序》，《月月小説》第一卷第一號，1906 年。

2　佚名撰，朱彭城標點：《吳三桂演義》例言，大達圖書供應社，民國二十四年（1935），第 4 頁。

3　（清）沈惟賢編：《萬國演義》，上賢齋藏版，作新社製印，《凡例》第 1 頁。

4　（清）賈生撰：《遼天鶴唳記叙》，丁錫根編《中國歷代小説序跋集》，北京：人民文學出版社 1996 年版，第 1062—1063 頁。

5　（明）修髯子：《三國志通俗演義引》，（明）羅貫中編次：《三國志通俗演義》，《古本小説集成》，上海：上海古籍出版社 1994 年版，第 1 頁。

之，只是傳統歷史演義在敷演史傳的同時還保留了較多的史傳叙事特色，最明顯的是小説中無處不在的史官聲口與編年體式的叙事時間操作，而這些特徵在晚清歷史小説中已經逐漸淡化。有意思的是，儘管要求"事紀其實，亦庶幾乎史，蓋欲讀誦者，人人得而知之"，[1]可明代歷史演義中像《三國演義》那樣既講求歷史真實性，又具有小説趣味性的實在太少，更多的是形同史鈔而味如嚼蠟，令人難以卒讀。晚清新小説家們竭力想把歷史小説編成歷史教科書，吳趼人發誓要"編撰歷史小説，使今日讀小説者，明日讀正史如見故人；昨日讀正史而不得入者，今日讀小説而如身親其境"，[2]可時人似乎也並不買帳，批評其"就書之本文，演爲俗語，別無點綴斡旋處，冗長拖沓，並失全史文之真精神，與教會中所譯土語之《新舊約》無異，歷史不成歷史，小説不成小説"。[3]如此看來，"以國史演爲通俗"與編撰歷史教科書的理想都很難如願，未免"殊途同歸"。個中緣由，或如孫楷第所言，"以史實牽就文字，乖紀事之體"，"若欲授人以歷史智識，則舍編教本外，實無他法"。[4]

影響晚清章回小説文體演變的主要因素，除了域外小説的大量譯介對作者創作興趣與讀者閱讀期待帶來的衝擊，報刊連載的生產與傳播方式也是非常重要的一個方面，最明顯的是，報刊連載的形式導致了傳統章回小説結構方式的改變。1902 年，《新民叢報》第二十號發表了《〈新小説〉第一號》一文，稱"此編（案：指《新小説》所載小説）結構之難，有視尋常説部數倍者"，在其所説"五難"中，除去薄古厚今、屬於價值判斷的第一難與政治小説以議論爲中心造成的第二難外，其餘"三難"倒頗中肯綮，道出了報刊連載方式對章回小説結構造成的影響：

1（明）庸愚子：《三國志通俗演義序》，（明）羅貫中編次：《三國志通俗演義》，《古本小説集成》，上海：上海古籍出版社 1994 年版，第 5 頁。

2 吳趼人：《歷史小説總序》，《月月小説》第一號，1906 年。

3 蠻：《小説小話》，《小説林》第二期，1907 年。

4 孫楷第著：《戲曲小説書録解題》，北京：人民文學出版社 1990 年版，第 86—87 頁。

　　一部小説數十回，其全體結構，首尾相應，煞費苦心，故前此作者，往往幾經易稿，始得一稱意之作。今依報章體例，月出一回，無從顛倒損益，艱於出色。其難三也。尋常小説一部中，最爲精彩者，亦不過十數回，其餘雖稍間以懶筆，讀者亦無暇苛責。此編既按月續出，雖一回不能苟簡，稍有弱點，即全書皆爲減色。其難四也。尋常小説，篇首數回，每用淡筆晦筆，爲下文作勢。此編若用此例，則令讀者彷徨于五里霧中，毫無趣味，故不得不於發端處，刻意求工。其難五也。

　　傳統章回小説創作非常注重結構的完整，小説中人物再多、事件再複雜，作者力求都有所交代，做到有"起"有"結"。這一點很不容易，作者除了需要有駕馭全域的能力外，還需要反復修改，再三打磨，因此傳統章回小説中藝術水準較高的作品大多經過了長時間的創作過程，幾經易稿，《紅樓夢》批閱十載增刪五次，《歧路燈》花了三十年，[1]《鏡花緣》相傳也歷經十幾年才成書。[2]晚清報刊連載的生產與傳播方式改變了傳統章回小説創作的生態環境，"朝甫脱稿，夕即排印，十日之内，遍天下矣"。[3]在這種情況下，小説家們就不得不選擇相對簡單，容易織造的結構模式，既要大體上有完整的故事情節或貫穿始終的人物，又要儘量避免因過於繁瑣而顧此失彼，前後脱節。胡適論《儒林外史》的結構時説："《儒林外史》没有布局，全是一段一段的短篇小品連綴起來的；拆開來，每段自成一篇，鬥攏來，可長至無窮。這個體裁最容易學，又最方便。因此，這種一段一段没有總結構的小説

1（清）李綠園《歧路燈·自序》云："越三十年以迄於今，而始成書。"見（清）李綠園著，昭魯、春曉校點：《歧路燈》，濟南：齊魯出版社1998年版，第2頁。

2（清）許喬林《鏡花緣序》云："《鏡花緣》一書，廼北平李子松石以數年之力成之。"見（清）李汝珍撰：《鏡花緣》，《古本小説集成》，上海：上海古籍出版社1994年版，第2—3頁。

3 解弢著：《小説話》，上海：中華書局1924年版，第116頁。

體就成了近代諷刺小説的普通法式。"[1] 説近代諷刺小説師法《儒林外史》"雖云長篇，頗同短制"的結構模式，胡適、魯迅都不是第一人，學界早就有人這樣認爲，[2] 這幾乎已成共識。其實不僅僅是諷刺小説，晚清章回小説大多采用了這樣"全是一段一段的短篇小品綴起來的"結構形式；也不僅僅是由於"最容易學"，對於報刊連載的生產與傳播方式來説，它同樣"最方便"，選擇這種形式有不得已的苦衷。讀者每期只能讀到一回小説，這一回的好壞會影響讀者是否繼續購買；辦報者要贏利，小説家爲稻粱謀，"雖一回不能苟簡"。爲了吸引讀者，小説家們儘量讓每回故事"自成一篇"，具有相對獨立的故事情節，如《鄰女語》[3] 第一至第六回以金不磨的見聞感受爲綫索，各回故事還能勉強聯成一體，第七至第十二回則缺少中心人物，各回故事獨自爲政，且與前面六回毫不相干；或者在所有的故事外面設置一個框架，安排一個貫穿到底的人物，讓小説有一個大致統一的結構，如《二十年目睹之怪現狀》明明是衆多互不干涉的"話柄"的綴集，却借九死一生口述出來，讓小説有了一個相對統一的結構，一個不是故事主人公的中心人物。另外，有些報刊由於各種原因中途停止發行，使得許多小説往往連載數回之後就没有下文，客觀上造成了小説情節的不連貫與結構的不完整。清末民初中道夭折的報刊非常多，如"（《新小説》）僅出二十四期而止，頗多未完之稿"，"（《月月小説》）亦二十四期而止，與《新小説》同其壽命焉。……長篇如歷史之《兩晉演義》《云南野乘》，社會之《後官場現形記》等均佳，惜均不全"，"（《小説林》）至十一期，而覺我逝世，十二期勉強刊出，厥後《小説林》遂與徐君同歸銷滅矣。故首尾完全者，只寥寥三四種耳"，"（《小説月報》）名目雖多，

1　胡適：《五十年來中國之文學》，王俊年編：《中國近代文學論文集（1919—1949）》（小説卷），北京：中國社會科學出版社 1988 年版，第 11—12 頁。

2　顚公《小説叢談》："《官場現形記》爲常州李伯元先生撰，其體裁仿《儒林外史》，每一人演述完竣，即遞入他人，全書以此蟬聯而下，蓋章回小説之變體也。"《文藝雜誌》第五期，1915 年。

3　連夢青撰，12 回，連載於《繡像小説》1903 年第 6 期至 1904 年第 20 期。

然僅出二期，即成絶響，故無一書完成者"。[1] "《新新小説》發行未滿全年，《小説月報》出版僅終貳號，《新世界小説報》爲詞窮而匿影，《小説世界日報》因易主而停刊，《七日小説》久息蟬鳴，《小説世界》徒留鴻影。"[2]

從外在的文體形態來看，晚清章回小説繼承了傳統章回小説的部分特徵，如分回標目，回目爲聯句且對仗工整，結尾有"且聽下回分解"之類慣用套語等。但這些都只是表面的風平浪静，在小説内部已經暗潮涌動，如傳統章回小説常用的"有詩爲證"不見了，叙述者不再以詩詞韻文來寫景狀物描繪人物與場面，取而代之的是更加形象貼切的散文描述。雖然部分小説仍然存在作者與讀者之間的互動，但叙述者身份由"説話的"換成了"做書的"，體現了新小説試圖擺脱説書人影響、由口頭化向案頭化轉變的努力。小説情節綫索由傳統章回小説的盤根錯節變得簡單明瞭，小説結構更爲鬆散自由，不少章回小説甚至可以視爲系列短篇小説的聯綴或集合。小説語言呈現出多樣化趨勢，不少小説刻意追求語言的地方特色，此前《金瓶梅》用魯語、《紅樓夢》用京語、《儒林外史》用長江流域官話，雖然也可歸於方言一類，但都是經過藝術處理的書面語言，對於非方言區讀者也不構成閱讀障礙；晚清不少章回小説則有意使用較爲原生態的方言入小説，如《海天鴻雪記》以吳語潤色成書，《玄空經》以松江方言寫就，《閩都別記雙峰夢》用福建方言，《天足引》用杭州土話，最有特色的則莫過於《海上花列傳》，叙述者用國語，上層人士説官話，妓女用蘇州話，語言在小説中成了一種特别的修辭手段，是人物身份的標誌，尤其是操蘇白的妓女，甫一張嘴而形神畢肖。方言小説在憑藉恰當使用語言而獲得特殊成就的同時，也給非方言區讀者造成了閱讀上的困難，不能不説是一大憾事。

---

1 新慶：《月刊小説平議》，《小説月報》第一卷第五期，1915 年。
2 報癖：《揚子江小説報發刊詞》，1909 年 5 月。

第二章
報刊連載與章回小説文體的嬗變

清末民初這一時段對章回小説的發展演變來説具有格外突出的意義。一方面，在這百餘年的時間裏產生了數以千計的章回小説，不但數量是此前四百餘年裏的許多倍，[1] 而且出現了許多新的小説類型；另一方面，報刊連載顛覆了傳統章回小説的創作與傳播方式，並對小説文體產生了極大影響。傳統章回小説在經歷了清末民初的末日輝煌之後，很快走向没落，在"五四"小説家們理論與實踐的巨大衝擊下偃旗息鼓，最終被現代長篇小説取代。"自報章興，吾國之文體，爲之一變"，[2] 變化最大者莫過於小説，"新聞紙報告欄中，異軍特起者，小説也"。[3] 清末民初章回小説的發展與報刊連載有著密切關係，無論是作品數量、類型的增長還是文體形態的演變，都是在報刊連載方式下完成的，下面幾組資料足以説明清末民初章回小説與報刊連載之間的關係。從 1892 年《海上奇書》創刊起到 1919 年，共產生小説雜誌約60 餘種，以"小説"命名者超過 40 種。據《中國近代期刊篇目匯録》[4] 統計，在 1872 年到 1911 年創辦的 218 種期刊中，有近 120 種刊載過小説。日本學者樽本照雄《新編增補清末民初小説目録》及《清末民初小説年表》共收録

---

1 據陳大康統計，晚清七十二年（1840—1911）產生的通俗小説是前四百七十二年（1368—1840）總數的 3 倍，而清末最後九年（1903—1911）產生的小説總數又占近代小説總數的 88.78%。參陳大康：《中國近代小説編年》"前言"，上海：華東師範大學出版社 2002 年版。

2 梁啓超：《中國各報存佚表》，《清議報》第 100 册，1901 年。

3 黄摩西：《小説林發刊詞》，《小説林》第 1 期，1907 年。

4 上海圖書館編：《中國近代期刊篇目匯録》，上海：上海人民出版社 1980—1982 年出版。

1840—1919 年間的著、譯小説 11 000 餘種，其中 80% 采自報刊。從 1840
年到 1919 年，共產生小説 11 505 種，其中創作小説 8 840 種，翻譯小説
2 665 種，共有 8 868 種在報刊上登載，占作品總數的 80%。[1] 從 1872 年到
1911 年，在上海各圖書館所藏報刊中，有 106 種期刊共登載小説 1 065 種；
1912 年以前的日報中，有 47 種開闢了小説專欄，共發表小説 1 456 種。[2] 清
末民初章回小説與報刊的聯姻，既有社會歷史發展的原因，也與章回小説文
體自身的屬性有關。變法失敗的維新派人士在"痛定思痛"之後，以報刊作
爲政治鬥爭的工具，以小説作爲改良群治的武器，於是小説這種昔日君子不
爲的"小道"，搖身一變爲"文學之最上乘"。傳統章回小説語言明白曉暢，
叙事委曲詳盡，描寫窮形盡相，容量巨大且影響深遠，最適於承擔改良群治
的重任，自然成爲報刊小説的首選類型。除了在功能上能夠滿足改良群治的
需要以外，傳統章回小説分回標目，將完整的故事情節分割成若干故事單元
依次講述的方式，又與報刊分期出版、連續發行的方式存在某種天然的契合：
每期報刊的版面篇幅，恰可容納一定回數小説的故事内容；而章回小説前後
各回情節上的關聯，又與報刊連載前後各期時間上的相續存在大致對應的關
係。當然，章回小説與報刊連載之間的關係並非如此簡單，章回小説與報刊
"聯姻"之後，在文體上經過了相當大的變革，以適應這種新型的創作與傳
播方式。本章試圖通過分析章回體例與連載方式的契合與分離，探討報刊連
載下傳統章回小説文體的嬗變，並對嬗變的背景和原因做出相應的解釋。

第一節　章回體例與連載方式的契合及分離

在探討報刊連載方式對章回小説文體產生的影響之前，很有必要闡明傳

1　郭浩帆：《清末民初小説與報刊業之關係探略》，《文史哲》2004 年第 3 期。
2　劉永文：《晚清報刊小説研究》，上海師範大學 2004 年博士學位論文（未刊稿）。

統章回小説的編創方式，理清其分回標目、依次叙述故事的文本結構方式與報刊連載之間相互認同、相互接納的關係，關注報刊連載方式如何對傳統章回體例進行改造。

一、章回體例的分回與標目

古代章回小説文體的産生主要受傳統史傳文學、唐代俗講變文與宋元話本小説的影響，而在文體形態上與長篇講史話本最爲接近。傳統章回小説最具標誌性的幾個文體形態特徵，如分回標目、開頭結尾有詩詞與套語、以説書人口吻講述故事等，在長篇講史話本中都可以找到，因此邱煒萲、俞樾等人將《水滸傳》《七俠五義》等章回小説看作平話，繆荃孫、王國維等人又將《宣和遺事》《五代史平話》等講史話本看作章回小説，我們分析傳統章回小説分回標目的編創方式，不妨先從長篇講史話本入手。

一般認爲，章回小説中的"回"來源於古代説話伎藝，説書人每講述一個相對完整的段落就稱爲一回，每説書一次也稱爲一回，即所謂"説收拾尋常有百萬套，談話頭動輒是數千回"。[1] 譚正璧認爲："中國長篇小説的章節叫做'回'，'回'字的來歷因中國的長篇小説濫觴於宋人話本，話本爲宋時説話人所用的底本，每説一次必告一段落，即稱一段落曰一回，遂相因不廢。"[2] 游國恩等也這樣認爲："講史不能把一段歷史有頭有尾地在一兩次説完，必須連續講若干次，每講一次，就等於後來的一回。在每次講説以前，要用題目向聽衆揭示主要内容，這就是章回小説回目的起源。"[3] 這種原始意義上的分回在宋元話本中隨處可見，如《秦併六國平話》卷之上有説："這

---

1 （宋）羅燁著：《醉翁談録》，上海：古典文學出版社 1957 年版，第 3 頁。
2 譚正璧編：《文學概論講話》，上海：光明書局 1933 年版，第 180 頁。
3 游國恩等主編：《中國文學史》第四册，北京：人民文學出版社 1964 年版，第 15 頁。

頭回且説個大略，詳細根源，後回便見”；甚至在早期的章回小説中也能見
到，如《水滸傳》第一百十四回有類似表述：“看官聽説，這回話，都是散
沙一般……”因此章回小説的慣用套語“且聽下回分解”，其原意是指下一
次講述故事時再做解釋、説明，後來才演變成指作爲書面形式的下一節或者
下一回。長篇講史話本分回有兩種可能：一種是書會才人根據説書人的講述
所作的記録或者爲説書人講述所創作的底本中直接分回，另一種是刊刻者在
刊刻小説時出於平衡版面篇幅的需要對文本進行編輯加工而分回，在長篇講
史話本中，這兩種情況可能有所偏重，也可能同時存在。《至治新刊全相平
話三國志》卷之上，從第 2 頁至第 32 頁的 31 頁文字裏無一條標目，從第
33 頁至第 46 頁的 14 頁文字裏却有陰文標目 9 條，而從第 45 頁全第 46 頁
的最後兩頁文字裏，不足 400 字的篇幅竟然有 4 條標目，可見這種分回標目
帶有很大的隨意性，很有可能是書會才人在記録説書人的講述内容時出現了
虎頭蛇尾的事情。又《樂毅圖齊七國春秋後集》共 64 個陰文標目，如“孟
子至齊”“燕王傳位與丞相”“齊兵伐燕”等，説明這部話本包括 64 則故事，
説書人也有可能分成 64 次講述。然而文中有些標目並不符合講述故事的實
際情況，也就是説，這不太可能是説書人底本的原貌或者書會才人的原始記
録。如卷之下有兩處標目分別横插在正文中間，而在通常情況下它們應當出
現在故事的開頭：

　　　　衆將才要出陣，⬚趙兵助齊⬚有廉頗領兵一十萬至近。

　　　　言未盡，⬚秦百起助燕⬚又報秦大將白起起兵二十萬來助燕。

　　很顯然，框中的陰文標目有可能是刊刻者所爲。了解講史話本分回標目
的狀況有助於理解傳統章回小説分回標目體制的形成，並最終理解作爲整體
的章回小説爲何能分次連載於報刊之上。

　　早期的章回小説回目爲單句，不標序數，字數也多少不一，我們現在通常所説的“回目”，其“回”字也僅僅出現在段落結尾的套語中，如“畢竟如何，且聽下回分解”，並不出現在小説標目上，換句話説，小説家們並不以“回”爲單位來標示這種相對完整的故事單元。萬曆中期以前的章回小説一般以“節”爲單位標示這種相對完整的故事單元，如嘉靖三十一年（1552）楊氏清江堂刊本《大宋中興通俗演義》多次明確提出全書分“節”：“凡例”云“大節題目俱依《通鑑綱目》牽過”，各標籤明“按宋史本傳節目”，卷六叙述“酈瓊既殺了吕祉，恐宋兵追襲，連夜投奔僞齊去了”，其下有注釋云“此一節與史書不同，止依小説載之”，卷八叙述“秦檜既死，次日事聞于朝，高宗隨即下詔黜其子熺罷職閑住，其親党曹泳等三十二人皆革去官職，全家遷發嶺南去訖”，其下有注釋云“此小説如此載之，非史書之正節也”。嘉靖三十一年（1552）楊氏清江堂刊本《新刊參采史鑑唐書志傳通俗演義》與萬曆十九年（1591）書林楊明峰刊本《皇明開運英武傳》同樣使用“節”作爲小説故事單元的計量單位，小説中可見“看下節如何分解”、“……如何，下節便見”之類套語。長期以來，學界在研究章回小説回目時形成了一個約定俗成的習慣，小説標目爲單句者稱之爲“節”“則”“段”，爲聯句者則稱之爲“回”。事實上章回小説標目明確使用“回”這個概念並且標明序數者，直到萬曆二十年（1592）唐氏世德堂刊本《三遂平妖傳》才開始。《三遂平妖傳》分四卷二十回，明確標明回數，每回以七言或八言聯句作爲回目，如“第一回　胡員外典當得仙畫　張院君焚畫産永兒”。傳統章回小説回目的演變，大致經歷了一個由單句標目到雙句標目，回目字數由多寡不均到整齊劃一，由不標序數到標明序數，由言簡意賅到美觀大方的過程，以《三國演義》的回目演變爲例：嘉靖元年（1522）刊本《三國志通俗演義》分24卷，240節，各節有七言單句標目；建陽吳觀明刊本《李卓吾先生批評三國志》將嘉靖本略作改動，合兩節爲一回，變成120回，回目變

爲七言聯句，但這種變動僅僅停留在小説目錄上，小説正文仍然是前後兩節
"各自爲政"，並未統一，第9回還明顯露出破綻，回目只有一句（即嘉靖本
第17節標目），另一句（即嘉靖本第18節標目）仍然留在原處，夾在正文
之內；毛宗崗評改本《第一才子書三國志演義》對吳觀明刊本的回目做了較
大修訂，不但將原本分離的兩節真正融合爲一回，而且重新編寫了回目，對
仗工整，含義雋永，非常具有形式美感。類似的回目變動在早期的章回小
説中還爲數不少，如周氏大業堂刊本《東西晉演義》分12卷352節，單句
標目，楊爾曾武林泰和堂刊本在此基礎上做了修改，並將回目改爲12卷50
回，雙句標目。

　　章回小説分回體制的形成與回目演變的歷程使我們有理由相信，小説
的分回標目與故事情節之間並非一一對應、牢不可破的關係，小説分成多少
回、回目如何設置，乃至由誰來分回標目，完全可以有多種可能性，不會從
根本上影響小説的故事情節。事實上，在傳統章回小説的編創過程中，究竟
是邊創作邊分回標目，還是寫成定稿再分回標目，是由作者操刀還是由編
者代勞，既沒有定例可循，也沒有明文規定。從現存章回小説的實際情況來
看，先寫成定稿再分回標目的可能性更大。傳統章回小説中經常出現回目不
能概括正文內容，或者與正文內容不能同步的情況，如容與堂本《水滸傳》
第三回回目爲"趙員外重修文殊院，魯智深大鬧五臺山"，可趙員外重修文
殊院是在魯智深大鬧五臺山之後才發生的，這已是第四回的事了；第六十七
回回目爲"宋江賞馬步三軍，關勝降水火二將"，然而有李逵私自下山殺韓
伯龍、遇焦挺、救宣贊和郝思文等重要情節沒有在回目中體現出來。又如脂
評本《紅樓夢》第二十八回回目爲"蔣玉菡情贈茜香羅，薛寶釵羞籠紅麝
串"，然而正文中有1 200餘字寫黛玉葬花餘波，有1 500餘字寫黛玉配藥
裁衣、鳳姐調走小紅等情節，與回目毫無瓜葛，倒是寫黛玉葬花餘波的那段
與第二十七回"埋香冢飛燕泣殘紅"相連；第四十七回回目爲"呆霸王調情

遭苦打，冷郎君懼禍走他鄉"，可有近 3 000 字的篇幅是第四十六回"尷尬人難免尷尬事，鴛鴦女誓絕鴛鴦偶"的餘緒。聯繫到《紅樓夢》以及此前章回小説中大量存在的回目與正文内容之間的種種不協調，我們或許應當相信《紅樓夢》第一回所云"後因曹雪芹於悼紅軒中披閱十載，增删五次，纂成目録，分出章回"，不僅僅只是《紅樓夢》的"一家之言"，[1] 它還應當是傳統章回小説回目設置的普遍方式。

二、連載方式的繼承與革新

弄清楚了傳統章回小説的編創方式，我們知道分回標目只是一個將長篇故事分割成若干故事單元的技術性手段，高明者固然可以選擇在情節發展至緊張、高潮之處戛然而止，再套上一句"欲知後事如何，且聽下回分解"，將結局留待下回揭曉，利用讀者的獵奇心理順勢過渡到下一回。然而也並非每次分回都能如此"驚心動魄"，在傳統章回小説中，我們同樣能夠看到許多"風平浪静"的結尾，往往是情節本身實在没有波瀾而篇幅有限，故事不得不就此打住。無論如何，分回標目的體制形式使得章回小説在報刊上連載不但有了理論上的可能，而且因傳播媒介的特質更容易製造懸念並吊足讀者的胃口，將"欲知後事如何，且聽下回分解"的誘惑力發揮到最大限度。

西文報刊第一次連載章回小説的記録，學界在時間和對象上都模棱兩可。方漢奇在《中國近代報刊史》中提及《中國叢報》與《中國雜誌》曾刊有《紅樓夢》前八回，[2] 在《中國新聞事業通史》中提及《香港紀録報》曾刊有《三國演義》，並推測"這也許是報刊對中國小説的第一次連載"。[3]《中國

---

1 參見朱淡文：《剪接：從長篇故事到章回小説——〈紅樓夢〉成書過程探索》，《紅樓夢學刊》1989年第 1 輯。該文以大量事實令人信服地證明《紅樓夢》先有長篇故事後分回標目的過程。

2 方漢奇著：《中國近代報刊史》，太原：山西教育出版社 1981 年版，第 56 頁。

3 方漢奇主編：《中國新聞事業通史》第一卷，北京：中國人民大學出版社 1992 年版，第 290 頁。

叢報》的創刊與停刊日期有兩種説法，一種是從 1835 年至 1851 年，另一種是從 1832 年至 1853 年。[1]《香港紀録報》前身爲《廣州紀録報》，1839 年遷往澳門，1843 年遷往香港，始稱《香港紀録報》，1963 年停刊。如果該刊連載《三國演義》是報刊對中國小説的第一次連載，那麼時間至少不晚於 1853 年。中文報刊第一次連載章回小説的記録則比較具體。同治十一年（1872）十月創刊的《瀛寰瑣記》從第 3 期至第 28 期連載了根據英國作家愛德華·步威·利頓的《夜與晨》翻譯的小説《昕夕閑談》。《昕夕閑談》采取了傳統章回小説形式，每節有對仗工整的回目，結尾有“後事如何，且看下回續談”之類套語，節末還有評點。同年十二月初六日，《申報》廣告“新譯英國小説”稱：“今擬於《瀛寰瑣記》中譯刊英國小説一種，其書名《昕夕閑談》，每出《瑣記》約刊三、四章，計一年則可畢矣。所冀者，各賜顧觀看之士君子，務必逐月購閲，庶不失此書之綱領，而可得此書之意味耳。”《昕夕閑談》以每期刊載三到四章的速度連續一年之久，而讀者也需逐期購買方能得到一部完整的小説，這種獨特的編創與傳播方式對作者與讀者都是一種全新的體驗，其最大最直接的影響便是傳統章回小説文體的改變。

　　報刊連載的章回小説分爲兩種類型，一種是先有單行本發行，再拆分成章回在報刊連載；另一種是隨撰隨刊，創作與連載在時間上緊密相連，有些甚至近乎同步。清末民初的章回小説絶大多數是以隨撰隨刊的方式完成的，這種類型的章回小説受連載方式影響最大，是我們主要的考察對象。

　　早期的章回小説連載方式是將已有的小説作品化整爲零，分期刊載於報刊上。在固定的小説欄目産生之前，大多數報刊采取附張的形式，將一定篇幅的小説印刷在附張上。説白了，這種連載方式等於將一部章回小説以回爲單位進行拆分，分期分批隨報刊附送給讀者。因爲小説已經定型，所以這種

---

　　1 參見方漢奇主編：《中國新聞事業通史》第一卷，北京：中國人民大學出版社 1992 年版，第 231、278 頁；方漢奇著：《中國近代報刊史》，太原：山西教育出版社 1981 年版，第 13 頁。

連載方式對小說文體的影響微乎其微，它的意義在於開創了一種新型的傳播方式，改變了讀者的閱讀習慣，並培育了一個"翹首以待"下回故事的讀者群體。當然，讀者的閱讀期待會影響到作者對故事情節、創作方式與文體形態等方面做出相應調整，這一切又最終會影響到傳統章回小說文體的改變。光緒八年（1882）四月二十七日《字林滬報》發布"刊印奇書告白"云：

> 《野叟曝言》一書海內皆知其名……本館今購求善本……自下禮拜一爲始每日于本報後增加兩頁，將此書排日分登，且篇幅較寬，合之可作新聞，分之可成卷帙，且價仍不加增；不過一年可窺全豹，統計價值較坊間售賣不全書本爲廉，且更得閱各處新聞，實屬一舉兩得。

《野叟曝言》在《字林滬報》的刊登是中國古代章回小說第一次真正意義上的連載，與此前西文報刊譯刊中國小說（如《中國叢報》與《中國雜誌》譯刊《紅樓夢》，《香港記錄報》譯刊《三國演義》）、中文報刊譯刊西方小說（如《字林滬報》譯刊《昕夕閑談》）不同，從內容到形式都具有原汁原味的中國特色。儘管只是將原本成部的小說分散刊印而已，但這種"合之可作新聞，分之可成卷帙，且價仍不加增"，讀者既讀小說又閱新聞，"實屬一舉兩得"的傳播方式（更確切地說是銷售策略）不但新穎別致，而且摸透了中國人的心理，因而大受歡迎。《字林滬報》"既開風氣之先，於是各報紛紛摹仿，而長篇小說乃日新月異"，[1] 以附張形式連載章回小說風起云涌。《采風報》在創刊五天后（1898 年 7 月 14 日）即附送《海上繁華夢》，《遊戲報》從 1899 年 7 月 28 日開始附送《海天鴻雪記》，《笑林報》從 1901 年 4 月 28 日開始附送《仙俠五花劍》，《世界繁華報》從 1901 年 10 月開始附送《庚子

---

1 鄭逸梅：《報紙刊載長篇小說之始》，《鄭逸梅選集》第 5 卷，哈爾濱：黑龍江人民出版社 2001 年版，第 235 頁。

國變彈詞》,《時報》從 1904 年 6 月 12 日開始附送《中國現在記》,《南方報》從 1905 年 9 月 19 日開始附送《新石頭記》,《有所謂報》從 1905 年 6 月 4 日開始附送《洪秀全演義》,《神州日報》從 1907 年 11 月 15 日開始附送《情仇記》。

將成品章回小説分期刊載於報刊附張上只是連載方式對章回體例的被動接受,相當於將小説以活頁形式派發給讀者。内容形式既已固定,附張只是照單全收,即使讀者在閲讀過程中有所回饋,對小説本身也於事無補。

真正對章回小説文體造成影響的是隨撰隨刊的連載方式,整個過程充滿了不確定性,作者未必能按計劃進行(不少作者還未必就有寫作計畫),報刊未必能刊載到底(半途而廢者不在少數)。更重要的是,讀者對小説的態度會通過報刊的銷售狀況及時回饋上來,迫使報刊與作者做出相應的調整,從而對小説文體做出某些變革。梁啓超曾這樣比較傳統章回小説與連載章回小説的區別,基本上説出了連載章回小説創作的苦衷:

> 一部小説數十回,其全體結構,首尾相應,煞費苦心,故前此作者,往往幾經易稿,始得一稱意之作。今依報章體例,月出一回,無從顛倒損益,艱於出色。……尋常小説一部中,最爲精彩者,亦不過十數回,其餘雖稍間以懈筆,讀者亦無暇苛責。此編既按月續出,雖一回不能苛簡,稍有弱點,即全書皆爲減色。……尋常小説,篇首數回,每用淡筆晦筆,爲下文作勢。此編若用此例,則令讀者彷徨于五里霧中,毫無趣味,故不得不於發端處,刻意求工。[1]

且不説作家創作水準與寫作態度方面的主觀因素,光是章回小説宏大的敘事規模與報刊連載有限的版面篇幅之間的矛盾就足以構成連載章回小説創

1《〈新小説〉第一號》,《新民叢報》第二十號,1902 年。

作的一大難題。章回小説人物事件衆多，綫索盤根錯節，時間跨度很大，動輒幾十甚至上百萬字，需要足夠多的篇幅才能容納。報刊没有那麽大容量，連載也不可能"畢其功於一役"，靠得是"細水長流"，只不過"流"的時間過長，就要考慮讀者是否有足夠的耐心堅持到底；而讀者的堅持從根本上決定了報刊的生命與報人的收益，因此不少報刊對連載章回小説的困擾表示擔憂。1904 年 8 月 4 日，《時報》登載未標譯者姓名的《黄面》，結尾譯者"附言"云："本報以前所登小説均係長篇説部，每竣一部動需年月，恐閲者或生厭倦，因特搜得有趣味之一短篇，盡日譯成，自今日始連日登載，約一禮拜内登畢。"1907 年 10 月，《月月小説》第十號"告白"云："本什志所載《兩晉演義》一書，係隨撰隨刊，全書計在百回以外。每期只刊一二回，徒使閲者厭倦；若多載數回，又以限於篇幅，徒占他種小説地步。同人再三商訂，於本期之後不復刊載。當由撰者聚精會神，大加修飾，從速續撰。俟全書殺青後，再另出單行本，就正海内，惟閲者鑒之。"由於小説篇幅過大而導致連載時間過長，不得已以短篇小説代替或者以單行本的方式發行，都不能從根本上解決問題。要想靠連載章回小説維繫報刊生存，只有從章回小説文體自身的變革動腦筋，使之適合於報刊連載。如控制小説規模，壓縮人物與事件的數量，讓故事變得相對簡單，"若欲多所描畫，則分節爲之，自爲起訖，中間以綫索貫之，然至多亦不宜逾十萬言耳"；[1] 既然無法顧全整體，就在單個章回裏下功夫，儘量讓每一期小説故事都有亮點，具有相對獨立性，讓"每一期内所有小説自成一結構，每半年六期内，又成一大結構"；[2] 減少鋪叙，直奔主題，最大限度地將筆墨集中於故事情節，如"寫男女戀情至最後五分鐘，勢必及神女高唐之夢"。[3]

1　范煙橋撰：《小説話》，《小説叢談》，大東書局 1926 年 10 月版。

2　"本社通告一"，《小説時報》第 1 號，1909 年。

3　姚民哀：《小説浪漫談》，《紅玫瑰》第 5 卷第 6 期，1928 年。

第二節　連載方式下章回小說文體的嬗變

一、結構方式的嬗變

　　報刊連載方式對章回小說文體的影響首先體現在小說結構方面。胡適批評晚清譴責小說一派盡學《儒林外史》，"扯開來，每段自成一篇，鬥攏來，可長至無窮"，只是指出了作家方面的主觀原因，没有考慮到連載方式導致的客觀原因。阿英對清末民初章回小說結構形態成因的分析就比較全面，雖然也只是點到爲止：

　　　　第一，還不能不把原因歸到新聞事業上。那時固然還没有所謂適應於新聞紙連續發表的"新聞文學"，而事實却已經開始有了這種要求。爲著適應於時間間斷的報紙雜誌讀者，不得不采用或産生這一種形式，這是由於社會生活發展的必然。第二，是爲繁複的題材與複雜的生活内容所決定，不是過去的形式所能容納下的。第三，才是《儒林外史》寫作方法的繼續發展。因爲在描寫多樣的事件，與繁複的生活這一點上，《儒林外史》和譴責小說，是有著共通性的。譴責小說所以然普遍的采用這種形式，不是單純的受了《儒林外史》的影響。[1]

　　將報紙雜誌的生存狀態與連載小說的結構方式聯繫起來分析，這是阿英獨具慧眼的地方，對揭示清末民初章回小說文體結構的嬗變具有開創性意義。傳統章回小說的結構形式大致可分爲綫狀結構與網狀結構兩種，儘管在

---

[1] 阿英著：《晚清小說史》，北京：人民文學出版社 1980 年版，第 5—6 頁。

具體的作品中還可以進一步細分。四大奇書中,《水滸傳》與《西遊記》可視爲綫狀結構的代表,全書按照"逼上梁山"或"西天取經"的情節綫索逐回推進。所不同者,《水滸傳》側重於以人物爲中心,在主要人物傳記(如"武十回")的基礎上統一成書;《西遊記》偏重於以事件爲中心,通過串聯主要事件(如"三打白骨精")而成文。《三國演義》與《金瓶梅》可視爲網狀結構的代表,前者以不同國家的矛盾糾葛爲綫索,縱橫交織;後者以不同人物的身世命運爲綫索,前後糾纏。《儒林外史》的結構是對以往形式的突破,"每一人演述完竣,即遞入他人,全書以次蟬聯而下,蓋章回小説之變體也",[1] 可以稱之爲接力式結構。接力式結構的小説情節設置相對簡單,故事綫索脈絡清晰,較少盤根錯節的情況,叙述者在固定篇幅內往往只專注於某一人物或某一事件,通過人物事件的此起彼伏來推動故事情節的演進。這種結構方式最適合於報刊連載,於是二者一拍即合,稍加變通,幾乎成爲清末民初連載章回小説結構的通例。

我們在分析《儒林外史》的結構方式對晚清章回小説的影響時曾討論過《孽海花》《老殘遊記》《二十年目睹之怪現狀》與《海上花列傳》等小説的結構形式,這裏不妨再舉幾部小説爲例,説明連載方式對清末民初章回小説結構方式的影響。

吳趼人撰《瞎騙奇聞》八回,連載於 1904 年《繡像小説》第四十一至四十六期,叙述土財主趙澤長與小市民洪士仁兩家人輕信算命先生周瞎子的話,最後落得家破人亡的故事。第一回寫趙澤長年過半百没有子嗣,周瞎子説他命中注定有子,趙奶奶暗中找來別人的孩子,謊稱自己親生,騙過趙澤長。趙澤長去周瞎子家致謝,遇見前來算命的洪士仁。第二回先寫周瞎子給洪士仁算命,説他命中注定要敗到寸草不留,方能發財,洪士仁遂放棄了去

1　顛公:《小説叢談》,《文藝雜誌》第五期,1915 年。

上海掙錢的機會。再寫周瞎子給趙澤長兒子趙桂森算命，説他將來會官居極品，禄享萬鐘。第三回寫洪士仁變賣房屋遭人欺騙，周瞎子説他離發財的日子又進了一步，洪士仁便打消了找人理論的念頭。趙澤長夫婦相信兒子將來會做大官、發大財，從小百般寵愛。第四回寫趙桂森不學無術，趙奶奶自恃兒子前途無量，欺凌本家。洪士仁生活日趨困頓，求助於趙澤長。第五回寫洪士仁聽信周瞎子，坐吃山空，家破人亡。趙桂森學會賭博。第六回寫趙桂森嗜賭成性，在家開賭場。趙澤長路遇已成乞丐的洪士仁。第七回寫趙澤長帶洪士仁去找仁壽堂王先生要藥醫腿傷，王先生揭穿周瞎子算命的底細，趙澤長獲知兒子並非親生，氣絶身亡。趙桂森聚衆賭博，被官府捉拿。第八回寫洪士仁絶望之中刺死周瞎子。趙桂森變賣家産賭博，氣死趙奶奶。小説結構非常簡單，每回講述一個主要故事，一個次要故事，次要故事在下一回又發展成主要故事，趙家與洪家的故事前後相連，交替進行。小説中的幾個主要人物如趙澤長夫婦與洪士仁，其命運發展也同樣簡單，都經歷了被騙、受害、醒悟、死亡的過程。由於缺少必要的鋪叙與描摹，小説情節單調，人物單薄，説教色彩濃厚，圖解概念的傾向十分明顯。

又如嘿生撰《玉佛緣》八回，連載於《繡像小説》第五十三至五十八號，叙述江蘇巡撫錢子玉迷信佛法，爲一尊玉佛捐資十幾萬銀子建造無量壽寺的故事。第一回寫錢貢生老年禮佛，夢一和尚攜玉佛至家，是夜夫人周氏生下錢子玉。錢子玉中進士，任武昌鹽法道，途中遭風浪之險。第二回寫錢子玉化險爲夷，自此迷信鬼神之道。插叙算命先生魯半仙故事。第三回寫夫人李氏病重，因錢子玉迷信鬼神，延治身亡。繼室嚴氏信佛，風聞杭州城。靈隱寺主持了凡聞之，尋思騙捐。插叙了凡故事。第四回寫了凡與嚴氏奶媽李氏串通，騙錢子玉捐資建寺，並從四川迎接玉佛至蘇州。插叙流氓王七、阿四等人議論玉佛故事。第五回寫寺院建成，了凡立碑爲錢子玉歌功頌德。秀才陳子虚、祝幼如到蘇州備考，租住無量壽寺。第六回寫陳子虚、祝幼如巧遇了凡行不軌事。插叙被害女子嚴氏故事。第七回寫陳子虚救出嚴氏。錢子玉因了凡事被參，遂告病回家，並與僧道斷交，結交名士王以言。插叙王以言身世。第八回寫王以言父母迷信佛教與陰陽之道，王以言力辨神佛之不可信，錢子玉以爲知音。夫人嚴氏攜大小姐進延壽庵燒香，大小姐受驚染病，嚴氏求神拜佛，觸怒錢子玉。錢子玉患病，嚴氏請玉佛賜仙水，了凡攜衆和尚至錢家，錢子玉被氣死。顯而易見，《玉佛緣》與《瞎騙奇聞》立意相同，都是“小説界革命”的産物，借小説宣揚改良民智的革新精神。小説的結構方式也基本一致，由幾個簡單的故事串聯而成，並且都采取了故事與故事過渡的方式來組織結構。略有不同者，《玉佛緣》的叙述者在叙述主要故事的同時插叙了幾個相關的次要故事，這可以視爲作者有意改變連載章回小説情節單調的狀況，試圖使其旁逸斜出，更加飽滿的努力。

再看李涵秋撰《廣陵潮》一百回，小説先以《過渡鏡》爲名連載於宣統元年（1909）至三年（1911）八月十九日的《公論新報》，後改名爲《廣陵潮》連載於民國三年（1913）至八年（1919）的《大共和日報》及《神州日報》。《廣陵潮》曾風靡一時，魯迅的母親周老太夫人也非常喜歡這部小説，令兒子從北京購買寄回老家。[1] 這部老少咸宜、婦孺皆知的小説，十足地體現了報刊連載章回小説的結構特徵。小説總體上以云家與伍家的興衰際遇爲綫索，通過兩個家庭的生活狀況折射國家社會的發展變化。按理説，這種寫家族生活的小説比較適合使用網狀結構，《金瓶梅》與《紅樓夢》早已提供了成功的典範。從開頭的幾回來看，作者也似乎有意循此模式，一開始就布下“天羅地網”，鋪下數條綫索，如云家的奴僕黃家，云錦夫人秦氏的娘家

1《魯迅日記》1917 年 12 月 31 日：“上午寄家信並本月用泉五十，附與二弟三弟婦箋各一枚，又寄《廣陵潮》第七集一册。”（魯迅：《魯迅日記》第一册，北京：人民文學出版社 2006 年版，第 305 頁）周作人也説過：“先母……也看新出的章回體小説，民國以後的《廣陵潮》也是愛讀書之一，一册一册的隨出隨買，有些記得還是在北京所買得的。”（周作人《知堂回想録》“周作人晚年自述傳下”，合肥：安徽教育出版社 2008 年版，第 411 頁）

秦家，秦洛鐘的大舅哥何其甫家，云錦的少年友人田家，秦氏妹夫伍家，伍晉芳的女婿富家，等等，又從這些主要綫索下發展出若干次要綫索，如伍晉芳的少年相好小翠子，何其甫續弦美娘的塾師楊古愚楊靖父子，云麟的紅顏知己紅珠、伍晉芳救助的無賴林雨生等等。如果按照主次順序，有條不紊地鋪排下去，很有可能編織成一個《金瓶梅》《紅樓夢》似的的網狀結構。然而隨著故事情節的推進，小説受制於連載方式的結構特徵就慢慢地顯山露水了：故事的發生與發展缺少必要的鋪叙，人物出場比較突兀，往往甫一登場就直奔主題，作者在驅動小説人物時有些急不可耐。與《金瓶梅》《紅樓夢》等小説不動聲色的叙述筆調相比，《廣陵潮》表現出明顯的浮躁與過分的張揚。而故事情節的推進，走的又是大故事帶小故事、小故事再發展成大故事的路數。作者常常不由自主地將一些無關宏旨的小人物或者小事件無限擴大，而一旦發現情節鋪叙過寬，人物出場過多而無法駕馭時，就趕緊找個莫名其妙的理由，讓當事者死掉，以此掐斷綫索。因此，我們在小説中能看到許多過客式的人物：來也匆匆——上一句才提及此人，下一句就粉墨登場；去也匆匆——兩三回過後，或暴病身亡，或意外喪生。

　　對連載方式下章回小説結構方式的嬗變，號稱清末民初"章回小説大師"的張恨水看出了端倪。張恨水不但意識了到它平鋪直叙，過於單調的局限性，而且在實踐上也做出了調和連載方式與章回體例之間矛盾的努力：

　　　　長篇小説，則爲人生之若干事，而設法融化以貫穿之。有時一直寫一件事，然此一件事，必須旁敲側擊，欲即又離，若平鋪直叙，則報紙上之社會新聞矣。[1]

---

　　1 張恨水著：《長篇與短篇》，張占國、魏守忠編：《張恨水研究資料》，天津：天津人民出版社 1986 年版，第 265 頁。

《春明外史》，本走的是《儒林外史》《官場現形記》這條路子。但我覺得這一類社會小説，犯了個共同的毛病，説完一事，又遞入一事，缺乏骨幹的組織。因之我寫《春明外史》的起初，我就先安排下一個主角，並安排下幾個陪客。這樣，説些社會現象，又歸到主角的故事，同時，也把主角的故事，發展到社會的現象上去。這樣的寫法，自然是比較吃力，不過這對讀者，還有一個主角故事去摸索，趣味是濃厚些的。[1]

不管作者最初的構思怎麼樣，在隨撰隨刊的創作與傳播方式下，在每一期刊出的小説中，大多數作者都會選擇"一直寫一件事"，這不一定是作者才力不逮的問題，受創作時間與版面篇幅限制的可能性更大。固定的版面篇幅規定了小説的字數內容，不允許作者放開手腳"説三道四"，只能集中筆墨"有一説一"。也有人確實想擺脱"平鋪直叙"的宿命，試圖"旁敲側擊"，只是"欲即又離"，太難把握，往往一"離"就難以回歸主綫。説到底，還是因爲讀者在每一期報刊內只能看到小説的部分而非整體，而作者在創作時也因急於完成該期的連載任務，往往會忽視整體的構思。[2]張恨水聲稱他寫《春明外史》是"用作《紅樓夢》的辦法，來作《儒林外史》"，就是想有意突破連載章回小説結構模式的困境而回歸傳統。所謂"作《紅樓夢》的辦法"，無非就是"插進去幾個主角來貫穿全域"，待主角出場，"總加倍地烘托"，"把書中一二的人都寫出了附帶的東西"，[3]多條綫索交錯進行，共時態展開，避免"説完一事，又進入一事"的歷時態聯接。包天笑《上海春

---

1 張恨水著：《寫作生涯回憶》，北京：人民文學出版社 1982 年版，第 25 頁。

2 如《廣陵潮》第八回寫美娘嫌其夫婿何其甫老而醜，何其甫請出美娘的塾師楊古愚教訓她。小説便從此蕩開一筆寫楊古愚的兒子楊靖的故事，一直寫至第十回。可能是作者後來發現離題越來越遠，擔心無法回到主綫上來，只得讓楊靖致人死亡，倉皇出逃，好結束這段故事。《廣陵潮》中類似例子還不少。

3 張恨水著：《寫作生涯回憶》，北京：人民文學出版社 1982 年版，第 31 頁。

秋》"贅言"云："愚僑寓上海者將及二十年，得略識上海各社會之情狀，隨手掇拾，編輯成一小説，曰《上海春秋》，排日登諸報章。積之既久，卷帙遂富。友人勸印行單行本，乃爲之分章編目，重印出書。"[1]——將耳目所及"隨手掇拾"，就可"編輯成一小説"，"排日登諸報章"，待連載結束後再結集出版，"爲之分章編目"，這種編創方式只有在報刊連載的基礎上才能進行，其結構自然也只能是日續一日的接力式無疑。

　　連載章回小説必須在規定的期限内完成才不至於延誤發行，又必須在限定的版面内完畢才能避免"將就釘裝，語氣未完，戛然而止也"[2]的尷尬。時間與空間的桎梏決定了作者只能倉促地在螺獅殻裏做道場，保證每期叙述一個相對完整的故事已屬不易，要從容不迫遊刃有餘地去考慮小説的整體結構就難上加難了。因此清末民初連載章回小説中的結構問題層出不窮，"一篇之中，有散漫無結束，有鋪叙無主腦，有複遝無脈絡，前後無起伏，穿插無回應，見事寫事，七斷八續"。[3]這話是黃小配説的，他自己的作品中就出現過諸多情節前後矛盾的錯誤，可謂肺腑之言。如《宦海潮》第六回提到"任磐後來竟薦李成做了個緝私探筒手，這都是後話不提"，第十七回寫李成的結局却是"任磐即酬以二百金，令他回去，自行開張鋪店。李成歡喜而別"。又如《廿載繁華夢》第二十二回説伍氏長男的名字是"應祥"，而第二十八回又説伍氏長男之名是"應揚"，且後文提到此人都是"應揚"。至於"散漫無結束"者，在連載章回小説中比比皆是，光是技術上没有完工的爛尾樓式作品就爲數不少（李涵秋所撰 32 部小説中就有 10 部没有完成），遑論在藝術上没有結局，"永遠開放"，可連載至於無窮的呢！

1　包天笑著，曹慶霖標點：《上海春秋》，上海：上海古籍出版社 1991 年版。

2　《中國唯一之新文學報〈新小説〉》，《新民叢報》第 14 號，1902 年。

3　棣：《改良劇本與改良小説關係於社會之重輕》，《中外小説林》第二年第二期，1908 年。

二、文體形態的嬗變

連載章回小説文體形態的嬗變不如結構方式的嬗變那樣立竿見影，經歷了一個較爲漫長的過程。從 19 世紀末期到 20 世紀上半葉，"五四"以前的章回小説文體形態的演變步履緩慢，絶大多數章回小説保持了傳統的體例格式，只有少數作家在一點一滴地嘗試著革新。"五四"以後，對章回小説的批評越來越多，要求變革甚至廢除傳統章回體例的呼聲日漸高漲，同時，現代長篇小説也以嶄新的面貌開始展露出它蓬勃的生命力，在這樣的背景下，章回小説的文體形態急劇改變，乃至於最終面目全非，名存實亡。

傳統章回小説與現代長篇小説在文體形態上最爲直接的區別就是前者分回標目，開頭結尾有詩詞與套語，描寫多用詩詞韻文，以説書人口吻叙述故事等形式。大概自《儒林外史》開始，章回小説使用開場詩與散場詩的作品越來越小，以詩詞韻文寫景狀物述人的傳統也發生改變，"有詩爲證"的内容轉變爲散文叙述。在晚清以來的章回小説中，我們很少見到叙述者使用的詩詞，甚至連"面如傅粉，唇若塗朱"、"堯眉舜目，禹背湯肩"這樣的俗套也難得一見。發生改變的原因固然可以從許多方面去尋找，如作者寫作技巧的成熟與寫作技能的提升、讀者閱讀興趣的轉移與閱讀期待的轉變等等；除此之外，報刊連載也應當是其中的重要因素，一方面連載時間的緊迫性不允許作者去玩弄辭藻，吟詩作對；另一方面連載版面的有限性要求作者盡可能地用簡潔明快的語言去叙述故事，詩詞韻文的含蓄蘊藉在這裏非但派不上用場，反而徒增篇幅。連載於宣統二年（1910）上海《輿論時事報》的《情變》可稱爲晚清章回小説中極力維持傳統文體形態的代表，除了分回標目、開頭結尾有規整的套語外，小説還試圖恢復詩詞韻文的使用——"楔子"以一首七律開篇，各回開頭有引首詩，最爲特别的是文中又出現了久違的述人韻文，如第一回《走江湖寇四爺賣武，羨科名秦二官讀書》描寫寇四爺夫妻："怎見得：一個是江湖上著名的好漢，一個是巾幗中絕技的佳人。一個似太史子義，善使長槍；一個似公孫大娘，善舞雙劍。一個雄赳赳八面威風，一個嬝婷婷雙眉寫月。一個言語時似舌跳春雷，一個顧盼時便眼含秋水。一個雖非面如冠玉，唇若塗朱，却是形端表正；一個雖是艷采羞花，輕云蔽月，却非搔首弄姿。"但這種形式的描寫也只是曇花一現，除了在第一回出現兩次外再也難覓蹤影。估計是創作開始時，作者躊躇滿志地以復古爲己任，而一旦進入連載狀態，受時間與版面的限制，無法再精雕細刻，不得不抛棄這件費時費力且不一定討好的舊衣裳。

　　清末民初章回小説文體形態的嬗變主要體現在回目的設置與套語的使用上。回目是章回小説的標誌性特徵，甚至可以説是章回小説的靈魂，精彩的回目不僅能概括本回故事的内容，還具有讓人賞心悦目的形式美感。自明中晚期以來，不少作者（編者）在小説回目的設置上煞費苦心，這種傳統一直延續到清末民初。曼殊批評《二勇少年》的回目時説："凡著小説者，於作回目時，不宜草率。回目之工拙，於全書之價值與讀者之感情最有關係。若《二勇少年》之目録，則内容雖極佳，亦失色矣。"[1]符霖《禽海石》十回，回目爲單句，如第一回"恨海難填病中尋往迹"，第二回"情天再補客裏遇前緣"，第三回"會龍華雪泥留舊爪"，第四回"印鷗盟風月證同心"，乍一看似乎不合雙句標目的主流傳統，可仔細一瞧，將前後兩條回目合二爲一，即成一對仗工整的聯句。姚鵷雛《燕蹴箏弦録》三十章，合其全部回目竟成一五言排律，不敢想像他爲此費了多少思量。如第一章"歡情翻震蕩，密坐益彷徨"，第二章"琴能師賀若，字解辨凡將"，第二十九章"剪紙招南國，輸錢葬北邙"，第三十章"崔徽風貌在，蘇小墓門荒"。而張恨水對回目設置

1《小説叢話》，《新小説》第八號，1903 年。

的要求，更是苛刻得近乎"戴著脚銬跳舞"：

> 因爲我自小就是個弄詞章的人，對中國許多舊小説回目的隨便安頓，向來就不同意。既到了我自己寫小説，我一定要把它寫得美善工整些。所以每回的回目，都經一番研究。我自己削足適履的，定了好幾個原則。一，兩個回目，要能包括本回小説的最高潮。二，儘量的求其辭藻華麗。三，取的字句和典故，一定要是渾成的，如以"夕陽無限好"，對"高處不勝寒"之類。四，每回的回目，字數一樣多，求其一律。五，下聯必定以平聲落韻。這樣，每個回目的寫出，倒是能博得讀者推敲的。可是我自己就太苦了，往往兩個回目，費去我一、二小時的功夫，還安置不妥當。因爲藻麗渾成都辦到了，不見得能包括小説最高潮。不見得天造地設的就有一副對子……因之這個作風，我前後保持了十年之久。但回目作得最工整的，還是《春明外史》和《金粉世家》。[1]

第一、二、四條好辦，第五條也可勉强爲之，第三條簡直就是自討苦吃。張恨水那幾部著名的章回小説如《金粉世家》《啼笑因緣》《春明外史》《秦淮世家》等的回目設置，基本上符合他的原則，如"婦令夫從笑煞終歸鶴，弟爲兄隱瞞將善吼獅"（《金粉世家》第三十二回），"比翼羨鴛儔還珠却惠，捨身探虎穴鳴鼓懷威"（《啼笑因緣》第十二回），"顧影自憐漫吟金縷曲，拈花微笑醉看玉鉤斜"（《春明外史》第三十二回），"烈烈轟轟高呼濺血，凄凄慘慘垂首離家"（《秦淮世家》第二十二回）。

然而清末民初章回小説的回目設置終究還是發生了變異，傳統規整嚴格的原則不見得人人都會遵守，不少小説的回目也變得隨意輕鬆起來。如果

---

1 張恨水著：《寫作生涯回憶》，北京：人民文學出版社 1982 年版，第 26 頁。

説張恨水是傳統章回小説文體的堅定守護者，那麼徐枕亞應當算是這種文體的堅決破壞者，他創作的幾部小説幾乎顛覆了傳統章回小説的體例格式，僅僅保留了分回標目這一特徵。饒是如此，徐枕亞小説的回目設置也完全不同於傳統章回小説。《余之妻》三十章，回目參差不齊，如“嫦娥記得此時情”“玉釵敲斷”“寒衾偎淚到天明”“又是一番慘別”“一夕傷心話”“關盼盼耶馮元元耶”等；《蘭閨恨》二十四章，回目只是兩字詞語，如“悼亡”“證夢”“紀遊”“攬勝”“投店”“斗車”“遇美”之類；《玉梨魂》三十章，同樣只有兩字標目，如“葬花”“夜哭”“課兒”等；《血鴻淚史》十四章，由十四篇日記構成，回目即日期，如第一章“己酉正月”、第二章“二月”等。看慣了古樸嚴肅的傳統章回小説回目，這種堪稱另類的回目或許能讓人耳目爲之一新。王小逸撰《蝶戀花》（署名“捉刀人”），1937年4月30日開始連載於《世界晨報》，每天連載一段，回目爲四字短語，如“公鷄母鷄”“方方三里”“瞞官告狀”“花言巧語”“笑痛肚子”“五六分鐘”等。吳雙熱《快活夫妻》十餘回，回目爲八字短句，同樣俏皮可愛，如“閉著秋波俏裝瞎子”、“吃完夜飯亂對山歌”、“約法三章拘留五日”、“胭脂雙掌綽拍幾聲”、“口角鞋杯十分風味”、“醉中人面一塌糊塗”等，鄭逸梅謂“誦其回目，而此中有人，呼之欲出矣”，[1] 閉上眼睛想一想，還真有這種效果。就連熱衷於追求“濃妝艷抹”的張恨水，其實也有“不施粉黛”的時候，所撰《魎魎世界》的回目没能堅守“美善工整”的諾言，一點兒也没有章法，如第一章“心理學博士所不解”、第二章“逼”、第三章“窮則變”、第四章“無力出力無錢出錢”等。自20世紀三四十年代以來，這種輕鬆活潑、不拘一格的形式就成了章回小説回目的主流。當然，傳統章回小説的回目演變成這種模樣，也算是面目全非了，與其稱之爲回目，還不如就叫標題來得實在。

---

1 鄭逸梅著：《談談民初之長篇小説〈快活夫妻〉》，芮和師等編：《鴛鴦蝴蝶派文學資料》，福州：福建人民出版社1984年版，第297頁。

　　傳統章回小說開頭與結尾的套語源自於説話伎藝，是説書人分場分次講述故事的手段與標誌。説書人依靠"話説""且説""却説"之類導語引出當前話題，並藉此保持與前文故事在語氣上的銜接；又憑藉"欲知後事如何，且聽下回分解"之類結語將故事進行分段，並藉此保持與下文故事在結構上的連續。可以這樣認爲，説書人在故事的開頭與結尾使用套語只是爲了將分次講述的故事維繫成爲有機的統一體。作爲書面文學的章回小説承襲了這種方式，當作者不得不將冗長的故事内容分段講述，編者不得不將太多的小説文字分段刊印時，在各回的開頭與結尾使用套語也同樣可以造成"百回就是一回"的假像。儘管作者代替了説書人（"説話的"），讀者代替了聽衆（"看官"），傳統章回小説還是照搬了"説"（"話説""且説""却説"）與"聽"（"且聽下回分解"）的對應模式，小説中充滿了"説書的"（作者）與"看官"（讀者）之間的互動。清末民初章回小説套語的使用開始發生變異，從語句的角度來看，有的在原有框架内置換部分詞語，有的則乾脆廢棄了套語的使用；從使用者的角度來看，打破了傳統章回小説由叙述者包辦的模式，出現了由小説人物自然過渡的形式。血淚餘生撰《花神夢》第四回"朱正心一刺七霸王，黃秋客初遊碧云舍"結尾云"後事如何，下回筆述"，"筆述"置換了傳統的"分解"；《二十年目睹之怪狀》第二回《守常經不使疏逾戚，睹怪狀幾疑賊是官》結尾云"要知後事如何，且待下文再記"，"再記"置換了傳統的"再説"。"筆述"與"再記"表明作者不再刻意去模擬説書情境，有意識地回歸小説的書面文學狀態，將傳統章回小説的"説—聽"關係轉變爲"寫—看"關係。白眼撰《後官場現形記》第一回《托遺言續編現形記，述情話剖説厭世心》結尾云"以後還有什麽説話，聽書的且容小子吃口茶，慢慢的演述出來"，是有意模仿説書人口吻結尾；梁啟超撰《新中國未來記》第二回《孔覺民演説近世史，黃毅伯組織憲政党》結尾云"至於毅伯先生到底是怎麽一個人？怎麽樣提倡起這大黨來？説也話長，今兒天不早了，下次再講罷。衆人拍掌大喝彩”，是以書中人物孔覺民的口吻自然過渡。天虛我生撰《柳非煙》則廢棄了套語的使用，各章的開頭與結尾乾脆俐落，代表著傳統章回小説向現代長篇小説轉變的趨向。第一回“突來之客”開頭云“姑蘇城外，有一處極大的花園，其地面積可五畝……”，結尾云“施逖生瞥眼見那件東西，不是別樣，正是個要人性命的手槍，不禁阿嚇一聲，面無人色”。第二回“没情理之舉動”開頭云“那人却嗤的笑了起來道：‘施逖生，你不是這手槍的原主人麼？……’”結尾云“那人已哈哈的大笑起來”。除了那些簡單的標題，小説在文體形態上已與傳統章回小説毫無瓜葛，若不是出於連載的需要，恐怕連這小小的標題也是多餘的了。嚴格説來，此類小説已不再適合歸入章回小説文體類型。

三、叙述主體的嬗變

　　清末民初章回小説的叙述主體與以前相比發生了明顯的變化。叙述主體即小説的叙事者，指小説中講述故事的那個人。叙述主體與作者是兩個不同的概念，他可以是人，也可以是人化的物體，如魯迅《孔乙己》中咸亨酒店的小夥計，卡夫卡《變形記》中的甲殼蟲，魯迅與卡夫卡只能是小説的作者，小夥計與甲殼蟲才是小説的叙事者。簡單地説，作者只關乎小説的物態形式，將文字編碼成爲小説；叙述主體只關乎小説的邏輯形式，將故事講述給讀者。受説話伎藝影響，傳統章回小説的叙述主體幾乎都由説書人這個角色承擔，作者在小説開始就將講述故事的權力交給了無所不知的説書人，自己退隱幕後。作者無需宣示故事的真假，讀者也從不追問小説的來歷，而叙述主體除了在關鍵時刻按捺不住地以“説話的”强調自己的身份，與擬想中的書場聽衆“看官”互動以外，大多數時候也都按兵不動，不露聲色地講述著故事，這似乎成了約定俗成的習慣。

　　《紅樓夢》的出現打破了章回小説敘述主體設置的傳統，第一回《甄士隱夢幻識通靈，賈雨村風塵懷閨秀》開頭即宣示了小説敘述主體的與衆不同：

　　　　列位看官，你道此書何來？説起根由，雖近荒唐，細按則深有趣味。待在下將此來歷注明，方使閲者了然不惑。原來女媧氏煉石補天之時……只單單剩了一塊未用，便棄在此山青埂峰下……因有個空空道人訪道求仙，忽從這大荒山無稽崖青埂峰下經過，忽見一大塊石上字迹分明，編述歷歷，空空道人乃從頭一看，原來就是無材補天，幻形入世，蒙茫茫大士、渺渺真人攜入紅塵，歷盡離合悲歡、炎涼世態的一段故事……（空空道人）將《石頭記》再細檢一遍……方從頭至尾抄録回來問世傳奇。因空見色，由色生情，傳情入色，自色悟空，遂易名爲情僧，改《石頭記》爲《情僧録》，東魯孔梅溪則題曰《風月寶鑒》，後因曹雪芹於悼紅軒中披閲十載，增删五次，纂成目録，分出章回，則題曰《金陵十二釵》，並題一絶云：滿紙荒唐言，一把辛酸涙。都云作者癡，誰解其中味。出則既明，且看石上是何故事。按那石上書云……[1]

小説改變了以往章回小説一個故事（指主要情節）講述到底的習慣，在主體故事（"石上書云"）的外層套上一個小故事（"此書何來"），並由小故事生髮、孕育出主體故事，[2]這樣就突破了傳統章回小説由一個敘事者（説書人）包辦到底的模式，小説中出現了兩個敘述者：外層故事的敘事者（説書人）

　　1（清）曹雪芹著，脂硯齋評：《脂硯齋重評石頭記》（庚辰本），《古本小説集成》，上海：上海古籍出版社，第4—9頁。《紅樓夢》第一回的開頭是始於"列位看官"，此前的文字屬於評點者的批語而非小説本文。這只要對照第二回的開頭就可以看出原委。

　　2傳統章回小説也存在由楔子講述一個小故事，再由此引出正文主體故事的情況，但這種小故事只是起熱身的作用，如同説話伎藝中的入話一樣，去掉它完全不影響小説的主體故事。而《紅樓夢》中的小故事則是産生主體故事的基礎，説它"小"完全是從篇幅上著眼，其在小説中的地位和分量與主體故事同等重要，是小説不可分割的一部分。

講述小説的來歷（即空空道人從頭到尾抄録回來問世傳奇），裏層故事的叙述者（石頭）講述賈府興衰與寶黛愛情（即石頭幻形入世，歷盡離合悲歡、炎涼世態的一段故事）。

受《紅樓夢》影響，清末民初章回小説叙述主體的設置發生了明顯改變，主要有兩種表現：一是部分小説開始模仿《紅樓夢》設置雙重叙述主體，外層故事的叙事者在小説開頭先爲小説"身世"平添一段離奇曲折的經歷（或出自於某人手稿、書信、日記，旁人將其整理成小説；或本是小説成品，只不過代原作者刊布傳世），裏層故事的叙事者再叙述小説主體，講述包含在故事裏面的故事。《二十年目睹之怪現狀》第一回"楔子"寫"死裏逃生"在上海甕城遇見一漢子發賣"九死一生"筆記《二十年目睹之怪現狀》的手抄本，想起"横濱《新小説》，消流極廣"，"就將這本册子的記載，改做了小説體裁"，寄到"日本横濱市山下町百六十番新小説社"，新小説社記者遂將其"逐期刊布出來"，裏層故事便是"九死一生"以第一人稱"我"記録下來的親身經歷。《孽海花》第一回寫"愛自由者"到上海偵探奴樂島的消息，得到一個美人贈與的"一段新鮮有趣的歷史"，"愛自由者"想把這段歷史記録下來，在寫了一些之後又去小説林社找他的朋友、自號"小説王"的"東亞病夫"幫忙"發布那一段新奇歷史。愛自由者一面説，東亞病夫就一面寫"，上面寫的便是故事的主體。《瓜分慘禍預言記》題署"日本女士江篤濟藏本，中國男兒軒轅正裔譯述"，第一回《痛時艱遠遊異國，逢石隱竊録奇書》開頭寫中國有一"高隱之士"曾經著有《慘禍預言》二十餘卷，本書即其中一部。"數年前，有一中國童子，由日本一女士處得來此書，却是日文"，譯者將其譯成中文，又因譯時傷感不已，"不知賠了多少眼淚，故又名爲《賠淚靈》"。陳天華撰《獅子吼》"楔子"寫"小子"夢中遊歷"共和國圖書館"，發現一本《光復紀事本末》，醒來後"便把此書用白話演出，中間情節，隻字不敢妄參。原書是篇中分章，章中分節，全是正史體裁；今既改爲演義，便變做章回體，以符小説定例"。王濬卿撰《冷眼觀》第一回《讀奇書舊事覺新民，遊宦海燃其空煮豆》寫"我"從東洋留學回國，在北京琉璃廠書店"見有一部手抄的書稿，表面上標著《冷眼觀》"，書店主人請"我"擔任"印行的義務"，將小説送給"我"。小説主體便是書稿主人王小雅的自叙。血淚餘生撰《花神夢》"楔子"寫"我"在上海黄浦江邊看見一座大院落，叫做"心滅庵"，主持隱空師太送給"我"一本書，並説："心滅庵的歷史，通統在上頭，先生拿了去，傳流了罷。""我"爲了不辜負隱空的美意，"便將這本書編成了一部小説體裁，叫做《花神夢》刻出來"。此外，佚名撰《欽差大人》據説得自友人的抄本；曼華撰《少奶奶日記》據説是一個朋友在買人家舊傢俱的時候得來；《陰司偵探案》據説是友人從倫敦郵來的譯稿；《縉紳鏡》據説是一個外國紳士所撰的日記，編小説的只不過將它譯成中文。

二是絶大多數小説强化了叙述主體的作者意識，叙事者以"做書的"自居，並且時常在小説本文中提及小説本身，儼然是作者化身。這與傳統章回小説叙事者以"説話的"自稱，且只講故事不提小説，作者本人也極少以任何面目進入小説本文不同。[1] 傳統章回小説的作者總是將自己設想成爲坐在書場中爲聽衆講故事，而清末民初章回小説的作者已經意識到了自己是坐在書齋裏爲讀者寫小説。儘管兩者都使用同一個詞語"看官"來稱呼讀者，但語境不同，意義也就不一樣。前者的"看"總讓人覺得叙述主體有邊説邊演的味道，尤其面對"怎見得？有詩爲證"時這種感覺更爲强烈；而後者的"看"僅僅是"讀"的同義詞，"看"的對象只是單純的文字而已（有時還有圖像），無論叙述主體使用多少次"看官"，讀者也難以産生置身書場的錯

1　傳統章回小説將作者寫進小説本文的極其少見，筆者只在余象斗編撰的小説中見過兩例：《北遊記》第一卷"後來余先生看到此處，有詩嘆曰"，《南遊記》第二卷"後來仰止余先生看到此處，有詩一首"。仰止余先生即余象斗，余象斗字仰止。

覺，因爲叙述主體不時地在提醒著讀者“在下這部小説”如何如何，用“看官”而不用“讀者”，只是傳統章回小説向現代長篇小説轉換過程中拖泥帶水的痕迹。李伯元撰《文明小史》“楔子”云：“做書的人記得有一年坐了火輪船，在大海裏行走。……所以在下特特做這一部書，將他們表揚一番，庶不負他這一片苦心孤詣也”；《活地獄》“楔子”云：“我爲甚麼要做這一部書呢？……做書的本意已經言明，且喜鎮日清閑，樂得把我平時所聞所見的事情，一椿椿的寫了出來，説與大衆聽著”；《中國現在記》“楔子”云：“哈哈！列位看官，你可曉得現在中國到了什麼時候了？……我又怕事情多了，容易忘記，幸而在下還認得幾個字，於是又一一的筆之於書，以爲將來消遣之助。……諸公不厭煩瑣，聽在下慢慢道來。”吳趼人撰《近十年目睹之怪現狀》（《最近社會齷齪史》）第一回《妙轉玄機故人念舊，喜出望外嗣子奔喪》云：“我佛山人提起筆來，要在所撰《二十年目睹之怪現狀》之後，續出這部《近十年之怪現狀》，不能不向閱者諸君先行表白一番”；《恨海》第一回《訂婚姻掌判代通詞，遭離亂荒村攖小極》云：“我提起筆來，要叙一段故事。……這段故事，叙將出來，可以叫得做寫情小説。……我今叙這一段故事，雖未便先叙明是那一種情，却是斷不犯這寫魔的罪過。要知端詳，且觀正傳”；《情變》“楔子”云：“……諸公知道這八句歪詩是甚麼解説？正是我説書的勘破情關悟道之言。……我就拿這個‘恝’字，來演説‘情’字，所以這部書叫做《情變》。”張春帆撰《宦海》第一回《説楔子敷陳宦海，奉恩綸廉訪升官》云：“在下做書的這部小説，却是就著廣東一省的官場，幾十年來變易改革的事實，却都是真人真事，在下做書的不敢撒一個字兒的謊。……在下做書的特地把這些蛇神牛鬼的情形，奪利爭名的現狀，一椿椿一件件的搜集攏來，成了一部小説，也不過是個形容怪狀、喚醒癡迷的意思。宦海茫茫，回頭是岸，所以在下的這部小説，就叫做《宦海》。”《九尾龜》第一回《談楔子演説九尾龜，訪名花調查青陽地》云：“在下這部小説，名叫《九尾龜》，是近來一個富貴達官的小影，這富官帷薄不修，鬧出許多笑話，倒便宜在下編成了這一部《九尾龜》。"藤谷古香撰《轟天雷》第一回《荀北山進京納監，韓觀察設席宴賓》云："……這部《轟天雷》，是講太史公的始末；作者還有一部《縉紳領袖記》，一部《魑魅魍魎》，是講那二家的事，其中所叙述，比這《轟天雷》還要奇怪百倍呢！閲者請拭目以待觀之。"

　　清末民初章回小説設計叙述分層，讓外層故事的叙事者叙述小説來歷，裏層故事的叙事者叙述小説故事的做法，其實就是將傳統章回小説作者與叙述主體的職責做了變通：外層故事的叙事者承擔了作者的功能，小説本來出自作者筆下，只不過爲了營造客觀的叙事氛圍，作者化身爲居高臨下的叙事者，並杜撰一個人物作爲擬想作者，再讓其他人物（有時直接用作者自己的名字）將小説轉述、刊布出來；裏層故事的叙事者承擔了傳統章回小説中説書人的功能，只不過爲了追求真實的叙事效果，叙事者有時會以第一人稱"我"的口吻叙述故事。要追問這種叙事策略産生的原因，不能不聯繫報刊連載方式。報刊本以刊載新聞爲主，事件的真實性是新聞的生命；而中國古代小説素有"稗史""野史"之稱，故事的真實性同樣是小説追求的目標。當小説混迹於新聞之中並在"新聞紙"上連載時，作者在創作觀念上會發生一些變化，他有意造成小説就是新聞的假像，[1] 讓讀者相信小説（故事）本自天成，絶非杜撰，並煞有介事地編造一段離奇曲折的經歷，這樣就必須有一個叙事者解釋小説來歷，另一個叙事者講述小説本文。除了將時下流行或者衆所周知的已有故事寫進小説，他甚至還可以將與小説本身相關的一些資訊寫進小説，如《二十年目睹之怪現狀》"楔子"提及的位於日本橫濱的新小

---

[1] 此類小説大多具有濃烈的現實感與時代感。寫現實社會生活的"時事小説"與"社會小説"自不待言，寫歷史事件的"歷史小説"要借古諷今，寫未來社會的"幻想小説"要表達對現實的不滿，同樣充滿了現實感與時代感，能讓讀者感到撲面而來的生活氣息，仿佛故事就發生在身邊不遠處。

説社，正是小説最初連載刊行的地方；《孽海花》由"愛自由者"與"東亞病夫"合作，並在小説林社發表的故事也實有所本，小説本來就是在金松岑撰寫了第一至六回後，交給曾樸續寫，並於 1905 年正月由上海小説林社出版，因此小説林社版《孽海花》即署名"愛自由者發起，東亞病夫編述"。小説將這一段真實的經歷稍稍加工便寫進了外層故事，讓小説作者"愛自由者"與"東亞病夫"充當小説的叙述主體（儘管只是轉述而已）。這種讓叙述主體與作者（哪怕是筆名）同名的寫法，在習慣於將小説叙事者與作者混爲一談的讀者心裏確實能造成意想不到的真實效果，在現代長篇小説中就很常見了。[1]清末民初章回小説叙述主體作者意識的空前强化，也與報刊連載不無關係。報刊連載造就了清末民初的職業小説家群體，寫小説成了體面的職業，小説家們再也無需像古人那樣遮遮掩掩，他可以理直氣壯地經營自己的事業。在將自己"胸中之塊壘"投諸紙上時，作者本人的情緒會强烈地滲透到小説中去，並通過叙事者折射出來，這時叙事者便成了作者的代言人，叙事者不斷地强調自己的存在，其實就是作者主體意識的體現，在此類小説中，小説作者與叙事者是合二爲一，難分彼此的。李涵秋是清末民初最富盛名的小説家之一，靠出售小説"每歲所入約五千金"，[2]其自信與自負常常通過叙述主體在小説中表現出來。據統計，《廣陵潮》中像"在下這部書""在下這部《廣陵潮》"之類的表白便不下九次。

1　20 世紀 80 年代，先鋒作家馬原《虛構》的開頭："我就是那個叫馬原的漢人，我寫小説。我喜歡天馬行空，我的故事多多少少都有那麼一點聳人聽聞。我用漢語講故事；漢字據説是所有語言中最難接近語言本身的文字，我爲我用漢字寫作而得意。全世界的好作家都做不到這一點，只有我是個例外。"在這部小説中，作爲作者的馬原和作爲叙述主體的馬原被有意設計成一個名字，因此當小説以第一人稱叙事的時候，讀者會覺得是作者馬原在講述自己的故事；當小説以其他人稱叙事的時候，讀者又會覺得是叙事者馬原在講述別人的故事。

2　貢少芹編：《李涵秋》，上海：震亞圖書局 1923 年版，第 39 頁。

第三章
清代筆記小說的文體特徵

有清一代，筆記體小說創作呈現繁榮之景象，表現爲内容上的包羅萬象、體派上的豐富多樣和文體上的兼備衆體。筆記體小說是文人士大夫的案頭之作，舞文弄墨的案頭雅好是伴隨文人一生的追求，但絕不是最高追求。在中國傳統的文人士大夫心目中，立德、立功、立言是他們畢生的追求，是體現文人價值的重要途徑，但這三者是有價值高下、主次先後之分的；當理想的"立德""立功"在現實中化爲泡影時，文人士大夫又轉而追求"立言"去了。"立言"也有兩種，正統的經史之言與小道雜説之言。後者在傳統的價值觀念裏是屬於不入流的旁系，筆記體小說就是這種不入流的旁系中的中堅力量，在數量上有絕對的優勢而不容忽視。需要特別說明的是，筆記體小說是清代筆記的一個分支，與其他筆記的區分主要表現在内容上，而非在文體上，筆記體小說與其他筆記門類在體制上無太大的差別，故本章討論筆記體小說的文體特徵在材料引用上也兼及筆記體小說之外的筆記批評文獻。

第一節　筆記分類中的"小説"

筆記内容的包羅萬象，帶來了分類上的困難。清人裘君弘《妙貫堂餘談》"小引"謂："《妙貫堂餘談》之所爲録也，有談史者，有談經者，有談詩文者，有談風月者，有談里巷瑣屑或稗官小説今古軼事者，有述前言往

行，不置一喙者，有間附鄙見或加評騭者。"[1] 據此可知筆記内容無所不包，
經、史、子、集均可涉及。在古代公私目録書中，筆記這一文體始終没有找
到自己獨立的位置，徘徊在經、史、子、集尤其是子史部類之間。如《四庫
全書總目》著録了不同時代諸多筆記著作，按内容分别歸入史部地理類雜記
之屬、政書類邦計之屬、史評類，子部儒家類、醫家類、雜家類雜考之屬、
雜説之屬、雜學之屬、雜纂之屬、雜編之屬、小説家類雜事之屬，集部别集
類等不同部類。[2] 館臣按照傳統目録學的歸類將筆記基本上歸入子部和史部；
不管歸入那個部類幾乎都是放在"雜"之屬，如史部地理類雜記之屬、雜史
類、子部雜家類雜考、雜説、雜學、雜纂、雜編之屬，子部小説家雜事之屬
等，可知"雜"是筆記的一大特性。也正是因爲筆記"雜"的特性，造成了
筆記在目録中徘徊的情景，同時也帶來了筆記分類上的矛盾和糾結。我們對
於清人對筆記體小説的分類即從筆記分類談起。

一、筆記與説部

清人常用"説部"代稱"筆記"，關於"筆記"的分類也多用"説部"
表述。如道光十八年（1838）方熊《一斑録跋》：

> 古人立言，經、史、子、集外，有説家，有雜家。其中軼聞遺事、
> 格論名言，各隨人之所見以筆之於書，體例不同，取義亦廣，而大要

1（清）裘君弘撰：《妙貫堂餘談》，《續修四庫全書》，上海：上海古籍出版社 2002 年版，第 1136
册，第 577 頁。

2《四庫全書總目》經部雖然没有著録以"筆記"命名的作品，但是經部也有以其他形式命名的筆記
作品，如明張獻翼撰《讀易紀聞》、逯中立撰《周易剳記》、國朝楊名時撰《周易剳記》、夏宗瀾《易義隨
記》《易卦剳記》、閻循觀《尚書讀記》、楊名時撰《詩經剳記》、顧奎光《春秋隨筆》、焦袁熹撰《此木軒
經説彙編》等幾乎都是隨手剳記讀經所得之作，與單純的解經注經之作不同。

不出考證、記載、論辯三者而已。約舉數家如蔡邕《獨斷》、崔豹《古今注》是考證類也；吳均《西京雜記》、劉肅《大唐新語》是記載類也；王充《論衡》、應劭《風俗通議》是論辯類也。大者可以扶翼名教，糾正流俗；小者可以廣助見聞，增益神智。所言不詭於道，是爲善立言者。[1]

同治十一年（1872）李光廷《蕉軒隨録序》：

自稗官之職廢，而説部始興。唐、宋以來，美不勝收矣。而其別則有二：穿穴罅漏，爬梳纖悉，大足以抉經義傳疏之奧，小亦以窮名物象數之源，是曰考訂家，如《容齋隨筆》《困學紀聞》之類是也；朝章國典、遺聞瑣事，巨不遺而細不棄，上以資掌故，而下以廣見聞，是曰小説家，如《唐國史補》《北夢瑣言》之類是也。[2]

清末劉師培則將説部分爲：

一曰考古之書，于經學則考其片言，于小學或詳其一字，下至子史，皆有詮明，旁及詩文，咸有紀録，此一類也。一曰記事之書，或類輯一朝之政，或詳述一方之聞，或雜記一人之事，然草野載筆，黑白雜淆，優者足補史册之遺，下者轉昧是非之實，此又一類也。一曰稗官之書，巷議街談，輾轉相傳，或陳福善禍淫之迹，或以敬天明鬼爲宗，甚至記壇宇而陳儀迹，因祠廟而述鬼神，是謂齊東之談，堪續《虞初》之

1（清）鄭光祖撰：《一斑録》，《近代中國史料叢刊》第三編，第九十二輯，臺北：文海出版社1989年版。

2（清）方濬師撰：《蕉軒隨録》，《續修四庫全書》第1141册，上海：上海古籍出版社2002年版，第235頁。

著，此又一類也。[1]

　　從上述材料得悉，清人關於"筆記"的分類有二分法和三分法兩種。李光廷的二分法是按照"筆記"内容，將其分爲考訂家和小説家兩大類。方熊按照"筆記"所采取的寫作手段，將"筆記"分爲考證、記載、論辯三類；而劉師培也是從"筆記"記載的内容著手分類，將"筆記"分爲考古之書、記事之書、稗官之書三類。這三種分類其實是有交叉的，方氏是把李氏的考訂類筆記又分了考證和論辯兩種，而劉氏是將李氏的小説類筆記分爲記事之書和稗官之書兩種。相比較而言，李氏的二分法較爲明晰，但是分類不夠徹底，而方氏的分類雖然較細化一點，但是考證和論辯很多時候是相互依存的，在考證的同時需要論辯來證明材料的可徵性和考據的合理性，將二者分列兩類有畫蛇添足之嫌。筆記分類較爲合理的是清末劉氏的三分法。[2]但是因爲筆記内容包羅萬象紛繁複雜，在分類上勢必存在疏漏，劉葉秋在《歷代筆記概述》中就說過："分作三大類，仍難周密。因爲筆記一體，本來以'雜'見稱，一書之中，往往兼有各類，如《封氏聞見記》於考據之外，並記故實；《夢溪筆談》亦不專重辨證而兼及藝文雜項；甚至像《閱微草堂筆記》爲追蹤晉宋的志怪小説而間雜考辨；《池北偶談》爲記掌故、文獻的雜録，也列有'談異'一門，語及鬼神。這樣爲之分類，就不免有顧此失彼之感。所以胡應麟指出他所分的小説六類，是'姑舉其重'。……本書此處歸納古代筆記爲三大類，也無非粗舉大凡而已。"[3]劉師培的三分法也只是"姑舉其重""粗舉大凡"而已，筆記分類也只能如此，這是由其"雜"之特色決定的。

　　1　劉師培著：《劉師培經典文存·論説部與文學之關係》，上海：上海大學出版社 2004 年版，第 291 頁。
　　2　劉葉秋在《歷代筆記概述》中將筆記分爲考據辨證類、歷史瑣聞類、小説故事類三類，估計就是根據劉師培的考古之書、記事之書、稗官之書三分法而進行，只不過表述不同而已，實質是一回事。
　　3　劉葉秋著：《歷代筆記概述》，北京：北京出版社 2003 年版，第 5 頁。

二、筆記之 "記事類"

劉氏記事之書，類似於今人劉葉秋所説的歷史瑣聞類筆記，相當於李光廷小説家類中的關於 "朝章國典" 的遺聞瑣事，是和《唐國史補》類似的筆記。這類筆記可以資掌故、裨史闕，它最易和小説家類雜事之屬相混淆。《四庫全書總目》小説家類雜事之屬案語將其做了區分："紀録雜事之書，小説與雜史，最易相淆。諸家著録，亦往往牽混。今以述朝政軍國者入雜史；其參以里巷閑談詞章細故者則均隸此門。《世説新語》古俱著録於小説，其明例矣。"[1] 按照這一標準，清代記載朝野的筆記與宋明相比要少得多，民國汪康年在《客舍偶聞跋》中闡述了其原因："記載朝事之書，宋明兩代，殆汗牛充棟。惟本朝以史案之故朝事稍純，謹者，輒無敢染筆。即有之，非記録掌故，即導揚德美，否則言果報説神鬼，若朝政之得失，大臣之邪正，莫敢齒及也。其敢於直言，流傳及今者但《嘯亭雜録》一種而已。"[2] 清代記朝野之事的筆記減少，是因其嚴酷的史案文字獄，使士人不敢染筆朝事，而多記掌故，弘揚美德，鬼神報應之類的内容。惟有《嘯亭雜録》敢於直言，此筆記是昭槤所作，昭槤是清太祖努爾哈赤子代善之後，乾隆四十一年（1776）生，嘉慶十年（1805）襲禮親王爵，後因滿族親貴之間互相傾軋，二十年有人偷匿名信控告他凌辱大臣，被削去王爵，但世人仍稱其爲禮親王，自號汲修主人。昭槤生活的時代正值乾嘉學風盛行之時，自幼嗜學，喜讀史書，愛好詩文，是清宗室中著名文人之一。《嘯亭雜録》是一部内容豐富的清代史料筆記，記載道光以前的政治、經濟、軍事、文化、典章制度、文武官員的遺聞軼事和社會風俗等方面的内容。昭槤記載了自己親身經

1（清）永瑢等：《四庫全書總目》，北京：中華書局 1965 年版，第 1204 頁。

2（清）彭孫貽撰：《客舍偶聞》，《叢書集成續編》第 95 册，上海：上海書店出版社 1994 年版，第 1013 頁。

歷和所見所聞，很多記載他書不見，有重要的參考價值，魏源著《聖武記》時和《清史稿》在編纂時都從中取材。

　　這類記事之書還有如王士禛《池北偶談》《古夫于亭雜録》，吳慶坻《蕉廊脞録》，屈大均《廣東新語》，陳康祺《郎潛紀聞》，法式善《清秘述聞》，李斗《揚州畫舫録》，等等，劉師培恰當地從幾個方面總結了這類筆記的内容：“或類輯一朝之政，或詳述一方之聞，或雜記一人之事，然草野載筆，黑白雜淆，優者足補史册之遺，下者轉昧是非之實。”事實上這類筆記等同於方熊説的“記載”一類和李光廷所説的“小説家”類中的“朝章國典”（李氏的“小説家”類是一個大的文類概念，代表了清人對小説的看法，既包括荒誕不經的虚構的内容，也包括野史雜記類的直録内容），劉師培的記事之書就是指後者。

三、筆記之“稗官類”

　　劉氏稗官之書，類似於今人劉葉秋所説的小説故事類筆記。稗官即小官，稗官所收集的街談巷議、風土人情的材料，就被視爲小説，合稱稗官小説，故劉師培所説的稗官之書即小説故事類。按照劉師培的解釋，稗官之書的内容是“巷議街談，輾轉相傳，或陳福善禍淫之迹，或以敬天明鬼爲宗，甚至記壇宇而陳儀迹，因廟而述鬼神，是謂齊東之談，堪續虞初之著”。張潮《虞初新志·自叙》就其内容和藝術特徵做了總結和評價：

　　　　古今小説家言，指不勝僂，大都餖飣人物，補綴欣戚。累牘連篇，非不詳贍，然優孟叔敖，徒得其似，而未傳其真。强笑不歡，强哭不戚，烏足令耽奇攬異之士心開神釋、色飛眉舞哉！況天壤間灝氣卷舒，鼓蕩激薄，變態萬狀，一切荒誕奇僻、可喜可愕、可歌可泣之事，古之所有，不必今之所無，古之所無，忽爲今之所有，固不僅飛仙盜俠、牛鬼蛇神，如《夷堅》《艷異》所載者，爲奇矣。……獨是原本所撰述，盡撫唐人軼事，唐以後無聞焉……先以《虞初新志》授梓問世。其事多近代也，其文多時賢也，事奇而核，文雋而工，寫照傳神，仿摹畢肖，誠所謂“古有而今不必無，古無而今不必不有”。且有理之所無、竟爲事之所有者，讀之令人無端而喜，無端而愕，無端而欲歌欲泣，誠得其真，而非僅傳其似也。夫豈強笑不歡，強哭不戚，餖飣補綴之稗官小說，可同日語哉！[1]

　　這篇序詳細地指出《虞初新志》的內容，將“奇”作爲一個重要的審美指標，“奇”不是憑空結撰的虛幻之物，而是從現實生活確實存在的事物或事件中探尋其誕奇之處，據此序可知，《虞初新志》的內容和劉氏所說的稗官之書內容基本相同。

　　稗官之書，清代最著名者數紀昀的《閱微草堂筆記》，其取材廣泛，其中大部分是作者讀書、做官、謫戍西域時的親歷見聞，還有的是聽師友、同僚、家人和奴僕等講述的，內容豐富，既有大量荒怪鬼神故事，也有現實中的奇聞異事，還有考證歷史掌故之類。總之，都是無關于朝政軍國大事的街談巷議之瑣事。作者本著以神道爲教的原則，宣揚封建倫理道德，因果報應輪回等觀念，但有很強的趣味性和可讀性，能滿足讀者的好奇之心。且拈數則爲例觀之：

　　胡御史牧亭言：其里有人畜一猪，見鄰叟輒瞋目狂吼，奔突欲噬，見他人則否。鄰叟初甚怒之，欲買而啖其肉；既而憬然省曰：“此殆佛

1（清）張潮輯，王根林校點：《虞初新志》，上海：上海古籍出版社 2012 年版，第 1 頁。

經所謂夙冤耶？世無不可解之冤。"乃以善價贖得，送佛寺爲長生猪。後再見之，弭耳昵就，非復曩態矣。嘗見孫重畫伏虎應真，有巴西李衎題曰："至人騎猛虎，馭之猶騏驥。豈伊本馴良，道力消其鷙。乃知天地間，有情皆可契。共保金石心，無爲多畏忌。"可爲此事作解也。[1]

事皆前定，豈不信然。戊子春，余爲人題《蕃騎射獵圖》曰："白草粘天野獸肥，彎弧愛爾馬如飛。何當快飲黃羊血，一上天山雪打圍。"是年八月，竟從軍於西域。又董文恪公嘗爲余作《秋林覓句圖》。余至烏魯木齊，城西有深林，老木參雲，彌亘數十里，前將軍伍公彌泰建一亭於中，題曰"秀野"，散步其間，宛然前畫之景。辛卯還京，因自題一絕句曰："霜葉微黃石骨青，孤吟自怪太零丁。誰知早作西行讖，老木寒雲秀野亭。"[2]

上述第一則是本書的開篇，有明顯地宣揚佛教因果報應和冤家宜解不宜結的思想。第二則是借用生活中的一些偶然和巧合來附會説明"事皆前定"，有明顯的宿命思想。作者謫戍西域是因洩漏查抄姻親消息，與爲人作題畫詩無關。詩無意中預示了後世發生的事叫"詩讖"，在古代相信詩讖的人頗多，紀曉嵐被發往烏魯木齊效力，他認爲早年《蕃騎射獵圖》題詩即是預言，事實上這只是機緣巧合的附會之説，不足爲信。

《閱微草堂筆記》中記載了無數輾轉相傳的善福淫禍、怪異奇談之類的事情，正如其自題詩中説："前因後果驗無差，瑣記搜羅鬼一車。"但是這種鬼神荒怪的内容與記事筆記中的鬼神荒怪是有區别的，後者的記鬼神荒怪往往是和朝政軍國大事相關，更多是記載戰爭中"關帝顯靈""諸葛顯聖"等

1（清）紀昀著：《閱微草堂筆記》，上海：上海古籍出版社 1980 年版，第 1 頁。

2 同上，第 11 頁。

相助而得勝。如《嘯亭雜録》中"諸葛顯聖"條，記嘉慶年間川匪入漢中進攻定軍山時，賊恍惚看見諸葛武侯"綸巾羽扇，率神兵數萬助陣"，[1]由是而潰敗。需要特別指出的是，這些神奇的記載在記事之書和稗官之書的記述宗旨是不同的：記事之書記録這樣的内容旨在弘揚軍威，宣揚武功，希冀社會穩定，邊疆安定，有著政治軍事目的；而稗館之書中記這些内容旨在勸善懲惡，達到"設神道以教"的目的。如紀昀在《灤陽消夏録》自記中交代創作宗旨時說："晝長無事，追録見聞，憶及即書，都無體例。小説稗官，知無關於著述；街談巷議，或有益於勸懲。"[2]以勸懲爲創作宗旨，是清代筆記體小説的共同追求。

　　稗官之書（小説故事類筆記）除了記載鬼神怪異内容的，還有像《世説新語》一樣記軼事内容的。明清産生了一大批仿"世説"的作品，清代有章撫功的《漢世説》、李清《女世説》、顏從喬《僧世説》各就某一類人取材立異，其中成就最突出者是王晫的《今世説》。毛際可在《今世説序》中總結評價說："是書自謂非海内第一流不登，且又遲之又久而後成，撰輯既專，品騭彌當。如《德行》《言語》諸科，固當奉爲指南，即《忿狷》《惑溺》，迹涉諷刺，要無傷於大雅。縱使其人自爲，讀之亦復粲然頤解。至於《贈言》，同人亦間采一二，爲丹黈寫照焉。大率與臨川所撰，相爲伯仲，比諸元朗，駕而上之。"[3]這部筆記記順康兩朝和作者同時文士的言行，作者列叙其人後加小注，叙及生平，使讀者能夠對清初的掌故、文風和普通文士的行爲有所了解。兹録"德行"門一條以示：

　　　　徐敬庵少負至性，父死豫章，匍伏數千里求遺骸，閞關險阻，猛虎

1（清）昭槤撰：《嘯亭雜録》，上海文瑞樓發行鴻章書局石印本。

2（清）紀昀著：《閲微草堂筆記》，上海：上海古籍出版社 2019 年版，第 1 頁。

3（清）王晫撰：《今世説》，據《粵雅堂叢書》排印，北京：中華書局 1985 年版，第 5 頁。

在前，初不色動，感父見夢得死處，卒負骨以歸。徐名旭齡，字元文，浙江錢塘人。讀書刻責，毅然以古人自待。登乙未進士，曆官大中丞。[1]

這一條叙述簡潔生動，描寫一個孝子的行爲感動其父的亡靈，其父托夢告知其死處，得以負骨歸鄉，旨在宣揚道德觀念，但是此書在内容和文字的處理上都有可取之處。

總之，清代是筆記發展的又一高峰期，各種類型的筆記繁榮發展不計其數。關於"筆記"的分類，清人也艱難地進行著各種嘗試，據目前掌握的材料，從道光時期的方熊到同治時期的李光廷再到清末的劉師培，對筆記進行了越來越細緻、越來越精準的分類，這種分類觀念有助於研究者深入認識筆記這種文體，並影響著後世對筆記的分類，如今人劉葉秋在《歷代筆記概述》中的歷史瑣聞類、小説故事類、考據辨證類筆記的三分法直接導源於清人的筆記分類觀。

第二節　創作緣起與編撰特性

一、消遣歲月：筆記體小説的創作緣起

與正經的經史詩文創作相比，筆記體小説的創作無需專門爲之，主業之外的閑暇即可完成；因其創作有很大的隨意性和自由度，成爲了士大夫"消遣歲月"的雅好。紀昀《閱微草堂筆記》就是一個很好的例證，他天資聰穎，才華過人，學識淵博，一生力學不倦。但隨著年歲的增加，也漸覺"無復當年之意興"。他在《姑妄聽之自序》中道：

1（清）王晫撰：《今世説》，據《粵雅堂叢書》排印，北京：中華書局 1985 年版，第 1 頁。

余性耽孤寂，而不能自閑。卷軸筆硯，自束髮至今，無數十日相離也。三十以前，講考證之學，所坐之處，典籍環繞如獺祭。三十以後，以文章與天下相馳騁，抽黄對白，恒徹夜構思。五十以後，領修秘籍，復折而講考證。今老矣，無復當年之意興，惟時拈紙墨，追録舊聞，姑以消遣歲月而已。[1]

"消遣歲月"道出了作者的創作動機和緣起。不光《閲微草堂筆記》如此，清代許多筆記體小説都是作者爲了"消遣歲月"而創作的。如周廣業的《三餘摭録》《過夏雜録》《過夏雜録續録》《循陔纂聞》四部作品，從"三餘""過夏""循陔"的題名即可了解作者著述緣起和主旨。"三餘"據《三國志·魏志·王肅傳》裴松之注引《魏略》云：魏人董遇教導學生讀書當以"三餘"："冬者歲之餘，夜者日之餘，陰雨者時之餘也。"[2]後以"三餘"泛指閑置時間。"過夏"據唐李肇《唐國史補》卷下載："（進士）籍而入選，謂之春關，不捷而醉飽，謂之打毷氉……退而肄業，謂之過夏。"[3]周廣業的宗叔周春在《過夏雜録序》中也説："兹《過夏雜録》六卷，乃癸卯計偕下第後所録。"[4]"循陔"一語出自《詩·小雅·南陔》一首，已佚，毛傳云："南陔，孝子相戒以養也。"晉代束皙又按毛傳補亡詩《南陔》云："循彼南陔，言采其蘭。"後多用"循陔"指奉養父母。清代趙翼也曾有筆記《陔餘叢考》，據自撰小引："余自黔西乞養歸，問視之暇，仍理故業，日夕惟手一編，有所得輒劄記别紙，積久遂得四十餘卷。以其爲循陔時所輯，故名之曰《陔餘叢考》。"[5]在家奉養父母的同時依然勤於筆耕，將所見所聞和學有所得

1（清）紀昀著：《閲微草堂筆記》，上海：上海古籍出版社 1980 年版，第 395 頁。

2（晉）陳壽撰，（宋）裴松之注：《三國志》卷十三，天津：天津古籍出版社 2009 年版，第 420 頁。

3（唐）李肇等撰：《唐國史補　因話録》，上海：上海古籍出版社 1979 年版，第 56 頁。

4（清）周廣業撰：《周廣業筆記四種》下册，杭州：浙江古籍出版社 2013 年版，第 2 頁。

5（清）趙翼著：《陔餘叢考》，上海：商務印書館出版 1957 年版，第 5 頁。

纂録成書，這也是周廣業撰述《循陔纂聞》的緣起和主旨。

關於"閑暇"與"筆記"之間的關係，心齋主人張潮在《閑餘筆話》小引中有段精闢的論述，兹引如下：

> "閑"與"餘"有不同乎，曰：不同。焚香煮茗、種竹栽花、雅歌投壺、鼓琴對弈，皆閑也；其事已過，則爲閑之餘矣。筆與話有不同乎，曰：不同。一堂晤對、酬酢紛如、面固能聞，久不復記，皆話也，欲其不朽則有賴於筆矣。故唯閑餘，始能以筆爲話。此湯君卿謀《閑餘筆話》之所由以名也。雖然，話可易筆哉，能勝讀十年書者則筆之，能悦親戚之情者則筆之，能大家團圓共話無生者則筆之，非是話也不可以筆。今卿謀之筆，固已不啻如此。吾嘗取而讀之，其措思在有意、無意之間，其吐語在亦佛、亦仙之際，其方通如帆隨湘轉望衡九，而其静致如空山無人，水流花開，不唯非閑餘不能著，且非閑餘亦不能讀矣。吾獨怪夫世之著書者應酬事務、權衡子母，凡其筆之于書者，皆出於忙冗之餘，亦安得有佳話乎哉。虞卿有言，非窮愁不能著書，余謂窮而愁者，必且米鹽不繼，室人交讁，當爾時安能著書？能著書者大都皆貧而樂者耳。余雖不能識卿謀，然未嘗不可相見其樂也。[1]

張潮認爲只有有"閑餘"才能夠將話轉化成爲筆，"閑餘"是創作的前提條件。這裏的"閑"不僅僅指時間上的"閑"暇，更重要的是内心的"閑"暇，是心中的寧静和安樂。

超越了功利的目的，著述就往往屬於無意爲之的行爲，能産生"無心插柳柳成蔭"的效果。俞鴻漸在《印雪軒隨筆》自序中就表明了自己無意成書

1（清）湯傳楹撰：《閑餘筆話》，《叢書集成續編》第95冊，上海：上海書店出版社1994版，第1119頁。

的本意："往余客覃懷，閑居無事，取生平所聞見，拉雜記之，聊以排遣羈愁。初非有意成書也，日積月累，録之得數百條，其中頗多可驚可愕之事，然皆信而有徵，非海市蜃樓憑空結撰者，比而涉獵之餘，偶有所得，亦屬入焉。若夫微辭寓諷，口效騷人綺語誨淫戒忘佛氏，甚至中有憤懣藉以攄其不平。"[1] 許多筆記體小説都是作者爲了"消遣歲月"無意爲之的，這一點從清人對筆記的命名中即可窺知，如孫承澤《庚子消夏記》、高士奇《江村消夏記》、紀昀《灤陽消夏録》、趙紹祖《消暑録》、常謙尊《消閑述異》和潘世恩《消暑隨筆》等。

因其無意成書，故没有預設的主題限制，不需要事先有嚴密的構思。不像撰修正史要有宏大的視野，要揭示朝代興亡得失的真相；不像注經之作要闡明微言大義，講道説理；也不像詩文之作要有一以貫之的主題統領。筆記體小説撰者只需隨筆記録聞見和所感所得即可。關於這一點，清人張爾岐在題《蒿庵閑話》中講得很到位："予既廢舉子業，猶時循覽經傳，每於義理節目外爲説家所略者，偶有弋獲，如咀嚼蹠肪。閑得少味，不必肥藏大臠也。至聽人譚所聞見，亦時有切予懷者，並劄記之。如是者二十年，巾笥漸滿，今夏轉録成帙，將以貽好事者爲譚助。以其於經學則無關大義，於世務亦不切得失，故命之閑話焉。"[2]

二、從"聞"到"筆"與"述而不作"：筆記體小説之編撰特性

關於筆記體小説的撰述情況，清人在序跋中詳細探討過，如《閲微草堂筆記》諸篇序跋即然。《閲微草堂筆記》由《灤陽消夏録》《如是我聞》《槐西雜誌》《姑妄聽之》《灤陽消夏續録》五種組成，從乾隆五十四年（1789）

---

1 （清）俞鴻漸撰：《印雪軒隨筆》，清光緒丙子仲春申報館鉛印本，第5頁。
2 （清）張爾岐撰：《蒿庵閑話》，北京：中華書局1985年版，第1頁。

到嘉慶三年（1798）陸續完成，嘉慶五年，由門人盛時彦合刊而成。《灤陽消夏録序》稱："乾隆已酉夏，以編排秘籍，于役灤陽。時校理久竟，特督視官吏題簽庋架而已。晝長無事，追録見聞，都無體例。小説稗官，知無關於著述；街談巷議，或有益於勸懲。聊付抄胥存之，命曰《灤陽消夏録》云爾。"乾隆已酉年，作者奉旨編纂《四庫全書》的工作已經完成，並鈔録七部分藏各處，承德避暑山莊文津閣也藏一部，紀昀前去監督題簽上架，工作十分輕閑，晝夜無事，於是追録見聞以成此書。書成還未定稿，就被書肆竊去刊行，甚受歡迎；後來有人不斷提供新的素材，加上昔日舊聞，復又綴成《如是我聞》。《槐西雜誌》也是"友朋聚集，多以異聞相告"而成。《灤陽消夏續録自序》曰："精神日減，無複著書之志，惟時作雜記，聊以消閑。《灤陽消夏録》等四種，皆弄筆遣日者也。年來並此懶爲，或時有異聞，偶題片紙；或忽憶舊事，擬補前編。又率不甚收拾，如雲煙之過眼，故久未成書。今歲五月，扈從灤陽。退直之餘，晝長多暇，乃連綴成書，命曰《灤陽續録》。"[1] 從以上這些自序可知，《閲微草堂筆記》多爲消遣歲月而撰，撰述過程都是從追憶舊聞、異聞到題録片紙殘頁，有一個由"聞"而"筆"的過程。

　　從"聞"到"筆"的過程是一個複雜的過程，有時還是一個漫長的過程。"聞"了什麼，涉及題材和内容；通過哪些渠道"聞"，涉及取材的途徑；由誰來"筆"和如何"筆"，都是從"聞"到"筆"過程中所包含的内容。兹舉幾篇序跋詳觀之：

　　　　寒夜寂寥，一壺獨酌，唯兒頫侍側。將與之談米鹽靡密歟，則恐亂其心；與之談經史子集歟，又恐速其睡。因舉前哲之美言、寓言，有關於持身接物者談之，邇來吾鄉喪葬婚嫁諸禮之不合於古者談之，及近時

見聞而有可論説者談之。凡兩月得若干條，遂分爲三卷，名之曰《寒夜叢談》。(《寒夜叢談》自叙) [1]

　　余自嶺表賦歸，就養餘東子舍，偶與二三老友，閑述舊聞，或徵近事，以資一時談柄，積久成帙。因仿唐人詠史詩例，每篇弁以韻語，數十年來出處殊途。凡先民之矩矱，師友之淵源，及半生遊歷所經，猶可約略記之，並附卷末以諗後人，共得詩文三百十有餘篇。(《牧庵雜紀》原叙) [2]

　　往余客居滬上，偶有見聞，隨筆記綴，歲月既積，篇帙遂多。閱迹炙陬，此事乃廢，然享帚知珍，懷璞自賞，庋藏蔽篋，不忍棄捐。庚午春間，還自泰西，日長多暇，搜諸故簏，其槁猶存，稍加編輯，尚得盈四五卷，因擬分次録出，并益以近事，以公同好。噫！余自同治紀元至此，忽忽將十年矣，歲月不居，頭顧如許，邇來海上故人有招余作歸計者，覺胸次頓有中原氣象，回憶舊遊，迥如隔世，則展覽斯編，淚不禁涔涔下也。(《瀛壖雜志》序) [3]

　　《筆記》者，集記平時所見所聞，蓋《搜神》《述異》之類，不足，則又征之於人。(《右台仙館筆記》序) [4]

　　1（清）沈赤然撰：《寒夜叢談》，《清代學術筆記叢刊》第33冊，北京：學苑出版社2005年版，第3頁。

　　2（清）徐一麟撰：《牧庵雜紀》，《筆記小説大觀》四十編第6冊，臺北：新興書局1983年版，第325—326頁。

　　3（清）王韜撰：《瀛壖雜志》，《筆記小説大觀》二十八編第7冊，臺北：新興書局1983年版，第3807頁。

　　4（清）俞樾撰：《右台仙館筆記》，濟南：齊魯書社1986年版，第1頁。

　　余性甘淡静，自庚寅官中書後，公退多暇，惟以文史自娱。凡夫
藝苑遺聞、中朝故事，涉獵所及，輒裁矮紙漫筆記之。歲月侵尋，忽忽
廿載，聚書稍富，聞見日增，篋中叢稿所積遂亦尺許厚矣。年來蒿目時
艱，百事廢懶，久不復留意於斯。兄子聯沅與小兒輩懼其日久散佚也，
嘗竊竊偶語，議付手民爲梓行計。余謂此記問之學，只可自怡，一旦流
布士林，恐宿儒病其浮疏，新學且嗤其陳腐也耳。顧念雪鈔露纂，寒暑
迭更，每當一燈熒然，羅書滿几，潛心探討，觸類引申，往往因一事之
搜求，檢閲群編，鉤稽累月，眼昏手繭，心力交疲，享帚之珍，良有不
能自已者。爰勉徇其請，復取所録，手自整理，薙厥煩蕪，掇拾所存，
尚輯成爲四十卷。其間部居排比，略以類從。然良楛雜陳，莊諧互列，
愧不賢之識小，聊困學以紀聞，無以名之，僅署曰《叢記》而已。(《壽
鑫齋叢記》自序) [1]

　　從這些序跋可知，清人認爲筆記從 "聞" 到 "筆" 幾乎都有一個前提
"閑"。筆記是 "閑" 時所作，如果爲衣食生計奔波或者是爲功名利禄纏身，
就無暇雜讀雜聞，也無法心有所得筆而存之。"閑" 抑或是寒夜寂寥、抑或
是長夏無事、抑或是辭官歸里、抑或是公退多暇，有閑才有談，有談才有
聞。而 "聞" 的内容也無所不包，可以是前哲的嘉言懿行、風俗禮儀、近
時見聞、名迹古器、藝苑遺聞、中朝故事、典章制度、歷代掌故、聞見怪
奇之事，還可以是聞書之後的心得體會等等。"聞" 的途徑也種多樣，可
以是家族内部的閑話，可以是友朋之間的暢談，還可以是沉潛書齋的 "獨
聞"。經過一段時間，短則幾個月、長則幾年、甚至幾十年的積累，漫筆
記之。

---

　　1 (清) 朱彭壽著，何雙生點校：《舊典備徵　安樂康平室隨筆》，北京：中華書局 1982 年版，第 17 頁。

　　筆記體小説的撰述與詩文創作相去甚遠，除了上述的成書過程外，還有"述而不作"的特點。孔子稱自己"述而不作"，清人章學誠謂："夫子曰'述而不作'，六藝皆周公之舊典，夫子無所事作也。"[1]孔子"述"六藝，實際上是對古代文化的整理和歸納，其意義主要體現在對傳統文化的繼承和弘揚。"述而不作"的撰述宗旨，重點在"述"而不是"作"，"述"的原義是遵循和繼承，只有實事求是客觀記録才能夠較大程度地遵循和繼承，而"作"的原義是興起和發生，包含"新"的成分在内，必須是自著，且有一定的創新性。筆記體小説一般是隨筆記録所見所聞，屬於真實的記録，故是"述而不作"。許奉恩在《里乘》"説例"中就指出："述而不作，先師且然。予每閲叢書秘册與故老遺編，可擴聞見者，或爲之删繁就簡，或全録其文亦匯成一卷，願公同好，必標出作者姓名，以不敢掠美也。"[2]可見筆記體小説的撰述並非一定要原創，從嚴格意義上講，筆記體小説還不能完全算創作，而只是撰述而已。

三、"初無成書之義例""無次第""無卷帙"之創作特徵

　　義例指著書的主旨和體例，在中國古代一直是文人關注的重要問題。如唐劉知幾《史通·六家》："隋秘書監太原王劭，又録開皇、仁壽時事，編而次之，以類相從，各爲其目，勒成《隋書》八十卷。尋其義例，皆準《尚書》。"[3]宋趙與旹《賓退録》卷五謂："唐、五代史書皆公（歐陽修）手所修，然義例絶有不同。"[4]清方宗誠的《桐城文録序》："余編《桐城文録》，義例多與存莊手訂。"史有史的義例，經有經的義例，文有文的義例。義例也是

1（清）章學誠著，葉瑛校注：《文史通義校注》，北京：中華書局1985年版，第200頁。
2（清）許奉恩撰：《里乘》，《續修四庫全書》第1270册，上海：上海古籍出版社2002版，第164頁。
3（唐）劉知幾著，（清）浦起龍通釋，王煦華整理：《史通通釋》，上海：上海古籍出版社2009，第3頁。
4（宋）趙與旹撰：《賓退録》，北京：中華書局1985年版，第56頁。

文論家關注的一個議題，清人潘德輿在《養一齋詩話》卷七中指出："趙氏所謂古詩一定之平仄，義例皆確不可易。"[1] 詩文之義例，尤其是詩詞之義例，是確不可易，非常嚴格的。筆記體小説作爲"執筆載録"的撰述方式由來已久，其撰述却呈現"初無成書之義例"的特色。道光十七年（1837），梁章鉅《退庵隨筆》自序作出概括："《退庵隨筆》者，隨所見之書而筆之，隨所聞之言而筆之，隨所歷之事而筆之，而於庭訓師傳，尤所服膺，藉以檢束身心，講求實用而已。初無成書義例也。"[2] 咸豐六年（1856），蔣光煦作《東湖叢記》小引也説："僻處海隅，屏居家衖，足迹所至，不出吳地，見聞寡陋，良足深漸。惟破籍斷碑，性所癖嗜，累月窮年，遂有所積。隨得隨鈔，初無義例，叢零掎拾，自備遺忘，藏諸篋衍，匪以問世云爾。"[3] 光緒年間，童槐《今白華堂筆記》跋中也指出其"初非著述，故不先立體例"。[4] 由這些序跋資料可知，清人認爲筆記體小説原本就是無意爲之、隨得隨鈔的。隨筆記之的"記問之學"自古就有，甚至已經内化爲文人士大夫生活的一部分，而無意著述也就無所謂義例。捧花生《畫舫餘譚》嘉慶戊寅年序説："輯《秦淮畫舫録》竟，偶有見聞，補綴於後。凡數十則，即題曰《畫舫餘譚》，亦足新讀者之目，信手編入，無所謂體例。他日更有所得，當仿《容齋五筆》之例，再續成之，倦眠饞食，無所用心，唯此是務，適見笑而自點耳。"[5] 吳德旋《初月樓聞見録》序也説："余屏居鄉里，喜述故事，遇有聞見，輒隨手録之，義例不能深也，取足快意而已。余吳人也，聞見不逮於遠，所録皆吳越、江淮間事耳，異時將廣録而續理之，故不以時代之先後爲次。又是編意

1（清）潘德輿著：《養一齋詩話》，北京：中華書局 2010 年版，第 106 頁。

2（清）梁章鉅撰：《退庵隨筆》，南京：江蘇廣陵古籍刻印社 1997 版，第 1 頁。

3（清）蔣光煦著，梁穎校點，《東湖叢記》，瀋陽：遼寧教育出版社 2001 版，第 1 頁。

4（清）童槐著：《今白華堂筆記》，《筆記小説大觀》三十九編第 3 册，臺北：新興書局 1983 年版，第 262 頁。

5（清）捧花生撰：《畫舫餘譚》，周光培編：《清代筆記小説》，石家莊：河北教育出版社 1996 年版，第 45 册，第 157 頁。

在闡揚幽隱，顯達之士不録焉，即間有牽涉，亦不及政事，在野言野，禮固宜然，若以爲窮愁著書則吾豈敢！"[1]交代了撰述緣起，是隨手記録聞見，義例不深，僅爲娱樂而已。

筆記體小説的非主流性取決於"隨筆記之"的言説方式，這樣的言説方式就自然呈現出"無次第""無卷帙"的開放性。

關於筆記體小説"無次第""無卷帙"的體制特徵，況周儀在《惠風簃隨筆》卷首自記中有所闡釋，他説："隨筆云者，隨得隨書，無門類次第也，昉洪容齋例。"[2]另外，《四庫全書總目提要》卷一百二十二"雜説之屬"案語從追溯源頭的角度對此總結得更明確："雜説之源，出於《論衡》。其説或抒己意，或訂俗訛，或述近聞，或綜古義，後人沿波，筆記作焉。大抵隨意録載，不限卷帙之多寡，不分次第之先後。興之所至，即可成編。"[3]不僅指出筆記"不限卷帙之多寡，不分次第之先後"的形式特徵，還闡釋了造成此特徵的根本原因是"隨意録載""興之所至"的撰述方式，"興之所至"，會心即録，故無次第、無先後之區分。

館臣在《四庫全書總目》中對部分筆記文本作提要時，也指出了筆記體小説形式上的"開放性"。如歐陽修《歸田録》提要説："多記朝廷軼事及士大夫談諧之言。……王明清《揮麈三録》則曰：'歐陽公《歸田録》初成未出，而序先傳，神宗見之，遽命中使宣取。時公已致仕在潁州，因其間所記有未欲廣布者，因盡删去之。又惡其太少，則雜記戲笑不急之事，以充滿其卷帙，既繕寫進入，而舊本亦不敢存。'"[4]這是關於《歸田録》的一段傳播的記載，但從中可得知，作者在撰述《歸田録》之初是没打算把這類不登大雅

1（清）吳德旋撰：《初月樓聞見録、續録》，《四庫未收書輯刊》第一輯 17，北京：北京出版社 2000 版，第 143 頁。

2（清）況周儀撰：《阮盦筆記五種》下册，清光緒刻本，第 1 頁。

3（清）永瑢等撰：《四庫全書總目》，北京：中華書局 1965 年版，第 1057 頁。

4 同上，第 1190 頁。

之堂、無關政教風俗的作品公諸於世的，更未曾想讓皇帝觀覽。"意外發生"之後只能采取急救法，刪去其未欲廣布的內容，而以雜記戲笑之事填充卷帙，這一"急就章"正表明其撰述形式上的開放性。

還需注意的是，這麼一類龐大的作品都以同樣的形式出現，已逐漸形成"無次第""無卷帙""無成書之義例"的特徵，而這一特徵又何嘗不是一種約定俗成的"義例"呢？筆記體小說形式之"散"和內容之"雜"的特徵，正可看成筆記體小說所要遵循的義例。其實，筆記體小說一經輯録整理之後，一般會有一主旨或者是體制貫穿在內，比如像《世説新語》這種按類編排的筆記體小說就不在少數，後世出現不少仿世説之作自不必多言，其他類型的筆記體小說作品也進行分門別類，這是一種相對簡單而有效的方式，筆記體小說撰述者常常采之。如唐劉肅撰《大唐新語》分匡贊、規諫、極諫、剛正、公直、清廉、持法、政能、忠烈、節義、孝行、友悌、舉賢、識量、容恕、知微、聰敏、文章、著述、從善、諛佞、厘革、隱逸、褒錫、懲戒、勸勵、酷忍、諧謔、記異、郊禪三十類。宋沈括撰《夢溪筆談》分十七門：故事、辨證、樂律、象數、人事、官政、權智、藝文、書畫、技藝、器用、神奇、異事、謬誤、譏謔、雜誌、藥議共二十六卷。宋吳曾撰《能改齋漫録》分事始、辨誤、事實、沿襲、地理、議論、記詩、謹正、記事、記文、方物、樂府、神仙、鬼怪共十三類。清王士禛的《池北偶談》共二十六卷分四目：談故四卷，記清代的科甲典章制度和衣冠勝事，間及古制；談獻六卷，記述明末清初名臣、畸人、列女等軼事；談藝九卷，專門采擷詩文佳句並評論；談異七卷，專記神怪傳聞故事。自序云："其無所附麗者，稍稍以類相從。"清鈕琇《觚賸》分正、續編，正編成於康熙三十九年，分吳觚、燕觚、豫觚、秦觚、粵觚；續編成於康熙四十一年（1702），分言觚、人觚、事觚、物觚。清薛福成的《庸盦筆記》是作者把自己同治四年（1865）至光緒十七年（1891）間所作的隨筆刪存編纂而成，全書共六卷，分史料、軼聞、述異、幽怪諸門類，全書以類相從，不盡依先後爲次，故林崗説："筆記體小説是一種非類書而有類書性質的文體。"[1] 清人認爲筆記體小説還有一種編排方式是不分門目、略以類從，如顧炎武的《日知録》，《四庫全書總目》提要曰："書中不分門目，而編次先後則略以類從。大抵前七卷皆論經義，八卷至十二卷皆論政事，十三卷論世風，十四卷、十五卷論禮制，十六卷、十七卷皆論科舉，十八卷至二十一卷皆論藝文，二十二卷至二十四卷雜論名義，二十五卷論古事真妄，二十六卷論史法，二十七卷論注書，二十八卷論雜事，二十九卷論兵及外國事，三十卷論天象術數，三十一卷論地理，三十二卷爲雜考證。"[2] 可知，清人認爲按類分門或不分門目，約略以類相從也是筆記體小説普遍的編排方式。

當然，"無次第""無卷帙"的形式自由和開放也會不可避免地帶來魚龍混雜的弊端。這種弊端在明代尤爲明顯，《四庫全書總目》在相關作品的提要中就指出了這種弊端：

是書欲仿《容齋隨筆》《夢溪筆談》，而所學不足以逮之，故蕪雜特甚。其中《詩談初編》《二編》各一卷，《玉笑零音》一卷，《大統曆解》三卷，《始天易》一卷，皆以所著別行之書編入，以足卷帙，尤可不必。（田藝蘅《留青日劄》提要）[3]

是書輯隱逸高尚之事，分霞想、鴻冥、恬尚、曠覽、幽賞、清鑒、達生、博雅、寓因、感適十類。大抵以《世説新語》爲藍本，而稍以諸書附益之。至於《雲仙散録》《師古偶》《杜詩注》之類，影撰故實，

1　林崗著：《口述與案頭》，北京：北京大學出版社 2011 年版，第 189 頁。

2　（清）永瑢等撰：《四庫全書總目》，北京：中華書局 1965 年版，第 1029 頁。

3　同上，第 1101 頁。

亦皆捃拾，殊無別裁。又多不見原書，輾轉稗販。如"披裘公不取遺
金""王摩詰詩中有畫""列子鄭人蕉鹿"諸條，尤割裂不成文理。至於
"宗愨乘風破浪"，"鮑生愛妾換馬"，全與高隱無關，不過雜湊以盈卷帙
耳。（周應治編《霞外麈談》提要）[1]

第三節　筆記體小説的審美追求

筆記體小説是最具文人性的文體，文人離不開案頭創作，文人性中隱含
了案頭性，故有學者稱"筆記體具有典型的案頭性"。[2]案頭文學與口述文學
最大的不同就是，案頭追求的是言外韻致，從而形成自身的審美追求。

一、雅：筆記體小説之文人性

關於筆記體小説之"雅"，清人早有評述。搜檢《四庫總目提要》發
現，館臣是將"雅"作爲筆記的審美追求的，在衆多文本提要中常常以"古
雅""雅潔""雅馴""典雅"等爲評價斷語。如卷六十三評《勝朝肜史拾遺
記》："是書皆明一代後妃列傳。自稱初得其父所藏《宮闈紀聞》一卷，載事
不確，文不雅馴。"卷六十五評《兩漢博聞》："雖於史學無關，然較他類書
采摭雜説者，究爲雅馴。"卷一百三十二評《譚概》："是編分類匯輯古事，
以供談資。然體近俳諧，無關大雅。"卷一百四十二評《搜神記》："然其書
叙事多古雅，而書中諸論亦非六朝人不能作，與他僞書不同。"評《搜神後
記》："然其書文詞古雅，非唐以後人所能。"評《還冤志》："其文詞亦頗古
雅。"評《博異記》："所記皆神怪之事，叙述雅贍。而所録詩歌頗工致，視

1（清）永瑢等撰：《四庫全書總目》，北京：中華書局1965年版，第1122頁。

2 林崗著：《口述與案頭》，北京：北京大學出版社，2011年，第188頁。

他小説爲勝。"[1]可見館臣是以雅爲審美標準的。

在清代筆記序跋中，也常以"雅"作爲一個重要的審美標準。如龔煒在《巢林筆談》自序中説："揚子雲稱士有不談王道者，則樵夫笑之。予際極盛之世，淺俗詩書之澤，不王道之談，而矢口涉筆，冗雜一編，典雅不如夢溪，雋永不如聞雁，亦勦其名曰《筆談》。"[2]沈起的《莵園雜説》自序也説自己作品"情多俚鄙，而文亦不雅馴"。[3]雖都爲作者自謙之詞，但從一個側面證明了"典雅"或"雅馴"是筆記的一個重要審美特性，也是判斷筆記之美的一個重要標準。

"雅"之美學趣味在類似詩話的筆記體小説中體現得最爲明顯。嘉慶十二年（1807），潘奕雋在《梅村筆記》序中稱此書："語録、詩話互見於篇，微言俊旨，耐人咀詠。"[4]據考，本書所述多爲友朋往來之軼事，論詩雖無太多出色處，但雅言雋語，瀟灑有致，足爲林下風雅之談助。如述家事祖德、父兄親友之間情深義重、對慈母的深情悼念，筆墨之間流露出作者之至性——風雅不群、素心閑放，是一部純粹的文人案頭之作。另，清人吳文溥在《南野堂筆記》自序中也説："筆記者，澹川子自言其生平作詩甘苦得失之所在，而未已也；則又深思夫古人藴含微妙之旨，求得其歸趣而指陳焉，而未已也；則又集當世才人、學人之佳篇俊句，而讚嘆之，而纂録之，而論次其爲人。忝風雅之博徒，作名流之稗販。雖漱芳丏潤，遠愧群言，抑一室賞心，百家在誦，足以遺榮忘老矣。"[5]是書記録作詩甘苦得失、作詩之法、作詩之志趣等，其中藴含有不少微言妙旨。雖自謙"忝風雅之博徒，作名流

1（清）永瑢等撰：《四庫全書總目》，北京：中華書局1965年版，第567、577、1124、1207、1208、1209頁。

2（清）龔煒撰：《巢林筆談》，北京：中華書局1997年版，第1頁。

3（清）沈起撰：《莵園雜説》，《四庫未收書輯刊》第五輯9，北京出版社2000年版，第182頁。

4（清）明理著：《梅村筆記》，清嘉慶十一年刻本，上海圖書館藏。

5（清）吳文溥撰：《南野堂筆記》，清刻本，上海圖書館藏。

之稗販"，但"漱芳丏潤"也絕非街談巷議之俚俗鄙陋可比。其論"活法"云："盈天地間皆活機也，無有死法。推之事事物物，總是活相，死則無事無物矣。所以僧家參活禪，兵家布活陣，國手算活著，畫工點活睛，曲師填活譜。乃至玉石之理，活則珍；山水之致趣，活則勝。故曰：'鳶飛戾天，魚躍於淵。'操觚之士，文心活潑。"[1] 作者認爲自然界一切事物皆"活機"，天地之間萬物皆有活相，充滿生意，故無論僧家、兵家乃至各行各業，都强調一個"活"字。譬如玉石之紋理因"活"而珍奇，山水之致趣因"活"而出勝，所以文士操筆，最重要便是文心活潑。吳文溥由大自然之"活"論說到文章之活法，類似於劉勰談"文心"，賦予"活法"以存在的合理性、必要性，所論頗有見地。還有論詩可以養性情條："僕初性氣粗急，與人論説，或僻執己見，不諧於衆，後讀《韋蘇州詩集》終編，繹其佳句……皆吾詩趣，積習頓捐，新機莫遇。殆劉舍人所謂'溫柔在誦，最附深衷'者矣。"[2] 由此得出結論："詩之道，可以養性情，化氣質，其信然歟！"這種精闢入理的論述，處處流露出文人的博雅風致。在清人觀念中，即使是以娛樂爲創作目的的筆記，也一定要超越僅"資談笑"的表層追求，達到"雅馴不俗"。如光緒年間，獨逸窩退士所撰《笑笑錄》就是一部"取可資噱而雅馴不俗者，筆之於册，以自怡悦"的作品。

筆記體小説"雅"的審美追求與其撰述、傳播、接受都有密切的關係。

作爲"執筆記錄"的記問之學，筆記源遠流長，是文人潛心研究以備遺忘的產物。柯劭忞《壽鑫齋叢記》序云："記問之學，古所不廢。士君子潛心研攻，本聖門'日知所亡，月無忘所能'之旨，徵文獻，明道藝，類别部居，晨鈔夕纂，分寸之積，往往囊括四部，浸成鴻博。王深寧、顧亭林兩書之淹貫古今，實亦由斯而致力也。小汀學士最錄經史、異文、軼事，典雅

1（清）吳文溥撰：《南野堂筆記》，清刻本，上海圖書館藏。

2 同上。

所歸者爲《壽鑫齋叢記》，凡四十卷。"[1] 而《壽鑫齋叢記》就是作者雜録經史、異文、軼事，典雅之結晶。

　　從事筆記撰述的主體是文人士大夫，他們大多是淹通古籍的博雅之徒。如雍正乙卯年（1735），王澍在《南村隨筆》序中評價作者"暻城幰亭陸君好古博雅"。[2] 光緒二十七年（1901），鄒弢在《城南草堂筆記》序中評價作者："許幻園太守……藉藉才名，雅負時望。"[3] 他們博覽群書，工于詩文，《總目》卷五十八《入蜀記》提要："游本工文，故於山川風土，叙述頗爲雅潔，而於考訂古迹，尤所留意。"卷七十《東城雜記》提要："鶚素博覽，並工於詩詞，故是書雖偏隅小記而叙述典雅，彬彬乎有古風焉。"[4] 因撰述者淹通古籍、博雅通識，故"叙述典雅"是他們自覺的審美追求。

　　不僅撰述主體本身要具備"博雅通識""工于詩文"外，其撰述過程本身就伴隨著詩書風雅之趣。嘉慶乙丑年（1805），沈赤然在《寄傲軒讀書隨筆》自序中詳述其撰述經過："寄傲軒也者，坐卧飲食之所也。卧不能遽卧，飲不能徒飲，書也者，又引睡下酒之具也。書有經有史、有諸子詩文雜説堆列其前，隨意抽覽，偶有所得，拍案而筆者有之，推枕而筆者有之，停杯而筆者有之。積之期年乃得十卷，藏廢籠中七載矣。"[5] 把作者的撰寫經過生動地描繪了出來。宣統年間，李維翰在《泖東草堂筆記序》中也說："先生天賦聰穎，又勤於學書，夜盡百卷，遇疑義一思索間鏗然理解，有所得輒筆之日記，顧不爲空言，務求有用。"[6] 清代許多筆記作品都是作者把玩文史，勤

1（清）朱彭壽撰，何雙生點校：《舊典備徵　安樂康平室隨筆》，北京：中華書局1982年版，第11頁。
2（清）陸廷燦撰：《南村隨筆》，《續修四庫全書》第1137冊，上海：上海古籍出版社2002年版，第101頁。
3（清）雲間幻園居士撰：《城南草堂筆記》，光緒二十七年鉛印本。
4（清）永瑢等撰：《四庫全書總目》，北京：中華書局1965年版，第530、629頁。
5（清）沈赤然撰：《寄傲軒讀書隨筆》，嘉慶十二年刻本。
6（清）沈宗祉撰：《泖東草堂筆記》，《清代學術筆記叢刊》第70冊，北京：學苑出版社2005年版，第280頁。

讀不輟，隨得隨記的產物，他們力求以“求真務實”的精神用於筆記體小說之著述，以“雅正”“典雅”爲指歸，體現了典型的文人性和案頭性。林崗在《口述和案頭》中對案頭有一段很好的闡釋：

> 所謂案頭，不僅僅是指一几一案、紙硯筆墨、書籍等物品，它當然是書齋生活，但更重要的是它意味著一種生活態度。這生活態度不僅關涉書齋生活，而是要通過書齋生活體現一脈相傳的精神、趣味、激情和雅致。如果要問什麽是表達體裁意義上的案頭生活的結晶，那便只有筆記文體了。筆記總讓人聯想到孜孜不倦，聚精會神；筆記總讓人意會日積月累，集腋成裘；筆記總讓人覺得燈下沉迷，自成生趣。筆記的一鱗半爪，筆記的博大無窮，正是中國文明的案頭傳統的生動寫照。[1]

文人與案頭緊密相連，“執筆記録”不僅是文人案頭生活的方式，更是文人的一種生活習慣和生活態度，甚至已經內化成文人的一種生命形式。文人通過隨筆記録來表現趣味、激情和雅致，進而表達思想、傳承精神，所以“雅”之美學特性會自覺不自覺地體現在筆記的撰述過程中。

筆記體小說之趨雅與作品的傳播也密切相關。從撰述到傳播到接受，筆記體小說都有一個自足的封閉系統——文人士大夫圈子，與社會大衆市井百姓關係不大。衆所周知，大部分文學創作都需要考慮讀者的期待視野，讀者（觀衆）無形中會給作者創作帶來壓力。例如俗講、話本、戲曲一類，因其要直接面對觀衆，所以吸引觀衆的注意是必須要考慮的問題。章回小說雖説不直接面對觀衆，但作者也要考慮市井讀者的接受程度和審美趣味，采取各種形式來迎合讀者的口味。筆記體小說則不同，撰述者幾乎不用考慮讀者的

---

1 林崗著：《口述與案頭》，北京：北京大學出版社 2011 年版，第 192 頁。

接受程度和期待視野，因爲它的"潛在讀者"是與作者有相同文化程度和共同審美趣味的文人士大夫。作者不用去考慮"潛在讀者"的審美需要，因爲他們和作者一樣，"潛在讀者"的審美趣味和期待視野與作者的審美趣味是高度一致的。可以説，筆記是文學中媚俗程度最低的一種，筆記體小説撰述的"潛在讀者"不是那些需要投其所好、百般迎合的凡夫俗子，而是和作者有相同趣味、相同雅好的文人士大夫。

二、真：筆記體小説之實録

除了"雅"之外，"真"也是筆記體小説非常重要的一個審美特性，體現了筆記的實録精神。兹舉幾則序跋：

> 先以《虞初新志》授梓問世。其事多近代也，其文多時賢也，事奇而核，文雋而工，寫照傳神，仿摹畢肖，誠所謂"古有而今不必無，古無而今不必不有"。且有理之所無，竟爲事之所有者。讀之令人無端而喜，無端而愕，無端而欲歌欲泣，誠得其真，而非僅傳其似也。（《虞初新志》自叙）[1]

> 余讀之謬加評騭，如入左史之室，不知爲稗官小説也。重九先生將攜此南歸，公諸同好。余維小説家言大抵優孟衣冠，得其似而失其真者，更有蜃樓海市幻由心造，往往出於文人學士穿鑿附會之所爲，非不瀾翻層迭，動人觀聽，其於佛氏妄語之戒又何如乎？先生此編事事真實，有神世道爲多，而務去陳言，仍令讀者忘倦，"思無邪"一言允堪

1（清）張潮輯，王根林校點：《虞初新志》，上海：上海古籍出版社 2012 年版，第 1 頁。

持贈矣。(趙學轍《守一齋客窗筆記》序)[1]

　　憶昔游湘江、漢水間,有能述逆匪往事者,或傳之失實,信之不真,言之未詳,聽之不暢。今得讀先生文,既真且暢,滿紙馳突,如從壁上觀,足以廣見聞而擴胸臆,不啻中郎之獲覯《論衡》也,何幸如之。並促文嵐付梓,用示來者,以爲平匪之稗史也可,即謂五柳先生之自傳也亦可。(吴枝《不咥筆記》序)[2]

　　至如誣謾失真之語,妖妄螢聽之言,則不敢闌入焉。(《止園筆談》序)[3]

　　《郎潛紀聞》者,余官西曹時紀述掌故之書也。多採陳編,或詢耆耆,非有援據,不敢率登,刪並排比,約可百卷。(《郎潛紀聞初筆》自序)[4]

　　但就邸報抄傳,與耳目睹記,及諸家文集所載,摘其切要,據事直書。間或旁托稗官,雜綴小品,要於毋偏毋徇,毋傽毋訛。(李遜之《三朝野記》序)[5]

　　總觀以上序跋,可知清人關於筆記創作之"真"的認識包含兩層意思:一是題材要"有援據";二是所記內容要"不違乎事實"。"有援據"之"真"

　　1(清)金捧閶撰:《守一齋客窗筆記》,《粟香室叢書》,清光緒十六年刻本,華東師範大學圖書館藏。
　　2(清)蕭應登撰:《不咥筆記》,清嘉慶二十五年刻本,國家圖書館藏。
　　3(清)史夢蘭著:《止園筆談》,《續修四庫全書》第1141冊,上海:上海古籍出版社2002年版,第119頁。
　　4(清)陳康祺撰,晉石點校:《郎潛紀聞初筆二筆三筆》,北京:中華書局1984年版,第3頁。
　　5(清)李遜之撰:《三朝野記》,上海:上海書店出版社1982年版,第4頁。

是指筆記題材來源要有所依據，要麼來源於友朋故舊或前輩耆耇所提供的聞
見談資，要麼是自己閱讀古籍從陳編舊帙中獲得的內容。總之，不是憑空結
纂、虛構幻想的內容，而是客觀如實地記載作者的所見所聞。筆記體小説的
"真"和我們當下的認識是有不同的，不是指與客觀事實相符的真實存在；
也許只是一段傳聞，但只要能夠準確地提供資料的來源，那也便是"真"。
如紀昀《閲微草堂筆記》就有不少條目標明出處，並認爲小説所寫限兩項
條件：一是必須是耳聞，而且必須是傳者怎麼説就怎麼真實地記錄，"不必
戲場關目，隨意裝點"；二是或寫自己親身經歷，"出於自述"。不管是記錄
耳聞也好，還是自述親身經歷也罷，都必須是"有援據"的"真"。紀昀在
《灤陽續録六》中對筆記的真實性作了客觀評價："所見異詞，所聞異詞，所
傳聞異詞，魯史且然，況稗官小説。他人記吾家之事，其異同吾知之，他人
不能知也。然則吾記他人家之事，據其所聞，輒爲叙述，或虛或實或漏，他
人得而知之，吾亦不得知也。"[1] 客觀地指出傳聞難免有失實之處，由此也證
明了紀昀所説的筆記之"真"是指不"隨意裝點"、如實記錄的"有援據"
的內容，而不是符合客觀事實的"真"的內容，這是清人一種普遍的創作
觀念。

　　"不違乎事實"的"真"，具體是所記內容要合乎客觀事實，或爲故老
耳傳，或爲目擊時事，且"據事直書"，有史家"信筆直書"的特點。金捧
閶《守一齋客窗筆記》序："此編事事真實，有裨世道爲多。"蕭應登《不
哐筆記》主要是記載賊匪戰事的，事關家國大事和時政事務，可以看作是
平匪之稗史，其內容"真且暢"，"足以廣見聞擴胸臆"。吳履震在《五茸志
逸》自叙感嘆自己"身非史職"又見聞不廣，不如司馬温公《涑水紀聞》和
吳枋《宜齋野乘》，這固然有自謙成分自內，但也表明了作者撰述筆記以

1（清）紀昀撰：《閲微草堂筆記》，上海：上海古籍出版社 1980 年版，第 562 頁。

"真"爲主的觀念。曹侗《古春草堂筆記》自序説："見聞所及，平生盤錯所經，援筆而爲之記，叙事必歸於真實，論人勿失其本來，信筆直書，罔計工拙。"[1]《凌霄一士隨筆》序中也指出筆記雖"體類至繁"，内容龐雜，"或辯異同，或傳人物，或系掌故，或采風俗"，但所記都"不違乎事實，而有益於知聞"。[2]

魯迅曾在《華蓋集·忽然想到》中説："歷史上都寫著中國的靈魂，指示著將來的命運，只因爲塗飾太厚，廢話太多，所以很不容易察出底細來。正如通過密葉投射在莓苔上面的月光，只看見點點的碎影。但如看野史和雜記，可更容易了然了，因爲他們究竟不必太擺史官的架子。"[3]魯迅的説法非常透徹。在中國古代，修正史不僅有嚴格的内容限制，還有系統的體例要求。野史雜記隨筆記之，無篇幅限制，無次第先後，不論長短，形式隨意，取材自由，表述坦率真誠，凡故老傳聞、朝野瑣屑史乘所不載，以及耳聞目睹、親身經歷之事，都可筆之於書。姜亮夫曾在《筆記淺説》中作如是總結：

　　這類文章（筆記）……他的本質……比較能顯露一點事實的真。作家對於這種隨筆筆記，寫的時候，即使也含有極大的作用，或者極大的學問，但他都是直截了當的想到什麽寫什麽，知道什麽寫什麽，了解什麽寫什麽。不必寫了許多廢話去謀篇布局，不必爲了許多修飾藏頭露尾。有時更大膽地把在正統文學裏所不敢説，不敢寫的寫了説了。不論其爲呵天罵地、箴君議去、評人論事、指桑罵槐，甚至於滑稽諷刺、嘲笑幽默，甚至於周公説夢、王婆祝鷄、襴言長語、翻事弄非，無所不

1　曹侗撰：《古春草堂筆記》，民國戊辰春仲付印，華東師範大學圖書館藏。
2　徐凌霄、徐一士著：《凌霄一士隨筆》，太原：山西古籍出版社 1997 年，第 8 頁。
3　魯迅著：《魯迅全集》第三卷，北京：人民文學出版社 1998 年版，第 17 頁。

可，亦無所不有。同時也容許寓箴規於諷刺、言者無罪，聞者有戒。[1]

　　"真"作爲評判筆記體小説價值的一項重要指標，許多筆記體小説都因其所記内容"真"而成爲有價值的作品。如《皇華紀聞序》中就指出作品的價值"上可證往事之誣，下可備史氏采擇"。陳其榮在《遜志堂雜鈔序》中也説："自來博物洽聞之士，其耳目所涉歷，胸肊所藴積，必思有以筆之於書。而于經傳之沿訛，史家之疏漏，爲之考核是非，抉别疑義。其論列當世，則于國故朝章，以及曩喆之言行，考見其實，胥爲之紀述存之，俾後之人可稽爲掌故者，亦無非識大識小之意焉。"[2] 夏孫桐爲《壽鑫齋叢記》所作題辭説："薈萃而有折衷，不爲無據之言。説部之有資考證，所以可貴。"[3]

　　就筆記體小説的著述方式來看，"隨筆記録"的本身就有怕遺忘而如實記録的成分在内。"執筆記録"的著述方式源于史官"左史記言，右史記事"的記問傳統。這種記問傳統逐漸形成了一種固定的寫作規範和風格追求。梁王僧孺《太常敬子任府君傳》指出："若夫天才卓爾，動稱絶妙，辭賦極盡情深，筆記尤盡典實。"[4] 從文體審美的角度，説明筆記體小説與"辭賦極盡清深"的審美特徵不同，以"典實"爲自身的審美追求。筆記體小説這一審美追求的形成與其保留了"左史記言，右史記事"的記問傳統有密切關係。趙學轍在《守一齋客窗筆記》序中指出："余讀之謬加評驚，如入左史之室，不知爲稗官小説也。"又指出："先生此編事事真實，有裨世道爲多，而務去陳言，仍令讀者忘倦。"[5] 王士禎在《居易録》自序中從追根溯源的角度論述了自己撰述筆記體小説的緣起：

1　姜亮夫著：《姜亮夫全集》第 21 册，昆明：雲南人民出版社 2002 年版，第 624—625 頁。
2　（清）吴翌鳳撰：《遜志堂雜鈔》，《清代學術筆記叢刊》，北京：學苑出版社 2005 年版，第 243 頁。
3　（清）朱彭壽撰，何雙生點校：《舊典備徵　安樂康平室隨筆》，北京：中華書局 1982 年版，第 14 頁。
4　（唐）歐陽詢：《藝文類聚》，上海：上海古籍出版社 1982 年版，第 879 頁。
5　（清）金捧閶撰：《守一齋客窗筆記》，《粟香室叢書》，清光緒十六年刻本，華東師範大學圖書館藏。

古書目録，經、史、子、集外，厥有説部，蓋子之屬也。《莊》《列》諸書爲《洞冥》《搜神》之祖，亦史之屬也。《左傳》《史》《漢》所紀述，識小者鉤纂剪截，其足以廣異聞者亦多矣。劉歆《西京雜記》二萬許言，葛稚川以爲《漢書》所不取，故知説者史之別也。唐四庫書乙部史之類十三有故事雜傳記，丙部子之類十七有小説家，此例之較然者也，六朝已來代有之，尤莫盛于唐宋。唐人好爲浮誕艷異之説，宋人則詳於朝章國故、前言往行，史家往往取裁焉，如王明清《揮塵三録》、李心傳《建炎以來朝野雜記》之屬是也。予自束髮好讀史傳，旁及説部，聞有古本爲類書家所不及收者，必展轉借録，老而不衰。二十年來官京師，每從士大夫間有所見聞，私輒掌記，芟其繁複，尚得二十六卷，目曰《池北偶談》。南海之役哀道路見聞，別爲《皇華紀聞》四卷。康熙己巳冬抄，重入京師，時冬不雪，其明年春夏不雨，米價踴貴。天子憂勞，爲罷元正朝賀遣大臣分賑畿南北，命大司農禱雨泰山。余備員卿貳時，惴惴有尺素之懼。在公之暇，結習未忘有所見聞，時復筆記，歲月既積，得數百條，釐爲三十四卷，憶顧況語"長安米貴，居大不易"。因取以名其書。[1]

王氏指出目録中除了經、史、子、集四個大的部類外還有説部，説部應屬於子之屬、史之別，説部筆記一直游離於子、史之間。

除了筆記體小説自身淵源外，清代筆記體小説之求"真"還與清代的學術精神有關。梁啓超曾説："乾嘉間考證學，可以説是清代三百年文化的結晶體，合全國人的力量所構成。"[2] 在清代，不管是從明末的心學空談到清代

1（清）王士禛撰：《居易録》，《筆記小説大觀》十五編第 8 册，臺北：新興書局 1983 年版，第 4581—4585 頁。

2 梁啓超著：《中國近三百年學術史》，上海：中華書局 1936 年版，第 24 頁。

乾嘉考據之學的變遷，還是從乾嘉考據之學到西洋科學思想的轉變，其中都貫串了一種求真務實、實事求是的精神在内，從這個意義上說，清代的學術精神是求“真”的精神。正是在這一精神的感召下，清人將“真”作爲筆記體小説的價值判斷標準就不難理解了。

綜上所述，清代筆記體小説的審美追求以“雅”和“真”爲主。清人認爲筆記體小説是最具文人性的一種文體，其“執筆記録”的撰述方式本身就注定了具有文人“雅”之精神特徵；另外，筆記體小説的撰述和傳播是在文人士大夫圈子中自足的系統内進行的，這也決定了筆記體小説從創作到接受往往是在一個高雅的環境下完成的。“雅”不僅是筆記體小説撰述和閱讀欣賞自覺追求的審美標準，也是文人士大夫氣質個性和精神品格的自然流露，是最能體現筆記體小説文人性的特徵。而“真”是一切文藝的生命所在，筆記體小説也如此，清人認爲筆記體小説之“真”有兩層含義：一是“有援據”之真；二是“不違乎事實”之真，體現了筆記體小説的實録精神。筆記體小説之“真”和隨筆記録所見所聞的内涵有關，也和筆記體小説源於“史”，繼承了“左史記言、右史記事”的記問傳統有關，當然也離不開清代求真務實、實事求是的學術精神的影響。

第四章
清代筆記小說的兼備衆體

　　清代筆記體小説創作之繁榮，表現在文體上就是兼備衆體的特性。清人對此的認識至爲明確。如王銘鼎《雨非盦筆記序》云：“夫雜家之書，歷代所録爲體不一，□類全多。或矜考據之精詳，或辨典章之沿革，又若《周秦行紀》多誣妄之詞，耆舊續聞失翦裁之要。……若夫標舉山川，采掇文字，紀傳聞之瓌異，叙賢哲之流風，新語可傳，奇觀斯在，是以歐陽詩話及璅事以無嫌，成式高文著雜俎而亦可。”[1] 指出了筆記體小説爲體不一的特徵，既可以類似《周秦行紀》之行記體，又可以類似歐陽修《六一詩話》之詩話體，還可以類似《酉陽雜俎》之雜俎體。舒鴻儀《東瀛警察筆記自序》述其編撰過程時亦謂：“與章君蘭蓀將學堂講録、參觀日記、友朋對答之語與所制贈圖表，隨時連綴，積成此編，匪敢云著述也，聊以備遺忘耳。”[2] 可知這部名爲“筆記”的著作是作者集衆多文體如語録、日記、圖表等爲一體而成的。郭沛霖《日知堂筆記序》也説：“就日記中摘録若干條，上自朝章掌故，下逮嘉頌歡謡，或闡揚忠貞，或臚述耆舊，凡有關於政事文章人心風俗者，依類排比，厘爲筆記三卷。”[3] 本爲摘録日記編次而成，自然類同日記體。另，李遜之在《三朝野記序》中指出：“就邸報抄傳，與耳目睹記，及諸家文集

1（清）汪鼎撰：《雨非盦筆記》，清咸豐刻本，國家圖書館藏。
2（清）舒鴻儀撰：《東瀛警察筆記》，清光緒三十二年上海樂群圖書編印局代印。
3（清）郭沛霖著：《東游紀程　日知堂筆記》，北京：中華書局2007年版，第194頁。

所載，摘其切要，據事直書。間或旁托稗官，雜綴小品，要於毋偏毋徇，毋
僞毋訛。"[1]序作者認爲"筆記"選材範圍廣泛，邸報、抄傳，聞見、文集、
稗官、雜綴、小品均可以作爲其取材之藪，同時也形成了筆記體小説兼備衆
體的特色。

第一節　筆記體小説與詩話

清人關於筆記體小説與詩話關係的認識是模棱兩可的，表述也有自相
矛盾處。一方面清人有明確的文體意識，認爲詩話與筆記體小説是兩種不
同的文體，故將詩話列入詩文評類。另一方面，在具體面對複雜的創作和
評價時，又時時表現出矛盾和糾結，他們認識到了筆記體小説與詩話二者
的暗合和溝通，以及二者在發展過程中存在的吸收、借鑒、分離和糾纏的
軌迹。

一、筆記體小説爲詩話之支別

關於詩話之源流，章學誠在《文史通義》卷五內篇中有專節論述。他認
爲："詩話之源，本于鍾嶸《詩品》。……後世詩話家言，雖曰本於鍾嶸，要
其流別滋繁，不可一端盡矣。"[2]詩話本於鍾嶸的《詩品》，以評論詩文、追溯
流別爲主，學有所本。"自孟棨《本事詩》出，乃使人知國史叙詩之意，而
好事者踵而廣之，則詩話而通於史部之傳記矣。間或詮釋名物，則詩話而通
於經部之小學矣。或泛述聞見，則詩話而通於子部只雜家矣。"[3]

1（清）李遜之撰：《三朝野記》，上海：上海書店出版社 1982 年版，第 4 頁。
2（清）章學誠著，葉瑛校注：《文史通義校注》，北京：中華書局 1985 年版，第 648 頁。
3 同上。

　　清人意識到筆記體小説與詩話的近親關係，指出筆記體小説"爲唐人詩話之支别"。如《重論文齋筆録》，這是清人王端履以書齋命名的雜説筆記，對經史、詩文、書畫等都有論説，兼及聞見瑣事，逸詩佚文。此書刻于道光丙午，多載場屋試律和鄉曲應酬瑣事，如卷一記士子落第事云：

　　　　下第情懷，最難消遣，然鄉試落解，尚無失其爲故我。至會試被黜，則親朋絶迹，童僕垂頭。加以黄金已盡，囊橐蕭條，翹企家鄉，茫茫天末。此種凄凉光景，真有令人不堪回首者。余有句云："到門茶灶都無焰，訪友梨園大有人。"蓋紀實也。又有某詩云："路經花市都無色，風動蘆簾别有聲。"亦覺逼肖。（雙行小注：又某鄉試落解詩中聯云："怕逢道路談新貴，未免塗泥有故人。"語極藴藉。）

　　　　（按語）云："或問'未免塗泥有故人'句，與下第何涉？"曰：此正無聊極思，益見同病相憐苦況。若出自新貴口中，便是富貴驕人矣。"然則得第詩當若何？"曰：余有二絶云："三十五年才一第，旁人争羡我心傷？秋風鎩翮尋常事，親見槐花七度黄。神仙方許到瑶台，丹鼎今朝幸一開。同學少年裘馬客，半提玉尺去量才。"[1]

　　一條記載加一按語，道盡了科場故事的世態炎凉，歷歷在目。還有不少條目涉及清代乾嘉以前文人學者的逸聞瑣事，如毛奇齡、阮元、全謝山、姚元之等人。光緒十七年，徐友蘭在《重論文齋筆録跋》中説："右《重論文齋筆録》十二卷，蕭山王小毅先生著。先生爲晚聞先生伯子，而師事南陔先生。晚聞先生洞明文史義例。南陔先生長於經學、小學，而詩古文辭亦足

　　1（清）王端履撰：《重論文齋筆録》，《叢書集成續編》第91册，上海：上海書店出版社1994年版，第768頁。

名家。……恭甫先生序是書，擬之《困學紀聞》《容齋隨筆》，則非其倫，尋討家法，實唐人詩話之支別。"[1]徐氏從作者的家學和師承，指出了《重論文齋筆錄》並非像《困學紀聞》和《容齋隨筆》等學術筆記一樣以考據辨證爲主。尋其家法源流，其中兼及考經故傳和聞見逸事，實則是唐人詩話的支別，與孟棨《本事詩》一脈相承。並用雙行小字引用了章學誠《文史通義》中"詩話"源流的論述爲佐證，説明《重論文齋筆錄》就是詩話發展中走向小説化的産物，是仿《本事詩》而作沿流忘源的詩話末流，偏離了評論詩文、追溯流別的詩話本意。《重論文齋筆錄》卷前自記也指出其書"語焉必詳，駁而不醇，雜而無章"。[2]雖然是自謙之詞，但也恰如其分。

二、小説的"體兼詩話"與詩話的"體兼説部"

筆記體小説"體兼詩話"的現象在清代較爲普遍，不僅筆記體小説寫作中文人學者會不自覺地從詩話中取材，或者記一些與作詩有關的故實；在筆記體小説批評中，評論家也會有意識地概括出筆記體小説"體兼詩話"的特性。筆記體小説主要以雜記聞見爲主，自然與作詩有關的聞見之事也可作爲筆記體小説記載的内容，而這種與作詩有關的聞見的詩話，爲小説"體兼詩話"之特徵提供了可能。《四庫全書總目》中諸多提要都指出了這一特徵，如卷一百四十《雲溪友議》提要曰："所録皆中唐以後雜事。……皆委巷流傳，失於考證。……然六十五條中，詩話居十之七八，大抵爲孟棨《本事詩》所未載。逸篇瑣事，頗賴以傳。"卷一百四十一《過庭録》提要曰："中亦間及詩文雜事，如記宋祁論杜詩'實下虛成'語，記蘇軾論中嶽畫壁

1（清）王端履撰:《重論文齋筆錄》,《叢書集成續編》第 91 册，上海：上海書店出版社 1994 年版，第 927 頁。

2 同上，第 756 頁。

似韓愈《南海碑》語，皆深有理解。其他蘇、黃集外文及燕照鄰、崔鷗諸人詩詞，亦多可觀。”《聞見後録》提要曰：“然伯温所記，多朝廷大政，可裨史傳；是書兼及經義、史論、詩話，又參以神怪、俳諧，較《前録》頗爲瑣雜。”《隨隱漫録》提要曰：“其書多記同時人詩話，而於南宋故事，言之尤詳。”卷一百四十三《翠屏筆談》提要曰：“其書多記詩話，兼及神怪雜事，亦小説家流，然采摭冗碎，絶無體例。”[1]諸如此類不勝枚舉。

清代伍宇澄撰《飲渌軒隨筆》就是一部“體同詩話”的著作，前有乾隆癸丑萬之蘅序：“因記吾輩一時調笑之語，遂及詩文説諸雜事，每成一則，必以示余。”[2]《飲渌軒隨筆》分上下兩卷，上卷以評論詩文爲主，下卷以雜記聞見調笑之事爲主。舉上卷兩則觀之：

> 余弱冠時，與家兄青望（宇昭）夜坐齋中，知余好吟，因曰“馬後桃花馬前雪”，試下一轉語何如？余初不知爲徐芝仙（蘭）句也，應曰“春光不度玉門關”，兄頷之不言所以。後知其下句爲“出關那得不回頭”，以質之荆溪萬瑱爲（之蘅），瑱爲曰：君語故勝。

> 周維墉（椒鐙），儀徵人，有白門絶句云：“夜夜秦淮夜夜簫，�魚時節長春潮。曾經丁字簾前坐，細雨青燈話六朝。”風致殊楚楚也。[3]

這些評論時人詩文的記載，其體制通常是引用原詩加簡短評論。宣統辛亥（1911）二月盛宣懷在《飲渌軒隨筆》跋中總結説：“此書體同詩話，旁

1（清）永瑢等撰：《四庫全書總目》，北京：中華書局1965年版，第1186、1197、1799、1201、1217頁。

2（清）伍宇澄撰：《飲渌軒隨筆》，《叢書集成續編》第91册，上海：上海書店出版社1994年版，第197頁。

3 同上，第197、198頁。

及雜事，藉可考見雍乾人物衣冠之盛。"[1]指出此筆記體小説和詩話在體例上有相同之處，只不過二者側重點不同而已，詩話是專門論述與作詩相關的内容，而筆記體小説論詩之餘可以旁及雜事。《飲淥軒隨筆》下卷是記雜事雜説的内容，試觀一則：

> 郡城叢林蘭若多在東郭。乾隆初，一僧不知何許來，口操西音，赤身裹一衲，不畏寒暑；手持短竹杖，散髮跣足，兩鼻以絮塞之，往來諸寺院，時道人禍福奇中。數年後，忽作瘋癲狀，口啞啞作聲，人與之食却去，閒施以冷飯殘羹，以衲兜之。且行且蹈，或宿墳墓樹林中，或在天寧寺廊廡下，好事者午夜窺其異，見臥起繞柱舞杖作圈行，口中喃喃若誦咒者。有時去鼻中塞，出白物二條，取樹上露水洗畢復納之。在常五十年，容貌如昔，惟髮毿毿白耳。甲辰春入天寧寺，向佛如語，至殿廡趺坐而寂。寺僧爲塑像祀之，眉眼酷似，惟面以過肥失之。[2]

類似這樣的著作還有清人（釋）明理撰《梅村筆記》，嘉慶丁卯年（1807），潘奕雋序説："吾吳故多詩僧，不自炫耀，梅村以名家子，中歲棄家，素工韻語，歸心净土，後不復多作。今以所著《梅村筆記》見示，語録、詩話互見於篇，微言雋旨，耐人咀詠。"[3]指出其兼備詩話和語録的特色，並評價其有"微言雋旨，耐人咀詠"的特色。細讀《梅村筆記》，其實不是專門的詩話、語録之作，如述家事祖德、父兄親友之間情深義重、對慈母的深情悼

1（清）伍宇澄撰：《飲淥軒隨筆》，《叢書集成續編》第91册，上海：上海書店出版社1994年版，第202頁。

2 同上，第201頁。

3（清）明理著：《梅村筆記》，清嘉慶十一年刻本，上海圖書館藏。

念，筆墨之間流露出作者的至性；風雅不群，素心閑放，是一部純粹的文人
案頭之作。

清代還有兩部著作，雖以"筆記"命名，但實質本同詩話。吳文溥《南
野堂筆記》自序曰："筆記者，澹川子自言其生平作詩甘苦得失之所在，而
未已也；則又深思夫古人蘊含微妙之旨，求得其歸趣而指陳焉，而未已
也；則又集當世才人、學人之佳篇俊句，而讚嘆之，而纂録之，而論次其
爲人。忝風雅之博徒，作名流之稗販，雖漱芳丐潤，遠媿群言，抑一室賞
心，百家在誦，足以遣榮忘老矣。"[1] 可知其雖以筆記名之，但自言其生平
作詩甘苦得失、古人作詩之歸趣指陳等内容，實則爲一部詩話之作。如其
談"活法"云："盈天地間皆活機也，無有死法。推之事事物物，總是活
相，死則無事無物矣。所以僧家參活禪，兵家布活陣，國手算活著，畫工
點活睛，曲師填活譜。乃至玉石之理，活則珍；山水之趣，活則勝。故曰：
'鳶飛戾天，魚躍於淵。'操觚之士，文心活潑。"作者認爲自然界一切事物
皆"活機"，認爲天地之間萬物皆有活相，充滿生意，故無論僧家、兵家乃
至各行各業，都强調一個"活"字。譬如玉石之紋理因"活"而珍奇，山
水之趣因"活"而出勝，故文士操筆，最重要便是文心活潑。吳文溥由大
自然之"活"論説到文章之活法，類似于劉勰談"文心"，賦予"活法"以
存在的合理性、必要性，所論頗有見地。又如論詩可以養性情："僕初性氣
粗急，與人論説，或僻執己見，不諧於衆；後讀《韋蘇州詩集》終編，繹
其佳句……皆吾詩趣，積習頓捐，新機莫遇。殆劉舍人所謂'温柔在誦，最
附深衷'者矣。"由此得出結論："詩之道，可以養性情，化氣質，其信然
歟！"[2] 從以上引文，可知《南野堂筆記》雖以"筆記"命名，但却以談論詩
法詩旨爲主，實則不僅"體兼詩話"，應爲"體同詩話"了。又如清代李繼

1（清）吳文溥撰：《南野堂筆記》，清刻本，上海圖書館藏。

2 同上。

平撰《讀杜韓筆記》即是一部讀杜甫韓愈詩文，隨筆記録的筆記，其跋曰："獨超衆説，通其神旨。非惟學絶，抑亦識精也。其推闡詩法，窮其源委，盡其甘苦。"[1]

詩話"體兼説部"的評價較早見於《四庫全書總目》詩文評總序："劉攽《中山詩話》、歐陽修《六一詩話》，又體兼説部。"可知詩話"體兼説部"由來已久。《總目》卷一百九十六《漁洋詩話》提要曰："又名爲詩話，實兼説部之體，如記其兄士祜論焦竑字，徐潮論蟹價，汪琬跋其兄弟尺牘，冶源馮氏別業，天竺二僧訴諜，劉體仁倩人代畫諸事，皆與詩渺不相關。雖宋人詩話往往如是，終爲曼衍旁支，有乖體例。"[2]指出了宋人詩話往往"體兼説部"，此乃宋代詩話的一種特性，借鑒了説部的叙事特點。

清人意識到詩話有其自身的文體規範，應專以論詩爲主，但實際創作中却難以嚴格遵循。如清人屠紳《鶚亭詩話》，全書共三十六則，每則下署友人姓字；署作者之名者僅有四則，都是叙述其於乾隆四十八年任師宗知縣時，友人在其官署中鶚亭宴飲歡樂之情形。汪泉《鶚亭詩話題詞》中説："皆寓言儲説之流，而名以詩話，殆不可解。"金武祥序也説："余觀《詩話》共三十六條，不盡論詩，每條各署姓名，而用筆之詼諧庸峭，與《瑣蛣雜記》相似，疑刺史一手所爲也。書雖小品終勝於小説家言。"[3]各條標目分別爲："鶚論""小户逃""盤鬼僕""映山紅""槐影""當局迷""小馮君""捧心吟""結習""乞毀碑""聲色臭味""手柔""倉神傳""蟲圭""鞠先生誡子文""説雲""平纊紀略""凝香亭""參軍鬼話""鴿""鋙公子""陋辨""江僑""十日想""金銀花氣""稗賦""柳溪""盗有道""巴布馬先生""貪羊""燒香詞""魚腸美""無言""二岩""鬼雄""雙鶴堂"，從標目

---

1 （清）李黼平著：《讀杜韓筆記》，民國三十三年鉛印本。
2 （清）永瑢等撰：《四庫全書總目》，北京：中華書局 1965 年版，第 1779、1793 頁。
3 （清）屠紳撰：《鶚亭詩話》，光緒江陰金氏粟香室刊本。

就可見其内容與作詩無直接關係。雖以"詩話"命名，但不是論詩之語，所記内容多爲寓言儲説之類，與《瑣蛣雜記》相似，屬小説家言。

三、小説"詩話化"與詩話"小説化"

筆記體小説"體兼詩話"和詩話"體兼説部"最後就會發展成爲小説"詩話化"和詩話"小説化"的結局。二者之間的關係糾葛表現爲兩種：其一，詩話從小説中輯出；其二，小説中雜有詩話。

詩話從小説中輯出也有兩種情況：一是分類輯出，如阮閲《詩話總龜》分聖制、忠義、諷諭、達理、博識、幼敏、志氣、知遇、狂放、詩進、稱賞、自薦、投獻、評論、雅什、警句、留題、紀實、詠物、宴遊、寓情、感事、寄贈、書事、故事等等。胡仔《苕溪漁隱叢話》分國風、漢魏六朝、五柳先生、李謫仙、杜少陵、駱賓王、王摩詰、韋蘇州、孟浩然、韓吏部、柳柳州、香山居士等等。館臣在《苕溪漁隱叢話》提要中説："其書繼阮閲《詩話總龜》而作。……二書相輔而行，北宋以前之詩話大抵略備矣。然閲書多録雜事，頗近小説。此則論文考義者居多，去取較爲謹嚴。閲書分類編輯，多立門目。此則惟以作者時代爲先後，能成家者列其名，瑣聞軼句則或附録之，或類聚之，體例亦較爲明晰。閲書惟采摭舊文，無所考正。此則多附辨證之語，尤足以資參訂。故閲書不甚見重於世，而此書則諸家援據，多所取資焉。"[1]旁采博取，從小説中搜羅材料是這兩書的一大特色，如《苕溪漁隱叢話》所引有《東觀餘論》《雪浪齋日記》《藝苑雌黄》《文昌雜録》《緗素雜記》等。其中引《夷堅志》材料頗多，統計如下：[2]

---

1 （清）永瑢等撰：《四庫全書總目》，北京：中華書局 1965 年版，第 1787 頁。

2 此表見殷海衛：《胡仔〈苕溪漁隱叢話〉成書考論》，《濟南大學學報（社會科學版）》，2009 年第 1 期。

前集	後集	夷堅甲志
卷十八（卷末）		甲志卷二（第 13 頁）
卷三十三		甲志卷二（第 18 頁）
卷四十		甲志卷二（第 13 頁）
卷四十六（卷末）		甲志卷十（第 87 頁）
卷五十三		甲志卷十二（第 104 頁）
	卷三十八	甲志卷七（第 57 頁）
卷五十八（卷末）		甲志卷十七（第 150 頁）
卷五十九		甲志卷四（第 33 頁）
卷六十（卷末）		甲志卷六（第 51 頁）

　　二是輯成單部專著，如《玉壺詩話》就是從宋釋文瑩《玉壺野史》中摘錄論詩之語而成。館臣在《玉壺詩話》提要中云：“考《宋史·藝文志》，載《玉壺清話》十卷，今其書猶存，已著於錄。或題曰《玉壺野史》，無所謂《玉壺詩話》者。此本爲《學海類編》所載，僅寥寥數頁。以《玉壺清話》校之，蓋書賈摘錄其有涉於詩者，裒爲一卷，詭立此名。曹溶不及辨也。”《容齋詩話》提要亦謂：“今核其文，蓋於邁《容齋五筆》之内各掇其論詩之語，裒爲一編。猶於《玉壺清話》之中別鈔爲《玉壺詩話》耳。”[1]

　　由此可知，清人從理論上試圖區分小説與詩話，認爲它們是兩種不同的文體，理應有各自穩定的文體規範，故把詩話單列入詩文評類。同時，清人又無法將這二者截然分開，在具體的創作實踐中常常會出現借鑒吸收。詩話和小説甚至有時會交換互稱，在清人的觀念裏，小説與詩話或爲一體，故可以小説名詩話，亦可以詩話名小説。這種混雜的背後表明了二者之間有不可分割的親緣關係。

1（清）永瑢等撰：《四庫全書總目》，北京：中華書局 1965 年版，第 1797 頁。

四、小説與詩話在結構上的獨特性

"體兼詩話"的小説通常是瑣聞雜事類，這類筆記體小説以叙事和記人爲主，絕大部分都有時間、地點、人物、事件等諸要素；體制短小，言簡意賅，不作鋪墊；三言兩語交代時間、地點、人物之後，便進入故事的核心部分，事件叙述完後作扼要評價。且看幾則材料：

事皆前定，豈不信然。戊子春，余爲人題《蕃騎射獵圖》曰："白草粘天野獸肥，彎弧艾爾馬如飛。何當快飲黄羊血，一上天山雪打圍。"是年八月，竟從軍於西域。又董文恪公嘗爲余作《秋林覓句圖》，余至烏魯木齊，城西有深林，老木參雲，彌亘數十里，前將軍伍公彌泰建一亭於中，題曰"秀野"，散步其間，宛然前畫之景。辛卯還京，因自題一絕句曰："霜葉微黄石骨青，孤吟自怪太零丁。誰知早作西行讖，老木寒雲秀野亭。"（《閱微草堂筆記》"事皆前定"條）[1]

陳玉齊，字在之，邑諸生。少時，以"十里青山半在城"之句受知於錢牧翁。福藩南渡，起牧翁爲大宗伯。在之投詩，又有"千年王氣歸新主，十里青山憶謝公"之句，牧翁亦最賞之。相國蔣文肅公懷在之詩云"一生知遇托青山"，蓋謂此也。又在之和牧翁獄中詩，有"心驚洛下傳書犬，望斷函關放客鷄"之句，亦爲牧翁所稱。（王應奎《柳南隨筆》）[2]

1（清）紀昀著：《閱微草堂筆記》，上海：上海古籍出版社1980年版，第14頁。
2（清）王應奎撰，以柔點校：《柳南隨筆　續筆》，上海：上海古籍出版社2012年版，第2頁。

新城王阮亭先生自重其詩，不輕爲人下筆。内大臣明珠之稱壽也，昆山徐司寇先期以金箋一幅請于先生，欲得一詩以侑觴。先生念曲筆以媚權貴，君子不爲，遂力辭之。先生殁後，門人私謚爲文介。即此一事推之，則所以易其名者，洵無愧云。（王應奎《柳南隨筆》）[1]

第一則材料是紀昀談論“事皆前定”，圍繞這一觀念作者舉了與詩相關的例子，目的還是要説明“事皆前定”。第二則講陳在之和錢牧翁的關係，引用詩句也只是想説明在之有詩才，牧翁贊賞之。第三則講清代詩人王士禛自重其詩的掌故。從以上幾則材料可以看出，筆記體小説常常以叙事和記人爲主，所引詩句也只是節取而非全録，乃圍繞事件和人物而展開，叙事和記人是結構的中心和主體，詩文只是引用而已。另，雷葆廉《詩窠筆記》的記載也是如此，以記事和記人爲主，所引詩文不過是爲記人記事服務。試舉一則：

吾家所居通波塘上，與菜花涇相近，故張詩舲侍郎見贈一絶云：“可可青山檻外横，已涼天氣聽潮聲。花涇若論填詞手，尚有風流顧阿瑛。”末句指卿裳師也，此詩刊入侍郎所著《白舫集》中。[2]

“體兼説部”的詩話作爲一種文學批評方式，以“資閑談”作爲其撰述宗旨，與專門偏重體格的論詩之作不同，側重於記録與作詩有關的聞見之事。與小説叙事和記人的重心不同，詩話的重心是詩文。試舉《本事詩》“征咎第六”爲例：

1（清）王應奎撰，以柔點校：《柳南隨筆　續筆》，上海：上海古籍出版社 2012 年版，第 24 頁。
2（清）雷葆廉撰：《詩窠筆記》，清刻本，上海圖書館藏。

崔曙進士作《明堂火珠》詩試帖，曰："夜來雙月滿，曙後一星孤。"
當時以爲警句。及來年，曙卒，唯一女名星星。人始悟其自讖也。[1]

這一則也是談論詩讖的，也有事皆前定意思在內，但是具體表示方式和
行文結構與《閱微草堂筆記》中的"事皆前定"條有內在區別，詩話以"夜
來雙月滿，曙後一星孤"詩句爲話題展開，後來崔曙的遭遇讓人們聯想到詩
讖，崔曙事件是圍繞"夜來雙月滿，曙後一星孤"而引入的，是爲了說明有
詩讖的存在。而《閱微草堂筆記》中"事皆前定"，事件是預設好的談論中
心，作者反思自己被流放烏魯木齊是"事皆前定"，並舉《蕃騎射獵圖》"白
草粘天野獸肥，彎弧艾爾馬如飛。何當快飲黃羊血，一上天山雪打圍"詩句
來進一步證明"事皆前定"。

又王夫之《薑齋詩話》卷下第三十三條：

元美末年以子瞻自任，時人亦譽爲"長公再來"。子瞻詩文雖多滅
裂，而以元美擬之，則辱子瞻太甚。子瞻野狐禪也，元美則吹螺、搖
鈴，演《梁皇懺》一應付僧耳。"爲報鄰雞莫驚覺，更容殘夢到江南。"
元美竭盡生平，能作此兩句不？[2]

又王士禎《漁洋詩話》卷上第一條：

余兄弟讀書東堂，嘗雪夜置酒，酒半，約共和王、裴《輞川集》。
東亭士祜得句云："日落空山中，但聞發樵響。"兄弟皆爲閣筆。[3]

1（唐）孟棨著，李學穎標點：《本事詩》，上海：上海古籍出版社1991年版，第23頁。
2（清）王夫之撰，戴鴻森箋注：《薑齋詩話箋注》，北京：人民文學出版社1981年版，第119頁。
3（清）王士禎撰：《漁洋詩話》，《清詩話》，上海：上海古籍出版社1978年版，第165頁。

從以上幾則材料可以看出，詩話也有人物也有事件，但重心是圍繞詩展開的，人物和事件都是爲了説詩；詩話的題材內容較筆記體小説要集中，詩作爲一個結構要素，是不可或缺的，詩話的故事安排往往都是圍繞著詩而進行。

第二節　筆記體小説與語録

除了與詩話在形式體制和題材內容上有諸多相似之處外，筆記體小説與語録也有許多文體上的相似之處，語録也是其兼備衆體中的一體。

"語録"源於《論語》，但以"語録"爲書名較早出現在劉知幾《史通·雜述》篇"瑣言類"中，是與《世説新語》《語林》《談藪》並稱的孔思尚的《語録》。《舊唐書·經籍志》雜史類著録孔思尚《宋齊語録》十卷，似與《史通·雜述》篇"瑣言類"所舉《語録》爲同一部書，是以"語録"名書之最早者。《新唐書》也題作十卷，作者與劉知幾所題相同，此後再無記載，估計亡於宋後。但在唐宋《初學記》《藝文類聚》《太平御覽》等類書中還能見少量佚文，"其内容以記人記事爲主，與《宋拾遺》相同；又兼收關涉神怪靈異者"。[1] 宋人所講的"語録"有兩種含義：一是記載使臣出使之言行見聞，一是記載禪師言論或理學家講學之言論。考宋制，凡奉使、伴使出使某地回來之後皆應向朝廷進呈語録，自北宋起較有影響的兩部出使語録是富弼的《富鄭公使北語録》和倪思的《重明節館伴語録》。富弼於仁宗朝曾三次使遼，其中慶曆二年（1042）的使遼語録曾廣爲流傳，洪邁在《容齋隨筆》卷二中曾指出其"語録傳于四方"，蘇軾也曾與人談起自己少年時與家人同讀《使北語録》的經歷。《重明節館伴語録》是紹熙二年（1191）金遣完顏兖來賀重明節時，倪思爲館伴紀録下的問答之詞和饋贈之禮。理學家講

---

1 王枝忠著：《漢魏六朝小説史》，杭州：浙江古籍出版社1997年版，第202頁。

學的内容也常以"語録"名之，如楊時《龜山先生語録》、謝良佐的《上蔡先生語録》等。趙希弁《郡齋讀書志·附志》還專門設有"語録"一類，收理學家講學議論之語；專設"語録"一類，説明宋代的"語録"作品數量很多，已成蔚爲大觀之勢；同時也表明"語録"的發展已成氣候，足以引起人們的重視。

筆記在命名上采取類似"語録"的方式命名是一個很顯眼的特點。《四庫全書總目》中僅著録宋代以"録"命名的筆記就不少：其中有"談録"，如王欽臣《王氏談録》、張泊《賈氏談録》；有"筆録"，如楊彦齡《楊公筆録》、王曾《王文正筆録》；有"漫録"，如張邦基《墨莊漫録》、曾慥《高齋漫録》；有"聞見録"，如邵伯温《邵氏聞見録》、葉紹翁《四朝聞見録》；有"野録"，如釋曉瑩《羅湖野録》；還有直接以"語録"命名的筆記，如馬永卿《元城語録》。清代以"録"命名的筆記也有很多，如顧炎武《日知録》、魏裔介《約言録》、圖理琛的《異域録》、梁恭辰《北東園筆録》、王端履《重論文齋筆録》、蔣鳴玉《政餘筆録》、吳熊光《伊江筆録》、項維貞《燕臺筆録》、吳德旋《初月樓聞見録》、余國楨《見聞記憶録》、樗園退叟《盾鼻隨聞録》、徐家幹《苗疆見聞録》、唐贊衮《台陽見聞録》、蘇澀《惕齋見聞録》、采蘅子《蟲鳴漫録》、梁清遠《雕邱雜録》，還有直接以"語録"命名的胡統虞的《此菴語録》等等。

"筆記"除了命名方式上"類似語録"外，"語録"與"筆記"的相關之處主要還是形式體制。"語録"無需長篇大論地説理，只是片言隻語式的簡短論述，這種條目式的體制，更適合隨筆記録。

現存卷帙最多的語録是宋明以來理學家的講學之作，至清代，雖學風轉變，樸學盛行，但是記録講學之語的習慣和風氣依然延續，參雜在筆記之中。如孫承澤《藤陰劄記》，《四庫全書總目提要》評價："是編乃其講學之語，共一百餘條。大抵以程、朱爲宗，而深詆金豀姚江，亦頗涉及史事。"

胡統虞《此菴語録》,《總目提要》總結:"此書前二卷爲《成均語録》,乃官祭酒時與諸生講論者,附《原性》《或問》《學規》三種。三卷至七卷爲《四書語録》,八卷爲《萬壽宮語録》,末二卷爲《此菴語録》,以別乎《成均》《萬壽宮》也。"魏裔介《約言録》,《總目提要》曰:"是編乃順治甲午冬裔介在告時所筆記。内篇多講學,外篇則兼及雜論。"程大純《筆記》,《總目提要》曰:"是書皆講學之語。其謂陸、王之學雖矯枉過正,然用以救口耳之學,不爲無功。所見頗爲平允。"[1]這些都是包含有講學之語的筆記。我們舉程大純《筆記》爲例:

人懷念將起時,只覺得可耻便有轉機。

人不能無差錯念頭,只要扯得轉來。

愛子弟不教之守本分、識道理,田産千萬,適足以助其淫邪之具。即讀書萬卷,下筆滔滔,亦不過假以欺飾之資,有識者所當深省。

每見有才氣人説到他人是者,猶多不滿,説到自己短處,猶有所長,以此見自反之難。

人要爲人,當思異於禽獸者何處?

人一心先無主宰,如何整理得一身正當。[2]

---

1 (清)永瑢等撰:《四庫全書總目》,北京:中華書局1965年版,第821、823、831頁。

2 (清)程大純撰:《筆記》,《四庫全書存目叢書》子部第28册,濟南:齊魯書社1995年版,第347、354、361—362、386、389、389頁。

再舉宣統年間舒紹基《養初子筆記》。序云："耳有所聞，目有所見，因之心有所思，拉雜筆之。"其中類同語錄的"人才論"頗有意味，現錄幾則如下：

議事之才或不能辦事。

訥于言者或敏於行。

有用人之才有爲人用之才。
善用人者，不但用人之廉，並可用人之貪，不但用人之忠，並可用人之詐……唯此等用人大半出於倉促非常之時，不可奉爲常經耳。

大賢少，大奸亦不多，所當常常留意者唯中材耳，不唯善用之，抑須善教之。

時文乃取才之一途，非謂天下之才必由此進也。然亦未有真才而爲時文所束者，奉之者太愚，絕之者太激，試思吾國定制舉人進士揀選截取，而後爲外官學習行走，而後辦部務明示，以文章政事本不相通，何嘗強爲時文之人，使之治天下乎？大都視各人之自立何如，視人之用之何如耳。[1]

宋代使臣出使歸來需向朝廷進呈語錄的傳統至清末也未曾改易，且隨著出使者越來越多，出使地域越來越遠，此類筆記的內容也愈現豐富。在清

1（清）舒紹基撰：《養初子筆記》，清宣統二年用聚珍版印於金陵。

代，較早的進呈語録有圖理琛撰《異域録》，這是康熙五十一年（1676）作者以原任内閣侍讀奉命出使土爾扈特，所記述的道里、山川、民風、物産以及應對禮儀，進呈皇帝御覽。這類著作還有張學禮《使琉球記》，《四庫全書總目提要》曰："是編乃康熙元年學禮以兵科副理事官與行人司行人王垓奉使册封琉球國王時所記。前叙請封遣使始末，及往來道路之險。後爲《中山紀略》，則載其土風也。"[1] 與此相類似的還有一類不是爲了進呈御覽，而是私人宦游時所記的筆記，這類筆記與使臣語録有一定關係，但有更爲自由的創作空間。如椿園撰《西域聞見録》就有不少離奇色彩的傳聞，這些傳聞雖偏離了語録的"實録"原則，却增添了作品的趣味性和可讀性。

第三節　筆記體小説與其他文體

筆記體小説除了與詩話和語録類似之外，還和題跋、日記、小品、箋疏、遊記、志乘、傳記、年譜等也有密切關係。

一、題跋

題跋"興于唐而成于宋"，"以跋名篇始于宋"。[2] 歐陽修、蘇軾、黄庭堅、陸游等都創作了大量題跋，其題材廣泛，詩文、書畫、金石等不同藝術、不同文化領域都可涉及；體式上無常規格式，極爲自由靈活；兼具議論、説理、記事、抒情等手段；可讀性和趣味性强，文學性突出。試舉黄庭堅的《跋東坡字後》：

1（清）永瑢等撰：《四庫全書總目》，北京：中華書局 1965 年版，第 575 頁。

2 趙義山、李修生主編：《中國分體文學史·散文卷》，上海：上海古籍出版社 2001 年版，第 171 頁。

東坡居士極不惜書，然不可乞。有乞書者，正色詰責之，或終不與一字。元祐中，鎖試禮部，每來見過，案上紙不擇精粗，書遍乃已。性喜酒，然不能四五龠已爛醉。不辭謝而就卧，鼻鼾如雷。少焉蘇醒，落筆如風雨，雖謔弄皆有義味，真神仙中人，此豈與今世翰墨之士爭衡哉！[1]

這篇跋文細膩地描述了東坡的仙風，不失爲一則極具可讀性、趣味性的筆記體小説。

在筆記中，有"筆記"命名題跋和"筆記"中雜有題跋兩種情況。《四庫全書總目提要》卷八十七《讀書蕞殘》曰："前一卷皆跋《漢魏叢書》，後二卷皆跋《説郛》。別有刊本在《任菴五書》中。以前一卷自爲一書，題曰《墨餘筆記》。後二卷則仍名《讀書蕞殘》。"[2]可知《墨餘筆記》是匯總《漢魏叢書》題跋的一部著作，題跋類叢編用"筆記"命名，説明筆記可以是題跋類雜著的總稱。卷一百二十二《六研齋筆記》提要："日華工於書畫，故是編所記論書畫者十之八。詞旨清雋，其體皆類題跋。""大抵工於賞鑒，而疏於考證。人各有能有不能，取其所長可矣。"[3]《天慵庵筆記》是清人方士庶撰的雜記手稿，方士庶本爲清康乾時期著名畫家，能詩，工山水畫，受學於黃鼎，張庚《國朝畫徵録》評價他："用筆靈敏，氣韻駘宕，早有出藍之目，誠爲近日僅見。"[4]其筆記體"皆類題跋"。兹舉數則：

山川草木，造化自然，此實境也。因心造境，以手運心，此虛景也。虛而爲實，是在筆墨有無間，衡是非，定工拙矣。晉唐畫不多得，因不常見。若五代宋人之畫，則不出縱橫兩字。然縱橫又豈易言哉！

1（宋）黃庭堅著：《黃庭堅全集》，北京：中華書局2021年版，第696—697頁。
2（清）永瑢等撰：《四庫全書總目》，北京：中華書局1965年版，第745頁。
3 同上，第1055頁。
4（清）張庚撰，祁晨越點校：《國朝畫徵録》，杭州：浙江人民美術出版社2019年版，第153頁。

如用筆則有長短大小，斷横頓挫等法。用墨則有乾净濃淡，魂魄骨肉等法。立局則有賓主反側，聚散交插等法。至於著色渲染，仍然補筆墨之不足，非特塗抹朱綠，爲染工伎倆也。惟其如此，故古人筆墨，具見山蒼樹秀，水活石潤。於天地之外，别構一種靈奇。或率意揮灑，亦皆煉金成液，棄滓存精，曲盡蹈虚攝影之妙。……雍正九年辛亥冬十月，天慵主人方士庶識。

杜工部《屏迹詩》，蘇公以字字皆其實録，即云此居士詩也。子美安能禁吾有哉？余此紙立局命意，悉規麓台，而山蒼樹秀，水活石潤之處，轉以合而益離。直離其自然之妙耳，慚愧慚愧。甲寅年五月十六日，小師道人草。

懷素圓而能轉，草書十四字卷，絹本。後有宋理宗暨宋元明名公記跋。

趙大年江南春卷。
趙大年平沙野鷺小景。

郭河陽寒林圖。

李伯時三高圖卷紙本。[1]

前兩則後有時間和作者落款，很顯然是兩篇完整的題跋，第三則雖没有落款，不確定是否原爲題跋，但從寫法上看，類似題跋。後四則只録其畫名

---

[1]（清）方士庶著：《天慵庵筆記》，王雲五主編：《叢書集成初編》，上海：商務印書館 1936 年版，第 1—2、2、5、6、7 頁。

和卷本，類似書目。焦循作序評曰："小師道人雜記手稿，大抵皆題畫之作；或詩或跋，又有記所見前人畫卷；雜錯無次序，乃爲録一過，稍加厘葺，爲二卷，附祭文兩首於末。"[1] 如上所舉第一則"因心造境，以手運心"、"於天地之外，別構一種靈奇"的畫論，被後世畫家奉爲圭臬。

二、小品

"小品"原爲佛教術語，佛經指七卷本的《小品般若婆羅蜜經》，與二十四卷本的《摩訶般若波羅蜜經》相對。《世説新語·文學》："殷中軍讀《小品》，下二百籤，皆是精微，世之幽滯，欲與支道林辯之。"劉孝標注："釋氏《辨空經》有詳者焉，有略者焉，詳者爲《大品》，略者爲《小品》。"東晉名僧支道林《大小品對比要鈔序》謂："文約謂之小，文殷謂之大。"可知"小品"原指佛經的節略本，形式短小、文句簡短。也指散文的一種形式，篇幅較短，多以深入淺出的手法，夾叙夾議地説明一些道理，或生動活潑地記述事實，抒發情懷。"筆記"與"小品"外在形態的相似是顯而易見的，故有時小品與筆記説互稱，如明代朱國楨撰的《涌幢小品》，是明代雜記見聞，間有考證的筆記體小説，初名曰《希洪小品》，意爲仿《容齋隨筆》而作，後改今名。明人黄奐撰的《黄元龍小品》分醒言、偶載各一卷。醒言是讀書時隨筆劄記之文，偶載記鬼神怪異之事，很顯然這是兩部以"小品"命名的明代筆記體小説。

搜《四庫全書總目提要》和清人筆記序跋，發現清人對小説與小品的關係有以下幾種認識：

小説"小"之意與小品"小"之意相對應，形式短小但背後承載著寓

風雅、示勸懲、闡幽隱等社會功能。嘉慶年間，蔣熊昌在《守一齋客窗筆記叙》中説："蓋説部雖小品，然未嘗不可寓風雅、示勸懲、闡幽隱，方不浪費筆墨，妄災梨棗，然知此者鮮矣。金子玠堂薄游山左，旅邸無聊，因記録舊聞，爲《客窗偶筆》一編，授余閲之，事多徵實，藻不妄攄，摭拾不拘一端，大旨以有裨世道人心爲主，即搜羅一、二奇僻，亦不流於荒誕，若猥褻鄙俗則無纖豪涉其筆端，雖見聞未廣，篇帙無多，亦庶幾擇言尤雅者。"[1]叙中"説部"當然指的是筆記小説。

小品是筆記體小説之流別。《四庫全書總目提要》在周密《澄懷録》提要中説："是書採唐宋諸人所紀登涉之勝與曠達之語，匯爲一編，皆節載原文，而注書名其下，亦《世説新語》之流別，而稍變其體例者也。明人喜摘録清談，目爲小品，濫觴所自，蓋在此書矣。"[2]館臣把像《澄懷録》這種采唐、宋諸人登涉遊覽之勝和曠達之語的作品，視爲變《世説新語》體例的小品，是小品的濫觴之作，後世小品之作主要繼承了魏晉筆記體小説的士人清談、曠達之氣，從而形成小品内在的精神氣質。"小品"内涵指稱至少有二：一爲記遊覽之勝；一爲記曠達之語。如董其昌撰《畫禪室隨筆》，提要曰："是編第一卷論書，第二卷論畫……第三卷分記遊、記事、評詩、評文四子部。……四卷亦分子部四，一曰雜言上，一曰雜言下，皆小品閑文，然多可採，一曰楚中隨筆，其册封楚王時所作，一曰禪悦大旨，乃以李贄爲宗。"[3]雜言之類辯説性言論和不儒不釋的清言都是隨筆小品。清人王晫撰《丹麓雜著十種》中的《松溪子》，館臣給其下的斷語是"皆筆記小品"，其中也多爲清談内容的道理。兹舉幾則爲例：

1　（清）金捧閶撰：《守一齋客窗筆記》，《粟香室叢書》，清光緒十六年刻本，華東師範大學圖書館藏。

2　（清）永瑢等撰：《四庫全書總目》，北京：中華書局 1965 年版，第 3352 頁。

3　同上，第 1055 頁。

文章者，人之枝葉也。道德者，人之根本也。必根本立而枝葉繁焉。中鮮道德，外飾文章，雖有枝葉，其本立亡。

美人少子，艷花無實。英華極於外者，精氣自損於中，所以智勇必貴深沉，道德尤宜藏斂。夫天道不斂則不能闢况人乎。[1]

“小品”源於筆記，形成了既類似筆記又有獨立品格的審美特性。康熙年間，余中恬《恭跋先府君見聞記憶録後》曰：“迄今與讀諸紀，考核詳晰，詞氣敦古，序事中兼以感慨，方之《柳州小品》、東坡《志林》，何多讓焉。”[2]以“考核詳晰”“詞氣敦古”概言小品之特色。又孔尚任《在園雜志序》：“讀《在園雜志》，或紀官制、或載人物、或訓雅釋疑、或考古博物，即《夷堅》《諾皋》幻誕詼諧之事，莫不遊衍筆端。核而典，暢而韻，有似宋人蘇、黄小品，蓋晉唐之後又一機軸也。”[3]以“核而典”“暢而韻”評價筆記小品，認爲這類典核、韻暢的筆記是承襲晉唐清談筆記之後的又一重要轉關。

四、箋疏與年譜

筆記體與箋疏體亦相近，如徐文靖撰《管城碩記》。《四庫全書總目提要》評價曰：“此其筆記也，自經史以至詩文辨析考證。每條以所引原書爲綱，而各繫以論辨，略似《學林就正》之體，而考訂加詳，大致與箋疏相

1（清）王晫撰：《松溪子》，《四庫全書存目叢書》子部第165冊，濟南：齊魯書社1995年版，第404、406頁。

2（清）余國楨撰：《見聞記憶録》，《四庫全書存目叢書》子部第113冊，濟南：齊魯書社1995年版，第585頁。

3（清）劉廷璣撰：《在園雜志》，北京：中華書局2005年版，第1頁。

近。"[1] 這段提要包含有三層含義：首先，筆記歸屬説部，具有説部的功能和特徵；其次，筆記的內容相當豐富，從經史到詩文皆可作爲辨析考證的對象；再次，筆記的體例通常是一事一記的條目，而此書以原書爲綱，已按爲目，其體式類似箋疏。且舉兩則觀之：

> 按《竹書》：帝舜三十三年春正月，夏後受命于神宗，三十五年，帝命夏後征有苗，有苗氏來朝。即是事也。神宗，《傳》以爲堯廟，《尚書帝命驗》曰："帝者立五府，黃曰神升。"蓋神宗也，如明堂之太室也。（卷三《書》）

> 太白詩："昔作芙蓉花，今爲斷腸草。"《冷齋夜話》云："陶弘景《仙方》注：'斷腸草不可食，其花名芙蓉花。'乃知詩人無一字閑話。"
> 　　按《述異記》："今秦趙間有相思草，狀如石竹，而節節相續。一名斷腸草，又名愁婦草。"白所謂當即是耳，若只一物，豈可以今昔言之？（卷二十五《詩賦》）[2]

從以上所引可見，《管城碩記》是作者多年的讀書筆記，以考訂經典，駁難傳統注疏，旁及子史雜説，內容豐富，立論有據，但體例特殊，小變説部之體而類似"箋疏"。

筆記與年譜也頗多關係。搜檢清人筆記體小説，發現有直接以"筆記"命名年譜的現象，如姚廷遴撰《上浦經歷筆記》和瑤岡編《雲臥府君筆記》。《上浦經歷筆記》分上、下兩部，續記一卷，拾遺一卷。康熙二十六年作《上浦經歷筆記自述》，云："余先系浙之慈溪籍也，自十世祖名顯者，始

1（清）永瑢等撰：《四庫全書總目》，北京：中華書局1965年版，第1031頁。

2（清）徐文靖撰：《管城碩記》，《四庫全書》第861冊，第40、359頁。

遷徙上海。……我先人諱崇明，字信甫，痛在青年謝世。娶母金氏，育生不
肖。廷遴字純如，當在生荒離亂、時運不濟、命途多舛，涉歷風波，思之能
無感慨？所經歷及身而聞見者，故委之筆墨以記其右。"東浦竹溪樵民爲其
寫識語曰："《經歷筆記》一書，是純如先輩生長勝國時目經世事，而及國朝
聖治太平景象，譚歷其身之經遇、目睹情形之事，而筆之於書，並家常瑣屑
一一記之。"¹作者生於明清之際，曾作縣吏，老爲鄉農，以編年爲序，記政
治興廢、官吏貪酷、年歲豐歉、物價盈虛、民生榮萃、風俗沿革等較詳備，
可補正史、志書之闕，爲後世研究者提供了重要的政治、經濟、民俗等方面
的史料。瑶岡編《雲卧府君筆記》起於康熙甲寅（1674）冬，作者出生，終
於乾隆己未（1739），作者六十七歲。自序曰：

　　余生逢盛世，命運不濟……念余生平居家涉世，直道事人，任勞任
怨，不避艱險，但以事之是非爲準繩，不狥人之喜惡爲阿附，遂致坦率
之懷，往往不能見量於一切。今爲此一編，置之案頭，當閑居靜坐時，
偶一憶及往事或有關係於人，言以及理當使聞於子孫者，不拘詮次，即
爲記其大畧，庶後之人得悉事之始末，猶能爲余述其未白之隱衷。至若
觸目驚心，偶有一得之見，所以砥行礪節，信手書之以詒兒曹，又未嘗
無小補於趨庭，未逮之訓誡云爾。書此既畢，頭緒紛紜，無從先後，追
思年齒，而以次第錄之，非敢自謂年譜也。瑶岡又識。²

　　這是作者閑居時偶憶生平往事、與人交往之經歷而記之，目的是想告
知後世子孫自身遭遇的真實情況，並爲訓誡。初不拘詮次，頭緒紛紜，後按

1（清）姚廷遴撰：《上浦經歷筆記》，《北京圖書館藏珍本年譜叢刊》第 79 冊，北京：北京圖書館出
版社 1999 年版，第 101—102、269—270 頁。
2（清）瑶岡編：《雲卧府君筆記》，《北京圖書館藏珍本年譜叢刊》第 91 冊，北京：北京圖書館出版
社 1999 年版，第 259—263 頁。

照編年體裁，追思年齒，次第録之，但自謙不敢謂年譜。不難看出，在清人的觀念中年譜有較爲嚴格的文體規範，記叙謹嚴，著重記録與作者生平有關的重大事迹。細讀這兩部以“筆記”命名的年譜，均以年繫之，以編年體裁記載個人生平事迹，但所記内容較爲散漫，尤其是《上浦經歷筆記》，大多是關涉家國大事、時運政治的重大主題，超出了年譜以個人爲書寫主體的範圍。

綜上，在中國古代文學史上，辨體和破體一直伴隨始終此消彼長。前者認爲各種文體應該有自己獨特的文體規範和審美特性，後者則認爲應該打破各體之間的界限，各種文體應該互相取長補短，相互融合。筆記體小説就是在與詩話、語録、題跋、箋疏、遊記、年譜、志乘、傳記等各種文體的相互借鑒，取長補短的過程中不斷發展的文體。“兼備衆體”的包容性就是在不斷變體、破體的過程中形成的。正如四庫館臣一方面意識到各種文體的差別，將詩話列詩文評類，日記、題跋、年譜入文集中；另一方面又在筆記體小説的文本評價中，能夠指出其“兼備衆體”的特性，看到其“越界”的事實，並客觀公允地指出其“體兼詩話”“類似語録”“皆類題跋”“體類説部”等特性，這實際上是肯定了文體之間的跨越和互相滲透的可能性。事實上，筆記體小説這種“越界”的行爲，即“兼備衆體”的體性特徵，是由自身的著述方式決定的。筆記體小説“執筆記録”的生成過程，使其具有相當的靈活性、隨意性，同時也造成它本身的綜合性、複雜性和包容性，既有詩話的含蓄雅致之美，又有語録的説理雄辯之美，還兼具日記、年譜的實録精神和類似題跋、小品的凝練清談之美。與詩文創作相比，筆記體小説雖然屬於閑暇之餘的消遣，但它具有强大的生命力。可以説，筆記體小説因其强大的包容性而得天獨厚、長盛不衰，至清代而走向繁榮。

第五章
清人對小説與正史、古文關係的認識

小説"志怪"與正史"書異"不僅在内容上存在一定重疊交集，而且部分内容在書寫類型和叙事旨趣上高度相似，明代俞文龍《史異編》、清代傅燮詷《史異纂》專門彙集歷代"正史"中的災祥、怪異之事，從一個側面反映了人們對小説與正史關係的認識。同時，文人別集記載奇人異事而具有"小説氣"的傳體文，也被同時認作"小説"，實際上處於"小説"與"傳記文"的交叉地帶，可看作兩者文類互動、相互影響滲透的產物；清人對古文傳記"小説氣"之辨析，反映了清人對小説與古文關係的認識，對此類問題的探討也是文體研究的題中應有之義。

第一節　小説"志怪"與正史"書異"

俞文龍《史異編》和傅燮詷《史異纂》專門彙集歷代"正史"中的災祥、怪異之事，"是書雜纂災祥、怪異之事，自上古至元，悉據正史采入，凡外傳雜説皆不録"，"其書以諸史所載災祥神怪彙爲一編"。[1]以兩書的類編形式和取材内容爲例，可較全面地反映"正史"書寫怪異存在狀況和類型。同時，兩書性質相同，却被《四庫全書總目》分别著録於"小説家"和"史

1（清）永瑢等撰：《四庫全書總目》，北京：中華書局 1965 年版，第 1232、582 頁。

鈔"，也從一個側面反映了"正史"書寫怪異與志怪小説之混雜。借助此書，既可考察"正史"書寫怪異，也可探討"正史"書寫怪異與"小説"志怪之關係。然而，遺憾的是，迄今爲止未見論著對兩部書有較詳細介紹，更遑論深入研究。本章將通過分析《史異纂》《史異編》文本，探討"正史"書寫怪異的文本內容是如何分布、以何種形態存在，"正史"書寫怪異與明清"異物""博物"類志怪小説存在哪些相通之處等。這從一個側面反映了時人對"小説"與"正史"關係的認識。

一、《史異纂》《史異編》分類綱目及溯源

《史異纂》《史異編》鈔撮彙集歷代正史的災祥、怪異之事，以類編形式分門別類編纂而成。《史異纂》之《凡例》稱："此書有綱有目，如天是綱，而日、月、星、雲之類是目。地是綱，而山、石、泉、水之類是目。"[1] 其綱目分類頗爲瑣細，"分天異、地異、祥異、人異、事異、術異、譯異、鬼異、物異、雜異十門"。[2] 其中，天異部：天、日、月、星（附隕石）、風、雨、霧、雹、雪、霜（附木冰）、雷（附聲）、雲、氣（附光）、虹。地異部：地、山、石、水、冰。祥異部：帝王之祥（附諸侯）、聖賢之祥、后妃之祥（附夫人）、名臣之祥、僭竊之祥。人異部：長人、一産四人（附産多者）、奇相、女人生須（附閹）、生産怪異、人生角、生産異物、暴長（附生而髮白）、男女互化、人化他物、人死復生、孕啼、生育（附男子生育）、不應言而言、異病（附人化石）、狂迷。事異部：聖迹、靈應（附神感）、仙蹤、靈驗、淵博、知音、聰敏、正直、勇力、政治、孝感、誠格、先兆、英

1（清）傅燮詷輯：《史異纂》，《四庫全書存目叢書》子部 249，濟南：齊魯書社 1995 年版，第 624 頁。

2（清）永瑢等撰：《四庫全書總目》，北京：中華書局 1965 年版，第 1915 頁。

靈。術異部：釋、仙、幻、役鬼、厭勝、卜（附占地）、醫、妖術。譯異部：
譯之天、譯之地、譯之祥、譯之人、譯之鬼、譯之術、譯之物、譯之事。鬼
異部：鬼總、神降、長鬼、文鬼、鬼求人、鬼訴冤、鬼報恩、鬼救人、鬼
助戰、鬼避正人、鬼卜地（附卜宅）、豫稱貴人、鬼責人、厲鬼、惡鬼、鬼
哭、餘鬼。物異部：龍、海獸、龜（附熊鼉蟹）、蝦蟆、魚、蛇、鳳（附神
雀）、大鳥、鶴（附一足鳥）、雉、烏、鵲、鷄（附石鷄）、燕、雀、鵙、鳶、
鶌、衆鳥、妖鳥、鳥集、鵠、鷹、鴛鴦、鸚、鵝、麟、騶虞、虎、馬、牛、
羊、犬、豕、鹿（附有角獸）、狐狸、貓、奇獸（附獬豸、角端）、兔、鼠、
鼉、蟻、蝗、螻（附蟓）、蠅、蟲、肉、卵、木、果、竹、芝、草（附米）、
花、像、舍利、珠、珪（附玉器）、璽（附印）、玉鼎、金（附銀）、鼎、鐘、
錢、鏡、銅印、銅馬、鐵、門牡、屬、筆。雜異部：火災（附火光）、氣色
（與天部氣别）、聲響（與天部聲别）、血、妖徵、訛言、死喪、丘墓、妖眚、
餘雜。

　　《史異纂》類編形式和類目名稱主要源於古代類書以及“正史”中的
“天文志”“五行志”等。例如，《史異纂》之“天異部”源於《太平御覽》
之“天部”（日、日蝕、暑、月、月蝕，星、瑞星、妖星，雲、霄、漢、霞、
虹蜺、氣、霧、霾、曀，風、相風、雨、祈雨、雪、雷、霹靂、電、霜、
雹）以及“正史”《天文志》（日食、日變、日暈氣，月食、月變、七曜、景
星、彗孛、客星、流星、妖星、星變，雲氣）、《五行志》（常風、常雨、雷
電、霜、雹、霧、木冰）；“地異部”源於《太平御覽》之“地部”（地、土、
石、丘、陵，水、水災、海、江、河）以及“正史”《五行志》（地震、地
陷，山崩、山鳴，大水、水變色）；“祥異部”源於《太平御覽》之“皇王
部”、“皇親部”（后妃）、“職官部”；“人異部”源於《太平御覽》之“人事
部”（孕、産、頭）、“妖異部”（變化、重生）及“正史”《五行志》（人化、
死復生、人痾）；“事異部”源於《太平御覽》之“人事部”（叙聖、聰敏、

正直、孝感、勇）；"術異部"源於《太平御覽》之"釋部"、"道部"（天仙、地仙）、"方術部"（幻、醫、卜、筮、占、巫）；"鬼異部"源於《太平御覽》之"神鬼部"、"妖異部"；"物異部"源於《太平御覽》之"鱗介部"（龍、蛇、龜、鼈、黿、鼉）、"羽族部"（衆鳥、異鳥、鳳、鶴、雉、烏、鵲、鷄、燕、鳶、鵠、鷹、鵝、鴛鴦）、"獸部"（麒麟、騶虞、虎、馬、牛、羊、狗、豕、鹿、狐、貓、獮、豸、犀、兕、像、兔、鼠）、"蟲豸部"（蟻、蝗、螻蛄、蚯蚓、蠅）、"木部"、"竹部"以及"正史"《五行志》（龍蛇之孽、羽蟲之孽、毛蟲之孽、魚孽、馬禍、牛禍、羊禍、鷄禍、犬禍、豕禍、蟲妖、草妖、蝗、螟）；"雜異部"源於《太平御覽》之"火部"（火）、"咎徵部"（氣、雨血）、"禮儀部"（葬送、冢墓）以及"正史"《五行志》（詩妖、訛言、謡）。《太平御覽》分五十五部，五千三百六十三類，包羅萬象，其部類劃分實際上代表了《藝文類聚》《初學記》等一批百科全書式的古代類書，故本書以之爲例説明《史異纂》類編形式和類目名稱與古代類書之關係。

《史異編》之《自序》稱："兹不自揣，復采異徵一帙，録其尤者，分門別匯。"[1]其類目劃分較爲粗略，包括：日月、星纏、雲氣虹蜺、風雨雷電電雪、鼓震（鼓凡有聲者是，震凡動徙者是）、五行五事五色祥眚、旱荒、人屙、服飾、六畜（馬牛羊鷄犬豕之屬）、草木（凡花果皆是）、鱗介（魚龍龜蛇之屬）、羽蟲（鳳鶴鴉雀之屬）、毛蟲（虎狐貓鼠之屬）、贏蟲（蝗螟之屬）、謡讖（凡語狂皆是）、雜説。顯然，這些類目應主要源於"正史"《五行志》以及《天文志》。

《藝文類聚》《初學記》《太平御覽》等百科全書式類書全面展示了古人對整個自然世界和人類社會的認知體系，"六合之内，巨細畢舉"，"異"與"常"相對而言，《史異纂》自然也會首選參考其部類間架，"凡事物之迥異

1（明）俞文龍輯：《史異編》，《四庫全書存目叢書》史部151，濟南：齊魯書社1996年版，第233頁。

於尋常者，爲之州次部居”。[1]同時，《五行志》《天文志》作爲“正史”集中載録怪異之事者，其類目也會成爲《史異纂》《史異編》借鑒對象。

當然，《史異纂》分類綱目也應受到了古代文言小説總集或選本類目的影響。部分古代文言小説總集或選本以類書形式從衆多作品中選録而成，分門別類以類相從進行編排，以《太平廣記》等爲代表。《太平廣記》作爲類書性小説總集，與《太平御覽》同時編纂，全書按題材內容分爲九十二大類，又分一百五十餘細目，卷一至卷一百六十三爲神仙、女仙、道術、方士、異人、異僧、釋證、報應、徵應、定數、感應、讖應，卷一百六十四至卷二百七十五爲名賢（諷諫附）、廉檢（吝嗇附）、氣義、知人、精察、俊辯、幼敏、器量、貢舉、銓選、職官、權幸、將帥（雜譎智附）、驍勇、豪俠、博物、文章、才名（好尚附）、儒行（憐才、高逸附）、樂、書、畫、算術、卜筮、醫、相、伎巧（絕藝附）、博戲、器玩、酒（酒量、嗜酒附）、食（能食、菲食附）、交友、奢侈、詭詐、諂佞、謬誤（遺忘附）、治生（貪附）、褊急、恢諧、嘲誚、嗤鄙、無賴、輕薄、酷暴、婦人、情感、童僕奴婢，卷二百七十六至卷三百九十二爲夢、巫厭咒、幻術、妖妄、神、鬼、夜叉、神魂、妖怪（人妖附）、精怪、靈異、再生、悟前生、冢墓、銘記，卷三百九十三起至卷四百七十九爲雷、雨（風虹附）、山（溪附）、石（坡沙附）、水（井附）、寶（金、水銀、玉、錢、奇物附）、草木（文理木附）、龍、虎、畜獸、狐、蛇、禽鳥、水族、昆蟲，卷四百八十至卷五百爲蠻夷、雜傳記、雜録。顯然，其中有許多類目與《藝文類聚》《初學記》《太平御覽》等百科全書式類書以及“正史”《五行志》相同，但同時也借鑒《世説新語》《搜神記》《博物志》等文言小説的內部類目。宋以降，古代文言小説類書性總集或選本分門別類，深受《太平廣記》影響，例如，陶穀《清異

　　1（清）徐釚：《史異纂序》，（清）傅燮詷輯：《史異纂》，《四庫全書存目叢書》子部249，濟南：齊魯書社1995年版，第619頁。

録》分爲三十七門，如天文、地理、君道、官志、人事、女行、君子、釋族、仙宗、草木、百花、百果、禽名、獸名、百蟲、魚、居室、衣服、妝飾、器具、喪葬、鬼、神、妖等。顯然，《史異纂》分類綱目與《太平廣記》也存在一定相通之處。通過對比《史異纂》《史異編》之綱目和相關類書、文言小説總集、"正史"《天文志》《五行志》分類細目，可見三者的類目設置存在高度相關性，有諸多重疊交叉之處。其實，中國古代綜合性類書、專題性小説類書、文言小説作品的内部分類體系和類目設置同源共生、相互影響、相互交叉重疊，反映了古人持有的一整套自然、社會、歷史的知識分類體系，[1]也揭示了"小説"文類的内部題材内容性質及其分類體系。梳理還原此内部分類體系和類目設置的具體内涵、指稱及其相關歷史文化背景，有助於深入理解古人心目中的"小説"文類的題材類型體系。

二、《史異纂》《史異編》與"正史"書寫怪異之分布形態

《史異纂》《史異編》從歷代正史中取材編纂而成，其各部類與"正史"相關部分存在一定對應關係，實際上反映了"正史"書寫怪異的分布形態。

《史異纂》之"天異部"和《史異編》之"日月""星纏""雲氣虹蜺""風雨雷雹電雪"主要取材於《天文志》，亦有部分取材於《五行志》，如《史異纂》"天異部"之"天"目："漢孝惠帝二年，天開東北，廣十餘丈，長二十餘丈。"[2]"星"目："魯莊公七年夏四月辛卯夜，恒星不見，夜中星隕如雨。"[3]《史異編》之"星纏"類："永平七年正月戊子，流星大如杯，

1　參見葛兆光《中國思想史》之第四編第七節《目録、類書和經典注疏中所見七世紀中國知識與思想世界的輪廓》，上海：復旦大學出版社 2001 年版。

2　（清）傅燮詷輯：《史異纂》，《四庫全書存目叢書》子部 249，濟南：齊魯書社 1995 年版，第 628 頁，取材《漢書》卷二十六《天文志》。

3　同上，第 631 頁，取材《漢書》卷二十七《五行志》。

從織女西行，光照地。織女，天之真女，流星出之，女主憂。"[1]依托天人感應的官方意識形態，中國古代設置有欽天監、司天監、司天臺、太史局等專門天象觀測機構和官員制度，也建構起一整套觀象、星占、數術、守時、治曆等相關理論、技術，官員、機構、制度、理論、技術在現實政治生活中實踐運作，實際上在歷朝歷代形成了占星術相關聯的衆多政治歷史事件。[2]《天文志》即載録諸多相關天之異象和人事徵應，"至於天象變見所以譴告人君者，皆有司所宜謹記也"。[3]自《史記·天官書》始，"正史"《天文志》載録日月、五星、彗星、流星、二十八宿等天象的運行和變動，異常天象的記録和解釋成爲其主體内容。

　　《史異纂》之"地異部""祥異部""人異部""物異部""雜異部"和《史異編》之"鼓震""五行五事五色祥眚""旱荒""人疴""服飾""六畜""草木""鱗介""羽蟲""毛蟲""蠃蟲""謡讖"主要取材於《五行志》以及《靈徵志》《祥瑞志》《符瑞志》，如《史異纂》"地異部"之"山"目："魯成公五年夏，梁山崩，壅河三日不流，晉君乃帥群臣而哭之，乃流。"[4]"祥異部"之"帝王之祥"："周文王龍顏虎眉，身長十尺，胸有四乳。"[5]"人異部"之"人生角"："晉武帝太始五年，元城人年七十生角。"[6]"物異部"之"龍"："唐高宗顯慶二年五月庚寅，有五龍見於岐州之皇后泉。"[7]"雜異部"之"訛言"："漢建中三年秋，江淮言有毛人食其心，人

　　1（明）俞文龍輯：《史異編》，《四庫全書存目叢書》史部151，濟南：齊魯書社1996年版，第256頁，取材《後漢書》卷一百一《天文志》。

　　2 參見江曉原《歷史上的星占學》，上海：上海科技教育出版社1995年版；黃一農《社會天文學史十講》，上海：復旦大學出版社2004年版；馮時《中國古代的天文與人文》，北京：中國社會科學出版社2006年版；趙貞《唐宋天文星占與帝王政治》，北京：北京師範大學出版社2016年版。

　　3《新唐書》之《天文志序》，北京：中華書局1975年版，第806頁。

　　4（清）傅燮詷輯：《史異纂》，《四庫全書存目叢書》子部249，濟南：齊魯書社1995年版，第652頁，取材《漢書》卷二十七《五行志》。

　　5 同上，第664頁，取材《宋書》卷二十七《符瑞志》。

　　6 同上，第685頁，取材《晉書》卷二十九《五行志》。

　　7 同上，第792頁，取材《新唐書》卷三十六《五行志》。

情大恐。"[1]《史異編》之"風雨雷雹電雪"："宋仁宗慶曆三年十二月二十六日，天雄、軍德、博州天降紅雪，盡，血雨。"[2]"旱荒"："唐高宗永隆元年長安獲女魃，長尺有二寸，其狀怪異，詩曰：旱魃爲虐，如惔如焚。是歲秋不雨，至於明年正月。"[3]"正史"《五行志》《靈徵志》《祥瑞志》《符瑞志》，以陰陽五行觀念、天人感應思想、災異論爲基礎，載録各類災異之"咎徵"、祥瑞之"休徵"及其推占、應驗，災異事例，既有地震、水災、旱災、蝗災、雷電等自然災害，也有大量神鬼、怪變、復生等怪異非常之事。

　　《史異纂》之"譯異部"主要取材於《西南夷兩粤朝鮮傳》《東夷列傳》《四夷列傳》《夷蠻列傳》《諸夷列傳》《異域列傳》《夷貊列傳》《南蠻列傳》《北狄列傳》《西戎列傳》《外國列傳》等，如"譯之祥"："扶南國俗本裸，文身被髮，不制衣裳，以女人爲王，號曰柳葉。年少壯健，有似男子。其南有激國，有事鬼神者字混填。夢神賜之弓，乘賈人船入海。"[4]"譯之人"："扶桑東千餘里有女國，容貌端正，色甚潔白，身體有毛，髮長委地。至二三月競入水則妊娠，六七月産子。女人胸前無乳，項後生毛，根白，毛中有汁以乳子。百日能行，三四年則成人矣。見人驚避，偏畏丈夫，食鹹草如禽獸。"[5]"譯之術"："伏盧尼國，城東有大河，流中有鳥，其形似人，亦有如橐駝、馬者，皆有翼，常居水中，出水便死。"[6]"九夷八狄，被青野而亘玄方；

1（清）傅燮詷輯：《史異纂》，《四庫全書存目叢書》子部 249，濟南：齊魯書社 1995 年版，第 845 頁，取材《新唐書》卷三十五《五行志》。

2（明）俞文龍輯：《史異編》，《四庫全書存目叢書》史部 151，濟南：齊魯書社 1996 年版，第 282 頁，取材《宋史》卷六十四《五行志》。

3 同上，第 311 頁，取材《新唐書》卷三十六《五行志》。

4（清）傅燮詷：《史異纂》，《四庫全書存目叢書》子部 249，濟南：齊魯書社 1995 年版，第 760 頁，取材《南史》卷七十八《夷貊列傳》。

5 同上，第 764 頁，取材《南史》卷七十九《夷貊列傳》。

6 同上，第 766 頁，取材《北史》卷九十七《四夷傳》。

七戎六蠻，綿西宇而橫南極。"[1]以華夏眼光看待蠻夷，此類列傳對蠻夷歷史傳説、社會風俗、生活習慣、風土物産的記載，具有濃厚獵奇意味，"致殊俗"包含不少遠國異民的怪異、荒誕之事。當然，此類書寫本身多爲傳聞想象，具有很大隨意性，不可征信。

《史異纂》之"術異部"主要取材於《方術列傳》《藝術列傳》《方伎列傳》。如"術異部"之"幻"："孟欽，洛陽人也。有左慈、劉根之術，百姓惑而赴之。苻堅召詣長安，惡其惑衆，命苻融誅之。俄而欽至，融留之，遂大燕郡僚，酒酣，目左右收欽。欽化爲旋風，飛出第外。頃之，有告在城東者，融遣騎追之，垂及，忽然已遠，或有兵衆距戰，或前有溪澗，騎不得過，遂不知所在。堅末，復見於青州。苻朗尋之，入於海島。"[2]"役鬼"："費長房者，汝南人也。曾爲市掾。市中有老翁賣藥，懸一壺於肆頭，及市罷，輒跳入壺中。市人莫之見，唯費於樓上覩之，異焉，因往再拜奉酒脯。翁知長房之意其神也，謂之曰：'子明日可更來。'長房旦日復詣翁，翁乃與俱入壺中。唯見玉堂嚴麗，旨酒甘肴盈衍其中，共飲畢而出。翁約不聽與人言之。後乃就樓上候長房曰：'我神仙之人，以過見責，今事畢當去，子寧能相隨乎？樓下有少酒，與卿爲別。'長房使人取之，不能勝，又令十人扛之，猶不舉。"[3]"卜（附占地）"："桑道茂有異術。平日齎一縑，見李晟，再拜曰：'公貴無比，然我命在公手，能見赦否？'晟大驚，不領其言。道茂出懷中一書，自具姓名，署其左曰：'爲賊逼脅。'固請晟判，晟笑曰：'欲我何語？'道茂曰：'第言准狀赦之。'晟勉從。已又以縑願易晟衫，請題衿膺曰：'它日爲信。'再拜去。道茂果污朱泚僞官。晟收長安，與逆徒縛旗下，將就

1（唐）房玄齡等撰：《晉書》，中華書局 1974 年版，第 2531 頁。

2（清）傅燮詷輯：《史異纂》，《四庫全書存目叢書》子部 249，濟南：齊魯書社 1995 年版，第 745頁，取材《晉書》卷九十五《藝術列傳》。

3 同上，第 747 頁，取材《後漢書》卷八十二《方術列傳》。

刑,出晟衫及書以示。晟爲奏,原其死。"[1]"正史"《方術列傳》《藝術列傳》《方伎列傳》等記載了大量方伎之士的占卜、作法、異術等,多非常奇異之言行。

《史異纂》之"事異部""祥異部"主要取材於"本紀""列傳"中人物神異不凡、遭遇神怪、徵兆靈驗等怪異之事,如"事異部"之"先兆":"金太祖將兵至鴨子河,既夜太祖將就枕,若有扶其首者三,寤而起曰:'神將警我也。'即鳴鼓舉燧而行,黎明時及河,遼兵大至。"[2]"孝感":"王祥事後母至孝。母嘗欲食魚,時天寒冰凍,祥解衣將剖冰求之,冰忽自開,雙鯉躍出。母又嘗思黃雀炙,復有數黃雀入其幕,以供母,鄉里驚嘆,以孝感所致云。"[3]"祥異部"之"帝王之祥":"宋真宗生時,太皇后李氏夢以裾承日,遂有娠,十二月二日生於開封府地,赤光照室,左足指有文,成'天'字。"[4]"名臣之祥":"劉歆生夕,有香氣氛氳滿室。"[5]另外,《史異纂》其他各部類也都或多或少含有取材於"本紀""列傳"之條目,如"術異部"之"役鬼":"元世祖至元十七年二月乙亥,張易言:'高和尚有秘術,能役鬼爲兵,遥制人。'帝命和裏霍孫將兵與高和尚同赴北邊。"[6]"鬼異部"之"鬼救人":"徐華有至行,嘗宿亭舍,夜有神人告之亭欲崩,遽出得免。"[7]"雜異部"之"聲響":"王莽時,玉路朱雀門鳴,晝夜不絶。"[8]

此外,還有一些條目取材於"正史"之史注,如《史異纂》"術異部"之"醫":"吳士燮病死已三日矣,董奉以一丸藥與服,以水含之,捧其頭

1（清）傅燮詷輯:《史異纂》,《四庫全書存目叢書》子部249,濟南:齊魯書社1995年版,第754頁,取材《新唐書》卷二百四《方伎列傳》。

2 同上,第716頁,取材《金史》本紀第二《太祖》。

3 同上,第706頁,取材《晉書》列傳第三《王祥》。

4 同上,第671頁,取材《宋史》本紀第六《真宗》。

5 同上,第677頁,取材《南史》列傳第三十九《劉歆》。

6 同上,第750頁,取材《元史》本紀第十一《世祖》。

7 同上,第775頁,取材《晉書》列傳第六十一《儒林·徐苗》。

8 同上,第842頁,取材《漢書》卷九十九《王莽傳》。

搖稍之，食頃，即開目動手，顔色漸復，半日能起坐，四日復能語，遂復常。"[1] 歷代 "正史" 之史注常取材於雜史、傳記、小説，包含大量更爲怪誕之事。

綜上所述，《史異纂》《史異編》選録 "正史" 中的災祥、怪異之事，主要分布於《天文志》《五行志》以及《靈徵志》《祥瑞志》《符瑞志》《西南夷兩粵朝鮮傳》《東夷列傳》《四夷列傳》《夷蠻列傳》《諸夷列傳》《異域列傳》《夷貊列傳》《南蠻列傳》《北狄列傳》《西戎列傳》《外國列傳》《方術列傳》《藝術列傳》《方伎列傳》，"本紀" "列傳" 零星載録的人物神異不凡、遭遇神怪、徵兆靈驗等怪異之事。其中，取材於《五行志》以及《靈徵志》《祥瑞志》《符瑞志》者，占比最大。這實際上反映了歷代 "正史" 書寫怪異的分布形態。《史異纂》《史異編》部類設置跟 "正史" 書寫怪異分布形態存在明確對應關係，實際上反映了古人的一種普遍共識，也揭示了 "正史" 書寫怪異的幾種主要類型。

三、《史異纂》《史異編》與明清 "異物" "博物" 類志怪小説

傅燮詷《史異纂》、俞文龍《史異編》均取材於 "正史" 的災祥、怪異之事，而《四庫全書總目》却將兩者分别著録於 "小説家" 和 "史抄類"，這絶非偶然個例，反映了古代官私書目著録此類著作普遍存在的混雜現象，例如，竇維鋈《廣古今五行記》，《宋史·藝文志》歸入 "小説家"；方鳳《物異考》，《八千卷樓書目》歸入 "小説家"；彭紹升《二十二史感應録》，《四庫全書總目》著録於 "史鈔"。可見，在古人心目中，此類取材 "正史" 怪異之作的史鈔類作品亦被看做 "小説"。這應源於 "正史" 書寫怪異與志

1（清）傅燮詷輯：《史異纂》，《四庫全書存目叢書》子部 249，濟南：齊魯書社 1995 年版，第 756 頁，取材《三國志·吳志卷四》裴松之注，引自葛洪《神仙傳》。

怪小説本身叙事旨趣相近，且存在相互取材的混雜情況。"正史"編纂取材"小説"，不少爲志怪小説，同時，志怪小説編撰取材舊籍，不乏"正史"的怪異之事。

傅燮詷編纂《史異纂》之外，還另有一部小説集《有明異叢》，"是書記明一代怪異之事，亦分十類，與《史異纂》門目相同，皆從小説中撮抄而成，漫無體例。"[1]《有明異叢》取材小説，但却與取材"正史"的《史異纂》門目相同。《有明異叢》原書已佚，從《四庫全書總目》提要所引條目來看，其與《史異纂》之題材性質、叙事旨趣存在諸多相通之處，只是相對而言，《有明異叢》更爲怪誕虚妄，如"尹蓬頭騎鐵鶴上升，正德中上蔡知縣霍恩爲流賊所殺，頭出白氣，及天啓丙寅王恭廠災之類，往往一事而兩見。又有實非怪異而載者，如'事異門'内胡壽昌毁延平淫祠而絶無妖，任高妻女三人罵賊没水，次日浮出，面如生；'術異門'内汪機以藥治狂癇；'物異門'内蕭縣岳飛祠内竹生花；'雜異門'内漳州火藥局災，大石飛去三百步之類，皆事理之常，安得别神其説？至如'譯異門'内謂黑婁在嘉峪關西，近土魯番，其地山川、草木、禽獸皆黑，男女亦然。今土魯番以外，咸入版圖，安有是種類乎？其妄可知矣。"[2]

明清時期，有一批側重於表現"異物""博物"的志怪小説，亦與《史異纂》《史異編》在題材類型和叙事旨趣上高度相似。例如，徐禎卿《異林》，分"九仙神""異人""藝術""夢徵""飲客""女士""物異"等七類載録各種怪異之事。朱謀㙔《異林》，"兹又整齊百家雜史所載千百年以來異常之事，作《異林》十有六卷"[3]。分爲大年、仙釋、早慧、相表、才性、多男、族義、貴盛、久任、使節、貞烈、先知、通禽語、服食、異産、殊長、

1（清）永瑢等撰：《四庫全書總目》，北京：中華書局1965年版，第1232頁。

2 同上。

3（明）朱謀㙔：《異林序》，《異林》，《四庫全書存目叢書》子部247，濟南：齊魯書社1995年版，第214頁。

殊短、殊力、奇疾、奇夢、再生、變化、名勝、形氣、第宅、丘墓、土宜、山異、地異、水品、水異、火部、金異、珍怪、天變、木異、異草木、鳥獸、鱗介、物化、雜事、夷俗共四十二類。李濂《汴京鳩異記》記載開封有關的怪異之事，分爲異人、異僧、道士、女冠、神仙、鬼怪、異事、異夢、神異、物異、技術、卜相、丹灶、雜記、陰德、報應。閔文振《異物匯苑》，分天象、雨澤、地境、山洞、土石、水泉、禽鳥、獸畜、龍蛇、皮角、蟲鼠、魚鼈、花草、竹木、穀果、飲饌、冠服、珍寶、器用、音樂、武備、文房、圖畫、燈火、香膠、宮室和像影二十七部。施顯卿《古今奇聞類紀》，分爲天文紀（天、日、月、星、風、雲，雷、雨、霜、雪、露、霧、虹、雹、冰）、地理紀（地、山、岩洞、洲灘、石、水）、五行紀（水異、火部、木異、金異、土異）、神佑紀、前知紀、凌波紀、奇遇紀（人倫、功名、貨財、婚姻）、驍勇紀、降龍紀、伏虎紀、禁蟲紀、除妖紀、鹹毒紀、物精紀、仙佛紀（仙靈、釋佛）、神鬼紀（神人、人鬼）。葉向高、林茂槐《説類序》：“偶得一書，皆唐宋小説數十種，摘其可廣聞見、供談資者。……蓋上自天文，下及地理，中窮人事，大之而國故朝章，小之而街談巷説，以至三教九流、百工技藝，天地間可喜可愕、可怪可笑之事，無所不有。”[1]分天文、歲時、地理、帝王、后妃、儲戚、宰相、官職、臣道、政術、刑法、禮儀、歌樂、凶喪、文事、武功、邊塞、外國、科名、世冑、人倫、人物、婦人、身體、人事、釋教、道教、靈異、方術、巧藝、居處、貨寶、璽印、服飾、飲食、器用、雜物、災祥、果部、草部（蔬附）、木部（竹附）、鳥、獸、鱗介、蟲豸等四十五部，“是書摘唐、宋説部之文，分類編次，每類之下，各分子目”。[2]吳大震《廣艷異編》，全書分神、仙、鴻象、宮掖、幽期、情感、

　　1（明）葉向高、林茂槐：《説類序》，《説類》，《四庫全書存目叢書》子部 132，濟南：齊魯書社 1995 年版，第 1—2 頁。

　　2（清）永瑢等撰：《四庫全書總目》，北京：中華書局 1965 年版，第 1123 頁。

伎女、夢遊、義俠、幻術、儵詭、徂異、定數、冥迹、冤報、珍奇、器具、草木、鱗介、禽、昆蟲、獸、妖怪、鬼和夜叉共二十五部。王圻《稗史彙編》，分天文、時令、地理、人物、倫叙、伎術、方外、身體、國憲、職官、仕進、人事、文史、詩話、宫室、飲食、衣服、祠祭、器用、珍寶、音樂、花木、禽獸、鱗介、徵兆、禍福、災祥和志異共二十八門，門下又分類，共三百二十類。王志堅《表異録》，分天文部（象緯、歲時、災祥、祭禱類）、地理部（邑里、山川類）、人物部（親戚、帝王、士庶類）、宫室部（宫殿、室堂類）、器用部、音樂部、軍旅部、植物部（蔬穀、花果類）、動物部（羽族、毛蟲、蟲魚類）、人事部（賢愚、寵辱、言動、身體、凶喪、衣服、飲食類）、國制部、職官部、刑法部、錢幣部、藝文部、仙趣部、佛乘部、棲逸部、技術部和通用部（駢語、虚字類）二十部。董斯張《廣博物志》分天道、時序、地形、斧扆、靈異、職官、人倫、高逸、方伎、閨壼、形體、藝苑、武功、聲樂、居處、珍寶、服飾、器用、食飲、草木、鳥獸、蟲魚等二十二門，門下再分一百六七子目。徐壽基《續廣博物志》分爲天地、五行、占驗、人事、修養、辟邪、迪吉、製造、禁忌、古方、靈術、鬼神、群動、蕃植、珍寶和怪異十六類。上述作品在明清官私書目中大都著録於“小説家”，被普遍看作代表性的“小説”之作。顯然，從類目設置所彰顯的題材内容類型來看，《史異纂》《史異編》與明清“異物”“博物”類志怪小説在書寫類型上存在諸多相通之處，這實際上反映了“正史”書寫怪異與志怪小説之相通。

　　“正史”强調“聞異則書”，與志怪小説稱述怪異、張皇鬼神，不僅叙事旨趣相同而且書寫對象也重疊、相近，源於兩者有著共同的思想意識基礎。對於今人多視爲虚妄的怪異之事，古人多以陰陽五行觀念解釋，持“六合之内，何所不有”的態度，基本將其看作傳信傳疑之真實存在。共同的思想意識基礎，決定了兩者存在諸多聯繫，但因兩者自身的文類規定性（包括功用價值、敘事原則、取材對象、敘事方式等）差異，"正史"書寫怪異和"小說"志怪亦存在諸多不同取向。其中，"正史"書寫怪異與"博物""異物"類志怪小説最爲接近。

"博物""異物"類志怪小説起源於《山海經》，成熟於魏晉南北朝時期，以張華《博物志》、劉敬叔《異苑》、任昉《述異記》等爲代表，實際上是百科性質的類書之作，專門記載奇物異事、遠國風俗的博物知識，"以爲奇可以考禎祥變怪之物，見遠國異人之謠俗"。[1]例如，《博物志》卷一分地理略、地、山、水、山水總論、五方人民、物産，卷二分外國、異人、異俗、異産，卷三分異獸、異鳥、異蟲、異魚、異草木，卷四分物性、物理、物類、藥物、藥論、食忌、藥術、戲術，卷五分方士、服食、辨方士，卷六分人名考、文籍考、地理考、典禮考、樂考、服飾考、器名考、物名考，卷七爲異聞，卷八爲史補，卷九卷十爲雜説，内容包羅萬象，涵蓋地理山川、動植物産、方術物理、知識考證、神怪傳説等，"天地之高厚，日月之晦明，四方人物之不同，昆蟲草木之淑妙者，無不備載"。[2]此類"博物""異物"小説作品，實際上以通曉各種奇異事物、有廣見聞、博學多識爲旨趣，可看作古人關於"物"的知識體系的組成部分，並非今人理解之搜奇志異的志怪小説，如劉大昌《刻山海經補注序》："夫子嘗謂，多識鳥獸草木之名，計君義不識撑犁孤塗之字，病不博爾。"[3]吳任臣《山海經廣注序》："蓋二氣磅礴，萬彙區分，六合之内，何所不有。……然竊謂一物不知，君子所恥。"[4]周心如《博物志序》："足就見聞所及之物並窮其見聞所不及之物，是所謂格致之學也。"[5]明清時期的"博物""異物"類志怪小説顯然是延續了此類著作博物多識之

1（漢）劉歆：《上山海經表》，袁珂校注：《山海經校注》，成都：巴蜀書社1993年版，第541頁。

2（晉）張華撰，范寧校證：《博物志校證》，北京：中華書局1980年版，第149頁。

3（明）劉大昌：《刻山海經補注序》，丁錫根編著：《中國歷代小説序跋集》，北京：人民文學出版社1996年版，第9頁。

4（清）吳任臣：《山海經廣注序》，同上，第12—13頁。

5（晉）張華撰，范寧校證：《博物志校證》，北京：中華書局1980年版，第154頁。

傳統並進一步有所拓展，與“正史”比較集中書寫怪異之《五行志》《夷蠻列傳》《方伎列傳》相通，甚至存在直接對應關係。這應源於兩者共用一套災異、數術、博物的信仰、思想、知識體系，具有共同的社會文化基礎。

第二節　對古文傳記“小説氣”之批評

　　清人從“辨體”出發强調古文傳記自身的文體規範和純潔性，批評其中的“小説氣”“以小説爲古文詞”等，實際上形成了古文傳記理論批評史暨小説理論批評史上一個獨特的個案現象。在清代散文和小説研究的相關論著中，前人對此理論批評現象已或多或少有所涉及，也有個別論文專門進行論述。[1] 但是，總體看來，前人研究尚未將此理論批評個案現象獨立出來，做一全面系統的專門探討，更未對其所涉及的古文傳記與“小説”關係進行綜合融通研究。本書以回歸還原古人之原生思想觀念爲旨歸，全面梳理相關史料，深入揭示此個案現象蘊含的豐富理論内涵，從古文傳記與“小説”文體之辨的角度探討其話語背景，進而揭示其對理解古文傳記與“小説”之文體分野與混雜的啓示，反映清人對“小説”與古文關係的認識。

一、清人批評古文傳記“小説氣”之理論蘊含

　　對於集部之文章，古人特別注重文體之辨，“詞人之作也，先看文之大體”，[2] “論詩文當以文體爲先”，[3] 作爲最早之文章選本，摯虞《文章流別集》

---

　　1 如陳平原《中國散文小説史》之《第一章　緒論：中國散文與中國小説》，上海：上海人民出版社2004年版；李金松《論明末清初的“以小説爲古文”》，《廣東社會科學》2012年第2期；鄧心强《桐城派古文創作對小説筆法的吸納與運用》，《中國文學研究》2016年第1期。

　　2〔日〕遍照金剛撰，盧盛江校考：《文鏡秘府論彙校彙考》，北京：中華書局2006年版，第1464頁。

　　3（宋）張戒撰：《歲寒堂詩話》，丁福寶輯：《歷代詩話續編》，北京：中華書局1983年版，第459頁。

"又撰古文章,類聚區分",[1] 其《文章流別論》論述每一種文體的源流、功能、特徵,體現出鮮明的辨體意識,其後之《昭明文選》《文苑英華》《宋文鑒》《元文類》等歷代文章選本或總集,一貫以辨體爲先,同時,陸機《文賦》、任昉《文章緣起》、劉勰《文心雕龍》、陳騤《文則》、陳繹曾《文筌》等歷代文章學理論批評論著,明確各類文體之規範、特色,亦多辨體之論。降至明清,文章辨體之風尤盛,"文莫先於辯體,體正而後意以經之,氣以貫之,辭以飾之。體者,文之幹也",[2] 出現了吳訥《文章辨體》、徐師曾《文體明辨》、賀復徵《文章辨體匯選》等一批專門著述。古人辨析古文傳記與"小説"之文體分野,批評古文傳記的"小説氣"最早可追溯至宋代,方苞《古文約選評文》指出:"范文正公《岳陽樓記》,歐公病其詞氣近小説家,與尹師魯所議不約而同。"[3] 所謂"詞氣近小説家",即陳師道《後山詩話》:"范文正公爲《岳陽樓記》,用對語説時景,世以爲奇。尹師魯讀之曰:'《傳奇》體爾。'《傳奇》,唐裴鉶所著小説也。"[4] 批評《岳陽樓記》爲"《傳奇》體",意即强調文各有體,古文敘事不宜多用《傳奇》等"小説"慣用之駢儷語句和鋪陳形容筆法。明人也有此類辨析之論,不過較爲零散而難成體系,如于慎行《穀山筆塵》卷八:"先年士風淳雅,學務本根,文義源流皆出經典,是以粹然統一,可示章程也。近年以來,厭常喜新,慕奇好異,《六經》之訓目爲陳言,刊落芟夷,惟恐不力。陳言既不可用,勢必歸極於清空,清空既不可常,勢必求助於子史,子史又厭,則宕而之佛經,佛經又同,則旁而及小説。"[5] 方應祥《青來閣初集》卷九"雜著"《與子將論文》:"一切稗官

1（唐）房玄齡等撰:《晉書》,北京:中華書局 1974 年版,第 1427 頁。

2（明）吳訥、徐師曾著,于北山、羅根澤校點:《文章辨體序説　文體明辨序説》,北京:人民文學出版社 1962 年版,第 80 頁。

3（清）方苞:《古文約選評文》,王水照編:《歷代文話》,上海:復旦大學出版社 2007 年版,第 3977 頁。

4（宋）陳師道:《後山詩話》,（清）何文煥輯:《歷代詩話》,北京:中華書局 1981 年版,第 310 頁。

5（明）于慎行:《穀山筆塵》,北京;中華書局 1984 年版,第 86 頁。

小説之言無所不闌入，而文之壞極矣。"[1] 費元禄《甲秀園集》卷三十九文部"胡永嘉"條："今海内方以詭文、稗史、小説、短記、偏部無不入義，柄文者不得不取盈之，遂用以成風。足下標然大義，一統以醇正，可爲中流之砥柱矣。"[2] 江用世輯《史評小品》："今日之文，舉業之餘也，譬之花朝榮而夕瘁矣。操觚者不讀古文，偶一爲之，則剽六朝小説以爲蒼秀，縱有文章，其不堪采取一也。"[3]

清人對於古文之辨體主要針對明代以來古文創作中的諸多弊病而發，從凸顯古文地位、維護古文規範和純潔性等角度，區分古文與多種相近或相關文體之界限分野，"小説"即爲其中重要文體，如李紱《古文辭禁八條》："有明嘉靖以來，古文中絶，非獨體要失也，其辭亦已弊矣。……一禁用儒先語録。……一禁用佛老唾餘。……一禁用訓詁講章。……一禁用時文評語。……一禁用四六駢語。……一禁用頌揚套語。……一禁用傳奇小説。……一禁用市井鄙言。"[4]《方苞集》附沈廷芳《書方望溪先生傳後》："古文中不可入語録中語，魏、晉、六朝人藻麗俳語、漢賦中板重字法、詩歌中雋語、《南北史》佻巧語。"[5] 袁枚《小倉山房文集》卷三十五《與孫俌之秀才書》："因此體最嚴：一切綺語、駢語、理學語、二氏語、尺牘詞賦語、注疏考據語，俱不可以相侵。"[6] 吳德旋《初月樓古文緒論》："古文之體，忌小説，忌語録，忌詩話，忌時文，忌尺牘。此五者不去，非古文也。"[7] 吳鋌《文翼》："作古文當先辨體制，有不可不戒者：一曰語録氣，二曰尺牘氣，三曰詞賦氣，四曰小説氣，五曰詩話氣，六曰時文氣。去此諸病，然後可以作

1（明）方應祥撰：《青來閣初集》,《四庫禁毀書叢刊》集部 40, 北京：北京出版社 2000 年版, 第 691 頁。

2（明）費元禄撰：《甲秀園集》,《四庫禁毀書叢刊》集部 62, 北京：北京出版社 2000 年版, 第 585 頁。

3（明）江用世撰：《史評小品》,《四庫未收書輯刊》第一輯 21, 北京：北京出版社 2000 年版, 第 179 頁。

4（清）李紱撰：《古文辭禁八條》, 王水照編：《歷代文話》, 上海：復旦大學出版社 2007 年版, 第 4007—4009 頁。

5（清）方苞著, 劉季高校點：《方苞集》, 上海：上海古籍出版社 1983 年版, 第 890 頁。

6（清）袁枚著, 王英志主編：《袁枚全集》, 南京：江蘇古籍出版社 1993 年版, 第 642 頁。

7（清）吳德旋著：《初月樓古文緒論》, 北京：人民文學出版社 1959 年版, 第 19 頁。

古文。"¹李慈銘評論黃宗羲編《明文授讀》時稱:"至明文之病,非特時文之爲害也。蓋始之創爲者,潛谿、華川、正學三家,皆起於草茅,習爲迂闊之論,不知經術,其源已不能正。故其後談道學者,以語録爲文,其病僿;沿館閣者,以官樣爲文,其病霸;誇風流者,以小説爲文,其病俚;習場屋者,以帖括爲文,其病陋。蓋流爲四尚,而趨日下。國朝承之,於是四病不除而又加厲焉。道學爲不傳之秘,而僿之甚者,舍語録而鈔講章矣。館閣無一定之體,而霸之甚者,舍官樣而用吏牘矣。小説不能讀,而所習者十餘篇遊戲之文。"²總體看來,清人對古文辨體涉及的禁戒文體集中於"小説""語録""時文""尺牘""詩話""詞賦"等。³雖然古人既注重區分文體界限的"辨體",也可包容不同文體間相互吸納融合的"破體",既倡導文體謹嚴規範的"正體",也可寬容文體創新之"變體",⁴但是其中的尊卑之別、雅俗之辨、高下之分還是不容混淆的,"若古文則經國之大業也,小説豈容闌入!明嘉、隆以後,輕雋小生,自詡爲才人者,皆小説家耳,未暇數而責之"。⁵

　　清人批評古文之"小説氣"主要就傳記文而言,所列舉典型作品也多以侯方域、王猷定等明末清初文人創作之傳文爲例,如黃宗羲《陳令升先生傳》載其言:"又言侯朝宗、王于一,其文之佳者,尚不能出小説家伎倆,豈足名家。"⁶汪琬《跋王于一遺集》:"夫以小説爲古文辭,其得謂之雅馴乎?……夜與武曾論朝宗《馬伶傳》、于一《湯琵琶傳》,不勝嘆息,遂書此

1（清）吳鋌纂:《文翼》,余祖坤編:《歷代文話續編》,南京:鳳凰出版社 2013 年版,第 595 頁。

2（清）李慈銘撰,由雲龍輯:《越縵堂讀書記》,北京:中華書局 2006 年版,第 605 頁。

3 清人對古文辭與相關文體、語體區分而提出的"古文辭禁",有著豐富理論內涵,可參見潘務正《清代"古文辭禁"論》,《文學評論》2018 年第 4 期。

4 參見王水照主編《宋代文學通論·文體篇》第三章"尊體與破體",鄭州:河南大學出版社 1997 年版;吳承學《辨體與破體》《破體之通例》,《中國古代文體形態研究》,廣州:中山大學出版社 2002 年版;蔣寅《中國古代文體互參中"以高行卑"的體位定勢》,《中國社會科學》2008 年第 5 期。

5（清）李紱撰:《古文辭禁八條》,王水照編:《歷代文話》,上海:復旦大學出版社 2007 年版,第 4009 頁。

6（清）黃宗羲著,沈善洪主編:《黃宗羲全集》（第十冊）,杭州:浙江古籍出版社 2005 年版,第 599 頁。

語於後。"[1]吳德旋《初月樓古文緒論》："侯朝宗天資雅近大蘇，惜其文不講法度，且多唐人小説氣。"[2]李祖陶《國朝文録》之《四照堂集文録引》："《四照堂集》者，南昌王于一先生之所著也。……他家又有譏先生文爲不脱小説家習氣者。"[3]《壯悔堂集文録序》："《壯悔堂文集》，商邱侯朝宗先生著。……朝宗天負異稟……然而，後之譏之者則亦多矣。有謂其本領淺薄者，有謂其是非失情實者，有謂其火色未老尚不脱小説家習氣者，其言皆切中其病，非文士相輕之可比。"[4]李慈銘《越縵堂讀書記》評論《壯悔堂集》時講到："王（王于一）太近小説。"評論《西河合集》稱毛奇齡："西河文筆警秀，而時墮小説家言。"[5]李祖陶《國朝文録》評點《湯琵琶傳》時特別指出："近人譏侯朝宗、王于一文爲不脱小説家習氣，殆指此等文而言。"[6]對於"奏議"等治國理政之文，則一般不會沾染"小説家習氣"，李祖陶評點侯朝宗《代司徒公屯田奏議》稱："近人譏朝宗者，謂根抵淺薄，謂不脱小説家習氣，若見此等文，吾知其必免於議矣。"[7]

　　清人批評古文傳記之"小説氣"主要集中於有違古文"雅潔"風格規範而沾染了"小説"俗鄙之氣，有違古文叙事尚簡原則而運用了"小説"之"筆法"，有違古文語言典雅標準而摻入"小説"詞句等。

　　唐宋古文創作就已標舉"雅潔"之風格，如柳宗元以"峻潔"稱贊《史記》，"太史公甚峻潔"，"參之太史公以著其潔"。[8]柳開《河東先生集》卷

1（清）汪琬著，李聖華箋校：《汪琬全集箋校》，北京：人民文學出版社2010年版，第907頁。

2（清）吳德旋撰：《初月樓古文緒論》，北京：人民文學出版社1959年版，第30頁。

3（清）李祖陶輯：《國朝文録》，《續修四庫全書》集部1669，上海：上海古籍出版社2003年版，第486頁。

4 同上，第428頁。

5（清）李慈銘撰：《越縵堂讀書記》，北京：中華書局1963年版，第727、730頁。

6（清）李祖陶輯：《國朝文録》，《續修四庫全書》集部1669，上海：上海古籍出版社2002年版，第505頁。

7 同上，第451頁。

8（唐）柳宗元著：《柳河東集》，上海：上海人民出版社1974年版，第547、543頁。

一《應責》："古文者，非在辭澀言苦，使人難讀誦之；在於古其理，高其意，隨言短長，應變作制，同古人之行事，是謂古文也。"[1]清人更是將"雅潔"作爲古文的核心文體規範或理想風格，一方面，統治者積極宣導醇正、古雅之正統文論，如康熙在《古文淵鑒序》中提出"精純""古雅"的文章準則。方苞《欽定四書文》之"凡例"稱："故凡所録取，皆以發明義理、清真古雅、言必有物爲宗。""文之清真者，惟其理之是而已，即翶所謂'創意'也。文之古雅者，帷其辭之是而已，即翶所謂'造言'也。"[2]另一方面，古文大家多推崇"雅潔"之風格，[3]如方苞《望溪集》之《書蕭相國世家後》："柳子厚稱太史公書曰潔，非謂辭無蕪累也，蓋明於體要，而所載之事不雜，其氣體爲最潔耳。"[4]羅汝懷《緑漪草堂集》文集卷十八《讀東方朔傳》："望溪文以雅潔爲宗。"[5]此外，古文選家亦鼓吹"雅潔"之文章標準，如姚椿輯《國朝文録》之《自序》稱其選文："其意以正大爲宗，其辭以雅潔爲主。"[6]

"小説氣"的古文傳記則違背了"雅潔"之原則，汪琬《跋王于一遺集》："小説家與史家異。古文辭之有傳也，記事也，此即史家之體也。前代之文有近於小説者，蓋自柳子厚始，如《河間》《李赤》二傳、《謫龍説》之屬皆然。然子厚文氣高潔，故猶未覺其流宕也。至於今日，則遂以小説爲古文辭矣。太史公曰：'其文不雅馴，縉紳先生難言之。'夫以小説爲古文詞，其得謂之雅馴乎？"[7]沈廷芳《書方望溪先生傳後》援引方苞語："南宋、元、

1（宋）柳開著，李可風點校：《柳開集》，北京：中華書局 2015 年版，第 12 頁。

2（清）方苞編，王同舟、李瀾校注：《欽定四書文校注》，武漢：武漢大學出版社 2015 年版，第 1 頁。

3 參見慈波《文話流變研究》中編之第四章《義理之外：桐城文派的文法論·方苞的古文"雅潔"説》，上海：復旦大學出版社 2020 年版。

4（清）方苞著，劉季高校點：《方苞集》，上海：上海古籍出版社 1983 年版，第 56 頁。

5（清）羅汝懷撰，趙振興校點：《羅汝懷集》，長沙：岳麓書社 2013 年版，第 269 頁。

6（清）姚椿：《國朝文録自序》，轉引自任繼愈編：《中華傳世文選》，長春：吉林人民出版社 1998 年版，第 332 頁。

7（清）汪琬著，李聖華箋校：《汪琬全集箋校》，北京：人民文學出版社 2010 年版，第 907 頁。

明以來，古文義法不講久矣。吳、越間遺老尤放恣，或雜小説，或沿翰林舊體，無雅潔者。"[1]古代文體學講究文體品位秩序，主張不同類型文體之間的雅俗、尊卑、高下之區分，古文崇"雅"，特別注重與"野""鄙""俗"之辨，如沈德潛《卓雅集序》："唐殷璠論詩，謂詩有野體、鄙體、俗體，唯文亦然。文之野體，橫馳議論，不嫻律令者也；文之鄙體，發言庸偎，鄰於佞諛者也；文之俗體，荒棄經籍，略同里巷者也。三者雖殊，受弊則一，一言蔽之，曰傷於雅而已。"[2]姚鼐《惜抱軒語》："大抵作詩、古文，皆急須先辨雅俗；俗氣不除盡，則無由入門，況求妙絕之境乎？"[3]古文的雅俗之辨，也特別注重化俗爲雅，如吳鋌《文翼》："惜抱云：'詩文先須辨雅俗，俗氣不除，則無由入門。'仲倫先生謂：'避俗如仇尚易，化俗爲雅尤難。'王介甫、曾子固，避俗如仇者也。永叔在夷陵，《與尹師魯書》似街譚巷説，無一句不入雅，然不是小説家境界；子瞻《答秦太虛書》，叙瑣屑事如家常説話，自是雅人深趣；子固《越州救災記》，叙荒雜瑣碎事，而不入於俚，望溪謂似商子文格；晉望先生《與畢莘農書》文境亦仿佛似之：皆化俗爲雅者也。"[4]

在古代文類、文體體系中，"古文"與"小説"之品位存在明顯的古雅與俗野之别，"小説"特別是容易與古文傳記相混之傳奇體小説，多被定位爲"鄙淺""鄙俚"之作，如晁公武《郡齋讀書志》稱《青瑣高議》："載皇朝雜事及名士所撰記傳。然其所書，辭意頗鄙淺。"[5]錢大昕《十駕齋養新録》卷十八《文人浮薄》稱："唐士大夫多浮薄輕佻，所作小説，無非奇詭妖艷

1（清）方苞著，劉季高校點：《方苞集》，上海：上海古籍出版社1983年版，第890頁。

2（清）沈德潛著，潘務正、李言校點：《沈德潛詩文集》，北京：人民文學出版社2011年版，第1578頁。

3（清）姚鼐撰：《惜抱輯語》，余祖坤編：《歷代文話續編》，南京：鳳凰出版社2013年版，第402頁。

4（清）吳鋌纂：《文翼》，同上，第607—608頁。

5（宋）晁公武撰，孫猛校證：《郡齋讀書志校證》，上海：上海古籍出版社2011年版，第597頁。

之事，任意編造，誑惑後輩。"[1]《四庫全書總目》之《海山記、迷樓記、開河記》提要："《開河記》述麻叔謀開汴河事，詞尤鄙俚。"[2]古文尚"潔"，實際上强調其恪守古文"義法"，保持文體規範之純粹性，所謂"多唐人小説氣""不脱小説家習氣""或雜小説"，即指其在作文旨趣、叙事筆法、語言詞句等方面摻雜了"小説"之文體特徵。

從具體批評指向來看，清人指摘古文傳記之"小説氣"集中於叙事筆法和語言詞句，如張謙宜《絸齋論文》卷五："《書戚三郎事》，純用瑣細事描寫情狀，是史法却不入史品。正當於結構疏密處辨之。此只如古小説之傷者耳。"[3]王昶《春融堂集》卷三十一《與陸耳山侍講書》："漁洋之負重望……惟古文間纂入唐宋間小説語。"[4]羅汝懷《緑漪草堂集》文集卷二十二《與馬岱青書》："近世《小倉山集》紀述多誣，而描寫每近於小説，出語又多習氣，篤實者弗尚也。"[5]

從叙事筆法來看，古文叙事尚簡，歐陽修《尹師魯墓誌銘》稱贊其文"簡而有法"，[6]范仲淹推崇尹洙之文"其文謹嚴，辭約而理精"，[7]王安石作文主張"詞簡而精，義深而明"，[8]陳騤《文則》："事以簡爲上，言以簡爲當。言以載事，文以著言，則文貴其簡也。"[9]張謙宜《絸齋論文》卷三："叙事以

1（清）錢大昕撰，陳文和主編：《嘉定錢大昕全集》（增訂本），南京：鳳凰出版社 2016 年版，第 490 頁。

2（清）永瑢等撰：《四庫全書總目》，北京：中華書局 1965 年版，第 1216 頁。

3（清）張謙宜撰：《絸齋論文》，王水照編：《歷代文話》，上海：復旦大學出版社 2007 年版，第 3935 頁。

4（清）王昶撰：《春融堂集》，《續修四庫全書》集部 1438，上海：上海古籍出版社 2003 年版，第 13 頁。

5（清）羅汝懷撰，趙振興校點：《羅汝懷集》，長沙：岳麓書社 2013 年版，第 338 頁。

6（宋）歐陽修著，李之亮箋注：《歐陽修集編年箋注》，成都：巴蜀書社 2007 年版，第 436 頁。

7（宋）范仲淹著，李勇先、王蓉貴校點：《范仲淹全集》，成都：四川大學出版社 2002 年版，第 183 頁。

8（宋）王安石撰：《臨川先生文集》，北京：中華書局 1959 年版，第 798 頁。

9（宋）陳騤著，劉彦成注譯：《文則注譯》，北京：書目文獻出版社 1988 年版，第 12 頁。

簡古爲難。”¹劉大櫆《論文偶記》：“文貴簡。凡文筆老則簡，意真則簡，辭切則簡，理當則簡，味淡則簡，氣蘊則簡，品貴則簡，神遠而含藏不盡則簡，故簡爲文章盡境。”²然而，“小說”特別是傳奇體小說文筆精細而講究鋪叙描摹，桃源居士《唐人小說序》：“唐人於小說，摘詞布景，有翻空造微之趣。”³胡應麟《少室山房類稿·柳毅》稱：“唐人傳奇小說，如《柳毅》《陶峴》《紅綫》《虬髯客》諸篇，撰述濃至，有范曄、李延壽之所不及。”⁴因此，古文傳記描摹較多，就容易混同於“小說”之叙事筆法，如張謙宜《絸齋論文》卷四：“《王彦章畫像記》，表其大節，凜凜如生，此畫所難傳之神也。若詳其面之長短黑白、眉目鬚髮之稀密、頰紋瘢靨之有無，便是小說手段。”⁵平步青《霞外攟屑》卷七“小說不可用”：“古文寫生逼肖處，最易涉小說家數。宜深避之。”⁶例如，對於汪琬《西郊泛雪倡和詩序》：“予在郎署十餘歲，每遇雨雪，則京師道上，馬牛車驢相踩踐，中間泥濘逾數尺，左右冰陵如山瀨，晨入署，轍有顛仆之恐。又嘗奏事行殿，夜半抵南海子，風雪甚猛大，聲發林木間，幾於蜮唬鬼嘯，鐙火撲滅幾盡，迷不知路，旁皇良久，遇騎者援之，始得免。及請告歸裏，冬杪過明谷，寒雲四集，彌望無人煙。予方乘肩輿，積雪覆輿盈寸，輿人力倦不能荷，衣裝皆濕，手足至僵凍欲裂，上下齒博擊砭砭有聲，氣色悉沮喪，幸而前達逆旅，則僮僕無不置酒相賀，以爲更生。甚矣予之畏雪也！至今偶一追維，猶不寒而慄。”⁷葉燮《汪

1（清）張謙宜撰：《絸齋論文》，《續修四庫全書》集部 1714，上海：上海古籍出版社 2003 年版，第 443 頁。

2（清）劉大櫆著：《論文偶記》，北京：人民文學出版社 1998 年版，第 8 頁。

3（明）桃源居士編：《唐人小說》，上海：上海文藝出版社 1992 年版，第 1 頁。

4（明）胡應麟撰：《少室山房類稿》，轉引自汪辟疆《唐人小說》，上海：上海古籍出版社 2002 年版，第 69 頁。

5（清）張謙宜撰：《絸齋論文》，《續修四庫全書》集部 1714，上海：上海古籍出版社 2003 年版，第 447 頁。

6（清）平步青著：《霞外攟屑》，北京：中華書局 1982 年版，第 559 頁。

7（清）汪琬著，李聖華箋校：《汪琬全集箋校》，北京：人民文學出版社 2009 年版，第 1447 頁。

文摘謬》評論稱："若論文筆，則鋪叙形容處，無一非俗筆；章法、句法、字法極似小説，又似爛惡尺牘。"[1] 相反，張謙宜《絸齋論文》所論歐陽修《王彦章畫像記》，作爲古文叙事的典範，可謂叙事簡古傳神而絶無鋪叙描摹之處：

　　太師王公諱彦章，字子明，鄆州壽張人也。事梁爲宣義軍節度使，以身死國，葬於鄭州之管城。晉天福二年，始贈太師。公在梁以智勇聞，梁、晉之爭數百戰，其爲勇將多矣，而晉人獨畏彦章。自乾化後，常與晉戰，屢困莊宗於河上。及梁末年，小人趙岩等用事，梁之大臣老將多以讒不見信，皆怒而有怠心，而梁亦盡失河北，事勢已去。諸將多懷顧望，獨公奮然自必，不少屈懈，志雖不就，卒死以忠。公既死，而梁亦亡矣。悲夫！五代終始才五十年，而更十有三君，五易國而八姓，士之不幸而出乎其時，能不污其身，得全其節者鮮矣。公本武人，不知書，其語質，平生嘗謂人曰："豹死留皮，人死留名。"蓋其義勇忠信，出於天性而然。[2]

　　當然，清人並非一概反對古文叙事描摹之細節描寫和場景鋪陳，而是强調要簡潔傳神，如黄宗羲《論文管見》："叙事須有風韻，不可擔板。今人見此，遂以爲小説家伎倆。不觀《晉書》《南北史》列傳，每寫一二無關係之事，使其人之精神生動，此頗上三毫也。"[3] 方苞《書歸震川文集後》評論歸有光書寫親人日常生活之文："至事關天屬，其尤善者，不俟修飾，而情辭並得，使覽者惻然有隱，其氣韻蓋得之子長。"[4] 李祖陶《國朝文録》評點彭

1（清）葉燮摘：《汪文摘謬》，余祖坤編：《歷代文話續編》，南京：鳳凰出版社 2013 年版，第 32 頁。
2（宋）歐陽修著，李之亮箋注：《歐陽修集編年箋注》，成都：巴蜀書社 2007 年版，第 73—74 頁。
3（清）黄宗羲著，沈善洪主編：《黄宗羲全集》（第十册），杭州：浙江古籍出版社 2005 年版，第 668—669 頁。
4（清）方苞著，劉季高校點：《方苞集》，上海：上海古籍出版社 1983 年版，第 117 頁。

端淑《陳烈女傳》："此等題，今人作之者多矣。然往往有議論而無神味，又或過於描畫未能恰如其人，惟此文寫其嫂之微笑，寫其母之痛訶，寫其女之驟聞而神奪、久鬱而志堅，如燈取影，毫髮畢肖而又筆筆高簡，無小説家渲染習氣技也，而入於神且進於道矣。"[1]彭端淑《陳烈女傳》有比較細膩的細節點染，形同"小説"筆法，但能於細節點染中傳達人物道德品格，亦被古文家認可：

　　郯城陳烈女者，生自農家，許聘鄰人徐姓子，未冠而死。訃至，女執薪方爨，聞之，薪自灶中燃及外，達於手始解。須臾入內，撤其頭繩足帶，易以素，出復爨，忽大慟。其嫂見之，微笑言於母。母曰："閨中女，奈何作此態。"女遂止。女父農人，難與言。舅某，邑諸生，素奇女，適他出，女口中念曰："安得舅氏至乎？"久之乘間語母曰："兒已許聘徐郎，便終身不易。聞郎伯兄有兩子，得一子撫之，便畢兒願。"母正色叱之曰："唉，是何言！汝母自爲婦來，未聞有此，止恐爲外人羞也。且毋令若父知，知則當重怒汝。"女不再言。他日，母怪其形骨立，潛視卧處，則淚濕枕有血痕。驚曰："此子乃一癡至此耶！"倩鄰嫗代解之。女度母終不可行己志，而又不敢達於父，但日俟舅至，而舅終不至，遂自經死。[2]

　　古人文章辨體亦多强調用語之規範，如劉祁《歸潛志》稱："文章各有體，本不可相犯欺，故古文不宜蹈襲前人成語，當以奇異自强。四六宜用前人成語，複不宜生澀求異。如散文不宜用詩家語，詩句不宜用散文言，律賦

1（清）李祖陶輯：《國朝文録》，《續修四庫全書》集部1670，上海：上海古籍出版社2002年版，第375頁。

2（清）彭端淑：《陳烈女傳》，轉引自（清）錢儀吉纂，靳斯校點：《碑傳集》，北京：中華書局1993版，第4548—4549頁。

不宜犯散文言，散文不宜犯律賦語，皆判然各異。如雜用之，非惟失體，且梗目難通。然學者闇於識，多混亂交出，且互相詆諆，不自覺知此弊，雖一二名公不免也。"[1] 從語言詞句來看，古文語言以典雅爲則，自然禁入"小説"之詞句，吳德旋《初月樓古文緒論》："國初如汪堯峰文，非同時諸家所及，然詩話尺牘氣尚未去净，至方望溪乃盡净耳。詩賦字雖不可有，但當分別言之：如漢賦字句，何嘗不可用？六朝綺靡，乃不可也。正史字句，亦自可用；如《世説新語》等太雋者，則近乎小説矣。公牘字句，亦不可闌入者。此等處，辨之須細須審。"[2] 吳鋌《文翼》："柳州《與韋中立書》中有俳優語，近於小説。"[3] 例如，對於汪琬《金孝章墓誌銘》："予嘗走詣先生，老屋數間，塵埃滿案，與客清坐相對，久之自起焚香瀹茗，出其書畫與所録本，娱客而已。"葉燮《汪文摘謬》評論稱："'清坐'二字俗，且似小説。"[4] 其實，時人不僅反對對古文傳記用語沾染"小説氣"，甚至對史傳引入"小説"語詞，亦持批評態度，如李鄴嗣《世説遺録序》："著書家各自有體，寧取史傳語入稗篇中，不得取稗篇語入史傳中。"[5]

此外，清人批評古文傳記之"小説氣"，亦有從文章立意角度指責其"用意纖刻"，如吳德旋《初月樓古文緒論》："《史記》未嘗不罵世，却無一字纖刻。柳文如《宋清傳》《蝜蝂傳》等篇，未免小説氣，故姚惜抱於諸傳中只選《郭橐駝》一篇也。所謂小説氣，不專在字句。有字句古雅，而用意太纖、太刻，則亦近小説。看昌黎《毛穎傳》，直是大文章。"[6] 這應與古文特別注重"立意"之創作傳統密切相關，杜牧《樊川文集》卷十三《答莊充

1（金）劉祁撰，崔文印點校：《歸潛志》，北京：中華書局 1983 年版，第 138 頁。

2（清）吳德旋著：《初月樓古文緒論》，北京：人民文學出版社 1959 年版，第 19 頁。

3（清）吳鋌纂：《文翼》，余祖坤編：《歷代文話續編》，南京：鳳凰出版社 2013 年版，第 605 頁。

4（清）葉燮摘：《汪文摘謬》，同上，第 24 頁。

5（明）李鄴嗣著，張道勤校點：《杲堂詩文集》，杭州：浙江古籍出版社 2013 版，第 634 頁

6（清）吳德旋著：《初月樓古文緒論》，北京：人民文學出版社 1959 年版，第 25 頁。

書》："凡爲文以意爲主，氣爲輔，以辭彩章句爲之兵衛。"[1] 釋智圓《送庶幾序》："夫所謂古文者，宗古道而立言，言必明乎古道也""今其辭而宗於儒，謂之古文可也；古其辭而倍於儒，謂之古文不可也。"[2] 陳騤《文則》："文之作也，以載事爲難：事之載也，以蓄意爲工。"[3] 張謙宜《絸齋論文》卷一："古文不在字句而在立意。"[4]

從上述理論批評的作者來看，清人批評古文傳記之"小説氣"既有一批桐城派古文家如方苞、劉大魁、吳德旋、吳鋌等，也包括桐城派之外的其他古文家如汪琬、張謙宜、李紱、王昶、李祖陶等，實際上應看作清代古文家比較普遍的認識判斷。從批評者相關言論的時間分布來看，清人批評古文傳記"小説氣"貫穿於整個清代，如清初之汪琬、張謙宜，清中期之方苞、李紱、劉大櫆、王昶，清後期之吳德旋、李祖陶、吳鋌。

以頗具"小説氣"的王猷定《四照堂詩文集》文集卷四"傳""記"、侯方域《侯方域集》卷五"傳"、毛奇齡《西河集》卷七十三至八十三"傳"中的有關作品爲例，可見古文傳記之"小説氣"在具體作品中主要表現爲以下幾個方面：傳主和事迹以身份低微之"奇人""怪人""異事"爲旨趣，如王猷定《李一足傳》《樗叟傳》《孝賊傳》《湯琵琶傳》《義虎記》、侯方域《李姬傳》《馬伶傳》、毛奇齡《陳老蓮別傳》《桑山人傳》《魯顛傳》《尼演傳》《湖中二客傳》，人物故事的傳奇色彩濃厚，有的還事涉神怪，多有失"雅馴"，如《湯琵琶傳》："偶泛洞庭，風濤大作，舟人惶擾失措。曾匡坐，彈《洞庭秋思》。稍定，再泊岸，見一老猿，鬚眉甚古，自叢箐中跳入蓬窗，哀號中夜。天明，忽報琵琶躍水中，不知所在。自失故物，輒惘悵不

1（唐）杜牧著，吳在慶校注：《杜牧集繫年校注》，北京：中華書局 2008 版，第 884 頁。

2（宋）釋智圓：《送庶幾序》，郭紹虞主編：《中國歷代文論選》，北京：中華書局 1962 年版，第 11—12 頁。

3（宋）陳騤著，劉彥成注譯：《文則注譯》，北京：書目文獻出版社 1988 年版，第 15 頁。

4（清）張謙宜撰：《絸齋論文》，《續修四庫全書》集部 1714，上海：上海古籍出版社 2003 年版，第 427 頁。

復彈。已歸省母，母尚健，而婦已亡，惟居旁土抔土在焉。母告以婦亡之夕有猿啼户外，啓户不見。"[1] 同時，在叙事方面，寫生描摹，筆法細膩、瑣屑，語言口語化，有失"瑣碎"，如周亮工《書戚三郎事》："戚心獨朗朗，念虔事帝，得死楹下足矣。然度難死，帝顯赫，或有以援我。日且暮，覺祠中有異，糾臂帶忽裂，裂聲如弓弦，作霹靂鳴。戚臂左受創，糾縛既斷，因得以右扶首，首將墮，喉固未絶，因宛轉正之。""戚乃攜子，先懇之郝，郝與俱來。戚直前跪曰：'連覓妻所在，聞即在府中，願憫之。'張即詢：'所系婦，首王氏，即戚婦耶？'呼之出，真戚婦也。戚見婦，驚悸錯愕，未敢往就，搖搖不知悲。其子見母出，突奔母懷，仰視大痛。婦亦俯捧兒，哭失聲，戚至是始血淚迸落。戚、成跪張前，戚婦亦遙跪聽命。"[2]

上述分析與清人對韓愈《試大理評事王君墓誌銘》的評論非常吻合，如黄本驥《讀文筆得》：

昌黎志王適墓云："妻上谷侯氏處士高女，高固奇士，自方阿衡太師，世莫能用吾言。再試吏，再怒去，發狂，投江水。初，處士將嫁其女，懲曰：'吾以齟齬窮，一女憐之，必嫁官人，不以與凡子。'君曰：'吾求婦氏久矣，惟此翁可人意，且聞其女賢，不可以失。'即謾謂媒嫗：'吾明經及第，且選即官人。侯翁女幸嫁，若能令翁許我，請進百金爲嫗謝。'許諾白翁，翁曰：'誠官人耶，取文書來。'君計窮，吐實，嫗曰：'無苦，翁大人，不疑人欺我。得一卷書，粗若告身者，我袖以往，翁見未必取視，幸而聽我。'行其謀。翁望見文書衘袖，果信不疑，曰：'足矣。'以女與王氏。"按此文計六百字，而叙此一事，乃

1（清）王猷定撰：《四照堂文集》，《四庫未收書輯刊》第五輯27，北京：北京出版社2000年版，第253頁。

2（明）周亮工：《書戚三郎事》，轉引自（清）張潮輯，王根林校點：《虞初新志》，上海：上海古籍出版社2012年版，第82—85頁。

多至二百字。賂媒騙婦何等事也，乃大書特書於勒石銘幽之作耶，在今人必以爲鄙瑣似小説矣，然實古大家作文之枕秘也。[1]

所謂"鄙瑣似小説"即指其題材内容有失雅馴，叙事筆法描摹瑣屑。

二、清人對"小説氣"古文傳記之文類文體定位

清人對古文"小説氣"批評主要集中於《馬伶傳》《湯琵琶傳》等一批以下層人士之奇人異事爲旨歸的傳文，從明清的文人别集、文章總集和小説選本的選文收錄以及官私書目相關著錄情況來看，對此類作品的文類、文體定位實際上也介於集部之傳文和子部之"小説"之間。

明清之文人别集、文集頗多載錄奇人異事而具有"小説氣"的古文傳記，此類作品首先歸屬於集部之文。例如，袁中道《珂雪齋集》前集卷十六"文"收錄《關木匠傳》《一瓢道士傳》《回君傳》，汪道昆《太函集》卷二十七"傳"至卷四十"傳"類收錄《庖人傳》《江山人傳》《陳宜人傳》《却姬傳》，周亮工《賴古堂集》卷十八"傳"類收錄《盛此公傳》《書戚三郎事》。同時，還存在個别作品同時載入文集和小説集的跨類現象，例如，王士禎《帶經堂集》卷四十四"漁洋文"六《書劍俠二事》，同時也收入了王士禎《池北偶談》卷二十三"劍俠"條、卷二十六"女俠"條。而且，個别文人别集甚至在著述體例上出現了"小説集化"的現象，如宋懋澄《九籥别集》，《明史》將其著錄於集部，但卷二至卷四題名爲"稗"，既有《吕翁事》《飛虎》《俠客》等筆記雜記，也有《耿三郎》《珠衫》《吳中孝子》《劉東山》等傳記，全類"小説"，這些作品也被同時收錄《九籥集》，王士禎

1（清）黄本驥撰，劉範弟點校：《黄本驥集》，長沙：岳麓書社 2009 年版，第 268 頁。

《池北偶談》卷二十二"宋孝廉數學"稱其："如稗官家劉東山、杜十娘等事，皆集中所載也。"[1]徐芳《懸榻編》，雖屬文人別集，如文德翼《求是堂文集》卷二《懸榻編序》："因評選其文集以行，曰《懸榻編》云。"[2]徐乾學《傳是樓書目》將《懸榻編》著録於集部之別集類，但卷三至卷六收録《太行虎記》《化虎記》《怪病記》等雜記或《奇女子傳》《乞者王翁傳》《月峰山人傳》《柳夫人小傳》等傳，與其小説集《諾皋廣志》著述體例非常接近。顯然，這種混雜不同於一般的文人大全性的別集收録小説類著作，如鈕琇《臨野堂詩集十三卷文集十卷尺牘四卷詩餘一卷》，"原集尚有《觚賸》正續編八卷附刊於後，今析出別記於小説類中"。[3]

　　清人選編之明代文章總集或選本以黃宗羲《明文案》《明文海》《明文授讀》和薛熙《明文在》、顧有孝《明文英華》最具代表性。黃宗羲所編明代文章總集《明文海》以保存一代文獻爲旨歸，故"小説氣"之古文亦收録無遺，卷三八七至卷四二八"傳"類，分爲名臣、功臣、能臣、文苑、儒林、忠烈、義士、奇士、名將、名士、隱逸、氣節、獨行、循吏、孝子、列女、方技、仙釋、詭異、物類、雜傳等二十一類子目，其中，"方技""奇士""獨行""詭異""隱逸""物類""雜傳"等多以下層人士中的異人、奇人、怪人爲傳主，載録之事也多求奇嗜異趣味，如袁中道《回君傳》、陳鶴《乞市者傳》、汪道昆《庖人傳》、侯一麟《鮑奕士傳》、何白《方湯夫傳》、車大任《潘屠傳》、侯方域《馬伶傳》、王寵《張琴師傳》、何偉然《馬又如傳》、汪道昆《查八十傳》、王猷定《湯琵琶傳》《李一足傳》、丘雲霄《楚人傳》、沈一貫《搏者張松溪傳》、戴良《袁廷玉傳》、陳謨《乘槎客傳》、劉伯燮《日者蔣訓傳》、朱右《滑攖寧傳》、戴良《吕復傳》、祝允明《韓公傳》、

1（清）王士禛撰，靳斯仁點校：《池北偶談》，北京：中華書局1982年版，第520—521頁。
2（明）文德翼撰：《求是堂文集》，《四庫禁毀叢刊》集部141，北京：北京出版社1998年版，第329頁。
3（清）周中孚著，黃曙輝、印曉峰標校：《鄭堂讀書記》，上海：上海書店出版社2009年版，第1150頁。

慎蒙《漢章凌先生傳》、徐顯卿《盛少和先生傳》、黄鞏《拙修小傳》、丘雲霄《山人操舟傳》、徐敬《朱山人傳》、徐芳《太行虎記》《柳夫人小傳》、張鳳翼《張越吾輪回傳》、戴士琳《李翠翹傳》等。《四庫全書總目》評黄宗羲《明文海》："又欲使一代典章人物，俱藉以考見大凡，故雖遊戲小説家言，亦爲兼收並采，不免失之泛濫。"[1]當然，嚴謹的古文選本多有所甄別，黜而不録"小説氣"古文，如《明文在》"傳"類僅收文二十篇，全無此類作品。

　　清代編纂之清人古文選本主要有陸熠《切問齋文鈔》、徐斐然《國朝二十四家文鈔》、王昶《湖海文傳》、姚椿《國朝文録》、吳翌鳳的《國朝文徵》、朱琦《國朝古文匯鈔》、李祖陶《國朝文録》及《續編》等，一般很少收録"小説氣"之古文，例如《湖海文傳》其編選宗旨則是以講求實學，兼顧詞章之美爲主，卷六十一至卷六十六"傳"類，未收録異人奇事之作。《國朝文録》及《續編》選文以醇雅爲尚，"有明道之文而近膚者不録，有論事之文而大横者不録，有紀功述德之文而過諛者不録，有言情寫景之文而涉浮者不録"。[2]其中，《四照堂文録》僅選《湯琵琶傳》，《壯悔堂文録》選《賈生傳》《徐作霖張渭傳》，而未收《馬伶傳》《李姬傳》等。徐斐然《國朝二十四家文鈔》收録個別"小説氣"古文，亦被批判，"以王于一之《李一足》《湯琵琶傳》，侯朝宗之《馬伶》《李姬傳》，爲近俳不録，而采王之《孝賊傳》《義虎記》，侯之《郭老僕墓志》，乃彌近小説。勺庭、劉文炳、江天一諸傳，最爲出色，乃屏不收，而取其《大鐵椎傳》，則俚率遊戲，直是《水滸傳》中文字"。[3]清代編纂之清人古文選本極少收録"小説氣"的古文傳記，一方面應與清代古文批評強調古文與小説的文類文體區分相關，另一

1（清）永瑢等撰：《四庫全書總目》，北京：中華書局 1965 年版，第 1729 頁。

2（清）李祖陶輯：《國朝文録》，《續修四庫全書》集部 1669，上海：上海古籍出版社 2003 年版，第 300 頁。

3（清）李慈銘撰，由雲龍輯：《越縵堂讀書記》，北京：中華書局 2006 年版，第 624 頁。

方面，也應與“虞初”系列小説選本的流行密不可分。

　　明人已有傳奇文選本收録傳體文現象，如孫一觀輯《志林》主要選録《柳毅傳》《紅綫傳》《長恨傳》《周秦行紀》《鶯鶯傳》《柳氏傳》《杜牧傳》《李謨傳》《崔玄微傳》《獨孤遐叔傳》《昆侖奴傳》《却要傳》《妖柳傳》等，也收入蘇軾《僧圓澤傳》、宋濂《竹溪逸民傳》等。張潮《虞初新志》以“事奇而核，文雋而工”“任誕矜奇，率皆實事”、“表彰軼事，傳布奇文”爲旨趣，[1]從明末清初文人之別集、文集以及總集中選録了一批頗具“小説氣”的傳文，[2]“其事多近代也，其文多時賢也”，[3]如魏禧《姜貞毅先生傳》《大鐵椎傳》《賣酒者傳》《吳孝子傳》、侯方域《馬伶傳》《李姬傳》、王猷定《湯琵琶傳》《李一足傳》《孝貼傳》、周亮工《盛此公傳》《書戚三郎事》、吳偉業《柳敬亭傳》《張南垣傳》、毛奇齡《陳老蓮別傳》《桑山人傳》、顧彩《焚琴子傳》《髯樵傳》、秦松齡《過百齡傳》、毛際可《李丐傳》、方亨咸《武風子傳》、李清《鬼母傳》、宗元鼎《賣花老人傳》等，顯然，其中許多作品亦曾被明人文集和《明文海》收録。同時，《虞初新志》有部分傳記文源自子部之“小説”，如《人觚》《事觚》《物觚》《燕觚》《豫觚》《秦觚》《吳觚》源自鈕琇《觚賸》，《唐仲言傳》《李公起傳》源自周亮工《因樹屋書影》卷三“唐仲言”條、《李公起》條。此外，《虞初新志》也有部分傳記可看作史部之“傳記”，如陳鼎《八大山人傳》《活死人傳》《狗皮道士傳》《薛衣道人傳》《彭望祖傳》《雌雄兒傳》《毛女傳》《王義士傳》《愛鐵道人傳》，亦被陳鼎編入《留溪外傳》，而此書被歸入史部之“傳記”，如《四庫全書總目》著

　　1（清）張潮輯，王根林校點：《虞初新志》，上海：上海古籍出版社 2012 年版，“自序”“凡例十則”，第 1—2 頁。

　　2 參見陸學松：《小説、傳記與傳記體小説——從〈虞初新志〉重審“虞初體”内涵》，《社會科學家》2017 年第 8 期；朱柳斌：《從〈虞初新志〉看傳記文與傳奇小説的互滲》，碩士論文，湖南師範大學，2018 年。

　　3（清）張潮輯，王根林校點：《虞初新志》，上海：上海古籍出版社 2012 年版，“自叙”第 1 頁。

錄於“傳記類總錄之屬”：“是書凡分十三部：曰忠義、曰孝友、曰理學、曰隱逸、曰廉能、曰義俠、曰遊藝、曰苦節、曰節烈、曰貞孝、曰闓德、曰神仙、曰緇流，所紀皆明末國初之事，其間畸節卓行，頗足以闡揚幽隱。……其間怪異諸事，尤近於小説家言，不足道也。”[1]《虞初新志》將“小説氣”之古文傳記、“小説”、史部之“傳記”並列收錄，將其看做性質相同或相類之作，混淆了三者之文類界限。

在清人看來，《虞初新志》整體上還是歸屬於子部之“小説家”。張潮明確提出《虞初新志》接踵《虞初志》而作，其《自叙》稱：“此《虞初》一書，湯臨川稱爲小説家之‘珍珠船’，點校之以傳世，洵有取爾也。獨是原本所撰述，盡摭唐人軼事，唐以後無聞焉……予是以慨然有《虞初後志》之輯，需之歲月，始可成書，先以《虞初新志》授梓問世。”[2]《凡例》亦稱：“兹集效虞初之選輯，效若士之點評。”[3]《虞初志》爲“小説家之‘珍珠船’”，《虞初新志》自然也同屬“小説家”。田秌《如意君傳序》亦將《虞初新志》與《聊齋志異》等並列稱爲“稗官小説”：“降而稗官小説，如《三國志》《西遊》《水滸》《西廂》《聊齋》《紅樓》《虞初新志》，齊諧志怪種種，不可勝數者。”[4]王用臣《斯陶説林》卷前“斯陶説林例言”：“《虞初新志》等書，率以文章爲小説，又是一種筆墨。”[5]

清人對《虞初新志》的著錄主要見於方志，也多將其歸入“小説”，如趙宏恩《（乾隆）江南通志》著錄於“雜説類”，“雜説”相當於“雜家”“小説家”。何紹基《（光緒）重修安徽通志》著錄於“小説類”。當然，也有《八千卷樓書目》將其著錄於史部之“傳記類總錄之屬”。《虞初新志》風靡

1（清）永瑢等撰：《四庫全書總目》，北京：中華書局1965年版，第567頁。
2（清）張潮輯：《虞初新志·自叙》，上海：上海古籍出版社2012年版，第1頁。
3（清）張潮輯：《虞初新志·凡例十則》，同上。
4（清）田秌：《如意君傳序》，丁錫根編著《中國歷代小説序跋集》，北京：人民文學出版社1996年版，第1581頁。
5（清）王用臣輯：《斯陶説林》，北京：中國書店1991年版，第1頁。

一時，"幾於家有其書矣"，仿之體例而繼續輯録明末至清代文人文集中載録奇人異事之傳文，有鄭澍若所編《虞初續志》、黄承增所輯《廣虞初新志》、朱承鋬所編《虞初續新志》等，"取國朝各名家文集，暨説部等書"，[1] 形成了一個"虞初"系列。《虞初新志》以及"虞初"系列被整體歸屬定位於"小説家"，實際上進一步凸顯了載録奇人異事之古文傳記的"小説"性。

三、清代古文傳記"小説氣"溯源

從明清文體學來看，時人實際上將"正史"列傳、史部"傳記"、集部"傳體文"看作相聯相通的文類、文體譜系。吴訥《文章辨體序説》："太史公創史記列傳，蓋以載一人之事，而爲體亦多不同。迨前後兩《漢書》《三國》《晉》《唐》諸史，則第祖襲而已。厥後世之學士大夫，或值忠孝才德之事，慮其湮没弗白；或事迹雖微而卓然可爲法戒者，因爲立傳，以垂於世：此小傳、家傳、外傳之例也。"[2] 徐師曾《文體明辨序説》："自漢司馬遷作《史記》，創爲'列傳'，以紀一人之始終，而後世史家卒莫能易。嗣是山林裏巷，或有隱德而弗彰，或有細人而可法，則皆爲之作傳以傳其事，寓其意，而馳騁文墨者，間以滑稽之術雜焉，皆傳體也。故今辯而列之，其品有四：一曰史傳（有正、變二體），二曰家傳，三曰托傳，四曰假傳。"[3] 自唐代古文運動至清代桐城派，古文家多以《史記》等史傳文爲學習、師法對象，然而《史記》等史傳文之"文筆"本身蘊含了諸多"小説"筆法，因此，古文傳記之"小説氣"自可看作源於《史記》之"文筆"。

《昭明文選》不録《左傳》《史記》等"正史"記事之文，蕭統《文選

1（清）鄭澍若輯：《虞初續志》，北京：中國書店 1986 年版，"序"第 1 頁。

2（明）吴訥、徐師曾著，于北山、羅根澤校點：《文章辨體序説　文體明辨序説》，北京：人民文學出版社 1962 年版，第 49 頁。

3 同上，第 153 頁。

序》："至於記事之史，繫年之書，所以褒貶是非，紀別異同，方之篇翰，亦已不同。"[1]唐代古文運動，韓愈、柳宗元等就已宣導學習《左傳》《史記》記事之法，韓愈《進學解》："上規姚、姒，渾渾無涯"，"下逮《莊》《騷》，太史所録"。[2]降至宋代，古文家已將《左傳》《史記》作爲"作文之式"，如真德秀《文章正宗》"叙事類"選録《左傳》《史記》《漢書》叙事之文，並在"叙事類序"稱："又有紀一人之始終者，則先秦蓋未之有，而昉於漢司馬氏。後之碑誌、事狀之屬似之。今於《書》之諸篇，與《史》之紀傳，皆不復録，獨取《左氏》《史》《漢》叙事之尤可喜者，與後世記序、傳志之典則簡嚴者，以爲作文之式。"[3]明代一大批古文家如唐順之、歸有光、茅坤、王慎中、陳繼儒等，極其推崇《史記》叙事之法，將其奉爲文章之經典範本，茅坤《史記鈔·讀史記法》云："屈、宋以來，渾渾噩噩，如長川大谷，探之不窮，攬之不竭，蘊藉百家，包括萬代者，司馬子長之文也。"[4]清代桐城派宣導古文"義法"，也都從《春秋》《史記》而來，如方苞《又書貨殖傳後》："《春秋》之制義法，自太史公發之，而後之深於文者亦具焉。"《答申謙居書》："若夫《左》《史》以來相承之義法。"《書五代史安重誨傳後》："記事之文，唯《左傳》《史記》各有義法。"[5]明清諸多文章總集或古文選本，如吴訥《文章辨體》、徐師曾《文體明辨》、賀復徵《文章辨體匯選》、林雲銘《古文析義》、徐乾學《古文淵鑒》，蔡世遠《古文雅正》、余誠《重訂古文釋義》等皆將《史記》等史傳之文與集部之傳體文並列收録。

　　然而，作爲"史家之絶唱，無韻之離騷"，《史記》是史筆、文筆相結合

1（梁）蕭統編，（唐）李善注：《文選》，上海：上海古籍出版社1986年版，第3頁。

2（唐）韓愈著，劉真倫、岳珍校注：《韓愈文集匯校箋注》，北京：中華書局2010年版，第147頁。

3（宋）真德秀：《文章正宗》，轉引自曾棗莊著：《中國古代文體學卷》第1卷，上海：上海人民出版社2012年版，第801頁。

4（明）茅坤：《讀史記法》，轉引自張大可、丁德科主編：《史記論著集成》第6卷，北京：商務印書館2015年版，第171頁。

5（清）方苞著，劉季高校點：《方苞集》，上海：上海古籍出版社1983年版，第58、165、64頁。

的典範之作。清人多認爲《史記》之文筆中就蘊含了諸多後世之"小説"筆法，如吳見思《史記論文》評《司馬相如列傳》："史公寫文君一段，濃纖宛轉，爲唐人傳奇小説之祖。"[1]牛運震《空山堂史記評》卷八："寫范睢微行誑須賈一段，極委曲，極瑣碎事，悉力裝點，將炎涼恩怨、世態人情一一逼露，絕似小説傳奇，而仍不失正史局度。此太史公專擅之長，自古莫二者也。"[2]梁玉繩《史記志疑》卷三十四評《淮南衡山列傳第五十八》之"於是王氣怨結而不揚，涕滿匡而橫流，即起，歷階而去"："案《漢書》作'被因流涕而起'，是也。劉辰翁曰：'《史記》遊談如賦，近乎小説矣。'王若虛亦譏其失史體。"[3]馮鎮巒《讀聊齋雜説》："《聊齋》以傳記體叙小説之事，仿《史》《漢》遺法。"[4]所以，從某種意義上説，《史記》等史傳文之"文筆"實際上可看作古文傳記"小説氣"之淵源。

　　清代具有"小説氣"的古文傳記實際上也是承繼唐宋以來的古文傳統而來的。古代文集中的傳體文勃興於唐代，[5]至宋而走向繁盛，明清則蔚爲大觀，"及宋元以來，文人之集，傳記漸多，史學文才，混而爲一"。[6]在唐代古文傳記興起之初，就已出現了一批以載錄異人奇事、體近"小説"之文，個別傳記如沈亞之《秦夢記》《馮燕傳》等甚至跟傳奇體小説相混雜，王士禎《池北偶談》卷十六"沈下賢集"條："唐吳興沈亞之《下賢集》十二卷，古賦詩一卷，雜文雜著如《湘中怨》《秦夢記》《馮燕傳》之類三卷……《下賢》文大抵近小説家，如記弄玉、邢鳳等事。"[7]宋代，此類傳記進一步發展，

　　1（清）吳見思著：《史記論文》，上海：上海古籍出版社 2008 年版，第 70 頁。

　　2（清）牛運震撰，崔凡芝校釋：《空山堂史記評注校釋》，北京：中華書局 2012 年版，第 446 頁。

　　3（清）梁玉繩撰，賀次君點校：《史記志疑》，北京：中華書局 1981 年版，第 1429 頁。

　　4（清）蒲松齡著，張友鶴輯校：《聊齋志異》（會校會注會評本），上海：上海古籍出版社 1986 年版，第 16 頁。

　　5 參見羅寧、郝麗霞：《論文傳的産生與演變》，《新國學》第六卷，成都：巴蜀書社 2006 年。

　　6（清）章學誠著，劉公純標點：《校讎通義》，北京：古籍出版社 1956 年版，第 80 頁。

　　7（清）王士禎撰，靳斯仁點校：《池北偶談》，北京：中華書局 1982 年版，第 391 頁。

涌現出石介《趙延嗣傳》、王禹偁《瘖髡傳》《唐河店嫗傳》、歐陽修《桑懌傳》、蘇軾《方山子傳》《子姑神記》《天篆記》、蘇轍《巢谷傳》《孟德傳》《丐者趙生傳》、曾鞏《洪渥傳》《禿禿記》、沈遼《任社娘傳》、蘇舜欽《愛愛傳》、秦觀《眇倡傳》《魏景傳》《録龍井辯才事》、張耒《任青傳》、韋驤《向拱傳》、謝逸《匠者周藝多傳》等一大批作品，其中，《愛愛傳》《任社娘傳》等個别作品甚至與傳奇體小説旨趣相近而相互混雜。此類古文傳記被明代多種小説選集《古今説海》《五朝小説》《虞初志》等選入，亦被看作“準小説”，在文類文體定位上介於古文傳記和傳奇體小説之間。因此，部分古文傳記帶有“小説氣”本身就是唐宋以來古文創作自身的一種傳統。

第六章
清代傳奇小説的文體發展

　　清代傳奇小説的發展狀況主要可以概括成兩個系列。第一個系列是效仿《虞初志》的輯選系，由明人輯選前人的小説名篇轉向輯選時人的著述。如張潮所輯之《虞初新志》、鄭醒愚所輯之《虞初續志》、黃承增所輯之《廣虞初新志》等。第二個系列是以《聊齋志異》爲代表的著述系。《虞初》系列是清人模仿明人小説選本《虞初志》的一種文學選本，其所選篇目大多來自文集，是一種帶有傳奇性的古文。以《虞初新志》爲例，其中所選篇目，大多出自如魏禧、侯方域、徐芳等古文大家之手，"是由叙事性的古文或筆記變異而成"。[1]《聊齋》系列則是清代傳奇小説發展的新趨勢。《聊齋》系列與《虞初》系列的輯選特點分明，《聊齋》系列的文體特點基本上是"用傳奇法，而以志怪"，[2]《虞初》系列的選輯大抵是真人真事。

第一節　傳奇小説文體的古文化

　　清代以張潮《虞初新志》爲代表的一批選本，其選輯者多是明清兩代史學家和文學家所著述的人物傳記，它們是模仿明代《虞初志》而選輯。《虞初志》是一部梁朝到唐朝的志怪筆記體小説與傳奇小説的總集，但清代的

1　陳文新著：《中國文言小説流派研究》，武漢：武漢大學出版社 1993 年版，第 203 頁。
2　魯迅著：《中國小説史略》，上海：上海古籍出版社 1998 年版，第 147 頁。

"虞初"系列選本則並非如此。嚴格地説，清代"虞初"系列選本只能算是古文選本而不是小説總集。對以張潮《虞初新志》爲代表的"虞初"系列選本所選作品的定位，關係到明清兩代傳奇小説文體的發展格局。程毅中曾對"虞初"系列所選傳記文有一個定位，言："清代傳統小説文體的另一派，是古文家的人物傳記以及基本紀實的雜録筆記，前人也都稱之爲小説。傳記文與傳奇體小説歷來有割不斷的聯繫，清初張潮編的《虞初新志》就是一部代表作。繼之而起的有《虞初續志》《廣虞初新志》《虞初廣志》《虞初近志》《虞初之志》等，收集了不少傳記體的文章，成爲'虞初'系列的文選。這類作品到底有多少虛構的成分，根本無從考證。對於前人視爲小説的傳記，我們只能從作品的文學價值來衡量。只要它故事情節新奇，人物性格鮮明，就不妨承認其爲小説。"[1]

雖然可以把以張潮《虞初新志》爲代表"虞初"系列選本中的作品看作小説，但在考察明清傳奇小説的文體特徵時，則並不能把它們全部與傳奇小説等同視之。如鄭澍若《虞初續志》輯"國朝各名家文集暨説部等書"，但其大多取自"文集"，乃是古文，僅有少部分取自"説部"，如蒲松齡的傳奇小説。不過鄭澍若選輯所面向的接受者是"大雅"之人，故基本可以定位於是古文選本。[2]胡懷琛1913年編的《虞初近志》，所收多爲當時名人傳記，如梁啓超《譚嗣同傳》、章炳麟《鄒容傳》、陳去病《鑑湖女俠秋瑾傳》、吳沃堯《李伯元傳》等，也有一些市井傳奇人物傳記，如丕文《記霍元甲逸事》、李岳瑞《紀大刀王五事》等。1921年商務印書館出版了王葆心的《虞初支志》的甲編，王葆心編輯此書時間甚長，其自言："自光宣後，迄今十五六年，所得不下千篇。"[3]但僅僅有甲編四卷刊出，其他則均未刊。其書

---

1 程毅中編：《古體小説鈔》（清代卷）《後記》，北京：中華書局2001年版，第563—564頁。

2 （清）鄭澍若撰：《虞初續志序》，《虞初續志》，上海：上海書店1986年影印版，第1頁。

3 （清）王葆心撰：《虞初支志》甲編凡例，上海：上海書店1986年影印版，第2頁。

所輯録，多來自集部，如"凡例"所言："此類之書，自湯氏虞初志之後，有新志、續志、廣志，及當代所出之近志，各種中，其後出者，每嫌其采説部太多而文集較少，不免避難就易。誠以大家文集中可入説部者極少，薈萃良難。今特矯之，多輯不甚著稱之別集及鈔本、未傳刻之集，其有詩詞集中之序可采者，亦收之，並録其詩詞。凡此者，以其文格法氣體不甚矜嚴，界乎文集與説部之間，故取列本書。甚合所采之旨，動關勸懲，不欲取枯寂無味者；亦不敢與諸志一篇犯復也。"[1] 觀其所采，如明代馬朴《朱懶獠傳》、清代姚文然《鄧夫人白湖寨序》、陳洪綬《序妬》、黃宗羲《兩異人傳》、蔣士銓《書蔡秉公事》、姚鼐《史八夫人後傳》、章學誠《書孝豐知縣李夢登事》等，大多如其所言，"界乎文集與説部之間"，但究其實質，則大多是帶有傳奇色彩的古文，僅有少部分可以稱之爲傳奇小説。姜泣群《虞初廣志》大體也是這樣一部選本。事實上，張潮《虞初新志》所選之作也"界乎文集與説部之間"，他們大多是明末清初的古文家、傳記家或者文學家所作的傳記、詩序與時事紀實等。古文的傳奇性並不是情節性，而是人物性；而傳奇小説的傳奇性則主要是情節性而不是人物性。以此標準去衡量"虞初"系列所選作品，可以發現一些以古文筆法著述的傳奇小説。這些傳奇小説語言質樸而流暢，大體上是一種粗綫條的勾勒而非婉轉曲折的敘事，而且文體的外在形態也不拘一格，異彩紛呈。

第二節　《聊齋志異》及仿作的文體特徵

《聊齋志異》是蒲松齡的文言小説集，張友鶴輯校的會校會注會評本共收小説491篇。[2] 蒲松齡著述《聊齋志異》的時間頗長，大約從25歲左右開

1（清）王葆心撰：《虞初支志》甲編凡例，上海：上海書店1986年影印版，第2頁。
2（清）蒲松齡著，張友鶴輯校：《聊齋志異》（會校會注會評本），上海：上海古籍出版社1986年版。

始著述《聊齋》故事，40 歲左右開始結集，並撰《聊齋自志》，此後繼續撰述，到 68 歲時方"書到集成夢始安"。但正是因爲《聊齋志異》成書時間長，使所收小説文體並不統一，其中大量存在非傳奇體的小説作品，這些小説的存在影響了對《聊齋志異》的文體認定。對這些非傳奇體的短篇小説，魯迅認爲與"志怪"相近，言："至於每卷之末，常綴小文，則緣事極簡短，不合於傳奇之筆，故數行即盡，與六朝之志怪近矣。"[1] 馬瑞芳則認爲它們"實際上是散文小品而不算小説"。[2] 石昌渝則因爲這些非傳奇體的短篇小説的存在，對《聊齋志異》的文體界定爲："我以爲與其説《聊齋》用傳奇小説的方法，不如説是用筆記體小説文體寫傳奇小説，所以不妨換一種表達方式，説《聊齋》是筆記體傳奇小説。"[3] 任訪秋則認爲《聊齋志異》"幾乎是無體不備"，而"基本上，則是以傳奇志怪爲主，而附之以筆記雜俎"。[4] 這種看法對《聊齋志異》的編撰體制的定位確實很符合實際。

其實，晚於蒲松齡的清代大學者紀昀早就對《聊齋志異》的文體特徵進行過否定的評斷，云："《聊齋志異》盛行一時，然才子之筆，非著書者之筆也。虞初以下，干寶以上，古書多佚矣。其可見完帙者，劉敬叔《異苑》、陶潛《續搜神記》，小説類也；《飛燕外傳》《會真記》，傳記類也。《太平廣記》事可類聚，顧可並收。今一書而兼二體，所未解也。"[5] 所謂"一書而兼二體"乃是指《聊齋志異》中既有"傳記類"的傳奇小説，也有志怪"小説類"的筆記體小説。魯迅《中國小説史略》第二十二篇命名爲"清之擬晉唐

---

1 魯迅著：《中國小説史略》，上海：上海古籍出版社 1998 年版，第 149 頁。

2 馬瑞芳：《〈聊齋志異〉中的散文小品》，吳組緗等著：《聊齋志異欣賞》，北京：北京大學出版社 1986 年版，第 172—186 頁。

3 石昌渝著：《中國小説源流論》，北京：三聯書店 1994 年版，第 215 頁。

4 任訪秋撰：《〈聊齋志異〉的思想和藝術》，盛源、北嬰選編：《名家解讀〈聊齋志異〉》，濟南：山東人民出版社 1999 年版，第 23—45 頁。

5（清）盛時彥撰《〈姑妄聽之〉跋》，（清）紀昀著：《閲微草堂筆記》，上海：上海古籍出版社 1980 年版，第 472 頁。

小説及其支流”，晉朝所處時代盛行志怪志人的筆記體小説，唐代則爲傳奇小説，“擬晉唐”者乃既擬筆記體亦擬傳奇體，可見也認爲《聊齋志異》“一書而兼二體”乃是因爲既有傳奇體小説，也有志怪的筆記體小説。

　　在《聊齋志異》中，按照石昌渝的統計，筆記體小説約有296篇，傳奇體小説約有195篇，[1]筆記體小説比傳奇體小説約多101篇。形成這種狀況的原因有兩種，一是爲中國古代文言小説撰集的傳統模式所決定，即體雜不分的狀況，這可以前面關於小説集的論述得到證明；二是據蒲松齡《聊齋自志》所表明的，《聊齋志異》中的小説是他“喜人談鬼，聞則命筆”，或者是“四方同人，又以郵筒相寄”，如此積累而成。此外，據鄒弢《三借廬筆談》所記載，蒲松齡還曾在路邊備煙茶供行人享用，且“必强執與語，搜奇説異，隨人所知……必令暢談乃已，偶聞一事，歸而粉飾之，如是二十餘寒暑”，[2]方成《聊齋志異》一書。由此就形成了《聊齋志異》筆記體和傳奇體混雜的現象。

　　《聊齋志異》在小説史上地位的確立乃是緣於傳奇體小説。《聊齋志異》中傳奇小説的外在文體形態，歷來多有論述，而且觀點並不一致。如何彤文《注〈聊齋〉序》評曰：“《聊齋》胎息《史》《漢》，浸淫晉魏六朝，下及唐宋，無不藏其香而摘其艷。”[3]認爲其中的傳奇小説是傳記體。孫錫嘏《讀〈聊齋〉後跋》云：“按法求之，然後知是書文理從《左》《國》《史》《漢》《莊》《列》《荀》《揚》得來。”[4]此則認爲其中傳奇小説的文體乃史傳與子書兩種文體的結合。但明倫大體也是此種觀點，他在《〈聊齋〉序》中分析《聊齋志異》傳奇體小説的文體特徵時說：“不知其他，惟喜某篇某處典奧若

　　1 石昌渝著：《中國小説源流論》，北京：三聯書店1994年版，第213頁。

　　2 （清）鄒弢著：《三借廬筆談》卷六，《筆記小説大觀》第26册，揚州：江蘇廣陵古籍刻印社1983年版，第357頁。

　　3 丁錫根編著：《中國歷代小説序跋集》，北京：人民文學出版社1996年版，第142頁。

　　4 朱一玄編：《聊齋志異資料彙編》，天津：南開大學出版社2012年版，第495頁。

《尚書》，名貴若《周禮》，精峭若《檀弓》，叙次淵古若《左傳》《國語》《國策》，爲文之法，得此益悟耳。"[1] 鄒弢也有此種認識，其《三借廬筆談》云："蒲留仙先生《聊齋志異》，用筆精簡，寓意處全無迹相，蓋脱胎于諸子，非僅抗手于左史、龍門。"[2] 以上諸種認識没有注意到《聊齋志異》的小説特性，亦即它的傳奇性。另有一批人則注意到了《聊齋志異》中傳奇小説的傳奇體特徵，如金武祥《陶廬雜憶》指出："《聊齋》近唐。"俞鴻漸《印雪軒隨筆》也認爲《聊齋志異》的文體"未脱唐宋小説窠臼"。[3] 這種觀點雖然認識到了《聊齋志異》傳奇體小説的本體性，但是並不能完全概括它的特點。充分認識到《聊齋志異》中傳奇體小説文體特性的是清末的馮鎮巒，他在《讀〈聊齋〉雜説》中説："《聊齋》以傳記體叙小説之事，仿《史》《漢》遺法，一書而兼二體，弊實有之，然非此精神不出，所以通人愛之，俗人亦愛之，竟傳矣。"[4] "以傳記體叙小説"實在是對《聊齋志異》中傳奇小説文體的極恰當概括，因而在欣賞這些傳奇小説時，應該如同何守奇《負暄絮語》引周竹星所説："《聊齋》，行文有史家筆法，閲者最宜體認，勿徒喜其怪異，悦其偷香，風流文采，而忘其句法也。"[5]

關於《聊齋志異》中傳奇小説文體的史傳特徵，石昌渝有所概括，説："篇幅較長者，大多仿效傳記文，開頭介紹傳主姓氏籍貫，中間叙事，篇末綴以'異史氏曰'，文章體式似乎蹈襲司馬遷《史記》之傳記文。這種體式的作品，大約有一百九十五篇，約占全書的百分之四十。所以《聊齋志異》

1（清）蒲松齡撰，張友鶴輯校：《聊齋志異》（會校會注會評本），上海：上海古籍出版社1986年版，第19頁。

2（清）鄒弢著：《三借廬筆談》卷六，《筆記小説大觀》第26册，揚州：江蘇廣陵古籍刻印社1983年版，第357頁。

3（清）俞鴻漸著：《印雪軒隨筆》，民國十八年掃葉山房石印本。

4（清）蒲松齡撰，張友鶴輯校：《聊齋志異》（會校會注會評本），上海：上海古籍出版社1986年版，第16頁。

5 同上，第746頁。

有'史家列傳體'之稱。（石注：馮鎮巒《讀聊齋雜説》）"[1]同時，某些傳奇小説的起首有頗類白話小説的"入話"。如《念秧》將"異史氏曰"提到篇首，然後才涉及正題；《水莽草》開頭介紹了水莽草和水莽鬼的一段文字；《五通》開頭解釋南方的五通神；《造畜》開篇講述了"魘昧之術""打絮巴"；《晚霞》説了吳越鬥龍舟的風俗，等等。[2]這些都是對傳奇小説傳統叙事模式的打破，是一種創新，顯示了蒲松齡"自成一家"的文學意識。

此外，《聊齋志異》雖然經常用典，但這些典故的運用並不妨礙《聊齋志異》叙事的順暢與自然，如馮鎮巒《讀〈聊齋〉雜説》評《聊齋志異》的用典曰："《聊齋》於粗服亂頭中，略入一二古句，略裝一二古字，如《史記》諸傳中偶引古諺時語，及秦、漢以前故書。斑駁陸離，蒼翠欲滴，彌見大方，無一點小家子强作貧兒賣富醜態，所以可貴。"[3]且《聊齋志異》的語體，"就總體來説，其語言特點是保持了文言格式的基本規範，適應小説叙事要求，采用了唐宋以來古文辭日趨平易的一格，又糅合了一些口語因素，小説人物的語言尤爲顯著，於是形成了叙述語言平易簡潔，人物語言則是靈活多樣的特點，並在叙事狀物寫人諸方面達到了真切曉暢而有意味的境界，完成了各自的藝術使命"。[4]其實《聊齋志異》爲"通人"與"俗人"兩個文化階層的讀者所喜歡，除了有"用傳奇法而以志怪"的原因外，它的這種語體特徵亦不容忽略。

《聊齋志異》之後，在清中期出現了如和邦額《夜譚隨録》、沈起鳳《諧鐸》、長白浩歌子《螢窗異草》等仿作。在這些仿作中，和邦額《夜譚隨録》出現最早，其自序日期爲乾隆己亥四十四年（1779）。沈起鳳《諧鐸》，據蔣

1　石昌渝著：《中國小説源流論》，北京：三聯書店 1994 年版，第 213 頁。

2　同上，第 221 頁。

3　（清）蒲松齡撰，張友鶴輯校：《聊齋志異》（會校會注會評本），上海：上海古籍出版社 1986 年版，第 17 頁。

4　袁行霈主編：《中國文學史》第四冊，北京：高等教育出版社 1998 年版，第 329 頁。

瑞藻《小説考證》卷七引《青燈軒快譚》言：“《諧鐸》一書，《聊齋》以外，罕有匹者。”[1] 可見其較爲時人所推崇。又蔣瑞藻《小説枝談》卷下引《搏沙録》的評論説：“《諧鐸》一書，風行海内。其中記載頗多徵實，非若近代稗官，徒以駕虛張誕，眩人耳目行可比。”[2] 此論或有虛誇成分，但亦可見其傳播範圍還是較爲廣泛。署名“長白浩歌子”的《螢窗異草》的刻本最晚出，最早由上海《申報》館於 1876 年到 1877 年（清光緒二年到三年）排印行世，之前未見刻本，但一經刊出，就風行於世。因爲該書初編本有所謂“此書事實之奇幻，文筆之娟秀，與《聊齋》相仿佛，説部中之佳構也”，[3] 因而問世後即“風行海内，閲者僉謂《聊齋》而後，此其嗣音”，[4] 故二編、三編接踵而出，“購者日衆，幾於無翼而飛”，[5] 頗受讀者歡迎。

魯迅曾對《聊齋志異》之後的仿作有一個整體概括，云：

乾隆末，錢唐袁枚撰《新齊諧》二十四卷，續十卷，初名《子不語》，後見元人説部有同名者，乃改今稱；序云“妄言妄聽，記而存之，非有所感也”。其文屏去雕飾，反近自然，然過於率意，亦多蕪穢，自題“戲編”，得其實矣。若純法《聊齋》者，時則有吳門沈起鳳作《諧鐸》十卷（乾隆五十六年序），而意過俳，文亦纖仄；滿洲和邦額作《夜譚隨録》十二卷（亦五十六年序），頗借材他書（如《佟觭角》《夜星子》《瘍醫》皆本《新齊諧》），不盡己出，詞氣亦時失之粗暴，然記朔方景物及市井情形者特可觀。他如長白浩歌子之《螢窗異草》三編十二卷（似乾隆中作，別有四編四卷，乃書賈僞造），海昌管世灝之

1　蔣瑞藻編：《小説考證》卷七，上海：商務印書館 1935 年版，第 185 頁。

2　蔣瑞藻編：《小説枝談》卷下，北京：古典文學出版社 1958 年版，第 163 頁。

3　《螢窗異草出售》，《申報》1876 年 8 月 17 日。

4　《螢窗異草二集出售》，《申報》1877 年 7 月 10 日。

5　《螢窗異草三集出售》，《申報》1877 年 8 月 28 日。

《影談》四卷（嘉慶六年序），平湖馮起鳳之《昔柳摭談》八卷（嘉慶中作），近至金匱鄒弢之《澆愁集》八卷（光緒三年序），皆志異，亦俱不脫《聊齋》窠臼。惟黍余裔孫《六合內外瑣言》二十卷（似嘉慶初作）一名《璅雜記》者，故作奇崛奧衍之辭，伏藏諷喻，其體式爲在先作家所未嘗試，而意淺薄⋯⋯紳又有《鸚亭詩話》一卷，文詞較簡，亦不盡記異聞，然審其風格，實亦此類。[1]

　　清代《聊齋志異》及其仿作的出現，鑄就了傳奇小說發展的又一個高峰，但在《聊齋志異》的流風餘韻中，也迎來了傳奇小說文體發展的轉型與終結。

---

1 魯迅著：《中國小說史略》，上海：上海古籍出版社 1998 年版，第 149—150 頁。

第七章
清代話本小説的文體特徵

　　清前期，通俗小説領域的各文體類型進入發展的鼎盛時期，話本體、章回體都有大批作品問世，呈現出繁榮興盛的創作局面。然而，到了雍正之後，話本小説一蹶不振，迅速走向衰亡，而章回小説則繼續保持了興盛的創作局面。那為什麼同為通俗小説，章回小説却有完全不同的命運？其實，話本小説的衰亡原因主要在文體自身。清中後期話本小説文體的變異，實質上屬於話本小説傳統文體規範的消解，從某種意義上説，它是話本小説創作走向衰亡的産物。在清代，話本小説的文體變異主要有兩個方面：一是充滿説教色彩的筆記化，這既不符合市井細民的審美口味，也難以贏得文人的喜愛；這種類似白話筆記小説的文體並無多少生命力可言，其速生速滅也是必然的。二是體制的章回化，這是清代話本小説體制變異最突出的表現形式，走的是一條增大篇幅，以情節的豐富曲折、描述的具體生動取勝的演變之路，但在章回小説面前，話本小説文體努力發展的審美特性顯然無任何優勢可言，在篇幅和情節的豐富性上，它依然無法與章回小説抗衡。

第一節　清前期的話本體小説

　　順治、康熙兩朝近七十年間，話本小説創作並未因明清易代而衰退，基本保持了明末興盛的創作局面，流傳至今的話本小説創作集共有二十多部，且相當一部分具有較高的思想藝術價值。這一時期，話本小説文體的演變主要表現爲整合的態勢：文體適俗化進一步擴展，話本小説整體趨於俗化，而話本小説的文人性則表現爲雅俗交融基礎上的多樣化。

一、文體適俗化的擴展

許多學者論及清前期的話本小説時，多關注《無聲戲合集》《十二樓》《豆棚閑話》《西湖佳話》《照世杯》等文人性突出之作，且通過它們來概括清前期話本小説的特徵。其實，整體看來，在清前期話本小説中，這些文人性突出的作品數量並不多，並未占據主導地位。相反，以娛樂消遣爲主，具有鮮明商業傳播和讀者接受意味的作品在數量上完全占據了主導地位，且絶大多數作品普遍出現入話退化、叙事韻文由繁趨簡、篇幅大幅加長、情節結構曲折化等文體形態的“適俗化”現象。也就是説，明末適俗性文體在清前期得到進一步的擴展和發展。

篇首詩詞加引言成爲清前期話本小説入話的主導形式，極少使用頭回，如《一片情》《都是幻》《筆梨園》《錦繡衣》《照世杯》《珍珠舶》《云仙嘯》《警寤鐘》《西湖佳話》《五色石》《八洞天》等均無頭回，《十二笑》六篇中有二篇含頭回、《十二樓》十二篇中有一篇含頭回、《風流悟》八篇中有二篇含頭回。[1] 而且，除《錦繡衣》《警寤鐘》《珍珠舶》《十二樓》《五色石》《八洞天》外，大部分作品的議論性引言比較短小，多爲泛泛之言。如《筆梨園》：“世間惟有青樓座上，不知磨煉了多少薄命紅顏，生爲萬人妻，死作無夫鬼。紅粉叢中，不知斷送了多少才人俠客，馬死黄金盡，如同陌路人。那女子入於火坑，諒都是遭難遭貧，受逼受勒，到此田地，是無可奈何的局面，可嘆那堂堂男子，戀在迷魂陣中，竟至破家喪命，也還不悔，這却爲

---

1 個別作品甚至無入話或議論性引言，如《五更風》無入話，《人中畫》無議論性引言。

何？"[1]話本小説入話體制的簡化雖大大削弱了其議論、引導功能，却有利於讀者對正話故事本身的閱讀欣賞。

明末文人性文體冗繁的叙事韻文在清前期話本小説集中已很難見到，一些文人性突出的作品如《無聲戲合集》《十二樓》等也都非常簡約。無論單卷或單回演一故事，還是章回化體制，其叙事韻文都趨於簡約。

清前期話本小説叙事韻文普遍大幅減縮是對明末文體冗繁叙事韻文的有力反撥，使話本小説文體重新回到了散文化發展軌道。叙事韻文，特別是議論性叙事韻文，常常造成閱讀的中斷，對於欣賞故事來説，實際上是一種累贅。相對而言，散文化更有利於普通市民讀者的閱讀。

清前期，章回化體制在話本小説創作中所占比重進一步擴大，有《都是幻》《筆梨園》《錦繡衣》《人中畫》《十二樓》《跨天虹》《珍珠舶》《警寤鐘》等話本小説集采用了章回化體制，約占當時整個創作集的百分之四十。而絶大部分單卷或單回演一故事者的篇幅也明顯大幅加長，見下表：

字數	十二笑	五更風	無聲戲合集	照世杯	云仙嘯	風流悟	飛英聲	五色石	八洞天	醒夢駢言
6 000 以下			2（11.1）				1（16.7）			
6 000—8 000	1（16.7）		5（27.8）		2（40）		4（66.6）			1（8.3）
8 000—10 000	5（83.3）			1（25）	3（60）	6（75）	1（16.7）	1（12.5）	1（12.5）	10（83.4）
10 000		4（100）	11（61.1）	3（75）		2（25）		7（87.5）	7（87.5）	1（8.3）
平均字數	8 300	15 500	11 100	12 500	8 600	9 900	6 900	12 200	12 800	9 200

（注：括弧内數字爲某一長度篇目所占全集的比例）

---

1 苗壯等標點：《明清稀見小説叢刊》，濟南：齊魯書社 1996 年版，第 793 頁。

　　許多單卷作品在篇幅上已接近章回化體制，只是未劃分章回而已，如《五更風》之《鸚鵡媒》《雌雄環》《聖丐編》《劍引編》，《無聲戲合集》之《譚楚玉戲裏傳情　劉藐姑曲終死節》《乞兒行好事　皇帝做媒人》《妒妻守有夫之寡　懦夫還不死之魂》《寡婦設計贅新郎　衆美齊心奪才子》，《照世杯》之《走安南玉馬換猩絨》《掘新坑慳鬼成財主》，《風流悟》之《莫拿我慣遭國法　賊都頭屢建奇功》，《五色石》之《二橋春》《選琴瑟》《鳳鸞飛》，《八洞天》之《培連理》《正交情》《勸匪躬》《醒敗類》，篇幅大多在一萬二千字以上。

　　清前期話本小説創作中，只有《西湖佳話》采用了史傳的結構形態和敘事方式，其他作品則基本保持了重故事性和場景化描繪的敘事模式並有所發展，且一些文人性突出的作品也大多如此。一方面，隨著篇幅的進一步增長，其情節更趨豐富曲折，有相當一部分作品采用了主副綫相結合的結構形態，常常以某一矛盾衝突爲主綫融入人物的曲折經歷，可看作紀事體融入紀傳成分，故事性較強。如《五更風》之《雌雄環　贈玉環訛上訛以訛傳訛　拾詩扇錯中錯將錯就錯》以才子佳人戀愛婚姻故事爲主綫，融入了兩人歷盡磨難的個人經歷；《照世杯》之《走安南玉馬換猩絨》以商人杜景山受酷吏胡安撫迫害，到異國購買猩猩絨的故事爲主綫，融入了其歷盡坎坷的種種經歷；《五色石》之《二橋春　假相如巧騙老王孫　活雲華終配真才士》寫才子黃琮與佳人陶含玉相愛，小人木一元撥弄其間，兩人歷盡坎坷終成眷屬。另一方面，比較注重情節發展過程的鋪叙，場景化描繪成分較多，叙事生動具體，《十二笑》《五更風》《無聲戲合集》《照世杯》《雲仙嘯》《風流悟》《五色石》《八洞天》中的大部分作品大多含有大量場景化描繪，有些還相當細膩生動。如《照世杯》之《百和坊將無作有》描寫歐滁山初見騙子三太爺時的場面：“歐滁山分賓主坐下，拱了兩拱，説幾句初見面的套話。三太爺並不答應，只把耳朵側着，呆睜了兩隻銅鈴的眼睛，歐滁山老大詫異。旁邊早走上一個後生管家，悄悄説道：'家太爺耳背，不曉得攀談，相公莫要見怪。'歐滁山道：'説那裏話。你家老爺在生時，與我極相好，他的令叔，便是我的叔執了，怎麼講個怪字？'只問那管家的姓名。"[1]這實際上表明，清前期話本小説創作中，明末流行一時的史傳化叙事模式基本被摒棄，而適俗性文體的叙事結構和方式成爲最爲普遍的叙事模式。

清前期話本小説中，無論是娛樂消遣性主旨的作品，還是文人性較强的作品，大多采用了適俗性的篇章體制和叙事模式，使話本體的文體形態整體上普遍趨於圓熟。顯然，適俗性的文體形態更易於商業傳播和讀者接受。這實質上表明，清前期話本小説創作中，作者普遍注意到了話本體的商業傳播和讀者接受性，一些文人作者再不會因自己主體意識的突出而忽視讀者的接受。話本小説文體整體走向了圓熟，形成了一種易於讀者閱讀接受的、較完善的話本小説文體，有力地推動了話本小説的傳播，促進了話本小説創作繁榮興盛局面的形成。然而，在繁榮的景象背後，圓熟的話本小説文體也危機四伏。從文體發展趨勢看，話本小説走的是一條增大篇幅，以情節的豐富曲折、描述的具體生動取勝的演變之路，體制章回化就是其最突出的表現形式。但是，在中長篇章回小説面前，話本小説文體努力發展的審美特性顯然無任何優勢，在篇幅和情節的豐富性上，它無法與章回小説相比。因此，在清前期各小説文體類型一番較量之後，話本小説創作很快走向了衰落。

整體看來，清前期話本小説中文人性突出的作品數量並不多，而以娛樂消遣爲主，具有鮮明商業傳播和讀者接受意味的作品占據了主導地位。這實質上表明，話本體在叙事文化精神上也整體趨於俗化了。《一片情》《十二笑》《都是幻》《筆梨園》《五更風》《錦繡衣》《人中畫》《跨天虹》《珍珠舶》《雲仙嘯》《風流悟》《飛英聲》《生綃剪》《醒夢駢言》等作品在題材、主旨

1（清）墨浪子等編撰，袁世碩等校點：《西湖佳話　等三種》，南京：江蘇古籍出版社1993年版，第26頁。

類型上普遍以娛樂消遣爲主。總體上看，此類作品的人物故事類型大體可劃分爲以下幾種類型：（一）青年男女戀愛婚姻故事。有《都是幻》之《梅魂幻》寫文武雙全之士夢中做駙馬，出將入相並娶十二梅仙，醒後娶與梅仙相類之十二女；《筆梨園》之《媚嬋娟》寫戰亂中一男與二女的遇合、戀愛、婚姻；《跨天虹》之《卷四》寫人化虎的奇特婚姻故事；《生綃剪》之《竹節心嫩時便突　楊花性老去才幹》寫水性楊花的妓女與士子的戀愛婚姻；還有相當一部分爲才子佳人的戀愛婚姻故事，有《五更風》之《雌雄環》《劍引編》，《人中畫》之《風流配》《終有報》《寒徹骨》，《生綃剪》之《麗鳥兒是個頭敵　彈弓兒做了媒人》《梨花亭詩訂鴛鴦　西子湖萍蹤邂逅》，《風流悟》之《花社女春官三推鼎甲　客籍男西子屢掇巍科》《買媒説合蓋爲樓前羨慕　疑鬼驚途那知死後還魂》，《珍珠舶》卷二、卷四、卷五，《醒夢駢言》之《假必正紅絲夙系空門　僞妙常白首永隨學士》《呆秀才志誠求偶　俏佳人感激許身》《違父命孽由己作　代姊嫁福自天來》《倩明媒但求一美　央冥判竟得雙妹》；這應爲受到當時流行的才子佳人小説影響的結果。（二）奸淫、詐騙類故事。《十二笑》之《昧心人賺昧心朋》寫兩朋友互相看中對方妻子而互換，結果其中一位的妻子爲石女，另一位遭騙；《快活翁偏惹憂愁》寫癡情男被騙；《錦繡衣》之《換嫁衣》寫奸弟賣嫂反賣己妻；《人中畫》之《狹路逢》寫商人遭難、被騙，與負心者相逢；《珍珠舶》卷一寫惡棍迫害他人家庭、奸騙他人妻子，卷六寫和尚拐走他人妻子；《風流悟》之《圖佳偶不識假女是真男　悟幼囷失却美人存醜婦》寫士子貪色被詐；《以妻易妻暗中交易　矢節失節死後重逢》寫淫人妻子，己妻淫人；《跨天虹》之《卷五》寫淫婦偷情殺夫、謀寶故事；《雲仙嘯》之《平子芳》寫淫婦、奸夫偷情害人遭報；《醒夢駢言》之《施鬼蜮隨地生波　仗神靈轉災爲福》寫奸徒屢次陷害他人而終被殺；《一片情》專寫男女通奸、偷情等題材，如《鑽雲眼暗藏箱底》《邵瞎子近聽淫聲》《待詔死戀路旁花》《小鬼頭苦死風流》《醜奴兒到底得便宜》寫有夫之婦不滿自己婚姻，與他人通奸；《多情子漸得佳境》寫寡婦偷情；《憨和尚調情甘系頸》《缸神巧誘良家婦》寫和尚偷情；《奇彦生誤入蓬萊》寫男子偷情等。以上兩類都是傳統的俗文學題材，具有濃厚的娛樂消遣性。（三）逆子、負義者、報恩者、義賊、義丐等倫理故事。如《十二笑》之《溺愛子新喪邀串戲》寫溺愛子不孝、敗家；《風流悟》之《活花報活人變畜　現因果現世償妻》寫惡媳奸淫不孝變狗故事；《生綃剪》之《一篇霹靂引　半字不虛誣》寫不孝子遭雷劈；《人中畫》之《自作孽》寫士子忘恩負義；《云仙嘯》之《勝千金》《厚德報》，《生綃剪》之《嚴子常再造奇迹　成壽叔重施巧報》寫知恩圖報，《沙爾澄憑空孤憤　霜三八仗義疏身》寫義士代人受過；《五更風》之《聖丐編》寫義丐行義故事；《風流悟》之《莫拿我慣遭國法　賊都頭屢建奇功》寫義賊義事；逆子、負義者遭天報以及義賊、義丐的種種義事一直是市井津津樂道的話題，雖倫理色彩濃厚，但與文人的教化意識却關係不大，而主要屬於市井趣味。（四）其他如《十二笑》之《賭身奴翻局替燒湯》寫賭漢敗家賣身，《癡愚女遇癡愚漢》寫進士花樞娶一妓女爲妾，花樞無子，其妾以泥娃當公子，以假爲真；《珍珠舶》卷三寫鬼附活人船、家中鬧鬼故事。這些人物故事也都充滿了喜劇色彩和娛樂消遣意味。

二、雅俗交融與文人化的多樣發展

清前期話本小説創作中，也有少部分作品在題材主旨取向上表現出鮮明的文人性，有《無聲戲合集》《十二樓》《豆棚閑話》《照世杯》《五色石》《八洞天》《警寤鐘》《西湖佳話》。這些作品雖然數量不多，却在審美旨趣、人物故事類型，題材處理方式上呈現出不同的文人化風格，而且，這些文人化風格常常與適俗性文體特徵相互融合，使整部作品普遍表現爲雅俗交融的文體特色。

　　李漁《無聲戲合集》《十二樓》依然保持了明末文人性文體的部分體態
特徵，並沿著突出叙事者個性的方向進一步有所發展。表現爲：（一）入話
含有較長的議論性引言，且相當一部分作品還引證了頭回小故事加以論證。
這些議論性引言昭示了李漁自己的人生哲學以及他對人情世態的獨特見解，
個性色彩鮮明，"出現了一種新的，有作者個性的聲音"。[1] 如《合影樓》議論
"男女之情不可防"，《夏宜樓》議論"荷花之可愛"，《拂雲樓》議論"小姐
之失貞多因丫鬟之禍"，《十巹樓》議論"富貴婚姻得之易便作等閑看"，《鶴
歸樓》議論"知足守分之人生哲學"，《生我樓》議論"亂世不可以常情論失
節"，《醜郎君怕嬌偏得艷》議論"美妻常嫁醜夫"，《移妻換妾鬼神奇》議論
"吃醋之妙與弊"。（二）叙事語調主觀色彩濃厚，讓人感受到一位個性化的、
代表創作主體聲音的叙事者形象。一方面，大量見解獨特的議論解釋性話語
滲透於叙述之中，如《十二樓》之《合影樓》："他們這番念頭還是一片相忌
之心，並不曾有相憐之意。只説九分相合，畢竟有一分相歧，好不到這般地
步，畢竟我獨擅其美。那裏知道相忌之中就埋伏了相憐之意，想到後面做出一
本風流戲來。""却説珍生倚欄而坐，忽然看見對岸的影子，不覺驚喜欲狂。凝
眸細認一番，才知道人言不謬。風流才子的公郎比不得道學先生的令愛，意氣
多而涵養少，那些童而習之學問等不到第二次就要試驗出來。對着影子輕輕的
喚道：……"顯然，"相忌之中就埋伏了相憐之意"、"風流才子的公郎比不得道
學先生的令愛"等解釋議論話語，蘊涵叙事者對男女主人公之情感心理獨到的
理解，讓讀者深深感受到一位富有個性魅力的叙事者存在。另一方面，叙事者
語言幽默風趣，充滿了喜劇色彩，也充分彰顯出其個性，如《無聲戲合集》之
《醜郎君怕嬌偏得艷》："那裏曉得里侯身上，又有三種異香，不消燒沉檀、

　　1〔美〕韓南著，尹慧珉譯：《中國白話小説史》，杭州：浙江古籍出版社1989年版，第176頁。另
外，李漁自己也有此説，如《無聲戲合集》之《乞兒行好事　皇帝做媒人》："這兩種議論都出自己裁，不
是稗官野史上面襲取將來的套話，看小説者，不得竟以小説目之。"

點安息，自然會從皮裏透出來的。那三種？口氣、體氣、脚氣。"[1]

在創作主旨、題材與人物故事類型上，《無聲戲合集》和《十二樓》則突出表現爲雅俗交融、俗中見雅、追求個性的風格。（一）娱樂與勸誡並重的創作主旨。與傳奇創作一樣，李漁的話本小説創作具有射利謀生的鮮明商業色彩。因此，對作品娱樂性的追求自然成爲其創作主旨中非常重要的一個方面。在李漁的小説作品中，讀者可深深感受到"一夫不笑是吾憂"（《風箏誤·尾聲》）的喜劇色彩和趣味性。同時，李漁又非常重視作品的勸誡功能，如杜濬《十二樓序》："推而廣之，於勸懲不無助。""今是編以通俗語言鼓吹經傳，以人情啼笑接引頑癡，殆老泉所謂'蘇張無其心，而龍比無其術'者歟？"《連城璧序》："能使好善之心蘇蘇而動，惡惡之念油油而生。""吾友洵當世有心人哉！經史之學，僅可悟儒流，何如此爲大衆慈航也。"在作品中，李漁也對此再三强調，如《拂雲樓》："這回小説原爲垂戒而作，非示勸也。"《歸正樓》："這回野史，説一個拐子回頭，後來登了道岸。與世間不肖的人做個樣子，省得他錯了主意，只説罪孽深重，懺悔不來，索性往錯處走也。"然而，李漁此處標榜的"勸戒"與話本小説傳統的教化意識却有著很大的區別，而更多表現爲一種人生的經驗和個人獨特的價值觀念。（二）部分作品在傳統人物故事類型中翻新出奇，寄寓了作者獨特的思想觀念。李漁的各體文學創作都非常重視創新，話本小説創作更是講究"脱俗套"，也就是對傳統人物故事類型的翻新。通過翻新，李漁不但化老套爲新奇，而且借此寄寓了其個人獨特的思想認識。如《移妻換妾鬼神奇》："從來婦人喫醋的事，戲文、小説上都已做盡，那裏還有一椿剩下來的？只是戲文、小説上的婦人，都是喫的陳醋，新醋還不曾開壇，就從我這一回喫起。"寫婦人之妒已是一個熟爛的小説題材，但別人都寫"妻妒妾"，李漁却寫"妾妒妻"，

1　（清）李漁原著，崔子恩、胡小偉校點：《覺世名言十二樓　等兩種》，南京：江蘇古籍出版社1991年版，第41、6、5頁。

借此寄寓了作者對婦人嫉妒心理的獨特理解；《醜郎君怕嬌偏得艷》："只要曉得美妻配醜夫，倒是理之常；才子配佳人，反是理之變。"變才子配佳人爲醜夫娶美婦，借此寄寓了作者在婚姻問題上隨遇而安、惜福守分的思想；《合影樓》回末總評："影兒裏情郎，畫兒中愛寵。此傳奇野史中兩個絶好題目。作畫中愛寵者，不止十部傳奇，百回野史，邇來遂成惡套，觀者厭之。獨有影兒裏情郎，自關漢卿出題之後，幾五百年並無一人交卷。"[1] 寫才子佳人借影兒傳情而終成眷屬，寄寓了男女愛情不可遏制的人性觀以及對風流和道學的獨特理解；《鶴歸樓》翻新傳統夫妻離散、團圓故事，傳達李漁知足守分之人生哲學。（三）部分作品抒寫自我與娛樂消遣並重。《十二樓》《無聲戲合集》中的作品都比較注重娛樂性、趣味性，喜劇色彩濃厚，其中，有相當一部分作品同時寄寓了李漁的"自我形象"，文人氣息也非常濃郁。"但李漁的小説却有一部分是在講自己的故事。把個人經歷和經驗編成故事，把個人靈魂寫進小説，是文人小説的一個重要特徵。"[2] 這樣，就形成了一部分作品抒寫自我與娛樂消遣並重的特色，如《三與樓》《聞過樓》《譚楚玉戲裏傳情　劉藐姑曲終死節》《乞兒行好事　皇帝做媒人》等。[3]

　　《五色石》《八洞天》《警寤鐘》也承襲了文人性文體的部分體態特徵，但未像李漁那樣進行"個性化"改造。（一）保持了較長的議論性引言，且多談倫理綱常，教化意識濃厚，如《雙雕慶》議論"妻妾不得和順之缺憾"，《白鉤仙》議論"賢人受禍、嬌娃蒙難之憾"，《續箕裘》議論"不能父慈子孝之憾"，《補南陔》議論"父母養育之恩及不能行孝之缺憾"，《培連理》議論"朱買臣妻"，《續在原》勸"兄弟相讓"，《正交情》議論"交財見朋友真

<hr>

1（清）李漁原著，崔子恩、胡偉校點：《覺世名言十二樓　等兩種》，南京：江蘇古籍出版社 1991 年版，第 269、426、135、85、179、26、22 頁。

2 石昌渝著：《中國小説源流論》，北京：三聯書店 1994 年版，第 281 頁。

3 具體論證參見石昌渝《中國小説源流論》第五章《話本小説》第六節《話本小説的雅化》和沈新林《李漁新論·論李漁小説中的自我形象》（蘇州大學出版社 1997 年版）中的有關論述。

情"，《骨肉欺心宜無始》議論"兄弟關係"，《杭逆子泥刀遺臭》議論"孝"，《海烈婦米櫥流芳》議論"娶妻以德爲先"。（二）叙事韻文使用頻繁，且以品評文中人物或故事的詩或詩贊爲主體，體現出鮮明的文人化文體特徵。

在創作主旨、題材與主題上，《五色石》《八洞天》《警寤鐘》雅俗交融的風格則主要表現爲勸善懲惡之教化意識與娛樂消遣意識並重。《五色石序》："《五色石》何爲而作也？學女媧氏之補天也。……吾今日所補之天，無形之天也。有形之天曰天象，無形之天曰天道。天象之缺不必補，天道之缺則深有待於補。……天道非他，不離人事者近是。如爲善未蒙福，爲惡未蒙禍……更有孝而召尤，忠而被謗。"[1]作者的創作主旨是彌補現實的種種缺憾和不平，而其推崇的理想境界又主要以儒家之倫理綱常爲標準。所以，《五色石》《八洞天》實際上是要鼓吹傳統倫理綱常。從具體作品來看，以父子、母子、兄弟、朋友、主僕等倫常爲題旨的作品占了很大比重，如《續箕裘》《補南陔》《培連理》《正交情》《勸匪躬》《明家訓》《反蘆花》。然而，這一部分作品雖然勸誡意味濃厚，體現了作者鮮明的教化意識，但亦較注重故事本身的曲折跌宕、新奇動人，如勸懲意味最濃的《勸匪躬》寫義僕王保男扮女裝攜小主人外逃、顔太監收留一被罪諫官之女在外避禍，情節緊張曲折、扣人心弦。另外，還有一部分作品則主要以才子佳人戀愛婚姻故事爲題材，娛樂性較强，有《二橋春》《白鈎仙》《選琴瑟》《鳳鸞飛》。《警寤鐘》與《五色石》《八洞天》的題旨、題材取向大體相似，如《骨肉欺心宜無始》講弟弟被哥嫂遺棄，歷盡曲折而中舉發達後，以德報怨，《陌路施恩反有終》寫義賊故事，《杭逆子泥刀遺臭》講不孝子遭雷報，《海烈婦米櫥流芳》寫奸徒設計奸淫他人妻，烈婦不從殉節。

《豆棚閑話》在話本小説文體發展史上屬於空前絶後的特例，可看作話

1（清）筆煉閣主人等原著，陳翔華、蕭欣橋校點：《五色石　等兩種》，南京：江蘇古籍出版社1993年版，第212頁。

本小説傳統文體規範的一種突破。這種“異化”實質上反映了文人的結構觀念、創新意識和記述式書面叙事傳統。（一）它以豆棚下講故事的整體框架把相對獨立的十二個故事串連在一起，創造了一種新型的結構形態。這種巧妙的構思應源于文人匠心獨運的結構觀念和創新意識。（二）基本上摒棄了説書人的叙事口吻和語調，没有指示性套語和叙事韻語，而以書面記述者的叙事口吻來講述一群人在豆棚下講故事的故事，且多傳神的白描手法。同時，“書中描述式的文字是書面化的白話，不是口語化的白話，接近現今普通話的書面語言”。[1] 顯然，這可看作對文言小説記述式書面叙事傳統的回歸。《豆棚閑話》最突出的題材主旨取向是“莽將二十一史掀翻”的翻案之作，如《介子推火封妒婦》《范少伯水葬西施》《首陽山叔齊變節》。通過對這些歷史人物的重塑、重新闡釋，表現了作者對社會現實的憤激、諷刺、感慨和思考，如《首陽山叔齊變節》對明末官員中變節降清者的諷刺，《范少伯水葬西施》對人心險惡的感慨。此外，其他作品也大多具有較鮮明的文人主體精神。或借神話諷刺現實，如《空青石蔚子開盲》；或鼓吹孝義、張揚儒道，如《小乞兒真心孝義》《陳齋長論地談天》；或諷刺奸僞，如《大和尚假意超升》《虎丘山賈清客聯盟》；或推崇英雄義舉，如《朝奉朗揮金倡霸》《藩伯子破産興家》《党都司死梟生首》。

　　《照世杯》基本采用了適俗性的文體形態，其文體之文人性主要體現在叙事文化精神中。一方面，卷一、卷二以士林之世態、世相爲主要表現對象，在題材和人物故事類型上表現出鮮明的文人性，如《七松園弄假成真》寫士子阮江蘭尋訪佳人的曲折故事；《百和坊將無作有》寫假名士歐滁山招摇撞騙，後來騙人不成反被騙。而卷三《走安南玉馬換猩絨》寫商人杜景山被胡安撫陷害，到異國購物，揭露了官吏的貪酷，也體現了文人强烈的批判意識。另一方面，作者非常善於設置喜劇性諷刺的情境，將諷刺對象置身其

---

1 石昌渝著：《中國小説源流論》，北京：三聯書店1994年版，第286頁。

中，從而取得諷刺嘲弄的喜劇效果。整部作品對人物故事普遍采取了喜劇性諷刺的處理方式。如《七松園弄假成真》不斷將阮江蘭置身於一系列喜劇性諷刺的情境中，對其"才子配佳人"的心理進行了嘲弄。阮江蘭來到山陰尋訪佳人，正遇到女子詩會，於是便想方設法加入其中，結果被詩會女子灌得大醉，畫花了臉，扔在大街上，被小孩子們當作瘋子追打；之後，又到揚州尋佳麗，看上了一個有夫之婦。女子的丈夫發現他圖謀不軌，就假借女子的名義寫信邀其約會，阮江蘭興沖沖赴約時被痛打一頓。……可以説，類似的喜劇性情境接連不斷。在《百和坊將無作有》《走安南玉馬換猩絨》《掘新坑慳鬼成財主》中，同樣存在大量的接連不斷的喜劇諷刺性情境。通過這種獨特的題材處理方式，作者對假名士、貪酷官吏、吝嗇財主等給予了無情的諷刺嘲弄。無疑，這種風格在清前期話本小説中是獨樹一幟的。當然，這些人物故事本身也充滿了趣味性，且喜劇性風格也易受到下層庶民的喜愛。因此，整體看來，其叙事文化精神也屬雅俗共賞型。

《西湖佳話》專寫與西湖有關的名人之風流韻事，有才子白居易、蘇軾、駱賓王，才女馮小青，賢臣忠將于謙、岳飛，名僧濟顛、辯才、蓮池，隱士林和靖，名妓蘇小小，仙人葛洪等，在取材上主要反映了文人的雅趣。同時，這些作品也表現出鮮明的文人性文體特徵。一些作品叙事韻文使用頻繁，且以品評人物故事的詩或詩贊爲主要形式，完全屬於文人化文體，如《六橋才迹》《岳墳忠迹》《錢塘霸迹》《三生石迹》。從藝術構造方式上看，《西湖佳話》普遍采用史傳文學叙事模式，各篇作品基本可看作通俗化人物傳記，與明末文人化文體非常相似，如《葛嶺仙迹》爲葛洪傳，《白堤政迹》爲白居易傳，《孤山隱迹》爲林逋傳，《岳墳忠迹》爲岳飛傳等。

由此可見，清前期話本小説中的文人性追求已很難概括出一種相對一致的演化趨向，而是"八仙過海，各顯神通"，呈現出不同的文人化風格。不過，綜合起來看，這一批文人性突出的作品還是在功用宗旨、題材取向、表現旨趣上表現出一定程度的共同傾向性，將話本體的文人化整體推向了一個新的發展階段。與“三言”“二拍”和明末之文人化文體不同，清前期話本小說中的文人之作開始借助話本小說創作來傳達自己對社會人生的獨特思考認識、經驗感受，並以之爲主要寫作宗旨之一。這實質上是將話本體的功用宗旨向抒情言志、載道論世的詩文靠攏，是對話本體文體定位的一種文人化提升。在此文體功用觀念指導下，這些作品的題材取向也自然會突破原有規範，而出現新的發展演化。《無聲戲合集》《十二樓》中的人物故事已非簡單的“世態人情”之“非常奇特之事”，而更富有“寓言”色彩。《豆棚閑話》則基本示人以“歷史翻案”的面目，也與話本體的傳統取材範圍迥異。《照世杯》以嘲諷士林人物爲旨趣的人物故事設置也無疑算得上話本體的一種新題材。在這些不同的人物故事類型中，作者往往寄寓了其富有個性和文人色彩的思想旨歸和審美情趣，超越了話本體傳統的表現旨趣類型。隨著功用宗旨、題材取向、表現旨趣的文人化演進，此類作品的叙事模式也都相應有了新的發展。總之，清前期話本小說中的文人之作可看作話本體文人化的巔峰，整體上代表了話本體文人化的最高程度。

第二節　清中後期的話本體小説

　　話本小説創作在康熙後期已顯示出衰落迹象，雍正、乾隆朝近七十年間，僅出現《二刻醒世恒言》《雨花香》《通天樂》《娛目醒心編》等話本小説創作集四種，數量少，思想藝術水準亦低下。其後，直到光緒年間，又陸續有《陰陽顯報鬼神傳》《俗話傾談》《躋春臺》等很少的幾部作品問世。因此，這裏把雍正朝至光緒年間稱之爲清中後期，作爲話本小説創作的衰落消亡時期。這一時期，話本小説文體在許多方面偏離了傳統規範，出現篇章體制與叙事模式筆記化、叙事文化精神說教化等文體變異。

一、篇章體制與叙事模式的筆記化

話本小説傳統卷目（或回目）多爲七字或八字單句或偶句，以概括作品人物情節的方式命名，整嚴雅致。清前期，一些話本小説開始在七字或八字單句或偶句前另加三字題目，如《五更風》之《鸚鵡媒　報主恩婢烈奴義　酬師誼子孝臣忠》、《雲仙嘯》之《拙書生　拙書生禮鬥登高第》等。這一時期，話本小説的回目則完全背離了傳統的命名形式。《雨花香》《通天樂》《陰陽顯報鬼神傳》《俗話傾談》《躋春臺》則主要以三字、四字爲主，且命題方式多樣，或以人名綽號爲題，如《鐵菱角》《洲老虎》（《雨花香》）、《橫紋柴》《砒霜缽》（《俗話傾談》）、《東瓜女》（《躋春臺》），或以人物故事的主題意蘊爲題，如《自害自》《刻剥窮》（《雨花香》）、《鬼怕孝心人》（《俗話傾談》）、《巧報應》《孝還魂》（《躋春臺》），或以情節爲題，如《斬刑廳》《埋積賊》（《雨花香》）、《第一回　鬼有三德　後升城隍　巡江查案　受封河道》《第二回　地藏賜符　城隍接剳　判斷陰陽　收除六害》（《陰陽顯報鬼神傳》）、《生魂遊地獄》《茅寮訓子》（《俗話傾談》）、《失新郎》《審豺狼》（《躋春臺》），或以故事中的地點、道具爲題，如《今覺樓》《魂靈帶》（《雨花香》）、《七畝肥田》（《俗話傾談》）、《雙金釧》《白玉扇》《萬花村》《棲鳳山》（《躋春臺》）。顯然，這種簡化的篇目形式應源於清前期話本小説的三字標題。篇目的簡化實際上不僅僅是命名形式的問題，而與篇章内容的變異也有著很大關係。某種意義上説，這種篇目簡化不妨看作篇章簡縮、筆記化的産物。

《雨花香》《通天樂》[1]《陰陽顯報鬼神傳》《俗話傾談》在篇章體制上基本

1《雨花香》《通天樂》每篇作品篇首有一段相對獨立的議論文字，或議論題旨，或評論人物故事，與《型世言》的"小引"非常相似。這種成分只能算作評點文字，而與入話無關。

可看作白話筆記小説。首先，它們不再使用入話，而直接進入主體故事。入話一直是話本體最主要的篇章體制特徵之一，從某種意義上説，它的完全退化標誌著話本小説文體規範的消解，屬於徹底擺脱口頭文學程式規範而向書面叙事傳統的回歸。其次，已基本不再使用叙事韻文，絶大多數篇章已完全散文化。無疑，這也是對話本小説文體規範的消解，對書面叙事傳統的回歸。此外，大部分單篇作品的篇幅只有一二千字左右，甚至有的僅有幾百字，完全突破了傳統話本小説篇幅的規定性。篇幅的極度減縮顯然已超出一般意義上的文體演化，應屬於文體的變異。一般説來，幾百字、一二千字的篇幅只能簡單地講述一兩個事件，與"一則一事"的筆記小説最接近，基本相當於白話筆記小説。

　　《娛目醒心編》《躋春臺》《二刻醒世恒言》的篇章體制雖未完全筆記化，却也在一些方面表現出與之相類的演化特徵。如《躋春臺》雖還在使用入話，但已僅剩開篇詩詞；《娛目醒心編》《躋春臺》也已不在使用叙事韻文，《二刻醒世恒言》雖還在使用叙事韻文，但頻率已大大減縮；《二刻醒世恒言》《娛目醒心編》中單篇作品的正話部分大多爲四千字左右，也非常短小。具體情況，參見下表：

叙事韻文使用情況一覽表

	二刻醒世恒言	雨花香	通天樂	娛目醒心編	陰陽顯報鬼神傳	俗話傾談	躋春臺
無叙事韻文篇數	2	40	12	16	10	13	40
含叙事韻文篇數	22				2	4	
含叙事韻文作品千字韻文使用頻率	0.475				1.15	1.386	

單篇作品篇幅統計表

字數	二刻醒世恒言	雨花香	通天樂	娛目醒心編	陰陽顯報鬼神傳	俗話傾談	躋春臺
1 000 以下		18	5			2	
1 000—2 000		13	6		5	3	
2 000—4 000	9	8	1	1	4	6	2
4 000—6 000	12	1		4	2	3	11
6 000—8 000	3			8		1	18
8 000—10 000				2	1		7
10 000 以上				1		2	2
單篇平均字數	4 500	1 400	1 200	6 600	3 100	4 200	6 600

此外，也有個別作品出現了其他變異特徵，如《娛目醒心編》的入話很長，常常獨自占用作品的第一回，有卷一《走天涯克全子孝　感異夢始獲親骸》、卷三《解己囊惠周合邑　受人托信著遠方》、卷四《活全家願甘降辱　徇大節始顯清貞》、卷九《賠遺金暗中獲雋　拒美色眼下登科》、卷十三《爭嗣議力折群言　冒貪名陰行厚德》、卷十四《遇賞音窮途吐氣　酬知已獄底抒忠》、卷十五《墮奸謀險遭屠割　感夢兆巧脱羅網》、卷十六《方正士活判幽魂　惡孽人死遭冥責》，其中，卷三、卷四、卷九、卷十四、卷十五、卷十六入話與正話旗鼓相當，各占一回。在這些作品中，頭回似乎不再是導入正話的附加成分，而成爲與正話並列平行、具有同樣價值和意義的内容。

與外在篇章體制的筆記化相應，《雨花香》《通天樂》《陰陽顯報鬼神傳》《俗話傾談》中的大部分作品在藝術構造方式上出現了叙事模式的筆記化。[1]一般説來，這些作品的篇幅大多在二千五百字以内，相當一部分在一千字左右，多采用實録見聞的手法，記述一、二則事件、場面或人物的一種生活方式、心態，筆法簡潔，很少場景化鋪叙。如《雨花香》之《今覺樓》主要概述隱士陳正的隱居生活和超逸心態；《牛丞相》寫某地雷擊死一牛，背書"唐朝李林甫"一則事件。因爲是"實録見聞"，所以多以旁觀者視角或人物視角講述，如《飛蝴蝶》以旁觀者視角講述一賣藥道士將錢化蝴蝶的場面：

> 賣藥一時内，道士忽有向來人説："你爲人極孝，奈少奉養，我當贈送。"即用手在錢堆上，或抓一把，三、五十文不等，或兩手捧一捧，一、二百文不等。忽有向來人説："你家有婚姻喜事，缺少銀錢，我當贈送。"任意取錢與之。或説饑寒急迫贈送的，或説病欠調養贈送的，錢數多少不一，人人都説着。道士贈送人的錢雖多，來買藥的錢更多。未曾半日，面前即堆積錢約有數千，看的人越多。[2]

《通天樂》之《投胎哭》，以第一人稱視角記述自己親身經歷的兩則逸事：鬼投胎變鴨和變狗而哭泣，其中第二則記載説：

> 前年春天曾有一夜，我睡到四更時，似夢非夢，忽聽得悲嚎啼哭，

---

1 孫楷第《戲曲小説書録解題》稱《雨花香》："其體近乎雜書小説，雖記事用俚語，與生心作意爲小説者殊異其趣。"見《戲曲小説書録解題》，北京：人民文學出版社1990年版，第152頁。"雜書小説"，實際上即指筆記小説。另外，此類作品多强調自己實録見聞的真實性，與筆記小説相同，如《雨花香序》："是將揚州近事，取其切實而明驗者，彙集四十種。"《雨花香自叙》："乃將吾揚近時之實事，漫以通俗俚言，記録若干。"《雨花香》第一種《今覺樓》篇末稱："予曾親見此老，强壯不衰，乃當代之高人，誠可敬、可法也。"第二十種《少知非》："我有一個朋友，姓鄭，名君召。……"第十四種《飛蝴蝶》："聞傳揚州府學前，有一道士賣藥甚奇。予隨衆往看，果見數百人圍聚。予擠進觀看，見有一道士……"

2（明）熊龍峰等刊行，石昌渝等校點：《熊龍峰刑行小説四種 等四種》，南京：江蘇古籍出版社1990年版，第70頁。

我夢中起來，往街上觀看。只見幾個惡鬼，鎖押兩個大漢。一個婦人哭到鄰居喬家門前，因不肯進去，被鬼打趕。我驚醒切記，次早着价問喬鄰："夜來因何嘈嚷？"回説："今夜我家母狗生有三個小狗。"我又去問："幾雄幾雌？"回説："二雄一雌。"纔知夢中却是實事。[1]

《陰陽顯報鬼神傳》也與《雨花香》《通天樂》基本相似，如第四回講述一個"路逢白骨，脱衣遮蓋，因功上奏，以顯後裔"的故事，第五回講述"急難相周，謝恩脱苦，喜舍棺木，加壽四紀"的故事，僅兩個主要事件；第六回、第九回、第十回、第十一回、第十五回也基本相同；《俗話傾談》之《七畝肥田》《邱瓊山》《九魔托世》《瓜棚遇鬼》《鬼怕孝心人》《張閻王》《借火食煙》《茅寮訓子》等也多爲一、兩則主要事件，且記述簡略，爲筆記小說筆法，如《瓜棚遇鬼》記述一人瓜棚遇鬼一事："滄州河間縣，土名上河涯。有一人姓陳名四，年方二十二歲，家貧未有娶妻，以賣瓜菜度活，一晚往瓜園看守，時值五月初三四。月色微明，望見園邊樹底似有四五人來往遊行，相聚而語。陳四思疑此等脚色，唔通想來偷瓜。雙手執住一條青藤棍，藏身密葉之内，試觀其動静，忽聞得一人曰：'我等且去瓜園一遊⋯⋯'"[2]《二刻醒世恒言》《娛目醒心編》雖未像上述作品那樣叙事模式完全筆記化，但也受到了此類作品較大影響，表現出一定程度的筆記化傾向。這些作品的篇幅大多爲四千字左右，一般只講述兩三個事件構成的簡單故事，且記述簡略。

不過，也有個別作品與上述演化趨向迥異，出現了人物對白説唱化。《躋春臺序》稱："列案四十，明其端委，出以俗語，有韻語可歌，集成四

1（明）熊龍峰等刊行，石昌渝等校點：《熊龍峰刑行小說四種　等四種》，南京：江蘇古籍出版社1990 年版，第 52 頁。

2（清）邵彬儒著：《俗話傾談》，北京：中央民族大學出版社 2000 年版，第 54—55 頁。

册。"有韻語可歌"實際上指《躋春臺》以大段韻語作爲人物語言，使人物對白説唱化。如卷一《雙金釧》：

　　無可如何，只得守着母屍傷心痛哭："我的媽呀，我的娘，爲何死得這們忙。丟下你兒全不想，孤孤單單怎下場。去年兒把十歲上，出林筍子未成行。年小要人來撫養……"

　　淑英聽得，慌忙出閨勸解道："奴在閨中正清净，忽聽堂前鬧昏昏。耳貼壁間仔細聽，原來爲的奴婚姻。不顧羞耻升堂問，爹媽爲何怒生嗔。""就爲我兒姻親，與你媽鬧嘴，不怕忧死人喲。""聞言雙膝來跪定，爹爹聽兒説分明。""我兒有話只管説來，何必跪倒。""從前對親多喜幸，兩家説來都甘心。……"[1]

　　此類韻文常大段出現，在作品中占有相當比重，形成了整部作品散文、韻文相互交替的風格。這些韻文主要以七字詩贊爲主，在形式上類似當時的彈詞。很可能是作者借鑒了彈詞的體裁形式來改造話本小説文體。

二、叙事文化精神的説教化

　　這一時期，絶大部分話本小説題材主旨取向表現出强烈突出的勸善懲惡、因果報應意識。《二刻醒世恒言》之《高宗朝大選群英》《世德堂連枝並秀》《張一素惡根果報》《龍員外善積遇仙》等主要寫積善有善報、作惡得惡果，完全是勸善懲惡之作。《雨花香自叙》："乃將吾揚州近時之實事，漫以

1（清）劉省三著，張慶善整理：《躋春臺》，天津：百花文藝出版社1988年版，第5、12頁。

通俗俚言，紀録若干，悉眼前報應，須知警醒，明通要法，印傳環宇。凡暗昧人聽之而可光明，奸貪刻毒人聽之而頓改仁慈敦厚，若有憂愁苦惱之徒，聽講而即得大快樂。……是爲善有如此善報，爲惡有如此惡報，皆現在榜式，前車可鑒。"[1]《雨花香》《通天樂》主要講奸惡被懲、行善受報的人物故事，且多因果報應之説和鬼神之談，如《倒肥甕》寫地方惡棍被懲辦，《自害自》寫殺人者被殺、賣嫂者賣己妻，《官業債》寫今生受責還前生業債，《牛丞相》寫雷擊死一牛，爲奸相李林甫，《村中俏》寫淫婦謀殺丈夫，其夫鬼魂報仇，《假都天》寫扮活都天行騙、敗露被懲，《真菩薩》寫行善濟人得善報，《刻剥窮》寫富人刻薄，被騙餓死，《寬厚福》寫救難濟貧而家財日盛，《枉貪贓》寫貪酷縣官受報，《三錠窟》寫性孝而免禍得銀，《魂靈帶》寫謀財害命，爲冤魂所阻而被捕，《剮淫婦》寫淫婦謀殺丈夫被剮，《出死期》寫行善延壽，《晦氣船》寫命案得鬼神之助昭雪，《空爲惡》寫狠毒惡吏得報，《埋積賊》寫慣賊被活埋，《斬刑廳》寫貪酷官吏被斬，《狗狀元》寫轉世輪回報應。《通天樂》之《追命鬼》寫虐婢而被其魂索命，《麻小江》寫奸徒訛詐他人被懲，《討債兒》寫托生討債，《投胎哭》寫惡人投胎變鴨，《打縣官》寫惡徒行兇被懲。《陰陽顯報鬼神傳》專寫鬼神獎善懲惡、受惠報恩故事，如第一回至第三回寫因積德而成城隍，懲處奸惡之徒；第四回脱衣遮蓋白骨，受惠之鬼報恩；第五回寫急難相周而加壽四紀；第六回寫收殮屍骨，後賊人謀害時，水鬼救護；……全書幾乎全爲此類故事，實爲借鬼神而設教，勸善懲惡、教化百姓。《俗話傾談》也含有大量善惡報應之談，且多鬼神之説，如《種福兒郎》寫行善而家道昌盛；《閃山風》寫行惡遭報被殺；《九魔托世》寫行善而換子；《鬼怕孝心人》寫因行孝而得免瘟疫；《生魂遊地獄》寫魂遊地獄，見其嫂行惡受報；《砒霜缽》寫兒媳忤逆受陰報；此外，

---

1 丁錫根編著：《中國歷代小説序跋集》，北京：人民文學出版社 1996 年版，第 845—846 頁。

還有《修整爛命》專論修善之有益。《娛目醒心編序》稱其創作主旨："而無不處處引人于忠孝節義之路。既可娛目，即以醒心。而因果報應之理，隱寓於驚魂眩魄之内，俾閲者漸入于聖賢之域而不自知，于人心風俗，不無有補焉。"[1] 它的人物故事類型也基本劃分爲兩類：一是孝子、賢媳、義士、節婦、貞女等人物實踐倫理綱常的故事，如卷一寫孝子歷盡艱辛尋父，卷二寫爲生子嗣，"賢姐"嫁妹與公公，卷三寫輕財仗義之士替他人經商發財，卷四寫節婦賣己救夫後自縊，卷八寫節烈女子不願與婆婆同流合污而被殺，後得昭雪，卷十三寫賢媪暗用積資助侄，卷十四寫戲子報知己之恩；二是奸徒、貪吏、負義者行惡得報的故事，如卷十寫借娶媳謀葬地而受天報，卷十一寫貪酷官吏作害良民，罷官後開設妓院，後得惡報，卷十二寫忘恩負義者托生爲犬。

　　勸善懲惡的教化意識一直是文人主體意識的重要組成部分，在話本小説創作中也屬不絶如縷的創作傳統。但是，像清中後期這樣與因果報應、鬼神之説糅合在一起，如此强烈突出却是空前的。可以説，清中後期，話本小説創作所持之文體觀已趨於極端的片面化，基本被一些文人作者完全當成了面對下層庶民的低劣説教工具。在這種文體意識支配下，一些文人自然將目光僅僅集中於事件本身的教化意義。於是，僅記述事件梗概的筆記體不可避免地成爲首選。一般地説，筆記體主要表現爲"據見聞實録"的寫作原則，語言質樸，不求藻繪，筆法簡潔凝煉，且多爲雜記體，僅記述一兩個情節片段，叙事簡括，不以情節取勝。也就是説，筆記體的叙事焦點主要集中於人物言行或事件本身所藴涵的意義、風韻等，而並不關注人物、情節的加工改造。顯然，話本體的筆記小説化就是在極端片面化的文體觀念支配下，以筆記體的文體宗旨和叙事精神改造的結果。這種文體變異傾向實際上表明，話本小説創作主體再一次走向了文人化。不過，此次文人化片面地講求單一的教化意識，而完全忽略了其他文人主體意識和文本的傳播和接受。

1　丁錫根編著：《中國歷代小説序跋集》，北京：人民文學出版社 1996 年版，第 827 頁。

結　語
傳統小説文體的終結與轉化

中國古代小説文體發展至民初出現了短暫的"繁榮"，用筆記體、傳奇體、話本體、章回體創作的小説作品仍然蔚爲大觀，且由於糅入了時新的"興味"而具有獨特的現代品性，頗受廣大讀者歡迎，有力地推動著中國小説文體的古今演變。不過，在遭到堅決與傳統決裂的"五四"新文學家徹底批判之後，特別是20世紀20年代初，北洋政府推行"廢文言興白話"的教育政策，這一釜底抽薪的做法使得民初傳統小説文體或黯然退場，或寂然獨守。此後，學界普遍將民初的傳統文體小説稱爲"舊文學"，作爲落後腐朽的代表，視之爲"新文學"打倒的"文壇逆流"。我們擬通過對民初傳統文體小説的系統考察來揭示中國傳統小説文體在現代轉型語境中的終結與轉化過程，認識民初文人從事傳統文體小説創作"不在存古而在辟新"[1]的現代性追求，以作本書之收束。

第一節　傳統小説文體的繁榮及其成因

民初小説家普遍注意到清末"新小説"因過分工具化而出現寡味少趣的弊病，他們力倡"興味"以藥之，主張"無論文言俗語，一以興味爲主"。[2]

---

1 冥飛、海鳴等：《古今小説評林》，上海：民權出版社1919年版，第144頁。
2《〈小説大觀〉例言》，《小説大觀》1915年第1集。

究其實質是意圖賡續中國古代小説的傳統，並在此基礎上借鑒西方小説資源形成小説文體的現代性。這樣一來就爲傳統文體小説贏得了新的發展空間，也促使傳統文體小説發生了或大或小的文體變異。通過民初小説家的創作實踐，民初諸種傳統文體小説均呈繁榮之勢，與同時期的新體小説和"五四小説"相比，無論數量、品質，還是受讀者歡迎的程度都略勝一籌。

在中國古代小説諸體中，筆記體是唯一能入正史"藝文志""經籍志"的一種小説文體，這實際上形成一個雅小説的書寫傳統。緣於這一傳統，加之清末"小説界革命"後小説地位的空前提高，民初文人著述筆記體小説倍加熱情。據初步統計，民初筆記體小説的作者多達兩百人以上，這些作者有前清官吏，如朝廷重臣陳夔龍、翰林學士胡思敬、蘇州知府何剛德等；有宿儒學者，如精於音韻訓詁學的劉體智、精於文獻檔案學的金梁、精於版本目錄學的李詳等；有小説名家，如林紓、李涵秋、許指嚴，等等。民初著述的筆記小説集有 120 餘部，[1] 發表於報刊的筆記體小説有 350 餘篇（實際數量應超此數），被收入各類文集、小説選集的作品亦爲數不少。這些作品的傳播方式新舊兼用，有的按傳統方式匯輯成書，以稿本、刻本和排印本等文本形態傳播，如張祖翼的《清代野記》、徐珂的《清稗類鈔》、許指嚴的《新華秘記》等；有的在報刊上登載，如錢基博的《〈技擊餘聞〉補》刊於《小説月報》，汪辟疆的《小奢摩館脞録》刊於《小説海》，袁克文的《辛丙秘苑》刊於《晶報》等；有的先後或同時通過報刊發表和結集單行，如沈宗畸的《東華瑣録》、李涵秋的《涵秋筆記》、王伯恭的《蜷廬隨筆》等；有的收入各類文章雜集，如徐枕亞的《枕亞浪墨續集》、周瘦鵑的《紫蘭花片》等。特別要指出的是報載方式有其他傳播方式無法比擬的優勢，報刊是民初讀者獲取信息和消遣娛樂的主渠道，筆記體小説一經其刊發，傳播速度之快、效果之

1　據《民國時期總書目（1911—1949）文學理論 · 世界文學 · 中國文學》（北京圖書館出版社 1992 年版）、《民國小説目録（1912—1920）》（上海古籍出版社 2011 年版）、"民國圖書資料庫"等統計。

佳真是前所未有。筆記體一事一記、篇幅短小的形式符合報刊的版式要求，可連載可補白；其五花八門的内容、隨便談談的態度，也符合民初主流報刊追求“興味”的辦刊宗旨。正因如此，民初報刊設置了很多專欄來發表筆記類作品，或曰“筆記”“劄記”，或曰“雜俎”“雜録”“譚叢”，名目繁多，成爲筆記體小説繁榮的重要園地。

　　民初筆記體小説繁榮有其特殊的成因，是當時復古思潮、亂世傷懷、歷史書寫及市場行銷等諸多時勢因素與文化思潮相激蕩的結果。民初文人面對域外小説被過分推崇，試圖通過全面繼承和轉化傳統小説資源來走出中國小説現代轉型之路，故而促成了傳統文體小説最後的輝煌。晚清以來的國學倡導，文言所處的官方地位，政府鼓吹的保存國粹，使民初文人普遍認爲復古式“進化”是“循自然之趨勢”。[1] “林譯小説”的風行則進一步促使文言空前強勢地進入小説創作領域。用文言寫小説在民初成爲一種時尚，許指嚴曾以自己之經歷對此加以説明：“不才弄翰三十餘年，爲制藝、經説、史考、詩古文辭十之四，爲小説、筆記十之六。而小説中又爲短篇文言者十之八，長篇章回白話者十之二……乃亦試爲章回白話體，而每一稿出，則爲前輩所訶……其欲以白話小説啓迪社會而爲文學界樹一新幟之厦，竟成虛語矣。”[2] 從中可見民初文人對小説雅化的普遍追求令文言短篇（包括筆記體、傳奇體）的創作成爲主流，而白話小説相對受到冷落。民初袁世凱的獨裁統治和軍閥混戰使亂世傷懷成爲一種普遍存在的文人心態。錢基博説當時“民不見德，唯亂是聞”，[3] 徐枕亞深感“局天蹐地一身多”，[4] 孫璞則“痛哭對蒼天，蕭疏還自憐”。[5] 不少文人自認爲“我輩生當今日，除飲酒外不復有事業，除作稗官書外不復

1 樹鈺：《本社函件最録》，《小説月報》1916 年第 7 卷第 1 號。

2 許指嚴：《説林揚觶》，《小説新報》1919 年第 5 卷第 4 期。

3 錢基博：《現代中國文學史》四版增訂識語，《現代中國文學史》，長沙：岳麓書社 1986 年版，第 510 頁。

4 枕亞：《鷓鴣天》，《民權素》1915 年第 5 期。

5 孫璞：《除夕》，柳亞子編：《南社叢刻》，揚州：江蘇廣陵古籍刻印社 1996 年版，第 16 集。

有文章"，[1]他們重回舊日文場、大作傳統文體小説，其中尤重筆記體。《〈小説旬報〉宣言》可作注脚："時當大陸風雲，千變萬化，神州妖霧，慘澹彌漫。……整頓乾坤，且讓賢者……編集稗乘，步武蘇公，妄談鬼籍，聊遣齋房寂寞，免教歲月蹉跎"，[2]這裏用蘇軾談鬼"姑妄言之"[3]申明他們以編集筆記體小説消遣難熬歲月的用心。這種自娛的内在需要有力地促進了民初筆記體小説創作的繁榮。另外，民初強大的復古思潮和亂世境況共同推助各路文人或追尋前朝舊夢、或保存革命陳迹。這種爲歷史寫真的時代需要自然使得長期被視爲"史餘"的野史筆記類小説被民初文人所推重。在復古思潮的影響下，民初小説觀念正在經歷古今中外的激烈碰撞，混亂的時局則導致民初國人思想愈發多元。題材豐富、内容廣駁，可以供消遣、廣見聞、存史料、寓勸懲，又具有傳統氣息的筆記體小説恰恰滿足了當時不少讀者的閱讀需要，在文化市場上成爲暢銷品。這種市場行銷的成功，也大大刺激了民初文人著述筆記體小説的熱情，有力地推動了該體小説的繁榮。

　　上述時代語境也使民初傳奇體小説創作持續繁榮，由於傳奇體特有的幻設性、文辭性、情趣性吻合了當時小説爲文學之一種、應具備審美特質的現代性要求，故而受到職業小説家的青睞。據初步統計，民初傳奇體小説的作者至少在百人以上，其中有名的職業小説家就有數十位。如以古文翻譯外國小説聞名於世的林紓，被譽爲民國第一小説名家的李涵秋，民初上海報人小説界執牛耳的包天笑，在新舊文學界均享盛譽的蘇曼殊，被視爲"鴛鴦蝴蝶派"代表人物的徐枕亞，在民國文化宣傳領域有舉足輕重地位的葉楚傖，以"掌故小説"聞名的許指嚴，從京師大學堂走出的小説名家姚鵷雛，民初小説界的明星人物周瘦鵑，以"江湖會黨小説"當紅的姚民哀，等等。他們

1　胡韞玉：《與柳亞子書》，柳亞子編：《南社叢刻》，北京：社會科學文獻出版社 1994 年版，第 12 集。
2　羽白：《〈小説旬報〉宣言》，《小説旬報》1914 年第 1 期。
3　語出《東坡事類》。

的傳奇體作品大多隨作隨刊,《小説月報》《禮拜六》《小説時報》《民權素》《中華小説界》《小説大觀》《小説畫報》《民國日報》等十數家主流報刊爲其提供發表園地,其數量當在200篇以上。另外收錄民初傳奇體小説的各類集子也有不少,其中較有代表性的有:文言小説別集《畏廬漫録》《指嚴小説精華》《定夷小説精華》《反聊齋》《鐵冷叢談》《民哀説集》等,文言小説選集《黛痕劍影録》《客中消遣録》《愛國英雄小史》等,文白小説合集《楚傖文存》《瞻廬小説集》《何海鳴説集》等,各類文章雜集《鐵冷碎墨》《枕亞浪墨》《紫蘭花片》,等等。與之前的同體作品相較,民初的傳奇體小説題材更趨多樣,尤其著意於傳都市生活之奇;在藝術上賡續傳統,也注意借鑒一些外國小説的寫作技巧。這正符合處在新舊過渡時期的民初讀者口味,故而受到他們熱烈的歡迎。

今人一般將話本體小説消亡的時間斷定在清代,最遲推至刊於1899年的《躋春臺》。實際上,清末"新小説家"仍然繼續著話本體小説創作,一些雜誌也刊有話本體作品。例如吳趼人在《月月小説》上就發表了多篇話本體小説,這些作品是在"新小説"觀念影響下産生的話本小説變體,大多打破了從入話、頭回到正話、篇尾的傳統話本小説體制,在叙事模式、創作旨趣、思想内容上也發生了一定變異。其數量雖不算多,但引領著該體小説演變的方向。民初小説家接續這一變異趨勢,在復古思潮與現代性追求的矛盾交織中,希望更充分地運用好這一傳統文體,一度使話本體小説創作呈現出復振之象。據考察,民初從事話本體小説創作的多爲小説名家,如包天笑、程瞻廬、徐卓呆、吳雙熱、胡寄塵、姚鵷雛、周瘦鵑、何海鳴、張冥飛、江紅蕉等。他們的話本體小説作品主要通過《小説月報》《禮拜六》《民國日報》等主流報刊發表,就目前所知大概有50餘篇,還有部分作品被收入各類小説集中。民初話本體小説總體上以演述社會萬象與滑稽故事爲主,充滿了民間性、世俗性和娱樂性,亦曾得到了民初部分讀者的歡迎。

　　章回體小説創作在民初極其繁榮，以至范煙橋所撰《民國舊派小説史略》曾明確地説："這裏説的民國小説，是指的舊派小説，主要又是章回體的小説。"[1]實際上，歷來凡是涉及所謂"民國舊派小説"的研究，無論立場如何，均將章回體作品作爲主要對象。據初步統計，民初十年間産生的章回體小説至少在130部以上，[2]這些作品往往先在報刊上連載，之後出版單行本。民初從事章回體小説創作的作家衆多，如以白話章回聞名者有李涵秋、程瞻廬、葉小鳳、向愷然、畢倚虹、楊塵因、張春帆、朱壽菊、蔡東藩等數十位，以文言章回著稱的則有徐枕亞、李定夷、吳雙熱、張冥飛、林紓、姚鵷雛、章士釗等十餘位。民初白話章回體小説是在明清繁榮基礎上的再發展，它面向都市民間寫作，其叙事寫人既脈承傳統又尋求新變，既能滿足一般讀者的閲讀習慣又令人耳目常新，因此始終占領著廣大的讀者市場。文言章回體在古代只有零星出現，而民初一度形成文言章回小説的創作熱潮，這是由當時的復古思潮、亂世傷懷、市場行銷，以及中西觀念衝突等諸多因素交互作用形成的。具體而言，復古思潮帶來的雅化要求使文言侵入了過去幾乎被白話一統的章回體，亂世傷懷的民初文人受到西方婚戀觀的影響，面對不自由的婚姻制度，集中摹寫男女婚戀的不幸，這讓當時的讀者爲之驚艷、沉迷並在心底産生出强烈的共鳴，因而使得該體作品在市場行銷上也獲得了極大成功。

第二節　傳統小説文體的守正與創變

　　對於中西文學差異，民初小説家有比較明確的共識：因地理、歷史、人

---

　　1 范煙橋：《民國舊派小説史略》，魏紹昌編：《鴛鴦蝴蝶派研究資料》，上海：上海文藝出版社1984年版，第268頁。

　　2 據《民國通俗小説書目資料彙編》（上海書店出版社2014年版）、《民國章回小説大觀（1）（2）》（中國文聯出版公司1997、2003年版）、《民國小説目録（1912—1920）》（上海古籍出版社2011年版）、"民國圖書資料庫"等統計。

民習尚的種種關係，中國文學走了一條與西洋文學不同的路，因此，中西小説亦不能相提並論。[1]基於這一認識，他們認爲中國小説的現代轉型必須以固有的文學遺産爲基礎，所謂"然不有基焉，牆何以立？演進之理，固如是爾"。[2]因此，他們運用各種傳統小説文體創作了大量作品，有的立本守正，有的趨時創變，深受正從傳統走向現代的民初讀者喜愛。

一、沿固有書寫雙軌前行的筆記體小説

中國古人撰寫筆記常常是隨意雜録，故筆記近於"合殘叢小語"、集"街談巷語，道聽塗説"的小説家言而漸與"小説"聯言；[3]又因古人視筆記爲"史餘""野史""雜史"，故撰寫筆記講求實録。因此，采用筆記撰述方式、具備筆記體式特徵的筆記體小説自産生之日起即形成了隨意雜録與講求實録的書寫雙軌。

清末梁啓超曾舉《聊齋志異》《閲微草堂筆記》爲代表，著意強調筆記體小説隨意雜録的撰述特點。[4]民初的筆記體小説也大多遵從此例。例如，何剛德在《〈平齋家言〉序》中説："夜窗默坐，影事上心，偶得一鱗半爪，輒瑣瑣記之，留示家人。自丁巳迄去秋，衷然成帙。"[5]王揖唐序《梵天廬叢録》曰："此書乃其平日搜討所得，隨時掇述者。"[6]徐珂自序其《清稗類鈔》云："輒筆之於册，以備遺忘，積久盈篋，乃參仿《宋稗類鈔》之例，輯爲是編。"[7]陳灝一在《〈睇向齋秘録〉弁言》中透露："比來常叩長老先生與聞達之士、

---

1 胡寄塵：《序一》，范煙橋：《中國小説史》，蘇州：秋葉社 1927 年版。

2 趙眠雲：《序三》，同上。

3 黃霖、韓同文選注：《中國歷代小説論著選》（修訂本）上，南昌：江西人民出版社 2000 年版，第 1、3 頁。

4 《新小説》報社：《中國唯一之文學報〈新小説〉》，《新民叢報》1902 年第 14 號。

5 何剛德：《春明夢録》，北京：北京古籍出版社 1995 年版，第 57 頁。

6 王揖唐：《王序》，柴小梵著：《梵天廬叢録》，太原：山西古籍出版社 1999 年版，第 1 頁。

7 徐珂編撰：《清稗類鈔》，北京：中華書局 1984 年版，第 485 頁。

博雅之友，以故所得益多。性好弄翰，輒筆之於紙，日久積稿盈寸。"[1] 從 "偶得""隨時""輒筆" 一類字眼可辯這些作品的撰述方式一如傳統的隨意雜錄，從 "一鱗半爪""瑣瑣記之" 到 "戛然成帙""積久盈篋""積稿盈寸" 等表述足見其由斷縑零璧之短章而積成包羅萬有之巨編的彙集方式。對於筆記體小説一事一記的特點，管達如在《説小説》中説得明確："此體之特質，在於據事直書，各事自爲起訖。"[2] 對於包羅萬有之特徵當時也認識一致，蔡東藩稱其《客中消遣録》"立説無方，不拘一格。舉所謂社會、時事、歷史、人情、偵探、寓言、哀感頑艷諸説體備見一斑"；[3] 胡文瀛稱譽《梵天廬叢録》"上而朝廷之掌故，下而裏巷之隱微，縱而經史之異同，橫而華夷之利病，無不能説，説之無不能詳"。[4] 對於全面繼承古代筆記小説的體式特徵，民初文人常常表而彰之，如馮煦在《〈夢蕉亭雜記〉序》中説 "其體與歐陽公《歸田録》、蘇穎濱《龍川略志》、邵伯温《聞見前録》爲近"，[5] 王揖唐《〈梵天廬叢録〉序》云 "衡其體例，蓋與潘永因之《宋稗類鈔》、郎瑛之《七修類稿》等書相近"，[6] 易宗夔在《〈新世説〉自序》中直承 "仿臨川王《世説新語》體例"，[7] 吳綺緣認爲許指嚴的《新華秘記》"體仿《秘辛》《説苑》"，[8] 等等。研閲民初各家筆記小説集，便知以上序説乃是據實而論。這些小説大多搖筆成文，每條（則、篇）往往不設題目，一事一記，所記之事往往相對獨立，單記一事而成篇者自不必説，就是那些合集衆事而成編者，事與事之間往往既無意義上的關聯，也無結構上的聯繫。因此，從單條（則、篇）來

1　陳瀣一：《睆向齋秘録》，上海：文明書局 1922 年版，第 1 頁。
2　管達如：《説小説》，《小説月報》1912 年第 3 卷第 7 期。
3　蔡東藩：《客中消遣録》，上海：會文堂新記書局 1934 年版，第 1 頁。
4　胡文瀛：《胡序》，柴小梵著：《梵天廬叢録》，太原：山西古籍出版社 1999 年版，第 1 頁。
5　馮煦：《夢蕉亭雜記・序》，陳夔龍著：《夢蕉亭雜記》，太原：山西古籍出版社 1996 年版，第 1 頁。
6　王揖唐：《王序》，柴小梵著：《梵天廬叢録》，太原：山西古籍出版社 1999 年版，第 1 頁。
7　易宗夔：《新世説》，上海：上海古籍書店 1982 年版，第 1 頁。
8　吳綺緣：《吳序》，許指嚴著：《新華秘記（前編）》，上海：清華書局 1918 年版，第 6 頁。

看，其篇幅短小；整體觀之，又卷帙浩繁。相較而言，民初發表在報刊上的筆記體小説體式稍有變異，減少了對以書爲載體的“筆記（集）”之依賴，單篇作品爲數甚夥，一般每篇都有標題。

在古代長期的演變過程中，筆記體小説的實録原則始終保持不變，這規定了它追求史著般的品格：不重修飾，崇尚簡約，這也使其與有意幻設、追求辭采的傳奇體區別開來。紀昀所謂“小説既述見聞，即屬叙事，不比戲場關目，隨意裝點”，[1] 强調的就是筆記體小説的實録原則及其樸質風格，“在紀昀看來，所謂筆記體小説之‘叙事’即爲‘不作點染的記録見聞’”。[2] 民初筆記體小説與此一脈相承，理論與實踐皆沿實録舊軌而行。管達如曾用準現代的小説觀念重新闡釋説：“此體之所長，在其文字甚自由，不必構思組織，搜集多數之材料，意有所得，縱筆疾書，即可成篇。”[3] 這就重申了筆記體小説應“據見聞實録”，指出其優點是叙事自由，没有固定結構，甚至無需細緻的環境、人物、情節描寫，只需收集材料，興之所至，摇筆書寫即可。該體小説的作者對實録原則亦普遍重視。例如，蔡東藩於《〈客中消遣録〉序》中聲明“於目所睹者擇而輯之，于耳所聞者又酌而記之”；[4] 孫家振在其《〈退醒廬筆記〉自序》中説“吾猶將萃吾之才之學之識仿史家傳記體裁將平生所聞見著筆記若干萬字”；[5] 蔣箸超認爲許指嚴“久客春明，搜羅以富”，據之所撰《新華秘記》“事事得諸實在，不涉荒誕”，[6] 吴綺緣稱譽它“雖屬野史，而即以當洪憲一代之信史觀亦無不可也”；[7] 易宗夔在《新世説》的例言與自序中聲明“紀載之事，雖不能一一標明其來歷，要皆具有本末之言，其

1（清）紀昀撰：《閲微草堂筆記》，上海：上海古籍出版社 1980 年版，第 472 頁。

2 譚帆：《叙事語義源流考——兼論中國古代小説的叙事傳統》，《文學遺産》2018 年第 3 期。

3 管達如：《説小説》，《小説月報》1912 年第 3 卷第 7 期。

4 蔡東藩：《客中消遣録》，上海：會文堂新記書局 1934 年版，第 2 頁。

5 潁川秋水著：《退醒廬筆記》，民國十四年石印綫裝本，第 2 頁。

6 蔣箸超：《蔣序》，許指嚴著：《新華秘記（前編）》，上海：清華書局 1918 年版，第 1 頁。

7 吴綺緣：《吴序》，同上，第 6 頁。

言之繁冗而蕪雜者，悉剪裁而修飾之，以歸於簡雅"，[1] 所記爲前清"政俗之嬗變，朝野之得失，軼事遺聞，更仆難數……迨鼎革以後，當代執政，革命偉人……"，著述目的是希圖成"野史一家之言"，能像《世説新語》那樣傳世。[2] 這種創作旨趣普遍存在于民初野史類筆記小説之中，當時作者都企望能爲歷史留下一鱗半爪的"真迹"。民初筆記體小説無論是以筆記集行世，還是單篇登載於報端，大多遵循著實録原則、追求朴質自然、簡潔雅致的風格。也有一些作品由於受到《聊齋志異》和西方小説觀念的影響，開始喜裝點、重修辭，呈現出與傳奇體合流的趨向。

民初筆記體小説既然仍沿著隨意雜録與講求實録的書寫軌轍前行，勢必保持古代筆記小説内容廣博、功能多樣的文體特點。從作品創作實際看，既有野史筆記類小説、稗官故事類小説，又有雜家筆記類小説。由於受到民初小説界"興味"主潮的影響，以消遣娱情爲主的稗官故事類小説最爲流行，其次是意在補史存真的野史筆記類小説。

民初稗官故事類小説題材廣泛，思想駁雜，富有供人消遣的興味。這些作品有的記雜事以志人，有的録異聞以志怪，一部筆記中往往還兼收兩者。其中具有代表性的有《鐵笛亭瑣記》《林琴南筆記》《〈技擊餘聞〉補》《退醒廬筆記》《黛痕劍影録》《民國趣史》《涵秋筆記（下册）》《變色談》等。民元以後林紓所作筆記小説更重興味，其友臧蔭松評《鐵笛亭瑣記》云："今先生所記多趣語，又多徵引故實，可資談助者。"[3] 該書雜記朝野逸聞軼事，如寫泉州海盗因酣睡而喪命，某茂才戲耍某僧之滑稽，巴黎食客之狡獪，左宗棠强食糯米丸之偏執，趙亮熙行事之狂愚可笑等。每則篇幅短小，筆墨超妙，足供消遣。《林琴南筆記》（又名《畏廬筆記》）所記多奇人異事，事涉

1　易宗夔：《〈新世説〉例言》，上海：上海古籍書店1982年版，第2頁。
2　易宗夔：《〈新世説〉自序》，同上，第1頁。
3　臧蔭松：《〈鐵笛亭瑣記〉序》，林紓著：《鐵笛亭瑣記》，北京：都門印書局1916年版，卷首。

中外，也以娛情暢意爲旨趣。如寫德國大英雄紅髯大王、臺灣巾幗草莽元帥娘、番禺故家女李雲西、神行俠士李明甫、辛亥革命奇女子崔影及古宅靈異、青幫劇盜，等等。篇幅均較一般筆記長些，叙述婉轉有致，初步呈現出筆記體與傳奇體合流的趨勢。錢基博所作《〈技擊餘聞〉補》所記多爲實有人物，除列名於《清史稿》的竇榮光、甘鳳池等大俠外，多數是活躍在江南的俠客。作者在每則文末一一言明故事之由來，足見其謹守筆記的實錄原則。同時，由小說所述行俠仗義、抵抗外侮及各種技擊格鬥之術等，也可窺見作者以俠氣尚武來鼓舞民族士氣之用心。該作雖爲林紓清末《技擊餘聞》補作，但毫不遜色，叙述簡潔有味，寫人白描傳神，令人讀之不厭，無怪錢氏亦"私自謂佳者絕不讓侯官出人頭地也"。[1]二者前後輝映，成爲現代武俠小說之前驅。孫家振《退醒廬筆記》除了寫王韜、吳趼人等文人及市井細民的軼事外，還有《咒蛇》《笆斗仙》《狐祟二》等志怪，尤其注意記錄日常瑣屑（如雪茄煙、食譜、自製新酒令等），非常適宜市民閱讀消遣。胡寄塵的《黛痕劍影録》[2]以記録異聞瑣事爲主，如《冷光先生》《猿二則》寫鬼怪，《我佛山人遺事》《蛻老遺事》記名人，《余小霞》《甄素瓊》寫各類女子。其語言雅潔有味，頗有六朝志人志怪之風。李定夷的《民國趣史》記録"官場瑣細""試院現形""裙釵韻語"以及"社會雜談"等，所寫奇聞逸事，總是凸顯一個"趣"字，正如倪承燦所説："一編供捧腹諧譚。"[3]李涵秋的《涵秋筆記（下册）》既寫可驚可怖的奇聞，如《庸醫殺人》《肉飛行》《屍媾》等；又寫增廣見聞的軼事，如《袁子才先生軼事》《陳邵平》《陳若木先生軼事》等。這些奇聞軼事能在一定程度上滿足民初讀者的好奇心、使其獲得消遣。向愷然《變色談》收録的五則小說皆以虎命名，題爲《爭虎》《閉虎》《驅

1　錢基博：《〈技擊餘聞〉補·自序》，《小説月報》1914 年第 5 卷第 1 號。

2　胡寄塵：《黛痕劍影録》，上海：廣益書局 1914 年版。

3　李定夷：《民國趣史》，上海：國華書局 1915 年版。

虎》《狎虎》《死虎》。它抓住一般人 "談虎色變" 的心理，記録江湖異士鬥
虎殺虎的奇聞，有的還雜以神異色彩。例如《狎虎》一則寫三歲小兒視虎爲
狗而全然無畏的民間傳聞：

> 　　陽明先生謫居龍場時，嘗有詩曰："東鄰老翁防虎患，虎夜入室銜
> 其頭。西鄰小兒不識虎，持竿驅虎如驅牛。" 豈《列子》所謂 "得全於
> 天" 者耶？新寧一農家，曝紗十餘竿，方食，天忽欲雨，家人盡出收
> 紗，三歲小兒獨留。比返，一虎立小兒旁，俯首食小兒所遺飯，家人不
> 敢入，亦不敢聲。虎忽仰首欲食小兒碗中飯，小兒以箸擊其頭有聲，則
> 仍俯其首。小兒食如故，家人駭極。有黠者，故擊猪令叫，虎即奔去。
> 問小兒，謂爲狗也。[1]

這樣就用寥寥筆墨讓讀者爲之色變，爲之轉換心情。

民初稗官故事類小説普遍以奇聞趣事來滿足讀者的消遣需要，同時也注
意增强作品的文學審美性。周瘦鵑在《〈香艷叢話〉弁言》中稱著、閒筆記小
説是 "茶熟香温之侯乃於無可消遣中尋一消遣法"，[2] 考察書中作品記述的多是
充滿情趣的香艷故事，在藝術上則於雅潔中藴著美感。試觀第二卷第一則：

> 　　裘麗亞者，法蘭西芳名籍甚之美人也。富於愛情。爾時瑞典王迦
> 達鋭司稱雄於日爾曼。雄才大略，蜚聲全歐。裘麗亞企慕之，頗有買絲
> 繡平原之概。特懸此驍勇英主之小影於香閨中玉鏡臺前。朝夕相對，用
> 表其欽佩之誠。未幾，遂爲瑞典王所聞。王固亦一多情之英雄也，心殊
> 戀戀于裘麗亞，弗能自已。時欲一睹芳姿，以慰相思，顧好事多磨。不

1　愷然：《變色談》，《民權素》1916 年第 16 期。
2　周瘦鵑編：《香艷叢話》，上海：中華圖書館 1914 年版，第 1 頁。

久，便撒手人天。裘麗亞聞之，芳心如割。每對此影裏情郎，偷彈紅
淚。久之，哀思乃少殺。時有孟德耶亞公爵者即乘隙而入，專心致志，
沽裘麗亞歡心。會新歲，特製華箋十幅，圖以愛神之像並手錄所作艷詩
於其上。舉以贈諸裘麗亞。裘麗亞得箋大歡忻，對於孟德耶亞公爵頗垂
青眼。乃紅絲未締，芳魂旋化，埋香有冢，續命無湯。公爵悲痛至不欲
生。然而殘脂剩粉之價值益珍重矣。一千七百八十四年維利愛公爵之圖
書室拍賣忽撿得孟德耶亞贈裘麗亞詩箋之一《詠堇花》一首。惜上下已
缺，僅剩數句云："燦爛其色，爾戀愛之花兮。吾其乞戀愛之土而護爾，
滴戀愛之水而灌爾。花愁月病，獨賴爾以增光兮。倩君鬢雲堆裏以發幽
馨。"爾時拍賣之價值僅三百元。後陳列于博物院，索價至五千八百餘
元。及大革命時，國中鼎沸，此詩箋忽發現于英倫一古董肆中。一日，
來一少年，贈主人五千金，強索去。嗟夫，美人一顰一笑足以傾國傾
城，而身後遺物僅值五千金，亦云廉矣。[1]

這則小説貫徹了作者認爲"小説爲美文之一"[2]的現代文學觀念，其隨筆摘
錄、連綴成篇采用的則是傳統筆記成法，整體可謂"情文兼茂"，是周氏所
希望的"有實事而含小説的意味者"。[3]這便堅守了筆記體小説講求實錄的創
作原則，而有別於以幻設爲能的傳奇體小説，但其講述情感故事的效果、對
純情至情的歌詠則與其所作傳奇體愛情小説有異曲同工之妙。對於該書的
這種風貌，"有人喻之爲：如'十七妙年華之女郎，偶于綺羅屏障間，吐露
一二情致語，令人銷魂無已。'"[4]《香艷叢話》作爲筆記集，其體式古色古香，
一則一則隨意地排著，仿佛是積多成編，其意趣也顯得很傳統，但其筆觸已

---

1 周瘦鵑編：《香艷叢話》第二卷，上海：中華圖書館 1914 年版，第 1—2 頁。
2 鵑：《自由談之自由談》，《申報》1921 年 2 月 13 日。
3 周瘦鵑：《説觚》，周瘦鵑、駱無涯：《小説叢談》，上海：大東書局 1926 年版，第 73 頁。
4 鄭逸梅：《民國筆記概觀》，上海：上海書店 1991 年版，第 101 頁。

伸向了現代和域外，實際已被現代印刷文化與現代文學觀念共同改造過了。
它在當時受到了不少讀者喜歡，開闢了筆記體小説現代轉型的一條路徑。周
瘦鵑在"五四"以後還一直堅持走這條路，他編輯的《紫蘭花片》《半月》
《紫羅蘭》等雜誌上還刊有這類作品。徐枕亞、朱鴛雛創作的稗官故事類
小説也意圖創變，在突出強調消遣功能的同時揉進傳奇體因素，明顯增強
了文學性。收在《枕亞浪墨續集》中的此類作品所記皆道聽塗説，偏於搜
奇述異，多屬遊戲筆墨。陳惜誓《序》稱"枕亞願以消遣自托"，其撰述
《浪墨》即爲一種"消遣"。[1] 整體觀之，這些作品文筆流暢，叙事生動，
講究塑造人物。如《錢蘇》《記王節婦錢錫之獄事》《柳夫人金聖歎傳》諸
篇所記事核，所叙婉轉，以歌詠人物正氣爲旨歸。而搜奇述異的作品如
《吳越兩異人》《陳葉二道士事》《蛇丐》等叙述恍惚迷離，辭藻趨於華美，
已有明顯的傳奇化傾向。《紅蠶繭集》收録朱鴛雛筆記體小説 23 篇，均短
小精緻，饒富趣味，且多文學的描寫和虛構，亦是傳奇化的稗官故事類小
説。統觀之，筆記體小説的傳奇化在民初各類作品中比較普遍，是創變的主
要方向。

　　民初野史筆記類小説最突出的特徵是補史存真。其作者不少是清末民初
重大歷史事件的親歷親聞者，他們力圖將某段史事實録以存真相。其中《王
湘綺先生録祺祥故事》《德宗遺事》《辛亥宮駝記》《辛丙秘苑》《夢蕉亭雜
記》《春明夢録》《清代野記》《國聞備乘》等都是當時的名著。我們略舉數
例，以觀一斑。《王湘綺先生録祺祥故事》講述咸豐駕崩前後的清宮秘史甚
詳，特別是對帝后親王及王公大臣之間的錯綜複雜關係梳理叙述得十分清
楚，具有較高的史料價值，故而廣爲引用。故事中的人物，如咸豐、奕訢、
肅順等形象比較鮮明，語言也較爲生動，亦具有一定的文學價值。《德宗遺

---

　　1 徐枕亞：《枕亞浪墨初集》卷七，上海：清華書局 1915 年版，第 7 頁。

事》的作者王照是翰林學士、戊戌變法的積極支持者。他晚年以親身經歷爲素材創作的這部筆記主要記述戊戌變法和庚子事變前後史事，筆墨集中於光緒帝（廟號德宗）與慈禧太后之間的矛盾鬥爭，頌揚光緒，針砭慈禧擅權誤國。由於該筆記“皆實録所不敢言者”，[1] 故有較高的史料價值。其叙説清末宮廷軼聞歷歷在目，人物對話口吻畢肖，多具小説風味。如記慈禧親伐醇賢親王墓道白果樹一則：

醇賢親王墓道前有白果樹一株，其樹八九合抱，高數十丈，蓋萬年之物。英年諂事太后，謂皇家風水全被此支占去，請伐之以利本支。太后大喜，然未敢輕動，因奏聞于德宗。德宗大怒，並嚴敕曰：“爾等誰敢伐此樹者，請先砍我頭。”乃又求太后，太后堅執益烈，相持月餘。

一日上退朝，聞内侍言，太后于黎明帶内務府人往賢王園寢矣。上亟命駕出城，至紅山口，於輿中號咷大哭，因往時到此，即遥見亭亭如蓋之白果樹，今已無之也。連哭二十里，至園，太后已去，樹身倒卧，數百人方砍其根，周環十餘丈，挖成大池，以千餘袋石灰沃水灌其根，慮其復生芽蘗也。諸臣奏云：“太后親執斧先砍三下，始令諸人伐之，故不敢違也。”上無語，步行繞墓三匝，頓足拭淚而歸。此光緒二十二年事也。二十六年，英年因庇拳匪斬于西安。二十八年壬寅春，余潛伏湯山，詭稱趙舉人，每日出遊各村，皆以趙先生爲佳客。一日，短衣草笠，漫遊而西，過醇賢親王墓道山下，與村夫野老負曝，談及白果樹事，各道見聞，相與欷歔。村人並言，挖根時出大小蛇數百千條，蛇身大者徑尺餘，長數丈，僉曰：“義和團即蛇之轉世報仇者。”小航謂當日之狠戾伐樹，用心實同巫蠱，長舌之毒，乃最大之蛇也。

---

1 語出王樹枏。王小航述、王樹枏記：《德宗遺事》，無出版地、出版時間，北京師範大學藏本，第1頁。

　　　　樹楠案：醇親王之後相繼爲皇帝者，已傳兩代，皆太后所親立，不
　　知如此之忌害，果何意也。[1]

慈禧妒婦之潑毒，光緒受辱之無奈，從中清晰可見。對讀陳灂一所著《睇
向齋秘録》中的《德宗軼事（三則）》，光緒這位憂國憂心、可憐可悲的傀
儡皇帝就真實地呈現在讀者面前。難怪歷史學者葉曉青在《〈光緒帝最後
的閱讀書目〉後記》一文裏動情地說：“光緒直到最後還没放棄他的政治抱
負，這是歷史學家所不知道也不關心的”，“我當時想我一定要告訴世人，光
緒皇帝是死不瞑目的”。[2]實際上，像《德宗遺事》這類筆記小說的確起到了
補史作用，能爲歷史留下雖一鱗半爪但較之鴻篇正史更加可感可信的“真
迹”。《辛丙秘苑》是袁世凱次子袁克文爲《晶報》撰寫的筆記小說，記録辛
亥（1911）至丙辰（1916）六年間袁世凱及其周圍人物的掌故軼聞。雖然有
人批評該書因“既以存先公之苦心，且以矯外間之浮議”，[3]故子爲父諱之處
甚多，但作者的特殊身份決定了其所記多爲難得的第一手史料，彌足珍貴。
如寫“武漢首義者”張振武之死，北京兵變、袁克定之受惑謀帝制、籌安會
中之楊度、段芝貴兵圍蔡松坡寓，等等，皆從兒子的角度來寫袁世凱，爲讀
者提供了不同於一般史家稗官的視角。加之叙述饒有趣味，故受到當時讀者
熱捧。《夢蕉亭雜記》由清末重臣陳夔龍撰述，主要記録他親歷的戊戌變法、
義和團運動、《辛丑合約》簽訂、辛亥革命等衆多重大歷史事件。該書史料
價值頗高，同時由於作者有意識要把故事講得精彩，精心結撰之下，文筆自
然生動有趣。如《端邸倚勢欺凌大臣》寫端王載漪剛愎自用、盛氣凌人，在
義和團入京時決策失當却又殺戮持異議的漢大臣許景澄、袁昶的史事，小說

1　王小航述，王樹枏記：《德宗遺事·其一》，北京師範大學藏本，第1—5頁。
2　葉曉青著：《西學輸入與近代城市》，北京：北京大學出版社2012年版，第167頁。
3　寒雲：《〈辛丙秘苑〉序》，上海：上海書店出版社2000年版，第1頁。

通過人物對話、舉止等寫出了許、袁二人通時務且盡忠心，也塑造了載漪等滿清權貴閉目塞聽且忌刻狠毒的形象。

　　另外，《新世説》《新語林》《清稗類鈔》等幾部仿作也很有名，是"世説""類鈔"類筆記的最後代表。易宗夔所著《新世説》，仿劉義慶《世説新語》體例而欲"成野史一家之言"。[1]該書不僅有較高的史料價值，其文風典雅，辭句清麗，富有文學性，讀來雋永有味。陳瀬一所作《新語林》多獨得之秘，文筆極佳，叙事生動自然，有人將其與《新世説》並稱爲民國"世説"類小説的"雙璧"。徐珂編著的《清稗類鈔》是關於清代掌故遺聞的筆記彙編。由於編者態度認真，其中保存了不少珍貴史料，不少篇目文字簡約流暢，是典型的筆記體小説。綜觀之，上述野史筆記類小説雖講求實録，以存史料爲主，但叙事寫人足以興味起情，讓讀者獲得讀"史"之真趣、賞"文"之雅趣，情感也偶爾被蕩起漣漪。

　　民初野史筆記類小説除了上述立本守正的作品外，也涌現出了一些趨時創變的作品，其中許指嚴的作品最爲典型。許指嚴素以創作"掌故小説"聞名，范煙橋稱"歷史小説允推指嚴"，[2]論者一般都很重視其小説的史料價值。不過，許指嚴有很強的文學加工意識，其所謂"采摭已征夫傳信，演述奚病其窮形"，[3]希望在實録傳信的基礎上演述得窮形盡相。因此，他的筆記體小説揉入了傳奇筆法，明顯增強了興味娛情功能。《南巡秘記》是其掌故筆記的定型之作，專記乾隆巡幸江浙秘極奇極之事，隨意裝點，趨近傳奇體。從此書開始他形成了"述歷史國情，本極助興趣之事"的看法，從而確定了將聞見與稗乘相發明的創作方法。[4]鄭逸梅曾回憶説："所記《幻桃》及《一夜喇嘛塔》，光怪陸離，不可方物，給我印象很深，迄今數十年，猶縈

1　易宗夔：《〈新世説〉自序》，《新世説》，北京：北京兵馬司中街易宅1918年版，第2頁。

2　范煙橋：《小説話》，《商旅友報》1925年第20期。

3　許指嚴：《〈泣路記〉自叙》，上海：《小説叢報》社1915年版，第1頁。

4　許指嚴：《〈南巡秘記〉自序》，上海：國華書局1915年版，卷首。

腦幕。"[1]《十葉野聞》是其筆記掌故的代表作，就清代十世雜史進行文學加工，特點是從宮廷日常生活入手揭開清史一角，富有傳奇性。筆觸所及以渲染清室趣事秘聞來勾勒歷史脈絡，明顯有別於遺民學士旨在爲歷史寫真的作品。當然，許指嚴筆記掌故也想爲歷史"存真"，但又追求寫人繪景"窮形盡相"、叙事"必竟其委"，因此更接近現代意義上的小説創作。整體觀之，許指嚴的野史筆記類小説融筆記和傳奇於一體，"因文生情，極能鋪張"，[2]增強了文學魅力，"有羚羊掛角之妙"，[3]吸引了大量讀者。但同時也引來質疑，有人認爲這種隨意渲染會導致所寫"奇詭過常情"，[4]而與史實不符。事實是，就連那部許氏宣稱"求真"的《新華秘記》也塗抹了不少虛飾的文學色彩。除了許指嚴外，李定夷、葉楚傖、姚民哀等也創作了一些傳奇化的野史筆記類小説。《定夷小説精華》中收録的《兩杯茶》記叙兩杯茶教揭竿起義以回應太平軍抗清的故事，所記事核，所叙婉轉；《縹緲鄉》則記滿清宫闈穢聞艷史，叙述生動，人物如活。葉楚傖所作《金昌三月記》記述作者在蘇州的逸樂冶遊生活，筆法頑艷奇絶，以辭章勝。姚民哀所撰《銀妃》《白鴿峰》，前者記乾隆朝銀妃由民女入宫得寵到失寵事，後者記翁同穌隱居常熟白鴿峰時的一次奇異會客，兩篇作品均富有文采，在撲朔迷離中偶露清史一鱗半爪。

二、尊體與破體並存的傳奇體小説

部分民初小説家創作傳奇體小説具有明確的尊體意識。林紓在《〈畏廬

1　鄭逸梅：《民國筆記概觀》，上海：上海書店 1991 年版，第 100 頁。

2　鳳兮：《海上小説家漫評》，《申報·自由談·小説特刊》1921 年 1 月 23 日。

3　范煙橋：《小説話》，《商旅友報》1925 年第 20 期。

4　同上。

漫録〉自序》中聲明其"著意爲小說","特重段柯古",[1] 顯然意欲承續唐傳奇。葉小鳳在當時也旗幟鮮明地提倡師宗唐人小説，有的作品直接標明"效唐人體"。他在《小説雜論》中説："唐人自有唐人之小説，文不可假於父兄，而小鳳獨可假諸唐人乎？小鳳曰：是有説也。暢發好惡，鉤稽性情，乃天地造化之功；如我陋劣，何敢以此自期。然俯視斯世，凡作文言小説者，或斜陽畫圖，秋風庭院，爲辭勝於意，朧腫拳曲之文；或碧璃紅瓦，苗歌蠻婦，稗販自西之語；其最高者，則亦拾《聊齋》之唾餘，奉《板橋》爲圭臬。……蒲留仙、餘澹心等不過如小家碧玉，一花一鈿，偶然得態耳。在彼猶在摹撫官樣之中，何足爲吾之師？……此小鳳摹撫唐人之所由來。"[2] 由此可知，葉小鳳認爲唐傳奇在"暢發好惡，鉤稽性情"方面取得了極高成就，是文言小説創作的最佳範本。姚鵷雛贊同葉氏看法，曾在《〈焚芝記〉跋語》中説："丁巳除夕，偶與友論説部，友謂近人撰述，每病凡下。能師法蒲留仙，已爲僅見，下者，乃並王紫銓殘墨，而亦摹仿之。若唐人小説之格高韻古，真成廣陵散矣。余心然之。"[3] 在上述名家的號召與示範下，民初傳奇體小説宗唐之風興起，而自清末流行的"聊齋體"勢頭稍稍減弱。不過，站在民初那個中西文化激烈交鋒的時間點上看，無論是以唐人小説爲師，還是以《聊齋志異》爲範，都是賡續固有傳奇體小説的尊體表現。

　　在尊體意識影響下，民初傳奇體小説在題材上依然是婚戀、俠義和神怪三足鼎立；在筆法上多采用紀事本末體和傳記體的形式，講求辭章和結構；在創作旨趣上作意好奇，注意暢發性情和發揮想像，追求一種詩意美。

　　民初婚戀題材的傳奇體小説脈承了唐傳奇以來的傳奇筆法和傳奇性，旨在傳播愛情奇聞和禮贊真愛精神，有的作品還意圖抨擊舊的婚姻觀念，引導

1　林紓：《畏廬漫録·自序》，林薇選編：《畏廬小品》，北京：北京出版社 1998 年版，第 231 頁。

2　葉小鳳：《小説雜論》，《小鳳雜著》，上海：新民圖書館 1919 年版，第 40—41 頁。

3　鵷雛：《焚芝記》，《小説大觀》1917 年第 11 集。

時代新風。雖然由於作者自身思想新舊雜糅，未能像"五四"新文學家那樣發出個體解放、婚姻自由的明確呼聲，但其對美好婚戀的歌詠，對舊婚制的不滿，使這類作品在當時仍吸引著不少讀者。我們以林紓、葉小鳳、姚鵷雛、徐枕亞、吳綺緣、許指嚴的作品爲例略加分析。林紓的作品采用人物傳記形式，文辭典雅、偶爾插入詩詞韻語，追求情節的離奇，文末有"畏廬曰"的議論，是典型的傳奇體。如《纖瓊》《柳亭亭》《玉纖》《醒雲》《蟬翼彩絲》等均傳男女婚戀之奇，具有"虛實皆具"的文體特性。葉小鳳的作品主要分爲純情和奇情兩類。純情類有《石女》《塔溪歌》《阿琴妹》等，歌頌男女間純潔美好的情感，是唐傳奇"真愛精神"的迴響。如《石女》講述張生信奉愛情主義，不因其妻李氏爲石女而嫌棄，並且"每語人曰：'夫婦之愛在性情，彼事肉欲者，禽獸也'"。[1]這種重情感而輕色欲的愛情主義具有一定的進步性。奇情類有《忘憂》《嫂嫂》《男尼姑》等，這些作品叙奇人、奇事、奇情，如幻似夢。如《忘憂》寫馮生在杭州的一次艷遇，明顯繼承了唐人小説"仙凡遇合"的主題，是男性欲望的想像性滿足，但嚴守情淫之辯，旨趣仍在一"情"字。姚鵷雛的作品與葉氏風格相似，代表作是《焚芝記》和《夢棠小傳》。《焚芝記》[2]寫明末戰亂中余生與名妓李芝仙的苦難愛情故事。這篇小説不僅揉入了唐傳奇《柳氏傳》《昆侖奴》等的情節要素，其風格、神韻、意境也十分相似。在人物設置上，他將當時的名士侯朝宗、冒巢民、方密之等輔翼其間，並將歷史上著名事件左良玉起兵"清君側"作爲情節突轉的背景，從而使得小説詩意中鑲嵌著史實，產生出亦假亦真的藝術效果。《夢棠小傳》[3]講述吳振盦與多情才妓夢棠間一段纏綿悱惻、哀婉淒絕的情事。其開頭有小序，文末引用夢棠日記、中間闌入多篇詩詞，在尊體基

1《石女》，收入《小鳳雜著》，上海：新民圖書館1919年版。

2 鵷雛：《焚芝記》，《小説大觀》1917年第11集。

3 鵷雛：《夢棠小傳》，《小説大觀》1917年第10集。

礎上有一定創新。其中，小序的作用是揭示小說主旨；日記和詩詞則起到連續情節、加強抒情的作用，使用日記還明顯增强了小說的真實性。徐枕亞也師法唐傳奇創作了不少言情佳作。例如《簫史》[1] 寫落魄文人蕭嘯秋與客舍主人的侄女小娥之間因簫聲相知、相戀，最終亦因簫而雙雙殉情的故事。從文體上看，這篇小說顯然刻意規摹唐傳奇。傳示奇異之外，追求濃烈的詩意氛圍，叙事婉轉，抒情纏綿。形式上夾雜詩詞，使用麗詞藻句，兼有"文備衆體"之妙。更明顯的模仿痕迹是將故事發生地設置在長安，並借小說人物之口明示以嘯秋、小娥、客舍主人來比擬《虬髯客傳》中的李靖、紅拂、虬髯客。這篇小說展現的理想愛情、感傷筆調和詩般意境都能激發民初讀者心底自唐傳奇積澱的集體無意識。另外，徐枕亞的《碎畫》《芙蓉扇》《孽債》寫了三種不同關係和不同結局的男女哀情故事，皆情節曲折，詞采華美，將受制於傳統婚姻種種約束而釀成的時代悲劇搬演到讀者面前。吴綺緣的《反聊齋》主要仿擬《聊齋志異》，是當時"聊齋體"的代表。其中不乏寫婚戀的作品，如《棠仙》寫晉陵李生與少女棠姑的熱戀故事。往來廢園的棠姑初爲棠仙，寫得神異迷人，正與蒲松齡筆下的花妖狐媚一般；而到後半部則披露棠姑乃一孤女，不僅寄人籬下，還被迫婚嫁。最後，棠姑因不能與李生結成眷屬而自戕，李生瞭解真相後，悲痛欲絕，竟不知所終。這就將現實中孤女的慘況以特殊的表現形式呈現在了讀者面前。許指嚴的婚戀傳奇擅於描畫與悲慘命運相抗争的女子，尤以批判"童養媳"這種舊婚制的作品最具特色。如《齊婦冤獄》[2] 寫貧家女二姑被迫嫁入郭家爲童養媳，因不願與好淫狠毒的婆婆同流合污，故多次遭受虐待、陷害，甚至差一點被婆婆及其情人設計害死，而二姑始終堅貞不屈，終獲好報。又如《瓊兒曲本事》[3] 寫漁家女瓊兒嫁

1　徐枕亞：《簫史》，《小說月報》1913 年第 4 卷第 6 號。
2　蘇庵：《齊婦冤獄》，《小說月報》1912 年第 3 卷第 5 號。
3　指嚴：《瓊兒曲本事》，《小說月報》1915 第 6 卷第 3 號。

給某媼作童養媳。某媼逼迫她從事北裏生涯，她堅決不從。在種種抗爭失敗後，瓊兒與某媼之子爲情自殺。這類作品對不良舊婚制的批判雖然還比較表面化，但在當時具有一定進步意義。

民初俠義題材的傳奇體小説主要以唐傳奇爲範本。特別是那些寫救厄濟困、復仇報恩故事的作品模仿唐傳奇的痕迹很重，如姚鵷雛所作《瓴棱夢影》和《犢鼻俠》明顯模仿《昆侖奴》；李定夷《女兒劍》、張冥飛《雪衣女》則不脱《謝小娥傳》窠臼。這些小説快意恩仇、伸張正義，其傳奇體小説特有的詩意、理想特質仍爲生活在民初亂世中的讀者所喜愛。有些作品則在沿襲唐傳奇文體風格的基礎上，呈現出一些新的時代氣息，如林紓所作《程拳師》《莊豫》《裘稚蘭》等精于描寫高超的武技，以尚武精神鼓動國民鬥志；李定夷的《鴒原雙義記》所寫徐瑨、徐琨兄弟並不擁有高超武藝，但其言行正如朱家、郭解一流俠義中人，救人於困急，意在展現理想的俠義人格，以俠義精神砥礪民族士氣；許指嚴所撰《于湖尼俠》《虎兒復仇記》《魚殼外傳》[1]等將外史秘聞與武俠技擊結合起來，大大豐富了傳統復仇類俠義小説的内涵。還有一些作品將英雄與兒女合爲一體，以俠風奇情娛目快心。葉小鳳所作《雲迴夫人》可爲代表。它以《虬髯客傳》爲範本，寫一位類似"紅拂妓"的女俠。雲迴與情郎白虹，一位是絶世美人，一位是無雙名俊，情趣相投，且均擅武藝。小説將他們的愛情故事放置在明末李闖王農民起義的歷史背景中，使這個充滿"奇味"的故事呈現爲介於現實與超現實之間的審美狀態，這顯然是繼承了唐傳奇的藝術表現手法。趙彥衛在《雲麓漫鈔》卷八中概括"傳奇體"曰："蓋此等文備衆體，可見史才、詩筆、議論。"[2]葉小鳳本人精通歷史，具備"史才"，無論長篇短制，他筆下的小説多涵歷史

1《于湖尼俠》，《繁華雜誌》1914 年第 3 期。《虎兒復仇記》，《小説月報》1914 年第 5 卷第 5 號。《魚殼外傳》，《禮拜六》1915 年第 31 期。

2 黃霖編，羅書華撰：《中國歷代小説批評史資料彙編校釋》，南昌：百花洲文藝出版社 2009 年版，第 87 頁。

意味。當然，在短篇中，最突出的是其抒情特質，呈現出一種詩意美。在《雲迴夫人》中，無論是雲迴、白虹這對情侶在花影中比劍，還是雲迴女扮男裝以計謀擊敗闖王軍隊拜爲將軍的奇事；無論是俠侶夜入衙門顯露可操生殺之權的神功，還是雲迴向縣令宣講愛國大義，令其放歸老母的情節，無不充滿詩意色彩，令閱者禁不住心馳神往。另外也有少量作品仿擬《聊齋志異》，如李涵秋所作《俠女》明顯就是對其名篇《俠女》復仇故事的戲仿，以辛辣筆墨諷刺了一位吝嗇且愛做白日夢的書生。

民初神怪題材的傳奇體小説在體制上雖沿襲傳統，但因受西方科學文明的衝擊在創作旨趣上發生了較大變化。大致可分爲三類：一是借寫神怪來譏刺現實中的醜惡；一是借寫神怪與人相戀歌詠愛情的美好；一是借寫神怪使讀者從中得到消遣。第一類作品首推許指嚴的《喇嘛革命》和《九日龍旗》。這兩篇小説以大膽的想像，恍惚迷離的情節曲折地反映清末民初的歷史和世相。《喇嘛革命》叙川邊某地一世佛推翻活佛宗教統治，創建了“平權”政府。然而，一世佛無政治才能，其權不久即爲二世佛所奪。此後，眾神怪擁護著各自主子你爭我奪，使川邊某地陷入混亂。這篇小説標爲“寓言”，乃是滿清覆滅後民國初年共和革命、帝制復辟等前後相繼之亂局的變相，其中活躍著的佛仙神怪乃是爭鬥各方的象徵。《九日龍旗》與之相得益彰，寫京師前門一擅制龍旗的店肆主人如何在狐仙的幫助下秘制黄龍旗萬幅以助龍王復辟，如何特製一幅九日龍旗先後得到護龍軍和屠龍軍獎賞，如何被店夥誆騙而破產的故事。這篇小説標爲“滑稽”，充分發揮了神怪小説“姑妄言之”的趣味，欲使聞者“絶倒”“盡歡”，但它並非純粹的消遣之作，而同樣是一篇寓言。它一面通過恍惚迷離的叙述揭示出民初“國變無常，朝更夕改”的世相，一面又對亂世中投機取巧之人進行了辛辣的諷刺。兩篇小説語言優美，描寫細膩，人物形象躍然紙上，富有文學性和浪漫色彩。葉小鳳與姚鵷雛的神怪傳奇則在嬉笑怒罵中揭露醜惡社會中的人性弱點。葉小鳳《誨

淫小説家》[1]描寫了色情小説家紫陽生的一場夢境，夢中他遭到自己筆下女性
人物的辱罵、唾棄，甚至擬將其喂虎狼，就此驚醒，而不敢再操淫筆。小説
極盡諷刺之能事，對紫陽生一類下流文人予以痛快地針砭，希望他們覺醒，
有很强的現實針對性。姚鵷雛《帕語》[2]以一方絲帕的口吻叙述"余"跟隨主
人赴宴，回家後主婦因帕而疑心主人有外遇，對"余"與主人皆施以酷刑。
後來，"余"被主人作爲信物贈予女郎。女郎作爲"余"之新主人，對"余"
百般呵護。不料，女郎旋即被"余"之舊主人抛棄，抑鬱而亡。"余"則作
爲罪魁被女郎母親擲于腐草之中。此篇小説滑稽中寓有深意，從李香君、林
黛玉等薄命紅顏與"冰綃"之"帕史"寫起，以女郎被情所困、憫憫而終爲
故事高潮，以絲帕"文理破碎、彩繡浪藉"告終，闡釋的是"色衰愛弛，今
古之常例"的道理。這篇小説對當時那些身當妙齡的女郎在戀愛擇偶問題上
有一定的警示作用。第二類作品具有代表性的有林紓《吳生》《薛五小姐》
《釧聲》，[3]吳綺緣《棠仙》《林下美人》《笑姻緣》，[4]程瞻廬《嬰寧第二》[5]等，這
些小説亦可劃入婚戀題材，已如前述。第三類作品單純講述鬼怪故事，如徐
枕亞《黃山遇仙記》、阿蒙《冢中人》、[6]聊攝《甘后墓》[7]等，這類小説主要滿
足了當時讀者獵奇、消遣的需要。

　　民初小説家在創作傳奇體小説時亦具自覺的破體意識。他們受域外小説
影響，在寫人、叙事及環境、心理描寫等方面積極進行創作試驗，拓展了傳
奇體小説的創作内涵，形成了新的叙事模式和創作旨趣。

　　1《誨淫小説家》，《楚傖文存》，上海：正中書局 1946 年版。

　　2《帕語》，《雙星雜誌》1915 年第 2 期。

　　3《釧聲》《吳生》收入《畏廬漫録（一）》，《薛五小姐》收入《畏廬漫録（二）》，上海：商務印書館
1926 年版。

　　4 吳綺緣：《反聊齋》，上海：清華書局 1918 年版。

　　5 程瞻廬：《嬰寧第二》，《中華小説界》1915 年第 2 卷第 2 期。

　　6 阿蒙：《冢中人》，《禮拜六》1914 年第 26 期。

　　7 聊攝：《甘后墓》，《雙星雜誌》1915 年第 3 期。

民初傳奇體小說在創作內涵上有較大拓展，數量較多且有影響的有都市情感傳奇、家庭傳奇和社會傳奇等。

都市情感傳奇在民初流行一時，這種小說源出正體婚戀傳奇，是其富有現代性的變體。民初趨新求變的小說家如蘇曼殊、包天笑、周瘦鵑等活躍在繁華都市上海，對西方文化一直持開放心態，積極譯介傳播歐美小說並借鑒吸收，這使他們有條件突破傳奇體固有傳統，采用新的敘事技巧來呈現“現代”都市男女的情感世界。蘇曼殊所作《焚劍記》《絳紗記》《碎簪記》和《非夢記》，揭露封建禮教和金錢勢力對都市青年愛情的破壞，具有明顯的進步意義。例如，《絳紗記》中兩個華僑資本家出於互相利用而爲兒女訂姻，當一方破產則婚約立即被另一方解除，足見金錢在婚姻中的決定力量。《碎簪記》中的封建家長則反對子女婚姻自主，認爲“自由戀愛是蠻夷之風，不可學也”，從而導致三個男女青年都殉情而死。《非夢記》敘述一個因長輩嫌貧愛富釀成的婚戀慘劇，小說的男主角迫於嬸母的威逼不得不與貧窮畫師的女兒分手，另娶了一位“家累千金”的小姐，結果女主角投水自殺，男主角入了佛門出家。這些作品均在積極回應民初婚制變革這一社會熱點問題，雖叙之以傳奇體，但又確如錢玄同所說其“描寫人生真處”“足爲新文學之始基”。[1] 包天笑所作都市情感傳奇更具當下性和真實感，如《電話》[2]《牛棚絮語》[3]等小說寫當時妓女的情海沉浮，試圖引發讀者對妓女歸宿問題的思考。《淚點》叙“飄渺生”與其表妹的一段情緣，其純潔真摯中的淡淡哀傷讓讀者不禁扼腕興嘆。這些小說多有“影事”，並非“向壁虛造”，如《電話》篇，不僅周瘦鵑說“微聞《電話》之作，實有影事雲”，[4] 包氏本人也在《牛棚絮語》中給予證實。關於《淚點》，包天笑在回憶錄中亦點明是一段真

---

1 錢玄同：《致陳獨秀信》，《新青年》1917 年第 3 卷第 3 期。

2 包天笑：《電話》，《中華小說界》1914 年第 1 卷第 1 期。

3 包天笑：《牛棚絮語》，《小說大觀》1915 年第 3 集。

4 周瘦鵑、駱無涯：《小說叢談》，上海：大東書局 1926 年版，第 60 頁。

實的情感經歷。這些作品表現出對於過度提倡"戀愛自由"的警惕，同時又反對阻礙婚戀自由的"盲婚啞嫁"，呈現出一種徘徊在新舊之間的過渡性特徵。周瘦鵑創作的都市情感傳奇有三類。一類是作者本人戀愛生活的藝術化呈現，代表作是《恨不相逢未嫁時》《午夜鵑聲》等；一類是在言情中貫注愛國觀念，如《此恨綿綿無絶期》《一諾》等；一類是富有現代意味的至情、畸戀，代表作有《畫裏真真》《西子湖底》等。我們各舉一例以觀之。《午夜鵑聲》[1]以恨恨生的心靈獨白爲主體，講述了恨恨生與意中人純潔美好的精神之戀，描畫了恨恨生得知意中人自小即由父母之命訂婚，明年八月就要出嫁的情況後，似癡欲狂、肝腸寸斷、嘔心吐血、悲觀厭世的極度絶望狀態，將一個"哀"字寫到了極點，是以"唯情主義"控訴封建禮教的典範之作。《一諾》[2]叙述秦一志承諾戀人林映華一定率軍攻上貧士山、征服東島國，然在現實中他卻因不能實現此一諾而發瘋死去，這是一篇將愛國情融入男女哀情的佳作。《畫裏真真》[3]講述的是一段離奇之戀，中學生秦雲在美術館櫥窗中偶然看到一幅美人圖，内心戀戀不捨，終因相思成疾而死去，當"畫中人"林宛若聽説此一段癡情事後，到秦雲家中大哭哀悼，還"矢志不嫁"。這些小説所寫"奇情""癡情""至情"明顯繼承了唐傳奇以來禮贊真愛精神的傳統，同時也自覺汲取了西方自由戀愛的思想資源。若從反映民初青年男女的婚戀苦悶狀況、宣揚戀愛的純潔性與自由性的新風氣講，這類小説有一定價值，但將一個"情"字推到個人主體性的峰巔而玩味畸形的戀愛，則容易讓青年男女沉迷其中、不能自拔，這種弊端後來遭到"新文學家"的強烈批評。

家庭傳奇主要展現過渡時代新舊家庭觀念的激烈碰撞及家庭生活的新氣象。代表作品有周瘦鵑所作《冷與熱》、程瞻廬的《但求化作女兒身》《七夕

1　瘦鵑：《午夜鵑聲》，《禮拜六》1915 年第 38 期。

2　周瘦鵑：《一諾》，《禮拜六》1921 年第 101 期。

3　周瘦鵑：《畫裏真真》，《禮拜六》1914 年第 29 期。

之家庭特刊》等。《冷與熱》[1] 在形式、思想上都富有現代性。小説由三個片斷組成，分别題爲“冷”“熱”“冷與熱”。在第一個片段“冷”中，寫少婦胡静珠垂暮時分精心裝扮後静待丈夫王仲平歸來，共度結婚紀念日，但没想到迎來的卻是丈夫惡言譏諷之冷遇，面對丈夫的百般挑剔，静珠委順之，希圖能與丈夫共進晚餐，而丈夫坦言已約好爲情人湘雲慶祝生日，不顧而去。在第二個片段“熱”中，寫王仲平熱火火去赴湘雲之約，没想到兜頭迎來的卻是湘雲將赴别人之約且將嫁别人的“冷水”。在湘雲的一連串冷語中，王仲平的心也冷卻下來。在第三個片段“冷與熱”中，寫王仲平回到家中對其妻静珠百般體貼，充滿熱情，但得來的卻是静珠心灰意冷的表示。文末王仲平仰天言曰：“其希馬拉亞山頭不消之積雪耶？其維蘇維亞火山中噴出之餘燼耶？一刹那間，冷與熱乃立變。”三個片斷連袂讀來，在冷熱對比中、小説本身即已回答了王仲平的疑問，正是他自己忽冷忽熱的態度導致静珠的忽冷忽熱。一個移情别戀，以及在人格上對自己妻子毫不尊重的男子怎能希圖獲得妻子真正的愛情呢？《七夕之家庭特刊》[2] 寫報界文豪章警庸的子女以辦“家庭特刊”的獨特方式度過七夕，主要内容是連綴他們的文學作品，文筆優美，富有生活趣味，展現出了新式家庭的新生活、新趣味。《但求化作女兒身》[3] 寫作者好友劉廷玉初號“雄飛”，有大男子主義傾向。婚後卻改號“雌伏”，且“但求化作女兒身”的奇事。初，他支援其妻在“女權萌芽時代”“擴張女權”。後，其妻因性别優勢留學日本，歸國後受到各界熱捧，很快被選爲省議員。劉廷玉看到“群雌飛天，諸雄掃地；女權膨脹，男閫推翻”的社會現狀，不禁衷心希望自己能化作女兒身，改變被壓抑的狀態。這篇小説成功地表現出特殊時代女子的特别成名史及男子内心的隱痛，揭示的

1　周瘦鵑：《冷與熱》，《禮拜六》1914 年第 13 期。

2　程瞻廬：《瞻廬小説集》，上海：世界書局 1924 年版。

3　同上。

是過渡時代新舊家庭觀念、性別觀念的激烈矛盾衝突。

社會傳奇展示民初光怪陸離的社會現象。比較有代表性的作品有楊塵因的《鍛盡機》《女彗星》、許指嚴的《秘密外交》《女蘇秦》《武員醜史》、何海鳴的《大滄二滄》、劍癡的《茉莉根》和包柚斧的《毒藥案》等。《鍛盡機》[1]寫創作者東抄西凑、剿襲古籍的文壇亂象，語言詼諧中富蘊譏刺，有力地抨擊了社會時弊。《女彗星》[2]是以張人虎遭遇後母陷害爲中心情節的公案傳奇，結構曲折，人物鮮活，重申了善惡終有報的民間信條。《秘密外交》《女蘇秦》《武員醜史》等揭露政府内政外交的種種黑幕，以辛辣諷刺之筆掊擊政府的腐敗統治。《大滄二滄》[3]叙大滄二滄兄弟以戲班爲掩護組織盜匪團夥打劫行盜的惡行。《茉莉根》[4]標爲“偵探小説”，叙作者伯祖醒夷公偵破的新建縣僧人净根盗屍冤案。小説一開頭就申明歐西盛行偵探術，我國亦有，不過不爲世人所重，作者特作此“人將咋舌，驚爲神奇”的傳奇故事以揭示之。小説以破案爲中心情節，雖未盡脱舊小説窠臼，但已呈現出人物塑造、叙事技巧上的一些新意。無獨有偶，《毒藥案》[5]叙述三件毒藥案，雖采用古代傳奇體制筆法，但亦明顯受到《福爾摩斯探案集》等西方偵探小説影響，有一定的推理性。小説又標爲“折獄小説”，正體現出作者雜糅新舊中西之意圖。另外，惲鐵樵所作《工人小史》《村老嫗》等則將目光投注到工農社會，形成了更富現代性的創作面向。

在破體意識影響下，一些傳奇體小説作品借鑒外國小説藝術技巧在叙事結構、叙事時間、叙事角度和非情節化叙事等方面進行了自覺變革，呈現出迥異於傳統的現代性特徵。整體來看，這些作品多截取一個生活“斷片”，

1　楊塵因：《鍛盡機》，《禮拜六》1915 年第 38 期。
2　楊塵因：《女彗星》，《民權素》1915 年第 8 集。
3　求幸福齋主：《大滄二滄》，《星期》1923 年第 50 期。
4　劍癡：《茉莉根》，《小説新報》1917 年第 5 期。
5　包柚斧：《毒藥案》，《禮拜六》1914 年第 7 期。

而非紀事本末體和傳記體。例如，包天笑的《電話》寫憶英生與舊情人蕊雲的一次電話通話，除開頭與結尾外，通篇皆是對話；周瘦鵑的《午夜鵑聲》採用自述體反復渲染失戀時的悲傷情緒；許指嚴的《女蘇秦》以旅途中談話起首寫一個獨立的事件。這些作品普遍使用第一稱敘事，增強真實效果，還有意打破傳統敘事時序來形成陌生化效果來吸引讀者。如包天笑《牛棚絮語》寫“余”回蘇州掃墓過程中與昔日相熟妓女碧梧的三次巧遇。其敘事時序不是傳統慣用的正敘，而是先作回憶式倒敘，然後轉向主要情節的正敘。在敘述巧遇過程中，又以“牛棚絮語”這一對話方式讓文本的正敘暫停，變爲追敘往事、談時下處境，最後才將敘事拉回現實，把故事講完。這一突破傳統的敘事方式很顯然受到西方小說影響，但這一變創仍以固有傳奇體爲基礎。它仍然以傳示奇異的情節取勝，重視營造情景交融的詩般意境。周瘦鵑《西子湖底》可與之對讀，它首先以一段恍惚迷離的月下殉情開篇，此實爲這一畸戀悲劇的結局。接著以傳統的第三人稱全知敘事介紹老槳的神秘身世和怪異行爲。然後又採用第一稱敘述“予”與老槳的相識及交情日厚。小說的主體部分則又回到傳統的敘事人聽故事的模式，老槳自述其三十年來作爲秘密保守的詭異畸戀。小說末尾又返回“予”的視角，寫“予”眼中的老槳沉湖，以呼應小說的開頭。整個文本的敘事視角多次轉換，大段的敘事時間停滯在老槳的自敘中，仿佛文藝片中的鏡頭切換和長鏡頭，使敘事更加婉轉曲折，使老槳這一“畸異怪特之人”得到更加精細的刻畫。單純從藝術技巧上來看，這已經是一篇很“現代”的小說了。有些作品還注重非情節敘事，在傳統基礎上加強了場景及心理描寫。周瘦鵑的不少小說就常以景色描寫開篇，包天笑的作品則常常穿插大段的環境描寫，這大大改變了古代傳奇體以情節爲中心的敘事模式，且增添了更多詩意。請看《牛棚絮語》[1]中的環境描寫：

1　天笑生：《牛棚絮語》，《小說大觀》1915 年第 3 集。

　　春三月，天氣初晴，晨寒猶惻惻中人，可禦輕棉。余乘早行火車赴
吳門。車厢中士女喧還，甚濟濟也。余以貪觀野景，就車窗坐。近攬洲
渚，遠矚村落。以宿雨初霽，覺林墅參差似曉妝初竟，都呈媚態。而汽
笛嗚嗚，曳此殘聲于綠楊風裏，似鳴其迅捷者。……

　　車抵吳門，城垛在望。宏碩巍峨之保恩寺塔掩映於車窗，似故鄉一老
友專迎送人於此者。……晨起。雖曉日當窗而雲幕重重、漸積漸厚。……
船出閶關，心目爲之一爽。蕩舟中流，和風拂面。別故鄉未及三月，而
草長鶯飛，又是一番天氣。兩岸時見柳陰，柳陰中則有稚子弄波爲戲。
而一株兩株之桃花則掩映於頽垣斷壁之次。此所謂：古屋貯穠春者，非
耶？……舟過楓橋，遥望寒山寺，想見月落烏啼、江楓漁火之勝景……

　　舟抵環龍橋已有雨意……祭畢，白雨跳珠已亂落吾襟……斜風急
雨，雖持蓋無用也。前行一小溪，與夫言有一水車棚，可稍憩暫避
風雨。

　　……時則雲破天晴，斜陽罨畫於遠山，向人欲笑。林鳥弄晴，似有
求友之樂。而溪邊流水淙淙。聞遠遠作歌聲者，一漁婦正撒網鼓棹來也。

上引環境描寫貫穿全篇，和小説的主體内容所傳達的情感配合巧妙，表現出
明顯的抒情散文傾向。包天笑、周瘦鵑、劉鐵冷的有些作品還直接描寫人物
隱秘的内心世界，甚至完全以人物抒情和心理剖白爲主體内容，這種“心理
化”叙事更接近現代小説，而與古代小説漸行漸遠。例如，在周瘦鵑的《午
夜鵑聲》中已出現了類似當代意識流小説的心理描寫：

　　這一天晚上，吾輾轉難寧，不能入睡，竟眼睜睜的捱到天明。心裏
有一種説不出的苦味，又似乎夾著一種説不出的甜味，攪在一塊兒也不
知道到底是甜，是苦。眼中只見那雪白的帳頂上寫著“八月”兩個黑黑

的擘窠大字，筆劃煞是清明。吾瞧得十分難堪，即忙揭開了帳兒，把眼兒移到那沙發上去。却見沙發上也寫著"八月"兩個黑黑的擘窠大字，吾即忙把眼兒移到別處去。説也奇怪，那寫字桌上咧、安樂椅上咧、書櫥上咧，畫架上咧，都有這"八月"兩字。一會兒，却散了開來，化做千千萬萬無數的"八"字"月"字，滿地裏亂跳亂舞，兀是不休。吾恨極，便把眼兒緊緊的閉了攏來，不去瞧他。誰也知道那許多的"八"字"月"字插了翼似的，一個個飛進吾兩眼，漸漸兒下去，直到胸中。不道到了胸中，又似化做了無數的小針，刺得吾滿腔子都作痛。怎麼一痛，那兩包子的淚珠兒就不約而同的斬關奪門而去，把枕函濕透了一半。[1]

　　民初傳奇體小説的内涵拓展和叙事新變與作者的創作旨趣發生現代轉型關係密切。近代以來，隨著西方以個人主義爲内核的現代民主逐漸深入人心，個人在空間上、經濟上、精神上開始越出原有所屬關係的界限，打破群治倫理，強調個性自由成爲一種普遍的現代性追求。個體的生成被視爲現代性的標誌，[2]民初小説家十分重視對個人情感體驗的抒寫與對個體價值的張揚，進而形成強調創作從個體"興味"出發，追求小説"娛情"的小説觀。因此，都市情感生活、家庭與社會百態就自然被納入傳奇體小説的創作視野。相較於古代作品，民初的不少傳奇體小説大膽吸收西方個人主義思想，以滿足個體興味爲旨歸，淡化了教化功能。如包天笑的《電話》寫的就是違背一般家庭道德的不倫戀，其著力點只在男女情感本身而不及其餘；周瘦鵑的《西子湖底》完全抛棄了群治倫理的社會規則，將個人情感及個體價值推向了極端，甚至在玩味一種畸形的變態性心理。在今天看來這類小説的精神趣味並不健康，但它們對個體價值的凸顯却合於民初的時代風尚，滿足了當

1　瘦鵑：《午夜鵑聲》，《禮拜六》1915 年第 38 期。

2　參見劉小楓著：《現代性社會理論・緒論》，上海：三聯書店 1998 年版，第 22 頁。

時讀者的個人化閱讀興味。同時，創作旨趣的現代轉型要求運用新的叙事方式來表現新的主題題材，傳奇體的叙事成規自然被打破，進而形成新的審美風格。詩化、心理化成爲民初傳奇體小説創變的重要方向，這與"五四小説"追求的現代性殊途同歸。

三、保留"説話人"聲口的話本體小説

在民初諸種傳統文體小説中，話本體的文體變異最大。在體式上，該體作品多數不再使用入話，而直接進入故事主體；基本不再使用叙事韻文，叙事完全散文化；一般篇幅不大。當然，還有少量作品保留了入話和韻文套語，但一般入話較短，韻文套語也較簡單。如半儂的《奴才》，[1] 開頭引述梁啓超的曲詞《皂羅袍》入話，接著有一番簡短議論，但正話中已無韻文套語。在文體功能上，源於"説話"的話本體小説主要是娛樂和教化；創作旨趣則追求貼近現實生活，表達市民思想。民初話本體小説將其繼承發揚，不少作品標爲"滑稽小説"或"社會小説"，寫的是家庭、社會、情感、倫理、滑稽等内容，總體上以市民生活爲主，充滿了娛樂性、民間性和世俗性。

作爲傳統話本小説的變體，民初話本體小説已呈現出不少"現代性"特徵：更普遍地使用第一人稱叙事，采用插叙、倒叙、補叙，進行橫截面式描寫，出現大段的心理、景物刻畫，談論最時新的對象，關注最熱點的話題，等等。例如包天笑的《友人之妻》演述"我"的友人之妻，談論對象是受到西學薰染的留學生和新派人物，關注的是現代小家庭建設這一社會熱門話題。他的《富家之車》一經刊出便被讀者視爲創新之作，鳳兮指出："描寫一個問題或一段事實者，如天笑之《富翁之車》《鄰家之哭聲》等，均確爲

---

1 刊於《小説畫報》1917 年第 4 期。

自出心裁而有目的（指其小說之感痛力所及）者，均無所依傍或脱胎于陳法者也。”這篇小說就其問題意識和橫截面式描寫而言確有難得的創新。這種半新半舊的小說體式也如鳳兮所説“尤能曲寫半開化社會狀態，讀之無不發生感想者”。[1]再如徐卓呆的《微笑》《死後》則以心理刻畫見長。它們不像傳統話本小說那樣單純通過外部言行來展現人物心理，而是加入了對心理活動的直接描摹。《微笑》中男青年的心理活動是貫穿全篇的叙述主綫，情節推進與其心理活動相輔而行。故事結尾，當他誤會了美人已爲人婦時，“把一切希望都消滅得蹤影全無。……宛如掘得了寶玉被人奪去了一般，又怒又悲。身體仿佛成了一個荷蘭水瓶，血液只管向上涌起來”。[2]那位美人的心理雖未寫出，從情節的推演來看當與男青年相同，正因其一往情深，才會由誤會而致絶望自殺。《死後》則將一個不安於做家庭主婦却一度屈從於命運的知識女性如何追求人格獨立、如何成就文學夢的心理過程真實地描摹出來，其中對碧雲遇到小說家孤帆前後的心理變化刻畫得尤爲細膩。又如周瘦鵑的《良心》開頭是一段景物細描：“話説上海城内有一個小小兒的禮拜堂。這禮拜堂在一條很寂寞的小街上，是一座四五十年的建築物。簷牙黑黑的，好似塗著墨，兩邊粉牆，白堊都已剥落，露著觀木，長滿了緑苔，仿佛一個脱皮露骨的老頭兒，巍顫顫立在那裏的一般。兩面有兩扇百葉窗，本是紅漆的，這時却變了色，白白的甚是難看。……”[3]這種種創變是其作者主動學習域外小說的結果，其突出的“現代性”幾乎讓人忘記它們由中國古代話本小說演變而來。

　　不過，從上述作品中的“看官”“讀者諸君”“在下”“你道”“話説”“如今且説”“閑話休絮”“看官聽著”之類的“説話人”口吻中，我們

1　鳳兮：《我國現在之創作小説》，《申報·自由談·小説特刊》1921 年 2 月 27 日。
2　卓呆：《微笑》，《小説月報》1913 年第 3 卷第 11 期。
3　瘦鵑：《良心》，《小説月報》1918 年第 9 卷第 5 期。

仍能確認其話本體小說特有的説話虛擬情境——"作者始終站在故事與讀者之間，扮演著説故事的角色"。[1] 這種具有虛擬的在場感和參與性的小說曾經讓數百年的中國讀者娛目醒心，成爲他們重要的精神食糧。雖然在民初讀者那裏話本體已遠没有過去的魔力，但這種熟悉的"説—聽"虛擬情境仍能吸引一部分讀者。我國古代話本小說設置説話虛擬情境追求把人物、事件講活講真，民初話本體小說賡續這一傳統，運用白話俗語、通過塑造言行畢肖的人物來形成"似真"效果。比如包天笑《友人之妻》中閨蜜間的對話：

> 錢玉美嘆口氣道："妹妹，我現在覺悟世界上終没有美滿的事兒，回想我初嫁的時候，哪一樣不如人意。就是他……"説到那裏，不覺得眼圈兒一紅，又便往下説道："待我可也算到了十二分了。到如今我過來有兩年多，從來也不曾面紅頸赤，有一句半句話爭論。我從前性格還好，如今有了病，免不得心中有些焦躁。瞎生氣！言語之間無端挺撞他也是有的。他却可憐我是個病人，從來不和我爭執。皺皺眉頭，便是走開了。我滿意成一個最有幸福的家庭，只是我自己身體不爭氣，偏偏累了一身病。這又怪誰呢？"孫玉輝道："姐姐别説這樣悲觀的話。年災月晦，誰没個病兒、痛兒的。哪裏就説起這些話來呢？從來病是要養的。古語説得好，病來似箭，病去似綫。你别只管胡思亂想，心上把喜歡的事兒想想，能夠一天一天的硬朗起來。我們依舊出去遊玩。豈不好呢？"[2]

上述竊竊私語讓民初讀者覺得人物很真實，就是身邊受過新式教育又情同姊妹的閨蜜間的語言。"看官"仿佛看著她們，聽她們絮談，這正是話本體的長處。再看胡寄塵《愛兒》中的一段：

---

1 石昌渝：《中國小説源流論》，北京：生活·讀書·新知三聯書店 1994 年版，第 259 頁。
2 天笑：《友人之妻》，《小説畫報》1917 年第 1 期。

　　這時瓶居夫婦二人飯都吃完，只有琪兒還没吃完，忽聽得瓶居説要出外遊玩，便丢下勺箸，連聲説道："爹爹！我也要去。"琪兒方在學著吃飯，凡是用勺箸不能送入嘴裏的，都用五指相助，大塊肥肉又往往誤送在兩腮上。這時正吃得油膩滿面，聽他父親要出外遊玩，連忙走過去，一把拖住他的衣角。瓶居新的洋裝燕尾衣，竟做了琪兒抹油臉的毛巾，雖然連忙讓避，却已弄膩了一大塊。幸松雪忙將琪兒拖過去，拿毛巾將他揩抹，琪兒還抵死的不肯，因此又哭了一回，待松雪替他揩完，他才止哭。瓶居道："要同我出去也不妨，只不許見了物件，便嚷著要買。你剛才一個皮球，去三角洋錢買的，不知可能玩得三天。"松雪插言道："這是你愛惜兒子太過，教我便不買給他，看他怎樣。他一個皮球，便要耗你一點鐘教書的薪水，你還供給得他起麼？"瓶居道："他要别的東西，我都不給他，這球雖然是玩意兒，却也是有益的遊戲，我怎能愛惜區區小費。"松雪將琪兒往瓶居身邊一推，説道："琪兒，你爹爹歡喜你，你只管跟他出去，要什麼東西，只管向他要。"[1]

讀這樣的小説，仿佛觀賞一幕名爲"成長煩惱"的家庭劇，更有趣的，因了文中的那聲"看官"，讀者仿佛也可走入劇中來。

　　對比古代話本小説，民初話本體小説雖還能借助説話虚擬情境來"建立起真實客觀的幻影"，但已不能通過"説話人"之口講出"一種集體的社會意識"。[2]原因在於我國古代相對穩定的道德倫理及善惡觀念可以推出"説話人"作代言，而民初思想混亂、道德重構的現實使"説話人"失掉了集體代言的資格。民初凡是堅持集體代言的話本體作品其思想力量都很微弱，只有那些帶著集體假面的個性化演述才擁有一定的動人力量。因此，我們看到包

1　胡寄塵：《愛兒》，《婦女雜誌》1916 年第 12 期。
2　王德威著：《想象中國的方法：歷史·小説·叙事》，天津：百花文藝出版社 2016 年版，第 84、86 頁。

天笑、徐卓呆、周瘦鵑、姚鵷雛、胡寄塵等人的話本體作品在説話虛擬情境
裏大膽革新，不再通過"説話人"的評議進行跳出情節以外的勸懲教化、抒
情言志，而是借助情節自身的推動力量，自然流露出作者個人對於演述事件
的態度。如姚鵷雛《紀念畫》的結尾是兩首詩，同傳統話本體的下場詩一
樣，可不同的是詩是順著小説情節自然生發的，是"我"爲外祖母掃墓之後
和在遠赴外洋的輪船之上兩次萬感如潮而作的。它比例合宜地塗抹在"紀念
畫"上，言説的是非常個人化的情感。再如包天笑的《富家之車》，結尾是
順著情節發展自然講述祖孫三代不同的出行方式，不露聲色地傳達作者的褒
貶態度。又如周瘦鵑的《良心》雖仍以"話説"設置説話虛擬情境，但已是
一種類西方短篇小説的結構，故事也在情節敘述中自然收束，並借梅神父的
態度傳達作者對沈阿青因追求真愛而殺人的贊賞。上述帶著個人色彩的評判
采用話本體顯然是内設了理想讀者，但同樣顯著的事實是在民初混亂的思想
狀態中，贊同的讀者會與反對的讀者一樣多，大概還有些讀者會不置可否。
總之，在民初不會再出現古代話本小説那樣虛擬聽衆紛紛頷首稱是的情形。
這樣一來，保留"説話人"口吻設置説話虛擬情境變得越來越沒有必要，隨
著現代白話短篇小説的興起，"説話人"完全隱形成爲小説發展之必然。正
如王德威所説："在作家強調抒發個人欲望及企圖的衝動下，説話傳統無可
避免地被貶抑甚至消失。"[1]

四、文言與白話作品共同繁盛的章回體小説

中國古代章回小説與話本小説一樣源於口頭文學，長期以來主要使用
白話創作。民初文言章回體小説的大量出現打破了白話一統的局面，使章回

---

1 王德威：《想象中國的方法：歷史·小説·敘事》，天津：百花文藝出版社 2016 年版，第 93 頁。

體有了正宗與特創之別。從小説文體發展史來看，章回體具有與時流變的特
點。作爲正宗的白話章回體發展至民初，在保持基本體制風格不變的基礎上
積極回應時代需求，産生了種種新變。而作爲特創的民初文言章回體更是時
風激蕩的産物。

民初白話章回體小説並非如"新文學家"所説全是"舊思想，舊形式"，[1]
而是繼續保持白話章回體與時流變的特點，面向廣大市民讀者寫作，與世
俗、時俗相通，呈現出很强的通俗性。因此，該體作品在語言、題材、適應
報刊及類型化等方面都呈現出創變特徵。

從宋元話本時代起，"話須通俗方傳遠"[2]就已成爲主流小説界的共識。
明代馮夢龍作爲古代通俗小説的提倡者，曾經明確指出通俗小説用俗語、白
話來創作的語言特徵。[3]明清通俗小説無論是章回體還是話本體，所用白話
均努力去逼近生活中"活"的語言，因而隨著時代變化而變化。民初白話章
回體賡續這一傳統，所用白話也與時變遷，大致形成三種情況：一是以《廣
陵潮》爲代表的向俗傾向，一是以《古戍寒笳記》爲代表的尚雅傾向，一是
以《人間地獄》爲代表的趨新傾向。這體現了民初小説家對白話語言的多元
追求，意圖滿足各階層讀者的不同需要。這些白話均由傳統白話化出，以當
時社會流行的白話爲根本，同時吸收民間俗語和域外小説的某些語法及詞
彙，形成了有別于新文學"歐式白話"的"中式白話"。對民初讀者而言，
過於高古的文言和過於歐化的白話都只能局限於某些特定的讀者群，而"中
式白話"倒是能夠雅俗共賞。這一點，從此後"新文學家"內部對語言問題

---

1 周作人：《日本近三十年小説之發達》，《新青年》1918 年第 5 卷第 1 號。

2 語出《清平山堂話本·馮玉梅團圓》。

3 （明）馮夢龍《古今小説叙》云："大抵唐人選言，入于文心；宋人通俗，諧於里耳。天下之文心少
而里耳多，則小説之資於選言者少，而資於通俗者多。……茂苑野史氏，家藏古今通俗小説甚富，因賈人
之請，抽其可以嘉惠里耳者，凡四十種，畀爲一刻。"其刊刻的"通俗小説"均是有別於傳奇體文言小説的
話本體白話小説。

的論争和調整，從"五四"前後章回小説讀者數量之大、層次之廣都可得到確證。

　　民初白話章回體小説在題材內容上有突出的"寫當下"傾向。中國古代章回小説由於受到"講史"傳統影響多寫"過去"事。就拿明清六大部小説來説，《三國志演義》是歷史小説，《水滸傳》是前朝英雄傳奇，《西遊記》依托唐朝玄奘西游史事，《金瓶梅》托宋寫明，《紅樓夢》設置了一個屬於過去的神話寓言架構，《儒林外史》借明代時空因文生事。清末"小説界革命"後，由於引入西方綫性時間觀，這一叙事慣例遂被打破，"四大譴責小説"的出現標誌著"寫當下"時代的到來。至民初，白話章回體"寫當下"的選材傾向更爲明顯，不少作品聚焦都市百態，捕捉熱門話題，迎合社會一般心理，滿足市民大衆興味。這些小説廣泛細緻地進行都市叙事，繪出了新舊過渡時代以上海爲代表的都市風俗畫卷。這批力求逼真而又充滿興味的都市小説可算是中國現代"都市文學"精彩的開場，只可惜因時勢與政治的影響没能被很好地繼承發展，以至於直到今天"都市文學"仍處於不夠發達的境地，遠遠跟不上中國當下快速發展的城市化進程。民初，都市相對於鄉村來説代表著變化、繁華、現代和神秘，是文明之淵、罪惡之藪，可以進入，但不能像鄉村那樣扎根其中。"都市是一種奇特的秩序，也是一個衆生喧嘩的生活空間和混雜多元的文化空間。"[1]民初白話章回體小説正是這種秩序和空間的藝術顯現。我們至今還可以從貢少芹《傻兒游滬記》、海上説夢人《歇浦潮》、江紅蕉《交易所現形記》等小説中直觀感受到民初上海光怪陸離的都市萬象。這些小説或寫"鄉愚"進城的鬧劇、慘劇，以展現城鄉差距和文明衝突；或寫上海新興的保險業、金融業、律師業、租界的"縫隙效應"、日趨墮落的文明戲等。這些內容呈現出新鮮的"現代性"，其旨趣與當

1　楊劍龍著：《都市上海的發展與上海文化的嬗變》，上海：上海文化出版社 2012 年版，第 281 頁。

時的世情相通——"喝了黃浦江内的水，人人要渾淘淘了"。[1]上海周邊正由傳統向現代過渡的揚州、蘇州也被寫入筆端，最著名的莫過於李涵秋的《廣陵潮》和程瞻廬的《茶寮小史》。由於李涵秋善於將街談巷語、道聽塗説、遺聞掌故、閭里風俗等穿插於《廣陵潮》中，故而寫活了揚州的都市日常和奇特秩序。無怪民國後期擅寫天津風情的劉雲若要説："泊余涉世日深，閲人日多，所遇之奇形怪狀，滔滔者皆《廣陵潮》中人也。"[2]張恨水也高度肯定它説："我們若肯研究三十年前的社會，在這裏一定可以獲得許多材料。"[3]程瞻廬撰寫《茶寮小史》有一個明確的創作意識，所謂"小小一個茶寮，倒是人海的照妖鏡，社會的寫真箱"。[4]茶寮是蘇州日常生活的典型場所，人們於此聚散，消息由此流通，茶寮小史實際上正是蘇州城市生活的小史。另外，民初小説家的筆觸還伸向了急遽變化中的首都生活，比如葉小鳳的《如此京華》寫袁世凱統治時期的京城歡場、官場醜態，繪製出一卷京官名士現形圖。婚戀作爲民初社會熱點被白話章回體小説集中表現，且出現了明顯有别於古代作品的創變。例如，李涵秋《戰地鶯花錄》較早使用了"革命"加"戀愛"模式，以三對男女青年的婚戀故事爲主綫，再現當時新舊婚戀觀的衝突，同時叙述熱血青年在國難當頭之際投身革命的愛國行動。這部小説在思想性和文學性上都有較高追求，展演戰地逸聞、情場韻事，緊扣時代脈搏，闡揚愛國宏旨，巧爲布局，曲折叙事，受到了當時讀者的廣泛歡迎。尤其值得一提的是，這部小説中塑造的愛國青年形象已初具時代新人的典型特徵，它不僅直接影響了張恨水爲代表的民國中後期言情小説的創作，對"新文學"革命愛情小説的創作也不無啓示意義。

　　民初小説的首發載體是報刊，白話章回體小説作爲通俗文學適於在此

1　海上説夢人：《歇浦潮（1）》第三回，上海：世界書局 1928 年版，第 9 頁。

2　劉雲若：《廣陵潮·序》，上海：百新書局 1946 年版。

3　張恨水：《廣陵潮·序》，上海：百新書局 1946 年版。

4　程瞻廬：《茶寮小史》第一回，上海：商務印書館 1920 年版，第 1 頁。

大衆傳媒上發表，但同時也易於被其改造而發生文體變化。其中最顯著的變化有兩點，一是小説中有强烈的新聞意識，一是創作呈現出明顯的類型化特徵。民初白話章回體小説受新聞意識影響，大多跳脱講史、神魔、傳奇等傳統題材，更傾向於寫當下，甚至將新聞融入小説，如《山東響馬傳》《人間地獄》《茶寮小史》《新舊家庭》《交易所現形記》等皆是富有新聞性的名著。其中《山東響馬傳》據當時剛剛發生的社會爆炸性新聞“孫美瑶臨城劫車案”創作。作者姚民哀其時正在上海主編《世界小報》，他以記者靈敏的社會嗅覺和超强的“綫人”團隊很快就收集到了與此案相關的種種素材，快速寫出了這一新聞化的作品，時差僅有三個月。江紅蕉所作《交易所現形記》所據也是剛剛發生不久的上海“信交風潮”。另外，江紅蕉既是報人，又是熟悉商界情況的當事人，瞭解這場金融災難的來龍去脈，故而像一位成熟的記者迅速且忠實地將其記録下來。這種新聞意識還直接影響了該體小説的語言及結構形態。受新聞大衆性、時效性影響，該體小説要用大衆最快接受的通俗語言，其結構也普遍采用《儒林外史》式短篇連綴的結構。這種結構便於高效完成獨立故事講述，並可時時調整叙事視角、叙事内容和叙事節奏等，適應輿論或形成新的輿論。民初章回體小説無論白話還是文言都呈現出明顯的類型化特徵，這固然與特定的時代需求相關，也與報刊進行小説的分類標注密不可分。比如民初開端文言章回“言情小説潮”與民初末端白話章回“武俠小説熱”的形成，就是上海衆多報刊前後相繼、不斷推動促成的。因爲作者要想投稿成功必然要看所投刊物的分類標注，讀者閲讀也必然受其引導，從而形成某種類型化的閲讀品味。

　　民初白話章回體小説大致形成了社會小説、社會言情小説、歷史小説、武俠小説四種類型，它們在近現代通俗小説類型史上具有奠基地位。

　　該體社會小説佳作很多，諸如《如此京華》《留東外史》《儒林新史》《傻兒游滬記》《愛克司光録》《怪家庭》《茶寮小史》《新舊家庭》《最近二十

年目睹之社會怪現狀》《交易所現形記》，等等。這些作品不同於清末同類型
作品專注於"新民救國"一元化的現代政治啓蒙，其敘事旨趣趨於多元，側
重於進行現代生活啓蒙。早期作品主要展現北洋軍閥統治下的亂世情態，表
達一種激憤又無奈的愛國情緒和社會批判。20 世紀 20 年代初的作品將筆觸
伸向"家庭"這一社會的基本組織，描摹家庭日常生活，由家庭連接個人與
社會，呈現獨特視角下的社會觀察。整體來看，該體社會小説的敘事場景遍
布社會各個角落；敘事結構一般采用《儒林外史》式的"短篇連綴"或《孽
海花》式的"串珠花"；敘事焦點與時流變，從北京到上海，從總統府到小
家庭；敘事關節則是其中的"怪現狀""活現形"。該類型小説的敘事模式對
之後的張恨水、劉雲若們有直接影響。另外，民初小説家撰寫社會小説很注
重收集材料，很注意運用寫實筆法。例如，嚴芙孫説程瞻廬"見村婦罵街，
輒駐足而聽，借取小説材料。……聞茶博士之野談，輒筆之於簿"，[1] 貢少芹
曾談到李涵秋所作"《怪家庭》一書，完全實事"。[2] 這就爲後世留下一筆寶
貴的歷史文化遺産。整體而言，該體社會小説所取得的成就是多方面的，直
到 20 世紀三四十年代，論者談及此類小説依舊以李涵秋作品爲典範。

　　該體社會言情小説以社會現狀爲經，以男女婚戀爲緯，其敘述重心即使
偏於言情，其主旨仍在於反映社會。《廣陵潮》是此類型小説的典範之作，
其源出於晚清譴責小説，同時吸收了狹邪小説的一些營養。《廣陵潮》初名
"過渡鏡"，意圖以稗官體例采録民俗風情來再現過渡時代之中國社會，作
者所謂把那社會的形狀拉拉雜雜寫來，"叫諸君仿佛將這書當一面鏡子，没
有要緊事的時辰，走過去照一照，或者改悔得一二，大家齊心竭力，另造成
一個簇新世界"。[3] 可見其主旨是反映社會、改造社會。書中濃墨重彩的男女

　　1 嚴芙孫：《民國舊派小説名家小史・程瞻廬》，魏紹昌編：《鴛鴦蝴蝶派研究資料》上卷，上海：上海文藝出版社 1984 年版，第 550 頁。

　　2 貢少芹：《〈怪家庭〉序》，趙苕狂編：《怪家庭》，上海：世界書局 1924 年版，第 1 頁。

　　3 李涵秋：《廣陵潮（六集）》第五十一回，上海：震亞書局 1929 年版，第 1 頁。

情愛雖構成整體叙事不可分割的有機部分，但言情之於社會畢竟還是次一級的，換句話説言情乃是爲了更好地言社會。該書讓言情與社會緊緊捆綁是成功要訣所在，它在民初言情小説潮中另辟出了一條社會言情的新路。在《廣陵潮》巨大成功的示範效應下，社會言情小説迅速發展定型，在民國時期僅以"潮"命名的同類型作品就出版不下幾十部。到 20 世紀 20 年代中期以後，社會言情小説已成爲現代通俗小説中最爲重要的類型之一。

該體歷史小説廣續傳統"演義體"，又借域外"歷史小説"之名，遵循清末吳趼人提出的編寫原則：以正史爲材料，而沃以意味。[1]該類型小説在蔡東藩手中走向成熟定型。蔡東藩所作歷史小説以朝代更迭爲序，將中國兩千多年的正史一一加以演義，形成了獨特的類型特徵。他有更爲嚴格的正史小説觀，認爲寫歷史小説不必"憑空架飾"，只需"就事叙事"，這樣就會"褒不虛褒，貶不妄貶，足與良史同傳不朽"。[2]同時他又嚴判小説與正史之別，指出："夫正史尚直筆，小説尚曲筆，體裁原是不同，而世人之厭閱正史，樂觀小説，亦即於此分之。"[3]蔡東藩還認識到了小説的文學審美性，因而强調小説應曲折叙事，指出"能令閱者興味不窮，是即歷史小説之特長也"。[4]不過，由於蔡東藩過於拘守演義體叙事成規，使作品在結構技巧上明顯缺乏創新。另外，許慕羲、許嘯天、胡憨珠等創作的歷史小説在民初也較流行，與蔡東藩作品一道成爲現代通俗歷史小説的前驅。

該體武俠小説没有沿著晚清俠義小説開啓的"馴化英雄"道路前行，而是回到《水滸傳》影響下的仗義行俠、聚義犯禁的英雄傳奇傳統。葉小鳳的《古戍寒笳記》是發生這一轉變的關鍵作品，其叙事立場明顯從官家轉到民

---

1 參見我佛山人：《兩晉演義自序》，轉引自黄霖、韓同文選注：《中國歷代小説論著選》（修訂本）下，南昌：江西人民出版社 2000 年版，第 237—238 頁。
2 蔡東藩：《繪圖宋史通俗演義》（卷三）第二十四回評，上海：會文堂書局 1923 年版。
3 蔡東藩：《前漢通俗演義》（第 1 冊）第二十五回回評，上海：會文堂新記書局 1935 年版，第 160 頁。
4 同上。

間，完全擺脫了清末俠義＋公案的敘事成規，突出強調打鬥場面的"武"與義薄雲天的"俠"。此後，顧明道《俠骨恩仇記》、徐公籲《雙城女子》、陸士諤《八大劍俠傳》、李蝶莊《雍正劍俠奇觀》等小說主要在個體快意恩仇上下功夫。這些小說所涉武技更高妙，情感更纏綿，思想更奇特，且進一步世俗化，以滿足文化市場的消費需求。1923 年《紅雜誌》和《偵探世界》先後連載向愷然的《江湖奇俠傳》與《近代俠義英雄傳》，這兩部小說以掀起閱讀狂潮的方式開啓了現代武俠的兩大基本敘事模式，標誌著現代武俠小說類型的形成。前者的敘事場景是富有民俗性的"江湖"，這是一個亦真亦幻、極其複雜的藝術空間，這個空間裏充斥著種種秘密社會的亞文化，又活躍著作者馳騁想像力的產物——仙、俠、道術、法術、巫術與武功。這樣的場景設置爲此後的現代武俠有選擇性地繼承，比如鄭證因武俠裏的江湖恩怨，姚民哀武俠裏的江湖幫會。後者的敘事場景是真實歷史性的"近代"，作者意圖抒展的是家國情懷和豪俠氣概。這樣的場景設置上承葉小鳳《古戍寒笳記》，下啓顧明道《草莽奇人傳》、金庸《射雕英雄傳》等。《江湖奇俠傳》的敘事焦點是"奇俠"，所寫人物包括劍仙、俠客、乞丐、僧尼、巫師、鹽梟、獵户、法師、道士等等，三教九流，無所不包，總的特點是"奇"，甚至"怪異"。《近代俠義英雄傳》的敘事焦點則是"英雄"，從王五到霍元甲、農勁蓀等，他們都是屬於民族脊梁式的人物。"奇俠"和"英雄"始終是現代武俠中的主角。兩部小說的敘事結構各自匹配亦真亦幻之虛構性的"江湖"和某段特定的"歷史"，這種只求自圓其說的敘事邏輯帶有某種"童話"色彩，成爲現代武俠小說的重要類型特徵。兩部小說都以"尚武"和"俠義"爲敘事關節，影響到現代武俠小說繪聲繪色地描寫俠客神奇高妙的武術和義薄雲天的俠氣。另外，在寫"武"寫"俠"的同時也寫"情"，奇俠奇武奇情、英雄武功美人正是現代武俠鼎足而立的三個支柱。

我們稱民初文言章回體爲特創，並非無視此前已有零星文言章回作品出現的事實，而是基於它處在中國小説古今轉型期所發生的變化之劇，數量之多，影響之大，認爲它是化古生新的創造。民初文言章回體不是筆記體或傳奇體的拉長版。它保留了章回體的基本特徵，篇幅漫長、分章列回、回有回目、注意謀篇布局、關切世俗民風，等等。在章回體基礎上，它又兼采傳奇小説、駢散文及詩詞等的藝術技巧和審美旨趣，從而形成了一種嶄新面目。

今人一般將民初文言章回體小説分稱爲"古文小説"與"駢文小説"，或曰"史漢支派"與"駢文支派"，[1] 這在總體上抓住了該體小説受古文與駢文影響形成的體制分野。但真正如《燕山外史》那樣的駢文小説或純粹用古文寫的長篇小説在民初是找不到的，絕大多數作品都是詩駢化或古文化的章回體。

在民初小説界創作詩駢化章回體小説影響最大的是《民權報》小説家群，他們以這種特創別體掀起了一股强勁的"哀情小説潮"。徐枕亞著有《玉梨魂》《雙鬟記》《余之妻》《燕雁離魂記》等；李定夷著有《賈玉怨》《鴛湖潮》《湘娥淚》《美人福》《同命鳥》《曇花影》等；吳雙熱著有《孽冤鏡》《蘭娘哀史》《斷腸花》等。這些小説引駢入稗，大量穿插詩詞，在文體上形成典雅的陌生化，在題材上呈現通俗的焦點化，故能化古生新。

從小説文體的演進過程看，民初詩駢化章回體明顯賡續傳統而來。中國古代由唐傳奇《遊仙窟》引詩駢入小説到《紅樓夢》雅化白話章回呈現詩意美，再由《燕山外史》用駢文寫章回到《花月痕》在白話章回中大量鑲嵌詩詞，逐漸形成了一種以典雅修辭浪漫言情的書寫範式。該體小説正是沿此範式在中西古今的交匯點上再次嬗變。在嬗變過程中，該體小説還從整個古代言情傳統中吸取養分，夏志清曾以《玉梨魂》爲個案分析説："徐枕亞充分

---

1 "古文小説"與"駢文小説"是陳平原在《二十世紀中國小説史》（第一卷）中對借鑒文言散文和駢文的藝術技巧和審美旨趣創作的長短篇文言小説的命名；"史漢支派"與"駢文支派"是楊義在《中國現代小説史》中對大致相同對象的命名。實際上，兩人的觀察點有很大不同。

利用並發揮中國文學史上的‘言情傳統’（the sentimental erotic tradition），這個光輝的傳統囊括了李商隱、杜牧、李後主的詩詞之作，並《西廂記》《牡丹亭》《桃花扇》《長生殿》《紅樓夢》等戲曲説部名著。我以爲《玉梨魂》正代表了這個傳統的最終發展，少了那部《玉梨魂》，我們會感到這個傳統有所欠缺。”[1] 除此之外，因要滿足當時讀者興味娛情及確立小説審美獨立性的需要，該體小説還借鑒了一些時新的西洋思想和小説技巧。例如《玉梨魂》中梨娘送别夢霞時唱了《羅密歐與茱麗葉》裏的詩句；《賈玉怨》中史霞卿大談西方激進的“不自由毋寧死”言論；《孽冤鏡》中王可青引歐西自由婚戀思想來控訴舊式婚制的罪惡。在叙事方式上，該體作品學習西方小説使用第一人稱限知叙事，由此形成濃郁抒情的自叙傳風格；運用倒叙法，形成强烈的懸念以吸引讀者；著意於描寫場景，形成了開頭一長段景物描摹的叙述模式；效仿《巴黎茶花女遺事》《魚雁抉微》在叙事中穿插日記和書信，等等。這樣一來，該體作品就呈現出有别於白話章回體的體式風格：詩駢化體式使叙事節奏舒緩，抒情性增强，變情節中心爲寫人中心，形成了哀婉凄迷的風格。另外，該體小説中叙事與抒情的文本衝突，落後和先進的思想矛盾藝術地象徵著如麻如猬的民初文人心態。這却不期然地適應了民初那個新舊雜糅的過渡時代，因而風行一時——有人玩味其綺麗香艷的辭章，有人嘆賞其中西合璧的浪漫，有人沉迷其傷心傷逝的氛圍，有人在其中覓得堅守舊道德的偶像，有人却恰恰由此産生反抗禮教的願望。

民初詩駢化章回體小説主要言男女哀情，其體式風格與主題表現相得益彰，極大地滿足了當時讀者審美、娛情的雙重需要。我們以名著《玉梨魂》爲例略窺一斑。這部小説寫家庭教師何夢霞與寡婦白梨影的相知相愛却又不該戀愛的情感悲劇，悲劇的根源是當時普遍奉行的禮教不允許寡婦戀愛，最

1〔美〕夏志清：《爲鴛鴦蝴蝶派請命——〈玉梨魂〉新論》，《中國時報（臺灣）》副刊，1981年3月17日—19日。

終結局是抑鬱的梨娘傷心而逝，李代桃僵的小姑筠倩因不滿無愛婚姻亦傷心離世，傷心的夢霞奔赴革命前綫陣亡。與此哀情題材相匹配的是整部小說哀婉凄迷的審美風格，這種風格首先是由小說中的駢文形成的，正如劉納所説："'四六調'在作品中主要起著渲染情緒、烘托氛圍的作用。這種調子特別適合鋪陳傷慘情境。"[1] 例如第十九章"秋心"這樣開頭：

> 黃葉聲多，蒼苔色死。海棠開後，鴻雁來時。雨雨風風，催遍幾番秋信；凄凄切切，送來一片秋聲。秋館空空，秋燕已爲秋客；秋窗寂寂，秋蟲偏惱秋魂。秋色荒涼，秋容慘澹，秋情綿邈，秋興闌珊。此日秋閨，獨尋秋夢，何時秋月，雙照秋人。秋愁迭迭，並爲秋恨綿綿；秋景匆匆，惱煞秋期負負。盡無限風光到眼，阿儂總覺魂銷；最難堪節序催人，客子能無感集？[2]

這番對蕭瑟秋景的描寫正渲染出何、白戀情爲小人撥亂、心驚對泣後的凄凉心境。其中"秋聲""秋蟲""秋閨""秋月"等傳統意象所蘊含的"秋恨""秋愁"等典型化情感以排比對偶的韻文形式傳達給民初讀者的是既熟悉又陌生的藝術效果——讀者熟悉駢文體式和悲秋意象，但在小說中見到它却又非常新鮮。這一恰當的審美距離讓讀者在小說中體驗到詩意的哀婉，從而爲作品裏不幸的男女感傷。另外，《玉梨魂》的詩駢化體式形成了舒緩的叙事節奏，使抒情性增强，這有利於塑造愁腸百結的多情人形象，形成哀婉凄迷的風格。這部小說的情節十分簡單，若按白話章回體叙事的節奏，其內容大概不過數回。可詩駢化體式放緩了叙事節奏，插入的大段詩詞有時甚至使叙事停頓，由此打破了章回體以情節爲中心的叙事成規，而一變爲著意

---

1 劉納著：《嬗變》，北京：中國人民大學出版社 2010 年版，第 163 頁。

2 徐枕亞著：《玉梨魂》第十九章，上海：民權出版部 1913 年版，第 101 頁。

寫人。這就使一位"痛哭唐衢心迹晦,更抛血淚爲卿卿",[1]有"難言之隱"的
"情種"形象從詩境走向了讀者。徐枕亞一貫認爲:"歡娛之詞難工,愁苦之
音易好。詩文如是,小説亦然",他一直把小説當詩文寫,常常發其"愁苦
之音"。[2]讀者很容易被這種反復渲染的情感氛圍所籠罩,一詠三嘆,竟至幾
乎辨識不清是在讀詩詞、讀文章、讀小説,只覺得情移意動,心中傷感。

　　林紓自清末用古文翻譯了大量外國小説,大大拓展了古文的疆域。民國
二年（1913）開始他陸續推出多部用古文創作的章回體小説,不期又引出一
股章回古文化的潮流。除林紓《金陵秋》《劍腥録》《冤海靈光》諸作外,姚
鵷雛《燕蹴箏弦録》、葉小鳳《蒙邊鳴築記》、章士釗《雙坪記》等也是民初
流行的古文化章回體作品。這些小説總體上是言情與歷史題材的融合,正如
林紓所謂"桃花描扇,雲亭自寫風懷;桂林隕霜,藏園兼貽史料"。[3]在運用
古文的基礎上,該體作品也借鑒了外國小説的一些叙事技巧,從而改變了古
代章回體單一的全知叙事模式,注意叙事視角轉換;場景、心理描寫增多,
叙事節奏放緩,增強了主觀抒情性,不再以情節叙事爲中心,而是側重於塑
造人物;注意叙事時間的變化,倒叙、插叙、預叙與順序相交織,使文本結
構也出現一些新變。

　　下面我們以林紓、姚鵷雛師徒的代表作品爲例略加分析。林紓曾夫子自
道:"余,傷心人也,毫末無益於社會,但能於筆中時時爲匡正之言;且小
説一道,不述男女之情,人亦棄置不觀,今亦僅能於叙情處,得情之正,稍
稍涉于自由,狥時尚也。"[4]這透露出林氏古文化章回體小説意欲"以國事爲經,
而以愛情爲緯",拼合一段史事與一段情史的"作者之意"。[5]在林氏的該體作

1　徐枕亞:《雪鴻淚史》,上海:清華書局1922年版,第39頁。

2　徐枕亞:《茜窗淚影序》,李定夷:《茜窗淚影》,上海:國華書局1914年版,第1頁。

3　林紓:《〈劍腥録〉序》,《劍腥録》,上海:商務印書館1923年版,第1頁。

4　林紓:《馨雲》,《畏廬漫録（三）》,上海:商務印書館1926年版,第189頁。

5　林紓:《〈劍腥録〉序》,《劍腥録》,上海:商務印書館1923年版,第1頁。

品中，有濃烈的末世悲情、亂世離喪，鑲嵌在文本中的男女婚戀故事雖是大團圓結局，但並不能給讀者明亮的喜悅。如《劍腥録》一面要通過再現戊戌變法、庚子事變的社會亂象來憑弔亡掉的清朝，一面還要歌詠郏仲光、劉麗瓊因恪守禮儀而最終美滿的婚戀；《金陵秋》既想通過再現辛亥革命南京戰事之慘烈、將領一心締造共和國而最終英雄失路的史事來抒發不平、無奈的情緒，又想指明英雄美人獲得甜蜜婚姻的正確道路。這種作者之意形成兩個地位相當的作品主題，從而使任何一個都未能深入，加之在文體上更加恪守古文“義法”，使得形式本身似乎也在“退步”。鄭振鐸曾批評這一“退步”說：“他的自作小説實不能算是成功。我們或者可以稱這一類的小説爲‘長篇的筆記’，因爲他們極類他的筆記，而絶無所譯的狄更司諸人的小説的氣氛。”[1] 鄭振鐸稱林紓這類自作小説爲長篇的筆記並不準確，這不僅無視林氏用古文筆法作章回的良苦用心，也遮蔽了這些小説對西方小説倒敘筆法、注意場景和心理描寫等的借鑒。不過，由於林紓的古文觀在該體小説創作上更加保守，自縛手脚後的幾部作品較之林譯明顯退步，且不符合後來文學發展的趨勢。姚鵷雛創作的古文化章回體小説既師宗林紓又受《玉梨魂》等小説影響，體現出二者的合流。其代表作是《燕蹴箏弦録》，該小説應徐枕亞之邀而作，初版時標爲“哀情小説”，與《玉梨魂》風格類似。它以清代文學家朱彝尊《風懷二百韻》本事爲素材，寫江南才子駕機與其妻妹壽姑之間刻骨銘心的精神戀愛。它繼承了林紓將歷史與言情融合一起的寫法，但更側重言情。這部小説整體構思奇特，回目精緻，語言華美，講究用典，敘述愛情千回百轉、細膩入微，但始終“靳靳於發情止禮之義”，[2] 這都和當時詩騈化章回體小説相似。不過，由於演繹的是前朝情事，其情感力量遠不及寫當代的

---

1 鄭振鐸：《林琴南先生》，薛綏之、張俊才編：《林紓研究資料》，福州：福建人民出版社 1983 年版，第 152 頁。

2 姚鵷雛：《記作説部》，楊紀璋編：《姚鵷雛剩墨》，北京：社會科學文獻出版社 1994 年版，第 27 頁。

《玉梨魂》爲大；又因其思想過於保守，而缺乏《玉梨魂》那種呼喚自由戀愛、個性解放的聲音。因此，這種小説也没有開拓出文體演進的新方向。

第三節　傳統小説文體的衰亡及其影響

經民初小説家一番守正出新的努力，諸種傳統小説文體都曾一度繁榮或復振，它們積極回應時代要求，努力去滿足各階層讀者的多元閲讀興味。不過，隨著"五四"新文學革命興起，在堅決與傳統決裂、全面向西轉的時代語境中，力圖化古生新的傳統小説文體便遭到激烈批判，其創作開始走向衰落。在 20 世紀 20 年代初"國語運動"取得勝利後，用文言創作的筆記體、傳奇體、章回體就開始走向終結，話本體和白話章回體也在新文體的擠壓下或完全消亡或繼續與時流變。

"五四"新文學家對用文言寫的傳統小説批判最烈，認爲"《玉梨魂》派的鴛鴦蝴蝶體，《聊齋》派的某生者體，那可更古舊得厲害，好像跳出在現代的空氣之外，且可不必論也"。[1] "新文學家"提倡"新文化"，主張"廢文言興白話"，自然徹底否定賡續傳統的文言章回體、筆記體和傳奇體。

民初以言情爲主的文言章回體小説最先遭到"新文學家"攻擊，劉半農宣告："不認今日流行之紅男緑女之小説爲文學。"[2] 胡適提出的"不用典""不講對仗""不摹仿古人"等"八不主義"[3] 也直刺詩騈化和古文化章回小説的要害。徐枕亞、林紓等小説家原以爲趨出了化古生新的古今轉型之路，本自許著作堪能與古之作家相頡頏，堪與世界文豪競短長，没料到竟成陳腐典型、革命對象。在"新文學家"的大力推動下，政府教育主管部門順

1　周作人：《日本近三十年小説之發達》，《新青年》1918 年第 5 卷第 1 號。

2　劉半農：《我之文學改良觀》，《新青年》1917 年第 3 卷第 3 號。

3　胡適：《寄陳獨秀》，《胡適全集》第 1 卷，合肥：安徽教育出版社 2003 年版，第 3 頁。

應時勢行政性地支持"廢文言興白話":公布"注音字母",開辦"國語講習所",推行新式標點符號,通令全國小學改文言爲白話文(國語)教學。[1]由於學校教育排斥了文言,文言文學創作自然後繼無人,作爲文言章回體小説主要閲讀群體的青年和學生自然也與白話親近,以至於讀不懂文言文學。如果説 20 世紀 20 年代後白話興而文言廢是導致文言小説創作總體衰亡的關鍵因素,那麼文言章回體在"國語運動"成功後即告消亡,則還與該體作品主題題材過於單一、後期模式化嚴重大有關係。"五四"以後婚姻自主已成社會普遍思想,"五四小説"甚至追求徹底的個性和肉體解放,民初文言章回小説裏那種搖擺於自由婚戀與遵奉禮教之間的言情故事已失去現實基礎,因而被當時讀者厭棄。民初文言章回體初興時的開山之作富有創新性,開闢了章回體的新疆域。正如織孫所説"四六小説肇自徐枕亞之《玉梨魂》,駢散兼行,自成創格,後之作者靡然宗之";林紓之《劍腥録》諸作"謀篇布局,超越群流,非獨以文勝也"。[2]然而,由於小説在民初已成爲主要文學商品,作品一旦風行,作家立刻走紅,接踵而至的是市場化的必然命運。市場化要求小説家多出快出作品,但小説創作往往不能一蹴而就。於是,當紅的小説家無奈中只能自我重復,宗之者更是刻意模仿,最終形成創作的模式化。徐枕亞的小説作品每況愈下就是一個顯例,在經濟利益刺激下,他創作日繁,後期作品大多只剩香艷文字,其思想内容已乏善可陳。至於詩駢化言情作品整體的墮落,不僅"新文學家"大加鞭撻,就連曾與徐枕亞同爲《民權報》編輯的何海鳴也痛批曰:"學之者才且不及枕亞,偏欲以其拙筆寫一對無雙之才子佳人,甚至以歪詩劣句污之,使天下人疑才子佳人乃專作此等歪詩者,寧非至可痛心之事耶。"[3]讀者對於動輒"嗟乎,傷心人也"、"我生不辰"

1　詳見朱文華:《中國近代教育、文學的聯動與互動》,上海:復旦大學出版社 2015 年版,第 344—347 頁。

2　織孫:《〈碎玉〉小説話》,《十日》1922 年第 2 期。

3　冥飛、海鳴等:《古今小説評林》,上海:民權出版部 1919 年版,第 106 頁。

一類的哀傷調子感到厭棄，對於"筆頭已深浸於花露水中，惟求其無句無字不芬芳"[1]的詞章點染也不再欣賞。正如落華所説："致以駢四儷六，濃詞艷語，一如圬工之築牆，紅黑之磚，間隔以砌之，千篇一律。行見其淘汰而無人顧問，移風易俗則瞠乎後矣。"[2]古文化章回體小說也犯了同樣毛病，題材單一且模式化嚴重，林紓甚至成爲"新文學家"打擊所謂"舊文學"的"活靶子"，而那些"效顰者都畫虎成了狗"，[3]遭到淘汰成爲必然。不過，我們也應該看到在古今轉型的近現代，民初以文言寫章回的文體試驗及其試圖以中化西的寫作實踐對於章回體小說的雅化及對"新文學"的孕育曾做出過一定貢獻。它進一步提高了小說的地位，試探出了小說文體革新的限度，同時也爲繼續向外國文學學習提供了"另類"依據。詩駢化與古文化合力推動了章回體小說的"雅化"，形成了范煙橋所謂維新以來小說文體演變中重詞采華美與詞章點染的時期。[4]它們在題材選擇和主題表現上還啓示了"新文學"。如《玉梨魂》，早在"五四"時期，周作人就不得不承認它所記的婚戀悲劇"可算是一個問題"，[5]當代學者章培恒認爲《玉梨魂》這一類的小說是"新文學"以個人爲本位的人性解放要求的濫觴。[6]除此之外，我們還發現這部小說首創的"戀愛＋革命"模式影響深廣，不僅被其他章回體作品所用，還啓發了"新文學"中"革命＋戀愛"小說的産生。

　　民初筆記體小說與傳統文化捆綁得最緊，"五四"前後一系列文化、文學、語言的激烈變革都以徹底反傳統爲鵠的，傳統語境的消失使該體小說迅速喪失現代轉型活力，但源遠流長的書寫慣性使其一直到20世紀中葉以後

　1　煙橋：《小説話》，《益世報》1916 年 9 月 24 日。

　2　落華：《小説小説》，《禮拜六》1921 年第 102 期。

　3　朱天石：《小説正宗》，《良晨》1922 年第 3 期。

　4　范煙橋：《小説話》，《半月》1923 年第 3 卷第 7 號。

　5　周作人：《中國小説裏的男女問題》，《每週評論》1919 年第 7 號。

　6　詳見章培恒：《關於中國現代文學的開端——兼及"近代文學"問題》，《不京不海集》，上海：復旦大學出版社 2012 年版，第 598—600 頁。

才徹底消亡。需要特別注意的是，筆記體小説的隨筆雜録與講求實録及由此生發的文體特點似乎都與講究結構技巧、虛構的、情感的、審美的西方小説大異其趣。那麽，民初筆記體小説堅守的傳統書寫範式及有限的現代性探索——周瘦鵑式的或與傳奇體合流的——是否在中國現當代小説中得到了延續呢？據實來説，其文言筆記體的形式雖被淘汰，但其隨意雜録與講求實録的書寫雙軌一直延伸到當代"新筆記小説"之中。孫犁、汪曾祺、林斤瀾等創作的"新筆記小説"有意識地繼承傳統筆記體小説隨意雜録的撰述方式，講求實録的創作原則，追求朴質自然、簡潔雅致、含蓄有味的藝術風格。"新筆記小説"以單篇爲主，一般篇幅短小，有的篇尾還有一段"某某曰"的議論，這種體式顯然承襲民初筆記體小説而來。由於依賴報刊傳播，筆記體小説發展至民初已初步打破古代以若干則匯爲一帙的"筆叢""叢語"形式，而出現了大量獨立的單篇。另外，有些"新筆記小説"作品還體現出筆記體與傳奇體合流的特色，追求意象、意境之營造，時而也流露出《聊齋志異》般隨意裝點的興趣。"新筆記小説"的體式風格迥然不同於同時代的其他小説，曾一度讓人驚異，殊不知它是汲取了傳統文學遺産養分開出的説苑奇葩。

　　傳奇體小説因其特有的幻設性、辭章化和詩意風格契合了民初小説家對小説文學審美獨立性的現代追求，故而很自然地發生著現代轉型。民初傳奇體作品"用美麗的理想去代替那不足的真實"，[1]亦契合了民初亂世中讀者的精神需要。在藝術上，該體小説布局精嚴，情節曲折；人物形象塑造不重精描細刻，而重傳神得態；整體營構出詩般意境空間，召喚讀者流連其中；可以起到"娛情"作用，是作者"暢發好惡"的抒情載體，亦是閲者"鉤稽性情"的移情媒介。加之有的作品還融入場景、心理等西方小説技巧，更進一

　　1〔德〕席勒：《致威廉·封·韓保爾特的信》（1790年3月21日），〔德〕弗理德倫代爾編：《席勒評傳》，北京：作家出版社1955年版，第56頁。

步強化了該體小説的詩意浪漫特徵。可以説，傳奇體小説在民初已初步完成
了現代轉型。不過，與其他文言小説一樣，在“五四”時期“白話文運動”
取得勝利之後，便一蹶不振了。雖然傳奇體小説在 20 世紀中葉以後難覓蹤
影，但由民初傳奇體小説傳承下來的傳奇性——“作意好奇”的書寫本質及
浪漫品格——並未隨之徹底消失，而是以新的樣態和意蘊轉化到了現當代諸
體小説之中，這已被相關研究所揭示。[1]

　　話本體小説在民初之所以還能留下最後一抹餘暉，一是因“撰平話短
篇，尤能曲寫半開化社會狀態”，[2] 一是復古、試驗、轉型的時代語境使然。
“五四”後，在“新文學家”一片反傳統的呼聲中，話本體小説存在的空間
變得更加逼仄，不僅“五四”短篇小説勢不可擋地要將其淘汰，白話章回體
和新體白話短篇這兩種同源的小説也在有限的閲讀市場上完全遮住了它。隨
著民初話本體小説偏重於技巧方面的某些文體變革成果被新體白話短篇小説
吸收，20 世紀 20 年代中期以後，我國短篇白話小説完成了由“説—聽”虛
擬情境到“寫—讀”創閲模式的現代轉型。至此，話本小説的文體體制徹底
走向消亡。

　　白話章回體小説在“五四”前後已基本完成現代轉型，該體作品以切近
大衆生活的“中式白話”在富有現代性的報刊上叙寫市民喜聞樂見的主題題
材，在大量創作實踐的基礎上形成了現代章回小説的四種基本類型，整體呈
現出滿足廣大讀者多元興味、與時流變的通俗性。不過，因其爲傳統小説文
體，亦被“新文學家”猛烈批判。例如周作人説《廣陵潮》《留東外史》等
在“形式結構上，多是冗長散漫，思想上又没有一定的人生觀，只是‘隨意

---

　　1 可參看吳福輝：《新市民傳奇：海派小説文體與大衆文化姿態》，《東方論壇》1994 年第 4 期；逄增
玉：《志怪、傳奇傳統與中國現代文學》，《齊魯學刊》2002 年第 5 期；閆立飛：《中國現代歷史小説中的
“傳奇體”》，《南京社會科學》2009 年第 8 期；李遇春：《“傳奇”與中國當代小説文體演變趨勢》，《文學
評論》2016 年第 2 期等論文。

　　2 鳳兮：《我國現在之創作小説》，《申報·自由談·小説特刊》1921 年 2 月 27 日。

言之'。……他總是舊思想，舊形式"，"章回要限定篇幅，題目須對偶一樣的配合，抒寫就不能自然滿足。即使寫得極好如《紅樓夢》也只可承認她是舊小説的佳作，不是我們現在所需要的新文學"。[1] 在這類成見支配下，"新文學家"不斷地否定章回小説的價值，以致 1947 年張恨水在《章回小説在中國》一文中感慨説："自五四運動以後，章回小説有了兩種身份。一種是古人名著，由不登大雅之堂的角落裏，升上文壇，占了一個相當的地位。一種是現代的章回小説，更由不登大雅之堂的角落裏，再下去一步，成爲不屑及的一種文字。"[2] 但實際上，白話章回體非但不像其他傳統小説文體那樣在 20 世紀 20 年代後漸趨消亡，還以另類"白話""通俗"征服了文化市場和市民大衆，甚至影響到解放區文學的創作，出現了《洋鐵桶的故事》《吕梁英雄傳》那樣的作品。在當代，各類型的章回小説仍在持續創作，如金庸、梁羽生等的武俠小説，高陽、二月河等的歷史小説都曾掀起閱讀熱潮，進而成爲被研討的文化熱點。現在方興未艾的網絡小説用章回體創作的各類型作品更是層出不窮。這都證明根植於傳統的白話章回體具有與時流變的文體活力，它在當代小説創作中仍發揮著不可替代的作用。

以上，我們對傳統文體小説在民初的盛衰、正變作了比較系統的考察，從中可見傳統小説文體走向終結與轉化的真實過程。清末"小説界革命"以來求新求變的現代性要求加速了傳統小説文體的演化，而民初小説家創作傳統文體小説"不在存古而在辟新"的追求也意欲開關中國小説發展的新路。民初傳統文體小説創作積極轉化古代文學遺產，化用域外文學資源，汲取民間文學營養，曾取得了不少實績。當五四時期傳統文體小説作品被斥爲"舊小説"而遭全盤否定時，其作者堅持認爲"中國之舊小説固然有壞處，但須

1　周作人：《日本近三十年小説之發達》，《新青年》1918 年第 5 卷第 1 號。
2　張恨水：《章回小説在中國》，《文藝》1947 年第 1 期。

以中國之法補救之，不可以完全外國之法補救之"。[1]中國古代小説諸體原是在中華文化背景中孕育、成長的，它在古代的神話、傳説及後來的史傳、説話等基礎上形成了獨特的民族風貌，在寫人、叙事、語言等方面都有鮮明的東方特色。對此，民初小説家有自覺認識，故希圖推動傳統小説文體完成現代轉型。歷史已經證明，他們的觀點與實踐，爲中國小説在古今巨變中避免與阻擋"全盤西化"起到過十分重要的作用。

---

1 胡寄塵：《小説管見》，原載 1919 年 2 月《民國日報》，見黄霖編著：《歷代小説話》（第 9 册），江蘇：鳳凰出版社 2018 年版，第 3439 頁。

參考文獻

本書目包括三部分：一、中國古代文獻（含今人編選）；二、中國現當代論著；三、外國論著。

書目排列以著者、編者等姓氏之中文拼音字母爲序。同時有著者和整理者，則以著者爲序；有一個以上著者則以第一著者爲序。

一、中國古代文獻

（漢）班固撰：《漢書》，北京：中華書局，1962

（清）陳其泰評，劉操南輯：《桐花鳳閣評紅樓夢輯録》，天津：天津人民出版社，1981

（晉）陳壽撰，陳乃乾校點：《三國志》，北京：中華書局，1959

陳曦鍾、侯忠義、魯玉川輯校：《水滸傳會評本》，北京：北京大學出版社，1981

（宋）陳振孫撰，徐小蠻、顧美華點校：《直齋書録解題》，上海：上海古籍出版社，1987

（宋）晁公武撰，孫猛校證：《郡齋讀書志校證》，上海：上海古籍出版社，2011

程毅中：《古小說簡目》，北京：中華書局，1981

丁錫根：《中國歷代小說序跋集》，北京：人民文學出版社，1996

（南朝宋）范曄撰，（唐）李賢等注：《後漢書》，北京：中華書局，1965

（唐）房玄齡等：《晉書》，北京：中華書局，1974

馮其庸纂校訂定：《八家評批紅樓夢》，北京：文化藝術出版社，1991

（晉）干寶撰，汪紹楹校注：《搜神記》，北京：中華書局，1979

《古本小説集成》編委會編：《古本小説集成》，上海：上海古籍出版社，
1994

廣陵書社編：《筆記小説大觀》，揚州：廣陵書社，1983—1984

（清）郭慶藩撰，王孝魚點校：《莊子集釋》，北京：中華書局，2012

侯忠義編：《中國文言小説參考資料》，北京：北京大學出版社，1985

（清）何文煥輯：《歷代詩話》，北京：中華書局，1981

（漢）桓譚著，吳則虞輯校：《新論》，北京：社會科學文獻出版社，2014

黃霖、韓同文選注：《中國歷代小説論著選》（修訂本），南昌：江西人
民出版社，2000

黃霖編著：《歷代小説話》，南京：鳳凰出版社，2018

黃霖校點：《脂硯齋評批紅樓夢》，濟南：齊魯書社，1994

（宋）洪邁撰，孔凡禮點校：《容齋隨筆》，北京：中華書局，2005

（明）胡應麟撰：《少室山房筆叢》，上海：上海書店出版社，2009

（明）蘭陵笑笑生：《金瓶梅詞話》，北京：人民文學出版社，1992

（宋）李昉等：《太平廣記》，北京：中華書局，1962

李劍國：《唐前志怪小説輯釋》，上海：上海古籍出版社，1986

李劍國：《唐五代志怪傳奇叙録》（增訂本），北京：中華書局，2017

李劍國：《宋代志怪傳奇叙録》（增訂本），北京：中華書局，2018

（唐）李延壽撰：《北史》，北京：中華書局，1974

李時人、蔡鏡浩校注：《大唐三藏取經詩話校注》，北京：中華書局，
1997

（清）劉廷璣撰，張守謙點校：《在園雜志》，北京：中華書局，2005

劉世德、陳慶浩、石昌渝主編：《古本小説叢刊》，北京：中華書局，1987—1990

劉世德：《中國古代小説百科全書》，北京：中國大百科全書出版社，2006

（漢）劉向撰，向宗魯校證：《説苑校證》，北京：中華書局，1987

（南朝梁）劉勰著，范文瀾注：《文心雕龍注》，北京：人民文學出版社，1958

（南朝宋）劉義慶著，（南朝梁）劉孝標注，余嘉錫箋疏：《世説新語箋疏》，北京：中華書局，2007

（後晉）劉昫等撰：《舊唐書》，北京：中華書局，1975

（唐）劉知幾著，（清）浦起龍通釋，王煦華整理：《史通通釋》，上海：上海古籍出版社，2009

（清）劉熙載著，袁津琥校注：《藝概注稿》，北京：中華書局，2009

柳存仁：《倫敦所見中國小説書目提要》，北京：書目文獻出版社，1982

（戰國）呂不韋編，許維遹集釋：《呂氏春秋集釋》，北京：中華書局，2009

魯迅校録：《古小説鉤沉》，濟南：齊魯書社，1997

（晉）陸機著，張少康集釋：《文賦集釋》，北京：人民文學出版社，2002

（元）馬端臨：《文獻通考》，北京：中華書局，1986

甯稼雨：《中國文言小説書目提要》，濟南：齊魯書社，1996

歐陽健、蕭相愷：《中國通俗小説總目提要》，北京：中國文聯出版公司，1990

（宋）歐陽修等：《新唐書》，北京：中華書局，1975

（宋）歐陽修著，李逸安校點：《歐陽修全集》，北京：中華書局，2001

（清）蒲松齡著，張友鶴輯校：《聊齋志異》（會校會注會評本），上海：上海古籍出版社，1986

秦修容整理：《金瓶梅》（會評會校本），北京：中華書局，1998

石昌渝：《中國古代小説總目》，太原：山西教育出版社，2004

（漢）司馬遷：《史記》，北京：中華書局，1959

（宋）司馬光著，（元）胡三省音注：《資治通鑑》，北京：中華書局，1956

（南朝梁）沈约：《宋書》，北京：中華書局，1974

孫楷第：《日本東京所見小説書目》，北京：人民文學出版社，1958

孫楷第：《中國通俗小説書目》，北京：人民文學出版社，1982

譚正璧：《三言二拍資料》，上海：上海古籍出版社，1980

（明）桃源居士：《唐人小説》，上海：上海文藝出版社影印掃葉山房本，1992

陶敏主編：《全唐五代筆記》，西安：三秦出版社，2008

汪辟疆：《唐人小説》，上海：上海古籍出版社，1978

（漢）王充著，黄暉校釋：《論衡校釋》，北京：中華書局，1990

（晉）王嘉撰，（梁）蕭綺録，齊治平校注：《拾遺記》，北京：中華書局，1981

（明）王圻：《稗史彙編》，北京：北京出版社，1993

王水照編：《歷代文話》，上海：復旦大學出版社，2007

（清）王先謙、劉武撰，沈嘯寰點校：《莊子集解　莊子集解内篇補正》，北京：中華書局，1987

魏同賢、安平秋主編：《凌濛初全集》，南京：鳳凰出版社，2010

魏同賢主編：《馮夢龍全集》，南京：鳳凰出版社，2007

（唐）魏徵等：《隋書》，北京：中華書局，1973

（清）吳敬梓著，李漢秋輯校：《儒林外史》（會校會評本），上海：上海古籍出版社，1984

（漢）許慎撰，（清）段玉裁注：《説文解字注》，上海：上海古籍出版社，1981

（唐）姚思廉：《陳書》，北京：中華書局，1972

（清）姚振宗：《隋書經籍志考證》，北京：中華書局，1955

楊伯峻編著：《春秋左傳注》，北京：中華書局，1990

（南朝梁）殷芸編撰，周楞伽輯注：《殷芸小說》，上海：上海古籍出版社，1984

（清）永瑢等：《四庫全書總目》，北京：中華書局，1965

（明）袁宏道參評，（明）屠隆點閱：《虞初志》，北京：中國書店，1986

（漢）揚雄撰，汪榮寶注疏，陳仲夫點校：《法言義疏》，北京：中華書局，1987

（清）章學誠著，葉瑛校注：《文史通義校注》，北京：中華書局，2014

（晉）張華撰，范寧校證：《博物志校證》，北京：中華書局，1980

（漢）鄭玄注，（唐）賈公彥疏：《周禮注疏》，上海：上海古籍出版社，2010

周勛初主編，葛渭君、周子來、王華寶編：《宋人軼事彙編》，上海：上海古籍出版社，2014

周勛初主編，嚴傑、武秀成、姚松編：《唐人軼事彙編》，上海：上海古籍出版社，2016

朱一玄、劉毓忱：《三國演義資料彙編》，天津：南開大學出版社，2003

朱一玄、劉毓忱：《水滸傳資料彙編》，天津：南開大學出版社，2002

朱一玄、劉毓忱：《西遊記資料彙編》，天津：南開大學出版社，2002

朱一玄：《聊齋志異資料彙編》，天津：南開大學出版社，2002

朱一玄：《紅樓夢資料彙編》，天津：南開大學出版社，2001

朱一玄：《金瓶梅資料彙編》，天津：南開大學出版社，2002

朱易安、傅璇琮等主編：《全宋筆記》（第一至三編），鄭州：大象出版社，2003—2008；上海師範大學古籍整理研究所編：《全宋筆記》（第四至十編），鄭州：大象出版社，2008—2018

二、中國現當代論著

卞孝萱：《唐人小説與政治》，廈門：鷺江出版社，2003

蔡静波：《唐五代筆記小説研究》，西安：陝西人民出版社，2007

蔡鎮楚：《中國詩話史》，長沙：湖南文藝出版社，2001

陳大康：《明代小説史》，上海：上海文藝出版社，2000

陳洪：《中國小説理論史》（修訂本），天津：天津教育出版社，2005

陳美林、馮保善、李忠明：《章回小説史》，杭州：浙江古籍出版社，1998

陳平原、夏曉虹：《20世紀中國小説理論資料》（第一卷），北京：北京
大學出版社，1997

陳平原：《小説史：理論與實踐》，北京：北京大學出版社，1993

陳平原：《中國小説叙事模式的轉變》，北京：北京大學出版社，2003

陳汝衡：《説書史話》，北京：作家出版社，1958

陳文新：《文言小説審美發展史》，武漢：武漢大學出版社，2007

陳寅恪：《元白詩箋證稿》，上海：上海古籍出版社，1978

程國賦：《明代小説與書坊研究》，北京：中華書局，2007

程千帆：《唐代進士行卷與文學》，上海：上海古籍出版社，1980

程毅中：《宋元話本》，北京：中華書局，1980

程毅中：《宋元小説研究》，南京：江蘇古籍出版社，1999

程毅中：《唐代小説史》，北京：人民文學出版社，2003

褚斌傑：《中國古代文體概論》，北京：北京大學出版社，1998

戴偉華：《唐代幕府與文學》，北京：現代出版社，1990

董乃斌：《中國文學叙事傳統研究》，北京：中華書局，2012

董乃斌：《中國古典小説的文體獨立》，北京：中國社會科學出版社，1994

范子燁：《魏晉風度的傳神寫照——〈世説新語〉研究》，西安：世界圖
書出版西安有限公司，2014

郭英德：《中國古代文體學論稿》，北京：北京大學出版社，2005

郭豫適：《中國古代小說論集》，上海：華東師範大學出版社，1992

韓兆琦主編：《中國傳記文學史》，石家莊：河北教育出版社，1992

韓云波：《唐代小說觀念與小說興起研究》，成都：四川民族出版社，2002

何亮：《漢唐小說文體研究》，北京：中華書局，2019

胡從經：《中國小說史學史長編》，上海：上海文藝出版社，1998

胡懷琛：《中國小說的起源及其演變》，南京：正中書局，1934

胡懷琛：《中國小說研究》，上海：商務印書館，1929

胡士瑩：《話本小說概論》，北京：中華書局，1980

胡適：《胡適論中國古典小說》，武漢：長江文藝出版社，1987

胡適：《中國章回小說考證》，合肥：安徽教育出版社，1999

許鈺：《口承故事論》，北京：北京師範大學出版社，1999

黃霖：《古小說論概觀》，上海：上海文藝出版社，1986

黃勇：《道教筆記小說研究》，成都：四川大學出版社，2007

黃霖主編：《20世紀中國古代文學研究史》（小說卷），上海：東方出版中心，2006

紀德君：《明清歷史演義小說藝術論》，北京：北京師範大學出版社，2000

蔣祖怡：《小說纂要》，南京：正中書局，1948

李劍國：《唐前志怪小說史》（修訂本），天津：天津教育出版社，2005

李小龍：《中國古典小說回目研究》，北京：北京大學出版社，2012

李玉安、陳傳藝：《中國藏書家辭典》，武漢：湖北教育出版社，1989

李宗侗：《中國史學史》，北京：中華書局，2010

李宗爲：《唐人傳奇》，北京：中華書局，1985

林崗：《口述與案頭》，北京：北京大學出版社，2011

凌郁之：《走向世俗——宋代文言小說的變遷》，北京：中華書局，2007

劉開榮：《唐代小説研究》，北京：商務印書館，1956

劉上生：《中國古代小説藝術史》，長沙：湖南師範大學出版社，1993

劉世德：《中國古代小説研究——臺灣香港論文選輯》，上海：上海古籍出版社，1983

劉天振：《明代類書體小説集研究》，北京：中國社會科學出版社，2014

劉葉秋：《歷代筆記概述》，北京：中華書局，1980

劉勇強：《中國古代小説史叙論》，北京：北京大學出版社，2007

劉正平：《宗教文化與唐五代筆記小説》，北京：中國社會科學出版社，2014

魯迅：《魯迅全集》，北京：人民文學出版社，1973、1981、2005

魯迅：《中國小説史略》，上海：上海古籍出版社，1998

劉運峰編：《魯迅全集補遺》，天津：天津人民出版社，2006

羅綱：《叙事學導論》，昆明：雲南人民出版社，1994

羅根澤：《中國文學批評史》，上海：上海書店，2003

羅寧：《漢唐小説觀念論稿》，成都：巴蜀書社，2009

羅書華：《中國小説學主流》，上海：上海書店出版社，2007

羅争鳴：《杜光庭道教小説研究》，成都：巴蜀書社，2005

馬振方：《中國早期小説考辨》，北京：北京大學出版社，2014

苗懷明：《二十世紀中國小説文獻學述略》，北京：中華書局，2009

苗壯：《筆記小説史》，杭州：浙江古籍出版社，1998

倪豪士：《傳記與小説——唐代文學比較論集》，北京：中華書局，2007

寧宗一：《中國小説學通論》，合肥：安徽教育出版社，1995

甯稼雨：《魏晋士人人格精神：〈世説新語〉的士人精神史研究》，天津：南開大學出版社，2003

歐陽代發：《話本小説史》，武漢：武漢出版社，1994

潘建國：《中國古代小説書目研究》，上海：上海古籍出版社，2005

潘美月：《宋代藏書家考》，臺北：學海出版社，1980

浦江清：《浦江清文録》，北京：人民文學出版社，1989

浦江清著，浦漢明、彭書麟編選：《無涯集》，南昌：百花文藝出版社，
2005

齊裕焜：《中國歷史小説通史》，南京：江蘇教育出版社，2000

錢鍾書：《管錐編》，北京：中華書局，1986

邱昌員：《詩與唐代文言小説研究》，北京：中國社會科學出版社，2008

邱淵：《"言""語""論""説"與先秦論説文體》，昆明：雲南人民出版
社，2009

申丹：《敘述學與小説文體學研究》（第二版），北京：北京大學出版社，
2001

石昌渝：《中國小説源流論》，北京：生活·讀書·新知三聯書店，1994

石麟：《話本小説通論》，武漢：華中理工大學出版社，1998

孫鴻亮：《佛經敘事文學與唐代小説研究》，北京：人民出版社，2008

孫楷第：《滄州集》，北京：中華書局，1965

孫遜：《明清小説論稿》，上海：上海古籍出版社，1986

譚帆：《中國小説評點研究》，上海：華東師範大學出版社，2001

譚帆等：《中國古代小説文體文法術語考釋》，上海：上海古籍出版社，
2013

陶東風：《文體演變及其文化意味》，昆明：雲南人民出版社，1994

童慶炳：《文體與文體的創造》，昆明：雲南人民出版社，1994

萬晴川：《宗教信仰與中國古代小説敘事》，杭州：浙江大學出版社，2013

汪涌豪：《範疇論》，復旦大學出版社，1999

王國良：《魏晉南北朝志怪小説研究》，臺灣：文史哲出版社，1984

王恒展：《中國文言小説發展研究》，濟南：山東教育出版社，2016

王能憲：《世説新語研究》，南京：江蘇古籍出版社，1992

王齊洲：《稗官與才人——中國古代小説考論》，長沙：岳麓書社，2010

王青原等：《小説書坊録》，北京：北京圖書館出版社，2002

王先霈、周偉民：《明清小説理論批評史》，廣州：花城出版社，1988

王瑤：《中古文學史論》，北京：北京大學出版社，2014

吳承學：《中國古代文體形態研究》（增訂本），廣州：中山大學出版社，2002

吳承學：《中國古代文體學研究》，北京：人民出版社，2011

吳禮權：《筆記小説史》，北京：商務印書館，1993

吳志達：《中國文言小説史》，濟南：齊魯書社，1994

熊明：《雜傳與小説：漢魏六朝雜傳研究》，瀋陽：遼海出版社，2004

徐岱：《小説叙事學》，北京：中國社會科學出版社，1992

徐復觀：《兩漢思想史》，上海：華東師範大學出版社，2001

徐建委：《〈説苑〉研究——以戰國秦漢之間的文獻累積與學術史爲中心》，北京：北京大學出版社，2011

薛洪勣：《傳奇小説史》，杭州：浙江古籍出版社，1998

嚴傑：《唐五代筆記考論》，北京：中華書局，2009

楊義：《中國古典小説史論》，北京：人民出版社，1998

楊勇編著：《〈世説新語校箋〉論文集》，臺灣：正文書局有限公司，2003

姚名達：《中國目録學史》，上海：上海古籍出版社，2005

葉朗：《中國小説美學》，北京：北京大學出版社，1982

余嘉錫：《余嘉錫論學雜著》，北京：中華書局，1963

章培恒：《獻疑集》，長沙：岳麓書社，1993

張暉：《宋代筆記研究》，武漢：華中師範大學出版社，1993

張舜徽：《中國文獻學》，武漢：華中師範大學出版社，2004

張鄉里：《唐前博物類小說研究》，上海：上海古籍出版社，2016

張新科：《唐前史傳文學研究》，西安：西北大學出版社，2000

張寅德：《叙述學研究》，北京：中國社會科學出版社，1989

趙炎秋等：《中國古代叙事思想研究》，長沙：湖南師範大學出版社，2011

趙景深：《中國小說叢考》，濟南：齊魯書社，1980

鄭憲春：《中國筆記文史》，長沙：湖南大學出版社，2004

鄭振鐸：《插圖本中國文學史》，上海：上海人民出版社，2005

鄭振鐸：《中國俗文學史》，北京：東方出版中心，1996

周心慧：《古本小說版畫圖錄》（修訂增補本），北京：學苑出版社，2000

周勛初：《唐人筆記小說考索》，《周勛初文集》第五卷，南京：江蘇古籍出版社，2000

鄒福清：《唐五代筆記研究》，北京：中國社會科學出版社，2013

曾禮軍：《宗教文化視閾下的〈太平廣記〉研究》，北京：中國社會科學出版社，2013

曾棗莊：《中國古代文體學》，上海：上海人民出版社，2012

三、外國論著

〔美〕韓南著，尹慧珉譯：《中國白話小說史》，杭州：浙江古籍出版社，1989

〔美〕韓南著，徐俠譯：《中國近代小說的興起》（增訂本），上海：上海教育出版社，2004

〔美〕華萊士·馬丁：《當代叙事學》，北京：北京大學出版社，1990

〔日〕内山知也：《隋唐小說研究》，上海：復旦大學出版社，2010

〔美〕浦安迪：《中國叙事學》，北京：北京大學出版社，1996

〔美〕浦安迪著，沈漢壽譯:《明代小説四大奇書》，北京：生活·讀書·新知三聯書店，2006

〔日〕青木正兒著，隋樹森譯:《中國文學概説》，上海：開明書店，1938

〔美〕王德威著，宋偉傑譯:《被壓抑的現代性——晚清小説新論》，北京：北京大學出版社，2005

〔美〕韋恩·布斯著，付禮軍譯:《小説修辭學》，南寧：廣西人民出版社，1987

〔美〕韋勒克、沃倫著，劉象愚等譯:《文學理論》(修訂版)，南京：江蘇教育出版社，2005

〔美〕夏志清著，胡益民等譯:《中國古典小説史論》，南昌：江西人民出版社，2003

〔日〕鹽谷温著，孫俍工譯:《中國文學概論講話》，上海：開明書店，1930

〔英〕伊格爾頓著，伍曉明譯:《20世紀西方文學理論》，北京：北京大學出版社，2007

〔美〕伊恩·P·瓦特著，高原等譯:《小説的興起》，北京：生活·讀書·新知三聯書店，1992

附録一
論小説文體研究的三個維度

譚　帆

　　關於中國古代小説文體研究的理論方法，筆者曾撰寫過一篇文章，討論了小説文體研究所要著重注意的四種關係，即"中"與"西"的關係、"源"與"流"的關係、"動"與"静"的關係和"内"與"外"的關係；並提出了小説文體研究的"本土化"問題，指出所謂"本土化"一方面是指研究對象的"本土化"，即盡可能還原古代小説文體之"實際存在"；同時也指研究方法、價值標準之"本土化"，在借鑒外來觀念和方法的同時，努力尋求蘊含本土文化之内涵和符合本土"小説"之特性的研究視角、方法和評價標準。[1] 今再論小説文體研究，以"維度"爲視角清理小説文體研究的基本領域及其理論方法，這是小説文體研究走向體系化、系統性的一個重要途徑。本文所論小説文體研究的"三個維度"是指小説文體研究的"術語"維度、"歷史"維度和"史料"維度。"術語""歷史""史料"三位一體，則古代小説文體之研究庶幾完滿。

1　譚帆：《論中國古代小説文體研究的四種關係》，《學術月刊》2013 年第 11 期。

一

　　“術語”考釋是古代小説文體研究的一個重要維度。而所謂“術語”是指歷代指稱“小説”這一文體或文類的名詞稱謂，對這些涵蓋面廣、歷史悠久的名詞稱謂作出深入的考釋，不僅可以呈現中國古代小説文體之特性，還有利於揭示古代小説文體的獨特“譜系”。對文學術語作考釋是中國文學批評史領域的傳統研究方式，取得了不俗的研究成績。在古代小説研究領域，對文體術語的考釋也有較爲悠久的歷史，並取得了較好的成績，但仍有提升空間，許多問題尚處於模糊狀態。譬如，古代小説文體術語非常豐富，但有無自身的體系？其構成體系的邏輯關聯是什麼？通過梳理和研究，我們認爲，中國古代小説的文體術語有其自身的體系，且在術語之間形成了相應的層級。

　　自《莊子·外物》出現“小説”這一語詞，一直到晚清以“小説”“説部”“稗官”等指稱小説文體，有關小説的文體術語非常豐富。概括起來可以作出如下區分：（一）來源於傳統學術分類的小説術語。如班固《漢書·藝文志》列“小説家”於“諸子略”，後世引伸爲“子部”之“小説”；又如劉知幾於《史通》中詳細討論“小説”的分類和特性；“子部”“史部”遂成小説之淵藪。“小説”“稗官”“稗史”等術語均與此一脈相承。此類術語背景宏闊，影響深遠，是研究小説文體術語的核心部分，也是把握中國古代小説“譜系”之關鍵。（二）完整呈現古代小説諸文體之術語。如“志怪”“筆記”“傳奇”“話本”“詞話”“平話”“章回”等，這一類術語既能標示古代小説的文體分類，又能顯現古代小説文體發展之歷程。（三）用於揭示古代小説文體發展過程中小説的文體價值和特性之術語。如“奇書”與“才子書”，這是明末清初小説史上非常重要的術語，用以指稱通俗小説中的優秀作品，如"四大奇書""第一奇書""第五才子書"等，今人更將"奇書"一詞作爲小説文體的代稱，稱之爲"奇書文體"。[1]（四）由小説的創作方法延伸出的文體術語。如"寓言"本是言説事理的一種特殊方式，後慢慢演化爲與小説文體相關之術語。又如"按鑑"，原爲明後期歷史小説創作的一種方式，所謂"按鑑演義"；推而廣之，遂爲一階段性的小説文體術語，即"按鑑體"。[2]

　　上述四個方面的術語基本囊括了古代小説的諸種文體，其中所顯示的"體系性"十分清晰。就價值層面言之，上述四個方面的術語所呈現的"層級性"也非常明顯。如"小説""説部""稗官"等文體術語在中國古代小説史上最爲重要，處於小説文體術語體系之核心層面，是指代古代小説文體最爲普遍也是最難把握和釐清的文體術語。對這個層級的術語解讀是小説文體研究的關鍵，對小説文體研究會産生直接的影響。相對而言，顯示古代小説諸文體的術語如"志怪""傳奇""話本""詞話""平話""章回"等雖然也是古代小説文體史上的重要術語，但由於其所承載的文體内涵較爲單一，各自指稱之對象也比較清晰和固定，故而較少歧義，也較易把握。至於由創作方法、理論批評引申出的文體術語則處於小説文體術語體系之末端，是一類"暫時性"或"過渡性"的術語。如"寓言"雖與小説文體始終相關，但終究没能成爲獨立的小説文體術語。"奇書"與"才子書"也並非嚴格意義上的小説文體術語，而是明末清初通俗小説評價體系中兩個重要的批評概念，可看成爲對通俗小説的價值認可，對通俗小説的發展有一定的"導向"意義。由此可見，中國古代小説文體術語相當豐富，其中顯示的"體系性"和"層級性"也十分明顯，值得加以重視。

1〔美〕浦安迪著：《中國叙事學》，北京：北京大學出版社 1996 年版。羅書華也將"奇書"與"才子書"視爲"章回小説"這一文體概念的前稱。見《章回小説的命名和前稱》，《明清小説研究》1999 年 2 期。

2 詳見譚帆：《術語的解讀：小説史研究的特殊理路》，《文藝研究》2011 年第 11 期。

　　再譬如，古代小説的文體術語體現了怎樣的屬性？這種屬性在小説文體發展史上起到了何種作用？現代學科意義上的中國小説史建構爲何獨取"小説"？"小説"這一術語又是如何建構中國古代小説史的？對於這些問題，也需要加以深入的研究和理性的評判，從而凸顯小説文體術語的研究價值。

　　一般而言，古代小説文體術語大致具備三種屬性："文體屬性""功能屬性"和"文體"與"功能"並舉之"雙重屬性"。三種屬性各有所指，如"志怪""筆記""傳奇""話本""詞話""平話""章回"等術語大體上顯示的是"文體屬性"，這是以小説文體的内容和形式來界定的術語；"稗官""稗史"等術語所顯示的是"功能屬性"，是體現小説文體價值的相關術語；而"小説""説部"等術語則體現了"文體"與"功能"並舉的"雙重屬性"，既顯示小説的文體地位，又承載小説的文體特性。不言而喻，上述三種屬性的小説文體術語以第三種最爲重要，與中國古代小説文體史的關係也最爲密切。

　　試以"小説"與"稗官"的關係作一比較：

　　在中國古代小説史上，"小説"是一個使用最普遍、影響也最大的文體術語；相對而言，"稗官"之術語地位要遜於"小説"，但也是一個影響深遠的文體術語。之所以如此，關鍵在於兩者都能涵蓋古代小説之全體，無論文白，不計雅俗，都能用"小説"或"稗官"表述之、限定之。而其中之奥秘在於這兩個術語都具備小説文體的"功能屬性"，即都能在功能上限定古代小説之内涵。而其中維繫之邏輯不在於小説研究中人們所慣用的"虚構""叙事"等屬於文體屬性之標尺，更爲重要的在於這兩個術語所顯示的功能屬性：古代小説（含文言和白話）貫穿始終的"非正統性"和"非主流性"。

　　在中國古代，無論是文言小説還是白話小説，其"非正統"和"非主流"的地位乃一以貫之。小説是"小道"，與經國之"大道"相對舉，是"子之末流"；小説是"野史"，與"正史"相對應，是"史家別子"。此類言論在小説史上不絶如縷。"稗官"亦然，據現有資料，"稗官"一詞較早出自秦簡，《漢書·藝文志》"小説家者流，蓋出於稗官"一語開啓了以"稗官"指稱"小説家"之先河。漢以後，"稗官"這一語詞頻繁見諸文獻之中，尤其從宋代開始，"稗官"一方面爲文人所習用，同時還與"小説"合成爲"稗官小説"一詞，用來指稱文言筆記小説和白話通俗小説。[1] 以下三則史料頗具代表性：

> （《夷堅志》）翰林學士鄱陽洪邁景盧撰。稗官小説，昔人固有爲之者矣，遊戲筆端，資助談柄，猶賢乎已可也。未有卷帙如此其多者，不亦謬用其心也哉！（陳振孫《直齋書録解題》評《夷堅志》）[2]

> 余不揣讓劣，原作者之意，綴俚語四十韻於卷端，庶幾歌詠而有所得歟？於戲，牛溲馬勃，良醫所診，孰謂稗官小説，不足爲世道重輕哉？（修髯子《三國志通俗演義引》）[3]

> 各學堂學生不准私自購閲稗官小説、謬報逆書。凡非學科内應用之參考書，均不准攜帶入堂。（《奏定學堂章程·奏定各學堂管理通則》）[4]

可見，無論是"小説"還是"稗官"，其共同的"功能屬性"——"非正統性"和"非主流性"是其之所以獨得"青睞"的首要因素，因爲它最吻合中國古代小説之實際。對此，浦江清的一個評斷頗爲貼切："有一個觀念，

1　參閲王瑜錦：《從舊稗官到新小説：論"稗官"的語義及其流變》，《古典文獻研究》第23輯下卷，鳳凰出版社2020年版，第96—110頁。

2　（宋）陳振孫撰：《直齋書録解題》，上海：上海古籍出版社1987年版，第336頁。

3　黄霖、韓同文選注：《中國歷代小説論著選》（修訂本）上，南昌：江西人民出版社2000年版，第115頁。

4　《奏定學堂章程·奏定各學堂管理通則》，見璩鑫圭、唐良炎編：《中國近代教育史資料彙編·學制演變》，上海：上海教育出版社2007年版，第488頁。

從紀元前後起一直到 19 世紀，差不多兩千年來不曾改變的是：小説者，乃是對於正經的大著作而稱，是不正經的淺陋的通俗讀物。"[1]

然則"小説"與"稗官"雖同樣在小説史上廣泛使用，但在 20 世紀以來中國小説史學科的現代建構過程中，兩者之境遇却大不相同："小説"成爲學科的唯一術語，而"稗官"則在小説史的建構過程中漸次消失。個中緣由衆多，但最爲根本的應是兩者在術語屬性上的差異所致。"稗官"就其本質而言是一個"功能性"術語，其"非主流""非正統"的屬性内涵在中國古代文化語境下指稱"小説"尚無問題，但顯然與晚清"小説界革命"以來對"小説"的極力推崇和有意拔高格格不入。而"小説"術語的雙重屬性却起到了至關重要的作用，因爲只要摒棄或淡化其"功能屬性"，其"文體屬性"完全可以彰顯，而近代以來中國小説史的學科建構正是以"文體"爲其本質屬性的。近代以來對"小説"術語的改造主要體現在兩個方面：一是在與"novel"的對譯中强化了"虚構的叙事散文"這一"小説"術語中本來就具有的文體屬性，[2]並將這一屬性升格爲"小説"術語的核心内涵，使"小説"成爲了一個融合中西、貫通古今的重要術語，在小説史的學科建構中起到了統領作用。另一方面，又將"志怪""傳奇""筆記""話本"和"章回"等原本比較單一的文體術語作爲"小説"一詞的前綴，構造了"志怪小説""筆記小説""傳奇小説""話本小説"和"章回小説"等屬於二級層面的小説文體術語。經過這兩個方面的"改造"，"小説"終於成爲了一個具有統領意義的核心術語而"一枝獨秀"，並與其他術語一起共同建構了現代學科範疇的中國古代小説文體的術語體系，影響深遠。

由此可見，"術語"維度在小説文體研究中是一個頗具學術價值的研究領域和研究視角，其重要性不言而喻。甚至有學者認爲，對一個學科成熟與

---

1 浦江清：《論小説》，《浦江清文録》，北京：人民文學出版社 1958 年版，第 193 頁。

2 譚帆、王慶華：《"小説"考》，《文學評論》2011 年 6 期。

否的考量，術語研究是一個重要的尺度："20 世紀 80 年代末，曾有學者感嘆，中國古代文學史研究還僅僅處於前科學的狀態，這在一定程度上是事實。如果説得苛刻一點，中國古代小説史的研究，同樣存在這種情况。這是因爲，作爲一門科學意義上成熟的學科，構成此學科許多最爲基礎的概念與範疇，必有較爲明確的界定。倘若作爲一門學科的衆多最爲基本的概念與範疇都没有研究清楚，那麽，我們怎麽能説這一門學科不處於前科學狀態？"[1] 評價雖不無偏激，却也在理。

二

　　小説文體研究的第二個維度是"歷史"著述。20 世紀以來，中國古代小説文體史的著述主要集中於兩個時段：一是 20 世紀二三十年代，以魯迅《中國小説史略》爲代表。該書較多關注小説文體的演進，提出了不少小説的文體或文類概念，對後世小説文體史研究產生了深遠影響。二是 20 世紀 90 年代以來，以石昌渝《中國小説源流論》爲代表。該書專門以小説文體爲對象梳理中國古代小説史，在小説史研究中有開拓之功，其影響延續至今。[2] 進入 21 世紀以後，小説文體史研究有所發展，[3] 還出現了一批明確以"文體研究"爲標目的小説研究論著。[4] 所有這些都説明了小説文體的歷

---

　　1 鍾明奇：《探尋中國古代小説的"本然狀態"與民族特徵——評〈中國古代小説文體文法術語考釋〉》，《中國文學研究》第四輯，上海：復旦大學出版社 2014 年版，第 143 頁。

　　2 石昌渝著：《中國小説源流論》，北京：三聯書店 1994 年版。

　　3 研究論著主要有：劉勇强《中國古代小説史叙論》（北京：北京大學出版社 2007 年版）、林崗《口述與案頭》（北京：北京大學出版社 2011 年版）、陳文新《中國小説的譜系與文體形態》（北京：中國社會科學出版社 2012 年版）、李舜華《明代章回小説的興起》（上海：上海古籍出版社 2012 年版）等。

　　4 如王慶華《話本小説文體研究》（上海：華東師範大學出版社 2006 年版）、李軍均《傳奇小説文體研究》（武漢：華中科技大學出版社 2007 年版）、馮汝常《中國神魔小説文體研究》（北京：三聯書店，2009 年版）、劉曉軍《章回小説文體研究》（上海：華東師範大學出版 2011 年版）、紀德君《中國古代小説文體生成方式及其他》（北京：商務印書館 2012 年版）。

史研究已取得了很好的成績。本文擬在上述成果的基礎上提出一些建議和設想。

第一，中國古代小説文體的"歷史"著述要强化與"術語"考釋的關聯度，兩個維度的文體研究應該互爲補充，共同建構中國古代小説文體史。

20世紀以來，影響中國古代小説文體研究最爲重要的是兩個術語——"小説"和"叙事"，這兩個術語均在與西方小説相關術語的對譯中得到了"改造"。[1]我們以"叙事"爲例分析"術語"與小説文體史研究之關係。

何謂"叙事"？浦安迪云："'叙事'又稱'叙述'，是中國文論裏早就有的術語，近年來用來翻譯英文'narrative'一詞。"又云："當我們涉及'叙事文學'這一概念時，所遇到的第一個問題就是：什麽是叙事？簡而言之，叙事就是'講故事'。"[2]這一符合"narrative"的解釋其實並不適合中國古代語境中的"叙事"。但在當下的小説文體研究中，"故事"的限定乃根深蒂固，就如無"虚構"不能成爲小説一樣，有無"故事"也是確定作品"叙事"與否的關鍵。如談到唐代小説《酉陽雜俎》時，有學者就指出此書"内容很雜，其中只有一部分可以算作小説"，[3]而古人非但視《酉陽雜俎》爲小説，更"推爲小説之翹楚"。[4]古今之差異可謂大矣！問題的癥結在哪裏？我們試以唐代爲例作一分析：

在20世紀以來的小説研究中，大量的作品因被視爲"非叙事"或包含"非叙事"成分而飽受詬病，甚至被排斥在小説文體的歷史著述之外。這一類作品在古代小説史上延續久遠，如《博物志》《西京雜記》《搜神記》等都包含大量"非叙事"的内容；唐代小説如《封氏聞見記》《酉陽雜俎》《獨異志》《資暇集》《北户録》《杜陽雜編》《蘇氏演義》《唐摭言》《開元天寶

---

1 譚帆：《論中國古代小説文體研究的四種關係》，《學術月刊》2013年第11期。

2 〔美〕浦安迪著：《中國叙事學》，北京：北京大學出版社1996年版，第4頁。

3 程毅中著：《唐代小説史》，北京：人民文學出版社2003年版，第249頁。

4 （清）永瑢等撰：《四庫全書總目》，北京：中華書局1965年版，第1214頁。

遺事》等作品也包含大量的"非叙事"成分，可見這是古代小説創作的固有特性。

　　這些小説作品中"非叙事"成分最典型的表述方式是"描述"與"羅列"。其中"描述"是指對某一"事"或"物"作客觀記録。我們舉王仁裕《開元天寶遺事》對"遊仙枕"和"隨蝶所幸"的記録爲例：

　　　　龜兹國進奉枕一枚，其色如瑪瑙，温潤如玉，其製作甚樸素。若枕之而寐，則十洲三島、四海五湖，盡在夢中所見。帝因立命爲"遊仙枕"，後賜與楊國忠。

　　　　開元末，明皇每至春時，旦暮宴於宮中。使嬪妃輩争插艷花，帝親捉粉蝶放之，隨蝶所止幸之。後因楊妃專寵，遂不復此戲也。[1]

　　"羅列"是指圍繞某一主題將符合主題的相關事物一一呈現，而不作説明。我們舉《義山雜纂》"煞風景"爲例：

　　　　松下喝道　看花淚下　苔上鋪席　斫却垂楊　花下曬褌　遊春重載　石筍系馬　月下把火　步行將軍　背山起高樓　果園種菜　花架下養鷄鴨　妓筵説俗事[2]

　　這是一則典型的以"羅列"爲叙述方式的文本，它將符合"煞風景"這一主題的諸多現象加以羅列，從而呈現"煞風景"的特殊内涵。

　　"描述"與"羅列"這兩種表述方式在唐人小説創作中是否也被視爲

---

1 陶敏主編：《全唐五代筆記》，西安：三秦出版社 2008 年版，第 3158 頁。

2（唐）李義山等撰，曲彦斌校注：《雜纂七種》，上海：上海古籍出版社 1988 年版，第 22 頁。

"叙事"？限於史料不能貿然確定。但從"術語"維度檢索唐人相關資料，我們發現，"叙事"這一術語所承載的内涵本來就有對事物的"描述"和"羅列"功能，故在唐人觀念中，這當然也是"叙事"。譬如，唐代有不少專供藝文習用的書籍，稱之爲"類書"，如《北堂書鈔》《藝文類聚》《初學記》等。在這些類書中，有專門對"事類"的解釋，這種解釋有時徑稱爲"叙事"。以《初學記》爲例，該書體例是每一子目均分"叙事""事對"和"詩文"三個部分。請看"月"之"叙事"：

> 《淮南子》云：月者，太陰之精。《釋名》云：月，闕也，言滿則復闕也。《漢書》云：月，立夏、夏至行南方赤道，曰南陸；立秋、秋分行西方白道，曰西陸；立冬、冬至行北方黑道，曰北陸。分則同道，至則相過。晦而見西方謂之朓，朔而見東方謂之朒，亦謂之側匿。（朓，音他了反；朒，音女六反。朓，健行疾貌也；朒，縮遲貌也。側匿猶縮懦，亦遲貌。）《釋名》云：朏，月未成明也；魄，月始生魄然也。（承大月，月生三日謂之魄；承小月，月生三日謂之朏。朏音斐。）朔，月初之名也；朔，蘇也，月死復蘇生也；晦，月盡之名也；晦，灰也，死爲灰，月光盡似之也；弦，月半之名也，其形一旁曲，一旁直，若張弓弦也；望，月滿之名也，日月遥相望也。《淮南子》云：月，一名夜光；月御曰望舒，亦曰纖阿。[1]

此處所謂"叙事"其實就是對事物的解釋，而其方式是羅列自古以來解釋"月"的相關史料。《四庫全書總目》認爲《初學記》之叙事"雖雜取群書，而次第若相連屬"。[2]但"羅列"之意味仍然是濃烈的，可見《初學記》

1（唐）徐堅撰：《初學記》，北京：中華書局1962年版，第8頁。
2（清）永瑢等撰：《四庫全書總目》，北京：中華書局1965年版，第1143頁。

的"叙事"内涵與唐人筆記小説"羅列"的表述方式頗爲一致，是筆記小説創作獨特的叙事方式。

第二，中國古代小説文體史的著述要建立一個"大文體"的格局，用於揭示古代小説"正文—評點—插圖"三位一體的文本形態。

在中國古代，小説文本的一個重要特徵就是正文之外大多有評點與圖像，"圖文評"結合是古代小説特有的文本形態。對這一現象，學界尚未引起足夠的重視，雖然小説評點研究、小説圖像研究都非常熱鬧，但研究思路還是以文學批評史視角和美術史視角爲主體，對古代小説"圖文評"結合的價值認知尚不充分。表現爲：研究者一方面對圖像與評點的價值功能給予較高評價，另一方面却又在整體上割裂小説評點、小説圖像與小説正文的統一性。這一做法實則遮蔽了評點和插圖在小説文體建構過程中具備"能動性"這一重要的歷史事實。有鑒於此，我們應該從小説文體建構的視角重建關於小説評點和小説插圖的認知。我們認爲，對小説"文體"的理解不應局限於小説正文之"體"，而是應該突破傳統的研究方式，從文本的多重性角度來觀照小説之"整體"。即：既要關注小説之體裁、體制、風格、語體等内涵，更要建立一個以小説整體文本形態爲觀照對象的小説文體學研究新維度，將小説的文體研究範圍拓展到小説文本之全部，包含正文、插圖、評點等。同時，還要充分肯定評點與插圖對小説文體建構的價值和意義，考察小説評點"評改一體"的具體實踐和小説插圖對小説文本建構的實際參與；盡可能還原小説評點、小説插圖參與小説文體建構的客觀事實，從而揭示"圖文評"三者在小説文體建構中的合力效果和整體意義。[1]

第三，中國古代小説文體史的著述要加强個案研究和局部研究，尤其是對那些有爭議的問題要有針對性的突破。我們各舉一例加以説明：

1　參閲毛傑：《論插圖對中國古代小説文體之建構》，《文藝研究》2020 年 10 期。

　　其一，關於《漢書·藝文志》的評價問題。作爲現存最早著録小説的書目文獻，《漢書·藝文志》對小説概念的界定、小説價值與地位的評估以及小説文本的確認等諸多方面，一直影響著古代的小説觀念與小説創作。這樣一部反映小説原貌與主流小説觀念的書目，本應在古代小説研究方面擁有足夠的話語權。但20世紀以來，包括《漢書·藝文志》在内的小説目録總體處於"失位"的狀態。然而《漢書·藝文志》所録小説畢竟屬於歷史存在，在漢人的觀念裏，這種文獻就叫做"小説"，無論今人是否承認其爲小説，此類文獻作爲"小説"被著録、被認可甚至被仿作了上千年，這是無法抹去的歷史事實。我們認爲，《漢書·藝文志》所録小説及其體現出來的小説觀念是古代小説及其文體流變的邏輯起點。對其研究首先應回到漢代的歷史語境，剖析《漢書·藝文志》"小説家"的立意；再擇取相關的傳世文獻與出土文獻作比照，盡可能還原《漢書·藝文志》所録小説的本真面目；最後綜合各種因素，論述《漢書·藝文志》"小説家"的文類屬性與文體特徵。[1]

　　其二，關於唐傳奇在小説文體史上的地位問題。在小説文體的歷史研究中，唐傳奇文體地位的提升是從20世紀開始的，以魯迅的評價最有代表性，如："小説亦如詩，至唐代而一變，雖尚不離於搜奇記逸，然叙述宛轉，文辭華艷，與六朝之粗陳梗概者較，演進之迹甚明，而尤顯者乃在是時則始有意爲小説。"[2] 又謂："唐代傳奇文可就大兩樣了：神仙人鬼妖物，都可以隨便驅使；文筆是精細，曲折的，至於被崇尚簡古者所詬病；所叙的事，也大抵具有首尾和波瀾，不止一點斷片的談柄；而且作者往往故意顯示著這事迹的虛構，以見他想像的才能了。"[3] 長期以來，魯迅的上述論斷被學界奉爲圭臬

　　1 詳見劉曉軍：《〈漢書·藝文志〉"小説家"的名與實》，《諸子學刊》第二十輯，上海：上海古籍出版社，2020年版，第282—283頁。

　　2 魯迅著：《中國小説史略》，上海：上海古籍出版社1998年版，第44頁。

　　3 魯迅：《六朝小説和唐代傳奇文有怎樣的區別？——答文學社問》，魯迅著：《且介亭雜文二集》，《魯迅全集》第六卷，北京：人民文學出版社1973年版，第87頁。

而少有異議，唐傳奇由此被視爲中國古代小説史上最早成熟的文體，所謂小説的"文體獨立"、小説文體的"成熟形態"等表述都是古代小説文體研究中的"定論"。其實，魯迅的表述還是審慎的，但後人據此延伸、放大了魯迅的觀點，得出傳奇乃最早成熟的小説文體等關鍵性結論。[1]對於這個問題，學界已有較多論述，但在我看來，還是浦江清在近八十年前的評述最爲貼切，至今仍有意義："現代人説唐人開始有真正的小説，其實是小説到了唐人傳奇，在體裁和宗旨兩方面，古意全失。所以我們與其説它們是小説的正宗，無寧説是別派，與其説是小説的本幹，無寧説是獨秀的旁枝吧。"[2]可謂表述生動，評價到位，確實已無贅述之必要。

三

小説文體史料的輯録也是古代小説文體研究的一個重要維度。20 世紀以來，古代小説文獻史料的整理與研究取得了很大的成績，可以説，小説研究所取得的成就都有賴於小説史料的開掘整理。史料整理不僅爲小説學科的建立與發展奠定了扎實的基礎，提供了有力的保障，還極大地推進了小説史研究的深入開展。[3]但也有缺憾，主要表現爲：小説文獻史料的整理基本限於理論批評史料和經典小説的相關資料，除侯忠義《中國文言小説參考資

---

1 詳見譚帆：《論中國古代小説文體研究的四種關係》，《學術月刊》2013 年第 11 期。

2 浦江清：《論小説》，原載《當代評論》四卷 8、9 期，1944 年。引自《浦江清文録》，北京：人民文學出版社 1958 年版，第 186 頁。

3 小説文獻資料的整理除大型工具書和大型作品集成外，以小説批評史料選編和經典小説資料彙編最富影響，前者如曾祖蔭等《中國歷代小説序跋選注》（武漢：長江文藝出版社 1982 年版）、孫遜等《中國古典小説美學資料匯粹》（上海：上海古籍出版社 1991 年版）、陳平原等《二十世紀中國小説理論資料》（第一卷，北京：北京大學出版社 1989 年版）、黃霖等《中國歷代小説論著選》（南昌：江西人民出版社 1995 年版）、丁錫根《中國歷代小説序跋集》（北京：人民文學出版社 1996 年版）等；後者如朱一玄"中國古典小説名著資料叢刊"（天津：南開大學出版社 2012 年新版）、中華書局"古典文學研究資料彙編"（內含一粟《紅樓夢資料彙編》1964 年版，馬蹄疾《水滸傳資料彙編》1980 年版，黃霖《金瓶梅資料彙編》1987 年版）以及李漢秋《儒林外史研究資料集成》（上海：上海古籍出版社 2017 年版）等。

料》（北京大學出版社 1985 年版）等有限幾部之外，專題性的史料整理相對比較薄弱；即便如小説文體史料這樣有價值的專題史料迄今尚無系統的整理和研究。而在古代小説史上，小説文體史料非常豐富，全面梳理和辨析這些史料有利於把握小説文體的流變歷史和地位升降。對小説文體史料作繫年輯録有如下三個方面的特性和意義：

首先，對小説文體史料作獨立系統的整理與研究可以有效解決小説文體史研究中的諸多重要問題，故小説文體史的著述與小説文體史料的編纂應互爲表裏，共同推動中國古代小説史研究的深入開展。

譬如，關於中國古代小説文體，今人一般持"四體"的分法，即筆記體、傳奇體、話本體和章回體，這一分法已成爲古代小説文體系統的經典表述，影響深遠。但對於小説文體的認知，古今差異非常明顯，可以説，從古代到清末民初，對於小説文體的認知一直處在變動之中。這可以從"小説體"及相關史料的梳理中加以把握。

在古代小説史上，古人常將"體""體制""體例""體裁"等語詞與"小説""説部"等聯繫在一起，稱之爲"小説體""小説體裁"和"説部體"等。依循這些語詞及相關表述，可以觀察對於小説文體的基本認知。大體而言，古人以筆記體小説爲小説文體之主流，如明陳汝元《稗海》"凡例"云："小説體裁雖異，總之自成一家。"[1] 明郭一鶚《玉堂叢語序》亦謂："《玉堂叢語》一書，成於秣陵太史焦先生。先生蔚然爲一代儒宗，其銓叙今古，津梁後學，所著述傳之通都鉅邑者，蓋凡幾種。是書最晚出，體裁仍之《世説》，區分準之《類林》，而中所取裁抽揚，宛然成館閣諸君子一小史然。"[2] 這種以"小説體"指稱筆記小説的傳統得到了清人的普遍認可和延續，如《四庫全書總目提要》評鄭文寶《南唐近事》："其體頗近小説，疑南唐亡後，文

1（明）陳汝元：《稗海凡例》，引自鄭振鐸著：《西諦書話》，北京：三聯書店 2005 年版，第 308 頁。
2（明）郭一鶚：《玉堂叢語序》，（明）焦竑撰：《玉堂叢語》，北京：中華書局 1981 年版，第 3 頁。

竇有志於國史，搜采舊聞，排纂叙次。以朝廷大政入《江表志》，至大中祥符三年乃成。其餘叢談瑣事，別爲緝綴，先成此編。一爲史體，一爲小説體也。"[1] 將"小説體"與"史體"對舉，其小説文體觀念非常清晰。又如馮鎮巒《讀〈聊齋〉雜説》云："讀《聊齋》不作文章看，但作故事看，便是呆漢。惟讀過《左》《國》《史》《漢》，深明體裁作法者，方知其妙。不知舉《左》《國》《史》《漢》而以小説體出之，使人易曉也。""漁洋評太略，遠村評太詳。漁洋是批經史雜家體，遠村似批文章小説體。"[2] 可見以"小説體"指稱筆記體小説在古代一脈相承。晚清以降，新的小説文體觀念開始建構，呈現出與傳統分離的趨向，其中章回體小説地位的提升最值得矚目，由此，"章回""筆記"二分的分體模式得以構建。而時人論小説也經常以"小説體"指稱章回體，如平步青《霞外攟屑》卷九《小棲霞説稗》："《殘唐五代傳》小説，與史合者十之一二，餘皆杜撰裝點，小説體例如是，不足異也。"[3] 光緒七年（1881）十二月十四號《申報》刊載《野叟曝言》廣告云："《野叟曝言》一書，體雖小説，文極瑰奇，向只傳抄，現經排印。"[4] 又如光緒十六年九月五號《申報》關於《快心編》的廣告："《快心編》一書爲天花才子所著，描情寫景，曲曲入神。雖不脱章回小説體裁，而其叙公子之風流，佳人之妍慧，草寇之行兇作惡，老僕之義膽忠肝，生面別開，從不落前人窠臼。"[5] 對"二體"（筆記體和章回體）的評述以管達如《説小説》一文最爲詳備："（筆記體）此體之特質，在於據事直書，各事自爲起訖。有一書僅述一事者，亦有合數十數百事而成一書者，多寡初無一定也。此體之所長，在其文字甚自由，不必構思組織，搜集多數之材料，意有所得，縱筆疾書，即可

1（清）永瑢等編纂：《四庫全書總目》，北京：中華書局 1965 年版，第 1188 頁。

2（清）馮鎮巒《讀〈聊齋〉雜説》，見（清）蒲松齡著，盛偉校注：《聊齋志異校注》，太原：山西人民出版社 2000 年版，第 1725、1727 頁。

3（清）平步青撰：《霞外攟屑》（下），上海：上海古籍出版社 1982 年版，第 657 頁。

4《新印野叟曝言出售》，《申報》1881 年 12 月 14 日第 5 版。

5 申報館主人：《重印快心編出售》，《申報》1890 年 9 月 5 日第 1 版。

成篇，合刻單行，均無不可。雖其趣味之濃深，不及章回體，然在著作上，實有無限之便利也"。"（章回體）此體之所以異於筆記體者，以其篇幅甚長，書中所叙之事實極多，亦極複雜，而均須首尾聯貫，合成一事，故其著作之難，實倍蓰於筆記體。然其趣味之濃深，感人之力之偉大，亦倍蓰之而未有已焉。"[1] 不難發現，管氏雖然將"筆記體"與"章回體"平列，但評價之天平已明顯傾向於章回體，筆記體之價值在他的觀念中僅"在其文字甚自由"和著述方式"實有無限之便利也。"此爲"一體"（筆記體）到"二體"（筆記體與章回體）的變遷，而從"二體"到"四體"的變化則更爲晚近。如傳奇體小説得益於小説觀念的轉變和魯迅的推重才從筆記體中析出，成爲獨立的小説文體。"話本體"的獨立則與小説文獻的發掘密切相關，如《宣和遺事》《五代史平話》《大唐三藏取經詩話》《京本通俗小説》等，這些小説文本的發現使原本包含於"章回體"中的"話本體"成爲獨立的文體。至此，"筆記""傳奇""話本""章回"四分的觀念才終得確立，成爲古代小説文體研究中最爲重要的分體模式。[2] 由此可見，今人所謂"四體"並非古已有之，而釐清"小説體"認知的變化軌跡，對理解中國古代小説文體的發展演變有著切實的幫助。

其次，如何整理古代小説文體史料有多種形式可供選擇，但繫年或許是最爲適合的形式之一。繫年是中國古代最古老的史書體裁之一，歷來備受矚目。唐代劉知幾謂："莫不備載其事，形於目前。理盡一言，語無重出，此其所以爲長也。""故論其細也，則纖芥無遺；語其粗也，則丘山是棄。此其所以爲短也。"[3] 可知對史料巨細無遺的載録，既是繫年體的優長，也是繫年體的缺陷。但繫年"備載其事，形於目前"、"論其細也，則纖芥無遺"的特

---

1 管達如：《説小説》，引自黄霖編：《中國歷代小説批評史料彙編校釋》，南昌：百花洲文藝出版社2009年版，第1000頁。

2 詳見王瑜錦、譚帆：《中國小説文體觀念的古今演變》，《學術月刊》2020年5期。

3（唐）劉知幾著，（清）浦起龍通釋，王煦華整理：《史通通釋》，上海：上海古籍出版社2009年版，第25頁。

質還是適合小説文體史料的整理和研究的。且舉一例，在明清時期的小説史料中，以"賬簿"喻"小説"較爲常見，但内涵不盡一致。對此，在以史料梳理爲重心的繫年框架下，以"賬簿"喻小説之多重内涵可以得到清晰的呈現。試排比如下：

小説史上較早以"賬簿"喻小説的是晚明陳繼儒，其稱《列國志傳》："此世宙間一大賬簿也。"（萬曆四十三年，1615，陳繼儒《叙列國傳》）[1] 又謂："天地間有一大賬簿，古史，舊賬簿也，今史，新賬簿也。……史者，天地間一大賬簿。"（萬曆年間，陳繼儒《〈湯睡庵先生歷朝綱鑑全史〉序》）[2] 可見陳繼儒之所謂"賬簿"既指史書，亦指由史書改編的小説；而在價值評判上則基本持一種客觀陳述的態度，没有明顯的褒貶。較早以"賬簿"譏諷小説的是張無咎："（《金瓶梅》等）如慧婢作夫人，只會記日用賬簿，全不曾學得處分家政，效《水滸》而窮者也。"（泰昌元年，1620，張無咎《平妖傳叙》）[3] 但這種評述在晚明没有得到太多的回應與延續，相反，以"賬簿"爲褒義者却不絶如縷，如崇禎年間余季岳贊揚《帝王御世志傳》："不比世之紀傳小説，無補世道人心者也。四方君子以是傳而置之座右，誠古今來一大賬簿也哉。"（崇禎年間，余季岳《盤古至唐虞傳》"識語"）[4] 清人褚人穫亦謂："昔人以《通鑑》爲古今大賬簿，斯固然矣。第既有總記之大賬簿，又當有雜記之小賬簿，此歷朝傳志演義諸書所以不廢於世也。"（康熙三十四年，1695，褚人穫《隋唐演義序》）[5] 又云："間翻舊史細思量，似傀儡排場。古今賬簿分明載，還看取野乘鋪張。"（褚人穫《隋唐演義》第一百回正文）[6]

---

1 （明）陳繼儒重校：《春秋列國志傳》，《古本小説集成》，上海：上海古籍出版社 1994 年版，第 1 頁。

2 （明）陳繼儒：《〈湯睡庵先生歷朝綱鑑全史〉序》，明萬曆刻本，北京大學圖書館藏。

3 轉引自孫楷第著：《日本東京所見小説書目》，北京：人民文學出版社 1981 年版，第 93 頁。

4 （明）鍾惺編輯：《盤古至唐虞傳》，《古本小説集成》，上海：上海古籍出版社 1994 年版，第 150 頁。

5 （清）褚人穫彙編：《隋唐演義》，《古本小説集成》，上海：上海古籍出版社 1994 年版，第 1 頁。

6 同上，第 2522 頁。

其基本認知無疑來源於晚明陳繼儒的觀點。清人對張無咎的觀點貌似有所延續的是張竹坡，但思路和評價已有明顯不同，實際上是對張無咎觀點的辯駁。在張竹坡看來，世人因《金瓶梅》描述細膩瑣碎而謂之"賬簿"，乃不得要領；《金瓶梅》之特色和價值正是"隱大段精彩於瑣碎之中"，而其評點就是要揭示這種特色，從而爲《金瓶梅》的藝術特性張目。其云："我的《金瓶梅》，上洗淫亂而存孝悌，變賬簿以作文章，直使《金瓶梅》一書冰消瓦解，則算小子劈《金瓶梅》原板亦何不可。"（康熙三十四年，1695，張竹坡評點《金瓶梅》）[1] 從上述有關 "賬簿" 的史料來看，所謂以 "賬簿" 喻小説實則有一個頗爲複雜的内涵，其中指稱對象和價值評判都有所不同。而在上述史料中，真正視 "賬簿" 爲貶義來批評作品的僅張無咎一人而已。這明顯超出了以往小説研究中普遍認爲此乃譏諷《金瓶梅》叙事方式的認知。

第四，以繫年形式將小説文體史料作爲獨立的專題來輯録，還可以從更寬泛的領域擇取材料，因爲 "備載其事" "纖芥無遺" 本來就是繫年的形式特徵，故能顯示更大的開放性和包容性。

輯録古代小説文體史料大致可從如下幾個方面入手：一是專門的小説論著，如小説序跋、小説評點、小説話等，也包括小説文本中藴含的相關文體史料，這是小説文體史料最爲集中、最爲重要的部分。二是在歷史領域輯録相關小説文體史料，包括史書、筆記、方志等。三是在文學領域如選本、詩話、文話、曲話、尺牘等書籍中輯録小説文體史料。四是擇取歷代書目中的小説文體史料，尤其是《四庫全書總目提要》對小説的評判最具規模，也最爲典型，其中 "雜家類" 與 "小説家類" 中的小説文體史料甚至可以悉數載入。

---

1 王汝梅校點：《張竹坡批評金瓶梅》，濟南：齊魯書社 2014 年版，第 21 頁。

綜上，我們從“術語”“歷史”和“史料”三個維度梳理和探究了小説文體研究的基本領域及其理論方法，對小説文體研究中所出現的相關問題和不足也提出了個人的意見和建議。中國古代小説文體研究在學術界已延續多年，成果也比較豐富，但如石昌渝《中國小説源流論》這樣有影響的論著還不多，突破性的成果更爲罕見。個中原因很多，其中最爲重要的或許還是兩個老生常談的問題——小説觀念的偏狹，及由此引發的對小説文本的遮蔽。對於“小説”，對於“叙事”，我們持有的仍然是 20 世紀以來經西學改造的觀念，由此，大量的小説文本尤其是筆記體小説文本迄今没有進入研究視野。故小説文體研究要得到發展，觀念的開放、文本的完善和史料的輯録仍然是居於前列的重要問題。

（原載《文學遺産》2021 年第 4 期）

附録二
中國小説史研究的獨特路徑與體系構建
——譚帆教授訪談録

孫　超

一、如何建構"本土化"的中國小説學

　　孫超　譚老師，近年來，您的小説研究進入了一個"豐收"的季節，第一個國家社科基金重大項目"中國小説文體發展史"結項成果剛剛交付出版社，第二個國家社科基金重大項目"中國小説評點史及相關文獻整理與研究"又順利獲批。同時，繼《中國古代小説文體文法術語考釋》入選《國家哲學社會科學成果文庫》（2012）之後，《中國古代小説文體史》又入選《成果文庫》（2022）。在中國古代小説史研究領域，能兩次獲批重大項目兩次入選《成果文庫》還是比較少見的，這説明您的研究成果及其特色已獲得學界的認可，可喜可賀。據我所知，您是從20世紀90年代中期開始研究中國古代小説的，能否先談談您從事小説研究的一些基本情況。因爲這是一次專題性的訪談，專門談論您在小説研究方面的特色和貢獻。

　　譚帆　"特色和貢獻"還談不上。我就簡單清理一下從事古代小説研究的脈絡吧。我最早從事的小説史研究專題是"評點研究"，1994年，師從郭豫適教授在職攻讀博士學位，研究方向是中國小説史。因爲此前一直在從事

中國文學批評史和中國戲劇理論史的研究，也做過金聖歎評點《西廂記》的專題研究，所以“小説評點”自然成了我博士論文的選題。1998 年通過博士論文答辯，以後不斷增補修改，於 2001 年出版《中國小説評點研究》（華東師範大學出版社）。2000 年，受聘復旦大學中國古代文學研究中心，參與黄霖教授主持的《中國文學學史》研究項目，負責“小説學”部分，《中國文學學史（小説學卷）》於 2013 年由山西教育出版社出版（與王冉冉、李軍均合作）。2001 年，我撰寫了《“演義”考》一文，《文學遺產》2002 年第 2 期刊出；論文發表後，獲得了一些同行謬賛，由此萌生了對小説文體術語作系統考察的想法，於 2005 年申報上海市哲學社會科學基金，獲得通過。2012 年，由我及以學生爲主體的團隊合作完成的論著《中國古代小説文體文法術語考釋》入選《國家哲學社會科學成果文庫》，於 2013 年由上海古籍出版社出版。與此相關，大約在 2011 年，我主持申報了國家社科基金重大項目“中國小説文體發展史”，順利獲批，這一研究專題已經完成，即將以《中國古代小説文體研究書系》的形式由上海古籍出版社出版。2021 年，我又申報了國家社科基金重大項目“中國小説評點史及相關史料整理與研究”，也順利獲批。此項研究工作雖然已有不少積累，但難度仍然很高。要在理論、歷史和史料三方面都有所突破，的確還需花大力氣認真從事。所以簡單地説，我二十多年來所從事的小説研究大致可以分爲四個部分，依次爲：“小説評點研究”“小説學研究”“小説術語研究”和“小説文體研究”，而其中貫穿始終的是對“中國小説史研究”的省思和檢討。

　　孫超　您在 21 世紀一開頭就提出了中國小説史研究需要建構“本土化”的中國小説學，先是在您的代表作《中國小説評點研究》的後記中簡單談及，後又在《中國社會科學》上刊發《“小説學”論綱——兼談 20 世紀中國古代小説理論批評研究》詳加論述。二十多年來，您在這一領域深耕細作，不斷取得高水平研究成果，在學界産生了很大影響。是什麽促使您開始這方面思考的？

譚帆 "小説學"研究本來是應黄霖先生之邀而做的"命題作文"，但我有個習慣，做一個研究專題，首先要對該專題的主要術語作一番考述和解讀，同時進行研究史的梳理和反省。通過術語考述和研究史梳理，我們發現，對中國古代小説理論批評的研究雖然已有近百年的歷史，所取得的研究成果也相當豐厚，尤其是 20 世紀 80 年代以來，這一學科逐步走向了成熟。但回顧這一段歷史，我們也不難看到，中國古代小説理論批評研究還有許多亟待開拓的課題和須調整的格局。從宏觀角度言之，20 世紀的小説理論批評研究經歷了一條從附麗於文學批評史學科到獨立發展的過程，這一進程決定了小説理論批評研究的基本格局和思路。即：在整體上它是中國文學批評史研究在小説領域的延伸，而研究格局和思路也是文學批評史研究的"翻版"，以批評家爲經、以理論著作及其觀念爲緯成了小説理論批評研究的常規格局。這一研究格局有一定的合理性，但忽略了理論批評在"小説"領域的特殊性。實際上，中國古代小説理論的内涵相對來説比較貧乏，這種理論思想對小説創作的實際影響更是甚微。因而單純從理論思想的角度來研究小説理論批評，常會感到它與小説發展的實際頗多"間隔"，更與那種重感悟、重單一文本的"評點"方式不相一致。因此，中國小説理論批評研究的新格局或許應該是：以文學批評史爲背景，以小説史爲依托，探尋小説理論批評在小説史的發展中所作的實際工作及其貢獻，從而將小説理論批評研究融入小説史研究的整體構架之中。

孫超 您拈出"小説學"一詞來取代"小説理論批評"，擬以"小説學"的"寬泛"調整以往小説理論批評研究的"偏仄"，力圖打破以"西"律"中"的價值標準，以建構"本然狀態"的中國小説學體系。這其中藴含的觀念、方法、視角確實具有根本性的學術反思，有利於中國小説傳統的繼承與創新，令人十分欽佩。請您不妨先以小説觀念的古今變遷爲切入點，談談您的學術立場。

譚帆　"以小説觀念的古今變遷爲切入點"，的確抓到了問題的本質。因爲從先秦兩漢到明清時期，"小説"一詞的内涵經歷了明顯的演化過程，其中指稱對象錯綜複雜。大致包括："小説"是"小道"；"小説"是指有別於正史的野史傳説；"小説"是一種由民間發展起來的"説話"藝術；"小説"是指虛構的有關人物故事的特殊文體。需要特別指出的是："小説"既是一個"歷時性"的概念，即其自身有一個明顯的演化軌迹；但同時，"小説"又是一個"共時性"的概念，"小説"觀念的演化主要是指"小説"指稱對象的變化，然這種變化並不意味著對象之間的不斷"更替"，而常常表現爲"共存"。譬如班固《漢書·藝文志》的"小説"觀一直影響到清代，《四庫全書總目》對"小説"的看法即與《漢志》一脈相承，《總目》所框範的小説"叙述雜事""記録異聞""綴輯瑣語"和明清以來的通俗小説在清人的觀念中被同置於"小説"名下，此一特性或即爲"小説"在中國古代歷史語境中的"本然狀態"。而長期以來，我們所接納的小説觀念和小説研究觀念則是近代以來被改造的"小説"術語。這種改造有兩個方面：一是在與"novel"的對譯中强化了"虛構的叙事散文"這一傳統"小説"内涵中本來就具有的文體屬性，並將這一屬性升格爲"小説"術語的核心内涵，使"小説"成爲了一個融合中西、貫通古今的重要術語，在小説史的學科建構中起到了統領作用。另一方面，又將"志怪""傳奇""筆記""話本"和"章回"等原本比較單一的文體術語作爲"小説"一詞的前綴，構造了"志怪小説""筆記小説""傳奇小説""話本小説"和"章回小説"等屬於二級層面的小説文體術語。經過這兩個方面的"改造"，"小説"終於成爲了一個具有統領意義的核心術語而"一枝獨秀"，並與其他術語一起共同建構了現代學科範疇的中國古代小説文體的術語體系，影響深遠。但也應該看到，"小説"
正是在這種改造中與中國古代小説之傳統"漸行漸遠"，這或許是 20 世紀以
來中國古代小説研究中最具時代特性的内涵，但同樣也是 20 世紀以來中國
古代小説研究的最大不足。

孫超　中國小説史研究的觀念、方法與視角一旦跳脱近代以來"以西例
律我國小説"的歷史慣性，中國小説史長期遭遇的種種遮蔽必然被打破。請
問中國小説學的主要内涵有哪些?

譚帆　中國小説學研究主要由三個層面所構成，即：小説文體研究、小
説存在方式研究和小説的文本批評，這三個層面構成了小説學研究的整體内
涵。而以這三個層面作爲小説學的研究對象，其目的一方面是爲了突破以往
的研究格局，同時更重要的是爲了使小説學研究更貼近中國小説史的發展實
際，將中國小説學研究與中國小説史研究融爲一體，從而勾勒出一部更實
在、更真切的古人對"小説"這一文學現象的研究歷史。譬如，由於受中國
文學批評史研究格局的影響，長久以來我們的小説理論批評研究一直以"理
論思想"爲主要對象，於是對各種"學説"的闡釋及其史的鋪叙成了小説理
論批評研究的首務；原本豐富多樣的古人對於小説的批評和研究被主觀分割
成一個個理性的"學説"，於是一部中國小説理論批評史也就成了一個個理
論學説的演化史。而在這種研究格局中，中國小説批評史上最富色彩、對小
説傳播最具影響的"文本批評"却被忽略了，這無疑是 20 世紀中國小説理
論批評研究中的一大缺憾。我這裏所説的"文本批評"是指在中國小説批評
史上對單個作品的品評和分析，它著重闡釋的是單個作品的情感内涵和藝術
形式，這在中國小説批評尤其是明清通俗小説批評中是占主流地位的批評方
式，也是批評内涵最爲豐富的研究領域，值得我們深切關注。

孫超　在您剛才提到的三個層面中，最爲特別的恐怕是小説存在方式研究。我感到您從著録、禁毀、選輯和改訂四個方面觀照古人對小説存在方式的研究是富有識見的，這不僅使得過去難以進入小説理論批評研究視野的大量史料被開掘運用，還啓示我們：返回歷史現場、還原歷史真相才是拓寬中國小説史研究領域的正確路徑。您能具體談談這方面的研究情况嗎？

譚帆　"存在方式"是我杜撰的一個名詞，因爲實在想不出能夠有效安頓"著録""禁毀""選輯"和"改訂"這四個方面的術語。小説存在方式研究長期以來一直被排除在小説理論批評史的研究範圍之外，道理很簡單，所謂小説存在方式研究並不以"理論形態"的面貌出現，故素來重視"理論形態"的小説批評史研究就把小説存在方式研究排除在外。但其實，古人對於小説的認識、把握和研究歷來是雙管齊下的：訴諸於理論形態與在理論觀念指導下的具體操作。兩者之間相輔相成，後者還體現爲對前者的檢驗和實踐，故缺其一都不能構成完整的中國小説學史。我們姑且舉白話小説的"改訂"爲例對此作一説明，評點者對小説的"改訂"是白話小説和文言小説的通例，但相對而言，白話小説"改訂"的成就和影響更大，這是古代小説評點家直接參與小説文本和小説傳播並影響了中國小説發展進程的一個重要現象。小説評點家之所以能對小説文本作出修訂，源於三方面的因素：一是白話小説地位的低下和小説作家的湮沒無聞，使評點者對小説文本的修訂有了一種現實可能。二是古代白話小説世代累積型的編創方式使得小説文本處於"流動"之中。因其是在"流動"中逐步成書的，所以成書也非最終定型，仍爲後代的修訂留有較多餘地；同時，因其本身處於流動狀態，故評點者對其作出新的改訂就較少觀念上的障礙。三是古代小説評點家認爲小説評點也是一次文學再創造活動。對白話小説的改訂最集中且成就最高的是在明末清初，而此時期正是白話小説逐步定型並走向繁盛的時期。尤其是"四大奇書"，這在中國白話小説的發展中具有典範意義。明末清初的小説評點家對"四大奇書"的修訂並使之成爲後世流傳的小說定本，這在白話小說的發展史上有重要價值，同時也是小說批評參與小說發展實際的一個重要舉措。但歷來治小說史者，常常把小說創作和小說評點分而論之，敘述小說史者又一般不涉及評點對小說文本的影響（有時更從反面批評），而研究小說評點者又每每過多局限於小說評點之理論批評內涵。於是，小說評點家對於小說文本的改訂就成了一個兩不關涉的“空白地帶”，這實在是一個研究的“誤區”。如果我們在小說史的敘述中適當注目評點對小說發展的影響，並對其有一個恰當的評價，那我們所敘述的小說史也許會更貼近中國古代小說發展的“原生狀態”。

二、中國小說文體研究的多維視角

孫超　我瞭解到您主持的國家社會科學基金重大項目“中國小說文體發展史”已“免檢”結項，其系列成果即將以“研究書系”的形式出版，您能簡單介紹一下相關情況嗎？

譚帆　“中國小說文體發展史”是我主持的國家社會科學基金重大項目。此項目 2011 年獲批，2019 年通過結項審核，再經近兩年的修訂，於 2021 年陸續交付上海古籍出版社。從立項到定稿，前後相續恰好十年。項目成果主要涉及“三個維度”，即小說文體研究的“術語”維度、“歷史”維度和“史料”維度。完成了系列成果《中國古代小說文體研究書系》，分“術語篇”“歷史篇”和“資料篇”三個部分，包括：《中國古代小說文體文法術語考釋》（增訂本）、《中國古代小說文體史》、《中國古代小說文體資料繫年輯錄》，三書合計兩百餘萬字。以這樣的格局和篇幅全面系統地研究和梳理中國古代小說文體，在海內外尚屬首次，有一定的學術價值和創新意義。以課題的核心成果《中國古代小說文體史》爲例，本書以小說文體爲研究對象，涉及的文體內涵主要有“文體觀念”“文體形態”“敘述模式”和“語體特性"等方面。全書對中國古代小説文體的整體狀況及各種文體類型的起源、發展和演變進行了全面系統的梳理，深化了對古代小説文體發展演變及其規律的認識。全書共分六編，"總論"以下五編按照時間先後排列。第一編"總論"從宏觀角度論述了中國古代小説文體研究的若干核心問題，如"小説"術語的演化、小説文體觀念的古今差異、古代小説的叙事傳統和"圖文評"結合的文本形態等。第二編至第六編以小説文體的歷史流變綫索爲經，以流變過程中重要的文體現象爲緯，采用點面結合的方式，探索了從先秦兩漢到晚清民初中國小説文體的發展歷程。

孫超　以這樣系統的格局和宏大的篇幅全面呈現中國小説文體發展史，在海内外學界確屬首創，具有集成與新變的意義。能否再就其中的某個有新意的問題談談您的想法？比如您主張中國古代小説文體史的著述要建立一個"大文體"的格局，願聞其詳。

譚帆　中國古代小説文體史的著述要建立一個"大文體"的格局，目的是用於揭示古代小説"正文—評點—插圖"三位一體的文本形態。在中國古代，小説文本的一個重要特徵就是正文之外大多有評點與圖像，"圖文評"結合是古代小説特有的文本形態，包括白話小説和文言小説兩個門類。對這一現象，學界尚未引起足夠的重視，雖然小説評點研究、小説圖像研究都非常熱鬧，但研究思路還是以文學批評史視角和美術史視角爲主體，對古代小説"圖文評"結合的價值認知尚不充分。表現爲：研究者一方面對圖像與評點的價值功能給予較高評價，另一方面却又在整體上割裂小説評點、小説圖像與小説正文的統一性。這一做法實則遮蔽了評點和插圖在小説文體建構過程中具備"能動性"這樣一個重要的歷史事實。有鑒於此，我們應該從小説文體建構的視角重建關於小説評點和小説插圖的認知。我們認爲，對小説"文體"的理解不應局限於小説正文之"體"，而是應該突破傳統的研究方式，從文本的多重性角度來觀照小説之“整體”。即：既要關注小説之體裁、體制、風格、語體等内涵，更要建立一個以小説整體文本形態爲觀照對象的文體學研究新維度，將小説的文體研究範圍拓展到小説文本之全部，包含正文、插圖、評點（甚至注釋也可納入其中）。同時，還要充分肯定評點與插圖對小説文體建構的價值和意義，考察小説評點“評改一體”的具體實踐和小説插圖對小説文本建構的實際參與。盡可能還原小説評點、小説插圖參與小説文體建構的客觀事實，從而揭示“圖文評”三者在小説文體建構中的合力效果和整體意義。

　　孫超　在您提到的三個維度中，您認爲“術語”的解讀是小説史研究的一種特殊理路。我注意到您早年就很關注古代文論的術語範疇，20 世紀以來對古代小説各類術語的研究更趨系統深入。我想知道您爲何如此鍾情於術語研究，它的與衆不同之處體現在哪些方面？

　　譚帆　對術語的考釋的確是我個人的學術興趣，已有較多的成果，涉及古代文論術語、古代戲劇術語和古代小説術語，而以小説術語的解讀爲主體。近來正著手編一本有關術語考釋的個人專題論集，起名《術語的解讀》。術語考釋關涉兩個問題：一是爲何要考釋？二是怎樣來考釋？

　　先談第一個問題，爲何要考釋術語？

　　就研究意義來看，這是小説研究迫切需要的。從 20 世紀初開始，小説研究漸成爲中國古代文學研究之“顯學”，而自魯迅先生《中國小説史略》問世後，“小説史”研究也越來越受到研究界的關注。近一個世紀以來，小説史之著述層出不窮，“通史”的、“分體”的、“斷代”的、“類型”的，名目繁多，蔚爲壯觀。但就理論角度言之，一個不容忽視的現實是：“小説史”之梳理大多以西方小説觀爲參照，或折衷於東西方小説觀之差異而仍以西方小説觀爲圭臬。然而中國小説實有其自身之“譜系”，與西方小説及小説觀有頗多差異，强爲曲説，難免會成爲西人小説視野下之"小説史"，而喪失了中國小説之本性。近年來，對中國小説研究的反思不絶於耳，出路何在？梳理中國小説之"譜系"或爲有益之津梁，而術語正是中國小説"譜系"之外在呈現，對其作出綜合研究，在某種程度上可以考知中國小説之特性，進而揭示中國小説的獨特"譜系"，所以這是小説史研究的一種特殊理路。

就研究方法而言，術語考釋是中國文學批評史研究領域由來已久且行之有效的方法。正如陳平原先生在爲拙著《中國古代小説文體文法術語考釋》所作的序言中所指出的：朱自清先生的《詩言志辨》即從小處下手，"像漢學家考辨經史子書"那樣，"尋出各個批評的意念如何發生，如何演變"，在朱先生看來，這是研究中國文學批評史的正途，更切實可靠，也更有學術價值。在《評郭紹虞〈中國文學批評史〉上卷》中，朱自清先生稱："郭君還有一個基本的方法，就是分析意義，他的書的成功，至少有一半是在這裏。例如'文學''神''氣''文筆''道''貫道''載情'這些個重要術語，最是纏夾不清；書中都按著它們在各個時代或各家學説裏的關係，仔細辨析它們的意義。懂得這些個術語的意義，才懂得一時代或一家的學説。"所以借考證特定術語的生成與演變，來"辨章學術，考鏡源流"，這對於中國學者來説，實在是"老樹新花"。我們所做的考釋即在繼承前輩學者的基礎上，講求扎實周密的考據和追求系統的理論歸納和提煉。

孫超　原來"術語"解讀是回到中國本土立場去研究中國古代小説文體的關鍵一環。目前，您對中國古代小説文體文法術語的相關考釋成果已在學界產生了深刻的影響，形成了富有活力的學術增長點。例如您近年發表在《文學遺産》上的《"叙事"語義源流考》，不僅被廣泛徵引、轉載，還獲評上海市社聯"2018年度十大推介論文"、上海市第十五屆哲學社會科學優秀成果獎。您能以此文爲例具體談談小説術語解讀需要注意的問題嗎？

　　譚帆　對於小説術語的解讀大致要注意兩個問題：一是要有問題意識。對術語的選擇既要有學術性，又要具備學術研究的現實需求。比如"叙事"，何謂"叙事"？浦安迪謂："'叙事'又稱'叙述'，是中國文論裏早就有的術語，近年來用來翻譯英文'narrative'一詞。""當我們涉及'叙事文學'這一概念時，所遇到的第一個問題就是：什麼是叙事？簡而言之，叙事就是'講故事'。"然則這一符合"narrative"的解釋是否完全適合傳統中國語境中的"叙事"？或者説，"叙事"在傳統中國語境中是否真的僅是"講故事"？更爲值得注意的是，在"叙事"與"narrative"的語詞對譯中，起支配地位和作用的明顯是後者，如浦安迪所云："我們在這裏所研究的'叙事'，與其説是指它在《康熙字典》裏的古文，毋寧説是探索西方的'narrative'觀念在中國古典文學中的運用。"（浦安迪著：《中國叙事學》，北京大學出版社 1996 年）這種語詞對譯中的"霸權"無疑會損害語詞各自的準確性，進而影響研究的深入開展和合理把握。故解讀"叙事"是爲了探尋古代小説的特性。二是要充分占有史料，並在對史料作出詳細梳理的基礎上揭示其在中國古代的實際内涵。還以"叙事"爲例，通過考辯，我們認爲，"叙事"内涵在中國古代絶非單一的"講故事"可以涵蓋，這種豐富性既得自"事"的多義性，也來自"叙"的多樣化。就"事"而言，有"事物""事件""事情""事由""事類""故事"等多種内涵；而"叙"也包含"記録""叙述""羅列""説明"等多重理解。對"叙事"的狹隘理解是 20世紀以來形成的，並不符合"叙事"的傳統内涵，與"叙事"背後蘊含的文本和思想更是相差甚遠。尤其在對中國古代小説的認識上，"叙事"理解的狹隘直接導致了認識的偏差，這在筆記體小説的研究中表現尤爲明顯。"叙事"語義的古今差異非常之大，所以"叙事"與"narrative"的對譯實際"遮蔽"了"叙事"的豐富内涵，而釐清"叙事"的古今差異正是爲了更好地把握中國古代文學尤其是古代小説的自身特性。

孫超　近年來，中國文體學研究日趨興盛，尤其是詩文文體相關研究的高水平成果不斷涌現。相比之下，中國古代小説文體研究的成果整體偏弱。針對這一現狀，您和您的團隊推出了包括《中國古代小説文體研究書系》在內的一系列成果，從“術語”“歷史”“史料”三個維度立體呈現出小説文體在中國悠久歷史語境中的“本然狀態”，這對重新認識中國小説史將産生重要影響。我想進一步請教的是，能否簡單評價一下中國古代小説文體研究的現狀和未來發展之路徑？

譚帆　中國古代小説文體研究在學術界已延續多年，成果也比較豐富，但如石昌渝先生《中國小説源流論》（生活・讀書・新知三聯書店 1994 年）、林崗先生《口述與案頭》（北京大學出版社 2011 年）這樣有影響的論著還不多，突破性的成果更爲罕見。個中原因很多，其中最爲重要的或許還是兩個老生常談的問題——小説觀念的偏狹，及由此引發的對小説文本的遮蔽。對於“小説”，對於“叙事”，我們持有的仍然是 20 世紀以來經西學改造的觀念，由此，大量的小説文本尤其是筆記體小説文本迄今没有進入研究視野。故小説文體研究要得到發展，觀念的開放、文本的完善和史料的輯録仍然是居於前列的重要問題。

三、中國小説評點研究再出發

孫超　2021 年年底，您第二個國家社科基金重大項目“中國小説評點史及相關文獻整理與研究”立項。衆所周知，您從事古代小説研究的第一個陣地就是評點，由您的博士論文修訂而成的《中國小説評點研究》早已成爲該領域的名著。如今，您再次將目光聚焦於中國小説評點是基於怎樣的考慮？能否把小説評點研究推向一個新的境界？

譚帆　小説評點研究約始於 19 世紀末，至今歷一百二十餘年，可分爲四個時期，分別以 1950 年、1980 年和 2000 年爲節點，其中近二十年是小說評點研究成果最豐碩的時期。近二十年來，小說評點研究可概括爲"批評史背景下的理論研究""文章學觀照下的文法研究"和"文化史視野下的綜合研究"三種思路。但檢討小說評點研究史，包括我本人的研究，尚有諸多缺憾，也有許多"誤判"。如小說評點史的缺失、文言小說評點研究的冷落、對小說傳播最具影響力的"文本批評"被忽略等。未來的小說評點研究應該關注這些問題，並在基礎研究、理論研究和歷史研究等方面不斷開拓新域。所以重新研究小說評點確實如你所說，是希望能把小說評點研究推向一個新的境界。

比如對文言小說評點的認識，我以往曾作過這樣的評判："中國古代小說由文言小說和白話小說兩大門類所構成，小說評點則主要就白話小說而言。雖然小說評點之肇始——署爲劉辰翁評點的《世說新語》是文言小說，清代《聊齋志異》亦有數家評點。但一方面，明清兩代的文言小說在整體上已無力與白話小說相抗衡，其數量和品質都遠遜於白話小說。同時，小說評點在明萬曆年間的萌興從一開始就帶有明顯的商業意味，在某種程度上可看作是白話小說在其流傳過程中的一種'促銷'手段。因此，哪一種小說門類能夠擁有最多的讀者，在一定程度上也便成了小說評點的存在依據。"（《中國小說評點研究》，華東師範大學出版社 2001 年，第 13—14 頁）現在看來，這一段評述對文言小說及其評點的認識有明顯誤差。文言小說評點同樣源遠流長，同樣作品繁多，也同樣有優秀的評點作品。再如以往的小說評點研究對晚清民初的小說評點也有評價不高、重視不夠的缺陷；實際上，晚清民初的報刊小說評點還是非常興旺的，不僅數量龐大，據初步統計，短短十餘年的報刊小說評點竟達近兩百種；而且由於媒介的變化（報刊）和評點者身份的變化（報人），此時期的小說評點與傳統小說評點無論是形式還是內涵都有很大的不同，值得加以發掘和評判。

孫超 您一向以觀念、方法和視角的新穎蜚聲古代文學研究界，如今中國小說評點研究再出發，您將在前期研究的基礎上尋求哪些方面的突破？有哪些獨特的思路可以和大家分享？

譚帆 "再出發"，這個語詞很好，也很切合我們的研究計畫和研究目的。小說評點研究的確看似熱鬧，但提升的空間還很大，且絕大部分還是基礎性的缺失。如至今還沒有一部完整的中國小說評點史，也沒有一部系統的中國小說評點總目提要，致使小說評點的歷史和"家底"至今未明。爲此，我們擬在三個方面有所突破：

第一，加強小說評點的理論研究。在現有研究的基礎上，從三個方面推進小說評點的理論研究：其一，拓寬思路，跳出小說評點研究的自身格局和狹隘範圍，在更高更寬的理論視野中評價和闡釋小說評點之內涵，尤其要加強敘事理論的本土化研究。其二，加強對小說評點的形式研究，探討小說評點的形式之源。釐清小說評點與傳統經典注疏、章句之關係，小說評點與經義、八股之關係，小說評點與詩文、戲劇評點之關係，以及白話小說評點與文言小說評點之關係等，從而揭示小說評點獨特的批評內涵及形成機制。其三，加強作爲一種"文化現象"的小說評點研究。廣泛探討小說評點與社會文化之間的關係，同時加強作爲思想載體的小說評點研究，挖掘小說評點的思想意義，展現小說評點的思想文化屬性。

第二，強化小說評點的歷史研究。小說評點的歷史研究首要的是要夯實基礎，對小說評點史采用多視角、多類型的研究。如小說評點的編年史、小說評點的斷代史、小說評點的形態史、經典小說的評點史、"評改一體"的編創史等。在此基礎上，結合以往小說評點研究中成果比較豐富的理論史和文法史，撰寫系統、完整的中國小說評點史。

第三，完善小說評點的基礎研究。小說評點的基礎研究仍然是一個薄弱環節，所以小說評點研究要得到發展，一些基礎性的工作需要完善。

（一）全面清理小説評點總目，編纂小説評點總目提要。（二）全面梳理小説評點者的生平經歷，編纂系統的小説評點者小傳。（三）系統梳理小説評點研究史，包括整理研究總目，梳理從古至今有關小説評點的評論和研究文獻；展示小説評點研究的脈絡、特色和成就。（四）稀見小説評點本的整理。搜集“稀見”小説評點本，包括稿本、抄本、刻本等。

孫超　從您的介紹來看，研究思路非常清晰，您的總體研究思路和意圖也一以貫之，即構建體系完備、真正“中國的”小説評點研究格局。您能具體談談項目的工作重點嗎？

譚帆　本項目力求在回顧總結前人研究的基礎上，補足 20 世紀以來小説評點研究的缺憾和突破現有小説評點研究的格局。對此，我們將圍繞如何系統完整地呈現中國小説評點的歷史進程，如何創新中國小説評點研究的學術視域和理論方法，如何還原小説評點原有的本體存在和文化語境，最終建構中國小説評點史。我們希望通過深入細緻的研究，能在歷史研究和文獻整理兩個方面整體提升中國小説評點研究的學術水準。項目的最終成果擬定爲：《中國小説評點史》（上下卷）、《歷代小説評點總目提要》、《稀見中國小説評點本叢刊》和《中國小説評點研究史述論》等，以上諸書構成一個系列：“小説評點研究書系”。

孫超　譚老師，通過研讀您二十餘年小説研究的主要論著，我發現綜合融通的學術視野、擅長理論思辨和體系建構是您突出的研究特色；而該特色的形成又是以大量的文獻勾稽、細緻的術語考釋爲基礎。對於您的研究個性，我感到陳平原先生在《中國古代小説文體文法術語考釋》的序中的評價比較到位，他認爲該書的最大特色是將批評史、文體史、學術史三種視野合而爲一。在我看來，這個評價雖然是針對《考釋》一書，實際上也可視爲您小説研究的一個總體特性。這種綜合融通的學術視野使您踏上了治中國小説史的通衢大道，經過二十餘年的不懈努力，您在小説研究方面已經形成了自己的研究風格，凸顯了自身的研究價值。今天的訪談，我也收穫良多。謝謝您！

（原載《明清小説研究》2023 年第 1 期，略有刪節）

附録三
中國古代小説文體研究論著簡目

1. 別士：《小説原理》，《繡像小説》1903 年第 3 期

2. 章炳麟：《洪秀全演義序》，《洪秀全演義》，香港中國日報社 1908 年

3. 管達如：《説小説》，《小説月刊》1912 年第 5—11 期

4. 周作人：《古小説鉤沉序》，《越社叢刊》第一集 1912 年

5. 成之：《小説叢話》，《中華小説界》1914 年第 1—8 期

6. 顛公：《小説平話起于宋代》，《文藝雜誌》1915 年 1 期

7. 張静廬：《小説的定義與性質》，《中國小説史大綱》卷一，泰東圖書局 1920 年

8. 魯迅：《唐傳奇體傳記》（上、下），《小説史大略》八、九，北京大學國文系教授會油印本，1920 年

9. 郭希汾：《諢詞小説》，《中國小説史略》第四章，中國書局 1921 年

10. 魯迅：《史家對於小説之著録及論述》《宋之話本》，《中國小説史略》第一篇、第十二篇，北京大學新潮社 1923 年

11. 魯迅：《唐之傳奇文》（上、下），《唐之傳奇集及雜俎》，《宋之志怪及傳奇文》，《中國小説史略》第八篇、第九篇、第十篇、第十一篇，北京大學新潮社 1923 年 12 月至 1924 年 6 月

12. 魯迅：《宋民間之所謂小説及其後來》，1924 年《晨報五周年紀念特刊》

13. 舒嘯：《小説的略史與歷代史家的觀念》，《小説世界》1924 年 6 期

14. 劉永濟：《説部流別》,《學衡》1925 年第 40 期

15. 周樹人：《唐宋傳奇集序例》,《北新半月刊》第一卷第 51、52 號,1927 年 10 月

16. 范煙橋：《小説演進時期》,《中國小説史》第四章,（蘇州）秋葉社 1927 年

17. 魯迅：《稗邊小綴》,《唐宋傳奇集》（下册）,（上海）北新書局 1928 年 2 月

18. 姚恨石：《〈漢書・藝文志〉以小説爲一家》,《北京益世報》1928 年 9 月 2 日

19. 楊鴻烈：《什麼是小説》,《中國文學雜論》,上海亞東圖書館 1928 年

20. 胡懷琛：《中國小説實質上之分類及研究》《中國小説形式上之分類及研究》,《中國小説研究》第一章、第二章,商務印書館 1929 年

21. 汪辟疆：《唐人小説・序・叙例》,《〈傳奇〉叙録》,神州國光社 1929 年

22. 鄭振鐸：《中國文學的分類及其演化的趨勢》,《學生雜誌》第 17 卷第 1 號,1930 年 1 月

23. 孫楷第：《宋朝説話人的家數問題》,《學文》1930 年 1 期

24. 陳汝衡：《評話研究》,《史學雜誌》1931 年第 5、6 期合刊

25. 鄭振鐸：《明清二代的平話集》,《小説月報》1931 年 7、8 期

26. 汪辟疆：《唐人小説在文學上之地位》,《讀書雜誌》1931 年 6 月第一卷第 3 期

27. 陳子展：《章回小説》,《中國文學史講話》,（上海）光華書局 1932 年

28. 征農：《論章回體小説》,《文學問答集》（2 版）,（上海）生活書店 1932 年

29. 姜亮夫：《唐代傳奇小説》,《青年界》1933 年 9 月第四卷第 4 期

30. 孫楷第：《"詞話"考》,《師大月刊》1933 年 10 期

31. 方世琨：《小說在唐代的傾向》，《文藝戰綫》1934 年第三卷第 1、2 期

32. 煙橋：《宋人筆記與白話》，《珊瑚》1934 年第 6 期

33. 霍世休：《唐代傳奇文與印度故事》，《文學》（上海）1934 年 6 月第二卷第 6 期

34. 孫楷第：《小說專名考譯》，《師大月刊》1934 年 10 期

35. 胡懷琛：《唐人的傳奇》，《中國小說概論》第四章，（上海）世界書局 1934 年

36. 向達：《唐代俗講考》，《燕京學報》1934 年第 16 號

37. 胡懷琛：《中國小說的起源及其演變》，正中書局 1934 年

38. 姜亮夫：《筆記淺說》，《筆記選》，北新書局 1934 年

39. 胡懷琛：《中國古代對於小說二字的解釋》《古代所謂小說》《宋人的平話》，《中國小說概論》第一章、第二章、第四章，世界書局 1934 年

40. 譚正璧：《唐代傳奇》，《中國小說發達史》第四章，（上海）光明書局 1935 年

41. 譚正璧：《宋元話本》，《中國小說發達史》第五章，（上海）光明書局 1935 年

42. 胡倫清：《傳奇小說選·序言》，（北京）正中書局 1936 年

43. 周潛：《論唐代傳奇》，《民鐘季刊》（廣州）1937 年 12 月第二卷第 4 期

44. 余嘉錫：《小說家出於稗官說》，《輔仁學志》1937 年 1、2 期

45. 周作人：《談筆記》，《文學雜誌》1937 年 5 月

46. 青木正兒：《文學諸體的發達》，《中國文學概論》第二章（二），開明書店 1938 年

47. 郭箴一：《中國小說之演變》，《中國小說史》第一章第三節，商務

印書館 1939 年

48. 郭箴一：《唐始有意爲小説》，《中國小説史》第四章第一節，商務印書館 1939 年

49. 王季思：《中國筆記小説略述》，《戰時中學生》1940 年 2 期

50. 趙景深：《南宋説話人四家》，《宇宙風乙刊》1940 年 9 月 16 日第 29 期

51. 葉君雲：《關於筆記》，《古今》1943 年第 29、30 期

52. 浦江清：《論小説》，《當代評論》1944 年 8、9 期合刊

53. 傅芸子：《俗講新考》，《新思潮》1946 年 1 卷 2 期

54. 關德棟：《談"變文"》，《覺群週報》1946 年 1 卷 12 期

55. 周一良：《讀〈唐代俗講考〉》，《大公報》1947 年 2 月 8 日"圖書週報" 6 期

56. 關德棟：《略説"變"字來源》，《大晚報》1947 年 4 月 14 日"通俗文學" 25 期

57. 葉德均：《説"詞話"》，《東方雜誌》1947 年第四十三卷四號

58. 盧冀野：《唐宋傳奇選·導言》，（上海）商務印書館 1947 年

59. 劉開榮：《傳奇小説勃興與古文運動、進士科舉及佛教的關係》，《唐代小説研究》第二章，（上海）商務印書館 1947 年

60. 王鐘麟：《南宋説話人四家的分法》，《中國文化研究叢刊》1948 年第 8 卷

61. 張政烺：《問答録與"説參請"》，《中央研究院歷史語言研究所集刊》1948 年 17 期

62. 蔣祖怡：《小説纂要》，正中書局 1948 年

63. 孫楷第：《讀變文·變文"變"字之解》，《現代佛學》1951 年第 10 期

64. 李嘯倉：《説話名稱解》《談宋人説話的四家》《釋銀字兒》，《宋元

伎藝雜考》，上海雜誌公司 1953 年

　　65. 白不初：《章回小説·八股文章》，《建設》1954 年第 11 期

　　66. 馬國藩：《批判胡適“文法的研究法”》，《文史哲》1955 年第 12 期

　　67. 吳小如：《古小説和唐人傳奇——中國小説講話之一》，《文藝學習》1955 年第 4 期

　　68. 吳小如：《古小説和唐人傳奇》，《中國小説講話及其他》，古典文學出版社 1956 年

　　69. 孫楷第：《俗講、説話與白話小説》，作家出版社 1956 年

　　70. 劉文典：《宋元人筆記》，《人文科學雜誌》1957 年第 1 期

　　71. 陸樹侖：《從“説話”談起》，《青島日報》1957 年 1 月 26 日

　　72. 程千帆：《宋代的説話》，《語文教學》1957 年第 6 期

　　73. 宋松筠：《傳奇小説與傳奇戲曲》，《語文教學通訊》1957 年第 7 期

　　74. 張恨水：《章回小説的變遷》，《北京文藝》1957 年第 10 期

　　75. 陳汝衡：《唐代説書》《北宋説書》《南宋説書》，《説書史話》第二章、第三章、第四章，作家出版社 1958 年

　　76. 李騫：《唐“話本”初探》，《遼寧大學學報》1959 年第 2 期

　　77. 北京大學中文系一九五五級中國小説史稿編輯委員會：《唐宋傳奇》，《中國小説史稿》第四章，人民文學出版社 1960 年

　　78. 陳幹：《什麼叫章回小説》，《中國青年報》1961 年 12 月 23 日

　　79. 胡士瑩：《南宋“説話”四家數》，《杭州大學學報》（哲學社會科學版）1962 年第 2 期

　　80. 路工：《唐代的説話與變文》，《民間文學》1962 年第 6 期

　　81. 程弘：《話説“平話”》，《光明日報》1962 年 9 月 6 日

　　82. 傅懋勉：《金聖歎論“那輾”》，《邊疆文藝》1962 年第 11 期

　　83. 王沂：《漫話“話本”》，《民主評論》1963 年 19 期

84. 劉大杰、章培恒:《金聖歎的文學批評》,《中華文史論叢》1963 年第 3 輯

85. 程毅中:《關於變文的幾點探索》,《文學遺產》1963 年增刊第 10 輯

86. 陸澹安:《小説詞語匯釋》, 中華書局 1964 年

87. 孫楷第:《唐代俗講軌範與其本之體裁》《宋朝説話人的家數問題》《説話考》《詞話考》,《滄州集》卷一, 中華書局 1965 年

88. 孟瑶:《中國小説史》,(臺北)文星書店 1966 年

89. 駒田信二:《中國小説概念》,《國文學》1966 年第 4 期

90. 羅錦堂:《中國小説概念的轉變》,《大陸雜誌》1966 年第 4 期

91. 雷威安:《"話本"定義問題簡論》,《東方》1968 年 "中國小説戲曲研究專號"

92. 富永一登:《六朝 "小説" 考: 論殷芸 "小説"》,《中國中世文學研究》1976 年第 11 期

93. 〔日〕内山知也:《中國小説概念的産生和變遷》,《文學概念的變化》, 日本遷國書刊行會 1977 年

94. 虞懷周:《釋 "平話"》,《語言文學》1978 年第 3 期

95. 魯德才:《中國古典小説藝術技巧瑣談》,《南開大學學報》1978 年第 3 期

96. 葉德均:《宋元明講唱文學》,《戲曲小説叢考》卷下, 中華書局 1979 年

97. 胡士瑩:《"説話" 的起源和演變》《説話的家數》《話本的名稱》,《話本小説概論》第一章、第四章、第六章, 中華書局 1980 年

98. 趙景深:《從話本到章回小説》,《教學通訊》(文科)1980 年第 2 期

99. 周楞枷:《裴鉶傳奇》, 上海古籍出版社 1980 年

100. 馬幼垣、劉紹銘:《筆記、傳奇、話本、公案——綜論中國傳統短

篇小説的形式》, 臺灣净宜文理學院編《中國古典小説研究專集》第二册,
（臺北）聯經出版事業公司 1980 年

　　101. 吳志達:《史傳・志怪・傳奇——唐人傳奇溯源》,《武漢大學學
報》（哲學社會科學版）1980 年第 1 期

　　102. 程毅中:《唐代小説瑣記》,《文學遺産》1980 年第 2 期

　　103. 譚正璧、譚尋:《明成化刊本説唱詞話述考》,《文獻》1980 年第
3、4 期

　　104. 吳德鐸:《雜話“話本”》,《讀書》1980 年第 4 期

　　105. 談鳳梁:《試論中國古代小説概念的演變》,《文藝論叢》1980 年第
10 期

　　106. 增田涉:《論“話本”的定義》,《中國古典小説研究專集》第三
集, 臺灣聯經出版事業公司 1981 年

　　107. 張鴻勳:《敦煌講唱文學的體制及類型初探——兼論幾種〈中國文
學史〉有關提法的問題》,《天水師範學院學報》1981 年第 1 期

　　108. 馬幼垣、劉紹銘:《筆記、傳奇、變文、話本、公案: 綜論中國傳
統短篇小説的形式》,《中國古典小説研究專集》（1）, 臺灣: 聯經出版事業
公司 1981 年

　　109. 劉兆雲:《小説、筆記小説與〈世説〉》,《新疆大學學報》（哲社
版）1981 年第 2 期

　　110. 黄進德:《“説話”史料辨證（二則）》,《揚州大學學報》（社科版）
1981 年第 4 期

　　111. 胡士瑩:《“詞話”考釋》,《宛春雜著》, 浙江人民出版社 1981 年

　　112. 談鳳梁:《試論唐傳奇小説的幾個特點》,《文藝論叢》1981 年 4 月
第 13 輯

　　113. 吳志達:《唐人傳奇》, 上海古籍出版社 1981 年

114. 吳小如：《釋 "平話"》，《古典小説漫稿》，上海古籍出版社 1982 年

115. 王慶菽：《宋代 "話本" 和唐代 "説話" "俗講" "變文" "傳奇小説" 的關係》，《甘肅社會科學》1982 年第 1 期

116. 黃進德：《"説話" 探源》，《揚州大學學報》（社科版）1982 年第 1 期

117. 遲子：《我國小説概念的變遷及其源流》，《吉林大學社會科學學報》1982 年第 2 期

118. 周啓付：《談明成化刊本 "説唱詞話"》，《文學遺産》1982 年第 2 期

119. 牛龍菲：《中國散韻相間、兼説兼唱之文體的來源——且談變文之 "變"》，《敦煌學輯刊》1983 年創刊號

120. 王運熙、楊明：《唐代詩歌與小説的關係》，《文學遺産》1983 年第 1 期

121. 張國光《金聖歎小説理論的綱領——〈讀 "第五才子書" 法〉評述》，《湖北大學學報》（哲社版）1983 年第 1 期

122. 姜耕玉：《草蛇灰綫　空谷傳聲——〈紅樓夢〉情節的藝術特色兼論情節主體》，《紅樓夢學刊》（154）1983 年第 3 期

123. 宋洪志：《敦煌變文三議》，《齊魯學刊》1983 年第 4 期

124. 陳年希：《試論明清小説評點派對我國古典小説美學的貢獻》，《上海師範學院學報》1983 年第 3 期

125. 辛蘭香：《欲避故犯、犯中求避——〈水滸傳〉塑造人物形象方法之一》，《水滸爭鳴》特輯，1983 年 6 月

126. 葛楚英：《目注彼處、手寫此處——金聖歎之藝術神經論》，《水滸爭鳴》特輯，1983 年 6 月

127. 王延才：《有法無法之間——古代關於藝術創作有無成法的認識》，《學術月刊》1983 年第 10 期

128. 蔡國梁：《從清人的評點看〈儒林外史〉的用筆》，《上海師範大學學報》（哲社版）1984 年第 1 期

129. 余三定：《犯之而後避之：古代小說理論劄記》，《語文園地》1984 年第 1 期

130. 梁歸智：《草蛇灰綫，在千里之外：談〈紅樓夢〉的一個創作特色》，《名作欣賞》1984 年第 2 期

131. 葛楚英：《"拽之通體俱動"：金聖歎評〈水滸傳〉的細節描寫》，《孝感師範專科學校學報》1984 年第 2 期

132. 季步勝：《犯中求避　各呈異彩——〈紅樓夢〉重複手法試探》，《江蘇大學學報》（高教研究版）1984 年第 3 期

133. 吕揚：《試論"避"與"犯"》，《柳泉》1984 年第 6 期

134. 劉葉秋：《略談古小說》，《光明日報》1984 年 7 月 3 日

135. 羅德榮：《爲金聖歎"草蛇灰綫"法一辯》，《天津師大學報》1985 年第 2 期

136. 魯德才：《中國古代小說處理空間的藝術》，《明清小說研究》1985 年第 2 輯

137. 沈繼常、錢模祥：《但明倫論作文之要在於"立胎"——〈聊齋志異〉"但評"研究之一》，《明清小說研究》1985 年第 2 期

138. 馬成生：《我國古典作家論小說技巧》，《文史哲》1985 年第 4 期

139. 胡大雷：《論唐人對小說本質的全面把握》，《廣西師大學報》1985 年第 4 期

140. 李時人：《"説唱詞話"和〈金瓶梅詞話〉》，《復旦學報》（社科版）1985 年第 5 期

141. 吴新生：《漢代小說概念辨析》，《天津師範大學學報》（社科版）1985 年第 6 期

142. 王枝忠：《説唐人"始有意爲小説"》,《社會科學研究》1985 年第 6 期

143. 羅德榮：《"傳奇"一辭的含義與衍變》,《文史知識》1985 年第 6 期

144. 郭邦明：《草蛇灰綫　拽之俱動：談古典優秀長篇小説的一個創作特點》,《寫作》1985 年第 12 期

145. 王永健：《明清小説"讀法"芻論》,《明清小説研究》1985 年第二輯

146. 魯德才：《〈水滸傳〉的叙事藝術》,《水滸争鳴》1985 年第四輯

147. 陳文申：《關於"説話"四家和合生》,《中國古典小説戲曲論集》,上海古籍出版 1985 年

148. 李宗爲：《唐人傳奇》, 中華書局 1985 年

149. 劉葉秋：《歷代筆記摭談》,《古典小説筆記論叢》, 南開大學出版社 1985 年

150. 黄霖：《萌芽狀態的小説論》,《古小説論概觀》"縱觀篇", 上海文藝出版社 1986 年

151. 李時人：《"詞話"新證》,《文學遺産》1986 年第 1 期

152. 馬成生：《著文章之美, 傳要妙之情——略説唐代小説家的小説觀》,《北方論叢》1986 年第 1 期

153. 王枝忠：《志怪·傳奇·志異——文言小説流變述略》,《寧夏教育學院學報》1986 年第 1 期

154. 趙景瑜：《關於"奇書"與"才子書"》,《山西大學學報》（哲社版）1986 年第 2 期

155. 曲金良：《"變文"名實新辨》,《敦煌研究》1986 年第 2 期

156. 孫遜：《中國小説批評的獨特方式——古典小説評點略述》,《文史知識》1986 年第 2 期

157. 張載軒：《談金聖歎的"〈水滸〉文法"》,《淮陰師範專科學校學

報》1986 年第 3 期

　　158. 林文山：《白描手法在〈金瓶梅〉〈紅樓夢〉中的運用》,《河北學刊》1986 年第 4 期

　　159. 李燃青：《論毛宗崗的小説美學》,《寧波師院學報》(社科版) 1986 年第 4 期

　　160. 翟建波：《略論金聖歎對於〈水滸傳〉文法的評點》,《人文雜誌》1986 年第 5 期

　　161. 陳果安：《小説懸念常見類型及特點——讀書劄記之二》,《中山大學研究生學刊》(社科版) 1986 年

　　162. 熊發恕：《中國古代小説概念初探》,《康定民族師範高等專科學校學報》1987 年

　　163. 皮述民：《宋人“説話”分類的商榷》,《北方論叢》1987 年第 1 期

　　164. 張志合：《談先秦兩漢時期人們對小説的認識》,《許昌師專學報》(社科版) 1987 年第 2 期

　　165. 羅憲敏：《〈紅樓夢〉的“特犯不犯”藝術》,《紅樓夢學刊》1987 年第 4 期

　　166. 郭邦明：《犯而能避　無一人一樣　無一事合掌：談優秀古典長篇小説的一個創作特色》,《寫作》1987 年第 6 期

　　167. 李慶榮：《“無數小文字都有一丘一壑之妙”——〈水滸〉(七十一回本) 布局結構與藝術構思瑣談》,《水滸爭鳴》第五輯, 武漢大學出版社 1987 年

　　168. 吳柏森：《“染葉襯花”及其他——析金聖歎關於〈水滸〉次要人物描寫的評論》,《水滸爭鳴》第五輯, 武漢大學出版社 1987 年

　　169. 劉葉秋：《略談歷代筆記》,《天津社會科學》1987 年第 5 期

　　170. 楊志明：《宋人“説話四家”再審議》,《藝譚》1987 年第 6 期

171. 程毅中：《論唐代小説的演進之迹》,《文學遺産》1987 年第 5 期

172. 王枝忠：《關於唐代傳奇和話本的比較研究》,《社會科學》1987 年第 5 期

173. 饒宗頤：《秦簡中"稗官"及如淳稱魏時謂"偶語爲稗"説——論小説與稗官》,《饒宗頤 20 世紀學術文集》卷三,（臺北）新文豐出版股份有限公司 1988 年

174. 大中：《宋人"説話"究爲幾家》,《上海師範大學學報》（哲社版）1988 年第 1 期

175. 王先霈、周偉明：《小説觀念的突進》,《明清小説理論批評史》第一章, 花城出版 1988 年

176. 談鳳梁：《小説的概念》,《中國古代小説簡史》第一章第一節, 江蘇教育出版社 1988 年

177. 吳新生：《由"輔教"到"示人"——唐人小説觀念的一個根本性轉變》,《吕梁教育學院學報》1988 年第 1 期

178. 蔡景康：《論"傳神"》,《明清小説研究》1988 年第 3 期

179. 方勝：《論"以文爲戲"——明清小説理論研究劄記》,《明清小説研究》1988 年第 1 期

180. 翠麗：《小説的概念》,《江西圖書館學刊》1988 年第 3 期

181. 劉葉秋：《稗官小説與野史雜記》,《文史知識》1988 年第 3 期

182. 施蟄存：《説"話本"》,《文史知識》1988 年第 10 期

183. 陳桂聲：《張竹坡〈金瓶梅〉批評三則淺析》, 劉輝、杜維沫編《金瓶梅研究集》, 齊魯書社 1988 年

184. 朱迎平：《什麽是唐傳奇？——唐傳奇的體制特徵及其淵源》,《文史知識》1988 年第 3 期

185. 曲金良：《變文的講唱藝術——轉變考略》,《敦煌學輯刊》1989 年

第 2 期

　　186. 王齊洲:《中國古小説概念的發生與演變》,《長江大學學報》(社會科學版) 1989 年第 3 期

　　187. 張錦池:《〈大唐三藏取經詩話〉"説話"家數考論——兼談宋人"説話"分類問題》,《學術交流》1989 年第 3 期

　　188. 段國超:《論子部小説》,《信陽師範學院學報》(哲社版) 1989 年第 3 期

　　189. 侯忠義:《唐五代小説 (上)》,《中國文言小説史稿》, 北京大學出版社 1990 年

　　190. 程毅中:《唐代傳奇的興起》,《唐代小説史話》第二章, 文化藝術出版社 1990 年

　　191. 陳文新:《論唐人傳奇的文體規範》,《中州學刊》1990 年第 4 期

　　192. 方正耀:《朦朧的小説觀念》,《中國小説批評史略》, 中國社會科學出版社 1990 年

　　193. 蕭欣橋:《關於"話本"定義的思考——評增田涉〈論"話本"的定義〉》,《明清小説研究》1990 年第 1 期

　　194. 季稚躍:《金聖歎與紅樓夢脂批》,《紅樓夢學刊》1990 年第 1 期

　　195. 褚斌傑:《略述中國古代的筆記文》,《煙臺大學學報》(哲社版) 1990 年第 2 期

　　196. 張兵:《話本的定義及其他》,《蘇州大學學報》(哲社版) 1990 年第 4 期

　　197. 董乃斌:《從史的政事紀要式到小説細節化——論唐傳奇與小説文體的獨立》,《文學評論》1990 年第 5 期

　　198. 張兵:《擬話本三題》,《復旦學報》(社科版) 1990 年第 5 期

　　199. 蔡鐵鷹:《宋話本"小説"家數釋名》,《杭州師範學院學報》(社

科版）1990 年第 5 期

200. 陳文新：《論唐人傳奇之“奇”》,《江漢論壇》1990 年第 11 期

201. 薛振東：《歷史、歷史演義、歷史小説》,《歷史教學問題》1990 年第 5 期

202. 王驤：《也談“變相”“變文”的“變”》,《江蘇大學學報》（高教研究版）1991 年第 1 期

203. 羅憲敏：《〈水滸傳〉的“犯之之法”與“避之之法”》,《中國文學研究》1991 年第 1 期

204. 孟祥榮：《唐代小説二題》,《文學遺産》1991 年第 1 期

205. 程毅中：《略談筆記小説的含義和範圍》,《古籍整理研究學刊》1991 年第 2 期

206. 閻增山：《班固“小説觀”之我見》,《貴州文史叢刊》1991 年第 3 期

207. 嚴雲受：《金聖歎的小説創作論》,《安慶師範學院學報》1991 年第 3 期

208. 陳炳熙：《論古代文言小説的筆記性》,《齊魯學刊》1991 年第 5 期

209. 徐安懷：《論演義與小説之關係》,《四川師範大學學報》（社科版）1991 年第 6 期

210. 徐君慧：《小説一辭的歷史變更》,《中國小説史》第一章第一節,廣西教育出版 1991 年

211. 俞爲民：《張竹坡的〈金瓶梅〉結構論》,《金瓶梅研究》第二輯,江蘇古籍出版社 1991 年

212. 姜東賦：《中國小説觀的歷史演進》,《天津師範大學學報》（社科版）1992 年第 1 期

213. 錢倉水：《小説類名考釋》（三則),《淮陰師範學院學報》（哲社版）1992 年第 1 期

214. 李學文：《凝情輔墨　精巧設技——〈新譯紅樓夢〉回批對寫作技法的研究》，《陰山學刊》1992 年第 1 期

215. 李太林：《"因麒麟伏白首雙星" 和 "間色法"》，《晉中師範高等專科學校學報》1992 年第 2 期

216. 黄元：《"衆賓拱主" 法》，《長沙理工大學學報》（哲社版）1992 年第 3 期

217. 董國炎：《對中國叙事文學理論的重新認識——金聖歎文法論綱》，《山西大學學報》（哲社版）1992 年第 3 期

218. 吴新生：《由 "輔教" 到 "示人" ——唐人小説觀念的一個轉變》，《復旦學報》1992 年第 5 期

219. 陳洪：《走出渾沌—— "小説" 概念之源流變遷》，《中國小説理論史》第一章，安徽文藝出版社 1992 年

220. 張兵：《説 "話本"》，《話本小説史話》，遼寧教育出版社 1992 年

221. 陳果安：《金聖歎的小説技法論》，《湖南師範大學學報》1993 年第 1 期

222. 歐陽健：《脂批 "文法" 辨析》，《海南師範學院學報》（社科版）1993 年第 2 期

223. 段啓明：《試説古代小説的概念與實績》，《明清小説研究》1993 年第 4 期

224. 蔣凡：《韓愈、柳宗元的古文 "小説" 觀》，《學術月刊》1993 年第 12 期

225. 吴禮權：《中國筆記小説史・導論》商務印書館 1993 年

226. 李劍國：《唐稗思考録》，《唐五代志怪傳奇叙録》，南開大學出版社 1993 年；《唐五代志怪傳奇叙録》（增訂本），北京：中華書局，2017 年

227. 石昌渝：《"小説" 界説》，《文學遺産》1994 年第 1 期

228. 石麟:《章回小説通論》, 中州古籍出版社 1994 年

229. 〔法〕雷威安:《唐人“小説”》,《文學遺産》1994 年第 1 期

230. 朱鐵年:《中國古代文學批評中的“法”》,《河南電大學報》1994 年第 4 期

231. 于華:《無限風光在險峰——明清小説“步步登高式”正襯技法談》,《閲讀與寫作》1994 年第 8 期

232. 崔宜明:《論莊子的言説方式——重釋“巵言、寓言、重言”》,《江蘇社會科學》1994 年第 3 期

233. 王小盾:《敦煌文學與唐代講唱藝術》,《中國社會科學》1994 年第 3 期

234. 黃烈芬:《〈莊子〉“寓言”辨》,《孔子研究》1994 年第 4 期

235. 陳午樓:《舊事重提説“話本”》,《讀書》1994 年第 10 期

236. 吳志達:《唐人小説發展概貌》,《中國文言小説史》第二編第一章, 齊魯書社 1994 年

237. 石昌渝:《小説概念》《小説家與傳統目録學家的分歧》《“説”與“俗講”》《傳奇小説》,《中國小説源流論》第一章第一節、第四章、第五章第一節, 三聯書店 1994 年

238. 董乃斌:《唐傳奇與小説文體的獨立》(上、下),《中國古典小説的文體獨立》第五章、第六章, 中國社會科學出版社 1994 年

239. 吳志達:《對“小説”名稱的界説》,《中國文言小説史》第一章, 齊魯書社 1994 年

240. 歐陽代發:《話本小説釋名》,《話本小説史》第一章第二節, 武漢出版社 1994 年

241. 董乃斌:《中國古典小説的文體獨立》, 中國社會科學出版社 1994 年

242. 施蟄存:《説“話本”》,《文藝百話》, 華東師範大學出版社 1994 年

243. 朱鐵年:《再論中國古代文學批評中的“法”》,《河南電大學報》 1995 年第 1 期

244. 梅慶吉:《“正筆”與“閑筆”——金聖歎美學思想研究之七》, 《黑龍江社會科學》1995 年第 2 期

245. 寧宗一:《小説觀念學》,《中國小説學通論》第一編, 安徽教育出版社 1995 年

246. 袁惠聰:《“小説”概念的歷史演進與分化凝結》,《内蒙古師範大學學報》(教科版) 1995 年第 1 期

247. 張兵:《“説話”溯源》,《復旦學報》(社科版) 1995 年第 3 期

248. 李忠明:《漢代“小説家”考》,《南京師大學報》(社科版) 1996 年第 1 期

249. 卜松山:《中國文學藝術中的“法”與“無法”》,《東南文化》 1996 年第 1 期

250. 慶志遠:《簡論〈三國演義〉中法的觀念》,《開封教育學院學報》 1996 年第 2 期

251. 王國健:《論金聖歎小説“文法”論的文學意義》,《華南師大學報》1996 年第 2 期

252. 高思嘉:《唐宋“説話”的演變》,《四川師範大學學報》(哲社版) 1996 年第 2 期

253. 魏家駿:《小説爲什麼被叫做“小説”？——小説概念的詞源學和語義學考察》,《淮陰師範學院學報》(哲社版) 1996 年第 3 期

254. 劉興漢:《對“話本”理論的再審視——兼評增田涉〈論“話本”的定義〉》,《社會科學戰綫》1996 年第 4 期

255. 張興璠：《中國古代的小説概念以及歷代古文家的“小説氣”之爭》,《蘇州科技學院學報》(社科版) 1996 年第 5 期

256. 劉興漢：《南宋説話四家的再探討》,《文學遺産》1996 年第 6 期

257. 王恒展：《中國小説概念的由來與發展》,《中國小説發展史概論》第一章第一節, 山東教育出版社 1996 年

258. 王恒展：《傳奇小説》,《中國小説發展史概論》第五章第二節, 山東教育出版社 1996 年

259. 王志民：《“石五六鷁” 和 “畫家三染” ——古典小説技法筆談》,《寫作》1997 年第 1 期

260. 林申清：《歷代目録中的 “小説家” 和小説目録》,《圖書與情報》1997 年第 2 期

261. 寧恢：《南宋説話四家研究評析》,《社科縱横》1997 年第 2 期

262. 胡繼瓊：《筆記與小説源流初探》,《貴州大學學報》(社科版) 1997 年第 2 期

263. 張開焱：《中國古代小説概念流變與定位再思考》,《廣東職業技術師範學院學報》1997 年第 3 期

264. 劉春生：《金聖歎小説叙事技法論評述》,《國際關係學院學報》1997 年第 3 期

265. 海河：《一擊空谷　八方皆應——從脂評看〈紅樓夢〉的 “補” 法》,《安徽教育學院學報》1997 年第 4 期

266. 徐志嘯：《敦煌文學之 “變文” 辨》,《中國文學研究》1997 年第 4 期

267. 伏俊璉：《論 “俗講” 與 “轉變” 的關係》,《國家圖書館學刊》1997 年第 4 期

268. 王晶波：《從地理博物雜記到志怪傳奇——〈異物志〉的生成演變過程及其與古小説的關係》,《西北師大學報》1997 年第 4 期

269. 侯忠義：《隋唐五代小説史·緒論》，浙江古籍出版社 1997 年版

270. 張進德：《"傳奇"辨》，《古典文學知識》1998 年第 1 期

271. 徐漪平：《烘托法在諸葛亮形象塑造中的運用》，《集甯師專學報》1998 年第 1 期

272. 孫時彬：《"草蛇灰綫""伏脈千里"——試論張竹坡長篇小説藝術結構理論》，《函授教育》1998 年第 2 期

273. 張兵：《北宋的"説話"和話本》，《復旦學報》（社科版）1998 年第 2 期

274. 王齊洲：《論歐陽修的小説觀念》，《齊魯學刊》1998 年第 2 期

275. 童慶松：《〈漢書·藝文志〉的小説觀及其影響》，《圖書館學研究》1998 年第 3 期

276. 吳光正：《説話家數考辨補正》，《海南大學學報》（人文社科版）1998 年第 3 期

277. 吳懷東：《試論〈莊子〉"寓言"》，《學術界》1998 年第 3 期

278. 李天喜：《〈紅樓夢〉文法舉隅》，《孝感學院學報》1998 年第 3 期

279. 羅德榮：《小説叙事視角理論再思考——"叙法變換"與雙重描寫論辯》，《明清小説研究》1998 年第 4 期

280. 陳果安：《金聖歎論叙事節奏》，《中國文學研究》1998 年第 4 期

281. 王振良：《説話伎藝淵源考論》，《明清小説研究》1998 年第 4 期

282. 甯稼雨：《文言小説界限與分類之我見》，《明清小説研究》1998 年第 4 期

283. 童慶松：《明清史家對"小説"的分類及其相關問題》，《浙江學刊》1998 年第 4 期

284. 程毅中：《筆記與軼事小説》，《傳統文化與現代化》1998 年第 6 期

285. 陳果安：《金聖歎的閑筆論——中國叙事理論對非情節因素的系統

關注》,《湖南師範大學學報》(社科版) 1998 年第 5 期

286. 周先慎:《古典小説的概念、範圍及早期形態》,《文史知識》1998年第 10 期

287. 劉世德:《中國古代小説百科全書·前言》,中國大百科全書出版社 1998 年

288. 苗壯:《筆記小説史·緒論》,浙江古籍出版社 1998 年

289. 薛洪勣:《什麼是傳奇小説》,《傳奇小説史》第一章第一節,浙江古籍出版社 1998 年

290. 劉世德:《中國古代小説百科全書》"傳奇"條,中國大百科出版社 1998 年

291. 石麟:《話本小説通論》,華中理工大學出版社 1998 年

292. 陳美林等:《章回小説史》,浙江古籍出版社 1998 年

293. 羅書華:《章回小説的命名和前稱》,《明清小説研究》1999 年第 2 期

294. 潘建國:《"稗官"説》,《文學評論》1999 年第 2 期

295. 孟昭連:《水滸傳評點中的小説技巧論》,《南開學報》1999 年第 2 期

296. 遲寶東:《金批〈水滸傳〉敘事技巧三題》,《海南師院學報》1999 年第 2 期

297. 林崗:《敘事文結構的美學觀念——明清小説評點考論》,《文學評論》1999 年第 2 期

298. 王鐵:《獨具慧眼解真味——脂硯齋對〈紅樓夢〉創作秘法的揭示》,《貴陽師專學報》(社科版) 1999 年第 4 期

299. 張惠玲:《宋代"説話"家數平議》,《社科縱橫》1999 年第 4 期

300. 張曰凱:《畫神鬼易 畫人物難——〈紅樓夢〉脂評探秘一得》,《名作欣賞》1999 年第 5 期

301. 羅寧:《小説與稗官》,《四川大學學報》(哲社版) 1999 年第 6 期

302. 孫遜、潘建國：《唐傳奇文體考辨》，《文學遺産》1999 年第 6 期

303. 羅書華：《章回小説之“章回”考察》，《齊魯學刊》1999 年第 6 期

304. 潘建國：《佛教俗講、轉變伎藝與宋元説話》，《上海師範大學學報》（哲社版）1999 年第 9 期

305. 程毅中：《説話與話本》，《宋元小説研究》第八章，江蘇古籍出版社 1999 年

306. 梅維恒：《“變文”的含義》，《唐代變文》第三章，中國佛教文化出版有限公司 1999 年

307. 上海古籍出版社：《歷代筆記小説大觀・出版説明》，上海古籍出版社 1999 年

308. 侯忠義：《唐人傳奇》，春風文藝出版社 1999 年

309. 李釗平：《話本二題》，《欽州師範高等專科學校學報》2000 年第 1 期

310. 羅書華：《中國古代小説觀的對立與同一》，《社會科學研究》2000 年第 1 期

311. 王念選：《文學欣賞和創作中的“草蛇灰綫”法》，《殷都學刊》2000 年第 2 期

312. 潘國英：《説“變文”》，《湖州師範學院學報》2000 年第 2 期

313. 任遠：《“變文”辨》，《浙江師範大學報》（社科版）2000 年第 2 期

314. 張毅：《關於宋人“説話”的幾個問題》，《南開學報》（哲社版）2000 年第 3 期

315. 肖芃：《〈史通〉的散文觀與小説觀述評》，《湘潭師範學院學報》（社科版）2000 年第 4 期

316. 劉鳳泉：《先秦兩漢“小説”概念辨證》，《山西大學師範學院學報》2000 年第 4 期

317. 蕭欣橋：《話本研究二題》，《浙江學刊》2000 年第 5 期

318. 張智華：《筆記的類型和特點》,《江海學刊》2000 年第 5 期

319. 汪祚民：《〈漢書‧藝文志〉之"小說"與中國小說文體確立》,《安慶師範學院學報》（社科版）2000 年第 6 期

320. 劉立雲：《唐傳奇的文本特徵》,《四川師範大學學報》（社科版）2000 年第 6 期

321. 紀德君：《20 世紀宋元平話的發現與研究》,《廣州師院學報》2000 年第 10 期

322. 周紹良：《唐傳奇簡說》,《唐傳奇箋證》, 人民文學出版社 2000 年

323. 程毅中：《宋元小說家話本集‧前言》, 齊魯書社 2000 年

324. 陸永峰：《變文的內涵》,《敦煌變文研究》第一章, 巴蜀書社 2000 年

325. 潘承玉：《古代通俗小說之源：佛家"論議""說話"考》,《復旦學報》（社科版）2001 年第 1 期

326. 陳文新：《紀昀何以將筆記小說劃歸子部》,《山西師大學報》（社科版）2001 年第 1 期

327. 梁歸智：《草蛇灰綫之演繹——由清代人兩段點評窺探〈紅樓夢〉之境界》,《紅樓夢學刊》2001 年第 1 輯

328. 孫遜、趙維國：《"傳奇"體小說衍變之辨析》,《上海師範大學學報》（哲社版）2001 年第 1 期

329. 韓雲波：《劉知幾〈史通〉與"小說"觀念的系統化——兼論唐傳奇文體發生過程中小說與歷史的關係》,《西南師範大學學報》（人文社科版）2001 年第 2 期

330. 劉登閣：《中國小說觀的文化坐標系》,《中國人民大學學報》2001 年第 3 期

331. 范勝田：《古代小說藝術技法三題》,《閱讀與寫作》2001 年第 3 期

332. 江海鷹：《史傳理論："白描"的另一種淵源》，《華南師範大學學報》（社科版）2001 年第 3 期

333. 周虹：《"極微"觀和"那碾"法——金聖歎評點小説戲曲的修辭方法論》，《上海財經大學學報》2001 年第 4 期

334. 閔虹：《白描與中國古典小説的人物塑造》，《山東教育學院學報》2001 年第 4 期

335. 張世君：《明清小説評點的書法入思方式》，《暨南學報》2001 年第 5 期

336. 李劍國：《早期小説觀與小説概念的科學界定》，《武漢大學學報》（人文科學版）2001 年第 5 期

337. 熊明：《六朝雜傳與傳奇體制》，《武漢大學學報》（人文科學版）2001 年第 5 期

338. 王慶華：《論〈漢書·藝文志〉小説家》，《内蒙古社會科學》（漢文版）2001 年第 6 期

339. 張世君：《中國古代小説評點空間叙事理論探微》，《廣州大學學報》2001 年第 7 期

340. 袁閭琨、薛洪勣：《唐宋傳奇總集·唐五代前言》，河南人民出版社 2001 年

341. 蔡鍾翔：《金聖歎的小説結構理論》，《水滸争鳴》第六輯，光明日報出版社 2001 年

342. 陳文新：《金聖歎論小説"文法"》，《水滸争鳴》第六輯，光明日報出版社 2001 年

343. 石麟：《金批〈水滸〉的人物塑造理論》，《水滸争鳴》第六輯，光明日報出版社 2001 年

344. 羅德榮：《金聖歎小説美學的成就與貢獻》，《水滸争鳴》第六輯，

光明日報出版社 2001 年

345. 孫望：《論小説之義界》,《南京師範大學文學院學報》2002 年第 1 期

346. 張世君：《明清小説評點山水畫概念析》,《學術研究》2002 年第 1 期

347. 張世君：《明清小説評點的空間連叙概念一綫穿》,《廣州大學學報》2002 年第 1 期

348. 吳華：《金聖歎論創作》（上）,《保定師範專科學校學報》2002 年第 1 期

349. 羅德榮：《古代小説技法學成因及淵源探迹》,《明清小説研究》2002 年第 1 期

350. 石麟：《張竹坡批評〈金瓶梅〉寫作技巧探勝》,《湖北師範學院學報》（哲社版）2002 年第 1 期

351. 趙元領：《金聖歎叙事理論的歷史淵源及其歷史地位》,《濟寧師範專科學校學報》2002 年第 2 期

352. 譚帆：《"演義"考》,《文學遺産》2002 年第 2 期

353. 李劍國：《先唐古小説的分類》,《古典文學知識》2002 年第 2 期

354. 劉立雲：《唐傳奇得名考》,《宜賓學院學報》2002 年第 3 期

355. 吳華：《金聖歎論創作》（下）,《保定師範專科學校學報》2002 年第 3 期

356. 馮保善：《宋人説話家數考辨》,《明清小説研究》2002 年第 4 期

357. 劉宣如、劉飛：《莊子三言新論》,《南昌航空工業學院學報》（社科版）2002 年第 4 期

358. 周承芳：《"班固小説觀"辨正》,《錦州師範學院學報》（哲社版）2002 年第 4 期

359. 饒道慶：《〈紅樓夢〉脂評中的畫論術語探源》,《紅樓夢學刊》2002 年第 4 輯

360. 張世君：《一綫穿——一個本土的叙事概念》,《暨南學報》2002 年第 5 期

361. 景凱旋：《唐代小説類型考論》,《南京大學學報》（哲社版）2002 年第 5 期

362. 孟昭連：《"小説"考辯》,《南開學報》2002 年第 5 期

363. 張世君：《明清小説評點的空間轉换概念——脱卸》,《西南師範大學學報》2002 年第 6 期

364. 張世君：《間架——一個本土的理論概念》,《學術研究》2002 年第 10 期

365. 王昕：《關於〈新編紅白蜘蛛小説〉和話本》,《話本小説的歷史與叙事》第一章第二節，中華書局 2002 年

366. 羅小東：《話本的内涵》《"小説"概念的演化與話本小説的形成》,《話本小説叙事研究》第一章第一節、第二節，學苑出版社 2002 年

367. 何華珍：《"小説"一辭的變遷》, 香港中國語文學會《語文建設通訊》第 70 期（2002 年 5 月）

368. 饒道慶：《明清小説評點中畫論術語一覽：頰上三毛》,《明清小説研究》2003 年第 1 期

369. 羅寧：《論〈殷芸小説〉反映的六朝小説觀念》,《明清小説研究》2003 年第 1 期

370. 饒道慶：《點睛——明清小説評點中畫論術語一探》,《温州師範學院學報》2003 年第 2 期

371. 盧世華：《古代通俗小説觀念的起源：宋代説話之小説觀念》,《江漢大學學報》（人文科學版）2003 年第 2 期

372. 陶敏、劉再華：《"筆記小説"與筆記研究》,《文學遺産》2003 年第 2 期

373. 羅寧：《中國古代的兩種小説概念》，《社會科學研究》2003 年第 2 期

374. 劉勇强：《一種小説觀及小説史觀的形成與影響——20 世紀"以西例律我國小説"現象分析》，《文學遺産》2003 年第 3 期

375. 羅寧：《論唐代文言小説分類》，《西南師範大學學報》（人文社科版）2003 年第 3 期

376. 丁峰山：《中國古代小説概念及類型辨析》，《福州大學學報》（哲社版）2003 年第 4 期

377. 譚光輝：《"白描"源流論》，《張家口師專學報》2003 年第 4 期

378. 胡蓮玉：《再辨"話本"非"説話人之底本"》，《南京師大學報》（社科版）2003 年第 5 期

379. 紀德君：《"按鑑"與歷史演義文體之生成》，《文學遺産》2003 年第 5 期

380. 紀德君：《明代"通鑑"類史書之普及與"按鑑"通俗演義的興起》，《揚州大學學報》2003 年第 5 期

381. 譚帆：《"奇書"與"才子書"——關於明末清初小説史上一種文化現象的解讀》，《華東師範大學學報》2003 年 6 期

382. 黃霖、楊緒容：《"演義"辨略》，《文學遺産》2003 年 6 期

383. 鍾海波：《變文之"變"》，《光明日報》2003 年 12 月 3 日

384. 蕭欣橋、劉福元：《話本小説史·導言》，浙江古籍出版社 2003 年

385. 張虹：《〈水滸傳〉叙事策略淺論》，《水滸争鳴》第七輯，武漢出版社 2003 年

386. 李亦輝：《宋人"説話"四家數管窺》，《黑龍江教育學院學報》2004 年第 1 期

387. 李舜華：《"小説"與"演義"的分野——明中葉人的兩種小説觀》，《江海學刊》2004 年第 1 期

388. 賴婉琴：《徵求異説　虛益新事——試從〈夷堅志〉論筆記小説的特點及成因》，《廣東廣播電視大學學報》2004 年第 1 期

389. 夏翠軍：《〈四庫全書總目〉小説類探析》，《山東圖書館季刊》2004 年第 1 期

390. 許并生：《“話本”詞義的演變及其與白話小説關係考論》，《明清小説研究》2004 年第 2 期

391. 郝明工：《“小説”考論》，《涪陵師範學院學報》2004 年第 2 期

392. 富世平：《變文與變曲的關係考論——“變文”之“變”的淵源探討》，《文學遺産》2004 年第 2 期

393. 樊寶英：《論金聖歎的細讀批評》，《齊魯學刊》2004 年第 2 期

394. 曹辛華：《論劉辰翁的小説評點修辭思想——以〈世説新語〉評點爲例》，《山東師範大學學報》（哲社版）2004 年第 2 期

395. 王冉冉：《以論説文文法評點小説結構——金聖歎小説評點的一個本質特徵》，《華東師範大學學報》2004 年第 3 期

396. 張世君：《中西文學叙事概念比較》，《西南師範大學學報》2004 年第 3 期

397. 張世君：《明清小説評點章法概念析》，《暨南學報》2004 年第 3 期

398. 張稔穰：《明清小説評點中的“另類”——馮鎮巒、但明倫等對〈聊齋志異〉藝術規律的發掘》，《齊魯學刊》2004 年第 3 期

399. 俞曉紅：《釋“變”與“變文”》，《上海師範大學學報》（哲社版）2004 年第 3 期

400. 凌碩爲：《論〈四庫全書總目提要〉的小説觀》，《江淮論壇》2004 年第 4 期

401. 彭知輝：《論章學誠的小説觀》，《山西師大學報》（社科版）2004 年第 4 期

402. 葉崗：《〈漢志〉"小説"考》,《文學評論》, 2004 年第 4 期

403. 盧世華、石昌渝：《〈漢書・藝文志〉之"小説"的由來和觀念實質》,《中國社會科學院研究生院學報》2004 年第 4 期

404. 黃慧：《淺議那輾的叙事藝術》,《語文學刊》2004 年第 5 期

405. 夏惠績：《橫雲斷山的叙事功能》,《語文學刊》2004 年第 5 期

406. 曲原：《閑閑漸寫　意趣橫生——"月度回廊"法探微》,《語文學刊》2004 年第 9 期

407. 石昌渝：《中國古代小説總目・前言》, 山西教育出版社 2004 年

408. 蕭相愷：《文化的・傳説的・民間的：中國文言小説的本質特徵——兼論文言小説觀念的歷史演進》,《中國文言小説家評傳・前言》, 中州古籍出版社 2004 年

409. 胡蓮玉：《關於"話本小説"概念的一些思考》,《明清小説研究》2005 年第 1 期

410. 李忠明：《中國古代小説概念的演變與小説文體的形成》,《明清小説研究》2005 年第 1 期

411. 孔祥麗：《淺談"烘雲托月"法》,《語文學刊》2005 年第 1 期

412. 胡晴：《〈紅樓夢〉評點中人物塑造理論的考察與研究之一》,《紅樓夢學刊》2005 年第 2 期

413. 高小康：《重新認識中國傳統"小説"概念的演變》,《南京師大學報》（社科版）2005 年第 2 期

414. 王麗梅：《〈莊子〉"寓言""重言"和"卮言"正解》,《綏化學院學報》2005 年第 3 期

415. 翁筱曼：《"小説"的目録學定位——以〈四庫全書總目〉的小説觀爲視點》,《華南師範大學學報》（社科版）2005 年第 3 期

416. 孫洛中：《張竹坡之〈金瓶梅〉"寓言"觀評説》,《濰坊學院學報》

2005 年第 3 期

　　417. 李明：《敦煌變文的名與實》,《北京工業大學學報》(社科版) 2005 年第 3 期

　　418. 岳筱寧：《金聖歎情節技法摭談》,《語文學刊》2005 年第 3 期

　　419. 石麟：《書中之秘法亦複不少——〈紅樓夢〉脂批以 “美文” 評 “作法” 談片》,《銅仁師範專科學校學報》2005 年第 3 期

　　420. 顧宇：《論張竹坡批點〈金瓶梅〉之 “時文手眼”》,《連雲港職業技術學院學報》2005 年第 3 期

　　421. 張世君：《中西叙事概念比較》,《國外文學》2005 年第 4 期

　　422. 羅寧：《從語詞小説到文類小説——解讀〈漢書・藝文志〉小説家序》,《天津大學學報》(社科版) 2005 年第 4 期

　　423. 尚繼武、王敏：《宋 “説話四家” 研究論》,《南華大學學報》(社科版) 2005 年第 4 期

　　424. 李軍均：《唐代小説觀的演進和傳奇小説文體的獨立》,《華中科技大學學報》(社科版) 2005 年第 6 期

　　425. 苗懷明：《20 世紀中國古代小説概念的辨析與界定》,《廣州大學學報》(社科版) 2005 年第 6 期

　　426. 師婧昭：《我國小説目録及小説概念的發展》,《中共鄭州市委黨校學報》2005 年第 6 期

　　427. 葉崗：《中國小説發生期現象的理論總結——〈漢書・藝文志〉中的小説標準與小説家》,《文藝研究》2005 年第 10 期

　　428. 顧青：《説 “平話”》,中國社會科學院文學研究所中國古代小説研究中心編《中國古代小説研究》第一輯，人民文學出版社 2005 年

　　429. 石麟：《傳奇小説通論》,中州古籍出版社 2005 年

　　430. 陳衛星：《學説之别而非文體之分——〈漢書・藝文志〉小説觀探

原》,《天府新論》2006 年第 1 期

431. 楊菲:《稗官爲史之支流論》,《福建師範大學學報》(哲社版) 2006 年第 1 期

432. 劉湘蘭:《從古代目録學看中國文言小説觀念的演變》,《江淮論壇》2006 年第 1 期

433. 周贊龍:《淺談中國古典長篇小説中的 "草蛇灰綫"》,《國際關係學院學報》2006 年第 1 期

434. 李金松:《技巧即文學:金聖歎的文學本體論》,《江西師範大學學報》(哲社版) 2006 年第 2 期

435. 盧世華:《從語義看元代 "平話" 觀念》,《江漢大學學報》(人文科學版) 2006 年第 3 期

436. 黄霖:《辨性質　明角度　趨大流——略談古代小説的分類》,《明清小説研究》2006 年第 3 期

437. 劉曉軍:《"按鑑" 考》,《明清小説研究》2006 年第 3 期

438. 劉曉軍:《"章回體" 稱謂考》,《上海大學學報》(哲社版) 2006 年第 4 期

439. 陳麗媛:《論胡應麟的文言小説分類觀——兼及文言小説分類之發展流變》,《明清小説研究》2006 年第 4 期

440. 吴子林:《叙事成規:金聖歎的 "文法" 理論》,《河北學刊》2006 年第 5 期

441. 楊志平:《張新之〈紅樓夢〉"品" 評論略》,《紅樓夢學刊》2006 年第 5 輯

442. 何紅梅:《試論哈斯寶的 "暗中抨擊之法"》,《山東教育學院學報》2006 年第 6 期

443. 廖群:《"説""傳""語":先秦 "説體" 考索》,《文學遺産》2006

年第 6 期

　　444. 馮仲平:《金聖歎〈水滸〉評點的理論價值》,《學術論壇》2006 年第 9 期

　　445. 王冉冉:《章法——論金聖歎小説評點的叙事學》,《古代文學理論研究》第二十四輯, 2006 年 12 月

　　446. 王慶華:《論“話本”——“話本小説”文體概念考辨》,《話本小説文體研究》第一章, 華東師範大學出版社 2006 年

　　447. 林辰:《小説的概念——何謂小説》,《古代小説概論》上編, 春風文藝出版社 2006 年

　　448. 林春虹:《金聖歎小説理論溯源》,《明清小説研究》2007 年第 1 期

　　449. 丁利榮:《虚空出生色相——從“極微法”理論看金聖歎小説評點的佛學立場》,《湖北大學學報》(哲社版) 2007 年第 1 期

　　450. 劉漢光:《中國古代“寓言”的體式特徵與文化内涵》,《中文自學指導》2007 年第 3 期

　　451. 甯稼雨:《六朝小説概念的“Y”走勢》,《山西大學學報》(哲社版) 2007 年第 3 期

　　452. 王齊洲:《劉知幾與胡應麟小説分類思想之比較》,《江海學刊》2007 年第 3 期

　　453. 張稔穰:《馮鎮巒〈聊齋志異〉評點的理論建樹》,《蒲松齡研究》2007 年第 3 期

　　454. 阮芳:《草蛇灰綫　伏脈千里——中國古典小説一種獨特的結構技巧》,《湖北廣播電視大學學報》2007 年第 3 期

　　455. 孫偉科:《〈紅樓夢〉“筆法”例釋》,《紅樓夢學刊》2007 年第 4 期

　　456. 袁魁昌:《金聖歎與叙事問題》,《棗莊學院學報》2007 年第 4 期

　　457. 張群:《中國古代的“寓言”理論及文體形態》,《黄岡師範學院學

報》2007 年第 4 期

458. 楊東甫:《説筆記》,《閲讀與寫作》2007 年第 4 期

459. 龍紅:《從大足石刻藝術看中國式佛經變相——兼論"變文"與"變相"及其相互關係》,《藝術百家》, 2007 年第 5 期

460. 閆立飛:《在史傳與小説之間——傳奇小説的文體與觀念》,《天津社會科學》2007 年第 5 期

461. 閆立飛:《歷史與小説的互文——中國小説文體觀念的變遷》,《明清小説研究》2007 年第 1 期

462. 蕭文:《"短書"立奇造異》,《文學遺産》2007 年第 5 期

463. 楊志平:《釋"大落墨"——以〈紅樓夢〉張新之評本爲中心》,《紅樓夢學刊》2007 年第 5 輯

464. 馬將偉:《"間架經營":金評〈水滸傳〉中的空間結構觀念之考察》,《貴州社會科學》2007 年第 5 期

465. 陳才訓:《"閑筆"不閑:論古典小説中"閑筆"的審美功能》,《内蒙古社會科學》2007 年第 6 期

466. 葉楚炎:《"時文眼"中的金聖歎小説評點》,《青海師範大學學報》(哲社版)2007 年第 6 期

467. 彭磊、鮮正確:《唐傳奇"始有意爲小説"辨——從"小説"之兩類概念談起》,《重慶社會科學》2007 年第 7 期

468. 藍哲:《從文類視角看中國古代"小説"概念的演變》,《科教文匯》(中旬刊)2007 年第 8 期

469. 楊志平:《釋"橫雲斷山"與"山斷雲連"——以古代小説評點爲中心》,《學術論壇》2007 年第 8 期

470. 楊志平:《小説"章法"辨》,《名作欣賞》2007 年第 12 期

471. 李軍均:《傳奇小説文體研究》, 華中科技大學出版社 2007 年

472. 李曉暉:《20世紀以來宋元"説話"研究回顧》,《明清小説研究》2008年第1期

473. 趙紅:《〈隋書·經籍志〉的"小説"觀》,《圖書館理論與實踐》2008年第1期

474. 賀珍:《試析〈四庫全書總目〉小説類的分類問題——以〈博物志〉〈山海經〉爲例》,《呼倫貝爾學院學報》2008年第1期

475. 憨齋:《中國古代的"小説"概念》,《閱讀與寫作》2008年第1期

476. 楊志平:《論"草蛇灰綫"與中國古代小説評點》,《求是學刊》2008年第1期

477. 李化來:《對偶與對稱——毛綸毛宗崗論〈三國演義〉叙事結構》,《菏澤學院學報》2008年第1期

478. 譚帆:《論明代小説學的基礎觀念》,《中山大學學報》2008年2期

479. 張曉麗:《論金聖歎之"草蛇灰綫法"》,《内蒙古師範大學學報》(哲社版)2008年第2期

480. 王慶華:《由"子之末"到"史之餘"——論中國傳統文言小説文類觀的生成過程》,《海南大學學報》(人文社科版)2008年第2期

481. 賀根民:《小説的名實錯位與學者的抉擇標準》,《東方論壇》2008年2期

482. 陶敏:《論唐五代筆記——〈全唐五代筆記〉前言》,《湖南科技大學學報》(社科版)2008年第3期

483. 張曙光:《談金聖歎叙事文學評點中的結構觀念》,《山東師範大學學報》(社科版)2008年第3期

484. 錢成:《明清八股文法理論對張批〈金瓶梅〉影響試論》,《揚州職業大學學報》2008年第3期

485. 邵毅平、周峨:《論古典目録學的"小説"概念的非文體性質——兼

論古今兩種"小説"概念的本質區别》,《復旦學報》(社科版)2008年第3期

486. 劉曉軍:《"稗史"考》,《中山大學學報》(社科版)2008年第4期

487. 傅承洲:《擬話本概念的理論缺失》,《文藝研究》2008年第4期

488. 吕維洪:《淺論從〈漢志〉到〈隋志〉小説的發展變化》,《保山師專學報》2008年第4期

489. 杜慧敏、王慶華:《"小説"與"雜史""傳記"——以〈四庫全書總目〉爲例》,《南京社會科學》2008年第4期

490. 王燕華、俞鋼:《劉知幾〈史通〉的筆記小説觀念》,《上海師範大學學報》(哲社版)2008年第6期

491. 楊志平:《釋"獅子滚球"法》,《學術論壇》2008年第9期

492. 石麟:《金批〈水滸傳〉叙事研究——〈讀第五才子書法〉"文法"芻議》,《水滸争鳴》第十輯,崇文書局2008年

493. 嚴傑:《"筆記"與"小説"概念的目録學探討》,《唐五代筆記考論》,中華書局2008年

494. 吴懷東:《小説"文備衆體"的文體屬性》《先唐"小説"傳統對於唐傳奇的哺育》《唐傳奇的世俗性》《現實性及其與史書、志怪的分野》,《唐詩與傳奇的生成》導論、第一章、第二章,安徽大學出版社2008年

495. 歐陽健:《中國小説史略批判·體例篇》第三章,山西人民出版社2008年

496. 樓含松:《從"講史"到演義:中國古代通俗小説的歷史叙事》,商務印書館2008年

497. 紀德君:《宋元"説話"的書面化與"説話"底本蠡測》,《廣東技術師範學院學報》2009年第1期

498. 宋興昌:《"寓言"概念的定義與界定——兼論"寓言"與"fable"對譯的不對稱性》,《西安歐亞學院學報》2009年第1期

499. 王菊芹:《關於"寓言"概念定義的考證》,《新鄉學院學報》(社科版) 2009 年第 1 期

500. 孫愛玲:《千秋苦心遞金針:張竹坡之〈金瓶梅〉結構章法論》,《貴陽學院學報》(社科版) 2009 年第 1 期

501. 劉曉軍:《"説部"考》,《學術研究》2009 年第 2 期

502. 羅明鏡:《論金聖歎評點〈水滸傳〉中的文法觀》,《湖南税務高專學報》2009 年第 2 期

503. 袁憲潑:《小説可以"觀"——魏晉南北朝志怪小説觀念考》,《北方論叢》2009 年第 2 期

504. 姚娟:《從諸子學説到小説文體——論〈漢志〉"小説家"的文體演變》,《西南交通大學學報》(社科版) 2009 年第 2 期

505. 楊成忠:《再論"變"和"變文"》,《連雲港職業技術學院學報》,2009 年第 2 期

506. 黄東陽:《由〈玉劍尊聞〉考察清初世説之文體特質》,《東吴中文學報》2009 年第 17 期

507. 李孟霏:《宋代説話四家研究評述》,《高等教育與學術研究》2009 年第 3 期

508. 張子開:《野史、雜史和別史的界定及其價值——兼及唐五代筆記或小説的特點》,《綿陽師範學院學報》2009 年第 3 期

509. 諸海星:《先秦史傳叙事傳統與中國古代小説之淵源和影響》,《清雲學報》2011 年第 3 期

510. 楊志平:《釋"水窮雲起"法》,《名作欣賞》2009 年第 3 期

511. 楊志平:《釋"羯鼓解穢"法》,《明清小説研究》2009 年第 4 期

512. 吴忠耘、沈曙東:《〈漢書·藝文志〉小説略論》,《四川烹飪高等專科學校學報》2009 年第 4 期

513. 劉代霞:《〈漢書・藝文志〉與〈隋書・經籍志〉小説觀念比較》,《飛天》2009 年第 6 期

514. 程麗芳:《中國古代小説概念的界定》,《理論月刊》2009 年第 12 期

515. 林崗:《論案頭小説及其文體》,《中山大學學報》2009 年 6 期

516. 楊志平:《論堪輿理論對古代小説技法論之影響》,《海南大學學報》(社科版) 2009 年第 6 期

517. 富世平:《變文之"變"的含義與淵源》,《敦煌變文的口頭傳統研究》第一章第一節, 中華書局 2009 年

518. 羅寧:《漢唐小説觀念論稿》, 巴蜀書社 2009 年

519. 馮汝常:《中國神魔小説文體研究》, 上海三聯書店 2009 年

520. 趙岩、張世超:《論秦漢簡牘中的"稗官"》,《古籍整理研究學刊》2010 年第 3 期

521. 王瑩、雲運:《關於〈莊子〉"寓言""重言"的思考》,《遼寧師範大學學報》(社科版) 2010 年第 4 期

522. 王凌:《形式與細讀: 古代白話小説文體研究》, 人民出版社 2010 年

523. 常森:《中國寓言研究反思及傳統寓言視野》,《文學遺産》2011 年第 1 期

524. 何毅、張恩普:《中國古代小説理論中兩種"貌離神合"的創作觀念》,《社會科學戰綫》, 2012 年第 10 期

525. 段庸生:《中國古代文言小説的流派論》,《晉陽學刊》, 2012 年第 5 期

526. 孫雅淇:《唐傳奇概念與唐代的小説觀》,《山西師大學報》(社會科學版) 2012 年第 3 期

527. 梁愛民:《經學與中國古代小説觀念》,《雲南社會科學》2012 年第 5 期

528. 傅承洲：《從創作主體看古代白話小説的演變》，《九江學院學報》（社會科學版）2012 年第 3 期

529. 朱潔：《論袁于令的小説創作觀——從〈隋史遺文〉總評説起》，《江西社會科學》2012 年第 8 期

530. 冀運魯、董乃斌：《中國古代小説敘事淵源論》，《上海師範大學學報》（哲學社會科學版）2012 年第 4 期

531. 吕茹：《敘事角度的類同與轉換：古代白話短篇小説與戲曲的雙向滲透》，《蘭州學刊》2012 年第 6 期

532. 石鱗：《從〈水滸傳〉中的 "橫插詩歌" 説起——關於古代小説中 "特殊語言" 的運用與批評》，《内江師範學院學報》2012 年第 5 期

533. 劉勇强：《中國古代小説的文體兼容性》，《北京大學學報》（哲學社會科學版）2012 年第 3 期

534. 李鵬飛：《以韻入詩：詩歌與小説的交融互動》，《北京大學學報》（哲學社會科學版）2012 年第 3 期

535. 潘建國：《古代小説中的戲曲因子及其功能》，《北京大學學報》（哲學社會科學版）2012 年第 3 期

536. 甯稼雨：《故事主體類型研究與學術視角換代——關於構建中國敘事文化學的學術設想》，《山西大學學報》（哲學社會科學版）2012 年第 3 期

537. 杜桂晨：《中國古代以 "物" 寫 "人" 傳統的形成與發展——以 "緊箍兒" "胡僧藥" 與冷香丸》，《河北學刊》2012 年第 3 期

538. 張金梅：《史家筆法作爲中國古代小説評點話語的建構》，《集美大學學報》（哲學社會科學版）2012 年第 2 期

539. 寧宗一：《古代小説研究方法論芻議——以〈金瓶梅〉研究爲例證》，《文史哲》2012 年第 2 期

540. 楊志平、郭亮亮：《古代小説文法輪之傳播價值》，《文藝評論》

2012 年第 2 期

541. 王猛：《古代小說傳播與小說序跋關係脞論》，《文藝評論》2012 年第 2 期

542. 劉佳、樊慶彦：《古代小說中歲時節令娛樂描寫的民俗價值與文學功能》，《文化遺產》2012 年第 1 期

543. 羅寧：《古小說之名義、界限及其文類特徵——兼談中國小說研究中存在的問題》，《社會科學研究》2012 年第 1 期

544. 紀德君：《中國古代小說文體生成及其他》，商務印書館 2012 年

545. 陳文新：《中國古代小說的譜系與文體形態》，中國社會科學出版社 2012

546. 李桂奎：《中國古代小說批評中的“跨界取譬”傳統鳥瞰》，《求是學刊》2013 年第 1 期

547. 楊志平：《古代書畫理論對小說技法的批評之影響》，《學術論壇》2013 年第 2 期

548. 劉文玉、陸濤：《圖像時代下的中國古代小說插圖研究》，《廊坊師範學院學報》（社會科學版）2013 年第 1 期

549. 董曄：《史與詩的完美結合：〈世說新語〉文體考辨》，《中國文學研究》2013 第 2 期

550. 王齊洲、王麗娟：《學術之小說與文體之小說——中國傳統小說觀念的兩種視角》，《上海大學學報》（社會科學版）2013 年第 3 期

551. 張永葳：《古代小說評點類型的分野——金聖歎論文型小說評點芻議》，《明清小說研究》2013 年第 2 期

552. 劉勇強：《古代小說結構的多角度透視》，《北京大學學報》（哲學社會科學版）2013 年第 3 期

553. 潘建國：《關於章回小說結構及其研究之反思》，《北京大學學報》

（哲學社會科學版）2013 年第 3 期

554. 胡亞敏、劉知萌：《史學修辭敘事與小説修辭敘事——中國小説敘事修辭目的的史學淵源》，《湖南社會科學》2013 年第 3 期

555. 紀德君：《藝人小説、書賈小説與文人小説——中國古代通俗小説的不同類型及其編創特徵》，《社會科學》2013 年第 6 期

556. 王鴻卿：《中國古代小説觀念論略》，《鞍山師範學院報》2013 年第 3 期

557. 劉勇强：《〈儒林外史〉文本特性與接受障礙》，《文藝理論研究》2013 年第 4 期

558. 劉欣：《古代歷史小説評點的倫理維度》，《文藝評論》2013 年第 8 期

559. 高日暉、師帥帥：《“把關人”理論與古代小説評點》，《大連大學學報》2013 年第 4 期

560. 劉曉軍：《中國古代小説文體研究的回顧與反思》，《新疆大學學報》（哲學人文社會科學版）2013 年第 5 期

561. 張永葳：《文章學與明清小説的理論建構》，《西南交通大學學報》（哲學社會科學版）2013 年第 5 期

562. 寧宗一：《〈金瓶梅〉評點的新範式》，《中華讀書報》2013 年 9 月

563. 馬芳：《〈世説新語〉文體辨析——與〈晉書〉比較》，《內蒙古電大學刊》2013 年第 5 期

564. 席静：《略談〈世説新語〉的文體》，《赤峰學院學報》（漢文哲學社會科學版）2013 年第 9 期

565. 賀根民：《簡論〈金瓶梅〉評點的美學價值》，《克拉瑪依學刊》2013 年第 5 期

566. 王凌：《古代白話小説“重複”敘述技巧譾論》，《西安工業大學學

報》2013 年第 9 期

567. 劉俐俐：《詩書畫一體與中國古代文言小説敘事技巧——以李昌祺〈芙蓉屏記〉爲中心》2013 年第 4 期

568. 馮媛媛：《〈紅樓夢〉的小説觀——兼論古代小説的真 / 假問題》,《人文雜誌》2013 年 11 期

569. 譚帆：《論中國古代小説文體研究的四種關係》,《學術月刊》2013 年第 11 期

570. 王澍：《論中國古代小説文體的渾和性生成》,《中南民族大學學報》(人文社會科學版) 2013 年第 6 期

571. 何悦玲：《中國古代小説傳 "奇" 的史傳淵源及内涵變遷》,《文藝理論研究》2013 年第 6 期

572. 劉正平：《筆記辨體與筆記小説研究》,《杭州師範大學學報》(社會科學版) 2013 年第 6 期

573. 李軍均：《明前 "小説" 語義源流考論》,《中國文學研究》(輯刊) 2013 年第 2 期

574. 李正學：《論古代小説批評的形態》,《吉首大學學報》(社會科學版) 2013 年第 6 期

575. 楊志平：《中國古代小説文法論研究》, 齊魯書社 2013 年

576. 譚帆等：《中國古代小説文體文法術語考釋》, 上海古籍出版社 2013 年

577. 郭英德：《"説—聽" 與 "寫—讀" ——中國古代白話小説的兩種生成方式及其互動關係》,《學術研究》2014 年第 12 期

578. 王立、郝哲：《韓國古代漢文小説 "預敘" 與中韓文化的融合——以近古時期愛情家庭類小説爲例》,《東疆學刊》2014 年第 1 期

579. 石麟：《小説概念與小説文本的混淆——小説批評與小説史研究檢

討之一》,《湖北師範學院學報》(哲學社會科學版) 2014 年第 1 期

580. 姚小鷗:《清華簡〈赤鳥㲈〉篇與中國早期小說的文體特徵》,《文藝研究》2014 年第 2 期

581. 馬興波:《"筆記小說"概念批判與筆記作品的重新分類》,《廣州大學學報》(社會科學版) 2014 年第 2 期

582. 王凌:《互文性視域下古代小說文本研究的現狀與思考》,《雲南師範大學學報》(哲學社會科學版) 2014 年第 2 期

583. 鄧大倩、林青:《中韓古代小說自我評點之比較——以〈聊齋誌異〉和〈天倪錄〉爲中心》,《延邊大學學報》(社會科學版) 2014 年第 2 期

584. 萬潤寶:《論古代小說中預叙的民族特色》,《文藝理論研究》2014 年第 2 期

585. 王慶華:《古代小說學中"傳奇"之内涵和指稱辨析》,《文藝理論研究》2014 年第 2 期

586. 李鵬飛:《中國古代小說懸念的類型及其設置技巧》,《雲南大學學報》(社會科學版) 2014 年第 3 期

587. 潘建國:《古代小說中的時間層次及其相關問題》,《北京大學學報》(哲學社會科學版) 2014 年第 3 期

588. 李鵬飛:《古代小說空間因素的表現形式及其功能》,《北京大學學報》(哲學社會科學版) 2014 年第 3 期

589. 劉勇强:《古代小說的時空設置及關聯性叙事》,《北京大學學報》(哲學社會而科學版) 2014 年第 3 期

590. 李鵬飛:《論中國古代小說的三類藝術形態》,《文藝理論研究》2014 年第 3 期

591. 紀德君:《試論媒介嬗遞與古代小說文體的演進》,《學術研究》2014 年第 6 期

592. 程國賦：《元明清小説命名研究的世紀考察》，《社會科學研究》2014 年第 4 期

593. 陳鵬：《論中國古代駢體小説的文體互參與敘事特徵》，《東南學術》2014 年第 4 期

594. 牛漫青：《明清小説插圖形態的演進》，《美術》2014 年第 7 期

595. 葛永海：《從觀念到敘事：古代小説中的"灶下靈異"考論》，《浙江師範大學學報》（社會而科學版）2014 年第 4 期

596. 溫慶新：《"以小説見才學者"辨證及其小説史敘述意義——兼及"才學小説"的概念使用》，《南京師大學報》（社會科學版）2014 年第 4 期

597. 王凌：《〈三國演義〉敘事結構中的"互文"美學》，《浙江學刊》2014 年第 5 期

598. 溫慶新：《中國小説起源于"神話與傳説"辨證——以魯迅〈中國小説史略〉爲中心》，《南京大學學報》（哲學人文社會科學版）2014 年第 5 期

599. 呂玉華：《中國古代多種小説概念辨析》，《中國文論》2014 年

600. 梁愛民：《傳統目録學視野中的中國古代小説觀念》，《文藝評論》2014 年第 10 期

601. 毛傑：《中國古代小説繡像的叙事功能》，《求索》2014 年第 11 期

602. 陳才訓：《古代小説家、評點家文化素養論》，中國社會科學出版社 2014 年

603. 陸濤：《中國古代小説插圖及其語—圖互文研究》，南京大學出版社 2014 年

604. 譚帆：《中國古代小説文體文法術語考釋》，《文藝研究》2015 年第 1 期

605. 紀德君：《清末報載小説叙事"新聞性"探究》，《求是學刊》2015 年第 1 期

606. 侯忠義：《古代小説的改編問題》，《明清小説研究》2015 年第 1 期

607. 毛傑：《試論中國古代小説插圖的批評功能》，《文學遺産》2015 年第 1 期

608. 劉勇强：《非現實形象構成：神怪小説的藝術傳統》，《中國社會科學報》2015 年 1 月

609. 李時人：《譯經、講經、俗講與中國早期白話小説》，《復旦學報》（社會科學版）2015 年第 1 期

610. 蒲春燕：《從小説起源看中國古代小説觀念演變》，《鷄西大學學報》2015 年第 2 期

611. 陳忠樹：《明清時期章回小説的表達方式與文言叙事傳統》，《哈爾濱師範大學社會科學學報》2015 第 3 期

612. 李桂奎、黃霖：《中國小説文體之“譜系”梳理及其學理化戰略——兼評譚帆〈中國古代小説文體文法術語考釋〉》，《求是學刊》2015 年第 4 期

613. 唐妍：《論〈兒女英雄傳〉的“叙事僭越”》，《明清小説研究》2015 年第 3 期

614. 劉勇强：《古代小説創作中的“本事”及其研究》，《北京大學學報》（哲學社會科學版）2015 年第 4 期

615. 李鵬飛：《淺議古代小説的作者與素材之關係》，《北京大學學報》（哲學社會科學版）2015 年第 4 期

616. 潘建國：《古代小説中的“當代史事”及其采擇編演》，《北京大學學報》（哲學社會科學版）2015 年第 4 期

617. 劉衛英：《“物性相克”母題叙事的生態平衡機制》，《上海師範大學學報》（哲學社會科學版）2015 年第 4 期

618. 史常力：《“大團圓”叙事模式的早期表現及倫理基礎——以〈烈

女傳〉爲例》,《貴州大學學報》（社會科學版）2015 年第 4 期

619. 劉天振:《古代文言小説知識庫功能略論》,《中國文學研究》2015 年第 3 期

620. 王慶華:《論古代"小説"與"雜史"文類之混雜》,《華東師範大學學報》（哲學社會科學版）2015 年第 5 期

621. 趙毓龍、胡勝:《論"博物君子"與古代小説的生產與傳播》,《廈門大學學報》（哲學社會科學版）2015 年第 5 期

622. 任明華:《論中國古代小説的閱讀、傳播與文獻價值》,《古代文學理論研究》（第四十一輯）《中國文論的詮釋學傳統專題資料彙編》, 2015 年

623. 黨月異、侯桂運:《中國古代小説史研究的反思與重構》, 中國社會科學出版社 2015 年

624. 付善明、董國炎:《古代小説韻文成因探析》,《明清小説研究》2016 年第 1 期

625. 苗懷明:《論〈紅樓夢〉的故事講述者與叙事層次》,《江蘇第二師範學院學報》2016 年第 1 期

626. 劉相雨:《論中國古代章回小説的情節與風格轉換——以〈三國演義〉〈水滸傳〉〈金瓶梅〉〈紅樓夢〉爲例》,《陝西理工學院學報》（社會科學版）2016 年第 1 期

627. 李遇春:《"傳奇"與中國當代小説文體演變趨勢》,《文學評論》2016 第 2 期

628. 楊志平:《以稗官説稗官:論明清小説文本中的小説批評》,《江西社會科學》2016 年第 3 期

629. 程國賦:《論明清小説諧音法命名》,《明清文學與文獻》2016 年 3 月

630. 潘建國:《中國文學史中小説章節的變遷及其意義》,《北京大學學

報》（哲學社會科學版）2016 年第 3 期

631. 劉勇强：《作爲小説標準的〈紅樓夢〉》，《北京大學學報》（哲學社會科學版）2016 年第 3 期

632. 張鄉里：《以今律古與文化原我——中國古代小説觀念的研究現狀》，《牡丹江大學學報》2016 年第 5 期

633. 姜復寧：《中國傳統小説中潛藏叙事的發軔與繁盛——以〈聶隱娘〉〈紅樓夢〉爲例》，《内江師範學院學報》2016 年第 5 期

634. 傅修延、陳國女：《傾斜的倫理天平：中國古代四大小説中的身份叙事》，《江西社會科學》2016 年第 6 期

635. 楊志平：《論古代小説代指性人物的叙事功能及其文學意義——以王婆描寫爲中心》，《學術論壇》2016 年第 8 期

636. 趙雅麗：《明代建陽刊〈三國演義〉的評點及其價值》，《學術交流》2016 年第 9 期

637. 俞樟華、虞芳芳：《從金批〈水滸傳〉看古代小説評點與〈史記〉評點的關係》，《解放軍藝術學院學報》2016 年第 3 期

638. 卞清波：《“有詩爲證”的佛教淵源——也談古代白話小説韻散結合文體的成因》，《江南大學學報》（人文社會科學版）2016 年第 5 期

639. 李雨露、熊愷妮：《喧賓奪主：傳播學視域下的小説評點與彈幕比較》，《新聞研究導刊》2016 年第 19 期

640. 孔慶慶：《中國古代小説中的讖語叙事》，《哈爾濱工業大學學報》（社會科學版）2016 年第 6 期

641. 毛傑：《中國古代小説插圖研究的序時維度與方法論立場》，《求索》2016 年第 11 期

642. 張鄉里：《〈史通〉“援史入子”對中國古代小説觀念的影響》，《江西社會科學》2016 年第 12 期

643. 胡小梅:《明刊"三言"插圖本的"語—圖"互文現象研究》,《福建江夏學院學報》2016 年第 6 期

644. 鄭紅翠:《游冥故事與中國古代小説叙事結構》,《學術交流》2016 年第 12 期

645. 廖群:《中國古代小説發生研究》,山東教育出版社 2016 年

646. 石麟:《中國古代小説批評史的多角度觀照》,光明日報出版社 2016 年

647. 吕玉華:《中國古代小説理論發展研究》,山東教育出版社 2016 年

648. 傅承洲:《古代小説與小説家》,中國社會科學出版社 2016 年

649. 馬瑞芳:《中國古代小説構思學》,山東教育出版社 2016 年

650. 張莉、李淑蘭:《明清小説序跋研究評論》,《天水師範學院學報》2017 年第 1 期

651. 苗懷明:《〈紅樓夢〉的叙事節奏及其調節機制》,《曹雪芹研究》2017 年第 1 期

652. 宋莉華:《理雅各的章回小説寫作及其文體學意義》,《文學評論》2017 年第 2 期

653. 林沙歐、馬會會:《論中國古代小説叙事的空間化問題——兼與浦安迪商榷》,《河北科技師範學院學報》(社會科學版)2017 年第 1 期

654. 熊明:《中國古代小説追求文體平等地位的努力與路徑》,《求索》2017 年第 3 期

655. 陳展、趙炎秋:《中國古代小説的分形叙事》,《華僑大學學報》(哲學社會科學版)2017 年第 2 期

656. 苗懷明:《論〈紅樓夢〉的叙事時序與預言叙事》,《南京大學學報》(哲學·人文科學·社會科學)2017 年第 3 期

657. 張袁月:《文學地圖視角下的中國古代小説》,《明清小説研究》

2017 年第 3 期

　　658. 康建强:《中國古代小説慾望書寫的方式、運演邏輯及其審美生發功能》,《明清小説研究》2017 年第 3 期

　　659. 張祝平、張慧敏:《古代小説戲曲插圖同框手法的運用》,《南通大學學報》(社會科學版) 2017 年第 4 期

　　660. 程國賦:《論明清小説書名所體現的文學觀念》,《文藝理論研究》2017 年第 3 期

　　661. 劉勇强:《神怪小説批評中的偏見與誤解》,《河北學刊》2017 年第 5 期

　　662. 張泓:《古代語録體小説試論》,《江蘇科技大學學報》(社會科學科學版) 2017 年第 3 期

　　663. 何悦玲:《中國古代小説“史補”觀念生成的史學淵源與價值指向》,《深圳大學學報》(人文社會科學版) 2017 年第 5 期

　　664. 朱潔、王思:《中國小説評點在越南的傳播與接受》,《江西社會科學》2017 年第 9 期

　　665. 劉曉軍:《論古代小説圖像研究的三個層面》,《復旦學報》(社會科學版) 2017 年第 5 期

　　666. 汪燕崗:《古代小説插圖研究的多重意義》,《中國社會科學報》2017 年 10 月

　　667. 王齊洲:《〈漢書·藝文志〉與〈隋書·經籍志〉小説觀念之比較》,《河北學刊》2017 年第 6 期

　　668. 傅承洲:《清代才學小説是否構成一個小説類型》,《河北學刊》2017 年第 6 期

　　669. 許虹、孫遜:《古代主客問答體小説序跋探》,《上海師範大學學報》(哲學社會科學版) 2017 年第 6 期

670. 劉勇强、潘建國、李鵬飛：《古代小説研究十大問題》，北京大學出版社 2017 年

671. 李軍均：《明前小説思想與文體研究》，北京燕山出版社 2017 年

672. 温慶新：《多文化視域下中國古代小説研究反思——兼及古代小説史的研究方法》，《内蒙古社會科學》（漢文版）2018 年第 2 期

673. 王齊洲：《從〈山海經〉歸類看中國古代小説觀念的演變》，《天津社會科學》2018 年第 2 期

674. 葳涵：《述“異”傳統與中國古代的小説觀念——以同性慾望爲研究視角》，《華中科技大學學報》（社會科學版）2018 年第 3 期

675. 譚帆：《“叙事”語義源流考——兼論中國古代小説的叙事傳統》，《文學遺産》2018 年第 3 期

676. 劉勇强：《小説知識學：古代小説研究的一個維度》，《文藝研究》2018 年第 6 期

677. 林瑩：《中國古代小説“人物複述”的形態與意義》，《江西社會科學》2018 年第 7 期

678. 楊志平：《明清小説功能性叙事論略》，《雲南社會科學》2018 年第 4 期

679. 杜貴晨：《中國古代小説婚戀叙事“六一”模式述略——從〈李生六一天緣〉〈金瓶梅〉等到〈紅樓夢〉》，《學術研究》2018 年第 9 期

680. 楊志平：《明清小説中的包公身邊公人及其叙事意味谫論》，《中南大學學報》（社會科學版）2018 年第 5 期

681. 李桂奎：《尋意覓趣：中國古代小説理論的歷史演變》，《河北學刊》2018 年第 6 期

682. 段江麗：《中國古代“小説”概念的四重内涵》，《文學遺産》2018 年第 6 期

683. 朱鋭泉：《論古代小説倫理叙事中的女性因素》,《文學研究》2018年第 2 期

684. 熊明：《中國古代小説史論》, 中國文聯出版社 2018 年

685. 陳才訓：《明清小説文本形態生成與演變研究》, 上海古籍出版社 2018 年

686. 羅寧：《紀錄見聞：中國文言小説寫作的原則與方法》,《文藝理論研究》2018 年第 5 期

687. 劉洪强：《中國古代小説“談藝”的形式及内涵》,《明清小説研究》2019 年第 1 期

688. 徐汝姗：《史與詩的結合：〈世説新語〉文體考辨》,《作家天地》2019 年第 1 期

689. 胡小梅：《古代小説圖像“插詩”現象探析——以明刊“三言”爲中心》,《福建江夏學院學報》2019 年第 1 期

690. 高紅豪：《畫心品稗：明清小説評點中的品第批評概觀》,《理論界》2019 年第 2 期

691. 張玄：《晚明筆記小説插圖研究》,《中國出版史研究》2019 年第 1 期

692. 馮曉玲：《論中國古代小説評點中的綫式思維》,《明清小説研究》2019 年第 2 期

693. 張敏：《中國古代小説“夜化”叙事傾向研究綜述》,《湖北工程學院學報》2019 年第 2 期

694. 江守義：《中西小説叙事倫理研究路徑之比較》,《中國文學研究》2019 年第 2 期

695. 江守義：《史傳叙事與歷史小説的叙述可靠性》,《浙江工商大學學報》2019 年第 3 期

696. 林翠霞:《"三言"中的因果報應叙事研究》,《泉州師範學院學報》2019 年第 3 期

697. 洪永權:《關於中韓古代小説理論的對比研究》,《北方文學》2019 年第 20 期

698. 李建軍:《中國古代小説的人物塑形與叙事倫理——以宋代小説爲考查中心》,《浙江社會科學》2019 年第 7 期

699. 高玉海、羅炅:《跨語境視野下的中國古代小説插圖叙事——以明清六大古典小説俄譯本爲中心》,《明清小説研究》2019 年第 3 期

700. 楊志平:《論情節與綫索理論于中國古代小説中的應用》,《中學語文教學》2019 年第 9 期

701. 張泓:《古代小説歸類的悖論》,《長江大學學報》(社會科學版) 2019 年第 5 期

702. 公維軍、陽玉平:《意圖力與中國古代小説叙事個性化關係研究——以明清小説文本爲例》,《明清小説研究》2019 年第 4 期

703. 林香蘭:《〈嬌紅記〉與韓國古代漢文小説〈韋敬天傳〉的叙事結構比較研究》,《東疆學刊》2019 年第 4 期

704. 劉曉軍:《中國小説文體的古今之變與中西之别》,《中國文學研究》2019 年第 4 期

705. 歐陽健:《"標準"的小説與小説的"標準"——以〈天香閣隨筆〉爲例》,《内江師範學院學報》2019 年第 11 期

706. 方群:《中國古代涉海小説叙事流變》,《湖南工業大學學報》(社會科學版) 2019 年第 6 期

707. 何悦玲:《中國古代白話小説史補功能略論》,《華中學術》2019 年第 6 期

708. 陳洪:《中國早期小説生成史論》, 中華書局 2019 年

709. 何亮:《漢唐小説文體研究》,中華書局 2019 年

710. 劉曉軍:《中國小説文體古今演變研究》,上海古籍出版社 2019 年

711. 張玄:《筆記小説文體觀念考索——以晚明筆記小説爲中心》,《明清小説研究》2020 年第 1 期

712. 宋莉華:《中國古代“小説”概念的中西對接》,《文學評論》2020 年第 1 期

713. 王福鵬:《小説中韻文叙事功能的早期發展——兼論散韻結合的小説文體的形成》,《汕頭大學學報》(人文社會科學版)2020 年第 1 期

714. 何亮:《論唐五代小説中表文的叙事功能》,《黑河學刊》2020 年第 1 期

715. 倪思霆:《中國古代白話小説到現代通俗小説的嬗變》,《遼東學院學報》(社會科學版)2020 年第 1 期

716. 李小龍:《中國古代小説傳、記二體的源流與叙事意義》,《北京社會科學》2020 年第 2 期

717. 林瑩:《論古代小説人物叙述的“文本參與”功能》,《文藝研究》2020 年第 3 期

718. 宗立東:《史傳觀念對小説命名的影響》,《玉溪師範學院學報》2020 年第 2 期

719. 石麟:《生生不息,流光暗換——古代小説内在變遷述略》,《湖北師範大學學報》(哲學社會科學版)2020 年第 2 期

720. 王煒、丁凡:《〈搜神記〉類别歸屬的調整與古代小説觀念的嬗變》,《華中師範大學學報》(人文社會科學版)2020 年第 2 期

721. 王瑜錦、譚帆:《論中國小説文體觀念的古今演變》,《學術月刊》2020 年第 5 期

722. 黄天飛:《略論古代小説中“裝睡”的叙事藝術》,《九江學院學

報》（社會科學版）2020 年第 2 期

723. 熊明：《明清小説選本中的漢唐小説及其來源析論》，《吉林師範大學學報》（人文社會科學版）2020 年第 4 期

724. 毛傑：《論插圖對中國古代小説文體之建構》，《文藝研究》2020 年第 10 期

725. 齊笑：《中國古代小説的文化學與文體學内涵》，《哈爾濱學院學報》2020 年第 12 期

726. 譚帆：《中國小説史研究之檢討》，上海古籍出版社 2020 年

727. 何悦玲：《中國古代小説中的“史傳”傳統及其歷史變遷》，中華書局 2020 年

728. 王平、王軍明、史欣：《中國古代小説序跋研究》，齊魯書社 2020 年

729. 郝敬：《建構“小説”——中國古體小説觀念流變》，中華書局 2020 年

730. 譚帆、王瑜錦：《“小説話”辨正——兼評黄霖先生編纂的〈歷代小説話〉》，《清華大學學報》（哲學社會科學版）2021 年第 2 期

731. 楊宗紅：《“以小説爲證”與中國古代小説文體之形成》，《北京社會科學》2021 年第 2 期

732. 李春光：《古代小説參數叙事策略芻議》，《天中學刊》2021 年第 1 期

733. 李桂奎：《中國古代小説“神畫”叙事之“寓傳神于傳奇”》，《北京師範大學學報》（社會科學版）2021 年第 1 期

734. 胡穎、張俊福：《〈三言二拍〉夢象叙事及其文化學意義》，《甘肅社會科學》2021 年第 1 期

735. 宋麗娟：《西人所編中國古代小説選本與小説文體的建構》，《文藝理論研究》2021 年第 1 期

736. 羊紅、孫遜：《中國古代小説注釋源流及其價值考論》，《明清小説研究》2021 年第 1 期

後　記

　　《中國古代小説文體史》是我主持的國家哲學社會科學基金重大項目"中國小説文體發展史"的主體部分。此項目 2011 年獲批，2019 年通過結項審核，再經近兩年的修訂，於 2021 年陸續交付上海古籍出版社。從立項到定稿，前後相續恰好十年。經過十年之"辛苦"，我們完成了系列成果《中國古代小説文體研究書系》，分爲"術語篇""歷史篇"和"資料篇"三個部分。書系包括：《中國古代小説文體文法術語考釋》（增訂本）、《中國古代小説文體史》、《中國古代小説文體史料繫年輯錄》，三書合計兩百餘萬字。以這樣的格局和篇幅全面系統地研究和梳理中國古代小説文體，在海内外尚屬首次，有較高的學術價值和創新意義。

　　團隊合作是當下以"課題"爲導向的學術研究的常例，這在素來強調獨立創作的人文學科也未能例外，本書的合作者即爲俗稱"子弟兵"的門下弟子。以"子弟兵"爲作者主體，的確有諸多便利，如相互熟知各自的秉性和學術專長，故而在理論觀念、論述思路和語言風格等方面能基本趨於一致；如作爲導師的主持者更便於管理和協調；如研究團隊的集體成長比較迅捷、團隊成果的特色也能較快彰顯等。本課題的實施也確實完成了上述任務。但問題也有，其中最爲明顯的是五年的任務花了將近十年的時間。這倒不是歸咎於團隊成員的懈怠，而是忽略了他們的年齡段以及這個年齡段所要擔負的人生責任。本項目的成員除個別年紀稍長外，都是三十歲左右參與項目工作，完成時絶大部分已年逾四旬。作爲高校青年教師，這十年擺在他們面前的有三大任務：生活、教學和科研。照理，在這個年齡段，這三大任務的重要性也應如此排序。但實際情況不然，科研是第一位的，因爲考核指標最爲嚴苛，容不得絲毫的閃失；教學也不可或缺，考核也很嚴格；唯一不受指標限制，能降格以求，馬虎對待的只剩下生活了。但結婚生子，買房還貸，仍然是生活的主題。如此格局對一個青年教師來説確實壓力很大，而最令人擔心的是身體的早衰和學術趣味的喪失。好在我們及時拉長了時段，相對而言還比較從容。如今十年過去了，課題也已完成，我真誠地向諸位道一聲辛苦。

感謝吳承學教授給本書撰寫序言，承學是我多年的好友，平時不常見面，但脾性非常投合；在學術上，承學是文體研究的領軍人物，由他作序最爲合適。感謝社科辦轉來的多位《國家哲學社會科學成果文庫》評審專家的意見，其中褒揚之辭居多，所提建議均深中肯綮，指出了本書尚存在的問題。我們據此作出了相應的修訂，在此特爲説明並致謝忱。感謝山東大學外語學院馮偉教授對書名和目錄的翻譯。感謝上海古籍出版社奚彤雲總編和原社長高克勤先生的大力支持，感謝責任編輯鈕君怡女史的長期合作和辛苦勞動。我們期待著學界同行的批評指正。

譚　帆

改定於 2023 年 2 月 6 日